HEYNE BÜCHER

Von der gleichen Autorin erschienen außerdem
als Heyne-Taschenbücher

Der Engel · Band 844
Die Ehe der Maggie Hobart · Band 966
In einem großen Haus · Band 5043
Der Herr der Erde · Band 5087
Einst wird kommen der Tag · Band 5121
Alle Tage meines Lebens · Band 5205
Ewigkeit will meine Liebe · Band 5234
Doctor Ferrier · Band 5252

TAYLOR CALDWELL

EINE SÄULE AUS ERZ

Roman

WILHELM HEYNE VERLAG
MÜNCHEN

HEYNE-BUCH Nr. 5161
im Wilhelm Heyne Verlag, München

Titel der amerikanischen Originalausgabe
A PILLAR OF IRON
Deutsche Übersetzung von Josef Tichy

Mit Ausnahme eindeutig historischer Persönlichkeiten sind die Gestalten dieses Buches frei erfunden und haben keine Beziehung zu Personen des wirklichen Lebens. Ebenso sind alle Ähnlichkeiten der römischen Republik mit den Vereinigten Staaten oder überhaupt des alten Rom mit der modernen Welt rein historischer Art.

2. Auflage

Genehmigte, ungekürzte Taschenbuchausgabe
mit freundlicher Genehmigung des Paul Neff Verlages, Wien

Printed in Germany 1976
Umschlag: Atelier Heinrichs, München
Gesamtherstellung: Presse-Druck, Augsburg

ISBN 3-453-00524-4

ERSTER TEIL

DAS KIND UND DER JÜNGLING

Nur des Gerechten Mund verkündet Weisheit,
und seine Zunge spricht das Rechte aus.
In seinem Herzen wohnt das göttliche Gesetz.

Ps 36, 35—37

I

Marcus Tullius Cicero zuckte zusammen, als ihm sein Arzt das heiße Pflaster auf die Brust legte, und fragte mit der etwas nörglerischen Stimme des hilflosen Kranken: „Was ist denn das für stinkiges Zeug?"

„Geierfett", antwortete der Arzt stolz. „Zwei Sesterzen kostet ein Tiegel davon, aber es heilt verläßlich jede Entzündung."

Sklaven schürten die Glut im Heizbecken, und Marcus Tullius fröstelte unter seinen Laken. Man hatte ihm über die Füße eine Pelzdecke gelegt; aber noch immer war ihm kalt.

„Zwei Sesterzen!" seufzte er. „Was hat denn Frau Helvia dazu gesagt?"

„Sie weiß noch nichts davon", erwiderte der Arzt.

Marcus Tullius lächelte wissend. „Das wird den Wirtschaftsausgaben zugeschlagen", sagte er voraus. „Es ist herrlich, in diesen verschwendungssüchtigen Zeiten eine sparsame Frau zu haben. Aber wenn so ein Zeug wie diese scheußliche Salbe zu den Kosten von Bohnen und Küchengeschirr hinzugezählt wird, dann hört die Gemütlichkeit auf. Ich denke, wir sollten eine eigene Verrechnung für Heilmittel führen."

„Ich habe die Salbe bei einem Kollegen gekauft", erklärte der Arzt in etwas gekränktem Tone. „Frau Helvia will mit Händlern möglichst wenig zu tun haben. Im Laden hätte ich fünf Sesterzen zahlen müssen, nicht zwei."

„Jedenfalls kommen die zwei Sesterzen auf die Haushaltsrechnung", beharrte Marcus Tullius. „Auch die Kosten des Linnens und der Wolle für das zu erwartende Kind werden mitten zwischen den Ausgaben für Kessel, Fische und Mehl aufscheinen. Ja, eine sparsame Frau ist etwas Wunderbares. Aber irgendwie geht es mir gegen den Strich, wenn ich als Hausherr auf dem gleichen Blatt verrechnet werde wie neue Nachttöpfe und Ziegenkäse. Ich habe das mit eigenen Augen gesehen." Er hustete heftig, und der Arzt stellte befriedigt fest: „Aha, der Husten ist viel lockerer."

„Manchmal muß eben der Patient", meinte Marcus Tullius, „wenn er sein Leben retten will, sich beeilen gesund zu werden, nur, um den Handreichungen und Gestänken seines Arztes zu entkommen. Das ist eine Frage der Selbsterhaltung ... Wie ist das Wetter heute?"

„Ganz elend und völlig ungewöhnlich", berichtete der Arzt. „Wir hatten einen Schneesturm. Die Hügel und Wiesen sind tief verschneit, und der Fluß trägt eine Eisdecke. Aber der Himmel ist blau und klar, und es weht ein frischer Nordwind. Das wird dir guttun, Herr. Sorge machen uns immer nur die Winde aus dem Osten und besonders aus dem Südosten.''

Marcus Tullius spürte, wie ihm wärmer wurde, nicht vor Fieber, sondern als Anzeichen der Heilung. Das Wollhemd, das er trug, begann zu jucken; er bewegte sich, und der Gestank des Geierfetts wurde sehr stark. Rasch zog er wieder das Laken über die Brust. „Es ist die Frage'', brummte er, „ob ich an dem Gestank ersticken werde oder an der Anschoppung in meinen Lungen. Dann schon lieber an den Lungen.'' Er hustete zur Probe. Die Schmerzen in seiner Brust hatten etwas nachgelassen. Er sah sich in seiner Schlafkammer um und bemerkte, daß die Sklaven fürsorglich frisches Holz in das Heizbecken schichteten. Das dicke Glas des Fensters troff von Feuchtigkeit. „Genug!'' rief er ärgerlich. „Sonst ertrinke ich im eigenen Schweiß.''

Von Natur aus war er nicht reizbar, sondern freundlich und sehr sanftmütig, und immer etwas zerstreut. Der Arzt freute sich über die Reizbarkeit: sein Patient sollte bald gesunden. Er betrachtete das magere, dunkle Gesicht auf den weißen Kissen und die großen braunen Augen, denen es trotz aller Bemühungen nie gelang, streng dreinzublicken. Seine Züge waren mild; wohlwollend wölbte sich seine Stirn und weich sein Kinn. Er war ein junger Mann und sah zu seiner Betrübnis noch jünger aus. Er hatte die ruhigen und etwas schlaffen Hände des Gelehrten. Sein feines braunes Haar sträubte sich dagegen, gestutzt zu werden; es lag seinem langen Schädel wie aufgemalt an und ließ sich nie dazu bringen, aufrecht abzustehen wie bei einem sehr männlichen Mann.

Er hörte Schritte und zuckte wieder zusammen. Sein Vater kam ihn besuchen, ein Römer ‚von altem Schrot und Korn'. Er schloß die Augen und tat, als schliefe er. Er liebte seinen Vater, fühlte sich aber tyrannisiert von ihm, mit seinen ewigen Reden von der Vornehmheit der Familie, einer Vornehmheit, an der Tullius bisweilen zweifelte. Die Schritte waren fest und schwer, und der Vater, der selbst auch Marcus Tullius Cicero hieß, trat ein. „Na, mein Sohn'', rief die laute Kommandostimme, „wann stehen wir auf?''

Marcus Tullius sah durch die Wimpern das Sonnenlicht. Er antwortete nicht. Die weißen Holzwände der Schlafkammer warfen das Licht zurück, das ihm plötzlich zu grell vorkam. „Er schläft, Herr'', entschuldigt ihn der Arzt.

„Ja, was ist denn das für ein Gestank?'' fragte der alte Vater. Er war hager und hochgewachsen und zornmütig und trug einen sorgfältig gepflegten, altmodischen Bart, der ihm seiner Meinung nach eine Ähnlichkeit mit Cincinnatus gab.

„Geierfett'', erwiderte der Arzt. „Sehr teuer, aber wirksam.''

„Der Geruch könnte einen allerdings von den Toten auferwecken'', bemerkte der alte Vater in seinem herrischen Tone.

„Es kostet zwei Sesterzen", erklärte augenzwinkernd der Arzt. Er war ein Freigelassener, aber als Arzt römischer Bürger und konnte sich einiges erlauben.

Der Vater lächelte säuerlich. „Zwei Sesterzen!" wiederholte er. „Da wird Frau Helvia die Kupfermünzen in ihrer Geldtasche zehnmal umdrehen." Er atmete tief und laut. „Sparsamkeit ist eine Tugend, aber Geiz erbost die Götter. Ich hielt mich für einen Meister in der Kunst, drei Sesterzen dort wachsen zu lassen, wo bisher nur zwei wuchsen; aber, beim Pollux, an Frau Helvia ist ein Bankier verlorengegangen. Wie geht's denn meinem Sohn?"

„Er ist auf dem Wege der Besserung, Herr."

Der alte Vater lehnte sich an das Bett. „Ich habe da eine Theorie", sagte er. „Mein Sohn flüchtet immer ins Bett, wenn Frau Helvia die Zügel zu straff anzieht – noch dazu jetzt, wo sie hochschwanger ist! Was meinst du zu meiner Theorie, Phelon?"

Der Arzt lächelte verstohlen. Er blickte seinen angeblich schlafenden Patienten an. „Manche Menschen sind von Natur aus nachgiebig", entgegnete er. „Und ein strategischer Rückzug sichert oft den Sieg."

„Ich höre", bemerkte der alte Vater, „daß Frau Helvia sich plötzlich zu Bett begeben hat. Ist es schon so weit?"

„Es kann jetzt jeden Tag sein", erwiderte der Arzt aufgeregt. „Ich will gleich nach ihr sehen."

Er eilte so rasch aus dem Zimmer, daß sein Leinengewand um ihn flatterte. Der alte Vater beugte sich über das Bett. „Marcus", sagte er, „ich weiß, daß du nicht schläfst, und bei deiner Frau wird es bald losgehen. Verstell dich nicht! Du hast nie im Leben beim Schlafen geschnarcht."

Marcus Tullius stöhnte leise. Er mußte wohl oder übel die Lider öffnen. Vor ihm tanzten, klein und schwarz und lebhaft, die Augen seines Vaters. „Wer sagt, daß es bald losgehen wird?"

„Im Frauentrakt ist ein großes Hin und Her. Man schleppt Töpfe mit heißem Wasser, und die Hebamme hat schon ihre weiße Schürze um", berichtete der Vater. Er kratzte sich die behaarte Wange. „Aber es ist ja ihr erstes Kind; da wird es bestimmt eine Zeitlang dauern."

„Bei Helvia nicht", meinte Marcus Tullius. „Sie macht alles eilig ab."

„Deine Frau hat viele hervorragende Eigenschaften", sagte der Vater, der Witwer und darüber froh war. „Aber immerhin unterliegt sie den Gesetzen der Natur."

„Sie nicht", widersprach Marcus Tullius. „Selbst die Naturgesetze sind ihr untertan."

Der Vater schmunzelte über die Resignation in der Stimme seines Sohnes. „Auch wir alle sind es. Sogar ich. Deine Mutter war eine sanfte, nachgiebige Person. Ich habe sie nicht nach Gebühr geschätzt."

„Also hast auch du Angst vor Helvia", stellte Marcus Tullius fest. Er hustete ohne alle Beschwerden.

„Angst vor Weibern? Unsinn! Aber sie schaffen Schwierigkeiten, denen ein kluger Mann ausweicht. Übrigens ist deine Gesichtsfarbe prächtig. Wie lange wirst du dich noch in deinem Bett vergraben können? Was meinst du wohl?"

„Leider nicht mehr lange. Höchstens, bis Helvia mich holen läßt."

Der Vater dachte nach. „Das Kranktun hat viel für sich", fand er. „Ich spiele auch mit dem Gedanken. Aber Helvia läßt sich nicht leicht täuschen. Zwei bettlägerige Männer würden sie mißtrauisch machen ... Das Kind wirst du ja, wenn es ein Bub wird, nach uns beiden benennen."

Marcus Tullius hatte einen anderen Namen im Sinn gehabt; aber er seufzte nur. Jetzt öffnete er die Augen weit und sah, wie der Schnee gegen das Fenster peitschte. Die Wollgardine darüber bauschte sich von einem kurzen, scharfen Windstoß, und Marcus Tullius erschauerte.

„Ich bin wirklich krank", erklärte er hoffnungsfroh. „Ich habe eine Lungenentzündung."

„Die Götter — und auch die Griechen — haben gesagt, daß der Mensch, wenn er sich seinen Pflichten entziehen will, imstande ist, jede Krankheit zur Hilfe zu holen", sagte der Vater. Er umfaßte das Handgelenk seines Sohnes und fühlte ihm den Puls; dann warf er die Hand hin. „Geierfett!" rief er. „Dieses Zeug scheint ja Wunder zu wirken! Du hast einen ganz normalen Puls. Aha, die Hebamme kommt."

Marcus Tullius duckte sich unter die Laken und schloß die Augen. Die Hebamme verbeugte sich und meldete: „Frau Helvia wird bald ihr Kind zur Welt bringen."

„So rasch?" fragte der alte Vater.

„Sehr bald, Herr. Sie hat sich genau vor einer Stunde — nach der glücklicherweise noch nicht eingefrorenen Wasseruhr — niedergelegt und hat einen einzigen Wehenanfall bekommen. Der Arzt ist bei ihr. Die Geburt dürfte unmittelbar bevorstehen."

„Ich hab' dir's ja gesagt", jammerte Marcus Tullius. „Helvia trotzt auch den Naturgesetzen. Von Rechts wegen hätte sie mindestens acht Stunden in den Wehen liegen müssen."

„Eine zähe Person", lobte der Vater und deckte Marcus trotz seines Sträubens ab. „Eine Frau — und besonders eine Dame von Helvias vornehmer Abkunft — erwartet, daß in ihrer schweren Stunde ihr Mann bei ihr ist. Auf, Marcus!"

Marcus Tullius versuchte die Laken festzuhalten; aber der Vater warf sie auf den Steinboden. „Deine Anwesenheit, Vater", gab der junge Mann vor, „wird für Helvia viel beruhigender sein als die meine."

„Auf!" wiederholte der Vater nur. Er wandte sich an die Sklaven: „Bringt rasch einen Pelzmantel!"

Der Befehl wurde mit unziemlicher Schnelligkeit ausgeführt, und man hüllte Marcus Tullius' schmächtige Gestalt in den Mantel. Seine jetzt heftiger gewordenen Hustenanfälle beeindruckten den Vater nicht; er faßte den Sohn energisch am Arm und bugsierte ihn aus dem Zimmer in den kalten, zugigen Steinkorridor. Noch fehlten zwei Tage auf die Nonen des Janusmonates! Mitten im Winter! Eine höchst unpassende Zeit zum Geborenwerden! Marcus Tullius dachte sehnsüchtig an die warmen Inseln im Golf von Neapel, wo auch jetzt die Sonne wohlig schien, wo an Ziegel- und Steinmauern Kletterpflanzen blühten und wo die Menschen fröhlich sangen. Aber sein Vater hielt es ja für verdienstlich, wenn es einem jämmerlich erging! Darin ähnelte er seiner Schwiegertochter.

Nicht, als ob ich – dachte Marcus Tullius, während er auf dem Wege durch die schmerzhaft hellen Korridore mühsam mit dem Vater Schritt zu halten suchte – Helvia nicht gern hätte, obwohl sie mich selbstherrlich zum Gatten erwählt hat und ich dabei nichts zu sagen hatte. Aber sie ist ein Mannweib. Vielleicht bin ich bloß ein kümmerliches Exemplar von Römer; doch es ist nun einmal so, daß mir sanfte Stimmen und Musik und Bücher und Stille am liebsten sind. Ich bewundere ja auch das Militär. Aber von weitem. Ganz von weitem. Ich muß griechisches Blut in den Adern haben, aus längst vergangener Zeit.

Sie durchschritten ein Stückchen offenes Gelände zwischen den Korridoren, und Marcus Tullius sah die schneebedeckten Gärten und das starke weiße Sonnenlicht. Die fernen Volskerberge leuchteten weiß, glanzvoll wie Jupiter selbst. Sogar in dem nordwestlich gelegenen Rom mußte es jetzt wärmer sein als hier; die große Zusammenballung von Menschen erwärmte ja die Luft, und die hohen Gebäude hielten den Wind ab oder milderten ihn. Man konnte sich auch alle paar Schritte in einem Hausflur unterstellen, und es gab geheizte Sänften. Aber hier auf dem Lande vermochte man sich vor dem – in diesem Jahre ungewöhnlich strengen – Winter nicht zu schützen. Der Vater allerdings ritt gern, in Pelz oder Leder vermummt, von Reitknechten umgeben, über Land auf die Jagd und kam dann, mit den Füßen stampfend und sich auf die Brust schlagend, schauerlich rot, von einem Frosthauch umgeben, aber in froher Laune heim. Wenn Marcus Tullius nur daran dachte, mußte er husten, und er hüllte sich fester in seinen Pelzmantel.

Auch Helvia war unglückseligerweise sehr robust und hielt frische Luft für gesund, wo doch jeder halbwegs vernünftige Arzt wußte, daß starker Luftzug unter Umständen den Tod bringen konnte. Noch gestern hatte Helvia selbst im Schnee zwei Kaninchen mit der Schlinge gefangen, sie, die hochschwangere Frau! Marcus Tullius konnte diese Gesundheitsprotzen, die den Winter liebten, nicht leiden. Der ‚alte Vater' war gar nicht wirklich alt. Er hätte, so dachte sein Sohn, selber Helvia heiraten sollen. Dann könnten die beiden gemeinsam nicht nur durch den

Schnee stapfen, sondern auch Stammbäume studieren und in glücklicher Eintracht Kaninchenbraten mit Knoblauchtunke essen und den sauren römischen Wein dazu trinken.

Marcus Tullius dachte an die Jahre, die er im Heeresdienst verbracht hatte und auf die er bis jetzt stolz gewesen war. Nun überlief es ihn kalt. Kraftmenschen waren ihm zuwider; sie starben gewöhnlich ganz plötzlich an irgendeiner Kleinigkeit, die schwächere Leute einfach mit einem Becher heißen Kräuterabsuds bekämpft hätten.

Nun kamen sie zur Tür des Frauentraktes. Hier hielt niemand Wache außer einer Greisin mit einem Bartanflug über den Lippen und einem dicken Schal um die Schultern. Sie erfreute sich der besonderen Gunst Helvias, weil sie einst deren Amme gewesen war. Schlurfend erhob sie sich von ihrem Hocker und starrte in der durchdringenden Kälte des Flurs die männlichen Eindringlinge an, die vor ihr immer schüchtern wurden, sogar der sonst gewöhnlich wie ein Stier brüllende alte Vater.

„Haben die Herren gewartet, bis das Kind so weit ist, daß es die Regilla anziehen kann?" fragte sie spöttisch. „Oder vielleicht die Toga?"

Marcus Tullius erwiderte: „Ist das Kind schon geboren? Noch nicht? Wie kann man dann sein Geschlecht schon wissen, Lira, und sagen, ob es eine Toga oder eine Regilla tragen wird?" Er versuchte, der Alten, die er insgeheim Hekate nannte, freundlich zuzulächeln.

Lira murmelte irgendeinen Fluch, während Vater und Sohn einander nicht anzublicken versuchten. Die Greisin führte die beiden keuchend zu einer Tür. „Die schweren Stunden!" sagte sie mit knarrender Stimme. „Aber wer betreut schon mein armes Täubchen, außer Sklavinnen?"

Die Männer konnten sich nicht vorstellen, daß eine so handfeste Frau wie Helvia überhaupt Trost oder Hilfe brauchen sollte. Marcus Tullius bemerkte schüchtern: „Es ist doch der Arzt bei ihr, und ich höre keinen Klagelaut."

„Der Arzt!" schrie Lira, drehte sich, die Hand an der Tür, um und funkelte die beiden Männer furchterregend an. „Wozu taugt ein Mann schon, außer dazu, einer Frau Schmerzen zu bereiten? Dieser Arzt mit seinen Gerüchen und seinen groben Händen! Zu meiner Zeit durfte kein Mann einer kreißenden Frau nahe kommen. Es ist widerlich. Kein Klagelaut! Meine Herrin ist von hohem, vornehmem Geblüt; sie schreit nicht wie eine Bauerndirne im Heu."

„Mach die Tür auf, Sklavin!" befahl der alte Vater, seinen Mut zusammenraffend.

„Ich bin keine Sklavin!" schrie Lira ebenso laut. „Meine Herrin hat mich bei ihrer Vermählung freigelassen. Bei ihrer Vermählung!" wiederholte sie in abfälligem Ton.

Der Vater wurde purpurrot wie reife Trauben und hob die geballte Faust, die sein Sohn kopfschüttelnd geschickt abfing.

„Bin ich nicht mehr Herr im eigenen Hause?" brüllte der Alte. „Gehört es auch zum neuen Rom, daß jedes Gelichter die Augen frech zum Herrn zu erheben wagt?"

„Pah", feixte Lira und stieß die Tür zum Gemach ihrer Herrin auf. Aber sie blieb noch einen beklemmenden Augenblick lang im Korridor stehen und fuchtelte mit dem Finger dem alten Vater vor der Nase. „Heute ist ein großer Ehrentag für diese Familie Cicero, deren Name als ‚Kichererbse', als ‚Kickerling' so oft ein Gespött war. Das Kind wird ein Knabe sein, und es haben sich wunderbare Vorzeichen gezeigt." Sie nickte, und ihre Augen glühten voll boshaften Triumphes über die auch in den Annalen Roms verzeichneten Erscheinungen. „Ich habe sie selbst gesehen. Als bei der Herrin die Wehen einsetzten, leuchtete es am Himmel auf wie ein Blitz, und es erschien eine Wolke in Form einer riesigen, eine Schriftrolle haltenden Hand. Das Kind wird den Namen Cicero, der sonst in Staub versunken wäre, in die Geschichte einführen."

Sie sah etwas im Blick des alten Vaters, das sie veranlaßte, rasch beiseite zu schlurfen, und die Männer traten in einen Raum, der ihnen kaum wärmer vorkam als der Flur, weil nur ein kleines, mit spärlicher Glut versehenes Heizbecken darin war. Den kalten Steinboden spürte Marcus Tullius sogar durch seine dicken Ledersohlen, und auch von den weißgetünchten Wänden schien Kälte auszustrahlen. Der stets vor Gesundheit strotzenden Helvia war nie kalt. Drei junge Sklavinnen standen beim Fenster und zupften unschlüssig an den blauen Wollvorhängen, während die Hebamme eine Handvoll Holzspäne in das kleine Heizbecken warf. Das kahle Zimmer enthielt nur wenige bescheidene Möbelstücke, von denen das wichtigste ein einfaches Holzbett war. Im Bett saß Helvia, rings von ihren Haushaltsbüchern umgeben, den Rücken auf ein Kissen gestützt. Lira schusselte, vor sich hinmurmelnd, zu ihrer Herrin. Als Helvia die Besucher bemerkte, zog sie die Stirn in Falten. Ihre Feder hielt mitten in einer Eintragung in einem sehr umfangreichen und sehr schweren Buche an. Der Arzt stand mit hilfloser Miene am Kopfende des Bettes.

„Helvia!" murmelte Marcus Tullius. Undeutlich wurde ihm bewußt, daß es bei solchen besonderen Gelegenheiten dem Gatten oblag, an die Seite seiner Frau zu eilen, ihre Hand zu ergreifen, ihr zuzusprechen und ein Gebet für sie zu verrichten. Helvia machte ein finsteres Gesicht. „Hier stimmt es um drei Sesterzen nicht", sagte sie mit ihrer lebhaften, jungen Stimme.

„Ach, ihr Götter!" seufzte der alte Vater und warf einen Blick auf die kleine Juno-Statue, vor der drei Votivlichter brannten.

„Dein Buchhalter ist entweder ein Analphabet oder ein Dieb, Marcus", eröffnete Helvia ihrem Gatten. Plötzlich mußte sie gähnen und zeigte eine gesunde rosige Mundhöhle mit zwei Reihen wunderbar weißschimmernder großer Zähne. Marcus Tullius näherte sich schüchtern seiner Frau.

„Ich bin vom Krankenbett aufgestanden, meine Liebe', betonte er, „damit ich in dieser Stunde bei dir sein kann."

Helvia schien verblüfft. „Mir fehlt doch nichts", erklärte sie. Ihr großer Bauch wölbte die Decken auf. „Aber hast nicht du einen Husten, Marcus?"

„Ich bin vom Krankenbett aufgestanden", wiederholte Marcus Tullius. Er kam sich sehr albern vor.

Helvia zuckte die Achseln. „Immerfort bist du krank", bemerkte sie herzlos. „Ich verstehe das nicht. Das Klima hier ist doch sehr heilsam. Du solltest täglich in der frischen Winterluft ausreiten oder spazierengehen; dann würdest du nicht wie ein Gespenst aussehen. Auch Phelon ist ganz meiner Meinung."

Die Votivlichter flackerten in einem starken, eisigen Luftzug, und Marcus Tullius bemerkte, daß das Fenster offenstand. Sofort hustete er laut. Er ging zum Bett und setzte sich auf den einfachen Holzstuhl daneben. Helvia sah ihren Gatten mit plötzlicher Zärtlichkeit an, befühlte ihm mit kundiger Hand die Stirn und ließ sich seine Zunge zeigen; damit war seine angebliche Krankheit für sie abgetan. „Alles nur Unsinn!" erklärte sie in entschiedenem Ton. „Aber was ist das für ein scheußlicher Geruch?"

„Geierfett", antwortete er. „Auf einem Pflaster. Für meine Brust."

Sie rümpfte die Nase. „Aasgeruch!" fand sie. „Dachte ich mir's doch gleich."

„Geierfett ist sehr wirksam, Herrin", erklärte Phelon. „Es hat fast augenblicklich die Lungenanschoppung gemildert."

Helvias Miene straffte sich. „Und sehr teuer ist es sicher auch. Was hat es gekostet?" fragte sie den Arzt.

„Zwei Sesterzen", gestand Phelon.

Helvia nahm ein Verrechnungsbuch zur Hand und trug den Betrag säuberlich ein.

Marcus Tullius, der liebevolle Gatte, war verärgert. „Haben wirklich die Wehen schon angefangen, Helvia?" fragte er.

„Vor einer Stunde hatte ich einen Anfall", erwiderte sie zerstreut. Sie klappte das Buch zu, schloß die Augen und dachte nach. „Diese drei Sesterzen! Ich werde meinen Seelenfrieden nicht eher finden, als bis ich das Versehen aufkläre – oder die Dieberei."

„Mein Buchhalter ist ein höchst ehrenwerter Mann", betonte der alte Vater. „Wenn die Sache dir so wichtig ist, Helvia, so ersetze ich dir die drei Sesterzen aus meiner eigenen Tasche."

„Damit ist die Verrechnung nicht glattgestellt", erklärte Helvia. Sie öffnete stirnrunzelnd die Augen – schöne, große Augen, die ihre Farbe je nach der Beleuchtung änderten, so daß sie bald bläulich, bald grünlich und bei besonders hellem Licht sogar tief goldgrau waren, umrahmt von einem Dickicht dichter, langer schwarzer Wimpern. Sie hatte ein vollendet rundes Gesicht, dessen seidenweiche, wie eine reife Birne rötlich angehauchte Haut einen leichten Stich ins Olivfarbene zeigte. Ihre Brauen schienen ausgezupft, so scharfe, dunkle, gerade Striche bildeten sie. Ihre Stirn war etwas niedrig, was der alte Vater in ärgerlichen Stimmungen als Zeichen geringer Intelligenz vermerkte. Ihre Nase wies eine ganz schwache Krümmung auf, mit gut ausgeformten Flügeln. Und sie hatte einen großen, kindlich arglosen Mund, ein dickes Grübchenkinn und einen kurzen Hals, der rasch in geschwungene Schultern überging. Ihr schwarzes, wie frischgebrochene Kohle schimmerndes Haar war so dicht und so stark gelockt, daß es ihr nur bis zu den Schultern reichte; es wollte nicht in die Länge wachsen, sondern nahm bloß an Fülle zu.

Die Frau stammte aus der vornehmen Familie der Helvier; doch niemand wäre erstaunt gewesen, sie in der Küche oder in den Scheunen anzutreffen, wo sie tatsächlich oft genug zur Überwachung ihrer ‚Hausdiebe' auftauchte. Ihr mächtiger Busen wölbte die Tunika auf. Ihre kurzen Arme waren rund, aber muskulös, ihre Hände breit und kräftig. Sie strotzte von Gesundheit und Kraft und Lebendigkeit, und ihre patrizische Herkunft machte sich äußerlich nicht bemerkbar.

Wenn sie den alten Vater nicht gerade ärgerte oder tyrannisierte, fand er, daß sie eine ausgezeichnete Hausfrau sei und daß sein Sohn es mit ihr sehr gut getroffen habe. Gewöhnlich hatte er Angst vor ihr, obwohl sie ganz jung war.

„Ist dir nicht kalt, meine Liebe?" fragte Marcus Tullius in der stillen Hoffnung, man würde ein stärkeres Feuer im Heizbecken entfachen.

Helvia riß die Augen weit auf. „Mir ist nicht kalt", erwiderte sie mit ihrer festen Stimme. „Zu viel Wärme ist schädlicher als frische Luft." Sie musterte ihn genau. „Ist vielleicht dir kalt, mit all dem Pelz und Leder?"

„Sehr kalt", gestand er.

Sie seufzte, nahm eine ihrer Decken und warf sie ihm mit mütterlicher Geste über die Knie. „Wir wollen es etwas wärmer machen", sagte sie und befahl einer Sklavin, noch eine Handvoll Späne in das Becken zu werfen.

„Wenn wir bloß das Fenster schließen könnten", bat Marcus Tullius, während er sich dankbar in die warme Decke hüllte. „Ich huste."

„Ja, aber du riechst auch", entgegnete Helvia. Ihr junges Gesicht verzerrte sich einen Augenblick lang, und der Arzt beugte sich besorgt über sie. „Es ist nichts, es ist schon vorbei", beruhigte sie ihn ungeduldig. Dann wurde sie ganz rot und verlegen. „Mir scheint, das Kind ist da", murmelte sie.

Der alte Vater verließ rasch das Zimmer. Lira stimmte einen krächzenden Singsang an. Die Sklavinnen knieten vor die Statue der Juno. Der Arzt schob die Hand unter die Decken. Marcus Tullius sank lautlos in Ohnmacht. Der Arzt war sehr aufgeregt. „Der Kopf!" rief er.

So wenig Anstrengung oder Aufwand erforderte die Geburt dieses Kindes, eines Knaben, der am dritten Januartage des römischen Jahres 648 dem Marcus Tullius Cicero und seiner jungen Frau Helvia geboren wurde und ebenfalls den Namen Marcus erhielt.

„Das Kind ist ein Spiegelbild von dir, Herrin", sagte Lira vier Tage später zu der Wöchnerin. Helvia saß schon wieder an ihrem Tisch vor den Haushaltsbüchern; aber wenigstens im Zimmer hielt sie der Arzt für die vorgeschriebene Zeit.

Sie musterte kritisch den in weiße Wollwindeln gewickelten Säugling. „Unsinn!" erklärte sie, während sie die dünne, kleine Wange mit einem Finger berührte und dann das Kind unter dem winzigen, empfindlichen Kinn kraulte. „Der Bub ist meinem Mann wie aus dem Gesicht geschnitten. Sehr vornehm sieht er aus, nicht? Immerhin hat er meine Augen, das gebe ich dir zu." Sie legte sich das Kind an die Brust und begann, über den Säuglingskopf und ihre schützenden Arme hinweg, wieder in die Bücher zu gucken. „Noch zehn neue Leinenlaken!" rief sie streng. „Wir werden Bankrott machen."

„Dem Vater sieht das Kind nicht im mindesten ähnlich", widersprach Lira. „Es hat eher die Züge deines edlen Vaters, Herrin. Es hat einen Hauch von Größe. Habe ich mich jemals geirrt? Habe ich es dir nicht vorausgesagt? Kann sonst jemand die Vorzeichen so gut deuten wie ich?"

„Und zwei Hekatomben hat man anläßlich seiner Geburt geopfert", krittelte Helvia. „Eine hätte auch gereicht."

„Ein so hübsches Kind!" rühmte Lira. „Rom weiß es noch nicht, aber der Stadt ist ein Heros geboren worden." Sie streichelte das zarte, feine Haar des trinkenden Kindes. „Weißt du, Herrin, was die Juden sagen? Sie erwarten voll Sehnsucht einen Helden, der ihnen angeblich prophezeit worden ist. Und in Delphi soll das Orakel die bevorstehende Erscheinung des Großen Mannes angekündigt haben. Am Himmel sind Zeichen und Wunder geschehen, von denen die Priester in den Tempeln murmeln. Der Heros!"

Helvia entgegnete: „Er sieht eher aus wie ein vorzeitig geborenes Lamm. Oder wie ein unbehaartes Kitzlein ... Und diese fehlenden drei Sesterzen kann ich noch immer nicht finden."

„Er ist ein Heros!" wiederholte Lira. „Ach, was für großartige Dinge werden in Rom geschehen, wenn er ein Mann geworden ist!"

II

Viele Jahre später schrieb Marcus Tullius Cicero, der dritte dieses Namens, einem Freund: ‚Meine Mutter Helvia aus der berühmten Familie der Helvier war keineswegs, wie ich manchmal böswilligerweise erwähnen hörte, geizig. Sie war einfach sparsam, wie alle Helvier.'

Er dachte oft an das sehr bescheidene Haus bei Arpinum, wo er an jenem sehr kalten Tage des Janusmonats zur Welt gekommen war; denn mit diesem Hause waren aus vielen Gründen seine angenehmsten Erinnerungen verknüpft. Nach seiner Benamsung wurde sein Vater, um Verwechslungen zu vermeiden, nicht mehr Marcus Tullius, sondern nur mehr Tullius geheißen; darüber erzürnt, zeterte der alte Vater, anscheinend verwehre man ihnen beiden die gebührenden Rufnamen. „Daran ist diese Frau schuld!" schrie er seinen Sohn an. „Ich bin doch jetzt der Großvater, dem alle Achtung und Ehre zukommt. Aber sogar die Sklaven reden von mir noch immer als von dem ‚alten Vater'! Man verachtet mich im eigenen Hause."

Helvia fand ihn unvernünftig. Hatte er nicht selbst den Vornamen seines Enkels bestimmt? Das Leben war wirklich schwierig genug, auch ohne drei männliche Personen des gleichen Namens im selben Haushalt. „Ich verlange, daß man mich von jetzt ab ‚Großvater' nennt", versteifte der älteste der drei Tullier sich. „Das gebührt mir jetzt." Da Helvia ihn seit der Geburt ihres ersten Sohnes ohnedies so titulierte, fand sie ihn krittliger denn je und zückte nur die Achseln. Männer zu verstehen war unmöglich. Von einem Manne Logik zu erwarten, war seitens einer Frau unlogisch.

„Er ist alt, Helvia", beschwichtigte ihr Gatte sie. Aber sie erwiderte: „Mein Vater ist älter. Aber er beherrscht sich besser – dank meiner Mutter, die es nicht duldet, daß irgendwer im Hause, und sei es der niedrigste Sklave, angebrüllt wird. Einmal", fügte sie mit einem vergnügten Ausdruck auf ihrem hübschen jungen Gesicht hinzu, „hat meine Mutter ihm, als er bei Tisch unleidlich wurde, eine Schüssel mit Fischtunke an den Kopf geworfen."

Tullius mußte an seinen eigenen Vater denken und fragte lächelnd: „Was hat dein Vater in dieser peinlichen Lage getan?"

„Er hat sich mit der Serviette die Fischtunke von den Haaren und aus dem Gesicht gewischt", erwiderte Helvia, über die Frage erstaunt. „Was hätte er denn sonst tun sollen?"

„Er hat sich nicht zur Wehr gesetzt?"

„Meine Mutter ist größer und stärker als er", erklärte Helvia. „Außerdem wurde eben eine Schüssel Bohnen aufgetragen. Mein Vater faßte die Bohnen ins Auge und ließ sich von einem Sklaven eine neue Serviette bringen. In unserer Familie wurde wenig gestritten. Deine Mutter hat nicht gleich zu Beginn der Ehe auf ihren Rechten bestanden. Das muß man nämlich tun, wie meine Mutter mir einschärfte, bevor ich dich heiratete, mein Lieber. Später wird der Mann schon schwerer fügsam."

„Bin ich fügsam?" fragte Tullius, noch immer lächelnd, aber etwas ärgerlich.

Helvia tätschelte ihm zärtlich die Wange. „Ich habe eine kluge Mutter", meinte sie.

Also fügsam bin ich, dachte Tullius nicht sehr erfreut. Helvia tyrannisierte ihn keineswegs, wie so viele Frauen es mit ihren Männern offen oder versteckt taten. Das Familienleben verlief friedlich, was seiner empfindlichen Verdauung wohltat, und auch sein Vater brüllte jetzt weit weniger als früher, was der Verdauung ebenfalls nützte. Niemand schien vor der sehr gebieterischen Helvia Angst zu haben; wenigstens zeigte es niemand. Aber niemand wagte, in ihrer Gegenwart ernstlich aufzubegehren oder zu nörgeln. Sie brauchte bloß mit ihren schönen Augen nach Kinderart zu starren, und gleich gab sogar ihr Schwiegervater nach, allerdings nicht ohne ein Murren, mit dem er zeigen wollte, daß er trotz der Helvierin noch immer das Familienoberhaupt sei. Wenn er mit seinem Sohne allein war, machte er sich in spöttischen Bemerkungen über die Frauen Luft. Seiner Meinung nach sei, so sagte er etwa, ein Haushalt vorzuziehen, in dem die Frau ihren Platz kennt.

„Helvia kennt ihren Platz", entgegnete Tullius traurig. „Das ist ja das Unglück."

Helvia schwang ihr Zepter, umwand es aber mit Liebenswürdigkeit. Selten geriet sie außer sich, und nie wurde sie ganz böse.

„Sie hat keine Gefühle, kein Feuer, keine Leidenschaften. Sie ist stumpf", erklärte ihr Schwiegervater zu seinem Sohn.

Tullius wußte, daß Helvia im Bett Leidenschaften entwickelte, die für einen jungen Mann von seiner Gesetztheit etwas anstrengend waren. Aber sie war in ihrer Heißblütigkeit genauso geradsinnig wie bei der Überwachung der Haushaltskosten. Nichts schien für sie undeutbar oder unmeßbar, nichts rätselhaft oder unerklärlich. Sie kannte keinen Zweifel. Sie kam ihren Obliegenheiten restlos nach und wurde sehr bewundert. Wenn sie nie einen Stern am Himmel oder eine Blume im Garten wirklich sah und nie im Frühling Entzücken fühlte, nie von grenzenlosem Kummer erfaßt oder von gewaltigen Visionen erschüttert wurde, bewies das seelische Stumpfheit? Tullius hatte manchmal die Empfindung, Helvia sehe die Dinge so wie ein friedsames Tier, das alles ohne Staunen hinnahm, seine unverhüllten Gelüste hatte und jederzeit von allen Lebewesen gute, vernünftige Behandlung erwartete.

Einmal, als sie jung verheiratet waren, hatte Tullius ihr aus Homer vorgelesen. Sie hatte höflich zugehört und dann gefragt: „Aber bedeutet das irgend etwas? Alle diese Worte sind doch ein wirres Durcheinander."

Sie sei nun einmal nicht redselig, was bei einer Frau als Tugend zu gelten habe, hielt Tullius seinem Vater entgegen, als der alte Mann vor Groll wie ein Stier zu schnauben und zu stampfen begann.

„Sie hat eben nichts, was sie sagen könnte!" rief der alte Mann und stampfte noch fester auf.

„Zu schweigen, wenn man nichts zu sagen hat, nenne ich Weisheit", erklärte Tullius, nach dessen Überzeugung Worte an sich, über den ersten Klangsinn hinaus, schön und der verschiedensten Bedeutungen fähig waren. Er selbst hatte immer nach innen gelebt, in stiller Zurückgezogenheit. Aber er war einsam. Nun wandte er sich hoffnungsvoll seinem Söhnchen zu, das seine Gesichtszüge und seine in sich gekehrte Miene hatte.

Die Ciceros wohnten nicht in Arpinum selbst, nahmen aber an den diesem Orte eingeräumten Vorrechten teil und waren damit auch römische Bürger. Von ihrem Hause aus sahen sie auf einem der Volskischen Hügel das nicht unbedeutende Städtchen liegen, das sich auf einem steilen, mit Pappeln und Eichen bewachsenen Hang über dem Liris, einem schwärzlich schimmernden Berggewässer, ausbreitete. Von der Flußinsel aus, auf der sie wohnten und die der Großvater als Eigentümer bebaute, sahen sie auch die Einmündung des Fibrenus-Baches in den Liris. Die Insel war merkwürdig geformt, wie ein großes Schiff, dessen Bug das Wasser zerschnitt; aus der Ferne konnte man meinen, das Schiff werde mit gerefften Segeln in einem wilden Strömungswirbel festgehalten. Aufklatschend brach sich das Wasser mit lärmender Heftigkeit an dem steinernen Bug.

Die Luft war rein und sehr kühl und klar; sie hatte, von einigen strahlenden Sonnenuntergängen abgesehen, nichts von den samnitischen Goldtönen. Die Landschaft hatte eher eine nördliche als eine südliche Atmosphäre, was noch durch die Wucht mächtiger Bäume, besonders der heiligen Eichen, betont wurde, durch die frisch grünen Wiesen des Inselinnern, die schönen Durchblicke, den gewellten, manchmal mit moosbedeckten Steinen aufbrechenden Boden. Die Gegend hatte weder die grelle Farbenpracht noch die fröhliche Üppigkeit des südlichen Italien. Auch die Bewohner waren ruhiger und kühler und sprachen von Rom verächtlich als von einem vielverschlungenen Chaos. Hier lebte noch der Geist des Cincinnatus und der Republik. Hier redeten die Leute mit Bedauern von der Verfassung, die ständig durch die römischen Senatoren und die Gerichte verletzt werde, ohne daß ein würdeloser großstädtischer Pöbel dagegen Einspruch erhebe. Man gedachte noch der alten Tage, als die Römer wirklich furchtlos und frei gewesen seien; man verehrte die Götter und übte die Tugenden der Frömmigkeit, Menschlichkeit, Tapferkeit, Vaterlandsliebe und Ehrenhaftigkeit.

Auf der Flußinsel bei Arpinum waren der Großvater zur Welt gekommen und der Vater und jetzt auch der kleine Marcus. Helvia nannte den Bauernhof ‚Villa', der Großvater sprach einfach von dem ‚Haus'. Tullius bezeichnete das Gebäude, aber nur in Gedanken, als ‚Hütte'. Zum erstenmal setzte er sich gegen Vater und Frau durch: er fing an, das Gehöft zu vergrößern. Plötzlich wurde die Luft vom Klang des Hämmerns und Hobelns und von den Stimmen der Werkleute erfüllt.

Helvia schickte sich gelassen in diesen Lauf der Dinge. Oft verließ sie den Frauentrakt, um zu inspizieren und zu kritisieren und um sich zu vergewissern, daß die durchwegs sehr lebenslustigen Werkleute – sie stammten alle aus Arpinum und waren daher Freie und nicht Sklaven – die knappgehaltenen Küchenvorräte nicht übermäßig zur Füllung ihrer Mägen in Anspruch nahmen. Sie beschnupperte jeden Krug Wein, den die Sklavinnen, froh über die seit langem ungewohnte Regsamkeit, den Arbeitern brachten. Bei Sonnenuntergang hockte sie sich auf einen großen, bequemen Stein, verzeichnete die Arbeitsstunden und berechnete ganz genau die Löhne der Werkleute. Man beklagte sich über den schlechten Wein; sie kümmerte sich nicht darum. Man murmelte, das müsse eine schäbige Familie sein, die so karges Essen biete; Helvia notierte unbeirrt die Verpflegung bis zum letzten Fisch und Brotlaib.

Als die Arbeit zu Ende ging, hatte sie die mürrische Hochachtung der Werkleute gewonnen, die sich allerdings schworen, die Insel nie wieder mit Hammer oder Säge zu betreten.

Sie empfanden auch die Anwesenheit des Großvaters als lästig, der zwar seiner Schwiegertochter mit ihren Rechnungsbüchern möglichst auswich, dafür aber ständig das Baumaterial bekrittelte. Wie alle Handwerker klatschten sie gern. Die Familie gehöre gar nicht zu den Equites, dem Ritterstande und Geldadel, sondern sei durchaus plebejisch. Keiner der Männer habe je ein kurulisches Amt, nicht einmal das eines Ädilen, innegehabt und damit das Privilegium erworben, in Rom einen elfenbeinverzierten Wagen benützen zu dürfen. Der Großvater prahle allerdings damit, die Tullier seien nicht nur Ritter, sondern Nachkommen eines Fürsten der Königszeit, des Volskerherrschers Tullius Attius, der einen ehrenvollen Sieg über die barbarischen Frührömer errungen habe. Über solche ‚Vornehmtuerei' spotteten, als die letzten Mauern des Erweiterungsbaues standen, die Werkleute schon ganz offen, in Hörweite Helvias.

Sie erzählte davon ihrem Schwiegervater in nachsichtigem Ton. „Ist es nicht merkwürdig, daß diese ganz niedrigen und auf ihre Niedrigkeit noch stolzen Menschen Anstoß daran nehmen, sie könnten vielleicht gar für Leute arbeiten, die nicht so hoch über ihnen stehen wie der Olymp über der Ebene? Ihr Dünkel in dieser Beziehung wächst mit ihrer Bedeutungslosigkeit."

„Das kommt daher, weil sie unglückseligerweise an ihre Bedeutungslosigkeit glauben", erklärte der gutherzige Tullius, der, obgleich auch anwesend, nicht ins Gespräch einbezogen worden war. Sein Vater und seine Frau zeigten sich in letzter Zeit erstaunt, wenn er redete oder auch nur sich sehen ließ. „Es ist traurig", fuhr Tullius fort, als die beiden ihm finstere Blicke zuwarfen, „daß heutzutage niemand darauf stolz ist, einfach ein Mensch zu sein, ein mit Seele und Geist ausgestattetes, hoch über den Tieren stehendes Wesen. Nein, jeder muß noch seine eitlen Sonderwünsche haben."

Helvia zuckte die Achseln. „Es ist alles eine Geldsache", sagte sie. „Wie ich höre, kann man sich in Rom jederzeit mit Schmiergeldern einen vornehmen Stammbaum kaufen. Wenn das Gold gewichtig genug ist, erfinden die Standesbeamten auch für den niedrigsten Freigelassenen adelige Vorfahren."

Der Großvater freute sich darüber, daß eine Helvierin sich von patrizischer Herkunft nicht beeindruckt zeigt. Aber Tullius mußte diesen friedsamen Augenblick durch die Bemerkung stören, ausschlaggebend für das vornehme Wesen eines Menschen sei die edle Gesinnung und Heldenhaftigkeit seiner Ahnen, nicht jedoch deren soziale Stellung.

Er zog sich immer mehr auf seine Bibliothek zurück, die er in den neuen Flügel des Gehöftes übersiedelt hatte. Er kannte kaum mehr anderes als seine Bücher, seine insgeheim geschriebenen Gedichte, seine Spaziergänge an den Ufern des reißenden Flusses, den Frieden des Waldes und seine Gedanken. Als aber sein Sohn in den zweiten Sommer trat, wandte sich der vereinsamte junge Vater dem Erstgeborenen mit zittriger Hoffnung zu.

Der kleine Marcus war zwar schmächtig wie sein Vater und neigte zu entzündlichen Krankheiten; zur allgemeinen Verwunderung hatte er jedoch schon mit acht Monaten zu gehen begonnen und verfügte mit zwei Jahren über einen erstaunlichen Wortschatz, den er den geheimen Besuchen des Vaters in der Kinderstube verdankte. Trotz Liras grimmiger Blicke schaukelte er den Kleinen auf den Knien und lehrte ihn sprechen, nicht im Tonfall eines Kindes, sondern in dem eines gebildeten Mannes. Der Knabe starrte ihn mit den großen, schillernden Augen seiner Mutter an, mit Augen, die bei ihm einen beredten, geheimnisvollen Ausdruck hatten. Im übrigen ähnelte er dem Vater, zu dessen großer Freude. Tullius war, als das Kind zwei Jahre zählte, überzeugt davon, daß es ihn vollkommen verstand. Jedenfalls hörte es ihm mit ernster, nachdenklicher Miene zu. Das magere Gesichtchen war vor Anstrengung gespannt; nur, wenn der Vater einen kleinen Scherz machte, lächelte es sanft und überraschend ausdrucksvoll. Der Knabe hatte vom Vater den langen Kopf, das hübsche braune Haar, das weiche Kinn und den empfindsamen Mund. Vom Großvater stammte, wovon der Vater nichts merkte, ein gelegentlicher Ausdruck der Entschlossenheit und Zielstrebigkeit, von der Mutter außer den Augen eine gewisse Gelassenheit und Festigkeit.

Helvia fand das Kind zu gebrechlich, zu sehr dem Vater ähnlich. Deshalb wandte sie die gleiche Mutterliebe, die sie dem Gatten entgegenbrachte, auch dem Sohne zu. Sie betreute ihn auf ihre rauhe Art. Für sie war er ein Schäflein, das eine liebevolle, aber feste Hand brauchte, keine Verzärtelung. Wenn er ihr mit ernster Miene etwas vorplapperte, streichelte sie ihm das seidenweiche Haar, tätschelte ihm die Wange und schickte ihn dann mit Lira weg, zu einer Extratasse Milch mit Brot. Sie glaubte allen Ernstes, Geistesnöte könnten durch gute Ernährung gelindert werden, und alle Seelenqualen, die sie selbst nicht kannte, kämen nur von Verdauungsbeschwerden, denen am besten mit einem Absud heimischer Heilkräuter beizukommen sei. Tullius und der kleine Marcus mußten also oft ein schreckliches Gebräu aus Kräutern und Wurzeln trinken, die Helvia selbst im Walde gesammelt hatte.

Über der Insel lag die süße, würzige Vergänglichkeitsstimmung des Herbstes, und trotz der mittägigen Stunde hingen kalte Nebel in den ausladenden Ästen der Eichen mit ihrem blutroten Laub. Die Pappeln waren goldglänzende, traumzarte Schemen; aber das Gras hatte seine lebhafte Smaragdfarbe bewahrt. Wild und dunkel umströmte der Fluß die Inselufer, ein kaltes, schimmerndes Gewässer, das Marcus sein ganzes Leben lang in Erinnerung behalten sollte und dessen geheimnisvolles Murmeln er auch später immer zu hören glaubte.

An den Ufern standen Büschel großer gelber Blumen, wilde, rotblühende Sträucher und kleine purpurne Polster von Lavendel. Bienen summten, trotz eines mahnend scharfen Windhauches, noch geschäftig umher, und Wolken weißer oder orangefarbener Schmetterlinge hoben sich wie zarte Blütenblätter in die Luft, wenn man durch das Gras schritt. Vögel riefen noch schrill in den Bäumen; Geier schwebten im weiten tiefblauen Gewölbe des Herbsthimmels. Die fernen Volskerberge zeichneten sich bronzen gegen das Firmament ab, von schwarzen oder bräunlichen Klüften und Schründen durchsetzt. Jenseits des Flusses sah man Arpinum einen Berghang hinaufsteigen, die Hauswände blendendweiß, die Dächer kirschfarben im starken Sonnenlicht.

Nur ein Stück vom Gehöft entfernt, hörte man an diesem friedlichen Fleck nichts als die Zwiesprache der sich vereinigenden eiligen Wasserläufe, die Rufe der Vögel und das leise Rascheln abgefallener Eichenblätter, die vor den gelegentlichen Windstößen wie zusammengeschrumpfte rote Tierchen einherliefen, da und dort an den Wurzeln der Sträucher, in kleinen Bodenrillen, an den Stämmen von Erlen Schutz suchten oder sich fliehend auf die Wasserfläche stürzten, wo sie, Blutflecken gleich, davongeschwemmt wurden. Die welken Pappelblätter auf dem Boden waren weniger bewegungslustig; sie schoben sich zu Häufchen Goldfiligran zusammen. Und überall lag der starke Duft des Herbstes, der sich aus Baum und Gras und Blume, aus der sonnendurchwärmten Luft, aus den reifen Früchten der Obstgärten, aus farbenflammenden Laubbäumen und scharfriechenden Pinien, aus dunkelnden Zypressen und schweren Ähren erhob.

Tullius, der hier sein mit Lira umherstreifendes Söhnchen suchte, sah die ganze Gegend in ländlich lebendiges Licht getaucht, still und abgeschieden, fern von Unrast und Großstadtgewühl, fern den streitsüchtigen, ihm verhaßten Menschen, fern von Ehrsucht und Gewalt und den ihm widerlichen Politikern, fern von Glanz und Größe, von Gerichtshöfen und Menschenmassen und Häusermeeren, von Musik und Marschtritt und Fahnen, von Mauern und Gemächern und widerhallenden Säulengängen, fern von dem ehrgeizigen Hasten jener, die nur Tätigkeit, nicht Beschaulichkeit, für die wahre Sendung des Mannes hielten. Hier gab es keine von Menschenhand, sondern nur von der Natur selbst erbaute Tempel, Zufluchtsstätten für Nymphen und Faune und andere scheue Geschöpfe, die, gleich Tullius, Städte fürchteten und mieden. Hier war der Mensch allein, wirklich allein. Sein Wesen blieb in ihm bewahrt, wie duftendes Öl in einem wohlverschlossenen Gefäß. Hier mutete ihm niemand zu, diese geheiligte Essenz unbekümmert mit den Ausdünstungen anderer zu vermischen, so daß ihre Einmaligkeit verlorenging und das offene Gefäß leer wurde, beraubt jenes Wertvollsten, das den einen Menschen vom anderen in Wesen und Wirken unterschied. Wenn sie allein standen, hatten die Menschen starke Eigenwerte. Die Großstadt zerstörte ihre Gesichter, machte sie unpersönlich.

Seine Meinung über Zivilisation war nicht sehr schmeichelhaft. Nach Rom hatte er keinerlei Sehnsucht. Theater und Zirkus und Belustigung und hektische Abwechslung bedeuteten ihm nichts. Nur hier, auf seiner heimatlichen Insel, fühlte er sich frei und vor allem sicher. Nach Vollendung des Erweiterungsbaues hatte er sich als Schlafraum eine kleine Kammer gewählt, deren feste Tür immer verriegelt wurde.

Er stand am Flußufer und horchte auf alle die Geräusche, die ihn entzückten. Hier konnte er glauben, es gäbe kein Rom, keine Hafenstädte, nichts, was ihn gegen seinen Willen festhalten könnte. Dann hörte er in der Nähe das Lachen des kleinen Marcus. Er ging dem Klange nach, und dürres Laub raschelte unter seinen Sandalen. Der Wind hatte sich gelegt; die Luft war wärmer geworden. Tullius legte den weißen Wollmantel ab und ließ die Sonne seine dünnen, unter der Wolltunika rasch ausschreitenden Beine bescheinen.

Er sah die alte Lira, den Rücken gegen einen Baum gelehnt, dasitzen und ihren Schützling Marcus beobachten, der mit seinen Händchen Schmetterlinge zu fangen versuchte. Der kaum der ersten Kindheit entwachsene Knabe war groß und anmutig; er stolperte nicht unbeholfen einher wie andere Kinder. Tullius blieb, noch unbemerkt, einen Augenblick stehen und betrachtete vergnügt seinen Erstgeborenen. Ja, er sah ihm sehr ähnlich, obwohl das Kinn des Knaben fester war als seines und um die hübschen, beredten Lippen ebenso wie an der scharfgeschnittenen Nase eine Art schlummernder Kraft sichtbar wurde.

Das, dachte Tullius, ist einer, der sich nie vor irgend etwas sehr fürchten wird. Er beneidete ihn ein ganz klein wenig und verspürte dann ganz großen Stolz. Denn dieser Knabe war ja sein Sohn, mit dem gleichen, lockig über Stirn und Nacken fallenden braunen Haar, mit der gleichen Körperformung, mit fast den gleichen, nur etwas stärker ausgeprägten Gesichtszügen. Als der Knabe sein Spiel für einen Augenblick unterbrach und auf den Fluß blickte, sah Tullius seine Augen, die wie jene Helvias immerfort ihre Farbe änderten. Jetzt, in der Mischung von Licht und Schatten, waren sie bernsteingelb. Sie starrten nicht gleichmäßig, wie bei der Mutter; sie leuchteten auf und verdunkelten sich, je nach inneren Regungen. Tullius hatte den bestimmten Eindruck von Seelenadel und Geistesfülle.

Der Knabe trug eine blaue Wolltunika, da die Mutter ihn sogar an Sommertagen gern in Wolle kleidete. In der jetzt windstillen, warmen Luft standen Schweißtröpfchen auf seiner von feuchten Locken umrahmten Stirn.

„Marcus!'' rief Tullius und trat in die Lichtung. Der Knabe drehte sich um, blickte ihn an, lächelte ihm bezaubernd zu und lief ihm mit fröhlichem Plappern entgegen. Lira wandte ihr altes Furiengesicht und legte es in grimmige Falten. „Wir wollen gerade heimgehen, Herr'', sagte sie mit zurückweisender Stimme und begann sich mühsam aufzurichten. Tullius sah seinen Sohn an, der ihm die Beine umschlungen hatte, und legte ihm still die Hand auf die feuchten Locken. Gern wäre er mit ihm allein gewesen und hätte ihn so geküßt, wie kein beherrschter Römer sein Kind — gar, wenn es ein Knabe war — küssen durfte; zumindest hätte er ihn gern an die Brust gedrückt und stumm für ihn gebetet.

Und warum eigentlich nicht? dachte er, als Lira ihm schwerfällig entgegenschwankte. Er spürte, was bei ihm selten vorkam, Zorn und Widerwillen. Er sagte: „Frau Helvia wird wohl deine Hilfe brauchen. Laß meinen Sohn noch eine Stunde mit mir allein!'' Er gab seiner Stimme einen strengen, verabschiedenden Klang.

Lira glotzte ihn an und schnob laut. „Es ist Zeit, daß er schlafen geht'', erklärte sie und streckte die knotige Hand nach dem Knaben aus.

Nicht oft beharrte Tullius auf seinem Willen. Er hatte einen fragwürdigen Frieden dadurch erreicht, daß er schon von Kind auf häuslichen Zwist vermied. Er war immer von willensstarken Menschen umgeben gewesen. Aber wenn er einmal aufbegehrte, setzte er sich durch, teils, weil die anderen über die ungewohnte Tatsache verblüfft waren, teils, weil sie im Aufblitzen seiner Augen etwas Achtunggebietendes erkannten.

Er sagte: „Ich werde ihn bald selbst zu Bett bringen. Jetzt wünsche ich, eine Zeitlang mit ihm allein zu bleiben. Geh zu deiner Herrin, Lira!"

Sie gab nicht gleich nach. Die Furchen ihres Gesichtes wurden tiefer und dunkler; ihre Augen spähten mit einem Schimmer purer Bosheit. Sie verschränkte die Arme über der eingesunkenen Brust und musterte ihren Herrn, der alle Kraft aufbieten mußte, um ihrem Blick standzuhalten, bis sie plötzlich mit einem leisen Fluch die Augen senkte. Dann stapfte sie, ohne sich umzusehen, davon. Wenn ihr Gewand an einem Strauch oder einem niedrigen Ast hängenblieb, riß sie es mit einer Geste los, aus der man schließen konnte, was sie am liebsten mit Tullius getan hätte. Leise lächelnd sah er ihr nach. Dann setzte er sich in das warme Gras, nahm den Knaben auf den Schoß, küßte ihm Wange und feuchte Stirn und Hals und hielt seine Hand fest umklammert.

Die Haut des Knaben roch nach frischer Frühlingserde und strömte auch etwas von dem würzigen Duft des Herbstes aus. Marcus streichelte dem Vater das Gesicht voll Freude über die Zärtlichkeiten, weil es in seinem Wesen lag, zu lieben und sich lieben zu lassen. Er lehnte sich auf den ihn umschlingenden Arm zurück, betrachtete das über ihn gebeugte Gesicht mit plötzlichem einfühlendem Ernst und hob den Kopf, als lauschte er den Gedanken seines Vaters und spürte darin einige Traurigkeit.

Tullius küßte ihn wieder. Mein Sohn, dachte er, wo und was wirst du als Mann sein? Wirst du wie ich die Welt fliehen oder wirst du dich ihr stellen? Vor allem, was werden die Menschen deiner Seele antun, die jetzt einem Becher klaren Wassers gleicht? Werden sie dir die Seele aufwühlen und trüben, sie mit dem Unrat ihrer üblen Vorstellungen füllen, wie der Tiber mit Unrat gefüllt ist? Werden sie dir die Seele mit Lügen und Bosheiten beflecken, wie eine Quelle von toten Schlangen und anderem Gezücht verunreinigt wird? Werden sie dich zu einem der Ihren machen, diese Ehebrecher und Räuber, diese Geschöpfe ohne Selbstachtung und Frömmigkeit, diese ehrlosen Wüstlinge und treulosen Verräter? Oder wirst du stärker sein als dein Vater und ihnen allen die Spitze bieten, nicht in verächtlichem Schweigen wie ich, sondern mit dem Flammenschwerte des Wortes? Wirst du ihnen zurufen, daß es eine Macht gibt, die nicht auf Waffen beruht, sondern in den Herzen und Seelen rechtschaffener Männer lebt, und die unüberwindlich ist? Wirst du ihnen zurufen, daß Gewalt ohne Gesetz Chaos ist und daß wahres Gesetz nur von Gott selbst kommen kann? Was wirst du ihnen sagen, mein Sohn?

Der Knabe schien den drängenden, verzweifelten Gedanken des jungen Vaters zu lauschen; denn er hob langsam die Hand und legte sie ihm an die Wange. Tullius spürte, wie klein diese Hand war; aber er spürte auch eine kraftvolle Wärme, eine Ermutigung, ein Versprechen. Das bilde ich mir nur ein, er ist ja noch ein Kind, dachte Tullius, dessen Augen sich mit unmännlichen, eines Römers unwürdigen Tränen gefüllt hatten. Er kann unmöglich verstehen, was ihn meine Seele gefragt hat. Und doch hält er die Hand an meiner Wange wie ein Vater und nicht wie ein Kind.

Tullius hob die Augen zum Himmel und betete. Er betete, wie die ‚alten' Römer es taten, nicht um Wohlstand und Glanz für sein Kind, nicht um Ruhm und das Flattern von Fahnen, nicht um Herrschermacht oder hochfliegende Unternehmungen. Er betete nur, sein Sohn möge ein Mann werden, wie die Römer sich einst Männer wünschten: gerecht in allen Handlungen, entschlossen zur Rechtschaffenheit, stark in der Vaterlandsliebe, voll glühender Frömmigkeit, mutvoll in allen Widrigkeiten, friedsam von Gemüt, aber nicht insgeheim dem Unrecht dienend, ein Beschützer der Schwachen, behutsam in Entscheidungen, gerechtigkeitsliebend, maßvoll und ehrenhaft.

Tullius gab seinen Sohn dem göttlichen Walten anheim und bat für ihn nur um die Gnade, bewahrt zu bleiben vor Ehrlosigkeit und Habsucht, Grausamkeit und Wahnwitz, keinem Kampfe auszuweichen, sondern ihn im Namen des Rechtes aufzunehmen, niemanden und nichts zu fürchten, außer jenen Menschen und Dingen, die ihm die Seele verstümmeln könnten. Er betete, wie Väter es seit eh und je getan hatten, und er war getröstet.

III

Als Quintus Tullius Cicero, der um vier Jahre jüngere Bruder des Marcus, geboren wurde, entband Helvia nicht so leicht wie beim ersten Mal. Die Wehen dauerten viele Stunden, und Lira wiegte mit sehr wissender Miene den Kopf, als hätte Juno, die Geburtsgöttin, selbst ihr geheime Kunde gegeben. „Sicher ist es ein Mädchen", behauptete der Großvater, der alles Weibliche fürchtete und deshalb verachtete. „Nur ein Frauenzimmer kann schon vor der Geburt solchen Jammer anrichten." Aber das Kind, das zur Welt kam, als die erstaunliche Helvia erst am Rande qualvollen Schmerzbewußtseins war, stellte sich als Knabe heraus.

Er war viel größer, als Marcus es bei der Geburt gewesen war, viel lebhafter und schreilustiger; er war hübsch und glich ganz seiner Mutter. Er hatte ihr dunkles Lockenhaar, ihre gesunde Gesichtsfarbe, ihre breiten Schultern und dicken Gliedmaßen. Er hatte vom Augenblick der Geburt an eine Stentorstimme, die er ständig betätigte. Er war sehr kräftig gebaut, ein Miniatursoldat, und der von dem zurückhaltenden, manierlichen Marcus etwas enttäuschte Großvater fand an ihm helle Freude. „Das ist kein geschlechtsloses Wesen!" rief er, während er seinen laut plärrenden Enkel auf dem Schoß schaukelte.

„Ein Krawallmacher ist er", erklärte Lira. Tullius warf einen Blick auf den Neuankömmling, der ihn plötzlich mit Scheu und Verschüchterung erfüllte, und kehrte zu seinem Erstgeborenen und zu seinen Büchern zurück. Der Großvater erklärte: „Er wird zu guter Letzt Konsul werden. Er ist seiner Ahnen würdig." Lira umsorgte zwar den Kleinen, schon, weil er ihrer geliebten Herrin entstammte, war aber nicht weiter von ihm beeindruckt; sie sah ihn als Landwirt oder als einfachen Soldaten.

Helvia hätte zwar lieber eine Tochter gehabt, betrachtete jedoch ihren zweiten Sohn mit großem Vergnügen. Er war ihr Ebenbild, nur nicht so gesetzt wie sie. Ihre Verwandten, einschließlich ihrer Eltern, besuchten sie. Ihre Mutter beteuerte, das Kind sehe, bis auf eine gewisse männliche Kraft, genauso aus, wie Helvia bei der Geburt ausgesehen habe. Der in seiner Wiege brüllende, unersättliche, die Fäuste schüttelnde und mit den Beinen strampelnde Kleine wurde für den älteren Bruder ein Gegenstand steter Verwunderung. Als Quintus ein Jahr zählte, waren die beiden zu treuen Freunden und Gefährten geworden, was die familienfreundliche Mutter gerne sah. Sie fühlte keinerlei Eifersucht, wenn Quintus seinen Bruder anderen Hausangehörigen, sie selber eingeschlossen, vorzog, ihm watschelnd überallhin folgte, für ihn schwärmte und ihm, sobald er ihn erblickte, freudig lachend die robusten Ärmchen entgegenstreckte. „Er ist ein lieber Kleiner", erklärte Tullius, der einige Eifersucht empfand.

Als Tullius bemerkte, daß sein Erstgeborener seine Bulla, die Amulettkapsel, schlicht den Schutzgöttern des Hauses für seinen Bruder aufopferte, beschloß er, seinem Liebling eine bessere Ausbildung angedeihen zu lassen, als er selber sie ihm bieten konnte. Marcus hatte eine überdurchschnittliche Auffassungsgabe für Sprachen und schnappte schon — trotz der puristischen Schulung durch den Vater — das zweifelhafte Kauderwelsch der Sklaven auf. Es wurde auch Zeit für ihn, Griechisch, die Sprache der Vornehmen, zu lernen. So reiste Tullius nach Antiochia, der Hauptstadt Syriens, weil er von einem dort wohnenden griechischen Dichter und Gelehrten namens Archias erfahren hatte; er bewog ihn, mit ihm auf die Familieninsel bei Arpinum zu kommen und dort seinen älteren Sohn zu unterrichten. Wieder einmal waren der Großvater und Helvia verblüfft, so wie jedesmal, wenn Tullius sich selbständig machte und ohne vorherige Beratung etwas durchführte.

Archias, der, wie alle seine Landsleute, die Römer ein ‚Volk von Krämern' nannte, ließ sich dennoch durch das hohe ihm angebotene Honorar verlocken, um so mehr, als ihm die feine Art, die Weltabgewandtheit und Gelehrtenhaftigkeit des Tullius gefielen. Ein völlig barbarisches Hauswesen konnte das nicht sein, dachte Archias; außerdem würde das Honorar ihm den Ankauf wertvoller Bücher und der geliebten, leicht obszönen Figurinen ermöglichen, und die Inseleinsamkeit würde seiner Meditation zustatten kommen. So hielt Archias Einzug in das Cicero-Haus und traf auf das Mißtrauen des Großvaters, auf die Uninteressiertheit Helvias, die gerade – an Stelle ihres Gatten, der sich als nicht besonders schlau in der Veranlagung von Geldern erwiesen hatte – in Börsengeschäfte vertieft war, und auf die offene Feindschaft Liras, die es nicht verwinden konnte, daß sie ihren kleinen Marcus mit jemand anderem im Hause teilen sollte.

Archias war zuerst enttäuscht von der Einfachheit des Hauswesens mit seinem Mangel an Ausschmückung, seinen plumpen Götterbildern und seinem erfindungsarmen ländlichen Speisezettel. Da er aber seine Wohnräume im neuen Flügel – in der Nähe von Tullius, der auch selbst bei ihm Erbauung suchte – zugewiesen erhielt, da die ihm erwiesene Hochachtung, das erstaunlich hohe Honorar und die landschaftlich schöne Umgebung ihm zusagten, wurde er bald zufrieden. Die rasche Auffassung und sanfte Art des kleinen Marcus waren, so dachte der Dichter, nicht Übertreibungen eines liebevollen Vaters gewesen. Auch bot sich nicht immer einem Lehrer die Gelegenheit, einen unverbildeten Geist zu hohen Zielen führen zu können. Archias wurde auf der Insel heimisch und faßte tiefe Zuneigung für seinen Schüler, eine Zuneigung, die er zeitlebens bewahren sollte.

Trotz seines beschaulichen Wesens war Archias, wie alle Griechen, flink in Bewegung und Rede, hatte viel Sinn für Humor und, wenn er unterrichtete, eine Aura von Gelassenheit. Er war auch einsichtig und klug und instinktsicher. Seinen Schutz vor Einsamkeit bildete seine sehr junge kretische Sklavin Eunice, die blond und blauäugig war wie alle ihre Landsleute und dazu vergnüglich dumm – eine im Dienst eines Dichters nicht zu verachtende Tugend. Sie betreute ihren Herrn und verbesserte seine Mahlzeiten in der Küche unter Helvias sparsamkeitsbeflissenen Blicken. Mit ihrem Alter von erst zwölf Jahren wurde sie eine der eifrigsten Spielgefährtinnen des jungen Marcus. Sie überragte an Körpergröße den untersetzten, schlanken, dunkelgesichtigen und schwarzäugigen Archias, und wenn sie hinter ihrem Idol stand, schwebte ihr Goldkopf über seinem dunklen, schlichten Haar wie eine kleine Sonne.

Gelehrig und fügsam, wie sie war, wurde sie bald auch unter den Haussklaven sehr beliebt. In Helvia sah sie eine vornehme Dame, der man nur bewundernd nacheifern konnte, und sie machte sich gleich daran, von ihr das Weben fester Linnen- und Wollgewänder und auch die Sparsamkeit zu lernen. Eunice bewährte sich ausgezeichnet, und Marcus sollte eines Tages von ihr schreiben: ‚Trotz ihrer Unwissenheit, Unbildung und Beschränktheit war ihre Anwesenheit höchst erfreulich, so warmherzig und so aufrichtig und liebevoll war sie. Manche unserer feinen Römerinnen hätten sich, zum Vorteil ihrer Gatten, an ihr ein Beispiel nehmen können.'

Marcus erwies sich tatsächlich, wie Tullius es dem Archias vorausgesagt hatte, als besonders heller Kopf. Er eignete sich das Griechische an, als wäre es seine Muttersprache. Das freundliche, humorvolle Wesen seines Lehrers gewann rasch die Liebe des Knaben, und Marcus schätzte auch bald seinen Scharfsinn. Mit sechs Jahren schrieb er schon Gedichte – eine Betätigung, die Archias als eines der vornehmsten, bei den Römern leider so seltenen Attribute eines gebildeten Mannes betrachtete.

Der Grieche und der Großvater waren von Beginn an Todfeinde, weil der in seinem Denken und menschenfernen Wirken bis an die Grenze der Entartung überfeinerte und jeder anstrengenderen Körperarbeit abholde Archias den Alten als richtigen Bauern und typischen Römer abgetan hatte. Er selber könne – so gestand er, um ihn zu ärgern, dem Großvater – ein Schaf nicht von einer Ziege unterscheiden und sei nur an einer einzigen Ernte interessiert, nämlich der Traubenlese. Dem jungen Marcus sagte er einmal, ein Rebensteckling sei die Verheißung eines neuen Weinstockes und schließlich des Weines selber, der die Seele aufheitere und besänftige und sie zu einer Weisheit inspiriere, von der ein enthaltsamer Nüchterling keine Ahnung habe.

Er war auch Agnostiker, was er jedoch in diesem frommen Hause klugerweise bei sich behielt. Aber die Andeutungen, die er dem jungen Marcus während der Unterrichtsstunden machte, liefen darauf hinaus, den Knaben Zurückhaltung gegenüber allen als unumstößlich vorgebrachten Meinungen zu lehren, wobei Archias jedoch verständig genug war, die natürliche Frömmigkeit und tiefe Gottesfurcht des Knaben nicht anzutasten. Archias war es, der ihm vom Unbekannten Gott der Griechen erzählte, und Marcus verehrte diese Gottheit in seinen Gebeten.

„Er wohnt nicht auf dem Olymp", sagte Archias lächelnd. „Auch nicht in Israel, obwohl die Juden es, gelegentlich recht rabiat, behaupten." Archias fand es leichter, an einen unbekannten Gott zu glauben als an die große Schar orientalischer, griechischer und römischer Götter. Verborgen, aber ringshin wirkend, Herr der Welten, allwissend und allmächtig, Urheber aller Schönheit und Weisheit – eine solche Vorstellung sagte dem feinsinnigen Griechen zu.

Da Archias den kleinen Quintus so sah, wie er wirklich war, ärgerte er sich ein wenig über die Liebe, die Marcus seinem Bruder entgegenbrachte. Wie konnte ein so tiefgründiger, wißbegieriger und auffassungsfähiger Junge einen kleinen Soldaten liebhaben, der geschäftig war wie eine Grille und lärmend wie eine Krähe? Er kam darauf, daß Marcus seinem Bruder beim Griechischlernen half. Das rührte Archias nicht; er wunderte sich bloß über so viel jugendliche Geduld und Hingabe. Die beiden Knaben übten sich gemeinsam im Springen, Ringkampf, Diskus- und Speerwerfen und im Bogenschießen. Es verdroß Archias, daß Marcus diesen schweißtreibenden Betätigungen nicht allzu abgeneigt zu sein schien.

Der recht friedliche Haushalt milderte die angeborene Reizbarkeit des gebildeten Griechen. Hier gelangen ihm Gedichte, mit denen er zufrieden war und die er in Rom veröffentlichte. Die Muße trug ihm also einigen bescheidenen Ruhm ein, und er war dankbar dafür. Er und Tullius wurden Freunde. Er sagte sich, er habe an dem einsamen jungen Vater einen zweiten Schüler, und aus Mitgefühl suchte er die Gesellschaft des Tullius, obwohl er abends lieber allein gewesen wäre. Aber am gemeinsamen Abendessen der Familie nahm er nicht teil. Er verabscheute den Geruch gebackener Bohnen und öltriefender, knoblauchgewürzter Fische und unter geriebenem Fettkäse begrabener Nudeln. Auch den Tischwein mochte er nicht, und er verschaffte sich selbst Wein nach persönlichem Geschmack.

„Einen kultivierten Menschen erkennt man daran, daß er gutes Essen nach Gebühr schätzt'', bemerkte er zu Marcus.

„Dein Sohn hat Charakter, edler Tullius'', sagte er zum Vater. „Fest, aber nicht starr. Duldsam, aber nicht schwach. Zähe, aber nicht verbissen oder eigensinnig. In seiner Seele trägt er die strengsten Maßstäbe, und gnade Gott denjenigen, die sich vor ihm als Feinde der Tugend erweisen werden!''

So freute Archias sich seines Schülers, schrieb viele Gedichte, hielt an stillen, dunklen Abenden Zwiesprache mit Tullius und liebkoste seine Eunice auf mancherlei Arten, über die Helvia, wenn sie davon gewußt hätte, empört gewesen wäre und die seine Entlassung bewirkt hätten.

Als Marcus sieben Jahre alt war, schrieb er: ‚Die beste Architektur kommt dann zustande, wenn der Baumeister seine Tempel im Hinblick darauf errichtet, wie sie dem Auge Gottes und nicht, wie sie dem Menschenauge erscheinen werden. Gemäß der menschlichen Natur allein geschaffene Bauten sind plump. Sie spiegeln die Bedürfnisse des Körpers und nicht die der Seele wider.'

Über diesen kleinen Aphorismus war Archias sehr befriedigt und beglückwünschte sich selbst dazu, daß er ein so ausgezeichneter Lehrer war, obwohl er bei dem Worte ‚Seele' die Nase rümpfte.

„Die griechischen Götter sind Dichtwerke'', erklärte Archias eines Tages seinem Schüler. „Die Römer haben sich unsere Götter angeeignet und ihnen andere Namen gegeben. Aber sie raubten ihnen das Dichterische. Während Pallas Athene ganz bewaffnete, edle Weisheit und wie Marmor im Mondlicht glänzende Jungfräulichkeit ist, wurde Minerva vielfach fast zu einer morosen alten Jungfer.''

Ausfälle gegen Römisches hörte Marcus, auch wenn sie harmlos waren, immer mit Unbehagen an. „Unsere Götter sind von den Menschen verderbt worden'', meinte er. „Man hat ihnen menschliche Regungen gegeben. Es war nicht immer so in unserer Geschichte. Warum muß der Mensch sogar seine Götter herabwürdigen?''

„Das ist eine der menschlichen Regungen, von denen du so klug sprachst, mein Marcus'', pflichtete Archias bei. „Nur die Griechen haben sich davon freigehalten. Vielleicht kommt das von einer angeborenen Weisheit, vielleicht auch daher, daß die Griechen die Poesie lieben und ihre Götter deshalb unbehelligt lassen. Götter darf man nicht ehrfurchtslos zergliedern und den Menschen angleichen. Sokrates erkannte das, und deshalb wurde er von provinzlerischen und gemeinen und im Herzen gottlos gewordenen Stadtvätern verurteilt. Am unduldsamsten ist immer der in seinem Glauben unsicher gewordene und an der Existenz des Göttlichen zweifelnde Mensch.''

„Du bist aber gar nicht unduldsam, Archias'', bemerkte Marcus mit seinem bezaubernd schelmischen Lächeln.

„Über Folgewidrigkeit soll man sich nie lustig machen. Sie ist der beste Schutz des Menschen gegen Tyrannei. Das göttliche Gesetz' — und hier zögerte Archias einen Augenblick lang — „wird, wahrscheinlich zu Recht, für unwandelbar gehalten. Aber die Gesetze der Menschen dürfen nie zu Dogmen werden; sonst gleichen sie fühllosen Steinen.''

„Was ist das göttliche Gesetz?'' fragte Marcus.

Archias lachte. „Da bin ich überfragt. Die Juden glauben es zu wissen. Ich war zwei Jahre in Israel. Aber der Mensch kann das göttliche Gesetz nicht kennen, mögen auch die Juden behaupten, es sei ihnen von einem gewissen Moses dargelegt worden, der sein Volk, mit den Kronjuwelen der Pharaonen, aus Ägypten führte. Übrigens meinen die Juden, sie seien wegen ihres Glaubens an ihren Gott aus Ägypten vertrieben worden. Das bezweifle ich. Meiner Ansicht nach sind die von Haus aus weisen und naturphilosophisch veranlagten, aber auch schlauen, durchtriebenen und ränkevollen Juden in Ägypten auf dem Gebiete des Finanzwesens, der Politik und der zugehörigen Beziehungen zu mächtig geworden. Nichts bringt den Menschen mehr auf, als wenn er neben sich einen Klügeren sieht. Laster duldet er und eifert ihnen womöglich noch nach. Aber der Zwang, sein Hirn anzustrengen, macht ihn wütend.

Übrigens erwarten die Juden für die nächste Zeit einen Erlöser oder Messias, wie sie ihn heißen. Sie sind sehr rätselhafte Leute. Sie glauben, daß der Mensch ursprünglich nach Gottes Ratschluß vollkommen war, frei von Tod und Übel, daß er aber durch eigene Schuld diese Vollkommenheit verlor und dem Übel ebenso wie dem Tode verfiel. Ich finde das sehr unglaubwürdig und dunkel. Jedenfalls erwarten sie jetzt einen Erlöser, der ihnen in vollem Umfange Gottes Pläne in bezug auf das Menschengeschlecht und das göttliche Gesetz offenbaren soll, so daß sie nie mehr in die Irre gehen können. So steht es in ihren merkwürdigen Büchern geschrieben, die sie unablässig studieren. Sie glauben auch, daß nach der Errettung ihres Volkes durch den Messias alle Toten, die im Staube schlafen, aufwachen werden, die einen zu ewiger Seligkeit und die anderen zu Schmach und ewiger Verdammnis. Ich finde diese Vorstellung sehr belustigend. Ihr Gott ist nicht frohsinnig und schön wie unsere Götter. Er scheint sehr ungemütlich zu sein."

Marcus dachte über den Messias der Juden und sein angeblich bevorstehendes Erscheinen nach. Konnte es sein, daß er dieses große Ereignis erleben würde? In seinen schillernden Augen malte sich Erregung. „Vielleicht ist dieser Gott der Juden der Unbekannte Gott", flüsterte er.

Archias zuckte die Achseln. „Kehren wir auf den Boden des uns Zugänglichen zurück und belästigen wir nicht die Götter mit unserer äffischen Neugier!" mahnte er.

Eunice, der ihr Herr gestattet hatte, bei den Unterrichtsstunden mit anwesend zu sein, weil der Anblick ihrer Schönheit ihn befriedigte und beruhigte, hatte bisher schweigend genäht und offenbar dem Gespräch zugehört. Jetzt hob sie die großen blauen Augen, die von Arglosigkeit und Einfalt schimmerten, und sagte: „Die Götter haben es nicht gern, wenn man sie verstehen will.".

Archias lachte und legte ihr die Hand auf die nackte, rosige Schulter. „Sie hat keine Ahnung, wie klug sie ist", meinte er. „Von unserem Gespräch hat sie nicht das mindeste begriffen; auch das spricht für ihre Klugheit. In den Aussprüchen von Gelehrten und Gebildeten liegt oft eine Torheit, die über Eunices Beschränktheit weit hinausgeht. Hoffen wir, daß niemals Gelehrte, mit ihren engstirnigen Lebensanschauungen und ihrer Verranntheit in unsinnige Theorien, im Staate zur Macht kommen! Sonst verfällt das Menschengeschlecht in Wahn, und der Judenmessias wird zu seiner Begrüßung keinen einzigen Menschen mit klaren Sinnen vorfinden. Aber was ich da von den Gelehrten sage, bezieht sich nicht auf die Philosophen, wie Plato sie beschrieb."

Entgegen den Erwartungen seines Lehrers wurde Marcus kein wirklicher Lyriker. Aber er begann früh, wundervolle Prosa zu schreiben, und las das Geschriebene mit einer Stimme vor, die Archias bezauberte, so mächtig, so sicher und so beredt war sie. Sie hatte Untertöne der Leidenschaft, ohne jedoch jemals der Vernunftherrschaft in Bereiche allzu großer Gefühlsseligkeit zu entgleiten. Archias verkündete dem Tullius, das Haus beherberge einen werdenden Demosthenes.

„Mir wäre lieber, du umschriebest deine Schlußfolgerungen schärfer, auf sokratische Art", erklärte Archias. „Immerhin schlägst du mich in deinen Bann, Marcus, und überzeugst mich gegen meine eigene Logik. Nimm aber ja nicht als gegeben an, Laster sei Laster, und Tugend sei Tugend. Die beiden sind unentwirrbar ineinander verstrickt."

Selbst als Knabe glaubte Marcus nicht an diese Verstrickung. In seinem Charakter lag das Erz der alten Römer, obwohl sein Naturell noch hochfliegend und ungefestigt war wie Goldstaub.

IV

Archias, der von Städterlaunen und Städteransichten erfüllte Stadtmensch, war unglücklich, als es hieß, die Familie würde nach Rom übersiedeln.

Er liebte Rom nicht. Als eingefleischter Grieche verabscheute er Rom. Er fand nichts dagegen einzuwenden, wenn ein höherstehendes Volk ein minderwertiges besiegte; aber von Römern unterjocht zu werden, schien ihm unerträglich. Er beklagte sich über die geplante Übersiedlung bei dem Hausherrn, gegen den er gewöhnlich seinen Standpunkt durchsetzte, weil Tullius sich selten dazu aufraffte, irgendwem zu widersprechen, und handle es sich auch um eine so abstrakte Sache wie ein philosophisches Gespräch. „Ich liebe diese Insel", erklärte der überfeinerte Grieche. „Erlaube mir, Herr, Homer zu zitieren: ‚Karg ist der Boden, doch Amme tapferer Söhne. Kein teureres Land kann jemals mein Auge erschauen.' Warum müssen wir nach Rom?"

„Wegen meines Gesundheitszustandes", entschuldigte sich Tullius, als wäre er an seiner beginnenden Gebrechlichkeit selber schuld. Er zögerte. Er konnte es fast nicht über sich bringen, jemanden zu kränken, und es schmerzte ihn, wenn er es tun mußte. Aber der stets rege Archias musterte ihn, auf sein Zögern hin, mit einem festen Blick seiner glänzend schwarzen Augen. Tullius versuchte zu lächeln, als er fortfuhr: „Außerdem hält mein Vater es für gut, wenn Marcus in einer Schule mit Altersgenossen zusammen lernt und zu Hause nur Nachhilfestunden bekommt. Hier hat der Knabe bloß Sklavenkinder zur Gesellschaft. Er soll mit jungen Leuten aus mindestens den gleichen Standeskreisen wie wir beisammen sein."

Über Römer und Römertum hatte Archias seine eigenen Meinungen. „Rom ist vulgär", erklärte er. „Es äfft Griechenland sklavisch nach.

Wenn man nicht das Original haben kann, welchen Sinn hat der Besitz einer langweiligen Nachbildung?"

Tullius' sanftes Gesicht rötete sich; sein freundliches Auge blitzte vor Heimatliebe auf. „Da hast du nicht ganz recht, Archias. Unsere Baukunst ist eigenständig, obwohl wir der griechischen Baukunst in manchen Dingen einige edlere Aspekte entlehnt haben. Denk daran, was wir aus dem Bogen als Architekturteil gemacht haben! Außerdem darf, wenn von der griechischen Blütezeit die Rede ist, nicht vergessen werden, daß an deren Höhepunkt Athen unter seiner Viertelmillion Einwohnern nur siebenundvierzigtausend freie Männer hatte. Ein solches Mißverhältnis besteht in Rom nicht. In Rom können auch Kinder aus den bescheidensten Familien, sogar Söhne ehemaliger Sklaven, gegen ganz niedrige Gebühren eine Schule besuchen. Schon vor langem ist Polybios für kostenlose öffentliche Schulen eingetreten; vielleicht werden solche bald für alle römischen Kinder geschaffen werden."

„Das mögen die Götter verhüten!" widersprach Archias lebhaft. „Kann ein vernünftiger Mensch sich ein Volk wünschen, das nach starren, künstlich ausgeklügelten und unterschiedslos angewandten Erziehungstheorien geformt wird? Nichts ist so abscheulich und abstoßend wie ein Durchschnittsmensch, dem man über seine Aufnahmefähigkeit hinaus Kenntnisse eintrichtert. Er mag Philosophen zitieren und Iliasverse hersagen und über das Zeitalter des Perikles reden können, aber weise ist er darum nicht. Wissen sollte nicht an Leute verschwendet werden, die es ihrem Wesen nach nicht in Weisheit verwandeln können. Es liegt in ihnen wie unverdaute Nahrung in den Eingeweiden eines geschlachteten Schafes."

„Frau Helvia ist zwar keine Aspasia, aber durch ihre Rechenkenntnisse ein Segen für unsere Hauswirtschaft", entgegnete Tullius. „Schulung dient auch anderen Zwecken, nicht nur der Erlangung von Weisheit ... Hättest du gern eine eigene Schule in Rom, Archias?"

Der Grieche erwog dieses großherzige Angebot. Als er aber an die mittelmäßigen Begabungen dachte, die er zu unterrichten genötigt sein würde, schauderte ihn. Dankbar schüttelte er den Kopf. „Wenn ich bei dir bleiben darf, Herr, bin ich zufrieden."

Tullius, der die Menschen beim Wort zu nehmen pflegte, weil seiner Meinung nach die meisten lieber eindeutige Wahrheiten als halbe Lügen sagten, war gerührt. Er erhöhte sofort das Gehalt des Archias und umarmte ihn.

„Wir werden oft auf unsere Insel zurückkehren, Archias", betonte er. „Mein Herz hängt an diesem Stück Erde, obwohl die Winter hier für mich unerträglich werden. Im Frühjahr und im Sommer kommen wir jedesmal wieder her."

Er ist, dachte Archias, ein guter Mensch mit einem empfindsamen

Herzen und einer tapferen, dabei aber sanften Seele. Wie selten sind gute Menschen! Sie sind nicht weniger bewundernswert als die Götter; denn angesichts der Vergänglichkeit alles Irdischen und des allgegenwärtigen Übels hienieden ist Güte etwas fast Übermenschliches. Ich selber bin ja nicht gütig, und das ist sehr ungehörig. Aber ich bin froh, daß ich mich, fast von Anfang an, jeden Spottes über die Frömmigkeit des Tullius enthalten habe. Frömmigkeit mag ein bedauernswerter Irrweg sein. Aber welch prächtige Geschöpfe wären die Menschen, wenn sie alle diesen Irrweg gingen — falls es überhaupt einer ist! Ich muß einmal darüber nachdenken.

Der nun neun Jahre alte Marcus freute sich mächtig auf das Abenteuer des Lebens in Rom. Er sagte zu seinem fünf Jahre alten Bruder: „Quintus! Wir kehren in die Hauptstadt unserer Väter zurück und werden dort Wunderdinge sehen!"

Quintus war wie seine Mutter ein Gewohnheitsmensch und scheute Änderungen. „Ich fühle mich hier wohl", erklärte er. „Mein Vater mag das Klima nicht, aber meine Mutter sagt, seine Winterbeschwerden sind nur Einbildung. Großvater will auch nicht nach Rom fahren, weil dort alle Menschen sehr böse und die Straßen heiß sind, stinkig und voll Menschen."

Er warf seinem Bruder einen Ball zu, und die beiden Knaben rannten über den warmen Sommerrasen. Es ging auf den Herbst zu. Sobald das Laub von den Bäumen fiel, gedachte die Familie nach Rom zu übersiedeln. Marcus hielt den ihm zugeworfenen Ball in seinen Händen, die denen des Vaters so ähnlich waren, und wurde plötzlich traurig.

„Wirf!" schrie Quintus, der gleich seiner Mutter keine Niedergeschlagenheit kannte.

„Ich bin müde", erklärte Marcus. Er setzte sich auf einen sonnenwarmen Stein und blickte zum nahen Fluß hinüber.

Quintus war nie krank und nie müde gewesen. „Du hustest doch nicht wie der Vater", maulte er. Ein Kranker hustete; wer nicht hustete, war nicht krank. Ungeduldig wartete Quintus, die festen, sonngebräunten Beine gespreizt, die gelbe Tunika bis zu den dicken Oberschenkeln gerafft. Mit seinem schwarzen Kraushaar und dem kantigen, hochroten Gesichtchen war er so hübsch wie Helvia. Beide Knaben hatten die Augen der Mutter; aber bei Marcus waren sie nachdenklich, bei Quintus unruhig und lebhaft. Er warf sich neben Marcus ins Gras und wälzte sich, einen Grashalm kauend, quecksilberig umher.

Er liebte Tätigkeit; er hatte Körperbewegung und Spiele gern. Er schwamm viel besser als Marcus, dem das Flußwasser zu kalt war. Er kletterte viel geschickter, weil er nicht so wie Marcus an Höhenschwindel litt. Er lief rascher als sein Bruder. Wenn er einen Ball warf, tat er es kräftig und sicher. Er balgte sich gern mit einem Stierkalb. Aber schon in diesen frühen Lebensjahren galten ihm solche Fähigkeiten nichts gegenüber denen seines angebeteten Bruders, dem er ohne Zögern in jede Gefahr gefolgt wäre. Jetzt blickte er Marcus mit strahlenden Augen an und sagte: „In Rom werde ich General."

„Ausgezeichnet!" lobte Marcus. „Ich werde Advokat und vielleicht Konsul."

Quintus wußte nicht, was ein Advokat oder ein Konsul war, sah jedoch seinen Bruder bewundernd an. „Du wirst alles werden, was du dir vornimmst", sagte er. Dann schnitt er eine finstere Grimasse, ballte die Hand zur Faust und schüttelte sie. „Und wehe dem, der sich dir in den Weg stellt!"

Marcus lachte. Seine Schwermut wich von ihm, und er zupfte liebevoll an einer Locke des Bruders.

„Ich will Advokat werden, weil nichts edler ist als das Gesetz", sagte er. „Es unterscheidet den Menschen vom Tier. Das Tier wird durch den Instinkt gelenkt; der Mensch läßt sich von dem Gesetz in seiner Seele leiten und ist daher frei."

Quintus verstand davon nicht das mindeste. Er sprang auf und begann, den Baum, unter dem sein Bruder saß, zu erklettern. Rindenstücke und Zweige regneten auf den Kopf des Sitzenden, als die kräftigen Füße von Ast zu Ast klommen. Dann lugte durch das grüne Laub ein strahlendes Gesicht lachend herab. „Fang mich!" rief der Kleine. Marcus kletterte nicht gern, tat aber überall bereitwillig mit, weil er seinen Bruder, der keinen anderen Spielgefährten hatte, sehr liebte. Deshalb fing er an, ihm unbeholfen nachzusteigen, wobei er sich das Knie aufschrammte. Er streckte sich, so hoch er konnte, faßte die Sandale und dann die feste Wade des Bruders, und die Knaben lachten beide.

Da glitt Markus aus. Sofort und geschickt packte Quintus, der den Griff an seinem Bein sich lockern gespürt hatte, die Hand des Bruders. Nur durch Quintus' kräftige Finger gehalten, baumelte Marcus in der Krone wie eine reife Frucht, blickte in den unheimlichen Abgrund unter sich und biß die Zähne vor den Schmerzen zusammen, die in seinem Handgelenk immer stärker wurden.

Quintus, der sonst ständig lachte, wurde sehr ernst und sehr mannhaft. „Keine Angst, Marcus!" beruhigte er. „Halte ganz fest meine Hand! Ich klettere hinunter, bis du dich ohne Gefahr fallen lassen kannst."

Marcus war so verschreckt, daß er keinen Laut hervorbrachte. Dann spürte er, wie er langsam herabgelassen wurde, Zoll um Zoll, während der kräftige Knabe über ihm behutsam, sich nur mit einer Hand an den Ästen festhaltend, abstieg. In ein paar Minuten war Marcus so nahe dem Erdboden, daß er sich leicht und sicher fallen lassen konnte. Er plumpste in das hohe Gras und rollte sich geschmeidig auf dem Boden, wie er von dem Sklaven, der beide Brüder körperlich ertüchtigte, gelernt hatte. Im nächsten Augenblick kniete schon Quintus neben ihm, sehr besorgt. Marcus setzte sich lachend auf. „Du bist ja ein Herkules, Quintus!'' rühmte er und küßte den Bruder.

Aus irgendwelchen Gründen entsann er sich noch in fernen Jahren lebhaft dieses Tages, und bei der Erinnerung brach ihm schier das Herz.

‚Ich hatte die glücklichste Kindheit', schrieb er späterhin dem Schriftsteller Sallust. ‚Ich hatte einen Vater, der nicht nur klug, sondern auch gütig, liebevoll und zartfühlend war. Ich hatte einen Großvater, der mich lehrte, nie mit dem Unrecht Kompromisse zu schließen, und dessen Schreiereien harmlos waren. Ich hatte eine charakterfeste Mutter, die immer geduldig und gelassen war. Ich hatte Archias, meinen verehrten Lehrer. Und ich hatte Quintus — meinen Quintus, meinen Bruder, den vielgeliebten!'

Helvia hielt die Behauptung, die Familie müsse, zumindest für die Wintermonate, unbedingt nach Rom übersiedeln, für baren Unsinn. Tullius verweichliche sich nur. Er lehne jetzt die Heiltränke ab, die sie ihm, wenn tiefer Schnee auf den Bergen liege, gegen seinen Husten braue. Wenn er bloß den scharfen kalten Winden Gefallen abgewänne, gegen sie ankämpfen und sie überschreien wollte, verschwände sein Husten; er bekäme besseren Appetit und festere Muskeln. Darin pflichtete der Großvater ihr bei. Es sei ein Unglück, daß Tullius — ein Römer! — die Jagd nicht möge. „Wie hast du nur den Militärdienst durchgehalten?'' fragte er ihn.

„Bloß durch Willenskraft'', antwortete sein Sohn einigermaßen erbost.

„Redet so ein Römer?'' rief der Großvater zornig. „Ich denke an meine eigene Dienstzeit bei der Legion. Jede Stunde meines Kampfes für die Republik habe ich genossen.''

Er fand in Rom ein großes, gesundes, fast neues Haus, auf den Carinae, dem zum Forum gewandten schiffskielähnlichen Südwestvorsprung des Esquilinhügels. Leider war die Umgebung nicht mehr so vornehm wie früher, da die wohlhabenderen Familien allmählich in die Palatingegend übersiedelten. Aber das störte den Großvater nicht, weil ihm der verlangte Preis für ein so großes und eigentlich ganz neues Haus bescheiden erschien. Das Atrium war geräumig, viel ausgedehnter als das im Arpiner Hause, die Familiengemächer waren hübsch, mit schönem Ausblick auf die Stadt, die Sklavenkammern mehr als angemessen, das Speisezimmer nett gelegen und luftig, der Garten so groß, wie man es bei einem Stadthaus erwarten durfte. Das Gebäude war in anheimelndem Pompejanischrot getüncht und hatte ein weißes Ziegeldach. Die Fußböden glänzten mit leuchtenden Mosaiken, und die Säulen waren schneeweiß.

Während der Großvater mit den Bevollmächtigten des Eigentümers über den Preis verhandelte, umschritt Tullius das Haus, um von hier oben die Stadt seiner Väter zu betrachten.

Er war recht unglücklich darüber, daß er für die Winter aus Gesundheitsgründen seine geliebte Insel verlassen mußte. Ihm graute vor dem Getriebe in den heißen Straßen, vor dem Lärm und Gestank Roms. Aber er verstand, daß man nicht lebenslang ein Einsiedler bleiben konnte, daß durch dauernde Abgeschlossenheit die Interessen des Menschen sich ständig einengten, und er schließlich überhaupt die Fähigkeit verlor, Mensch zu sein. Auch auf seine Söhne mußte er Bedacht nehmen. Sie waren nicht Bergbauern, deren Dasein zeitlebens in vorgezeichneten Bahnen verlaufen würde. Die Begabung des Erstgeborenen für Redekunst und Schriftstellerei und Philosophie und Wissenschaft durfte nicht zwischen – auch noch so hübschen und friedlichen – Bäumen und Wiesen verkümmern. Auch der lebhafte, leidenschaftliche, lebenslustige Quintus durfte nicht von Gesellschaft und Abwechslung ferngehalten werden. Der Mensch schuldete es seinem Menschtum und seiner Umwelt, mit ihr die ihm geschenkten Gaben zu teilen, und nach Tullius' Meinung hatte jedermann, ob hoch oder niedrig, irgendeine bestimmte einzigartige Begabung. Alles hatte seine ihm zukommende Zeit: ländliche Zurückgezogenheit und Stadtgetriebe, Beschaulichkeit und tätige Anteilnahme, Friede und Waffenlärm, Schlaf und Arbeit, Liebe und Enthaltung. Auch Leben und Tod.

Der Sommer war vorbei, und Herbst breitete sich über die geschäftige Riesenstadt zu Tullius' Füßen. Sonnenuntergangsstimmung lag über ihr, düster, rostbraun, geisterhaft fahl. Die Sonne stand wie ein böse blickender scharlachroter Augapfel zwischen Lidern von Karmin, Braun und dunklem Gold. Alle diese Farben strahlten auf die Stadt zurück und mischten sich mit deren eigenen, gebrochenen, wirr ineinanderfließenden Farbtönen: Ocker, Ziegelrot, Grau, Hellbraun und Gelb. Eine überaus ungestüme Stadt! Die steilen, schmalen, schluchtähnlichen Gassen liefen, vom rötlichen Sonnenuntergangslicht übergossen, die sieben Hügel auf und nieder, überquellend von Massen hastender, schreiender Römer. Der Lärm hielt ununterbrochen an, skandiert durch das Rattern dicht neben- und hintereinander fahrender Wagen, durch laute Flüche der Fußgänger über das Gewühl und durch warnende Rufe der Wagenlenker.

Tullius sah das von Menschen wimmelnde Forum. Über Nähe und Ferne lag ein feuchter Nebel, und die Luft war erfüllt von Brandgeruch und Kloakengestank, von den Ausdünstungen erhitzter Steine und Ziegel, herbstlicher Erde und welkender Pflanzen. Im sepiafarbenen Osten erhob sich ein bleicher Mond, schwach schimmernd, einem Menschenschädel gleich.

Hinter sich hörte Tullius das Feilschen seines Vaters mit den verdrossen und übellaunig gewordenen Verhandlungspartnern und das Plätschern zweier mit dürrem Laub bestreuter Springbrunnen in dem ummauerten Garten. Trotz des lebhaften Verkehrslärmes gaben das düstere Licht und der unheimlich gefärbte Himmel dem Stadtbild etwas Schwermütiges. Wind kam auf, scharf, rauchbeladen, mit einem Hauch von Wintermahnung. Fackeln und Laternen begannen rötlich aus dem Halbdunkel zu glühen, unablässig von Straße zu Straße wandernd. Das Getöse verstärkte sich, da jetzt die Römer ihre Amtsgebäude, ihre Geschäftsläden, ihre Handelsstätten, ihre Tempel verließen und heimwärts strebten; über alle anderen Geräusche erhob sich als schrilles Knattern und Rattern der Fahrzeuglärm.

Tullius seufzte. In Arpinum hatte er sich Rom gern als prächtige Stadt vorgestellt und nicht als eine Siedlung, die jetzt noch vorwiegend aus Ziegeln und glanzlosen Steinen aufgebaut war und deren Marmorprunk unter Augustus er nicht mehr erleben sollte. Er blickte auf den kleinen Rasenfleck vor dem Hause, der nicht ummauert war, weil die modernen Architekten nach Möglichkeit eine ‚offene' Stadt schaffen wollten. Er bemerkte, daß vom Rasenplatz des Nebenhauses ein Knabe ihn scharf beobachtete.

Vor Kindern hatte er immer eine gewisse Scheu, sogar vor dem selbstbewußten und redseligen, aber im Wesen schlichten Quintus; nur Marcus machte da eine Ausnahme. So wandte er den Blick von dem kleinen, offenbar mit Quintus ungefähr gleichaltrigen Jungen ab, in der Hoffnung, ungeschoren zu bleiben. Aber der Knabe kam, von Neugier getrieben, näher. „Sei gegrüßt, Herr!" sagte er mit hoher, durchdringender Stimme.

Daß ein Kind einen Erwachsenen zuerst ansprach, war weder üblich noch höflich. Tullius fragte sich, wer für diese bedauernswerte Manierlosigkeit verantwortlich sein mochte. Er versuchte, seiner freundlichen Stimme einen strengen Ton zu geben, was aber kläglich mißlang. „Sei gegrüßt!" murmelte er.

Der Knabe kam noch näher, und Tullius sah nun sein Gesicht deutlicher – ein schmales, lebhaftes, etwas zu ausgeprägtes Gesicht mit tanzenden schwarzen Augen, von schütterem, schlichtem Schwarzhaar umrahmt. Der Junge schien von ständiger Unrast erfüllt, weit über den natürlichen Bewegungsdrang des kleinen Quintus hinaus. Jeder Muskel seines Körpers schien zu zucken, als er knapp vor Tullius stand und ihn angelegentlich musterte. Er war nicht übermäßig hochgewachsen.

„Kaufst du das Haus, Herr?" fragte er mit seiner schrillen, beharrlichen Stimme.

Wieder eine Ungezogenheit! Tullius fühlte sich sehr unbehaglich. Heutzutage waren die Kinder so zudringlich und vorlaut! Ihre Eltern vernachlässigten die Erziehung, und auch die Lehrer.

„Ich weiß nicht", sagte Tullius. Er wollte gehen; aber der zwar lächelnde, aber herausfordernde Blick des Jungen hielt ihn fest. Es war, als finde der Kleine diesen Mann belustigend und weide sich an seiner offenbaren Verlegenheit. Um die Aufmerksamkeit des Knaben von sich abzulenken, fragte Tullius ihn: „Wie heißt du und wo wohnst du?"

Der Junge antwortete überrascht: „Ich wohne hier in diesem Hause, neben dir. Ich heiße Gajus Julius Caesar, und mein Vater heißt auch so, und meine Mutter ist Aurelia. Ich gehe in die Schule des Freigelassenen Pilo. Hast du auch kleine Söhne?"

Tullius war schon von vornherein nicht sehr angetan gewesen von dem Hause, über das sein Vater nun in triumphierendem Tone, also offenbar erfolgreich feilschte; jetzt, bei dem Gedanken an die zweifelhafte Nachbarschaft für seine artigen Kinder, mochte er es noch weniger. Er setzte eine abweisende Miene auf. „Ja, Gajus. Zwei kleine Jungen", antwortete er. „Beide sorgfältig erzogen und manierlich, und der eine sehr lernfreudig."

Die Augen des Knaben tanzten fröhlich. Schüchterne Erwachsene erkannte er auf den ersten Blick und neckte sie gern. „Man ruft mich Julius", sagte er. „Werden deine Söhne mit mir in die Schule gehen?"

Tullius wäre am liebsten vor diesen spöttischen Augen davongelaufen; aber gegen schlechte Manieren bei Kindern und Erwachsenen war er immer hilflos. So erwiderte er: „Ich habe einen Jungen namens Quintus, in deinem Alter. Mein älterer Sohn, Marcus Tullius Cicero, ist schon neun Jahre alt und wird nicht mit dir spielen wollen."

Julius lachte mißtönig. „Cicero! Kickerling! Ist das ein komischer Name!" Er sah Tullius vergnügt an. „Ein Plebejername, nicht wahr? Der meine ist sehr alt und vornehm. Dein neunjähriger Marcus ist nicht zu alt für mich, auch wenn ich erst etwas über fünf Jahre bin. Mein bester Freund ist sogar noch älter, elf Jahre. Er heißt Lucius Sergius Catilina. Eine ganz patrizische Familie, sogar noch patrizischer als meine. Aber Patrizier sind wir alle."

Es war, sagte sich Tullius, töricht, über die unbedachten Worte eines Kindes derart gekränkt zu sein. „Wir sind nicht Plebejer", entgegnete er verdrossen und fügte zu seinem eigenen Ärger hinzu: „Übrigens ist das hier keine so vornehme Gegend. Warum wohnt denn ihr Patrizier hier?"

„Wir haben unser Geld verloren, aber nicht unseren Namen", antwortete der Knabe stolz. „Wir werden nicht immer hier wohnen. Wir übersiedeln auf den Palatin."

„Das ist recht", sagte Tullius und wandte sich zum Gehen. Der Knabe pfiff ihm laut und spöttisch nach. Als Tullius das Haus betrat, sah er, daß sein Vater gerade die ihm von den Bevollmächtigten des Hauseigentümers vorgelegten Papiere unterzeichnete und dann einen Scheck auf seine Bank ausstellte. „Einen Augenblick, Vater!" rief Tullius. „Ich fürchte, wir bekämen hier recht unangenehme Nachbarn."

„Die Familie Caesar?" fragte verwundert einer der wohlbeleibten Vermittler. „Eine der besten Familien in Rom."

„Wir müssen an unsere Kinder denken", meinte Tullius, dem das Haus immer weniger zusagte. „Der kleine Julius Caesar scheint mir recht unleidlich, und da meine Söhne auch in die Schule des Pilo, des griechischen Freigelassenen, gingen, wären sie Schulkameraden dieses Julius."

„Unsinn!" schalt der Großvater. „Die Stadtkinder sind zwar alle zu unbändig und lassen es an Respekt für ihre Eltern fehlen; aber Marcus und Quintus sind wohlerzogen und werden sich nicht von irgendeinem Bengel verderben lassen. Übrigens habe ich von den Caesars gehört. Eine gute Familie. Außerdem schneiden wir mit dem Vertrag, den ich hier abschließe, ausgezeichnet ab."

„Mehr als ausgezeichnet", brummte einer der Vermittler, mißmutig darüber, daß ein Provinzler sich ihnen überlegen gezeigt hatte.

Nichts konnte den Großvater von einem vorteilhaften Geschäft abhalten, auch wenn es vielleicht ansonsten nicht begehrenswert war. So fügte Tullius sich, wie gewöhnlich. Der Großvater, der bisher den Vermittlern gegenüber das Haus heruntergemacht hatte, verbreitete sich nun über dessen Vorzüge. „Schau dir nur diese Zimmer an!" rief er, um die unglückliche Miene seines Sohnes aufzuhellen. „Die Vorhalle, das Atrium. Die Schlafräume, der Speisesaal, die Sklavenkammern, die Gärten, das Vorgelände! Geräumig! Bequem! Luftig! Und der Ausblick vom Außenportikus auf die Stadt! Beachte auch das Vestibül! Die prächtigen Fußböden, die verglasten Fenster, ebenbürtig jeder alexandrinischen Verglasung!" Er warf dem schweigend dastehenden Tullius einen finsteren Blick zu. „Wenn es nach mir gegangen wäre, hätten wir ja in Arpinum bleiben können. Wir übersiedeln wegen deiner Gesundheit. Ein passenderes Haus fänden wir in ganz Rom nicht, Tullius. Warum sträubst du dich dagegen? Wegen eines kleinen Jungen?"

Tullius hörte im Geist das Wort ‚Kickerling'. Er sagte: „Man kann nicht achtsam genug sein wegen der Kinder." Mit einem Seufzer fügte er hinzu: „Schön ist ja das Haus gewiß."

Die Vermittler knurrten. „Der restliche Kaufpreis", sagten sie zum Großvater, „ist fällig, sobald das Haus bezogen wird."

„Meine Geldangelegenheiten pflege ich prompt zu erledigen", erklärte der Großvater. Er rieb sich die Hände. „Ein sehr günstiger Kauf", rühmte er. „Sogar Helvia wird zufrieden sein." Er wandte sich an die Vermittler. „Meine Schwiegertochter, die Frau meines Sohnes, ist aus dem vornehmen Geschlecht der Helvier."

Daß sein Vater auf die Vermittler Eindruck machen wollte, demütigte Tullius. Sein Unbehagen wuchs, als sie sich beeindruckt zeigten.

„Vornehm ist, wer vornehm tut", sagte er. Aber niemand hörte auf ihn, wie gewöhnlich.

V

Ehe auf den Bergen der erste Schnee fiel, hatten sich die Ciceros in ihrem römischen Hause wohnlich eingerichtet. Helvia war zufrieden, besonders, als sich herausstellte, daß es tatsächlich ein Gelegenheitskauf gewesen war. Sie mochte die Familie Caesar, die ihre Eltern gut kannten, gerne leiden. Da sie selbst von edler Herkunft war, machte es ihr nichts aus, wenn die Gegend von Monat zu Monat an Vornehmheit verlor. Sogar Tullius fand sich in die neuen Verhältnisse. In der Stadt drängte ihn niemand zu langen, schnellfüßigen Gesundheitsspaziergängen, und er konnte unbehelligt vor dem größten, heißesten Glutbecken hocken bleiben. Die Stadt galt als gefährlich, ihr Verkehr als ein Fluch, und da die Familie sich grundsätzlich nicht durch unmännliche Sänften verweichlichte, ließ man Tullius friedlich in seiner Bibliothek beim Bücherlesen und bei seinen Gesprächen mit Archias.

Marcus ging in die Schule Pilos, des griechischen Freigelassenen, und erhielt dann zu Hause von Archias Nachhilfestunden. Quintus, so wurde beschlossen, sollte mindestens ein Jahr lang überhaupt nur Hausunterricht durch Archias erhalten. Das freute Tullius besonders im Hinblick auf den kleinen Julius Caesar von nebenan, den er im Laufe der Zeit immer unleidlicher fand. Auch mit dessen Eltern konnte er sich übrigens nicht anfreunden, besonders nicht mit der ‚hochnäsigen' Aurelia. Der Vater, Gajus Julius, war ein schweigsamer, mürrischer Mann, der in der Stadt irgendwelchen Geschäften nachging und offenbar keine gelehrten Neigungen hatte. Tullius traf ihn zu seiner Freude selten. Dagegen drang der kleine Julius oft ins Haus, und die gutmütige, keineswegs kinderscheue Helvia duldete ihn ohne weiteres. Gelegentlich gab sie ihm, genauso wie ihrem Liebling Quintus, einen Klaps, und der Kleine lachte herzlich darüber.

Der Großvater fand Freunde, Veteranen wie er selber, die bestimmte Treffpunkte in der Stadt hatten, so die Barbierläden; und er lenkte selbst den einzigen Wagen der Familie zum Forum oder ging bei gutem Wetter zu Fuß dorthin, um mit seinesgleichen zusammenzukommen und Geschichten aus uralten Feldzügen zu tauschen.

So waren alle zufrieden. Tullius allerdings sehnte sich nach dem Frühling und der Insel und der Stille. Obwohl er es sich anders vorgenommen hatte, wurde sein Leben in Rom fast ein genaues Abbild seines zurückgezogenen Daseins in dem geliebten Arpinum.

Der junge Marcus fand die Stadt erregend und voll von Wunderdingen, die zu betrachten, er auf dem Wege zur und von der Schule oft verweilte. Das Durcheinander von üblen Düften überlagerte ein bestimmter Stadtgeruch, der ihn erfrischte. Er liebte die Kaufläden, die Fora, das Leben und Treiben, das Menschengewühl, die Tempelfassaden, die hohen, von Heroenstandbildern oder wagenlenkenden geflügelten Gottheiten gekrönten Bildsäulen, die großen, verzweigten Treppen, die überall von niedrigeren zu höhergelegenen Straßen führten, die aus den Gasthaustüren dringenden Gerüche von gebratenen Fischen, gebackenen Pasteten, Röstfleisch und Wein, die überfüllten Markthallen, die kurzen Musikfetzen von Orchesterproben aus kleinen Theatern, die Aura von Betriebsamkeit und Geschäft, die von geldgierigen Beamten wimmelnden Regierungsgebäude, die zu jeder Tageszeit durch kartenschwenkende Menschenmengen umlagerten Zirkusse, das Tosen des täglich gefährlicher werdenden Verkehrs, das Wiehern der Pferde, das Rattern der Wagen, die lauten Rufe, das Huschen der Frauen von Hausflur zu Hausflur, den Sonnenglanz auf roten Ziegelbauten, die gut gepflasterten, stets von spielenden Kindern belebten Straßen und die alles durchdringende, beredte, lautstarke Stimme der Macht.

Es war die Stadt seiner Väter. Er wußte, was es bedeutete, ein Römer zu sein, in Rom zu leben. Er sehnte sich nach dem geliebten, nun sehr fern scheinenden Arpinum; aber er gewann auch Rom lieb und fühlte sich heimisch in dem Getriebe und dem ewigen Lärm. Abends wurde er eingeschläfert vom Geräusch des Wagenverkehrs, der rastlosen Schritte und lebhaften Stimmen auf der Straße vor seinem Haus. Morgens erwachte er voll Lebensfreude zu einem neuen Tag.

Nur eines mochte er nicht, obwohl er den Vater mit Klagen darüber verschonte: seine Schule.

Pilo war ein harter, doktrinärer Mann mit viel Geltungssucht. Als ehemaliger Sklave genoß er jetzt seine Wichtigkeit und duldete keinen Widerspruch, hegte aber eine knechtische Hochachtung vor den Trägern berühmter Namen. Sein Verhalten zu Knaben aus angesehenen, jedoch verarmten Familien war ein Gemisch von Machtbewußtsein und Unterwürfigkeit. Den Söhnen plebejischer, aber begüterter Eltern begegnete er herablassend; sie waren Emporkömmlinge, und das durfte man sie nie vergessen lassen.

Er und Archias hatten eine Begegnung gehabt, die den sonst so selbstsicheren, steifnackigen Pilo einigermaßen durcheinanderbrachte. „Ich bin nie Sklave gewesen'', sagte Archias zu ihm, als er Marcus am ersten Tage zur Schule führte. „Deshalb'', fügte er belustigt hinzu, „bin ich demokratisch eingestellt. Dein Honorar für den Unterricht dieses Jungen – der nicht in die Schule geschickt wird, weil ich versagt hätte, sondern, weil er Knabengesellschaft braucht – übersteigt das übliche Ausmaß. Ich habe mich erkundigt. Deshalb wirst du, damit ich das nicht meinem Dienstgeber melde, dein Honorar mit mir teilen. Ich brauche das Geld nicht, aber du brauchst die Lektion. Denk daran, daß Marcus sowohl von den Helviern stammt wie von den Tulliern, die auch auf eine lange Ahnenreihe hinweisen können! Bring dem Jungen kein affektiertes, unpassendes Verhalten gegenüber Höheren und Niedrigeren bei! Mißachte ihn nicht, weil er vom Lande kommt! Schließlich war Cincinnatus, der Retter des Vaterlandes, auch ein Bauer. Der Knabe hat ausgezeichnete Anlagen; gib acht, daß du sie nicht verdirbst!"

Er legte den Finger an die Lippen und lächelte dem großen, hageren, verwitterten Pilo zu. „Wir sind beide Griechen", lenkte er ein. „Wir sind Gefangene von Barbaren. Ich erziehe Marcus zur Hochachtung für das, was wir darstellen, obwohl unser Ruhm längst dahin ist und nur mehr wie ein goldener Abglanz am Horizont schimmert. Halte dir vor Augen, daß du Grieche bist! Angeblich hast du das im Umgang mit diesen Römern vergessen."

Damit hatte er Pilo ebenso erschreckt wie erfreut, und der Lehrer beschloß zunächst, freundlich zu Marcus zu sein. Das fiel ihm nicht schwer. Die stille, gesetzte, gutmütige Art des Knaben bereitete ihm keine Ungelegenheiten, und auch seine äußere Erscheinung war einnehmend, mit dem hübschen braunen Lockenhaar und den leuchtenden, in immer wechselnden Farben schillernden Augen. Dazu hatte Marcus etwas von liebenswürdiger Durchschlagskraft an sich, und seine Züge waren, wie Pilo zugab, ausgesprochen aristokratisch.

Da er den gleichaltrigen Knaben weit voraus war, wurde er zu älteren Schülern gesetzt. Pilos Klassenzimmer war groß und luftig, und er hatte dahinter zwei Kammern, eine für sich und eine für den Sklaven, der ihm kochte und aufräumte. Am Unterricht selbst fand Marcus Gefallen, nicht aber an einigen seiner Klassenkameraden. Lebenslang andauernde Haßgefühle faßte er zu Lucius Sergius Catilina, der mit Julius Caesar dick befreundet war und bei Pilo in hohem Ansehen stand, weil seine, jetzt allerdings verarmte, Familie an altem Adel fast alle römischen Geschlechter übertraf.

Vor allem war Lucius ein außerordentlich hübscher Junge, nicht auf weichliche Art, sondern in starker, erlesener Männlichkeit. Er hatte eine sehr wirksame persönliche Anziehungskraft, der sich kaum jemand entziehen konnte; ihr erlagen selbst Feinde, deren er, in Anbetracht seiner Wesensart, erstaunlich wenige hatte. Er war eine Führernatur, der auch mißtrauisch oder ablehnend Eingestellte sich unterordneten. An ihm lernte Marcus zum erstenmal, daß Anständigkeit und gute Manieren ebensowenig wie Herzens- und Seelengröße notwendigerweise dazu angetan waren, einem Freunde zu schaffen, sondern daß diese Eigenschaften auf andere oft, da selten jemand seine wahre Natur verleugnen mochte, abstoßend wirkten. Ein schlechter Mensch war für seine Umwelt meist erträglicher als ein guter, der einen ständigen Vorwurf darstellte und deshalb unbequem wirkte.

Marcus sollte nie völlig die Beweggründe verstehen, die das Handeln von Menschen wie Catilina bestimmten. So wie jeder andere war er fasziniert von diesem um zwei Jahre älteren Patrizierknaben, der mit seiner überdurchschnittlichen Körpergröße und anmutigen Gestalt wie ein vollendeter Tänzer aussah und es auch war. Vollendet schien er übrigens in allem, einschließlich sämtlicher Körperbetätigungen. Er besaß Rednergabe und verfügte über eine wahrhaft betörende Stimme, die Freund und Feind gleichermaßen entzückte, weil sie voll feiner Abschattungen und Untertöne, voll Humor und Wohllaut war. Im übrigen hatte er ein weiches, dunkelhäutiges, schön geformtes Gesicht mit edler Stirn, dichten, seidig schwarzen Brauen und Wimpern, die auffallend blaue, große, strahlende Augen rahmten, eine scharf umrissene Nase, korallenrote, ausdrucksvolle Lippen mit einem Grübchen am rechten Mundwinkel, glitzernd weiße, makellose Zähne und ein rundes Kinn wie ein Grieche. Er hielt sich vortrefflich, als wäre er sich seiner ungewöhnlichen Schönheit und gefährlichen Anmut bewußt, was tatsächlich zutraf. Sein Betragen war gewählt, sein Lächeln verführerisch, sein Geschmack untadelig. Er lernte leicht und rasch und verwickelte Pilo in spitzfindige Streitgespräche. Seine Intelligenz übertraf weitaus den Durchschnitt, so daß er mit seinen elf Jahren manchen zweitrangigen Philosophen ausgestochen hätte.

Marcus anerkannte seine blendenden Gaben und seine Schönheit. Unerträglich aber war ihm, was er instinktiv hinter all diesem Zauber ahnte: daß Lucius verderbt war.

Bis jetzt kannte Marcus keinen Haß; er hatte diese Seelenregung weder an sich selbst noch an einem Familienmitglied erlebt. Deshalb war er verdutzt, als er bald entdeckte, daß der Schabernack, den Lucius mit ihm trieb, nicht gutmütiger Schuljungenbosheit entsprang, sondern einer bestürzenden Ablehnung jedes andersartigen und insbesondere jedes anständigen Menschen. Alles, was Marcus war, edelmütig, gelassen, duldsam, freundlich, strebsam, grundsatzfest, vielleicht ein wenig schwerfällig, erregte bei Lucius Feindseligkeit, Verachtung und Spott.

In der Schule gab es Knaben, die älter, und viele, die jünger waren als Lucius. Er war der unbestrittene Anführer ihrer aller. Er entlieh sich Geld, ohne die Schuld je zurückzuzahlen, und der Geber fühlte sich geehrt. Er trug keine Ringe, keine goldenen Armbänder, keine feinen Schuhe; seine Tuniken und Mäntel waren aus ganz einfachen Stoffen. Aber der reichste Junge empfand es als besondere Auszeichnung, wenn Lucius ihn zur Kenntnis nahm. Er beleidigte Pilo mit lässiger Anmut, und der Lehrer lächelte verlegen und glotzte den Knaben liebevoll an, wie ein alberner Vater seinen einzigen, lange erwarteten Stammhalter anstarren mochte. Der Sklave stellte ihm die besten Leckerbissen und Weine hin.

Es war unausweichlich, daß ein Junge wie Catilina sich einem Knaben wie Cicero gegenüber feindselig einstellte. Ihre Blicke brauchten sich bloß zu begegnen, und sie verstanden beide, daß zwischen ihnen Abneigung bestand, daß ihre Naturen gegensätzlich und gegnerisch waren. Trotzdem hätte Marcus den Jungen unter Wahrung eines gewissen Abstandes dulden und erdulden, ja sogar bewundern können, hätte Lucius sich nicht immer wieder an ihn herangemacht und ihn mit Verachtung und Spott überschüttet. Jahre später sagte er zu Marcus: „Vom ersten Augenblick an habe ich dich gehaßt, Kickerling. Warum, weiß ich nicht. Wenn ich dich nur sah, hat sich mir der Magen umgedreht."

Das Beisammensein mit ungefähr gleichaltrigen Knaben war für Marcus, den ‚Bauerntölpel', wie Lucius ihn nannte, eine völlig neue Erfahrung. Er entdeckte, daß er menschenscheu war. Die Mitschüler starrten ihn unverhohlen abschätzend an. Bald stand für sie fest, daß es sich bei ihm nicht um einen blasierten Stadtjungen handelte, sondern anscheinend eher um einen Einfaltspinsel. Seine freundliche Art belustigte sie. Seine Ruhe, sein Lerneifer, seine Bescheidenheit, seine Achtung vor dem Lehrer ärgerte sie. Er hatte keine Stadtneuigkeiten zu berichten, keine Skandalgeschichten, keinen Klatsch. Er konnte weder würfeln noch sonstige Erwachsenenspiele treiben. Er wußte keine Zoten zu erzählen, er lachte nicht andere aus, wenn ihnen etwas zustieß. Er warf nicht mit Steinen nach Vögeln oder auf ein krankes, aus der Gosse trinkendes Pferd. Darum machten die Knaben ihn zur Zielscheibe ihrer Sticheleien. Wahrhaftig, so höhnten sie, der kleine Julius Caesar sei ja mehr Mann als dieses hinterwäldlerische Muttersöhnchen! Was sie am meisten ärgerte, war, daß Pilo nichts an ihm auszusetzen fand.

Zum erstenmal im Leben stand Marcus Aug im Auge dem Übel gegenüber, das da Mensch hieß, und ihm graute davor. Als er zu sich selber sagte, auch das Übel in der Welt müsse ertragen werden, reifte er zum Manne, lange, ehe er ein Jüngling geworden war. Seine jungen Lippen wurden härter, und ihre Umrisse strafften sich.

Helvia erklärte: „Er braucht etwas, was ihn aufpulvert." Da sie gerade viele Säckchen voll Kräuter vom Lande gebracht hatte, braute sie ihm einen Absud nach dem andern, die ihm Brechreiz bereiteten. Er beklagte sich nicht; der bittere Geschmack in seinem Munde war keineswegs bitterer als seine Erfahrungen mit Menschen.

Irgend etwas muß mit mir nicht stimmen, dachte er. Ich bin nicht so wie die anderen. Bisher hatte er stets die Selbstsicherheit eines zu Hause innig geliebten Kindes gehabt; nun jedoch schwand dieses Gefühl, besonders in der Schule.

Er und der kleine Julius Caesar gingen miteinander, ihre Schultaschen schwingend, zum Unterricht. Wenn Julius nicht mit seinem Idol Lucius beisammenstak, gab er, dank der ihm eigenen Anmut und seiner Anlage zu geistreicher Schlagfertigkeit, einen angenehmen Gesellschafter ab. Er war viel älter, als es seinen Lebensjahren entsprach; den gleichaltrigen Quintus fand er langweilig. In seiner frühreifen Art mochte er Marcus gut leiden, obwohl er ihn als etwas verrückt ansah. Marcus blieb immer gutmütig; jederzeit konnte man ihm ein paar Kupfermünzen abschmeicheln, wenn in der Pause der Straßenhändler zum Schultor kam, mit Zuckerwerk und heißen Fleischpastetchen und süßen Datteln und fetten Nüssen und herrlichem Obst.

Anfangs konnte Marcus es nicht glauben, daß der elf Jahre alte Lucius und der fünfjährige Julius, bei all dessen Frühreife des Verstandes und der Redeweise, miteinander gut Freund sein sollten. Aber es war wirklich so. Julius bewunderte den Sergier und hänselte ihn; Lucius knuffte ihn, aber anscheinend liebevoll. Sie hatten viel Gemeinsames, so den Mangel an Taschengeld und eine gewisse Altklugheit und Bedenkenlosigkeit. Außerdem waren die beiderseitigen Eltern seit langem eng befreundet. Julius wurde nie von älteren Knaben belästigt, weil Lucius ihn beschützte. Der kleine Caesar besaß manche schlechte Eigenschaft; so wollte er immer der erste sein und war manchmal unerträglich anmaßend. Aber er hatte auch viele gute Seiten, etwa seinen Humor und seine plötzlichen Anwandlungen von Edelmut.

Am lautesten lachte er, wenn Lucius den Marcus drangsalierte. Fern von seinem Idol bezeigte er indes dem Marcus viel Zuneigung und nahm es willig auf sich, ihn über das Stadtleben aufzuklären. Mit seinen fünf Jahren war er schon sehr ehrgeizig. Seine Familie habe zwar wenig Geld, er aber werde zu Reichtum kommen, vertraute er Marcus an, und auch zu Berühmtheit. Daraufhin lächelte Marcus ihn mit der Überlegenheit des Älteren an, und Julius warf ihm einen bösen Blick zu und schüttelte zornig den Kopf, daß die feinen schwarzen Haare flogen. „Da mußt du aber viel fleißiger lernen", meinte Marcus.

„Der Bub ist zu klug für sein Alter", urteilte Archias über Julius. „Er hat eine beunruhigende Art von Klugheit – eher eine gewisse Pfiffigkeit, die Fähigkeit, sich anderer zu bedienen, ein schlaues Erkennen fremder Schwächen. Als Erwachsener wird er seine Umgebung ausnutzen."

Aber Julius nutzte schon jetzt fröhlich seine Umgebung aus, besonders den gutmütigen Cicero.

Wenn Marcus auf dem gemeinsamen Schulwege eine Bemerkung über eine Straßenszene oder über einen Passanten machte, hatte Julius stets einen Witz zur Hand.

Eines Tages sagte er zu Marcus, als sie stehenblieben und einen Schwarm Tauben beobachteten, die eine Statue umflogen: „Du solltest nicht solche Angst vor Lucius haben."

„Ich habe keine Angst vor ihm", entgegnete Marcus ärgerlich. „Mir graut nur vor dem, was sein Wesen ist."

„Was ist denn sein Wesen?" fragte Julius verdutzt.

Doch Marcus konnte es nicht erklären. „Schau nur", rief er, „wie diese Tauben den Kopf der Statue umkreisen! Es ist Pollux, nicht? Warum sammeln sie sich denn da?"

„Der Kopf ist ihre Latrine", erwiderte der kleine Caesar und spitzte die Lippen zu einem unanständigen Laut, so daß Marcus lachen mußte.

„Das ist eine respektlose Bemerkung, Julius", tadelte er.

„Aber sie stimmt", beharrte sein Freund. „Ist nicht die Wahrheit immer respektlos?"

Marcus dachte nach und sagte dann mit einer Grimasse: „Sehr oft anscheinend."

Julius lief ein Stückchen voraus, blieb stehen und gab wieder den gleichen unanständigen Ton von sich, zur Belustigung einiger vorbeieilender Männer.

Es war die zweite Dezemberhälfte, nahe den Saturnalien, und das Wetter war kalt. Während er auf Marcus wartete, vollführte Julius einen behenden Tanz auf dem Pflaster, und einige Leute hielten an, um zuzusehen. Marcus wurde verlegen. Er fand das fröhliche Gesicht seines Kameraden, trotz aller kindlichen Züge, alt aussehend. Es hatte eine gewisse listige Schärfe wie bei Straßenjungen, eine gewisse Geilheit und Wildheit, so daß er an Pan denken mußte. Als er jedoch seinen Freund einholte, änderte Julius plötzlich sein Gehaben und faßte ihn wie ein kleines Kind an der Hand.

„Ich hab' dich gern", sagte er und warf ihm lächelnd einen unschuldigen Blick zu. „Mir scheint", fügte er hinzu, während er einem vorbeischleichenden Straßenköter einen Fußtritt versetzte, „du bist gar nicht so dumm, wie Lucius behauptet."

„Mir macht es nichts aus, was Lucius von mir sagt und denkt", entgegnete Marcus kühl. Er blieb stehen und schlang dem Gefährten wie ein älterer Bruder den Mantel enger um den Leib. Der Wind blies stark und scharf.

„O doch!" rief Julius, während er das Kinn hob, um die brüderliche Hilfe zu erleichtern. „Du weißt nicht, was er über dich denkt, und das macht dir Angst. Aber ich weiß es!"

„Und was denkt er von mir?"

Julius lachte. „Er mag dich nicht, weil ihm dämmert, was du bist."

„Und was bin ich, Julius?"

„Ich hab' dich gern", wiederholte der kleine Caesar ausweichend. „Wieviel Geld hast du übrigens heute in deinem Täschchen?"

Sobald sie die Schule betraten, vergaß Julius seinen Gefährten, bis zur Pause, als der Straßenhändler kam. Diesmal hatte der Mann, zu Ehren der kommenden Festtage, besonders feine Leckerbissen, darunter Backwerk in Gestalt von Faunen und Zentauren, mit Rosinen als Augen. Auch kleine heiße phallusförmige Fleischpasteten gab es, die als spaßig galten. Marcus kaufte dem Händler einiges ab, für sich und Julius. Alle

Knaben waren vor der Schule auf dem Gehsteig versammelt, der zu dieser Tageszeit nicht sehr begangen war. Auch Lucius mit seinem Anhang stand in einiger Entfernung. Sein schönes Gesicht wurde von der starken Wintersonne beleuchtet. Er wandte den Kopf und sah, wie Marcus dem heißhungrigen Julius noch ein Stück Backwerk in die Hand drückte. Er schlenderte auf die beiden zu.

„Wie ist denn das, Julius?" fragte er mit seiner bezaubernd trägen Stimme. „Bist du so bettelarm, daß du dir von jemand Niedrigerem etwas schenken läßt?"

Julius fürchtete, Marcus könnte ihm den begehrten Leckerbissen entziehen, und so sagte er frech: „Wer sind denn schon Niedrigere? Doch nur die Leute, die kein Geld haben!"

Lucius' blaue Augen blitzten gefahrdrohend auf. Aber er schlug nur lachend die Hand des kleinen Caesar nieder, so daß die Näscherei in das Rinnsal fiel, und dann versetzte er ihm mit lässiger Bosheit einen Backenstreich. Die Ohrfeige schmerzte Julius weniger als der Verlust des Backwerks. Sein Jähzorn übermannte ihn, und er tat das Unglaubliche: er stieß Lucius mit dem Fuß ins Schienbein.

Verdutzt sammelten sich die anderen Jungen um die beiden. Bisher hatte niemand sich gegen die unbekümmerten Roheiten des Lucius zur Wehr gesetzt, am allerwenigsten der in ihn vernarrte Julius. Der junge Catilina konnte es einen Augenblick lang nicht fassen. Er stand unbeweglich da, und der Wind zauste ihm die dunklen, ins Rötliche schimmernden Locken. Dann packte er Julius, warf ihn ohne sichtliche Anstrengung zu Boden und trat ihm kräftig in die Hüfte, daß er vor Schmerz aufheulte. Lachend hob Lucius den Fuß zum zweiten Tritt.

„Aufhören!" rief Marcus. Sein Gesicht war ganz weiß geworden, und unwillkürlich ballte er die Fäuste.

Ungläubig sah Lucius ihn an. „Du willst mir Vorschriften machen?" fragte er verächtlich.

„Ja", entgegnete Marcus und stellte sich zwischen den Angreifer und sein Opfer.

Lucius trat tatsächlich zurück, aber nur vor Staunen. Er war älter und größer und kräftiger als der offenbar schwächliche Marcus, und er war ein erfahrener Boxer.

„Du?" rief er.

„Ich", erwiderte Marcus. Er spürte, wie ihm vor Empörung die Pulse pochten, und ein plötzlicher Ekel vor diesem hübschen Burschen mit dem ebenso bösartigen wie schönen Gesicht stieg in ihm auf. Nie zuvor hatte er den Wunsch gehabt, jemanden zu schlagen. Jetzt verhärteten alle die vergangenen Wochen der Enttäuschungen, Leiden und Erniedrigungen sein Herz zu einem wild schwingenden Eisenklumpen.

Der junge Catilina sah der Reihe nach seine Anhänger an und hob die

Brauen. „Dieser plebejische Hund traut sich, gegen mich aufzumucken'', knurrte er und stürzte sich, ohne die übliche vorherige ehrenhafte Herausforderung, blitzschnell auf Marcus. Er versetzte ihm einen einzigen Tiefschlag, und Marcus knickte zusammen, rang nach Luft und spürte arge Schmerzen in den Eingeweiden. Lucius schrie vor Freude auf und warf sich, ehe Marcus sich erholen konnte, auf den ursprünglichen Gegner.

Vor Schmerz und in seinem neuen Haß und Ekel vergaß Marcus alle Regeln ehrlichen Kampfes, riß Lucius zu sich hin und biß ihm tief in den Hals. Dann faßte er seine Ohren und zog heftig an ihnen. Unwillkürlich hob er das Knie und stieß es Lucius in die Weichen. Lucius taumelte. Nochmals stieß Marcus zu, und als sein Gegner rücklings hinfiel, versetzte er ihm zielsicher und mit aller Kraft einen Fußtritt in die empfindliche Körpergegend. Lucius brach auf dem Boden zusammen. Die Knaben erhoben ein lautes Gezeter.

„Unfair!'' riefen sie.

„Bei seinem Tiefschlag habt ihr nicht ‚Unfair!' gerufen'', schrie Marcus zurück. Er stand über dem sich windenden Lucius und sah so furchterregend aus, daß keiner der Knaben sich in seine Nähe wagte. Der junge Catilina gab keinen Laut von sich.

Pilo hatte das Schreien gehört und eilte hinaus; als er Lucius und über ihn gebeugt Marcus sah, hielt er vor Verblüffung jäh inne. Julius lief auf ihn zu.

„Lucius hat mich geschlagen und mir, als ich schon dalag, einen Fußtritt gegeben'', beklagte er sich. „Und ich bin nur ein kleiner Bub!''

„Marcus hat den Lucius unfair getreten'', petzten die anderen Jungen. „Das ist nicht Römerart.''

Pilo packte Marcus am Arm und schleppte ihn in die Schule. Die anderen folgten; zwei stützten den schweigenden Lucius. Der Lehrer schob Marcus vor sich her und wandte sich mit zittriger Stimme an die Schüler. „Die Ehre der Schule ist besudelt worden'', erklärte er.

„Lucius hat mir gegen alle Regeln einen Fußtritt gegeben'', rief Julius aus der Schar.

„Schweig!'' befahl Pilo.

„Einen Fußtritt hierher!'' schrie Julius, tänzelte vor und zeigte mit pathetischer Gebärde auf seine Hüfte. „Wie einem Hund!''

Pilo atmete schwer. Er hielt Marcus an der Schulter, der zwar zitterte, aber wieder voll Ekel Lucius ansah. „Du mußt deinen Freund'', sagte Pilo zu Julius, „schrecklich gereizt haben. Übrigens lügst du, liebes Kind.''

„Ich lüge nie'', widersprach der kleine Caesar, der oft log.

Pilo beachtete ihn nicht. Er blickte die anderen Jungen an, die sich aufgeregt um ihn scharten. „Wie war es wirklich?'' fragte er.

Einer von Lucius' ergebensten Freunden, ein älterer Knabe, übernahm die Schilderung. „Julius war frech zu Lucius und bekam von ihm zur Strafe eine Ohrfeige. Julius ist niedergefallen. Getreten hat ihn Lucius nicht. Und dann . . ."

Der kleine Caesar stieß einen Schrei aus und trommelte vor Wut mit den Fäusten auf seine Brust. „Lucius hat mich schon getreten! Und dann hat er dem Marcus, weil er ihn zurückhalten wollte, gleich einen Tiefschlag versetzt. Nicht einmal herausgefordert hat er ihn vorher. Und Marcus hat sich nur gewehrt."

„Ist das wahr?" fragte Pilo die anderen.

Jetzt meldete sich Lucius selber mit schwacher Stimme: „Nein, das ist eine Lüge."

Die übrigen schwiegen und konnten einander nicht ansehen. Sie ließen die Köpfe sinken, und ihre Wangen wurden rot. Mehr als die Ehre liebten sie Lucius, der niemanden liebte.

Pilo begriff sofort. Er war in einer Klemme. Den allgemein beliebten Lucius mit seinem schönen Gesicht und seiner angenehmen Stimme und seinem apollinischen Liebreiz hatte er gern. Marcus zu befragen, wagte er nicht, weil er so die Wahrheit hören würde. Hilflos schüttelte er den Knaben, während er überlegte. Am wenigsten Unannehmlichkeiten gab es, wenn er ihn bestrafte. Marcus war kein Quengler.

Pilo hatte keine Freude an dem, was er nun in aller Eile tat. Vor aller Augen peitschte er Marcus mit äußerster Heftigkeit aus. Der Junge nahm die Strafe lautlos starrend hin. Lucius sah voll Vergnügen zu, leise lächelnd, so daß seine schönen Zähne sichtbar wurden.

Die anderen Knaben schämten sich. Als Marcus sich zu seiner Bank zurückschleppte, konnten sie die Blicke nicht zu seinem Gesicht erheben. Aber sie liebten Lucius. Hastig klappten sie die Bücher auf und vertieften sich in ihr Studium.

Marcus und Julius gingen wie gewöhnlich miteinander heim, und bei jedem Schritt zuckte Marcus zusammen. Der kleine Caesar hielt die Hand seines Beschützers wie ein vertrauensvoller jüngerer Bruder. „Jetzt hasse ich den Lucius", rief er leidenschaftlich. „Nie mehr werde ich mit ihm gut werden."

„Sag das nicht so bestimmt!" erwiderte Marcus, der während der letzten Wochen noch schmerzlichere Lektionen als an diesem Tage erhalten hatte.

Julius stampfte zornig auf. „Nie werde ich mehr mit ihm gut werden", wiederholte er.

„Erzähl nichts davon zu Hause!" trug Marcus ihm streng auf. „Vergiß die ganze Geschichte!"

Natürlich hatte Julius nichts Eiligeres zu tun, als seiner Mutter davon zu erzählen, und Aurelia lief sofort zu Helvia. „Lucius' Mutter ist meine beste Freundin'', ereiferte sich die dicke, kleine Dame. „Aber von Lucius war ich nie so entzückt, wie es die anderen sind.''

Helvia ließ Marcus holen. Als er eintrat und Aurelia sah, wurde er zornrot. „Leg die Tunika ab!'' befahl Helvia. Marcus tat es, während er Aurelia noch wütender anblickte, und die Mutter besah die Striemen auf seinem jungen Körper. Sie ließ von einer Sklavin heißes Wasser und Salbe bringen. Wortlos wusch sie die Striemen und bestrich sie mit der beißenden Salbe, daß sie wie Feuer brannten. Dann sagte sie: „Du gehst nicht mehr in diese Schule.''

Marcus erschrak sehr. „Mutter'', bat er, „das wäre eine Schande für mich. Die anderen Jungen würden mich als Feigling auslachen, in der Meinung, ich hätte dich angejammert wie ein rechtes Muttersöhnchen.''

Helvia überlegte mit zusammengebissenen Zähnen. Sie blickte ihre Freundin an. Aurelia nickte zustimmend. „Er redet nach echter Römerart'', lobte sie. „Du kannst stolz auf ihn sein, Helvia.''

„Ich war immer stolz auf ihn'', erklärte Helvia zu Marcus' Überraschung. Sie lächelte ihrem Sohne zu und klopfte ihm liebevoll auf die Schulter. „Ich freue mich, daß du mit Lucius fertig geworden bist. Sogar auf deine Striemen bin ich stolz, weil du sie schweigend und ehrenvoll und als Verteidiger eines Jüngeren und Schwächeren davongetragen hast.''

„Lucius ist größer und älter'', sagte Aurelia. „Es ist nicht unfair, sich gegen einen unfairen Angriff regelwidrig zu verteidigen, wenn einem kein anderes Mittel bleibt.''

„Lucius ist seinem Wesen nach kein wahrer Römer'', fand Helvia.

„Aber du wirst niemandem davon erzählen?'' bat Marcus die Mutter, während er sich behutsam wieder die Tunika umlegte.

„Niemandem'', versprach Helvia. Sie lächelte ihrem Sohne abermals zu, und ihr hübsches Gesicht strahlte.

„Ich werde Julius durchprügeln, wenn er noch ein Wort davon redet'', erklärte Aurelia. Sie hatte gemeint, Helvia sei unglücklich über ihren so stillen älteren Sohn, der ihr als mädchenhaft verweichlicht erschienen war. Aber er hatte nicht nur ihren vergötterten Julius, ihren Stolz und ihre Freude, verteidigt, sondern auch den hochfahrenden Lucius, den sie nicht leiden konnte, überwältigt. Sie nestelte an einer um ihren kurzen, rosigen Hals hängenden Kette und brachte ein Medaillon mit dem Abbild der Pallas Athene zum Vorschein.

„Die Göttin der Weisheit und Gerechtigkeit'', erläuterte sie. „Dieses Medaillon stellt sie so dar, wie sie im Parthenon zu Athen steht. Du bist würdig, dieses Amulett zu tragen.'' Und sie drückte es ihm in die Hand.

„Ein herrliches Geschenk'', rühmte Helvia.

„Es kommt von einer dankbaren Mutter'', sagte Aurelia.

Marcus konnte sich nicht mehr erinnern, wann die Mutter ihn zum letztenmal geküßt hatte. Jetzt zog sie seinen Kopf zu sich herab und küßte ihn auf die Wange, die sie dann streichelte. „Ich bin stolz", wiederholte sie und blickte ihren Sohn strahlend an.

Die Feindschaft zwischen Marcus Tullius Cicero und Lucius Sergius Catilina wuchs ins Ungemessene. Aber niemals mehr hänselte Lucius seinen Feind vor den Klassenkameraden.

Marcus trug Aurelias Geschenk sein ganzes Leben lang, und nach Jahren zeigte er es Julius.

VI

Lange bevor Marcus feierlich zum Jüngling geweiht wurde, verschärften sich seine Schulnöte durch den Eintritt zweier dem Catilina ähnlicher und mit ihm dick befreundeter Knaben, des Gnaeus Piso und des Quintus Curius.

Auch Gnaeus hatte ein gefälliges, vornehmes Gehaben. Er war kleiner und flinker als Lucius und noch anmaßender, noch uninteressierter an Schulerfolgen, noch reicher an Einfällen und Ränken. Er war blondhaarig und blauäugig und hatte in seinem hohen, hellen Lachen ebenso wie in manchen Geziertheiten etwas Mädchenhaftes. Dieser Schein trügte jedoch vielfach: der Knabe fürchtete nichts und niemanden, vor lauter Stolz auf seine patrizische Familie, die im übrigen ebenso arm war wie die des Lucius. Er verlangte von allen sklavische Ergebenheit, außer von Lucius und Curius, und genoß sie auch von allen, außer von Marcus und Julius.

Quintus Curius war ein grimmig und finster dreinsehender Junge, griesgrämig, aber geistig rege. Er sollte später einmal einen Sitz im Senat erben, und mit dieser bedeutsamen Tatsache wurden bald alle vertraut gemacht. Hochgewachsen und bärenstark und schlank, überragte er sogar den Lucius an Körpergröße; er hatte einen stechenden Blick und mürrische, scharf ausgeprägte Züge. Seine Familie war wohlhabender als die seiner beiden Busenfreunde, und sein reicher Großvater hatte ihn zum Erben eingesetzt.

Gnaeus und Quintus folgten dem Lucius in seiner Verachtung für Marcus, der, wie sie erfuhren, von emporgekommenen Mittelständlern abstammte. „Laßt euch mit ihm nicht ein", sagte ihnen Lucius so, daß Marcus es hören konnte. „Er ist im Kampf unfair und überhaupt ein unsolider Bursche, an dem nichts dran ist. Kann man mit so einem Kerl gut Freund werden?" Das könne man nicht, stimmten die beiden ihm zu.

Der kleine, jetzt bald neun Jahre alte Julius Caesar lachte über die ‚Triumvirn', wie er die drei nannte. „Später einmal", sagte er zu Marcus, „wenn ich erwachsen bin, werde ich sie öffentlich als Idioten hinstellen, diese eingebildeten Laffen. Sind ihre Familien besser als die meine? Nein. Nur Curius ist reich." Julius schnalzte mit der Zunge. „Quintus hat eine Base, ein Waisenkind, eine Schönheit. Angeblich soll sie Vestalin werden; aber Lucius will sie heiraten. Livia heißt sie."

Einmal nahm Curius ein Bündel schmutziger Kleider aus dem Besitz eines Haussklaven in die Schule mit und warf es Marcus vor die Füße. „Ihr seid ja Tuchwalker und Wäscher, ihr Ciceros, nicht?" fragte er mit der tiefen Stimme des Fünfzehnjährigen. „Ausgezeichnet! Dann bring das deinem Vater, zum Waschen!"

Marcus sah ihn lange schweigend an. Dann holte er einen Eimer voll Wasser und stellte ihn vor Curius hin. „Wer andere Leute mutwillig beleidigt, ist seiner Gesinnung nach ein Sklave", sagte er. „Also, Sklave, wasch dir selber dein Zeug!"

„Er hat es auf die Hoden abgesehen, weil er selber ein Kastrat ist", warnte Lucius. Der erst etwas über zwölf Jahre alte Marcus starrte weiter Curius an, der sich schließlich mit einem anrüchigen Laut als Zeichen der Verachtung trollte. „Mit solchen Knirpsen stelle ich mich nicht hin", trotzte er. Aber die Schule wußte, daß Marcus diesen Strauß siegreich ausgefochten hatte.

Die von den ‚Triumvirn' unwillig anerkannte Sittenreinheit des kleinen Cicero stimmte sie nicht freundlicher ihm gegenüber. Sie hießen ihn Emporkömmling und Angeber und Nachäffer der Vornehmeren. Glücklicherweise entschloß sich der Vater des Curius, seinem Sohne eine private Ausbildung angedeihen zu lassen, in die er großmütig auch Lucius und Gnaeus einbezog. Marcus fühlte sich über alle Maßen erleichtert. Ich sehe sie im Leben nicht mehr, dachte er. Als er später hörte, sie seien zum weiteren Studium nach Griechenland gereist, schien ihm Rom durch ihre Abwesenheit reinlicher. Wo sie weilten, dort verfinsterte sich die Welt.

Nach Jahren, als reifer Mann, schrieb Cicero an seine Frau: ‚Es ist falsch, Kinder nur in der Atmosphäre elterlicher und geschwisterlicher Liebe aufzuziehen, ohne sie darüber aufzuklären, daß jenseits der schützenden Wände des Hauses eine Welt von Gottlosen, von Ehr- und Sittenlosen lebt, und daß diese Leute in der Mehrheit sind. Wenn dann ein ahnungsloser Jüngling gezwungen ist, in die Menschenwelt zu treten, trägt er eine Wunde davon, die nie heilt, und einen inneren Ekel, der seine Seele für immer vergiftet. Es ist viel besser, wenn Du Deinem Sohn möglichst bald, fast von der Wiege an, beibringst, daß der Mensch von Natur aus schlecht ist, ein Zerstörer und ein Lügner und der Anlage nach ein Mörder, und daß der Sohn sich sogar gegen den eigenen Bruder wappnen muß, damit er nicht an Geist und Seele zugrunde geht. Die Juden haben ganz recht, wenn sie behaupten, der Mensch sei von Geburt her heillos böse und von jung auf verderbt. Mit dieser Kenntnis ausgestattet, kann Dein Sohn zu sich selber sagen: Mit Gottes Hilfe werde ich gütiger sein als meine Kameraden und mich um Tugendhaftigkeit mühen. Es ist meine Pflicht, über die menschliche Natur hinauszustreben.'

Im gleichen Jahre, als Lucius Sergius Catilina und seine Freunde Pilos Schule verließen, trat ein neuer Zögling ein, ein fünfzehnjähriger Junge, ein gewisser Noah ben Joel, Sohn eines reichen jüdischen Börsenmaklers. Obwohl Pilo anfangs spöttisch bemerkte, die Hälfte der angesehenen Familien Roms sei bei dem ‚Börsianer' in der Kreide, wurde Noah bald zum allgemeinen Liebling. Seinem Vater, Joel ben Salomo, rechnete Pilo natürlich ein höheres Schulgeld an als gewöhnlich, ebenso wie er es bei Tullius Cicero tat, weil, wie er sich hochtrabend ausdrückte, die Reichen für die Habenichtse aufkommen müßten. Diese merkwürdigen Grundsätze fanden nie die Billigung des Archias. Wohltätigkeit, erklärte er, sei eine ausgezeichnete Sache; aber sie müsse freiwillig sein und dürfe nicht willkürlich durch Leute, deren Geldbeutel nicht betroffen würden, auferlegt werden. Auch nicht im Namen der ‚Menschheit', ein Wort, das Pilo sehr liebe und das ihm kostenlos ein Gefühl ausnehmender Tugendhaftigkeit gebe. „Man verschone mich mit den Heuchlern!" fügte Archias hinzu.

Noah interessierte sich sofort sehr lebhaft für seine Mitschüler, für Pilo und sogar für den Sklaven, der den Mittagsbedarf der Schule besorgte. Nichts schien seiner forschenden Neugier zu nebensächlich. Er war umgänglich, gebefreudig, lustig und respektlos. Er lernte offenbar selten, wurde aber bald Pilos Lieblingsschüler. Besonders lagen ihm Mathematik, Philosophie, Naturwissenschaft, Rhetorik, Dichtkunst und Schauspielerei. Er konnte jeden so glänzend nachmachen, daß die Umstehenden vor Lachen brüllten und sogar das Opfer mit einstimmte, weil seine Darbietungen nie verletzend waren, nie grausam oder rachsüchtig.

„Warum so ernst?" fragte er eines Tages Marcus, als er ihn allein im Klassenzimmer über seinen Büchern hockend fand, während die anderen draußen boxten und rangen oder verbotene Süßigkeiten aßen und ihren Mittagswein tranken.

Marcus wurde rot. Er wollte schon ein paar ausweichende Worte murmeln. Dann aber blickte er in die mit freundlichem Lächeln auf ihn gerichteten großen, glänzenden Augen. Da sagte er: „Mich hat niemand besonders gern, bis auf den kleinen Julius. Der ist übrigens genauso ein Schauspieler wie du. Und immer hinter dir her, was?" Er hoffte, mit dieser Bemerkung die Aufmerksamkeit des Jungen von sich abzulenken.

„Er ist ein Anfänger in der Schauspielerei. Ich bin schon Routinier", prahlte Noah. Er stellte sein Näschereikörbchen auf den Tisch und hob das weiße Decktuch. „Das sind Hamantaschin", sagte er zu Marcus, der in den Korb lugte und darin kleine dreieckige, köstlich duftende Bäckereien sah. „Nimm dir eines", lud Noah ihn ein. „Nimm dir zwei oder drei", setzte er freigebig hinzu. Marcus kostete ein Stück; es war mit gezuckertem Obstmus gefüllt. Von Mutters Küche her machte Marcus sich nicht viel aus Näschereien; aber dieses Backwerk schmeckte ihm ausnehmend gut. Zu Noahs Freude langte er nochmals in das Körbchen. „Wir haben drei Köchinnen", erzählte Noah. „Aber das Regiment führt meine Mutter. Wir werden alle dick", meinte er und klopfte sich auf den noch mageren Bauch. „Mein Vater ist der ganzen Ärzteschaft Roms ausgeliefert. Er hat Verdauungsbeschwerden. Meine Mutter sagt, er hat den Magen eines Heiden."

Noah war nicht hübsch, sah aber freundlich, zufrieden und lebhaft aus. In dem langgestreckten Gesicht standen mädchenhaft sanfte, dicht umwimperte Augen. Sein beweglicher Mund wechselte ständig den Ausdruck, und sein Haar fiel, obwohl es kurzgeschnitten war, in dichten Locken herab. Unglückseligerweise hatte er sehr große, weit abstehende Ohren, über die sich jedoch niemand lustig machte, weil er das schon selbst besorgte. Seine Haut war sehr hell und betonte so noch die Schwärze von Haar und Augen.

Er setzte sich neben Marcus hin, und sie untersuchten gemeinsam alle Ritzen des Korbes, bis kein Krümchen unentdeckt blieb. Marcus merkte plötzlich, daß er sich wohl fühlte, wie noch mit keinem anderen Schulkameraden. Er staunte, als er sich lachen hörte — nicht zögernd, sondern aus voller Kehle. Noah konnte nämlich seine Stimme von den höchsten Schrilltönen einer Hysterikerin bis zum tiefsten Baß eines Erwachsenen modulieren. Er bediente sich seiner Stimme wie ein Musiker seines Instruments. Er erzählte von dem Theaterstück des Aristophanes, das er inszenierte, obwohl Pilo es nicht mochte. Marcus war einer der wenigen gewesen, die sich geweigert hatten mitzuspielen.

„Warum eigentlich?" fragte Noah jetzt.

„Ich käme mir albern vor", erwiderte Marcus.

„Aber Torheiten spielen, heißt noch nicht töricht sein", erklärte Noah weise. Er guckte in den Näschereikorb des Marcus, breitete aber ebenso höflich wie rasch wieder das grobe Decktuch darüber. „Soviel ich höre, hast du vor, Jura zu studieren. Wie willst du vor Richter und Geschworene treten, wenn du Angst hast, öffentlich zu reden? Ein guter Anwalt ist immer auch ein guter Schauspieler."

„Ich habe mehr an die Rechtswissenschaft gedacht", bemerkte Marcus.

Noah lehnte sich in seinem Sessel zurück und musterte seinen Mitschüler kritisch. Er selbst war in feinstes Linnen gekleidet und trug schön verzierte Sandalen. Er hatte einen Ring mit einem großen, von Smaragden umgebenen Amethyst am Zeigefinger der rechten Hand. Mit diesem Finger wies er jetzt auf Marcus. „Du? Ein jämmerlicher Paragraphenreiter willst du werden, der auf dicke, nach einer üppigen Mahlzeit in ihren Stühlen schnarchende Richter einredet? Lächerlich! Du hast das Zeug zum Schauspieler.''

Marcus wußte nicht, ob er sich gekränkt oder geschmeichelt fühlen sollte. Noah präzisierte rasch: „Natürlich bist du kein Flausenmacher, kein Bühnengeck, kein Poseur, der mit großen Gebärden und verführerischem Glucksen und damenwirksamen Mätzchen arbeitet. Deine Augen sind es, und deine Stimme. Besonders deine Augen. Die sind ganz merkwürdig, irgendwie bezwingend. Und wenn du sprichst, tust du es mit Überzeugungskraft und Beredsamkeit.''

„Ich?'' fragte Marcus verblüfft.

Wieder zeigte Noah auf ihn. „Du'', nickte er. „Ich habe dich beobachtet. Ich bin selber von Natur aus ein ziemlich vollendeter Schauspieler. Und diesen Beruf werde ich auch ergreifen, obwohl mein Vater sich mit den Fäusten an die Brust schlägt und droht, uns nach Judäa zurückzubringen, wo ich mir einen Bart wachsen und ausschließlich Gottes Wort studieren und ein dickes Judenmädel heiraten und zehn Buben kriegen muß, lauter künftige Rabbis. Ich werde Theaterstücke inszenieren. Ich schreibe auch welche. Meine Fähigkeiten sind nicht zu verachten. Ein echter Schauspieler wie du, mein teurer Marcus, ist Goldes wert.''

Wieder wurde Marcus rot; er überdachte das Gehörte.

„Du verstehst es, einem den langweiligsten Philosophen als Ausbund der Weisheit einzureden'', erklärte Noah. „Ich weiß, daß Platos ‚Staat' blühender Unsinn ist, und ich sage dir später einmal, warum. Aber als du vorige Woche darüber vortrugst, hättest du mich beinahe überzeugt. Du hast nämlich — unbeeinflußt davon, ob Aristoteles hinsichtlich Plato ganz recht hatte oder nicht — an das, was du sagtest, geglaubt. Deine Stimme ist viel besser als die meine. Sie klingt überzeugend. Ich bin nur ein Komödiant, trotz meines Interesses an ernsten Stücken, wie an der Antigone von Sophokles. Es ist widersinnig, daß die Römer nur Dirnen auf der Bühne auftreten lassen wollen. Aber um wieder auf dich zu kommen, Marcus: du könntest sogar, wenn du wolltest, den Pilo davon überzeugen, daß er ein Dummkopf ist. Nur am Anfang, wenn du zum Vortrag aufstehst, bist du leider manchmal zu scheu und zu schüchtern.''

Seine Miene war so freundlich und so ernsthaft, daß Marcus hinter seinen Worten keine Bosheit argwöhnen konnte.

„Du hältst zu wenig von dir selber'', fuhr Noah fort. „Du mußt unerfreuliche Erlebnisse gehabt haben. Schlägt dich dein Vater sehr oft?''

„Mein Vater?'' rief Marcus. „Er ist der gütigste aller Menschen Geprügelt worden bin ich nur einmal im Leben, und zwar von Pilo.''

„Davon habe ich gehört'', nickte Noah und verzog den Mund. „Man hat dich sehr bewundert wegen deiner Tapferkeit; aber man ist der Meinung, daß du dich unter den gegebenen Umständen albern verhalten hast. Dieser Lucius muß ein Schurke sein. Schade, daß er nicht mehr hier ist! Ich würde ihn zum Hausnarren der Schule machen. Mein Vater kennt die Familie gut. Der Vater von Lucius versucht, sein verlorengegangenes Vermögen wiederzugewinnen; aber er hat nicht viel Grütze. Deinen Lucius habe ich einmal von weitem gesehen. Ein hübscher Junge, muß ich zugeben; trotzdem muß er ein Schurke sein."

„Ich bin froh, daß ich mit ihm nichts mehr zu tun haben werde", erklärte Marcus. „Er hat kein Ehrgefühl und keine Grundsätze. Er ist kein richtiger Römer, auch wenn man ihn als Patrizier ansieht."

„Der Apfel", meinte Noah, „ist eine edle Frucht; sobald er aber wurmstichig wird, ist er nur Ausschuß. Wie ist denn das eigentlich mit diesen Patrizierfamilien? Verrotten sie, wenn sie arm werden, oder verarmen sie, wenn sie sittenlos werden? Mein Vater glaubt das letztere. Und ich muß ihm recht geben. Er hat eine harte Hand, und ich bin sein einziger Sohn, für den er ständig betet. Ich habe ihn gern und ärgere ihn deshalb möglichst selten. Übrigens bin ich sein Erbe und werde Geld für meine Theateraufführungen brauchen. Aber wird er stolz auf mich sein, wenn die Stücke über die Bretter gehen? Nein." Noah schlug mit der flachen Hand auf den Tisch und kniff bedauernd die Augen zusammen.

„Ich habe einen Bruder, Quintus", sagte Marcus, ohne zu wissen, daß seine Augenfarbe jetzt vor Zuneigung von einem hellen Olivgrün zu einem liebevollen Grau wechselte.

Noah war in seiner sprunghaften Stimmung sehr gerührt. „Mir scheint, ihr beide seid nicht wie Kain und Abel zueinander."

„Kain und Abel?" fragte Marcus.

Noah erzählte ihm von Adam und Eva und ihren Söhnen, und Marcus rutschte vor gespannter Aufmerksamkeit ganz an den Rand seiner Bank und nickte immer wieder. Die Geschichte nahm ihn völlig gefangen. Schließlich bat er: „Erzähl mir von eurem Messias!"

„Ja!" erwiderte Noah. „Wir erwarten ihn stündlich, weil alle Zeichen, die sein Kommen ankündigen sollen, eingetroffen sind. Mein Vater betet um sein Erscheinen morgens – wir Juden stehen sogar früher auf als ihr Römer, eine barbarische Angewohnheit! – und mittags und abends. Der Messias wird der Erlöser Israels sein, sagen die Rabbis, und auch ein Licht für die Heiden. Mein Vater und seine Freunde glauben sogar, daß er dem Volke Israel die Herrschaft über die gesamte Welt, einschließlich Roms mit seinen Legionen, übertragen wird."

„Einem so kleinen Volke?" fragte Marcus mit der ungläubigen Verwunderung des Römers.

„Eine winzige echte Perle ist wertvoller als eine ganze Handvoll noch so schön geschliffener Glaskügelchen", erklärte Noah mit dem Stolz des Juden. Aber er war zu unstet, als daß er lange bei dem Thema verweilt hätte. Er zupfte seinen Freund an der Tunika. „Du bist noch kein Mann", sagte er, „hast aber den Geist eines Mannes."

„Ich werde bald in die Mannestoga gekleidet werden", entgegnete Marcus. „Ich bin fast vierzehn Jahre alt."

Als Marcus zu Hause bekanntgab, er wolle sich bei seiner Jünglingsweihe lieber die griechische Pallas Athene als die römische Minerva zur Schutzgottheit erwählen, da war der Widerhall auf diese Äußerung sehr verschieden. Archias schmunzelte verstohlen, Tullius lächelte vergnügt, der Großvater erhob ein entsetztes Geschrei, und Helvia sagte: „Er ist vierzehn Jahre alt, also kein Kind mehr. Er kann sich frei entscheiden. Sicherlich ist diese weichliche Bevorzugung griechischen Wesens, die er uns da vorführt, ein Ärgernis. Aber das bleibt seine Sache. Und was liegt schließlich an einem Namen? Pallas Athene ist das gleiche wie Minerva."

„Du bist inkonsequent!" rief der Großvater. „Zuerst redest du von Ärgernis, und dann sagst du: ‚Was liegt an einem Namen?' Ich empfinde die Namen als etwas Heiliges."

„Minerva ist kraftvoller als Pallas Athene", gab Helvia zu. „Sie hat mehr männliche Attribute. Aber Marcus mag tun, wie er wünscht."

„So tief ist Rom gesunken!" klagte der Großvater. „Zu meiner Zeit hatte der Vater das Recht über Leben und Tod seiner Kinder, wie es in den Zwölftafelgesetzen steht. Heutzutage aber nehmen es sich die Herren Söhne, kaum daß sie der Brust entwöhnt sind, heraus, den Eltern ihre weisen Entschlüsse mitzuteilen. Wenn die Jugend verkommt . . ."

„. . . dann verkommt das ganze Volk", unterbrach Helvia ihn gleichmütig. „Das kriegen wir Tag für Tag zu hören, nicht wahr, lieber Großvater? Also, Marcus, du erwählst dir Pallas Athene?"

„Nicht, wenn es so viel Anstoß erregt", meinte der Knabe, der es nicht gern sah, wenn sein Großvater so purpurrot im Gesicht wurde.

„Ich nehme keinen Anstoß daran", entgegnete Helvia. Archias wurde als Grieche nicht um seine Meinung gefragt. Helvia unterbrach für einen Augenblick ihre Spinnarbeit, der sie sich immer emsig widmete, und streichelte ihrem Ältesten das braune Lockenhaar.

„Ja, Pallas Athene!" befürwortete der liebevolle Quintus. Der Großvater knuffte ihn; Helvia hieß ihn zu Bett gehen, weil es schon finster sei; Marcus klopfte ihm zärtlich auf die Schulter, und der Grieche verstieg sich zu der Vermutung, Quintus sei doch nicht ganz dumm. Tullius tätschelte ihn, verstohlen und sehr schüchtern. Vor Kindern hatte er noch immer Angst, außer vor Marcus, aber der war jetzt kein Kind mehr.

Dann wurde erörtert, welche Opfer dargebracht werden sollten, wenn Marcus die Mannestoga erhielt. Das sollte zwar erst in mehr als einem Jahr der Fall sein, an den Liberalia, dem Feste des Liber oder Bacchus, am sechzehnten Tage vor den Kalenden des April. Jedoch mußte alles von langer Hand vorbereitet werden. Eine Liste der einzuladenden Gäste wurde zusammengestellt. Helvia mußte den Flachs für die Tunika auswählen, in die – entsprechend der Stellung ihres Gatten als Ritter mit einem vorgeschriebenen Mindestvermögen von vierhunderttausend Sesterzen – vorne vom Hals bis zum Gürtel ein schmaler Purpurstreifen einzuweben war. Von besonderer Wichtigkeit war die Toga; sie erforderte Sorgfalt in der Stoffwahl, dem Nähen und Färben. Auch alle anderen Kleidungsstücke mußten neu gemacht werden, wie für eine Braut. Aber, den Göttern sei Dank, nicht mehr die Wollhose, dachte Marcus, die ich jetzt im Winter anziehen und deretwegen ich, um diese Schmach zu verbergen, eine längere Tunika tragen muß als die anderen Jungen!

Mehr Kopfzerbrechen als die Zusammenstellung der Gästeliste und der unvermeidlich bescheidenen Bewirtung bereiteten verständlicherweise die für Marcus der Schutzgottheit darzubringenden Opfer. Tullius schlug schlankweg vier Hekatomben vor, worauf sein Vater und seine Frau so finstere Gesichter machten, daß er wie gewöhnlich zurückwich und sich mit zwei Hekatomben zufriedengab, wobei die Opfertiere nicht goldene, sondern silberne Halsbänder tragen würden.

An dem großen Tage sollte Marcus seine Bulla, die Amulettkapsel, ablegen und offiziell Marcus genannt werden, obwohl das schon seit seinen ersten Lebenstagen so geschah. Sein Name wurde in die öffentlichen Register eingetragen. Da an diesem Tage alle ungefähr mit ihm gleichaltrigen Knaben in den bis zum dreißigsten Lebensjahr dauernden zweiten Lebensabschnitt traten, wurde es eine allgemeine Feier. Bacchuspriesterinnen opferten dem Gott Honigkuchen für die neuen Erwachsenen. Eine lange Prozession begleitete sie zum Forum, wo sie feierlich ihren Mitbürgern vorgestellt wurden. Myrtenbekränzte Frauen sangen Loblieder. Von nun ab galten die Jünglinge als vollberechtigte und vollverantwortliche römische Bürger. Sie kehrten in ihre Häuser zurück, und dort gab es ein Fest, währenddessen sie sich sogar betrinken durften. Angesichts der Sparsamkeit seiner Mutter zweifelte Marcus daran, daß diese Möglichkeit für ihn bestehen würde. Er könne, meinte er zu Noah, glücklich sein, wenn er zwei Becher des wertvollen, für diesen Tag gelagerten Weines bekomme.

„Es wird also ähnlich zugehen wie bei meiner Bar-Mizwa, als ich dreizehn Jahre alt wurde", entgegnete Noah und machte eine Grimasse der Knausrigkeit. „Kriegst du viele Geschenke?"

„Jedenfalls nicht von den Helviern. Auch von Großvater nicht, der jeden Sesterz zweimal umdreht. Aber er wird wahrscheinlich ein paar Wertpapiere in seiner Bank für mich hinterlegen, die mir erst ausgefolgt werden, wenn ich wirklich ‚zur Vernunft' komme. Sonst könnte ich ja damit irgendwelche Orgien finanzieren." Er lächelte. „Von meinem Vater kriege ich einen schönen Ring, zu dem ich mir schon die Edelsteine ausgesucht habe und den einer deiner Landsleute verfertigt. Natürlich wird man meinem armen Vater seine Verschwendungssucht ankreiden. Quintus hat drei Jahre lang von seinem kleinen Taschengeld gespart und tut sehr geheim mit seinem Geschenk. Da die Gäste gewöhnlich nicht die Familienmitglieder im Wert der Geschenke übertrumpfen wollen, kann ich mich von dieser Seite auf sehr nützliche, aber sehr langweilige und nicht zu kostspielige Dinge gefaßt machen. Meine Mutter? Sie wird sich so wie mein Großvater ein paar Wertpapiere abringen und unter Sperre anlegen, wahrscheinlich für die Zeit, bis ich selber Familienvater bin. Archias wird mir seltene Bücher schenken."

„Und das Fest?" fragte Noah, den es außerordentlich interessierte, auf diese Weise mehr vom römischen Leben zu erfahren.

„Hausbacken", antwortete Marcus. „Das heißt, man wird nicht die Talente eines auswärtigen Zuckerbäckers bemühen. Vermutlich gibt es zähen Braten von einem Ochsen oder einem Stier — aber nicht, wie böse Zungen behaupten werden, von einem kurz vorher in der Arena durch einen Gladiator erstochenen. Dazu eine Menge Brote in passenden Formen, die ich zur Schonung deiner sittsamen Judenohren nicht näher beschreiben will; ferner viel Gemüse ohne Tunke, möglicherweise ein bißchen Wildbret; etwas Naschwerk, in Mutters Küche von sparsamkeitsgedrillten Sklaven gebacken; und das vorbereitete Fäßchen Wein, dem, wenn er zu rasch ausgetrunken ist, der scheußliche Hauswein folgen wird."

Dann fügte er hinzu: „Vorher aber wird man mir lange Predigten halten über meinen neuen Lebensabschnitt."

„Das erinnert mich alles an meine Bar-Mizwa", bemerkte Noah traurig. „Mich hat man dabei so eingeschüchtert, daß ich erwartete, am Morgen dieses Schicksalstages würde ich von Donnerschlägen geweckt und von Gewitterstürmen geschüttelt werden; zumindest würde sich die Welt entscheidend ändern. So mußte ich es aus den verbissenen Gesichtern und den geheimnisvollen Andeutungen schließen. Zu meinem maßlosen Staunen gab es weder Donner und Sturm noch Veränderungen. Ich war schrecklich enttäuscht. Das Leben ging wie gewöhnlich weiter, und der Vater gab mir einen Klaps, weil ich einen Psalmvers nicht wortgetreu hersagen konnte. Besteht denn das Leben, dachte ich, nur aus Enttäuschungen? Nur aus hochgespannten Erwartungen, denen nichts folgt als immer wieder, Jahr für Jahr, ein nächster Morgen mit einer nächsten zu lernenden Lektion, einer nächsten zu überstehenden Verdrießlichkeit, bis wir schließlich eines Tages zu unseren Vätern versammelt werden?"

Sein reges Mienenspiel drückte jetzt Schwermut aus, und auch Marcus fühlte sich bedrückt. Als Noah das sah, tröstete er ihn: „Aber du gehst ja nach Griechenland. Dort stehen die Leute zwar auch nicht in Götterposen herum; aber es ist auf jeden Fall ein anderes Land." Er wußte sehr gut, daß alle Menschen gleich waren; doch es tat ihm leid, daß er Marcus entmutigt hatte. „Und dann wirst du ein berühmter Advokat werden", fügte er hinzu.

„Wozu das alles?" fragte Marcus, von seinen Pubertätskrisen gequält.

Nicht zum Frommen deiner Seele, dachte Noah. Aber er entgegnete: „Ein Anwalt des Rechtes zu sein, ist doch ein schöner Beruf. Ist nicht Gerechtigkeit das Um und Auf und die vornehmste Eigenschaft Gottes?"

„Halte mir keine Vorträge!" wehrte Marcus ab. Die beiden saßen, wie sie es oft taten, allein in der Schule. „Was hat dir die Mutter diesmal in dein Körbchen gepackt?" Sie machten sich genießerisch über die Leckerbissen her und vergaßen darüber die beklemmenden Vorboten des Mannesalters.

Dann erzählte Noah seinem Freunde von der Judenreligion — nicht aus eigenem Antriebe, er war ja ein skeptischer junger Mann, sondern, weil Marcus ihn immer wieder dazu drängte.

„Wir werden dich, scheint's, noch beschneiden", scherzte Noah.

Aber Marcus erwiderte: „Es gibt nur einen Gott, für alle Menschen, nicht nur für die Juden. Er wohnt in unseren Herzen. Sag mir noch einmal, was über den Messias geweissagt worden ist! Ich kann das nicht oft genug hören."

Noah wurde verlegen. Er hatte nicht den glühenden Väterglauben und betrachtete die Messiaserwartungen seines Volkes als armselige, trübe, unerfüllbare Hoffnungen. Aber er berichtete seinem Freunde gutmütig alles, was er wußte, und hatte sich sogar zur Freude seines naiven Vaters dem Studium der heiligen Bücher gewidmet, um Marcus genau zu informieren und seine für einen so jungen Menschen viel zu ernste Miene aufzuhellen. „Siehe, die Jungfrau empfängt und gebiert einen Sohn. Und sie nennet ihn Immanuel, Gottmituns . . . Das Volk, das im Finstern wandelt, schaut dann eine große Helle", zitierte er einen der Propheten.

Marcus sann darüber nach. Weilte diese Jungfrau etwa schon unter den Lebenden, vielleicht als Mädchen seines Alters?

Von Noah lernte er Hebräisch, die Sprache der gebildeten Juden, eine so männliche Sprache wie das Lateinische.

VII

Wie gewöhnlich übersiedelte die Familie für den Sommer auf die Insel bei Arpinum, wo die Luft nicht dunstig und stickig war wie in Rom, sondern frisch und kühl. Zwischen den Eichen und Pappeln und Zypressen wandelte hier Marcus auf schattigen Pfaden bald allein, bald mit Vater oder Lehrer. Hier begann er seine ersten wirklichen Gedichte zu schreiben und fragte sich verzweifelt, ob es ihm je gelingen werde, die Farbe des Himmels oder der Bäume, das Rauschen des Wassers, den Duft von Gras und Blumen in Worte zu fassen. In seiner Seele tobten gewaltige Gefühle, seinen Geist sprengten großartige Gedanken; aber auf dem Pergament oder dem Täfelchen nahm sich zu seinem Leidwesen alles flach und fade aus. Läßt sich vielleicht, so dachte er einmal, gerade dasjenige, was man besonders innig liebt, nicht in Worten ausdrücken? Seine Prosa, so bekannte Archias ihm offen, sei manchmal besser als seine eigene, beredter. „Begnüge dich damit!" riet er. „Aber dichte ruhig weiter, das ist für einen jungen Geist etwas Natürliches und macht Vergnügen." Dann nahm er eine Feder und ersetzte da und dort ein Wort durch ein besser klingendes, während Marcus voll Neid und Bewunderung zusah.

„Nur die Dichtkunst ist unsterblich", meinte Marcus.

Archias schüttelte den Kopf. „Der Gedanke ist unsterblich. Schau dir den Menschen an, Marcus, wie schwach er ist! Er hat zum Schutz vor der Außenwelt weder die Schuppen des Fisches noch die Flügel des Vogels, weder die dicke Haut des Elefanten noch auch die Zähne und Klauen des Tigers. Er kann nicht ohne Behausung sein, auch nicht lange ohne Nahrung bleiben wie die Winterschlaf haltenden Tiere. Er kann einem giftigen Insekt zur Beute fallen. Und doch, wie erhaben ist der Mensch! Er denkt. Ist nicht ein Sokrates oder ein Aristoteles erhabener als die ganze übrige Welt mit allen ihren Geschöpfen? Hat nicht der schwächste Säugling, weil er zu einem voll erwachsenen Menschen heranreifen kann, mehr Wert als ein Wald hoher Bäume? Durch sein Denken vermag der Mensch Himmel und Unterwelt zu erschaffen; er kann sich den Göttern zur Seite stellen und sagen: ‚Ich habe Vernunft, und darum bin ich einer der Euren.' "

Er faßte Marcus am Arm. „Das Denken hat, ebenso wie das Leben, vielerlei Formen, und wer kann entscheiden, welche die herrlichere ist? Sei dankbar dafür, daß du die Gabe der Prosa hast, eine Beredsamkeit, die sogar Frau Helvia — man höre und staune! — verleiten kann, zusätzlich einen Sesterz springen zu lassen."

„Ich möchte aber doch Dichtwerke schreiben, wie Homer", entgegnete Marcus.

„Dann schreib ruhig weiter Gedichte, zu deinem Vergnügen!" empfahl ihm Archias. „Ich habe nicht gesagt, daß sie schlecht sind. Ich habe schlechtere geschrieben und mit manchen davon Beifall gefunden. Aber deine Bestimmung liegt auf einem anderen Gebiet."

Nach kurzer Pause fuhr er fort: „Schon lange wollte ich dir einen Rat geben, der einem jungen Mann nötig und für sein ganzes Leben dienlich ist. Hüte dich vor den leidenschaftlich begeisterten Menschen, die Verstand und Vernunft verloren haben! Sie ähneln einem übererregbaren

Hund, der bei jedem Geräusch aufspringt und heftig bellt. Der wahrhaft gesittete Mensch bleibt unberührt von laut angepriesenen, aber vergänglichen Neuerungen und Moden in Denken und Tun, im geschriebenen oder gesprochenen Wort, unberührt von Gefühlswallungen. Sei kein Eiferer, Marcus! Halte Maß. Pflege die Kontemplation. Ehre die durch Jahrhunderte sorgsam wie Getreide gespeicherten Weisheiten und Überlieferungen!

Der wahre Mann hält sich fern vom lärmenden Pöbel, der jetzt Beifall spendet und im nächsten Augenblick lästert. Denke an die vornehm gesinnten und warmherzigen Gracchen, deren Vorgehen ich nie gebilligt habe, die aber mit Herz und Seele für ihr Volk eintraten! Der gleiche Pöbel, den sie zur Würde wirklicher Menschen erheben wollten, hat sie vernichtet, mit der für den gemeinen Mann so bezeichnenden blindwütigen Leidenschaft.

Aber hüte dich ebensosehr vor den Theoretikern! Sie glauben, der Mensch sei nur ein Denkwesen, und vergessen, daß er auch ein animalisches Geschöpf mit animalischen Instinkten und Leidenschaften ist. Ihr Denken wird dadurch gefährlich, daß es den Zusammenhang mit der Wirklichkeit verliert. Nichts im Übermaß!''

Er brach einen belaubten Zweig ab und balancierte ihn behutsam auf seinem Daumenballen. „Gleichgewicht'', sagte er, „ist das Grundprinzip der Natur. Man muß sich hüten, es zu stören. Der Theoretiker und der Banause tun es, der eine als körperloses, der andere als seelenloses Wesen.''

Als Marcus eines warmen, leuchtenden Tages neben dem Fluß einherschritt und im Geiste feurige Verse schmiedete, gesellte sich, von Pflichtbewußtsein erfüllt, der Großvater zu ihm.

„Es ist Zeit'', sagte er, „daß ich dir in kurzen Worten darlege, was ein junger Mann wissen muß.''

Marcus mißtraute insgeheim der angekündigten Kürze, setzte sich aber auf einen glatten Stein, nachdem er für den Großvater fürsorglich seinen Überwurf auf das Gras gebreitet hatte. Aber der Großvater murmelte etwas von Rheuma und blieb stehen, auf den ihm in jüngster Zeit liebgewordenen Stock gestützt. Er strich sich den kaum noch angegrauten Bart und betrachtete seinen Enkel mit strahlenden, jugendlichen Augen. Seine lange Tunika — auf dem Lande trug er keine Toga — schmiegte sich an die breite Brust und die kräftigen Beine.

Er musterte den Jungen: die glatte Stirn; die großen, schillernden Augen unter den dichten, dunklen Brauen; die hübsche Nase mit den scharf umrissenen Flügeln; den ernsten, fast schönen Mund; die festen Linien von Kinn und Hals; das lange, hinter den Ohren herabwallende braune Haar. Was er sah, gefiel ihm und machte ihn stolz. Aber er bewahrte seine strenge Cincinnatus-Miene. Einem jungen Menschen durfte man nie zeigen, daß man zufrieden war.

Marcus lächelte seinen Großvater an und wartete. Dann blickte er zum Fluß hinüber, der in allen Schattierungen verfließenden Grüns im Schatten der Bäume vorbeirann, und sah die ferne Brücke nach Arpinum, das kirschrot und weiß und goldfarben auf der Hügelböschung lag.

„Einen Mann", begann der Großvater, „erkennt man an seinem Charakter, dem Kern seines gottgegebenen Mannestums. Wenn er dieses Mannestum bei sich und anderen schätzt, wird er gerecht sein, tapfer, vaterlandsliebend, verläßlich, stark, von unbeugsamer Rechtlichkeit. Seinem Mannestum verdankt er es, wenn er gesund, klug, standfest, ehrenhaft, stolz, furchtlos ist, würdig seiner Ahnen und seiner Geschichte, geduldig in Widrigkeiten, unduldsam gegen Charakterschwäche, sparsam, bedürfnislos und vor allem auch mutig. Denn ein Feigling ist gefährlicher als ein Bösewicht und im öffentlichen Leben bedrohlicher als ein Hochverräter. Hüten muß man sich weiters vor den subalternen Bettlerseelen. Sie zerstören ganze Reiche. Auch Rom werden sie zerstören. Sie haben weder Ehrgefühl noch Vaterlandsliebe; sie haben nichts Mannhaftes an sich."

„Ja", pflichtete Marcus so ernst bei, wie sein Mentor es sich nur wünschen konnte.

Der Großvater wandte den Kopf und blickte auf Himmel, Fluß und Erde; aber sein geistiges Auge sah ein schmerzliches Bild. „In unserer Geschichte", fuhr er fort, „gab es Zeiten der Gefahr, in denen wir rasches, von Gesetzen nicht gehemmtes Denken und Handeln brauchten. Deshalb ernannten wir Diktatoren. Aber damals waren wir klug. Wir verwehrten ihnen alle Ehrungen und Genüsse, jeden Luxus und sogar eine behagliche Lebensführung. Wir verboten ihnen den Besitz und selbst die Benutzung eines Pferdes. Wir brauchten ihre überlegene Durchschlagskraft, ihr rasches Denken, ihren unbezähmbaren Mut. Aber wir wollten ihnen jene Macht, nach der jeden Mann gelüstet, die Macht über Menschenwillen und Menschenleben, nur für die Stunde der Gefahr geben. Hatten sie das Ihre getan, nahmen wir ihnen alle Macht, und sie wurden wieder einfache, bescheidene Mitbürger.

Bald jedoch wird der Tag kommen, da wir wieder einen Diktator über uns haben werden – nicht den Diktator von einst, sondern einen, der unumschränkte, bleibende Macht über Rom begehrt. Rom ist nicht mehr das, was es früher war. Marius hat zwar die Horden der germanischen Eindringlinge zurückgeworfen; aber die Kriegswirren sind noch nicht zu Ende. Und Wirrnis ist das Klima, in dem Tyrannen gedeihen. Darum fürchte ich für unser Land.

Ich habe ein edles Rom gesehen, eine Nation von Freien. Du aber, mein Enkel, wirst böse Zeiten erleben. Denn Roms Seele liegt darnieder, und schon hocken gierige Aasgeier auf unseren Stadtmauern, in den Höfen großer reicher Häuser ebenso wie in den Gassen und Gäßchen der überfüllten Vorstädte. Du stehst auf der Schwelle des Mannesalters und hast die Pflicht, den Feind aufzuhalten, wie Marius es mit den Germanen tat. Wenn hinreichend viele von euch jungen Leuten sich entschlossen und tapfer und ehrenvoll in die Schanze schlagen, kann Rom noch in letzter Stunde gerettet werden. Hast du den Mut dazu, Marcus?''

Zuerst hatte Marcus den Großvater, eingedenk seines Alters, mit jugendlicher Nachsicht angehört, wie er es bei dessen unzähligen Moralpredigten immer tat. Aber plötzlich fing er Feuer; sein Herz klopfte rascher. „Ich denke schon, Großvater. Ich bete um diesen Mut.''

Der Großvater betrachtete ihn mit empfindsamer Aufmerksamkeit. Dann nickte er. „Ich bin überzeugt davon, daß du ihn aufbringen wirst. Ich habe dich in den letzten beiden Jahren beobachtet, weil auf dir und deinen Altersgenossen alle meine Hoffnungen beruhen. Wenn böse Menschen auf dich eindringen – und sie werden es tun –, mußt du zu ihnen sprechen: ‚Hier stehe ich, hier ist Rom, hier gibt es kein Weiter!' Du bist nur einer; aber dieser eine zählt. Und denke vor allem daran, daß die Regierenden stets der Versuchung erliegen können, Betrüger, Leuteschinder und Übeltäter zu werden. Wenn die Macht ganz beim Volke ruht und den Regierenden die Hände gebunden sind, dann blüht ein solches Volk, und kein Bösewicht kann es unterjochen.''

Er streckte die Arme empor, und seine Augen wurden feucht. Unvermittelt wandte er sich ab und ging mit seinen langen, jugendlichen Schritten davon. Marcus sah ihm nach. Dann stand er auf, hob die Schwurhand und gelobte feierlich, er werde nie, solange er lebe, die Worte seines Großvaters aus dem Gedächtnis verlieren und nie, solange er lebe, vergessen, daß er ein Römer sei.

Am gleichen Abend saß Marcus mit seinem Vater in dessen kleinem ländlichen Studierzimmer. Hier war es anheimelnd und warm, die Lampe brannte, es roch nach Pergament und Papyrus. Durch die offenen Fenster drang der süße Duft der dunklen Erde und des strömenden Wassers. Hier hatte Marcus einige der glücklichsten Stunden seiner glücklichen Kindheit verbracht. Aber jetzt, als er in das hagere, gütige Gesicht des Vaters blickte, wußte er, daß es mit dem Glück jener Jahre vorbei war und daß er deren unschuldige, trauliche Schlichtheit nie mehr empfinden würde.

Tullius war durch viele Malariaanfälle geschwächt. Seine freundlichen braunen Augen waren eingesunken, seine Nasenflügel hatten scharfe Umrisse bekommen. Die Gesichtsknochen traten straff und heiß unter der gespannten Haut hervor. Die Hand zitterte, als er für sich und seinen Sohn Wein eingoß. Die in Sandalen steckenden Füße waren knotig und abgemagert. Sein hübsches braunes Haar war schütter und an den Schläfen angegraut. Seine lange Tunika hing an ihm wie an einem Lattenzaun.

Marcus sagte: „Du siehst schlecht aus, Vater."

Tullius erwiderte: „Nicht schlechter als sonst, Marcus. Ja, glaubst du vielleicht gar, daß ich bald sterben muß? Noch nicht. Noch nicht", betonte er mit matter Stimme. Aber warum fühle ich mich so müde? fragte er sich selber. Mein Leben war ja nicht anstrengend. Ich habe wenige Krisenzeiten durchgemacht und keine Entbehrungen.

Er hob den Weinbecher und trank seinem Sohne lächelnd zu. Der Wind trug starken, erregenden Jasminduft heran, und die dunklen Bäume murmelten im Abendwind. „Auf dein Wohl, lieber Sohn!" sagte Tullius. „Auf deinen neuen Lebensabschnitt! Und mögen die Götter dir stets zur Seite stehen!"

Marcus beugte sich, den Becher in der Hand, in seinem Sessel vor und fragte, voll Angst vor der Antwort: „Warum läßt du dich nicht in Rom untersuchen, Vater? Phelon ist doch nur ein Landarzt."

Tullius zögerte. Wie, mit welchen Worten, sagte man seinem Sohne, daß man des Lebens müde war? Welche Worte sollte man in Ohren träufeln, die nur das Lied der Jugend hörten und die Kirke-Gesänge von einer goldenen Zukunft? Wie froh, dachte er, wäre ich, wenn ich ihm sagen könnte: Ich habe hart und lange gearbeitet, und mein Leben war Plage und Mühsal, und jetzt sehne ich mich nach Ruhe. Aber das wäre eine Lüge. Ich habe ein sorgloses Leben mit meinen Büchern und meinen Gedanken verbracht und habe meinen Geburtsort und die Gewässer und alles um mich her geliebt. Ich habe an einer stillen, friedlichen Bucht gelebt, unter milder Sonne; nie hat ein Sturm mich umweht und mir die Lampe ausgeblasen. Und doch bin ich des Lebens satt.

Beschwichtigend sagte er: „Ich habe in Rom Ärzte aufgesucht. Man hat Malaria festgestellt. Die Anfälle zehren an mir. Aber mach dir keinen Kummer! Ich habe schon viele solche Anfälle überstanden."

Marcus nippte an dem Wein, und er schmeckte ihm gallenbitter. So oft haben wir miteinander gesprochen, dachte er, und nie über das, was unsere Gedanken am stärksten beschäftigt!

Nach Jahren schrieb er, dieses Abends gedenkend, einem Freunde: ‚Der Mann lebt in schrecklicher Vereinsamung, in seinem Körper eingekerkert, unfähig, die körperliche Zunge zur Formung der im Herzen wohnenden Gedanken zu bewegen, unfähig, das körpergebundene Herz irgendwem zu offenbaren, sei es Vater oder Kind oder Bruder oder Ehefrau. Das ist die Tragik des Mannes, daß er einsam lebt vom Augenblick seiner Geburt bis zu der Stunde, da er auf dem Scheiterhaufen liegt.'

Während Tullius überlegte, was er seinem Sohne sagen sollte, fiel ihm plötzlich ein: Ich bin lebensmüde, weil ich mich nach Gott sehne. Der Gedanke erfüllte ihn nicht mit Schwermut, sondern mit einer Art jubelnder, trotz eines traurigen Untertones allumfassender Freude. Ich habe, dachte er, von Kind auf zu sehr die Schönheit, das Göttliche, geliebt und war immer von Sehnsucht darnach erfüllt. Deshalb konnte ich kein rechtes Vergnügen an der Menschenwelt finden, die sich mit meinen seelischen Einsichten nicht vereinbaren ließ, und habe mich von ihr zurückgezogen. Jetzt bedauere ich jeden Tag und jede Stunde, die ich fern von meiner eigentlichen Heimat verbringe.

Über sein blasses, abgehärmtes Gesicht ergoß sich ein Glanz, der Marcus erschreckte. Ihm war, als hätte sein Vater sich in Regionen begeben, wohin er ihm noch nicht verstehend folgen konnte.

„Ich möchte mit dir über dich reden, lieber Marcus", begann Tullius mit einer wieder jugendlich und eifervoll gewordenen Stimme. „Was ich dir jetzt zu sagen habe, ist das einzig Zuverlässige, was du je erfahren wirst. Du wirst Pflichten in dieser Welt haben; aber deine erste Pflicht ist die gegenüber der göttlichen Macht, die dich erschaffen hat, damit du sie erkennst, ihr mehr als allem anderen in diesem Leben dienst und dich im Tode mit ihr vereinst. Die Welt ist nur Schein; jeder sieht sie mit anderen Augen, und jeden dünkt etwas anderes an ihr wesenhaft. Die einen werden dir sagen: ‚Politik ist das Wichtigste; denn der Mensch ist von Natur ein soziales, politisches Wesen.' Andere werden behaupten: ‚Die Herrschsucht ist die Triebfeder aller Menschen. Wenn du also gelten willst, so werde mächtig!' Wieder andere werden sagen: ‚Das Geld regiert die Welt. Nur jämmerliche Wichte bescheiden sich in Armut und Dürftigkeit.' Und noch andere werden erklären: ‚Die Liebe deiner Mitmenschen ist es, was dir not tut. Darum mach dich beliebt!' Das sind die Dinge, die jeweils für diesen oder jenen wichtig sind, es aber weder für dich noch für Tausende anderer zu sein brauchen.

Für einen tugendhaften Menschen ist das irdische Glück wesenloser Schein. Vollkommenes Glück kann er nur in der schließlichen Vereinigung mit Gott finden. Selbst das Glück, das ihm auf Erden die Versenkung ins Göttliche gewährt, ist, wegen der Trennung von ihm, mit Traurigkeit überschattet."

Marcus beugte sich zu seinem Vater und legte ihm unwillkürlich die Hand aufs Knie. Tullius faßte die Hand und drückte sie warm. Seine Augen wurden feucht; er seufzte und lächelte.

„Der Mensch braucht ein Bezugssystem", sagte Tullius. „Im alten Rom waren es Götter, Heimat und Gesetz. So wurde die Nation durch Gläubigkeit, Vaterlandsliebe und Gerechtigkeitssinn stark und mächtig.

Ein Volk, das den Gottesglauben aufgibt, gibt seine eigene Seele auf, und ohne Seele kann es nicht weiterleben. Wir haben eine Republik;

aber sie verfällt. Vom Abendhimmel unseres Lebens heben sich schon die Helme und Schwerter ihrer Widersacher ab. Was hat Aristoteles gesagt? ‚Die Republiken entarten zu Demokratien, und die Demokratien entarten zu Despotien.' Wir sind so weit.

Bösewichter hat es immer gegeben, und es ist die Pflicht eines Volkes, sie unschädlich zu machen. Wenn dir jemand unterkommt, Marcus, der nach Macht giert, aus Verachtung oder Haß gegen seine Mitmenschen, so vernichte ihn! Wenn jemand hohe Staatsämter anstrebt, weil er insgeheim die sogenannte ‚Masse' verabscheut und sie durch das Versprechen ungekannten Wohllebens nur versklaven will, dann entlarve ihn! Du mußt immer das Wohl Roms im Auge behalten." Tullius saß vor seinem Sohn, die Hände vor Eifer verschränkt, und fragte: „Verstehst du mich, mein Sohn?"

„Ja", antwortete Marcus. „Du hast schon öfter so gesprochen; aber erst heute verstehe ich dich ganz." Am liebsten wäre er aufgestanden und hätte dem Vater die Wange geküßt. Aber er war ja jetzt schon ein junger Mann. Immerhin mußte er seinen Gefühlen irgendwie Ausdruck geben: er nahm die Hand des Vaters und berührte sie liebevoll mit den Lippen.

Tullius fuhr fort: „Die Gotteserkenntnis bringt nicht nur unaussprechliche Freude, sondern auch Schmerz. Wenn ich die Schönheit der gottgeschaffenen Welt betrachte, erfüllt mich Wehmut, weil ich als Sterblicher den ersten Augenblicken jubelnder Erkenntnis nicht Dauer verleihen kann und weil ich weiß, daß diese Schönheit nur der Abglanz einer höheren Schönheit ist. Für diese wenigen Augenblicke aber erfüllt mich höchstes Entzücken, das mir im Herzen brennt wie ein Feuerball und alles Niedrige, Würdelose in mir verzehrt. Woher kommt dieses unvorstellbare, unbeschreibliche Gefühl? Ist es eine Erinnerung an ein Leben unmittelbarer Gottesschau vor unserer Geburt, die Sehnsucht nach einer schmerzlich verlorenen Schau? Wenn es so ist, welch tiefer Fall muß es gewesen sein von der Höhe dieser Schau! Bete darum, du mögest nie vergessen, daß ohne Gotteserkenntnis der Mensch nichts und all sein Tun sinnlos ist, wie Wüstenstaub, der ziellos dahintreibt!"

Plötzlich war er erschöpft. Er lehnte sich in seinen Sessel zurück und fiel unvermittelt in tiefen Schlaf. Marcus stand auf und breitete eine Decke über den Vater, legte ihm ein Kissen unter die Füße und schob den Lampendocht tiefer. Ich werde es nie vergessen, Vater! schwor er im Geiste und hob die Hand feierlich zum Eid.

Nach Jahren schrieb er: ‚Wie kann ich die Sicherheit und das zweifelsfreie Wissen meiner Jugend je wiedergewinnen? Wir sind der Welt nicht gewachsen. Sie nimmt uns nicht nur die Jugend, sondern auch die Selbstsicherheit. Dennoch muß ich so tun, als besäße ich sie noch. Die Gottheit kann nichts von uns verlangen als den guten Willen.

Denn wir sind von Natur aus schwach, und alles, jeder Atemzug von uns, hängt von höheren Mächten ab.'

Am nächsten Morgen war Tullius sehr krank, und Phelon gab ihm seine Tränke und Arzneien.

„Es ist nicht das erstemal, daß er sich so übel fühlt'', meinte Helvia. „Er wird sich wieder erholen.'' Sie legte ihren Spinnrocken beiseite, entließ ihre Mägde und sagte zu Marcus: „Setz dich, ich habe mit dir zu reden. Du bist ein ganz weltfremder junger Mann, und du mußt Vernunft annehmen.''

Gehorsam setzte sich Marcus. Er blickte seine Mutter an und sah, daß der olivgrüne Stich ihrer Gesichtsfarbe jetzt von mädchenhafter Röte überdeckt wurde. Für ihn war sie so jung wie immer. Nur etwas dikker war sie geworden. Sie ist voll Selbstsicherheit, dachte Marcus, und sie sieht aus wie Ceres, die Mutter der Erde und aller Früchte.

„Dein Großvater und dein Vater haben mit dir gesprochen, und auch dein Lehrer'', sagte sie und machte eine Handbewegung, als wollte sie die Verstiegenheiten der Männer wegwischen. „Jetzt höre eine kluge, vernünftige Frau an! Die Männer haben hochfliegende Ideale; die Frauen haben ihren nüchternen Wirklichkeitssinn. Beides ist nötig. Sind die Männer die Krone der Schöpfung? Ich habe Streitgespräche darüber angehört und bin manchmal ungeduldig geworden. Was täten diese Männer, wenn ich Rocken und Kochlöffel sein ließe und mich ihnen zu Füßen setzte? Sie hätten kein Linnen und keine Wolle für ihre Kleider, und ihre Teller wären leer. Die Männer mögen ihre Ideale und ihre himmelstürmenden Anwandlungen haben; aber sie sind schreckliche Fresser. Sie essen viel mehr als wir Frauen und können darüber, daß diese Tunke aufgetragen wurde und nicht jene, völlig außer sich geraten. Überhaupt sind sie bei Tisch sehr launenhaft.''

Trotz seiner Sorge um den Vater mußte Marcus lachen. Die Mutter stimmte gelassen ein.

„Dein Großvater ist ein glühender Patriot und behauptet, nichts anderes sei wichtig als die Vaterlandsliebe. Wenn aber eine Sklavin beim Nähen einen Stich nachlässig macht, kann er einen Wutanfall bekommen. Dein Vater hat nur religiöse Dinge im Sinn; wenn aber eine Speise nicht ganz gar ist, wird er todunglücklich und läßt sie stehen. Man sollte meinen, solche große Denker müßten über die kleinen irdischen Annehmlichkeiten erhaben sein. Aber der Mann schätzt diese Annehmlichkeiten sehr und ist tief gekränkt, sobald sie fehlen. Wenn die Frauen sich je der Philosophie oder Wissenschaft oder Kunst widmen und darüber Webstuhl und Bratpfanne vernachlässigen sollten, wer würde am lautesten zu zetern anfangen? Die Männer.''

Der gesunde Menschenverstand seiner Mutter tat Marcus wohl.

„Der Großvater", fuhr Helvia fort, „spottet über meinen sogenannten Materialismus und darüber, daß ich mich vom Alltag verschlingen lasse. Aber er ist der erste, der sich beschwert, wenn der Haushalt nicht glatt läuft. Dein Vater hat mir, als wir jung waren, Bücher über Dichtkunst und Philosophie geschenkt, offenbar, damit ich eine zweite Aspasia werde. Aber wenn seine Schuhe im Winter nicht kunstvoll mit Pelz ausgefüttert waren oder wenn an Stelle seiner zerschlissenen Decke nicht schon eine neue zur Stelle war, hat er mich vorwurfsvoll angesehen. Welche Lammsgeduld müssen doch die Frauen mit diesen erwachsenen Kindern haben! Nicht darüber wundere ich mich, daß manchmal eine Frau ihren Gatten umbringt, sondern darüber, daß die meisten Frauen es nicht tun."

Wieder mußte Marcus lachen. Er fragte sich: Warum habe ich meine Mutter eigentlich nie richtig geschätzt, sondern alles, was sie für mich tat, als mir gebührend hingenommen? Habe ich mir vorgestellt, alle meine Bequemlichkeiten seien mir aus der Luft zugeflogen? Habe ich gedacht, unsichtbare Hände hätten meine Kleider gewoben und meine Speisen gekocht? Er blickte sich in dem Raume um, der voll von Haushaltsgeräten war, von Webstühlen und Spinnrocken, Nähtischen und Nadeln, von Leinen und Wolle und Baumwolle. Der Raum hatte eine heitere, geschäftige Atmosphäre. Hier, dachte Marcus, ist das eigentliche Herz des Hauses. Mochte die Mutter nie die verschiedenen Nuancen von Grün an einem Baume beachten und nie vom Zwitschern eines Vogels hingerissen sein, sie führte zielbewußt den Haushalt und stand ihm vor wie Juno, die Schutzgöttin der Kinder. Eine Welt, in der die Frauen ihre Pflichten versäumen würden, wäre eine Welt der Unordnung und des Chaos. Die Frauen waren die ausgleichenden Kräfte des Lebens, ohne die ein Weiterbestand der menschlichen Gesellschaft unmöglich wäre.

„In der Natur wirst du überall Ordnung erkennen", sagte Helvia. „Alles hat seinen Platz; jedes Wesen erfüllt seine Bestimmung. Nur der Mann sprengt die Ordnung mit seinen zügellosen Begehrlichkeiten. Am liebsten würde er sogar die Götter unter seinen Willen beugen. Die Frauen aber dienen dem göttlichen Willen. Wir sind die Pflichtgetreuen."

Marcus war verblüfft. Woher hatte die Mutter diese Weisheit?

„Der modernen Römerin", fuhr Helvia fort, während sie ein Stück Linnen nahm und zu nähen anfing, „wurde von den Männern eingeredet, sie müsse an den Männerangelegenheiten teilnehmen. Was war die Folge? Die moderne Frau hat die Verstiegenheiten des Mannes übernommen, seine Schlechtigkeiten, Plattheiten und Kindereien, nicht aber den schöpferischen Schwung mancher Männer. Sie ist anspruchsvoll geworden, rechthaberisch, rachsüchtig, in ihren wollustweckenden Körper verliebt. Sie ist in jeder Beziehung zur Sklavin geworden und nicht zu jener freizügigen Frau, die sie im Sinn gehabt hat. Sie ist ein — nach ihrer ersten Jugend ziemlich langweiliges — Spielzeug und nicht eine Aspasia, wie sie sich vorgestellt hatte. Wenn einmal ihre jugendlichen Reize dahin sind, was bleibt dann? Sie versteht nichts vom Haushalt, ist nichts Tröstliches, sondern eine alternde Harpyie. Wenn sie sich in die Politik mischt, gibt es Unheil; sie wirkt verderblich, nicht erhebend. Sie vernachlässigt ihre Kinder, weil sie Lustbarkeiten und Schwatz im Kopf hat. Die Kinder werden ein Abklatsch der mütterlichen Schlampigkeit und strafbaren Albernheit. Sie haben keinen Respekt vor der Mutter, weil sie keinen verdient. Ihr Gatte mißachtet sie, weil sie nie eine Ehefrau war."

„Aber es gibt doch auch kluge Frauen", wandte Marcus ein.

„Natürlich gibt es die", bestätigte Helvia, während sie einen Faden abbiß. „Es sind Frauen, die in keiner Lebenslage ihre Fraulichkeit vergessen. Nehmen wir wieder Aspasia! Perikles liebte sie und beriet sich mit ihr, weil er ein gescheiter Mann war und die natürliche Frauenklugheit suchte. Sie gab ihm, was er suchte, und wollte nie mehr sein als eine Frau. Aber wie viele Aspasias gibt es in Rom?"

„Du interessierst dich ja auch für Geldgeschäfte und Kapitalanlagen, Mutter", hielt Marcus ihr entgegen.

„Gewiß. Wann hat eine Frau sich nicht für Geld interessiert? Das ist kein Eingriff in den Bereich der Männer, die oft leichtsinnig und waghalsig sind. Sogar dein Großvater läßt sich von Hirngespinsten betören. Ich lege die Gelder bedachtsam an, weil ich sie erhalten will. Mir ist ein bescheidener, aber sicherer Ertrag lieber als trügerisches Katzengold. Es ist kein Zufall, daß Aspasia in der Rechenkunst beschlagen war. Frauen summieren und bilanzieren gern; sie denken nüchtern. Ist Aspasia als Bettlerin gestorben? Nein. Man kann sich darauf verlassen, daß sie ihr Geld gut angelegt hatte.

Mein Sohn, wenn ich dir jetzt Ratschläge für deine Zukunft gebe, wirst du gut tun, genau hinzuhören. Einen echten Mann erkennt man daran, daß er seine Begierden zügelt, daß er sich seiner Familie und seinen Hausangelegenheiten widmet, nicht leicht die Selbstbeherrschung verliert, das Geld als Frucht schwerer Arbeit und als Grundlage gesellschaftlicher Achtung schätzt und alles zurückweist, was auf sein Land, seine Götter und seine Familie ein schlechtes Licht wirft. Er hat unerschöpfliche Geduld und Gelassenheit und bringt die Dinge immer zu einem für sich und seine Familie gedeihlichen Abschluß. Er ist ein guter Hauswirt, bedachtsam, nicht wehleidig. Er kennt keine Enttäuschungen, weil er sich nie übertriebenen Erwartungen und falschen Hoffnungen hingegeben hat. Er tut seine Pflicht. Und das steht über allem anderen, Sohn! Er tut seine Pflicht, bedacht und überlegt."

Dann entließ sie ihn. Sie hatte ihre Arbeit.

Späterhin schrieb Marcus: ‚Ich habe ganz verschiedene Ratschläge erhalten, von meinem Lehrer, von Großvater, Vater und Mutter. Aber die vier Ermahnungen haben sich wie die vier Blütenblätter des süßduftenden wilden Mohns zu einer einzigen, vollkommenen Blüte zusammengeschlossen. In allen wichtigen Beziehungen widersprachen sie einander nicht. Wohl dem Manne, der einen weisen Lehrer, einen charakterfesten Großvater, einen geistig hochstehenden, empfindsamen Vater und eine lebenskluge Mutter gehabt hat!'

VIII

Nie wird mir eine Gegend so ans Herz wachsen wie diese Insel, dachte Marcus, als er vom Ufer aus den Fluß vor sich und die lichtumflossenen Hügel in der Ferne betrachtete.

Die Sonne schickte sich an unterzugehen. Er blickte nach Arpinum hinüber. Die Stadt hob sich als aufsteigender Streifen goldleuchtender Lichtflecken von dem bronzeschimmernden Hang ab. Es war Frühherbst. Alle Bäume auf der Insel glühten in Rot, Goldgelb oder Kupferbraun. Blendendblaues Wasser plauderte lärmend oder murmelte leise längs des Ufers, an dem Marcus stand. Die Vögel schwatzten. Der Wind war mit den Düften welkenden Grases, reifenden Obstes, schwerer Ähren beladen. Bläulicher Nebel umhüllte ferne Bäume und fernes Wasser. Ein Reiher hielt auf seinen Stelzbeinen inne, beäugte den Knaben und fischte dann weiter. Drei Krähen unterhielten sich fröhlich auf dem Ast eines Baumes und lachten einander zu. Eine Kuh muhte. Ein Schaf blökte nach seinen Jungen. Irgendwo brachen Ziegen in ein belustigtes, geselliges Meckern aus. Warum vermochten alle andern Geschöpfe ihrem Frohsinn harmlos Ausdruck zu geben, während der Mensch das natürliche Lachen der Freude verlernt hatte? fragte sich Marcus.

Er sah die zum Festland führende Brücke. Eben vorhin noch war, wie gewöhnlich, ihr Bogen, da die Insel ja Privatbesitz des Großvaters war, leer gewesen. Nun aber stand eine Gestalt auf der Brücke und blickte zum Fluß hinunter, ein Mädchen. Eine Haussklavin? dachte Marcus. Eine Arpinerin? Aber Mädchen aus besserer Familie gingen nicht unbegleitet umher, und die Haussklavinnen waren von Mutter Helvia zur Arbeit eingespannt. Es wurde bald Abendessenszeit. Zaghaft, aber doch neugierig schlenderte Marcus der Gestalt entgegen, die Augen gegen die rote Sonne zusammengekniffen.

Er kam zum Brückenaufgang. Die an der Steinbrüstung lehnende Unbekannte wandte den Kopf und sah den Ankömmling ohne merkbare Neugier an. Sie sagte nichts. Marcus zögerte. Sollte er sie darauf aufmerksam machen, daß dieses Gelände Privateigentum war? Aber sie schien nicht verlegen und ließ ruhig die verschränkten Arme auf der Brüstung ruhen. Es nahm sich aus, als wäre er in fremdes Gebiet eingedrungen, und nicht sie.

„Sei gegrüßt!'' sagte Marcus schließlich und setzte den Fuß auf die Brücke.

„Sei gegrüßt!'' erwiderte sie mit sehr sanfter, klarer Stimme. Sie blickte in die Runde. „Schön ist es hier'', fand sie.

Marcus ging langsam auf sie zu. Sie lächelte ihn ohne Scheu an. Sie war hochgewachsen und anmutig, fast so groß wie er und anscheinend ungefähr gleichaltrig mit ihm. Sie trug eine grüne Tunika und eine hauchdünne weiße Palla, und an ihrer Kleidung und ihren verzierten Sandalen erkannte er, daß sie keine Sklavin war. Ein Hauch von Selbstsicherheit und schlichter Würde ging von ihr aus. Als er sie genauer betrachtete, war er überzeugt, noch nie ein so hübsches Mädchen gesehen zu haben. Ihre makellosen knospenden Formen hatten etwas Frühlinghaftes. Kastanienbraunes, von der untergehenden Sonne rötlich gefärbtes Haar fiel ihr wellig gekräuselt weit über die Schultern und umzüngelte wie Flammen das schimmernd blasse Gesicht. Die Augen waren von so tiefer Bläue, daß die Farbe überzufließen schien. Wimpern und Brauen hatten die gleiche Farbe wie das Kopfhaar. Die Nase war fein und schlank und, gleich dem Kinn und dem Hals, wie aus Marmor geformt. Der hübsche Mund war voll und frisch wie reife Himbeeren; die Unterlippe trug eine tiefe Einbuchtung, wie von einem leisen Lachen gekerbt.

„Ich heiße Marcus Tullius Cicero'', stellte Marcus sich vor. Er konnte den Blick von der entzückenden Erscheinung nicht abwenden und starrte sie unverhohlen an.

Ihre Miene veränderte sich, aber nur für einen Augenblick. Sie lächelte; ihre Zähne waren wie durchscheinendes Perlmutt. „Ich bin Livia, aus der Familie der Curier'', sagte sie. „Ich bin auf Besuch bei Verwandten in Arpinum. Die Insel gehört euch, nicht?''

„Meinem Großvater'', präzisierte Marcus. Er fragte sich, warum über die Miene des Mädchens bei der Nennung seines Namens ein flüchtiger Schatten geglitten war. „Wußtest du nicht, daß hier Privatbesitz ist?''

„Doch'', erwiderte sie und blickte zum Fluß hinunter. „Bist du böse darüber, daß ich hier bin?'' Ihre Stimme klang beseelt.

„Nein'', antwortete Marcus. Ihr Name ging ihm im Kopf herum. Dann entsann er sich: Quintus Curius, der finstere, vernünftelnde Junge, der Freund des Lucius Sergius Catilina, der mürrische, haßerfüllte Bursche, der sich nur dem Lucius zuliebe feindselig gegen ihn, Marcus, eingestellt hatte!

„Ist Quintus Curius dein Vetter, Livia?" erkundigte sich Marcus.

Achselzuckend betrachtete Livia weiterhin den Fluß. „Ein entfernter Vetter", sagte sie. „Ich bin mit Lucius Sergius Catilina verlobt. Er war, glaube ich, dein Schulkamerad, nicht?"

Was ist ihr sonst noch über mich erzählt worden? dachte Marcus beunruhigt. Er wünschte sich, das Mädchen sollte ihn anblicken und ihn so sehen, wie er wirklich war. Dann fiel ihm ein: Verlobt!

„Ist Lucius auch hier?" fragte er.

„Nein. Er ist wieder in Griechenland." Ihr Tonfall war unpersönlich. „Schreibt ihr einander nicht?" Jetzt blickte sie ihn voll an, und das Blau ihrer Augen flimmerte belustigt.

„Nein", antwortete Marcus. „Wir sind Feinde." Er empfand, daß die Bemerkung manierlos war. Er stellte sich neben das Mädchen und starrte auf den Fluß. „Das mußt du doch wissen, Livia."

„Ja, Lucius hat es mir gesagt. Allerdings weiß ich auch, daß er ein Lügner ist." Sie sprach gelassen. „Aber ein bezaubernder Lügner! Er heiratet mich, weil ich eine Erbschaft zu erwarten habe. Reden wir von angenehmeren Dingen!"

Marcus schwieg. Bildete er sich nur ein, daß die Farben der Landschaft und des Himmels plötzlich lebhafter wurden, glänzender, wärmer? Er ließ seinen Blick etwas tiefer gleiten. Er sah die weißen, wohlgeformten Arme des Mädchens, die auf der Brüstung lagen. Er sah die zierlichen Hände, die Ringe und Armbänder, die gefärbten Fingernägel.

„Warum heiratest du Lucius?" fragte er. Wieder wurde ihm die Manierlosigkeit bewußt; aber er konnte nicht anders. „Du sagst doch, daß er ein Lügner ist."

„Ja, aber ein bezaubernder Lügner." Sie blickte ihn an und lachte. „Und sieht er nicht fabelhaft aus?"

„Blendend", bestätigte Marcus naserümpfend. „Aber zu einem Ehemann braucht es ein bißchen mehr."

Livias Lächeln wurde etwas spöttisch, als sie ihn jetzt musterte. „Zeig mir deine Insel!" verlangte sie dann mit unvermitteltem Mädchenhochmut.

„Die Sonne geht schon unter", bemerkte er. Er ärgerte sich darüber, daß er so kurz angebunden war; aber wo staken denn die Hüter der Range, und wieso trieb sie sich hier unbeaufsichtigt herum?

Jetzt lachte sie ihn offen an, und Grübchen huschten um ihren Mund. „Angeblich bist du höchst behutsam", sagte sie. „Lucius und mein Vetter, die sonst nicht viel von anderen reden, haben über dich öfter gesprochen. Offenbar warst du ein rotes Tuch für sie."

„Mir liegt Haß nicht, aber die beiden habe ich gehaßt", erklärte Marcus, gekränkt über das zweifellos ihm geltende Lachen.

Wieder änderte sich ihre Miene. „Meinen Vetter Quintus mag ich auch nicht", gestand sie. „Ein mürrischer Grobian! Aber von Lucius hast du ja selbst gesagt, daß er blendend aussieht. Übrigens wurde die Heirat von meinen Vormündern abgesprochen, und ich habe dabei nichts zu melden. Ich tausche gegen mein Geld einen berühmten Namen ein. Das ist ein solider Handel."

Ein Gefühl drohenden Unheils überkam Marcus. Am liebsten hätte er Livia am Arm gefaßt, sie geschüttelt und ihr eingeschärft, sie dürfe Lucius ja nicht heiraten. Aber sie blickte ihn kühl, fast beleidigt an. „Zeig mir deine Insel!" wiederholte sie.

Ehe er etwas erwidern konnte, lief sie schon an ihm vorbei über die Brücke auf die Insel zu, daß ihre Palla sich hinter ihr bauschte wie eine sonnbeschienene Wolke. Ihre Lebhaftigkeit, ihre raschen Stimmungsänderungen, ihr feines Mienenspiel machten tiefen Eindruck auf Marcus. Er folgte ihr langsam. Sie blieb am Ufer stehen, wie ungeduldig über sein Säumen. „Schau diesen Reiher!" rief sie und zeigte auf den still und unbeweglich dastehenden Vogel. „Er hat keine Angst vor uns."

„Warum sollte er Angst haben? Er weiß, daß ich ihm nichts zuleide tue", entgegnete Marcus.

Livia verfiel wieder in Schweigen. Nachdenklich weilte der Blick ihrer blauen Augen auf seinem Gesicht. Aber als er schon glaubte, sie habe ihn verstanden, lachte sie fröhlich auf und lief quecksilbrig weiter. Man hörte ihre Schritte fast nicht; sie war wie eine unberechenbare Waldnymphe, rätselvoll in dem einen, zu offenmütig im nächsten Augenblick, jetzt ernsthaft und gleich darauf spöttisch. Marcus ging ihr in den kleinen Inselwald nach. Sie war nirgends zu sehen. Hatte er alles nur geträumt? Er spähte zwischen den dämmerigen Reihen von Pappeln und Eichen. Hinter ihm plätscherte das Wasser in blauen Lichtblitzen; hier jedoch herrschten Halbdunkel und Stille, nur von aufgescheuchten Waldtieren und vom leisen Laubfall unterbrochen.

„Livia!" rief er.

Nichts antwortete. Hatte dieses merkwürdige Wesen plötzlich kehrtgemacht und war wieder über die Brücke davongelaufen, weil es nicht mehr an ihn dachte oder ihn als nichtssagend abtat?

„Livia?" rief er wieder, diesmal unsicher. Warum kamen ihm die Baumreihen plötzlich so leer vor, so fremd wie noch nie? Warum duftete es weniger und blies der Wind kühler?

Ein Stück Rinde traf ihn hart am Kopf, so daß er unwillkürlich aufschrie. Er blickte empor und sah Livia auf einem hohen Aste hocken, so geschickt wie Quintus, und zu ihm hinunterlachen, eine wirkliche Waldnymphe: das grüne Gewand hob sich von dem scharlachroten Laub ab, die Palla flatterte wie ein Nebelstreif, das hübsche Gesicht strahlte vor Schönheit.

„Du bist kein Waldmensch'', spottete sie mit ihrer süßen, klaren Stimme, „sonst hättest du mich gleich bemerkt.'' Belustigt warf sie noch ein Rindenstück nach ihm und rief wie Quintus: „Fang mich!''

Marcus nahm sich nicht die Zeit, darüber nachzudenken, daß es für eine verlobte junge Dame eigentlich unziemlich war, sich wie ein Junge aufzuführen. Ehe er es selbst gewahr wurde, war er auf dem untersten Ast. Über ihm klomm Livia höher, und ihm wurde ganz heiß, als er plötzlich wohlgeformte, jugendlich glatte Waden und Oberschenkel sah. Sie schien mühelos zu klettern, ohne sich die Kleider zu zerreißen, ohne bei jeder Schramme durch einen rauhen Zweig oder Ast ängstlich aufzukreischen. Nun hatte sie den Wipfel erreicht und schwang sich hin und her. Sie schaute nicht auf den ihr nachkletternden Jungen. Sie blickte in die Ferne und fing mit weicher Stimme zu singen an, eine seltsame, kaum vernehmbare Weise.

Marcus hielt inne und sah verwundert zu dem Mädchen empor. Nie hatte er ein so merkwürdiges, entzückendes Geschöpf gesehen. Es schien ungreifbar weit, ein Phantasiegebilde, ein einsames, der Menschen nicht achtendes Wesen, in Geheimnisse gehüllt, unsterblich. Das von oben einfallende Licht lag auf ihrem erhobenen Gesicht und ihren leidenschaftlich blauen Augen, und einen Moment lang empfand Marcus etwas wie Furcht. Haarlocken umglühten ihr Schultern und Brust und Rükken. Gemächlich schaukelnd, sang sie, losgelöst von der Erde, in einer Alleinheit, die den Knaben abwies oder fernhielt.

Dann warf sie ihm einen Blick zu, und wieder änderte sich ihr Gesichtsausdruck, wurde ernst, fast kühl.

„Für ein Mädchen'', rief Marcus, „sind solche Baumklettereien gefährlich!''

Sie musterte ihn nachdenklich, als redete er in einer ihr unbekannten Sprache, wie man den Lauten eines fremdartigen Tieres lauscht.

„Soll ich dir hinunterhelfen?'' fragte er, erschrocken über ihre Entrücktheit.

Sie antwortete nicht. Ohne merkliche Anstrengung stieg sie geräuschlos ab, hielt sich anmutig im Gleichgewicht, glitt nie aus, klammerte sich nie krampfhaft fest. Ohne ihn anzusehen, kletterte sie an ihm vorbei und ließ sich zu Boden fallen, leicht wie ein Blatt. Dann senkte sie ein wenig den Kopf und stand wie wartend da. Während Marcus auch hinabstieg, fragte er sich, ob sie auf ihn wartete oder irgendeiner, ihm für immer unvernehmlichen Stimme entgegenlauschte.

Dann stand er neben ihr. Sie sprachen nichts. Sie sahen einander nicht an. Sie blickten nur durch die Bogengänge der Baumkronen nach dem leuchtendweißen, jetzt auf den eilenden Schaumkronen scharlachrot gesprenkelten Wasser. Plötzlich überkam Marcus ein Gefühl der Friedlichkeit, der Erfüllung. Bei seiner Scheu und seiner steten Bedachtnahme auf andere gab er selten seine Gefühle durch eine offene Geste preis. Jetzt aber ergriff er plötzlich Livias Hand. Er erwartete, sie würde wieder ihre Stimmung wechseln und sich beleidigt oder belustigt losreißen. Doch ihre Hand blieb zwischen seinen Fingern, glatt und kühl wie Herbstlaub.

„Was hast du da gesungen?" fragte Marcus so leise wie möglich.

Das Mädchen antwortete nicht.

„Es klang wie das Wehen eines Frühlingswindes", sagte Marcus, „oder wie ein Brunnen, nachts, wenn alles schläft."

„Das Lied habe ich mir selber erdacht", erklärte Livia. Sie blickte ihn wieder an, und wieder war er erstaunt über das reine Blau ihrer Augen, das jetzt durch die Wimpern etwas verdunkelt wurde. „Man sagt, ich sei ein sehr ungewöhnliches Mädel. Aber die Leute haben keine Ahnung."

„Wenn du ungewöhnlich bist, bin ich es auch", meinte Marcus.

Livia lächelte ihm zu. „Ja", sagte sie. „Sonst würde ich mich nicht herstellen und mit dir reden." Ihre jungen, unter der Kleidung gerade kenntlichen Brüste hoben sich zitternd. „Die Leute haben keine Ahnung", wiederholte sie. „Ich habe es nie jemandem erzählt. Meine liebe Mutter war unheilbar krank, und als sie im Sterben lag, stieß mein Vater sich den Dolch in die Brust und starb mit ihr. Man glaubt, ich hätte es nicht gesehen; aber ich stand im Flur, bei Mondlicht. Als mein Vater sich den Todesstoß versetzt hatte, nahm er meine Mutter in die Arme und sagte: ‚Wohin du gehst, Liebste, dorthin gehe auch ich.' Und sie starben Lippe an Lippe. Diesen Anblick kann ich nicht vergessen. Mein Lied singe ich für sie, damit sie mich in den Elysischen Gefilden hören."

Marcus fand ihre Geschichte nicht grauenhaft, sondern unendlich rührend. Als hörte sie seine Gedanken, sagte Livia: „Ich war damals fünf Jahre alt, meine Mutter erst zwanzig und mein Vater ein Jahr älter. Ich habe nicht um sie getrauert und tue es auch jetzt nicht. Sie konnten eine Trennung nicht ertragen. Nicht einmal die Götter vermochten sie zu trennen."

Marcus dachte an seine eigenen Eltern. Konnten zwei in ihrem Wesen so grundverschiedene Menschen ein Fleisch werden? War die Ehe wirklich so heilig, wie die alten Gesetze es annahmen?

Livia verblüffte ihn, als sie plötzlich mit ganz anderer Stimme fragte: „Wieso hat der Reiher keine Angst vor dir gehabt? Ein sonst so scheuer Vogel!"

„Ich habe nie einem lebenden Wesen etwas zuleide getan", sagte Marcus. „Sicherlich lieben auch die Götter alle Geschöpfe. Und ich achte diese Liebe."

Plötzlich riß Livia sich los und eilte davon, die Palla vom Abendwind gebauscht. Marcus folgte ihr nicht. Sie lief zum Ufer und über die Brücke.

„Kommst du wieder, Livia?" rief er ihr nach.

Aber sie antwortete nicht. Sie entglitt ihm wie eine Nymphe, und er stand allein unter den Bäumen, ohne recht zu wissen, ob die kurze, verwunderliche Begegnung Wirklichkeit gewesen war. Daß sie sich tatsächlich zugetragen hatte, erkannte er erst daran, wie vereinsamt er sich mit einemmal fühlte, als hätte etwas unsagbar Schönes ihn nach ganz kurzem Verweilen verlassen.

Beim Abendessen mit Großvater, Vater und Bruder – die Mutter nahm nach alter Römersitte an dem Mahl der Männer nicht teil – war Marcus ungewöhnlich schweigsam.

Tullius, der, wie Helvia vorausgesagt hatte, von dem lebensbedrohenden Krankheitsanfall wieder genesen war, sagte: „Unserem Marcus geht etwas im Kopf herum."

„Das sind die seelischen Wachstumsschmerzen", erklärte der Großvater. „Ich kann mich genau daran erinnern. Alles ist einem so verwunderlich und aufregend vorgekommen. Und wie alltäglich waren doch diese Dinge in Wirklichkeit!"

Aber Tullius gab sich damit nicht zufrieden, weil er selbst noch seine Zukunftsträume hatte. „Töte nur ja deine Träume nicht, Marcus!" flüsterte er seinem Sohne zu.

Marcus konnte seine merkwürdige Unruhe und Aufgewühltheit nicht begreifen. Er wußte ja, daß diese Gefühle mit dem Mädchen zusammenhingen, dem er – in der Tat oder nur in seiner Einbildung? – begegnet war. Aber was sie kündeten, was sie bedeuteten, wußte er nicht. Er dachte an Livias Verlobung mit dem jungen Catilina und schrak im Geiste vor dieser Tatsache ungläubig zurück. Das war etwas Unstatthaftes, Naturwidriges, Verwerfliches! Es wäre wie eine Ehe zwischen einer Nymphe und einem wilden Kentauren gewesen, zwischen einer Blume und einem Stein, zwischen einer Dryade und einem Wolf! Er legte das Messer hin und starrte traumverloren auf seinen Teller.

„Was hast du denn, Marcus?" fragte Tullius.

Aber Marcus konnte nicht antworten. Diesmal vermochte er sich weder seinem Vater noch sonstwem zu eröffnen. Er war wie versiegelt. Es gibt also, dachte er, Zeiten, wo einem auch der Weg zu den Menschen, die man gern hat, verschlossen ist. Konnte er darüber mit Archias, dem Dichter und dem Weisen, reden? Nein. Plötzlich hatte er die Empfindung, daß ihm nichts mehr selbstverständlich war, nichts mehr feststand, und damit trat er endgültig ins Mannesalter.

Da sagte Quintus, der selbst schon die ersten Regungen der Männlichkeit spürte: „Ach, Marcus ist verliebt!" Und er grinste seinem Bruder fröhlich zu.

„Unsinn!" widersprach der Großvater. „Er hat gar keine Mädchenbekanntschaft und ist noch nicht einmal zum Jüngling geweiht."

„Er ist ins Leben verliebt'', bemerkte Tullius, der sich seiner eigenen Jugend entsann.

Ich bin in Livia verliebt, dachte Marcus. Und plötzlich erfüllte ihn Entzücken und zugleich ein Gefühl der Verlassenheit und des Verlustes, das irgendwie auch wohlig war.

IX

Aus Rom kamen so beunruhigende Nachrichten, daß die Rückkehr in die Hauptstadt besprochen wurde. Zwischen Großvater, Vater und Archias gab es hierüber lange Erörterungen.

„Warum interessiert sich Marcus in diesen kritischen Tagen gar nicht für sein Heimatland?'' fragte dabei der Großvater.

„Augenblicklich scheint er in einer Art Traumzustand zu sein'', entschuldigte ihn Tullius, ohne zu wissen, wovon er träumen mochte. „Lassen wir ihn eine Weile!'' Es kränkte ihn, daß sein Sohn sich ihm nicht anvertraut hatte.

Tag für Tag trieb Marcus sich auf der Brücke, dem Uferstreifen, den Waldwegen umher, wo er Livia gesehen hatte. Aber sie kam nicht wieder. Mit weniger als halbem Ohr hörte er im Familienkreise die aufgeregten Gespräche über Rom. Geist und Herz, Körper und Seele waren ihm erfüllt von dem einen geheimnisvollen Mädchen, das er nur ganz kurz gesehen hatte. Er begann, massenhaft Gedichte zu schreiben. Er war wie ein junger Baum, der am Rand eines Schlachtfeldes wächst, nur mit sich selber beschäftigt, nur auf Sonne und Wind bedacht und auf die Streckung seiner Glieder und das Treiben seiner Blätter. Selbst Quintus, sein Spielgefährte, fand sich gemieden.

Als Helvia seine traumverlorene Miene und seinen abwesenden Blick sah, dachte sie mit dem Einfühlungsvermögen der Frau: Mein Sohn ist verliebt. In eine junge Sklavin? Sie wußte zwar, daß derartiges in Rom häufig vorkam, mißbilligte aber solche Liebeleien. Sie galten ihr als höchst ungehörig, geschmacklos und unzulässig. Sosehr sie jedoch die Augen offenhielt, sie wurde nicht klug aus der Sache. Es gab im Hause hübsche zehn- bis zwölfjährige und sogar mit Marcus gleichaltrige Sklavenmädchen; aber er sah sie nicht einmal an.

Der Herbst ging zu Ende. Nur in den Mittagsstunden schien die Sonne warm und golden. Der Wind brachte einen Hauch von Frost. Marcus begann zu glauben, er habe von Livia nur geträumt; manchmal waren ja seine Träume sehr lebhaft, und unmittelbar nach dem Erwachen fiel es ihm oft schwer, Traum und Wirklichkeit zu unterscheiden.

Einmal, erst in diesem Sommer, so erinnerte er sich, war er tief im

Gras, den Rücken an einen Baum gelehnt, während Quintus spielend um ihn herumtollte, in der Wärme eingedöst. Da träumte ihm, daß die Sonne sich verfinsterte und daß plötzlich eine Schar bewaffneter, wild blickender Männer aus dem Waldesdunkel hervorbrach, sich auf Quintus stürzte und grausam auf ihn einschlug. Marcus konnte sich nicht rühren; er hörte Schwerter klirren und den Bruder schreien. Er wollte aufspringen; aber seine Glieder waren schwer wie Blei. Er versuchte zu rufen; aber kein Laut drang ihm über die Lippen. Dann war alles wieder still, und Quintus lag tot in seinem Blute. Grausiges Dunkel breitete sich über Marcus' Augen. Als er sie öffnen konnte, sah er Quintus geduckt einem Grasfrosch auflauern, und alles war wieder licht und heiter. Marcus stieß einen lauten Schrei aus und rappelte sich auf, wie betäubt, mit rasend klopfendem Herzen. Er faßte seinen Bruder und umarmte ihn so heftig, daß der ahnungslose Quintus ganz verdutzt stillhielt.

„Du hast geschlafen, Marcus", sagte er schließlich. „Du mußt etwas Schreckliches geträumt haben."

Marcus beließ ihn dabei: ja, es war ein ganz furchtbares Traumgesicht gewesen. Er war nicht übermäßig abergläubisch, neigte jedoch zum Mystizismus. Sogar Archias, der über Vorbedeutungen und Wunderzeichen als eines gebildeten Mannes unwürdig spottete, gab zu, daß es viel den menschlichen Sinnen Unzugängliches gab. Woher kamen die Götter? Wer hatte die Grundfesten der Welt gelegt? Wer hatte bewirkt, daß alles in der Natur so geregelt ablief? Wer hatte die Sittengesetze geschaffen? Der Mensch, so erklärte Archias, wußte, genau genommen, überhaupt nichts.

„Aberglaube entsteht dort, wo das Wissen fehlt", pflegte er zu sagen. „Aber viele Dinge werden der menschlichen Erkenntnis immer verschlossen bleiben. Die Gelehrten behaupten, daß manche Vögel Töne hören und Farben sehen, die wir nicht gewahren. Der Hund vernimmt Geräusche, die so leise sind, daß sie dem stumpfen Menschenohr entgehen. Über uns kreisen die Sterne. Welcher Art sind sie wirklich — jenseits dessen, was die Gelehrten, vielleicht irrtümlich, von ihnen annehmen? Das Wenige, was der Mensch vom Göttlichen erahnen kann, verdankt er nicht seinen Sinnen, sondern seiner Seele, einem Unbewußten in sich, das tiefer ist als der Instinkt. Diese Intuition ist es, die dem Menschen Gesittung schenkt; sie ist die Quelle seiner Baukunst, Malerei und Musik, die Grundlage des Rechtes. Aber man müßte ein Aristoteles oder ein Sokrates sein, um durch das Nachdenken über diese Dinge mehr zu gewinnen als Verwirrung und Unbehagen."

Während Marcus täglich die Gegend seiner Begegnung mit Livia durchwanderte, fragte er sich oft, wo denn die Grenze sei zwischen Einbildung und Wirklichkeit. Jetzt fiel es ihm sehr leicht, an Waldnymphen, an Geister und Erscheinungen zu glauben. Und wie war es mit der

Orakelstimme in Delphi? Und mit den Sibyllinischen Büchern? Es gab gebildete, weltkluge Männer, die, wenn sie schon nicht ernstlich an diese Dinge glaubten, doch einräumten, daß der Mensch sehr wenig wisse, und daß die Annahme, alles ließe sich durch Vernunft erklären, und die Menschheit würde im Lauf der Zeit auch die letzten Geheimnisse enträtseln, vermessen sei. Archimedes hatte gesagt, man möge ihm nur einen festen Standort geben, und er werde mit einem entsprechend langen Hebel die Welt aus ihren Angeln heben. Aber was bedeutete das gegenüber den Tiefen und Abgründen und Rätseln der Menschenseele, die allen Philosophen trotzten?

In dieser Zeit waren alle seine Sinne geschärft. Er sah auf den Blättern eines Baumes Lichter, die er bisher nie bemerkt hatte; es erregte ihn, wenn er mit der Hand über das Gefüge der rauhen Rinde strich. Der Ruf von Zugvögeln erfüllte ihn mit ungeheurer Einsamkeit. Über den Anblick der letzten Blumen war er tief gerührt. Der Fluß sprach zu ihm in geheimnisvollen Sprachen. Immer wollte er allein sein, um in sich das Aufwogen der Entrückung ganz zu spüren. Er sehnte sich nach Livia, mochte sie nun Wirklichkeit oder Trug sein. Er war wie ein Verbannter, der trotz allem auch noch an der köstlichen Schwermut des Exils Genuß fand. Er blickte den Mond an und sah ihn nicht als den bloßen Erdumkreiser der stumpfen Gelehrten, sondern als eine silberne Märchenwelt, auf der silberne Männer wohnten und ihm rätselhafte Worte zuriefen. Das Mondlicht lag auf den Ästen und den welkenden Halmen und den Dächern und auf seinen Händen, und er bebte vor Freude und Traurigkeit. Er dachte an das göttliche Walten, und es schien ihm, mehr denn je, von innen her wirkend, alles durchdringend.

Kurz, er war verliebt. Alle Götter standen rings um ihn.

Venus und Cupido hatte er nie als besonders würdevolle Gottheiten betrachtet. Und Liebesgeschichten hatten ihn gelangweilt. Da ließen sich, hatte er gedacht, sogar große Männer von einer Narrheit betören, die sie albern machte und schlimmer als Tiere! Zwar hatte Archias ihm gesagt, die gewaltigsten Dichtwerke stammten aus liebenden Herzen; aber Marcus wollte es damals auch dann nicht glauben, als Archias belustigt hinzufügte: „Du verwechselst Liebe und Brunst. Na, du wirst beizeiten Bescheid wissen."

Jetzt wußte Marcus Bescheid. Vergebens sagte er sich vor, man könne sich doch nicht in ein Mädchen, das man nur einmal gesehen habe, verlieben und noch dazu in ein so seltsames, so unfaßbares und unbegreifliches Wesen. Aber mitten in seiner vernünftelnden Selbstverhöhnung fiel ihm die kühle Glätte ihrer Hand ein, das Blau ihrer Augen, der feuerrote Widerschein ihres Haares im Sonnenlicht. Ein halbes Kind noch! Wenn er sie nicht wiedersah, war es um ihn geschehen. Eine verschrobene, spottlustige, teilnahmslose, sich willfährig mit einem Wüstling verlobende Range, keines einzigen Gedankens wert! Wenn er sie nicht wiedersah, war es um ihn geschehen.

„In diesen Tagen der Gefahr für Rom müssen wir zurückkehren", sagte der alte Großvater und sprach von Marcus Livius Drusus. Aber dieser Name bedeutete nichts für Marcus, der noch immer zwischen den kahler werdenden Bäumen umherlief. Er hatte die Hoffnung aufgegeben, Livia nochmals zu finden; aber er suchte weiter. Welch schönes Lied der Fluß sang! Wie viele ewige Geheimnisse lagen in einem Grashalm! Wie überwältigend war das Licht der Sonne! Wie erwartungsvoll schlug das Herz im Walde! Wie blau war der herbstliche Himmel! Wie herrlich war es, ein Mann zu sein, mit starkem, jungem Körper und tüchtigen Händen! Jeder Tag ein Wunder, jeder Schritt eine jubelnde Offenbarung, jedes Landschaftsbild voll halb erahnter Gestaltungen der Schönheit! Es war köstlich zu atmen. Es war eine Lust zu leben. Warum empfand er das alles erst jetzt? Seine Augen waren trunken von Träumen.

Dann traf er eines Tages Livia. Sie saß auf einem Haufen karminroten Laubes unter einem Eichenbaum, sang leise vor sich hin und ließ die welkenden Blätter durch ihre Finger gleiten. Zahllose Male war Marcus hier vorbeigekommen. Nun aber saß Livia da, in weißem Kleide, mit einem blauen Wollmantel über den Schultern und einem blauseidenen Tuch über dem Haar. Doch Mantel und Tuch waren nicht so blau wie ihre Augen, die in dem blaßschimmernden Gesicht strahlten und funkelten. Er hielt inne und blickte sie an, und ihm schien, die ganze Schöpfung ströme an diesem einen Fleck zusammen und halte den Atem erwartungsvoll an. Nie hatte er solche Freude und Wonne und Angst empfunden.

„Ich war jeden Tag hier, aber du hast mich nicht bemerkt", sagte sie ernst. „Überall hast du hingeschaut, aber mich hast du nicht gesehen. Hast du vergessen, daß ich lebe?"

Marcus trat ihr langsam näher.

„Wonach hast du denn Ausschau gehalten, wie du so verträumt umhergegangen bist?" fragte Livia.

„Nach dir", antwortete er.

In ungläubiger Verwunderung schüttelte sie den Kopf. „Aber ich war doch jedesmal hier."

„Wenn du mich gesehen hast, warum hast du nicht gerufen?" fragte Marcus. Er hockte sich auf die Fersen und betrachtete Livia. Er hielt den Atem an, aus Furcht, sie könnte verschwinden und wieder zu einem bloßen Geschöpf seiner Einbildung werden.

„Ich rede nicht Menschen an, die über mich hinwegsehen", erklärte sie in hochmütigem Tone. Dann lachte sie, doch ihr ganzes Gesicht strahlte. „Ich war in einer Baumkrone und beobachtete dich von oben. Ich kauerte hinter einem Baumstrunk, und du bist knapp an mir vorbeigegangen. Ich barg mich in hohem Gras und spürte deine Schritte. Aber gefunden hast du mich nicht!"

Sie hat eine Stimme wie sommerliches Quellwasser, dachte Marcus. Sie schien anders als die Mädchen, die er in den Frauenräumen des großväterlichen Hauses gesehen hatte oder auf den Straßen, von Müttern und Sklavinnen begleitet, oder in den Tempeln, in stillem Gebet ihre Opfer darbringend. Er war ein junger Mann, und der Anblick wohlgerundeter Beine und schwellender junger Brüste und glatter Schultern und Arme ließ ihn nicht kalt. Aber das waren flüchtige Anwandlungen gewesen, die ihn, wenn er später die Mutter anblickte und sie sich mit dem Vater im Bett vorstellte, verlegen machten. Irgendwie schämte er sich dann seiner sinnlichen Regungen und empfand sie als Treulosigkeit gegenüber den Eltern.

Jetzt aber betrachtete er offen, ohne jede Scheu, nur mit drängender Sehnsucht und leidenschaftlicher Liebe dieses Mädchen, das er ein einziges Mal ganz kurz gesehen, dieses Mädchen, das ihm schon ein Trugbild seiner Phantasie geschienen hatte. Er betrachtete ihren roten Mund mit der merkwürdig eingekerbten Unterlippe; er betrachtete ihre Augen und die Rundung ihres Halses; er betrachtete ihre Brust und die schmale Taille. Er blickte sie, alles andere vergessend, mit den Augen eines Mannes an.

„Du hast dich vor mir versteckt", stellte er fest. Der Gedanke war ihm wonnevoll.

Sie ließ wieder Laubblätter durch ihre Finger gleiten, und abermals wechselte ihre Stimmung und wurde ernst. Sie schien nur die Blätter anzusehen und an Marcus nicht mehr zu denken. Das Licht zitterte an ihrem Hals, ihrer Wange, ihren Händen.

„Warum bist du denn überhaupt gekommen?" fragte er voll Freude.

„Ich weiß nicht", erwiderte sie. „Wer bist du? Lucius nennt dich Kickerling und Erbsenmann. Reich bist du nicht, adelig auch nicht. Dein Geburtsort ist nicht Rom, sondern diese abgelegene Gegend hier. Du bist nicht so hübsch wie Lucius, der einem jungen Gott gleicht. Du bist weltfremd, deine Kleidung ist eher ärmlich. Du bist ein Landjunge. Bei unserer ersten Begegnung hast du dich nicht sehr gebildet ausgedrückt. Du wirst nie in vornehme Häuser eingeladen werden, nie auf dem Forum Zulauf haben. Du bist, wie mein Vetter es ausgedrückt hat, ein Durchschnittsmensch." Sie sah ihn mit aufrichtiger Miene an. „Aber was er und andere über dich sagen, tut nichts zur Sache. Warum ich trotzdem heute und alle die anderen Tage hergekommen bin? Ich weiß es nicht."

Mit unsteten Händen strich sie sich die Fülle rotleuchtenden Haares aus der Stirn und starrte in die Ferne. „Warum habe ich dir das von meinen Eltern erzählt? Ich rede sonst mit niemandem darüber. Warum fühle ich mich froh und getrost, wenn ich dich sehe? Warum denke ich gleich beim Erwachen an dich, an einen Jungen, den ich ein einziges Mal gesehen habe?" Sie blickte ihn stirnrunzelnd an, als hätte er ihr etwas Böses zugefügt. „Sag es mir doch, Marcus Tullius Cicero!"

„Ich weiß es auch nicht", entgegnete er. „Aber du hast gesehen, wie ich dich suchte. Weshalb habe ich das getan?"

„Wir stellen uns gegenseitig Fragen", sagte sie. „Das erklärt nichts."

„Wirklich erklären kann man nie etwas", meinte Marcus. Es gab keine Welt mehr; es gab nur noch dieses Mädchen auf der karminroten Laubschicht, in dem weißen Wollkleid, das die Umrisse des Körpers nachzeichnete, wie eine edle Marmorstatue eine Menschengestalt nachformt.

Sie überlegte. Dann murmelte sie: „Es kommt daher, daß du auf die gleiche Art sprichst und denkst wie ich. Ich kann sagen, was ich will, nie belächelst du es als Albernheit. Wenn ich mit dir beisammen bin, ist es so wundervoll, wie wenn ich allein wäre. Ich habe nicht das Gefühl, daß du ein anderes Wesen bist."

Marcus, der noch nie verliebt gewesen war, sagte etwas Weises: „Darin besteht das Einswerden zweier Menschen: daß man durch das Beisammensein mit dem anderen nicht von sich selber abwendig gemacht wird und auch ihn nicht als getrennte Wesenheit empfindet, sondern als Teil des eigenen Selbst."

Er war verblüfft über das Leuchten, das in Livias Miene trat. „Ja, ganz richtig!" bestätigte sie. „Genau das müssen auch meine Eltern empfunden haben."

Sie streckte ihm freimütig die Hand hin, und er ließ sich auf die Knie nieder und nahm die schlanken, weißen Finger. Sie murmelte glückstrahlend und lächelte ihm zärtlich zu.

Ein großes, scharlachrotes, zerbuchtetes Eichenblatt flatterte vom Baum, fiel auf Livias linke Brust und lag auf dem weißen Gewande wie ein Blutfleck. Es war etwas feucht und bewegte sich mit dem Atem, und sie gewahrte es nicht.

Marcus war ein Römer und als solcher abergläubisch, und es überlief ihn kalt, als er dieses einer blutenden Wunde ähnliche Blatt sah. Mochte ihm auch der Verstand sagen, das sei töricht, es handle sich nur um ein Eichenblatt, so hüllte sich ihm doch plötzlich der ganze Wald in ein seltsames Dunkel, aus dem ein totenblasses Gesicht und starre, bewegungslose Augen hervortraten. Der unheilvolle Fleck auf Livias Brust schien sich beängstigend auszubreiten. Marcus spürte die gleiche Beklemmung, die er bei dem Traum von dem gewaltsamen Tod seines geliebten Bruders empfunden hatte, und ein Schauder überrann ihn.

„Was ist denn, Marcus?" fragte Livia.

Während sie, verwundert über die Bleichheit seiner Wangen und das Zittern seiner Lippen, zusah, faßte er das Blatt und warf es weg, als schleuderte er etwas Gefährliches, Ekles von sich. „Es war nur ein Blatt", murmelte er. Er nahm Livias Hand und umklammerte sie fest. Trotz der kühlen Waldluft schwitzte er, und das Herz schlug ihm bis zur Kehle. Neugierig kniff Livia die Augen zusammen, und sie waren strahlend blau. „Etwas hat dich erschreckt'', sagte sie. „Hat ein Gott dir Geheimnisse zugeflüstert?''

Diese Worte verwirrten Marcus noch mehr. Trotz der spöttischen Bemerkungen seines Lehrers glaubte er an Vorzeichen und hatte sie schon selber wiederholt wahrgenommen und bestätigt gefunden. Während er noch mit seinen Gedanken rang und ihrer Herr zu werden versuchte, riß Livia sich plötzlich von ihm los, sprang auf und lief davon. Es dauerte einige Augenblicke, ehe er sich aufraffen und ihr folgen konnte. Jetzt wartete sie im vollen Licht der Herbstsonne auf der Brücke, lehnte sich über die Brüstung und sah zu dem grünen Wasser hinab.

„Hör zu, wie das Wasser singt!'' sagte sie, als er neben sie trat. Sie sah ihn nicht an. „Es singt von den Bergen und den Wäldern und Farnen, von Nymphen und Satyrn und von Pan mit seiner Flöte, und vom kommenden Winter.''

Marcus hatte sich wieder einigermaßen in der Hand. Er blickte auf das grüne, dahinschießende Gewässer, aus dem ihm die Stimme der Bergnymphe Echo widerhallte, schwermütig und erregt und sehnsuchtsvoll. Die Brücke schien, von den Wasserfluten getragen, sich zu bewegen. Das Sonnenlicht lag warm auf Marcus' Gesicht; aber seine Schultern umwehte es kühl. Er legte wie schützend die Hand auf Livias Ellbogen. Sie begann mit dem Fluß um die Wette zu singen, ein merkwürdiges, leises Lied, und sie war dem Begleiter an ihrer Seite sehr fern.

„Du darfst Lucius nicht heiraten'', sagte er.

Sie sang eine Weile weiter; dann wandte sie langsam den Kopf und blickte Marcus an. „Ich bin doch seit meinem zehnten Lebensjahr mit ihm verlobt'', entgegnete sie. „Warum soll ich ihn nicht heiraten?''

„Er ist ein schlechter Mensch'', erklärte Marcus.

Das Mädchen wurde nachdenklich. „Das finde ich nicht, Marcus. Die Meinungen über einen Menschen sind recht verschieden. Mir kommt Lucius sehr unterhaltsam und bezaubernd vor; er sieht großartig aus; er hat einen berühmten Namen. Dafür bin ich reich. Das hält sich die Waage.''

„Aber er ist ein schlechter Mensch'', beharrte Marcus.

„Weil ihr euch zerstritten habt?'' Livias Blick wurde etwas spöttisch.

„Nein. Ich war von allem Anfang an dieser Meinung. Er ist grausam und erbarmungslos. Er geht immer auf den Schwächsten und den Kleinsten los. Er hat den Zauber und die Schönheit eines Raubtiers.'' Marcus hielt inne. „Er wird dir Leid zufügen. Und dieser Gedanke ist mir unerträglich, Livia, weil ich dich liebe.''

Sie schüttelte ablehnend den Kopf. „So etwas darfst du zu mir nicht sagen. Ich bin verlobt. Das läßt sich nicht rückgängig machen." Sie lachte herzlich auf, und das Blau ihrer Augen glitzerte. „Du hast noch nicht einmal die Jünglingsweihe empfangen, und Lucius ist ein Mann. Ich bin vierzehn Jahre alt und im heiratsfähigen Alter. Würde ich Lucius zurückweisen, so wäre meine Ehre verloren, und ich bin ein gehorsames Mädchen; das wissen meine Vormünder. Du darfst von dieser Sache nie mehr reden."

Marcus war verzweifelt. „Aber gerade vorhin hast du mir gesagt, daß wir uns ebensogut verstehen wie deine Eltern! Willst du das jetzt abstreiten?"

Ihr Gesicht verdüsterte sich. „Was hat das mit dem Heiraten zu tun? Träume sind schön und gut; aber die Ehe ist nichts für Träumer. Meine Mutter war als Mädchen sehr eigensinnig. Sie war schon mit einem anderen Mann verlobt, als sie meinen Vater kennenlernte. Gegen den Wunsch ihrer Eltern heiratete sie ihn, ohne sich durch die Tränen ihrer Mutter rühren zu lassen, die ein Omen gesehen hatte. Sie kränkte die Götter, besonders Juno, die Tugendhüterin. Wie meine Eltern endeten, habe ich dir erzählt. Ich möchte nicht auch auf uns den Zorn der Götter herabrufen, Marcus."

„Du wirst auf dich Unheil herabrufen", rief Marcus. Noch immer hielt er ihren Ellbogen fest, und die warme weiße Haut unter seinen Fingern machte ihn kühn.

„Das sagst du nur so!" Das Mädchen wurde wieder neugierig. „Bist du denn ein Seher, Marcus?"

„Ich weiß nicht; jedenfalls habe ich merkwürdige Träume und Vorahnungen."

Livia machte das Zeichen gegen den bösen Blick, und sie war bewegt. Aber sie sagte: „Wir müssen vernünftig denken. Ich bin verlobt, und du bist noch nicht einmal ein Mann. Wir dürfen nicht mehr davon reden. Du machst mir angst." Abermals riß sie sich los und lief mit wehendem Gewand, ohne sich umzusehen, den Brückenbogen hinab zum Festland.

„Komm morgen wieder!" rief Marcus ihr nach. Doch sie antwortete nicht. Wie beim erstenmal war sie plötzlich spurlos verschwunden. Marcus stand in Sonne und Wind allein auf der Brücke.

Verzweiflung packte ihn. Er sah seine Hände am Geländer, und sie kamen ihm unbelebt und zwecklos vor, als gehörten sie nicht ihm. Er hörte das Rascheln fallenden Laubes; eine Wolke scharlachroter Eichenblätter flatterte durch die Luft, fiel auf das grüne Wasser und wurde weggeschwemmt. Irgendwo rief ein Vogel. Diesseits und jenseits der Brücke lag der Wald: Gold und Rot und dunkles Purpur, mit mattbläulichem Licht erfüllt. Aber der Anblick hatte nichts Schönes mehr für Marcus, den schreckliche Vorahnungen quälten.

Er war überzeugt, daß er irgendwie Livia aus tödlicher Bedrohung retten könne und müsse. Er dachte an Lucius, und in seiner Gemütswallung erfaßte ihn ein Mord- und Vernichtungsdrang, ein seiner Natur so fremder Drang, daß er von Sinnen zu kommen fürchtete. Als er sich die ganze Wesensart des jungen Catilina vergegenwärtigte, schlug er mit der geballten Faust auf das Geländer und schrie laut: „Nein! Nein!'' Er blickte nach Arpinum, das auf seinem Berghang, in silbrige Olivenhaine und dunkle Zypressengruppen gebettet, dalag, und das Städtchen schien in unheimliches Licht getaucht, als berge es böse Geheimnisse.

Dann ging er schweren Schrittes auf die Insel zurück und wanderte traurig dem Ufer entlang; von Zeit zu Zeit schaute er nach Arpinum hinüber, das von jedem Blickpunkt her etwas anders aussah. Mit wem konnte er sich beraten? Welchen Gott sollte er anrufen? Zu wem konnte er von seinen verzweifelten Ängsten und zerbrochenen Hoffnungen reden? Da war ja die Mutter, die alle großen römischen Familien zumindest vom Hörensagen kannte! Plötzlich wurde ihm leichter ums Herz: Jetzt tat ihm weder die Philosophie noch die Dichtkunst des Archias not; nicht der strenge Blick des Großvaters und seine Reden von Ehre und Ehrenwort; auch nicht Vaters Gottgläubigkeit und Schicksalsergebung. Er brauchte den vernünftigen Rat seiner Mutter, deren einzige Philosophie die Hausfrauenpflicht, deren einziges Dichtwerk die Arbeit war und die keine hoffnungslose Resignation kannte.

Unterwegs traf er Quintus. Der Bruder hockte auf einer steilen Böschung und fischte. Er warf den Köder in das brausende Wasser und schwang ihn an der Angelschnur hin und her. Neben ihm stand ein Binsenkorb, in dem schon eine Anzahl edelsteinglitzernder Fische zuckte.

Marcus war immer froh, wenn er seinen Bruder sah. Das glatte, heitere olivbraune Gesicht war von einem rosa Hauch überzogen. Seine wie bei der Mutter schillernden, aber lebhafteren Augen waren jetzt im Sonnenschein fast blau. Die dichten schwarzen Locken wallten ihm über den massigen Rundschädel und den Nacken. Seine Schultern waren unter der braunen Tunika breit und muskelstark, seine unbedeckten Knie wölbten sich kräftig, und seine Zehen hefteten sich fest in den schlammigen Boden.

„Warum nimmst du kein Netz?'' fragte Marcus. Er blickte über die Schulter zurück und sah deutlich die Brücke.

„Dann hätte ich vom Fischen nichts als die Beute'', erwiderte Quintus ernsthaft.

„Und kommt es nicht darauf an?'' fragte Marcus weiter, während er sich neben ihn hinkauerte und mit Abscheu und Mitleid den Todeskampf der Fische im Korb beobachtete.

„Nein, gar nicht'', erklärte Quintus. „Ein Netz gibt den Fischen überhaupt keine Chance; man zieht sie einfach aus dem Wasser. Aber diese Angelrute stellt den Kampf zwischen mir und dem Fisch auf gleich gegen gleich; sie schenkt mir auch das Vergnügen, den Fisch zu überlisten und zum Anbeißen zu verlocken. Die Fische sind sehr kluge Tiere und lassen sich nicht so leicht täuschen."

Er redet, dachte Marcus liebevoll, genau wie unsere kluge Mutter. In diesem Augenblick stieß Quintus einen Freudenschrei aus und schwang die Angelrute in die Luft. Ein Fisch hatte angebissen und zappelte jetzt als feuchter, funkelnder Farbfleck vor dem Himmel. Quintus zog behutsam die dünne Flachsschnur ein, packte den Fisch, löste ihn vom Haken und warf ihn triumphierend in den Korb. „Das gibt ein herrliches Abendessen!" rief er. Der Fisch plumpste jämmerlich auf seine Schicksalsgefährten.

„Ein recht grausames Verfahren", fand Marcus.

„Davon hast du nichts gesagt, als vor ein paar Tagen Bratfische auf deinem Teller lagen", erinnerte ihn Quintus.

„Ich wußte nicht, daß es so schöne Tiere sind", erwiderte Marcus.

„Die hier brauchst du nicht zu essen", meinte der Bruder, während er die Angel wieder auswarf. „Bleiben wenigstens für mich mehr Sind dir Wiesenkräuter lieber? Wie unserem Vater, der Fleisch verabscheut, seit er sich in ein Zicklein vernarrt hat?"

Marcus antwortete nicht. Quintus schlenkerte geschickt den Köder und sagte: „Gerade vorhin habe ich zugeschaut, wie eine Spinne einen schönen Schmetterling verspeiste, ein harmloses Geschöpf, ganz in Rot und Weiß. Die Spinne war abstoßend häßlich. Aber sie lebt so, wie die Natur es ihr vorschreibt. Als der Schmetterling noch eine Raupe war, hat er Obst angenagt und für unseren Genuß unbrauchbar gemacht. Auch das schrieb die Natur ihm vor. Das hübsche Kaninchen zerknabbert den von Mutter im Frühjahr angelegten Garten, der Falke schlägt das Kaninchen, und der Adler schlägt den Falken."

„Schau, schau, ein Philosoph!" scherzte Marcus nachsichtig. „Hast du das von Archias?"

Quintus machte ein belustigtes Gesicht. „Archias kann nur denken. Ich beobachte. Übrigens eine herrliche Sache, ein Philosoph zu sein! Da dreht sich einem der Magen nie um über das, was man beobachtet."

Er fing wieder einen Fisch, und Marcus wandte den Blick ab. Er sah die ferne Brücke, und ihm fiel der schelmische Seitenblick seines Bruders auf. „Hast du mich auf der Brücke gesehen?" fragte er.

„Mit dem Mädel?" entgegnete Quintus. „Ja. Wer ist das?"

„Livia aus dem Hause der Curier. Auf Besuch in Arpinum."

„Du warst sehr interessiert", meinte Quintus, während er einen neuen Köder vorbereitete. „Scheint recht hübsch zu sein, die Kleine. Wirst du sie heiraten?"

Marcus gab es einen Stich. „Ich möchte schon", murmelte er.

„Sie ist davongelaufen", sagte Quintus, „wie eine Nymphe. Lästige

Gesellinnen das! Und ist sie nicht ziemlich . . . freizügig, daß sie so unbegleitet herumwandert? Und wie stürmisch sie davongerannt ist! Hast du sie beleidigt?''

„Ich weiß nicht'', wich Marcus aus.

„Kennst du sie schon von früher?'' erkundigte sich Quintus, lebhaft interessiert.

„Ja.''

„Aber wir kennen sie nicht.''

„Ich schon.''

„Dann mußt du es dem Großvater sagen, Marcus. Und der Mutter.''

„Der Mutter, ja. Das habe ich mir schon vorgenommen.''

„Mutter ist klüger als Großvater, Vater und Archias zusammengenommen'', behauptete Quintus. „Sie kennt keine Flausen. Wenn du das Mädel magst und Mutter einverstanden ist, wird sie alles tun, damit ihr ein Paar werdet.''

„Das ist nicht so einfach. Sie ist verlobt, mit Lucius Sergius Catilina.''

Quintos zog die Stirn in Falten. „Und fühlt sich wohl dabei?''

„Sie gehorcht ihren Vormündern.''

Quintus schüttelte den Kopf. „Dann mußt du dir eine andere Frau suchen.''

Marcus stand auf. Er blickte seinen Bruder an und zupfte ihn dann scherzhaft an den glänzendschwarzen Locken. „Das ist nicht so einfach'', wiederholte er und ging. Er meinte, Quintus würde über seiner Beschäftigung die Sache sofort vergessen. Aber der Angler sah seinem älteren Bruder nach, und seine Miene wurde besorgt. Er wußte, wie hartnäckig und starrköpfig Marcus sein konnte und wie gelassen er Widerstand leistete, wenn man ihm in wichtigen Dingen entgegentrat. Eher konnte man einen schweren Stein vom Platz rücken, als Marcus umstimmen, wenn er sich auf etwas festlegte. Er hatte die Kampfkraft umzingelter Truppen.

Marcus fand die Mutter, wie gewöhnlich eifrig spinnend, inmitten ihrer Sklavinnen; sie bereitete die neuen Winterdecken vor. Als sie seine Miene sah, entließ sie mit einigen freundlichen Worten die Mädchen, zwirnte noch rasch einen widerspenstigen Faden und sagte: „Dir geht etwas im Kopfe herum, Kind. Was ist denn los?''

Er setzte sich auf einen Stuhl neben sie, und sie ließ für eine Weile das Spinnen sein. „Kennst du die Familie der Curier, Mutter?''

Helvia neigte den Kopf. „Nicht gut, aber ein wenig. Bis auf einen Zweig sind sie alle verarmt. Warum interessierst du dich für sie?''

Zu seinem Erstaunen entdeckte er, daß er imstande war, freimütig mit der Mutter zu reden und ihr von Livia zu erzählen. Er beobachtete dabei das Gesicht der schon wieder weiterspinnenden Mutter; es war nachdenklich, voll Leben und jugendlicher Spannkraft und Farbe. Ihr Ausdruck änderte sich kaum; einmal verdüsterte er sich, als der Name des Lucius Sergius Catilina fiel. Im übrigen hörte sie ruhig zu und strich nur manchmal den Faden glatt. Das Licht der schon tiefstehenden Sonne streifte ihre ungebärdigen schwarzen Locken. Als Marcus fertig war, unterbrach sie die Arbeit, legte die Hände in den Schoß und richtete ihre schönen Augen auf den Sohn.

„Du wirst", sagte sie, „erst im nächsten Frühjahr ein Mann und bist schon verliebt. Das war nicht spöttisch gemeint. Mir ist es ähnlich ergangen. Ich habe in den Frauenräumen meines Elternhauses hinter einem Vorhang deinen Vater erblickt, der mit seinem Vater auf Besuch zu uns gekommen war, und habe mich Knall und Fall in ihn verliebt. Er kam mir wie ein junger Apollo vor, und ich war nicht älter als deine Livia."

„Apollo? Mein Vater?" fragte Marcus, dem diese Vorstellung sehr belustigend vorkam.

Sie lächelte ihm verständnisinnig zu. „Auch ich war jung", bemerkte sie. „Am gleichen Abend habe ich meinem Vater gesagt: Der und kein anderer. Ich war noch nicht verlobt. Mein Vater fiel aus allen Wolken. Aber ich war seine einzige Tochter, und man weiß ja, wie vernarrt die Männer in ihre Töchter sind. So habe ich meinen Kopf durchgesetzt."

Marcus konnte kaum glauben, daß in den Adern seiner Mutter einmal Lenzgefühle gepulst hatten.

Helvia fuhr fort: „Aber im Fall deiner Livia — übrigens ist es schrecklich, daß jetzt so junge Dinger allein herumlaufen und sich mit Burschen treffen! — wurde schon ein feierliches Verlöbnis geschlossen, und so etwas wird auch in unseren Tagen des sittlichen Verfalles nicht auf die leichte Achsel genommen. Daß Livia sich weigert, davon hast du ja nichts erwähnt."

„Das tut sie auch nicht", gab Marcus zu. „Aber sie war damals noch ein Kind. Sie kennt Lucius nicht."

Helvia lächelte. „Weibliche Wesen wissen mehr, als man meint. Allerdings sind die Sergier, die einst sehr angesehene Patrizier waren, jetzt recht herabgekommen und entartet. Aber manchmal werden aus solchen jungen Leuten die bravsten Ehemänner."

„Livia hat keine Ahnung vom Charakter des Lucius. Sie findet ihn bezaubernd."

„Alle Sergier sind bemerkenswert stattlich. Und bemerkenswert sittenlos." Jetzt gab Helvia ihre gelassene Haltung auf. „Diese Livia ist nichts für dich, Marcus. Ich kenne das tragische Ende ihrer Eltern. Sie hat dir davon beherzt und mit kindlicher Schlichtheit erzählt, ohne den Vater wegen seines Freitodes zu tadeln. In Wirklichkeit hat sie ihm nie verziehen, daß er sie, ein erst fünf Jahre altes Kind, im Stich gelassen hat."

Sie blickte ihrem Sohn in die Augen. „Sie hat Angst vor der Liebe. Weil sie Lucius nicht liebt, ist er ihr — Verlobung hin, Verlobung her — erwünschter als du. Die Liebe würde sie völlig beanspruchen, ganz überwältigen. Sie möchte jemanden heiraten, der sie nur durch seine äußere Erscheinung anzieht. Aber wenn sie dich liebt, wäre eine Ehe mit dir für sie schrecklich, weil sie nach ihrem Kindheitsschock ständig um dein Leben bangen würde. Eine solche Gemütsart taugt nicht und überträgt sich auf die Kinder. Außerdem hat Livia eine gewisse Gewaltsamkeit und Unbekümmertheit von ihrem Vater geerbt. Nein, Marcus, sie ist nicht die richtige Frau für meinen Sohn."

Marcus fühlte sich plötzlich elend. Seine lebenskluge Mutter erschien ihm als Feindin. „Aber ich liebe sie", stammelte er. „Ich überlebe es nicht, wenn sie Lucius heiratet."

„Unsinn!" rief Helvia und machte sich wieder ans Spinnen. „Wir wollen einmal die ganze Sache miteinander durchdenken, Marcus. Du wirst zum weiteren Studium nach Griechenland gehen. So will es dein Vater. Er hätte, wäre nicht Großvater derart entschieden dagegen gewesen, als junger Mann selber gern diese Reise unternommen. Er hat sich vorgestellt, er würde jahrelang auf der Athener Akropolis umherstreifen und unter ewig blauem Himmel mit weisen Männern Gespräche führen. Selbst Großvaters Weigerung, ihm das Reisegeld zu geben, störte ihn nicht. Wie er Kost und Quartier bezahlen sollte, darüber zerbrach er sich nicht den Kopf. Er wollte nur, wie er sagte, die ‚silberne Stadt am silbernen Meere' sehen. Es dauerte lange, bis man ihm begreiflich gemacht hatte, daß man auch in silbernen Städten an silbernen Meeren Silberdrachmen braucht und daß die Griechen ihn nicht freihalten würden. Was doch die Männer zusammenphantasieren! Er denkt noch immer an seine Träume und will sie jetzt an dir verwirklichen.

Übrigens ähnelst du weniger deinem Vater als deinem Großvater, den ich trotz seiner Altersruppigkeit sehr achte. Er ist vernünftig. Auch du wirst, glaube ich, nicht auf der Akropolis traumwandeln, sondern von den dortigen Weisen lernen. Deine Tatkraft habe ich, obwohl mir deine Gesundheit Sorgen macht, nie unterschätzt.

Du sagst, du überlebst es nicht, wenn Livia einen anderen heiratet. Männer sterben nicht aus Liebe. Das kommt nur in Dichtwerken vor, nicht im Leben. Du wirst nach Griechenland gehen. Deine Livia behältst du — dagegen habe ich nichts — als etwas Himmlisches im Sinn. Inzwischen wird sie eine richtige Matrone werden. Für dich in Griechenland aber bleibt sie ewig jung, ewig unerreichbar, für immer verloren, und das wird eine schöne Erinnerung für dich sein. Mögen die Götter es fügen, daß du sie später nie mehr siehst, von Kindern umgeben und fröhlich mit ihren Freundinnen schnatternd!

Du hast in der Welt eine Aufgabe zu erfüllen. Du bist Römer. Ein

Römer darf nicht sein Land eines Mädchens wegen vergessen. Du mußt klug und ehrenhaft sein. Und du mußt daran denken, daß Livia durch ein feierliches Versprechen an Lucius gebunden ist. Ehrenhaftigkeit war immer das oberste Gebot für große Männer."

Jedes ihrer vernünftigen und offenen Worte traf hart in Marcus' wundes Herz. „Ich werde Livia nie vergessen", murmelte er.

„Einverstanden! Aber vergiß auch nicht deine Pflicht und deine Zukunft und was dein Vater – und übrigens auch deine Mutter und dein Großvater – sich von dir erhoffen. Das bist du deiner Familie schuldig. Das bist du Rom schuldig."

„Ich werde Livia nie vergessen", wiederholte Marcus.

Sie blickte in sein starres, blasses Gesicht und erschrak ein wenig. „Das mußt du auch nicht", betonte sie. „Aber versuche nicht mehr, sie wiederzusehen! Sie soll für dich die mondbeglänzte Diana bleiben, die Unnahbare, Anbetenswerte. Das wird die trüben Tage deines künftigen Lebens erhellen, und es gibt viele trübe Tage im Leben. Was wäre ein Dasein ohne erträumte Ideale?"

„Was für Ideale hast denn du, Mutter?" fragte Marcus grollend.

Sie lächelte mit ärgerlicher Verwunderung. „Meine Ideale sind die der Cornelia, der Mutter der Gracchen, deren Juwelen ihre Söhne waren. Was kann eine Frau sich inniger wünschen, als daß ihre Söhne ihr nicht Schande machen, daß sie vielmehr alle ihre Freundinnen das Lob dieser Söhne singen hört? Wonach sonst sollte ich mich sehnen?"

„Von der Liebe hast du kein Wort gesagt", entgegnete Marcus störrisch.

„Liebe ich nicht deinen Vater und seine Kinder?" fragte Helvia in einer bei ihr seltenen Anwandlung von Zorn. „Was wäre aus deinem Vater ohne mich geworden? Ich habe ihm Söhne geschenkt. Ich führe ihm den Haushalt und mache es ihm bequem. Ich lasse ihn bei seinen Büchern und seinen hochgeistigen Gesprächen mit diesem griechischen Dichter. Ich wahre ihm sein Wesen. Sein Leben ist durch mich angenehmer und sorglos. Weil ich ihn liebe." Sie lächelte. „Ich habe nie seine Träume gestört, nie seine Illusionen erschüttert. Er müßte mir dankbar sein." Dann wurde sie wieder ernst. „Im Leben eines Mannes dreht es sich um mehr als um Frauenliebe. Geh jetzt, Marcus, und werde ein Mann!"

In seiner Verzweiflung dachte Marcus daran, sich an den Vater zu wenden, und Helvia mußte seine Gedanken gelesen haben. „Sprich mit Archias, wenn du willst, und er wird dir ein Gedicht schreiben, das du vielleicht dein ganzes Leben lang hochhalten wirst."

Sie rief wieder ihre Sklavinnen. „Vorläufig einmal sind Decken zu nähen, und für dich müssen die Gewänder zur großen Feier vorbereitet werden. Geh und lege Blumen vor ein Standbild der Venus und opfere ihr ein paar Tauben und offenbare ihr deine Liebe zu Livia. Übrigens, besser nicht! Venus ist eine gefährliche Göttin; sie bringt dem Menschengeschlecht Unheil. Hat sie nicht Helena dem Paris überantwortet und damit die Zerstörung Trojas verschuldet? Was für schreckliche Sachen hat sie schon unter den Männern angerichtet! Ich glaube'', fügte Helvia in einem von mütterlicher Spottlust nicht ganz freien Mitgefühl hinzu, „es stünde dir besser an, deiner Schutzgöttin Pallas Athene zu opfern und sie zu bitten, dir die so nötige Weisheit zu schenken.''

Von Qual erfüllt, verließ Marcus die Frauenräume. „Ich werde Livia nie vergessen'', gelobte er sich. „Und auch nicht so leichthin auf sie verzichten. Sagt man nicht: ‚Frisch gewagt ist halb gewonnen'? Ja. Ich habe dich nicht zum letztenmal gesehen, Livia, meine Geliebte.''

Aber Livia kam nie mehr auf die Insel.

Unterdessen konnte selbst der todunglückliche junge Mann seine Ohren nicht vor den Nachrichten aus Rom verschließen, und er hörte sie mit großer, banger Sorge um sein Land. Die Familie kehrte in ihr Stadthaus zurück. In Arpinum war es nicht mehr sicher für sie.

X

Schon Jahre, ehe Marcus Tullius Cicero zur Welt gekommen war, hatten die verzweifelten Italiker wiederholt versucht, sich der ihnen dauernd von Rom angetanen Unbilden zu erwehren. Ihr Wortführer Flaccus hatte, allerdings erfolglos, das Bürgerrecht für sie angestrebt. Sie unterstanden allen Gesetzen Roms; aber ihre in den römischen Heeren dienenden Offiziere konnten von jedem römischen Kriegsgericht willkürlich zum Tode verurteilt werden. Sie hatten kein Stimmrecht, wurden aber härter als alle Bürger besteuert, und jeder käufliche Steuerpächter, dem die Bestechungsgeschenke nicht genügten, konnte ungestraft ihre Güter beschlagnahmen. Die italischen Gemeinden wurden als sogenannte ‚Bundesgenossen' gezwungen, ihre Söhne in verhältnismäßig weit größerer Zahl, als es die römischen Familien taten, zum Heeresdienst abzustellen. Dabei standen diese Soldaten der ‚Bundesgenossen', selbst wenn sie höchste Offiziersränge erreichten, in geringerem Ansehen als ein einfacher römischer Legionär, dessen Wort jederzeit mehr galt als das ihre. Die in Rom sitzenden Behörden konnten für Gemeinden, die sie nie gesehen hatten, Vorschriften herausgeben und die Durchführung mit Gewalt erzwingen. Ein römischer Konsul hatte auf italischem Gebiet die Macht über Leben und Tod, durfte nach Belieben beschlagnahmen und plündern und rauben oder untragbare, ungerechte Edikte erlassen, bloß, weil die Bewohner nicht römische Bürger waren.

Nur das römische Bürgerrecht schützte vor den Willkürakten von Militär- und Zivilbehörden. Es wurde durch Geburt von römischen Eltern oder durch ausdrückliche Verleihung seitens der Bürgerversammlung erlangt. Diese Verleihung blieb immer mehr auf die nach Rom Übersiedelnden beschränkt und den im übrigen Italien Wohnenden unzugänglich, weil den patrizischen Römern der Aufstieg eines Mittelstandes in den Landgemeinden ein Dorn im Auge war. Einer dieser Patrizier, Gajus Julius Caesar Strabo, meinte verächtlich: „Wenn der Mittelstand überhaupt eine Daseinsberechtigung hat, dann besteht sie darin, daß er die Steuergelder liefert, mit denen wir den römischen Mob zufrieden und fügsam halten können. Die römischen Plebejer mögen zwar kaum mehr sein als Tiere; aber es sind ihrer so viele, und wir brauchen ihre Stimmen, um an der Macht zu bleiben. Deshalb müssen wir uns den neuen Mittelstand dienstbar halten; denn der homo novus, der Emporkömmling, ist erpicht auf Arbeit, Sparsamkeit und Fleiß und alle die anderen niedrigen Lebensziele."

Die bürgerrechtslosen Bundesgenossen strebten verzweifelt vor allem das Stimmrecht an. Nur mit dem Stimmtäfelchen konnten sie die Steuergesetzgebung beeinflussen und die ‚alten' Aristokraten zwingen, wenigstens nach außen hin die herkömmlichen Tugenden Roms wieder zu üben; nur so konnten sie ihnen angemaßte Vorrechte entwinden, ihrer Sittenlosigkeit, Ehrgeizelei und verbrecherischen Mißachtung der römischen Gesetze Schranken setzen, kurz, sie aus Tigern wieder zu Menschen machen. Andererseits hätte eine solche Ausdehnung des Stimmrechtes bedeutet, daß der römische Mob, statt wie bisher ohne Arbeit und Verantwortung von den anderwärts abgepreßten Steuern zu leben, wieder tätig und verantwortungsbewußt werden müßte.

‚Es ist schwer zu sagen, auf welcher Seite das größere Übel liegt', schrieb der Volkstribun Marcus Livius Drusus an Lucius Licinius Crassus, ‚bei jenen, die die Massen bestechen, oder bei den Massen, die sich bestechen lassen. Wohl korrumpiert der Bestecher; aber der Bestochene ist der größere Übeltäter. Wann waren denn die Regierenden anderes als Lügner, Versklaver, Mörder, Diebe und Unterdrücker, in ihrem Machtstreben Feinde aller Menschen? Wer jedoch Bestechungsgelder annimmt, damit er nicht für Nahrung und Behausung zu arbeiten braucht, ist niedriger als der gutmütige Hund, der zum Lohn wenigstens treu ist und das Haus bewacht. Die Massen des Mobs wachen nur über die eigenen Bäuche, und jeder, der diese Bäuche bis zu ihrer grunzenden Befriedigung füttert, muß vor der Geschichte tiefer stehen als die gemeinsten Sklaven, mag sein Familienname oder seine Stellung in Finanzkreisen noch so angesehen sein.'

Der edle Drusus war selbst Aristokrat aus einer der ältesten und vornehmsten Familien Roms. Am höchsten schätzte er, was Rom einst gewesen war: stolz, frei, tugendhaft, ehrbewußt, fleißig, genügsam, gerecht, mäßig, geradlinig im Denken, Reden und Handeln. Seine adeligen Standesgenossen betrachteten ihn als Verräter an ihrer Gemeinschaft. Sie versuchten, ihn zu verunglimpfen; aber die Sauberkeit und Würde seines privaten und öffentlichen Lebens machten ihre Bemühungen zunichte. „Er glaubt", sagte der damalige Konsul Lucius Marcius Philippus zu seinem Schwager Quintus Servilius Caepio, „daß alle Menschen Achtung verdienen, schon, weil sie Menschen sind, sogar die Mittelständler und vielleicht gar auch der Mob von Rom!"

Aber Drusus war überzeugt davon, daß alle Menschen beseelt und deshalb den Göttern liebenswert seien und daß, wer eine menschliche Seele entwürdigt oder verachtet, dafür in alle Ewigkeit büßen müsse.

Unter seinen Freunden, Patriziern und Konservativen gleich ihm, befanden sich so vornehme Männer wie Marcus Aemilius Scaurus und Lucius Licinius Crassus, der große Redner und Verteidiger der Menschenrechte. Auch sie galten als untadelige Ehrenmänner, als freiheits- und vaterlandsliebend. Sie beklagten die Verderbtheit des modernen Rom mit seinen übermächtigen Politikern, zaghaften Konsuln, käuflichen Senatoren und pflichtvergessenen Volkstribunen, mit seiner Lasterhaftigkeit, Geilheit und Grausamkeit der Herrschenden, dem verderbten und verderbenden Wohlleben, dem Aussterben aller Ehrenhaftigkeit im öffentlichen Leben, mit seiner aus Trägheit freiwillig erduldeten Versklavung der Massen, dem Patriarchalismus und der dadurch bewirkten Zerreibung menschlicher Eigenständigkeit und mit seiner Unterdrückung jener, die in Frieden leben, für ihre Familien arbeiten und gute, gottesfürchtige, die Tugenden des alten Rom hochhaltende Bürger sein wollten. ‚Durch die Besteuerung kann ein Staatswesen sich Macht verschaffen', schrieb Crassus dem Scaurus, ‚weil es damit über ein System von Belohnungen und Bestrafungen verfügt: Belohnungen für die Befürworter der Tyrannei und Bestrafungen für deren Gegner.'

„Durch die gleichen Verbrechen, wie sie jetzt in Rom begangen werden, sind Völker untergegangen und in den Staub gesunken", mahnte Drusus. „Aber noch haben wir Zeit, Rom zu retten, es vom Abgrund zurückzureißen." Er vermochte den Gedanken nicht zu fassen, daß man Völker nie vom Abgrund zurückreißen kann; denn er hatte noch Illusionen, er glaubte noch, ein verderbtes Volk könne, wenn es ernstlich wolle, wieder fromm und tugendhaft werden. Erst im Augenblick seiner Ermordung sollte er erkennen, daß Verderbtheit, wenn sie sich schon tief in einen Volkskörper eingefressen hat, nicht mehr auszurotten ist. Und sein Bruder sagte auf die Todesnachricht hin erbittert: „So enden alle Männer, die wirklich ihr Vaterland und die Wahrheit lieben! Welche andere Strafe könnten sie damit verwirken als den Tod?"

Für die Strafprozesse wurden ursprünglich die Geschworenen aus den

Reihen der Senatoren berufen, später jedoch, ‚um den Senat vom bloßen Gesetzesritual zu entlasten', dem sogenannten Ritterstande entnommen, dem aus berittenen Heereseinheiten hervorgegangenen, zwischen Senat und Volk stehenden Geldadel. Diese Ritter begannen aber, die Zwölftafelgesetze willkürlich auszulegen und ihnen verfassungswidrige Bedeutungen unterzuschieben. Marcus Livius Drusus beantragte deshalb als Volkstribun, die Senatorengerichtsbarkeit wiederherzustellen und dazu den Senat durch dreihundert Ritter zu erweitern. Die Geschworenenlisten sollten durch ein eigenes Tribunal, den ‚Wachhund der Republik', wie er sich ausdrückte, von allen Personen gesäubert werden, denen Bestechlichkeit oder politischer Opportunismus nachgewiesen war. Er schlug auch ein Münzgesetz vor, wonach zu einem bestimmten Prozentsatz Münzen aus silberüberzogenem Kupferkern ausgegeben werden sollten, um die Edelmetallvorräte, auf denen Roms Macht beruhte, zu strecken und ihren Abfluß in Form von Anleihen zu verhindern. Ferner regte er aus sozialem Empfinden die Gründung von Bürgerkolonien auf Sizilien und in verschiedenen Gegenden Italiens für anständige und fleißige Mittelständler an. Schließlich verlangte er als wichtigste Neuerung die Verleihung des Bürgerrechtes an sämtliche Italiker außerhalb Roms.

In kluger Taktik verband er alle Vorschläge zu einem einzigen Gesetzentwurf, den die Volksversammlung nur insgesamt annehmen oder ablehnen konnte. Gegen die tatsächlich erfolgte Annahme erhob der Senat Einspruch und gab Lucius Marcius Philippus, den Drusus als einen Gegner der Reformen hatte gefangensetzen lassen, wieder frei. Im Senat herrschten Uneinigkeit und Verwirrung. Zum Unterschied von den Gracchen, die sich nur an die römische Plebs und einen ihr nicht eigenen Ehrbegriff wenden konnten, berief Drusus sich auf alle Bevölkerungsteile. Das erregte den Argwohn der Senatoren, und sie liehen ihr Ohr den Einflüsterungen von aristokratischer Seite, Drusus sei ein Hochverräter, der die Italiker zum Aufstand gegen Rom anstachele. Ehe noch die letzten, wegen angeblicher Formfehler zurückgestellten Anträge des Tribunen durchgebracht waren, fiel er einem Anschlag zum Opfer.

Da die Italiker nun nicht mehr darauf rechnen konnten, ihre Forderungen auf gesetzlichem Wege erfüllt zu sehen, griffen sie zu den Waffen gegen Rom. Der Bundesgenossenkrieg war ausgebrochen.

Marcus' Großvater hatte Lucius Licinius Crassus, den großen Redner, persönlich gekannt und war von dessen im September des gleichen Jahres erfolgtem überraschendem Tode tief erschüttert. „Wieder ein Ehrenmann dahin!" rief er. „Wenn große Männer sterben, wird eine Nation wahrlich verwaist."

Die Ciceros waren zwar nur durch die seinerzeit an die Stadt Arpinum verliehene Sonderbewilligung römische Bürger, mußten aber den Zorn ihrer nicht mit dem Bürgerrecht ausgestatteten Landsleute fürchten. „Jetzt zählt es nicht, daß unsere Sympathien auf ihrer Seite sind'', klagte der Großvater. „Jetzt zählt es nicht, daß auch unsere Herzen für die gerechte Sache flammen. Wie entsetzlich, wenn Menschen des gleichen Blutes einander herausfordern und vernichten! Gehören wir denn nicht alle dem gleichen Volke an? Wenn verschiedene Völker miteinander Krieg führen, ist es schon arg genug; aber ein Bruderkrieg ist unverzeihlich vor Göttern und Menschen.''

Marcus mußte an eine Geschichte denken, die Noah ihm erzählt hatte, die Geschichte von Kain und Abel.

Die italischen Völkerschaften außerhalb Roms schlossen ein Bündnis, dem die Marser, Paeligner, Picenter und viele andere Stämme angehörten. Die Marser machten sich zuerst von der römischen Zentralregierung los. Auch weiter im Süden schlossen sich die Samniter, in deren Lande der von Marcus geliebte Liris entsprang, ebenso wie Apulien, Bruttium und Lucanien der Bewegung an. Auf Roms Seite blieben indes Umbrien und Etrurien, die Siedlungen latinischen Rechtes, die campanischen Griechenstädte und Rhegium an der sizilischen Meerenge. In Rom selbst aber saßen die reichen Patrizier, die sich als Großstädter allen Provinzlern überlegen fühlten.

„Wer kann gegen Geld und Bestechung aufkommen?'' fragte der alte Großvater besorgt.

„Es wird ein großer Mann erscheinen und der gerechten Sache zum Siege verhelfen'', sagte sein Sohn Tullius.

Der Großvater blickte ihn mit funkelnden Augen an. „Du hast Söhne, von denen der eine schon fast ein Mann ist, und redest daher wie ein Kind! Als Rom sittenstreng war, besaß es seinen Cincinnatus. Aber Rom hat seine alten Tugenden aufgegeben. Darum wird auch zu seiner Rettung kein großer Mann erscheinen. Rom ist dem Untergange geweiht. Ich bin zwar römischer Bürger; aber mein Geburtsort liegt in italischem Lande. Ich weine um dieses Land.''

Das Herz des jungen Marcus glühte im gleichen Gefühl. In Rom betete er für seine Landsleute, die ihre eigene Zentralregierung bekämpften. Er hörte, ganz Italien beabsichtige, sich von Rom loszusagen und in aller Form ein neues Staatswesen zu gründen. Tatsächlich wurde Corfinium im Paelignerlande unter dem Namen Italica zur Bundeshauptstadt erhoben und gab sich eine der römischen nachgebildete Verfassung, mit einem Senat und Konsuln an der Spitze. Die Mittelständler und Bauern wurden Bürger von Italica; die alten Gesetze der Republik wurden erneuert, und man beschwor die ehrwürdige, von Rom so geschäftig durchlöcherte Verfassung. Die im ganzen Lande verstreuten Römerfestungen wurden erobert, und neue Banner gingen hoch. Ein Sturm der Freude und

Freiheit wehte über Italien. Nicht länger, so glaubte man, sollten die ‚Bundesgenossen' dem sittenverderbenden Einfluß Roms ausgesetzt sein, den würgenden Steuern, der Bedrückung, Erniedrigung, Grausamkeit und hochmütigen Herablassung.

Aber die Hauptstadt blieb nicht müßig. Die Feinde Roms wurden zu Rebellen erklärt, womit sie ihre verfassungsmäßigen Rechte verwirkten und vogelfrei wurden.

Marcus erfuhr, daß die Caesars inzwischen auf den Palatin übersiedelt waren. Sie hatten immer behauptet, nicht nur — allerdings verarmte — Patrizier zu sein, sondern geradewegs von Julus abzustammen, dem legendären Sohn des Aeneas und Enkel von Aphrodite und Anchises. Eben war der Onkel des jungen Julius Konsul und sein Vater Prätor geworden. Als Mitglieder der Senatspartei, der konservativen Optimaten, fanden sie die bescheidene Gegend, in der die Ciceros wohnten, nicht mehr als standesgemäß.

„Diese Angeberei!" schalt der Großvater. „Für jämmerliche Ehrenstellen haben sie Italien im Stich gelassen, im Namen eines nicht mehr bestehenden Roms! Da gibt also jetzt der neugebackene Prätor seine Zugehörigkeit zur Senatspartei bekannt! Dabei hat er mir gegenüber oft betont, er sei trotz seiner höchst vornehmen Abstammung — an die ich übrigens gar nicht glaube — volksfreundlich und ein Anhänger der Popularen."

Helvia sagte: „Man muß eben mit den Wölfen heulen."

„Lächerlich!" rief der Großvater. „Ich kann nur staunen über dich, Helvia."

„Mit deiner Verurteilung der Caesars stehst du allein!" erklärte Helvia. Aber sie seufzte. „Seinerzeit hat man der Ehrlosigkeit den Tod vorgezogen. Das ist vorbei. Man will überleben, und dazu muß man heutzutage Gesinnungsopfer bringen. Ich bin nicht dafür. Wenn ich ein Mann wäre, würde ich lieber sterben. Aber ich bin eine Frau und Mutter von Kindern. Was sagt übrigens Tullius zu all diesen Dingen?"

„Er glaubt, es wird ein edler Heros erstehen, der in Rom die Rechtlichkeit wiederherstellt und ganz Italien zusammen mit Rom unter unserer alten Verfassung einigt", spottete der Großvater. „Aber Rom wird, wenn auch vielleicht nicht gleich, so doch bald, untergehen, weil es seine große Vergangenheit vergessen hat oder verlacht. Wir werden uns unter die Völker einreihen müssen, die mutwillig und durch die eigene Bosheit zugrunde gingen."

Kurz darauf gewährte Rom, der Not gehorchend und über die Entschlossenheit der Rebellen bestürzt, durch die Lex Plautia Papiria allen Bundesgenossen, die binnen sechzig Tagen ihre Namen beim Prätor in Rom eintragen würden, das römische Bürgerrecht. Der Krieg aber ging weiter.

XI

„Wir sind", dozierte der Großvater, „in das Zeitalter der Tyrannen getreten. Die Regierenden nützen nationale Notstände dazu aus, die Freiheit einzuschränken und dann überhaupt zu beseitigen. Komm mir nicht mit Sulla, dem ‚Gemäßigten'! Warum ist er nicht auch auf immer verbannt worden, ebenso wie die wirklich gemäßigten Mitglieder der Senatspartei, die sich mit den aufständischen Italikern ausgleichen wollten? Komm mir nicht mit dem General Marius, der in einem Atem von Freiheit redet und die tyrannische Zentralregierung unterstützt! Man muß sich nur vor Augen halten, daß jetzt sowohl Sulla wie Marius der Hauptstadt ihre Dienste angeboten haben. Und der Erfolg? Wir müssen mit Speise und Trank kargen, und in Rom führen die Militärs das große Wort, und die machtgierigen Politiker. Aus angeblichen Sicherheitsgründen wird unsere Freizügigkeit beschränkt. Wegen eines angeblichen nationalen Notstandes werden die Steuern ausgiebig erhöht. Und diese Erhöhungen werden bleiben, weil jede Regierung Vorwände findet, um einmal eingeführte Steuern dauernd beizubehalten.

Und der römische Mob — bekümmert es ihn, daß der Bruderkrieg die Freiheit Roms und die politische Gleichstellung aller Italiker bedroht? Während unsere Getreiderationen gekürzt werden, füllt man dem Mob die Schüsseln randvoll. Während wir den Gürtel enger schnallen müssen, wie es uns die Regierung mit so großen Worten empfohlen hat, geht der Pöbel stattlich gekleidet herum, wird anmaßend, fühlt sich selbst den Herrschenden überlegen und ruft in den Straßen, die Tage der Volksherrschaft seien gekommen, und schreibt in der Nacht auf die Hausmauern: ‚Nieder mit den Bevorrechteten!' Niemand aber hat offenbar diesen Kerlen klargemacht, daß Vorrechte sauer erworben werden müssen und daß die von einer bestechlichen Regierung gewährten Begünstigungen heuchlerische Augenauswischereien sind, weil eben nur Wohlerworbenes Bestand hat.

Wenn die Militärs allen Römern soldatische Zucht auferlegt und Rechtlichkeit gewährleistet hätten, wäre nichts dagegen einzuwenden. Aber sie machen nur uns Vorschriften, die wir nicht brauchen, weil wir unsere Pflichten ohnedies kennen. Dem Mob aber wird kein Zwang angetan. Die Rüstungsbetriebe bieten den Arbeitern reiche Entlohnung, so daß sie nachts in den Bordellen und Weinschenken hemmungslos aufdrehen. Wer wird sie, wenn der Krieg zu Ende ist, bändigen und ihnen wieder Nüchternheit und ehrliche Arbeit angewöhnen? Sie wissen nicht einmal, wofür dieser Krieg geführt wird, und es interessiert sie nicht. Ihnen genügt es, daß sie plötzlich reich geworden sind und von der Regierung verhätschelt werden. Wird sich der Koller von Saus und Braus bei ihnen verflüchtigen, wenn wieder Friede ist? Nein!

Diese Leute sind schon seit langem Kreaturen der Politiker. Nun werden sie ihnen weiter dienstbar bleiben als Legionen des Unheils und der Gewalttätigkeit, des Verfalls und Zusammenbruchs. Ehrliche Arbeit verabscheuen sie; sie verlangen Urlaub und Freizeit, ohne etwas geleistet zu haben; sie proklamieren ihr Anrecht darauf, von den Reicheren durch Steuergelder ausgehalten zu werden. Diese Schmarotzer, diese Gesinnungslumpen, diese Sklaven! Aber noch ärger als sie ist die Regierung, weil sie die Verantwortung trägt. Jetzt verlangt sie unbegrenzte Vollmachten! Die Republik ist dem Untergang geweiht, und ebenso sind es alle unsere demokratischen Grundsätze. Politiker und habgierige Proleten — sie beide stehen seit jeher am Anfang und am Ende der Geschichte von Völkerkatastrophen."

Sein Sohn Tullius schrak gegen seinen Willen aus Krankheit und Teilnahmslosigkeit auf. Mit einem kläglichen Hoffnungsschimmer entgegnete er: „Kriege bringen immer Ausschreitungen mit sich. Auch das lehrt uns die Geschichte. Aber die Römer bleiben Römer. Wenn diese unruhigen Zeiten vorbei sind, wird die Ordnung wiederkehren. Wir erhalten unsere Freiheiten zurück, die Steuern werden sinken, die Pöbelscharen wird man zähmen, die Ehrgeizlinge kaltstellen."

„Es heißt", entgegnete der Großvater, „daß einem Löwen, der einmal Menschenfleisch gekostet hat, nichts anderes mehr schmeckt. Unsere Regierung hat Blut geleckt, hat plötzlich uneingeschränkte Macht ausgekostet. Ihr wird nichts anderes mehr schmecken. Mögen die Götter uns gnädig sein! Aber ich fürchte, sie werden uns ihre Gnade versagen weil wir die Übergriffe unserer Regierung geduldet und nichts dagegen vorgekehrt haben."

Archias sagte spöttisch zu seinem Schüler Marcus: „Hat denn dein Großvater geglaubt, irgendein Volk könnte ewig tugendhaft und gerecht und frei bleiben? Er ist in den Mahlstrom der Geschichte geraten und stemmt sich gegen ihn und prallt schmerzhaft an Steine. Das Rom, das er gekannt hat, stirbt. Soll ich darüber weinen? Das gleiche Schicksal hat Griechenland erlitten, und ich beklage dieses Schicksal in Gedichten. Wir wollen unsere Gedichte schreiben, Marcus! Denk an Homer! Sein Griechenland ist dahin samt allem Ruhm. Troja ist verschwunden. Ulysses ist lange tot. Der Parthenon hallt von den Schritten der Fremdlinge wider. Mein Volk ist versklavt und verachtet. Aber Homer bleibt. Lange, nachdem Rom in Trümmer gefallen ist, wird man in den Schulen noch Homer lesen und sich seiner Verse freuen."

Außerhalb von Marcus' Schulraum bot Rom ein Bild des Aufruhrs und der Unordnung. Ringsum tobte der Krieg bis an die Stadtmauern. Da war nichts, was in einem Schuljungen anderen Widerhall wecken konnte als Angst und Befürchtungen. Wegen des nationalen Notstandes und des Terrors in den Straßen beschränkte sich das spärliche Gesellschaftsleben auf die Tagesstunden. Infolge der Nahrungsmittelknappheit gab es Festlichkeiten fast nur bei den Mächtigen und beim Mob, die sich nicht an die Vorschriften hielten. Als Mittelständler hatte Marcus bisher immer ein heiteres, fest eingeteiltes, ehrenhaftes Leben geführt, im Rahmen von Pflichtgefühl und Frömmigkeit. Jetzt wurde er, noch auf der Höhe seiner Jugendjahre, immer mehr auf sich selbst verwiesen.

Er schrieb Gedichte – und dachte an Livia. Wäre nicht Krieg gewesen, so hätte er, so versicherte er sich selber, das geliebte Mädchen aufgesucht, mochte es nun verlobt sein oder nicht. Aber angeblich waren viele reiche Leute, um den Belastungen durch die neuen Gesetze Roms zu entgehen, nach allen Windrichtungen in ruhigere Gegenden geflohen, hauptsächlich nach Griechenland. Auch Livias Vormünder mochten sie in Sicherheit gebracht haben.

Bisher hatte er fast nur Pallas Athene verehrt. Jetzt ging er, wenn nicht gerade der randalierende römische Mob oder auswärtige Flüchtlingsscharen die Straßen verstopften, ohne Wissen seiner Mutter in ein Venusheiligtum, opferte dort Tauben und betete. Fast sein ganzes kärgliches Taschengeld gab er den Priestern für Gebete. Für ihn war Venus die von Liebenden anzurufende Göttin; daß sie auch die Göttin der Sinnlichkeit, Wollust und aller fleischlichen Ausschweifungen war, kam ihm nicht in den Sinn. Sie schien ihm überaus schön und mitfühlend und verständnisvoll.

„Du bist jetzt so blaß und schweigsam", sagte Noah ben Joel zu Marcus in der Schule. „Wegen des Krieges?"

Marcus wurde verlegen. Er konnte seinem Freunde nicht in die so scharfsichtigen Augen blicken und ihm gestehen, daß er sich verliebt hatte. Zwar war Noah selbst so gut wie verlobt an eine Bankierstochter, wogegen er sich übrigens daheim heftig wehrte, weil er noch eine Zeitlang frei sein wollte und dem Mädchen nicht viele Reize nachgesagt wurden. Aber trotz seines Interesses für Gedichte und Theaterstücke hegte er recht nüchterne und etwas skeptische Ansichten über die Liebe, Ansichten, die wohl noch nicht aus persönlichen Erfahrungen, sondern eher aus Bühnenbeobachtungen stammten.

Nein, dem Schulkameraden konnte Marcus nicht von seiner Qual erzählen. Neue Verlegenheit erfüllte ihn, als Noah nachdenklich sagte: „Wenn ich nicht so genau wüßte, wie du lebst, mein teurer Marcus, würde ich darauf tippen, daß dich die Liebe plagt. Die Liebe! Diese Sklavenfessel für die geistige Freiheit! Diese heimtückische Tyrannin! Aber du bist so klug, nichts anderes zu lieben als die Dichtkunst und die Tugend."

Demnach bin ich nicht klug, dachte Marcus. Ich bin ein Sklave, versklavt an herbstlaubfarbenes Haar und blaue Augen und ein ungestümes, jugendliches Naturell. Ich träume ausschließlich von Livia. Wenn ich eine Mädchenstimme höre, vergleiche ich sie mit Livias Stimme. Wenn ich einen Mädchenmund sehe, vergleiche ich ihn mit Livias Mund. In jedem Mädchenlachen höre ich das ihre. Ich gehe durch die Straßen, und sie schreitet neben mir. Ich lege mich abends zu Bett, und sie ist bei mir. Ich erwache, und mein erster Gedanke ist sie. Ihr Gesicht blickt mir auf jeder Seite meiner Bücher entgegen.

„Du bist begriffsstutzig und unaufmerksam", schalt ihn der Lehrer Pilo, dessen eifrigster und gelehrigster Schüler Marcus gewesen war. Seit Pilo zu einer schmählichen Handlungsweise an ihm gedrängt worden war, mochte er ihn, wie Marcus wußte, nicht recht leiden. Man verzeiht ja am schwersten jemandem, den man gekränkt hat.

Die große, lärmende, in schummrige Farbtöne von Ocker, Gelb, Rot und Bronze verdüsterte Stadt, die überall flatternden Fahnen, die Marschkolonnen mit ihren Adlern und Rutenbündeln, die kriegerischen Trommelwirbel, die galoppierenden Meldereiter, das Rattern und Dröhnen des durch einströmende Flüchtlinge mit ihren Wagen und Karren und Sänften gesteigerten Straßenverkehrs, die überfüllten Tempel, die unheilkündenden blutroten Sonnenuntergänge, die Aura von Hast und Unsegen, von Kommen und Gehen, das endlose Stimmengewirr bei Tage, der plötzliche lähmende Schreck bei Einbruch der Dunkelheit — das alles war für Marcus nur ein traumhafter Spuk in seiner eigenen Seelenqual, die nicht von ihm wich, sondern von Tag zu Tag wuchs.

„Er braucht eine Aufpulverung", sagte sich Helvia, als sie sein starres, bleiches Gesicht sah. Sie braute aus den heilkräftigsten ihrer Kräuter einen Trank und gab ihn ihrem Sohn. Merkwürdig, dachte Marcus, daß nur die Mutter etwas von meinem Leiden ahnt! Er schluckte das Gebräu mit einem unbestimmten Dankgefühl. Er begriff, daß Helvia ihm so nicht nur die Kräuter, sondern auch ihr Mitgefühl bot, und daß der Trank eine Opfergabe war. Sie sprach nie von Livia; aber ihre schönen Augen strahlten ihm zu, halb mahnend, halb bedauernd.

Selbst Quintus, sein geliebter Bruder, machte ihm keinen Spaß mehr. Quintus war jetzt auch in Pilos Schule und wurde, zum Unterschied von Marcus, sehr bewundert, nicht wegen seiner — recht mangelhaften — Kenntnisse, sondern wegen seiner Frohlaune und Liebenswürdigkeit, seines Kampfgeistes und mutigen Selbstbewußtseins. Er war in jeden Klatsch und in alle Schulaffären eingeweiht. Da er überdurchschnittlich groß und stark war und sich in jederlei Spiel und Sport hervortat, wurde er bald eine Art Anführer. Seine kleinen Schätze an Skandalgeschichten brachte er heim zu Helvia, die ihn sehr liebte. Wo nimmt er diese Neuigkeitshappen her? fragte Marcus sich unlustig und teilnahmslos. Ihm trug niemand solche Sachen zu, und er hatte sich auch nie um derlei gekümmert.

Eines Tages sagte Quintus zu ihm, als sie durch die anscheinend allgegenwärtigen Menschenansammlungen heimgingen: „Dieser Julius! Jetzt hat er einen Hauslehrer, einen gewissen Marcus Antonius Gnipho, einen Gallier, den er über den grünen Klee lobt. Angeblich ist er weiser als Sokrates. Aber Julius war immer ein Angeber; das liegt in der Familie. Sein Vater ist ein hochberühmter Mann, seine Mutter eine unvergleichlich edle Dame; dabei wissen wir alle, wie heftig sie den Pantoffel schwingt. Alles, was mit Julius zusammenhängt, ist herrlich, vornehm, großartig, unsagbar prächtig, bedeutungsvoll, wunderbar, so überwältigend, daß ein gewöhnlicher Geist es gar nicht fassen kann."

Marcus lächelte ein wenig. „Wo triffst du diesen Musterknaben? Er ist ja jetzt weder unser Nachbar noch unser Schulkamerad."

„In der Fechtschule", erwiderte Quintus und lachte belustigt. „Dort bin ich zu einer anderen Stunde als du. Im Fechten ist er sehr mäßig. Darüber ärgert er sich furchtbar. Aber er lächelt. Götter, wie er lächelt!" Quintus sagte das ohne jede Bosheit. „Und an Überredungsgabe kommt ihm niemand gleich. Wenn er will, ist seine Stimme honigsüß. Im übrigen ist er sehr anspruchsvoll und bedenkenlos." Er schnupperte. „Dein Gewand riecht ja nach Weihrauch, Marcus! Mir scheint, du bist Stammgast in den Tempeln. Willst du Priester werden? Oder trauerst du noch um dein Mädel?" Sein Ton war gutmütig neckend.

Marcus vergaß, daß sein Bruder noch ganz jung war. Seine tiefe, geheimgehaltene Seelenqual machte sich in einem Temperamentsausbruch Luft. „Du bist frech, und Frechheiten kann ich nicht leiden!" rief er. Zum erstenmal im Leben gelüstete es ihn, seinen Bruder zu schlagen; aber er ballte nur die Fäuste unter dem Mantel. Der trübe Februartag verdämmerte. Fackeln und Laternen und Wachsstöcke huschten überall die steilen, engen Gassen zwischen den hohen Häusern auf und ab. Marcus beschleunigte seine Schritte. Er empfand es als unerträglich, daß dieses Kind ihn verspotten sollte.

„Ich wollte dir nicht nahetreten", entschuldigte sich Quintus, über die verbissene Miene seines Bruders erschrocken. „Ich hätte nicht geglaubt, daß du im Ernst noch an die Kleine denkst. Ich kann mich nicht einmal mehr an ihr Gesicht erinnern und habe es doch seinerzeit genau gesehen. Du mußt mir verzeihen."

„Schon recht", brummte Marcus, beschämt über seine zornige Anwandlung. Aber er kam innerlich nicht zur Ruhe. Verzweifelt dachte er: Auch wenn sie in Rom ist, wie soll ich sie finden? Der Weg zu ihr ist mir versperrt.

Plötzlich packte Quintus seinen Bruder am Arm und zog ihn rasch in einen Hausflur. Eine Abteilung Soldaten marschierte im Eilschritt durch die Gasse, daß die eisenbeschlagenen Sandalen auf dem Pflaster klirrten. Wie eine unerbittliche Phalanx rückten sie mit Trommelwirbel und flatternden Bannern vor, die Gesichter ohne jede menschliche Regung, starr und scheinbar blicklos. Sie waren kriegsmäßig bepackt und marschierten zu einem der Stadttore. Wie ein Sturmwind sausten sie an dem Hausflur vorbei, in dem die beiden Jungen standen, und an anderen Hausfluren, wohin sich ebenfalls Fußgänger geflüchtet hatten. Marcus sah ihnen nach und dachte mit einigem Unbehagen – für das Soldatenhandwerk war er nicht geschaffen – an seinen eigenen Militärdienst, zu dem man ihn, wenn der Krieg nicht rasch endete, bald einberufen würde. Die Pfeiler und Säulen von Tempeln und öffentlichen Gebäuden schimmerten im Fackellicht. Es hatte geregnet; kleine Pfützen warfen den roten Lichtschein zurück. Im Westen trug der Himmel riesenhafte blutige Fingerabdrücke, als hätte der Kriegsgott sich die Hände lässig an der Bespannung des Firmaments getrocknet.

Quintus interessierte sich lebhaft für die Soldaten. Seine Augen funkelten im letzten Tageslicht und im Schein der Fackeln. „Das Trommeln geht mir in die Beine", sagte er. „Schade, daß ich zum Soldaten noch zu jung bin!"

„Gut, daß du noch nicht alt genug bist, deinen Bruder in einem Bürgerkrieg umzubringen!" erwiderte Marcus. Die Soldaten verschwanden am Ende der ansteigenden Straße; aber ihr Trommeln hallte hinter ihnen nach.

„Der Krieg wird für den Bestand Roms geführt", meinte Quintus, der offenbar den Reden seines Großvaters nie zugehört hatte.

„Er wird zur Vorbereitung der Despotie geführt", entgegnet Marcus. „So wie jeder Krieg."

Schweigend schritten sie weiter. Da stieß Quintus den Bruder an. „Ich werde im Tempel des Castor seiner Mutter Leda für dich ein Opfer darbringen", versprach er scherzend, um den Bruder aufzuheitern.

„Wozu denn?" fragte Marcus, trotz allem etwas belustigt. „Ich bin nicht Zeus, der hinter Leda her ist." Plötzlich errötete er und warf dem Bruder einen raschen Seitenblick zu. So scharfsichtig konnte doch Quintus nicht sein! Vorsichtshalber fügte er jedoch hinzu: „Und Schwan bin ich auch keiner."

Quintus war, was selten vorkam, ein wenig gekränkt; er spürte, daß Marcus ihn als kleinen Jungen behandelte. „Dann opfere eben dem Pluto, damit er dir deine Proserpina zurückgibt!" sagte er. „Mit ihr wird der Frühling in dein Herz einziehen." Sein plötzlicher Mißmut wuchs. „Spürst du denn nicht, daß du unsere ganze Familie traurig machst, ohne daß irgendwer die Ursache kennt? Unser Vater ist seit Wochen bettlägerig; aber du besuchst ihn nicht wie früher täglich, sondern nur noch selten. Du vergräbst dich völlig in deinen Jammer."

Marcus wurde etwas bestürzt und spürte Gewissensbisse. „Seit Wochen? Er war ja vor ein paar Tagen noch bei Tisch und hat dann einen Malariaanfall bekommen."

„Seit Wochen", beharrte Quintus kurz.

Und ich habe ihn nicht vermißt, dachte Marcus bekümmert. Plötzlich wurde ihm bewußt, daß Verliebte sich sozusagen abkapseln und herzlos übersehen, was um sie herum vorgeht.

„Du hast dich nicht einmal bei den Ärzten erkundigt", warf Quintus ihm vor. Er liebte pflichtgemäß seinen Vater, obwohl er ihn für absonderlich, für überbescheiden und zu still hielt.

„Waren Ärzte beim Vater?" fragte Marcus, von Selbstvorwürfen gepeinigt.

„Und zur Ader gelassen wurde er ein paarmal", berichtete Quintus. „Weißt du, daß du bei Tisch kaum etwas ißt und daß Großvater oft stundenlang redet, ohne daß du zuhörst? Du siehst ihn aufmerksam an, aber deine Gedanken sind weit weg. Die Mutter ist schon ganz verzweifelt."

Marcus schämte sich. Er war auch verlegen darüber, daß Quintus, der das Leben im allgemeinen einfach hinnahm und gut fand, seine Zerstreutheiten bemerkt hatte; sie mußten also schon recht auffällig gewesen sein. Marcus straffte sich. Sein Leid bezwingen konnte er nicht; zumindest aber konnte er vorgeben, es sei nicht so groß und durchaus erträglich.

Er hatte, gestand er sich jetzt, sogar seine Religion und seine Gelübde, seine Hoffnungen und Bestrebungen vergessen. Wie Orpheus hatte er sinnlos gejammert. Dagegen ließ sich nichts mehr tun. Immerhin aber mußte er nun sein Ehrgefühl aufbieten und an jene denken, die nicht zu vergessen seine Pflicht war. Er stieg die Carinae, die Ausläufer des Quirinalhügels, zum Vaterhaus empor, wo schon Lampenlicht brannte, und Quintus trottete etwas erleichtert neben ihm her. Der Hügel war wie die ganze Stadt dicht besiedelt. Pfützenwasser bespritzte die langen Tuniken der beiden Brüder, und ihre Schuhe wurden dick mit Schlamm verkrustet.

Selbst höher oben auf dem Hügel erreichte die beiden noch der stikkige Stadtgestank, folgte ihnen wie eine verderbenbringende Giftwolke. Auch die Einwohner, deren Behausungen wasserdurchspülte Abtritte hatten, nahmen sich oft nicht die Mühe, sie zu benützen, und obwohl fast jede Straße bequeme, ebenfalls durchspülte öffentliche Latrinen aufwies, zogen sich die Leute, wenn sie ein Bedürfnis verspürten, einfach in eine Seitengasse zurück. Die Gossen starrten von Schmutz. Zwar schrieb das Gesetz vor, daß jeder Hausbesitzer und jeder Geschäftsinhaber oder Tempelverwalter das betreffende Grundstück reinhalten mußte, und Schwärme von Wächtern waren zur ständigen Überwachung dieser Vorschrift unterwegs; aber die Römer betonten ihre persönliche Freiheit dadurch, daß sie, besonders bei Nacht, überall, wo sie den Drang dazu verspürten, ihre Notdurft verrichteten.

Die Luft war schwer und lastend, und der Gestank wurde unerträglich, als die Brüder sich ihrem Haus näherten. Selbst Quintus, der sonst alles hinnahm, sagte: „Die Stadt stinkt wie eine verlassene Mistgrube voll Aas und Jauche. Oh, wie ich mich nach unserer Insel sehne, wo die Luft so rein und würzig ist! Aber du hast ja erklärt, daß du die Stadt liebst, Marcus!"

Es kam Marcus zu Bewußtsein, daß er seit geraumer Zeit die Stadt überhaupt nicht beachtet hatte, und er fühlte sich noch elender. Zu seiner tiefen Beschämung mußte er sogar feststellen, daß sich auch seine Besorgnis um das Heimatland in den letzten Monaten abgeschwächt hatte.

Als Marcus an diesem Abend sein bescheidenes Mahl mit dem Großvater und dem Bruder verzehrte, zwang er sich, vielen Dingen seine Aufmerksamkeit zu widmen, vor denen er bisher hartnäckig die Augen verschlossen hatte. Seine Mutter und zwei junge Sklavinnen bedienten die Männer im Speiseraum, und Marcus bemerkte, daß Helvias sonst so heiteres Gesicht weniger lebhaft gefärbt war, daß zwei Furchen sich zwischen ihre schönen Augen herabzogen und daß sie bei aller ihr eigenen Beherrschtheit zerstreut schien. Auf dem Holztisch stand nur eine Öllampe statt der üblichen Zweizahl. Seit wann fehlte die zweite? Marcus warf einen Blick auf den leeren Platz des Vaters. Aus Angst vor einer wohlverdienten Zurechtweisung wegen seiner bisherigen Uninteressiertheit zögerte er, sich nach dem Befinden des Vaters zu erkundigen.

Dann fiel ihm ein, daß im Vorraum kein Wächter gewesen war. Seit wann? An Sklavenstimmen hörte er weniger, als er gewohnt war. Verstohlen blickte er Großvater und Bruder an; da ihnen diese Dinge nicht aufzufallen schienen, mußten sie ihnen schon selbstverständlich sein. Von neuem verachtete er sich selber.

Er musterte Großvaters finsteres Gesicht. Es war nie recht fröhlich gewesen; aber jetzt kam es ihm viel älter, magerer und düsterer als sonst vor. Der alte Mann schien in trübselige Gedanken vertieft. Seit wann? Sogar Quintus war niedergeschlagen.

Von all dem, dachte Marcus, habe ich nichts bemerkt, weil ich nur Livia im Kopf hatte. Ich vertrauere mein Leben und vernachlässige die mir am nächsten stehenden Menschen. Verzweifelt wollte er seine Fragen stellen, wußte aber nicht, wie er sie einleiten sollte. Nach einer Weile begann er, während er lustlos einen sparsam mit Honig gesüßten Mehlbrei aß, wie nebenher: „Großvater, was glaubst du, wird der Krieg noch lange dauern?"

Der Gefragte legte den Löffel hin und sah den Frager bestürzt an. „Darüber habe ich erst gestern abend ausführlich gesprochen, Marcus", verwies er ihn. „Eine Stunde lang habe ich geredet. Hast du nicht zugehört?" Quintus starrte seinen Bruder mit weit aufgerissenen, mitleidig spöttischen Augen an. „Du hast nichts dazu gesagt", fuhr der Großvater fort, „und ich habe daraus, vielleicht törichterweise, geschlossen, daß du dir meine Worte zu Herzen genommen hast.''

Marcus rief seine Gewitztheit zu Hilfe. Er hatte nie Winkelzüge gemacht, und sie fielen ihm jetzt schwer. „Aber die Lage ändert sich doch von Tag zu Tag'', sagte er.

Der Großvater strich sich murrend den Bart. „So rasch denn doch nicht! Die Verlautbarungen werden nur einmal in der Woche an die Mauern geklebt, und gestern habe ich die letzten Nachrichten gelesen und mit euch erörtert. Glaubst du, Merkur fliegt jeden Abend eigens zu mir und bringt mir die jüngsten Neuigkeiten?'' Er starrte seinen Teller an. „Gerüchte gibt es natürlich immer'', räumte er widerwillig ein. „Aber mit Gerüchten befasse ich mich nicht.''

Wenn er es doch nur täte, wünschte Marcus sich von ganzem Herzen, damit ich so den Stand der Dinge erfahre und vernünftig darüber reden kann!

„Das Unheil beginnt erst richtig'', erklärte der alte Mann. „Die vom Volk erwählten Konsuln und Volkstribunen verleiten das gleiche Volk immer mehr zur Liebedienerei gegenüber der Obrigkeit. Aber die Tage der Stadtstaaten sind gezählt; nur ein Dummkopf kann das leugnen. Für Stadtstaaten sind wir zu vielfältig geworden. Als Zusammenfassung der vielen Gemeinden, die von örtlich gewählten und örtlich verantwortlichen Vertretungen verwaltet werden, brauchen wir ein einziges großes Staatswesen mit einer — allerdings zur Verhinderung von Tyrannei und Despotismus eingeschränkten, genau umschriebenen, nicht erweiterbaren — Zentralgewalt.''

„Schwebte nicht Plato in seinem ‚Staat' etwas Derartiges vor?'' fragte Marcus, sehr bemüht, Interesse zu zeigen.

Der Großvater schnob. „Plato hat sich seine Republik noch immer als Stadtstaat vorgestellt. Ich rede von einem Nationalstaat.''

„Also einem Imperium'', warf Marcus ein.

Der Großvater war entsetzt. „Nur ja kein Imperium!'' rief er. „Mögen die Götter Rom davor bewahren, je ein Imperium zu werden! Jetzt schon ist Rom schlimm genug daran mit seinen diebischen, tyrannischen Bürokraten und Politikern, seiner Sittenverderbnis und Entartung, seiner Gottlosigkeit und Abkehr von allem Geistigen, seiner Ehrsucht und Herrschgier! Es braucht nur einen einzelnen Mann zu krönen und zum Imperator auszurufen, und schon versinkt es völlig in Entartung. Sobald eine Einzelperson einen Staat regiert, ist er zum Untergang verdammt.'' Traurig schüttelte er den Kopf. „Aber auch so taumeln wir dem Tode entgegen. Völker sterben genauso wie Menschen. Nur ein von göttlichen Gesetzen gelenktes Volk könnte die Jahrhunderte überdauern. Einst waren wir solch ein Volk. Aber das ist vorbei.''

Marcus war sehr niedergeschlagen; er nahm einen Schluck Wein. Da der Großvater einen plötzlichen Wechsel des Gesprächsthemas nicht liebte, wartete Marcus, bis die Sklavinnen die kleinen Tonschalen mit Wasser, zur Reinigung der Finger nach dem Essen, gebracht hatten. Dann erkundigte er sich: „Wie geht es dem Vater?"

„Nicht besser als gestern", erwiderte der Großvater und fügte mit wohlberechnetem Spott hinzu: „Aber vielleicht weißt du nicht, wie es ihm gestern ging. Du hast ihn ja gar nicht besucht."

Marcus wurde rot. Er wußte nicht, wohin er schauen sollte, und machte sich beschämt schwere Vorwürfe. Eine Menge Fragen ging ihm durch den Kopf, die er nicht zu stellen wagte. Er sah sich in dem spärlich beleuchteten, kahlen Raume um und glaubte, überall schattenhafte Gestalten zu gewahren. Vor Leid krampfte sein Herz sich zusammen. Aber trotz aller Bemühungen konnte er Livias strahlendes Gesicht nicht bannen, das ihm aus jeder Ecke entgegenzublicken schien. Mit herber Aufrichtigkeit sagte er: „Mein Kopf war voll mit anderen Dingen. Verzeih mir, bitte!"

Der Großvater überlegte und entgegnete dann: „Schon lange bemerke ich, daß deine Gedanken weit umherschweifen. Wanderer, hast du bedacht, in welcher Not Rom ist, und auch deine Familie? Oder hast du von diesen Dingen nichts gehört?"

Hinter dem grauen Wollvorhang trat Helvia hervor und blickte ihre Männer an; sie hatte gelauscht, und Marcus tat ihr leid. In der lastenden, vorwurfsvollen Stille, die eingetreten war, untersuchte sie die Lampe und schüttelte ein wenig den Kopf. Dann heftete sie den Blick auf ihren älteren Sohn und sagte: „Wir müssen noch mehr sparen. Die wirtschaftliche Lage Roms ist durch den Krieg verzweifelt geworden, noch verzweifelter aber die unserer Familie. Der Wert unserer Vermögensanlagen ist fast auf ein Nichts zusammengeschrumpft. Es waren meist Schiffahrtsanteile. Merkwürdig, aber in Kriegszeiten scheinen auch die Naturgewalten in Aufruhr zu geraten. Fast die Hälfte der Schiffe, an deren Ertrag wir beteiligt waren, sind samt den Ladungen verschollen oder gesunken oder wurden von Piraten ausgeraubt. Auch unsere anderen Beteiligungen, besonders die an Bergwerken, sind durch den Krieg stark entwertet. Wir hatten eben unverschuldetes Pech, lieber Marcus, so wie viele unserer Freunde. Nachdem dein Vater sich von Geschäftsdingen zurückgezogen hatte, hat dein Großvater meine Mitgift sehr klug veranlagt, und ohne den Krieg wäre es uns glänzend gegangen."

„Der Krieg", fuhr sie fort, „bringt nicht nur den Völkern, sondern auch den einzelnen Menschen Unglück. Nur wer unmittelbar für die Rüstung oder den Heeresbedarf liefert, macht sich heutzutage ein Vermögen. Diese Kriegsgewinnler fühlen sich mit ihrem neuen Reichtum sogar den Patriziern ebenbürtig und verheiraten ihre Kinder in alte Familien. Das ist der Lauf der Welt. Bei solchen Ehen gibt eben der eine Teil den

Namen, der andere das Vermögen; vom berühmten Namen allein kann man ja nicht leben. Aber dadurch werden adeliges Blut und adeliges Wesen verwässert; denn diese Neureichen haben keine heldenhaften Regungen, sondern wollen nur eine Vornehmheit, die sie nicht besitzen, nach außen hin zur Schau stellen. Doch ein Plebejer bleibt auch mit Prunkgewand und schön geschnitztem Wagen und einer Sklavenschar immer ein Plebejer. Wenn er sich auch mit seinem Geld Senatoren dienstbar machen kann, bleibt er verächtlich."

Der Großvater nickte ernst. „Wenn ein Bettler sich aufs hohe Roß setzt und das Zepter schwingt, ist er weit ärger als ein stolzer alter Patrizier, der wenigstens seine Tradition von Ehrenhaftigkeit und Vornehmheit und seine guten Manieren hat. Wenn ich vor Gericht käme, hätte ich lieber einen Patrizier zum Richter und nicht einen aufgeblasenen Mann von der Straße, der keine Maßstäbe für Rechtlichkeit und Rechtschaffenheit hat. Aber leider gibt es unter den Patriziern und Vornehmen viele Streber. Da sie wissen, daß die Macht von der Mehrheit verliehen wird, tun sie dem gemeinen Volke schön und hoffen, mit dessen Hilfe nach dem Kriege wieder Einfluß und Vermögen zurückzugewinnen."

„Vielleicht siehst du zu schwarz", meinte Marcus.

„Nein, nein! Uns ist nicht zu helfen, weil wir uns vom göttlichen Walten abgewandt und losgesagt haben", erklärte der Großvater.

Jetzt ahnte Marcus, welche Schatten, von ihm bisher unbemerkt, über seiner Familie lagen. Es tat ihm weh, daß die sonst immer so beherrschte, unerschütterliche Mutter jetzt auch verzweifelt zu sein schien. Er konnte sich nicht erinnern, daß Helvia früher dem Großvater jemals anders als kritisch und etwas nachsichtig begegnet wäre.

„Ich fürchte", sagte Helvia, während sie sich zum Weggehen anschickte, „du wirst nicht so früh nach Griechenland reisen können, wie du dachtest, Marcus. Wir können mit Müh und Not die vierhunderttausend Sesterzen beisammenhalten, die deinem Vater die Zugehörigkeit zur Ritterschaft sichern. Dieser Betrag darf nicht angetastet werden."

„Wir haben schon die Hälfte unserer Sklaven verkauft", bemerkte der Großvater. „Es ging nicht anders. Ich hätte gern meinen eigenen Sklaven durch testamentarische Verfügung die Freiheit gegeben, und das gleiche wollte dein Vater tun. Jetzt können wir uns diesen vornehmen Luxus nicht mehr leisten."

Bisher hatte Marcus nie an Geld gedacht. Daß der Großvater und die Mutter knauserig und überaus anspruchslos waren, wußte er und hatte sich darüber oft lustig gemacht. Aber es waren zwei ganz verschiedene Dinge, ob man als Reicher knauserig und anspruchslos war oder aus unabwendbarem Zwang.

„Ich gehe zum Militär und werde General", erklärte Quintus. „Dann bin ich reich, und meine Zukunft ist gesichert. Ich habe keine Lust, arm zu sein."

Helvia lächelte ihrem Liebling vom Türvorhang her freundlich zu. Der Großvater erhob sich nach einer kurzen Anrufung der Götter und verließ, noch immer mit vorwurfsvoller Miene, den Raum. Quintus gähnte und sagte: „Ich muß zu Archias gehen, der seine Hochachtung für Pilo immer mehr verliert, wenn er überhaupt jemals welche gehabt hat. Auch vor meinen Geistesgaben hat er übrigens nicht die geringste Hochachtung."

„Ich besuche jetzt den Vater", erklärte Marcus rasch.

Zuerst trat er in seine eigene kleine Schlafkammer, die im Dunkel lag. Er zündete die Lampe nicht an; Öl war, wie er erfahren hatte, kostspielig geworden. Er zog die Toga über den Kopf und betete. Er betete nicht um Reichtum, das wäre lästerlich gewesen; er betete um Weisheit und Mut, auf daß er ertragen könne, was immer kommen mochte. Aber er war nicht mit ganzem Herzen bei diesem Gebet. Furcht erfaßte ihn. Er dachte: Ich bin doch kein Kind mehr, ich bin ein Mann! Dann betete er für den Frieden seiner Familie und um Genesung des Vaters. Doch ihm fehlte die volle Hingabe des Betenden. Plötzlich wurde ihm bewußt, daß es schon seit geraumer Zeit so war. Er hatte ausschließlich an Livia gedacht und seine Gebete immer an Venus gerichtet.

In seiner Qual rief er laut: „Ach, wenn ich sie nur vergessen könnte! Bin ich denn noch ein Kind, daß ich meine Gefühle nicht beherrschen kann?"

Aber er spürte, daß er Livia nie vergessen würde. Immerhin wollte er seinen Schmerz bezwingen und nie mehr dulden, daß er ihn gegen alles andere blind mache. Die Spartaner hatten sich angeblich Füchse an den Leib gepreßt und sich, ohne mit der Wimper zu zucken, von ihnen beißen lassen. War er weniger als ein roher Spartaner? Er war Römer.

Dann ging er zu seinem Vater. Seine Selbstverachtung gab ihm Kraft und Gleichmut. Er zwang sich ein Lächeln auf, als er den Vorhang zum Schlafraum des Vaters beiseite zog.

Tullius hatte seine magere Suppe ausgelöffelt und seinen Wein getrunken. Erschöpft von der Anstrengung des Mahles lag er jetzt da. An der Wand brannte rauchend eine Lampe. Eine Truhe mit Habseligkeiten war an eine andere Wand gerückt, und ein Stuhl stand in dem Raum. Als Marcus eintrat, wandte der Vater den schmalen Kopf langsam dem Vorhang zu. Das Lampenlicht zeigte sein hageres, hohlwangiges Gesicht und seine eingesunkenen Augen. Aber er lächelte mit strahlender Freundlichkeit, obwohl auf seiner Stirn große Tropfen Fieberschweiß standen und seine rissigen Lippen ausgetrocknet waren. Marcus hatte das Gefühl, nach langer Abwesenheit jemanden, den er als Gesunden verlassen hatte, nun von Siechtum verzehrt anzutreffen.

„Mein Sohn!" rief Tullius, und wieder grollte Marcus sich selber, weil die schwache Stimme des Vaters so freudig war, als begrüßte sie einen nach weiter Wanderung Heimgekehrten. Er setzte sich auf den Stuhl. Er konnte sich wegen seiner Nachlässigkeit nicht entschuldigen; damit hätte er den Vater noch mehr gekränkt. So erkundigte er sich bloß nach seinem Befinden.

Tullius lächelte wieder, wie belustigt. „Es ist nur meine alte Malaria", antwortete er. „Keine Sorge, Marcus! Ich sterbe noch nicht. Diese meine Augen werden dich noch als erwachsenen Mann sehen, mit Weib und Kindern neben dir."

Traurig blickte Marcus in die fiebrigen Augen. Und dann sah er darin die gegen den Körper ankämpfende Willenskraft. Sein Jammer wich. Wenn der Vater zu leben wünschte, würde er weiterleben. Im Gefühl, daß ihm Schuld und Strafe erlassen waren, erzählte Marcus von seiner Schule.

„Wir werden dich bald herausnehmen", erklärte Tullius. „Wir brauchen neben Archias noch einen zweiten Hauslehrer für dich. Du mußt mit dem Rechtsstudium anfangen."

Er redete in heiterem Ton. Er sprach nicht vom Krieg oder von der wirtschaftlichen Lage der Familie. Er hielt die Hand des Sohnes in seinen fieberheißen, skelettgleichen Fingern und malte die ruhmvolle Zukunft seines Ältesten aus, auf den die Familie stolz sein werde. An die bedrängte Lage seines Landes schien er gar nicht zu denken. Er lebte seit jeher in einer sehr engumgrenzten Traumwelt, aus der ihn nur manchmal der Großvater wachrüttelte.

Plötzlich aber flüsterte Tullius kaum vernehmlich: „Am liebsten wäre ich überhaupt nicht zur Welt gekommen."

Marcus mußte daran denken, was die Mutter über den Tullius von einst gesagt hatte: ‚Er war wie ein junger Apollo.' Jetzt hatte der Vater wirklich etwas unirdisch Leuchtendes, der grobmateriellen Welt Entrücktes, etwas Beflügeltes: Abstand wahrend und nicht greifbar.

Er sehnt sich nach einer geliebten göttlichen Heimat, die nur er selber kennt, dachte Marcus mit tiefer Einfühlung. Alle diese höheren Sphären, auch Noahs Messias-Weissagungen und seinen eigenen Besuch am Altar des Unbekannten Gottes, hatte Marcus vergessen gehabt. Und warum? Wegen eines Mädchens mit herbstlaubfarbenem Haar und herbsthimmelblauen Augen! Irgendwo, irgendwann, dachte er, habe ich den wahren Weg verloren. Aber den Wunsch seines Vaters, aus dieser Welt zu scheiden, konnte er trotz allem nicht verstehen.

Er blickte den Vater wieder an, der plötzlich, mit einem Lächeln auf den Lippen, in einen totenähnlichen Schlaf gefallen war. Schweren Herzens blies Marcus die Lampe aus, zog dem Vater die Decke über die dünne, nur von einem Leinenhemd bedeckte Brust und verließ den Raum, nachdenklich und verzagt. Er ging zu Archias, der wohlgelaunt über seinen Büchern saß.

„Aus dem Italischen sind ungünstige Nachrichten eingelangt'', sagte er, als berichte er etwas Angenehmes.

Marcus wurde ärgerlich. „Freust du dich darüber?'' fragte er.

Archias schmunzelte. „Soll ich mich über Roms Schwierigkeiten kränken?'' erwiderte er. „Ach, innerhalb seiner Stadtmauern wird Rom nicht von den ‚Barbaren' überrannt werden! Es wird weiterleuchten, aber mit dem phosphoreszierenden Schimmer eines verwesenden Leichnams. Der Mensch ist zwar ein bedauernswerter Schlucker, aber zugleich das lächerlichste aller Geschöpfe. Kannst du dich nicht auf die Zuschauerrolle beschränken, mein lieber Marcus? Schau, das Leben ist die gefährlichste aller Erfahrungen, die Welt der bedrohlichste aller Aufenthalte und der Mensch das verderbenbringendste aller Wesen. Betrachter zu bleiben, ist die Quintessenz aller Weisheit. Sich nicht in die Dinge hineinziehen zu lassen, ist die klügste aller Verhaltensweisen.''

„Du hast dich nie in die Geschehnisse hineinziehen lassen?''

„Nie'', beteuerte Archias nachdrücklich. „Ich bin immer abseits gestanden. Ich liebe Dichtkunst und Philosophie. Aber selbst über diese Betätigungen muß ich lächeln. Sie sind Versuche der Menschen, mit dem, was ihnen für immer verborgen bleiben wird, Verbindung aufzunehmen. Grübelt der Adler oder der Löwe darüber nach, woher er gekommen ist und wohin sein Weg führt? Bemüht sich die Maus, durch Meditation Lebensrätsel zu lösen? Fragt die Blume danach, was jenseits der Sonne liegt? Nein, sie freuen sich ihres Daseins, wie ich es tue. Sie nehmen die Dinge, wie sie sind. Sie fürchten weder Leben noch Tod. Sie sind klüger als wir.''

„Einmal hast du gesagt, Archias, es sei grundsätzlich unmöglich, eine Frage zu stellen, auf die es keine Antwort gibt. Das Auftauchen der Frage allein setze schon das Vorhandensein einer Antwort voraus.''

„Da muß ich eine metaphysische Anwandlung gehabt haben'', meinte Archias. „Du darfst nicht alle meine Aussprüche auf die Goldwaage legen, besonders nicht, wenn mein Magen in Unordnung ist, was der Fall gewesen sein muß, als ich diesen Unsinn sagte. Aber jetzt zu unserer Arbeit! Was hat dir dieser Tölpel von Pilo heute vorgeschwatzt?''

„Er weiß, daß ich Anwalt werden soll. Und darum hat er die Bemerkung gemacht, Gesetze dürften nicht starr, unabänderlich sein, sondern müßten mit der Entwicklung des Menschen Schritt halten.''

„So eine Sophistik!'' rief Archias. „Entwickelt sich denn der Mensch? Nein. Sein Charakter ist überhaupt das einzig Konstante in seinem Leben. Er macht Erfindungen; er baut immer größere Städte. Er setzt Regierungen ein. Er schwelgt in Trugbildern einer Entwicklung. Er bildet sich ein, bloße Bewegung sei Fortschritt und bloße Tätigkeit sei Veränderung. Wenn er läuft, glaubt er, nicht nur weiter, sondern auch höher zu kommen. Aber sich selber kann er nicht entrinnen, mag er auch noch so laut schreien und immer neue Umwelten aufsuchen. Deshalb sind Gesetze, die sich auf sein Trugbild einer Entwicklung gründen, lächerlich. Er wird Neuerungen erzielen; aber diese Neuerungen sind, trotz aller prahlerischen Anpreisungen, nicht weiser. Er eilt von Meinung zu Meinung; er wechselt seine Götter und gibt ihnen andere Namen. Immer und ewig jedoch bleibt der Mensch der gleiche. Auf diese Wahrheit müssen Schaffung und Handhabung der Gesetze sich gründen."

Marcus hörte aufmerksam zu. Dann sagte er: „Noah ben Joel erzählt von einem Messias der Juden, der die Herzen der Menschen ändern werde."

Archias machte eine überlegene Geste. „Ach, diese Juden! Wo ist denn ihr fabelhafter Messias? Warum läßt er so lange auf sich warten? Wenn er, was ich bezweifle, kommt, wird er vielleicht die Menschen verstehen. Aber ändern wird er sie wohl auch nicht können."

Marcus hatte an diesem Abend viele Aufregungen durchgemacht und verspürte jetzt Kopfweh. Er wurde so zerstreut, daß Archias ihn ungeduldig entließ. Er ging in seine Schlafkammer und legte sich hin, konnte aber nicht schlafen.

Unbehaglich wälzte er sich hin und her und horchte auf den starken, unaufhörlichen Großstadtlärm. Er dachte an die weltweiten Gebiete, an die unzähligen Völkerschaften aller Rassen und Zungen, die diese Stadt sich untertan gemacht hatte. Er dachte an Roms ständig wachsende Macht. Und doch, während die Hauptstadt gegen die Italiker Krieg führte, regte es sich außerhalb von Italien überall bei den unterjochten Völkern. Sie hofften, das Gefieder des Adlers würde zerfetzt, sein Kopf verletzt werden, so daß sie dem Kurzschwerte und der eisernen Faust, die sie niederhielten, entkämen. Überall betrachtete man erwartungsvoll die auf unzähligen Stadtmauern und abgelegenen Festungen wehenden römischen Fahnen; man schürzte die Lippen; man verfluchte im stillen die Rutenbündel. Die römischen Legionen, die allerorten marschierten, sahen sich haßvollen, feindseligen Blicken ausgesetzt. Schon lagen die Schakale auf der Lauer, um sich, sollte Rom schwach werden und zerfallen, auf seine wunden Glieder zu stürzen.

Wohl hatte Rom in die eroberten Länder sein fremdes Recht, seine fremden Sitten und fremden Götter gebracht. Aber die Justiz war, mochten auch die Steuern immer drückender werden, ziemlich gerecht. Die Statthalter der Provinzen waren verhältnismäßig ehrenhaft, wenn man den auf sie ausgeübten Druck und die großen, ihnen von Fürsten und Häuptlingen und Steuereinnehmern angebotenen Bestechungssummen in Betracht zog. Rom hatte einer von ständigen Kriegen geplagten Welt Frieden gebracht – einen fragwürdigen, aber immerhin einen Frieden. Das

Kurzschwert war verhaßt; doch es hielt Gesetz und Ordnung aufrecht. Rom war weise genug gewesen, seine Götter den unterworfenen Völkerschaften nicht aufzuzwingen. Rom war klug genug gewesen, sogar fremden Gottheiten eine gewisse Ehre zu erweisen und viele davon in sein eigenes Pantheon aufzunehmen.

Alles in allem hatte es ja im ganzen Verlauf der Geschichte bisher keinen vergleichsweise so milden Herrscher gegeben. Die römische Leidenschaft für Rechtlichkeit hatte große Menschenmengen aus ständiger Drangsal befreit. Wenn jedoch unterworfene Völkerschaften aufbegehrten, bekamen sie die zermalmende Wucht der römischen Faust zu spüren. Die Römer fanden das als die einzig vernünftige Methode. Sie betrachteten auch Nationalstolz und Vaterlandsliebe in eroberten Ländern als verwerflich, weil solche Gefühle der ‚Pax Romana' abträglich waren. Die Welt war römisch. Wehe, wenn sie von eigener Herrschaft, eigener Unabhängigkeit zu träumen begann! Was hatte Unabhängigkeit diesen Völkern früher eingebracht? Nichts als Kriege, Machtkämpfe zwischen ehrgeizigen Rivalen, Zerstörung, Chaos.

Marcus lag auf seinem harten Bett und überlegte das alles. Er dachte über den mit kalter Unbarmherzigkeit erzwungenen Frieden innerhalb des römischen Machtbereiches nach. Das war doch naturwidrig! Völkerschaften konnte man nicht zusammenschweißen wie Metallstücke! Sie bestanden aus Menschen von jeweils anderer Rasse oder doch mit jeweils anderen Sprachen, Sitten und Göttern. Sie hatten ein Recht auf ihr Land, und nur sie hatten dieses Recht. Im Namen des Friedens und im Namen seines Weltreiches vernichtete Rom Eigenständigkeit und Andersartigkeit. Aber die Menschen wurden weiterhin mit ihren voneinander abweichenden Körpern und Seelen geboren. Es war eine wahnwitzige, unnatürliche Utopie, daß alle Menschen eine einzige Regierung haben und ausschließlich von ihr Recht empfangen und ausschließlich an sie Steuern zahlen sollten. Schon bisher waren zahlreiche Weltreiche, das hellenische inbegriffen, an der Unnatürlichkeit dieser Utopie gescheitert. Was hatte Noah ben Joel ihm aus den Schriften der Juden zitiert? Daß Gott, als er die Menschen in Völker schied, deren Grenzen nach ihrer Zahl festsetzte und daß daher kein Volk wider das andere ein Schwert aufheben solle.

„Eines kannst du als sicher betrachten", hatte Archias ihm einmal gesagt. „Die Menschen lernen nichts aus der Vergangenheit. Sie trotten die alten Pfade zum Untergang, taub gegen alle Warnungen."

Und heute, da auf italischem Boden ein Bruderkrieg tobte, hofften und beteten die besiegten Völkerschaften, sie mögen befreit werden von Roms bürdevollem Frieden und seinen Steuern und seinen fremdartigen Gesetzen.

Marcus geriet in immer unbehaglichere Überlegungen. Wurde er mit solchen Gedanken seinem eigenen Vaterlande untreu? Er stand auf, entzündete seine Lampe an der einzigen im Korridor brennenden und blickte dann in die Flamme, unschlüssig, unruhig. Er war stolz auf seine Heimat. Aber andere Menschen hatten auch das Recht, auf ihre Heimat stolz zu sein und ihre eigenen Gesetze zu behalten.

Vom vielen Nachdenken brummte ihm der Kopf und tat noch mehr weh. Archias — so überlegte er weiter, als ihm die Aussprüche seines Lehrers einfielen — hatte eine geringe Meinung vom Menschengeschlecht. Für ihn waren die Menschen belustigend böse, durch und durch böse; am ärgsten seien sie, wenn sie sich tugendhaft stellten. Dennoch mußte, so sagte Marcus sich, einige echte Tugend im Römer wohnen. Er hatte auch großherzige Anwandlungen, nicht nur grausame. Er baute Krankenhäuser für die Armen und die Sklaven. Durch verschiedene Gesetze schützte er die Sklaven, so daß sie nicht mehr wie bei den Griechen bloße Sachen waren. Auch wenn er selbst lügenhaft und ungerecht war, empfand er eine unausrottbare Ehrfurcht vor Wahrheit und Gerechtigkeit. Auch wenn er selbst oft tugendlos war, achtete er Tugendhaftigkeit.

Marcus entdeckte, daß er in dem zugigen Atrium stand, und fragte sich, wie er hierher gekommen sei. Kein Sklave schlief mehr im Flur. Marcus öffnete das starke Eichenholztor, und die kalte Februarbrise blies durch sein Wollhemd. Doch er trat ins Freie und blickte auf die Stadt hinunter. Die meisten Römer gingen früh zu Bett; aber noch waren Nachtschwärmer genug auf den Straßen. Das dumpfe Rattern eiliger Wagen drang mit metallischem Räderrollen an sein Ohr. Im Dunkel schien die Stadt von einer riesigen Feuersbrunst erfaßt, weil die an den Hausmauern befestigten Fackeln ihren Schein auf Meilen hin zu einem bewegten Flammenmeer vereinten. Dazu schwankten überall noch Laternen. Und der tiefhängende Winterhimmel warf den Feuerschein zurück. Die ziehenden Nebel trugen nahe und ferne Rufe, Lachen und laute Stimmen mit sich. Marcus schloß wieder das Tor.

Er stand eben am Vorhang seiner Schlafkammer, als er ein heiseres Stöhnen hörte. Er blieb stehen und spitzte die Ohren. Wieder ertönte das Stöhnen, dann ein schwacher, erstickter Schrei. Marcus' erster Gedanke war der Vater, und er schrak heftig zusammen. Als er jedoch zum Schlafraum des Vaters kam, vernahm er nichts als unruhiges Atmen. Plötzlich wurde das Stöhnen wieder lauter, gequälter, und Marcus lief durch den kalten, schmalen Flur zu Großvaters Zimmer.

„Großvater?" fragte er leise.

Der alte Mann schrie auf, und Marcus riß den Vorhang beiseite und trat in den Schlafraum. Drinnen war es stockfinster. Marcus eilte zu seiner eigenen Kammer und holte seine Lampe. Er hielt sie über dem alten Manne hoch.

Noch hatte er nie das Antlitz oder den Schatten des Todes gesehen. Aber hier saß ein Mensch aufrecht im Bett, hielt seine Kehle umfaßt, und seine Augen rollten wild in dem unsteten, schwachen Licht. Ihr Blick fiel auf Marcus. Dann schluckte der Greis krampfhaft, und sein grauer Bart zuckte. Seine Hände sanken herab.

„Ich sterbe", flüsterte er mit ganz dünner Stimme.

„Nein!" rief Marcus entsetzt und schrie laut nach Phelon, dem Arzt, der in der Nähe schlief. Phelon stürzte nackt und verschlafen in den Flur und blinzelte in die Lampe.

„Hilf hier!" stammelte Marcus.

XII

Die Trauerzypresse stand am Tor des Cicero-Hauses.

„Du bist erst sechzehn, Marcus", sagte Helvia, deren rundes Gesicht ernst und blaß war. „Erst in sieben Wochen wirst du die Mannestoga anlegen. Aber jetzt mußt du die Pflichten des Familienoberhaupts übernehmen. Es ist sonst niemand da."

Für einen jungen Mann, dessen stilles Leben bisher nur selten von Leidenschaft oder Zorn beunruhigt worden war, der in einer friedvollen Familie ein wahrhaft bukolisches Dasein geführt hatte, voll Liebe und ohne wirkliche Obliegenheiten, erschien die neue Lage erschreckend. Er hatte weder die Angst und Aufregung jener Leute durchgemacht, die vom Kriege betroffen waren oder Soldaten unter ihren Angehörigen hatten, noch die Kümmernis jener, deren Lebensunterhalt bedroht war, noch auch die Ehrgeizeleien, Intrigen und Protokollsorgen der Patrizier. ‚In jeder Hinsicht', schrieb er viel später, ‚waren meine Jugendjahre der goldene Mittelweg der Griechen, ohne alle besonderen Höhen oder Tiefen. Aber glücklich bin ich darüber nicht. Erfahrung formt den Mann, und nur im Feuer wird das Metall geschmiedet. Der träge Flußlauf führt durch friedliches Land; aber er tanzt nicht in lebhaften Wirbeln, springt nicht jugendlich keck über Steine und Felsen. Ohne Ungestüm hat er kein Leben. Er stagniert.'

Marcus konnte um seinen Großvater nicht weinen; er schien wie gelähmt, vermochte es nicht zu fassen, daß ein so reger, so achtunggebietender Mensch nie mehr zu hören sein, nie mehr jungen Leuten helfen oder raten sollte. Er war ein wenig aufgebracht gegen seinen Vater, der die Decken über den Kopf zog und wie ein Kind weinte, weil die Familie nun dem Verderben preisgegeben sei. Als Marcus ihn besuchte, streckte der Vater ihm hilfeheischend eine zitternde, magere Hand entgegen. Es kostete dem innerlich aufgewühlten jungen Mann einige Überwindung, diese Hand zu ergreifen, die jetzt die Stütze der Familie hätte sein sollen. „Wäre doch ich gestorben statt des Vaters!" jammerte Tullius. Und in seiner Verwirrung und Bedrängnis bot Marcus diesem Wunsche manchmal Widerhall.

Der junge Quintus sah den älteren Bruder mit der dem Familienhaupt schuldigen Hochachtung an. Die Sklaven ordneten sich ihm unter. Archias hütete ihm gegenüber eine Zeitlang seine Lästerzunge. Helvia beobachtete ihn scharf und wartete zu. Und er wußte nicht, was er zuerst tun sollte. Seinem tiefen Schmerz durfte er nicht nachgeben, weil die Familie auf ihn blickte.

Der Großvater war in seinen Armen gestorben, und erst in diesem Augenblick hatte Marcus erkannt, wie sehr er den alten Mann liebte, diese mächtige, inmitten junger Schößlinge aufragende Eiche, deren Stamm und Astwerk sie vor heftigen Winden geschützt, deren Laubkrone sie gegen die dörrende Sonne abgeschirmt hatte. Jetzt lag die Eiche gefällt, und die Schößlinge standen schutzlos. Lange Zeit rief Marcus, wenn er erwachte, mit lauter Stimme: „Das kann doch nicht sein!"

Das beklemmende Totenritual mußte abgewickelt werden: Opfer, Tempelbesuche, Gebete für die schlichte, tugendhafte Seele des Verstorbenen, Beteilung der Armen mit Geld zu seinen Ehren, Gaben für die Andachten der Vestalinnen, Entzündung von Kerzen bei Sonnenuntergang, Geldgeschenke an die Sklaven für ihre Gebete und ihre Pflichterfüllung, die Begrüßung von Trauergästen, die geduldige Entgegennahme von Beileidsbekundungen, das Anhören des von Anwälten feierlich vorgetragenen Testaments und vor allem die Bestattung des knorrigen, mächtigen Körpers. Der Mensch verschwindet nicht einfach mit seinem Tode.

Klugerweise half Helvia ihrem Sohn in keiner Art, beriet ihn nicht einmal. Er war jetzt ein Mann und mußte die Mannespflichten übernehmen. Helvia war eine Römerin vom alten Schlag. Je rascher ein Jüngling zum Manne wurde, desto besser. Sie legte bloß ihre Bücher vor ihn hin und erklärte ihm deren Bedeutung; im übrigen verwies sie ihn an die Anwälte und Bankleute. Marcus wollte sich öfter an sie wenden; aber ihre ruhige, gesetzte Miene mahnte ihn, daß er kein Kind mehr war und alles selbst erledigen mußte.

Zuerst fühlte er sich unsicher und schwach. Aber es erging ihm wie dem aus der Puppe hervorbrechenden Schmetterling, dessen anfangs feuchte Flügel rasch erhärten und erstarken müssen, weil er sonst bald die hilflose Beute eines Feindes würde. Marcus fand keine Zeit zur Trauer, zum Selbstmitleid. Die Tage reihten sich vor ihm auf wie dräuende Mauern oder vorrückende Heere; er mußte mit ihnen fertig werden. Der großen Probleme wurde er leichter Herr, weil ihn dabei Anwälte und Bankleute berieten; die kleinen Schwierigkeiten quälten und ärgerten ihn. Selbst gegenüber den willigsten Sklaven verlor er die Geduld. Er, der selten eine Entscheidung getroffen hatte, mußte nun alle Entscheidungen treffen.

„Ich habe die hilfloseste Familie, die man sich vorstellen kann", rief er einmal seiner Mutter zu.

Helvia lächelte bloß. „Gedachtest du ewig ein Kind zu bleiben?" fragte sie.

Das Testament des Großvaters war im Grunde recht einfach. Der Ertrag aus den Kapitalsanlagen gehörte Tullius; jedoch wurde Marcus als der älteste Sohn zum Erben eingesetzt. Das Haus war in liebevoller Weise an Helvia vermacht. Quintus erhielt als künftiger Soldat die Kriegsandenken des alten Mannes, sein geliebtes Kurzschwert, seinen Schild, seine Rüstung, seine Marsbüste, den seine Tapferkeit vor dem Feinde erwähnenden Tagesbefehl, seine Auszeichnungen. Den älteren Enkel hatte der Großvater zum Testamentsvollstrecker bestellt und ihm auch die Insel bei Arpinum hinterlassen.

Zum erstenmal gab Helvia einen Rat. Wer wisse, was mit dem Familiengut auf der Insel geschehen sei? Nach dem Mißlingen vieler Veranlagungen brauche die Familie Geld. Wann würden sie auf die Insel zurückkehren können? Der Krieg könne sehr lange dauern. Die Kriegsbesteuerung des Grundbesitzes sei hoch und werde noch steigen. Marcus solle die Insel verkaufen.

„Nein", sagte Marcus.

Helvia preßte die Lippen aufeinander.

„Wir werden dorthin zurückkehren", erklärte Marcus. „Irgendwann müssen auch Kriege enden."

Zum erstenmal bemerkte Helvia, daß Marcus stark vorspringende Augenbrauenwülste hatte, und für einen erstaunlichen Moment war es ihr, als blickte aus den Augen ihres Sohnes, die doch von ihr Farbe und Gestalt hatten, der Großvater selbst sie an.

„Ich werde seine Aschenurne auf die Insel bringen und dort, in seinem geliebten Heimatboden, beisetzen", fuhr Marcus fort. „Vorläufig müssen wir, um die Steuern aufzubringen, möglichst sparsam leben. Merkwürdig, daß die Mächtigen von den Steuerlasten unberührt scheinen und sogar in Kriegszeiten gedeihen! Nicht wahr?"

„Sie haben Senatoren zu Freunden", meinte Helvia. „Die rücksichtslosen und korrupten Elemente werden nie so stark belastet wie die verantwortungsbewußten und rechtlichdenkenden."

„Das war nicht immer so", erwiderte Marcus. „Unsere Geschichte lehrt, daß unter einer anständigen, gerechten und ehrenhaften Staatsführung die Steuern niedrig sind. Aber wenn die Regierung nur nach Macht strebt, wird sie zerstörerisch, zügellos und gewalttätig; um Stimmen zur Aufrechterhaltung der eigenen Macht bezahlen zu können, wird sie zum Wucherer, der Unschuldigen das Brot vom Munde reißt und Ehrenmänner ihrer Habe beraubt."

Er sprach darüber mit Archias, der achselzuckend und spöttisch lächelnd bemerkte: „Jetzt muß ein jeder sich für Politik interessieren. Wer mit hochtrabenden Worten geizt, dem wird Mangel an Vaterlandsliebe und an Redlichkeit bescheinigt. Schon Perikles hat erklärt: ‚Von einem Manne, der sich für Politik nicht interessiert, sagen wir nicht, er kümmere sich um seine eigenen Angelegenheiten. Wir sagen, er kümmere sich um überhaupt nichts in der Welt.' "

Marcus entdeckte, daß Joel ben Salomo, der Vater seines jüdischen Freundes, Finanzberater seines Großvaters gewesen war. Deshalb besuchte er den Mann, an dessen üppiger Tafel er schon oft gegessen hatte und für den er kindliche Verehrung hegte. Joel, Vater mehrerer inzwischen gut verheirateter Töchter und eines ihm unverständlichen Sohnes, empfing ihn freundlich in seinem Kontor auf dem Forum. Sein grauer Bart, seine klugen, strahlenden Augen erinnerten Marcus an den Großvater, und zum erstenmal seit dessen Tode kamen ihm die Tränen.

Joel schien nachzufühlen, was in dem jungen Mann vorging. Er saß geduldig an seinem Ebenholztisch und betrachtete den Besucher mit väterlichem Blick. Schließlich sagte er: „Dir habe ich es zu verdanken, Marcus, daß mein Sohn sich nun für religiöse Dinge interessiert. Damit hatte ich gar nicht mehr gerechnet." Er lächelte wohlwollend. „Jetzt hoffe ich auch, daß er in mein Kontor eintreten wird", fügte er hinzu.

Als Marcus heimkam, eröffnete er seiner Mutter, der ohnedies schon sehr bescheidene Haushalt müsse noch weiter eingeschränkt werden.

Betroffen senkte Helvia den Kopf. „Sag mir", fragte sie, „war ich je verschwenderisch? Steht mir eine Sklavin zur Verfügung, die nichts zu tun hat als mich nach dem Bade zu salben und zu frisieren? Habe ich drei Köchinnen in der Küche? Ich selber bin die Köchin, mein lieber Sohn. Sind meine Kleider prunkvoll, meine Schuhe mit Edelsteinen besetzt? Trage ich teure Halsketten oder Ohrringe? Die paar Sklaven, die wir haben, brauchen wir; außerdem sind sie alt und schon viele Jahre in unserem Dienst. Sollen wir diese armseligen, bejahrten Diener verkaufen? Wer nimmt sie uns ab? Sollen wir ihnen die Freiheit geben und sie auf der Straße verhungern lassen? Ihre Manen würden uns verfluchen. Sag mir doch, was wir tun sollen!"

Marcus zögerte. „Da ist das Honorar des Archias", sagte er schließlich. „Diese Ausgabe können wir uns nicht mehr leisten."

„Sokrates hat gesagt, daß ein Mensch für die Welt nur Wert hat, wenn er gebildet ist", gab Helvia zu bedenken.

„Quintus ist keine Gelehrtennatur", erwiderte Marcus. „Er verabscheut Bücher. In Pilos Schule kostet er nur die Hälfte des Honorars, das Archias bekommt."

Helvia wartete, während Marcus, innerlich zusammenschrumpfend, zu Archias ging, um ihm seinen Entschluß mitzuteilen.

Der Grieche hörte schweigend zu. Dann sagte er: „Dein Vater hat mich alle diese Jahre freigebig entlohnt, und ich habe — bis auf den Wein, den ich mir selber kaufe — wenig Bedürfnisse. Außerdem ist meine Eunice für deine Mutter unentbehrlich. Ich besitze Ersparnisse; da ich das menschliche Schicksal kenne, habe ich mein Geld in sicheren Werten angelegt. Gestatte mir also, mein lieber Marcus, daß ich ohne jedes Honorar weiter bei euch bleibe. Ich habe kein anderes Heim." Er zögerte. „Wenn meine geringen Ersparnisse dir in dieser Krise von Nutzen sein können, so stehen sie dir zur Verfügung."

Zum zweitenmal an diesem Tage kamen Marcus die Tränen. Er fiel seinem Lehrer um den Hals. „Bleib also bei mir, mein teurer Archias!" sagte er.

„Na, na", wehrte Archias ab. Seine Stirn legte sich in Falten. „Nimm Quintus, diesen liebenswürdigen Dummkopf, aus Pilos Schule! Ich werde ihn unentgeltlich unterrichten, obwohl mir, offen gestanden, davor graut. Aber er hat viel Frohsinn, und das ist eine nicht zu verachtende Eigenschaft. In ein paar Jahren wird er zum Militär gehen, was ich schon jetzt mit frommer Dankbarkeit begrüße."

„Und ich mache mich in ein paar Wochen an das Rechtsstudium", erklärte Marcus. „Zu Pilo brauche ich nicht mehr zu gehen. Er hat mir schon alles beigebracht, was er weiß."

„Und das ist nicht übermäßig viel", fand Archias.

Beträchtlich erleichtert kehrte Marcus zu seiner Mutter zurück. Sie zeigte sich nicht erstaunt und lächelte bloß. „Ohne Eunices Hilfe", sagte sie, „könnte ich auf die Dauer unmöglich für die Bekleidung aller Hausgenossen vorsorgen. Ich habe vermutet, daß Archias sich so entscheiden würde."

„Trotz dieser günstigen Lösung müssen wir noch, wie beim Rübenschälen, das Messer zu einem tiefen Schnitt ansetzen", erklärte Marcus und setzte sich wieder zur Mutter.

„Ich habe einen Plan", eröffnete ihm Helvia. „Wir werden dich mit einem reichen Mädchen verloben, das dir eine ausgiebige Mitgift einbringt. Ich habe da eine bestimmte Person im Sinn — Terentia."

Zum erstenmal seit dem Tode des Großvaters gab Marcus dem Gedenken an Livia Raum. Die Erinnerung, die in seinem aufgewühlten Geist wie ein dumpfer Schmerz geschlummert hatte, flammte nun heftig auf. „Nein!" rief er.

„Warum nicht?" fragte die Mutter gelassen. „Sie zählt zwölf Jahre, ist also im Verlobungsalter. Sehr stattlich sieht sie ja nicht aus; sie ist die einzige Tochter in der Familie, bis auf eine nicht zählende Halbschwester. Wenn nach deiner Einkleidung in die Mannestoga auch nur das Gerücht von eurer Verlobung aufkommt, wird es uns Segen bringen. Heiraten könnt ihr dann so in zwei Jahren."

„Nein!" wiederholte Marcus sehr betont.

Die Mutter musterte ihn befremdet. „So heftig brauchst du nicht zu werden. Denkst du denn noch immer an Livia? Sie heiratet, wie ich von Aurelia, der Mutter des Gajus Julius, erfahren habe, in diesem Sommer den Lucius Catilina. Er ist inzwischen aus Griechenland zurückgekommen, angeblich, um sich seinem Vaterlande zur Verfügung zu stellen."

Marcus fühlte sich sehr elend. Er verschränkte krampfhaft die Hände auf den Knien und starrte vor sich hin. „Das tut nichts zur Sache", murmelte er schließlich. „Auch wenn sie einen anderen zum Manne nimmt, werde ich sie nie vergessen und nie eine andere Frau heiraten."

Helvia zuckte die Achseln. „Das wird sich ja zeigen", sagte sie nachdenklich. „Nach Griechenland, wie du es vorhattest, kannst du jetzt nicht reisen, Marcus. Militärische Talente hast du keine; der Heeresdienst ist nichts für dich. Ich habe es zuwege gebracht, daß du bei dem alten Scaevola, dem Augur und späteren Pontifex, Rechtswissenschaften studieren kannst. Das ist ein besonderes Entgegenkommen von ihm; diese Ehre verdankst du meinem Vater, der mit ihm befreundet ist. Allerdings ist er ein leidenschaftlicher Würfelspieler. Paß also auf, daß er dir nicht beim Würfeln dein Taschengeld abnimmt!" Wieder lächelte sie.

Marcus war zwar sehr beeindruckt von der Aussicht, bei Scaevola, dem berühmten alten Rechtslehrer, studieren zu können; aber die scherzhafte Bemerkung der Mutter vermochte ihm kein Lächeln zu entlocken. „Ich kann sie nicht vergessen", flüsterte er. „Beim Zeus, ich kann sie nicht vergessen."

„Du kannst das vom Schicksal Auferlegte tragen", sagte Helvia. „Mehr können auch die Götter nicht tun."

Quintus war froh über die Nachricht, daß er nicht mehr in die Schule zu gehen brauchte, obwohl es ihn um den Verlust seiner Klatschquelle leid tat. Das einzige, was er ernstlich bedauerte, war, daß er gerade jetzt, im Frühling, um die Leibesübungen in der Schule kam. „Und das Fechten?" fragte er Marcus.

Marcus hätte auf das Fechten in Hinkunft gern verzichtet; er beherrschte es ausgezeichnet, aber nur, weil er die Erlernung als Pflicht aufgefaßt hatte. Helvia jedoch erklärte: „Die Fechtschule müßt ihr weiterbesuchen. Was ist ein Mann, der sich nicht selber verteidigen kann? Außerdem würden unangenehme Redereien entstehen, wenn wir alle diese Dinge aufgeben."

Vom Süden her wehten nun milde Lüfte. Selbst in den belebtesten Straßen zwitscherten Schwalben, und auf jedem ungenutzten Fleckchen Erde öffneten sich die kleinen roten Mohnblüten. Helvia arbeitete mit

Eunice fleißig in ihrem Gärtchen, weil Gemüse in der vom Krieg bedrängten Stadt teuer war. Sie kaufte eine Ziege, die ihnen Milch gab und ein Zicklein verhieß. Oft sah Marcus jetzt die Mutter bei der Gartenarbeit, die Stola hoch um ihre festen Beine geschürzt, die bloßen Füße auf der warmen Erde, eine Haue in der Hand. Die goldhaarige Eunice tat mit. Eine alte Sklavin half ihnen und zwitscherte selbst wie eine Schwalbe dabei.

Von Marcus ließ Helvia sich nicht helfen. Er mußte seine Rechtswissenschaften studieren. Von ihrem Gatten sprach sie überhaupt nicht; er hatte sich wieder in seine Bücher und jetzt auch in seinen Kummer vergraben. Aber Quintus karrte nach seinen Unterrichtsstunden fröhlich Dung zu dem Gemüsebeet und werkte eifrig. Archias geruhte, Zwiebeln zu pflanzen. „Was ist ein Gericht ohne Würze?" philosophierte er, hingekauert, den hageren dunklen Kopf im Sonnenlicht scharf abgezeichnet.

Helvia griff ihre heimlichen Ersparnisse an, um für Marcus die Überreichung der Mannestoga entsprechend feierlich zu gestalten. „Ich habe mir ein bißchen Geld zurückgelegt", entgegnete sie auf seinen Einspruch gegen die Ausgaben. „Wegen des Krieges können wir ohnedies nicht so feiern, wie wir wollten; aber wir müssen tun, was wir können. Das sind wir unserem Rufe schuldig."

Seiner Mutter zuliebe tat Marcus so, als läge ihm an den Zeremonien. Der Vater kam matt und leblos aus seiner Bibliothek, begrüßte die Gäste und trank auf die Zukunft des Sohnes. Einen Augenblick lang dachte Marcus: Es ist doch unmännlich, sich so vom Leben und seinen Pflichten zurückzuziehen! Aber sofort erschrak er über diese Unfreundlichkeit seinem geliebten Vater gegenüber. Und dann kam ihm beschämend zu Bewußtsein, daß er sich über ihn seit dem Tode des Großvaters ärgerte, weil doch der Vater für seine Familie ein Hort der Zuflucht und des Trostes hätte sein sollen. Kein einziges Mal hatte er sich nach den Familienangelegenheiten erkundigt, sondern bloß einmal über die Minderwertigkeit des Weines geklagt, worauf Helvia gelassen entgegnete: „Wir können froh sein, daß wir wenigstens den haben."

„Ach ja, der Krieg!" hatte Tullius geseufzt. Aber er vergaß den Krieg, der ihn nicht interessierte, gleich wieder und beneidete seinen Vater, der alles überstanden hatte.

Marcus trug nun die Mannestoga; sie lag ihm bleischwer auf den Schultern. Ich habe in mir viel von meinem Vater, dachte er betrübt und fühlte sich wieder recht elend. Aber seine Studien begannen ihn voll in Anspruch zu nehmen. Von Sonnenaufgang bis Sonnenuntergang war er in seine Bücher und Aufgaben vertieft, so daß sogar der Schmerz um Livia nachließ.

Dann sah er sie eines Tages im Venustempel.

XIII

Späterhin schrieb Marcus über die Caesars: ‚Man wird sie als große Männer in Erinnerung halten. Aber niemand wird recht wissen, worin ihre Größe bestand. Ich glaube, das Rätsel gelöst zu haben: sie liebten ausschließlich sich selber. Nie vergaßen sie ihre Pflichten sich selbst gegenüber oder ihren eigenen Vorteil. Durch diesen Zauberkniff überzeugten sie jedermann, daß sie wahrhaft ungewöhnliche Menschen waren und Ehre und Liebe verdienten.'

Zu den Mächtigen waren sie schmeichlerisch, ehrerbietig, hingebungsvoll, opferfreudig, treu, diensteifrig. Zu Gleichstehenden waren sie freundlich und rücksichtsvoll, aber etwas zurückhaltend; stets angenehm und unterhaltsam; selten rechthaberisch, meist auch dann zustimmend, wenn sie anderer Meinung waren; liebenswürdig, ja scheinheilig; im Gespräch nicht eigensinnig, eher unaufrichtig; gewinnend und anpassungsfähig, aber durchaus unverläßlich, zugänglich für jeden Klatsch, den sie zu ihrem Vorteil wenden konnten, aber von Freunden und Nachbarn mit Bewunderung redend. Zu den unter ihnen Stehenden, die ihnen sehr anhingen, waren sie kühl, gebieterisch, anmaßend; solche Leute ließen sie die hohe Stellung der Familie spüren und taten, als wäre ein herablassendes Wort von ihnen eine göttliche Gnade. Und das Ergebnis dieser Haltung? Die Mächtigen, die ja stets Kriecherei lieben, mehrten das Vermögen der Familie; die Gleichstehenden waren bemüht, die ihnen entgegengebrachte Freundlichkeit zu vergelten, und die unter ihnen Stehenden wünschten sich nichts Besseres, als so vornehmen, derart die gewöhnlichen Menschen überragenden Leuten dienstbar zu sein.

‚Ihr Verhalten war hohe Kunst', schrieb Marcus einigermaßen wehmütig. ‚Es war nicht eine Kunst, die ich bewundere.'

Auch Helvia ließ sich von den Caesars nicht täuschen. Ihre dick aufgetragene Vornehmtuerei beeindruckte sie nicht; über ihre Umgänglichkeit machte sie sich lustig. Die Folge davon war, daß die aus geringerer Familie stammende Aurelia ihre große Freundin wurde. Auch nachdem die Caesars auf den Palatin übersiedelt waren, besuchte Aurelia ihre Freundin Helvia öfters, einfach deshalb, weil sie ihr gegenüber nicht bezaubernd, anmutig, unaufrichtig, liebenswürdig und auf ihrer Hut zu sein brauchte.

Aurelia hielt ihren Sohn Julius sehr kurz und ließ ihn nicht aus den Augen. Darum nahm sie ihn, wenn sie die Ciceros besuchte, immer mit, unter dem Vorwand, er hänge sehr an seinen früheren Spielkameraden. Marcus fand den jetzt zwölf Jahre alten Julius aufreizend belustigend. Quintus, der ihm sportlich überlegen war, hielt ihn — mit Recht — für einen Angeber. Julius redete begeistert vom Heeresdienst und behauptete, er würde einmal ein hoher Offizier werden. Aber er schonte sich sehr und siegte lieber durch Strategie als durch Körperkraft. Er war geschickt und wendig. Wenn Quintus ihn zum Ringen oder Boxen herausforderte, wich er regelmäßig aus. „Ich bin kein Gladiator'', pflegte er zu sagen.

Er war ein bezaubernder Plauderer; aber sogar der schlichte Quintus argwöhnte, daß vieles, was er von seinen Raufhändeln erzählte, frischweg erlogen war. Dennoch hörte er ihm mit Vergnügen zu. „Du bist ein Homer, Julius'', sagte er ihm einmal. „Aber erzähl nur weiter!'' Julius fühlte sich nicht gekränkt und bestand gar nicht darauf, daß er die Wahrheit rede. Für ihn war die Wahrheit etwas sehr Beengendes und oft Langweiliges. Sein lebhafter, einfallsreicher Geist, seine Erfindungsgabe ließen ihn die Wahrheit überspringen, wie man beim Laufen einen ungefügen Stein überspringt, der einem im Wege liegt.

Für Marcus allerdings empfand er eine so aufrichtige Zuneigung, wie sie ihm überhaupt möglich war, und zog seine Gesellschaft der des Quintus vor. Mit seinen zwölf Jahren hatte Julius den Geist eines Mannes, einen scharfen, oft verschrobenen Geist. Den Behauptungen des Marcus, er habe für Klatsch nichts übrig, schenkte er keinen Glauben. Was konnte interessanter sein als eine boshafte Geschichte über die Unzulänglichkeiten, Fehler und Missetaten eines anderen? Es gab kein anstößiges Stadtgerücht, das er nicht gekannt hätte, und es machte ihm Spaß, Marcus damit zu ärgern. Er dachte sich sogar selber solche Geschichten aus. Als er daher von Livias baldiger Heirat mit Lucius und von dessen Umgang mit willfährigen jungen Damen der römischen Gesellschaft erzählte, zweifelte Marcus diese Berichte über die Liebesabenteuer des Lucius an – war Livia nicht für jeden Mann genug? Julius hielt ihn für naiv. Dann aber gewahrte er mit der vielgerühmten Beobachtungs- und Einfühlungsgabe aller Caesars die plötzliche Blässe seines Freundes.

„Du kennst das Mädel?'' fragte er.

„Ganz flüchtig'', erwiderte Marcus kurz.

Julius seufzte. „Wenn ich älter wäre'', sagte er, „würde ich Lucius zur Rede stellen. Ich verachte ihn jetzt, obwohl er schon Zenturio ist. Ich würde ihn ins Gebet nehmen wegen der nicht minder tugendhaften als schönen Livia. Aber sie ist übrigens ein genauso merkwürdiges Geschöpf wie er. Die beiden sind Blutsverwandte.''

Das hatte Marcus nicht gewußt und war entsetzt darüber. „Wieso denn?'' fragte er.

„Es ist keine nahe Verwandtschaft'', antwortete Julius, über das plötzliche Interesse des Freundes belustigt. „Ich glaube, sie sind Vetter und Base im dritten Grade.''

Jetzt erinnerte Marcus sich, daß auch Lucius' Augen, gleich denen Livias, tiefblau waren, von so satter Farbe, daß sie die Augenhöhlen ganz zu erfüllen schien. Aber er dachte: Das gilt nur für Farbe und Aussehen der Augen. Der Blick ist nicht der gleiche!

Trotzdem war er beunruhigt. Nicht genug daran, daß er an die bevorstehende Heirat denken mußte; jetzt kam noch hinzu, daß die beiden — wenn auch noch so entfernt — verwandt waren! Ihm schien, als wagte eine profane Hand sich an einer Vestalin zu vergreifen. Da er wußte, daß Julius es mit der Wahrheit nicht genau nahm, erkundigte Marcus sich bei seiner Mutter. Sie überlegte und nickte dann: „Das stimmt, Marcus. Es ist mir bis jetzt nicht eingefallen, sonst hätte ich es dir gesagt. Du hättest dann das Mädel leichter vergessen. Die Catilinas haben ja alle übles Blut."

Aber Livia hat nichts Catilinarisches an sich! dachte er mit der für ihn bezeichnenden Hartnäckigkeit. Jetzt wußte er, wann die Hochzeit stattfinden sollte: es waren keine vier Wochen mehr bis dahin. Er hatte versucht, sich zu bescheiden, in seinen Familienpflichten und seinen Studien aufzugehen, und war wirklich dazu gelangt, Livia wenigstens für Stunden zu vergessen. Nun kehrte die Qual wieder.

Früh war diesmal die Sommerhitze über die Riesenstadt gekommen. Schwere Gewitter brausten über sie einher, gleichsam ein Widerhall der Kriegsstürme. Nie waren die engen Gassen so von Menschen verstopft und von Schweißgeruch erfüllt gewesen. Alle Farben schienen zu grell, vom schwelenden Blau des Himmels bis zum Rot, Gelb und Braun der hochaufragenden Gebäude, von den wimmelnden Plätzen bis zu den Tempeln, von den Hügeln bis zum Forum. Sonnenlicht glitzerte auf Rüstungen und Helmen der Soldaten. Die Wagen mußten oft lange, Rad an Rad, anhalten, während die Lenker wild fluchten und sich die schweißtriefenden Gesichter trockneten. Fahnen hingen schlaff von ihren Masten. Es gab keine verkehrslose Seitengasse, keinen leeren Hausflur, wo man hätte verschnaufen können.

Manchmal stand Marcus, schwer mit Büchern beladen, keuchend, ohne sich rühren zu können, im Menschengedränge, die Ohren halb taub von wilden Schreien und Flüchen, die Augen halb geblendet von heißem Sonnenlicht. Es war, als hätte die ganze Weltbevölkerung sich in Rom zusammengefunden. Vor dieser Menschenflut gab es kein Entrinnen. Sklaven forderten brüllend den Durchgang für die Sänften ihrer hinter vorsorglich geschlossenen Vorhängen sitzenden Herren und wurden mit einem Hagel von Verwünschungen empfangen. Hohe Beamte warteten auf schnaubenden Pferden, ein geduldiges Lächeln heuchelnd. Dann setzten sich die Reihen der Sänften, Wagen, Soldaten, Pferde und Fußgänger wieder in Bewegung, um an der nächsten Straßenkreuzung neuerlich zu stocken.

Die Eigentümer von Villen und Landgütern in der Umgebung konnten jetzt wegen des Krieges die Stadt nicht verlassen und trugen zu den

Menschenballungen ebenso bei wie die endlosen Scharen von Flüchtlingen und Soldaten. Die Lage wurde unerträglich. Das nie sehr duldsame römische Temperament schlug über alle Stränge. Die im Sommer stets stinkenden Gossen stanken jetzt ärger denn je. Rom war eine einzige übelriechende Wolke von Schweiß, Kot und Kehricht. Voll schmerzlicher Sehnsucht dachte Marcus an Arpinum.

Seit dem Tode des Großvaters hatte er seine Taubenopfer im Venustempel eingestellt, weil er die Hoffnung auf Livia verlor und innerlich zu bedrängt war. Eines Tages aber, als seine schwitzenden Beine mechanisch zusammen mit Hunderten anderer Beine durch die Straßen schritten – wenn der Verkehr sie schreiten ließ –, sah er den kühlen, dunklen, eine Zuflucht vor Hitze, Gestank und Gedränge verheißenden Eingang zu dem hübschen, säulengeschmückten Tempel. Marcus trat ein und atmete befreit auf. Auch der Tempel war nicht leer; in Friedenszeiten hätte man ihn als stark besucht empfunden. Im Vergleich mit der Straße jedoch war es hier still und fast verlassen. Marcus lehnte sich an eine weiße Marmorsäule, trocknete sich die Stirn und schob seine Bücherlast zurecht. Wohlig drang ihm die Kühle des Marmors in Rücken und Füße und der Weihrauchduft in die Nase. Er blickte auf die Statue der Göttin, und ihre erhabene, ruhige Schönheit besänftigte seinen Jammer. Kerzen brannten, und es roch nach Blumen.

Vor der Statue standen, mit flatternden Tauben in den Händen, viele verliebte oder verlobte Mädchen, betend, selbst wie Blumen. Verschiedenfarbenes Haar floß ihnen, von bunten Bändern gehalten, über die Nakken; ihre kleinen Brüste hoben und senkten sich unter den Gewändern. Neben den Mädchen standen, streng in ihre Mäntel gehüllt, die Anstandsdamen. Plötzlich fiel Marcus auf, daß im Venustempel immer die Weiblichkeit überwog. Die Bereiche der Männer, dachte er, waren eben Krieg, Geld, Ehrgeiz, Macht, Ruhm und Kampf; Liebe und Liebeslust waren für sie nur Tändeleien.

Und nun erblickte er unter den anderen Mädchen Livia, die auch ihre Tauben opferte.

Er hatte sie so oft im Schlaf und im Wachtraum gesehen, daß er auch diesmal an ein Trugbild dachte. Das Kerzenlicht flackerte auf ihren blassen Wangen und den erlesenen Gesichtszügen, in den Weihern von Blau, die ihre Augen waren, auf ihrem rötlichen, unter dem weißen Schleier herabwallenden Haar, auf ihrem hohen, jungen Busen unter dem gelben Gewand, auf dem weißen Gürtel um ihre Taille, auf den funkelnden Armbändern und dem glitzernden Verlobungsring. Sie schien völlig in ihr Gebet versunken. Sie preßte die Tauben an ihre Brust, und ihr Kinn hob sich über den flatternden Flügeln. Hinter ihr stand eine ältliche, schlicht, aber vornehm gekleidete Dame.

Marcus war es, als erstarre er selbst zu einer Statue. Aber er hörte ein starkes Dröhnen in seinen Ohren. Freude überstrahlte ihn wie ein jähes Aufleuchten. Dann begann er zu zittern und rasch zu atmen, als wäre er gelaufen. All die vergangenen trüben Monate fielen von ihm ab wie getrockneter Schlamm; die Wüste eines Lebens wurde Duft und Grüne. Hoffnung und Verheißung erblühten wieder auf den kahlen Felsen seines Daseins. Er glaubte, Musik zu vernehmen. Er hatte geduldet; er sah, wie leer und sinnlos dieses Dulden gewesen war. Er hatte gemeint, fast vergessen zu haben; er sah, daß sein Denken an Livia nur untergetaucht war. Er empfand sich selbst als reißenden Wildbach, der auf die Geliebte zustürzte, sie überschwemmte, sie mit sich riß.

Die Priester gingen mit Körben umher und sammelten von den Gläubigen die Tauben ein. Gedämpfte Lautenklänge erfüllten den Tempel, und leises Singen tönte. Die Mädchen und Frauen schickten sich an zu gehen. Marcus zog sich, wie Espenlaub zitternd, zur Vorhalle zurück und wartete. Ein Gewirr melodischer Mädchenstimmen brach plötzlich um ihn los; er musterte alle Vorübergehenden. Endlich erschienen Livia und ihre Begleiterin. Die Miene des Mädchens war feierlich und wie entrückt.

„Livia'', flüsterte Marcus. Sie hörte ihn nicht. Als sie knapp an ihm vorbeiging, rief er nochmals ihren Namen. Sie erschrak und blickte auf. Ihre Wangen wurden scharlachrot, ihre Lippen bebten, und ihre blauen Augen schimmerten. Sie zögerte. Er trat ganz an sie heran und flüsterte in beschwörendem Tone: „Livia!''

Er sah, wie sie kämpfte. Er erkannte, daß sie wortlos vorbeigehen wollte. So streckte er den Arm aus und berührte ihre Hand. Sie erschauerte und blieb, ohne ihn anzublicken, stumm stehen.

„Wer ist dieser freche Kerl?'' fragte die Begleiterin in barschem Ton. Ihr Blick streifte die einfache, schmucklose Kleidung des Mannes. „Wer ist dieser Sklave?''

„Er ist ein Bekannter von mir'', sagte Livia. Die Begleiterin starrte sie an, hob die Hand zum weißhaarigen Kopf und wölbte die Ohrmuschel. „Wie?'' fragte sie mit ihrer Papageienstimme.

„Meine Tante Melina ist schwerhörig'', bemerkte Livia zu Marcus, noch immer, ohne ihn anzusehen. Sie näherte ihre roten Lippen dem Ohr der Tante und schrie fast: „Ein Bekannter! Marcus Tullius Cicero!'' Die Vorübergehenden sahen die Gruppe neugierig an und machten einen Bogen um sie.

„Ich kenne keinen Cicero!'' schrie die Tante zurück. „Cicero! Kickerling! Was heißt denn das, Mädel?''

Livia sagte zu Marcus mit ruhiger, rascher Stimme: „Es tut mir leid ... daß dein Großvater gestorben ist. Es tut mir leid, daß ...'' Sie holte tief Atem, und jetzt waren ihre Augen von Qual erfüllt. „Halt uns nicht auf, Marcus! Rühr mich nicht an! Wir müssen gehen.''

„Livia!'' beschwor er sie.

„Was willst du denn von mir?" rief das Mädchen verzweifelt. „Was kannst du mir zu sagen haben? Es gibt nichts zu sagen, Marcus."

„Ich kann dich nicht vergessen. Ich lebe nur im Gedanken an dich", flüsterte Marcus. Die Tante zog das Mädchen am Arm. Ihre alten Augen hefteten sich zornig auf den zudringlichen jungen Mann.

„Es führt zu nichts, zu gar nichts", murmelte Livia. „Vergiß mich, Marcus!"

„Das geht über meine Kraft", beteuerte er. „Livia, sag mir, daß auch du mich in Erinnerung behalten hast, daß du an mich denkst!"

Er spürte, daß er vor Verzweiflung sterben würde, wenn sie ihn so entließe. „Ich komme oft hierher und bete zu Venus, sie möge sich unser erbarmen", sagte er. Seine Stimme klang heiser, gequält.

„Ich bete, daß ich Lucius liebgewinnen möge", erwiderte Livia. „Was vorbestimmt ist, muß geschehen. Nicht einmal die Götter können es abwenden." Jetzt blickte sie ihn finster an, als wollte sie ihm bedeuten, sie sei keine Magd, die mit einem Stallknecht durchgehen könne, die Anforderungen des Lebens seien unerbittlich.

„Sag mir wenigstens, daß du an mich denkst!" bat er.

In ihren Augen schimmerten plötzlich Tränen; ihre Lippen zuckten. Aber sie murmelte sehr gelassen: „Ich denke an meinen Verlobten, an Lucius."

„Livia!" rief er und faltete flehend die Hände.

Sie schloß die Augen, und ihr weißes Gesicht wurde starr vor Leid. „Ich bitte dich, Marcus", flüsterte sie, „geh jetzt!"

„Nichts ist unmöglich, solange wir leben", sagte er.

Livia raffte ihren dünnen Mantel, wandte sich ihrer Tante zu, die Marcus finster anstarrte, und nahm ihren Arm. Die beiden gingen an Marcus vorbei, ohne daß Livia ihn ansah. Eine Doppelsänfte erwartete sie unten. Sie stiegen ein, und die Sklaven trugen sie davon. Nicht einmal die Vorhänge lüfteten sich. Marcus sah der Sänfte nach, bis sie vom Verkehrsgewühl verschlungen wurde.

Er lehnte die Stirn gegen eine Säule und weinte, wie er seit dem Tode des Großvaters nicht geweint hatte. Nun wußte er, daß die Zyprische Göttin die mächtigste aller Gottheiten war, mächtiger noch als Jupiter. Die Zyniker und Skeptiker mochten spötteln oder witzeln oder lästern, Venus blieb unberührt davon, unsterblich, unüberwindlich.

Wäre ich nur reich und mächtig! dachte er in seiner Pein. Hätte ich bloß einen berühmten Namen! Aber ich bin nichts, nichts.

Wie betäubt von Qual ging er heim. Er sah nichts anderes als Livias blaue Augen.

XIV

Zu Hause beachtete man seine Verstörtheit nicht, da der Vater wieder einen Anfall seiner überhandnehmenden Malaria erlitten hatte. Helvia war eben aus einem der drei Tempel der Febris, der Fiebergöttin, gekommen und bereitete in der Küche eilig das Abendessen. Quintus hockte unglücklich über seinen Büchern. Nur Archias bemerkte, welche Miene Marcus machte.

„Wie geht es dem ehrenwerten Scaevola?'' fragte er im Atrium, während er angestrengt nachdachte, was den jungen Mann so durcheinandergebracht haben mochte.

„Ich habe ihn heute nicht gesehen. Er hatte die Zimmermannszunft gegen Anschuldigungen des Senats wegen angeblicher Überpreise bei Staatslieferungen zu verteidigen'', antwortete Marcus zerstreut. „Auch andere ähnliche Verfahren waren anhängig, darunter gegen die Harnischmacher und die Schuster. Preiswucher bei Regierungsaufträgen in Kriegszeiten.''

„Da die Regierung fast alle Bürger bewuchert, geschieht ihr nur recht, wenn man den Spieß umdreht'', meinte Archias.

Marcus versuchte zu lächeln. „Scaevola sagt, das Gesetz sei ein Esel, auf dem nur die Regierung reiten dürfe'', bemerkte er.

„Und wer hat gewonnen bei diesen Prozessen?'' erkundigte sich Archias.

„Scaevola.'' Jetzt lächelte Marcus wirklich. „Er hat Geheimdossiers über alle Senatoren, die meisten Tribunen und viele Konsularen. Deshalb horcht man sorgfältig auf seine Ausführungen. Die Zimmerleute, Harnischmacher und Schuster wurden freigesprochen. Nachher hat Scaevola sie gewarnt, sie sollten eine Zeitlang weniger geldgierig sein. Wie gewöhnlich hat er freigebige Geschenke erhalten.'' Marcus hielt inne. „Er braucht den Senatoren nur fest in die Augen zu schauen, und schon ducken sie sich.''

„Solche Aufzeichnungen über die Mächtigen sind allerdings für einen Advokaten von großem Vorteil'', bestätigte Archias. „Du meine Liebe! Ein biederer Anwalt, der sich auf die biederen Gesetze verließe, müßte mangels Klienten verhungern. Er würde nie einen Prozeß gewinnen.''

Marcus runzelte die Stirn. „Dann werde ich verhungern'', erklärte er.

Archias schmunzelte. Aber seine scharfen Augen musterten das Gesicht des jungen Mannes. Er leidet an etwas, dachte er. Woran leiden Männer am häufigsten? In seinem Alter? An der Liebe. Es ist albern, aber unbestreitbar. Er zog Marcus beiseite und sagte: „Hör zu, Marcus! Du wirst bald siebzehn und kennst noch keine Frau.'' Marcus wurde ganz rot. „In deinem Alter'', fuhr Archias fort, „ist man bereit, aus Liebe zu sterben. Ich bin ein Dichter. Ich lache nicht über die Liebe, zumindest nicht abschätzig. Aber sie hat gewisse angenehme Aspekte. Mit deren Hilfe kann man die Flamme dämpfen, den Brand für eine Weile löschen. Man kann das Fieber bekämpfen, das durch die unentwegte Betrachtung eines einzigen Idols entsteht."

„Du empfiehlst mir ein Bordell?" fragte Marcus.

„Augenblicklich nicht, weil der Mob Geld hat und Soldaten aus der ganzen Welt hier in der Stadt herumschwärmen", erwiderte Archias. Dann fügte er unverblümt hinzu: „Ich empfehle dir meine Eunice."

„Das ist doch nicht dein Ernst!"

„Mein voller Ernst. Ich bin kein Jüngling mehr, mein unschuldsvoller Marcus. Und Eunice ist jung, hübsch, anschmiegsam, in den Liebeskünsten erfahren. Ich habe sie selbst darin unterwiesen, als ich noch etwas taugte. Sie ist sinnlich und genußfreudig. Sie ist mir ergeben; sie verehrt mich jetzt wie einen Vater. Aber ihre Natur läßt sich nicht unterdrücken. Nimm sie zu dir ins Bett! Mir ist das lieber, als wenn sie heimlich mit einem Gladiator oder einem Sklaven sich austobt, der ihr allerhand anhängen könnte, was sie in unserer Familie unmöglich macht."

Marcus starrte ihn an. Er fühlte sich beleidigt. Archias starrte lächelnd zurück.

„Bist du ein Kuppler?" rief Marcus fast verächtlich.

Archias schürzte die Lippen. „Deine Worte sind hart. Daraus schließe ich, daß du tief gekränkt bist. Aber deine Vielgeliebte ist offenbar unerreichbar, und ich wollte dir nur behilflich sein. Aus Erfahrung weiß ich, daß im Finstern alle Frauen einander gleichen. Du brauchst dir bloß vorzustellen, daß du deine Angebetete umarmst. Ich schicke dir Eunice heute abend. Du erweist ihr einen Gefallen und auch mir."

Marcus schwieg. Archias klopfte ihm auf die Schulter. „Aphrodite ist die Göttin der Liebe. Sie ist auch die Göttin der Liebeskunst und der Sinnlichkeit. Als selbst vielerfahrene Göttin hat sie nichts für Leute übrig, die wegen der Unerreichbarkeit einer bestimmten Frau sich der Keuschheit verschreiben. Solche Selbstentmannung ist ihr widerwärtig, und nicht nur ihr, sondern allen vernünftigen Göttern und Menschen. Wenn du die Absicht haben solltest, ihr deine Zeugungsorgane zu opfern, wird sie das Opfer zurückweisen, und zwar mit Recht. Darum vorwärts, Marcus, und werde ein Mann!"

Marcus dachte: Wenn ich nur eine einzige Nacht mit Livia verbringen könnte! Vielleicht fiele es mir dann leichter, sie zu vergessen. Der bloße Gedanke daran, Livia zu umarmen, erfüllte ihn zum erstenmal im Leben mit Wollust. Er wurde feuerrot. Archias grinste unter seiner langen Nase. Sobald Marcus das bemerkte, machte er rasch kehrt und ging.

Als aber Eunice seiner Mutter abends bei Tische half, konnte er den Blick nicht von ihr wenden. Sie war nur um einige Jahre älter als er, blondhaarig, reif, mit schwellenden Lippen. Sie erwiderte einmal seinen Blick und lächelte ihm freundlich zu. Sie erwiderte zum zweitenmal seinen Blick, und ihr Lächeln war nicht mehr schwesterlich. Beim dritten Blick wurde es verführerisch. Marcus sah nicht mehr von seinem Essen auf und schalt sich einen Wüstling. Doch er mußte immerfort an Eunices volle Brüste, ihre runden Hüften, ihre statuengleichen Arme, ihre Pfirsichwangen denken. Als sie den Wein einschenkte, beugte sie sich zu Marcus und strömte einen Duft, süß wie Nelkenblüten, aus. Ihn schwindelte vor seinem ersten wirklichen Begehren.

Als er dann, am ganzen Leibe zitternd, im Bett lag, versuchte er, mit sich selber streng zu sein. Ein Römer beherrschte seine Triebe! Aber da gab es eben Sklavinnen. Er hatte keine Frau, würde wahrscheinlich, Livias wegen, nie eine haben. Sollte er sich selbst verleugnen? Sollte er seine naturgegebene Natur verachten?

Er warf sich hin und her, ohne einschlafen zu können, und kämpfte mit seinen Gedanken. Da hörte er im Dunkel ein Rascheln seines Vorhangs und ein ganz sanftes Lachen. Einen Augenblick später lag die Wärme und Fülle eines jungen Frauenleibes an seinem Körper. Eunice schlang ihm die Arme um den Hals und drückte die Lippen an seinen Mund. Schuldlose Einfalt strömte ihm von ihr entgegen, verschwenderisches Sichgebenwollen. Nichts von Niedrigkeit haftete an ihr. Er vergaß, daß sie eine Sklavin war, die einem anderen gehörte. Sie war ein Geschenk, und sie selbst gab dieses Geschenk. Als er es unbeholfen nahm, vergaß er Livia.

Ein paar Tage danach führte Archias seine Sklavin Eunice zum Prätor und gab ihr die Freiheit. Er gab ihr auch – nach einigem Kampf mit seiner griechischen Sparsamkeit – ein Drittel seines kleinen Vermögens. Die Freigelassene ging zu Helvia, die ihr zu ihrem Glück gratulierte. „Jetzt kannst du dir einen Ehemann verschaffen, Eunice", sagte sie. Sie empfand große Zuneigung für dieses zwar etwas beschränkte, aber herzige Geschöpf, dessen Leidenschaft es war zu dienen.

„Erlaube mir, bei dir zu bleiben, Herrin", bat Eunice.

„Ich kann dir jetzt keinen Lohn zahlen, Eunice. Du bist doch keine Sklavin mehr. Aber würdest du für Kost und Wohnung und ein gelegentliches Kleidungsstück arbeiten wollen?"

„Ja", erwiderte Eunice sehr feierlich.

Helvia zuckte die Achseln. Es gab wenig im Familienbereich, was ihrer Aufmerksamkeit entging.

„Ich werde streng haushalten", erklärte sie. „Eines Tages werden wir wieder wohlhabender sein. Dann zahle ich dir den Lohn nach."

Eunice küßte ihr die Hand und war voll Freude. Helvia seufzte. Sie ging in ihre Schlafkammer und musterte ihr Gesicht in dem Silberspiegel, den ihr die Mutter geschenkt hatte. Ich bin alt, alt, dachte sie. Dreiunddreißig! Meine Lebenssäfte sind versiegt.

Sie wußte, daß Eunice ihrem Sohn keinen Schaden zufügen würde. Sie hoffte, auch Marcus werde nichts anrichten. Das wäre unverzeihlich, dachte sie.

Die Blässe ihres Sohnes aber wich jetzt gesunder Hautfarbe. Er schien weniger zerstreut. Seine Gestalt wurde männlicher, seine Stimme immer tiefer, und die Brauen buschiger. Er fand zu einer gebieterischen Würde und einer Gelassenheit, die seiner Mutter gefielen.

Der alte Scaevola sah aus wie ein vergrößertes Münzbild. Er hatte einen mächtigen kahlen Rundschädel, der ohne merklichen Hals auf dem Rumpf saß, ein großes Dreifachkinn, das auf seinen breiten Brustkorb glitt, einen ansehnlichen Bauch und kurze, dicke Beine. Sein auffallend kleines Satyrgesicht war voll Klugheit und sarkastischen Wissens. Seine glitzernd blauen Glaskugelaugen waren außerordentlich klein, übersahen aber nichts. Er hörte es gern, wenn man feststellte, über seinen dicken, schmatzenden Lippen sitze die häßliche Stupsnase eines Sokrates. Seine Gesichtshaut glänzte wie ein Granatapfel und war dicht mit weinfarbenen Fäden durchzogen. Er konnte brüllen wie ein Stier und zeigte auch als Großvater noch starke Lebensgier und Lebensfreude.

Seiner Meinung nach waren junge Leute, die sich ernst und aufrichtig mühten, nur albern. Für noch alberner hielt er Leute, die dem Menschen die Fähigkeit zur Tugend zuschrieben. Für Bösewichter kannte er weder Verachtung noch Scheltworte oder Zurückweisung. Er nahm den Unrat, der da Mensch hieß, mit Humor und Lachen zur Kenntnis. Ihm war die Handhabung der Gesetze ein erregendes Spiel, noch erregender als sein geliebtes Würfeln, ein gegenseitiges Ausspielen der Schlauheit. Wenn er gegen hohe Staatsbeamte und Senatoren seine Würfel mit der Kenntnis privater Lebensumstände beschwerte, so tat er es in aller Freundlichkeit. Er wußte, daß seine Prozeßgegner selbst falsche Würfel mitbrachten. Nur waren die seinen unvergleichlich besser präpariert, und er verstand sie geschickter zu werfen. Er liebte seine Klienten, obwohl er selten an ihre Unschuld glaubte. „Du behauptest also, kein Mörder zu sein, mein Lieber", bemerkte er zu einem Angeklagten, der von der Polizei fast auf frischer Tat ertappt worden war. „Ich bin bereit, das zu glauben, obwohl wir beide wissen, daß es eine Lüge ist. Wir wollen sehen was sich machen läßt."

Er verteidigte jeden, der zu ihm kam, auch mittellose Leute. Er selbst war reich und ein Patrizier. Er genoß allgemeine Verehrung wegen seiner vermuteten Gutherzigkeit und wegen des glühenden Eifers, mit dem er für seine Klienten eintrat. Beifallsbezeigungen nahm er freudig entgegen: er hatte das Spiel gewonnen. Es gab keine noch so ausgefallene, von irgendeinem obskuren Bürokraten ausgeheckte Verordnung, die er nicht gekannt hätte. Seine Bibliothek war sogar in seinem Kreise von Spitzenanwälten berühmt.

Er hatte ein besonderes Spiel erfunden, ein Brett, auf dem verschiedenfarbene Steine entsprechend der erzielten Augenzahl eines Würfels gezogen oder weggenommen werden konnten. Man hätte kaum sagen können, was zu gewinnen ihm mehr Spaß machte: einen Prozeß oder eine Partie auf seinem Spielbrett. Seine Schüler — auch Marcus Tullius Cicero — mußten nach dem Unterricht immer mit ihm spielen. Er schlug sie unausweichlich, was ihm kindliches Vergnügen bereitete.

Anfangs blickte er Marcus ungläubig an und schüttelte wie betäubt den Kopf, wenn sein neuer Schüler erklärte, das Gesetz sei die Grundlage des Staates, und gesetzliche Ordnung stelle die wahre Zivilisation dar. Einmal sagte er zu dem jungen Mann: „Du berufst dich immer wieder auf deinen Großvater. Er muß bemerkenswert schlicht von Gemüt gewesen sein und ein guter Mensch. Aber er hat auf etwas gesetzt, was es nicht gibt: interessenfreie Justiz. Beim Apollo, mein Sohn! So etwas hat es in der ganzen Menschheitsgeschichte nicht gegeben! Gilt nicht die Göttin der Gerechtigkeit als blind? Du redest daher wie ein sabberndes Kindlein."

Er glaubte, nun mit diesem Unsinn gründlich aufgeräumt zu haben. Aber Marcus kam hartnäckig auf seine Meinung zurück, und schließlich mußte Scaevola sie ernst nehmen. Der alte Mann war ganz verdutzt.

„Du warst doch mit mir bei Gericht. Du hast gesehen, daß ich allerlei Menschen verteidigt habe. Wie viele davon, glaubst du, waren unschuldig? Einer unter tausend, mein Lieber, einer unter tausend! Ich war bloß geschickter als die Vertreter der Anklage, mitsamt diesen Ausgeburten des Hades, den Senatoren. Das Gesetz ist eine Hure, die ihre Gunst dem Liebhaber mit dem prallsten Geldbeutel schenkt."

„Das darf nicht so sein", erklärte Marcus dickköpfig.

Scaevola hob Hände und Blick. „Es ist einfach eine gegebene Tatsache!" schrie er. „Kann ich etwas dagegen tun? Oder kannst du es? Du bist wirklich ein Schwachkopf. Geh in die Wüste! Oder nach Indien, dort kannst du deinen Nabel beschauen. Zum Anwalt hast du nicht das Zeug."

„Doch!" widersprach Marcus mit gestrafften Lippen.

Die blauen Äuglein musterten ihn nachdenklich mit diamantener Härte. „Warum willst du eigentlich Anwalt werden, mein Lieber?"

„Weil mir Recht und Gerechtigkeit am Herzen liegen. Ich glaube an unsere Zwölftafelgesetze. Ich glaube daran, daß alle Menschen Anspruch darauf haben, gegenüber ihren Anklägern vertreten zu werden. Ohne Recht und Gerechtigkeit sind wir nur Tiere."

„Das ist es ja gerade", bemerkte der alte Mann. „Wir sind eben Tiere."

„Du hast selbst gesagt, Meister, daß von deinen Klienten einer unter tausend unschuldig ist. Genügt es nicht, wenn dieser eine vor ungerechter

Strafe bewahrt wird? Ist nicht vielleicht seinetwegen das Gesetz geschaffen worden?" Marcus zögerte. „Mein Großvater hat immer erklärt, sobald die Römer einmal von Menschen beherrscht würden und nicht mehr vom Gesetz, müsse Rom fallen."

Der alte Mann rülpste laut, und Marcus war in eine Wolke von Knoblauchgeruch gehüllt. Wieder musterte Scaevola seinen Schüler. „Rom ist schon gefallen", sagte er schließlich. „Hat sich das noch nicht bis zu dir herumgesprochen?" Marcus schwieg. „Auch wenn du Anwalt wirst, werden dir die Klienten fehlen, falls du nur solche nehmen willst, die an ihre Unschuld glauben. Wozu studierst du also die Rechtswissenschaften?"

„Ich habe es dir gesagt. Ich glaube an unsere ehernen Gesetze. Außerdem will ich mir auf ehrenhafte Weise meinen Unterhalt verdienen."

Scaevola fuchtelte ihm mit einem dicken Finger vor dem Gesicht. „Dir wird ein bitteres Dasein blühen, und zum Schluß wirst du vielleicht Selbstmord begehen oder gar umgebracht werden", unkte er. „Das ist seit jeher das Los von Menschen, die sich der Tugend verschreiben oder an die Gerechtigkeit glauben. Du vergeudest nur deine Zeit, wenn du mit mir hier und bei Gericht herumsitzt."

„Soll ich dich also verlassen?" fragte Marcus.

Scaevola kratzte sich brummend den Kopf. Schließlich entgegnete er: „Nein. Ich habe in meinem Leben schon alle Vergnügungen, die ein Mensch genießen kann, durchgekostet und koste sie weiter durch — bis auf eine: ich habe noch nie im Leben einem ehrenhaften Anwalt zugesehen." Er wieherte vor Lachen.

Grundsätzlich mochte er seine Schüler nicht leiden. Dem jungen Cicero gegenüber verhielt er sich weniger ablehnend, offenbar, weil er Intelligenz bewunderte und sie in Marcus' Blick und Miene fand. Einmal sagte er, als verschenke er eine Gewinnchance im Spiel: „Es kann ja sein, daß wir ohne das bißchen Gesetz, dem wir wirklich Ehre erweisen, ein Chaos hätten. Und eine käufliche Hure ist noch immer besser als gar keine Bettgenossin. Aber ich sage dir, es kommt der Tag, da wird Rom sein Recht nur mehr aus den Dekreten von Tyrannen beziehen."

Einmal brachte Marcus die Rede auf die Zehn Gebote der Juden. Scaevola zeigte sich vollkommen informiert. „Du wirst gemerkt haben", sagte er, „daß diese Gebote eigentlich alle Verbote sind und mit ‚Du sollst nicht . . .' beginnen. Wenn es irgendeine angeborene Tugend gäbe, wäre das nicht nötig. Wären die Menschen nicht von Natur aus Mörder, Diebe, Ehebrecher, Lügner, Neider, Gotteslästerer und Verräter, so hätten sich die Zehn Gebote erübrigt. Falls der eine oder andere sich an sie hält, geschieht es aus abergläubischer Furcht und nicht aus Herzensgüte. Nimm einmal diesen Rechtschaffenen ihren Aberglauben und ihre Religion, und es bricht das Chaos über sie herein. Der Tiger ist nicht grausamer als der Mensch, der Löwe nicht furchtbarer, die Ratte nicht schlauer und blutgieriger, der Leopard nicht wilder. Laßt uns also den Glauben an die nichtvorhandenen Götter und sie selber preisen!" schloß Scaevola, indem er fromm die Augen verdrehte.

In dieser Zeit erfuhr Marcus von der Vermählung Livias mit Lucius. Die Kunde übertönte sogar das Kriegsgeschrei. Scaevola und seine Familie waren zu der Feier eingeladen, und der alte Mann lobte nachher die erlesene Tafel. Obwohl er sonst so scharf sah und jeden Wechsel im Mienenspiel eines anderen sofort bemerkte, entging es ihm, daß Marcus totenblaß wurde und daß sich in seinen Augen Qual spiegelte. „Diesen Catilinas traue ich nicht", erklärte er. „Natürlich traue ich niemandem, aber ihnen noch weniger als den meisten anderen. Der junge Lucius ist ehrsüchtig. Ich will nichts gegen die Ehrsucht sagen, die mir ja zu meiner machtvollen Stellung verholfen hat. Aber der junge Mann hat außer seiner äußeren Erscheinung nicht die Spur von guten Eigenschaften. Und er tut nicht einmal so, als hätte er welche! Solange ein Mensch den Anständigen spielt, ist man einigermaßen vor ihm sicher, sei es auch nur dadurch, daß man ihn bei seiner Eitelkeit packt. Selbst ein Dämon legt auf die Hochschätzung der anderen Wert. Dem jungen Catilina ist auch diese Hochschätzung egal."

„Und doch hat er einen großen Anhang", warf Marcus ein.

Scaevola nickte stirnrunzelnd. „Vielleicht deshalb, weil ein grundschlechter Mensch einen unwiderstehlichen Reiz ausübt und die neidische Bewunderung derer erregt, die sich nicht so völlig zu deklarieren wagen."

„Dann bedeutet die völlige Schlechtigkeit eine Art Tugend", überlegte Marcus. „Eine Art von Aufrichtigkeit."

Scaevola war begeistert und schlug seinem Schüler so heftig auf die Schulter, daß er in seinem Sessel schwankte. „Goldene Worte, mein Lieber! Goldene Worte! Ein alter Mann bekommt Aufklärung von einem Milchbart! Dafür widme ich dir diesmal drei Spiele statt wie gewöhnlich eines."

Marcus war so schmerzerfüllt und so zerstreut, daß er dem langweiligen Spiel und dem Fallen der Würfel nicht folgte. Dennoch, oder vielleicht gerade deshalb, gewann er zwei von den drei Spielen. Scaevola war verblüfft; seine Lippen verzogen sich wie zum Weinen. Er sagte: „Ich werde alt. Ich bin nicht mehr so schlagfertig."

Es war die letzte Gelegenheit, bei der Marcus im Spiel mit seinem Mentor gewann. Denn in der Folge überhäufte Scaevola ihn, in einer Art Rache, mit Büchern und schleppte ihn ununterbrochen von einem Prozeß zum anderen, so daß er schließlich jeden Winkel der Gerichtsgebäude und die Gesichter aller dort tätigen Beamten zu kennen glaubte.

Aber trotz der unaufhörlichen Unkenrufe Scaevolas ließ er sich – entgegen aller augenscheinlichen Erfahrung – nicht davon abbringen, das

Gesetz sei unverletzlich. Man müsse den betreffenden Fall nur richtig darstellen; man müsse nur selbst, trotz aller Rechtsverdrehungen, an den endlichen Sieg der guten Sache glauben. Es komme auf die eigene Redlichkeit an.

Einmal sagte Scaevola zu ihm: „Du hast eine Haltung, die im Anwaltsberuf unschätzbar ist. Elegantes Auftreten ist kein Vorteil; sonst wäre ich nicht ein erfolgreicher Anwalt. Aber in deiner nüchternen Weise machst du — wieso, weiß ich nicht — Eindruck. Allerdings zeigst du eine zu ehrliche Bescheidenheit und Demut. Es ist kein Paradoxon, wenn gerade ich behaupte, daß Bescheidenheit und Demut bei einem Anwalt wertvoll sind. Aber sie müssen gespielt, müssen Theater sein! Echte Bescheidenheit und Demut erregen Verachtung, so wie jede Aufrichtigkeit. Nur Schaustellung und Schauspielerei machen Eindruck, und zwar sogar auf intelligente Menschen. Halte dir immer vor Augen, daß du auf die Richter Eindruck machen mußt! Die nötige Verstellung kommt dann schon von selber. Denk daran, daß ein Anwalt, um Erfolg zu haben, ein Schauspieler sein muß, mit dem Einfühlungsvermögen des Schauspielers für sein Publikum. Rede ich in Rätseln?"

„Nein", sagte Marcus.

„Zuerst, mein Lieber, mußt du den Eindruck erwecken, daß du irgendwelche geheime Macht hast — dann kannst du dich so bescheiden und demütig geben, wie du willst. Habe Selbstvertrauen! Sag dir, daß Marcus Tullius Cicero ein bedeutender Mann ist, und sag dir das immer wieder vor, auch wenn es noch nicht zutrifft. Worin besteht denn schon die Bedeutsamkeit? Darin, daß man davon überzeugt ist, reicher, mächtiger, gescheiter, gebildeter, vornehmer zu sein als der Gegenspieler. Das braucht gar nicht zu stimmen. Man muß nur daran glauben. Dieser Glaube überträgt sich unversehens, wie eine scharfe Ausdünstung, auf die anderen. Man braucht nicht einmal alle Gesetzesbestimmungen zu kennen; nötigenfalls stöbern einem die Angestellten schon das verstaubte Wissen hervor."

Der alte Mann nahm einen Aufsatz her, den Marcus jüngst geschrieben hatte, und las daraus kopfschüttelnd vor:

„‚Das wahre Gesetz ist echte, mit der Natur im Einklang stehende Vernunft, weltweit im Ziel, unantastbar und bleibend. Wir dürfen dieses Gesetz nicht beeinträchtigen oder ändern; wir können es nicht abschaffen, wir können uns der Verpflichtungen daraus nicht durch irgendeinen legislatorischen Akt entledigen, und wir brauchen uns nicht nach jemandem außerhalb von uns selbst umzusehen, der es uns auslegt. Dieses Gesetz ist nicht unterschiedlich für Rom und für Athen, für die Gegenwart und für die Zukunft; sondern ein einziges ewiges, unwandelbares Gesetz gilt für alle Wesen und alle Zeiten. Wer ihm zuwiderhandelt, wird sich selbst und seiner Natur untreu.'"

Scaevola verzog den Mund. „Unsinn!" brummte er.

Aber Marcus fragte: „Warum Unsinn?"

„Weil die Menschen sich diejenigen Gesetze machen, die jeweils ihren politischen Parteien und ihnen selbst zuträglich erscheinen. ‚Unwandelbares Gesetz'! Die Gesetze ändern sich nach dem Belieben der Menschen. Wie schon gesagt, das Recht ist eine Hure."

Doch Marcus nahm seine Aufzeichnungen wieder zu sich und benützte sie später für sein Buch ‚Über die Gesetze'. Er sollte nie von seiner Überzeugung abgehen, das Gesetz stehe über den Bedürfnissen und Gelüsten des Menschen. Diesen Glauben konnten alle gewaltsamen Ereignisse und Ungesetzlichkeiten nicht erschüttern, sondern sie bestärkten ihn nur.

„Eigentlich bist du so langhalsig und mager, daß du von Natur aus nicht viel Eindruck machst. Wo hast du denn die Haltung gelernt, die du jetzt zeigst?" fragte Scaevola nach einiger Zeit.

„Mein Freund Noah ben Joel, der Schauspieler und Stückeschreiber und Regisseur, hat mir", gestand Marcus errötend, „die Haltung, die Gesten und Bewegungen eines Schauspielers beigebracht."

„Ausgezeichnet!" rief Scaevola und musterte seinen Schüler kritisch. „Du siehst also, mein Lieber, Komödiantentum ist für die Anwaltslaufbahn unentbehrlich. Übrigens klingt auch deine Stimme, sobald du würdevoll zu sein vergißt, einschmeichelnd und honigsüß. Geht das ebenfalls auf Rechnung des schlauen Noah?"

„Auf diesem Gebiete habe ich", erklärte Marcus, „einen anderen wunderbaren Lehrer, den Archias. Wir rezitieren miteinander lange, wohltönende Gedichte."

„Das Rezitieren empfehle ich für einen Anwalt wärmstens", pflichtete Scaevola bei. „Er kann so lernen, seine Reden in privater Übung zu vervollkommnen und auszufeilen und sie dann vor der Öffentlichkeit ohne Stottern oder Pausieren vorzutragen – wie ein Schauspieler seine Verse spricht. Und am besten denkt er dabei an die ihm winkenden Geschenke. Der Gedanke an ein reiches Honorar beflügelt die Beredsamkeit. Geld ist in dieser Beziehung besser als eine Frau; es läßt einen weniger leicht im Stich. Ich muß da den Anwälten widersprechen, die empfehlen, man möge beim Plädoyer an seine Geliebte denken. Geld ist es, was Schwung in die Kehle und Leidenschaft in die Augen des Redners zaubert. Du wirst bemerken, daß auch die Prozeßfälle überwiegend um Geld und Gut gehen. Das sind jene Dinge, die den Menschen am tiefsten bewegen."

Dem Bundesgenossenkrieg folgten unmittelbar die Kriege mit Mithridates VI., dem König von Pontos in Kleinasien. Die neu mit dem römischen Bürgerrecht ausgestatteten Italiker entdeckten bald, daß sie von einer Gleichstellung mit Rom weit entfernt waren und ihre Stimmen nur an ihren Wohnorten, innerhalb bestimmter Tribus, abgeben konnten. Die Lage wurde immer kritischer, gewaltdrohender. Der rechtschaffene Publius Sulpicius Rufus versuchte als Volkstribun, Reformen im Senat und eine Amnestierung aller der Teilnahme an der Erhebung gegen Rom beschuldigten Italiker durchzusetzen. „Die Leute haben nach ihrer ehrlichen Überzeugung gehandelt, und ihr Standpunkt hatte viel für sich", erklärte Rufus. „Was kann man von einem Manne mehr verlangen? Und haben wir ihnen nicht das Bürgerrecht verliehen und sollten wir dessen Geltung nicht ausdehnen und jetzt auch die Führer rückberufen, die vom Exil aus für ihre Ehre und Rechtsauffassung tapfer gekämpft haben?"

Aus Verachtung für den korrupten Senat stellte er den Antrag, alle durch ihr Lotterleben verschuldeten Senatoren sollten ihre Senatssitze verlieren. Er begünstigte Freigelassene. Er drängte darauf, der Oberbefehl des Heeres möge Marius übertragen werden, weil er ihm weniger käuflich schien als der schon ordnungsgemäß zum Oberkommandierenden der Streitmacht gegen Mithridates bestellte Sulla. Innerhalb der Stadtmauern bildeten die Römer feindselige, zum Äußersten entschlossene Gruppen, und die Konsuln, deren einer Sulla war, verkündeten einen ‚Geschäftsstillstand', um die gefährliche Abstimmung über die Anträge hinauszuschieben. Da bewaffnete Rufus seine Anhänger und vertrieb die Konsuln vom Forum. Sulla eilte zu seinen Legionen nach Nola und rückte mit ihnen gegen Rom vor, um Rufus kaltzustellen. Als Triumphator und im Namen der von ihm insgeheim verachteten Republik drang er später in die Hauptstadt ein. Geächtet und vogelfrei mußten Marius und Rufus fliehen; der Volkstribun kam dabei ums Leben. Doch diese Ereignisse spielten sich erst zwei Jahre später ab.

Scaevola hatte über den Gang der Dinge eigene Ansichten. Aber aus seinen spöttischen, fatalistischen und belustigten Äußerungen konnte Marcus keinen logischen Zusammenhang in die allgemeine Verworrenheit und den Terror jener Tage bringen. „Wenn dir an deiner Zukunft liegt, mein Lieber, so vermeide es, dich auf eine bestimmte Meinung festzulegen", sagte Scaevola zu seinem Lieblingsschüler. „Pflichte einmal dem Sulla bei und dann wieder dem Sulpicius Rufus, aber immer auf maßvolle Weise! Und gib nie einem von ihnen ausdrücklich unrecht! Auch der Anwalt ist ein Mensch und hat natürlich persönliche Ansichten aber sie dürfen nie bekanntwerden, wenn ihm seine Karriere und vor allem sein Leben lieb ist. Er muß erklären: ‚Ja, du dürftest recht haben. Aber andererseits — sei mir nicht böse! — könnte auch für den entgegengesetzten Standpunkt einiges sprechen.' Er muß sich unbestimmt und geschmeidig ausdrücken und bei seinem Gegner den Eindruck erwecken, von ihm überzeugt worden zu sein. Stets muß er verbindlich lächeln. Dann wird man ihn als ausgeglichenen, überaus duldsamen Mann rühmen, und kein Politiker kann ihm etwas Nachteiliges vorwerfen. Er wird nicht nur sein Leben retten, sondern auch Erfolge erzielen."

„Dann muß ich gleich den ersten Verstoß gegen dein Gebot begehen", meinte Marcus. „Ich widerspreche deiner Ansicht, daß der Anwalt ein Heuchler sein muß."

„In diesem Falle tätest du besser, deine Barmittel in einer Ziegelei anzulegen", entgegnete Scaevola, „und nicht Anwalt zu werden." Er starrte Marcus an. „Ich habe es ja vorausgesagt: du wirst nicht friedlich im Bett sterben. Auch Wolldecken könntest du erzeugen, wenn dir Ziegel nicht zusagen. Aber leider sind heutzutage selbst Decken- und Ziegelfabrikanten nur Lakaien des Politikerklüngels. Wenn sie den jeweils Herrschenden nicht nach dem Munde reden, bekommen sie keine Aufträge. Am besten hütet man seine Zunge, als Anwalt wie als Gewerbetreibender. Es wäre", sagte Scaevola in einem bei ihm seltenen düsteren Tonfall, „besser, überhaupt nicht auf der Welt zu sein. Wie kann sich ein anständiger Mensch seiner lieben Mitbürger erwehren? Nur dadurch, daß er mit ihnen heult. Daß er seine eigenen Gedanken für sich behält. Daß er liebedienert. Daß er ein geriebener Lügner wird. Daß er auch seinen gelegentlichen Widerspruch in unanstößige Formen kleidet. Man nennt das gute Manieren. Ich heiße es Prostitution. Aber verzeih, mein Sohn, ich bin soeben meiner Überzeugung untreu geworden, wonach man überhaupt keine Überzeugung haben, sondern die ganze Menschheit verlachen soll."

Zornig schrie er: „Verdammt, ich bin zu alt und zu erfahren, als daß ich mich von treuherzigen Schulbubenaugen beeindrucken ließe!" Er schüttelte den Kopf. „Eines ist sicher. Ein Krieg geht nicht spurlos über ein Volk hinweg. Wie Rom aussehen wird, wenn das alles vorbei ist, weiß ich nicht. Vorteilhaft keinesfalls!"

Zur Strafe dafür, daß Marcus ihn auch nur für einen Augenblick aus dem Gleichgewicht gebracht hatte, zwang er ihn an diesem Tage, vier Partien seines Brettspiels mit ihm durchzuwürfeln.

Als Marcus endlich vom Spielbrett loskam, dämmerte schon der frühe Herbstabend grau und kühl. Zu Fuß hatte Marcus lange zu gehen vom Scaevola-Hause bis heim auf die Carinae. Die Fackeln waren noch nicht angezündet worden, und auch Laternen bewegten sich noch nicht durch die von Menschen wimmelnden Straßen. Aber Lärm und Gestank und Wagenverkehr waren allgegenwärtig. Ein bleierner, düsterer, stern- und mondloser Himmel lastete über der Stadt. Marcus hätte nicht sagen können, ob die ihn durchdringende Kälte von innen oder von außen kam. Aber Mutlosigkeit hemmte seine Schritte und beugte sein Haupt. Seit Livias Vermählung lächelte er selten. Seine Hoffnung, die Zeit würde den Schmerz lindern, erfüllte sich nicht.

Manchmal schien ihm seine Bürde unerträglich schwer. Nach dem Gesetz übte bis zu seiner Großjährigkeit sein Vater vormundschaftliche Gewalt aus, nahm aber an den Entscheidungen des Sohnes keinen Anteil und wußte nichts von den Geldverhältnissen der Familie. Er schien immer weniger am tätigen Leben interessiert, und zwischen Vater und Sohn verbreiterte sich eine unsichtbare Kluft, die Tullius bestürzte und schmerzte, in die aber Marcus nur bedauernd, ungeduldig und irgendwie vorwurfsvoll blicken konnte. Der Stütze an seinem Großvater beraubt, spürte Marcus nur seine Ausgesetztheit und Einsamkeit. Erst in drei Monaten, im nächsten Januar, wurde er siebzehn, mußte aber schon die Veranlagung von Vermögenswerten überlegen, einen Haushalt leiten, einen jüngeren Bruder betreuen, eine Mutter beraten, sich durch immer schwieriger werdende Studien auf einen Beruf vorbereiten. Dazu hatte er seinen persönlichen Kummer.

Als er nun heimging, übermannte ihn fast die Verzweiflung. Sein Dasein war eingeengt und genau eingeteilt, voll von Pflichten. Keine jugendliche Leichtlebigkeit schenkte ihm Frohsinn; er hatte kaum Freunde; die Familie konnte keine Geselligkeit pflegen, wegen der Trauerzeit und des Krieges und des Geldmangels. Nicht einmal Abwechslung durch die Kriegsereignisse gab es, da niemand in der Familie Soldat war. Es gab nur Steuern. Marcus fühlte sich todunglücklich.

Plötzlich fiel ihm ein, daß er sich vor der Heimkehr noch in die Fechtschule begeben mußte. Seufzend drängte er sich durch eine nur langsam weichende Menschenmauer und schlug widerwillig eine andere Richtung ein.

Die Fechtschule wurde nicht nur von jungen Leuten besucht, sondern auch von Offizieren und erwachsenen Privatleuten, und erfreute sich ziemlicher Berühmtheit. Leiter war ein gewisser Gajus, dem mehrere Lehrer, sämtlich Meister in ihrer Kunst, unterstanden. Die Schule hatte Lampenbeleuchtung, und als Marcus das Tor öffnete, spürte er eine Welle von Wärme, die von schwitzenden Leibern ausging. Die Lehrer waren in voller Tätigkeit. Die Luft schwirrte von Rufen und Anweisungen und dem Geklirr gegen Stichgefahr gesicherter Schwerter. Der hölzerne Fußboden bebte vom Aufprall vieler flinker Sohlen. Gajus ging von Gruppe zu Gruppe, sah zu, schüttelte den Kopf, gab Ratschläge. Marcus legte seine Bücher auf einen Stuhl, warf Mantel und Übertunika ab und stand in einer kurzen Untertunika aus grauer Wolle da. Er nahm sein Schwert von einem Haken an der getünchten Wand und sah sich nach einem freien Lehrer oder einem geübten Gegner um. Er fühlte sich sehr müde und vereinsamt.

Eine der Gruppen im Saal bestand aus drei geharnischten und behelmten Offizieren, jungen Männern, die mit gespreizten Beinen, die Daumen in den Ledergürteln, dastanden. Sie scherzten, lachten schallend, feuerten die schwitzenden Männer und Jünglinge an, stichelten, rissen Zoten und bramarbasierten nicht wenig.

Einer der jungen Offiziere nahm den Helm ab, und Marcus, der sich eben vergewissert hatte, daß der Sicherungsknopf fest auf der Spitze seines Schwertes saß, blickte auf. Er sah rötliches Haar, das ein schönes Gesicht umrahmte, und zuckte zusammen. Trotz der langen inzwischen vergangenen Zeit erkannte er sofort Lucius Sergius Catilina ebenso wie seine Gefährten, den unansehnlichen, blonden Gnaeus Piso und den hochgewachsenen, grimmig blickenden, dunkelhaarigen Quintus Curius, Livias Vetter.

Lucius wischte sich die prächtig geformte Stirn in ein Tuch, das er dann wieder achtlos in seinen Gürtel steckte. Die drei Freunde beobachteten aufmerksam eine Gruppe von Fechtern und Lehrern. Marcus stand starr, mit sehr blassem, regungslosem Gesicht da und betrachtete sie. Wenn er sich hätte von der Stelle rühren können, hätte er sein Schwert wieder an den Haken gehängt, Übertunika und Mantel umgenommen, seine Bücher gepackt und sich davongemacht. Aber er vermochte nur wie gelähmt dazustehen, Livias Gatten anzustarren und ihn zu hassen, mit wildem, verzweifeltem Haß. Sein Puls klopfte, seine Ohren sausten, seine Kehle schien von eisernen Fingern zugeschnürt. Es überlief ihn kalt, und eine Übelkeit stieg in ihm auf.

War Lucius schon früher sehr stattlich gewesen, so sah er jetzt aus wie ein Gott, wie der jugendliche Mars. Er posierte nicht; sein Körper hatte die Umrisse heroischer Anmut. Von ihm ging eine Anziehungskraft aus, die das Auge zum Verweilen zwang. Wenn er beim Lachen den Kopf zurückwarf, blitzten im Laternenlicht glänzendweiße Zähne auf. Er hatte die Hände in die Hüften gestemmt und rief Spottworte oder wandte sich mit einem Scherz an seine Freunde.

Gajus, der Fechtmeister, ein untersetzter, dicker Mann, blieb vor den dreien stehen, und Lucius klopfte ihm freundschaftlich auf die Schulter. Marcus hörte durch sein Ohrensausen hindurch deutlich die bekannte Stimme. „Du hast hier niemanden, Gajus, den ich meinem Legaten als Offizier empfehlen könnte'', sagte er. Das war eine Beleidigung; aber der Fechtmeister lächelte nur, nicht kriecherisch, sondern tatsächlich belustigt und freundlich.

„Du warst einer meiner besten Fechter, Lucius'', sagte er. „Warum zeigst du nicht meinen Schülern, wenigstens dem Nachwuchs, was du kannst? Oder du, Gnaeus? Oder du, Curius?''

„Nein, nein!'' rief Lucius. „Das sind lauter blutige Anfänger hier! Keinen einzigen davon kenne ich. Wir haben nur gerade einen Sprung herein gemacht; wir sind unterwegs zu einem üppigen Abendessen.'' Mit seiner bezwingenden, lächelnden Anmut sah er sich nach allen Seiten um, und sein Blick fiel auf Marcus, der ganz weit weg an der Wand stand.

Das Lächeln verschwand nicht; es änderte sich bloß, verlor seine Anmut und wurde häßlich.

„Ah!" rief Lucius seinen Begleitern zu. „Da ist ja doch einer, den wir kennen. Schaut nur, Freunde! Ich täusche mich wohl kaum! Das ist ja der Freigelassene, der Tuchwalker, nicht? Diese groben Züge kommen mir sehr bekannt vor. Rasch, sagt mir, ob ich recht habe!"

Seine Freunde drehten sich um, starrten Marcus an und erkannten ihn.

„Meiner Treu, der Erbsenmann!" bestätigte Curius.

„Kickerling!" rief Gnaeus.

Sie brachen in lautes Gelächter aus und fixierten Marcus, der immerfort nur Lucius anstarren konnte, mit wachsendem Haß, mit wachsender, alle Besinnung überwältigender Mordlust. Dieses Gefühl hatte er erst einmal im Leben empfunden, mit neun Jahren, dem gleichen Mann gegenüber. Seine Hände schwitzten, und er rieb sie an seiner Tunika trocken, ohne den Blick von Lucius zu wenden. Das Schwert in seiner Rechten schien so leicht wie eine Gerte; es regte sich in seinen Fingern, als hätte es ein Eigenleben und strebte geradewegs in das Herz jenes Mannes, der dem Träger dieses Schwertes Leben und Hoffnungen zerstört, der Livia geschändet hatte.

„Du hast ihm Schreck eingejagt, Lucius", sagte Gnaeus mit besänftigender Stimme. „Wahrscheinlich hat er schon das Lendentuch voll."

Marcus hörte die Worte. Seine Nasenflügel blähten sich, und seine verkrampften Lungen dehnten sich zu einem tiefen Atemzug. Aber noch konnte er nur wortlos Lucius anstarren. Der Fechtmeister kniff unschlüssig seine scharfen Augen zusammen und blickte bald auf die unheimliche Miene des jungen Marcus, den er liebhatte, bald auf die Gesichter der drei Freunde. „Was ist denn mit dir, Marcus?" fragte er.

Lucius band sich den Helm wieder um, schlenderte zu seinem alten Feind, blieb vor ihm stehen und maß ihn von oben bis unten wie einen Strolch, wie einen hier eingedrungenen Sklaven. „Solche Leute wie diesen Enkel eines Tuchwalkers hast du in deiner Schule, Gajus?" fragte er.

„Marcus Tullius Cicero ist einer meiner besten Schüler", erwiderte der Fechtmeister mit vor Ärger rotem Gesicht. Er witterte Unrat.

„Da hast du es ja weit gebracht!" spottete Lucius. Seine Freunde traten lachend neben ihn. „Ich dachte, du nimmst nur Männer und Jünglinge von Rang und Namen auf, und nicht solche wie den hier." Er streckte lässig das Bein aus und stieß Marcus mit der Schuhspitze gegen das Knie, wie man einen Hund wegjagt.

Ohne bewußten Willensakt schlug Marcus den Fuß mit der flachen Schwertklinge beiseite. Gelassen dachte er: Ich muß ihn umbringen, sonst ersticke ich vor Wut.

Wie auf ein Signal oder einen Kommandoruf wurde es in dem ganzen

Raum still. Lehrer und Schüler standen mit gezückten Schwertern da und starrten die Gruppe an. Die Laternen flackerten. Staub wirbelte durch die Luft.

Dann zog Lucius zähnebleckend sein Schwert, und das Geräusch klang in der Stille wie das Kreuzen von Klingen.

Gajus packte ihn entsetzt am Arm. „Was heißt denn das?'' rief er. „Hier ist eine Fechtschule und keine Arena, Lucius! Bist du von Sinnen?''

„Der dort ist ja nur ein Hund'', sagte Gnaeus verächtlich. „Lucius soll ihn nur niederstechen, und dann kannst du ihn im Garten einscharren.''

Gajus war schrecklich aufgeregt. „Halt!'' schrie er und umklammerte den Arm des Lucius noch fester. „In meiner Schule dulde ich keinen Mord! Marcus Cicero ist mir ein ehrenwerter Schüler. Seinen Großvater habe ich gut gekannt. Willst du mich zwingen, die Polizei zu rufen? Im Namen der Götter, Leute, verlaßt meine Schule sofort!''

„Wir sind Offiziere des römischen Heers'', trumpfte Curius auf. „Lucius ist von dem Abkömmling eines Sklaven beleidigt worden. Ist dieser Kickerling ein Mann? Nein. Ist er ein Soldat? Nein. Von so jemandem läßt Lucius sich nicht wegstoßen!''

„Das wäre doch glatter Mord!'' schrie Gajus. „Lucius ist ein Ehrenmann und wird nicht einen Fechtschüler, der nur ein ganz leichtes Schwert mit gesicherter Spitze führt, hinschlachten wollen!''

Ohne den Blick von Marcus zu wenden, steckte Lucius sein Schwert wieder in die Scheide. „Gib mir eines wie dieses da!'' fauchte er.

„Und zwar auch mit gesicherter Spitze!'' beschwor Gajus ihn verzweifelt. „Wir sind doch hier in einer Fechtschule.''

„Einverstanden!'' nickte Lucius. „Du sagst es ganz richtig, Gajus, wir sind hier in einer Fechtschule und nicht in der Arena oder auf dem Schlachtfeld. Ich werde diesen Lümmel auf die Knie zwingen, das genügt mir.'' Er hob die Hand und versetzte Marcus eine Ohrfeige. „Das ist meine Herausforderung, Kickerling'', sagte er.

Er hielt den Blick auf das gespannte, ruhige Gesicht seines Feindes geheftet, während er rasch die Rüstung ablegte, bis er nur in roter Tunika und Schuhen dastand. Seine Freunde nahmen ihm lachend die Ausrüstungsstücke ab. Gajus reichte dem Kampfhahn ein leichtes Schwert mit gesicherter Spitze.

„Aufgepaßt, Kickerling!'' rief Lucius und fiel ebenso anmutig wie kraftvoll zum Angriff aus. Wieder lächelte er, und seine Zähne schimmerten.

Ich muß ihn umbringen! dachte Marcus. Aber die Schwertspitze war ja gesichert. Dann, nahm er sich vor, muß ich ihn wenigstens demütigen und ducken!

Überall zogen sich Lehrer und Schüler an die Wände zurück, mit weit offenen Augen und angehaltenem Atem, vor Aufregung schwitzend. Um die beiden Gegner war plötzlich allseits freier Raum. Und schon kreuzten sich die Schwerter.

Marcus war mehr als zwei Jahre jünger und viel leichter. Er hatte keinen Soldatendrill hinter sich und war kein Athlet. Er spürte den Druck des gegnerischen Schwertes an seiner Waffe, ein starkes, ständiges Drängen, wie er es noch nie gespürt hatte. Dieser Mann war nicht nur ein in der Garnison und auf dem Schlachtfeld ausgebildeter Soldat, sondern auch einer der besten Athleten und Fechter Roms. Er hatte schon Gegner getötet.

Plötzlich lösten die beiden die Bindung, daß die Schwerter pfiffen. Marcus spürte nur eines: er mußte den verhaßten Mann niederzwingen. Dieser Vorsatz war wie eine ungeheure Macht in ihm, ein gewaltiger Antrieb, eine tödliche Entschlossenheit. Er fühlte keine Angst, keine Furcht, kein Zögern. Seine Muskeln strafften sich lustvoll; die Knie, sein schwächster Punkt, pulsten von ungewohnter Kraft.

Lucius' Schwert sauste wie ein dünner Blitzstrahl durch die Luft, und die gesicherte Spitze traf die linke Schulter des Gegners. Wäre die Spitze entblößt gewesen, so hätte Marcus vielleicht damit den Todesstoß empfangen. Lucius lachte vor Freude auf, und seine Freunde erhoben ein Jubelgeschrei.

Er ist wie eine Schlange, dachte Marcus, während er ein wenig zurückwich. Aber wie die Schlangen muß er eine verwundbare Stelle haben. Lucius führte einen Streich gegen Marcus' Hals; doch diesmal wurde sein Schwert beiseite geschlagen. Er ist ein unbekümmerter Draufgänger, dachte Marcus. Lucius machte ein finsteres Gesicht. Ja, er geht einfach drauflos, sagte sich Marcus. Ich werde ihn zu noch größerer Unbekümmertheit reizen! So beugte er plötzlich die Knie, umging von unten her Lucius' Parade und stieß ihn mitten auf die Brust.

Gnaeus und Curius schrien vor Zorn und Wut auf. Aber Lucius schwieg. Er machte einen Rückschritt. Marcus folgte ihm nicht; er wartete.

Als hätte ihn angewiderte Ungeduld erfaßt, fiel Lucius wieder aus und versuchte, Marcus mit schierer Gewalt zurückzudrängen und zu Fall zu bringen. Doch der junge Cicero sprang geschickt beiseite, und Lucius rannte ein paar Schritte mit dem gezückten Schwert ins Leere.

„Was ist denn?" fragte Marcus ihn stichelnd, als sein Gegner wieder Stand gefaßt hatte. „Kämpfst du mit einem Gespenst?" Es waren die ersten Worte, die er sprach.

Lucius konnte es nicht glauben, daß jemand seine Parade durchbrochen und ihm einen Stoß beigebracht haben könnte. Das war ihm noch nie passiert. Sein Gesicht wurde totenblaß vor Wut. Er mußte es fest angehen! Mit voller Kraft sprang er jetzt den Gegner an.

Ich bringe ihn aus dem Häuschen, nahm Marcus sich vor. Er sah niemanden als Lucius; sein flinkes Auge blieb auf das feindliche Schwert geheftet. Lucius, der vor Ärger und Ekel den Kopf zu verlieren begann, stieß geradewegs gegen Marcus' Gesicht, wurde aber glatt abgewehrt. Die aufeinanderprallenden Waffen schallten laut in die atemlose Stille.

Mir scheint, ich träume! dachte der zusehende Gajus. Dieser Marcus hat doch das Fechten immer als langweilig empfunden, es nur als Pflicht betrieben, ohne Vergnügen oder Interesse. Wahrhaftig, ich muß träumen. Er hüpft umher wie ein Tänzer! Also, wie er jetzt wieder einem Ausfall durch einen Seitensprung ausgewichen ist! Aber was ist nur mit Lucius? Den habe ich doch seinerzeit selber ausgebildet, und er hat alle Preise in dieser Schule gewonnen. Gajus war oft auf dem Fechtboden verwundet worden und hatte sich viele hundertmal mit den besten Fechtern in Scheinkämpfen gemessen. Aber nie war er von so tödlichem Haß angetrieben worden wie jetzt Marcus. Auch im Zweikampf war er, als gutherziger Mensch, nur auf die Entwaffnung des Gegners bedacht gewesen.

Wieder kreuzten die Schwerter sich klirrend. Marcus und Lucius starrten einander an. „Bin ich schon auf den Knien?" fragte Marcus freundlich.

Lucius sprang zurück. Er knirschte mit den Zähnen. Er war rasend durch die Demütigung vor seinen Freunden, die verlegen tuschelten. Er mußte sich durchsetzen! Dieser Sklave war schwächer und jünger! Und dabei tanzte er herum wie ein Akrobat und hielt den Lucius Sergius Catilina zum Narren, den Offizier in einer der besten Legionen, den erfahrenen, gewandten Kämpfer, der im Zweikampf mühelos die gefährlichsten Gegner bezwungen hatte! Es war unerträglich!

Jetzt ging er Marcus mit einem wahren Schauer blitzartiger Bewegungen an, während es ihm in der Kehle sauer aufstieg, als müßte er sich erbrechen. Seine Augen funkelten vor Wut. Sein Angriff wurde so heftig, daß Marcus tatsächlich zurückweichen mußte, einigemal taumelte, wiederholt an Schulter, Brust und Armen getroffen wurde. Aber keinen Augenblick lang verlor er seine Selbstsicherheit; keinen Augenblick lang ließen sein Haß und seine Entschlossenheit nach. Er wich rückwärts und seitwärts aus und wehrte nur die gegen sein Gesicht gerichteten Stöße ab. Lucius verfolgte ihn; wieder lächelte er siegesgewiß. Seine Freunde klatschten Beifall und brüllten vor Lachen, als die beiden im ganzen Raum die Runde machten. Schweiß stand in großen Tropfen auf den Stirnen der Fechter und rollte ihnen über die Wangen, in die Augen.

Marcus ermüdete nicht. Bei einer Fechtstunde wäre er schon lange erschöpft gewesen. Aber das war keine Fechtstunde.

Wieder kreuzten sich die Schwerter, mitten zwischen Heft und Spitze. Während die Gegner einander wieder anstarrten, sagte Marcus mit seiner sanften Stimme: „Was ist denn mit dir? Hast du auf dem Fechtboden nichts Besseres gelernt? Oder hast du nur mit waffenlosen Männern gekämpft? Oder mit Mädchen?''

Sie lösten die Bindung. Jetzt aber schlug Lucius mit dem Schwert auf den Boden und streifte die Sicherung ab.

Gajus schrie: „Nicht, nicht! Das ist doch nur ein Fechtkampf und kein Mord!''

Aber Lucius' Freunde johlten vor blutrünstigem Jubel. Die Lehrer und Schüler schrien auf. Mit bloßer Spitze drang das Schwert auf Marcus' Brust ein. Zum erstenmal wandelte ihn eine leichte Furcht an. Lucius trachtete ihm nach dem Leben! Er wich zurück und streifte auch selbst die Spitze seines Schwertes frei. Jetzt standen sie einander gegenüber, mit dem glitzernden, flimmernden Tod in den Fäusten.

Gajus stöhnte. Alle anderen wurden von Blutgier erfaßt. Das war kein Spiel mehr; jetzt wurde es Ernst. Das Ende mußte, wenn nicht der Tod, so doch schwere Verwundung sein. Der Fechtboden hatte sich zum Schlachtfeld, zur Arena gewandelt.

„Ehrloser Schuft!'' schrie Marcus. „Schwindler! Feigling!''

Aber Lucius lächelte. Er fuhr sich mit der Zunge über die Lippen. Er war jetzt so siegessicher, daß er einen schweren Fehler beging. Er machte einen Ausfall, und sein Fuß glitt aus. Sofort spürte er den Stich nackten Metalls in seiner rechten Schulter. Ehe er sich fassen konnte, war er auf ein Knie gesunken, und Marcus' Schwert lag ihm an der Kehle. Dieses Schwert blitzte wieder auf, schlug die Waffe des Gegners beiseite, und die Schwertspitze fand zu Lucius' Hals zurück, an einen tödlichen Punkt.

Der Raum hallte von lauten Rufen wider. Gajus stürzte vor. Marcus sagte mit der ruhigsten aller Stimmen: „Nein. Wenn sich irgendeiner von euch rührt, stoße ich zu und mache Schluß mit ihm.''

Schluß zu machen gedachte er auf jeden Fall. Aber er wollte seinen Sieg über diesen grausamen, bösartigen Mann auskosten. Er wollte, daß Lucius den Tod kommen spürte, ehe er ihn wirklich fand. Er sagte: „Gleich werde ich dich umbringen. Aber ich muß zuerst den Gedanken daran genießen.''

Lucius stemmte seine steifen Arme rückwärts und stützte sich mit den Handflächen am Boden auf. Er blickte in Marcus' Gesicht und sah den frohlockenden Haß, den verzerrten Mund, den Jubel. Und er wußte, daß sein Leben verwirkt war.

„Du wolltest es ja so'', sagte Marcus. „Du hast die Spitze deines Schwertes entblößt. Du wünschtest einen Kampf auf Leben oder Tod. Du hast ihn gehabt. Aber jetzt mußt du sterben, du, der große und vornehme Catilina, der Lügner, der Feigling, der Kampfheld gegen Kinder, die widerliche Sklavenseele!''

Lucius stammelte: „Töte mich! Mach Schluß!"

Die Schwertspitze drang ein wenig in seine Haut. „Nur nichts übereilen!" sagte Marcus. „Ich genieße jetzt mein Vergnügen, und meine Vergnügungen sind still und langsam. Ein Stückchen weiter jetzt!" Und das Schwert drang ein wenig tiefer.

Nie sollte jemand sagen können, daß Catilina dem Tode nicht unerschrocken ins Auge gesehen hatte! Er zuckte vor der Schwertspitze nicht zurück. Er versuchte sogar zu lächeln. Der Schmerz brannte ihn wie Feuer im Hals.

Und dann sah Marcus seine weit offenen, ruhig blickenden Augen. Er sah ihr volles, starkes Blau, von rötlichen Wimpern gesäumt. Und es waren Livias Augen.

Qualvoller Kummer faßte sein Herz, daß es sich bebend zusammenkrampfte. Tränen der Verzweiflung stiegen ihm in die Augen. Er zog das Schwert zurück. Er brachte kein Wort hervor.

„Ein edler Kämpfer! Ein gnädiger Sieger!" rief Gajus und schloß seinen Schüler in die Arme. Er weinte vor Freude und Erleichterung. „Ein großherziger Krieger! Er schenkt dem Besiegten das Leben, trotz tödlicher Kränkung. Ich grüße dich, du Meister über alle!"

Die Schüler und Lehrer stimmten in die Lobrufe ein und umarmten sich gegenseitig, als hätten sie selbst den Sieg errungen.

Gnaeus und Curius traten zu ihrem Freunde, halfen ihm schweigend auf die Beine und drückten ein Tuch an die blutende Halswunde. Aber Lucius schob sie beiseite. Er blickte Marcus an, der sich ein paar Schritte entfernt hatte, und grüßte ihn spöttisch.

„Ich beglückwünsche dich, Kickerling", sagte er.

Nach Jahren warf Marcus sich bekümmert vor: Ich hätte ihn töten und nicht am Leben lassen sollen. Livia, Livia! Möge meine Hand verdorren dafür, daß ich dich verriet!

Und Catilina fragte ihn einmal: „Warum hast du mich damals nicht umgebracht, Kickerling? Weil dir plötzlich zu Bewußtsein kam, daß ein namenloser Bürger, der einen Offizier der Republik tötet, verurteilt und hingerichtet werden würde?"

Aber Marcus vermochte ihm nicht zu antworten.

Die Kunde von dem Vorfall verbreitete sich bald in der Stadt, die begierig nach jeder kleinen Sensation griff, um der Düsternis des Krieges zu entkommen. Der vornehme Patrizier aus dem Geschlecht der Sergier, der als tapfer bekannte Offizier in einer der berühmtesten Legionen, war in einem Zweikampf mit spitzen Schwertern besiegt worden, und zwar von einem unbekannten Rechtsbeflissenen, dem Sohn eines einfachen Ritters, einem Provinzler aus völlig ruhmloser Familie! Daß seine Mutter dem vornehmen Geschlecht der Helvier entstammte, paßte den begeisterten Verbreitern der Nachricht nicht in den Kram, und sie verschwiegen es deshalb als belanglos.

Sogar unter den Freunden und Standesgenossen des Lucius gab es viele, die sich über seine Demütigung freuten. Oft sah Marcus jetzt lächelnde Gesichter ihn aus kostbaren Sänften anstarren. Gruppen von Handwerkern und Geschäftsleuten warteten vor Scaevolas Hause, bis Marcus, den sie liebevoll als einen der Ihren betrachteten, auf die Schwelle trat.

Scaevola verlor ein paar Tage lang kein Wort über den Vorfall. Dann fragte er seinen Schüler: „Sag mir, mein Lieber, hast du ihn aus Mitleid am Leben gelassen?"

Marcus schüttelte den Kopf.

„Nicht?" rief der alte Mann erfreut. „Warum denn sonst?"

Marcus empfand jetzt tiefe Zuneigung für seinen Lehrer. Er konnte ihn nicht durch die Wahrheit, die ihm unmännlich erschienen wäre, kränken oder enttäuschen.

„Doch nicht deshalb", fuhr Scaevola weniger vergnügt fort, „weil du die Strafe fürchtetest, die ein Zivilist bei Tötung eines verdienten Offiziers, und noch dazu eines Patriziers, verwirkt?"

„Nein", antwortete Marcus.

„Sehr gut! Dann hast du ihn verschont, damit er die für einen Mann wie ihn unerträgliche Demütigung auskostet?" Scaevola war über seine eigene Erklärung so begeistert und daher mit Marcus so zufrieden, daß er ihn umarmte. „Lucius wird dir das nie verzeihen", sagte er und lachte fröhlich, daß alle seine alten gelben Zähne sichtbar wurden.

Helvia sagte zu ihrem Sohn: „Hast du Catilina verschont, weil du die Folgen seiner Tötung fürchtetest?"

„Nein", erwiderte Marcus.

Helvia überlegte. Dann lächelte sie. „Du hast ihn entwaffnet. Du brachtest es nicht über dich, einen Waffenlosen zu töten. Du bist ein Held, mein Sohn. Ich bin stolz auf dich."

„Ich auch", mischte Quintus sich ein. „Ich wußte gar nicht, daß du ein so großartiger Fechter bist."

Auch ich wußte es nicht, dachte Marcus mit etwas säuerlicher Miene.

„Warum hast du ihn nicht umgebracht, lieber Freund?" fragte Noah ben Joel. „Doch nicht vielleicht, weil dir das Gebot: ‚Du sollst nicht töten!' einfiel?" Seine glänzend braunen Augen tanzten fröhlich.

„Nein", entgegnete Marcus. „Ich hatte fest vor, ihn zu töten."

Noah schnalzte spöttisch mit der Zunge. „Und weshalb hast du es nicht getan?"

Marcus hatte die Empfindung, daß Noah, der Schauspieler, der Künstler, der Romantiker, etwas, was den anderen unbegreiflich sein mußte, verstehen würde; außerdem wollte er sich eine Last von der Seele schaffen. „Weil er die Augen der Frau hat, die ich liebe. Er ist nämlich entfernt verwandt mit ihr und hat sie geheiratet. Hätte ich nicht, als ich mich schon zum Todesstoß anschickte, diese Augen ganz deutlich erblickt, so wäre es um ihn geschehen gewesen."

Marcus hatte sich nicht getäuscht. Noah verstand und war begeistert. „Was für ein herrliches Theaterstück sich daraus machen ließe!" rief er. „Keine Angst! Ich gebe dem Sieger und dem Besiegten nicht deinen und Catilinas Namen. Aber eines Tages werde ich diese Episode verwerten." Und dann fügte er genau das gleiche hinzu, was schon Scaevola gesagt hatte: „Lucius wird dir das nie verzeihen."

„Auch ich", stieß Marcus hervor, „verzeihe ihm nie."

ZWEITER TEIL

DER MANN UND DER ANWALT

Beschütze mich vor der Rotte der Bösen
und vor dem Toben der Übeltäter!

Ps 64, 3

XV

„Sicher ist nur eines", erklärte der alte Scaevola voll Zorn. „Was diese neumodischen Schurken Demokratie heißen, ist bloß ein wüstes Durcheinander! Du wirst selbst darauf kommen, falls man dein Leben verschont, was ich bezweifle. So alt wie ich wirst du keinesfalls werden, mit deinen widersinnigen Theorien über Menschenrechte und Demokratie. Nimm nur diese Lex Sulpicia, die den Freigelassenen — diesem Gelichter — die Gleichstellung mit den alten Bürgern Roms bringen sollte! Cinna, der von Demokratie und Freiheit und Verfassung schwatzt und dabei ein arger Despot ist, hat das inzwischen aufgehobene Gesetz wieder durchgebracht. Er weiß, wo die Stützpfeiler seiner Macht sind, der herrschgierige Schuft! Jedes Jahr ernennt er sich selber zum Konsul, ohne das Volk zu fragen, das er angeblich so liebt. Er hat Steuern und Schulden herabgesetzt; damit hat er uns aber wirtschaftlich zugrunde gerichtet und den schon durch Kriege und durch Zuschüsse an fremde Völker geplünderten Staatsschatz gründlich geleert. Auf eines können wir uns verlassen: Diese vorübergehenden Steuersenkungen müssen in eine Überbesteuerung und in den endgültigen Zusammenbruch münden. Das sieht jeder Buchhalter ein. Aber kümmert sich das Volk um den Staatshaushalt und um die harte Tatsache, daß nur ein Bankrotteur mehr ausgeben kann, als er hat? Nein! Man begrüßt Cinna, diesen Tyrannen, mit Hochrufen, einzig und allein deshalb, weil er eine augenblickliche Erleichterung gebracht hat, die nur auf Kosten der Nation geht."

Der vornehme alte Pontifex schüttelte niedergeschlagen den Kopf. „Marius, ein anderer Patentdemokrat, hat bei den Massakern, die er anschließend an seine Rückkehr nach Rom veranstaltete, mein Leben geschont. Warum, weiß ich nicht; denn ich verabscheue alle Heuchler. Es war kein Zufall, daß er sich so gut mit diesem Proleten Cinna verstanden hat, der uns jetzt im Namen der Demokratie derart kujoniert." Er kratzte sich hinter dem Ohr und schmunzelte traurig. „Trotzdem bin ich manchmal geneigt, an den alten Mythos zu glauben, daß Volkesstimme Gottesstimme sei. Als Marius im Bett starb — leider! er hätte niedergemetzelt gehört, wie er es mit Tausenden anderer erbarmungslos getan hat —, da hat das Volk keinerlei Trauer bekundet um seinen Befreier, wie er sich selber nannte. In ganz Italien und selbst in Rom hob man wieder den Kopf, als wäre ein schon über dem Nacken schwebendes Richtschwert zurückgezogen und die Begnadigung verkündet worden. Sehr seltsam! Die Leute, die seinerzeit am lautesten nach allgemeinem Bürgerrecht und Freiheit schrien, finden sich jetzt am leichtesten mit Cinnas Bedrückungen ab."

„Die Menschen müssen verschnaufen und sich fassen, nach all den Kriegsjahren", wandte Marcus ein. „Sie sind völlig erschöpft. Aber wir werden bestimmt auch Cinna losbekommen!"

„Nein!" rief Scaevola. „Jeder Versuch zur Wiederherstellung der Verfassung würde nur neue Bürgerkriege entfesseln, und dumpf ahnen die Leute das. Besser Knechtschaft in Frieden als Freiheit durch Krieg! sagen sie sich. Das ist die Stimme der neuen Freigelassenen, die in Rom herumstolzieren und von der Geschichte der Stadt nichts wissen und mit Cinna, dem Tyrannen, hochzufrieden sind, der sie mit der Parole von der ‚Demokratie' geködert hat. Enttäuscht bin ich über unsere Provinzen, wo ich mir etwas Mannhaftigkeit erhofft hatte."

„Man wünscht Frieden", gab Marcus zu bedenken.

„Lächerlich!" höhnte Scaevola. „Da ist doch noch Sulla – im Exil, im Orient! Hat er aufgegeben? Nein. Bald werden wir von ihm hören. Kriege gebären wieder Kriege; sie pflanzen sich fort wie Heuschrecken, weil es immer neue Ehrgeizlinge gibt ... Aber jetzt wollen wir daran denken, daß du morgen zum erstenmal vor dem Senat plädierst. Ich werde dir nicht zur Seite stehen, sondern unter den Zuhörern sitzen. Du bist jetzt einundzwanzig Jahre alt, und ich habe dich gewissenhaft unterwiesen; du warst weniger begriffsstutzig als meine anderen Schüler, die immer noch bloße Handlanger sind. Ich habe eine Anzahl meiner Freunde verständigt, und man wird dir Beifall spenden ..."

„Falls ich gewinne", unterbrach Marcus ihn. Gelassen stand er vor seinem Mentor, der die Augen zusammenkniff und den Kopf zur Seite neigte.

„Das Wörtchen ‚falls' darf sich ein Advokat in solchen Zusammenhängen nicht gestatten", erklärte Scaevola. „Wir wollen deinen morgigen Fall nochmals durchdenken. Ich habe dir schon gesagt, daß du dich dabei auf kein geltendes römisches Gesetz berufen kannst, weil es kein solches gibt. Dein Klient ist ein kleiner Landwirt mit Weib und zwei unmündigen Kindern und drei Sklaven, die bei der Feldarbeit mithalfen. Aber wie wir alle ist er unter die Räder geraten. Er konnte seine Abgaben nicht bezahlen. Daher haben die Steuereinnehmer sein Bauerngütchen beschlagnahmt und ihn selber eingekerkert. Jetzt will man ihn samt Weib und Kindern in die Sklaverei verkaufen. So lautet das Gesetz: Wer Bankrott macht, wer seine Steuern nicht entrichten will oder kann, wer seine Schulden nicht zahlt, wird in Haft genommen; sein Besitztum wird eingezogen und er selbst samt Familie in die Sklaverei verkauft, damit seine Gläubiger oder der habgierige Staat zu ihren Geldern kommen. Das ist Roms Gesetz. Und wer verficht die Unverletzlichkeit der Gesetze wärmer als du, mein Lieber?"

„Früher einmal war Roms Seele human", erwiderte Marcus betrübt. „Dieses schlechte Gesetz hätte aufgehoben werden sollen, und das wäre auch schon geschehen, wenn nicht die Bürgerkriege ausgebrochen wären. Es blieb die ganze Zeit über in Kraft, ohne angewendet zu werden."

„Der Staat braucht Geld. Das ist das ewige alte Lied", sagte Scaevola verächtlich. „Um die allgemeine Feststellung in die heutige Wirklichkeit zu übersetzen: die Tyrannen brauchen Geld zur Bezahlung von Stimmen und Einfluß. Daher greifen sie auf alte Gesetze zurück. Ihre Bürokraten stöbern in verstaubten Schriftrollen und stoßen auf eine Verordnung oder ein kleines obskures Gesetz, das Freibeutereien rechtfertigt. Es geht alles höchst legal und höchst ehrenhaft zu. Als dieses Gesetz vor Jahrhunderten erlassen wurde, geschah es, um die Bürger des damals neuen Staatswesens von Verschwendung und Verantwortungslosigkeit abzuschrecken und ihnen bewußt zu machen, daß sie mit ihren Unternehmungen die von der Natur gesetzten Grenzen ihrer wirtschaftlichen und geistigen Möglichkeiten nicht überschreiten durften. Jetzt aber gräbt der Staat auf seiner heftigen Suche nach Einnahmequellen ein uraltes Gesetz aus, das nie Anwendung fand, weil die Bürger sparsam und haushälterisch und die Regierenden menschlich waren. Jetzt wird es angewandt, weil die Bürger verschwenderisch und verantwortungslos und die Regierenden Scheusale sind. Die ganze Sache ist widersinnig, aber Regierungen haben sich nie durch Folgerichtigkeit ausgezeichnet. Und braucht der Staat nicht wirklich Geld? Dein Klient ist nur einer unter Tausenden."

Marcus setzte sich und stützte den Ellbogen auf den zerschrammten Tisch, an dem so viele Schüler Scaevolas studiert hatten. Er legte das Kinn in die Handwölbung und starrte die Tischplatte an. „Ich werde an die Menschlichkeit der Senatoren appellieren", erklärte er.

Scaevola verschob belustigt seine Hinterbacken auf dem Sessel und schlug, laut herauslachend, auf den Tisch. „Menschlichkeit? Mein Lieber, du bist nicht ganz bei Trost. Du willst Gnade von einer Obrigkeit, die von Natur aus auf Raub bedacht ist? Von einem Staat, der — wohlgemerkt! — Geld braucht, und zwar das Geld deines Klienten? Du flehst den Löwen an, die Gazelle auszulassen, nach deren Fleisch es ihn unbändig gelüstet, weil er immer hungrig ist? Nein, nein, mein Milchbart! Du mußt dir einen anderen Trick einfallen lassen als den Kniefall vor einem Löwen."

„Aber was?" fragte Marcus verzweifelt. „Ich habe vergebens nachgedacht."

„Ich betrachte deinen Prozeß", erklärte Scaevola, „nur als Übungsaufgabe für dich. Du hast nicht die mindeste Aussicht, Gnade für deinen Klienten zu erwirken. Machen wir uns doch nichts vor! Die Römer sind geborene Schauspieler. Ich hoffe, du wirst sie trotz deiner Jugend durch deine Beredsamkeit beeindrucken; ich hoffe, sie werden dir aufmerksam zuhören. Ich hoffe, sie werden dir Beifall spenden. Aber sie werden nicht das Machtmittel aus der Hand geben, das ihre Bürokraten eben erst aufgestöbert haben. Der Staat braucht nämlich Geld. Oder langweile ich dich mit meinen immer gleichen Hinweisen?"

„Nur eine Übungsaufgabe für mich?" fragte Marcus. Er wurde rot, und in seinen Augen sprang ein kühles, bernsteingeflecktes Gelb auf.

„Nichts anderes", bekräftigte Scaevola. „Ich stelle mich zu deiner morgigen Verteidigungsrede wie ein Kritiker zur ersten Rolle eines neuen Schauspielers."

„Du sagtest doch vorhin, ich darf mir das Wörtchen ‚falls' nicht gestatten und muß an meinen Erfolg glauben", erinnerte Marcus ihn.

„Ich dachte dabei nur an dich. Dein Erfolg wird darin bestehen, daß du deine Zuhörer zu Tränen rührst. Sonst bist du kein richtiger Verteidiger. Das Schicksal deines Klienten kommt erst in zweiter Linie, weil du den Prozeß ja doch nicht gewinnen kannst."

„Was ist dann also der neue Trick, den ich mir einfallen lassen soll?"

Scaevola schüttelte den Kopf. „Den gibt es nicht. Außer, Pallas Athene, deine Schutzgöttin, wirkt ein Wunder."

„Macht und Gesetz sind nicht gleichbedeutend", dozierte Marcus.

Scaevola betrachtete ihn mit gespielter Bewunderung. „Bravo! Das mußt du morgen den Senatoren erzählen", rief er. „So ein großartiges Argument ist ihnen noch nie versetzt worden."

„Wo schrankenlose Macht geübt wird, hört der Rechtsstaat überhaupt auf", erklärte Marcus hartnäckig.

„Richtig! Aber die Herrschenden wollen Macht. War das nicht immer so? Ist Macht nicht der Lebensnerv der Herrscher? Mein symbolischer Löwe von vorhin steht für alle Herrschenden."

„Ich werde meine Gazelle retten", behauptete Marcus.

Scaevola brach wieder in Lachen aus und wischte sich echte Heiterkeitstränen von den dicken, fettglänzenden Wangen. „Ausgezeichnet!" rief er. „Tapfere Worte! Aber von dicken Tönen hat sich ein Löwe noch nie einschüchtern lassen."

Marcus ging in Scaevolas Bücherzimmer und suchte von neuem in den Gesetzen nach einem rettenden Ausweg für seinen Klienten. Er fand keinen. Mittags begab er sich in einen Tempel, trat vor die Minervastatue und betete zu seiner Schutzgöttin und zum Unbekannten Gott. Morgen sollte er zum erstenmal selbständig plädieren. Sein Herz war erfüllt vom Zorn des Gerechten und brannte nach Billigkeit und Ehrsinn und Redlichkeit.

Er kam zum Scaevola-Hause zurück. Die prächtige Sänfte vor dem Tor fiel ihm nicht besonders auf, weil er einen solchen Anblick gewöhnt war. Als jedoch die Vorhänge sich teilten und Noah ben Joel mit totenblassem, verzweifeltem Gesicht ausstieg, lief Marcus auf ihn zu und streckte ihm die Hand entgegen. Noah nahm sie. Er versuchte zu sprechen. Dann brach er in Tränen aus. Während Marcus ihn erstaunt und angstvoll umarmte, lehnte er den Kopf an die Schulter seines Freundes und rang nach Atem. „Mein Vater!" stöhnte er.

Vor ein paar Monaten, im Frühling, hatte Joel ben Salomo seinen Sohn gerufen und mit fester Stimme zu ihm gesagt: „Ich habe deinen Schwestern reiche Mitgiften ausgesetzt, weil Gott — Gepriesen sei sein Name! — sich außerstande sah, meine Töchter mit den Gesichtern von Engeln oder der Seele einer Rachel auszustatten. Wer sind wir, daß wir uns gegen Gottes Ratschluß auflehnen könnten? Immerhin haben die Mitgiften und die Vermögenseinbußen durch die Kriegswirren meine Truhen geleert. Dir als meinem einzigen Sohn hätte ich gern ein großes Vermögen hinterlassen. Ich bin zwar noch immer kein Bettler; aber mein Gewissen verbietet mir, weiterhin deine Geldtasche zu füllen, nur, damit du Theaterstücke aufführen und Schauspieler entlohnen kannst. Ich hatte gehofft", fügte der alte Mann seufzend hinzu, „du würdest einmal meine Banken und Maklerbüros übernehmen. Statt dessen hast du mir eröffnet, daß dir Geld nichts bedeutet und daß du über solche prosaische Nichtigkeiten hoch erhaben bist. Wären deine Theaterstücke einigermaßen einträglich gewesen, so hätte ich mich mit den Dingen halbwegs abgefunden. Leider war das nicht der Fall — erstaunlicherweise übrigens, weil in Kriegszeiten die Menschen sich um Unterhaltung reißen. Angeblich fehlt es in den Zirkussen nie an Zuschauern."

„Dort ist der Eintritt meistens frei; dafür kommt die öffentliche Hand auf", warf Noah ein, ohne sich eines bösen Vorgefühls erwehren zu können, das sich ihm wie ein Bleiklumpen aufs Herz legte.

Sein Vater schloß für einen Lidschlag die Augen, fuhr aber dann, als wäre er nicht unterbrochen worden, fort: „Deine Theaterstücke müssen bemerkenswert langweilig sein. Ich bin kein Kritiker. Ich war nie im Theater. Aber ich habe ein paar von den Stücken gelesen, die du zu Hause hast herumliegen lassen."

„Die Verfasser sind bekannte griechische Dichter, darunter so berühmte Männer wie Sophokles und Aristophanes", betonte Noah mit einer auftrumpfenden Geste seiner großen, aber feingliedrigen Hände.

„Bemerkenswert langweilig", wiederholte Joel und strich sich müde den Bart. „Wenn die Römer deine Aufführungen meiden, beweisen sie mehr Klugheit, als ich ihnen zugetraut hätte."

„Diese Dramen sind Kunstwerke", erklärte Noah. „Leider muß ich zugeben, daß der Mob ihnen ebensosehr die blutigen Schauspiele in der Arena vorzieht wie die Darbietungen der Gladiatoren und Ringer und Faustkämpfer und Tänzer."

Der Vater schüttelte sich. „Kunstwerke oder nicht, jedenfalls haben sie dir nichts eingetragen und bloß meine Truhen geleert. Bis jetzt habe ich mir gesagt, daß in diesen sittenlosen Zeiten ein junger Mann sich eine Weile austoben können muß. Zu meiner Zeit war es ja anders. Ach ja, zu meiner Zeit!"

Noah hörte pflichtschuldig zu, obwohl er ein Gähnen kaum unterdrücken konnte. Sein ganzes Leben lang hatte der Vater von ‚seiner Zeit' gesprochen.

„Offenbar habe ich den Gott meiner Väter erzürnt", sagte Joel.

Da die Klagereden des Vaters gewöhnlich mit diesen Worten ausklangen, rüttelte Noah sich wach, in der Meinung, nun sei alles gut überstanden. Aber bald ließ er den Mut sinken. Die Augen des Vaters blieben kühl und scharf auf ihn geheftet. Er hatte also nicht die Absicht, den Sohn mit dem üblichen Stoßseufzer zu entlassen.

„Darum", fuhr Joel vielmehr fort, „habe ich deine Heirat mit der Tochter des Esra ben Samuel abgesprochen. Die Mitgift . . ."

„Lea? Die sieht ja aus wie ein Kamel!" rief Noah entsetzt. „Sie ist älter als ich. Auch die größte Mitgift könnte niemanden verlocken, sie zu heiraten!"

„Sie ist erst vierundzwanzig, also noch recht jung", erklärte Joel. „Wie ein Kamel sieht sie aus? Natürlich ist sie keine Judith oder Bathseba; aber sie beleidigt meiner Meinung nach das Auge nicht. Allerdings darf ich mir", fügte der alte Mann spöttisch hinzu, „in solchen Fragen kein Urteil anmaßen, da ich nicht ein Künstler bin, sondern nur ein ganz gewöhnlicher Geschäftsmann. Jedenfalls ist sie eine brave, sittsame Tochter Israels. Und steht nicht geschrieben, daß, wer ein braves Weib fand, einen guten Fund gemacht hat? Ihre Mutter hat sie ausgezeichnet erzogen . . ."

„Sie ist ein Kamel", fiel Noah ihm verzweifelt ins Wort.

„Sprich nicht so!" rief der Vater in ungewöhnlich scharfem Tone. „Ihre Nase könnte ja schöner, ihre Augen könnten größer sein. Aber sie hat eine hübsche Gesichtsfarbe und prächtige Zähne."

„Ein Mann sucht sich doch seine Frau nicht nach den Zähnen aus, wie man ein Pferd kauft", murrte Noah, der nicht glauben wollte, daß dieses Unheil ihm ins Haus stand. „Und dick ist sie auch noch."

Joel sagte: „Ich mag mich irren, und du kannst mich berichtigen. Aber mir kommt vor, daß nicht du eine Frau kaufst. Lea kauft sich einen Gatten. Und zwar dich."

„Nein!" widersprach Noah.

„Ja", bekräftigte Joel.

Noah überlegte. Er sah die Entschlossenheit seines Vaters. Er sah, wie fest die knotige Hand war, die den grauen Bart strich. Wenn er sich weigerte, dieses Kamel zu heiraten, gab es keine väterlichen Zuschüsse mehr.

Nahm er aber Lea bas Esra zur Frau, so fiel ihm eine ansehnliche Mitgift zu. Lea war freundlich, sanft und nachgiebig und würde dem Manne, der feierlich den Saum seines Gewandes über sie breitete, für immer untertan sein.

„Ich habe auch", erwähnte Joel, „mit Esra besprochen, daß die Mitgift seiner Tochter sicher angelegt wird. Da ausländische Werte heutzutage keineswegs sicher sind, habe ich Esra geraten, für Lea Häuser in Rom und Gold zu kaufen. Vom Ertrag könnt ihr auskömmlich leben, du und Lea und zwei oder drei Sklaven und eure künftigen Söhne."

Ich bin unten durch, dachte Noah und hätte sich am liebsten die Haare gerauft und mit Asche bestreut. Doch bei näherer Überlegung wurde er anderen Sinnes. Schließlich gab es dann ein ganz regelmäßiges Einkommen, zum Unterschied von den jetzigen zwar ausgiebigen, aber sehr wechselnden Zuschüssen des Vaters. Er konnte weiter seine Theaterstücke aufführen und brauchte nur zu beten, daß die Römer sich für reine Kunst aufgeschlossener zeigen sollten als bisher.

Immerhin wandte er sich an seine Mutter, die ihm sehr gewogen war. Aber es zeigte sich bald, daß die Eltern die Angelegenheit miteinander genau abgesprochen hatten. So seufzte die Mutter bloß und redete vom Willen Gottes und davon, daß Noah mit seinen dreiundzwanzig Jahren das übliche Heiratsalter ohnedies schon beträchtlich überschritten habe. „Das Mädel ist nicht übel", tröstete sie ihn. „Hast du denn eine andere Wahl?"

Noah trug sein Leid zu seinem Freunde Marcus, der so herzlos war, darüber zu grinsen.

„Du als Römer hast leicht lachen", erklärte Noah aufgebracht. „Eure Ehen werden zwar auch von den Eltern gestiftet; aber wenn euch die Gattin nicht gefällt, könnt ihr euch anderswo schadlos halten. Diese Möglichkeit haben wir Juden nicht."

„Du hast mir doch mit einigen sehr bemerkenswerten Geschichten aus euren heiligen Büchern aufgewartet", erinnerte Marcus ihn. „Wie war denn das mit David und mit Salomo, um nur zwei zu erwähnen? Und was hat sich in Sodom und Gomorra abgespielt?"

„Jedenfalls erwartet man von jüdischen Ehegatten, daß sie treu sind", erklärte Noah. „Besonders von solchen Ehegatten, die unter den sittenstrengen Augen meiner Eltern und Esras leben."

Marcus wurde zur Hochzeit eingeladen. Er fand die Feier sehr aufwendig und Noahs Schilderung seiner Braut ungerecht. Lea war nicht verführerisch und selbst für den sinnenfreudigsten Geschmack etwas zu füllig. Auch ein bißchen klein war sie geraten. Aber sie hatte rosige Wangen, ein anmutiges Lächeln, einen züchtigen Blick und nette Manieren. Sie brachte ihrem Gatten eine, sogar nach römischen Maßstäben, erkleckliche Mitgift ein. Das waren nicht zu verachtende Tugenden.

Offenbar kam Noah zu der gleichen Erkenntnis; denn Marcus sah ihn zwei Monate lang nicht. Als er sich eines Abends im Cicero-Hause zeigte, stellte Marcus fest, daß er weniger mager war als früher und recht zufrieden aussah. Er sprach angeregt über ein neues Theaterstück. Für die weibliche Hauptrolle dieses von ihm selbst verfaßten Stückes hatte er eine hübsche Lebedame engagiert. „Ein geiles Weibsstück", sagte er genießerisch. „Aber ein Auftreten hat sie! Ich will sie auch als Elektra auf die Bühne stellen. Sie ist selbst reich und war früher die Geliebte eines Senators."

Und dann sah Marcus seinen Freund erst an jenem Spätsommertag wieder, als er ihm weinend in die Arme sank und „Mein Vater!" stöhnte.

Tränenüberströmt saß Noah mit Scaevola und Marcus beisammen und erzählte.

Einige Senatoren, denen es als Parteigängern des Marius erspart blieb, mit Sulla in den Osten fliehen zu müssen, waren seinerzeit, vor den Kriegen, in reger Geschäftsverbindung mit Joel gestanden. Sie hatten von ihm empfohlene Anlagewerte gekauft und sich bei ihm verschuldet. Die Aufzeichnungen darüber führte er in seinem Kontor, wo er sehr gut beleumundete Angestellte hatte. Unter normalen Verhältnissen wären die Anlagen nicht nur sicher geblieben, sondern auch voll abgezahlt worden. So aber erlitten die Senatoren, gleich allen vermögenden Römern, infolge des Krieges Verluste bei den meisten ihrer Anlagewerte, besonders bei Schiffs- und Bergwerksanteilen und bei Grundbesitz.

Ein Teil der Werte betraf Rüstungsbetriebe. Aber auch den Rüstungsfabrikanten zahlte die Regierung im Lauf des Krieges immer weniger und drohte sogar, wenn sie aufbegehrten, ihre Betriebe für die Dauer der Notzeiten zu beschlagnahmen. So verloren die Senatoren auch hier Geld. Überdies hatte ihr eigener Grundbesitz, zu dem viele Weingärten gehörten, durch die Kriegswirren stark gelitten und teilweise brachgelegen. Erst jetzt begannen diese Güter wieder Erträge abzuwerfen.

Cinna, der verderbliche Politiker, hatte zwar die Schulden herabgesetzt. Aber diese Maßnahme erwies sich als zweischneidiges Schwert. Zugleich mit den Schulden, die jemand hatte, verringerte sie die Guthaben, die ihm selber gegenüber den eigenen Schuldnern zustanden. So war auch vielen Senatoren, die nicht nur bei Maklern und Bankiers wie Joel, sondern — wegen ihrer auch in der Kriegszeit weiterbetriebenen Verschwendung — außerdem bei vielen anderen Leuten, darunter bei Klienten Joels, verschuldet waren, durch das neue Gesetz nur unzureichend geholfen.

Ihre Verpflichtungen gegenüber Joel waren am wenigsten drückend, weil er in Erkenntnis ihrer Zwangslage nicht drängte. Immerhin wurde ihre gesamte Schuldenlast trotz der Herabsetzung durch Cinnas Gesetz ungeheuer groß. Deshalb schmiedeten sie einen gemeinen Plan. Sie behaupteten, Joel habe ihnen vollbezahlte Anlagewerte unter dem Vorwand, sie seien erst zum Teil beglichen, nicht ausgefolgt! Durch diese Anschuldigung gedachten sie, sich mit einem Schlage nicht nur ihrer Schulden bei ihm zu entledigen, sondern überdies im Zuge eines Strafverfahrens wegen Veruntreuung sein gesamtes Vermögen zu ihrer eigenen Bereicherung einziehen zu lassen.

An diesem Morgen hatte man ihn verhaftet. Dabei war er in Ohnmacht gefallen und auf rohe Weise weggeschleppt worden. Seine Frau und die übrigen Angehörigen waren verzweifelt. Die Töchter und Schwiegersöhne und deren Väter berieten, wieviel Geld man aufbringen könnte, um die Senatoren, wenn ihnen die Summe genügte, zur Zurückziehung ihrer Anzeige zu bewegen. Tatsächlich hatten die Schwiegersöhne den Senatoren eine beträchtliche Summe angeboten, jedoch nichts erreicht. Die Anzeiger wünschten in den Augen ihrer Gefolgsleute als Tugendbolde dazustehen. Deshalb mußte Joel bestraft werden.

Während Scaevola wie eine dicke Riesenkröte in seinem Sessel hockte und scharf auf Noahs unzusammenhängende Darstellung horchte, beobachtete er das vor Schreck und Ungläubigkeit erstarrte, kreideweiß gewordene Gesicht seines Schülers. Na, dachte er, das wird dem jungen Laffen, für den ich eine unerklärliche Schwäche habe, endlich zeigen, wie richtig ich ihm den Stand der Dinge in Rom geschildert habe!

Nachdem Noah seinen Bericht beendet und die Hände über das Gesicht gebreitet hatte, stammelte Marcus: „Das ist doch unmöglich! Hat dein Vater keine Anwälte, Noah?"

„Nein", erwiderte der unglückliche Sohn. „Er ist ein Ehrenmann. Er hat immer behauptet, ein Ehrenmann brauche keinen Advokaten. Er fühlte sich gegen alle Unbill gefeit."

„Ach!" rief Scaevola. „Dieser Joel ist wahrlich ein bemerkenswerter Narr. Ist das dein Ernst, Noah? Er hat keine Anwälte?"

Diese Torheit konnte er nicht glauben. Immer wieder mußte Noah sie ihm bestätigen. Dann lehnte Scaevola sich heftig in seinem Sessel zurück und schüttelte den Kopf wie ein kampfmüder Gladiator. Für eine Weile hatte es ihm die Rede verschlagen.

Marcus fragte: „Aber dein Vater hat doch seine Kontoblätter, nicht wahr, Noah?"

„Vollzählig", beteuerte Noah mit erschöpfter Stimme. „Wir haben den Senatoren anheimgestellt, in sie Einblick zu nehmen."

Vor Wut wurde Scaevola wieder lebendig und schlug so heftig mit der flachen Hand auf den Tisch, daß es wie ein Paukenschlag dröhnte. Der alte Mann beugte sich zu Marcus und schrie: „Du Dummkopf! Was nützt es denn, Konsuln, Tribunen oder Senatoren Belege zu zeigen, wenn die Regierung entschlossen ist, einen Mann auszuplündern und zu vernichten, der ihr mißfällt oder dessen Besitz ihre Habgier erregt hat? O

Götter!" stöhnte er. „Da habe ich also wahrhaftig diese ganzen Jahre verschwendet an einen solchen stockdummen Esel wie diesen Marcus Tullius Cicero! Meine wertvollen Altersjahre!" Er ballte die Fäuste und fuchtelte mit ihnen in der Luft und verwünschte sich selber wegen seiner Albernheit.

Während dieser stattlichen Reihe von Flüchen sah Noah mit leerem Blick erst Scaevola und dann Marcus an. Endlich fand der Pontifex sich wieder. Er musterte Noah. „Ich nehme an, dein Vater wird auch der Steuerhinterziehung bezichtigt?"

„Ja. Das habe ich angesichts der ärgeren Gemeinheiten ganz vergessen", antwortete Noah mit verzweifelter Miene.

Scaevola nickte mit weisem, erbittertem Lächeln. „Das geschah, um die Ehrenhaftigkeit der Senatoren in noch helleres Licht zu rücken. Sie sind ja selber auch von den sogenannten staatsnotwendigen Steuern betroffen. Aber waren sie nicht brave, gesetzestreue Patrioten? Und ob! Sie haben ihre Steuern bis zum letzten As bezahlt. Um das zu beweisen, haben sie sicherlich Belege gefälscht. Aber welcher Steuereinnehmer würde wagen, ihren Behauptungen zu widersprechen? Der Stümper müßte ja damit rechnen, durch Gift oder noch schmerzhaftere Mittel unschädlich gemacht zu werden. Für jeden vernünftigen Menschen versteht es sich von selbst, daß die Mächtigen sich ihrer Steuerschulden anders entledigen als ein gewöhnlicher hilfloser Bürger." Er blickte Marcus an. „Du wirst an meine Worte denken, wenn du morgen, mein lieber Marcus, deinen Klienten vor diesen selben Senatoren verteidigst und ihre Milde anrufst. Sind sie nicht alle ehrenwerte Römer? Sind die Steuern nicht der Lebensnerv eines Gemeinwesens? Wer seinen Staat — so wirst du es morgen zu hören bekommen — hintergeht, fordert jeden römischen Bürger heraus, der seinen Verpflichtungen gewissenhaft nachgekommen ist!"

„Jetzt wollen wir an Joel denken", bat Marcus. „Man kann doch diese Ungerechtigkeit nicht dulden. Wir haben ja schließlich Gesetze."

Scaevola beschwor Noah, diesem spatzenhirnigen Idioten die Freundschaft zu kündigen. „Hör dir ihn nur an!" rief er. „Von Gesetzen redet er! Gibt es heutzutage etwas Verächtlicheres? Jahrelang ist er hier an diesem Tisch gesessen, hat mich zum Senat und zu den Gerichtshöfen begleitet, hat mit seinen halbtauben Ohren angehört, daß es kein Recht gibt außer demjenigen, das von den Tyrannen — gegen entsprechenden Preis — gnädigst gewährt wird. Schon seit vielen Generationen ist Rom, so habe ich ihm beizubringen versucht, korrupt und verderbt. Die Republik ist gestorben, an Fettsucht und Überfressenheit. Sie ist gestorben, weil das Volk nicht auf der Achtung von Recht und Gesetz und Verfassung beharrte. Und da wagt dieser Grünschnabel von Gesetzen zu schwatzen, wo doch schon Aristoteles gesagt hat, daß die Republik zur

Demokratie abgleitet und zur Tyrannis entartet. Er hat die Lehren der ganzen Geschichte zur Hand und ist ihnen gegenüber stockblind und stocktaub."

Mit all der ruhigen Festigkeit, die er in seine Stimme zu legen vermochte, entgegnete Marcus: „Immerhin sind die Gesetze noch in Kraft. Mein Großvater, von dem ich dir erzählt habe, Meister, war davon überzeugt, daß starke, ehrenhafte Männer den Ruhm der römischen Rechtspflege wiederherstellen könnten. An dieser Überzeugung festzuhalten, ist für mich eine Lebensfrage. Wenn man die Gesetze mißachtet, so geschieht es nur deshalb, weil käufliche, verächtliche Einzelpersonen sie umgehen und zum Gespött machen und zu ihrem Vorteil mißbrauchen. Man kann Justitias weißes Gewand mit Dreck bewerfen; aber man kann sie nicht vom Sockel stürzen oder von der Stelle rücken."

„Ach, Quatsch!" schrie Scaevola, fast außer sich. „Fast zwei Jahrhunderte lang bewirft man sie schon mit Dreck und hat sie immer wieder umgestürzt und von der Stelle gerückt! Willst du nicht, im Namen der Vernunft, diese Grundwahrheit zur Kenntnis nehmen, die dir vor Augen steht, du armseliger Wicht? Eine Lebensfrage ist es für dich, sagst du, daß diese Wahrheit falsch sein muß? Dann spring in den Tiber! Oder stürz dich in das Schwert, mit dem du vor fünf Jahren Catilina überwunden hast! Nimm den rostigen Dolch deines Großvaters und stoß ihn dir in die Eingeweide! Denn diese Welt ist nichts für dich, Marcus!" Scaevolas Atem ging wie das Ächzen eines Blasebalgs. Er starrte auf den gesenkten Kopf seines Schülers. Er stöhnte wie ein besiegter Gladiator, der den Tod willkommen heißt.

„Soll man es mit Bestechung versuchen?" fragte Noah zögernd.

Scaevola lachte. „Schade um jeden Sesterz! Was schätzt ein Schurke in machtvoller Stellung noch mehr als das gewiß verlockende Geld? Sein öffentliches Ansehen als Tugendbold!"

Mit verächtlicher Gebärde hob er die Hand Marcus entgegen. „Hier ist der Schlüssel zu meiner Schlafkammer! Unter meinem Bett findest du eine eiserne Kassette. Was sie enthält, befindet sich nicht nur hier in diesem Hause, sondern auch in Verstecken fern von Rom, an Plätzen, die selbst die schärfste Fuchsnase nicht aufspüren kann. Unterdessen schreib du, lieber Noah, auf diesen Papyrus die Namen der Senatoren, die deinem Vater Geld schulden und die du heute früh aufgesucht hast. Bei einigen weiß ich allerdings nicht, was sie auf dem Kerbholz haben. Aber das macht nichts. Jeder bekannte Politikerschlingel, jeder Mächtige hat Geheimnisse, die er um nichts in der Welt enthüllt wissen möchte. Man muß nur andeuten, daß man von ihnen weiß. Und diese Burschen kennen Scaevola."

Als Marcus niedergeschlagen, aber nicht tödlich getroffen, mit der Kassette zurückkam, betrachtete Scaevola sie sehr liebevoll. Er tätschelte sie väterlich. „Da drinnen ist meine Macht, meine gesellschaftliche Stellung, alles, was den alten Scaevola furchterregend macht, was die Bösewichter in Tänze versetzt, um die Pan sie beneiden würde." Er beugte sich nieder und drückte auf die Kassette einen schmatzenden Kuß.

Er sagte: „Wenn Bösewichter einen angehen, darf man nicht kühn Front machen und ehrenhaft den Kampf aufnehmen, in der Überzeugung, man habe das Recht auf seiner Seite. Man muß ihre Geheimnisse aufdecken." Er sperrte die messingbereifte Kassette auf und besah entzückt den Inhalt. Dann suchte er, nachdem er Noahs Liste durchgesehen hatte, eine der Rollen heraus und las darin. Schließlich nickte er zufrieden.

„So, lieber Noah und lieber Marcus! Nummer eins ist nicht nur der Großvater seines Enkels, sondern auch der Vater. Er hat seine Tochter verführt, als sie zwölf Jahre alt war. Er hat ihre Mutter, die ihn anzuzeigen drohte, vergiftet. Er hat das Mädchen an einen Mann verheiratet, der impotent ist und Knaben vorzieht. Der edle Senator wünscht, daß seine geliebte Tochter nicht von einem anderen Mann entehrt wird; deshalb hat er diese Ehe gestiftet. Die junge Dame ist ausnehmend schön und ebenso ausnehmend dumm und steht ganz im Banne ihres Vaters, den sie anbetet. Augenblicklich betreibt der Senator die Scheidung der Scheinehe, damit die Tochter nach Hause zurückkehren kann, wo er sie — sagen wir, väterlich — betreuen und seinen Enkel, der gleichzeitig sein Sohn ist, aufziehen wird, weil er ihn gern hat. Nicht oft", erklärte Scaevola genießerisch, „vermag ein von seinen Leidenschaften betörter Mann die Dinge so säuberlich und so angenehm zu ordnen. Wir werden sehen."

Scaevola studierte eine andere Rolle und war auch diesmal befriedigt. „Ah, das ist ja ein ganz rarer Vogel! Er hat den edlen, tugendhaften Drusus ermordet. Das Volk hat Drusus, dessen Mörder nie gefaßt wurde, in bester Erinnerung behalten. Man würde auch heute noch unseren feinen Senator für seine Tat in Stücke reißen."

Er zog eine dritte Rolle hervor, über die er derart lachen mußte, daß ihm fast die Tränen kamen. „Mein geschätztester Senator! Du rührst mein altes, lederzähes Herz aufs tiefste. Du hast die jungen Ehefrauen von vier deiner getreuesten Senatskollegen verführt. Aber, aber! Ein kluger Mann verführt nicht die Frauen seiner Freunde, die ihn zugrunde richten könnten. Gibt es nicht genug andere Weiber in Rom? Wenn deine Kollegen je davon erfahren, werden sie sich darum reißen, wer dir zuerst den Dolch in den Leib bohrt."

Er nahm eine andere Rolle. „Lieber Freund, du warst fünfmal verheiratet, und keine deiner Gattinnen hat dir ein Kind geboren, nicht einmal eine Tochter. Dein ergebener Scaevola weiß, warum. Deine fünf Frauen waren alle Damen der Gesellschaft und haben sich gehütet, ihre Demütigung und die ihrer Weiblichkeit angetane Schmach publik zu machen. Aber trotz deiner Unzulänglichkeit hast du zwei prächtige Söhne. Wieso das, Verehrtester? Sie sind aus anbefohlenen Verbindungen zwischen jungen Sklavinnen und Sklaven entsprossen, denen längst der Tod den Mund verschlossen hat. Du brauchst ja diese Söhne, von deren Vorhandensein die Erhaltung deines Namens und auch eines großen Vermögens abhängt. Ich gedenke nicht unschuldige Kinder zu schädigen, falls nicht du selbst es herausforderst. Denn dann würde dein vielgehaßter Neffe deinen Senatssitz und dein Vermögen erben. Und denk an das Gelächter von Rom, das für lustige Geschichten immer viel übrig hat!''

„Aber seine Ehen wurden doch kinderlos geschieden. Wie erklärt er dann das Vorhandensein der Söhne?''

„Er hat eine sechste Frau geheiratet, ein Mädchen aus unbekannter, aber sehr guter, nur verarmter Familie. Ein ganz junges Ding. Er drohte seiner neuesten Gattin, ihren Vater zu vernichten, wenn sie das erste Kind nicht als ihr eigenes anerkenne. Beim zweitenmal wiederholte er die Drohung. Aber da man Frauen nie so weit einschüchtern kann, daß sie nicht unter Umständen doch plaudern würden, ergab es sich bedauerlicherweise, daß die sehr junge sechste Frau bei der Geburt des zweiten Sohnes starb. Blutsturz.''

„Aber der Arzt?'' fragte Marcus und starrte Scaevola wie versteinert an.

„Durch einen seltsamen Zufall'', erklärte der alte Anwalt in betrübtem Tone, „kamen beide Kinder so rasch zur Welt, daß der Arzt, als er geholt wurde, nur mehr die junge Frau und ein neugeborenes Kind im blutigen Bett fand. Ach, wie traurig doch das Leben ist!''

Noah und Marcus tauschten entsetzte Blicke. Marcus hatte vom Vorhandensein dieser Aufzeichnungen gewußt, nicht aber von deren Inhalt. Er hatte das Gefühl, diese Abfolge von Greueln nicht länger ertragen zu können. Er wollte sich verabschieden. Aber Scaevola hielt ihn mit einem durchbohrenden Blick fest. „Ich tue das, um dir deine unsinnigen Ansichten auszutreiben'', erklärte er.

In genießerischem, schnurrendem Ton fuhr Scaevola mit seinen Enthüllungen fort. Schließlich war er bei der letzten Rolle angelangt. Jede war schrecklicher gewesen als die vorherige. Der alte Anwalt verschränkte die Hände über dem Buch und kratzte sich durch die Tunika hindurch behaglich den Nabel. Wohlwollend musterte er die beiden blassen Jünglinge.

„Ich habe diese Dinge den unglückseligen Senatoren schon früher zur Kenntnis gebracht'', erzählte er. „Daraufhin ist wiederholt in mein Haus eingebrochen worden. Nachdem das viermal geschehen war, ließ ich die Herren wissen, daß hier nur Abschriften aufbewahrt werden und daß, falls ich oder mein Sohn gewaltsam sterben sollte, zwei Freunde von mir, die den betreffenden Senatoren nicht grün sind, die Fakten einer noch nicht ganz gegen solche Verbrechen abgehärteten Öffentlichkeit vorlegen würden."

Mit schwacher Stimme fragte Noah: „Wie hast du dir diese Unterlagen verschafft?"

Scaevola rieb Daumen und Zeigefinger aneinander. „Oh, was Geld alles vermag! Ich habe die besten Spione in ganz Rom. Die Namen verrate ich euch natürlich nicht. Ihr müßt auch so glauben, daß meine Gewährsleute zuverlässig sind."

Marcus schlug die Hände über dem Kopf zusammen und rief: „So tief also ist Rom gesunken!"

„So tief liegt die Menschheit, seit dem Tage, als sie erschaffen wurde", berichtigte Scaevola.

Er schickte durch Boten an jeden der ihm genannten Senatoren einen kurzen, achtungsvollen Brief. Darin rief er dem Empfänger diskret in Erinnerung, daß er, Scaevola, noch immer gewisse Informationen über ihn besitze, und forderte ihn dringend im Namen der Gerechtigkeit auf, sich mit seinen Kollegen in Verbindung zu setzen, das Verfahren gegen Joel ben Salomo niederzuschlagen und den Bankier freizulassen. ‚Noch brennt ja die Leidenschaft für das Recht in Deiner Brust, nicht wahr, teuerster Freund?', fragte Scaevola in seinen Briefen. ‚Jedermann kennt Deine Gerechtigkeitsliebe, insbesondere der Dich bewundernde Pontifex maximus, der es sich zur Ehre anrechnet, einer Deiner Freunde zu sein.'

An die Senatoren, über die er nichts besonders Belastendes wußte, schrieb er bloß: ‚Mir sind zwei Deiner angeblichen Geheimnisse hinterbracht worden, die mich betrüben. Ich würde gern mit Dir darüber sprechen, damit Du diese Behauptungen, wie es Deiner erhabenen Würde und Ehrbarkeit entspricht, widerlegen kannst. Skandalgeschichten und Verleumdungen dürfen wir nicht dulden.'

Noah dachte so angestrengt über Scaevolas Taktik nach, daß er fast vergaß, weshalb er in diesem Hause weilte. Schließlich fragte er: „Hat dich je ein Senator oder ein Mächtiger der Geschäftswelt oder ein Politiker zu seiner Reinwaschung aufgesucht, wie du in diesen Briefen vorschlägst?"

„Nie", betonte Scaevola nachdrücklich. „Und zwar deshalb, weil kein Mensch, und insbesondere kein Machthaber, sich völlig schuldlos fühlt. Jeder von den Senatoren, die bis jetzt in meinem Sündenregister nicht vorkommen — was nicht ist, soll noch werden! —, wird nach Empfang meines Briefes sein Leben gründlich durchgehen und sich mit Schreck fragen, auf welchen seiner schwarzen Punkte ich wohl gestoßen sein mag. Er wird annehmen, es sei gerade der schwärzeste."

Jetzt zweifelte Noah nicht mehr daran, daß Scaevola seinen Vater rasch retten werde. Er raffte sich sogar zu einem Lächeln auf. „Es ist ja kein angenehmes Gefühl, daß dem Recht mit solchen Mitteln auf die Beine geholfen werden muß'', meinte er.

„So etwas dürfte eigentlich nicht sein'', pflichtete Marcus bei. „Ich hätte meinen Großvater weniger gelangweilt anhören sollen. Er war außerordentlich klug. Er glaubte'', fügte er mit traurigem Lächeln hinzu, „ich könnte mithelfen dabei, Rom zu retten und das göttliche Recht gegenüber dem menschlichen wiederdurchzusetzen.'' Er blickte Scaevola fest an. „Ich werde es versuchen.''

„Schön'', erklärte Scaevola und zwinkerte Noah zu. „Du wirst es versuchen. Und du wirst deshalb, wie ich dir vorausgesagt habe, nicht wie die Übeltäter friedlich im Bett sterben.'' Plötzlich richtete er sich in seinem Sessel auf und blickte Marcus strahlend an. „Ich hab's – das Wunder für deinen morgigen Klienten! Ich werde mich in deine Nähe hinsetzen und meinen Freunden, den Senatoren, ins Gesicht sehen.''

„Lieber hätte ich den Prozeß durch meine eigene Tüchtigkeit gewonnen'', sagte Marcus mit einer Bitternis im Ton, die seinem Lehrer ganz neu war.

Noah interessierte sich lebhaft für diesen Rechtsfall, und so schilderte Scaevola gutmütigerweise in großen Zügen den Sachverhalt. Noah meinte: „Der Fall weist viele Übereinstimmungen mit dem meines Vaters auf. Aber der Angeklagte ist nur ein einfacher Landwirt. Warum wird der Prozeß nicht vor den sonst für solche Fälle zuständigen Richtern verhandelt, sondern vor dem Senat?''

„Wie ich deinem naiven Freund Marcus dargelegt habe, braucht der Staat Geld und betrachtet deshalb Steuervergehen fast als die ärgsten Untaten, besonders, wenn jemand versucht, einen Teil der Früchte seiner Arbeit für sich und seine Familie zurückzuhalten. Deshalb will der Senat an dem unglücklichen Klienten des Marcus ein Exempel statuieren. So wie die Dinge sich entwickeln, werden ja die Herrschenden mit zunehmender Macht immer mehr Geld für ihre eigenen üblen Zwecke brauchen. Die Befriedigung dieses Bedarfes ist aber in Frage gestellt, wenn sogar ein gewöhnlicher Privatmann sein erarbeitetes Einkommen behalten möchte.''

Noah drehte sich in seinem Sessel herum und musterte seinen jungen Freund. „In der letzten Zeit war ich sehr beschäftigt, Marcus, und hatte keine Möglichkeit, dich so wie früher zu beraten. Steh doch einmal auf und führ mir vor, wie du dich morgen vor dem Senat gehaben willst!''

„Das interessiert mich auch'', erklärte Scaevola mit wohlwollend aufmerksamer Miene. Marcus zögerte verlegen. Dann besann er sich, daß ein Anwalt jederzeit und vor jedem Hörerkreis ohne Verlegenheit sprechen können mußte. So erhob er sich langsam und wandte sich dem spöttisch blickenden alten Advokaten und seinem scharf beobachtenden Freunde zu.

„Denk vor allem", riet Scaevola, „an Joel! Verlier ihn morgen nie aus dem Sinn, wenn du meine Freunde, die Senatoren, ansprichst! Denk auch jetzt an ihn!"

Die schmächtigen Schultern des jungen Marcus strafften sich, sein Hals wurde zur stolzen Säule, sein Gesicht flammte vor Empörung und Leidenschaft auf. Er blickte seine Zuhörer an, und seine Augen funkelten. Ehe er noch ein Wort sagen konnte, klatschte Noah begeistert Beifall, und Scaevola war hochzufrieden.

Noah zeigte auf die Beine seines Freundes. „Aber nimm ein längeres Gewand!" empfahl er. „Deine Beine sind nicht das Schönste an dir, Marcus. Trage eine knöchellange Robe, ein tadellos weißes Kleidungsstück, das wie die Toga einer Marmorstatue aussieht! Und befestigt sein muß sie mit einer vornehmen Fibel, schlicht, aber kostspielig. Deine Schuhe müssen ebenfalls weiß sein, damit alles die makellose Rechtlichkeit betont — die einer ebenso makellosen Rechtlichkeit gegenübersteht." Noah machte eine zotige Geste. „Übrigens habe ich eine passende Robe für dich, bauschig geschnitten, aus feinstem Linnen. Erlaube mir, sie dir als Zeichen meiner Anhänglichkeit zu schicken!" Er neigte den Kopf kritisch zur Seite. „Auch einen Gürtel aus schön getriebenem Silber werde ich beilegen. Und ebensolche Armbänder. Ah, und einen prachtvollen Ring habe ich ebenfalls! Das sind so kleine Akzente, die den Aspekt strengster Schlichtheit hervorheben."

„Man weiß doch, daß ich nur der Sohn eines armen Ritters bin und keinen berühmten Namen trage", wandte Marcus ein.

„Da wird man sich eben den Kopf darüber zerbrechen, wer dein heimlicher Wohltäter, dein unbekannter, aber mächtiger Klient ist", erklärte Noah. „Das wird Furore machen!"

„Ausgezeichnet!" rief Scaevola höchst vergnügt.

Durch dieses Lob und durch die Erwartung, daß sein Vater bald der Familie wiedergegeben werden würde, taute Noah vollends auf. Sein Theaterblut regte sich mächtig. Er strahlte vor Begeisterung. Nie noch hatte er einen Schauspieler für eine derartige Rolle vorbereitet. Er sprang auf, umkreiste Marcus, begutachtete ihn aus jeder Blickrichtung, hob ihm einen Ellbogen, senkte ihm eine Schulter, drehte ihm das Kinn in eine bestimmte Lage, berichtigte kopfschüttelnd einen Fehler. Scaevola sah ganz entzückt zu. Vor seinen Augen wurde aus dem etwas steifen, schüchternen Schüler ein Standbild kraftvoller, ahndender Gerechtigkeit.

„Wirf den Kopf nicht zu heftig hoch!" mahnte Noah, ganz in seine Arbeit vertieft. „Mach edle, heroische Kopfbewegungen! Wenn du den Höhepunkt deines Plädoyers erreicht hast, so laß die Stimme überschlagen und vor Erregung zittern! Bleib immer erfüllt von der Vorstellung, daß du dich an Männer wendest, die ihr Leben der Gerechtigkeit geweiht haben und Ehrenhaftigkeit über alles stellen!"

Scaevola klatschte fröhlich in die Hände. „Das wird morgen ein Mordsspaß für mich sein!''

Er ließ für seine jungen Freunde und für sich den besten Wein kommen und eine erlesene Schüssel mit Käse, Trauben, Pflaumen und Oliven, und Brot, so weiß und weich wie Seide. Marcus hing schweigend seinen trüben Gedanken nach.

Jetzt bin ich, dachte er, sicher, daß ich den Prozeß gewinne. Nicht sicher aber bin ich mir, ob ich ihn auf Grund der gerechten Sache gewinnen werde. Der Sinn für Rechtlichkeit ist ja meinem Lande abhanden gekommen. Wie soll ich mit dieser Erkenntnis, zu der ich erst heute in vollem Ausmaße gekommen bin, weiterleben können?

XVI

Das Cicero-Haus war still. Helvia hatte schließlich, des ständigen Kampfes mit ihrem Billigkeitsempfinden müde, dem Archias nahegelegt, sich einen anderen Posten in der Stadt zu suchen. „Die Götter allein wissen, wann wir wieder so weit sein werden, Lehrerhonorare zahlen zu können'', sagte sie. „Deine Anwesenheit hier im Hause, mein guter Archias, mahnt mich immer nur an unsere schlimme Lage und daran, wieviel wir dir schon schuldig sind.''

So war Archias in das Haus eines reichen Mannes mit mehreren Söhnen gezogen. Er hatte es widerwillig getan. Aber er nahm auf Helvias Selbstachtung Bedacht; auch vermutete er, daß sie schließlich die Geduld mit ihrem Gatten verloren hatte und ihn wieder zu einem tätigen Leben zwingen wollte. Nun schleppte Tullius sich jeden Morgen unter Schmerzen aus seiner Schlafkammer, um seinen jüngeren Sohn zu unterrichten. Wie Helvia gehofft hatte, besserte sich dadurch seine Gesundheit, und er begann, sich — zwar nicht sonderlich, aber doch einigermaßen — selbst für die Unterrichtsstunden zu interessieren.

Vor zwei Jahren hatte Helvia die goldhaarige Eunice an den Freigelassenen Athos, den Verwalter der Insel bei Arpinum, verheiratet. Jetzt brachte die Rückkehr auf die Insel keine besondere Gefahr mehr mit sich. Eunice und Athos arbeiteten eifrig daran, Haus und Hof wieder instand zu setzen.

Der nun siebzehn Jahre alte Quintus war im Vorjahr in die Mannestoga gekleidet worden. Sie paßte ihm. Er entschied sich für den Soldatenberuf. Helvia suchte für ihn, durch Vermittlung von Freunden ihrer Sippe, eine Offiziersstelle. Die Wartezeit füllte Quintus gutwillig, aber ungeduldig damit aus, daß er unter Anleitung seines Vaters Griechisch lernte und Philosophie zu verstehen suchte. Weder das eine noch das andere schien ihm für einen guten Römer erforderlich. Doch er brachte es nicht über sich, das seinem Vater zu erklären; denn er war sehr gutherzig.

Mit den Homerischen Gesängen wußte er nicht viel anzufangen. Er beschmutzte die wertvollen väterlichen Pergamente mit plumpen, schwitzenden Fingern. Sein der Mutter so ähnliches, lebhaft gefärbtes Gesicht wurde krebsrot vor Anstrengung. Seine schönen Augen trübten sich von Tränen des Ärgers über sich selbst wegen seiner Unfähigkeit, den Dichtwerken, die sein Vater als herrliche Heldenlieder bezeichnete, etwas abzugewinnen. Den Achilles bewunderte er zwar um seiner soldatischen Tugenden willen, fand es aber ziemlich töricht von ihm, daß er auf seine verwundbare Ferse nicht besser achtgab. Den Paris gar schalt er einen Tölpel, weil er sein Land dem Verderben und der Zerstörung preisgab, bloß einer — und mochte sie auch noch so schön sein! — Frau zuliebe. Aber was konnte man sich besseres erwarten von jemandem, der lieber Herden weidete, als Soldat wurde? Priamos, der alberne alte Vater, hätte Helena gleich umbringen oder sie ihrem rechtmäßigen Gatten zurückschicken sollen! Nur Hektor, der edle Krieger, weckte in Quintus Bewunderung.

In der Ilias fand sich, so dachte er, nicht eine Spur römischer Logik. Und die Odyssee war nicht viel besser. Wie konnte, im Licht der Vernunft besehen, Odysseus von Kirke verführt werden? Sicherlich vermochte doch ein Weib niemals einen klugen Mann um den Verstand zu bringen! Quintus selbst war von seiner Mutter aufgefordert worden, sich nach einer passenden Frau umzusehen, hatte aber vorläufig noch kein Mädchen gefunden, das es ihm auch nur wert gewesen wäre, auf eine einzige Mahlzeit zu verzichten.

Er hatte zwar schon lange Pilos Schule verlassen, pflog jedoch weiter Umgang mit seinen bisherigen Freunden, die ihn bewunderten und liebten. Unter ihnen war Julius Caesar. Die beiden hatten gleichzeitig, in derselben Zeremonie, die Mannestoga erhalten. Julius hielt Quintus nicht für übermäßig intelligent; aber der Junge hatte sonstige gute Eigenschaften, die Julius zwar an sich selbst keineswegs zu pflegen gedachte, jedoch an anderen bewunderte. Quintus mochte simpel sein; doch er war treu und verläßlich. Er mochte manchmal recht naiv daherreden; doch er log nie. Er mochte nicht mit besonderer Einbildungskraft gesegnet sein; doch Julius hatte schon gelernt, daß es für ehrgeizige Männer am besten war, sich mit geistig nicht allzu regsamen Menschen zu umgeben. Denn die Einbildungskraft führte zu Wunschbildern; die Wunschbilder konnten sich zu spielerischen Experimenten und die Experimente schließlich zu gezielten Handlungen steigern — eine Entwicklung, die einem ehrgeizigen Manne nur Gefahr bringen konnte.

Quintus hatte seinem Freund erzählt, daß Marcus nun sein erstes selbständiges Prozeßplädoyer halten sollte, und noch dazu vor dem Senat. Julius überdachte diese Mitteilung gründlich, so wie alles, was ihm begegnete. Obwohl er Marcus in manchen Fällen für noch simpler hielt als seinen Bruder, liebte er ihn sehr und schätzte jedenfalls seine Klugheit, Ehrenhaftigkeit und Anständigkeit wie auch seine Hilfsbereitschaft gegenüber den Schwachen, Eigenschaften, die an künftigen Gefolgsleuten nicht zu verachten waren. Ehrgeizige Männer brauchten ja, mehr als jeder andere, eine Fassade offenkundiger Hochherzigkeit und Rechtschaffenheit. Überdies vermutete Julius, daß Marcus einen zwar kleinen, aber immer noch mächtigen Teil der Bevölkerung vertrat, der Korruption ablehnte.

Als Marcus am Abend vor seinem Senatsprozeß heimkam, niedergeschlagen, überwältigt von der schrecklichen Lektion dieses Tages begrüßte Quintus ihn begeistert. Sein Freund Julius habe ihn wissen lassen, daß er morgen dem Prozeß beiwohnen und dem jungen Anwalt Beifall spenden werde.

„Julius?" fragte Marcus, ein wenig von seinen düsteren Gedanken abgelenkt. „Seit wann interessiert sich denn der für Rechtssachen?"

Aber er mußte lächeln. Ihm fiel ein, daß Julius ihn einmal scherzweise Endymion genannt und auf seine Entgegnung, ob er denn wirklich so ein silberschimmernder Dichter sei, dessen Seele vergebens Befriedigung suchte, geantwortet hatte: „Befriedigung wirst du nie finden."

Damals hatte Marcus ihn scharf angeblickt und erwidert: „Auch du nicht, mein Lieber. Was du vorhast, führt geradewegs zum Tode."

Der sehr abergläubische Julius hatte, als er das ihm unheimliche Aufglühen zwischen Marcus' Wimpern sah, das Zeichen der Abwehr des bösen Blicks gemacht und keck entgegnet: „Und glaubst du vielleicht, daß deine Zukunftspläne dazu angetan sind, zu einem ehrenvollen Greisenalter und einem friedlichen Sterbebett zu führen?" Und auf Marcus' Einwand, er sei Anwalt und strebe nicht danach, Menschen zu beherrschen, hatte er erwidert: „Aber du bist außerdem ehrenhaft. Und wann ist schon ein Biedermann eines natürlichen Todes gestorben?"

Solche Wortgeplänkel waren, was Quintus nicht verstehen konnte, der eigentliche Nährboden des Freundschaftsverhältnisses zwischen Marcus und Julius.

Jetzt zeigte Quintus seinem Bruder einen kleinen, mit Silber und Elfenbein eingelegten Stab, den Julius für Marcus geschickt hatte, einen ihm für das morgige Auftreten vor dem Senat geliehenen Hoheitsstab, den Marcus verwundert und belustigt betrachtete. „Geliehen? Das sieht dem Julius ähnlich", fand er und begegnete dem verblüfften Widerspruch seines jüngeren Bruders mit der Bemerkung: „Er hätte mir dieses Zeichen der Herrschaft schenken können, und nicht leihen! Ob er wohl den feinen Unterschied absichtlich gemacht hat oder nur unbewußt?"

Quintus ließ sich auf diese nutzlose Erörterung nicht ein, sondern sagte: „Ein Haussklave Joels hat für dich ein in weiße Seide gewickeltes Bündel abgegeben. Es liegt in deiner Schlafkammer. Auch ein Brief Noahs ist dabei.''

Marcus nahm eine Lampe aus dem Atrium und trug sie in seine Schlafkammer. Er öffnete den versiegelten Brief. Noah hatte geschrieben: ‚Freu Dich mit uns, teuerster Freund! Scaevola ist wirklich mächtig. Als ich nach Hause kam, war mein Vater schon aus dem Gefängnis entlassen! Gelegentlich kann der Senat sehr rasch arbeiten. Ich werde morgen zur Stelle sein und Dir mit Segenswünschen zuhören. Bis dahin bete ich für Dich.'

Marcus schloß die Augen und dankte Pallas Athene, seiner Schutzgöttin, für ihre gnädige Hilfe. Quintus war ihm gefolgt, neugierig, was das Paket enthalten mochte. „Sag Mutter, sie soll herkommen!'' bat Marcus ihn. Quintus ging die Mutter holen und kam mit ihr zurück. Helvia zählte jetzt siebenunddreißig Jahre, hatte aber erst wenige graue Fäden in ihren dichten schwarzen Locken und war ebenso dicklich, ebenso gelassen wie immer, eine römische Matrone vom alten Schlag, der das Leben nichts anhaben konnte.

Als Marcus das Paket öffnete, vermochte sie ihre Bewunderung für die zum Vorschein kommenden Prachtdinge — die reinweiße Toga, die Armbänder, die Schuhe und den Ring — nicht zu verbergen. Sie blickte den Sohn stolz an. Sie warf die Toga über seine grobe, lange Tunika. Sie streifte ihm die Armbänder über die Handgelenke und den fabelhaften Ring über den Finger. Sie trat zurück, um ihn zu bewundern. Quintus konnte sich nicht fassen vor Freude und Stolz. Er zeigte der Mutter den feinen Hoheitsstab, den Julius, nur leihweise, geschickt habe. „Marcus hat gesagt: ‚Das sieht dem Julius ähnlich' '', berichtete Quintus und zog vor neuerlichem Staunen über diese Bemerkung die Stirn in Falten.

Helvia verstand und lachte. Mit dem Einfühlungsvermögen der Mutter merkte sie sofort, daß ihr Sohn etwas Aufregendes erlebt haben mußte. Sie musterte ihn und fragte: „Hast du keine Angst, daß du in der vorbereiteten Rede steckenbleibst?''

Marcus streifte den Prunkring ab, hielt ihn in der Hand und sah zerstreut zu, wie die Edelsteine im Lampenlicht leuchteten und glitzerten. „Nein'', antwortete er schließlich. „Die vorbereitete Rede werde ich überhaupt nicht halten, sondern eine ganz andere.''

Helvia wartete. Aber ihr Sohn faltete nur schweigend die Toga wieder zusammen und wickelte sie sorgfältig in das Seidentuch. „Dann'', meinte die Mutter, „mußt du die neue Fassung jetzt niederschreiben und auswendig lernen. Du wirst Ruhe brauchen.''

„Ich werde mich von Athene inspirieren lassen'', erklärte er.

Helvia runzelte die Stirn. Sie hielt es für höchst unklug, sich auf eine solche Inspiration verlassen zu wollen. Die Götter versagten sich oft auch ihren treuesten Dienern. „Ist das sehr vernünftig, Marcus?"

Plötzlich breitete er hilflos die Arme aus. „Ich weiß es nicht", gestand er. Er öffnete seine kleine Schmuckkassette, entnahm ihr das runde Amulett, das ihm vor vielen Jahren Aurelia, die Mutter seines Freundes Julius, geschenkt hatte, und hing es sich um den Hals. Helvia dachte: Es muß etwas Bedeutsames vorgefallen sein, und er wird es mir nicht sagen.

Diesmal begleitete Marcus seinen Vater in dessen Schlafkammer. Tullius war hocherfreut und sehr erstaunt; denn schon sehr lange hatte sein Sohn ihn nicht aus freien Stücken aufgesucht. Er setzte sich in seinen einfachen Sessel. Marcus jedoch blieb stehen und sagte mit leiser Stimme: „Heute habe ich viel dazugelernt. Schon aus deinen und Großvaters Äußerungen wußte ich, daß Rom seine alte Sittenreinheit und die anderen republikanischen Tugenden verloren hat. Aber dieses Wissen war mir nicht in Fleisch und Blut übergegangen. Das geschah erst heute."

„Erzähl!" drängte der Vater.

Aber Marcus schüttelte den Kopf. „Ich mag diese schmachvollen Dinge nicht wiederholen. Aber das eine kann ich sagen: Meine morgige Verteidigungsrede wird ganz anders lauten müssen, als ich es vorbereitet hatte. Nur brauche ich eine passende Einleitung." Er setzte sich auf einen Holzstuhl und blickte dem Vater in die freundlichen braunen Augen.

„Und diese Einleitung soll ich für dich finden, Marcus?" fragte der Vater stolz. „Du hast einen biederen Landwirt zu verteidigen, der seine Steuern nicht zahlen konnte. Die Obrigkeit hat seine kleine Bauernwirtschaft beschlagnahmt und ihn selber gefangengesetzt. Nun soll sein Besitz versteigert, er selbst aber samt seiner Familie in die Sklaverei verkauft werden." Tullius erschauerte. „Das alles hast du mir schon erzählt."

„Was soll ich dagegen vorbringen?" murmelte Marcus verzweifelt. „Der Senat vertritt als höchste Regierungsgewalt das ganze Volk."

„Nein!" rief Tullius mit plötzlicher Heftigkeit. „Selten vertritt eine Regierung wirklich das Volk! Nur Schwachköpfe verwechseln Vaterlandsliebe und Regierungstreue. Die beiden Begriffe decken sich ganz selten. Indes müssen", fügte er traurig hinzu, „auch schlechte Machthaber nach außen hin Anteilnahme für die Unterdrückten zeigen. Und sie stellen sich zum Schein immer wieder auf deren Seite, um sich für das Unrecht, das sie ihnen insgeheim antun, ein Alibi zu schaffen."

Marcus sprang so plötzlich auf, daß sein Stuhl umfiel. Er rief: „Ich habe meine Einleitung!" Er eilte zum Türvorhang.

Tullius jammerte: „Leider konnte ich dir dabei nicht helfen, mein Sohn."

Marcus kam mit leuchtenden Augen zurück, bückte sich und küßte den Vater wie ein Kind auf die Wange. „Du weißt nicht, wie sehr du mir geholfen hast, lieber Vater!"

Tullius fand sich nicht zurecht. Aber er legte dem Sohn die Hände auf die Schultern und erwiderte verlegen seinen Kuß.

Helvia kniete vor ihrem Sohn und versuchte, die Toga in möglichst eindrucksvolle Falten zu legen. „Ich bin keine Zofe'', sagte sie, während sie den elfenbeinenen Faltenleger etwas ungeschickt handhabte. „In meiner Jugend hing der Erfolg eines Mannes nicht von so albernen Äußerlichkeiten ab wie von der Art, auf die seine Toga gefaltet und gelegt war. Wenn Cincinnatus heute vor dem Senat, wie er es damals tat, in der staubigen groben Tunika erschiene, mit bloßen Beinen, die nackten Füße braun von der Feldarbeit, so ließe ihn die erhabene Körperschaft entrüstet von der Wache hinauswerfen, wegen Verletzung der Würde des Hauses. Heute muß sich ein Mann kleiden wie ein Schauspieler und mit Juwelen schmücken wie eine Modedame, bevor er es wagen darf, in einer einfachen Rechtssache zu plädieren.''

„Damals'', erwiderte Marcus, „haben die Senatoren noch das Volk repräsentiert. Wenn sie es beleidigten, wurden sie ihres Amtes enthoben oder verbannt. Die Senatssitze vererbten sich nicht. Und ihre Beibehaltung hing auch noch nicht von niedrigen Kreaturen und von den Begehrlichkeiten habsüchtiger Menschen ab.''

Helvia nickte. Sie hockte sich auf die Fersen, um die Toga zu begutachten. Gleichzeitig spähte sie verstohlen durch die Wimpern nach dem Gesicht ihres Sohnes. Es war noch immer sehr blaß, aber weniger jammervoll. Sie war zufrieden. Sie sagte: „Der Busenfreund deines Bruders, dieser Possenreißer Julius, hat ihm einen Platz verschafft, wo er dir zuhören kann. Er wird uns Nachricht bringen. Ich wollte, wir hätten eine Sänfte, die dich feierlich aufs Forum trägt. Aber augenblicklich besitzen wir nicht einmal einen gewöhnlichen Wagen.'' Nochmals musterte sie Marcus. „Dieser Ring ist sehr protzenhaft. Er paßt nicht zu dir.''

„Heute wird er mir zustatten kommen'', entgegnete Marcus einigermaßen grimmig.

„Ich zweifle nicht daran'', meinte Helvia.

Aber jetzt erschien einer der wenigen im Haushalt verbliebenen Sklaven auf der Schwelle der Schlafkammer und meldete mit aufgeregtem Stolz, eine prächtige Sänfte erwarte, von vier wundervoll gekleideten Sklaven getragen, den edlen Cicero. Marcus vergaß seinen ihm eben verliehenen Adel, und Helvia vergaß ihre Matronenwürde; beide rannten Hals über Kopf durch das Atrium zu dem festen Eichenholztor, das gegen die sommerlufterfüllte Straße hin offenstand. Dort wartete, fast auf der Schwelle, eine Sänfte mit feinen blauwollenen, silberbestickten Vorhängen. Die Träger waren wie kleine Stammeshäuptlinge ausstaffiert; ihre schwarzen Gesichter strahlten wie poliertes Ebenholz.

„Noah!'' rief Marcus.

Die Vorhänge teilten sich und zeigten das lächelnde Gesicht des Freundes, der nun aus der Sänfte stieg, Marcus umarmte und sich über Helvias Hand beugte. „Wolltest du vielleicht gar zu Fuß zum Forum? Wie ein Bauer?" fragte er und hakte sich bei Marcus ein.

„Cincinnatus ist von der Feldarbeit bis zum Senat zu Fuß gegangen", erinnerte Helvia. Aber sie lächelte.

„Wir haben nicht mehr die schönen Zeiten des Cincinnatus, Frau Helvia", erwiderte Noah. Er blickte Marcus an. „Mein Vater schickt dir seine Segenswünsche, und die sind nicht zu verachten: sie kommen von einem guten Menschen."

Als die beiden jungen Männer in der Sänfte saßen, ergriff Noah die Hand seines Freundes und sagte: „Mein Vater verdankt dir das Leben und die Wiederherstellung seines Rufes." Seine Stimme zitterte. „Gott hat es mir eingegeben, dich gestern aufzusuchen."

„Mir verdankt dein Vater gar nichts", wehrte Marcus erstaunt ab. „Mit deinem Dank mußt du dich an Scaevola, und an ihn allein, wenden."

Noah schüttelte den Kopf. „Wer ist mein Vater? Ein Bankier, ein Makler, ohne jede Bedeutung für Patrizier wie Scaevola. Nur dir zuliebe hat er sein scharfes Schwert gezückt."

„Mir zuliebe?" rief Marcus. „Er ärgert sich über mich kaum weniger als über seine anderen jungen Anwälte."

„Da irrst du", widersprach Noah. „Er liebt dich wie ein Vater. Er empfindet es als schmerzlich – und nicht als ärgerlich –, daß du weltfremd bist und wehrlos anständig und daß du unentwegt an die angeborene Güte des Menschen glaubst. Er fürchtet für deinen Seelenfrieden, deine Zukunft, dein Schicksal. Er möchte, daß du dich selbst durch Erfahrung schützt, daß du die Tore deiner seelischen Festung verrammelst. Sonst, fürchtet er, droht dir der Untergang."

Nach kurzer Überlegung erklärte Marcus: „Er brüllt oft wie ein spanischer Kampfstier. Aber auch er liebt die Rechtlichkeit."

„Er weiß, daß es sie in Rom nicht mehr gibt."

Marcus sagte: „Erzähl mir von deinem Vater! Hat er viel durchgemacht?"

„Im Kerker hat er sich dem Willen des Allmächtigen anheimgegeben und nur um Gottes Gerechtigkeit gebetet."

„Die ist ihm ja zuteil geworden", bemerkte Marcus etwas unbehaglich.

„Ohne Gottes Zutun", erwiderte Noah.

Marcus sah ihn scharf an. Noah war oft ehrfurchtslos gegen den Gott seiner Väter und gab sich recht skeptisch. Nun machte er eine Bewegung, als schüttelte er eine Last von seinen Schultern, und zog einen Vorhang zur Seite, um seinen Freund in vollem Licht zu sehen. „Frächtig!" lobte er. „Als du vorhin auf der Hausschwelle standest, warst du wie ein Heros, wie eine zum Leben erwachte Statue. Aber das hat mich nicht überrascht. Was für einen Stab hältst du denn da so krampfhaft in der Hand?"

Marcus sagte es ihm. Noah nahm den Stab und musterte ihn. „So, so, von Julius Caesar", murmelte er nachdenklich. „Mit den Palatin-Leuten habe ich keine Berührung."

„Von diesem jungen Mann wirst du noch hören", prophezeite Marcus. „Davon bin ich überzeugt. Das heutige Rom ist der ideale Nährboden für Männer seiner Art."

Er zog auch auf seiner Seite den Vorhang weg und blickte auf die angespannten Gesichter und sich drängenden Leiber rings um die Sänfte, auf die bunten Tuniken, auf die im heißen Sonnenlicht roten und gelben und grünlichen Häuserfronten, die Pylonen mit ihren geflügelten Statuen, die auf- und niedersteigenden Treppen, die von Menschen wimmelnden Tempelvorhallen, die schon zu den Theatern und Zirkussen strömenden Volksmengen. Er war gewöhnt an das Gewühl der Riesenstadt, an das Rattern der Wagen, das Schreien der Kinder, die Rufe und Flüche und Pfiffe der Passanten und das laute Gurren der Tauben. Aber heute wurde ihm der Lärm zu tosend. Wäre er allein gewesen, so hätte er sich die Ohren zugehalten. Er sah das grelle Blau des Himmels, das ferne Glitzern des Tiber, die menschenerfüllten Brücken. Er roch den durchdringenden Gestank der auf ihre sieben Hügel gelagerten Riesin.

Noah betrachtete das blasse Gesicht seines Freundes und dachte: Heute ist er sehr aufgeregt, aufgeregter als gestern! Er versuchte, ihn zu erheitern. „Ich habe ein paar Klatschgeschichten für dich", sagte er.

Marcus zwang sich zu einem Lächeln. „Du erinnerst mich an Julius. Der weiß auch immer von allen Leuten die anstößigsten Geheimnisse."

Noah lachte. Dann berichtete er: „Angeblich ist Catilina, dein Gegner in dem berühmten Duell, bei Sulla in Asia."

Gelassen entgegnete Marcus: „Ich hatte gehofft, er wäre schon tot."

„Leider nicht. Lanze und Schwert sträuben sich dagegen, in solche Körper zu dringen. Da muß ich immer an die alte jüdische Geschichte von Satan denken, der seine Anhänger unverwundbar mache – ein Verfahren, das ich dem Allmächtigen im Himmel, der in solchen Dingen weniger fürsorglich zu sein scheint, zur Nachahmung den Gläubigen gegenüber wärmstens empfehlen möchte. Catilina soll einer von Sullas Lieblingsoffizieren sein. Wenn Sulla nach Rom zurückkehrt – und ärger kann er auch nicht sein als dieser Cinna, der uns jetzt beglückt –, wird Catilina eine hohe Stellung kriegen. Ein Jammer!"

„Oft wollte ich ihn umbringen", gestand Marcus. „Und manchmal bedaure ich, daß ich es seinerzeit nicht tat." Sein blasses Gesicht rötete sich vom Haß.

„Aber dadurch, daß du ihn verschontest, hast du dir einen nicht zu verachtenden Ruhm erworben. Man nimmt an, du hättest es nicht über dich gebracht, einen Wehrlosen zu töten, oder du hättest ihn aus Großherzigkeit verschont. Beide Versionen sind deinem Rufe höchst förderlich.''

„Und seine ... Frau?'' erkundigte sich Marcus.

„Im Feldlager bei ihrem Mann in Asia kann sie wohl nicht gut sein! Also muß sie sich in Rom aufhalten.''

„In Rom'', wiederholte Marcus, und plötzlich fielen seine Erschöpfung und sein Gefühl der Zwecklosigkeit seines Lebens von ihm ab. Er wußte, daß es keine Hoffnung für ihn gab, daß Livia für ihn unwiederbringlich verloren war. Aber schon der Gedanke, daß sie den gleichen Himmel schaute wie er, daß er einmal in irgendeinem Tempel ihr Gesicht erblickten könnte, ließ sein Herz höher schlagen. Gern hätte er erfahren, ob sich alles bei ihr gut fügte.

Die Sänftenträger stiegen zum Forum hinunter. Hier wurde die Volksmenge noch dichter und lärmender. Sänften mit anderen Anwälten bewegten sich rasch auf die Curia, das Senatsgebäude, zu. Marcus bekam Herzklopfen. Er umklammerte fest den ihm geborgten Hoheitsstab und tastete nach dem Amulett unter seiner Tunika. Der Prunkring an seinem Finger glitzerte in tausend Lichtern.

Nun waren sie auf dem Forum, und es ging die steile Sacra Via abwärts. All das war Marcus vertraut; aber heute sah er es mit anderen Augen, als wäre er noch nie hier gewesen. Denn heute war er selbst ein Teil des Forums, und diese Stätte wurde für ihn zur Arena eines Entscheidungskampfes.

Hier war alles weiträumig und farbenkräftig, verwirrend und aufregend, von einem strahlenden Himmel überwölbt. Kaufhallen, Tempel, Basiliken, Tribunale, Amtsgebäude und Bogengänge drängten sich aneinander, Großstadtbauten in Rot und Gelb und Blau und Elfenbeinfarben und Weiß und Grau. Mauern aus Ziegelwerk und Stein stauten sich beiderseits der Durchgangsstraßen, als wollten sie sich auch über diese Verkehrswege ergießen. Banken und Maklergeschäfte hatten sich in Arkaden eingerichtet. Da das Forum in einer Bodensenke lag, war die Luft hier besonders geschwängert mit dem Geruch von Latrinen, Öl, Weihrauch, Schweiß, Dung, Parfum, Staub und heißem Steinwerk. In den Verkaufshallen ging es lärmend zu. Beamte mit strengen Gesichtern und feierlichen Togen bemühten sich, drohende Würde auszustrahlen, wurden aber oft, ganz unabsichtlich, von der aufgeregten Menge ihrer Mitbürger überrannt, die zu ihren Verrichtungen in Amtshäusern oder Kontoren, in Tempeln oder Kaufläden eilten. Ein Chaos von Wagen, Sänften und Fußgängern wogte wirr durcheinander. Pferde wieherten, Räder kreischten, Peitschen knallten. Mit Stäben winkende Polizisten versuchten den Verkehr zu regeln, hatten jedoch alle Mühe, sich selbst gegen den Strom zu behaupten. Manchmal mußten sie rasch auf eine Vortreppe springen, um nicht niedergetrampelt oder von einem Pferdehuf getroffen zu werden.

Die Römer hatten ihre republikanische Schlichtheit verloren und versuchten jetzt, einander in der Buntheit ihrer langen oder kurzen Tuniken zu übertrumpfen. Es gab keine Farbnuance, die nicht in dem sengenden Sonnenschein aufgeflammt wäre: rot und blau, gelb und weiß, grün und orange. Es schien, als wären tausend Regenbogen durcheinandergeraten, die nun wie verrückt überall zwischen den Gebäuden wirbelten und huschten und flitzten und hüpften. Und über alledem stiegen die Hügel Roms auf, strahlend im Licht, besät mit der hochragenden, gegliederten Masse vieler Gebäude, in denen es von zahllosen Menschen wimmelte. Der unglaubliche, ohrenbetäubende Lärm erstickte jedes gesprochene Wort und auch das dumpfe Plätschern träger Springbrunnen vor den Tempeln.

Noah musterte beklommen das undurchdringliche Menschengewirr. Die Curia stand ein Stück entfernt, groß, streng, geradlinig, aus gelblichem Backstein. Das Gebäude war ebenso hoch wie lang, mit schmalen Fenstern aus völlig durchsichtigem alexandrinischem Glas. Eine weiße Steintreppe führte zu vier steinernen Säulen, die den Eingang bewachten. Mehr als irgendein anderes Gebäude am Forum belehrte die Curia das Auge darüber, daß in Rom nicht ein Volk von Dichtern und Künstlern lebte, sondern ein Volk von Baumeistern, Gelehrten, Geschäftsleuten und Soldaten, von sehr irdisch eingestellten, emsigen, kraftvollen, ehrgeizigen Menschen. Es war ein Volk, dem man Begeisterung über die griechische Kunst und Schönheit und Philosophie nachsagte, das aber in seiner Seele alle diese Dinge als einigermaßen weibisch betrachtete und am liebsten jenen feinen, unrömischen Edelleuten überließ, deren Gedanken nicht um großangelegte, genau vorgezeichnete Pläne für die Neuordnung einer Welt mit exakt arbeitendem Verwaltungsapparat und durchaus realistischen Zielsetzungen kreisten.

In die Curia wurden jeweils nur Rechtsberater und Parteienvertreter und sonstige an der Abwicklung des gerade verhandelten Rechtsfalles beteiligte Personen eingelassen. Diejenigen Anwälte dagegen, die in früheren Prozessen des gleichen Tages aufgetreten waren oder in späteren auftreten sollten, standen gewöhnlich vor oder in der Eingangshalle des Gebäudes, von Klienten und erfolgwünschenden Freunden und bezahlten Beifallsspendern umgeben. Einige, aber nur sehr wenige, durften, wie der berühmte Pontifex Scaevola, sogar ihre eigenen Sitzgelegenheiten mitbringen, auf denen sie beim Tor Platz nahmen und sich mitten in ihrem Gefolge bewundern ließen, Scherze oder Aphorismen von sich gaben und zwischendurch aus kleinen Silberkästchen Süßigkeiten naschten. Leute, die nicht an die Vorhalle heran konnten, saßen in der Nähe auf Stühlen, während Sklaven ihnen kleine Sonnenschirme über den Kopf hielten. So ging es vor dem Senatsgebäude weit lebhafter her als in der geheiligten Curia selbst.

Der von käuflichen Senatoren so gefürchtete Scaevola rekelte sich in seinem Sessel, gleich links vom Eingang, umringt von einer dichten Schar von Bewunderern. Unter ihnen befanden sich Julius Caesar, Quintus, der so rasch zum Forum geeilt war, daß er Noahs Sänfte überholt hatte, Archias, der frühere Lehrer des Marcus und jetzt durch seine veröffentlichten Dichtungen eine berühmte Persönlichkeit in Rom, einige unbekannte junge Männer und eine Menge Verehrer, angehende und auch bejahrte Anwälte, Schüler und Freunde. Scaevolas Anhang war viel größer als der anderer Advokaten und vergrößerte sich auf deren Kosten immer mehr. Man konnte sich nämlich stets darauf verlassen, von den Lippen dieses Mannes mit der hohen Schädelwölbung und der Mondscheinglatze, der in seiner Kleidung jene Würde verleugnete, die von seiner Persönlichkeit ausging, ein paar gepfefferte Bosheiten zu hören.

Marcus nannte den Torwächtern seine Funktion, trat zusammen mit Noah ein und ging sofort auf Scaevola zu. Er freute sich, ihn hier zu sehen, obwohl er wußte, daß der Pontifex heute nicht deshalb persönlich gekommen war, um ‚mit seinem Schwert einen Kieselstein ins Rollen zu bringen'. Seine Anhänger, die gerade herzlich über irgendeinen Scherz des Meisters lachten, starrten Marcus und Noah als störende Eindringlinge an. Scaevola warf seinem Schüler einen Blick aus seinen auffallend kleinen, aber lebhaften blauen Augen zu und lächelte dann.

„Sei gegrüßt, Herr!" sagte Marcus und verbeugte sich sehr förmlich.

„Sei gegrüßt, Marcus!" erwiderte Scaevola. Er musterte den jungen Mann. „Prächtig sind wir ja heute herausgeputzt! Ich habe dich zuerst gar nicht erkannt." Auf Noahs Gruß antwortete er nur mit einem Kopfnicken und richtete dann den Blick wieder auf seinen Schüler. „Nein", fuhr er fort, „nicht zu erkennen! Der Senat wird dich für einen Patrizier halten." Er sprach in spöttischem Ton. Aber Quintus, der neben Julius Caesar stand, strahlte vor Stolz auf seinen Bruder.

Archias rief: „Heute ist ein Freudentag für mich, mein teurer Marcus!" und umarmte seinen einstigen Zögling liebevoll. Scaevolas Anhang beäugte, zum Teil recht achtungsvoll, den jungen Anwalt.

Dann sagte Julius: „Lieber Marcus, ich habe für dich ein Gebet an Mars gerichtet."

„Ich ziehe ja nicht in die Schlacht", entgegnete Marcus, ohne sich ein Lächeln über die ebenso schelmische wie liebevolle Miene seines Freundes verkneifen zu können.

„Nicht?" fragte der junge Mann keck.

„Ach, dieser Julius!" neckte Scaevola und hob scherzhaft drohend die Hand. „Sein Onkel war der große Marius, der jetzt – sollen wir sagen, leider? — tot ist. Was steht ihm und seiner Familie bevor, wenn Sulla zurückkommt, was er doch sicher tun wird?"

Julius setzte ein verführerisches Lächeln auf. „Glaubst du, Meister, meine Familie setzt ihr ganzes Geld auf einen einzigen Wagen im Rennen?" Er war schmächtig, nicht so hochgewachsen wie Marcus, und machte den Eindruck unbändiger Lebhaftigkeit. Er zeigte auf einen jungen Mann neben sich, der sehr stattlich aussah und dessen bewegliche, merkwürdig leuchtende graue Augen aufmerksam blickten, und sagte: „Gestatte, Marcus, daß ich dir meinen Freund Gnaeus Pompejus vorstelle. Sein Vater ist mit Sulla sehr befreundet." Er zwinkerte fröhlich. „Wir sind wie Brüder. Im Vertrauen gesagt, Pompejus selber hat unter Sulla gekämpft."

„Aha", machte Scaevola und hob lachend die Schultern.

Pompejus verbeugte sich vor dem mit ihm gleichaltrigen Marcus. „Ich wünsche dir von Herzen allen Erfolg, Marcus Tullius Cicero", sagte er feierlich. „Caesars Freunde sind auch meine Freunde."

„Man soll immer so viele Freunde haben wie nur möglich", bemerkte Scaevola. „In der Not kann man dann unter einem Dutzend doch auf einen rechnen. Vielleicht."

„Ich habe viel mehr als ein Dutzend Freunde", prahlte Julius so laut, daß er das Stimmengewirr in und vor dem Portikus übertönte. „Ich widme mich der ganzen Menschheit." Er sprach in ernstem Tone und mit ernster Miene; aber seine schwarzen Augen tanzten belustigt.

Marcus betrachtete den jungen Pompejus und konnte sich nicht schlüssig werden, ob er ihn sympathisch finden sollte oder nicht. Aus Julius' gönnerhaftem Gebaren schloß er, daß es sich um einen Plebejer handelte. Aber der junge Mann sah trotz des Fehlens von Standesabzeichen nicht unbedeutend aus, und seine Kleidung, eine schlichte weiße, nach griechischer Art scharlachrot gesäumte Tunika, war recht geschmackvoll.

„Ich bin bloß hier", betonte Scaevola, „weil ich beim Senat ein paar Sachen zu erledigen hatte und weitere noch am Nachmittag besorgen muß." Aha, dachte Marcus, er gibt mir und den anderen zu verstehen, daß er mir keinen Beistand zu leisten gedenkt! „Immerhin werde ich", fuhr Scaevola mit höchst unbeteiligter Miene fort, „den Applaus einleiten, falls du gewinnen solltest." Er kratzte sich das große behaarte Muttermal auf der Wange, ohne den Blick von Marcus zu wenden. „Du bist hoffentlich nicht nervös? Hast du deine Rede memoriert?"

„Ich werde nicht die halten, die du gehört hast", flüsterte Marcus, sich bückend, ihm ins Ohr.

Scaevola schnellte seinen mächtigen Schädel zurück und starrte seinem Schüler ins Gesicht; unwillkürlich verriet seine Miene Besorgnis. „Nicht? Bei deinem ersten Prozeß? Das ist ja unsinnig! Du wirst dich verhaspeln und alles verpatzen."

„Ich glaube nicht. Ich hoffe nicht", sagte Marcus.

Julius, der immer alles hörte, mischte sich ein. „Wer kann seine Stimme – diese musikalische, bezwingende Stimme mit ihrer anmaßenden, hoheitsvollen Bescheidenheit – hören und ungerührt bleiben?"

Archias drapierte geschickt eine Falte, die von Marcus' Schultern fiel, und erklärte: „Was einen vor allem rührt, ist seine leidenschaftliche Aufrichtigkeit und sein Glaube an den schließlichen Sieg der gerechten Sache. Man mag dieser Naivität skeptisch gegenüberstehen, aber die Achtung kann man ihr nicht versagen."

Doch Scaevola war trotz seiner unbeteiligt tuenden Miene besorgter, als irgendwer von den Anwesenden vermuten konnte. Und wegen seiner Besorgtheit ärgerte er sich über Marcus.

„Stell dich dorthin!" fauchte er ihn an und zeigte auf eine Reihe von Anwälten, die ihren Aufruf erwarteten. Es waren ihrer vier, und Marcus schloß sich ihnen an. Er überragte die anderen an Wuchs; sein langer Hals trug einen wohlgeformten, wenn auch etwas kleinen Kopf. Das vom offenen Tor her eindringende Sonnenlicht vergoldete seinen Hinterkopf mit dem weichen braunen Lockenhaar; es streifte seine Wange und die lange Nase und ließ das blasse Gesicht statuenhaft erscheinen. Seine Schultern waren zu schmal; aber die schweren Togafalten rundeten sie anmutig. Einmal drehte er sich kurz um, und ein Sonnenstrahl traf sein Auge, daß es in seinen merkwürdig schillernden Farben aufleuchtete.

Er wird sich machen, dachte Scaevola. Und obwohl er an Götter überhaupt nicht glaubte, rief er einige von ihnen an. Würde sich, so überlegte er, diese glatte Marmorstirn einmal in ein Gefurche von Runzeln verwandeln? Würden die Jahre – wenn er am Leben blieb – das Leuchten in seinen Augen verlöschen? Welch großartiger Anblick, dachte Scaevola mit zornwütigem Mitleid, heutzutage einen Mann mit festen Grundsätzen zu sehen! Es ist, als stünde man plötzlich vor dem sonnigen Apollo, nachdem man sich auf den dunklen Pan gefaßt gemacht hat mit seinem Bocksgeruch, seinen behaarten und behuften Tierbeinen und seiner unleidlichen Rohrflöte!

Heute waren bloß dreißig Senatoren anwesend. Scaevola hatte schon mit Unmut bemerkt, daß sich unter ihnen – zwar nur wenige, aber doch immerhin einige – untadelige Ehrenmänner befanden, auf deren öffentlichem und privatem Leben kein Makel haftete. Allen war bekannt, daß unter den Zuhörern auch der Pontifex maximus weilte. Diejenigen Senatoren, die etwas auf dem Kerbholz hatten, würden vermutlich nicht recht wissen, wie sie sich Marcus gegenüber verhalten sollten, und sich fragen, ob wohl Scaevolas verborgenes Schwert seinen Schüler beschütze. Die einwandfreien Senatoren würden uninteressiert sein.

Überdies saß Senator Curius dort, ein ebenso anmaßender wie bösartiger Mann, Vater des dem Marcus noch von der Schulzeit her feindseligen Catilina-Freundes. Der mit der Familie Catilina befreundete und mit Livia verwandte Curius wußte sicherlich von der Niederlage, die Marcus dem Lucius beigebracht hatte. Aus reiner Gehässigkeit – unehrenhafte Männer in hoher Stellung waren fast immer gehässig – würde er sich gegen Marcus einstellen, zunächst, weil er der Sohn eines obskuren Ritters und nicht einmal in Rom geboren war, und dann des Lucius wegen.

Scaevola wandte sich an Noah, der etwas abseits stand und seinen jungen Freund aufmerksam betrachtete. Der Pontifex winkte ihn zu sich heran und gab den ihn umringenden Klienten, Freunden und Bewunderern durch eine gebieterische Geste zu verstehen, daß er etwas Privates besprechen wolle. Noah beugte sich zu ihm. Scaevola sagte: „Dein Vater ist seiner Familie wiedergegeben worden. Weiß er, wie das zugegangen ist?"

„Der allmächtige und allgütige Gott hat ihn befreit", antwortete Noah.

„So, so", machte Scaevola kopfschüttelnd. „Du hast ihm also seine Illusionen nicht genommen?"

„Durch den wahren Sachverhalt würde er in seinem Glauben an die Güte des Allmächtigen, der sich seiner Geschöpfe zur Vollstreckung seines Willens bedient, nur noch bestärkt werden."

„So, so", murmelte Scaevola wieder.

„Er ist von der Ehrenhaftigkeit Roms überzeugt", bemerkte Noah augenzwinkernd. „Er ist stolz darauf, daß er römischer Bürger ist und daß auch sein Sohn und drei seiner Schwiegersöhne es sind."

Scaevola seufzte. „Trotzdem, mein lieber Noah, müssen er und deine Mutter sofort Rom verlassen und in ihr geliebtes Jerusalem zurückkehren. Wenn sie hier blieben, würde es ihren sicheren Tod bedeuten. Ich kann jeden Tag sterben, und wer weiß, ob mein Sohn den Mut haben wird, die gleichen Mittel zu gebrauchen wie ich."

„Immer wieder die alte Geschichte!" klagte Noah verzagt.

„Die Juden sind ein kluges, uraltes Volk", tröstete Scaevola. „Deshalb versehen sie sich stets vorsorglich mit Vermögenswerten, die ohne Vorbereitung und rasch weggebracht werden können."

„Mein Vater", bemerkte Noah, „gebraucht oft das alte hebräische Sprichwort, wonach ein undankbarer Sohn in den Tischrand beißen wird. Seiner Meinung nach bin ich so ein undankbarer Sohn."

„Ihr lieben Götter!" rief Scaevola ungeduldig. „Wo soll ich die Geduld für solche Naivlinge hernehmen? Mir ist es gleich, wie du es bewerkstelligst, Noah; aber deine Eltern müssen sofort aus Rom fliehen."

„Werden sie dann sicher sein?"

„Ja. Die Anwesenheit deines Vaters in Rom würde diese Schurken ständig an ihren schändlichen Lebenswandel erinnern, den ich ihnen zu

Bewußtsein gebracht habe. Dein Vater ist alt; er könnte plötzlich einen Herzschlag erleiden oder einen Unfall, oder ein Sklave könnte ihn vergiften, oder er könnte im Kontor eine Treppe hinabstürzen, oder eine in seine Schlafkammer gekrochene Giftschlange könnte ihn beißen." Ärgerlich wartete er darauf, daß sich in Noahs Miene Entsetzen malen würde; aber sie wurde nur nachdenklich und beunruhigt.

„Ich werde es mir durch den Kopf gehen lassen", sagte Noah. „Ist es sehr eilig?"

„Ja ... Aha, unser Marcus ist jetzt schon der zweite in der Reihe. Sieht er nicht prächtig aus?"

Noah warf einen kurzen Blick auf Marcus und schickte ein Stoßgebet zu seinem Gott – inniger, als er es seit Jahren getan hatte.

„Jetzt kommt er dran!" rief Julius Caesar aufgeregt.

„Mein lieber Bruder!" murmelte Quintus und klatschte leise in die Hände.

Marcus hatte in den letzten Augenblicken zu zittern angefangen. Krampfhaft hielt er Caesars Hoheitsstab umfaßt. Ein Schweißtropfen rann ihm über die rechte Wange. Sonnenlicht fiel durch die hohen Fenster des Saales, worin es trotz der Geräumigkeit schrecklich heiß war. Das sehr hohe Dach bestand aus dichtgefügtem Holz, weiß gestrichen und mit geschnitzten Kassetten geziert, deren Mitten vergoldete Rosenornamente einnahmen. So wirkte die Decke schlicht und zugleich monumental. Auch die Backsteinwände waren mit Holz vertäfelt, dessen gleichfalls weißen Anstrich goldene Linien und Voluten verzierten. Der Fußboden schimmerte wie ein See mit seinen in kreisenden Mustern von Weiß, Gold, Blau und Purpur ausgelegten Mosaiken.

Ovale Nischen, hoch, mosaikgeschmückt und von schlanken weißen Säulen flankiert, sprangen in regelmäßigen Abständen in die Wände ein. In diesen Nischen erhoben sich schön gearbeitete Statuen von meist griechischen Heroen und Göttern. Vor jeder Statue brannte auf einem schmalen Altar Weihrauch und erfüllte die heiße Luft mit blauen Rauchkringeln und schweren Düften.

Am Ende des Sitzungssaales erhob sich eine steinerne Estrade mit einem großen, mit Samtpolstern belegten Marmorsessel. Hier saß der amtsführende Konsul, ein kleiner, finsterer Mann mit einem Affengesicht, aber sehr klugen Augen, deren Zornmütigkeit noch die Scaevolas übertraf. Seine weiße Toga war verknittert; die scharlachroten Schuhe schienen ihn zu drücken.

Den Seitenwänden des Saales entlang zogen sich podiumartig drei breite Marmorabsätze, und dort hatten die verhältnismäßig spärlich erschienenen Senatoren Platz genommen, achtunggebietend in ihren weißen Togen, goldenen Gürteln und Armbändern und reichverzierten roten Lederschuhen. Sie saßen mit müder Nachlässigkeit da, die Sessel unregelmäßig gegeneinander verschoben. Man sah ihnen an, daß sie unter der Hitze litten und sich langweilten. Lustlos redeten sie miteinander und gähnten zwischendurch.

In der Mitte des Saales stand, schwer gefesselt, Marcus' Klient Persus. Neben ihm kauerten weinend seine junge Frau und seine beiden kleinen Kinder, auch sie alle an den Handgelenken gefesselt, jedoch mit etwas leichteren Ketten.

Marcus sah zuerst nicht seine unglücklichen Klienten. Zunächst blickte er die Senatoren an, und sein Herz krampfte sich zusammen. Einer der hohen Herren musterte ihn, wie er zu seiner Bestürzung feststellte, sehr eingehend, mit angespannter, schadenfroher Miene, als freute er sich schon auf den Mißerfolg des jungen Anwalts. Mit plötzlicher Aufmerksamkeit betrachtete Marcus dieses Gesicht, das ihm bekannt vorkam, obwohl er überzeugt war, es noch nie gesehen zu haben. Dann bemerkte er zu seinem erneuten Schreck eine auffallende Ähnlichkeit mit einem seiner einstigen Mitschüler und wußte, daß der Senator dort dessen Vater war, Manlius Curius.

Jetzt fiel sein Auge auf seine Klienten, die ihn nun flehentlich anstarrten, etwas erleichtert beim Anblick des vermeintlichen Retters. Als Marcus ihre qualvolle Niedergeschlagenheit, ihre Ketten, ihre Hilflosigkeit gegenüber der Tyrannei, ihre ausgemergelten Leiber und weit offenen, angsterfüllten Augen sah, vergaß er sofort die Senatoren und sogar den Curius. Er ging zu Persus hin und legte ihm freundlich die Hand auf die Schulter. „Fasse Mut und Hoffnung!" sagte er und ärgerte sich über die eigenen Worte, weil nicht einmal er selbst an sie glaubte.

Mit gelangweilter Stimme leierte der Gerichtsherold herunter: „In Sachen des Persus, Plebejers und Kleinbauern außerhalb der Tore Roms, und seiner Ehefrau Maia und seiner beiden Kinder, eines Knaben von zehn, eines Mädchens von sechs Jahren. Anklage wegen Nichtentrichtung vorschriftsgemäßer, dem Persus von Gesetz und Behörde der römischen Republik auferlegter Steuern und deren Hinterziehung, zum Ärgernis und Anstoß seiner Mitbürger und unter Mißachtung der Machthoheit Roms. Der Bauernhof des Persus wurde ebenso wie seine Sklaven, drei an der Zahl, zur teilweisen Deckung der fälligen Steuern eingezogen. Das gleiche geschah mit seinem Hausrat und Vieh. Jedoch ist dadurch die Schuld erst zu weniger als der Hälfte getilgt. Der Angeklagte ist aller angeführten Verbrechen überwiesen."

Der an sich ganz bedeutungslose Herold äffte diensteifrig die blasierten Senatoren nach. Mit verächtlicher Geste senkte er die Rolle, von der er abgelesen hatte, und blickte auf die hohe Zimmerdecke.

„Wer ist Anwalt? Es ist doch sicherlich ein Anwalt erschienen", sagte einer der Senatoren, ein alter Mann mit münzbildähnlich scharfgeschnittenen Zügen und sehr vornehmer Erscheinung.

„Ein gewisser ...“, begann der Herold und starrte auf die Rolle, als könnte er den ihm völlig unbekannten Namen nicht entziffern, „... ein gewisser Marcus Tullius Cicero, geboren in Arpinum, Sohn eines gleichnamigen Ritters ...“ Er hielt inne, um den belustigenden Sachverhalt auf die Senatoren wirken zu lassen. Dann fügte er widerstrebend hinzu: „... und dessen Gattin Helvia, aus der vornehmen Familie der Helvier. Anwaltsschüler bei Scaevola, dem Pontifex maximus.“

„Seine Qualifikation als Verteidiger wird anerkannt“, entschied der alte Senator.

„Ich bitte vielmals um Entschuldigung, Senator Servius“, wandte Curius mit dünner, ätzender Stimme ein. „Ist klargestellt, daß dieser ... dieser Anwalt römischer Bürger ist?“

Die Frage war natürlich überflüssig, und Curius wußte das. Wie Cicero spürte, wollte der Senator ihn bloß demütigen. Servius warf seinem jüngeren Amtskollegen einen gönnerhaften Blick zu und sagte ärgerlich: „Selbstverständlich! Kann denn jemand vor uns plädieren, der es nicht ist?“

„Also, Cicero!“ sagte Curius in einem Tonfall, der den Namen lächerlich erscheinen ließ. „Kickerling! Erstaunlich!“

„Wenn wir bedenken, was für einfache Leute unser aller Ahnen, die Begründer Roms, waren, so müssen wir es als höchst erstaunlich empfinden, daß wir überhaupt hier sitzen“, sagte Senator Servius. Marcus spürte plötzlich, daß der alte, müde Mann dem Curius nicht gewogen war, und faßte etwas Mut. Scaevola hatte ihm eingeschärft, ein Anwalt müsse zunächst das Wohlwollen zumindest eines der Richter zu erringen trachten.

Ihrerseits sahen die Senatoren vor sich einen sehr jungen Mann, hochgewachsen und zu schmächtig, mit zu langem Hals und mit langen, schmalen Händen. Sein Gesicht war sehr männlich, obwohl es sich jetzt vor Aufregung spannte. Seine Augen waren schön. Sein braunes Lokkenhaar rahmte in dichten Strähnen die blassen Wangen. Seine Kleidung erschien würdevoll und reich; an seiner linken Hand stak ein kostspieliger Ring, und in der rechten hielt er einen reich mit Silber eingelegten Hoheitsstab. Seine Schuhe waren schneeweiß. Vor allem aber fiel seine edle Stirn auf.

Dann bemerkten die Richter seine entschlossene Miene und die wie geschnitzte Härte seiner Lippen. Senator Servius beugte sich in seinem Sessel vor, um ihn besser zu sehen. Diese Bewegung faßte Marcus als freundliche Geste auf und lächelte. Im gleichen Augenblick wurde sein Gesicht bezaubernd, schien von einem inneren Licht erhellt. Er selbst wußte nicht, wie wirksam dieses Lächeln war.

So bin ich selber einmal gewesen, dachte Servius. So war auch mein Sohn, der an den angeborenen Adel des Menschen glaubte und im Bundesgenossenkrieg gefallen ist. Immer sterben ja die Unschuldigen, und immer überleben die Bösewichte! Doch der Senator war ein ehrenhafter Mann und hielt das Gesetz ebenso hoch wie Marcus.

Der Herold fragte den Anwalt, fast, ohne ihn anzusehen: „Worauf plädierst du, Herr?"

„Auf Freispruch, da der Angeklagte keines Verbrechens gegen Rom schuldig ist", antwortete Marcus.

Die Senatoren rückten unwillig hin und her. Die Menge an und vor dem Tor murmelte laut. Ein Polizist wies sie streng zurecht. Persus und seine Frau weinten. Das kleine Mädchen in grober Tunika begann krampfhaft zu schluchzen, wollte die Hände zur Mutter ausstrecken und konnte nicht.

„Eines Verbrechens überführt, und doch dieses Verbrechens nicht schuldig?" fragte Servius. Er warf einen finsteren Blick auf die Rolle in seiner Hand.

„Nicht schuldig."

„Das Gesetz ist völlig eindeutig", erklärte Curius mit einer abfälligen Gebärde, die dem niedrigen Stande des Anwalts galt. „Schuldet der Mann Steuern? Ja. Bestimmt das Gesetz, daß in diesem Fall Hab und Gut zur Tilgung der Schuld einzuziehen ist? Ja. Bestimmt es weiterhin, daß, wenn das eingezogene Vermögen zur Tilgung der Schuld nicht ausreicht, der Schuldner samt seiner Familie zur Deckung der restlichen Verbindlichkeit in die Sklaverei zu verkaufen ist? Ja. So befiehlt es das Gesetz. Und dieser Cicero will uns weismachen, daß der Angeklagte nicht schuldig zu sprechen ist!"

„So bestimmt es tatsächlich das Gesetz", bestätigte Servius. Er bedauerte ein wenig den jungen Anwalt, ärgerte sich aber gleichzeitig über ihn. „Willst du das Gesetz beiseite schieben, Cicero? Hast du keine Achtung vor dem Gesetz?"

„Herr", sagte Marcus mit einer leidenschaftlichen Stimme, die den ganzen Saal erfüllte, „niemand kann vor einem ehrenhaften Gesetz mehr Achtung haben als ich, niemand in ganz Rom! Menschen ohne Gesetz sind Tiere, und Völker ohne Gesetz verfallen der Anarchie. Ich beuge mich ehrfürchtig vor den Zwölftafelgesetzen. Niemand ordnet sich ihnen mit größerem Stolz, mit gewissenhafterer Hochachtung unter. Und gerade deshalb sage ich, daß mein Klient unschuldig ist."

Servius verzog das Gesicht, während die anderen Senatoren über die Anmaßung des jungen Mannes lächelten. „Das für deinen Klienten geltende Gesetz ist vorhanden", erklärte Servius. „Gemäß dem, was du eben gesagt hast, mußt du es also auch achten."

„Ich achte jedes gerechte Gesetz", entgegnete Marcus. Ihm klopfte das Herz so stark, daß es fast die Brust zu sprengen schien. „Ich achte jene Gesetze Roms, die sich auf Gerechtigkeit, Vaterlandsliebe, unerschrockenen Geistesmut, wohlverstandenen Freiheitssinn, Güte und Mannhaftigkeit gründen. Aber ich achte nicht ungerechte Gesetze."

Servius runzelte die Stirn. „Wie immer deine persönliche Meinung sein mag, Cicero, Gesetz bleibt Gesetz. Was besteht, danach muß man sich richten. Dieses Gesetz besteht. Folglich muß man sich danach richten." Der Senator hatte eine Schwäche für solche den Regeln der Logik entsprechende Schlußfolgerungen. Wieder tat Marcus ihm leid. Er betrachtete das Verfahren für beendet. Er blickte auf den Konsul in seinem Sessel und wartete auf dessen Zeichen.

Marcus hob die Hand. „Gestatte mir eine einzige Bemerkung, Herr! Du hast einen formal einwandfreien Schluß gezogen. Aber formale Richtigkeit bedeutet, wie du weißt, nicht immer Wahrheit. Laß mich eine andere Schlußfolgerung ziehen, die nicht nur richtig, sondern auch wahr ist! Was besteht, ist nicht wegzuleugnen. Das Böse besteht. Daher ist es nicht wegzuleugnen. Das Böse ist ja mindestens ebenso mächtig wie das Gute, und oft ist es mächtiger, weil es mehr böse als gute Menschen gibt. Aber welcher redliche Mensch wird sich dazu drängen, dem Bösen die Wege zu ebnen, obwohl es in Philosophie und Wirklichkeit besteht und nicht wegzuleugnen ist?"

Seine schöne, jugendlich klangvolle Stimme tönte durch den Saal, und alle, selbst die Zuhörer am Tor, verstummten. Scaevola stieß Noah mit dem Ellbogen an und lächelte verschmitzt. Auch die Aufmerksamkeit der Senatoren wurde rege. Die käuflichen unter ihnen blickten unbehaglich auf Scaevola und fragten sich, wieviel von seinen Geheimnissen er dem Schüler verraten haben mochte.

Mit blitzenden Augen fuhr Marcus fort: „Auch die Pest ist vorhanden und nicht wegzuleugnen. Beeilen wir uns deshalb, uns ihr auszusetzen und sie uns zu holen? Es gibt eben unter dem unbestreitbar Vorhandenen Böses und Gutes. Das eine meiden wir, weil es Körper und Geist schädigt; das andere suchen wir, weil es uns zu vollwertigen Menschen macht und weil es zur Erhaltung unseres Volkes beiträgt. Ebenso wie wir die Pest auszumerzen trachten, sollten wir auch unsere üblen Gesetze auszumerzen trachten. Ein solches Gesetz ist dasjenige, auf Grund dessen mein Klient gefangengesetzt wurde, ein altes, halb vergessenes Gesetz, das man erst vor kurzem wieder in staubigen Archiven ausgegraben hat."

„Willst du die Steuern abschaffen, die für unseren Staat lebensnotwendig und unerläßlich sind?" fragte Curius mit verächtlicher und zornig erhobener Stimme.

„Nein", antwortete Marcus mit einer von der Wut des Fragenden abstechenden Gelassenheit. „Gestatte mir, in Erinnerung zu rufen, weshalb seinerzeit jenes Gesetz erlassen wurde. Es sollte die Bürger der jungen Republik davon abschrecken, sich in unverantwortliche Verschuldung einzulassen. Es sollte sie zu nüchterner Sparsamkeit, zur Heiligung des gegebenen Wortes anhalten. Ohne diese Eigenschaften geht das Einzelwesen zugrunde, und auch der Staat.'' Er hielt inne. Er ließ den Blick langsam über die interessierten Gesichter der Senatoren schweifen und heftete ihn dann auf Curius. „Jenes Gesetz sollte eine Warnung sein, nicht bloß für zuchtlose Bürger, sondern auch für zuchtlose Obrigkeiten. Ist es denn nicht höchster Grundsatz des römischen Rechtes, daß die Obrigkeit nicht mehr ist als das Volk? Wenn sie Rechtswidrigkeiten begeht, ist es nicht Pflicht des Volkes, sie davon abzubringen und sie, genauso wie es dem einzelnen Gesetzesbrecher widerfährt, zu bestrafen? So bestimmt es unsere Verfassung. Die Verfehlungen der Herrschenden sind noch ärger und verabscheuenswürdiger als die von Einzelpersonen, weil solche Verfehlungen die Mauern der Stadt niederreißen und sie dem Feinde öffnen.''

„Götter!'' stöhnte Scaevola.

„Die Römer'', fuhr Marcus mit vor Leidenschaft hochroten Wangen fort, „haben sich vom Beginn der Republik an immer selber Steuern auferlegt, weil ausreichende Staatseinnahmen lebenswichtig sind. Aber wofür waren diese Steuern gedacht? Zur Besoldung des Heeres, das uns gegen auswärtige Feinde beschützen, und der Polizei, die innerhalb der Stadt die Ordnung wahren sollte. Zur Bestellung von Gerichtshöfen und zur Entschädigung der Gesetzgeber, der Senatoren, Tribunen, Konsuln. Zum Bau von Straßen und Tempeln, von Aquädukten, die uns den Segen reinen Wassers bringen, von Kanalisierungsanlagen. Zur Schaffung von Sanitätsbehörden im Interesse der Volksgesundheit. Zur Errichtung von Zollschranken gegenüber den mit uns Handel treibenden fremden Völkern — und diese Zölle sind uns sehr gut bekommen.'' Wieder lächelte er sein bezauberndes Lächeln.

Dann änderte sich plötzlich seine Miene und wurde voll edlen, heldenhaften Zorns.

„Das Gesetz geriet in Vergessenheit, weil die Römer, auch ohne von seiner schriftlichen Formulierung zu wissen, ihm gemäß handelten. Aber jedenfalls war es nicht erlassen worden, um ausländische Abenteuer zu finanzieren, und auch nicht, um die Früchte des Fleißes der Werktätigen den Faulen, Unwürdigen, Verworfenen und den ihren Mitmenschen ebenso wie ihrem Vaterland gegenüber Verantwortungslosen zuzuwenden! Es ist nicht erlassen worden, um einen sittenlosen Mob durch Nahrung, Obdach und Vergnügungen zu kaufen, dessen gierige Lüste zu befriedigen und sich damit Stimmen zu sichern! Denn damals, als unsere Väter mitten in Fels und Wildnis, mitten zwischen wilden Tieren und Barbaren ein gesittetes Gemeinwesen aufbauten, gab es noch keinen Straßenpöbel. Noch waren die unmännlichen Memmen nicht geboren; noch johlte nicht Diebsgesindel begehrlich vor den Schatzhäusern; noch streiften nicht pflichtvergessene Elemente durch Stadt und Land. Damals hatten wir ein Gesetz für solche Leute. Wir hielten sie zur Zwangsarbeit an. Wir zerbrachen uns ihretwegen nicht weiter den Kopf, weil sie beschränkt, triebhaft oder verderbt waren. Wir sagten zu ihnen: Arbeitet, sonst bekommt ihr nichts zu essen! Und sie arbeiteten oder gingen zugrunde. Sie hatten keine Stimme im öffentlichen Leben. Heldische Männer verachteten sie, und unsere Väter waren Helden."

Er mußte Atem holen. Er keuchte. Schweiß rann ihm über das Gesicht, und er achtete nicht darauf. Er senkte den Kopf, um leichter zu atmen. Seine Hand umklammerte den Hoheitsstab. Und es herrschte Schweigen im Saale, Schweigen am Eingangstor und auf der Treppe. Scaevola hatte aufgehört, die Stirn zu runzeln und die Augen zu rollen. Dann hob Marcus wieder den Kopf. Er hatte schon lange vergessen, daß er zu Senatoren redete, die ihn vernichten konnten. Er sprach zur Seele Roms, als Römer.

„Wir zahlen Steuern von unserem Brot und unserem Wein, von Einkommen und Vermögen, von Grund und Boden. Wir zahlen diese Steuern nicht nur für niedrige, des Namens Mensch unwürdige Geschöpfe, sondern auch für fremde Völker, für schöntuerische Völker, die uns ihre Reverenz erweisen und unsere Gaben entgegennehmen und uns bei der Erhaltung des Friedens zu unterstützen versprechen, für Bettlervölker, die, sobald wir einen Augenblick der Schwäche zeigen oder unsere Kassen leer sind — und das wird bald der Fall sein! — uns vernichten werden. Wir zahlen Steuern, um auf ihrem Boden Legionen zu halten, im Namen von Gesetz und Recht und der Pax Romana, die zu Staub zerfallen wird, wenn es unseren Bundesgenossen und Schutzbefohlenen gefällt. Nur mit unserem Golde halten wir diese Länder in einer unverläßlichen Ausgeglichenheit. Sind sie es wert, daß auch nur einer unserer Bürger für sie geopfert wird, für dieses Britannien, Gallien, Ägypten, Spanien und wie sie heißen mögen? Sie saugen uns unser Herzblut aus, und dabei hassen und verachten sie uns. Und wer wollte behaupten, daß wir es besser verdienen?"

„Man wird ihn umbringen", murmelte Scaevola. „Er hat die Wahrheit gesprochen, und wann hätte ein Mensch das je überlebt?" Aber die rechtschaffenen Senatoren horchten mit blassen, ernsten Gesichtern. Die anderen warfen einander schweigend spöttische Blicke zu.

Marcus fuhr mit bebender, aber lauter Stimme fort: „Für die Lumpen innerhalb unserer Stadtmauern und für unsere künftigen Feinde in der ganzen Welt richtet sich Rom langsam, aber sicher zugrunde. Für Wählerstimmen. Für einen schwankenden Frieden. Wurde je eine Nation derart von innen und von außen her entehrt und bedroht wie Rom? Angesichts dieser Bedrohung müssen wir uns bei jedem Gesetz — auch bei dem, das zur Anklage gegen meinen Klienten führte — die Ziele jener Männer, die es erlassen haben, in Erinnerung rufen und müssen uns vor den dunklen Absichten derer, die es heute anwenden, hüten. Denn die einen waren Heroen, die anderen sind Verbrecher.''

„Er wird den morgigen Tag nicht erleben'', murmelte Scaevola.

„Hochverrat!'' flüsterte Curius seinem Freunde zu. „Am besten, wir lassen den Kerl in Ketten schlagen!''

Einer seiner Freunde flüsterte mit vorgehaltener Hand zurück: „Er soll nur weiterreden. Servius und seine Gesinnungsgenossen sollen sich nur diesen ungeheuerlichen Affront gegen Regierung und Volk von Rom anhören und daraus ein für allemal lernen, was es bedeutet, daß Leute wie dieser Cicero uns auf dem Nacken sitzen. Wenn Servius und sein Anhang ihn aus eigenem fallenlassen, kann auch dieser Scaevola uns nichts vorwerfen.''

Mit blassen Gesichtern und gerunzelten Stirnen hatten Servius und seine Freunde in völligem Schweigen zugehört. Sie warteten darauf, was Marcus weiter vorbringen würde. Er ließ die Stimme beredt sinken. Er streckte dem Senat die Hände entgegen, und der prächtige Ring funkelte in allen Farben.

„Ehrwürdige Väter, wir müssen bei jedem Gesetz prüfen: Bringt es uns Ruhe und Ordnung, Frömmigkeit, Gerechtigkeit, Freiheit und Wohlergehen? Nährt es die Vaterlandsliebe und verbürgt es eine ehrenhafte, aufrechte Lebensführung? Dann ist es ein gutes Gesetz und verdient, daß es genauest eingehalten wird. Wenn es jedoch dem Volk Ungemach, unerträgliche Lasten, Ungerechtigkeit, schlaflose Furcht und Angst und Versklavung bringt, dann ist es ein schlechtes Gesetz, in Kraft gehalten von Leuten, die ihre Mitmenschen hassen und sie zu unterjochen und zu beherrschen trachten. Falls ich mich eines Hochverrats schuldig gemacht haben sollte, Väter, so klagt mich dessen an und begründet eure Anklage! Mögen die Zuhörer eure Anklage vernehmen, die ihr vor ihnen und vor den Göttern erhebt!''

Er verfiel in Schweigen und überdachte seine Gedankengänge, die er später in seinen Büchern vom Staate und von den Gesetzen niederschreiben sollte. Er verschränkte die Hände fest. Seine jammervollen Klienten versuchten, ihm mit schüchternen Fingern die Kleider zu berühren. Dann wies er auf Persus.

„Seht euch diesen Mann an, Väter!'' sagte er. „Seine Vorfahren haben mit den unseren für Rom gekämpft und die Republik geschaffen, unsere Stadtmauern erbaut, allen Unbilden und einer feindseligen Natur getrotzt. Er ist Fleisch von unserem Fleisch, Geist von unserem Geiste. Seine Seele ist zwar freiheitsliebend, aber bescheiden. Er hat nie nach Macht gestrebt; er liebte das Land und das bißchen Frieden und die Sonne auf seinen paar Morgen Feldes. Er hat vom Leben kaum mehr verlangt als das Geschenk einer guten Frau und fleißiger Kinder. Ihm entstammen zwar keine Senatoren, keine Konsuln, keine Tribunen; aber ihm entstammt ein Teil der altehrwürdigen Stärke Roms. Mehr als viele von uns ist er Rom selbst.

Welchen Frevel hat unser Bruder gegen seine Mitmenschen und gegen sein Land begangen? Hat er Bestechungsgelder angenommen? Hat er sich des Hochverrats schuldig gemacht? Hat er sich materieller Vorteile wegen bald zum Feinde gesellt, bald gegen ihn gewandt? Ist er ein Mörder? Ein Dieb oder ein Lüstling? Hat er einen Freund betrogen oder sich gegen Treu und Glauben vergangen? Hat er Ämter erschlichen oder Zeugen zum Meineid angestiftet oder sonst etwas Verwerfliches getan? Ist er käuflich, verabscheuungswürdig, ein Ehebrecher, ein gefährlicher Betrüger, ein Gotteslästerer?"

Marcus hielt inne. Dann hob er die Fäuste und rief: „Nein! Er ist bloß außerstande, seine — wie ihr sagt, gerechten — Steuern zu entrichten! Dafür soll er verfemt, bestraft, vernichtet, in den Hungertod getrieben werden und in die Erde, die barmherziger ist als wir? Welches Frevels wird er bezichtigt? Seine Steuern konnte er nicht bezahlen! Ist ein bißchen Geld für ein Gemeinwesen wichtiger, wertvoller als ein Menschenleben, das Leben eines Römers? Wichtiger vor allem als Menschenwürde? Ist ein römischer Bürger weniger wert als sein Haus und Hof, seine schlichten Laren und Penaten, sein bescheidener Hausrat? Wollt ihr wegen eines Goldstücks ein gottgegebenes Menschenleben zerstören? Dünkt ihr euch denn weiser und gerechter als die Götter, dünkt euch Gold wertvoller als eine Menschenseele? Falls es so wäre, so beginget ihr, Väter, die ärgste überhaupt denkbare Gotteslästerung!"

„Hochverrat!" schrie Curius. Er war aufgesprungen und starrte den Anwalt wütend an. „Du Hund! Du hast uns mit deinen verworrenen Tiraden, deinen rührseligen Appellen, deinen Lügen, deiner Unverschämtheit herausgefordert. Sieh dich vor!"

Auch Servius stand auf. Er wandte sich zu Curius und sagte: „Du selber lügst, Curius. Er hat die reine Wahrheit gesprochen. Und mögen die Götter ihn schützen! Die Menschen werden es kaum tun."

Lautes Stimmengewirr erhob sich im Saal und am Eingang, und aus der Ferne hörte man die Rufe: „Ein Heros! Der edle Marcus Tullius Cicero! Freiheit für die Unterdrückten!" Vor dem Tor hatte sich nämlich eine große Menschenmenge angesammelt. Man sah geballte Fäuste und drohende Gesichter.

„Setz dich!" forderte Servius seinen Kollegen auf. „Willst du mitten im Krieg einen Volksaufstand erregen? Du weißt, wie aufbrausend und erregbar der römische Mob ist. Hüte dich! Dieser Mann kann einen Gegner durch die Macht seiner Rede vernichten."

Curius nahm wieder Platz. Aber er ballte die Fäuste auf den Knien und sah Marcus haßvoll, mit mordlustigem Blick an.

Marcus wartete. Er legte den Arm liebevoll um seinen Klienten. Er betete im Geiste. Plötzlich überwältigten ihn seine Gefühle derart, daß er die Tränen nicht zurückhalten konnte. Sein ganzer Körper zitterte vor Erregung. Die Senatoren beobachteten ihn teils mit harten, bösen Mienen, teils mit verlegener Anteilnahme. Dann vermochte Marcus wieder zu reden. Von neuem zeigte er auf seinen Klienten.

„Seht hier einen Mitbürger, ehrwürdige Väter! Er ist ein Opfer dieses geldverschlingenden Krieges. Genauso, wie ihr es seid. Er hatte einen jungen Sohn, fast noch ein Kind, der im Bundesgenossenkrieg gefallen ist, voll Patriotismus und Heimatliebe! Genauso, wie manche von euch Söhne im Krieg verloren haben. Aber er hat in diesen Notzeiten fast alles verloren! Es war wenig; doch er verlor es. Ihr habt nicht alles verloren, sondern vieles euch erhalten. Persus hat nichts mehr als sein Weib und seine beiden ihm verbliebenen Kinder. Wollt ihr auch die ihm noch nehmen? Wollt ihr einem Mitbürger nehmen, was euch selber teuer ist? Nur die Parzen haben euch davor bewahrt, in seinem Bett geboren zu werden und sein Schicksal zu teilen. Nicht euer persönlicher Wert hat darüber entschieden, sondern das Rollen eines Würfels.“

Dann breitete Marcus die Arme aus und tat ein paar Schritte auf die Senatoren zu. Er hörte nicht das dumpfe Tosen vor dem Tor, als mehr und mehr Leute herbeiströmten, um ihn zu hören. Er spürte nicht die Spannung im Saal, die ungeheuren Leidenschaften, die in Mitgefühl und Wut beschleunigten Schläge der Herzen.

„Laßt meinem Klienten Gerechtigkeit widerfahren! Man sagt, daß die Götter am Menschen die Barmherzigkeit lieben, weil sie auch dem bescheidensten Geschöpf etwas Göttliches verleiht. Seid großmütig! Laßt die Kunde von eurer Mildherzigkeit und Güte bis an die Tore der Stadt und darüber hinaus dringen! Seid ihr nicht Ehrenmänner, Römer, die ihre eigenen Väter verehren? Ist nicht Tugend die kleidsamste Toga, die ein Mensch tragen kann? Was strahlt heller? Was ist löblicher? Was erregt in der Menschenbrust mehr Bewunderung als Beispiele der Güte, Milde und Gerechtigkeit? Was achten die Menschen höher als Macht? Ehrenhaftigkeit, Vornehmheit und rechtes Tun! Denn so niedrig kann kein Mensch sein, daß er der Tugend seine Achtung versagt.“

Den meisten Senatoren fielen jetzt die Inschriften ein, die nachts an den Häuserwänden angebracht worden waren. Ihre Namen waren geschändet worden. Mit roter Farbe stand an den Mauern: „Ehebrecher! Mörder! Hochverräter! Sittenverderber! Wüstlinge, Diebe!“

Der römische Mob war nie irgendwem wirklich wohlgesinnt, nicht einmal seinen ‚Heroen‘, sondern lauerte stets auf Absonderlichkeiten und Schwächen der Machthaber. Er war wie ein Löwe, den man im trügerischen Gefühl der Sicherheit am Schweife festhielt. Was hatten die Sibyllen geschrieben? Rom werde von innen her zu Fall kommen; in den Straßen Roms würden Ströme von Blut fließen; Rom werde in Flammen aufgehen. Für Geld und Gut mochten die Römer katzbuckeln und ihren Wohltätern die Stimme geben. Aber es lag in der menschlichen Natur, die Mächtigen zu hassen, sei es aus Neid, sei es aus Argwohn. Wenn der Pöbel sich erhob, konnten auch Hunderte von Legionen ihn nicht bändigen, auch Tausende von Gefängnissen ihn nicht unschädlich machen.

Die käuflichen Senatoren überlegten. Sie brauchten neue Bewunderer, neue Klienten, neue Gefolgsleute, neue Wähler. Das alles war heutzutage rar. Aber wenn der Ruf ihrer Tugendhaftigkeit sich von diesem Saal aus vielstimmig verbreitete, dann konnten sie, wenigstens für eine Weile, beruhigt sein. Und dort beim Tore saß Scaevola, der sie mit spöttischem Blick ansah und die Daumen einschlug, jener Scaevola, der zu viel wußte.

Die ehrenhaften Senatoren aber waren von den Worten des Anwalts tief ergriffen. Sie fanden das herangezogene Gesetz fragwürdig. Doch auch sie dachten an das Echo, das sich von diesem Saale her verbreiten mußte. Würden, wenn Persus freiging, nicht auch andere, in der Hoffnung auf gleiche Milde, ihre Steuerpflichten vernachlässigen?

Nun erhob sich der Konsul, und alle anderen taten desgleichen. Er sagte mit alter, aber fester Stimme: „Ihr habt gehört. Ich empfehle, daß der Häftling freigesetzt wird, zusammen mit Weib und Kindern. Da er durch unsere Anordnungen alles verloren hat, ordne ich hiemit an, daß ihm die beschlagnahmte Habe wiedererstattet wird. Wozu sollen wir die Zahl der Straßenbettler vermehren?"

Er blickte Persus an, der bei seinen Worten samt Frau und Kindern auf die Knie gefallen war und dankerfüllt die Hände erhoben hatte. Die Miene des Konsuls blieb streng, als er fortfuhr:

„Wenn du freigesprochen wirst, Persus, so nicht deshalb, weil auf dich ein außer Kraft getretenes Gesetz angewandt worden wäre. Deinem Anwalt sage ich, daß dieses Gesetz auch durch seine große Beredsamkeit nicht weggewischt werden kann. Es für ungültig zu erklären, hieße unseren ganzen wohldurchdachten, weitverzweigten Rechtsaufbau zerstören, was allerdings vielen unserer nüchterner denkenden Mitbürger sehr bekömmlich erschiene." Er schürzte die Lippen zu einem trockenen Lächeln. „Man behauptet, wir seien, bloß, weil wir Römer sind, der ganzen übrigen Welt gegenüber verpflichtet und müßten ihr Roms Steuergelder, mag auch die Belastung unseres eigenen Volkes noch so drückend sein, als dringend benötigte Zuschüsse zur Verfügung stellen. Was verschlage es dabei schon, wenn ein Römer verhungert oder verzweifelt oder seinen Glauben an eine gerechte Staatsverwaltung verliert? Was ist schon der heutige Römer? Ein Sklave fremder Völker, die ihn nur dazu ausnutzen, um sich ein sorgloses, wohlbehütetes Rentnerdasein zu sichern. Ein Sklave der Ehrgeizlinge im eigenen Volk, die sich seiner Gelder dazu bedienen, um persönliche Macht zu erkaufen und sich in Amt und Würden zu halten. Ich habe gesagt, dieses Gesetz könne nicht für ungültig erklärt werden. Ich stelle meinen Ausspruch dahin richtig, daß es nur beseitigt werden kann, wenn die Römer es, ihrer äußersten Gefährdung bewußt, selbst verlangen. Aber leider haben die Völker drohende Gefahren stets erst dann erkannt, wenn es zu spät war."

Neuerlich blickte er Persus und seine Familie an und sagte mit trauriger Stimme: „Geht in Frieden! Seid arbeitsam wie bisher und flehet die Götter an, sie und eure Mitrömer mögen euch nie mehr solches Leid bereiten! Haben wir nicht alle in diesen Jahren gelitten? Mögen die Götter uns allen gnädig sein!"

Er stieg von seiner erhöhten Estrade und schritt, ohne jemanden anzusehen, durch die Mitte des Saales, während links und rechts die Senatoren statuengleich dastanden. Am Tor bahnten Ordnungshüter ihm einen Weg, und er verließ das Gebäude. Sobald das Volk ihn erblickte, ertönten Rufe: „Heros! Herkules!" Er warf ihnen traurig lächelnd einen Blick zu und neigte das Haupt wie ein Gott. Die Leute jubelten darüber, daß er ihre Anwesenheit zur Kenntnis nahm, rissen sich Kränze und Bänder vom Kopf und warfen sie ihm zu Füßen. „Jupiter!" erklang ein lauter Ruf. Der Konsul lächelte nachdenklich und etwas spöttisch und stieg in die wartende Sänfte. Aber ehe er die Vorhänge zuzog, bemerkte er Scaevola und nickte ihm belustigt zu.

Als die Senatoren die ihrem Vorsitzenden dargebrachten Ovationen hörten, zogen sie rasch in würdiger Prozession hinaus und freuten sich, daß auch sie als Helden begrüßt wurden. So wie alle Politiker verschlossen sie sich der Erfahrungstatsache, daß sie bald vergessen sein würden, und nahmen jede Huldigung gern entgegen. Nur Servius fragte sich: „Wissen denn die Leute, warum sie uns feiern, oder was in dieser Stunde geschehen ist, oder was das Geschehene bedeutet? Nein."

Marcus blieb im Saal, um seine Klienten zu beglückwünschen, die um ihn knieten und ihm Hände und Füße und Kleider küssen wollten. Er gab ihnen seine eigene magere Geldtasche. Römische Anwälte durften keine Honorare, sondern nur aus Dankbarkeit gegebene Ehrengeschenke annehmen. Persus sagte weinend: „Ich schicke dir zwei von meinen Kitzlein, verehrter Meister!" Marcus erwiderte tief gerührt: „Dann schick sie, wenn du sie entbehren kannst, auf meine heimatliche Insel bei Arpinum!"

Plötzlich stand ihm die Gegend von Arpinum vor dem geistigen Auge, und ihn erfüllte so mächtige Sehnsucht nach diesem friedlichen Platz, daß er sich gelobte, ohne Rücksicht auf alle Gefahren bald dort Besuch zu machen. Sinnend stand er da, und als er nach geraumer Zeit aufblickte, fand er sich allein vor dem Standbild der Justitia mit der Waage in der Hand. Er dachte: Viele behaupten spöttisch, die Gerechtigkeit sei blind; aber sie urteilt nur ohne Ansehen der Person, ohne offene oder versteckte Parteilichkeit, ohne Mitleid oder Liebedienerei. Das ist das Wesen aller wahren Rechtsprechung.

Langsam schritt er zum Ausgang, wo nur mehr seine Freunde auf ihn warteten. Er lächelte ihnen etwas unmutig zu. „Wem verdanke ich die Ehre des gemischten griechischen Chors, der hier am Tore mit Zurufen in das Drama eingegriffen hat?''

Scaevola nahm in seinem Sessel eine gekränkte Miene an. „Ich bin der Pontifex maximus. Ich lasse meine Schutzbefohlenen nicht im Stich. Deshalb habe ich die Anwälte, die bei mir studiert haben und mir noch erkenntlich sind, aufgefordert, ihre Schreiber zu deiner Begrüßung herzuschicken. Du bist ein undankbarer Kerl!''

Auch Noah stellte sich empört. „Meine Leute hängen an meinem Vater, und wenn sie seinen Retter bejubeln wollten, hätte man sie davon abhalten sollen?''

Archias zwinkerte seinem geliebten Schüler zu und sagte: „Die Griechen bewundern ihre Bewunderer. Und zu diesen Bewunderern gehörst du doch, nicht wahr, mein lieber Marcus? Kannst du es also den Griechen verargen, wenn sie dir ihre Zuneigung bezeigen?''

Julius Caesar erklärte: „Meine Freunde am Palatin verehren rechtschaffene Männer.'' Mit einem breiten Lächeln stieß er seinen Freund in die Rippen. „Sie verehren auch mich. Es sind junge Leute, die sich gern auf Kosten der Senatoren unterhalten. Hättest du ihnen diesen Spaß verderben wollen?''

„Und jeder dieser Verehrer hat in Seitengassen und Weinschenken den Mob aufgelesen und mitgebracht'', erklärte Marcus.

Scaevola wurde sehr tugendhaft. „Ist es nicht besser, der Mob schreit aus Leibeskräften nach Gerechtigkeit als nach dem Tod eines zu Boden gegangenen Gladiators – obwohl ich zugebe, daß die Leute keinen Unterschied zwischen diesen beiden Gelegenheiten zum Schreien erkennen?''

„Mir wäre lieber gewesen, meine Beredsamkeit hätte sie hingerissen, oder die Gerechtigkeit hätte ihnen ans Herz gerührt'', meinte Marcus.

Scaevola verdrehte die Augen, als flehte er die Götter verzweifelt an, ihm Geduld zu geben. Er fand keine Worte. Er sagte nur: „Pah.''

„Ist euch nicht zu Bewußtsein gekommen'', fragte der junge Marcus hitzig, „daß auf das geringste Wort von euch der Mob ohne weiteres ganz grundlos eine Anzahl Senatoren angegriffen und vielleicht erschlagen hätte?''

„Diese einmalige Gelegenheit'', erwiderte Scaevola, „habe ich mir leider entgehen lassen.''

Als Noah wieder in seiner Sänfte Platz genommen hatte, sagte er zu dem neben ihm sitzenden Marcus: „Du vergißt ganz, daß du deinen Prozeß gewonnen hast. Gibt dir das keine Befriedigung? Viele von deinen Zuhörern waren, was auch immer Scaevola sagen mag, nicht Windbeutel, sondern ernste junge Leute. Sie werden deine Worte im Gedächtnis behalten."

Marcus war etwas erleichtert. Auch die Erschöpfung nach den vergangenen Aufregungen stimmte ihn versöhnlich. Er sagte: „Komm auf einen Becher Wein zu mir! Mein Bruder ist inzwischen sicher mit der Neuigkeit nach Hause gerannt, und meine Eltern werden mich beglückwünschen." Er hielt inne. „Und dann möchte ich dir gleich den ganzen Prunk, mit dem du mich ausstaffiert hast, zurückstellen. Hast du übrigens bemerkt, daß der junge Julius mir den Hoheitsstab gleich wieder abgenommen hat?"

Noah lachte. „Das ist bezeichnend für ihn. Angeblich hat er epileptische Anfälle, und bekanntlich halten die Abergläubischen das für eine Gottesgabe, weil man während der Anfälle merkwürdige Dinge höre und noch seltsamere sehe. Was ich dir geschickt habe, brauchst du nicht zurückzugeben. Mein Vater und ich widmen es dir als Ehrengeschenk dafür, was du für ihn getan hast."

„Ich habe nichts getan", widersprach Marcus.

„Alles war dein Werk", erklärte Noah ziemlich ungehalten. „Wozu diese Bescheidenheit? Gott liebt zwar, so heißt es, an den Menschen die Bescheidenheit. Aber die Welt verachtet diese Eigenschaft."

Später umarmte Marcus seinen Vater. „Deine Worte haben den Funken in mir gezündet", erklärte er und küßte dem Vater die Hand.

Tullius segnete ihn zärtlich. „Ich habe im Leben wenige Augenblicke des Stolzes gehabt", sagte er unter Tränen. „Aber heute bin ich stolz. Ich habe nicht vergebens gelebt."

XVII

Marcus stand in der Frühlingssonne, die Arpinums Gartenlandschaft überflutete. Er lehnte sich an einen Eichenbaum und las zum zweitenmal einen Brief Noahs, der seit mehr als einem Jahre mit seiner Familie in Jerusalem weilte.

‚Noah ben Joel entbietet dem edlen Marcus Tullius Cicero seinen Gruß.

Aus Deinem letzten Brief entnahm ich mit Freude, daß Dein Erfolg wächst. Sehr erfreulich ist auch, daß Du Klienten fandest, die Dir reiche Geschenke geben können. Als Zeichen der Erinnerung und der ewigen Dankbarkeit schickt Dir mein Vater einige Krüge jener schwarzen Oliven, die Dir so gut schmecken, und ein paar Fäßchen gutes Öl, das man unter den gegenwärtigen Umständen in Rom nicht bekommt und mit

Gold aufwiegen würde. Außerdem sende ich Dir einige Längen weißes und farbiges ägyptisches Linnen; weiters eine von einem hervorragenden jüdischen Gelehrten niedergeschriebene Rolle des Phaidon für Deinen Vater, zwei schöne edelsteinbesetzte Silberfiligran-Armbänder, eine Spezialität des hiesigen Kunsthandwerks, für Deine Frau Mutter und schließlich einen mit Eurem Familienwappen bossierten Schild für Deinen Bruder Quintus. Nimm diese Geschenke, teurer Freund, als Liebesgaben von Menschen, die an Dir hängen und Dich gern wiedersehen möchten.

Wir haben eben im Hause meines Vaters, wo wir alle wohnen, den ersten Geburtstag meines Sohnes Joshua gefeiert. Es war ein stilles Fest. Der römische Prokonsul, ein ehrenwerter, mit meinem Vater befreundeter Mann, war unser Gast. Er schenkte meinem Sohne ein schönes römisches Kurzschwert in juwelenbesetzter Scheide. Mein Vater wußte nicht recht, auf welche Art er seiner Dankbarkeit – falls er welche empfand – Ausdruck geben sollte; aber wie gewöhnlich war meine geläufige Zunge zur Stelle, und der harmlose Römer gab sich zufrieden. Sein Geschenk fand einen Ehrenplatz in unserer Wohnung.

Ich bedaure es nicht, daß ich eine Zeitlang im goldenen Schatten des zinnengekrönten Tempels unter meinen Landsleuten weile. Wie Du weißt, hatte ich etwas Angst vor den asketischen, nur Gott und nicht das Leben liebenden Jerusalemern. Aber bei den jüngeren Juden aus gutem Hause, die vielfach mit Griechen befreundet sind, ist der hellenische Einfluß sehr stark. Sie reden mehr griechisch als aramäisch und in gebildeten Kreisen mehr lateinisch als hebräisch. Mein Vater war anfangs sehr beunruhigt darüber und befürchtet daraus für unser Land schlimme Folgen. Doch der hellenische Geist findet hier großen Anklang. Sogar mein Vater beginnt ihm einiges abzugewinnen, obwohl er besonders unbeugsam ist. Täglich verbringt er Stunden damit, an den Stadttoren mit den weisen Alten über die bevorstehende Ankunft des Messias zu reden, der natürlich alle Römer und Griechen und sonstigen Ausländer aus Jerusalem vertreiben und die heilige Stadt auf den Flügeln von Erzengeln emportragen lassen wird, als Beherrscherin der unterentwickelten Völkerschaften dieser Erde. Wenn ich an Rom denke, muß ich lächeln.

Deinem Wunsche entsprechend, habe ich weitere Messias-Prophezeiungen für dich ausgeforscht. Hier gibt es viele ägyptische Kaufleute, und ich habe mich mit einigen bekannt gemacht. Sie erzählten mir, daß ein alter Pharao namens Aton geweissagt habe, der Gott Horus würde in Menschengestalt vom Himmel herabsteigen, alle Menschen zu Gerechtigkeit, Liebe, Friedfertigkeit und Gläubigkeit führen und sie mit ihrem obersten Gott versöhnen. Auch die Bekanntschaft indischer Händler habe ich gemacht und von ihnen gehört, daß, ihrer Religion zufolge, der Mensch von seiner Empfängnis an dem Verderben geweiht sei, wenn ihn nicht eine Gottheit, die Menschengestalt annimmt, erlöse. Und Hammurabi, der große Babylonierkönig, soll in seinem Gesetzeswerk gesagt haben: Wie könnte der Mensch sich aus eigener Kraft vom eigenen Bösen befreien? Er kann es nur durch die Betrachtung Gottes, durch Buße und Reue, durch Sündenbekenntnis, durch die Macht Gottes. Eines schicksalhaften Tages wird Gott selbst den Menschen in ihrer eigenen Gestalt erscheinen.

Du wirst das Gemeinsame an diesen Weissagungen erkennen: die Verderbtheit des Menschen, seine gnadenlose Verurteilung zu ewigem Tode und die Möglichkeit einer Rettung durch einen mitleidigen Gott, der Menschengestalt annimmt. Du wirst Dich in diesem Zusammenhang an den Ausspruch des Aristoteles erinnern: ‚Es gibt in der menschlichen Natur nichts Gutes, mit Ausnahme dessen, was von seiten der Gottheit, durch ihre Kraft und liebevolle Güte, gewährleistet ist. Denn der Mensch ist zum Übel geboren, und er kann sich aus der Umgarnung des Bösen ohne göttliche Hilfe nicht befreien, wie sehr er sich auch mühen und wie guten Willens er auch sein mag.'

Ich habe auch die Messias-Weissagungen des Jesaja wieder nachgelesen. Dort heißt es: ‚Denn es ist uns ein Kind geboren, und ein Sohn ist uns gegeben, welches Herrschaft ist auf seiner Schulter; und sein Name wird heißen: Wunderbar, Herrlichkeit, der Sterne Held, der ewigliche Vater, der Friedensfürst.' Aber weiter heißt es: ‚Er hat nicht Gestalt noch Schöne. Man achtet seiner nicht.'

Wenn aber der Messias wirklich ohne Gestalt und Schöne erscheint, werden nur wenige ihm folgen. Nach Jesaja soll er zwar auch ‚das Licht der Heiden' sein; aber wer von ihnen wird ihn erkennen?

Mit diesen Weissagungen bin ich aufgewachsen. Doch als Skeptiker und römischer Bürger, der mit vielen Religionen in Berührung gekommen ist, glaube ich daran ebensowenig wie die Hohenpriester und Schriftgelehrten in Jerusalem. Nur die Alten an den Stadttoren blicken sinnend zum Himmel und warten mit wachsender Ungeduld auf ihren Erlöser. Werden sie ihn erkennen, wenn er wirklich erscheinen sollte? Jedenfalls herrscht in der ganzen Stadt eine Atmosphäre der Erregtheit, als wäre die Nachricht vom bevorstehenden Besuch eines mächtigen Königs gekommen. Wer kann das verstehen?

Du, lieber Marcus, würdest wahrscheinlich unser Land nicht nur interessant, sondern auch in Klima und Erscheinung angenehm finden. Joppe am großen Meer ist es wert, daß man sich mindestens einen Monat dort aufhält, schon wegen der herrlichen Sonnenuntergänge. Sieht man dabei den Himmel in Flammen aufgehen, die sich voll stummer Erhabenheit im Meere spiegeln, so muß man mit unserem König David fragen: ‚Wenn ich den Blick zu Deinen Himmeln wende, dem Werk Deiner Finger, den Mond betrachte und die Sterne, die Du erschufst: Was ist der Mensch, daß Du seiner gedenkest? Was ist ein Menschenkind, daß Du Dich seiner annimmst?' Auch ich stelle mir diese unbeantwortbare Frage. Sicherlich ist es anmaßend von uns, zu glauben, daß Gott sich um uns kümmert.

Jerusalem ist das Herz unseres Landes – ein strotzendes, übervolles, staubiges, buntes, lärmendes Herz. Bei Tage ist es hier unerträglich heiß, bei Nacht wüstenkalt. Hier wohnen vielerlei Völkerschaften, nicht nur Juden: Händler und Kaufleute; Schurken und Scharlatane; Bankleute, Soldaten, Matrosen; Geschichtsschreiber und Archäologen aus aller Herren Ländern; Syrer, Römer, Samariter, Ägypter, Inder, Griechen und Gott weiß, welche Nationen noch. Solange sie die Landesgesetze einhalten, schert man sich nicht um sie und würdigt sie keines Blickes. Die Juden lieben, wie die Römer, das unumstößliche Gesetz. „Gott hat gesagt ...", „Gott hat uns offenbart ...", stellen die Weisen dogmatisch fest, und wehe dem Außenstehenden, der daran rütteln wollte! Die Juden haben nicht menschliche Gesetze, sondern das Gottesgesetz. Wir sind eine Theokratie. Man sollte meinen, daß sich damit jede Diskussion erübrigt. Aber die Schriftgelehrten spinnen über das einfachste der göttlichen Gebote ein feines Gewebe von Auslegungen und Ausdeutungen. Gott spricht klar; der Mensch jedoch muß dazu immer tausend Fragen nach dem ‚Warum' stellen und tausend Antworten darauf ersinnen.

Da die Juden von Natur aus heftig und gewaltsam sind, tasten die Römer ihre Überzeugungen nicht an. Ein totes Volk ist dem Römerreich zu nichts nutze. Deshalb hüten sich die Römer, darauf zu bestehen, daß in Jerusalem ihr ‚Götzendienst', wie die Juden es nennen, eingeführt werde. Die hier geprägten Münzen zeigen keine Götterköpfe, und die Juden werden nicht, wie es in anderen Ländern geschieht, zum Heeresdienst gezwungen. Solange sie ihre Steuern pünktlich zahlen, belästigen die Römer sie nicht. Im Gegenteil, sie verhalten sich freundlich, und viele römische Offiziere heiraten Judenmädchen.

Dein geliebter Polybios hätte an Judäa seine helle Freude gehabt, weil hier Lernpflicht besteht und die Schulen unentgeltlich sind. Ich weiß nicht, ob das klug ist. Es bläst die Ignoranten auf, die zu einer wirklichen Bildung nicht taugen und vielleicht die Worte des Gottesgesetzes verstehen, nicht aber dessen Geist. Viele solche Menschen ohne echte Bildung nehmen angesehene Plätze in der Öffentlichkeit ein. Aber sie sind wie Raben, denen man die Zunge gelöst hat: sie plappern unverstandene Wörter nach. Nichts ist unerquicklicher als ein Mensch, der weise Aussprüche zitieren kann, sie jedoch im eigenen Leben und in seinem Beruf nicht anzuwenden weiß. Noch mehr indes muß man sich vor den reichen Müßiggängern hüten, die aus Langeweile und zum Zeitvertreib Machtgelüsten frönen. Viele Juden wissen das. Darum arbeiten wir. Ich betreue die Gärten meines Vaters, obwohl ich doch früher keine Ahnung von Bodenarten und Jahreszeiten und Pflanzen hatte.

Hier ist es noch viel lärmender als in Rom; denn wir sind ein kleines

Land, und alles drängt sich in der Hauptstadt zusammen. Jerusalem ist wie ein Bienenstock; Zelle reiht sich an Zelle. Man könnte die ganze Stadt auf den Dächern überqueren, ohne je den Fuß auf den Boden zu setzen. Vom Dache unseres gelben Steinhauses sehen wir nichts als andere Dächer, bis an den goldenen, staubigen Horizont, nur hier und dort oasengleich unterbrochen durch Gruppen von Zypressen, Johannisbrotbäumen und Palmen. Alle Dächer sind gelb oder weiß und bei Tag leer; erst nach Sonnenuntergang beleben sie sich mit Menschen, die dort sitzen oder stehen und die Abendkühle genießen. Dann dringt aus vielen Häusern Musik, und die Stadt hallt von einem mächtigen Summen, und von Zeit zu Zeit schmettert vom Tempel eine Trompete. Wir sind in unseren gelben, gewundenen Stadtmauern eingeschlossen und hören die Rufe der Wächter, die auf den Mauerkronen die Runde machen.

Jenseits der Stadttore liegen die von den Griechen oder Römern erbauten Theater. Die Griechen führen Dramen auf, die Römer blutige Schauspiele. Man würde daraus schließen, die einen seien gesittet, die anderen barbarisch. Aber das hieße oberflächlich urteilen. Auch in den hochgestochenen griechischen Komödien glitzert und flackert die Grausamkeit. Wer hat denn nur gesagt, jedes, auch das scheinbar harmloseste Lachen sei grausam? Das Lachen muß ja tatsächlich immer ein Objekt haben; meist ist es ein einzelner Mensch oder die Menschheit. Und wer könnte die menschlichen Unzulänglichkeiten und Mißlichkeiten ohne Mitleid betrachten? Im Lachen aber ist kein Mitleid. Etwas ganz anderes ist es mit der Fröhlichkeit; sie ist harmlos und karikiert nicht, spottet nicht, verhöhnt nicht. Sie belustigt sich über die Possierlichkeiten eines Menschen, aber nicht über diesen Menschen selbst.

Wie Du siehst, habe ich mich geändert. Aber da ich immerhin nur ein Mensch bin, ergötze ich mich an den griechischen Theaterstücken, ob es nun Tragödien oder Komödien sind. Ich besuche, ebenso wie viele andere hellenisch angehauchte junge Juden, die Vorstellungen regelmäßig. Doch den römischen Schauspielen wohnen nicht einmal die Griechen bei, außer, um sie einmal kennenzulernen und dann angewidert über sie zu schelten. Die Römer veranstalten beispielsweise öffentliche Massenkreuzigungen von Verbrechern! Und wenn die Juden gegen solche Spektakel heftig aufbegehren, bekommen sie zur Antwort: „Ist denn das ärger, als wenn ihr Leute zu Tode steinigt?"

Ich habe einige Stücke geschrieben, in denen Lustspiel und Trauerspiel miteinander verflochten sind, und die Griechen haben sie mit recht lebhaftem Beifall aufgenommen. Aber ich muß das alles anonym machen, wegen meiner Eltern. Ich habe die bedeutendsten griechischen Tragödien, einschließlich König Ödipus und Elektra, parodiert, und sogar die Römer, die sich wahrlich nicht durch besonderen Sinn für Humor auszeichnen, haben herzlich darüber gelacht. Im allgemeinen jedoch sind den Römern grobe Spaßmacher und Clowns und handgreifliche Situationen lieber als literarische Feinheiten, offenbar, weil sie im Grunde doch noch viel Primitives an sich haben. Umgekehrt lieben die Griechen auch Kampfspiele, legen aber dabei mehr Wert auf anmutige Behendigkeit als auf rohe Kraftentfaltung. Aber schließlich ,hallt in Rom von jedem Stein die Macht, in Hellas steht in Marmor reine Pracht'.

Trotzdem sehne ich mich nach Rom. Auch mein Vater wünscht seine dort lebenden Töchter wiederzusehen samt ihren Männern und Kindern, gedenkt aber nicht, sich nach seiner Rückkehr wieder geschäftlich zu betätigen. Er hat zu mir gesagt: „Wenn man ein ruhiges Alter haben will, darf man den Herrschenden nicht bekannt sein. Man muß sich den Blikken der Politiker entziehen." Ich glaube, er hat recht.

Lieber Freund, sei vorsichtig und bedachtsam! Errege nicht mehr Feindseligkeit, als Du Dir leisten kannst! Wir senden Dir unsere Liebe und unsere Segenswünsche.'

Als Marcus den Brief wieder zusammenrollte, erfüllte ihn tiefe Zuneigung für seinen Freund. Aber zugleich mußte er lächeln. Noahs Besorgtheit war überflüssig. Er, Marcus, übte jetzt seinen Beruf kaum ein Jahr lang aus, war also nur ein junger Anwalt mit mäßigen Anfangserfolgen, der aus den Geschenken dankbarer Klienten, soweit sie nicht zu arm dazu waren, fast allein die ganze Familie erhalten mußte. Die Klienten kamen in seine Wohnung auf den Carinae oder ins Scaevola-Haus. Dort hatte der alte Pontifex maximus ihm eine mit Tisch und zwei Stühlen und Bücherregalen kärglich ausgestattete, fensterlose, nur künstlich zu beleuchtende Kammer eingeräumt, für die Marcus ein kleines, aber regelmäßiges Entgelt zahlte. Der Raum war selbst im Winter stikkig, weil die einzige Lüftung durch die – bei vertraulichen Besprechungen und Beratungen geschlossene – Tür erfolgen konnte. Natürlich stank es nach Schweiß und Pergament und feuchtem Mauerwerk und Brennöl. „Es riecht nach Gelehrsamkeit", erklärte Scaevola mit feierlicher Miene. „Oder, vielleicht, nach Perfidie. Wann wäre ein Advokat nicht perfid, besonders heutzutage?"

Er hatte viele Auseinandersetzungen mit Marcus wegen dessen allzu gewissenhafter Berufsauffassung. „Was?" rief er einmal. „Du nimmst keinen Klienten, der offenbar ein Schurke ist? Sind wir uns denn nicht darüber einig geworden, daß auch Verbrecher vor Gericht vertreten werden müssen? Du bist ein Narr, mein göttlicher Apollo! Aber so sollte ich dich gar nicht titulieren. Apollos Licht scheint allen Menschen, deines nur den gerechten. Pah!"

„Ich zögere nicht, auch Verbrecher zu verteidigen", widersprach Marcus. „Aber ich muß mich vergewissern, daß der Betreffende, was auch immer er in der Vergangenheit angestellt hat, in dem mir unterbreiteten

Falle schuldlos ist. Wie könnte ich ihn sonst mit voller Überzeugungskraft verteidigen?''

„Er hat auf jeden Fall ein Recht, vertreten zu werden. Begrabe deine Skrupel, sonst wirst du nie reich. Aber anscheinend legst du darauf keinen Wert!''

Hier irrte Scaevola. Marcus hatte begonnen, auf Wohlstand großen Wert zu legen; er war von Natur aus lebensklug und wies den Grundsatz, daß der Arbeiter seines Lohnes wert sei, nicht von sich. Er hatte eine Familie, deren Auskommen gesichert werden mußte. Dennoch vermochte er seine Beredsamkeit nicht dazu einzuspannen, jemanden zu verteidigen, der offensichtlich eine Schandtat begangen hatte.

„Es ist, ohne Rücksicht auf den wirklichen Sachverhalt, für jeden Anwalt ein Axiom, daß der von ihm Verteidigte unschuldig ist'', erklärte Scaevola. „Dazu gehört nur ein kleiner geistiger Jongleurtrick.''

Marcus konnte nicht nach Belieben mit Argumenten jonglieren wie mit Keulen. „Ich bin kein Artist'', sagte er.

„Dann bist du auch kein Anwalt'', entgegnete Scaevola und fügte hinzu: „Wenn du nur absolut Schuldlose verteidigen willst, wirst du dir nicht einmal dein Brot verdienen. Denk daran: Jeder ist so lange unschuldig, bis ihm seine Schuld gerichtlich nachgewiesen wird. Das ist römisches Gesetz. Die Jurisprudenz ist ein geistiges Ringen, ein Kampf in der Arena, mein Naivling. Der Anwalt muß davon überzeugt sein, daß er klüger ist als andere und vor allem schlauer als die Richter. Aber du hast keinen Sinn für Ironie. Wer weiß denn so genau, was der Gesetzgeber mit seinen Vorschriften bezweckt hat? Ein gescheiter Anwalt muß das Gesetz zum Besten seines Klienten auslegen.''

Marcus verstand und machte sich einige Sorgen um seine Zukunft. Vor allem aber empörte ihn die Art, wie der jetzige Alleinherrscher Cinna die kraftvollen, männlichen, gerechten Gesetze des alten Rom auslegte und zurechtbog. Sogar Cinna verhöhnte nicht geradewegs das geschriebene Gesetz und die Verfassung, sondern hielt sich einen Klüngel knechtseliger Anwälte, die ständig an der ‚Interpretation' der Gesetze arbeiteten. Das mußte unweigerlich zu Chaos, Rechtlosigkeit und Aufruhr, und schließlich folgerichtig zur offenen Tyrannei führen. So bestimmte das Gesetz etwa die Unverletzlichkeit des Eigentums. Aber Cinnas neue Steuervorschriften durchlöcherten diese alten Errungenschaft einer stolzen Vergangenheit. Das Eigentum blieb zwar unverletzlich, aber nur gegenüber Dieben und Räubern, nicht jedoch gegenüber der Staatsgewalt, die dauernd ausgedehnte Raubzüge unternahm, bei denen sie die Kraftquellen der Nation anzapfte und nur Schulden und Unrat zurückließ. Das tat sie ungehindert und straflos. Die modernen Römer erhoben nicht einmal Einspruch – ein trauriges Zeichen für die Kleinmütigkeit, in die sie gesunken waren.

Der Pöbel vergötterte jetzt die Gracchen, die nach Meinung ihrer Gegner den Werktätigen Land und Getreide genommen und es den Faulen und den Bankrotteuren zugeschanzt hatten. Dabei waren die Gracchen im Privatleben zweifellos Ehrenmänner gewesen; aber eine gewisse Gefühlsduselei mochte ihre Einsicht getrübt haben. Sie waren von wütenden Gegnern zu Tode gebracht worden, und lange hatte man ihre Tötung als gerechtfertigt angesehen. Nun wurden sie zu Heroen eines entarteten Mobs, der ehrliche Arbeit verachtete und nach Brot und Spielen schrie.

Nicht zum erstenmal hatte Marcus die Empfindung, daß Staatsverwaltung und Volk oft einander feind waren. Jetzt, als er im Frühlingssonnenschein auf seiner väterlichen Insel stand, fiel ihm ein, was Noah ihm von der Demokratie in Judäa geschrieben hatte, und er dachte darüber nach. Rechtsvorschriften, die nicht auf dem göttlichen Gesetz fußten, waren eine üble Sache. Sie mußten zum Untergang des Volkes führen. Wie lange würde Rom sich behaupten, sein geliebtes Heimatland?

An die alte Eiche gelehnt, hielt er Noahs Brief in der Hand und blickte betrübt auf den im Frühlingslicht zitronengelben Fluß. Ein Teil seines Ichs machte sich selbständig und bewunderte sinnend das Lenzbild. Der Frühling war eigentlich goldfarben, nicht grün. Die jungen Triebe der Bäume schimmerten gelb, und Sträucher und Buschwerk prangten in allen Abschattungen zwischen Bernstein- und Primelgelb, zwischen hellem Gold und satter Honigfarbe. Die ganze Landschaft schien in goldtoniges Wasser getaucht und dann wieder auf ihren Platz zwischen den beiden Flüssen gehoben worden zu sein, in denen sich das Land und der narzissengelb schimmernde Himmel spiegelten. Nur das hell smaragdene Gras störte den goldenen Gesamtton, in den die zarten Gehänge der Weiden und Eichen, die festen Kerzen der Pappeln und Eichen einstimmten. Die Stadt Arpinum, die jenseits des Flusses die noch winterkahlen Hänge emporklomm, schien von schattenhaftem Gold überflossen. Sommer und Herbst waren nicht so mit jubelnden Lobesfesten und mit Düften erfüllt wie der Lenz. Die Erde atmete in vollen Zügen, und das Menschenherz regte sich, sogar das Herz eines jungen, betrübten, niedergeschlagenen Römers.

Er blickte auf die zum Festland führende Brücke, die Bogenbrücke seiner Erinnerung, und er dachte an Livia. Er sah sie so vor sich, wie sie vor mehr als zehn Jahren gewesen war, ein ungebärdiges, sprödes Mädchen mit rötlichem Haar und seltsam blauen Augen und jungfräulichen Brüsten. Was seine Mutter ihm vorausgesagt hatte, traf ein: die Geliebte blieb für ihn jung und rein, unberührt von Zeit und Kummer und Wandel. Der leise Frühlingswind klang wie ihr Singen, das er noch in den Ohren hatte, unirdisch und lauter und nachdenklich. Wie die Nymphen auf griechischen Vasen wurde sie verfolgt, aber nie eingeholt. Sie war ein unvergänglicher Traum, und sie warf keinen Schatten.

Bei diesen Gedanken faßte ihn wieder der einstige wilde Gram, die alte ungestillte Sehnsucht. Er hatte die Empfindung, in einem großen Schiff zu stehen, das unerbittlich flußabwärts glitt, während Livia auf der Insel stand, ein Mädchen, das Haar und den Mantel im Winde flatternd, die Hand zum Abschied gehoben. Er enteilte im Strom der Zeit; sie blieb festgebannt als bloßer Schemen, schimmernd in alexandrinisches Glas eingeschlossen. Alles um ihn herum war Regsamkeit; nur, wo Livia stand, änderten die Bäume ihre Farbe nicht, der Himmel flammte nicht auf und erlosch nicht im Aufgang oder Untergang der Sonne, die dort nicht ihren Bogen von Horizont zu Horizont zog. Es war immer Frühling, und Livia blieb jung und blieb für ihn verloren. Der Fluß trug ihn davon; sie aber sang unentwegt ihr Lied, für Wind und Ewigkeit.

Er hatte es gelernt, Livia in seiner Seele zu verschließen, wie man den Deckel einer Schmuckschatulle zuklappt und das Geschmeide eine Zeitlang vergißt. Aber heute war an dem Licht, der sinkenden Sonne, dem Erdgeruch etwas, das den Deckel gegen den Druck seiner Hände offenhielt. Livia lebte; sie war nicht ein Traumgebilde, mochte auch niemand ihm ihren Namen erwähnen, mochte er auch nicht wissen, wo sie sich aufhielt und ob sie überhaupt noch unter den Lebenden weilte. Für ihn war sie jedenfalls eine atmende Wirklichkeit. Er hörte ihre Stimme, klar und etwas spöttisch, und war überzeugt, er würde, wenn er rasch den Kopf wandte, sie erblicken, eine Dryade unter den Bäumen, flüchtig wie ein Atemhauch, strahlend wie eine Vision.

„Livia!" rief er laut. Er wandte nicht den Kopf, spürte aber deutlich eine Ausstrahlung von ihr, wie vom Geist einer teuren Toten und doch nicht Toten. Jene Livia, die er kannte und liebte, war nicht Catilinas Ehefrau, die unter irgendeinem unbekannten Dach hauste und ihn im Trubel der Alltagssorgen vergaß. Es war noch immer jene Livia, die ihren Namen nicht geändert hatte und an seiner Seele haftete wie eine Ranke an einem Baum.

Die Mutter drängte ihn zu heiraten, weil Quintus im Heere diente und fallen konnte. Noch schlummerte der Name Cicero ungeformt in seinen Lenden. Daß er eines Tages, der Nachkommenschaft wegen, würde heiraten müssen, wußte er ja. Aber nicht, solange Livia ihn noch in Tag- und Nachtträumen umarmte! Sonst wäre die neue Verbindung ein Ehebruch. Außerdem würde eine Heirat ihm, so befürchtete er, etwas Unausdrückbares, etwas Märchenhaftes rauben, das wie ein stilles Leuchten bis in die nüchternen Bereiche der Wirklichkeit fiel. Zufallsbekanntschaften in Rom, ja. Aber nicht – noch nicht! – eine Gattin an Herd und Webstuhl im Hause. Noch wohnte in allen Räumen seines Herzens Livia.

Die Frühlingsbrise wurde kühler; er spürte sie durch den Wollmantel und in den Falten seiner langen blauen Tunika und in den Knicken seiner

Lederschuhe. Nun war das Licht nicht mehr so strahlend; es verblaßte auf den Mauern und rosa Dächern Arpinums. Der Fluß murmelte und verfinsterte sich zu eilendem Braun. Von weitem hörte Marcus das Brüllen der von der Weide heimkehrenden Kühe. Er hörte das einsame Blöken von Schafen. Eunice und Athos würden wohl bald die fünf bei ihnen lebenden Sklaven in ihre Abendpflichten einweisen. Er mußte jetzt dieses Ufer und diesen goldschimmernden Wald verlassen und heimkehren. Nach dem Abendessen aber wollte er sich in das ehemalige Bücherzimmer seines Vaters setzen und dort vor dem Schlafengehen lesen.

Um die goldene Insel mit ihrer lieblichen, für immer dort verweilenden Dryade wiederzusehen, war er, entgegen den Mahnungen und Warnungen seiner Mutter, in dieser höchst unsicheren Zeit durch unsichere Dörfer und Marktflecken hierhergereist. Aber Eunice und ihr fleißiger Athos lebten hier ungestört und in Frieden. Diesen Frieden hatte er gesucht und für Augenblicke auch gefunden, für Augenblicke, in denen er Kriege und Gerichtshöfe, ja sogar Eltern und Bruder vergaß. Er lebte in einer Art Dämmerzustand. Jeden Abend sagte er sich: Ich muß nach Rom zurück! Und jeden Morgen brach ein Tag an, der dem vorhergehenden aufs Haar glich. Es war nicht nur die geliebte Gegend und die Ruhe, die ihn hier hielten. Es war ein Traum, und dieser Traum allein zählte. Hier schritt durch Asphodeloswiesen Eurydike, und er scheute davor zurück, in eine Oberwelt des Lärms, der Pflichten und Sorgen, des harten Ringens um Macht und der leidenschaftlichen Begehrlichkeiten aufzusteigen. Einmal mußte er es ja tun, wie Orpheus sich von Eurydike hatte trennen müssen. Aber nicht heute! Und auch morgen nicht!

Einsamkeit mit ihren körperlosen Freuden war ihm lieber als die Brandung des Lebens. Er war nicht vergebens gekommen. Die Insel der Träume wurde wirklicher für ihn, wünschenswerter, beseligender als alles, was Rom ihm an Macht und Reichtum zu bieten vermochte. Hier konnte er jene Gedichte und feinsinnigen Aufsätze schreiben, die ihm in Rom einen Verleger gewonnen hatten. Manchmal fragte er sich, ob wohl alle Menschen in ihrem Innern einen solchen Traum bis ins hohe Alter bewahrten, ob alle eine geheime Insel hatten, wo die Schwere von ihnen abfiel und wo sie andere Sonnen, andere Monde sahen. Wenn diese Träume erloschen, dann starb wohl mit ihnen eigentlich auch der Mensch.

Er hörte nicht das leise Gleiten eines großen Bootes neben sich. Er sah nicht die wilden Blicke, die sich auf ihn hefteten. Er lauschte dem vielstimmigen Gesang in den Bäumen; er beobachtete das eilige Auffliegen von Vögeln. So vernahm er auch nicht die gedämpften Schritte, die sich heranschlichen. Noch funkelte das gelbe Licht auf den höchsten Häusern von Arpinum, und der Westhimmel war ein goldener See, über dem rosige Nebel schwebten.

Als Marcus sich plötzlich in einer eisernen Umklammerung spürte, konnte er es nicht glauben und wehrte sich anfangs nur leicht, in dumpfem Zorn. Er wandte den Kopf und sah vier Männer, in Mäntel gehüllt, deren Kapuzen über Stirn, Augen und Nase gezogen waren, so daß nur die grausamen, triumphierenden Lippen sichtbar blieben. Einer der Männer schlug ihm hart ins Gesicht, und Marcus versuchte zurückzuweichen. Aber starke Arme hielten ihn fest. Ein anderer Mann rief wütend: „Nicht! Es darf keine Beule zu sehen sein, keine Spur von Gewalt! Beherrscht euch!''

Marcus kannte die Stimme nicht. Im ersten Augenblick hatte er an seine eigenen Sklaven gedacht. Es hieß, daß in ganz Italien die Sklaven sich gegen ihre Herren erhoben. Aber ein anderer Mann sagte: „Wir müssen uns an unseren Auftrag halten. Und wir müssen rasch machen. Ich höre einen Hund bellen. Wer weiß, welcher Lümmel sich plötzlich auf uns stürzen kann.'' Das war nicht die rohe Stimme eines Sklaven; sie hatte den Tonfall eines kultivierten Römers. Noch immer ungläubig, blickte Marcus auf die Hände, die ihn so fest umschlossen hielten. Auch keine Sklavenhände, trotz der kräftigen Finger! Eine Hand trug einen Ring, einen schönen, kunstvoll gearbeiteten Ring!

„Was ist denn los?'' rief Marcus. „Wer seid ihr? Laßt mich aus, Kerle!'' Er dachte an Räuber, an Landstreicher, an Strolche aus Arpinum. Er öffnete den Mund zu einem Hilferuf; aber sofort wurde ihm ein Tuchknebel zwischen die Zähne geschoben.

In diesem Augenblick kam ihm zum erstenmal der Gedanke: Das ist der Tod!

Er stemmte die Füße in den weichen Boden und wehrte sich aus Leibeskräften. Jetzt verwünschte er sich selber wegen seiner bisherigen Geringschätzung körperlicher Gelenkigkeit, mit der man durch geschickte Bewegungen die Wucht des Gegners gegen ihn kehren konnte. Immerhin gab ihm die plötzliche starke Angst einige Kraft. Einmal riß er sich wirklich los; aber die Männer hielten ihn bald wieder und lachten belustigt. Keuchend versuchte er, im Schatten der Kapuzen die Gesichter zu erkennen, sah jedoch nur verzerrte Lippen.

Die Männer begannen ihn zu entkleiden, hinderten ihn aber an jeder heftigen Bewegung, als wollten sie vermeiden, daß seine Kleider zerrissen. Der eine nahm ihm den Mantel ab, faltete ihn und legte ihn säuberlich auf das Gras. Ein anderer wand ihm sehr geschickt die lange Tunika vom Körper, nachdem er den Ledergürtel mit dem nur ein paar Kupfermünzen enthaltenden Geldbeutel gelöst hatte, und legte alles ordentlich auf den Mantel. Sie zogen ihm die Schuhe aus und reihten sie neben den Kleidern auf. Marcus war so gebannt von ihrer Sorgfalt, daß er in der Umklammerung der ihn haltenden Arme stillhielt und schaute. Ein Mann griff nach dem goldenen Amulett der Pallas Athene, das ihm einst Aurelia, Julius' Mutter, geschenkt hatte. Doch ein anderer rief: „Nein, das hätte er beim Schwimmen nicht abgelegt. Es sollte ihn ja schützen.''

Jetzt begriff Marcus, daß man einen Unfall vortäuschen wollte. Deshalb wurde auch kein Messer oder Dolch zu seiner raschen und sicheren Tötung benützt.

„Die Füße dürfen nicht mit Erde beschmutzt oder von Steinen geschrammt werden!'' befahl einer der Männer, offenbar der Anführer. So wurde Marcus von starken Armen gehoben und zum Flußufer getragen, das plötzlich vom Sonnenuntergang in feuriges Licht getaucht wurde. Man legte den Gefangenen fast liebevoll ins Boot, wo seine Hände und Füße mit hartem Griff festgehalten wurden. Dann ruderten zwei der Männer leise der Flußmitte entgegen, während Marcus verzweifelt auf den flammenden Himmel blickte und um Rettung seines Lebens betete. Bei begrifflichen Überlegungen war ihm das Sterben nie erschreckend vorgekommen, weil er sich mit Sokrates gesagt hatte, ein guter Mensch habe weder in diesem noch in einem nächsten Leben etwas zu fürchten. Jetzt, da er in so jungen Jahren sterben sollte, übermannte ihn Entsetzen. Nichts schien ihm nun wichtiger, als am Leben zu bleiben. Er spürte, wie das Boot durch raschbewegtes Wasser glitt. Die Strömung war hier sehr stark und mußte auch dem besten Schwimmer arg zusetzen, besonders, weil die Kälte des von eisigen Bergquellen gespeisten Flusses selbst den kräftigsten Mann bald lähmen würde. Quintus wagte sich, obwohl er ein ausgezeichneter Schwimmer war, stets erst im Sommer in den Fluß.

„Ganz wild ist da die Strömung'', sagte einer der Ruderer in zufriedenem Tone. „Er wird nicht lange zappeln.''

Die Luft strich schon kühl über die nackte Haut des Gefangenen; aber er schwitzte vor Angst. Die Männer behielten ständig das Inselgestade im Auge, um sich zu vergewissern, daß niemand sie beobachtete und Alarm schlagen könne. Jetzt prallten die Wellen ungestüm an die Flanken des Bootes und schaukelten es heftig.

„Sollen wir nicht lieber warten, bis es dunkel wird?'' fragte einer der Männer.

„Nein. Inzwischen wird man ihn vermissen und mit Hunden suchen'', entgegnete ein anderer unwirsch. „Wir müssen es gleich tun.''

Die Ruderer hatten die Mitte des hier ziemlich schmalen Flusses erreicht. Sie drehten das Boot breitseits, so daß es stehenblieb. Die vier Männer betrachteten ihren Gefangenen ohne Feindseligkeit — er spürte die Eindringlichkeit des Blickes der versteckten Augen — und lächelten ihm fast freundlich zu. „Ertrinken'', sagte der eine, „ist kein unangenehmer Tod. Es gibt ärgere Todesarten. Sei froh, daß wir dir nicht den Bauch aufgeschlitzt oder das Fleisch von den Knochen gerissen haben!''

Marcus blickte die Männer angstvoll an. Sie faßten ihn, hoben ihn und ließen seinen Körper langsam ins Wasser gleiten, während sie ihn unter den Achseln hielten. Dann zog ihm der eine rasch den Knebel aus dem Mund. Aber ehe er schreien konnte, drückten sie ihm den Kopf unter das Wasser, und ein Mann packte sein langes braunes Haar am Scheitel. Instinktiv hatte Marcus den Mund, als das Wasser ihn bedeckte, geschlossen und hielt den Atem an.

Er sah seinen weißen Rumpf wie den Leichnam eines Ertrunkenen im Wasser schweben. Er spürte, wie Fische mit ihren schuppigen Leibern seinen Körper streiften, als sie davonstoben. Nach wenigen Augenblicken wurde seine Haut vor Kälte starr und empfindungslos. Seine Lungen begannen aufzubegehren, so daß er den durch seinen Schädel dringenden Schmerz kaum spürte. Nun nahm er sich mit aller Gewalt zusammen. Irgendwie mußte er die Hand loswerden, die seine Haar hielt! Plötzlich erschien ihm das außerordentlich wichtig, schon, um nicht schmachvoll ersäuft zu werden, mochte er auch sicherlich selbst ertrinken, sobald die Hand ihn ausließ. Er war kein guter Schwimmer, obwohl Quintus ihn unterwiesen hatte, bis er es schließlich aufgab, gekränkt durch die spöttische Bemerkung seines Bruders, auf ihn warte keine Hero zu liebevoller Umarmung. Jetzt verwünschte Marcus sich selber wegen seiner damaligen Albernheit.

Seine Lungen wehrten sich anschwellend gegen den zurückgehaltenen Atem, und seine Ohren schienen bersten zu wollen. Wie? Sollte er sterben, ohne bis zur letzten Möglichkeit um sein Leben gekämpft zu haben? Er verkrampfte die Muskeln wie in einem Anfall furchtbaren Entsetzens und erschlaffte sie dann völlig, während er mit halbgeschlossenen Augen durch die dünne Wasserschicht auf die verzerrten Gestalten seiner Mörder blickte. Die Männer sprachen jetzt nichts. Sie warteten nur, bis er tot war.

Nach dem, was sie von ihm gehört hatten, hielten sie ihn augenscheinlich für ein armseliges, schwaches Bürschchen. Er ließ seinen Körper leise im Wasser schwanken, als wäre er schon tot. Er schloß die Augen. Er öffnete den Mund, sperrte aber den Kehlkopf gegen das Wasser, das ihm jetzt Zunge und Gaumen netzte. Wie er gehofft und gebetet hatte, lockerte die Hand ihren Griff. Sofort riß er seinen Kopf los. Furchtbarer Schmerz durchzuckte seinen Schädel, als ihm ein Haarbüschel ausgerauft wurde. Das Herz schlug ihm wie ein Hammer in der Brust. Er sank tiefer in das ziemlich schlammige Wasser. Dann erfaßte ihn die Strömung und schwemmte ihn weg.

Aber jetzt mußte er, wenn er am Leben bleiben wollte, Atem holen. Er stieß die Beine ab. Trotz der Krämpfe in allen Muskeln gab der Schreck ihm die Kraft emporzutauchen. Im Augenblick dachte er nur daran, auszuatmen und lebenspendende frische Luft in die Lungen zu saugen. Der Himmel über ihm war ein Flammenmeer, das sich auf seinem bläulichen Gesicht spiegelte. Er atmete tief ein, wie ein Erstickender röchelnd. Er vernahm gedämpfte Rufe. Seine Mörder hatten ihn bemerkt. Er wandte den Kopf und begann instinktiv Wasser zu treten. Alle vier Männer ergriffen jetzt Ruder und fuhren ihm flußabwärts nach. Er hörte sie fluchen. Er wollte schon schreien, erkannte aber dann, daß er mit seiner Atemluft sparen mußte und auf alle Fälle zu weit vom Ufer war, als daß man ihn hätte hören können. Die qualvollen Muskelkrämpfe allein brachten ihn fast ums Leben. Nur durch übermenschliche Anstrengung vermochte er sich in Bewegung zu halten. Er betete so inbrünstig wie noch nie.

Er wartete, bis das Boot fast bei ihm war, und ließ sich dann wieder sinken. Die Strömung wirbelte ihn umher, wie ein angeschossener Vogel beim Sturz zur Erde ins Trudeln gerät. Er sah das dunkle Wasser, spürte es gegen seine eiskalte Haut prallen. Über sich erblickte er den Schatten des suchenden Bootes, wie ein Rachegespenst. Mit aller Macht schwamm er unter Wasser davon. Seine Arme und Beine kreischten, als wären sie selbständige Wesen, und er brauchte wieder Luft. Wenn ich das überlebe, dachte er dumpf, werde ich ein richtiger Leander!

Das Wasser war so schlammig, daß er den Bootsboden nicht mehr sah, und er kämpfte sich wieder an die Oberfläche. Zu seinem Schreck stieß seine auftauchende Schulter an das Boot. Dennoch hob er den Kopf und holte stöhnend Atem.

Die Männer waren jetzt wütend darüber, daß er ihnen entkommen war. Nur auf seinen Tod bedacht, hoben sie die Ruder, um ihm den Schädel zu zerschmettern. Er sah die feuchten, im Sonnenuntergangslicht blutroten Ruderblätter, die über ihm schwebten. Er ließ sich wieder fallen. Sein Herz arbeitete schwer. Lange konnte er nicht mehr durchhalten! Unklare Gedanken gingen ihm beschwichtigend durch den Kopf. Wie leicht war es, jetzt zu sterben! Man brauchte nur unter Wasser bleiben und einschlafen. Dann entging man all diesem Grauen und trieb nur flußabwärts, ungestört, friedlich schlafend. Wozu Widerstand leisten? Was war denn schon das Leben? Ein Traum, ein Phantasiegebilde, schmerzliche Enttäuschung, aufreibende Sinnlosigkeit! Er ließ den Körper mit der Strömung treiben, und zackige Splitter von Rot und Gold blitzten hinter seinen geschlossenen Lidern auf.

Dann dröhnte ihm des Großvaters Stimme — die seit Jahren verstummte Stimme — in die betäubten Ohren. „Du willst kampflos sterben, wie ein Sklave? Du willst dich nicht deines Lebens wehren, wie ein Römer und ein Mann?“

Seine Füße streiften das steinige Flußbett. Die Stimme des Großvaters war rings um ihn, befehlend, verächtlich. Aber ich bin abgekämpft, mein Körper ist gelähmt, voll Schmerzen! erwiderte er im Geiste. „Tauche auf!“ schrie der Großvater. Marcus konnte sich dem Befehl nicht entziehen. Träg bewegte er Beine und Arme und kam langsam zur Oberfläche. Aber die Männer hatten sein feuchtes Haar bemerkt, wie Jäger den Kopf eines Seehundes. Sie drehten das Boot und ruderten wieder auf ihn zu. Wieder wartete er, bis sie fast neben ihm waren, und wieder zog er den Kopf ein und ließ sich sinken.

Wie lange konnte dieses tödliche Spiel noch weitergehen? Das Ufer hatte ihm beim Auftauchen meilenweit geschienen. Bis an den Kiel der Insel war er abgetrieben worden. Für einen Augenblick hatte er die stillen Wiesen gesehen, die vom Sonnenuntergang scharlachroten Baumwipfel, das spielzeughaft kleine weiße Gehöft, die in Flammen stehenden Hügel. Nie war ihm das alles so lieblich vorgekommen, aber auch nie so unwirklich – wie beim letzten Blick eines Sterbenden in die ihm teure, nun für immer versinkende Welt. Er konnte ja doch der Strömung nicht widerstehen. Auch wenn er noch eine Weile am Leben blieb, würde er inzwischen von der Insel weg in den breiten Fluß geschwemmt werden, wo er nie mehr ein Ufer erreichen konnte. Seine versagenden Lungen verlangten nach Luft. Aber er hörte, ohne etwas davon zu sehen, das Boot über sich und das Zischen von Rudern.

„Mein Gott!" betete sein erlahmender Geist. Jetzt mußte er einfach wieder auftauchen, weil die Gefahr, erschlagen zu werden, dem sicheren Ertrinkungstode noch immer vorzuziehen war. Das Wasser schien voll von Regenbogen, die dahinflitzten, miteinander verschmolzen, ihn umfingen, ihn mit Gewalt abwärtszogen. Aber er bewegte sich; er schwebte empor. Zu seiner müden Überraschung war er ein Stück weit vom Boot entfernt. Doch die Männer hatten ihn gesehen. Er atmete tief, ließ wieder das Boot herankommen, tauchte abermals unter.

Die zum Meer treibende Strömung war gewaltig. Er überließ sich ihr. Er begann zu träumen, lange, lautlose Träume. Sein Körper schmerzte ihn nicht mehr; seine Lungen begehrten nicht mehr nach Luft. Er war wie ein dahintreibendes Bündel. Er hatte kein Ich mehr.

Dann zerrte plötzlich etwas an seinem Hals und schnitt ihm in die Haut ein. Er öffnete die Lippen zu einem Schmerzensschrei; Wasser drang ihm erstickend in den Mund und zwang ihn, die Arme zu schwingen. Im nächsten Augenblick folgte dem Wasser herrliche Luft; er hustete und würgte, konnte sich aber nicht mehr rühren. Etwas hatte ihn mit roher Gewalt ergriffen und ihm die Lippen über das Wasser gehoben. Dieses Etwas zerrte noch immer an seinem Halse. Der Hinterkopf und die Ohren lagen unter Wasser; nur Augen und Lippen und Nase waren frei, so daß man ihn in den Wellen nicht sehen konnte.

Er war so benommen, so erschöpft, so betäubt, daß er eine Weile nur wie ein Leichnam schweben konnte, von etwas festgehalten, das ihm den Mund über das Wasser hob. Er sah nicht; über seinen Augen lag es wie Wolken. Er fühlte sich körperlos. Die Strömung umspülte ihn von allen

Seiten, konnte ihn aber nicht mit sich reißen. Seine Muskeln erschlafften; er spürte nur ein Schneiden und einen Griff am Hinterkopf und ein Schaben an seiner Haut, als würde er bei lebendigem Leibe geschunden.

Dann kam ihm klareres Bewußtsein. Er wandte den Kopf im Wasser und sah das Boot, ganz klein, in weiter Entfernung. Es ruderte zur Brücke, die jetzt so winzig war, daß man sie mit einer Hand hätte umfassen können. Der Himmel dunkelte zu einem tiefen, verschwommenen Karminrot. Die Insel war ein Schifflein mit schäumender Bugwelle. Das strömende Wasser hatte vielerlei Stimmen; sie fragten und antworteten dumpf, sie riefen und kicherten. Und Marcus schwebte hilflos, von etwas Unbekanntem festgehalten.

Nach einer Weile wurde er lebendig, als hätte eine ungeduldige Faust seinen Geist wachgeboxt. Er stellte fest, daß sich unter ihm ein von der Oberfläche aus nicht sichtbarer großer Baum befand, der offenbar von einem der fernen Hügel in den Fluß geglitten und bis hierher geschwommen war, wo sein Stamm zwischen den Felsen im Flußbett hängenblieb. In den höchsten Zweigen hatte, als Marcus darüber hinwegtrieb, sein Amulett sich verfangen und ihn so gehoben, daß Lippen und Augen über Wasser lagen. Das hatte ihm das Leben gerettet. Seine Mörder waren schließlich, als sein Kopf nicht mehr auftauchte, von seinem Ertrinkungstod überzeugt gewesen. Sie hatten wohl einige Zeit den Fluß beobachtet; denn Marcus war, wie ihm jetzt bewußt wurde, lange wie ein toter Vogel am Wipfel des struppigen Baums gehangen. Nun sah sein vorsichtig spähender Blick, obwohl alles in nebliger, stumpfer Röte lag, das Boot am Arpiner Ufer landen. Die Männer, kleine, kaum fingerlange Gestalten, zogen es an Land. Dann verschwanden sie in dem sich verdichtenden Nebel von Erde und Wasser, und Marcus war allein, mit den tausenderlei Stimmen des Gewässers im Ohr.

Der Fluß schien nur eine schwere, grüne, dampfende Masse. Plötzlich verspürte Marcus unerträgliche Schmerzen. Die dürren Äste und Zweige des Wipfels hatten ihm die Haut aufgeschürft, und sicherlich blutete er. Seine Arme waren bleischwer; aber er zwang sie, sich zu bewegen und den rettenden Baum zu fassen. Dann lockerte er den Zug der Medaillonkette an seinem Hals. Er schlang die Beine um einen Ast. Er wartete und sammelte Kräfte. Da das Blut wieder durch seine Adern strömte, kam ihm das Wasser nicht mehr so kalt vor. Dann aber erschauerte sein Herz von neuem.

Er war sehr weit weg von der Insel. Rasch wurde es dunkler. Nur mehr den Westen erhellte ein Klecks rötlichen Lichts. Sterne krochen hervor, und die oberste Rundung des Mondes tauchte auf. Das Wasser hob und senkte den schwebenden Körper, und der Baum schwankte.

„Sei vernünftig!" redete er sich selber mit dünner Stimme zu. ‚Hier kannst du nicht bleiben. Hier gehst du vor Erschöpfung und Kälte zugrunde. Was tut also ein gescheiter Mann? Er schwimmt zur Insel. Was? Unmöglich? Gott hat dich, entgegen aller Wahrscheinlichkeit, gerettet, und so kann auch das noch gelingen.''

Noah hatte einmal gesagt, bei Gott sei nichts unmöglich. Zum Dank für den göttlichen Beistand mußte Marcus jetzt sich selber helfen. Dennoch erforderte der Entschluß, die Kette des Amuletts von den rettenden Zweigen zu lösen, seinen ganzen Mut. Außerdem schienen seine Finger dreimal so dick geworden zu sein als sonst; sie griffen unbeholfen und plump. Schließlich war er frei. Aber sofort faßte er wieder den Ast; ein neugieriger Fisch war an seine Zehen gestoßen und hatte daran zu knabbern begonnen. Die Dunkelheit senkte sich auf das Wasser wie ein Mantel. Er mußte sofort weg, wenn diese Nacht nicht seine letzte sein sollte.

Er machte eine Wendung und stieß sich vom Baum in der Richtung zur Insel hin ab. Er war ein sehr mäßiger Schwimmer, und es ging gegen den Strom. Aber Quintus hatte ihn gelehrt, im Wasser zu schweben. Er dachte daran, wie überheblich er sich gegen die Schwimmlektionen gesträubt hatte, und schalt sich jetzt albern. Alles, was man lernte oder hörte, konnte sich einmal als wertvoll erweisen, auch wenn man es noch so sehr unterschätzt hatte. Sobald Marcus erschöpft wurde, ließ er sich eine Zeitlang schweben und betrachtete das Funkeln der Sterne. Nie hatte er sich Gott so nahe gefühlt. Er kam sich nicht mehr belanglos vor, nicht mehr als Unwert, den Blicken der Gottheit entrückt. Eine höhere Macht hatte sein Fortleben gewünscht; dafür mußte es einen Grund geben.

Er schwamm verbissen, während es immer finsterer wurde. Er war nur ein ganz unbedeutender junger Mann. Dennoch hatten ihn Männer überfallen, die ihn offenbar aus geheimnisvollen Gründen für gefährlich hielten. Lag eine Verwechslung vor? Nein. Einer hatte in spöttischer Verballhornung seinen Namen genannt. Sehr sonderbar!

Er war furchtbar müde. Die Strömung schien eine unendlich hohe Mauer, die er erklettern mußte. Was hatte Noah in seinem Briefe vom göttlichen Messias gesagt? ‚Der ewigliche Vater.' „Vater", betete Marcus, „hilf mir weiter, nachdem du mich gerettet hast!" Ihm fiel ein, daß in seiner Religion nicht einmal die Söhne der Götter ‚Vater' zu ihnen zu sagen wagten. Es schien Gotteslästerung. Und doch betete Marcus: „Vater, halte mich fest in deiner Hand! Trage mich auf ihr!"

Die Sterne blendeten ihn. Der aufsteigende Mond erschreckte ihn. Alles schien sich im Kreise zu drehen. Silbriges Licht rieselte über den Fluß. Aus dem Nebel verdichtete Gestalten schritten über das Wasser, Licht in den Falten ihrer Gewänder, Licht auf ihren Häuptern. Sie wandelten auf dem Fluß, geheimnisvollen Zwecken dienend, des Menschleins nicht achtend, das da mit schwachen Kräften um sein Leben kämpfte. Sie bewegten sich so rasch, als hätten sie höchst bedeutsame Kunde zu überbringen oder jemandem den Weg zu bereiten.

Marcus konnte es nicht glauben, aber plötzlich hemmte ihn etwas anderes als die Strömung. Ein Felsen. Tieferes Dunkel lag vor ihm. Nein, er konnte es nicht glauben, mußte es aber hinnehmen. Er war nahe dem Inselufer.

Warme, salzige Tränen rannen ihm über das feuchte Gesicht. Er watete durch das seichte Wasser und betrat das wunderbar trockene Land. Er warf sich hin, küßte die Erde, rieb die ausgestreckten Hände an dem warmen Boden, sog den Duft geknickter Gräser und Kräuter ein. Gewiß war es für Jasmin zu früh; aber er bildete sich ein, ihn zu riechen, süß und belebend und durchdringend. Freude überwältigte ihn, brach über ihn zusammen wie eine Brandungswelle. Er konnte nicht oft genug die gesegnete Erde umarmen.

XVIII

Er mußte vor Müdigkeit eine Weile geschlafen haben; denn plötzlich fuhr er erschrocken auf. Die scharfrandige Mondsichel stand höher über seinem Kopf. Er betrachtete sie eine Zeitlang, zu zerschlagen, um sich zu rühren. Dann bewegte er die Arme, streckte sie, erhob sich auf Händen und Füßen und schüttelte sich wie ein mit Wunden bedeckter Hund. Die Nachtluft setzte erbarmungslos seiner nackten Haut zu. Dennoch begann er zu überlegen.

Die Mordgesellen hielten ihn nun für tot. Sie hatten sich alle Mühe gegeben, einen Unfall vorzutäuschen. Den anderen Inselbewohnern, Eunice und Athos und ihrem Säugling, hatten sie nichts zuleide getan, auch nicht den auf den Feldern arbeitenden Sklaven. Sie hatten nicht das Gehöft in Brand gesteckt. Nur auf ihn war es abgesehen gewesen. Er entsann sich des herrlichen Ringes am Finger eines der Kapuzenmänner. Dieses Glitzern im Sonnenlicht würde er nie vergessen; eines Tages mußte er den Mann an diesem Ring erkennen.

Beobachtete noch immer jemand das Gehöft, um sicherzugehen, daß er nicht doch dem ihm bestimmten Tod entgangen war? Nein. Zu viel Zeit war seit seinem Verschwinden verstrichen; die Nacht hatte ihn geschützt. Dann hörte er plötzlich ein schwaches Rufen, sah den Schein einer fernen Laterne. Es waren die Stimmen des Athos und der suchenden Sklaven, die verzweifelt und hoffnungslos zu ihm herüberklangen. Offenbar hatte man seine Kleider am Ufer gefunden. Er wollte schon antworten, unterließ es aber für den unwahrscheinlichen Fall, daß doch noch irgendwo ein Beobachter lauerte. Immerhin würden die Sklaven bewaffnet sein, oder wenigstens trug Athos einen Dolch. Langsam und möglichst geräuschlos kroch Marcus auf Händen und Füßen durch das blühende

Gesträuch und schwellende Gras auf die Laterne zu, wie der Steuermann eines Schiffes sich nach dem Leuchtturm richtet. Die Stimmen wurden lauter; die Laterne schwankte hierher und dorthin.

Jetzt war sie sehr nahe, und er sah in ihrem Schein eine Schulter, eine Hüfte, eine Hand. Leise rief er: „Athos!'' Die Männer hielten inne. Wieder rief er: „Macht kein lautes Geschrei, um der Götter willen!''

Sie murmelten Freudenworte, weil sie ihn gerettet wußten. Aber sie näherten sich ihm behutsam, mit wachen Instinkten und scharfen Augen. Er kauerte sich im Gras auf und hob die Hand in den Lichtkegel der Laterne. Rasch lief Athos, die anderen zurücklassend, auf ihn zu.

„Stell die Laterne nieder und laß sie dort stehen!'' befahl Marcus. Athos tat so. Wie ein fährtensuchendes Tier kam er zu Marcus, fiel auf die Knie, umarmte ihn und schluchzte: „Herr, Herr! Wir dachten schon, daß du tot bist, ertrunken!''

„Pst!'' machte Marcus und hob lauschend den Kopf. Auch Athos horchte. Das schwache Mondlicht schimmerte auf seinem traurigen Barbarengesicht.

Marcus konnte vor Erschöpfung kaum sprechen, erzählte aber rasch: „Man hat mich angefallen. Leute, die mich umbringen und einen Unfall durch Ertrinken vortäuschen wollten. Frag mich nicht weiter! Je weniger du davon weißt, desto besser für dich. Ich muß sofort nach Rom zurück. Meine Anwesenheit ist eine tödliche Gefahr für euch. Wenn es bekannt wird, daß ich am Leben und hier in dem Landhause bin, wird man das Tor verrammeln und das Haus anzünden, und wir alle gehen zugrunde. Deshalb muß ich weg.'' Keuchend hielt er inne.

„Herr, wir werden die Leute aufstöbern und niedermachen!'' rief Athos.

„Ihr findet sie nicht. Das alles war von langer Hand vorbereitet. Du darfst nichts davon wissen. Bist du bewaffnet? Sehr gut! Bleib bei mir und ruf noch einen Sklaven her, so daß wir drei sind und nicht zwei. Die anderen Sklaven sollen ins Haus gehen und mir Kleider und Schuhe, einen Mantel und mein Schwert holen, und das beste Pferd, und eine gefüllte Börse aus der Truhe in meiner Schlafkammer. Einer der Sklaven soll mir Proviant vorbereiten ...''

Er konnte nicht weitersprechen. Er bettete sich in Athos' Arme, schloß die Augen und sammelte Kräfte. Wie durch eine schwankende Wand hörte er Athos die Sklaven rufen und ihnen Aufträge geben. Der eine auf Marcus' Wunsch bei ihnen gebliebene Diener legte seinen rauhen Wollmantel über den nackten, zitternden Körper seines Herrn. Athos rieb ihm die Hände warm. Dann besah er entsetzt seine eigenen Finger. „Herr, du blutest!''

„Das tut nichts'', erwiderte Marcus mit schwacher Stimme. „Ich bin bloß aufgeschürft. Athos, wenn morgen Leute kommen und nach mir fragen, so sag ihnen, daß ich von einer Wanderung nicht zurückgekommen bin und daß du ein Unglück befürchtest. Und deiner Frau erzähl vorläufig überhaupt nichts; sie könnte sich unabsichtlich verplappern. Laß sie eine Zeitlang in der Meinung, daß ich tot bin; wenigstens ist ihre Trauer überzeugend. Du mußt daran denken, daß deinem Kinde Gefahr droht, und euch allen."

„Herr, in diesem Zustand kannst du nicht die Nacht durchreiten", warnte Athos, während er den blutenden Körper seines Herrn sorgsam mit seiner Tunika abwischte.

„Ich kann. Ich muß. Mir bleibt nichts anderes übrig." Wieder schloß Marcus die Augen und ruhte aus. Das Herz klopfte ihm müde in der Brust. Er sagte: „Den Sklaven mußt du einschärfen, zu schweigen und so zu tun, als wäre ich tot. Es sind verläßliche Burschen."

„Wenn einer ein Sterbenswörtchen von sich gibt, bringe ich ihn eigenhändig um", erklärte Athos und trocknete sich rasch die Tränen. „Ach, Herr, es war so schrecklich, als wir deine Kleider fanden und dich für tot hielten! Jeden Abend werde ich dem Neptun ein Votivlicht anzünden dafür, daß er dich aus seinem eigenen Element gerettet hat."

„Danke der Ceres dafür, daß mich einer ihrer Bäume festhielt, und der Minerva dafür, daß ihr Amulett mich über Wasser hob!" sagte Marcus. „Aber du hast recht. Wenn jemand dein Votivlicht sieht, wird er glauben, du hast es zu meinem Totengedenken angezündet."

„Laß mich mit dir nach Rom reiten, Herr, zu deinem Schutz!"

Marcus überlegte, schüttelte aber dann den Kopf. „Man könnte deine Abwesenheit bemerken. Zur Sicherheit muß ich allein reiten. In Rom bin ich dann schon in guter Hut, davon kannst du überzeugt sein. Ich habe einflußreiche Freunde in der Stadt."

„Aber die ländlichen Gegenden sind in Aufruhr, Herr, und gefährlich."

„Nicht gefährlicher als bei meiner Reise hierher."

Wieder wunderte er sich, daß man ihn überfallen hatte. Wer war an seinem Tode interessiert? Und warum dieser ausgeklügelte Plan? Derlei Anschläge unternahm man doch nur gegen mächtige, bedeutsame Männer, um den Verdacht eines Mordes und die drohende Rache zu vermeiden. Er, Marcus Tullius Cicero, war doch, außer für seine Familie, für niemanden von Bedeutung!

Die besten Pferde der ganzen Gegend hatte Rom für den Krieg beschlagnahmt. Daher würde das Reittier, das man für Marcus bringen sollte, weder sehr kräftig noch sehr jung sein, was für einen Mann auf der Flucht nicht gerade tröstlich war. Athos deutete auf diesen Umstand hin, und Marcus pflichtete bei. Jedenfalls führte jetzt ein Sklave das beste verfügbare Pferd gesattelt heran; ein anderer brachte warme Kleidung, Proviant, ein Schwert und die verlangte Geldtasche.

Athos half seinem Herrn aufstehen. Erst jetzt bemerkte er, wie furchtbar schwach Marcus war, und wurde ganz verzagt, als er in seinen Armen schwankte. „Du darfst nicht weg! Herr, was auch immer kommen mag, du mußt einen Tag und eine Nacht hier ruhen."

Mit zwiespältigen Gefühlen schüttelte Marcus den Kopf. „Nein. Ihr wäret eures Lebens nicht sicher. Ich muß sofort weg. Halte mich nicht zurück, Athos!"

Der Freigelassene und der Sklave kleideten ihn an. Er zitterte vor Erschöpfung am ganzen Leibe. Die Haut war zerkratzt und aufgeschunden. Nicht einmal die Wolltunika und der schwere, dunkle Kapuzenmantel vermochten ihn zu erwärmen. Seine Füße waren vom Wasser geschwollen, und er hatte alle Mühe, die hohen Lederschuhe anzuziehen. Athos gürtete ihn mit dem ihm von Noah geschenkten Silbergürtel; Marcus hängte daran das selten getragene Schwert und auch den alexandrinischen Dolch, ein Geschenk des Bruders Quintus zu seinem Geburtstag vor der Jünglingsfeier. Auch seine Geldtasche wurde am Gürtel befestigt. Marcus blickte das Pferd an, ein ältliches, armseliges, billiges Tier, das eher gewohnt war, einen Pflug zu ziehen, als einen Reiter zu tragen. Er klopfte das Pferd ermunternd ab. Das Tier schnob und beschnupperte seine Hand. Der Proviantsack wurde gehoben und an den Sattel gebunden.

Trotz Athos' Hilfe kostete es Marcus viel Anstrengung, in den Sattel zu klettern und die Füße in die Steigbügel zu schieben. Er nahm die Zügel. Der Mond war jetzt, obwohl erst im Zunehmen, viel heller geworden, und auch die Sterne gaben einen Schimmer. Bedenklich war, daß man die Insel bloß über die eine Brücke verlassen konnte. Marcus beugte sich aus dem Sattel und drückte dem Freigelassenen die Schulter. „Kommt beide mit, bis ich auf dem Festland bin! Vielleicht brauche ich eure Dolche."

Athos schritt auf der einen, der Sklave auf der anderen Seite, und das Pferd setzte sich unlustig in Bewegung. Es war alt, von der Feldarbeit müde, und man hatte es mitten in der Nacht aufgeweckt. Die Begleiter hielten schweigend den Atem an und schauten, die Dolche in der Hand, nach allen Seiten aus. Marcus hatte das Schwert aus der Scheide gezogen.

Er hörte nur das Trappeln der Pferdehufe, das Rascheln von Gras und Laub und das Rauschen des Flusses. Niemand sprach. Sie erreichten die Brücke, und auf ihr hallte der Hufschlag dumpf dröhnend. Athos und der Sklave drängten sich näher an Reiter und Pferd. Aber niemand belästigte sie. Das schlafende Arpinum lag im Dunkel; nur das Mondlicht flutete fahl über die aufsteigenden Dächer. Schwarz und übersilbert rann der Fluß. Dann waren die drei Männer jenseits der Brücke, und vor ihnen lag die Straße nach Rom, glatt und geradlinig.

„Willst du die Straße nehmen, Herr?" fragte Athos besorgt. „Vielleicht reiten deine Feinde vor dir und hören dich kommen."

„Ich habe keine andere Wahl. Meine unbekannten Feinde haben sicherlich bessere Pferde und sind, auch wenn sie die Straße eingeschlagen haben, weit voraus. Übrigens bezweifle ich, daß sie als Fremde durch Arpinum durchgeritten sind, weil das Verdacht erregt hätte."

Marcus dachte an den langen Ritt. Von Rom hierher war er auf einem ebenso armseligen Pferde geritten und hatte zwei Tage und eine lange Nacht gebraucht. Er hatte es nicht gewagt, unterwegs in einem Gasthof zu übernachten, weil auf dem flachen Lande Unordnung herrschte und überall sich bewaffnetes Gesindel umhertrieb, für das ein einsamer Reiter willkommene Beute war. Nur die Legionäre kamen gelegentlich auf der Straße daher, dann aber in Gruppen, geharnischt und mit gezogenen Schwertern. Sonst gab es kaum Passanten. Bis auf solche Narren wie ich! dachte Marcus. Während der Nacht hatte er damals weit abseits von der Straße geschlafen, das Pferd neben sich angebunden, das Schwert in der Hand. Und so wie jetzt hatte er seinen Proviant mitgeführt. Die wenigen Reisenden, denen er begegnet war, starrten ihn feindselig an, und er tat desgleichen; denn jeder Fremde galt als verdächtig. Sogar die Kuriere ritten in Gesellschaft. Er war unbehelligt geblieben, weil er bescheiden gekleidet und sein Pferd unansehnlich und seine Geldtasche versteckt war und er nirgends Quartier genommen hatte. Er hoffte, wieder so gut durchzukommen. In vielen Beziehungen schien ihm ein Nachtritt sicherer, weil Straßenräuber zu dieser Tageszeit nur Soldaten unterwegs vermuteten.

Er beugte sich aus dem Sattel, umarmte den bekümmerten Athos und küßte ihn auf die Wange. Der Freigelassene ergriff seine Hand. „Herr, ich habe Angst um dich", sagte er.

„Ich auch", erwiderte Marcus. „Bete für mich! Ich muß jetzt weiter. Geht heim und hütet eure Zunge!"

Er faßte die Zügel fester und erinnerte sich mit Unbehagen daran, daß er ein sehr mäßiger Reiter war und sich immer wund ritt. Die Gelehrsamkeit in allen Ehren, aber jetzt wären feste Schenkel und Hinterbacken und ein kräftiger Rücken wichtiger gewesen!

„Steck dein Schwert nicht in die Scheide!" riet Athos, die Hand am Sattel.

„Nein, auch nicht für einen Augenblick", versprach Marcus. Er zitterte noch; aber sein Herz arbeitete regelmäßiger. Nun hob er die Hand, spornte behutsam das Pferd und ritt davon, auf der schimmernden Straße, die nach Rom führte. Die Hufschläge hallten in die nächtliche Stille. Marcus sah sich nicht nach seinen treuen Dienern um. Sein Haar war unter der Kapuze noch feucht und klebte ihm an den Wangen. Er versuchte, nicht daran zu denken, wie weit es bis zu der Riesenstadt auf ihren sieben Hügeln war und wieviel Gefahren unterwegs lauerten.

Er begegnete niemandem auf der Straße und atmete auf. Er trieb das alte Pferd nicht an, sondern redete ihm nur manchmal aufmunternd zu.

„Ein bißchen hast du ja doch geschlafen", sagte er. „Und abends hast du deinen Hunger gestillt. Du warst eben klüger als ich."

Er hielt erst an, als das Pferd keuchte und schwitzte, und das war in der dunkelsten Stunde vor Anbruch der Morgendämmerung. Er stieg ab und führte das Pferd zu dem neben der Straße rinnenden Bach und ließ das arme Tier nach Herzenslust trinken. Jetzt übermannte ihn tiefe Müdigkeit. Er spürte, daß er vom Sattel fallen würde, wenn er nicht ein bißchen ruhte. Er nahm seinen Gaul auf die andere Straßenseite mit, in ein Wäldchen, wo Frösche quakend den Pan riefen. Als er sich uneingesehen wußte, hüllte er sich in seinen Mantel und legte sich hin, das Schwert in der Hand. Er schlief augenblicklich ein.

Als er erwachte, war schon heller Sonnenschein. Die Bäume waren hier, obwohl er nordwärts reiste, dichter belaubt als auf der Insel. Er sah üppiges Grün rings um sich und scharfe goldene Schatten zwischen den Bäumen. Sein Pferd hatte auch geschlafen; jetzt knabberte es die saftigen Grashalme. Es blickte seinen Herrn mit sanftem Auge an und schnob freundlich. Marcus kratzte seine Mückenbisse, gähnte und rieb sich den schmerzenden Schädel. Er öffnete den Proviantsack, aß Brot und Käse und kaltes Fleisch und trank einige Schlucke groben Rotwein. Bald darauf war er wieder unterwegs. Er ritt nicht zu rasch, weil er hoffte, argwöhnische Reisende würden ihn für einen tölpischen Bauern halten. Aber er traf stundenlang niemanden.

Obwohl es erst Frühling war, wärmte die Sonne recht stark. Einmal stieg Marcus ab, erfrischte sich mit einem auf einer Palme vergessenen Dattelbüschel und benetzte das müde Gesicht im Bach. Auch das Pferd fraß und trank. „Du bist ein echter Römer", sagte Marcus zu ihm, „du lebst vom Lande. Aber ich bin leider zu verweichlicht dazu, obwohl ich ein Landkind bin." Das Pferd antwortete mit einem sanften Wiehern und nickte, als hätte es verstanden. „Aber aus Dankbarkeit für dich, teurer Freund", fuhr Marcus fort, „werde ich doch, obwohl es etwas gefährlich ist, irgendwo zukehren und Hafer für dich kaufen."

Er schwang sich wieder in den Sattel und ritt die menschenleere Landstraße weiter, auf deren Pflaster die Hufschläge widerhallten. „Ah, du bist ein tüchtiger Kerl!" lobte Marcus. „Ich verspreche dir feierlich, daß du niemals mehr arbeiten wirst, sondern für den Rest deines Lebens auf grünen Wiesen schwelgen darfst."

Er schaute nach einem einsamen, abseits gelegenen Bauernhof aus, wo er Roßhafer kaufen und vielleicht seinen eigenen Nahrungsmittelvorrat ergänzen könnte. Das Pferd lahmte schon ein bißchen und kam nicht mehr recht vorwärts. Das Land war grün und golden und still. Zur Rechten lagen bebaute Felder, jedoch keine Häuser. Zur Linken floß der Bach, verschwand aber schließlich, als die Straße sich entschiedener nordwärts, auf Rom zu, wandte.

Marcus döste im Sattel und erwachte nur immer kurz zu voller Bewußtheit. Sein Körper zuckte; seine Schenkel und Knöchel waren schon arg aufgerieben. Er hatte vergessen, eine Wundsalbe zu verlangen und die Sklaven hatten eilig gepackt und an zu viele Dinge denken müssen. Außerdem waren sie nicht entartete Stadtmenschen wie er; sie konnten tagelang ohne Beschwerden reiten.

Nun führte die Straße durch Olivenhaine, die silbrig und knorrig im starken Frühlingslicht dalagen, durch duftende Zitronenpflanzungen und an Wiesen vorbei, auf denen Schafe und Ziegen weideten. Aber nirgends sah man ein Haus.

Da hörte Marcus hinter sich Hufegeklapper. Vor Furcht zitternd, versammelte er sein Pferd, spornte es von der Straße weg zu einer Baumgruppe und legte ihm die Hand auf die Nüstern, um es still zu erhalten. Als die Reiter näher kamen, hörte er auch das Rattern eines Wagens und rauhe Männerstimmen. Er spähte zwischen den Bäumen hervor und sah eine Abteilung Legionäre herantraben, mit stolz erhobenen Köpfen und wehenden Bannern. Sie begleiteten einen reichgeschmückten, von einem Soldaten gelenkten Wagen, in dem ein Zenturio saß, in seinen Mantel gehüllt, den martialisch glitzernden Helm auf dem Kopfe.

Marcus vergaß, daß sein Pferd alt und lahm war; er ritt rasch wieder auf die Straße zurück und hob die Stimme zu einem lauten Rufen. Immer wieder schrie er, bis endlich ein Berittener ihn hörte und den Kopf wandte. Der Soldat sagte offenbar etwas zu seinen Kameraden; denn sie fielen in Schritt, und aller Köpfe drehten sich dem beherzt auf sie zureitenden Fremden entgegen. Der Wagen hielt, und der Zenturio, bärtig wie ein Barbar, blickte den Fremdling finster an.

„Ave!" grüßte Marcus dankbar und hob den Arm steif zum militärischen Gruß.

„Ave!" erwiderte der Zenturio recht lau. Seine Miene war noch finsterer und abweisender geworden.

„Marcus Tullius Cicero, römischer Rechtsanwalt, aus den Geschlechtern der Ciceros und der Helvier", stellte Marcus sich, vor Freude lächelnd, vor.

„So, so", machte der Zenturio und musterte die einfache Kleidung des Fremden. Seine braunen Augen blickten scharf, als er das entblößte Schwert sah. Er wurde argwöhnisch. Die Soldaten starrten mit unverändert strengen Gesichtern vor sich hin, als wäre der Ankömmling für sie Luft. „Warum hast du uns aufgehalten?" fragte der Zenturio.

„Weil ich ein Schutzgeleite nach Rom brauche", antwortete Marcus, der so froh war, daß ihn die Ruppigkeit des Fragenden nicht beirrte. Nie hatte er Roms Banner und die Gesichter seiner grimmigen Soldaten mit größerer Freude gesehen. „Und auch Hafer für mein Pferd würde ich brauchen", fügte er hinzu.

„Proviant haben wir nur für den eigenen Bedarf'', lehnte der Zenturio ab, überzeugt, irgendeinen jämmerlichen Vagabunden vor sich zu haben. Mürrisch beäugte er das Pferd. „Das ist kein Paradegaul, Cicero. Der würde nicht mit uns Schritt halten. Ein Advokat bist du? Warum treibst du dich denn in dieser gefährlichen Zeit auf der Landstraße herum, und noch dazu allein?''

„Eine kluge Frage! Aber ich muß leider gestehen, daß ich kein kluger Mann bin'', erwiderte Marcus. Der Zenturio lächelte nicht. Die Pferde seiner Legionäre schnoben ungeduldig. Marcus spürte die Unfreundlichkeit, die ihn umgab. Etwas hastig sagte er: „Mein Bruder ist Quintus Tullius Cicero, selbst Offizier und jetzt in Gallien.''

„So, so'', machte der Zenturio wieder, als hielte er das für ein hübsches Märchen. Marcus geriet ein wenig aus der Fassung. Er musterte den Hauptmann, der mindestens fünfzig Jahre alt zu sein schien, und sagte: „Mein Großvater war Marcus Tullius Cicero, auch Soldat und Römer, der viele Kriege mitgemacht hat.''

„Marcus Tullius Cicero'', wiederholte der Zenturio bedächtig. Dann entspannte sich seine verdrossene Miene ein wenig. „War der, dein Großvater, aus Arpinum?''

„Ja.''

„An den erinnere ich mich gut'', erklärte der Zenturio und fing an zu lächeln. „Ich war damals noch Gemeiner, und er mein Vorgesetzter. Ein tüchtiger Soldat.''

Seine Leute begannen, die Anwesenheit des Fremdlings zur Kenntnis zu nehmen; aber ihre Blicke musterten voll Staunen seinen Aufzug und seine lahme Mähre.

„Warum bist du nicht selber Soldat?'' fragte der Zenturio.

„Ich bin Anwalt'', entgegnete Marcus und fügte hinzu: „Aber ich gedenke, meinen Militärdienst im Feldheer abzudienen.''

Das war Geflunker, entlockte aber dem Hauptmann ein neuerliches Lächeln. „Bei deinem Bruder Quintus willst du Militärdienst leisten?'' fragte er.

Feierlich bestätigte Marcus: „Bei meinem Bruder Quintus.''

„In Gallien?''

„In Gallien'', echote Marcus, innerlich erschauernd.

Der Zenturio grinste, und sein bärtiges Gesicht wurde mit einemmal väterlich. „Du machst mir Flausen vor, Cicero'', sagte er. „Deine Hinterbacken sind schon gehörig wund gescheuert, kommt mir vor. Du bist kein Reiter. Das kenne ich schon an deiner Sattelhaltung. Aber daß du ein Advokat bist, daran will ich nicht zweifeln, obwohl du ganz wie ein Bauer aussiehst. Wer ist dein Mentor in Rom?''

„Der große alte Pontifex maximus, Scaevola'', erwiderte Marcus.

„Scaevola!'' rief der Zenturio. „Mein lieber alter Freund! Dieser

Schlingel, Mars beschütze ihn! Ist er noch am Leben? Ich war lange weg von Rom.''

„Er ist am Leben und wird dir erkenntlich sein, wenn du mich unter deine Fittiche nimmst'', erklärte Marcus.

Der Zenturio wurde wieder dienstlich und brummte vor sich hin, verärgert, daß er sich einen Augenblick lang hatte gehenlassen. Er seufzte. Dann schob er sich auf seinem Sitz zur Seite. „Du kannst dich da neben mich hocken, und deinen Klepper, der auf dem Schlachtviehmarkt bessere Figur machen würde, werden wir führen. Übrigens verstehe ich noch immer nicht, wieso ein Anwalt, ein Schüler des Scaevola, ein Mann guter Abkunft und ein Enkel meines ehemaligen Vorgesetzten, in diesem Aufzug auf der Landstraße umherstrolcht, mit einem so dreckigen, eingefallenen Gesicht. Das ist mir einfach unverständlich!''

„Mir auch'', bekräftigte Marcus, während er freudig vom Pferd und in den Wagen stieg. „Es ist eine lange, böse Geschichte.''

„Das bezweifle ich nicht'', meinte der Hauptmann. „Vielleicht wirst du mir wieder Flausen vormachen. Aber ich glaube eher, du hast dich wirklich aus Dummheit in die Nesseln gesetzt.''

„Da pflichte ich dir herzlich bei'', erklärte Marcus, während er sich stöhnend auf dem breiten Ledersitz niederließ. „Ich bin ein ausgemachter Dummkopf. Man sollte mich ins Narrenhaus sperren.''

„Da pflichte ich dir noch herzlicher bei'', sagte der Zenturio. „Aber jetzt vorwärts! Du hast mich lange genug aufgehalten.''

So fuhr Marcus, entgegen seinen ursprünglichen Befürchtungen, am nächsten Tage großartig in Rom ein und segnete zum erstenmal im Leben die Einrichtung des Militärs. Er sollte sie in der Folge noch öfter segnen, aber nie mehr so innig wie diesmal.

XIX

Helvia wunderte sich über die Heimkehr ihres Sohnes, den sie erst in einigen Tagen erwartet hatte. Um sie nicht zu beunruhigen – der Vater lag wieder mit einem Malariaanfall krank, und die Mutter schien bei aller Beherztheit recht abgespannt –, erzählte er ihr nichts von seinem Abenteuer mit den unbekannten, geheimnisvollen Widersachern. Er sagte bloß, er habe plötzlich Heimweh bekommen. Helvia glaubte ihm nicht recht. Sie musterte ihn scharf.

„Sehr nett, daß du uns so lieb hast!'' erklärte sie verschmitzt. „Aber die Insel hast du doch auch sehr lieb. Außerdem siehst du erschöpft und bedrückt aus. Aber offenbar darf ich nicht erwarten, daß du dich mir eröffnest.'' In ihrem dichten Haar war beträchtlich mehr Grau, und ihr rötliches Gesicht trug Runzeln, die sich alle im letzten Jahr eingestellt hatten. Plötzlich bekam sie Angst. „Es ist doch nichts passiert auf der Insel?''

„Nein. Auf der Insel ist alles in Ordnung.'' Er umarmte die Mutter nochmals. Sie erwiderte die Umarmung und lächelte, und ihre Miene wurde schelmisch. „Je weniger eine Frau von den Kapriolen ihrer Männer weiß, desto zufriedener kann sie sein'', bemerkte sie.

Scaevola war ebenso erstaunt wie Helvia, als Marcus am nächsten Tage bei ihm vorsprach. „Du Schlingel!'' rief er. „Was mußte ich da hören von meinem alten Freunde, dem Zenturio Marcius Basilus? Er hat dich auf der Straße nach Rom getroffen, in Landstreicherkleidung, mit einem hinkenden Klepper und einer Miene wie ein Verbrecher auf der Flucht? Führt sich so einer meiner Anwälte auf?''

„Laß dir die Sache erzählen!'' sagte Marcus und setzte sich. Sein Gehaben war so ernsthaft und feierlich, daß Scaevola seinen Ärger ebensosehr wie seine heimliche Freude über das Wiedersehen mit dem Lieblingsschüler vergaß. Er hörte zu, anfangs ungläubig, die Augen zweifelnd auf das Gesicht des Erzählenden geheftet, dann mit unverhohlener Bestürzung, dann mit Wut, schließlich mit neuerlichem Staunen. Als Marcus fertig war, saß er wie hingegossen in seinem Sessel, kratzte sich das Muttermal auf der Wange, zupfte an seiner Unterlippe, blinzelte, murmelte. Schweigend überdachte er die ganze Geschichte. Endlich sagte er: „Wenn jemand anderer als du Schwachkopf mir das erzählt hätte, würde ich ihm nicht glauben. Habe ich dir nicht immer gesagt, du bist so wehrhaft wie ein Säugling und so welterfahren wie ein Bauernjunge?''

Seit seine körperliche Unzulänglichkeit ihm fast den Tod gebracht hatte, betrachtete Marcus diese Vergleiche seines Mentors nicht mehr als schmeichelhaft. Früher war er über sie erfreut gewesen, in der Meinung, ein gesitteter Mensch brauche nicht abschreckend zu sein, sondern solle sich vielmehr versöhnlich geben, für Frieden und Gerechtigkeit wirken, zu allen freundlich, duldsam und höflich sein. Aber ein solches Auftreten, davon war er jetzt fest überzeugt, forderte geradewegs zu Mord und Totschlag heraus.

Scaevola versuchte, seine Besorgnis durch ein kurzes Auflachen zu überdecken. „Du hast doch nicht etwa die Frau eines Senators oder sonst eines Bonzen verführt?''

„Natürlich nicht'', beteuerte Marcus. „Meine Herzensdamen sind käuflich.''

Scaevola zwinkerte. „Welche Damen sind das nicht, einschließlich der Senatorsgattinnen? Was für Feinde hast du also? Wen hast du beleidigt?''

„Niemanden, der so wütend sein könnte, daß er derart sorgfältig meine Ermordung unter dem Deckmantel eines Unfalls aushecken würde. Keiner meiner Klienten ist reich oder mächtig, und meist habe ich ihre Prozesse gewonnen. Ich mische mich auch weder in die Politik noch bin ich ehrgeizig wie unser Julius Caesar. Auch so wohlhabend bin ich nicht, daß man es auf mein Vermögen abgesehen haben könnte. Ich habe mich weder für noch gegen Cinna in Ränke eingelassen; dafür bin ich zu beschäftigt. Ich habe keinen Ehemann gehörnt, kein Mädchen sitzenlassen. Ich bin kein hoher Militär."

Scaevola hob die Hand. „Kurz", sagte er ungeduldig, „du bist unschuldsvoll wie eine Lilie. Ich verstehe. Und doch wollte man dich umbringen. Deine Widersacher waren, wie du berichtet hast, offenbar kultivierte Männer aus besseren Kreisen, und einer trug einen wertvollen Ring. Beschreib mir doch einmal dieses Prachtstück genauer!"

Marcus erwiderte: „Es war aus schwerem, gelbem Gold, in der Form von zwei geschuppten Schlangen, deren Mäuler durch einen großen, runden Smaragd verbunden waren. Der Edelstein leuchtete wie grünes Feuer in der Sonne und trug eingeritzt die Umrisse einer Diana, die in der erhobenen Hand eine Mondsichel hielt."

„Ich habe dich gelehrt, gut zu beobachten", rühmte sich Scaevola. Wieder überlegte er schweigend. „Den Ring kenne ich nicht, habe ihn nie gesehen. Aber jedenfalls ist er dem Eigentümer so wertvoll, daß er ihn ständig trägt. Nicht einmal bei dem Überfall auf dich konnte er es über sich bringen, ihn abzulegen. Er muß also ein Verehrer der Diana, der nächtlichen Göttin, sein. Er war kein Asiate, sondern ein Römer. Von den Gesichtern hast du nur die Münder gesehen? Und hast niemanden daran erkannt?"

„Nein. Auch die Stimmen waren mir fremd."

„Und die Leute wollten keinen aufgelegten Mord vollbringen, dem ich vielleicht nachspüren würde, sondern einen selbstverschuldeten Badeunfall vortäuschen. Könnten sie vielleicht mir feindselig gesinnt sein?"

Marcus dachte darüber ungläubig nach. Dann schüttelte er den Kopf. „Da sie mich umzubringen vorhatten, redeten sie offen miteinander. Sie haben aber weder deinen oder sonst einen anderen Namen erwähnt. Nur über den meinen machten sie sich lustig. Das Ziel ihres Anschlags war ausschließlich ich selber."

„Unverständlich!" murmelte Scaevola. Dann schlug er sich aufs Knie und lachte anzüglich. „Ich hab's! Da steckt dieses jämmerliche Gedicht dahinter, das du kürzlich veröffentlicht hast! Darüber ist ein wirklicher Kunstverehrer in Wut geraten!"

Marcus fand diese Bemerkung nicht sehr humorvoll und machte ein finsteres Gesicht. Frostig sagte er: „Ich habe an Senator Curius gedacht, den ich vor fast einem Jahr so schwer gekränkt habe."

„Unsinn!" rief Scaevola. „Curius ist ein Schurke, aber doch ein Patrizier. Er bestellt nicht eines lächerlichen Mäuschens wegen Meuchelmörder. Außerdem weiß er, daß ich dein Mentor, dein Beschützer bin. Übrigens würden diesem Manne kränkende Worte eines armseligen, unbedeutenden Anwalts ebensowenig ausmachen wie ein Mückenstich."

Marcus war in seiner angeborenen Eitelkeit getroffen. Er sagte: „Mein Freund Noah ben Joel hat mir geschrieben, es sei unklug, die Aufmerksamkeit der Herrschenden zu erregen oder ihnen auch nur sein Dasein zur Kenntnis zu bringen."

Er erwartete, Scaevola würde spöttisch fragen, wodurch er denn eine so feindselige Aufmerksamkeit erregt zu haben glaube. Aber zu seiner Überraschung erlosch plötzlich das breite Lächeln in Scaevolas Gesicht, und seine strahlend blauen Äuglein richteten sich in tiefer Nachdenklichkeit scharf auf ihn. Schließlich sagte der Pontifex wie im Selbstgespräch: „Wenn sie es noch nicht wissen, werden sie bald erfahren, daß du lebend davongekommen bist. Du befindest dich also weiterhin in äußerster Gefahr."

„Aber wieso denn?" rief Marcus. „Was habe ich denn getan?"

Scaevola wandte sich zu seinem Tisch, nahm Bücher, Pergamente und Papyri zur Hand, vertiefte sich darein und schien seinen Besucher völlig vergessen zu haben. Marcus wartete. Scaevola rülpste, rieb sich die Ohren, zog an seiner Lippe, kratzte sich unter der Achsel, während in der jämmerlich kurzen Tunika, die zu tragen er sich versteifte, sein großer, grober Rumpf mit allen Wölbungen hervortrat. Dann tat er, als schrecke er plötzlich auf und bemerke seinen Schützling wieder.

„Was? Du bist noch hier? Es wartet doch ein Klient auf dich!"

Als Marcus sich verdutzt erhob, winkte Scaevola ihm, sitzen zu bleiben. „Ich bin noch nicht ganz fertig mit dir. Wieviel Sklaven habt ihr zu Hause auf den Carinae?"

„Nur vier, alles alte Leute, die seit langem in unserem Dienste sind und zur Familie gehören. In meinem Testament habe ich ihre Freilassung unter Gewährung einer Rente – falls ich je das dazu nötige Vermögen erwerben sollte – verfügt."

„Ihr habt keinen jungen, kräftigen Sklaven, der mit Dolch und Schwert umzugehen weiß und zur Not auch jemanden mit den Händen erwürgen kann?"

„Nein. Nicht einmal in Arpinum. Wir sind friedsame, harmlose Provinzler."

„Offenbar, mein teurer junger Narr, sieht dich irgendwer keineswegs als harmlos an! Sondern als unter Umständen höchst gefährlich. Für wen bist du eine mögliche Bedrohung, jetzt oder in Zukunft?"

„Für niemanden", erwiderte Marcus rasch.

Scaevola verzog den Mund ärgerlich, ungläubig. „Du bist ein schrecklicher Naivling. Jedenfalls empfindet dich irgendwer als Bedrohung und will dich beseitigt wissen. Irgendein Mächtiger. Du hast nicht unseren jungen Julius gereizt, wie?"

Marcus lächelte. „Nein, wir sind die besten Freunde."

„Unterschätze ihn nicht! Vor kurzem hat er seine Epilepsie öffentlich spazierengeführt. Jedem, der zuhören wollte, hat er geheimnisvoll von einer seltsamen Vision erzählt, die er aber nicht genauer schildern wollte. Jetzt geht er wie geistesabwesend herum."

„Er war immer ein Schauspieler", meinte Marcus.

„Es gibt nichts Gefährlicheres als einen Schauspieler, der nicht offiziell als solcher angestellt ist. Die hervorragendsten und bösartigsten Tyrannen waren begabte Possenreißer ... Ich bin sehr beunruhigt. Jemand wünschte dich durch einen vorgeschützten Unfall beiseite zu schaffen. Folglich nimmt man an, daß du einflußreiche Freunde hast, die nicht zur Rache herausgefordert werden dürfen. Welche einflußreichen Freunde hast du? Offenbar sind deren viele. Ich werde für dich ein Abendessen geben. Ich habe einen ausgezeichneten Koch, einen Syrer, der beachtliche Dinge mit Weinblättern zuwege bringt. Er füllt sie mit einem exotischen Gemisch, das den Gaumen vor Vergnügen wahnsinnig macht. Er ist kein römischer Küchenmeister. Deshalb wird meine Tafel immer von bedeutenden Gästen beehrt. Du stehst unter meinem Schutz. Ich werde auch andere veranlassen, dich zu beschützen. Unterdessen aber brauchst du einen Leibwächter." Scaevola rief laut, und ein junger Sklave trat eilends ein, ein nachtschwarzer Nubier, riesengroß, bärenstark und bewaffnet. Scaevola zeigte auf Marcus. „Syrius", sagte er, „hier ist dein neuer Herr. Verlaß ihn keinen Augenblick lang und nirgends! Schlaf vor seiner Kammertür! Halte deinen Dolch jederzeit bereit!"

Marcus blickte den Sklaven mit Unbehagen an und rechnete sich schon aus, was ihn seine Verpflegung kosten und welche Lücken sie in die Vorratskammer des Carinae-Hauses reißen würde. Syrius verbeugte sich tief und drückte als Zeichen völliger Unterwerfung die Lippen auf den Tunikasaum seines künftigen Herrn.

„Wie kann ich den Mann satt füttern?" fragte Marcus geradewegs.

„Syrius ist ein Schlingel und ein leidenschaftlicher Wetter. Er wird bald alle Sklaven bei euch und auch die Familienmitglieder dazu bringen, mit ihm bei Wagenrennen und Arenakämpfen Wetten abzuschließen. Er wird unfehlbar gewinnen. Wie ein römischer Soldat lebt er vom Lande. Wer ihn zwingen könnte, seine unredlichen Einkünfte mit ihm zu teilen, wäre ein gemachter Mann."

Scaevola winkte Marcus zu, als ärgerte er sich. „Was stiehlst du mir so viel Zeit? Geht jetzt sofort beide in deinen Büroraum! Syrius wird dir zur Seite stehen, und das wird wunderbaren Eindruck machen. Es wartet dort ein Klient, ein kleiner, armseliger Scheidungsfall. Später werde ich dir, lieber Marcus, entsprechend deiner neuen gehobenen Stellung, schwierigere Prozesse übertragen, obwohl ich dabei einen Haufen Geld riskiere."

Zum erstenmal fühlte Marcus sich unbehaglich. Er hatte gehofft, in Rom sicher zu sein. Aber Scaevola war offenkundig ganz anderer Meinung. Der geheime Mörder, meinte er, würde nur noch frecher werden. Marcus war froh, daß er Syrius, den er seit Jahren gern sah und der ihm sehr zugetan war, um sich hatte. Wie sollte er jedoch der Mutter den neuen Leibsklaven plausibel machen? Leider mußte er ihr jetzt reinen Wein einschenken.

Der Mordanschlag blieb unaufgeklärt. Und Marcus sah vielen Männern auf die Finger, ob er vielleicht einen Schlangenring entdecken könnte.

Es war wieder Sommer, und immer von neuem flammte irgendwo in Italien der Krieg auf. Aber daran hatten die Römer sich gewöhnt und nahmen die damit verbundenen Entbehrungen und Unannehmlichkeiten als naturgegeben und schicksalsbedingt hin. Fatalismus lag eigentlich nicht im römischen Volkscharakter, der nüchtern und erdgebunden, tätig und zuversichtlich war. Aber unter dem Einfluß orientalischer Philosophien begann dieser Volkscharakter, wie Marcus bestürzt feststellte, zu entarten; ihm fiel ein, daß viele kluge Männer in letzter Zeit sich über diese Tatsache beunruhigt zeigten.

Persönlich setzte er verbissen seine Anwaltstätigkeit fort. Immer bekannter wurden bei Richtern und Behörden seine starke, geschmeidige Stimme, sein lauteres, achtunggebietendes Wesen und sein ganzes Auftreten, das durch die ehrliche Überzeugung von der Unschuld seiner Schutzbefohlenen geprägt war.

Eines Tages führte Scaevola ihm einen neuen Klienten zu und sagte mit abschätziger Miene: „Hier bringe ich dir einen merkwürdigen Mann. Ich kann mich nicht entschließen, ihn zu verteidigen; aber dein verschrobener Geist wird vielleicht Argumente für ihn finden."

Der Mann hieß Casinus. Er war mittleren Alters und machte einen eigensinnigen, störrischen Eindruck. Seine Kleidung war zwar aus einem für die Notzeit guten Stoff gearbeitet, aber nicht elegant. Er setzte sich vor Marcus hin und musterte ihn mit aufbegehrender, mißtrauisch herausfordernder Miene. Offenbar hielt er den schmächtigen, freundlich und verbindlich dreinblickenden jungen Anwalt nicht für sehr durchschlagskräftig. Er sagte: „Ich fürchte, du wirst mir nicht helfen können."

„Erzähl mir deinen Fall, Casinus!" bat Marcus und wandte sich ihm mit aller Aufmerksamkeit zu.

Der Mann brummte widerwillig, schob sich in seinem Sessel umher und runzelte die Stirn. Dann brach er los: „Ich hasse diesen Bürgerkrieg! In den Kämpfen habe ich einen Sohn und zwei Brüder verloren. Während wir Römer uns gegenseitig totschlagen, spotten die auswärtigen Feinde unser und warten nur auf eine Gelegenheit, uns zu vernichten. Aber es ist ein Krieg um die Freiheit, und mein Herz ist bei denen, die um sie kämpfen. Warum kann unsere Regierung sich nicht mit unseren Brüdern verständigen und ihnen echte Freiheit und Gleichheit gewähren, wie wir sie haben?''

Marcus sah ihn nachdenklich an und entgegnete: „Das habe ich mich selber oft gefragt und keine Antwort darauf gefunden. Unter uns sind eben böse Elemente, die aus Ehrgeiz oder Eigennutz Zwietracht säen und hegen. Was bedeutet ihnen Roms Schicksal? Aber kommen wir zu deinem eigenen Fall! Worum handelt es sich?''

Casinus war Eigentümer einer Fabrik, die aus den verschiedensten Metallen, Eisen und Kupfer und Messing, Silber und Gold, Gebrauchs- und Zierwaren verfertigte. Durch die Erzeugung aller möglichen Gegenstände, vom feinsten, teuersten Geschmeide bis zu Pflugscharen und Kochgeschirr, hatte er in Friedenszeiten ein gutes Auskommen gehabt und beschäftigte vierzig tüchtige Arbeiter. Nach Kriegsausbruch fand er nichts einzuwenden gegen Regierungsaufträge auf Lieferung von Rüstungsmaterial, von Schildern, Lanzen, Kurzschwertern, Dolchen und Panzern. Solche Fertigungen schlugen ja in sein Fach ein.

„Ich bin der beste Metallfabrikant in Rom'', sagte er stolz. „Niemand von den andern kommt mir gleich; meine Schmiedeöfen sind unerreicht; ich besitze einige Bergwerke hier und auswärts. Deshalb sind meine Erzeugnisse sehr begehrt; seit Jahren finden sie große Nachfrage in Rom. Die Regierung hat einige ausgezeichnete Werkleute in meinem Betrieb dienstverpflichtet; ich zahle ihnen hohe Löhne. Aber die Kriegsfertigung war für mich immer nur einer meiner Betriebszweige, und nicht der erfreulichste. Schließlich bin ich Kunsthandwerker.''

Vor einigen Wochen jedoch war ihm von den Tribunen und sogar von Cinna selbst durch einen Beamten aufgetragen worden, alle anderen Fertigungen einzustellen und sich ausschließlich auf Kriegsmaterial zu verlegen.

„Ich habe meine Leute viele Jahre lang geschult, Herr. Niemand kommt ihnen gleich an Erfindungsgabe, Kunstsinn und handwerklichem Können; die vornehmsten Damen tragen ihre Schöpfungen. Ihre Hände sind feinfühlig, ihre Augen ungewöhnlich scharf. Wenn man sie dazu verwendet, grobe Kriegsgeräte zu erzeugen, richtet man sie zugrunde. Aber die Regierung verlangt, daß diese hervorragenden Spezialkräfte harte Schmiedearbeit leisten, bei der sie sich die feinen Fingermuskeln versteifen und die Hände voll Brandnarben und Schwielen bekommen. Für diese Arbeiten kann man mir doch Grobschmiede schicken! Wenn die Kunst verfällt, wird dann nicht auch die Seele des Volkes verfallen? Die Regierung verschließt sich meinen Einwänden. Aber ich gebe nicht klein bei'', schrie Casinus, dessen breites Gesicht vor Zorn und Wut rot geworden war.

Er warf einen Papyrus auf den Tisch zwischen ihnen beiden. Marcus sah auf dem Schriftstück das große Adlersiegel Roms und las die im Befehlston gehaltene Verfügung. Dann nahm er ein Gesetzbuch zur Hand und schlug darin nach. Schließlich sagte er: „Im Gesetz heißt es, daß kein römischer Bürger gegen seinen Willen zu einer Leistung gezwungen werden kann, mit Ausnahme des Heeresdienstes und der Hilfe bei großen Notständen, wenn der Bestand der Nation auf dem Spiele steht."

„Das weiß ich, Herr! Doch da wurden Ausnahmen gemacht. Ein Konkurrent von mir, ein gewisser Veronus, ist diesem Gesetz nicht unterworfen worden. Seine Frau hat ein großes Vermögen geerbt; ich vermute nicht nur Bestechung, Herr, ich behaupte sie! Veronus verfertigt, ebenso wie ich, nebenher Kriegsmaterial; aber seine Werkstätten für Schmucksachen wurden nicht geschlossen. Übrigens hat einer meiner Werkmeister mir insgeheim verraten, daß Veronus ihn mir mit einem sehr günstigen Angebot abspenstig machen wollte. Und zwar schon, ehe ich den Regierungsbefehl erhielt! Ist das in Ordnung?"

Der Sommertag war heiß, und Casinus, der vor Hitze und Empörung in Schweiß geraten war, trocknete sich Gesicht und Hände mit einem großen Leinentaschentuch. Dann starrte er Marcus mit weit aufgerissenen Augen an. „Meine Facharbeiter für Schmucksachen hängen an dem betreffenden Werkmeister und würden ihm zu Veronus folgen, schon, um sich ihre höhere Stellung und Lebenshaltung und auch ihre geschickten Finger zu bewahren. Aber ich erhebe Einspruch gegen diese willkürliche Anordnung einer Regierung, die doch meine Freiheit und meine Würde schützen und nicht untergraben soll!"

„So, so", sagte Marcus.

„Ich bin bereit, eine große Anzahl neuer Arbeiter aufzunehmen und in der Rüstungsfertigung ausbilden zu lassen. Aber ich will und kann nicht dem Auftrag entsprechen, meine Kunsthandwerker in Gießhaus und Schmelzhütte zu schicken, wo sie für alle Zukunft ihre besonderen Fähigkeiten und ihren Lebensunterhalt verlieren. Da Veronus sich dem geheiligten Gesetz – durch Bestechung, das kann ich beschwören! – entzogen hat, würde er in Hinkunft den Markt für Kunstgegenstände und Geschmeide beherrschen. Ich habe sogar gehört, daß er, wenn er meine Spezialarbeiter an sich zieht, sie nicht in den Dampf und die Gluthitze der Rüstungswerkstätten schicken, sondern sie ruhig, auch während des Krieges, ihrer bisherigen Tätigkeit nachgehen lassen würde."

Marcus dachte nach. Dann sagte er: „Ich möchte mit dem Werkmeister reden, den Veronus abwerben wollte."

Casinus sprang auf. „Er ist mitgekommen." Er lief zum Haustor und rief einen Namen. Bald darauf führte er ins Bürozimmer einen hochgewachsenen, gebräunten Mann, dem man seine Befangenheit und Aufregung ansah, und legte ihm stolz die Hand auf die Schulter. „Mein Werkmeister Samos, ein überaus geschickter und kunstfertiger Grieche!"

Der Werkmeister blickte mit offensichtlicher Verlegenheit seine langen, verschränkten Hände an.

„Samos", fragte Marcus, „hat dich ein gewisser Veronus abzuwerben versucht?"

„Ja, Herr", stammelte der Mann.

„Und hat er dir versprochen, daß ihr — du und die Männer, die mit dir übertreten wollen — eure bisherige Tätigkeit unbehelligt weiterausüben könnt?"

Samos zögerte. Marcus merkte, daß er Angst hatte. Der Mann befeuchtete sich die Lippen, warf einen Seitenblick auf Casinus, der keine Miene verzog, und murmelte schließlich: „So ist es."

„Du bist römischer Bürger, Samos?"

„Ja, Herr."

„Hast du Lust, für Veronus zu arbeiten?"

„Nein. Aber jeder muß sich seiner Haut wehren, auch wenn einem dabei manches gegen den Strich geht."

„Du bist in einer heiklen Lage", gab Marcus zu, „und stehst vor einer schweren Wahl." Wieder überlegte er. „Kannst du, wenn wir vor Gericht gehen, die Sache mit Veronus beschwören?"

Furcht malte sich auf dem dunklen Gesicht des Mannes. „Mit Gesetzen und Gerichten mag ich nichts zu tun haben, Herr! Auch mit Advokaten nicht. Ich weiß, wie doppelzüngig sie manchmal sind. Ich möchte mich in keinen Rechtsstreit einlassen. Das ist immer gefährlich."

„Ich verstehe dich", erklärte Marcus in trockenem Tone. „Aber wenn jeder Bürger sich so verhielte, würde die Rechtspflege überhaupt unmöglich werden, und die Folge wäre ein Chaos; es gäbe weder Gesetze noch Staatsgewalt. Schon Aristoteles hat gesagt, daß nur Götter und Irrsinnige ohne Gesetz im Gefühl der Sicherheit leben können."

„Ich bin ein friedlicher Mensch", betonte Samos, dem die Augen feucht geworden waren. „Ich bin rechtschaffen, aber ich habe Angst."

„Wenn die Gesetze ihre Wirksamkeit verlieren, hast du Ärgeres zu befürchten als eine Zeugenaussage vor Gericht."

„Du rufst meinen Edelmut an", meinte Samos, der sichtlich einige Bildung besaß. „Aber Tausende sind für ihren Edelmut in den Tod gegangen, und wem war damit geholfen?"

„Ihren Kindern. Hast du Kinder, Samos?" Der Mann nickte. „Dann mußt du als Vater doch wünschen, daß sie in einem Rechtsstaat leben. Was kann dir denn geschehen, wenn du für Casinus, deinen Brotgeber, Zeugnis ablegst?"

Samos' Augen schimmerten angstvoll; er biß sich auf die Lippe. Marcus wartete. Dann stammelte der Werkmeister: „Veronus hat mir angedeutet, daß er viel Einfluß hat und es mir, wenn ich ihm nicht zu Willen bin, übel ergehen wird. Ich könne nie mehr mein Gewerbe ausüben."

Marcus runzelte die Stirn: „Das war als Einschüchterung gedacht; aber es entspricht der Wahrheit." Er überlegte, während die beiden Männer ihn ängstlich ansahen. Schließlich sagte er: „Ich übernehme deinen Fall, Casinus. Und dich, Samos, werde ich als Zeugen führen. Ich verspreche dir, daß du ungeschoren bleibst."

„Solche Versprechungen", murmelte Samos betroffen, „sind wie die tauben Blüten des wilden Kirschbaums."

Marcus begab sich in Scaevolas Arbeitsraum. „Du kennst den Fall, Herr. Was rätst du mir?"

„Ihn nicht zu übernehmen", erwiderte Scaevola ohne Zögern.

„Warum nicht?"

Scaevola starrte ihn an. „Willst du, daß dir wieder ein Unfall zustößt?"

Marcus war erstaunt. „Das ist sicher ein Trugschluß!"

„Meinst du?" grollte Scaevola. Dann seufzte er. „Na schön. Du willst also die Sache übernehmen?"

„Ich habe sie schon übernommen."

„Du bist ein Narr. Aber ich beglückwünsche dich dazu, obwohl du offenbar jung wirst sterben müssen. Sind das nicht schreckliche Zeiten? Maßt sich die Regierung nicht immer mehr und mehr Macht an? Und wenn man ihr nur im geringsten Widerstand leistet, begibt man sich in die größte Gefahr."

„Damit empfiehlst du mir, den Anwaltsberuf an den Nagel zu hängen?"

Scaevola schlug mit der Faust auf den Tisch. „Es gibt Tausende von Rechtsfällen, die nichts mit der Regierung zu tun haben! Wird dir bei jeder Causa ein Pergament mit dem Staatssiegel vorgelegt?"

„Ich habe den Fall übernommen", beharrte Marcus.

Scaevola hob stöhnend den Blick zur Zimmerdecke. „Ein Starrkopf warst du ja immer. Jedenfalls soll Syrius nie von deiner Seite weichen, auch nicht im Gerichtssaal! Und vor dem Prozeß teile mir mit, was ich bei der Leichenrede an deinem Scheiterhaufen sagen soll!"

Marcus lachte. „Du übertreibst. Die Weisung an Casinus ist von einem kleinen Beamten unterschrieben ..."

„Je bedeutungsloser ein Beamter ist, desto größer die Gefahr. Kleine Leute sind meist gewissenlos und boshaft und machtbesessen."

In den nächsten Tagen bemühte Marcus sich, seinen Fall vor einen Richter aus vornehmer Familie und in angesehener Stellung zu bringen. Aber es gelang ihm nicht, da in Rom jetzt alles drunter und drüber ging. Gerüchte liefen um, Sulla werde bald im Triumph in die Hauptstadt zurückkommen, und allen seinen Gegnern drohe Verfolgung, wenn nicht gar der Tod. Deshalb waren die zu Marius stehenden vornehmen römischen Familien in großer Aufregung und von Vorahnungen kommenden Unheils erfüllt. Viele schickten sich zur Flucht an, darunter eine Anzahl

Senatoren und andere sehr vornehme Patrizier. Nur die kleinen Leute, einschließlich der niedrigen Beamten, zeigten sich nicht übermäßig besorgt. Für diese Beamten bedeutete ein Regierungswechsel keine Bedrohung; solange sie ihre karge persönliche Macht, ihre Gehälter und den armseligen Zierat der Beherrschung anderer beibehielten, dienten sie der einen Regierung ebenso gern wie einer andern.

Widerstrebend suchte Marcus schließlich seinen Jugendfreund Julius Caesar auf, der erst vor ein paar Monaten die Tochter Cinnas, ein ganz junges Mädchen namens Cornelia, geheiratet hatte. Julius war jetzt, so hieß es, Flamen Dialis, Jupiterpriester, und Mitglied der herrschenden Populares-Partei. Er betonte geflissentlich seine innige Liebe zu Cornelia und schien dem Cinna sehr zugetan. Marcus, der Cinna verabscheute, war deshalb seinem Jugendfreunde möglichst aus dem Wege gegangen. So kostete es ihn große Überwindung, eines heißen Sommerabends im Caesar-Hause vorzusprechen.

Julius begrüßte ihn mit liebevollem Spott. „Was? Hast du es endlich doch über dich gebracht, einen Mann aufzusuchen, der deiner Meinung nach Rom verraten hat?"

„Jeder handelt so, wie er es für gut hält", sagte Marcus und vermied jeglichen tadelnden Unterton in seiner Stimme.

Julius lächelte. Er hatte seiner angeborenen Neigung zu kunstvoller Verfeinerung rasch Raum gegeben und war sehr weltmännisch geworden. Sein glattes schwarzes Haar parfümierte er nun. Seine Toga war aus feinstem Linnen, violett und schön bestickt. Seine schlanken, hübschen Arme waren sorgfältig enthaart. Er trug ein aus mehreren Lagen Goldblech gefertigtes, edelsteinbesetztes ägyptisches Halsband, dazu Armbänder und einen Gürtel von gleicher Machart. Seine Schuhe waren aus goldfarbenem Leder, mit Lackriemen befestigt. Sein dunkles, spottlustiges Gesicht verriet hohe Intelligenz und Sinn für Humor; es änderte bemerkenswert rasch den Ausdruck. Seine Lippen waren leuchtend rot. Marcus hoffte, daß sie nicht nach der jetzt bei den Patriziersöhnen umgehenden weibischen Mode gefärbt waren. Jedenfalls schienen die Lidränder der schimmernden schwarzen Augen mit Spießglanzpulver geschwärzt.

„Fürs Abendessen kommst du etwas spät", sagte Julius.

„Ich habe schon gegessen", erwiderte Marcus recht förmlich. Er sah sich in dem großen hübschen Hause um, das jetzt von alexandrinischen Lampen aus Glas, Messing und Silber erhellt war. Mondlicht lag in warmen, blassen Abschattungen auf hohen korinthischen Säulen in Atrium und Peristyl. Lampenlicht erstrahlte auf Thuja- und Ebenholztischen, die mit Vasen voll herrlicher Blumen geschmückt waren. Orientalische Teppiche prangten auf den Marmorfußböden; Marmorbüsten von Heroen und Helden blickten aus den Ecken. Die Möbelstücke waren prunkvoll geschnitzt. Von überallher tönte das Plätschern der Springbrunnen.

„Sehr nett hast du es dir da eingerichtet", sagte Marcus.

„Dein Lob klingt etwas zurückhaltend. Aber du warst immer eher nüchtern." Julius hängte sich bei seinem Jugendfreunde ein. „Komm, gehen wir in den Garten und trinken wir einen Schluck Wein!"

Marcus war verblüfft über die feierliche Pracht der Zypressen und seltener wohlriechender Bäume, über die rotbekiesten Pfade, die vielen Springbrunnen mit ihren marmornen Nymphen und Faunen, die wohlgepflegten Laubengänge und Terrassen. Alles vereinte sich zu einem Gesamteindruck vollendeter Schönheit und Harmonie. Allenthalben duftete Jasmin. Das Mondlicht tauchte dieses Plätzchen in flutende Helle, und die feuchten Brunnenstatuen schimmerten wie weiße, lebende Haut. Aber jenseits der Gartenmauern dröhnte unablässig, unüberhörbar die heisere Stimme des mächtigen Rom, wie die Stimme eines schlaflos liegenden oder im Schlafe murmelnden Riesen.

Eine wunderschöne Sklavin brachte erlesenen Wein für den Hausherrn und seinen Gast, die nebeneinander auf einer Marmorbank Platz genommen hatten. Cornelia war zwar reich, dachte Marcus, und ihr Vater im Augenblick fast Alleinherrscher von Rom; immerhin hätten die römischen Schiffe in diesen Tagen wichtigere Fracht zu befördern gehabt als Luxusgüter.

Julius schlang lässig den Arm um die Sklavin, während er Marcus beobachtete. „Ist sie nicht entzückend, diese Perle aus Kos?" fragte er. „Ich habe sie erst gestern gekauft."

Marcus sah das Mädchen gar nicht an, und Julius lachte fröhlich. „Ich habe vergessen, daß du ein ‚alter' Römer bist", sagte er.

Marcus schwieg, weil er fürchtete, seine Antwort könnte lehrhaft ausfallen und nur Caesars Spott herausfordern.

„Bist du ein Stoiker?" erkundigte sich Julius, während er die Sklavin liebevoll verabschiedete.

„Nein. Aber auch kein Priapos-Jünger."

Julius lachte nur. Das Lachen stand ihm stets leicht zu Gebote, und das war ein Teil seines männlichen Reizes. Marcus ärgerte sich. Er konnte sich nicht die Bemerkung versagen: „Hoffst du, allen diesen Luxus und deine neue Macht behalten zu können, wenn Sulla zurückkommt?"

„Er kommt schon nicht", meinte Julius. Er nahm von einem Marmortisch eine Schüssel mit Feigen und frühen Trauben und Datteln und wartete seinem Gaste auf. „Sulla wird es nicht wagen, Rom anzugreifen", fügte er hinzu.

„Das hast du offenbar von Cinna", bemerkte Marcus, eine Feige kauend.

„Mein Schwiegervater ist sehr klug", entgegnete Julius nach einem Schluck Wein. „Zeigt sich das nicht schon darin, daß er zum Gatten seiner Tochter mich erwählt hat?"

Gegen seinen Willen mußte Marcus lächeln. Immer hatte er Caesars unbekümmerte Bemerkungen und seine forsche Dreistigkeit unterhaltsam gefunden. Er hegte auch wirkliche Zuneigung für ihn. Er betrachtete sein ausdrucksvolles jugendliches Gesicht im Mondlicht und schnupperte verstohlen den Duft, der ihm von diesem fröhlichen Genießer entgegenwehte. Archias hatte recht gehabt mit seiner Behauptung, die Republiken seien asketisch, erhaben, maßvoll und männlich; aber wenn sie in Demokratien entarteten, würden sie vulgär, niedrig, unvernünftig, weibisch, üppig. Cincinnatus habe von dem ‚wahren Manne' gesprochen, der nur in Republiken erscheinen könne. In Demokratien gebe es bloß ungefestigte Männer, die in Grundsätzen und Handlungen zur Leichtfertigkeit neigten.

„Bei dir hat immer alles seinen Grund gehabt", bemerkte Julius, während er dem Gaste den nicht schneegekühlten, aber liebevoll mit frischem Efeu bekränzten Becher füllte. „Darum schmeichle ich mir nicht, daß du nur gekommen bist, um unsere angenehme Bekanntschaft aufzufrischen und dich nach meinem Befinden zu erkundigen. Du verbindest irgendeine Absicht mit deinem Besuch."

„Allerdings", gab Marcus zu.

„Hat dein Besuch etwas mit der Tatsache zu tun, daß du jetzt, wie ich bemerkt habe, immer einen Leibwächter bei dir hast, diesen riesenhaften Nubiersklaven mit dem argwöhnischen Blick?"

Marcus zögerte. Er nestelte an dem ihm von Aurelia geschenkten Amulett und beschloß, seine Zurückhaltung zu durchbrechen und sich einmal rückhaltlos einem Menschen anzuvertrauen, obwohl Scaevola ihm empfohlen hatte, von seinem Arpiner Abenteuer niemandem zu erzählen.

Und so berichtete er jetzt davon. Julius hörte zu. Sein lächelndes Gesicht wurde ruhig, still, aufmerksam. Seine schwarzen Augen blieben auf Marcus geheftet. Aber er unterbrach nicht. Dann zeigte Marcus ihm das Amulett und sagte: „Ohne dieses Geschenk deiner edlen Mutter hätte ich den Tod gefunden."

„Die Kerle müssen verrückt gewesen sein", bemerkte Julius mit leiser Stimme und betrachtete das goldene, im Mondlicht funkelnde Medaillon. Seine Stimme klang merkwürdig, und sein sonst so heiteres Gesicht war düster und hart. „Womit konntest du sie nur so aufbringen?" überlegte Julius wie bei sich selber.

„Wer waren die Leute?" fragte Marcus.

Julius wandte den Kopf ab und erwiderte: „Das weiß ich nicht. Wie kommst du darauf, mich danach zu fragen?"

Er stand auf und begann, einen der Fußwege hin und her zu gehen. Die Kiesdecke knirschte unter seinen Schritten. Er verschränkte die Arme über der Brust und ließ in tiefem Nachdenken den Kopf sinken. Marcus faßte ihn ins Auge und sagte: „Ich habe dir noch nicht alles erzählt. Einer der Männer trug einen prächtigen Ring, zwei goldene Schlangen, deren Köpfe mit einem großen, ornamentierten Smaragd verbunden waren. Ich habe die Empfindung, daß dieser Ring irgendwie für mich bedeutsam ist.''

Julius blieb auf dem mondbeschienenen Weg stehen, ohne sich umzudrehen. „Bedeutsam? Inwiefern?''

„Das weiß ich nicht'', sagte jetzt Marcus. „Vielleicht weißt du es, Julius?''

Aber der junge Caesar schüttelte schweigend den Kopf.

„Scaevola hat gemeint, ich müsse für irgendwen eine mögliche Gefahr darstellen'', erzählte Marcus. „Aber für wen, Julius?''

Caesar wandte sich jetzt um, und sein Gesicht war lächelnd und heiter. Er ging zu der Marmorbank zurück, setzte sich und klopfte Marcus auf die Schulter. „Wem könnte ein so freundlicher, liebenswürdiger, friedfertiger Mann gefährlich scheinen?'' sagte er. „Du bist Anwalt und führst unbedeutende Prozesse. Du bist nicht sehr wohlhabend und stehst mit keinem Machthaber in Verbindung. Du bist ein ‚alter' Römer . . .'' Er hielt inne, und von seinem Gesicht schien nicht nur das Lächeln, sondern auch das Mondlicht gewichen zu sein, so finster waren seine Züge geworden.

„Nun?'' fragte Marcus. „Ich bin ein ‚alter' Römer. Und was ist sonst?''

Er staunte über das plötzliche laute Lachen seines Freundes, das keineswegs fröhlich klang. „Nichts sonst. Aus den Gründen, die ich dir eben nannte, bist du trotz deiner Beredsamkeit für niemanden gefährlich. Aber sag mir jetzt, weshalb du mich aufgesucht hast!''

Marcus war so betroffen, daß er augenblicklich nicht antworten konnte. Dann erzählte er, durch andere Gedanken abgelenkt, von seiner Suche nach einem Würdenträger aus vornehmer Familie, der sich als Richter nicht von tyrannischer Staatsgewalt beirren ließe, sondern unerschrokken dem Gesetze treu bliebe. Er berichtete von seinem Klienten Casinus. „Ich fordere nur Gerechtigkeit'', schloß er. „Wenn auf Veronus das Gesetz nicht angewandt wird, so offenbar deshalb, weil er jemand Einflußreichen bestochen hat. Sollen wir von Günstlingwirtschaft und Cliquenwesen beherrscht werden statt vom unparteiischen Recht? Von Zwang und Erpressung statt von Ehrenhaftigkeit?''

Vor leidenschaftlicher Erregung hob er die Stimme und erfüllte den Garten mit ihrer starken, wohltönenden Eindringlichkeit. Und Julius hörte mehr auf die beredte Stimme als auf die Worte. Denn diese Stimme griff ans Herz und rührte es. Sie wurde von männlichem Schwung und biederer Rechtlichkeit getragen; aus ihr tönten die Posaune der Vernunft und der Trommelwirbel der Entrüstung. Jetzt verstehe ich, dachte Julius, warum gewisse Kreise ihm nach dem Leben trachten. Aber obwohl ich diesen Kreisen nahestehe, darf er nicht sterben. Ich brauche ihn für meine eigenen Zwecke. Benötigt nicht jeder ehrgeizige Politiker neben sich einen

Gefolgsmann, der ganz Treuherzigkeit ist und ganz Rechtschaffenheit, der von gerechtem Zorne lodert?

Als Marcus zu Ende gesprochen hatte, lächelte Julius ihm strahlend zu und stieß ihn liebevoll an. „Mein lieber Freund'', sagte er zu ihm in den überschwenglichsten Tönen, „ich werde dir den Mann finden, den du suchst. Einen Mann'', fügte er hinzu, während seine quecksilbrige Miene sich zu strenger Nüchternheit wandelte, „der deinen Fall nur nach sachlichen Erwägungen beurteilen wird, der sich vom geraden Wege durch keine Interventionen ablenken läßt, und kämen sie von meinem Schwiegervater selber.''

Marcus war nicht ganz überzeugt. „Ich danke dir, Julius'', sagte er. „Mein Prozeß findet in der Basilica Aemilia statt und wird viele Zuhörer haben.''

„Und alle werden von deiner feurigen Beredsamkeit zutiefst gerührt sein'', erklärte Julius. „Du wirst Roms Gesetze verteidigen und wirst fordern, daß sie in gleicher Weise auf jedermann Anwendung finden. Ich komme selber hin, um dich anzuhören.''

Marcus fühlte sich zwar noch immer recht unbehaglich, war aber dankbar. Julius klopfte ihm wieder auf die Schulter und füllte ihm nochmals den Becher. Er hob den seinen. „Auf das Wohl von Rom!'' rief er und lachte den Mond an.

„Auf Rom!'' tat Marcus ihm Bescheid. „Möge es alle Tyrannen überleben!''

„Ja, ja'', sagte Julius und nahm einen tüchtigen Schluck.

Dann begleitete er seinen Gast Arm in Arm ins Atrium. „Was? Zu Fuß bist du durch diese finsteren Straßen hergekommen, von einem einzigen Sklaven begleitet? Wie unvorsichtig! Ich lasse dich in einer Sänfte, von sechs Bewaffneten getragen, heimbringen. Dich dürfen wir nicht verlieren, mein teurer Marcus!''

Während er heimgetragen wurde, ordnete Marcus seine Gedanken. Julius war, trotz seiner treuherzigen Bekundungen von Freundschaft und Zuneigung, doppelzüngig und beunruhigend gewesen. Bei all seinem jungenhaften Lachen hatte ihn der gefährliche Geruch der Macht umwittert. Das mochte von seinem Bewußtsein kommen, daß er Cinnas Schwiegersohn war. Dann schüttelte Marcus den Kopf. Nein, Männer wie Caesar verließen sich nicht auf fremden Einfluß und fremde Gunst; sie bauten nur auf sich selber, und darin lag ihre geheimnisvolle, furchtbare Stärke.

Unterdessen schrieb Julius einen eiligen Brief. ‚... Darum darf er nicht sprechen. Denn er vermag alle Herzen zu rühren. Aber es muß darauf Bedacht genommen werden, daß er hinfort unter meinem Schutze steht ...' Noch klebte der Sand an der Tinte, und schon war ein Sklave mit dem Briefe unterwegs.

Zwei Tage darauf kam Casinus voll Freude in Marcus' Bürozimmer im Scaevola-Hause und schwenkte eine Urkunde in der Hand. „Die Anordnung ist widerrufen worden, Herr!" rief er jubelnd. „Lies selbst! Oh, du hast Wunder gewirkt!"

Marcus las. Er verstand nicht, was da geschehen sein mochte. Er war kein berühmter Anwalt, daß vor ihm ein Verwaltungsbeamter klein beigeben sollte. Niemand von den Regierenden in Rom kannte ihn. Er brachte das Pergament seinem Mentor Scaevola.

„Hm", machte der alte Pontifex maximus. „Wieso dieser eilige Widerruf? Trotz der einflußreichen Freunde des Veronus?"

„Mir ist das unverständlich", erklärte Marcus. „Aber wer kennt schon die gewundenen Gedankengänge eines Bürokraten?"

„Dieser Bürokrat", sagte Scaevola, „hat über Auftrag gehandelt." Er musterte Marcus. „Mit wem hast du über den Fall gesprochen?"

„Nur mit dir und mit Julius Caesar. Sonst kenne ich keine bedeutende Persönlichkeit in Rom."

Scaevolas großes, dickes Gesicht mit dem mehrfachen Kinn straffte sich und bekam einen seltsamen Ausdruck.

„Was ist denn?" fragte Marcus, wiederum irgendwie beunruhigt.

„Nichts, gar nichts. Ich habe bloß nachgedacht", wich Scaevola aus. Er warf das Pergament auf den Tisch und starrte es an. Dann fragte er: „Was hast du ihm sonst erzählt?"

„Dem Julius? Von dem Anschlag auf mein Leben. Vielleicht war das unvorsichtig. Ich habe in diesem Falle deinen Rat, darüber zu schweigen, nicht befolgt."

„Ja, ja", sagte Scaevola. „Und was hat Julius dazu gesagt?"

Marcus erinnerte sich an seine Vermutungen von vorgestern. „Er hat gesagt: ‚Die Kerle müssen verrückt gewesen sein.' Ich fragte ihn, was er damit meine; aber er hat sich nicht weiter geäußert. Vielleicht habe ich in diese Wendung mehr hineingelegt, als sie bedeutete."

„Mag sein", sagte Scaevola nach einem Augenblick. Er setzte sein Satyrlächeln auf und entließ den Famulus.

Marcus schrieb einen Brief an Julius Caesar, worin er ihm mitteilte, daß sein Fall überhaupt nicht vor Gericht komme. Er wollte gerade einen Sklaven Scaevolas damit wegschicken, als von Julius ein Schreiben kam.

‚Julius Caesar grüßt den ehrenwerten, geliebten Marcus Tullius Cicero. Ich schreibe Dir hier den Namen des von Dir gesuchten Amtsträgers auf. Ich habe mit ihm über Deinen Klienten gesprochen. Dir wird Recht werden.'

Aus irgendeinem Grunde fühlte Marcus sich so erleichtert, daß er an diesem Abend seinen Schulfreund wieder aufsuchte. Er wurde noch freundlicher aufgenommen als beim letztenmal. „Zuerst wollte ich dir nur einen Dankbrief schreiben", sagte Marcus, als er wieder mit dem

Hausherrn in den Garten ging. „Aber das wäre ein zu kärglicher Widerhall auf deine Liebenswürdigkeit gewesen. Übrigens hat sich die Sache inzwischen von selber erledigt. Der Auftrag an meinen Klienten ist zurückgezogen worden."

„Also, das ist erstaunlich!" rief Julius mit ausdrucksloser, unschuldiger Miene und schüttelte vergnügt den Kopf. „Da muß von Anfang an irgendein Mißverständnis gewesen sein. Heutzutage geht alles ein bißchen durcheinander." Er bestand darauf, daß Marcus Wein und Süßigkeiten nahm. Nachtigallen sangen rührend in der Mondnacht, und plötzlich fiel von Marcus jene Unruhe ab, die ihn seit dem schicksalhaften Arpiner Abend gequält hatte.

„Diesen Dienst werde ich dir nie vergessen, lieber Julius", sagte er, und sein Herz war voll warmer Liebe für den Freund.

Julius wurde feierlich und ernst, und Marcus sah ihn fragend an. Aber Caesar starrte in seinen Weinbecher. Schließlich murmelte er: „Nein, du wirst nicht vergessen. Alle anderen könnten vergessen, aber du nicht, Marcus Tullius Cicero."

XX

In der aufgeregten Hauptstadt tauchten Gerüchte auf, Sullas Streitkräfte kehrten zu Lande und zur See nach Rom zurück. Überall schwirrten diese Gerüchte umher wie aufgescheuchte Tauben. Marcus beachtete sie kaum. Er hatte Sulla, den er nur vom Hörensagen kannte, nie hoch eingeschätzt. Und er selber war zu unbekannt und unbedeutend, als daß sein Name dem General zur Kenntnis gelangt wäre. Ärger als Cinna konnte der voraussichtliche neue Machthaber nicht sein, überlegte Marcus. Jedenfalls mochte sein Eingreifen den Kriegszustand beenden. Als er dieser Meinung Scaevola gegenüber Ausdruck gab, entgegnete der alte Mann erbittert: „Ein ehrsüchtiger Gaukler ist den anderen wert. Das Volk liebt Gaukler und verdient nichts Besseres. Wie stellt sich dein bezaubernder junger Freund Julius zu den Nachrichten über Sullas Rückkehr?"

„Ich habe ihn schon ein paar Wochen lang nicht gesehen."

„In der letzten Zeit habe ich verschiedene Leute nicht mehr gesehen", sagte Scaevola mit einer Grimasse. „Wenn Sulla zurückkommt, und Cinna abtreten muß, ist das Leben deines Julius in Gefahr."

Marcus wollte Caesar aufsuchen, erfuhr aber, er sei auf Bekanntenbesuch. War diese Kunde erfreulich oder beunruhigend? Er wußte es nicht. Während er noch überlegte, ob er beim Pförtner Nachricht hinterlassen sollte, erschien Caesars junge Frau, ein halbes Kind, eine hübsche, unschuldsvolle Erscheinung. Ihr kleiner, schlanker Körper hatte noch jungfräuliche Formen, und ihre blauen Augen waren klar und teilnahmsvoll. Ihr dunkles Haar fiel ihr frei auf die Schultern, als käme sie eben aus der Schule.

Sie lächelte Marcus zu. „Julius hat eine Menge Sachen zu erledigen. Er hat mir viel von dir erzählt. Ich freue mich, daß du sein Freund bist."

Marcus war gerührt und wurde rot. „Ein ganz unbedeutender Freund", sagte er. „Du tust mir zu viel Ehre an, Cornelia."

Die Tochter Cinnas war wie eine Blume. Auch als er sie verlassen hatte, mußte er immer wieder an ihre strahlenden Augen, ihre Feinheit und Unschuld denken. Welches würde ihr Schicksal sein, wenn Sulla zurückkehrte? Sie mochte, mehr noch als Julius, die Rache des Generals herausfordern. In welch schreckliche Zeit sind wir geraten! dachte Marcus. Einst war Rom für jeden rechtschaffenen Mann sicher, und für jede hilflose Frau. Jetzt leben wir ständig im Schatten von Gewalt und Tod.

Quintus hatte schon länger nicht geschrieben, und Helvia war besorgt. „In Gallien ist er ungefährdet", beruhigte Marcus sie. „Seien wir froh, daß er sich nicht zu Sulla geschlagen hat! Unser Quintus ist frei von jedem Ehrgeiz."

„Dagegen muß jemand der Meinung sein, daß du, lieber Marcus, ehrgeizige Pläne hast. Sonst hätte man dich nicht auf der Insel überfallen."

„Ich?" rief Marcus verwundert. „Mein einziger Ehrgeiz ist, ein immer besserer Anwalt zu werden, damit unsere finanzielle Lage sich bessert. Und vielleicht habe ich noch den Ehrgeiz, wenigstens als mittelmäßiger Dichter und Schriftsteller zu gelten. Kann das zu Mordplänen reizen?" Um die Mutter aufzuheitern, erzählte er ihr kleinlaut von Scaevolas Scherz über seine Gedichte.

Helvia lachte, billigte aber zu seiner Freude die spöttische Bemerkung nicht. „Deine letzten Gedichte und deine Aufsätze haben dir viel sachverständigen Beifall eingebracht", sagte sie.

„Und zweihundert Sesterzen dazu", ergänzte Marcus. „Damit habe ich ein paar Kühe für die Insel gekauft. Übrigens hat mein armer Casinus, in der Meinung, ich hätte ihm auf irgendwelche geheimnisvolle Weise geholfen, mir eine Börse mit hundert Sesterzen übergeben. Die verwende ich zur Vermehrung unseres Schafbestandes."

Aber auch er war wegen seines Bruders beunruhigt und trat eines heißen Nachmittags in die Regia auf dem Forum, um vor dem Heiligtum des Mars ein Votivlicht zu entzünden und für Quintus zu beten. Als er wieder ins Freie trat, sah er über der Stadt große fahle Gewitterwolken sich wie riesige Heerhaufen zusammenballen. Noch hatte die Wolkendecke sich nicht geschlossen. Das Forum lag in braunem Dämmerlicht mit durchscheinenden Schattenflecken. Die Säulen und Bauwerke auf den Hügelkuppen waren von der dort noch nicht verdunkelten Sonne in helle Goldtöne getaucht. Marcus sah den heraufziehenden Wolken zu, die zum Teil tiefpurpurn oder fast schwarz waren und in deren unheimlichen Tiefen es schon wetterleuchtete. Er sagte zu Syrius: „Wir müssen rasch heim; sonst geraten wir in das Gewitter."

Aber sie hatten kaum den Saturntempel erreicht, als das Unwetter wild und ungezügelt losbrach. Marcus floh in den Tempel. In der zunehmenden Finsternis wurde eine Säule nach der anderen schattenhaft und körperlos. Feuriger Blitzschein drang immer wieder in den Raum und beleuchtete Wände und Boden und Altar wie von einer Feuersbrunst. Den Blitzen folgten fast unmittelbar die Donnerschläge, und der Tempel schien in seinen Grundfesten zu erzittern. Draußen heulte ein zerstörungswütiger Sturm in der von Schwefelgeruch erfüllten Luft. Die römischen Gewitter waren als verheerend bekannt; aber dieses Unwetter überbot alles Gewohnte. Durch die Vorhänge glitzernden Regens sah man fast nichts von der Umgebung. Marcus mochte Gewitter nicht und erschauerte bei jedem Blitzstrahl und jedem Donnerschlag. Er lehnte sich an eine Wand, und sein Ellbogen stieß gegen einen weichen, warmen Arm.

Er drehte sich um und blickte in die von einem Blitz beleuchteten Augen Livias, der Frau Catilinas.

Er blieb wie angewurzelt stehen; er vergaß das Gewitter, vergaß alles andere über diesem plötzlichen Anblick, der ihm wie ein Traumbild, wie ein Fieberwahn erschien. Sein Herz klopfte beklemmend rasch; die Knie schlotterten ihm; die Kehle war ihm zugeschnürt. Beim nächsten Blitzstrahl wandte er sich zur Seite und sah neben sich eine unbestimmte, in einen Mantel gehüllte Gestalt, groß und schlank, eine so bewegungslose Gestalt, daß sie ein Schemen sein mochte. Dann beleuchtete eine neue Helle Livias ihm zugewandtes Gesicht, und er sah es mit erbarmungsloser Deutlichkeit, und er sah ihre Augen.

Einst waren diese Augen leuchtend blau gewesen, groß und leidenschaftlich und ausdrucksvoll, von jungem Leben erfüllt. Groß und blau waren sie noch. Aber es schien, als wären zwei strahlende, feurige, makellose Saphire zu tausend Splittern zertrümmert worden, so daß sie zwar das Licht zurückwarfen, jedoch in leblosem, sinnlosem Durcheinander, das jetzt und jetzt auseinanderfallen mochte. Marcus hatte die schreckliche Empfindung, die junge Frau sei erblindet; denn in diesen unseligen Augen zeigte sich kein Erkennen, kein Staunen, keine Regung. Das Gesicht blieb ausdruckslos und leer, und es war totenblaß; nicht einmal die Lippen hoben sich heraus. Einige Strähnen ihres herbstlaubfarbenen Haares waren aus der Mantelkapuze geschlüpft und lagen starr an den Wangen. Nicht anders hätte Livia in ihrer Todesstunde aussehen können, in einer unbetreuten, verlassenen, einsamen Todesstunde.

Nun war es dumpf und dunkel im Tempel. Am Altar murmelten einige

Beter. Ein paar Votivlichter brannten. Draußen strich wütend der Donner umher und begehrte Einlaß, ein beutesuchendes Raubtier. Und Marcus stand so unbeweglich da wie Livia und atmete offenen Mundes die stickige Luft.

Wieder blitzte es auf, und wieder sah Marcus die Augen, und wieder gab es ihm einen Stich, und er fühlte sich sterbenselend. Diese schweigende, halbtote, einsame Frau konnte doch nicht Livia sein, seine geliebte Livia, das Traumbild seiner Nächte, die strahlende Gefährtin seiner Tage! Er drückte den Rücken fester an die Wand und spürte eiskalten Schweiß auf Stirn und Wangen.

Das Unwetter verzog sich so rasch, wie es gekommen war, ein richtiges Sommergewitter. Jetzt blitzte es selten mehr; nur der Donner grollte wie ein hungriger Löwe, dem das verfolgte Beutetier entkommen ist. Noch immer konnte Marcus sich nicht rühren; auch Livia blieb bewegungslos. Niemand war in ihrer Nähe; sie standen allein in tiefem Schatten.

Dann flüsterte Marcus: „Livia!"

Sie erwiderte nicht. Er streckte den Arm aus und berührte eine weiche, leblose Hand, die weder zurückzuckte noch der Berührung entgegenkam. Es war die Hand einer seit Stunden Toten, eiskalt und starr. Er drückte die Hand; sie lag schlaff zwischen seinen Fingern. „Livia!" rief er. „Livia!"

Sie sagte nichts. Er hielt ihre Hand fest umklammert, als wollte er ihr etwas von der eigenen blutvollen Wärme übertragen. Sie wehrte ihn nicht ab, zog die Hand nicht zurück.

Plötzlich beleuchtete heiße, rote Sonne das regennasse Forum draußen, und unvermittelt hörte es auf zu regnen. Die Beter schritten mit frohem Murmeln, an den beiden im Schatten stehenden Gestalten vorbei, zur Tür und traten ins Freie. Der Lärm der wiederbelebten Stadt drang in den Tempel.

Nun wandte Marcus sich Livia voll zu. Sie blickte ihn mit ihren furchterregenden Augen an, in denen kein Erkennen lag und die nicht einmal zu blinzeln schienen. Er schob ihr mit seiner freien Hand die Kapuze zurück und strich ihr über das zerzauste Haar, das im Sonnenlicht metallisch zu leuchten begann. Aber es war ein lebloses Leuchten. Ihr Gesicht war glatt und starr wie das einer Statue. Sie schien nicht gealtert, sah nicht wie eine verheiratete Frau aus. Sie glich dem einbalsamierten Leichnam eines Mädchens.

Marcus senkte den Kopf und drückte in seiner Qual die Stirn neben ihrer Wange an die Mauer. Noch immer hielt er ihre Hand. Dann hörte er sie ganz leise fragen: „Weshalb weinst du?"

„Um dich", flüsterte er. „Um dich, Livia, Geliebte. Und um mich."

Sie seufzte. Der Seufzer schien nicht aus ihrer Brust zu dringen, sondern aus einer Unterwelt, wo die Toten stumm und blind umhertappten.

„Ach, Livia!" schluchzte Marcus.

„Hör auf zu weinen!" sagte sie kühl. „Es gibt auf der Welt keine Tränen mehr. Ich habe sie alle vergossen." Sie hielt inne. „Ich habe Nachricht bekommen von ... ihm. Er wird sehr bald mit Sulla zurückkommen. Zu mir und unserem Söhnchen. Wohin soll ich fliehen? Wo soll ich mich verstecken? Wo soll ich mein Kind verbergen — vor ihm?"

Marcus hatte den Eindruck, daß sie seine Anwesenheit noch immer nicht erfaßte und ihre Worte an schwesterliche Geister richtete. Er war der Meinung gewesen, schon früher Schmerz verspürt zu haben; aber diese Qual war unerträglich, unsagbar. Ohne die Sinnlosigkeit seiner Worte zu bedenken, rief er: „Komm zu mir! Ich werde dich beschützen. Ich bringe dich in Sicherheit. Meine Mutter ... Es gibt Verstecke, wo niemand dich findet. Vertrau dich meiner Obhut an, Geliebte! Livia, Livia!"

Wieder seufzte sie, im Tone äußersten Unglücks. „Er wird mich finden. Ich habe Angst. Aber noch mehr Angst habe ich um mein Kind."

„Livia, was hat er dir angetan?"

„Er hat mir mein Leben genommen. Warum ist er nicht im Kriege gefallen?"

Fluch über mich! klagte Marcus sich in den Tiefen der Seele an. Ich hätte ihn töten können und habe ihn verschont. Fluch über mich!

Daß er Livia umarmte, kam ihm erst zu Bewußtsein, als er ihren Kopf schwer auf seine Schulter sinken spürte. Dann drückte er sie fest an die Brust und berührte ihre kalte Wange und Stirn mit den Lippen. Was hatte Catilina diesem unschuldigen Kind getan, dieser Nymphe des Waldes? Welchen Abscheu hatte er ihr eingejagt, daß ihr Blick erloschen, ihre Seele gebrochen war, ihr Herz kaum mehr schlug? Die Arme hingen ihr schlaff herab. Sie rührte sich nicht, wandte nicht einmal den Kopf. Sie hatte die Augen geschlossen, und alles Leben schien aus ihr gewichen, als wäre sie ein nur von ihm aufrecht erhaltener Leichnam.

„Komm zu mir, Geliebte!" bat er mit erstickter Stimme. „Ich verberge dich, ich schütze dich."

„Was geschieht mit meinem Kinde?" flüsterte sie, ohne ihn zu hören. „Sein Onkel hat es, in dem Hause, wo wir wohnen. Ich bin angeblich verrückt, man lacht mich aus. Mein Kind! Ohne mein Kind kann ich nicht fliehen." Der Kopf an Marcus' Schulter drückte wie ein Stein. „Ich kann mein Kind nicht zurücklassen, sonst stirbt es auch. Catilina kennt kein Mitleid. Er wird sich scheiden lassen, und ich sehe mein Kind nie wieder. Für mich gibt es keine Zuflucht. Nirgends, nirgends. Ich bin schon lange tot."

„Er ist nicht in Rom, Livia. Vielleicht kommt er nie zurück, und auch Sulla nicht. Ich bin Anwalt. Laß dich scheiden! Hast du keine Verwandten, keine Freunde?"

„Der Onkel hält mich auch für verrückt", fuhr die schwache Stimme, ohne auf das ihr Gesagte zu achten, fort. „Man läßt mich nur selten zu meinem Kleinen, der nach mir ruft. Ich höre ihn in der Nacht rufen; aber die Tür zu seiner Kammer ist versperrt. Horch nur! Jetzt weint er wieder nach mir!" Sie hob den Kopf und starrte wild vor sich hin. Dann schob sie Marcus mit unerwarteter Kraft beiseite. „Ich muß weg!" rief sie. „Ich muß weg! Mein Kind ruft mich!"

Er konnte sie nicht zurückhalten. Sie entglitt ihm wie ein Schatten, mit fliegendem Gewand, fliegendem Haar, fliehendem Fuß.

Er schrie: „Livia! Livia!"

Aber sie lief schon durch die Tür. Er folgte ihr. Im blutroten Sonnenuntergangslicht war das Forum wieder belebt, und Menschenstimmen erhoben sich wie eine Schar aufgescheuchter Vögel. Aber Livia war in der Menge verschwunden.

„Fluch über mich!" rief Marcus laut und schlug sich mit der Faust auf die Brust, voll Selbsthaß und Selbstverachtung. Er stand auf dem oberen Treppenabsatz, und die unten Vorübergehenden blickten empor und starrten ihn an, zeigten auf seine schreckliche, verstörte Miene. Er senkte die Stimme und flüsterte: „Fluch über mich!"

Syrius, den er vergessen hatte, war auch im Tempel gewesen. Er trat zu Marcus und blickte in sein verzweifeltes Gesicht. „Herr", sagte er ruhig, „gehen wir!"

Aber Marcus konnte nicht heimkehren. Von Syrius begleitet, irrte er blindlings durch die Straßen Roms. Erst nach langer Zeit kam er zu sich und ging nach Hause. Als Helvia sein Gesicht und seine Augen sah, stellte sie keine Fragen. Sie wußte nur, daß ihr Sohn etwas Furchtbares erlebt haben mußte. Sie ließ ihn wortlos schlafen gehen und fragte dann Syrius aus.

Er hatte also Livia nicht vergessen! Helvia war voll Mitleid, aber auch voll Unmut. Doch als kluge Frau begrüßte sie am nächsten Morgen ihren Sohn in ruhigem Tone und redete von Alltagsdingen. Sie sah seine geröteten, schlaftrunkenen Augen und erzählte ihm, der Garten werde in diesem Jahre sehr viel schönes Obst tragen.

XXI

Marcus nahm bei Scaevola, zusammen mit dessen anderen tüchtigen Anwaltsgehilfen, das Mittagessen ein. Es war für manche dieser oft armen Mitarbeiter die einzige richtige Mahlzeit des Tages, und sie vertilgten Unmengen von Schmorfleisch, Zwiebeln, Artischocken in Knoblauchöl, Wein, Käse, Sommerobst und kleinem heißem Backwerk. Scaevola beobachtete sie mit verzogenem Mund und finsterer Miene; aber dahinter bargen sich herzliches Wohlwollen und geheime Freude über die Eßlust seiner Schutzbefohlenen. Deshalb machte er sich Sorgen darüber, daß Marcus heute – und schon seit einigen Tagen – das Essen kaum anrührte und nur ungewöhnlich viel Wein trank. Die Wangen des jungen Mannes waren gespannt und eingefallen, seine Augen schwer und rot.

Scaevola sagte: „Ich habe gute Nachricht für unseren Marcus und möchte, daß ihr alle die Freude mit ihm teilt und ihn beglückwünscht."

Die anderen jungen Anwälte blickten interessiert auf. Marcus aber schien die Bemerkung überhört zu haben; er goß sich den Becher wieder voll, trank und starrte ins Leere. Scaevola erhob zornig die Stimme: „Hört man mir am eigenen Tisch nicht zu, Marcus?" Der so Angegangene schrak derartig heftig zusammen, daß der Becher in seiner Hand kippte und der Wein ihm auf die Finger schwappte. Scaevola blickte ihm in die Augen und betonte mit geflissentlicher Langmut: „Ich habe deinen Namen genannt und dir eine erfreuliche Nachricht angekündigt."

Marcus murmelte ein paar Entschuldigungsworte. Er sah seine Kollegen belustigt und neugierig lächeln. „Meine Gedanken waren anderswo", sagte er.

„Offenbar!" erwiderte Scaevola. „Und wenn ein Mann so vertieft ist, denkt er nicht an eine Rechtssache, sondern an eine Frau. Und das ist albern.'

Die jungen Anwälte lachten, weil sie sich bei ihrem Mentor beliebt machen wollten und weil sie wußten, wie sittsam Marcus lebte und wie selten er vom Pfad der Tugend abwich.

„Albern!" wiederholte Scaevola. „Aber um auf die Sache zurückzukommen, die zu Glückwünschen Anlaß bietet: Marcus hat vor einem Jahr einen reichen Alten gegen seine habgierigen Söhne verteidigt, die sich seines Vermögens bemächtigen wollten, und zwar unter dem Vorwand, ihr Vater sei wegen völliger Geisteszerrüttung nicht mehr geschäftsfähig. Worin äußerte sich diese Zerrüttung? Er hat auf eigene Kosten ein Büchlein mit Ausfällen und Schmähungen gegen die Verderbtheit und Käuflichkeit des heutigen Rom herausgegeben. In diesem Pamphlet sagte er ein neues Tyrannenzeitalter voraus, wandte sich gegen den Senat, der früher einmal eine Körperschaft ehrenhafter, unbestechlicher Männer gewesen sei, und prangerte die neue Gepflogenheit an, daß kleine Beamte durch Geld und Ränke Senatoren werden können. Auch den Cinna griff er mit heftigen Worten an. Diese Veröffentlichung beweise, so behaupteten seine schlauen Söhne, daß ihr Vater nicht bei Troste sei. Und ich muß ihnen recht geben. Alle anständigen, heimatliebenden Menschen haben einen Klaps; der normale Geisteszustand ist ja die Schurkenhaftigkeit und Verräterei."

Er lächelte den horchenden jungen Männern grimmig zu. „Trotzdem hat unser Marcus den Alten nicht für verrückt gehalten, sondern für einen echten Römer. Und Marcus liebt Rom! Ist das heutzutage nicht sehr naiv? Nun, er hat ihn verteidigt, und zwar so geschickt, daß der Gerichtsvorsitzende zu Tränen gerührt war und in seiner Gefühlsverwirrung die Söhne wegen ihrer Hinterhältigkeit ausschalt und dem Alten Recht widerfahren ließ."

Marcus blickte auf sein Essen, das er kaum berührt hatte.

Scaevola atmete genießerisch aus. „Dieser Alte ist vor drei Tagen gestorben. Sein Testament war bei mir hinterlegt. Er hat unserem Marcus hunderttausend Goldsesterzen hinterlassen!"

Die jungen Anwälte klatschten laut Beifall, priesen die Tüchtigkeit ihres Kollegen und umdrängten ihn zu neidvollen Umarmungen.

„Damit ist Marcus reich. Für kurze Zeit. Bis zur nächsten Steuervorschreibung", erklärte Scaevola. „Den Rest, der ihm vielleicht verbleiben wird, nachdem die Aasgeier ihren Staatsanteil aufgefressen haben, dürfte er ja sicher in Grundbesitz anlegen."

Marcus versuchte zu lächeln. Aber an diesem Tage hatten in seinem Innern nur Haß und Rachlust Platz. „Das ist ja sehr angenehm", sagte er mit gepreßter Stimme.

„Nicht nur angenehm, sondern großartig!" rief Scaevola. „Trinken wir noch eins auf diesen Glücksfall!"

Dann entließ er alle bis auf Marcus. „Ich möchte mit dir reden", sagte er. Marcus saß, wieder in Teilnahmslosigkeit versunken, statuengleich in seinem Sessel.

Scaevola beobachtete ihn scharf, während er etwas Backwerk knabberte. Schließlich begann er: „Dich bekümmert anscheinend verschiedenes, aber eines besonders stark. Ich vermute, es geht um eine Frau. Ich verlange keine Erklärungen von dir, die vielleicht meine Achtung für dich mindern würden. Jedenfalls gibt es jetzt wichtigere Dinge, die wirklich der Aufregung wert sind. Ich habe am Morgen erfahren — eben jetzt erzittert die Stadt von dieser Nachricht —, daß Cinna von seinen meuternden Soldaten, die sich nicht zur Bekämpfung Sullas einschiffen lassen wollten, erschlagen worden ist. Jetzt ist unser einziger Konsul der Kollege Cinnas, Gnaeus Papirius Carbo. Auch für ihn gilt, daß selten etwas Besseres nachkommt."

Unwillkürlich riß Marcus sich zusammen und blickte auf. Scaevola grinste erbittert und fuhr fort: „Du hast den Cinna verachtet. Aber er war — trotz seiner opportunistischen Verbindung mit dem alten Mörder Marius, der die besten Senatoren umbrachte — nicht ganz bösartig und hat dem Marius samt dessen Klüngel, einschließlich des Marius-Neffen Caesar, nicht über den Weg getraut. Es gibt schlechtere Konsuln, als Cinna es war, zum Beispiel gleich seinen Collegen Carbo, den machtgierigen Narren. Ich sage das ganz leidenschaftslos; denn als kluger Mann mische ich mich nicht in Politik. Immerhin geht es mir jetzt an den Kragen. Wer weiß, wann ich gemeuchelt werde."

„Unsinn!" rief Marcus. „Du bist doch Pontifex maximus, Träger eines überaus geheiligten Amtes! Wer sollte gegen dich seine Hand erheben, Herr?"

„Manch einer", erwiderte Scaevola ohne Zögern. „Vor allem Carbo, den ich verabscheue. Aber reden wir jetzt einmal von Sulla! Mit dem Argwohn des Militärs gegenüber den Zivilisten traut er dem Senat nicht. Er ist ein tüchtiger Kerl; das zeigt sich schon darin, daß er sich aus der Armut zu Reichtum emporgearbeitet hat. Falls es ihm gelingt, sich Roms zu bemächtigen, wird der Mob endlich seinen Meister gefunden haben, und schon deshalb wünsche ich ihm viel Glück. Er ist ein kalter, rücksichtsloser Haudegen. Er wird seine Feinde zu treffen wissen, besonders die Senatoren der ‚demokratischen' Marius-Partei, der Populares deines Busenfreundes Caesar. Sulla baut auf Rechtlichkeit, was ihm deine Bewunderung eintragen sollte. Er baut vor allem auf die Gesetze, die er selber erfindet. Der junge Julius hält sich versteckt, was? Aber er wird dem Sulla kaum entwischen."

Marcus schien beunruhigt. Scaevola lächelte. „Na, Julius ist ein Schnittlauch auf allen Suppen. Er hat etwas Schlangenhaftes. Vielleicht schlüpft er trotz seiner Verbindung mit Marius durch." Scaevola nahm ein paar Trauben und kaute sie langsam. „Carbo haßt mich, weil er vermutet, daß ich Sulla begünstige. Und ich habe tatsächlich eine Schwäche für Männer, die wissen, was sie wollen. Ich habe mich immer von Leuten ferngehalten, denen nach Macht gelüstete. Trotzdem bin ich jetzt in Gefahr. Ich wünsche mir einen würdigen Nachfolger. Dich!"

Marcus traute seinen Ohren nicht. „Mich? Ich bin ein Niemand!"

„Laß dir ins Gedächtnis rufen, daß erst kürzlich ein Anschlag auf dich verübt wurde. Ein Niemand wird solcher Ehre nicht für wert erachtet. Übrigens habe ich eine merkwürdige Entdeckung gemacht. Du erinnerst dich vielleicht an Pompejus, den Freund des Julius."

Marcus dachte angestrengt nach. Dann entsann er sich des undurchschaubaren jungen Mannes, offenbar plebejischer Herkunft, der zusammen mit Julius die von ihm, Marcus, vor dem Senat gehaltene Verteidigungsrede angehört hatte. „Pompejus?" fragte er.

„Pompejus", erwiderte Scaevola. „Ich habe ihn vor einem Monat an der Tür des Senatsgebäudes getroffen. Er trug einen Ring, wie du ihn am Finger eines deiner Angreifer sahst."

Marcus starrte entsetzt. Schließlich rief er: „Aber der Angreifer hatte eine ganz andere Stimme!"

Scaevola nickte. „Dann bedeutet der Ring die Zugehörigkeit zu einer geheimen Bruderschaft. Es sollte mich nicht wundern, wenn auch Julius einen solchen Ring hätte."

„Unmöglich!" widersprach Marcus. Aber er wurde, als er darüber nachdachte, noch blässer. „Als ich ihm den Ring beschrieb, hat er mir ausdrücklich erklärt, er kenne keinen Träger eines so besonderen Schmuckstückes."

„Und du hast ihm geglaubt", spottete Scaevola. „Das ist eine deiner großen Schwächen, mein Lieber. Du bist zuinnerst überzeugt davon, daß die Menschen die Wahrheit sagen und nicht eingefleischte Lügner sind. Julius lügt. Er biegt die Dinge auf bewundernswerte Weise so zurecht, daß sie seinen Zwecken dienen. Darum wird er wahrscheinlich auch den Sulla überleben."

„Ich kann nicht glauben, daß Julius, den ich liebe, für den Anschlag auf mich verantwortlich sein sollte", erklärte Marcus kopfschüttelnd.

„Ich habe nicht gesagt, daß er persönlich gegen dich die Hand im Spiele hatte! Ich behaupte bloß, daß er wahrscheinlich der betreffenden geheimen Bruderschaft angehört. Überlegen wir einmal! Viele unserer jungen Römer haben eine Schwäche für den Orient, besonders für Ägypten. Julius ist ein halber Ägyptologe. Ich weiß, daß sein Haus auf dem Palatin voll geraubter ägyptischer Kunstschätze ist. Darunter befindet sich eine kleine Bronzesäule, um die sich eine goldene Schlange windet, mit einem funkelnden Kristall im Maul. Du wirst ja wissen, daß in Ägypten die Schlange ein heiliges Tier ist, mit Wunderkräften ausgestattet, darunter auch mit der Gabe der Weissagung. Sie ist die Beschützerin der Thronenden und der Zepterträger. Sie geht ihren Zielen im Finstern nach, und niemand kann sich ihr, der Dunklen, Lautlosen, Unerbittlichen, entziehen."

„Ich habe in Julius' Hause kein solches Stück gesehen", wandte Marcus ein.

„Ganz recht. Es ist in seinem Schlafzimmer. Er hat es um teures Geld gekauft. Davon hat er mir so freimütig erzählt, daß ich mißtrauisch wurde, als mir der von dir beschriebene Ring einfiel. Wenn Leute wie Julius freimütig und offenherzig werden, ist es Zeit, auf seiner Hut zu sein."

„Das ist alles nur Zufall", behauptete Marcus hartnäckig.

Scaevola seufzte. „Von Menschen, denen du gut gesinnt bist, wirst du nie etwas Böses vermuten. ‚Mißtraue allen Menschen, dich selber eingeschlossen!' Bis jetzt bin ich nach dieser Maxime lebend durchgekommen. Noch eine wichtige Tatsache wollen wir erwägen: Man hat keine weiteren Anschläge auf dich unternommen. Syrius ist ein tapferer Bursche; aber gegen eine Übermacht könnte er nichts ausrichten. Wenn man sich nicht entschlossen hätte, dich am Leben zu lassen, wärst du längst schon tot. Hast du dich nicht sicherer gefühlt, seit du Julius von dem Überfall erzählt hast?"

Marcus fuhr auf. „Merkwürdig! Das stimmt wirklich. Es ist mir nur nicht zu Bewußtsein gekommen." Dann rief er: „Syrius hat mich eben beschützt! Oder es wurden keine weiteren Anschläge mehr geplant."

„Glaub, was du willst!" sagte Scaevola resigniert. „Wer kann einem anständigen Menschen Vernunft beibringen? Aber ich bin im Grunde Mathematiker, und ich habe mir die Wahrscheinlichkeiten des Für und Wider ausgerechnet. Syrius hin, Syrius her, du wärest nicht mehr am Leben, wenn sich nicht jemand für dich verwendet hätte. Und ich glaube, dieser Jemand war Julius Caesar. Dabei halte ich ihn bestimmt nicht für einen Gefühlsmenschen." Verschmitzt fügte er hinzu: „Wehre dich nicht gegen deine Zweifel! Dein Instinkt ist verläßlicher als dein Verstand mitsamt allen deinen Tugenden. Einmal hast du mir selber gesagt, Julius habe etwas Unheimliches an sich. Erinnerst du dich?" Marcus schwieg.

Scaevola ging auf ein anderes Thema über. „Bisher habe ich mir das Leben bewahrt, weil ich mich von Parteien und Fehden und überhaupt von der Politik fernhalte. Ich beobachte aus der Ferne den steten Niedergang meiner Heimat. Wer kann sich ihm entgegenstellen? Wer kann uns die Republik und alle ihre Vorzüge wiederbringen? Niemand. Wenn ein Volk verkommt und schamlos wird und sich lieber von Menschen als vom Recht beherrschen läßt, ist es auf dem Wege der Vernichtung – der Selbstvernichtung, wohlgemerkt. Das lehrt uns die Geschichte. Gleich anderen Völkern sind wir jetzt in das Zeitalter der Despoten getreten. Der Mensch lernt nie aus dem Schicksal untergegangener Völker; er geht den gleichen Pfad wie sie. So will es seine von Haus aus böse Natur. Schau dir etwa die Volkstribunen an! Wer wird gewählt? Der anständige Mann oder der Schurke, der den Leuten das Blaue vom Himmel herunterverspricht? Immer der Schurke!"

Marcus machte keine Bemerkung dazu.

„Wenn der Schurke seine Versprechungen nicht einhält, so macht das gar nichts aus. Die Leute erwarten es nicht, mahnen ihn nicht daran. Es genügt ihnen, daß er ein Bösewicht ist und sie selber widerspiegelt. Im Klima der Schurkerei fühlt der Pöbel sich wohler als im Klima der Güte, das die Leute nur beirrt und beengt, weil es gegen ihre Natur ist. Um noch einmal auf Sulla zurückzukommen: ich zweifle nicht im mindesten daran, daß er bald Rom besetzen wird. Unter seinen Gefolgsleuten ist dein alter Feind Catilina. Das bedeutet neue Gefahr für dich." Scaevola war verdutzt über die plötzliche Wandlung, die in Marcus vor sich ging. Er sprang halb auf, setzte sich dann zwar wieder, hielt aber die Tischplatte krampfhaft umfaßt und atmete schwer. Scaevola zog die Brauen hoch und spitzte die Lippen. Er wartete.

„Ich verachte mich selber", sagte Marcus, so ruhig er konnte. „Ich hätte ihn seinerzeit töten sollen." Er schlug mit der Faust auf den Tisch. „Ich hätte ihn töten sollen! Ich werde mir nie verzeihen, daß ich es unterließ."

„Das ist nun einmal geschehen. Warum tut es dir plötzlich so leid?"

Marcus wußte, daß Scaevola sich über Rührseligkeiten lustig machte. Aber seine Gefühle überwältigten ihn, und er verlor die Selbstbeherrschung. In stammelnden Sätzen erzählte er seinem Mentor von Livia. Seine Stimme überschlug sich; Tränen rannen ihm über die Wangen. Aus seiner gepreßten Kehle drangen die Worte heiser und erschreckend. Schließlich begann er vor Qual und Verzweiflung laut zu schluchzen. „Ich bin schuld daran", stöhnte er. „Ich habe sie ins Unglück gestürzt. Ich bin ein verächtlicher Feigling, wie es keinen zweiten solchen auf der Welt gibt."

Scaevola blickte auf den gesenkten jungen Kopf, und Marcus konnte den mitfühlenden Ausdruck in dem groben Satyrgesicht nicht sehen. Erstaunlich sind die Künste der Aphrodite, dachte der alte Pontifex maximus. Hoffnungslos preisgegeben ist ihr, wer sich ihr weiht. Sie ist eigentlich die Göttin des Irrwahns! Sollte man nicht alle Weisen und Volksführer von Gesetzes wegen entmannen? Dann wären sie vielleicht gefeit gegen Begierden, Wahn und Übel; sie würden sich nur vom Verstand leiten lassen. Es war ein verlockender Gedanke!

Scaevola wartete, bis Marcus sich wieder in die Hand bekäme. Um ihn nicht zu beschämen, nahm er ein paar Datteln und aß wortlos. Als Marcus den Kopf vom Tisch hob, sah er seinen Mentor kauen und Wein trinken. Diese Gelassenheit angesichts seines eigenen Gefühlsausbruchs brachte ihn wieder zur Vernunft. Er sah Scaevolas anscheinend ungerührte blaue Äuglein und trocknete die eigenen Tränen. „Ich habe mich gehenlassen", entschuldigte er sich.

„Allerdings", entgegnete Scaevola. „Aber du bist jung, und deshalb verzeihe ich dir. Und nun wollen wir die Sache überdenken! Du hast dir gelobt, den Catilina zu töten. Das ist lächerlich. Du würdest ihm nur Schmerzen und Leiden ersparen. Ist das ein Triumph? Der Tote hat seine Ruhe, während die Saat seiner Übeltaten aufgeht. Es ist vernünftiger, einen solchen Mann am Leben zu lassen, aber seine Ränke zu durchkreuzen und seine ehrgeizigen Absichten zu vereiteln. Dann stirbt er tausend Tode." Marcus' Blick wurde wieder ruhig. „Du kannst dich darauf verlassen", fuhr der alte Mann fort, „daß Catilina besondere Absichten hat. Er ist ehrsüchtig, wie alle Catilinas. Er ist ein Patrizier, und voll von Stolz. Schau, daß du hinter seine Pläne kommst, und bring sie zum Scheitern!"

„Wer bin ich?" rief Marcus verzweifelt. „Ich habe keine Macht."

Scaevola erhob sich. „Du hast vielerlei Vorzüge. Eine prophetische Regung sagt mir: Was du dir ernstlich vornimmst, wirst du vollbringen. Das spüre ich in meinen Knochen."

Abends ließ Scaevola sich durch die brütendheiße Stadt in seiner Sänfte zum Hause seines Sohnes tragen, um mit ihm zu speisen. Er war von

Natur aus Fatalist. Ohne es seinen jungen Anwälten je zu zeigen, war er von Rom angewidert, und düstere Zukunftsahnungen erfüllten ihn. Als daher seine Sänfte zu Boden stürzte, ihre Vorhänge beiseite gerissen wurden und seine Sklaven entsetzt aufschrien, rührte er keinen Finger zu seiner Verteidigung und griff nicht einmal nach dem Dolch. Im Licht einer hochgehaltenen Laterne sah er die Gesichter seiner Mörder und erkannte sie. Ohne einen Laut von sich zu geben, empfing er den Dolchstoß in sein Herz. Er starb so gelassen, wie er gelebt hatte, nach alter Römerart.

„Hoch Carbo!" riefen die Mörder und schwangen ihre Dolche. Sie entflohen ins Abenddunkel, das nur von einzelnen an Hauswänden befestigten Fackeln spärlich erleuchtet wurde. Als die Ordnungswächter, mit ihren eisenbeschlagenen Sandalen über das Pflaster klappernd, herbeiliefen, fanden sie fassungslos weinende Sklaven und ihren in seinem Blut auf den Kissen der Sänfte mit spöttischer Miene daliegenden Herrn.

Als Marcus am nächsten Morgen ins Scaevola-Haus kam und die Schreckenskunde empfing, konnte er sie zuerst nicht glauben. Dann übermannte ihn der Schmerz. Ihm fielen die seherischen Worte des großen Pontifex maximus ein, und er haderte mit sich selbst wegen seiner Machtlosigkeit. Er rief seinen Kollegen und den Söhnen des Ermordeten zu: „Wer konnte es nur über sich bringen, einen so edlen und weisen, einen so gütigen, für niemand gefährlichen Menschen töten zu lassen?"

Einer der Söhne sagte erbittert: „Als ungefährlich galt er offenbar nicht. Ein Sklave hörte die Mörder: ‚Hoch Carbo!' schreien. Anscheinend hat sich unser kleinmütiger Konsul von meinem Vater bedroht gefühlt."

Nun bin ich völlig allein, dachte Marcus. Und es kam ihm zu Bewußtsein, daß nicht die Toten zu bedauern sind, sondern die mit ihrer Trauer um den Verstorbenen Zurückbleibenden. Er ging in Scaevolas Arbeitszimmer, das leer war. Die vielen Freunde und Klienten des Pontifex hatten die blitzschnell durch die Stadt eilende Todesnachricht gehört und beschlossen, sich nicht durch ihr Erscheinen in diesem Hause zu gefährden. Marcus betrachtete den langen Marmortisch, die Bücher und Rollen und Regale, die vielfältigen Zeugen für die Arbeit des Toten, und vor allem den Sessel, in dem er gesessen hatte. Dieser Sessel war in dem schlichten Zimmer das einzige Luxuriöse, aus Thuja- und Ebenholz schön geschnitzt und mit Elfenbein eingelegt, das Geschenk eines Klienten. Einer der Söhne folgte dem weinenden Marcus und sah, wie er die Hand auf den Sessel legte.

„Mein Vater war dir sehr zugetan, Cicero", sagte er. „Ich kenne sein Testament. Er hat dir fünfzigtausend Goldsesterzen vermacht und diesen Sessel und alle seine juristischen Bücher. Und den Sklaven Syrius."

Marcus brachte kein Wort hervor.

„Er wird gerächt werden", tröstete der Sohn. „Weine nicht! Wir werden ihn rächen und uns die Tränen für später aufsparen."

Aber die Mörder wurden nie entdeckt. Senatoren und Volkstribunen und Konsulare drückten ihren Abscheu und ihre Empörung aus. Am Begräbnis nahmen wenige teil. Die Leichenrede für den Pontifex hielt Marcus Tullius Cicero, in seine weiße Toga gehüllt, mit dem Schwert gegürtet.

„Nicht Scaevola muß gerächt werden", rief er mit seiner mächtigen Rednerstimme, „sondern Rom. Denn hier wurde ein Patriot für immer zum Schweigen gebracht, und wenn ein Patriot stirbt, dürfen die Schwerter redlicher Männer nicht eher weggesteckt werden, als bis sie vom Blut der Verräter gerötet sind. Drei Mörder waren es, sagt man. Nein, es war eine Nation von Mördern. Ein verderbtes, verkommenes Volk hat diesen Mord gebilligt durch seine Teilnahmslosigkeit, seine Habsucht, seine Bosheit, seine Feigheit, seinen Mangel an Vaterlandsliebe. Dieser Mann hier war schon lange zum Tode verurteilt. Das Volk ist nicht schuldlos daran. Wir werden ihn dadurch rächen, daß wir ihn nie vergessen und daß wir uns den Tyrannen entgegenstellen und dem verräterischen Wüten böser Menschen. Möge sein Tod nicht vergeblich gewesen sein!"

Die Anwesenden hoben geballte Fäuste und murmelten ihr Gelöbnis, nie zu vergessen. Und Marcus war noch zu jung, um die von Menschen geschworenen Eide auf ihr wahres Maß zurückzuführen.

Nach der Ermordung Cinnas hatte Carbo als zweiten Konsul seinen treuen Freund Gajus Marius berufen, der ein Sohn des alten Marius und damit ein Verwandter des Julius Caesar war. Während Sulla sich den Weg nach Rom freikämpfte, befahl Carbo die Tötung aller unbestochenen, ehrenhaften Senatoren, und der junge Marius führte die Befehle aus. In diesen Schreckenstagen wurden sämtliche einflußreichen Männer, die man als Parteigänger Sullas ansah, erbarmungslos einer nach dem andern beseitigt. Das Ende der Gesetzesherrschaft war gekommen, nicht mehr verstohlen, sondern in aller Offenheit.

Julius Caesar hielt sich seit vielen Tagen im Hause Carbos versteckt. Er sagte zu dem Konsul: „Scaevola hätte nicht ermordet werden sollen. Ich habe davon abgeraten. Die Volksmassen werden die Erinnerung an ihn hochhalten; sie haben schon damit angefangen, falls Pompejus, der sich in der Stadt umtut, mir zutreffend berichtet hat. In den Straßen werden Rufe gegen dich laut, teurer Freund."

Carbo zuckte die Achseln. „Wer schert sich schon darum, was der Mob brüllt? Scaevola hat mit Sulla unter einer Decke gesteckt. Wir haben Beweise dafür, trotz seiner ständigen Beteuerungen, daß er sich jeder Parteinahme enthalte. Und wer schreit am lautesten gegen mich in Rom herum? Dieser plebejische Anwalt, dein Busenfreund, lieber Julius! Warum hast du dich seinerzeit für ihn eingesetzt?"

„Ach, Marcus Tullius Cicero?" Caesar lachte leise. „Dieser harmlose, gutmütige Kerl?"

„Hat er nicht den Catilina gedemütigt? Ist nicht Senator Curius sein Feind?"

„Cicero?" fragte Julius mit ungläubiger Miene. „Daß er Catilina überwältigte, war bloßer Zufall. Lucius glitt aus und fiel hin. Cicero ist niemandes Feind, und Senator Curius hat wahrscheinlich sogar seinen Namen vergessen. Hasche nicht nach Gespenstern, Carbo! Cicero mag herumschreien; aber es hört ihn niemand an. Er ist ein Provinzler, und ganz ungefährlich."

„Er ist Anwalt und hat Scaevolas Klienten übernommen. Die Richter schätzen ihn. Er wird reich. Du siehst, Julius, ich bin im Bilde über deine Unschuld vom Lande. Er ist nicht das sanftmütige Täubchen, für das du ihn anscheinend hältst."

Julius war innerlich bestürzt über Carbos wütende Miene. Aber er lächelte weiter und sagte: „Ich kenne den Cicero von Kind auf. Er ist ein Hasenfuß. Und zum Ränkespiel neigt er überhaupt nicht. Er ist ein ‚alter' Römer."

„Und ‚alte' Römer", entgegnete Carbo grimmig, „sind unsere heftigsten Feinde. Ich sage dir, er muß sterben."

„Und ich sage, er muß am Leben bleiben", widersprach Julius. „Wer ihn umbringen läßt, bekommt es mit mir zu tun."

Mit zusammengekniffenen Augen blickte Carbo seinen Komplicen an. „Willst du mir drohen, Caesar?" fragte er mit sanfter Stimme.

„Wir müssen vernünftig sein", erklärte Julius. „Wir dürfen nicht zum Zeitvertreib morden. Wir sind selbst in tödlicher Gefahr und haben genug Sorgen. Beschimpf mich, soviel du willst, wegen meiner sogenannten Weichherzigkeit gegenüber Cicero! Ich kann über diesen Vorwurf nur lächeln. Wenn ich ihn für gefährlich hielte, würde ich nicht zögern, dir meine Hand gegen ihn zu leihen. Habe ich das nicht in anderen Fällen bewiesen?" Als Carbo ihn weiter mit verbissener Schweigsamkeit anstarrte, fügte Julius hinzu: „Scaevola war Pontifex maximus, Inhaber eines geheiligten Amtes. Das Volk glaubt an die Götter nicht mehr, fürchtet sie aber. Jetzt weiß man, wer Scaevolas Nachfolge angetreten hat: Cicero."

„Du hast doch eben gesagt, er sei ganz ungefährlich!"

„Scaevola ist er keiner. Und daß ich ihm wohlgesinnt bin, habe ich nie geleugnet. Laß ihn also in Frieden! Er dürfte eine Anzahl mächtiger Freunde haben, und die würden sich über sein plötzliches Hinscheiden heftig kränken."

„Du zum Beispiel", knurrte Carbo.

Julius hob nachsichtig die Augen. „Ja, ich zum Beispiel", bestätigte er. „Und meine Gekränktheit könnte meiner guten Laune Abbruch tun."

„Hinter dieser Besorgnis um ihn steckt mehr, als ich enträtseln kann."

„Es handelt sich nur um eine Art Sentimentalität. Aber keinesfalls sollten wir uns aus purem Übermut zu Morden verleiten lassen. Sulla rückt gegen Rom vor."

Carbo betrachtete den vornehm gekleideten, lächelnden jungen Mann mit böser Miene. Dann machte er eine verächtliche, wegwerfende Handbewegung. „Ich streiche also deinen biederen Schützling Cicero aus meinen Gedanken. Du hast recht, seit Sulla auf der Halbinsel gelandet ist, haben wir wieder einmal den Bürgerkrieg im Lande. Die konsularischen Heere kämpfen, zusammen mit den Samnitern und anderen unzufriedenen Italikern, tapfer gegen Sullas Streitmacht und werden sie sicherlich schlagen. Ist nicht Jupiter dein Schutzgott? Angeblich wirst du ja alle deine Feinde überwinden, also auch Sulla. Er soll fünftausend Namen auf seiner Proskriptionsliste haben, darunter den deinen und den meinen. Wir werden ihm mit seiner eigenen Liste den Mund stopfen!"

„Mir sind", sagte Julius, „die Militärs ein Greuel. Aber ein noch größeres sind mir die Senatoren, weil ich der Populares-Partei angehöre." Er war froh, daß Carbo sich nicht mehr mit Cicero befaßte. „Übrigens hatte ich ein Traumgesicht."

Da Julius wegen seiner Epilepsie, eines als gottgesandt geltenden und mit der Weissagungsgabe in Verbindung gebrachten Leidens, in Politikerkreisen großes Ansehen genoß, schenkte Carbo ihm sofort seine volle Aufmerksamkeit. Julius lächelte nachdenklich. „Ich habe den Schatten meines Onkels gesehen. Er hat mir verkündet, ich würde nicht zugrunde gehen, da ich unter dem besonderen Schutz Jupiters stehe, sondern würde noch bei großen Ereignissen mitbeteiligt sein."

„Solche Ereignisse stehen vor der Tür", meinte Carbo mit düsterer Miene. Aber er war sehr beeindruckt. Wenn Julius dazu bestimmt war, am Leben zu bleiben, so konnte man annehmen, daß Sulla und seine Armeen eine Niederlage erleiden würden.

Marcus vergaß fast seine eigenen Kümmernisse über den Schreckensnachrichten, die reitende Kuriere nach Rom brachten: Sulla rücke ständig vor, die ihm entgegengeworfenen Truppen seien im Rückzug. Wenn das zutraf, mußte der General in wenigen Tagen vor den Toren Roms stehen.

Angstvoll sagte Tullius zu seinem Sohn: „Das sind ganz böse Zeiten für unser Land. Ich begreife diesen Kampf nicht! Haben wir nicht genug am Bundesgenossenkrieg? Sollen wir nie zur Ruhe kommen? Wo ist mein Quintus? Noch in Gallien? Oder bei unseren Armeen auf dem Heimatboden? Oder auf Sullas Seite?"

Marcus versuchte ihn zu beschwichtigen, trachtete seine eigene Unruhe zu verbergen. „Quintus ist sicherlich in Gallien. Sein letztes Schreiben kam ja von dort. Und er ist kein Politiker. Lassen wir uns nicht mitreißen von den Wogen der Panik, die jetzt mit der Regelmäßigkeit von Brandungswellen die Gehirne der Römer überschwemmen! Unsere Familie hatte nichts für Cinna und hat nichts für Carbo übrig. Noch weniger haben wir mit Sulla zu schaffen. Wir sind ruhige, friedliche Leute, mit niemandem verfeindet. Wir müssen einfach weitertun wie bisher.''

Tullius war sehr geneigt, das zu glauben, und so glaubte er es. Aber Helvia ließ sich nicht täuschen. Sie sprach mit Marcus unter vier Augen in seinem Schlafgemach. „Wir Helvier sind nicht für Sulla'', sagte sie. „Das wird auch auf dich abfärben.''

„Ich mache mir da keine Sorgen, Mutter. Ich bin nur Anwalt und gehe mitten in dem Sturm, der uns nichts angeht, ruhig meinen Obliegenheiten nach. Gerade im tollsten Wirbel des Chaos müssen wir dem Gesetz und der Ordnung dienen. Das ist meine Pflicht. Ich erfülle sie.'' Er umarmte die Mutter und sagte: „Wir sind nicht mehr arm. Dank dem edlen Scaevola und allen meinen neuen Klienten verfügen wir über Geld und müssen uns überlegen, was wir damit tun sollen, wenn wieder Frieden eintritt. Scaevola hat den Ankauf von Grund und Boden empfohlen. Ich hätte gern ein hübsches Haus auf Capri oder in der Umgebung von Neapel. Ein Landhaus, vielleicht mit einer Bauernwirtschaft. Du weißt ja, im Herzen bin ich ein Bauer.''

Er hatte viele Bürden und Sorgen. Oft konnte er nicht schlafen vor Unruhe wegen seines Bruders, seines geliebten Quintus. Weilte er wirklich noch in Gallien oder war er zum Kampf gegen Sulla abkommandiert worden und mußte sich dem Vormarsch dieses mächtigen Kriegers entgegenstellen? War er tot oder auf der Flucht? Bangen bereitete ihm auch Tullius, der Vater, ein siecher, schutzbedürftiger Mann. Und ebenso seine Mutter aus dem Geschlechte der sullafeindlichen Helvier. Die Familiensorgen hemmten ihn wie Ketten, machten ihn lustlos und oft krank. Aber er durfte sich nichts anmerken lassen, damit seine Eltern ihre vielleicht letzten friedlichen Zeiten ungestört verbringen könnten.

Er trauerte tief um Scaevola. Aber im Gegensatz zu der für ihn toten Livia schien sein Mentor in seinen Gedanken weiterzuleben. Sein spöttischer Geist war ihm zur Seite, seine Stimme tönte ihm ständig ins Ohr. „Sic transit Roma'', sagte er ihm einmal im Traum. „Aber gräme dich nicht! Mag Rom auch untergehen, dein Andenken wird bleiben.''

Ich bin nicht erpicht darauf, ein Andenken zu werden, dachte Marcus beim Erwachen. Wichtig ist mir, daß ich lebe und Einfluß erlange. Wichtig ist mir, daß ich ein Römer bleibe bis zum letzten Tage eines hoffentlich langen, im Dienste des Vaterlands verbrachten Daseins. Ich habe es nicht eilig, über den Styx gesetzt zu werden und dem Kerberos zu begegnen. Deshalb werde ich vorsichtig sein. Rechtschaffenheit trägt man, so scheint es, besser nicht zur Schau!

XXII

Plötzlich geriet Rom vollends in Angst und Schrecken.

Die drückende Hitze und sengende Sonne eines ungewöhnlich heißen Sommers schienen die Bewohner im Bannkreis der streng bewachten Stadtmauern festzuhalten. Fast niemand wagte, zu welchem Zwecke immer, die Stadt zu verlassen. Denn Sulla näherte sich schon dem Weichbilde Roms, wenn man den Gerüchten und den blutbefleckten, verzweifelt und keuchend in die Stadt galoppierenden Kurieren der geschlagenen Armeen Carbos Glauben schenken wollte.

Den Kurieren nicht zu glauben, lag kein Grund vor. Rom wurde ein bewaffnetes Lager, durch das in heftigen Windstößen die Furcht wehte. Der gedankenlose, an Politik uninteressierte Mob, dem Carbo ebenso gleichgültig war wie Sulla, fand das Klima allgemeinen Entsetzens recht unterhaltsam. Pöbelhaufen trieben sich auf Plätzen und Foren umher, zogen hügelauf und hügelab; die Leute schrien, gestikulierten, umarmten einander, rannten wie verlorene Schafe hierher und dorthin, lachten, weinten, brüllten, brachten Hochrufe bald auf Carbo aus, der plötzlich Rom mit einer frischen Legion zum Abwehrkampf verlassen hatte, bald auf Sulla, den grimmigen Haudegen.

Tausendzüngige Gerüchte flatterten mit geflügelter Tollheit durch die Stadt. Sie kündeten krächzend, es werde, sobald Sulla als Triumphator in Rom einziehe, für die Beschäftigungslosen und Arbeitsunfähigen noch mehr kostenlose Zuteilungen an Getreide, Brot, Bohnen und Fleisch geben, und sogar Unmengen von Gratiswein würden in gierig hingehaltene Becher fließen. Man träumte von Plünderungen und geiferte in der bloßen Vorstellung solcher Herrlichkeiten. Andere wieder ließen Carbo hochleben, der ebensoviel versprochen hatte oder noch mehr. Für die einen war Carbo der Held, für die anderen Sulla der ‚Befreier', wobei nicht recht klar wurde, wovon er die ebenso wohlgenährten wie habgierigen Schreier befreien sollte.

Tag und Nacht wurde auf den Straßen wild getanzt; in den Weinschenken betranken die Leute sich ganz offen und randalierten dann; ständig hörte man das wahnwitzige Lachen einer unwissenden, neiderfüllten Menge. Würdige Bürger versperrten Tür und Tor und ließen ihre Häuser ununterbrochen von schwerbewaffneten Sklaven bewachen. Der Senat trat, diesmal hinter geschlossenen Türen, zusammen, und die verängstigten Senatoren sprachen davon, zu fliehen oder sich zu verstecken. Und die Stadttore mußten sich immer wieder öffnen, um Scharen von Flüchtlingen und von erschöpften oder verwundeten Soldaten einzulassen.

Marcus Tullius Cicero versuchte, auch in dieser Zeit seinem Berufe nachzugehen und das wankende Gesetz zu stützen. Mit grimmiger Miene betrachtete er den römischen Mob. Falls Sulla siegte, würde es für diese

Leute Schluß sein mit dem Schreien und Lachen und Tanzen, Schluß auch mit dem bequemen Leben auf Kosten des Fleißes anderer. Sie würden arbeiten oder hungern müssen, nach Roms alten Gepflogenheiten. Zum erstenmal ertappte Marcus sich dabei, selbst einen Sieg Sullas zu erhoffen. Dieser Mann war sicherlich kein solches Ungeheuer wie der inzwischen gestorbene alte Marius, Julius Caesars Onkel, auch kein solcher Zauderer wie Cinna und kein so verworrener, tyrannischer Narr wie Carbo, dessen Anhänger Scaevola ermordet hatten.

Die mächtige Riesin auf ihren sieben Hügeln bebte im Ansturm der Ereignisse, wie von einem Erdbeben geschüttelt; ihre roten, grünen, gelben und ockerbraunen Mauern schienen unaufhörlich zu wanken. Stadt und Bewohner schmachteten vor Hitze und Erregung. Die Straßen hallten vom Marschtritt der Soldaten wider, die zur Verteidigung der Stadt gegen Sulla ihre Stellungen bezogen. Alles wartete auf Nachrichten von Carbo. Endlich kamen sie. Er hatte seinem Gegner bei Clusium eine erbitterte Schlacht geliefert, war aber dann von Sullas Legaten Metellus Pius bei Faventia geschlagen worden und aus Italien geflohen.

Auf diese Nachricht hin begann der Pöbel zum erstenmal daran zu denken, wie es ihm wohl jetzt ergehen mochte. Die bisher so lautstarken Anhänger des Carbo murmelten plötzlich leise etwas von den Vorzügen Sullas. Die Parteigänger des Generals triumphierten. Sie liefen in wilden Haufen durch die Gassen und sogar auf das Forum vor das Senatsgebäude, trugen zerfetzte Wimpel mit Sullas Namen und verlangten stürmisch, man solle sich dem General unterwerfen. Mit wilden, aber leeren Augen stürzten sie in die Tempel und brüllten Gebete für den großen Heerführer. Zu Tausenden demolierten und plünderten sie kleine Geschäftsläden und schlugen deren Inhaber nieder. Bis an die Zähne bewaffnete Wächter hielten mit entblößten Schwertern größere Betriebe umstellt, und der Mob verhöhnte und bedrohte sie mit erhobenen Fäusten.

Aber die Krawallmacher wußten nicht, wofür sie lauthals demonstrierten; es war ihnen auch gleichgültig. Sie spürten nur, daß in ihrer Menge eine erschreckende Macht lag; sie fühlten sich unbezwinglich und wurden um so unbändiger, je länger die Ausschreitungen dauerten. Nachts schmierten sie mit roter Farbe Parolen auf die Häuserwände. Manchmal reichten sie sich mitten auf der Straße völlig grundlos die Hände und hüpften umher wie die Bacchuspriester. Männlein und Weiblein paarten sich in ihrem Freudentaumel bei hellichtem Tage in den Seitengassen.

Unterdessen gingen die gesitteten, arbeitsamen Bürger unbeirrt ihren Verrichtungen nach und versuchten, den Tag und Nacht brüllenden Mob würdevoll zu übersehen und zu überhören. Viele Wohlhabende und Gutsituierte sprachen mit geheimer Angst von Sulla, der, wie man allgemein wußte, nur Soldat war und alles Nichtmilitärische verachtete. Einer nach dem anderen machten die Senatoren sich bei Nacht und Nebel aus dem Staube, nachdem sie die Soldaten an den Stadttoren bestochen hatten.

Julius Caesar hielt sich mit seiner kleinen Frau im verlassenen Hause eines befreundeten Senators versteckt, war aber ständig nicht nur über sämtliche Gerüchte, sondern auch über alle wirklichen Vorfälle auf dem laufenden. Eines Tages erhielt er einen Brief, über den er lächeln mußte. Er ging zu seiner Frau und sagte: „Du brauchst keine Angst mehr zu haben, Cornelia. Ich habe von meinem teuren Freunde Pompejus, der ja jetzt bei Sulla ist, Nachricht erhalten. Er hat vor einer Woche persönlich den Carbo bei Cossyra gefangengenommen und dem Henker überantwortet. Ach ja, du weinst um deinen Vater, Geliebte. Aber man muß die Dinge realistisch sehen." In seinen Augen standen keine Tränen. Für ihn war niemand unersetzlich, bis auf ihn selber.

Er gehörte der ‚demokratischen' Populares-Partei an, gegen die Sulla verachtungsvollen Haß hegte, weil sie mit dem römischen Mob gemeinsame Sache machte. Aber aus irgendeinem, nie recht klargewordenen Grunde fühlte Julius sich nicht sehr bedroht. Er tröstete seine junge Frau und trocknete ihr die um ihren Vater vergossenen Tränen. Sobald es möglich sei, werde er, so beteuerte er ihr, für ihn freigebig große Opfer darbringen und Gebete sprechen lassen.

Manchmal wagte er sich, die Kapuze tief ins Gesicht gezogen, aus seinem Versteck in den Tempel seines Schutzgottes Jupiter, des Vaters aller Götter, des Unbesiegbaren, und weihte ihm, mitten in der Volksmenge stehend, ein Votivlicht. Er begann jetzt auf Jupiter sein Vertrauen zu setzen und selber zu glauben, was er von seinen merkwürdigen Visionen gefabelt hatte. Oft wechselte er im Tempel rasch ein paar Flüsterworte mit Parteigängern und steckte ihnen Briefe zu, die, in Mäntel verborgen, von Hand zu Hand an ihren Bestimmungsort gingen, manchmal sogar durch die Stadttore hinaus.

Eines Abends, als Sulla nur mehr wenige Meilen von Rom entfernt war, stieß Julius auf dem Forum mit Marcus zusammen, der gerade die Gerichtshalle verließ. Im unbestimmten erzfarbenen Licht sah Marcus nur eine schlanke, raschbewegte Gestalt in Mantel und Kapuze, die ihm nicht besonders auffiel, da man damals solche Erscheinungen zu Hunderten in den Straßen sah. Er murmelte ein paar Entschuldigungsworte und fuhr erst auf, als sich aus den Mantelfalten des Mannes rasch eine magere, braune Hand hervorstreckte und ihn am Handgelenk faßte. Er wandte den Kopf und sah nichts als einen lächelnden Mund unter einer Kapuze; aber dieses Lächeln und das Aufblitzen der glitzernden Zähne kamen ihm irgendwie bekannt vor.

„Sprich meinen Namen nicht aus, lieber Freund!" bat eine Stimme, die er sofort erkannte. „Komm, ziehen wir uns irgendwohin zurück und erzählen wir uns gegenseitig, wie es uns geht!"

Marcus zitterte vor Aufregung. Er ließ den Blick über die Menschenscharen gleiten, die um ihn herum eilig drängend gegen die vom Palatin herabflutenden Menschenströme ankämpften. Aber Julius hielt seine Hand fest und bahnte sich mit schlangenartiger Wendigkeit einen Weg durch die Massen. Ohne sichtbare Eile schritten die beiden jungen Männer zum Fuß des Palatinhügels und stiegen die große Treppe ein Stück empor. Hier war das Gewimmel womöglich noch größer; aber Julius stellte sich hinter eine breite, frei stehende Bildsäule. Marcus machte seine Hand frei und flüsterte: „Das ist unvorsichtig von dir. Und höchst gefährlich! Wenn dich ein Häscher erkennt, riskierst du, auf der Stelle in Stücke gerissen zu werden."

„Allerdings", erwiderte Julius, ohne die Kapuze zurückzuschieben. Sein Lächeln war fröhlich und breit. „Das hat dein alter Freund Scaevola immer gesagt: ‚Nur in den Republiken und den Despotien sind die Menschen völlig sicher, weil sie in dem einen Fall Freie, in dem anderen Sklaven sind. In Demokratien sind sie weder Freie noch Sklaven und daher ständig in Gefahr.' Aber erzähl doch, wie geht es dir, lieber Marcus?"

„Ganz gut", erwiderte Marcus und beobachtete die treppauf und treppab steigenden Menschenmengen. „Und dir?"

„Um deine Antwort zu übernehmen: Ganz gut. Es tut mir leid, daß Scaevola ermordet wurde. Er war dir sehr teuer, und ich habe ihn bewundert. Aber er hat das Schicksal der rechtschaffenen Männer in Demokratien erfahren; sie sterben alle durch das Schwert oder durch das Gift der Verleumder. Na schön. Wenn Sulla die Macht ergreift, ist es aus mit der Demokratie."

„Hast du keine Angst? Du bist doch ein Neffe des Marius."

Julius schmunzelte. „Angst habe ich nie im Leben gehabt. Aber du machst dir Gedanken wegen meiner Sicherheit; das ist rührend. Sind deine Wangen und Lippen deshalb so blaß, lieber Freund?"

Marcus sorgte sich immer mehr um Julius, weil Vorübergehende dann und wann einen neugierigen Blick auf die beiden Männer warfen. „Sei nicht so leichtsinnig!" sagte er ungeduldig. „Ich habe keine Lust, Augenzeuge deines Todes zu werden. Der römische Mob neigt zum Blutrausch. Es braucht sich nur irgendwo ein blutiges Schauspiel zu bieten, und schon sausen die Kerle wie ein Wirbelwind durch die Straßen und metzeln sinnlos aus purer Mordlust jeden nieder, der ihnen in die Quere kommt. Biete ihnen nicht dieses Schauspiel in deiner eigenen Person! Du bist schrecklich unbekümmert! Warum bist du nicht so wie tausend andere aus Rom geflohen und irgendwo untergetaucht, so lange, bis die Gefahr vorbei ist?"

„Ich bin nicht feige", erklärte Julius. „Und ich habe den Geruch der Gefahr gern, allerdings womöglich aus einer gewissen Entfernung. Weshalb sollte ich fliehen? Ich fühle mich recht sicher." Seine Zähne blitzten wieder auf. „Du wirst mich doch bestimmt nicht verraten, auch wenn man dir das Messer an die Kehle setzt.''

„Nein, gewiß nicht'', sagte Marcus mit wachsender Angst. „Aber sei nicht kindisch! Hier können wir nicht bleiben. Dort am Fuß der Treppe haben sich ein paar Männer hingestellt und schauen uns mit einer Neugier an, die mir gar nicht gefällt.''

„Wahrscheinlich haben sie dich erkannt, lieber Marcus. Ich höre ja Wunderdinge von dir und bin stolz darauf, dein Freund zu sein.''

Marcus mußte unwillkürlich lächeln. „Du Gaukler! Aber geh jetzt sofort in dein Versteck zurück! Bist du öfters so vorwitzig?''

„Ich besuche den Jupitertempel, um meinem Schutzgott Ehre zu erweisen und seinen Beistand anzuflehen. Niemand käme auf die Idee, daß jemand wie ich sich – und sei er auch noch so vermummt – auf die Straße traut, jetzt, wo man an jeder Ecke ‚Hoch Sulla!' ruft. Sind das wetterwendische Halunken! Vor ein paar Tagen haben sie noch meinen Onkel hochleben lassen und Cinna und Carbo. Und wieder in ein paar Tagen? Wer weiß, vielleicht werden sie dann jemandem zujubeln, der den Sulla gestürzt hat.''

„Ganz richtig. Aber jetzt darf ich dich nicht länger aufhalten, deinetwegen.'' Marcus fand sich nicht zurecht. Offenbar hatte Julius vor Sulla keine Angst. War es deshalb, weil er ein Verräter an seiner Partei und seinem Volke war? Oder weil er ein Mutprotz war? Wahrscheinlich aus beiden Gründen, dachte Marcus.

Julius hatte sich nun vergewissert, daß er auf die Zuneigung und Treue seines Freundes unbedingt rechnen konnte. Ein solcher Mensch war für jemanden, der ehrgeizig nach Macht strebte, von unschätzbarem Wert. Er faßte Marcus' Hand und drückte sie fest.

„Du bist doch halbwegs sicher?'' fragte Marcus und ärgerte sich darüber, daß seiner Stimme die starke Beunruhigung anzumerken war.

„Ich bin sicher'', erwiderte Julius. Er führte die Hand zum militärischen Gruß an die kapuzenbedeckte Schläfe. „Ich gehe. Aber ich vergesse dich nicht, Marcus.''

Marcus hielt ihn am Arm fest. „Hast du nichts von meinem Bruder Quintus gehört? Ich mache mir Sorgen um ihn.'' Er wunderte sich, daß er Julius, der sein Gesicht nicht auf Roms Straßen zeigen durfte, nach seinem Bruder gefragt hatte.

Julius überlegte einen Augenblick und sagte dann in freundlichem Tone: „Er lebt.'' Marcus glaubte ihm. Er sah Julius in der Menschenmenge auf der Treppe verschwinden, wie ein Nebelstreif mit einer Wolke verschmilzt.

Marcus atmete auf, und es wurde ihm leichter ums Herz. Er war einer gefühlsmäßigen Eingebung gefolgt, als er sich nach seinem Bruder erkundigt hatte. Julius war ein Lügner; daran gab es keinen Zweifel. Aber diesmal hatte die Antwort aufrichtig geklungen. Er würde mich nicht anlügen, bloß zur Beschwichtigung, dachte Marcus, als er den Stufenweg wieder hinunterging. Dann kam ihm aus seiner Kenntnis von Julius' Charakter ein anderer, beunruhigender Gedanke. Plötzlich war er überzeugt davon, daß Julius keinen Augenblick gezögert hätte, dem Freunde auf dessen ersten verräterischen Ausruf hin den Dolch ins Herz zu stoßen. Und nach dem Morde hätte er keinerlei Gewissensbisse verspürt. Er ist sehr zwielichtig, dachte Marcus. Und nun war ihm nicht mehr leicht ums Herz. Er entsann sich Scaevolas versteckter Warnung vor Julius und seiner Beschreibung der goldgeschuppten Schlange in Caesars Haus.

Der erbarmungslose, unbeugsame General Lucius Cornelius Sulla trieb die unglücklichen Samniter vor sich her bis an die Mauern Roms, und hier fielen sie zu Tausenden beim Collinischen Tor von den Händen der römischen Armeen, während die Streitkräfte der Konsuln in der Stadt selbst sich zur Waffenstreckung bereiteten. Während Sullas Offiziere und Soldaten nach der Niedermetzelung ihrer eigenen Landsleute ausruhten, hörten sie das Brausen der umzingelten Riesenstadt und die donnernden Hochrufe auf den General. Sulla lächelte finster. Er war der Mann, den seine Feinde ‚halb Löwe, halb Fuchs' nannten. Er hatte eine kalte, heftige Gemütsart, und während seiner häufigen Wutanfälle lief ihm das Gesicht purpurrot an.

„Hätten die Konsularischen mich geschlagen und gefangengesetzt, so würde diese gleiche Meute von Schakalen heulend meinen Kopf fordern", sagte er zu seinen Offizieren. „Na, wir werden sehen!" Sein scharfgeschnittenes, hartes Gesicht blitzte auf, als hätte eine Messerklinge es gestreift. Er stammte aus einer armen, aber patrizischen Familie, die immer der Senatspartei angehangen hatte, wie jetzt er selber. Für ihn galt nur die Macht; er hatte die schwächlichen Senatoren hassen gelernt, die Bestechungsgelder nahmen und sich von Klienten und Freunden kaufen ließen. In vielen Beziehungen war er ein ‚alter' Römer, von durchdringendem Verstand, tatkräftig und zielbewußt, unerbittlich in seinen Wünschen und ehrgeizigen Plänen. Jetzt sann er auf Rache. Er wünschte nicht, Titel und Stellung eines Konsuls anzunehmen. Er wollte sich selbst zum Diktator erklären. „Und beim Einzug in Rom werde ich keineswegs nach Vorschrift brav vom Pferde steigen", sagte er zu seinen lachenden Offizieren.

Er war klug genug gewesen, den Italikern zu versprechen, sein Sieg über Rom werde nicht die Abschaffung der Bürgerrechte und Freiheiten auf der ganzen Halbinsel bedeuten. „Ich gedenke die Republik wiederherzustellen", erklärte er immer wieder, und kein Lächeln trat bei diesen Worten auf seine Lippen.

Als er in Rom einritt, ging über der Stadt ein schweres Gewitter nieder, das sogar die unwettergewohnten Einwohner erschreckte, weil sie sich an keine so arge und schreckliche Entladung erinnern konnten. Im gleichen Augenblick, als Sulla auf seinem prächtigen Rappen, in seinen Mantel gehüllt und von Offizieren und Soldaten und Troß gefolgt, die Sacra Via erreichte, schlug in den Jupitertempel auf dem Kapitol ein Blitz ein; von einer Feuersbrunst erfaßt, fielen die Mauern krachend und splitternd zu Boden. Der ganze obere Teil des Tempels verbrannte und mit ihm die dort aufbewahrten berühmten Sibyllinischen Bücher. Sulla betrachtete aus geringer Entfernung den rasenden Brand, der selbst dem strömenden Regen trotzte. Die zu lautstarker Begrüßung des Generals versammelten Zehntausende verfielen in entsetztes Schweigen. „Ein Vorzeichen!" raunten sie einander mit weit aufgerissenen, entgeisterten Augen zu, während ohrenbetäubende, fast pausenlose Donnerschläge sich in wilder Zerstörungswut über der Stadt austobten.

Sulla war ein Römer und deshalb trotz all seiner Intelligenz und Bildung abergläubisch. War das Heiligtum in Flammen aufgegangen, um ihm darzutun, daß er in Rom mächtiger war als der oberste Gott, oder handelte es sich um eine bedeutungsschwere Warnung? Aus geltungssüchtiger Selbstliebe entschied er sich für die erste Möglichkeit. Als das Donnergrollen so weit abflaute, daß er sich verständlich machen konnte, sagte er zu den Offizieren um ihn, die mit scheuen, blassen Gesichtern die rauchenden Trümmer betrachteten: „Ihr habt es bemerkt! Jupiter selbst hat eine Fackel entzündet, um mich in die Stadt zu geleiten!" Die Offiziere warteten auf das heisere Lachen, das solchen Aussprüchen zu folgen pflegte; aber er lächelte nicht einmal.

Auch Gnaeus Pompejus, einer seiner Offiziere, lächelte nicht. Er dachte an seinen Freund Julius Caesar, dessen Schutzgottheit Jupiter war. Sollte das ein Omen sein? Im düsteren, immer wieder vom Flammenschein erhellten Regen saß Pompejus auf seinem Pferde und dachte nach. Bis vor kurzem war seine Stellung in Rom zweideutig gewesen. Trotz seiner Zugehörigkeit zur Senatspartei hatte er sich aus Selbsterhaltungsgründen als Marianer ausgegeben. Zuerst hatte er in Rom dem Sulla als Spion und Verbindungsmann gedient; später, in den letzten Kriegsabschnitten, war er in sein Gefolge getreten. Obwohl Plebejer, zeigte er aristokratisches Gehaben und Trachten. Schlau und materialistisch, kalt und unbeugsam, war er immer überzeugt gewesen, daß Sulla aus dem Osten zurückkehren und sich zum Herrn Roms machen würde. So hatte er schon früh an verschwiegenen Plätzen — durch geschickte Kniffe gelang es ihm, Rom nach Belieben zu verlassen und wieder zu betreten — den Kurieren Sullas Lageberichte übergeben.

Sein Helm schimmerte im Licht der Blitze und im Widerschein des Feuers. Er war erst vierundzwanzig Jahre alt; aber seine Augen wirkten nicht jung. Sein breites Gesicht schien ohne Regung; die kurze Nase trat fleischig hervor; der Mund war schwer und gerade und fest. Sein dichtes Lockenhaar glitzerte von Regentropfen, und er zuckte im Sattel zusammen, als ihm Caesar einfiel, dessen Name obenauf in Sullas Proskriptionslisten stand, dem Verzeichnis der zur sofortigen Ermordung ausersehenen Marianer. Er gedachte der leidenschaftslosen Zusicherungen, die er seinem Freunde gegeben hatte; er gedachte in diesem Zusammenhang vieler Dinge, darunter der Tatsache, daß Julius auch mancherlei über ihn wußte. Er blickte den brennenden Tempel mit ruhiger, undeutbarer Miene an.

Immer wieder erhellten Blitze die Bauten auf dem Forum und die dichtgedrängten Wohnhäuser auf den Hügeln, als fingen auch sie Feuer; dann sank alles in Finsternis zurück. Unter den Offizieren, die das unheimliche Schauspiel des Wechsels von Licht und Schatten beobachteten, befand sich auch Lucius Sergius Catilina, der nun voll abenteuerlicher Pläne aus dem Kriege heimkehrte. Er dachte an seinen General Sulla und lächelte ein wenig im Vorgeschmack der Gewalttaten und Metzeleien, die jetzt Rom heimsuchen sollten. Wenn er den Kopf wandte, konnte er Sulla auf seinem Rappen sehen, alle anderen überragend, stumm wie ein des Aufruhrs um ihn nicht achtender, nicht einmal gewahr werdender Gott.

Alles, was Catilina haßte und verabscheute, würde nun auf Gnade und Ungnade Sulla und seinen Offizieren ausgeliefert sein. Roms Plebejerscharen! Ihr künftiger Herr und Meister sammelte sich nur, ehe er an ihnen und ihren feigen Führern Rache nahm. Catilina betastete den Schlangenreif an seinem Finger. Das, dachte er, war erst der Anfang.

Sulla berührte sein Pferd und wandte es. Als er in den Osten geflohen war, hatte man ihm Haus und Habe enteignet. Jetzt erwartete dieses Haus blumengeschmückt seine Rückkehr. Das Gewitter hatte die Willkommrufer aus den Straßen unter das nächste schützende Dach getrieben. So lagen die Straßen, bis auf das Rollen der Donnerschläge, fast still, als Sulla und seine Männer sie durchritten. Nur das Klappern der Hufe hallte zwischen den Häusern wider.

Die vom Feuer verzehrten Trümmer des Jupitertempels sanken in Asche und verglühten rauchend; geborstene Säulen zerschellten, wie von Riesenfäusten geknickt.

Keine Sibylle wanderte durch die sinkende Nacht, um den Römern zu künden, daß die Republik nach langem Todeskampf ausgerungen hatte und in das düstere Schattenreich der Geschichte eingegangen war. Nur die Geister der Toten hoben wehklagend ihre Stimmen: „Sic transit Roma!“

XXIII

Angst kannte Marcus Tullius Cicero bisher nur als etwas wild Loderndes, scharlachrot wie frisches Blut, als jähen Blitz, als plötzlich losbrechendes, zerstörendes Gewitter.

Er hatte sie noch nie so erlebt, wie ganz Rom sie jetzt kennenlernte, als grenzenloses, stummes Grau, als unheimlichen Frosthauch. Sie hielt die Stadt zwischen ihren jeden Schall zurückwerfenden Handflächen umfaßt; sie erfüllte die Luft mit lautlosem Treibsand. Ihre Schatten fielen von all den großen Gebäuden und schienen deren Umrisse zu verwischen. Sie ritt in murmelnder Stille von Stadttor zu Stadttor. Ihr Raunen ertönte auf jeder Schwelle; ihr Spuk schwebte in den Tempeln und den Säulenhallen. Wo ihre schattenhafte Erscheinung auftauchte, senkten die Menschen die Stimmen. Sie verfinsterte die Gesichter zu schwankender Düsternis und dämpfte alle Farben; selbst der Mittag war fahl. In den Gassen lastete Trübsal; die großen, fächerig von jedem Hügel absteigenden Treppen schienen mit Gespenstern bevölkert. Abends war es auf den Straßen trotz Mondlicht und Fackelschein so, als geisterten körperlose Schemen umher.

Solche Angst hatte die Riesin Rom noch nie gekannt, selbst nicht unter Marius, dem alten Mörder, der aus purer kindischer Bosheit planlos Menschen hingeschlachtet hatte. Sulla tötete unerbittlich und planmäßig. Er hatte seine Listen mit den fünftausend Namen der Proskribierten im Senatsgebäude selbst angeschlagen; aber Tausende anderer Namen kannten nur die Hinterbliebenen. Er hatte sich selbst zum obersten Diktator eingesetzt und erklärt: „Ich werde die Republik wiederherstellen." Im Namen der Republik also mordete er gefühllos, bedenkenlos. Er vermittelte der Stadt die erste Erfahrung mit einer wirklichen Diktatur, die finster und entsetzlich war – und fast lautlos.

Sogar der Mob wurde still – jener sonst so erregbare, von Leidenschaften geschüttelte, keinen Augenblick lang schweigende Mob. Die unsteten Gesichter erstarrten vom Anhauch der straßauf, straßab reitenden Angst zu Masken; leere Augen blinzelten einander an; die Münder standen offen. Diese Leute wußten, daß der umherschleichende Mord sie, die Belanglosen, nicht als Opfer kennzeichnen würde, ja, daß er nicht einmal ihre Namen kannte. Aber auch sie spürten allerwärts das Walten des Todes und sahen in jeder Straße Leichenzüge schreiten. Mit gedämpfter, stammelnder Stimme flüsterten sie einander zu: „Was soll denn das?"

„Ich spüre die Verzweiflung in der Stadt", sagte Tullius, der nie ausging und nur in dem schmalen herbstlichen Gartenstreifen seines Anwesens umherwanderte, wo er nichts hörte als das müde Plätschern der beiden kleinen Springbrunnen und nichts sich bewegen sah als welkes

Laub, das Blatt um Blatt auf die stille Erde fiel. „Du mußt mir erzählen, Marcus, was draußen vorgeht."

Aber er war krank und gebrechlich; seine Kräfte reichten gerade nur dazu, daß er durch die engen Korridore des Hauses und durch den Garten schritt. Er durfte also nichts Aufregendes erfahren. Deshalb sagte Marcus: „Vorläufig haben sich die Verhältnisse unter Sulla noch nicht gefestigt. Aber ich gehe mitten im Durcheinander meinem Berufe nach."

„Jedenfalls kann es unter Sulla nicht so schlimm sein, wie es unter Cinna, Marius und Carbo war", meinte Tullius mürrisch. „Waren das Tyrannen! Und wie sie den Namen und die Freiheit Roms in den Kot gezerrt haben! Sulla hat versprochen, die Republik wiederherzustellen. Ist denn das nicht gerade dasjenige, was wir uns immer erträumt haben — du, ich und mein Vater und unsere Vorfahren?" Als Marcus nicht antwortete, erhob Tullius die Stimme. „Sulla stellt doch die Republik wirklich wieder her, nicht wahr?"

„So sagt er es", entgegnete Marcus.

Weder er noch Helvia erzählte dem Tullius, daß einer von Helvias Vettern, ein freundlicher, etwas beschränkter Geschäftsmann, auf Sullas Geheiß ermordet worden war. Er hatte sich nie um Politik gekümmert und konnte nie einen Tyrannen vom anderen unterscheiden. Ein Mann des Lächelns und der großen Liebenswürdigkeit, hatte er Marius, Cinna und Carbo aus reiner Gutmütigkeit willkommen geheißen, und weil sie ‚die Obrigkeit' waren.

Er war ein ausgezeichneter Geschäftsmann gewesen, ein Webwarenhändler. Er hatte Seide und Linnen und feinste Wolle eingeführt, mit Hilfe handwerklich hervorragender Färber und Modellzeichner verarbeiten lassen und in zahlreichen, über die ganze Stadt verteilten Geschäftsläden verkauft. Wegen der hohen Qualität seiner Waren hatte das Unternehmen auch in den langen Kriegszeiten geblüht. „Das kaufen wir bei Lynius", war eine Redensart unter den Mittelständlern und sogar bei vielen Wohlhabenden Roms gewesen. „Dort werden wir nicht überhalten und bekommen erstklassige Ware."

Ebenso wie Tausenden seiner Standesgenossen war es Lynius unbekannt geblieben, daß Sulla, gleich allen Tyrannen, den Mittelstand haßte. Und für immer sollte ihm unbekannt bleiben, daß ein neidischer Konkurrent das Gerücht verbreitet hatte, Lynius sei Cinna-Anhänger. Und so wurde er ermordet.

Tullius bemerkte, daß der gelassene, leutselige Vetter seiner Frau nicht mehr auf Besuch kam. „Was ist mit Lynius?" fragte er Helvia eines Abends. „Hat er den Verkehr mit uns abgebrochen?"

Helvias sonst so unverzagtes Gesicht hatte in diesen Tagen seine lebhafte Färbung eingebüßt, und ihr Haar ergraute jetzt rasch. Sie konnte nicht antworten, und so erwiderte Marcus in leichtem Gesprächstone:

„Da jetzt der Krieg vorbei ist, hat Lynius eine Auslandsreise unternommen, um besonders hübsche Stoffe einzukaufen."

Ein andermal jammerte Tullius: „Warum hören wir nichts von Quintus? Jetzt, wo alles ruhig ist, würden uns doch Briefe sicherlich erreichen. Ich fürchte, er ist tot."

Ungeachtet seiner eigenen Befürchtungen entgegnete Marcus: „Briefe gehen oft verloren. In der Stadt heißt es, daß seine Legion auf dem Heimweg ist." Das stimmte nicht. Aber Tullius, der weltabgeschiedene Büchermensch, der gottvernarrte Philosoph, sollte der rauhen Wirklichkeit entzogen bleiben. Dafür hatte zuerst sein Vater gesorgt, dann seine Frau; nun mußte Marcus ihn abschirmen gegen die Stimmen des Entsetzens, die durch Roms Straßen raunten.

Marcus selbst aber lebte in Furcht und Sorge und Angst. Er hatte mit seinem eigenen stillen Kummer so viel zu tun, daß ihm oft der nörgelnde Tonfall des Vaters unerträglich wurde, das ewige Fragen nach Dingen, von denen zu wissen, ihm den Tod bringen konnte, sein ewiges Drängen auf die Zusicherung, daß alles zum Besten stehe nicht nur mit seiner Familie, sondern mit seiner ganzen Welt.

Eines Abends trat Helvia in die finstere Schlafkammer ihres Sohnes, faßte seine Hand und setzte sich auf den Bettrand. Sie versuchte, gelassen und freundlich zu reden; aber schließlich brach sie, die Starke, Unerschütterliche, in Tränen aus. Er hielt sie in den Armen, und sie schluchzte an seiner Wange: „Wo ist mein Quintus? Warum ist Lynius ermordet worden? Und auch viele gute Bekannte?"

Marcus vermochte ihre Fragen nicht zu beantworten. Doch er spürte, daß er ihr von seiner eigenen Seelenpein und von seiner Angst um das Morgen erzählen, daß er ihr seine eigenen jammervollen Fragen stellen konnte. „Ich bin nur Anwalt, kein Politiker. Aber unter Sullas Offizieren ist Catilina, und der hat mich ebensowenig vergessen wie ich ihn. Ich kann Livia nicht aus meinen Gedanken verbannen, Mutter. Lebt sie noch? Oder ist sie ihren seelischen Wunden erlegen? Werde ich den morgigen Sonnenuntergang erleben? Und wenn nicht, wer wird für dich sorgen, und für Vater?"

„Pallas Athene wird dich beschützen, Marcus", sagte Helvia und trocknete die eigenen Tränen und auch die ihres Sohnes. „Die Götter lassen nicht zu, daß gute Menschen mutwillig hingemordet werden." Sie unterbrach sich und fügte dann hinzu: „Was rede ich da für Unsinn daher? Aber ich glaube wirklich, daß Pallas Athene dir ihren Schutz angedeihen läßt."

„Hoffentlich hat sie Sulla davon verständigt", erwiderte Marcus. „Wieviel Träger berühmter Namen sind in Rom zugrunde gegangen, ehrenhafte Senatoren ebenso wie ehrlose! Wie viele unschuldig in Verstrickung geratene Menschen sind, gleich meinem Vetter Lynius, sinnlos gestorben!

Was war ihr Verbrechen? Daß sie sich nicht beeilt haben, mit jedem neuen Tyrannen gut Freund zu werden oder ihm schönzutun. Sie wollten nichts als in Frieden leben, unter einer Regierung, die sie ihrem Broterwerb nachgehen ließe. Aber die Regierungen dulden nicht, daß die Menschen in Frieden leben.''

Er hatte, auch in dieser Zeit, viele Klienten, jedoch keine Freunde. Niemand wagte, aus sich herauszugehen. Sulla hatte die Freiheit verkündet; aber die Menschen schlichen argwöhnisch umher und sprachen leise hinter geschlossenen Türen und fragten sich, ob sie den eigenen Kindern vertrauen könnten. Sulla hatte angeblich den Frieden wiederhergestellt; aber die Väter blickten voll Sorge ihre Jüngsten in den Wiegen an. Sulla hatte die Wiederauffüllung des geleerten Staatsschatzes versprochen; aber die Leute flüsterten sich Gerüchte von noch höheren Steuern zu, hoben ihre Spargroschen von den Banken ab und vergruben sie im Garten oder verließen mit ihrem Gold nächtlicherweile heimlich die Stadt. Sulla hatte „Nun aber endlich wieder Rechtssicherheit!'' gerufen; aber die Bürger bangten vor jedem neuen Morgen und umarmten verzweifelt ihre Frauen und wußten, daß die Rechtssicherheit tot war. Sulla hatte gesagt: „Rom ist kein Stadtstaat mehr. Wir sind eine Nation; wir müssen an die uns offenkundig vom Schicksal gestellte Aufgabe schreiten!'' Aber Tausende von Römern, die sich Bestechungsgelder leisten konnten, flohen in ruhigere Gegenden, nach Griechenland, ja selbst nach Ägypten, oder versteckten sich in kleinen sizilischen Bauernhöfen, mit dem Stoßgebet, der Aufmarsch Roms zu seiner schicksalhaften Aufgabe möge so weit wie möglich von ihren Türen entfernt vorbeidröhnen.

An einem düsteren Winterabend sagte Helvia zu ihrem Sohn: „Wir sind nicht mehr so arm wie früher. Einer meiner Onkel war so klug, die ganzen letzten Jahre ein bescheidenes, unbeneidetes Fußgängerdasein zu führen und seinen Wohlstand geheimzuhalten. Er hat mir einen Wagen mit zwei schönen Pferden angeboten. Wir könnten nach Arpinum fahren und dort eine Zeitlang Sorge und Kummer vergessen.''

„Wenn wir jetzt mitten im Winter fliehen, wird der Vater glauben, daß etwas ganz Arges vorgefallen ist'', sagte Marcus.

Eines Tages ging er auf den Palatin zum Altar des Unbekannten Gottes, legte die Hand auf den weißmarmornen Altarstein, der sich unter seinen Fingern wie lebend anfühlte, und betete: „Warum verzögerst du deine Erdengeburt? Die Welt gleitet rascher und rascher zu blutiger Vernichtung hinab. An allen Ecken und Enden lauert der Tod. Das Übel reitet im Triumph durch die Straßen Roms. Dem Menschen bleibt keine Hoffnung mehr. Warum verweigerst du uns dein Heil?'' Er drückte die Stirn an den Altar und rief laut: „Hilf uns!''

Publius Mucius Scaevola, der Pontifex, hatte einmal zu seinem Schüler Marcus gesagt: „Als Nation sind wir erst dann verloren, wenn das Kollegium der Pontifices von einem Tyrannen mit Beschlag belegt und seinen Zwecken dienstbar gemacht wird.''

Sulla erklärte sich nicht nur zum Diktator von Roms öffentlichem und privatem Leben, sondern auch zum obersten Pontifex, weil er klugerweise erkannte, daß der höchste Betreuer der Götter auch alle Menschen in der Hand hatte. Nicht sein Wille, so sagte er, werde den Römern auferlegt; er führe nur die Anweisungen der Himmlischen aus. Die Patrizier des Kollegiums begehrten nicht gegen ihn auf, rügten ihn nicht. Wie die anderen Römer hatten sie ihren Mannesmut verloren. „Überlegen wir einmal!'' sprachen sie untereinander. „Sollen wir Rom in blutigen Aufruhr und in eine Katastrophe stürzen? Es läge in unserer Macht; aber wir dürfen das nicht tun. Mag Sulla sich als Sprachrohr der Wünsche Jupiters ausgeben! Jeder vernünftige Mensch wird darüber lächeln. Unserem Volk zuliebe müssen wir stillhalten.'' Sie waren, wie die meisten Römer, lebenskundige Männer; doch sie waren nicht lebenskundig oder nicht weise genug, um zu erkennen, daß eine Priesterschaft, die vor der Staatsgewalt oder vor einem Tyrannen kapituliert, an Gott und der Menschheit Verrat übt.

Jetzt berief der Herr des herabgewürdigten Senats – des einst so mächtigen Senats! –, der Diktator Sulla, seine eigenen Günstlinge in diese erhabene Körperschaft und erhöhte die Zahl ihrer Mitglieder auf sechshundert, fast ausschließlich Patrizier und begüterte Leute, weil er dem kleinen Mann nicht traute. Die Volksversammlung beeilte sich, die Ernennungen zu bestätigen. Etliche von den neuen Senatoren waren erfolgreiche Geschäftsleute, die sich nie für Sulla ausgesprochen hatten. Sie wußten nicht, daß ihnen die Ehrung nur deshalb zuteil wurde, weil der General die Gunst der Gewerbetreibenden gewinnen wollte, damit sie ihren gesunden Interessen und sachlichen Geschäftsgrundsätzen entsagen und seine willenlosen Kreaturen werden sollten. Zum Unterschied von Cinna unterschätzte er nicht den Einfluß der Geschäftsleute.

Im Gegensatz zum altrömischen Gesetz, das alle Macht in die Hand der Volksversammlung legte, wurde ihr jetzt der Senat übergeordnet. Alle Maßnahmen, die einst der Volksversammlung zur Annahme oder Ablehnung vorgelegt worden waren, mußten jetzt zuerst die Genehmigung des Senates finden. In der Volksversammlung erregte diese völlige Umkehrung der Rechtslage eine Welle der Angst und der Verzweiflung, die sehr begründet waren, da nun die Regierung nicht länger ein Organ des Volkswillens war. „Ich wünsche eine selbstverantwortliche Regierung'', erklärte Sulla, als er mit einem Federstrich die alte Verfassung aufhob.

Sein nächster Angriff richtete sich gegen das Volkstribunat. Ein Volkstribun durfte, so verfügte er, niemals mehr ein anderes Amt bekleiden und auch das Tribunat selbst erst wieder nach zehn Jahren. Dadurch wurde das Amt der ‚Vertreter des Volkes' entwertet, weil kein Ehrenmann, der seinem Lande treu und redlich zu dienen gedachte, eine derart einschneidende Beengung seiner künftigen Laufbahn in Kauf nehmen mochte.

Zum erstenmal in seiner mehrhundertjährigen republikanischen Geschichte wurde Rom ein Gemeinwesen von Sklaven, die ausschließlich von ihrem Herrn Sulla und seinen Kreaturen abhingen. Was er durch seine Massenmorde nicht ganz erreicht hatte, vollendete er dadurch, daß er seinen natürlichen Feinden schmeichelte und sie mit Ehrungen und Ämtern überhäufte.

„Ich bin Anwalt", sagte sich Marcus. „Aber jetzt ist unser einziges Gesetz Sulla. Dennoch muß ich mich als verantwortungsbewußter Mensch so verhalten, als bestünde das alte Recht noch, und muß beten, es möge wiederaufleben, wenn nicht in Rom, so vielleicht in irgendeinem fernen Lande."

In diesem Jahre waren die Saturnalien sehr freudlos. Sulla hätte sie als Jubelfest zu seinen Ehren gewünscht, weil er doch die Republik wiederhergestellt habe. Aber die Menschen waren unfroh, verzagt und ängstlich, ohne daß ihnen im allgemeinen die Ursache dieser gedrückten Stimmung bewußt wurde. Instinktiv aber rochen sie die Ausdünstung der Tyrannei, lange, ehe die Anordnungen gegen Volksversammlung und Volkstribunen wirksam wurden und die Macht der Plebejer untergruben. Aus Anlaß der Saturnalien machte Sulla eine prunkvolle Geste der Großherzigkeit und edelmütigen Bedachtnahme auf das Allgemeinwohl. Er ließ Riesenmengen aufgespeicherter Lebensmittel kostenlos an das Volk verteilen und veranstaltete prächtige Feste und großartige Schauspiele in den Zirkussen und Arenen.

Die Leute nahmen das alles hin. Aber sie wurden nicht fröhlich; sie blieben bange. Sie konnten die ersten Tage des Terrors nicht vergessen, die massenhaften Leichenzüge auf den Straßen, die eiskalte, stahlgraue Atmosphäre. Es dauerte lange, bis sie wieder ungezwungen zu lächeln vermochten und ihre Lebhaftigkeit zurückgewannen.

Der Janus-Monat war außerordentlich kalt.

Marcus häufte Kohlen auf das Heizbecken in Scaevolas Arbeitszimmer, das er jetzt benützte; doch der Raum wurde nicht recht warm. Obwohl die blauen Wollvorhänge auch bei Tag straff über die Fenster gezogen waren, drang die Frostluft ein. Der Fußboden war kalt wie eine Eisfläche, und auch durch pelzgefütterte Schuhe sickerte die Kälte. Wenn Marcus seine emsige Arbeit an den Schriftsätzen unterbrach, hörte er das laute Brausen des wilden Wintersturms und das Zischen der Schneewehen. Er konnte sich nicht entsinnen, je einen solchen Winter in Rom erlebt zu haben. Dieses Wetter paßte just zu dem alles durchdringenden Elend und Jammer in der Stadt.

Jetzt hatte Marcus selbst Schüler, und er ging so geduldig mit ihnen um, wie Scaevola es nie getan hatte. Sein empfindsames Gesicht war zwar blaß vor Furcht und Kälte, blieb aber immer freundlich. Seine schillernden Augen blickten die Lernbeflissenen liebevoll an. Wenn er etwas erläuterte, sprach er so heiter wie möglich zu diesen verschüchterten jungen Leuten. „Auch mitten in der Wüste muß das Recht sich behaupten; sonst ist die Menschheit verloren", sagte er etwa zu ihnen. „Aber Sulla ändert die Gesetze", warfen sie dann wohl ein. Und darauf entgegnete er: „Es gibt ein Naturrecht und göttliche Gesetze, die nie abgeschafft werden können. Ihrem Studium wollen wir uns widmen. Wir sind ja noch immer Römer und können stets an den göttlichen Gerichtshof appellieren." Aber wenn er allein war, ließ er den Kopf sinken, fuhr sich mit den Fingern durch das dichte braune Haar und seufzte.

Eines Tages, als er eben einen Zivilprozeß vorbereitete, trat einer seiner Studenten sehr aufgeregt in sein Zimmer und rief: „Herr, ein Zenturio will dich sprechen, und er hat eine ganze Anzahl Soldaten bei sich!"

Marcus erstarrte unwillkürlich. Aber er raffte sich zu dem Gedanken auf: Weit haben wir es gebracht, daß wir heutzutage vor unseren eigenen Soldaten so erschrecken! Und gleichmütig sagte er: „Der Zenturio soll nur hereinkommen! Und laß Wein holen!"

Der Offizier, ein junger Mann in Rüstung und Helm und bauschig schwerem Mantel, klirrte mit eisenbeschlagenen Schuhen heran und hob den rechten Arm steif zum militärischen Gruß. Marcus erhob sich und sagte: „Sei gegrüßt!" Er stützte die Handflächen auf den Tisch und lächelte fragend.

„Sei gegrüßt, Marcus Tullius Cicero", entgegnete der Hauptmann. „Ich bin Aurelius Cotta. Ich soll dich, so lautet mein Auftrag, zu General Sulla begleiten, der mit dir speisen will. Zu Mittag, also gleich jetzt!"

Marcus sah ihn verwundert an. Der Zenturio erwiderte anmaßend den Blick. Diese Anmaßung trieb Marcus schließlich die Zornesröte in die schmalen Wangen, und er entsann sich, daß nach den alten Gesetzen die Zivilgewalt über der militärischen stand. „Ich kann jetzt unmöglich abkommen", erklärte er. „In einer Stunde muß ich einem hohen Richter einen sehr wichtigen Schriftsatz überbringen."

Der Blick des Hauptmanns wurde weniger starrend; mit offenem Mund stand er zunächst schweigend da. Dann sagte er: „Herr, ich führe nur einen Befehl aus. Soll ich zu Sulla zurückgehen und ihm deine Antwort melden?"

Vorsichtig sein! Immer vorsichtig sein! dachte Marcus. Doch sein Unmut wuchs. Ein Mann mußte für seine Rechte einstehen, sonst war er kein Mann!

„Laß mich überlegen!" sagte Marcus und setzte sich. Syrius, der treue Schwarze, goß Wein in zwei Silberbecher. Marcus lud den Hauptmann mit einer Handbewegung ein, sich zu bedienen, und nahm selbst einen der Becher.

„Mein Prozeß wurde schon zweimal vertagt, Cotta", erläuterte er. „Der Richter wird kein freundliches Gesicht machen, wenn ich jetzt ausbleibe. Ich glaube, ich gehe am besten sofort aufs Forum in die Gerichtshalle und erledige die Angelegenheit rasch. Dann will ich mit Vergnügen der ehrenden Einladung Sullas Folge leisten."

Cotta nickte feierlich. „Ein ausgezeichneter Wein!" lobte er mit knabenhafter Stimme. Er setzte sich und goß seinen Becher wieder voll. „Aber draußen wartet eine Sänfte auf dich."

Marcus verzog den Mund. Also hat man anscheinend nicht vor, mich umzubringen! dachte er. Wenigstens vorläufig nicht! Was wollte Sulla von ihm, einem bescheidenen Anwalt aus einfacher Familie, der zurückgezogen lebte und nur seine Pflicht tat, von dem bloß Richter und Klienten wußten? Dann fiel ihm Catilina ein.

„Wieso widerfährt mir diese Ehre?" fragte er.

Der Zenturio zuckte die Achseln. „Herr, ich habe nur auszuführen, was mir befohlen wurde. Aber ich weiß, daß der berühmte Pontifex maximus Scaevola ein treuer Freund des Generals war. Vielleicht will Sulla den Lieblingsschüler Scaevolas ehren."

„Scaevola war kein Politiker", wendete Marcus ungläubig ein. Der Hauptmann setzte ein jugendliches Lächeln auf, das offenbar ausdrücken sollte, er wisse es besser. Dann mußte Cicero lächeln. Er sah sich auf dem Forum ankommen, von Cotta und dessen Soldaten begleitet. Der Richter hatte sich in der Sache seines Klienten harthörig gezeigt; aber er war auch nur ein Mensch, und die prächtige Eskorte würde ihre Wirkung auf ihn nicht verfehlen.

So sagte er zu dem Zenturio: „Zuerst muß ich jedenfalls wegen meines Klienten vorsprechen. Die mir liebenswürdigerweise angebotene Sänfte nehme ich an. Und auch dein Geleit, mein lieber Cotta. Wollen wir gehen?"

Er warf sich den karminroten, pelzgefütterten Mantel — dieses Kleidungsstück war der erste Luxus, den er sich je geleistet hatte — um und zog die warme Kapuze über den Kopf. Von Cotta begleitet, schritt er durch das Haus dem Ausgang zu, und die Gesichter seiner Schüler wurden starr vor Furcht und Staunen. Er sagte zu den jungen Leuten: „Ich bleibe nicht lange aus, Kinder. Studiert nur inzwischen fleißig weiter! Ich speise mit General Sulla."

Syrius trat an ihn heran und heftete seine großen, schwarzen, glänzenden Augen auf ihn. „Herr, ich muß mit dir gehen."

„Natürlich!" sagte Marcus und klopfte ihm auf die Schulter. Er trat in das Schneetreiben hinaus und stieg in die vor dem Tor wartende warme Sänfte, die dann von vier scharlachrot gekleideten Sklaven gehoben und von Soldaten umstellt wurde. Unter Cottas Führung ging es los. Syrius lief hinterdrein.

Wie Marcus vermutet hatte, waren nicht nur die Gerichtsschreiber tief beeindruckt, sondern auch der Richter selbst. Seine sonst sehr herablassende Stimme wurde achtungsvoll. Marcus trug seinen Fall geschickt vor. Der Richter nickte immer wieder mit ernster Miene. Dann nahm er den Schriftsatz, unterschrieb ihn schwungvoll und drückte sein Siegel bei. „Ich verstehe nicht, verehrter Cicero, warum man dir in diesem ganz glatten Fall hätte Schwierigkeiten bereiten sollen."

Marcus fühlte sich angewidert. Aber er machte eine höfliche Verbeugung und ging, von seiner klirrenden Eskorte begleitet.

Die Straßen waren mit Glatteis überzogen. Eine wässerige Sonne war hinter dunklen Wolken hervorgetreten, und das Eis glitzerte. Von den weißen Säulenvorhallen der Gebäude hingen Eiszapfen. Der Tiber floß schwarz zwischen seinen weißen Uferböschungen. An jeder Straßenkreuzung hatten Bettler und andere Herumstreuner Feuerchen angezündet und wärmten sich oder brieten Fleischhappen. Menschenmengen schoben und drängten sich durch die Gassen, die kapuzenbedeckten Köpfe gegen den Wind gesenkt. Überall trieb beißender Rauch. Die dichtbesiedelten Hügel leuchteten und funkelten im frischen Sonnenlicht; die roten Dächer schimmerten feucht. Jetzt kam, in kleinen Flecken, strahlend blauer und strahlend kalter Himmel hervor.

Es war nicht weit zu Sullas ummauertem Hause in der Nähe des Palatins. Soldaten standen am Tor und salutierten. Ein Trommelwirbel kündete das Eintreffen des Gastes an. Jetzt weiß ich, dachte Marcus, was es heißt, ein Machthaber zu sein. Sänftenträger und Eskorte schritten über den matschigen Kiesweg, der zum Bronzetor des großen weißen Palastes führte. Das Tor öffnete sich, und neue Soldaten erschienen, stolzgesichtige junge Männer, schwarzäugig und stramm, mit sonnenglitzernder Rüstung. Marcus stieg aus. Der Zenturio ging steifbeinig vor ihm her, und sie betraten eine Marmorhalle mit wuchtigen weißen Säulen. Die Luft war warm und duftete wie von Frühlingsblumen. Im Atrium plätscherte wohltönend ein Springbrunnen. Irgendwo, hinter verschlossener Tür, lachte fröhlich eine junge Frau.

Marcus wurde in ein geräumiges, angenehm geheiztes Zimmer geführt. Auf dem schwarz-weißen Marmorfußboden lagen hier und dort Perserteppiche. Die Möbel waren schlicht, aber vornehm, die Tische aus Thuja- und Ebenholz, mit Elfenbein eingelegt. An einem sehr großen Tisch mit skulpierten Marmorbeinen saß ein Mann. Er hob den Kopf und zeigte ein nachdenkliches, finsteres Gesicht, als Marcus eintrat.

Es schien, als bemerke er weder seinen Gast noch den begleitenden

Offizier noch auch Syrius, der mit besorgter, aber entschlossener Miene über Cottas Schulter lugte. Der Hauptmann salutierte und meldete: „Über deinen Auftrag, General, habe ich den Advokaten Marcus Tullius Cicero gebracht."

Marcus verbeugte sich. „Es ist mir eine Ehre, Herr", sagte er. „Sei gegrüßt!"

„Ach ja", murmelte Sulla mit verdrossener Miene. „Sei gegrüßt!" dankte er ungeduldig. Er blickte auf die Menge von Rollen und Heften und Büchern auf seinem Tisch und schob sie dann beiseite. Er rieb sich die Augen und gähnte kurz.

Er war etwa sechsundfünfzig Jahre alt, hager, von Wind und Wetter gebräunt, mit lederartiger Gesichtshaut und tiefen Furchen um den schmalen, geraden Mund und auf der Stirn. Die eingesunkenen Wangen gaben ihm einen mürrischen, begehrlichen Anschein. Über den eiskalten, böse funkelnden Augen – nie hatte Marcus so blasse, so angsteinflößende Augen gesehen – zogen sich messerscharf abgegrenzte, gerade, kohlschwarze Brauen. Das schwarze Haar ließ, ganz kurz geschnitten, den schöngeformten Schädel hervortreten, dem die blutleeren Ohren eng anlagen. Er hatte ein festes, eckiges Kinn und breite, knochige Schultern. Er war in eine lange purpurwollene Tunika gehüllt, an deren Gürtel ein Dolch hing. Er trug weder Armbänder noch Ringe. Trotz seiner bürgerlichen Kleidung hätte niemand etwas anderes in ihm vermutet als einen Soldaten. Seine Sprechart war barsch und abgehackt.

Eine ganze Weile musterte er Marcus ohne ersichtliche Neugier oder Anteilnahme. Er betrachtete die große, schlanke Gestalt in dem karminroten Mantel und der schlichten, langen dunkelblauen Tunika. Er betrachtete das bleiche, aufmerksame Gesicht des Besuchers, die feinen Züge, die großen Augen, das dichte braune Lockenhaar um die weiße Stirn. Marcus erwiderte offen den Blick, und Sulla dachte: Ein tapferer Bursche, obwohl er nur Zivilist und Advokat ist! Der alte Haudegen lächelte säuerlich.

„Ich freue mich, daß du meine Einladung zu einem frugalen Essen angenommen hast", sagte er. „Wir werden, zusammen mit einem zweiten Gast, allein speisen", fuhr er fort. Jetzt erst bemerkte er Syrius. „Wer ist dieser Sklave?" fragte er. „Er gehört nicht zu meinem Hause."

„Es ist mein Sklave, Herr", antwortete Marcus. Er zögerte und fügte dann hinzu: „Er schützt mich gegen meine Feinde."

Sulla zog die dichten schwarzen Brauen hoch. „Kann ein Anwalt Feinde haben?" fragte er. Dann lachte er unfroh auf. „Ach ja, diese Advokaten sind oft Spitzbuben! Ich weiß schon." Zu Cotta sagte er: „Führe den Sklaven in die Küche und laß ihm etwas zu essen geben, während ich mit seinem Herrn speise!"

Cotta salutierte, faßte den widerstrebenden Syrius am Arm und führte ihn hinaus. Hinter ihnen schloß sich die Tür. Sulla sagte: „Setz dich, Cicero! Du wirst mit einem Soldatenessen vorliebnehmen müssen, wie es eben in meinem Hauptquartier aufgetragen wird, ohne eigenen Speisesaal. Du warst nie Soldat im Felddienst?"

„Nein, Herr." Marcus legte den Mantel ab und hängte ihn über einen Stuhl, auf den er sich setzte. „Aber mein Bruder Quintus ist Zenturio. In Gallien."

Sullas blasse Augen hefteten sich mit merkwürdigem Ausdruck auf Marcus. „In Gallien?"

„Ja, Herr. Wir sind schon lange ohne Nachricht von ihm. Meine Eltern und ich machen uns große Sorgen. Vielleicht hat er gar den Tod gefunden."

„Den Soldaten begleitet der Tod auf Schritt und Tritt", bemerkte Sulla verächtlich.

Marcus blickte auf. „Auch die Römer begleitet er ständig", sagte er.

„Besonders jetzt, meinst du?" Erstaunlicherweise lächelte Sulla.

Marcus erwiderte nicht. Der General nahm seine Feder und klopfte damit auf den Tisch, wie in Gedanken. „Ich bin ein rauher Krieger", erklärte er. „Und ich liebe rauhen Humor. Und ich achte tapfere Menschen."

Marcus wußte nichts darauf zu sagen. Ihm fiel ein, daß Sulla ‚halb Löwe, halb Fuchs' genannt wurde und als erbarmungslos galt.

„Ich habe Frieden und Ruhe und Ordnung, die schon lange unbekannt waren, nach Rom gebracht", stellte Sulla fest. „Und nach ganz Italien."

Den Frieden und die Ruhe und die Ordnung der Sklaverei! dachte Marcus.

Der General beobachtete ihn belustigt. „Ich habe viel von dir gehört, Cicero", sagte er. „Mein lieber Freund Scaevola hat mir oft geschrieben. Bis zu seiner Ermordung." Die Soldatenstimme wurde eiskalt. „Hat er nie mit dir über mich gesprochen?"

Marcus erschrak. „Mein Mentor war den Militärs nicht sehr zugetan", antwortete er schließlich. „Einmal, kann ich mich erinnern, hat er erklärt, daß du gegenüber Cinna und Carbo noch immer den Vorzug verdienst. Er hat oft sehr bittere Scherze gemacht."

Sulla lächelte. „Er ist auch sehr verschwiegen gewesen. Dieser Jugendfreund war mir wertvoller als eine Legion Kuriere. Ich bin ihm mehr Dank schuldig als irgendwem im Leben. Und du hast, obwohl er dich liebte, nie davon erfahren!"

„Nein, Herr." Marcus fühlte sich plötzlich müde. „Darum also wurde er ermordet. Ich dachte, es wäre geschehen, weil er gerecht und ehrenhaft war, und Carbo solche Männer nicht leiden konnte."

„Ich ziehe diese Eigenschaften nicht in Zweifel", erklärte Sulla. „Wer sollte sie besser kennen als ich, sein Freund? Einmal schrieb er mir: Vor zwei Übel gestellt, soll man das kleinere wählen.' Er hat eben gefunden, ich sei das kleinere. Er wußte auch, daß mein Sieg unausweichlich war. Vor allem aber hat er mich liebgehabt." Er wandte den Kopf und blickte lange auf die vielen Fahnen, die von den schwarz-weißen Marmorwänden hingen. „Niemanden und nichts hat er stärker geliebt, außer seinem Vaterland. Und das gleiche galt umgekehrt für mich."

Marcus hatte immer geglaubt, nur Männer voll Gerechtigkeitssinn, Güte und Lauterkeit könnten ihr Land nach Gebühr lieben. Doch jetzt hörte er das Zittern echten Gefühls in der Stimme eines Mannes, der weder gerecht noch gut war und nur die rauhe Redlichkeit des Soldaten hatte. Ich bin noch immer ein Naivling, dachte er.

Wieder starrte Sulla ihn aus seinen blassen Augen an. „Übrigens habe ich unter deinem Großvater gedient", sagte er. „Er war ein ‚alter' Römer, und ich ehre sein Andenken. Wenn er sich im Recht fühlte, gab er niemandem gegenüber nach. Durch seinen Tod ist Rom ärmer geworden, wie es jedes Jahr durch den Tod seiner Helden ärmer wurde. Aber sie alle waren altmodische Helden. Wir leben in einer Zeit des Umbruchs, und den wollten diese Männer nicht mitmachen."

Marcus entgegnete: „Herr, die Welt steht nie still; im nächsten Jahr wird sie wieder anders sein. Aber heutzutage höre ich von allen Seiten: ‚Wir leben in einer Zeit des Umbruchs.' Und damit entschuldigt man jede Ausschreitung!"

„Du bist streitsüchtig", meinte Sulla. „Diesen Fehler habt ihr Advokaten alle. Überlegen wir einmal! Das Volk liebt nichts so sehr wie großartige Schlagworte und Redewendungen, nicht wahr? Wenn also die Leute heute schreien, das sei eine Zeit des Umbruchs, sollen wir ihre Begeisterung dämpfen? Sie halten jede Veränderung für einen Fortschritt. Diese Illusion dürfen wir ihnen nicht nehmen." Seine scharfen weißen Zähne blitzten auf, als ein breiteres Lächeln ihm die Lippen öffnete. „Ich bewundere dich, Cicero. Du bist deinem Großvater sehr ähnlich. Auch du bist ein tapferer Mann."

„Das betonst du schon zum zweitenmal, Herr", stellte Marcus hitzig fest. „Ist es denn etwas so Ungewöhnliches, tapfer zu sein?"

„Etwas überaus Ungewöhnliches", sagte Sulla. „Nicht einmal Soldaten sind immer tapfer." Er warf die Feder auf den Tisch zurück. „Ich wollte den Lieblingsschüler Scaevolas kennenlernen. Ich wollte einen ehrenhaften Advokaten sehen und mir eine so rare Erscheinung begucken. Aha, mein zweiter Gast ist gekommen."

Marcus war innerlich so müde, daß er nur träge den Kopf wandte. Dann fuhr er mit äußerster Verwunderung auf. Der Mann, der da ungezwungen, prächtig gekleidet, heiter wie ein Sommertag und lächelnd eintrat, war sein alter Freund Julius Caesar.

XXIV

Marcus erhob sich langsam. Julius umarmte ihn stürmisch und küßte ihn liebevoll auf die Wange. „Mein teurer Marcus!" rief er. „Es ist mir immer eine große Freude und ein besonderes Vergnügen, dich zu sehen."

„Und für mich ist jede Begegnung mit dir eine besondere Überraschung", sagte Marcus. Julius lachte herzlich, klopfte ihm auf die Schulter und zwinkerte ihm verstohlen zu.

Julius war zwar nicht hochgewachsen, machte aber einen imposanten Eindruck mit seiner schneeweißen Toga, den edelsteinbesetzten goldenen Armreifen, dem juwelengeschmückten ägyptischen Halsband, den glitzernden Ringen, dem goldenen Gürtel und den goldfarbenen Schuhen. Seine fröhlichen schwarzen Augen funkelten übermütig und altklug, wie über einen glänzenden Spaß. Er sah, wie immer, zügellos und verderbt, jedoch bemerkenswert temperamentvoll und jugendlich munter aus. Er hängte sich bei Marcus ein und wandte sich zu Sulla.

„Herr", sagte er, „von meinem Marcus habe ich mehr gelernt als von allen meinen Lehrern, diesen Quälgeistern. Er war der Mentor meiner Kinderzeit."

„Ein höchst erfolgloser Mentor", meinte Marcus. Aber wie gewöhnlich mußte er Julius zulächeln. Er fügte hinzu: „Daß ich dich hier treffen würde, hätte ich wirklich nicht gedacht."

Julius lachte wieder, als sei seinem Freunde ein ausgezeichneter Witz gelungen. „Treffen wir uns nicht an den absonderlichsten Plätzen? Aber hier sind wir beide recht am Ort, du und ich."

Marcus verkniff sich die vielen sarkastischen, anzüglichen Bemerkungen, die ihm auf der Zunge lagen. Alle schlimmen Ahnungen in bezug auf seinen teuren Freund überfielen ihn wieder. Von Julius Grundsatztreue oder Hingabe zu erwarten, hatte er schon lange aufgegeben. Er kannte ihn als machthungrig. Aber Julius war doch ein Neffe des Marius, jenes Mannes, den Sulla am heftigsten gehaßt hatte; er war Mitglied der Populares-Partei, die Sulla verabscheute; er hatte mit überaus beredter Stimme die von Sulla verachtete Demokratie gepriesen. Von Rechts wegen hätten die beiden Todfeinde sein müssen, der alternde Soldat und der gewandte, schlaue junge Gaukler, dessen erstes Interesse — und auch sein letztes — immer er selber war.

„Übermäßig erstaunt bin ich ja nicht", sagte Marcus, „dich hier zu finden. Ich hätte mich auch nicht gewundert, wenn ich dich auf dem Olymp getroffen hätte, oder im Hades. Du bist immer an den unmöglichsten Stellen."

Julius setzte eine sehr ernste Miene auf; aber seine Augen tanzten belustigt. „Du weißt doch, bester Freund, daß ich unter dem Schutz der Vestalinnen stehe. Unter deren keuscher Beschirmung darf ich überall erscheinen.“ Er blickte wieder Sulla an und fragte: „Herr, ist unser Marcus nicht ein Ausbund von Edelsinn, Sanftmut, Weisheit und Mäßigung?“

Sullas blasse Augen schimmerten. „Edelsinnig ist er. Aber ich finde ihn weder sanftmütig noch besonders gemäßigt. In seinen Samtpfötchen stecken scharfe Krallen. Aus seinen Augen lugt ein Löwe, und kein zahmer.“

„Herr“, rief Julius, „das hast du glänzend ausgedrückt! Marcus liebt den Mob ebensowenig wie wir. Trotz seines Anwaltsberufs ist er von Natur aus ein sehr wählerischer Aristokrat.“ Er klopfte Marcus wieder auf die Schulter. „Übrigens muß ich mit dir vor General Sulla eine Rechtsfrage besprechen.“

„Ich glaube nicht, daß du für Recht viel übrig hast“, meinte Marcus. „Oder ist das auch eine neue Wendung in deinem Entwicklungsgang?“

„Was Recht ist, hängt von den Zeitläuften ab“, erklärte Julius lachend. Sein Verhalten Sulla gegenüber war das eines Lieblingssohnes, dem der Vater viel nachsieht und durchgehen läßt.

„Deine Auffassung von Recht ist sehr interessant“, entgegnete Marcus kühl. „Es ist eine Auffassung, auf die sehr viele Anwälte sich stützen. Und sehr viele Spitzbuben.“

Julius war nicht beleidigt. Er führte Marcus zu seinem Sessel zurück und nahm selbst, ohne eine Einladung dazu abzuwarten, neben Sulla Platz. „Auf den Freimut unseres Marcus kann man sich jederzeit verlassen. Er ist nie diplomatisch und lügt daher nie. Habe ich es dir nicht vorausgesagt, Herr?“

„Mir geht“, betonte Sulla, „ein redlicher Mensch über alles, ein Mensch, auf dessen Worte man bauen kann, weil er nicht sein Mäntelchen nach dem Winde hängt.“ Er blickte Julius an, und seine strenge Miene bekam einen Anflug von Belustigung. „Trotzdem sind Männer wie du, Julius, für meinesgleichen schätzenswert. Solange ich die Macht in Händen habe, wirst du mir treu und ergeben sein. Und ich gedenke, sie lange festzuhalten.“

Zwei Sklaven brachten ein linnengedecktes Tischchen, auf dem vergoldete Löffel und scharfgeschliffene Messer ausgelegt waren. Die drei Männer sahen schweigend zu. Die Sklaven gingen hinaus und kehrten mit Tragbrettern zurück, auf denen sich kaltes Geflügel und Kalbfleisch, Käse, Äpfel, Trauben und Orangen, reines Kornbrot, gekochte Zwiebeln und Rüben und Wein befanden. „Kein schwelgerisches Festessen“, sagte Sulla. „Aber schließlich bin ich Soldat.“ Er goß selbst Wein in die drei Becher. Dann sprengte er ein wenig davon als Trankopfer aus. „Dem Unbekannten Gotte!“ murmelte er.

Marcus war ehrlich erstaunt darüber, daß Sulla, der mächtige Römer, eine Gottheit, von der die Griechen sprachen, ehrte und nicht Jupiter oder seinen eigenen Schutzgott Mars. Auch er brachte das Dankopfer dar. „Dem Unbekannten Gotte!" flüsterte er und spürte in seinem Herzen ein qualvolles Sehnen.

Julius aber sprengte sein Opfer mit den Worten aus: „Meinem Schutzgott Jupiter!"

„Dessen Tempel in Trümmern liegt", warf Sulla ein.

„Dessen Tempel aber wieder aufgebaut werden wird, und zwar von dir, Herr", entgegnete Julius.

„Ja, ja", bemerkte Sulla. „Der Pöbel war sehr aufgeregt, weil bei meinem Einzug in Rom der Blitz in den Tempel einschlug. Man sah darin ein Vorzeichen. Das Volk entdeckt überall Vorzeichen, und ein weiser Herrscher achtet darauf. Ich habe verkündet, daß Jupiter sich einen weit prächtigeren Tempel als den bisherigen wünscht und mir diesen Wunsch durch den Blitz zur Kenntnis gebracht hat." Er lächelte nicht einmal. „Es wird ein herrlicher Tempel sein, wie er dem Vater der Götter gebührt. Um die Kosten hereinzubekommen, werden wir große Wettspiele veranstalten — zum Gaudium der Massen, aber auch zur Freude der ernsten, sparsamen Bürger, denen die Ebbe in unserem Staatsschatz bekannt ist und die es deshalb begrüßen, wenn man ihn nicht weiter in Anspruch nimmt."

Marcus aß wenig und schweigend. Wieder fragte er sich, mit steigender Besorgnis und Verwirrung, warum man ihn hergebracht habe. Er dachte an Catilina. Nur mit halbem Ohr hörte er das witzige Wortgeplänkel zwischen Julius und dem sonst so grämlichen General, den der junge Caesar sichtlich belustigte. Indes war Julius seinem Wesen nach kaum ein Possenreißer, sondern ein faszinierender junger Mann, voll Anmut und mit einer überaus ausdrucksvollen Stimme. Er konnte in dem einen Augenblick feierlich ernst sein und im nächsten aus vollem Halse lachen.

Meine Anwesenheit dient einem bestimmten Zwecke, dachte Marcus.

Die drei hatten gerade ihr Mahl beendet, als die Tür sich öffnete und Pompejus, soldatisch gekleidet, eintrat. Er grüßte Sulla steif, lächelte Julius zu und wandte sich dann an Marcus. „Wir haben uns lange nicht getroffen, Cicero", sagte er. „Ich erinnere mich an deinen fabelhaften Erfolg vor dem Senat, bei der Verteidigung deines Klienten, der seine fälligen Steuern nicht zahlen konnte."

Marcus schaute in das breite, unbewegte Gesicht, auf die hellgrauen, unergründbaren Augen, den massigen, festen Mund. Er blickte auf die kräftigen, großen Hände, entdeckte aber nicht den Schlangenreif, von dem Scaevola ihm erzählt hatte.

„Als Anwalt wirst du ja froh sein, Cicero", fuhr Pompejus fort, „daß jetzt wieder Recht und Ordnung herrschen, nicht? Schließlich müssen die Gesetze sich zu ihrer Durchsetzung auf die militärische Disziplin stützen, und ihr kannst du also nur dankbar sein." Er setzte sich und goß sich einen Becher, den ein Sklave ihm gebracht hatte, mit Wein voll. Marcus spürte sein Gesicht rot werden. Aber ehe er entgegnen konnte, sagte Pompejus: „Ohne wehrhafte Vollzugsgewalt ist ein echter Rechtsstaat undenkbar. Deshalb ist das Heerwesen noch wichtiger als das Rechtswesen."

Man will mich herausfordern, dachte Marcus. Aber warum? Mit beherrschtem Ärger sprach er Gedankengänge aus, die er später in seinem Buch vom pflichtgemäßen Handeln niederlegen sollte: „Ich möchte das herrschende Vorurteil berichtigen, kriegerische Unternehmungen seien von größerer Bedeutung als die Verwaltung der inneren Angelegenheiten. Oft schon haben Staatsmänner aus brennendem Ehrgeiz Kriege vom Zaun gebrochen. Das trifft besonders für Männer mit hohen Geistesgaben zu, und zwar gerade dann, wenn sie sich als richtige Haudegen auf militärische Dinge verstehen. Wenn wir aber der Wahrheit die Ehre geben wollen, dann ist zu sagen, daß die Lösung innerpolitischer Fragen sich in vielen Fällen als wichtiger und ruhmbringender erwiesen hat als kriegerische Entscheidungen. Einen Themistokles wird man gewiß mit Recht preisen, und sein Name mag an Ruhm den des Solon überstrahlen; man kann sich auf Salamis als Schauplatz seines herrlichen Sieges beziehen und diesen Sieg höher werten als Solons staatsmännische Einsicht, die zur Errichtung des Areopag-Gerichtshofs führte. Dennoch ist diese gesetzgeberische Leistung nicht weniger hoch zu veranschlagen als jene kriegerische."

„So redet der Zivilist", sagte Pompejus etwas verächtlich und warf Sulla einen bedeutsamen Blick zu.

„So redet ein überzeugter Biedermann", berichtigte Julius, ebenfalls mit einem Seitenblick auf den General. „Und Rom braucht Biedermänner."

„Ich spreche als Römer", erklärte Marcus aufgebracht.

Zu seinem Staunen schien Sulla über diese Bemerkung nicht, wie erwartet, verdrossen, sondern eher erfreut und erklärte: „In unserem Cicero haben wir keinen Hochverräter vor uns. Man kann ihm also Vertrauen schenken." Und während Marcus sich ungläubig fragte, ob man vielleicht gar um seine Einstellung besorgt gewesen sei, fuhr Sulla fort: „Unser Julius hat mir berichtet, daß du den Massen immer mißtraut hast."

„Ich mißtraue allen unbeherrschten, heftigen Gemütsregungen, die nicht vernünftigen Erwägungen entspringen, sondern der Bosheit und Verworrenheit, Herr. Wenn der Mensch sich über die bloße Tierhaftigkeit erheben will, muß er sich den gerechten Gesetzen rechtmäßiger Gesetzgeber unterwerfen." Marcus sprach sehr gefühlsbetont. „Ich wiederhole: den gerechten Gesetzen rechtmäßiger Gesetzgeber, und nicht Zufalls- oder Gelegenheitsgesetzen im Dienste von Tyrannen. Gesetze, die an die groben, ungesitteten Instinkte der Massen oder an ihre Begehrlichkeiten appellieren, sind überhaupt keine Gesetze. Sie verkörpern nur die Gelüste des Barbaren, den Ruf der Wildnis. Sie führen uns zurück in den Urwald der vernunftlosen Tiere, die einander mit Zähnen und Klauen bekämpfen. Leider wird häufig das Gesetz des Urwalds von gewissenlosen Männern zur Förderung ihrer eigensüchtigen Interessen angewandt, und sie stützen sich dabei allzuoft auf die Massen. Erst zu spät entdecken sie, daß sie zu ihrem eigenen Verderben einen Tiger am Schweif gepackt haben."

„Du merkst, Herr", sagte Julius in liebevollem Tone, „daß Cicero für die lärmende, stinkige Menge nicht viel übrig hat."

Marcus rief: „Wir reden aneinander vorbei! Das Volk hat Seele und Verstand. Ich habe die Herrschenden bloß aufgefordert, bei den Beherrschten an diese Seele und diesen Verstand zu appellieren und nicht an die niedrigen Instinkte."

„Cicero ist, den Göttern sei Dank, nicht doppelzüngig", fand Sulla. „Er ist auch nicht ehrgeizig." Er lächelte Marcus kurz zu. „Ich freue mich, einen Mann kennenzulernen, der Roms Gesetze liebt. Mehr kann ich nicht verlangen."

Marcus starrte ihn erbittert an und sagte: „Du hast meinen Vetter Lynius töten lassen, einen gütigen, harmlosen Menschen, der nichts mit Politik zu tun hatte und nur in Frieden zu leben wünschte."

Sulla stellte seinen Weinbecher nieder. „Von deinem Vetter Lynius weiß ich nichts." Er wandte sich an Julius. „War sein Name auf meiner Proskriptionsliste?"

Julius legte die Stirn in Falten, als versuchte er, sich zu entsinnen. Dann hob er die Hände. „Herr, man kann nicht alle diese Namen im Kopf behalten. An einen Lynius erinnere ich mich nicht. Aber es kann sein, daß irgendein Denunziant aus eigensüchtigen Gründen einem deiner Offiziere etwas zugewispelt hat, und daß der dann die Hinrichtung befahl."

„Das ist der nackte, hemmungslose Militarismus!" rief Marcus. „Man weiß von den eigenen Verbrechen nicht. Man ermächtigt in Bausch und Bogen zum Mord."

„Wurde sein Vermögen eingezogen?" fragte Sulla.

„Ja. Genauso wie das von Tausenden seinesgleichen, von harmlosen Mittelständlern, die emsig ihren Berufen nachgingen, im Vertrauen auf den Schutz der bestehenden Gesetze."

Sulla gab etwas wie einen Seufzer von sich und sagte zu Julius: „Das Eigentum dieses Lynius ist sofort seiner Familie herauszugeben. Cicero ist mit Recht empört über diesen Vorfall."

Man versucht, mich zu kaufen; aber wozu? fragte Marcus sich. Er sagte: „Vielen Dank, Herr! Mein Vetter hat Frau und Kinder zurückgelassen." Er war vor Aufregung so erschöpft, daß er darum betete, bald weggehen zu können. Er bemerkte: „Rom ist kein Rechtsstaat mehr. Das ist mein großer Kummer.''

„Ich habe den Gesetzen wieder Geltung verschafft. Ich habe die Republik wiederhergestellt'', erklärte Sulla. „Ich habe mein Volk eben von jenen Mängeln befreit, die du beklagst: Begehrlichkeit, Rechtsverachtung. Ich habe dem Pöbel wieder Zucht beigebracht.''

Es ist zwecklos! dachte Marcus mit wachsender Verzweiflung. Wir reden nicht die gleiche Sprache. Wenn ich nur auf meine Insel zurückkehren und diese neue Welt vergessen könnte! Aber wo gibt es überhaupt noch Frieden? Wo gibt es eine Gegend, in die Verderbtheit und Gewalt und Lüge noch nicht gedrungen sind? Er sagte zu Julius: „Du hast etwas von einer Rechtssache erwähnt, die du mit mir besprechen willst. Tu es! Auf mich warten Klienten.''

Aber Sulla übernahm die Antwort. „Julius ist mit Cornelia, der Tochter des Cinna, verheiratet. Ich wünsche, daß er sich scheiden läßt. Ich könnte ihm den Auftrag dazu geben; aber du wirst merken, Cicero, daß ich ein Mann der Rechtlichkeit bin.'' Er sagte das ohne Lächeln, mit todernster Miene.

Wieder staunte Marcus. Warum, dachte er, sträubt sich Julius, wenn Sulla wünscht, er möge sich von dem jungen, schönen Geschöpf scheiden lassen?

Julius sah ihn mit strahlendem Lächeln an. „Ich liebe Cornelia'', sagte er. „Was hat ihr Vater mit unserer Ehe zu schaffen?''

„Du widersetzt dich dem General Sulla?'' fragte Marcus ungläubig.

„In diesem einen Punkt, mein teurer Marcus!'' Sein Lächeln wurde noch strahlender.

„Die Sache hat keine Bedeutung für ihn'', erklärte Sulla ungeduldig. „Die Frau ist für ihn belanglos. Julius soll sich scheiden lassen und die Mitgift zurückgeben. Das kann man doch von ihm verlangen, wenn er mir zugetan ist, nicht?''

Von ihm könnte man es allerdings verlangen, dachte Marcus. Er starrte Julius aufmerksam an und schüttelte verdutzt den Kopf.

Julius erklärte: „Ich bin bereit, aus Zuneigung für General Sulla alles aufzugeben, nur nicht meine Frau.''

Aha! dachte Marcus erbost. Jetzt verstehe ich. Er will sich der Forderung Sullas nicht beugen, weil er ihn davon überzeugen will, daß er nicht nur von Machthunger getrieben wird und daß man ihm deshalb vertrauen kann. „Die menschlichen Gesetze'', sagte Marcus, „müssen nicht nur klar und gerecht, sie müssen auch verständnisvoll und einfühlend sein. Vor allem aber müssen sie sich von etwas unbedingt Zuverlässigem, vom göttlichen Recht herleiten und wieder zu ihm hinführen. Unsere alten Gesetze bestimmen, daß der Mann die Scheidung nur aus bestimmten Gründen begehren kann, wie Ehebruch, leichtfertigen Wandel oder

Lebensnachstellungen der Frau. Keinen dieser Gründe hat Cornelia gesetzt. Daher kann Julius die Auflösung der Ehe nicht verlangen."

„Du bestärkst ihn also in seiner Unbotmäßigkeit?" fragte Sulla.

„Es ist immer besser, den göttlichen Gesetzen zu gehorchen, und nicht den Menschen", erwiderte Marcus.

Sulla wandte sich an Julius. „Ich wußte gar nicht, daß du die Gesetze der Götter und des alten Rom über alles andere stellst", sagte er mit leisem Lächeln.

Aber Julius setzte eine sehr feierliche Miene auf. „Herr, ich kann nur dann dir richtig dienen, wenn ich zuerst den Göttern diene."

Sulla erklärte: „Als Soldat und Römer bin ich ein Mann der Rechtlichkeit. Obwohl ich also von Cicero eine andere Stellungnahme erwartet hätte, beuge ich mich dem Gesetz, das ich selbst wiederhergestellt habe."

Marcus sah, daß Sulla ihn aufmerksam musterte, daß seine schwarzen Brauen sich zusammenzogen, seine Hände die Tischplatte fest umklammerten. Schließlich sagte Sulla: „Da du den Göttern gehorchst, Cicero, gehorchst du auch dem Gesetz. Das genügt mir." Er lächelte sein kaltes, raubtierhaftes Lächeln. „Und jetzt, Cicero, habe ich für dich eine sehr bedeutsame Nachricht. Dein Bruder, der Zenturio Quintus Tullius Cicero, weilt hier unter meinem Dach."

Was Marcus zuerst empfand, war tiefste Ungläubigkeit und lähmender Schreck. Er stand langsam auf und richtete den Blick nacheinander auf die drei Anwesenden. Niemand von ihnen sagte etwas; ihre Gesichter waren unbewegt wie Marmorbüsten. Dann durchzuckte ihn wie ein Blitz namenlose Freude. Quintus war nicht tot! Quintus lebte! Im nächsten Augenblick sollte er seine Stimme hören, ihn umarmen, ihn ans Herz drücken. Er wandte sich und rief mit zitternder Stimme: „Quintus!"

Nichts antwortete ihm. Die Tür öffnete sich nicht. Niemand sprach. Plötzlich wurde er des tiefen Schweigens in dem großen Raume inne. Bestürzt wandte er sich zurück, zu den drei Männern, und schaute in ihre glatten Gesichter. Und plötzlich wichen Freude und Frohsinn von ihm; ihn erfüllte Angst, die größte Angst seines Lebens, viel größer als angesichts seiner Mörder in Arpinum. Bebend beugte er sich vor und faßte den Tischrand, um nicht zu fallen. „Quintus?" stammelte er.

Schließlich sagte Sulla mit fast freundlicher Stimme: „Setz dich, Cicero! Du bist totenblaß. Ich muß dir ein paar erklärende Worte sagen."

Da gibt es nichts zu erklären, dachte Marcus. Wahrscheinlich soll Quintus hingerichtet werden, so wie tausend andere. Was hat mein guter, liebevoller Bruder ihnen angetan?

„So sprich!" stieß Marcus aus zusammengepreßter Kehle hervor. „Sprich! Spann mich nicht so auf die Folter!" Er schlug mit den Fäusten auf den Tisch.

Sulla zog die Brauen hoch und blickte Julius an. „Warum ist unser Cicero derart außer sich?"

Julius sagte sehr rasch: „Marcus, beherrsche dich! Quintus lebt. Er ist ein tapferer Soldat, und wir ehren ihn. Sulla behandelt ihn wie einen Sohn."

Marcus ließ sich in seinen Sessel fallen. Das Herz schlug ihm heftig an die Rippen. Ihm wurde totenübel. Er starrte Sulla an, dessen Gesicht sich etwas verfinsterte, als er sagte:

„Ich habe die Offiziere der römischen Heere außerhalb der Hauptstadt und im Ausland aufgerufen, sich mir gegen die konsularischen Truppen anzuschließen. Es war ihre Pflicht, das zu tun. Aber viele zeigten sich töricht und starrköpfig und meinten, sie müßten bleiben, wo sie waren. Ich trage ihnen diese unangebrachte Auffassung von Treue nicht nach. Dein Bruder gehörte nicht zu ihnen. Er ist sofort mit seinen Leuten aus Gallien zu mir nach Asien gekommen. Er hat eingesehen, daß seine Treuepflicht sich auf Rom bezog und nicht auf Cinna oder Carbo oder das Amt der Konsuln."

Seine blassen Augen hefteten sich auf Marcus und erwarteten eine Stellungnahme. Marcus begriff nicht, was Sulla von ihm wollte; er begriff nicht einmal, daß Sulla überhaupt etwas von ihm wünschen könnte. Er vermochte nur zu flüstern: „Quintus, Quintus!"

Julius hielt ihm einen Becher Wein hin. „Trink, lieber Freund!" forderte er ihn auf. „Du brauchst dich nicht zu ängstigen."

„Warum sollte Cicero sich ängstigen? Seinetwegen? Seines Bruders wegen?" fragte Pompejus mit leiser, bedeutsamer Stimme.

Marcus nahm den Wein nicht, sondern fragte bloß: „Wo ist Quintus? Warum kommt er nicht?"

„Er kann nicht", sagte Sulla mit fast mitfühlendem Unterton in seiner Soldatenstimme. „Er war lange dem Tode nahe, und wir hatten fast schon alle Hoffnung aufgegeben. Er hat mit mir bis vor die Mauern Roms die Samniter bekämpft und wurde am Collinischen Tor lebensgefährlich verwundet. Man trug ihn in ein nahes Bauernhaus, und von da an wurde er durch seine Leute und meinen eigenen Leibarzt betreut. Erst vor drei Tagen, als Aussicht bestand, ihn am Leben zu erhalten, wurde er hierher gebracht. Er ist noch immer in großer Gefahr und kommt nur zeitweise zu Bewußtsein. Aber mein Arzt glaubt, daß er durchkommen wird."

Ohne den Sachverhalt gleich ganz erfassen zu können, wandte Marcus sich in verzweifelter Wut gegen Julius. „Warum hat man mich, den Bruder, nicht verständigt? Meine Eltern und ich, wir leben seit fast einem Jahr in Qual und Bangen. Du weißt doch, wo ich wohne, Julius! Ein Wort, ein einziges Wort hätte unsere schreckliche Angst vermindert, und du hast mir dieses Wort nicht gebracht!"

Julius' Miene änderte sich. Er zögerte. „Es war unmöglich."

Mit einem Blick, in dem sich Zorn und Abscheu mischten, sah Marcus den jungen Caesar an. „Nein", sagte er, „ich werde nicht fragen, warum es dir unmöglich war. Du sagst es mir ja doch nicht." Er wandte sich an Sulla. „Wieso haben wir nie einen Brief von meinem Bruder erhalten? Nur ein paar Zeilen, und wir hätten nicht mehr in Furcht und Sorge leben müssen!"

Sulla wurde ungeduldig. „Hast du vergessen, wie ich zu den Konsuln stand? Daß sie mich als Verfemten, als Aufrührer, als Verräter betrachteten? Daß ich jahrelang im Exil war, während Marius, Cinna und Carbo Rom beherrschten und fast zugrunde richteten? Hätte ich meine eigenen heldenhaften Offiziere, wie deinen Bruder, an sie verraten und damit ihre Familien in Rom der feigen Rache von Mordbuben aussetzen sollen? Ich habe meinen Offizieren im Interesse ihrer Familien verboten, nach Hause zu schreiben. Glaubst du, ihr, deine Eltern und du selber, wäret am Leben geblieben, wenn Cinna und Carbo erfahren hätten, daß dein Bruder bei mir dient? Überlege einmal, Cicero!"

Marcus nahm mit zitternder Hand den Becher, den Julius neben ihn hingestellt hatte, und trank ihn mit einem Zuge leer.

„Du unterschätzt deine Bedeutung und deinen Ruf, Cicero!" fuhr Sulla in väterlichem Tone fort. „Du wärest nicht mehr am Leben, wenn dein Bruder dir geschrieben hätte." Er seufzte und rückte nervös in seinem Sessel. „Schau dir nur dieses Rom an! Das niedere Volk hat nichts mehr vom alten Römertum an sich. Oft sind diese Menschen die Söhne oder Enkel einstiger Sklaven, ein vielsprachiges Gemisch fremder Rassen und Religionen. Was wissen die noch von den Gründern Roms, von unseren angestammten Überlieferungen und Einrichtungen, von unserer Verfassung und unserem geschichtlichen Erbe? Echte alte Römer gibt es nur mehr in der Minderzahl, und als lästige Mahner an ehrwürdige Tugend waren sie den Marius, Cinna und Carbo verhaßt. Hast du vergessen, Cicero, wie hier in der Stadt, während ich im Exil war, endlos gemordet wurde? Nur die Götter haben dich und deine Familie gerettet!"

Marcus hatte die Empfindung, als wäre in seiner Seele eine gleichgestimmte Saite angeklungen, und widerstreitende Gefühle erfaßten ihn; denn was er aus Sullas Munde eben gehört hatte, waren vielfach ihm wohlbekannte, vom Großvater her vertraute Worte gewesen. Sulla fuhr fort: „Man kann ein Volk nicht ohne die Schärfe des Schwertes zu den alten Tugenden zurückführen. Ich habe das Schwert gebraucht. Du verabscheust mich deshalb, Cicero. Aber du bist noch jung. Später wird dir die Einsicht kommen." Wieder seufzte er. „Ich rede mir nicht ein, daß meine Bemühungen dauernden Erfolg haben werden. Ich schiebe den endgültigen Untergang meines Landes bloß hinaus."

Er winkte dem Pompejus, ihm den Becher wieder zu füllen. Marcus schwieg. Aber er dachte: Wie gewunden und verschlungen sind doch die

Pfade des Menschen! Nichts an ihm ist geradlinig, nichts aus einem Guß! Alles, was Sulla da sagt, ist Geist von meinem Geiste. Und doch ist er zugleich ein erbarmungsloser Mörder, hat die Verfassung vielfach gebrochen und meinem Lande das Joch der Militärherrschaft auferlegt. Wie zwiespältig sind die Herzen der Menschen! Und wie verworren ihre Seelen!

Sulla trank seinen Wein, verschränkte dann die Hände auf dem Tisch und blickte sie an. „Dein Bruder hätte im Schlachtgetümmel den Tod gefunden, wenn ihm nicht Lucius Sergius Catilina zu Hilfe gekommen wäre." Bei der Nennung des verhaßten Namens wurde Marcus ganz regungslos; er konnte nur den General anstarren. „Dein Bruder wurde im Kampfe von angreifenden Samnitern aus dem Sattel geworfen und fiel zu Boden. Sie bohrten ihm ihre Lanzen in Hals und Brust und Arme. Im nächsten Augenblick wäre er tot gewesen. Da stürzte sich Catilina mit einigen seiner Gefährten auf die Angreifer und erschlug sie. Dein Bruder verdankt ihm das Leben."

Eine Zeitlang konnte Marcus kein Wort hervorbringen. Dann stammelte er: „Offenbar wußte Catilina nicht, daß es mein Bruder war."

Sulla lächelte düster. „Er kennt ihn sehr gut; sie waren Waffenbrüder. Catilina ist in erster Linie guter Soldat. Ein römischer Krieger war in Todesgefahr; also hat er ihn gerettet. Die beiden sind ja nicht verfeindet. Wäre es nicht auch an der Zeit, daß du deinen Schuljungenzwist mit Catilina vergißt und dich ihm dankbar zeigst?"

Marcus barg das Gesicht in den Händen. „Laß mich nachdenken!" murmelte er. Er spürte, daß die Stille rings um ihn steinern wurde. Wolken trieben durch seinen Geist und flohen, wenn der Blick sie erfassen wollte. Catilina hatte seinem Bruder das Leben gerettet. Dafür gebührte ihm Dank. Catilina hatte Livias Seele zerstört. Aber jetzt gebührte ihm Dank. Hätte ich ihn seinerzeit getötet, dachte Marcus, so wäre mein Bruder heute nicht mehr am Leben. „Ich bin Catilina dankbar", sagte er schließlich mit dumpfer Stimme. „Aber zwischen uns stehen andere Dinge, über die ich nicht reden kann, weil das über meine Kraft geht."

„Das Leben", bemerkte Sulla grimmig, „geht den meisten von uns über die Kraft."

„Ja", pflichtete Marcus bei, „es geht durchaus über unsere Kraft." Bleischwer lag ihm Müdigkeit in allen Gliedern. „Kann ich meinen Bruder sehen?"

Julius sprang rasch auf. „Lieber Marcus, lieber Freund, ich führe dich zu ihm. Er wird dich vielleicht nicht erkennen. Aber sei überzeugt, daß er durchkommt!"

Er mußte Marcus beim Aufstehen stützen, und er tat es liebevoll. Sulla und Pompejus sahen schweigend zu, wie die beiden ins Atrium traten. In diesem Augenblick öffnete sich das Straßentor, und in einem Schwall wirbelnder Schneeflocken trat über die Schwelle eine junge, schöne Frau. Fröhlich lachend schob sie die Kapuze von ihren dichten goldblonden Locken zurück. Ihre Wangen waren rosig; zwischen ihren geöffneten Lippen zeigten sich blendendweiße Zähne. Sie verbreitete einen erregenden Hauch von Lebhaftigkeit und Lebensfreude. Ihre schimmernden, funkelnden Augen hatten die warme Farbe brauner Seide. Edelsteine glitzerten an ihrem Hals, ihren Handgelenken, ihren Fingern. Ihre kleinen Füße staken in goldfarbenem Schuhwerk, und sie trug eine gelbe, mit bunten Blumenmustern bestickte Wolltunika. Ihr Lachen war wie Lautenklang.

„Julius!'' rief sie und streckte ihm die parfümierte Hand zum Kusse hin.

„Göttin!'' begrüßte Julius sie und küßte ihr die weiße Hand.

Über Julius' gesenkten Kopf hinweg musterte die Besucherin seinen Begleiter. Ihre Lippen waren sinnlich, ihre Brüste gewölbt, ihre Arme schneeweiß. Sie hatte etwas Frühlingshaftes, voll Verheißung, voll brennenden Verlangens nach Erfüllung. „Wer ist das?'' fragte sie Julius mit wohltönender, aber entschiedener Stimme.

„Ein Freund Sullas'', sagte Julius und ließ ihre Hand widerstrebend los. „Marcus Tullius Cicero, ein Anwalt.''

Sie schien enttäuscht; offenbar hatte sie einen berühmten Namen erwartet.

„Das ist Aurelia Orestilla, lieber Marcus'', stellte Julius vor.

Marcus hatte sie nie gesehen, aber von ihr gehört. Sie war eine sehr reiche junge Frau, zweimal geschieden, sittenlos und übelbeleumdet. Ihre Liebesabenteuer waren stadtbekannt. Zotige Lieder gingen über sie um. Ihr Name war oft zusammen mit unflätigen Bemerkungen auf die Häuserwände gekritzelt worden. Sie sah unglaublich lebendig und lebensgierig aus. Ihr Gesicht war das eines ungeratenen Kindes, glatt und verderbt.

„Wo ist Lucius?'' fragte sie den jungen Caesar.

Mit einem Seitenblick auf Marcus antwortete er: „Gleich wird er hier sein.''

„Catilina?'' rief Marcus. Julius nahm ihn beim Arm wie ein jüngerer Bruder. „Wolltest du nicht Quintus aufsuchen?'' lenkte er ab und führte Marcus weiter. Dann fügte er noch hinzu: „Sulla heißt auch Lucius.''

„Aber sie hat sich nach Catilina erkundigt'', beharrte Marcus, wieder von seinem alten Haß überwältigt. „Lüg mich nicht an, Julius! Seit deinem fünften Lebensjahr kann ich in deinen Mienen lesen wie in einem Buch.'' Er riß sich los.

Julius lachte und hängte sich wieder ein. „Weiber sind Weiber'', sagte er. „Von ihnen dürfen wir uns nicht den Kopf verdrehen lassen. Sie mögen ja oft schöne Geschöpfe sein. Aber wir sind Männer.''

Während Marcus durch lange, in der Frühwinterdämmerung schwach schimmernde Gänge geführt wurde, dachte er an Catilinas Kommen, und neuerlich verfinsterte sich sein Gemüt vor Bestürzung. Catilina war rachsüchtig, lasterhaft und gewissenlos; er war, verglichen mit Julius, der wenigstens seine schlechten Eigenschaften kannte und selber über sie spottete, viel ärger. Mochte er auch Quintus gerettet haben, jetzt stellte seine Anwesenheit in diesem Hause eine Bedrohung für ihn dar.

Julius blieb vor einer großen Erztür stehen und klopfte rasch daran. Ein alter Mann in schlichter weißer Toga öffnete — offenbar der Arzt, von dem Sulla gesprochen hatte. „Sei gegrüßt, Antonius!" sagte Julius. „Ich bringe da Besuch, den Bruder unseres Quintus."

Der Arzt verneigte sich vor Marcus. „Sei gegrüßt, edler Cicero! Du wirst dich sehr ruhig verhalten müssen, um meinen Patienten nicht zu stören, der nach langen, schweren Monaten noch immer zwischen Leben und Tod schwebt. Nur Asklepios, der Heilgott, selbst hat ihn am Leben erhalten, und es ist ein Wunder. Oft schon hat sein Atem ausgesetzt, und ich dachte, nun sei es bestimmt zu Ende mit ihm. Aber sein starkes Herz hat immer wieder gesiegt. Er hat einen fast übermenschlichen Willen; er wollte einfach nicht sterben. Er ist ein echter Römer."

Es dauerte eine Weile, ehe Marcus ein Wort hervorbrachte. „Ich kann dir deine hingebungsvolle Pflege nie vergelten, Antonius. Wird er mich erkennen?"

„Das weiß ich nicht", erwiderte der Arzt. „Wenn nicht heute, so vielleicht später." Der Arzt war hager und hochgewachsen, und seine Glatze schimmerte schwach in dem matten Lichte hinter ihm. Er sah Marcus mitfühlend an. „Du mußt dich darauf gefaßt machen, daß dein Bruder ganz anders aussieht als früher."

Marcus versuchte sich zu beherrschen. Aber seine Knie wurden weich, als er in einen prächtigen Raum mit weißmarmornen, von schwarzen Steinstreifen gesäumten Wänden trat, auf dessen Fußboden dicke, warme, dunkelrote Teppiche lagen und dessen Fenster zum Teil von einem geschnitzten, durchbrochenen Ebenholzschirm verdeckt war. Mitten im Raume stand ein großes, weißes, mit Pelzdecken belegtes Holzbett. Buntschillernde chinesische Vasen schmückten die Zimmerecken, und auf einer gedrungenen Marmorsäule in der Nähe des Bettes erhob sich eine große eindrucksvolle Marsbüste, vor der ein Votivlicht brannte.

Marcus eilte zu dem Bett und sah auf den blauen und goldfarbenen Seidenkissen ein Gesicht. Er war darauf vorbereitet, daß die lange, schwere Leidenszeit seinen Bruder sehr verändert haben würde; aber daß dieser ausgemergelte, kaum atmende Mann sein geliebter Bruder Quintus sein sollte, konnte er nicht glauben. Der Körper des Kranken schien alt und so geschrumpft, daß er kaum die Pelzdecken aufwölbte. Die Haut war fahl; die geschlossenen Augen lagen in mattpurpurnen Höhlen. Die blassen Lippen waren eingesunken; über die knochige Stirn zogen sich tiefe Furchen. Eine zugeheilte Narbe lief gewunden von der linken Schläfe zum Kinn und schimmerte häßlich.

„Nein, nein, das ist nicht mein Bruder!'' stöhnte Marcus unter Tränen. Dann fiel er auf die Knie und legte den Kopf neben den Bewußtlosen. „Quintus!'' rief er. „Quintus, hörst du mich? Ich bin es, dein Bruder Marcus.''

Draußen peitschte der Schnee gegen das Fenster, und der Wintersturm heulte. Das Votivlicht flackerte auf und sank wieder in sich zusammen. Quintus rührte sich nicht. Marcus nahm eine kalte, leblose, abgemagerte, schwere Hand und drückte sie an seine Wange. Dann öffneten sich langsam zitternde Lider, der Kopf drehte sich, und Marcus sah trübe, leere Augen, die Augen eines Menschen, der den Tod gesehen hatte und noch sah.

„Quintus!'' rief er wieder. „Liebster Bruder!''

Verzweifelt starrte er in das totenkopfähnliche Gesicht und in die blicklosen Augen. Dann zuckte in seinen Fingern die kalte Hand ein wenig, eine Kinderhand. In die Augen trat ein ganz leichter Schimmer, und die trockenen Lippen bewegten sich. Marcus beugte sich über das Gesicht und hörte ein Flüstern: „Marcus?''

„Er erkennt dich!'' frohlockte der Arzt. „Zum erstenmal erkennt er jemanden! Oh, wir bringen ihn durch! Wir geben ihn seiner Familie wieder!''

„Liebster Quintus!'' schluchzte Marcus. „Schlaf nur weiter!'' Er hielt die kalten Finger zwischen seinen beiden warmen Händen, als wollte er dem Bruder etwas von der eigenen Kraft übertragen. „Ich bringe dich heim. Die Eltern erwarten dich. Du kannst beruhigt sein.''

Die Lippen verzogen sich zu einem ganz leichten Lächeln, dem Schatten des einstigen fröhlichen Grinsens. Aber die Finger regten sich zwischen Marcus' Handflächen, der Puls ging stärker. Und plötzlich seufzte Quintus tief und zufrieden auf und fiel in Schlaf. Marcus spürte eine mitleidige Hand auf seiner Schulter und hörte Julius' Stimme: „Jetzt ist es sicher, daß er am Leben bleibt.''

Auf dem Wege zum Krankenzimmer seines Bruders hatte Marcus beschlossen, ihn sofort aus diesem Hause zu bringen; nun aber wußte er, daß es unmöglich war. Der Lebensfunke war so schwach, daß er durch jede Bewegung, jede Anstrengung erlöschen konnte. Dann bemerkte Marcus, daß hinter der Marsbüste zwei junge Soldaten standen, in Helm und Rüstung, wachsam und schweigend. Mit erzwungen ruhiger Stimme sprach er sie an: „Seid ihr Legionäre meines Bruders?''

Sie traten grüßend näher. „Ja, Herr. Wir bewachen ihn Tag und Nacht, achten auf jeden Atemzug und helfen dem Arzt, der ihn auch nie verläßt. Er ist unser Offizier. Er gilt uns mehr als das eigene Leben.''

„Steht ihr jetzt ... unter jemand anderes Befehl?'' fragte Marcus.

„Nein, Herr. Nur unter dem seinen." Marcus musterte die entschlossenen jungen Gesichter, die leidenschaftlichen schwarzen Augen. „Wir lieben ihn mehr als einen Bruder."

„Möge Mars euch beschützen, und Jupiter euch segnen!" sagte Marcus, und plötzlich liebte er alle Soldaten.

Der sehr kluge, einfühlsame Julius sagte, nachdem er das Gespräch angehört hatte, liebevoll: „Du brauchst keine Angst zu haben. Niemand wird ihm etwas zuleide tun. Er steht unter Sullas Obhut, der ihn väterlich liebt."

Marcus und Julius kehrten zu Sulla zurück. Der General blickte Marcus mit freundlicher Miene an. „Quintus wird davonkommen", sagte er und goß seinem Gaste Wein in den Becher. „Ehe es Frühling wird, kannst du ihn heimnehmen. Noch vor ein paar Tagen hätte man gemeint, er liege im Sterben oder sei schon tot. Nur Mut!"

Marcus war so aufgewühlt, daß er bloß stammeln konnte: „Ich bin dir dankbar. Ich bin dankbar." Er faßte den Becher. Doch bevor er trank, schloß er die Augen und sagte dann: „Aber ich muß aufrichtig sein. Seit ich weiß, daß Catilina im Hause ist, fürchte ich für meinen Bruder."

Sulla lachte kurz auf. „Unsinn! Catilina hat ihn gerettet. Er ist stolz darauf, daß Quintus am Leben bleibt. Die beiden sind Waffengefährten, und Soldaten lieben einander. Überdies bin auch noch ich hier. Ich habe dem Arzt versprochen, ihn freizulassen und fürstlich zu entlohnen, wenn er Quintus durchbringt. Glaubst du, er wird sich diese Aussicht verscherzen wollen?"

Julius führte seinen Freund wieder ins Atrium. „Die Sänfte wartet. Bring jetzt deiner edlen Mutter die Freudenkunde! Ich schätze sie sehr; sie war in meiner Kindheit auch zu mir wie eine Mutter. Bestelle ihr meine Grüße!"

Marcus blickte sich sehnsüchtig um und wäre am liebsten wieder zu seinem Bruder geeilt. Da bemerkte er im Säulenschatten am Ende des Atriums die Gestalten Aurelias und Catilinas. Die beiden sahen ihn nicht oder kümmerten sich nicht um ihn. Sie umarmten einander leidenschaftlich. Aurelia drückte lachend ihre Lippen an Catilinas Mund.

„Ein hübsches Bild!" meinte Julius lässig. „Oh, die Liebe ist wirklich etwas Schönes."

Als Marcus sich verabschiedet hatte und gegangen war, kehrte Julius zu Sulla und Pompejus zurück. „Habe ich dir nicht gesagt, Herr, daß unser Marcus ein Mann von unbeugsamer Rechtschaffenheit ist?"

Sulla lächelte düster. „Wie kommt es nur, daß ein solcher Mann dir freundschaftlich gesinnt ist, Caesar? Welche Zauberkräfte hast du? Ach, wenn es doch mehr solche Männer in Rom gäbe!"

Pompejus sagte: „Ich habe Cicero gering geachtet, weil er ein Zivilist und ein Advokat ist. Aber jetzt bin ich ihm gewogen."

XXV

Helvia hörte sich den Bericht ihres älteren Sohnes über seinen Besuch bei Sulla schweigend und aufmerksam an. Nur die Wellen grauen und olivbraunen Lichtes in ihren großen Augen und die krampfhaft verschränkten Hände verrieten ihre Freude darüber, daß ihr Lieblingssohn geborgen und unter Sullas Schutz war. Sie sagte: „Morgen muß ich ihn besuchen."

„Dafür habe ich schon gesorgt", erwiderte Marcus. „Wenn er besser beisammen ist, bringen wir ihn heim. Dann fahren wir alle nach Arpinum. Ich bin müde."

„Ja", entgegnete sie und legte ihm die Hand auf den Arm. „Jetzt kann ich diesen Sulla nicht mehr hassen. Ich bin eine Mutter und freue mich, daß Quintus in Sicherheit ist. Aber du bist noch immer schlecht auf ihn zu sprechen."

„Ich hasse die Dinge, die er vertritt."

„Auch dem Catilina müssen wir dankbar sein", meinte Helvia.

„Er hat nur seine Soldatenpflicht getan", erklärte Marcus. „Glaubst du, ich kann vergessen, was er Livia, seiner Frau, angetan hat? Zwischen uns ist ewige Feindschaft."

„Was sollen wir deinem Vater erzählen?" fragte Helvia.

Marcus überlegte, und er tat es mit kühler Bitterkeit. Er schrak zurück vor der Aussicht auf die entzückten Freudenrufe des Vaters, auf seine Gefühlsergüsse, seine überschwengliche Dankbarkeit gegenüber Göttern und Menschen, seine Vernachlässigung jeder Vorsicht. Er sagte zur Mutter: „Wir müssen da behutsam sein. Der Vater ist gebrechlich, und da kann eine plötzliche Freude manchmal genauso schädlich sein wie eine Trauerkunde. Ich denke, wir gehen zu ihm und erzählen ihm, ein Waffengefährte von Quintus habe uns die Botschaft überbracht, daß er wohlauf ist und bald bei uns eintreffen wird."

Helvia lächelte verständnisvoll. „Das wird am besten sein", sagte sie.

Auch so äußerte Tullius zügellose, kindische Freude. In sein abgehärmtes Gesicht trat ein helles Leuchten. Er redete angeregt. Die Götter seien gnädig; auch die Menschen zeigten sich gutherzig, sogar heutzutage. Er umarmte Marcus und sagte: „Du wirst sehen, alles geht gut aus. Rom ist noch Rom. Der Mensch ist noch gut. Aber zwischen uns beiden hat es in der letzten Zeit eine Entfremdung gegeben, Marcus. Dein Gesicht ist für deine jungen Jahre viel zu ernst, deine Stirn viel zu gefurcht. Du darfst nicht übertrieben hohe Anforderungen an die Welt stellen, mein Sohn", erklärte der Mann, der immer von der Welt Besseres erwartet hatte, als sie gewähren konnte, und dann über seine Enttäuschungen vergrämt gewesen war. „Warum reden wir gar nicht mehr miteinander, Marcus?" fragte er in kläglichem Ton.

„Ich muß für den Unterhalt der Familie sorgen", betonte Marcus. „Ich bin kein junger Bursche mehr. Ich bin ein Mann und Anwalt. Wenn ich abends heimkomme, fühle ich mich sehr müde." Er suchte nach einem Zeichen des Verständnisses in der Miene des Vaters. Aber Tullius nickte nur: berufstätige Menschen waren eben oft müde.

Unmerklich begann der Winter in den Vorfrühling überzugehen. Marcus übte emsig seine Anwaltstätigkeit aus. Manchmal packte ihn Verzweiflung, und er empfand sein ganzes Mühen als sinnlos. Vor Gericht berief er sich auf die Verfassungsgesetze, obwohl er wußte, daß die alte Verfassung nicht mehr bestand und durch ein eisernes Regime erbarmungslosen Militarismus ersetzt worden war. Er appellierte an die Ehrenhaftigkeit der Richter, obwohl er wußte, daß Ehre ein toter Begriff geworden war. Oft hatte er das Gefühl, er sei ein grotesker Schauspieler in einer von einem Tollhäusler geschriebenen läppischen Komödie. Die Richter, Heuchler fast allesamt, nickten feierlich, weil sie sich in einer chaotisch gewordenen, von Bestien erfüllten Welt gerne noch als Menschen betrachtet sahen. Manchmal kostete es Marcus große Mühe, nicht laut aufzulachen. Immerhin, dachte er, war es schließlich vielleicht doch besser, wenn ein Bösewicht Recht und Gerechtigkeit hochzuhalten vorgab, als wenn er sie offen verachtete und verhöhnte.

In dieser Zeit erhielt Marcus einen Brief von seinem alten Freund Noah ben Joel. ‚Freue Dich mit mir, Liebster, denn ich habe eine Tochter', schrieb er, ‚ein Kind, so süß wie Jasmin. Meine Eltern haben beschlossen, nicht mehr nach Rom zurückzukehren. Aber ich werde noch vor der Sonnenhitze bei dir sein und freue mich sehr darauf.' Noahs Briefe waren immer vorsichtig, weil er aus guten Gründen den Menschen mißtraute. ‚Wir hören verschiedene Gerüchte über Rom und Sulla. Aber ärger, als es schon war, kann es in Rom nicht werden.'

Eines Tages kam Marcus besonders niedergeschlagen von einer Gerichtsverhandlung in sein Büro zurück. Ein Mitarbeiter meldete ihm, eine geheimnisvolle Dame habe nach ihm gefragt. „Sie wollte weder ihren Namen nennen noch eine Botschaft hinterlassen", erklärte der Hilfsanwalt, ein sehr junger, romantisch angehauchter Mann. „Sie kam in einer Sänfte mit geschlossenen Vorhängen und hat die Mantelkapuze nicht zurückgeschoben, so daß ich ihr Gesicht kaum sah. Aber ihre Stimme klang keinesfalls alt. Sie hat etwas von Testament gemurmelt."

„Sie wird schon wiederkommen", sagte Marcus müde, legte den Mantel ab und blickte auf seinen mit Schriftstücken und Büchern bedeckten Tisch.

„Ich glaube nicht, Herr", erwiderte der junge Mann. „Als ich ihr sagte, daß du nicht hier bist, hat sie mit entsagender Gebärde die Hände gehoben und ist gegangen, wie jemand, dem man einen kleinen Aufschub der Hinrichtung verweigert hat."

„Du hast eine blühende Einbildungskraft", scherzte Marcus. „Damen sind oft theatralisch, besonders, wenn sie Testamentsgeschichten im Kopf haben."

Der junge Mann war hartnäckig. Er hatte Rechtswissenschaft studiert, weil ihm die Anwaltstätigkeit als etwas sehr Dramatisches vorkam. Seinen Chef hielt er für einen nüchternen Verstandesmenschen. Er sagte: „Aber die Dame war jung, und trotz des Mantels hat man ihre schönen Körperformen bemerkt. Ihr Haar muß zerrauft gewesen sein; denn eine Locke ist ihr aus der Kapuze geglitten und bis auf die Schulter gefallen. Wunderbar blonde Haare! Aber vielleicht gefärbt. Der Mantel war aus herrlichem Stoff, und die Sänfte prachtvoll."

Marcus stützte sich auf den Tisch, und das Herz begann ihm heftig zu klopfen. Er versuchte sich zu beherrschen. Er sagte sich vor, helles Haar sei in Rom jetzt bei Damen nichts Ungewöhnliches, weil alle möglichen absonderlichen Nuancen ausprobiert wurden. Selbst sehr vornehme Damen färbten sich die Haare goldblond, obwohl das als Dirnenmerkmal galt und man ihnen auf der Straße „Gelbhaarige!" nachschrie. Aber Marcus mußte sich plötzlich setzen und starrte seinen Gehilfen an. „Nicht gerade blond, sondern mehr mit einem Stich ins Bräunliche?" fragte er.

„Ja, Herr!" bestätigte der junge Mann glückstrahlend. „Und ihre Stimme war zwar ganz schwach und leise, aber edel und wohltönend."

Livia! dachte Marcus. Er kämpfte gegen diesen unwahrscheinlichen Einfall an. Doch sie war schon immer, auch als ganz junges Mädchen in Arpinum, abseitig gewesen, seltsam, der Berührung oder dem Rufe unzugänglich, eine so flüchtige, rätselhafte Nymphe, daß sie wie ein Nebelgebilde den zugreifenden Händen entschwand. Im Lauf der Jahre waren ihm Gerüchte zu Ohren gekommen, wonach Catilinas Frau den Verstand verloren habe, und ihr Verhalten damals im Tempel war ja tatsächlich verworren gewesen, ihre Redeweise zusammenhanglos.

Marcus sann angestrengt und immer aufgeregter nach. Vielfach tuschelte man, Lucius Sergius Catilina, der Aristokrat, treibe sich jetzt mit dem Abschaum Roms herum: mit den zuchtlosen Söhnen und Enkeln von Sklaven und Freigelassenen, mit Schauspielern, Gladiatoren, Faustkämpfern, Ringern, Dieben und Zuhältern, mit Pfandleihern, denen er ein Vermögen schuldig sei, mit Würflern und anderen Glücksspielern, mit bankrotten Rennstall- und Zirkuswagenbesitzern, kurz, mit allen Angehörigen der ausgedehnten, düsteren Unterwelt Roms.

Das römische Recht machte den Ehegatten zum Eigentümer des eingebrachten Vermögens seiner Frau; aber es bestimmte auch, daß er bei einer von ihm begehrten Scheidung die Mitgift zurückgeben mußte. Es hieß, Catilina habe sein eigenes Vermögen und auch das seiner Frau bis zum letzten Sesterz durchgebracht. Doch von einer Scheidungsabsicht Catilinas verlautete nichts, trotz seiner allgemein bekannten Vernarrtheit in die sittenlose Frau mit dem Gesicht eines ungeratenen Kindes, Aurelia Orestilla, an der, wie Sallust später feststellen sollte, kein anständiger Mann je etwas anderes zu rühmen fand als ihre Schönheit. Selbst die Vorteile, die Catilina aus seiner anscheinenden Sulla-Treue zog, machte er mit fröhlicher Unbekümmertheit selbst wieder zunichte. Mit vielen seiner Standesgenossen teilte er die patrizische Mißachtung oder zumindest Nichtachtung jener Verhaltungsregeln, die gesellschaftlich Niedrigerstehende im Zaum hielten. Man wußte weithin, daß er und seine Freunde Gnaeus Piso und Quintus Curius in Rom ein Leben führten, das selbst die nachsichtigsten Beurteiler aufreizend fanden. Curius hatte deshalb, obwohl Sulla ihn gern mochte, seinen erblichen Sitz im Senat verloren. Piso war eine durch und durch lasterhafte Spielernatur. Dieses liederliche Kleeblatt, an das Marcus jetzt dachte, kannte er schon aus seinen Jugendtagen.

Aurelia Orestilla war eine sehr reiche Frau. Sie liebte Catilina und wollte ihn heiraten, wenn er seine Ehe scheiden ließe. Aber dann mußte er Livias Mitgift herausgeben. Warum stellte Aurelia ihm nicht den erforderlichen Betrag zur Verfügung, so daß er sich freimachen konnte? In Geldfragen waren eben die Reichen, selbst wenn die Macht der Liebe sie berührte, recht zurückhaltend. Vielleicht wußte Aurelia auch nicht, daß Catilina sein ganzes Vermögen losgeworden war. Zu Bett gehen mochten reiche Damen mit Habenichtsen; aber sie zu heiraten, entschlossen sie sich selten.

Marcus überlegte weiter. Livias Vermögen war von ihrem Mann durchgebracht worden. Wenn sie jedoch einem Scheidungsbegehren Catilinas das Verlangen nach Rückgabe der Mitgift, über die sie letztwillig verfügen konnte, entgegensetzte, wurde Catilinas Zahlungsunfähigkeit offenbar, und Aurelia war für ihn verloren. Überdies betonte Sulla ständig, er habe die Unantastbarkeit des in solchen Fällen sehr strengen altrömischen Rechtes wiederhergestellt. Als grundsatztreuer Mann würde er Catilina, obwohl er ein guter Soldat war, fallenlassen.

Marcus entließ seinen Mitarbeiter und verfiel in tiefes Nachdenken. Falls Livias Eheband getrennt würde, wäre sie ja für eine neue Heirat frei. Wenn er nur Verbindung mit ihr aufnehmen könnte! Er würde ihr sagen, daß ihm am Gelde nicht das geringste liege, daß er nichts anderes wolle, als sie zur Ehefrau haben, daß er sie und ihr Söhnchen nach Arpinum bringen werde, wo sie in Frieden und Freuden leben würden. Im Übermaß des Entzückens über diese Vorstellung preßte er die Finger fest an die Handflächen. Die Frühlingssonne drang in seinen Arbeitsraum, wie eine sieghafte Verklärung, wie eine lautstarke Verheißung. Er spürte Livia in seinen Armen, ihre Lippen an seinem Mund. Bei ihm sollte sie alles Grauen und alle Qual ihrer Ehe mit Catilina vergessen! Er sprang auf und blickte voll Erregung um sich.

Bisher hatte er gemeint, seiner Sehnsucht nach Livia feste Zügel angelegt zu haben. Jetzt erkannte er, daß die mühsam gezäumte Leidenschaft nur auf eine Gelegenheit gewartet hatte, mit ihm durchzugehen. Was war alle diese letzten Jahre sein Leben anderes gewesen als dumpfe Eintönigkeit? Es war überhaupt kein Leben gewesen. Er hatte seiner Pflicht gehorcht. Aber Pflicht war eine strenge, knauserige Herrin, ohne Blumen in den Händen, ohne Leuchten im Haar, ohne Singen im Blick. Menschen, die sich ausschließlich dem Dienst der Pflicht widmeten, wurden zu Eunuchen. Sie zeugten keine Dichtwerke, vollbrachten keine Heldentaten, keine Höchstleistungen. Sie schmachteten in einem düsteren Verlies, in das nie Tageslicht drang, und ihre Finger waren von Staub verschmutzt.

Marcus schritt rasch in seinem Zimmer umher und stieß dabei gegen Tisch und Sessel und Bücherschrank. „Wo bin ich denn die ganzen letzten Jahre gewesen?" rief er laut in den Sonnenglanz am Fenster. Ihm war zumute wie jemandem, der aus starrem Scheintod zum Leben wiedererweckt worden ist.

Schließlich beruhigte er sich ein wenig, rief den jungen Mitarbeiter zurück und ließ sich von ihm nochmals alles über den Besuch erzählen.

Als er wieder allein war, begann er von neuem nachzusinnen. Nun war er ganz sicher, daß es sich bei der jungen Dame um Livia gehandelt hatte. Er mußte sofort zu ihr! Dann hielt ihn seine ihm jetzt höchst unerwünschte natürliche Bedachtsamkeit zurück. Von etwas innerlich überzeugt zu sein und es objektiv zu wissen, waren zwei ganz verschiedene Dinge. Sollte er Livia schreiben? Aber wenn sie es doch nicht gewesen war, würde die Botschaft ihre Verworrenheit nur noch steigern. Und schließlich konnte der Brief gar noch Catilina in die Hände fallen. War Livia tatsächlich hierhergekommen, so mochte ihr von ihrem Gatten Böses drohen.

„Was soll ich also tun?" fragte Marcus sich laut. Er hatte das Gefühl, die Zeit fließe mit unheimlicher Schnelligkeit an ihm vorbei, wie ein reißender Wildbach. Er wagte nicht zu zaudern und wagte auch nicht, etwas zu unternehmen. Dann fiel ihm Caesars Mutter Aurelia ein. Sie war ihm wohlgesinnt. Aus seiner Qual heraus, die ihn seine Anwaltsvorsicht vergessen ließ, schrieb er ihr einen Brief.

‚Ich habe Grund zur Annahme', schrieb er, ‚daß Livia, die Frau des Catilina, heute während meiner Abwesenheit in mein Büro kam. Kannst Du als Freundin meiner Mutter mir irgendeine Aufklärung dazu geben?' Er wußte, daß diese Anfrage eine fast krankhafte Unbeherrschtheit verriet; aber er fand keinen anderen Ausweg. Er fügte hinzu: ‚Ich bitte Dich, diesen Brief vertraulich zu behandeln. Du bist mit den Catilinas befreundet und kennst vielleicht ihre Familienangelegenheiten.'

Er übergab das Schreiben einem Boten. Und dann hieß es warten.

Das Rot eines Frühlingssonnenuntergangs leuchtete durch das Fenster, und noch war keine Antwort da. Die Dämmerung brach herein, der Stadtlärm klang näher, und noch war keine Antwort da. Endlich, als er schon die Hoffnung aufgegeben hatte, wurde ihm ein Brief ausgehändigt. Aurelia schrieb sehr freundlich, ohne sich als nüchtern denkende Frau über Marcus' Anfrage erstaunt zu zeigen. Livia sei seit einigen Wochen nicht mehr in Rom, sondern mit ihrem Söhnchen auf Besuch bei Verwandten in der Nähe von Neapel. In der letzten Zeit sei sie recht merkwürdig gewesen, und Leute, die sie liebten, hätten ihr einen Erholungsaufenthalt auf dem Lande empfohlen.

Das Schreiben wirkte auf Marcus niederschmetternd. Er kam sich wie ein alter lederner Weinschlauch vor, aus dem man den funkelnden, perlenden Inhalt bis zum letzten Tropfen entleert hatte. Die Besucherin war gar nicht Livia gewesen! Seine ganze neue Lebhaftigkeit wich von ihm, und er blickte um sich, voll Abscheu über sein Dasein, über seine gemordeten Hoffnungen.

Er konnte sich keiner Selbsttäuschung mehr hingeben. Ohne Livia war er nichts. Diese Erkenntnis erschütterte ihn heftig. Hatte er denn tatsächlich alle die Jahre hindurch gehofft, Livia sei nicht völlig von ihm abgerückt und würde eines Tages wieder für ihn erreichbar sein? Offenbar hatte er sich eingebildet, er sei zwar verwundet, könne aber mit dieser Wunde so weiterleben wie andere Menschen. Heute war ihm grelle Klarheit über sich selber geworden. Das Licht, das ihm ein paar Stunden lang gestrahlt hatte, war echtes Licht gewesen, und wirkliches Leben hatte ihn umflossen, voll leuchtender Buntheit, voll begeisternder Erfüllung. Wie sollte er nach diesem Erlebnis ein farbloses, nüchternes, bloß aus Pflichten bestehendes Dasein weiterführen, immerfort nur bedachtsame Worte sprechen, bis zum Grabe jeden Schritt behutsam schreiten, trockene Bücher lesen, öde Rechtsfälle den Richtern vortragen?

Er konnte sich jetzt eine Sänfte mit zwei Trägern leisten. Auch für die kurze Strecke, über die er in das Haus auf den Carinae getragen wurde, schloß er die Vorhänge. Er wollte diese Stadt und die vielen Gesichter auf den Straßen nicht sehen. Er kämpfte mit sich selber. Bis heute, dachte er, habe ich mein Leben doch nicht als so unerträglich empfunden. Und morgen hat eben alles wieder weiterzugehen. Ich muß ein Mann sein!

Quintus war seit einiger Zeit zu Hause. Er mußte noch das Bett hüten, erholte sich aber rasch. Seine Lebenskraft kehrte mit Riesenschritten zurück. Wie gewöhnlich war er in seinem Schlafgemach von Freunden umgeben, und Würfel rollten über die Bettdecke. Marcus, der kaum Freunde hatte, konnte nicht verstehen, daß Quintus deren so viele zählte und sich in ihrer Gesellschaft wohl fühlte. Für Marcus waren es kräftige, gesunde Burschen, aber noch unreif und wie alle unreifen Menschen voll hochgespannter Erwartungen dem Leben gegenüber. Sie erfüllten das Schlafgemach, das größte des Hauses, wie massige junge Bären; sie schrien und lachten und fluchten beim Würfeln und stampften in gespielter Wut auf und tranken Wein. In Marcus sahen sie einen ernsten, ‚älteren Herrn', obwohl der Altersunterschied nur vier oder fünf Jahre ausmachte. Er sah in ihnen Kinder. Heute wäre er gern ihnen und ihrem Lärm ausgewichen. Aber so wie immer steckte er pflichtgetreu den Kopf durch die Tür und begrüßte seinen Bruder; und so wie immer wurde er zu einem Becher Wein eingeladen. Und so wie immer lehnte er freundlich ab. Dann sah er Quintus einen Augenblick lang zögernd an, und ihm fiel ein, daß sein Bruder, seit er nach seiner Verwundung wieder zu Bewußtsein gekommen war, ihm gegenüber nie den Namen Catilinas erwähnt hatte.

Der Seelenschmerz in Marcus griff über das eigene Ich hinaus und erfaßte die in allen Fugen knarrende und krachende Welt rings um ihn. Irgendeinmal mußte doch der mißtönende Lärm des Menschengeschlechts schweigen! Die Stimmen von Tiger und Löwe und Adler, von Sturzbach und Donner, sie klangen in einem Zaubergesang der Schöpfung zusammen. Nur der Mensch stand außerhalb; nur der Mensch war der Mißklang, die verstimmte Laute, die rissige Trommel, die verbeulte Trompete. Er war ein Fremdling auf dieser Erde, weil er mit dem Denkvermögen behaftet war, und das Denken konnte den Menschen um den Verstand bringen, zugrunde richten. Nur der Mensch fühlte wirkliche Trauer. Wozu war er geschaffen worden?

Der Vorhang seiner Schlafkammer wurde beiseite geschoben, und Helvia stand auf der Schwelle. Er sah ihre rauhen, von endloser Arbeit zerschundenen Hände. Mutter und Sohn blickten einander schweigend an. Er konnte nicht sprechen. Sie nickte, als fände sie eine Vermutung bestätigt.

„Etwas Böses ist dir zugestoßen, mein Sohn", sagte sie. „Aber das widerfährt jedem Menschen. Wir müssen es tragen. So ist nun einmal unser Schicksal."

„Ich habe die Geduld verloren", entgegnete er.

Helvia schüttelte den Kopf. „Du wirst sie wiederfinden, Marcus." Sie ging, und er blieb allein mit seiner Verzweiflung.

Er blickte auf den Tisch. Er hatte eine lange Reihe von Aufsätzen begonnen, die zur Veröffentlichung bestimmt waren. Er streckte den Arm aus und fegte die Schriftrollen vom Tisch, als könnte er ihren Anblick nicht ertragen.

XXVI

Die lichtlosen Tage gingen unerbittlich weiter. Dann kam eines Morgens ein Schreiber zu Marcus und meldete aufgeregt: „Der edle Julius Caesar ist hier und wünscht dich zu sprechen, Herr! Und in seiner Begleitung ist der vornehme Patrizier Lucius Sergius Catilina!"

Starkes Widerstreben und Unbehagen erfaßten Marcus. Ihm schauderte. Aber er sagte sich vor, er dürfe sich nicht kindisch verhalten. Catilina, der dem Quintus das Leben gerettet hatte, war sicher nur aus gedankenloser Kameradschaftlichkeit mit Julius mitgekommen. Konnte Catilina die alte Feindschaft, den alten Haß vergessen haben? Nein, das war unmöglich. Marcus winkte dem Schreiber, die Besucher hereinzuführen, und stand auf.

Es war noch Vorfrühling. Die Sonne brannte jedoch schon heiß, und das Arbeitszimmer wurde von warmem, goldenem Licht durchflutet Julius trat ein, überschwenglich wie immer, liebevoll lächelnd. „Sei gegrüßt, Marcus!" rief er und umarmte den alten Freund. Er war prächtig in Weiß und Purpur gekleidet; seine purpurroten Schnürschuhe waren mit Gold verziert. Seine lebhaften schwarzen Augen strahlten. Dann sah Marcus über Julius' Schulter hinweg dessen Begleiter.

Catilina war in Offiziersgewandung. Zur vollen schimmernden Rüstung trug er einen glänzenden, reich bossierten, mit buntem Email eingelegten Helm. An der Seite baumelte ihm ein kurzes Schwert. Er war schön und stattlich wie ein junger Gott. Seine auffallend blauen Augen glichen funkelnden Edelsteinen. Seine Arme und Beine waren wohlgeformt wie die einer edlen Statue. Seine Schultern luden breit aus, sein Nacken wölbte sich untadelig. Über die Rüstung hing ihm ein kurzer, karminroter Mantel; Armbänder zierten die Handgelenke, Ringe schmückten die Finger. Alles an ihm glitzerte. Eine Aura von Macht und Glanz und zwangloser Lässigkeit ging von ihm aus. Er stand nur schweigend da und musterte Marcus. Falls er Feindseligkeit oder Verachtung empfand, zeigte er sie nicht.

Marcus konnte kein Wort hervorbringen. Der scharf beobachtende Catilina bot ihm lächelnd, mit aufrichtiger Gebärde die Soldatenhand zum Gruß. Mechanisch streckte auch Marcus den Arm aus. Doch unmittelbar vor ihrer Berührung hielten beide Hände mitten in der Luft an und sanken wieder nieder. Der Raum zwischen ihnen war wie ein entblößtes, bedrohlich schimmerndes Schwert gewesen.

„Sei gegrüßt, Cicero!" sagte Catilina mit seiner wohllautenden Stimme. „Wie geht es unserem lieben Quintus?"

„Gut", erwiderte Marcus. Dünn, wie aus weiter Ferne, klang ihm die eigene Stimme ins Ohr.

„Ich muß ihn einmal besuchen", bemerkte Catilina unbefangen.

Marcus zwang sich, lauter zu reden. „Ich habe dir noch gar nicht dafür gedankt, Lucius, daß du ihm das Leben gerettet hast."

„Wir sind beide Soldaten", bemerkte Catilina lächelnd. „Und außerdem habe ich deinen Bruder gern. Er ist arglos und aufrichtig. Ein echter Soldat. General Sulla läßt ihn bestens grüßen."

Marcus konnte es nicht über sich bringen, länger über seinen Bruder mit Catilina zu reden. Er wandte sich an Julius, der sich ungezwungen hingesetzt und während des Gesprächs der beiden Feinde die Schriftstücke auf dem Tisch, ohne sich zu entschuldigen oder auch nur seine Neugier zu bemänteln, beguckt hatte. „Ist das ein Stumpfsinn!" rief er. „Da verklagt ein Krämer jemanden wegen dreißig Sesterzen! Dreißig Sesterzen! So ein Pappenstiel! Aber Kleinbürger sind eben kleinlich."

„Für einen Geschäftsmann, der sich sein Geld sauer verdient, sind dreißig Sesterzen kein Pappenstiel", sagte Marcus. Seine Wangen waren heiß und straff gespannt.

Julius lehnte sich in seinem Sessel zurück und sah seinen Freund wieder strahlend an. Dann schwand das Lächeln aus seinem Gesicht, und seine Miene wurde ernst. „Wir sind wegen einer wichtigen Sache gekommen, Marcus", begann er. „Du bist der zehnte Anwalt, den wir heute vormittag besuchen. Götter! Bei dieser Hitze und diesem Gestank in den Straßen! Wir sind müde." Trotz seiner feierlichen Miene blitzte in seinen schwarzen Augen Belustigung auf. „Willst du uns nicht ein bißchen Wein zur Erfrischung anbieten?"

„Wieder einmal in einer Klemme, möchte ich wetten!" bemerkte Marcus und schlug die Schelle auf seinem Tisch an.

„Ohne Sticheleien geht es bei dir nie ab", erwiderte Julius. „Nein, ich bin in keiner Klemme, die dich bekümmern oder dir Sorge machen könnte. Allerdings haben gerade wir beide uns ja immer heiß geliebt."

„Wirklich?" machte Marcus. Er vermied es, Catilina anzublicken, der noch immer etwas abseits dastand, und sagte: „Du hast erwähnt, ich sei der zehnte Anwalt, den ihr heute aufsucht. Wieso denn? Haben euch die anderen nicht entsprochen?"

„Sie konnten uns die gewünschte Auskunft nicht geben", antwortete Julius.

Syrius kam schweigend mit Wein und Bechern, goß ein und bot erst Catilina, dann Caesar und schließlich seinem Herrn die Becher. Die beiden Gäste tranken ausgiebig; Marcus aber konnte es nicht über sich bringen, mit Catilina zu trinken. Er nippte bloß und stellte dann den Becher wieder hin. „Was für eine Auskunft sucht ihr denn, Julius?" fragte er.

„Es handelt sich um ein Testament. Oder vielleicht um ein gar nicht errichtetes Testament", erwiderte Julius. Er blickte rasch Catilina an, der lässig weitertrank und durch seine Miene zu erkennen gab, daß er den Wein nicht übermäßig gut fand.

Aber Marcus hatte es einen Riß gegeben. „Wessen Testament?" fragte er.

„Ein etwas besserer Weinkenner bist du ja inzwischen geworden, lieber Freund", lobte Julius, während er seinen Becher wieder füllte. Endlich dachte er an das Trankopfer. „Meinem Schutzherrn Jupiter!" murmelte er mit frommer Stimme.

„Wessen Testament?" wiederholte Marcus nachdrücklich. Catilina schlich wie ein Leopard, dem er auch sonst ähnelte, näher heran. Wieder warf Julius ihm einen — diesmal anscheinend warnenden — Blick zu.

„Das ist eine traurige Geschichte", erklärte Julius. „Ich möchte nicht lange herumreden. Es geht um das Testament Livias, der Frau Catilinas." Marcus setzte sich mit einem Ruck auf. Catilinas Miene blieb angespannt. Julius hielt den Blick auf Marcus geheftet. „Weißt du etwas von einem solchen Testament?" erkundigte er sich in liebenswürdigem Tone.

Einen Augenblick lang konnte Marcus nicht sprechen. Er wußte, daß die beiden Besucher ihm wie Raubtiere auflauerten. Er wußte, daß sie irgendeinen Argwohn hegten. Mit zitternder Hand griff er nach seinem Becher, führte ihn zum Munde und zwang sich, einige Schlucke zu tun. Schließlich sagte er in die unheimliche, den Raum füllende Stille: „Von einem solchen Testament weiß ich nichts."

Aber die beiden jungen Männer beobachteten ihn noch immer scharf, Julius mit erhöhter Freundlichkeit, Catilina wie ein Soldat, der sich plötzlich einem Feinde gegenüber sieht und zum Angriff ansetzt.

„Du hast nie gelogen, leider", bemerkte Julius. „Darum muß ich dir glauben." Er sah Catilina an, und wieder blitzte Warnung in seinem Blick auf. „Ist es nicht unfaßlich, Lucius, daß es einen Anwalt geben sollte, der nicht lügt und stiehlt? Schau dir nur unseren Marcus an! Er ist die Redlichkeit selber; er belügt uns bestimmt nicht."

„Wozu lügen?" erwiderte Marcus. „Wenn ich von einem Testament wüßte, hätte ich einfach gesagt: ‚Klientensachen sind vertraulich, und ich kann darüber keine Auskunft geben.' " Er kam sich albern und lächerlich vor wie ein täppischer Bauer.

„So etwas!" rief Julius lachend, nachdem er ein anderes Schriftstück lässig vom Tisch genommen und überflogen hatte. „Da verlangt eine Dame die Scheidung, weil ihr Mann mit ihrer Schwester geflirtet hat! Ist das eine kleinliche, banale Person! Schließlich bleibt die Sache doch in der Familie!"

„Laß meine Aktenstücke liegen!" rief Marcus in plötzlicher Wut.

Julius starrte ihn mit gespielter Überraschung an. „Verzeih, lieber Marcus!" entschuldigte er sich. „Ich bin seit jeher neugierig. Das ist eine alte Schwäche von mir."

„Vorwitz hat schon manchen zu Fall gebracht", murmelte Marcus.

Julius verschränkte die Arme und setzte sich bequem hin. Aber sein

Blick blieb auf Marcus geheftet. „Bei keinem der Anwälte, die wir heute aufgesucht haben, ist Livia gewesen. War sie vielleicht bei dir?" Die unvermutete Frage wurde in ruhigem, jedoch sehr entschiedenem Tone gestellt.

Ehe er sich zurückhalten konnte, platzte Marcus heraus: „Wie hätte Frau Livia mich besuchen können, wenn sie gar nicht in Rom ist?" Im nächsten Augenblick war er tief bestürzt.

Wieder gingen Blicke zwischen Julius und Catilina hin und her. Nun aber fragte Catilina freundlich: „Wie kommst du darauf? Sie war zwar eine Zeitlang in einem Landhaus unserer Familie; aber inzwischen ist sie zurückgekommen. Woher weißt du von ihrer Abwesenheit?"

„Vom Hörensagen", antwortete Marcus.

Catilina zog mit verwunderter Unschuldsmiene die Brauen hoch. „Ist Livia zum Stadtgespräch geworden?"

Marcus erwiderte nichts. Julius sah ihn fest, mit einem schwachen, undeutbaren Lächeln an.

„Was ist dir Livia, daß du auf Gerüchte über sie achtest?" fragte Catilina. „Kennst du sie?"

In Marcus regte sich wieder der alte Wunsch, Catilina umzubringen. Aber er sagte nur: „Vom Sehen."

„Habt ihr miteinander gesprochen?" Die Patrizierstimme stocherte an ihm herum, wie ein Dolch, der die verwundbarste Stelle sucht.

„In unserer Kinderzeit", knurrte Marcus und ballte die Hände auf den Knien zu Fäusten. „Sie hat Arpinum besucht und kam auch auf unsere Insel."

„Die trauten Jugenderinnerungen", seufzte Julius mit einem süßlichen Grinsen. Er sah, wie erregt Marcus war, und wollte ihm weitere Qualen ersparen. „Komm, Lucius, gehen wir! Wir müssen noch andere Anwälte befragen."

„Mir scheint", sagte Catilina mit eiskalter Stimme, „der Anwalt, bei dem wir gerade sind, weiß Dinge, die wir nicht wissen. Ich wünsche, daß er sie uns mitteilt."

Marcus hob die Augen zu dem schönen Gesicht, und sein Haß und Ekel wuchsen. „Ich habe dir alles mitgeteilt, was ich weiß. Auf mich warten vier Gerichtsverhandlungen. Ich muß bitten, daß man mich in Ruhe läßt."

Aber Catilina bohrte unerbittlich weiter: „Hat meine Frau dich hier besucht?"

Marcus sprang auf und stellte sich vor ihm hin. „Und wenn es so wäre, würde ich es dir nicht auf die Nase binden."

„Also hat sie dich besucht", schloß Catilina und tastete unwillkürlich nach dem Schwertgriff. „Was hat sie dir gesagt, Cicero?"

„Willst du mir drohen, du?" schrie Cicero, vor Wut zitternd. „Gelüstet dich nach einem zweiten Waffengang, Catilina? Diesmal werde ich keinen Pardon geben!"

Julius legte rasch die Hand beschwichtigend auf Marcus' Arm. „Keine unüberlegten Dummheiten, lieber Freund! Du mußt Catilinas Schroffheit entschuldigen. Er hat einen großen Schmerz erlitten."

Marcus fuhr heftig auf und blickte von dem einen seiner Besucher zum anderen. „Livia?" flüsterte er.

„Hast du nicht gehört davon?" fragte Julius, und jetzt lag echtes Mitgefühl für Marcus in seiner Stimme. „Die arme Frau des Lucius ist doch seit vielen Jahren geistesgestört, vielleicht von Geburt an. Kam sie dir nicht schon als Mädchen seltsam vor?"

Marcus konnte kaum reden. „Das mit der Geisteskrankheit ist eine Lüge. Sie war ein einsam aufgewachsenes Waisenkind; ihre Eltern sind in jungen Jahren auf tragische Art gestorben. Davon hat sie mir bei den beiden einzigen Begegnungen, die wir als Kinder in Arpinum hatten, erzählt. Das mit der Geisteskrankheit", wiederholte er, „ist eine Lüge."

Julius verzog die Lippen zu einem mitleidigen Ausdruck. „Dann hat sie dir doch sicher auch erzählt, daß ihr Vater sich beim Tode seiner Frau an deren Bett umgebracht hat? Und wahrscheinlich auch, daß eine ihrer Tanten Selbstmord begangen hat, und ihre Großmutter gleichfalls? Livia war seit langem geisteskrank. Vielleicht hat sogar ihr und des Lucius Sohn etwas davon abbekommen."

„Nein", sagte Marcus bloß. Dann wurde ihm die merkwürdige Atmosphäre bewußt, die in dem Raum herrschte. Es war, als umzingelte ihn irgend etwas Feindliches.

„Du bist kein Arzt", wandte Julius ein. „Livias behandelnde Ärzte haben ihre Sinnesverwirrung bestätigt."

„Ich bin Anwalt", betonte Marcus. Ihm fiel etwas ein. „Ich kann ihren Zustand sehr wohl beurteilen. Ich habe sie in Rom zweimal zufällig getroffen. Man kennt mich allgemein als bedachtsamen Mann, der sich jedes Wort gut überlegt. Wenn ich beschwören sollte, daß Livia, die Frau des Lucius Sergius Catilina, geistig gesund ist, würde man meiner Aussage vollen Glauben schenken."

Angesichts von Catilinas bösartiger Miene verstärkte sich in Marcus das Gefühl einer ihn rings umlauernden Gefahr. Er dachte: Jetzt verstehe ich. Er will sich von Livia scheiden lassen, ohne die Mitgift herausgeben zu müssen. Er hofft, das durchzusetzen; dazu genügt es seiner Meinung nach, wenn er sich eidlich verpflichtet, seine frühere Gattin als Geisteskranke in stiller Abgeschlossenheit zu halten.

„Deine Hilfsbereitschaft ist lobenswert", meinte Julius seufzend. „Aber Livia war seit langem wegen ihrer Absonderlichkeiten in Behandlung der Hausärzte. Sie werden ihren Zustand beschwören. Um die Wahrheit zu sagen, sie haben es schon getan, vor dem Prätor."

Ach, das Verfahren läuft also schon! dachte Marcus mit erbittertem Lächeln. „Was wiegt die Aussage von Sklaven gegenüber der Bekundung eines römischen Bürgers, eines Anwalts?"

„Die Ärzte sind nicht Sklaven", berichtigte Julius. Er streckte die Hand aus, um Catilina zurückzuhalten, der schon halb das Schwert gezogen hatte. „Marcus, du bist ja besonnen, einsichtig und klug. Misch dich doch um Himmels willen nicht in diese Sache!"

„Was könnte ihn dazu treiben, außer ganz gemeiner Haß gegen mich?" rief Catilina. „Ich habe seinem Bruder das Leben gerettet. Aber er weiß mir keinen Dank dafür. Einer Marotte wegen möchte er mich zugrunde richten. Er ist eben ein Plebejer und ein Neidhammel. Niedrige Geburt läßt sich nicht verleugnen."

„Marcus ist nicht von niedriger Abstammung", widersprach Julius. „Seine Mutter, eine Freundin der meinen, ist aus dem Geschlecht der Helvier. Hört doch auf, euch gegenseitig zu beschimpfen!" Er betrachtete Marcus mitfühlend. „Als Jugendfreund möchte ich dir einen guten Rat geben. Laß dich nicht aus Rachsucht in Zwistigkeiten ein! Das ist unter deiner Würde und bringt dir nur Kummer. Für Livia ist es zu spät. Sie hat vorgestern ihren und des Lucius Sohn vergiftet und wollte sich dann selbst vergiften. Anscheinend war die Dosis zu schwach, und Livia fürchtete, am Leben zu bleiben. So hat sie sich erdolcht, und auch sie ist tot."

Marcus hörte die Worte. Er fühlte nichts, als daß eine große, lautlose Stille ihn umgab. Ihm war, als stünde er in einem Teich voll eiskalten Wassers, das sich überallhin dehnte. Nichts regte sich. Das Wasser stieg, und sein ganzer Körper erstarrte vor Kälte. Nun reichte ihm das Wasser schon bis zu den Lippen und machte sie zu Eis, dann bis zu den Augen und machte sie blind. Nun hörte er einen fernen, trauernden Paukenwirbel in der Luft, in seinen Ohren, in seiner Kehle, im ganzen All, und er wußte nicht, daß es sein eigener Herzschlag war. Und jetzt sah er Livia, an einen Baum gelehnt, im Walde sitzen; ein scharlachrotes Laubblatt lag wie ein Blutfleck auf ihrer Brust.

Als er wieder denken konnte, dachte er: In einer Welt, der Livia abhanden gekommen ist, kann ich nicht mehr leben. Dann kam ihm ein anderer Gedanke: Sie hat endlich Frieden gefunden, dieses merkwürdige, unglückliche Geschöpf!

Er bemerkte, daß er wieder in seinem Sessel saß, den Kopf auf die Brust gesenkt. Als Julius ihm einen Becher Wein an die Lippen preßte, schob er ihn beiseite. Er hörte nicht, wie Catilina mit ungläubiger Erbostheit rief: „Dieser Sklave wird doch nicht gewagt haben, Livia anzutasten?"

„Still!" herrschte Julius ihn an. „Ich kenne Marcus gut. Wenn er Livia geliebt hat, so war sie für ihn eine ferne Nymphe, die man nicht berühren, nicht einmal kennen darf. Auch du weißt, daß es so ist, und es macht dir wenig Ehre, wenn du tust, als könnte es anders sein.''

Sie hat Frieden gefunden, dachte Marcus. Starre Trauer lastete auf ihm, aber auch eine große Ruhe, von der er noch nicht wußte, daß sie bloß Verzweiflung war.

Julius setzte sich vor Marcus hin und legte ihm die Hand aufs Knie. Er sprach liebevoll. „Sklaven haben ausgesagt, daß Livia, bevor sie ihren Sohn und sich umbrachte, mehrere Nächte hindurch unaufhörlich vor sich hingemurmelt hat. Sie redete von Anwälten und Testament. Dann verschwand sie eines Tages, unter den Augen der wachsamen Hüter, aus dem Hause. Sie kam in einem Zustand völliger Zerrüttung heim. Seitdem sprach sie kein vernünftiges Wort mehr. Du mußt also verstehen, lieber Marcus, daß Lucius herausbekommen will, ob sie tatsächlich einen Anwalt aufgesucht und ein Testament errichtet hat. Wer weiß, welchen kläglichen Unsinn sie vielleicht darin niederschrieb, welche haltlosen Beschuldigungen? Solche Dinge wären für Lucius, ihren Gatten, eine große Kränkung und Verlegenheit. Vermögen hatte sie keines zu hinterlassen. So wie viele andere von uns ist sie durch die Kriege finanziell zugrunde gerichtet worden. Daß sie sich darüber anscheinend nicht im klaren war, ist ein weiteres Anzeichen für ihre Sinnesverwirrung.''

Langsam hob Marcus den Kopf. Aber er blickte bloß den Freund an, und seine Augen waren weit aufgerissen vor Entsetzen.

Julius tätschelte ihm das Knie, seufzte wieder und schien noch trauriger. „Ich sehe, du verstehst, Marcus'', sagte er. „Es ist eine furchtbare Sache.''

Marcus wandte den unvorstellbar schweren Kopf Catilina zu, und nun sprach er nur zu ihm: „Ja, eine furchtbare Sache! Livia wollte geschieden werden. Sie wollte, für den Fall ihres Todes nach der Scheidung, über ihre Mitgift, deren Herausgabe dir obgelegen wäre, letztwillig verfügen. Aber du hast diese Mitgift und auch dein eigenes Vermögen durchgebracht. Du lebst von den Zuwendungen der Aurelia Orestilla. Das alles wäre bei einem öffentlichen Scheidungsverfahren herausgekommen; es hätte dir Schmach und Strafverfolgung eingetragen. Und außerdem hätte sich die reiche Aurelia von dir zurückgezogen. Deshalb mußtest du dem Scheidungsverfahren mit der Behauptung zuvorkommen, Livia sei geisteskrank. Als du aber erfuhrst, daß Livia sich an Anwälte zu wenden versucht hatte, welcher Ausweg blieb dir da noch? Außer einem Morde?'' Seine Stimme erhob sich wie das Kreischen eines Adlers. „Also hast du sie ermordet!''

Julius sprang wie zu Tode erschrocken auf. „Marcus!'' rief er.

Aber Marcus wies auf den schweigend dasitzenden Catilina. „Schau dir ihn nur an! Das Schuldbewußtsein steht ihm rot auf der Stirn geschrieben. Er hat Frau und Kind umgebracht wegen einer sittenlosen, reichen Geliebten. Das Gift war für deinen Sohn stark genug, nicht wahr, Catilina? Aber nicht stark genug für Livia. Du hattest Angst vor dem, was sie in ihrem Todeskampf ausplaudern könnte. So hast du ihr den Dolch in das unschuldige Herz gestoßen und die blutbefleckte Waffe ihr in die Hand gedrückt!'' Er sprang auf, den Finger auf Catilina gerichtet. „Und was hast du dann getan, du gemeiner Mörder? Bist du still zu Freunden geflohen, die bezeugen sollten, daß du zur Zeit des Mordes bei ihnen warst? Hast du diese Freunde bestochen?'' Er wandte sich an Julius. „Bist du einer davon? Wirst du beschwören, daß Catilina in der kritischen Zeit bei dir weilte?''

„Er war tatsächlich bei mir!'' rief Julius. „Zusammen mit General Sulla.''

„Dann ist er, nachdem er Sohn und Frau umgebracht hatte, schnurstracks zu dir geeilt.''

„Eine Verleumdung!'' schrie Catilina. „Ich rufe dich, Julius, zum Zeugen auf gegen diese böswillige Verleumdung, diese niederträchtige Anschuldigung, diese rachsüchtige Lüge eines Mannes, der mich immer gehaßt hat.''

„Ruhig Blut!'' mahnte Julius. Aber sein sonst so lebhaft gefärbtes Gesicht war überaus blaß geworden. Eine Zeitlang blickte er Catilina sinnend an, und sein Mund bekam einen rätselhaften Ausdruck.

„Ja, ruhig Blut!'' stimmte Marcus mit zitternder Stimme zu. „Es handelt sich einfach um einen Mordfall, der vor Gericht gebracht werden an Catilina. „Hat dich, du Mörder, das Gorgonenhaupt versteinert? Oder muß. Livia ist tot. Aber ich werde ihr Fürsprecher sein.'' Er wandte sich bist du ein Sohn der Todesgöttin? Regt sich in dir keine Spur von Schuldgefühl, von Scham? Nein. Du bist kein Mensch. Du bist ein Geier, ein Schakal. Ich schaue dir ins Gesicht und erforsche dich mit allen geheimen Kräften meiner Seele. Und ich durchschaue dich. Von Verleumdung redest du, Catilina. Gegen solchen Vorwurf kann man sich wehren. Willst du die Klage gegen mich einbringen, Catilina? Willst du es auf dich nehmen, daß ich vor Gericht mein Wissen über dich preisgebe? Oder möchtest du auch meinen ‚Selbstmord' herbeiführen?''

Jetzt blickte er auf Julius Caesar. „Und du, bist du im Herzen auch ein Mörder, willst du der Verhehlung eines Mordes Vorschub leisten? Ich habe mich zwar nie einer Täuschung über dich hingegeben; aber ich liebe dich seit unserer Kindheit, Julius. Ich nehme an, daß auch du mich liebst. Ich bitte dich, stelle dich mir zur Seite und sprich die Wahrheit!''

Julius erwiderte: „Marcus, ich schwöre dir, daß Lucius, zusammen mit General Sulla und anderen, bei mir war, als seine Frau neben ihrem Kinde den Todeskampf auskämpfte. Ich schwöre dir, daß ein Bote uns während des Essens die Nachricht vom Tode Livias und ihres Sohnes überbrachte.''

„Und wie lange vorher", erkundigte sich Marcus, „ist Catilina zu dir gekommen, Julius?"

Caesar schwieg. Er blickte lange Catilina an. Dann sagte er mit zittriger, leiser Stimme: „Er war schon einige Stunden bei uns."

„Du lügst, Julius", rief Marcus.

Aber Caesar sah Marcus in die Augen und bekräftigte: „Ich kann auf Ehre und Gewissen beschwören, daß Catilina vom späten Nachmittag an bei uns war."

„Dann", bemerkte Marcus, „ist also alles schon zwischen euch abgesprochen worden, bevor ihr zu mir kamt." Er hob verzweifelt die Arme. „Wird kein Gott dieses Verbrechen rächen, diesen Mord an einer jungen Frau und ihrem Kinde?"

„Der Kerl ist übergeschnappt", spottete Catilina, das hübsche Gesicht von Übelwollen und Wut verzerrt. „Man sollte ihn von Amts wegen in die Anstalt auf der Tiberinsel bringen lassen, damit er nicht in seiner Tollheit Unheil anrichtet."

Aber Julius sagte zu Marcus, der wie die Statue eines sühneheischenden Gottes dastand: „Lieber Freund, du hast eine sehr schwere Beschuldigung erhoben gegen einen vornehmen römischen Edelmann, gegen einen Offizier, und zwar ausschließlich auf Grund deiner Gefühle für eine Frau, die dich vor vielen Jahren flüchtig kennengelernt und längst vergessen hatte. In einem solchen Falle mag man vielleicht von romantischer Trauer ergriffen sein; aber zu haltlosen Anschuldigungen darf man sich nicht hinreißen lassen. Ich habe Livia lange gekannt, nicht nur für wenige Augenblicke wie du. In ihren ruhigsten Stimmungen hat sie sich von anderen Frauen nicht unterschieden. In Zeiten der Erregung – und auch solche habe ich miterlebt – war sie unvernünftig und verworren. Das hat mit ihrer Ehe nichts zu tun; ich kannte sie schon von Kindheit an. Als Buben pflegten wir unsere Schwestern mit den Worten: ‚Du bist so verrückt wie Livia' zu necken.

Daß Catilina für Aurelia Orestilla Gefühle hegt, hat er nie verheimlicht. Seine Ehe war unglücklich. Als er aus Asien heimkam, voll Sehnsucht nach der Umarmung von Frau und Kind, mußte er entdecken, daß Livia ihn nicht einmal erkannte! Sie ist vor ihm zurückgewichen wie vor dem Rachen des Zerberus. Und als ihr Sohn diesen seltsamen Schreck seiner Mutter sah, wurde auch er störrisch. Das war ein böser Willkomm für einen Helden Roms, statt der von ihm erwarteten Besserung im Befinden seiner Frau."

„Sie hatte alle Ursache, sich vor ihm zu fürchten", erklärte Marcus stöhnend, mit schlaff herabhängenden Armen. „Ich habe sie zuletzt im Saturntempel gesehen, während eines Gewitters. Sie hat mir von ihrer Angst um ihr Kind erzählt und davon, daß man sie als verrückt hinstellte. Ich sah ihr zerquältes Gesicht, ihre toten, lichtlosen Augen. Besonders gefürchtet hat sie sich vor der Rückkehr ihres Gatten — mit Recht, wie man sieht." Er blickte Julius an und sah, daß es in seinen schwarzen Augen merkwürdig flackerte und daß seine schwarzen Brauen sich zusammenzogen. „Julius", beschwor er ihn und hielt ihm die Hand hin, „im Namen der Ehre, im Gedenken an unsere lange Freundschaft, hilf mir, einen Mörder der gerechten Strafe zuzuführen!"

Julius nahm die Hand und hielt sie fest. „Wenn eine Mordtat zu sühnen wäre, stünde ich dir natürlich bei, Marcus. Aber das Kind ist von der Mutter getötet worden, und dann hat sie sich selbst umgebracht." Ein Schleier senkte sich über seinen Blick. „Ich bin überzeugt, daß es sich so verhält. Und Catilina war bei uns, als sich diese traurigen Dinge zutrugen. Lassen wir die unglückliche Frau in Frieden bei der Asche ihrer Ahnen ruhen! Mit ausgefallenen Anschuldigungen, die du bei ruhiger Überlegung als erster widerrufen würdest, erweist man Livia keinen Dienst. Wir, Catilinas Kameraden, haben heute mit Zustimmung der Ärzte verlautbart, daß Livia und ihr Kind an verdorbenen Eßwaren plötzlich gestorben sind. Damit soll ihre Ehre geschützt werden. Nur dir haben wir, im Vertrauen auf deine Verschwiegenheit, die Wahrheit gesagt. Vielleicht war es unbedacht, dir zu vertrauen."

Aber Marcus fragte: „Wer ist sonst noch an dem verdorbenen Zeug gestorben?"

In Caesars Gesicht verschmälerten und strafften sich alle Züge, und Marcus hätte ihn fast nicht wiedererkannt. „Zwei Sklaven", antwortete er.

„Vier Morde also", stellte Marcus fest. Er wandte den Blick auf Catilina, der nun lässig an einer Wand lehnte und die gegenüberliegende Wand anstarrte. „Sieh dir ihn nur an", spottete er, „den trauernden Gatten, den gramvollen Vater! Beachte seine Tränen, die Kummerfurchen in seinem Gesicht!"

Julius sagte weltmännisch und kühl: „Er ist ein Aristokrat, Cicero. Hätte er vor aller Ohren laut heulen sollen wie ein Klageweib oder wie ein Plebejer, ein Sklave, eine überspannte Kleinbürgerin?"

Doch Marcus hörte ihn kaum. Sogar in seiner Seelenpein sagte ihm der Advokatenverstand, daß er machtlos war, daß er keinen Beweis für irgendwelche Mordtaten besaß, daß diese Männer hier stärker und mächtiger waren als er, daß er mit einer Anklage gegen Catilina nicht nur eine Gegenklage, sondern auch Sullas Zorn heraufbeschwören würde.

„Catilina ist heute nur deshalb in meiner Begleitung hergekommen, weil er, dem Andenken von Frau und Kind zuliebe, ein lächerliches Testament sucht, das die Ehre seiner Familie besudeln könnte. Er hat keine anderen Absichten."

Marcus blickte den Jugendfreund wieder an. „Ich kenne dich, Julius, und habe mich, wie ich dir schon sagte, nie einer Illusion über dich hingegeben. Aber daß du die Ermordung einer hilflosen Frau und eines kleinen Kindes, die nichts Übles getan, vielmehr ihr ganzes Leben schuldlos in Angst verbracht haben, derart bemänteln würdest, hätte ich mir doch nicht träumen lassen. Wie du weißt, habe ich einen jüdischen Freund. Er hat mir einmal aus seinen heiligen Schriften eine Stelle zitiert: ,Wer Menschenblut vergießt, dessen Blut soll durch Menschen wiederum vergossen werden.' " Er richtete den Blick auf Catilina. „Schon als Livia und ich uns als Kinder auf der Liris-Insel trafen, hatte ich eine Vision, daß Livia so sterben würde, wie es nun geschah. Und jetzt sage ich euch beiden: Ihr werdet auf gleiche Art sterben wie Livia, im eigenen Blute!"

Sein blasses Gesicht erglühte. Catilina richtete sich straff auf, Julius wich rasch vor Marcus zurück. Als Römer waren sie beide abergläubisch. Die Ausdrucksstärke in Marcus' weit aufgerissenen Augen, seine seherische Haltung schlugen sie in ihren Bann. Dann machten beide das Zeichen gegen den bösen Blick, und Marcus mußte, als er es bemerkte, trotz seiner Verzweiflung laut auflachen. Sie flohen vor ihm, und er war allein.

Er setzte sich hin, stützte die Ellbogen auf den Tisch und begrub das Gesicht in den Händen. Er weinte.

An diesem Abend rief Marcus seine Mutter und seinen Bruder zu sich. Er saß hinter einem Tisch, wie ein Richter und nicht wie ein Sohn oder Bruder. Er erzählte ihnen von Livias und ihres Söhnchens Tode, und er sprach ruhig, obwohl sein Gesicht von Kummer verhärmt war.

Dann hob er den Blick zu Quintus und sagte: „Du bist mein Bruder, und ich liebe dich mehr als mein Leben. Du hast Catilinas Namen vor mir nicht erwähnt, weil du von meiner Liebe zu Livia und von meinem Haß gegen Catilina wußtest. Und jetzt, Quintus, muß ich dir, obwohl du mir lieber bist als sogar meine Eltern, eines erklären: Ich wünschte, du wärest auf dem Schlachtfeld geblieben, statt dein Leben einem solchen Manne zu verdanken."

Später, als er schlaflos im Bette lag, fiel ihm des alten Scaevola weiser Ausspruch ein, für Menschen wie Catilina sei der Tod keine ausreichende, wirksame Strafe, für sie gebe es nur eine gerechte Sühne: die völlige Vereitelung dessen, was sie am leidenschaftlichsten anstrebten.

„Und wenn es mein ganzes restliches Leben kosten sollte, jetzt mache ich mich daran, herauszubekommen, was Catilinas sehnlichstes Verlangen ist", gelobte Marcus sich selbst und hob die Hand zu einem feierlichen Eid.

XXVII

Die Insel lag wie ein rotes, goldfarbenes und grünes Schiff in dem Meer warmer, blauer Herbstluft, wie ein gleißender Opal, den kristallene Hände umfassen. Stiller Friede herrschte ringsum. Nur aus der Ferne drangen die Laute von Rindern, Schafen und Ziegen, das gelegentliche Bellen eines Hundes, letzte Vogelschreie und das Plätschern glitzernden Wassers. Wohlig rekelte sich, jenseits der Brücke, Arpinum auf seiner Hügelböschung in der Sonne; die kirschroten Dächer funkelten wie zakkige Rubine. Der leise Wind fächelte in die Stille den Duft von späten Rosen, von Honig, von warmem, gekräuseltem Laub und reifen Gräsern und Kornhalmen.

Viel ist zum Lobe der freien Natur zu sagen, dachte Noah ben Joel, als er beifällig in den herrlichen Sonnenglanz blinzelte und der sanften Musik der wärmetrunkenen Erde lauschte. Dennoch ist die Natur irgendwie beunruhigend. Der Mensch spürt, wie belanglos er, der Eindringling, der Mißklangbringer, in dieser Welt ist, wie albern seine Betrachtungen und Fragestellungen sind. Und dieses Gefühl des Unwerts macht ihn klein und schafft ihm Unbehagen. Die Erde ist erhaben; sie steht in froher Eintracht mit Gott. Besonders in der Morgendämmerung, ehe der Mensch sie durch seine Gegenwart entweiht, ist sie wie ein Tempel.

Mir persönlich ist die Großstadt lieber. Dort kann ich mir einreden, ich sei wichtig oder gar die Krone der Schöpfung; dort schenken meinem Geplapper die Mitpapageien ein gewisses Maß von Beachtung, und dort wird meinen Worten, so lächerlich und folgewidrig und gotteslästerlich sie sein mögen, Bedeutung beigemessen, bloß, weil ich ein Mensch bin. Heiliger Gott, warum hast du diese deine Welt mit so häßlichen Geschöpfen bevölkert, und warum hast du gelobt, uns durch einen Messias zu erlösen? Ist vielleicht dieser Glaube nur ein Trugbild des anmaßenden Menschen? O Herr, sieh mich an, das niedrigste deiner Geschöpfe, dem am wenigsten Anmut, Unschuld, Wert oder Heiligkeit eignet, und laß mich mit David sprechen: ‚Was ist der Mensch, daß du seiner gedenkest? Was ist der Menschensohn, daß du dich um ihn sorgst?' Wir sollten unser verachtenswertes Leben im Staube kriechend verbringen wie die Schlangen, denen wir gleichen. Ich kann mich in Luzifer einfühlen; wir verdienen seinen Abscheu. O Gott, wir sind dein unergründlichstes Geheimnis; denn wir sind nur Ehebrecher, Lügner und Diebe!

In dieser gedrückten, unbehaglichen Stimmung verließ Noah das Gehöft und sah sich nach Gesellschaft um. Quintus, der echte Bauersmann, war bei den Hirten auf der Weide. Tullius hockte über seinen Büchern in der kühlen, dämmerigen Bibliothek. Helvia war mit ihrem weiblichen Gesinde an der Arbeit; Noah hörte das Murmeln von Frauenstimmen und das emsige Rattern von Webstühlen. Wo war Marcus? Sicherlich in trauernder Einsamkeit beim Fluß. Von den wohltuenden Frauenstimmen angezogen, machte Noah sich auf die Suche nach Helvia, die ihn wie einen Sohn liebte und ihm immer schon bei seinem Erscheinen zulächelte.

Noah fand die Hausfrau und ihre Sklavinnen in der äußeren Säulenhalle, wo man, dank der herrlichen Sonnenwärme, Webstühle und Spinngeräte und Arbeitstische hatte aufstellen können. Er blieb einen Augenblick stehen und betrachtete erfreut die Frauen, ihre friedliche Haltung, die ruhigen Gesichter, flinken Hände und bloßen braunen Füße, das rotlippige Lächeln, die dunklen Stirnen und offenen Haare. Ihr Geplauder war so schlicht wie Vogelgezwitscher, und manchmal lachte ein Mädchen fröhlich auf.

Einst, so dachte Noah, waren alle Römerinnen so: tugendhaft und schlicht und gütig. Es ist ein Maß für den Verfall Roms, daß viele seiner Frauen sich jetzt nur als schrillstimmige Männernachahmungen in Banken und Maklergeschäften umtun oder als geile, müßige Weibchen an nichts anderes denken als an ihr Äußeres, ihr parfümiertes Haar, ihre Kleider, ihre Juwelen, ihre Sandalen, ihre Ausschweifungen, ihre Abenteuer, ihr Lärmen und heiseres Lachen, ihre unzähligen Laster, die wie ein stinkender Morast der Verderbtheit sind.

Helvia sah ihn. Sie hob eine Hand zum Gruß. Ihr mütterliches Lächeln lud ihn ein, und er kam heran und setzte sich auf einen Sessel neben sie. Ihre blühende Gesichtsfarbe war in dieser herrlichen Ruhe und heilsamen Luft wiedergekehrt. Ihre Augen strahlten vor Gesundheit und Lebenskraft. Ihr Haar war zwar schon von grauen Strähnen durchsetzt, fiel aber noch in üppiger Fülle auf ihre warmen Schultern. Ihre festen Lippen hatten die Tönung des Granatapfels, und ihre gebräunten Hände regten sich fleißig. Noah konnte den Blick nicht von ihr wenden. Die Sklavinnen wurden scheu und still in seiner Gegenwart.

Ein Korb mit Äpfeln und Trauben stand auf einem Tisch neben Helvia. Noah suchte sich sorgsam einen schönen Apfel aus, biß hinein und kaute zufrieden. Die Webstühle klapperten einschläfernd. Der Wind trug betäubende Düfte heran. Lange Sonnenschatten lagen auf dem dichten grünen Rasen. Geschäftige Bienen unterbrachen über dem Obst für eine Weile ihren Flug. Die Mauern des Gehöfts waren weiße, widerstrahlende Spiegel. Als Noah die Frauen betrachtete, dachte er: Sie sind Erbstücke der toten Republik.

Plötzlich wurde er schwermütig, weil er an Sulla denken mußte und an seine öde Diktatur, die ihm nur als Vorspiel zu Revolte und Tyrannei erschien. Warum hatte er sich bisher nicht offen als Alleinherrscher deklariert? Sonst ließen doch Diktatoren keinen Zweifel daran, daß sie durch ihre Brüder oder Söhne die Herrschaft fortsetzen würden. Nichts dergleichen bei Sulla. Vielleicht ließ ihn eine Art Soldatentugend vor dem entscheidenden Frevel noch zurückschrecken. Aber diese krönende

Tat würde nicht ausbleiben. In jedem Menschen war ein selbstmörderischer Antrieb, der, wenn er nicht durch Grundsatztreue und Redlichkeit gehemmt wurde, unweigerlich zu Tollheit, Überschwang und Untergang führte. Offenbar zügelte Sulla diesen Antrieb noch, wie ein Wagenlenker beim Rennen die vorwärts drängenden Pferde zurückhält. Ich verabscheue Sulla nicht, dachte Noah; er tut mir leid.

Helvia lächelte Noah freundlich zu, als hätte sie seine Gedanken gehört, und seufzte dann.

Noah verbeugte sich und berührte den Saum ihres Kleides. Er sagte: „Dich muß man mit den Worten rühmen: Kostbarer ist sie als Perlen, kein einzig Kleinod kommt ihr gleich. In ihrer Rechten birgt sie langes Leben, Reichtum und Ehre in der Linken. Nur angenehm sind ihre Wege, und ihre Pfade sind nur Heil. Für den, der sie ergreift, ist sie ein Lebensbaum. Und wer sie festhält, ist beglückt."

Die sonst nicht empfindsame Helvia war zu Tränen gerührt. Sie sagte: „Das ist wunderschön. Du bist ein Dichter, Noah, und ich danke dir."

„Das Lob gebührt nicht mir", erklärte Noah. „Unser König Salomo hat so von der Weisheit gesprochen, die er unter dem Bilde einer edlen Frau sah. Und diese Verse fallen mir immer ein, wenn ich dich sehe oder an dich denke."

Helvia erwiderte: „Die Römer sprechen nicht so von ihren Frauen."

„Die römischen Frauen", entgegnete Noah, „haben sich selbst ihres Thrones begeben, und das ist ein großer Kummer für die ganze Welt."

„Erzähl mir von deiner Frau, Noah!"

Noah starrte zum Himmel. „Eine jüdische Ehe ist vor Gott heilig. Doch das vergessen die Männer oft, und Gott ist mit einer Unzahl von Welten beschäftigt. Aber die jüdischen Frauen sorgen dafür, daß ihre Gatten und ihr Gott es nicht vergessen. Sie frischen die Erinnerung beharrlich auf."

Helvia lachte wie ein Mädchen und biß einen Wollfaden vom Rocken ab. Belustigt blickte sie Noah an. „Mir scheint, deine Erinnerung wird auch immer wieder von Lea aufgefrischt."

„Ja, unaufhörlich."

Behaglich gähnend streckte Noah sich in seinem Sessel der ganzen Länge nach aus. Sein hageres Gesicht wurde von der Sonne vergoldet; seine hellbraunen Augen schimmerten. Sein welliges Braunhaar wurde vom Winde gezaust; seine schöngeformte Nase blähte sich, als er die feinen Gerüche von Wolle und Linnen, von Obst und Gras einsog. Seine großen Ohren schienen ein Eigenleben zu führen. Als Zugeständnis an das Landleben trug er eine Art kurze Tunika aus gelber Leinwand, einen Ledergürtel und Sandalen; er hielt sich für sehr bäuerlich gekleidet. Immerhin aber hatte er sich goldene, edelsteingeschmückte Armbänder und einen juwelenbesetzten alexandrinischen Dolch nicht versagen können.

Helvias Gesicht verdüsterte sich allmählich. Sie zögerte. „Von ernsten Dingen hat Marcus mit dir noch nicht gesprochen, Noah?"

„Nein. Seine Wunden bluten noch heftig. Er redet mit mir vom Wetter und von Alltagsdingen. Er freut sich, sagt er, daß ich gekommen bin. Manchmal schmunzelt er über meine Scherze, und das muß uns als gutes Zeichen freuen."

Er lächelte Helvia zu wie ein älterer Sohn, der über seinen jüngeren Bruder spricht. „Er sollte heiraten. Ich fürchte, er wird die unglückliche, so schrecklich zugrunde gegangene Frau nicht so leicht vergessen. Wenn er dieses anscheinend höchst seltsame Wesen geheiratet hätte, wäre die Sache schlimm ausgegangen. Soviel ich gehört habe, war Livia wie Wein und Feuer und so rätselhaft wie Wolkenformen. Das ist herrlich bei einer Geliebten, aber aufreibend bei einer Ehefrau. Verliebte Männer sind Dichter und schwärmen von Nymphen und Myrten und quecksilbernem Mondlicht. Wenn sie heiraten, finden sie lieber Brot und Käse auf ihrem Tisch. So wird es auch bei Marcus sein."

„Aber er wird Livia nicht vergessen."

„Nein. Und er wird sie überdies dem Catilina in Erinnerung rufen, und das mag ein furchtbarer Tag werden."

„Er hat das arme Ding nur viermal im Leben gesehen. Ich verstehe die Männer nicht. Wie können sie sich in so kurzer Zeit verlieben?"

„Männer sind eben Romantiker. Aber gerade das macht sie den Frauen so liebenswert."

Wieder lachte Helvia, und die Mädchen lachten mit ihr. „Ich habe zwei leibliche Söhne", erklärte sie. „Aber das erste Kind bekam ich sofort, als ich heiratete: meinen Mann."

Noah fand Tullius, bei all seiner Güte, etwas langweilig und auch etwas verdreht. Männer wie Tullius hatte er in Jerusalem viele kennengelernt; sie saßen an den Stadttoren und stritten endlos über Gott und alle möglichen philosophischen Themen, während ihre Frauen sich mit dem Haushalt und der Geldgebarung herumschlugen, das Silber und die Tuchballen zählten, den Dienstboten ihre Arbeiten zuteilten und die Kinder austrugen, die diese ätherischen Männer in ihrer Zerstreutheit zufällig nachts gezeugt hatten. Noah dachte an seine Mutter, die ganz ähnlich wie Helvia war, und gelobte sich, nie ein solcher Gatte für Lea zu werden, wie sein Vater es für seine Mutter oder Tullius für Helvia war. Er hatte sich in Rom ein Haus gekauft, und Lea bereitete es emsig für ihre Familie vor. Er wollte ihr gleich einen Brief schreiben und sein baldiges Kommen ankündigen. Gutes Brot und saftiger Käse an einem weißgedeckten Holztisch hatten viel für sich. Entgegen der Meinung vieler Dichter nährten sie auch die Seele.

„Kehrt ihr bald nach Rom zurück, Frau Helvia?" fragte er.

„Ja. Die Tage nehmen ab, und die Nächte werden kalt."

Noah stand auf. „Ich möchte Marcus gern dazu überreden, zugleich mit mir nach Rom zu fahren. Das Leben ruft ihn. Aber er will sich ihm noch nicht stellen. Und dabei hat er sich in Rom einen berühmten Namen gemacht! Niemand reicht an ihn heran; in seiner Bescheidenheit nimmt er das nicht zur Kenntnis." Er hielt inne. „Etwas habe ich ihm noch nicht gesagt. Catilina hat Aurelia Orestilla geheiratet, obwohl an seiner Haustür noch die Trauerzypresse für Livia steht."

„So eine Unverschämtheit!" rief Helvia entsetzt.

Noah zuckte die Achseln. „Ein Aristokrat empfindet keinen seiner Wünsche als unverschämt. Nach welchem Maße, so fragt er, können niedrigerstehende Menschen ihn messen? Schicklichkeit und Anstand sind nur für Schwachköpfe und Durchschnittsmenschen da. Aber Leute vom Schlage Catilinas mögen sich hüten!"

„Wovor, Noah?"

„Vor dem Zorne Gottes", erklärte Noah. Als er Helvias traurige, ungläubige Miene sah, fügte er hinzu: „Es ist das Schicksal des Menschen und die Quelle seiner äußersten Verzweiflung, daß Gott nicht vergißt."

Er verbeugte sich und schlenderte nachdenklich davon. Er ging zum Fluß. Von weitem sah er Quintus ein feuriges Pferd reiten und erschauerte. An Quintus dachte er mit nachsichtiger Gewogenheit. Dennoch waren ihm Menschen lieber, die nicht immerfort nach Schweiß und Heu und eingeöltem Eisen rochen.

Der Fluß rann singend dahin und leuchtete in der Sonne purpurn und silbern und golden. Noah fand Marcus am Ufer sitzend und ins Wasser starrend, die Hände über den nackten Knien verschränkt. Sein Gesicht war blaß und reglos. Kummer beschattete seine Wangen, verdüsterte seinen Mund, ließ Stirn und Kinn wie fleischlose Knochen erscheinen. Als er aber Noah sah, lächelte er freudig. „Du Faulpelz!" rief er. „Du behältst auch auf dem Lande deine städtische Tageseinteilung bei."

Noah setzte sich ins Gras neben ihn. „Dein Vorwurf ist unverdient. Ich hatte schon ein langes, ersprießliches Gespräch mit deiner Mutter. Mit ihr zu reden ist so nahrhaft wie ein ausgezeichnetes Mahl. Sie erinnert mich an Lea."

„Deren Dasein du oft vergißt", neckte Marcus.

„Und die mich ihr Dasein nicht vergessen läßt", berichtigte Noah. „Das ist mein einziger Einwand gegen gute Frauen. Sie streichen immer um einen herum. Mir sind etwas weniger klettenhafte Frauen lieber."

„Aber bei denen hapert es dann gewöhnlich mit der Geldtruhe", meinte Marcus.

„Ich bin nicht am Bettelstab, mein Lieber. An meinen Aufführungen in Judäa habe ich ganz gut verdient. Die Griechen schätzen die Kunst. Auch die jüngeren Juden tun es."

„Ich wollte dich nicht kränken, lieber Noah."

„Aber getan hast du es!" Noah lachte. „Wann wird deine nächste Sammlung von Aufsätzen fertig sein?"

Marcus machte eine Bewegung, als hätte ein plötzlicher Schmerz ihn erfaßt. „Ich weiß nicht. Ich kann nicht einmal sagen, ob ich überhaupt noch etwas schreiben werde. Mein Verleger ist ungeduldig. Die Verleger glauben offenbar, daß Schriftsteller und Dichter nichts anderes im Leben zu tun haben, als für ihre Verleger zu schuften. Wir sind für sie dasselbe wie Arbeitssklaven für die Gewerbetreibenden."

„Ohne deinen Verleger, Marcus, könntest du dir diese Insel nicht leisten, ebensowenig wie alles andere, was du dir angeschafft hast."

„Das stimmt schon", gab Marcus zu. „Aber es wäre mir recht, wenn er einsehen wollte, daß ich ein Wesen von Fleisch und Blut bin und nicht eine Maschine, die mit Papier und Tinte gefüttert wird. Noah, ich habe mich an den Rat deines guten Vaters gehalten. Ich habe Grundstücke gekauft und Bauernwirtschaften und etliche Landhäuser, die jetzt sehr wertvoll sind."

„Und die du alle ohne Verleger nicht besäßest."

Marcus lächelte. Und dann schmunzelte er. „Du siehst, wie der Mangel an Logik uns alle plagt. Immerhin habe ich auch von Klienten viele schöne Geschenke erhalten, und kürzlich drei ausgiebige Vermächtnisse von dankbaren einstigen Klienten."

Noah räusperte sich. „Etwas, was ich dir noch nicht gesagt habe: Ich hatte unerhörtes Glück! Der große Schauspieler Roscius hat sich bereit erklärt, in meiner nächsten Aufführungsserie aufzutreten. Er ist ein Schurke und Betrüger, ein Gaukler und Poseur, ein Mensch ohne jede Moral, und damit unvermeidlich bei allen vornehmen Römerinnen Hahn im Korbe. Mein feierlich und vorschriftsmäßig vom Prätor beglaubigter Vertrag sieht ein so enormes Honorar vor, daß ich es dir gar nicht zu nennen wage. Aber Rom ist schon jetzt gespannt auf den nächsten Erweis seiner hohen Kunst, und ich anerkenne dir gegenüber – ihm würde ich es nie sagen –, daß er in jeder Beziehung ein begnadeter Künstler ist. Ich bewundere die Schauspieler und bedaure sie. Sie sind Götter, jedoch zugleich Kinder, und zwar boshafte, neidische Kinder. Oh, dieser Roscius!"

Marcus wurde aus seiner Teilnahmslosigkeit aufgerüttelt. „Roscius!" rief er. „Dieser Glückliche kann offenbar sein Honorar selber festsetzen!"

„Das hat er auch getan", sagte Noah bedauernd. „Und da ich ihn wie einen Bissen Brot brauche, mußte ich zustimmen. Er ist so knauserig wie ein Spartaner. Für seine prächtige Garderobe kommen ahnungslose Ehemänner auf; seine unglaublich kostbaren Juwelen stammen aus den Hinterlassenschaften reicher Witwen. Eine Dame, deren Namen zu nennen mir die Nächstenliebe verbietet, hat ihm eben eine Villa ganz oben auf dem Palatin gekauft. Er besitzt einen Bauernhof in Sizilien, einen zweiten in der Nähe von Athen, zahllose Öl- und Zitronenhaine, Statuen, alexandrinische Vasen, unvergleichlich schöne Kristallgefäße, Wertpapiere, um die jeder Bankier ihn beneiden würde, Teppiche, die jeden Patrizier beschämen, Kutschierwagen und Rennpferde nach Belieben, Sklaven in Scharen und Verehrerinnen in Mengen. Auch Eigentümer mehrerer Theater ist er. Eines davon habe ich ihm abgemietet. Du kannst dir also meine finanzielle Lage vorstellen."

„Wie kannst du dir ein solches Wundertier leisten?" fragte Marcus belustigt.

„Eigentlich kann ich es ja nicht", gestand Noah. „Aber der Mann hat ein Gesicht! Neben ihm würde Apollo sich wie ein Kloakenfeger ausnehmen. Er braucht nur auf die Straße zu treten, und jedes Fuhrwerk hält augenblicklich an. Das hat nicht einmal dein teurer Freund Julius Caesar als Ädil mitsamt allen seinen strengen Verkehrsvorschriften zuwege gebracht. Übrigens weißt du vielleicht gar nicht, daß Caesar für die belebtesten Tagesstunden das Forum und die Hauptstraßen für Fuhrwerke gesperrt hat, und das ist — Ehre, wem Ehre gebührt! — eine längst fällig gewesene segensreiche Anordnung. Um jedoch auf Roscius zurückzukommen, mit seiner Erscheinung kann sich in Rom kein Schauspieler, kein Athlet und kein Aristokrat messen. Aber mir ist er höchst zuwider: er hat mich ausgeraubt. Wie du weißt, wird Leas Vermögen von den Anwälten und Bankiers ihres Vaters sorgsam verwaltet. Sie ist zwar — Gott erhalte sie mir! — sehr freigebig zu mir; aber ich bin jetzt in ziemlichem Gedränge."

„Kurz und gut", sagte Marcus, immer lebhafter interessiert, „du kannst deine in aller Form beschworenen Zahlungstermine nicht einhalten."

„Daß du auch gleich alles errätst, lieber Marcus!" rief Noah. Dann wurde sein langes Gesicht noch länger. „Ich brauche vor Beginn der Vorstellungen in Rom zusätzlich vierzigtausend Sesterzen. Und zwar für diesen Räuber, auf den ich ein paar saftige altjüdische Flüche häufen würde, wenn er nicht in meinen Diensten stünde."

„Vierzigtausend Sesterzen!" wiederholte Marcus ungläubig. „Du bist verrückt."

„Ganz ohne Zweifel", gab Noah zu. „Übrigens wirst du bemerkt haben, daß ich sagte: ‚zusätzlich'."

Marcus starrte ihn an. „Du hast ihm schon Geld gegeben?"

„Zwanzigtausend."

Marcus konnte nur mit offenem Munde langsam den Kopf schütteln.

Noah wurde überschwenglich. Er hob schwungvoll die Arme. „Aber ich werde fünfmal so viel verdienen! Ich kann dir sagen, Marcus, ich habe ein ganz großartiges Stück geschrieben und dafür Musiker engagiert, die selber wieder ein Vermögen kosten. Roscius hat das Stück schon gelesen, oder, besser gesagt, sein Schreiber hat es ihm vorgelesen. Er findet nämlich das Selberlesen erniedrigend; ich glaube allerdings, daß er gar nicht lesen kann. Jedenfalls ist er von dem Stück ebenso begeistert wie ich. Ah, da habe ich zufällig eine Abschrift bei mir, und du kannst es dir in aller Muße zu Gemüte führen." Er lächelte strahlend. Marcus ahnte, wo sein Freund hinauswollte, und blickte ihn scharf an. Noah erwiderte den Blick mit einem noch strahlenderen Lächeln. „Natürlich im griechischen Stil! Eine wundervolle Tragödie. Aber ich möchte dir nicht durch eine Inhaltsangabe die Spannung rauben. Es ist besser, du liest selber."

Marcus nahm den Kopf zwischen die Hände und wiegte ihn vor und zurück. „Nie hätte ich gedacht, daß ein Cicero sich dazu hergeben würde, in ein Theaterstück Geld zu investieren!" stöhnte er. „In ein ganz vulgäres Theaterstück, zur Unterhaltung von ganz vulgärem Pöbel!"

„Dazu habe ich dich nicht aufgefordert", sagte Noah. „Ich biete dir ein Drittel meiner Roscius-Einnahmen. Warum nennst du übrigens Theaterstücke vulgär? Sokrates und Plato und Aristoteles haben das Drama als höchste Kunstgattung betrachtet."

„Sie kannten Roscius noch nicht", stöhnte Marcus mit erhöhter Lautstärke.

„Du mußt zugeben, daß die Theater immer ausverkauft sind, wenn er auftritt, sei es nun in Rom oder in Athen oder in Alexandria. Solche Tage sind überall ein Fest für die ganze Stadt."

„Wieviel?" fragte Marcus mit erstickter Stimme.

„Zwanzigtausend Sesterzen."

„Zwanzigtausend Sesterzen!"

„Kein Vermögen", meinte Noah. „Nur die Hälfte dessen, was ich dem Räuber demnächst zahlen muß. Für diese bescheidene Summe erwirbst du ein Drittel Roscius. So ein Angebot mache ich bloß dir, Marcus. Ich brauchte nur zu den Bankiers zu gehen . . ."

„Und warum tust du es nicht?"

„Ich war schon bei ihnen", gestand Noah seufzend. „Sie pflichteten mir bei, daß mein Stück die Römer begeistern wird und daß Roscius unvergleichlich ist. Aber du kennst diese Geldleute."

„Ja, und ich bewundere ihren Scharfblick. Ich weiß, in welchem Rufe Roscius steht. Was kann ihn daran hindern, sich nach den ersten paar Vorstellungen davonzumachen?"

„Ich habe einen Vertrag. Verlaß dich auf meine Klugheit, Marcus! Wenn er auch nur eine einzige Vorstellung versäumt, verfällt er in ein Pönale, das bei jedem weiteren Versäumnis mächtig ansteigt. Und er ist habgierig wie ein Athener Krämer. Marcus, dir bietet sich hier eine Gelegenheit, die nie mehr wiederkommt!"

„Wofür ich den Göttern auf den Knien danke", ergänzte Marcus seufzend.

Noah achtete nicht darauf. „Du bekommst nicht nur dein Geld sehr bald zurück, sondern außerdem jede Woche, solange das Stück läuft –

was sicher sehr, sehr lang der Fall sein wird —, einen gewissen Betrag, einen erstaunlich hohen Betrag. Nach diesem unerhörten Glücksfall, der dir wie ein goldbeladenes Frachtschiff über die Kimm taucht, brauchst du die Advokatur nur mehr zum Zeitvertreib auszuüben."

„Manchmal kommt mir vor, ich täte es jetzt schon", erklärte Marcus. „Noah, bist du bloß zu diesem Attentat auf meine Geldtasche hierhergekommen? . . . Oh, ich habe dich gekränkt, lieber Freund. Das war nur ein Scherz. Ich schreibe dir noch heute einen Scheck auf meine Bank heraus."

„Wie köstlich, wenn man eine theaterbegeisterte Seele hat!" rief Noah mit einem Seufzer der Erleichterung. „Welch großer Augenblick für einen Dramatiker, sobald die von ihm erdachten Gestalten auf die Bühne treten und seine Verse sprechen! Da fühlt er sich von dieser Erde entrückt. Er ist wie Zeus selbst, ein Weltenschöpfer. Ich liebe sie alle und verabscheue sie alle, diese Schauspieler. Ich hätte selbst einer werden sollen." Er sprang auf und warf seine Tunika ab. „Komm, schwimmen wir ein wenig in diesem herrlichen Wasser! Ich sage dir, ich bin in einem Freudentaumel. Die Sonne ist noch warm. Der Fluß ist voll Najaden, die ihren kleinen süßen Herzen in Gesängen Luft machen."

„Der Fluß ist heimtückisch!" warnte Marcus. Aber Noah lief die steile Böschung hinunter, stürzte sich mit einem Schrei ins Wasser und begann kräftig zu schwimmen. Marcus, dem sein schreckliches Erlebnis noch in allen Gliedern lag, zögerte. Dann legte auch er die Tunika ab und folgte etwas gelassener seinem Freunde, und die beiden vergnügten sich wie Kinder. Aber vorsichtigerweise blieb Marcus nahe dem Ufer.

Schließlich stiegen sie triefend aus dem Wasser und legten sich zum Trocknen in das warme Gras. Kritisch bemerkte Noah: „Keiner von uns beiden würde von einem Bildhauer eingeladen werden, für eine Apollostatue Modell zu stehen. Wir haben die Körper von Stubenhockern, und mit unseren Muskeln ist es nicht weit her. Die Alten in Jerusalem hätten ihre Freude an uns, weil sie körperliche Schönheit verachten und mehr für die seelische Schönheit sind, die man nicht nachprüfen kann. Ich habe dir seinerzeit erzählt, in Jerusalem herrsche die Theokratie. Leider stimmt das nicht mehr ganz; denn die Pharisäer, unsere Rechtsgelehrten und Hüter unserer religiösen Gesetze — andere haben wir ja nicht —, sind Haarspalter und grimmig wie euer Volcanus. Wehe unserem Messias, falls er schließlich doch erscheinen sollte und auch nur ein Jota des geschriebenen Gesetzes aufgibt!"

„Erwartest du ihn noch immer?" fragte Marcus verwundert.

„Stündlich", antwortete Noah und begann an einem langen Grashalm zu kauen.

„Glaubst du, daß er aus dem Leib einer irdischen Mutter geboren werden wird?"

Noah überlegte. „Ich bin kein Theologe und kann also die Frage von mir aus weder bejahen noch verneinen. Ich kann dir nur berichten, was ich darüber gehört und in den heiligen Büchern gelesen habe. ‚Wer ist sie, die dort heraufsteigt wie Morgenrot, so schön wie der Mond, wie die Sonne so rein, furchterregend wie ein fahnenumschwungenes Heer?' So heißt es in unserem Lied der Lieder."

„Auf wen bezieht man das?" fragte Marcus mit neuerwachendem Interesse.

„Auf die Mutter des Messias. Und deshalb suchen die heiligen Männer und die Pharisäer überall ihr Antlitz und behaupten, sie würden sie an ihrer Schönheit und Erhabenheit erkennen, aber auch an ihrer furchterregenden Majestät. Doch das mit dem fahnenumschwungenen Heer hat Salomo, der ein Dichter war, wohl nur symbolisch gemeint."

„Und woran werdet ihr den Messias erkennen?"

Noah dachte nach. „Nach den Weissagungen ist es, wie ich dir schon früher einmal sagte, wahrscheinlicher, daß wir ihn überhaupt nicht erkennen werden. Er läßt sich wohl nur durch einen Akt des Glaubens erfassen."

„Nur durch einen Akt des Glaubens?" wiederholte Marcus unwirsch und achselzuckend. „Das ist zu viel verlangt vom Menschengeschlecht. Wir armen Geschöpfe mit unserer Qual und Verzweiflung, unserer Einsamkeit, unserer Fülle unbeantworteter Fragen, unserem Kummer und unserer Bestürzung, die Füße tief im Erdenlehm steckend – wir werden aufgefordert, uns wie ein Vogel oder wie ein Pfeil in ein nie gesehenes Licht zu schwingen, den Stürmen ferner Himmel zu trotzen, ohne andere Flügel als unseren Glauben! So wollen es die Priester von uns. Das ist für den bloßen Menschen ein über seine Kräfte gehendes Heldenstück."

„Aber dieses Heldenstück ist doch schon öfter vollbracht worden", warf Noah ein.

„Und was hat es genützt? Welche Stimme antwortet uns von den Begräbnisstätten der uns im Tode Vorangegangenen? Welches Zeichen am Himmel kündet von unserem eigenen Sprung in das große Schweigen? Aristoteles hat mit äußerster Leidenschaft geglaubt. Er kam nicht zurück, um uns Kunde zu geben. Nach uns bleibt nur eine Leere."

Noah wandte den Kopf und musterte verstohlen das müde Gesicht seines Freundes. Er merkte dessen seelische Erschöpfung, die ihm die Wangen aschgrau gefärbt hatte, und sagte freundlich: „Wenn wir alles wüßten, was wißbar sein mag, wie vermöchten wir dieses unser Leben auch nur einen Tag länger zu ertragen? Wir würden uns ins eigene Schwert stürzen vor keuchender Sehnsucht nach einem Glanz, dem unsere Augen nicht standhalten könnten. Oder wir würden untätig dasitzen und nur auf unsere Erlösung vom Leben warten. Gottvertrauen ist bestimmt nicht eitel. Ich habe die verklärten Gesichter der Jerusalemer Alten gesehen, wenn sie von Gott sprachen, und dabei waren es vom Leben hart hergenommene, leidgeprüfte Männer. Überdies hatten wir ja unsere Propheten. Wir hatten Moses, der uns das göttliche Gesetz brachte. Das waren keine von den eigenen trügerischen Traumgebilden berauschte Toren. Sie hatten Offenbarungen empfangen. Auch Aristoteles hat Gott, den Lebensgeber, zu dem alles Leben zurückkehren muß, mit einem hell leuchtenden vollkommenen Kristall verglichen. Waren alle diese Männer Opfer einer Täuschung, eines Irrwahns, in Trugbilder vernarrt?''

„Für einen Realisten sprichst du recht begeistert'', fand Marcus. „Ich selber bin am Ende meiner Hoffnungen angelangt, und so ergeht es schließlich allen Menschen.''

„Die Hoffnung hat kein Ende, weil auch Gott kein Ende hat'', betonte Noah, über Marcus' Worte und ihren seelischen Hintergrund betrübt.

„Du bist also gläubig?'' fragte Marcus mit einem schwachen, traurigen Lächeln.

Noah zögerte. Dann antwortete er entschlossen: „Ich muß glauben, wenn ich nicht zugrunde gehen will. Mein Vater hält mich zwar für opportunistisch und oberflächlich; aber ich bin keineswegs unempfindlich für die Qual der Welt und vermag sie nicht selbstgefällig mit anzusehen. Ich lache, damit ich nicht weinen muß. Ich vertraue, damit ich durchhalten kann. Und'', fügte er verwundert hinzu, „ich wußte bis zu diesem Augenblick selbst gar nicht, wie stark mein Glaube ist!'' Er hielt inne. Dann sagte er: „Wenn du willst, kannst du deine Zusage, ein Drittel Roscius zu kaufen, widerrufen.''

Marcus starrte ihn an. Dann brach er in Lachen aus, in das erste Lachen seit langer Zeit. „Aha, aus lauter Gläubigkeit hast du es plötzlich mit der Tugend und dem Biedersinn! Nein, Noah, mein teurer, lieber Freund, ich versteife mich auf das erworbene Drittel deines Halbgotts Roscius! Wenn schon nichts anderes, so werden wir reich werden.''

Helvia, die noch immer mit ihren Helferinnen bei der Arbeit saß, hörte die beiden jungen Männer lachend auf das Haus zukommen und schloß für einen Augenblick die Augen, um ihrer Schutzherrin Juno für diesen Gnadenerweis zu danken. Quintus, der gerade von den Feldern heimkehrte, horchte beim Klang dieses Lachens ungläubig auf und blieb stehen. Er trug seine rauhe Hirtentunika aus grauem Tuch. Von der Sonne waren seine Arme bronzefarben, seine staubigen Füße braun. Aus seinen schönen Augen leuchtete seine tapfere Seele. Lächelnd sah er in den roten Sonnenuntergang, nickte zufrieden und dachte: Jetzt ist mein Bruder erst wirklich zu uns zurückgekehrt.

Die mit seinem Freunde am Flußufer verbrachten Stunden hatten Marcus in der Tat einigen Frieden gebracht. Allerdings wußte er, daß dieser Friede sich völlig von jeder früheren Geruhsamkeit unterschied und daß er nie mehr das einstige Entzücken erleben würde, die Freude, den plötzlichen Frohsinn beim Klang eines Namens, die leidenschaftliche Bewunderung der Natur. All das war für immer von ihm abgefallen, unwiederbringlich. Aber er wollte, wie Noah es ausgedrückt hatte, ‚durchhalten'. Was konnte man von einem Menschen mehr verlangen?

Noah dachte, als er in seinem ländlichen Bette lag: Der Tote ist, Gott sei Dank, auferstanden. Als ich hierherkam, fürchtete ich, er hätte mit dem Leben abgeschlossen, so viel Schicksalsschwere lag in seinen Augen, so viel Todesbereitschaft um seine Lippen. Er hatte das Leben aufgegeben und sich vom Dasein abgewandt. Nun ist er zurückgekehrt!

XXVIII

Noah ben Joels Drama ‚Der Feuerbringer' wurde in Rom ein durchschlagender Erfolg. Wesentlich trug dazu die große Beliebtheit und Bewunderung bei, deren Roscius sich erfreute. Für Frauen aller Altersklassen war er ein vergöttertes Idol, für abwegig veranlagte Männer ein vergebens begehrter Liebling. Ehemänner verspotteten und beschimpften ihn. Väter nannten ihn den Verführer ihrer Töchter. Junge Männer und halbwüchsige Burschen machten seinen großspurigen Gang und seine Posen nach. Seine Haartracht mit nackenlangen, welligen Locken verdrängte die römische Sitte des ganz kurz geschnittenen Haars. Da Roscius eine matte Purpurfarbe und leuchtendes Gelb bevorzugte, taten es ihm alle gleichaltrigen und jüngeren Männer nach und trugen ebenso wie er ägyptische Halsbänder, Armreifen aus fein verschlungenem Goldfiligran und bestickte Sandalen oder Schuhe. Jede seiner Eigenheiten in Betragen, Redeweise oder Kleidung wurde von der Öffentlichkeit und den modebedachten Kaufleuten beachtet.

Während Lucius Sergius Catilina wegen seiner kraftvollen, männlichen Schönheit gerühmt wurde, war die Schönheit des Roscius von anderer Art: anmutig, geschmeidig und außerordentlich verfeinert. Er war hochgewachsen und schlank, jede seiner Bewegungen atmete Poesie. Er hatte glänzend schwarzes Haar und seidig schimmernde Brauen. Zwischen mädchenhaft dichten und langen Wimpern sahen herrlich violette Augen hervor. Die Züge seines glatten, olivfarbenen Gesichtes waren klar und spöttisch. Sein Mund glich einer reifen Pflaume. Frauen schrieben Gedichte über diesen Mund, über das Grübchenkinn und die vollendet geformten Ohren. Er hatte die Gelenkigkeit eines Tänzers, die Kraft eines Löwen, die Haltung eines flugbereiten Hermes und ein so verführerisches Lächeln, daß auch der kratzbürstigste Mann vor dem Glitzern seiner weißen Zähne und der Rundung seiner schöngeschwungenen Lippen kapitulieren mußte. Außerdem besaß er natürlichen Witz und Geist und war ein Schauspieler von hohen Graden. Er brauchte nur seine volle, rollende Stimme ertönen zu lassen, und schon wurde auch der widerstrebendste Theaterbesucher gefesselt.

Im allgemeinen genossen die Schauspieler in Rom geringe Wertschätzung. Athleten standen in viel höherem Ansehen. Kraft und Geschicklichkeit und rohe, blutige Gewalt fanden Anerkennung und Belohnung. Ein berufsmäßiger Gladiator konnte seinen Preis selbst bestimmen; einem Ringer zu Ehren wurden Statuen errichtet; ein guter Boxer konnte sich aus den vornehmen römischen Familien so viele Geliebte wählen, wie ihn gelüstete, und wurde mit Gold aufgewogen. Schauspieler waren nicht so gut daran. Roscius bildete da eine Ausnahme. Die Römer mochten es beklagen, daß die Damen der Gesellschaft so weit gesunken waren, einem Schauspieler den Vorzug zu geben vor einem Gladiator, Ringer oder Faustkämpfer; das störte die Damen nicht und dämpfte auch keineswegs ihre Freigebigkeit gegenüber ihrem Idol. Wenn Roscius sich als Kunstkenner gab, entdeckten die jungen Männer und Frauen Roms plötzlich, wie edel die griechische oder wie durchgeistigt die ägyptische Kunst war. Wenn er einem unbekannten Bildhauer eine Statuette abkaufte, wurde der Mann über Nacht berühmt, und man riß sich um seine Erzeugnisse.

Roscius war habgierig und knauserig. Da er wußte, wie wetterwendisch und kurz die Gunst des Publikums war, legte er sein Geld geschickt in den besten Unternehmungen an. Nie trat er zu Ehren irgendeiner Persönlichkeit, und wäre es Sulla selbst gewesen, ohne Honorar auf, und nie beehrte er ein Bankett mit seiner Anwesenheit, ohne sich dafür in irgendeiner Form bezahlen zu lassen. Aber er war immer der erste, der über fremden Geiz loszog und seine Liebe zum Volk herausstrich.

„Gute Worte kosten nichts", pflegte er zynisch zu sagen. „Gute Werke sind kostspielig und machen einem nur Feinde." Seine Wohltaten – und deren gab es sehr viele – hielt er klugerweise geheim. Er galt als öffentliches Ärgernis und bestärkte emsig diese Fehlmeinung, weil er wußte, daß sie ihn für die Frauen unwiderstehlich machte und den Neid der Männer erregte.

Der ‚Feuerbringer' beruhte auf der Sage von Prometheus, der zur Strafe dafür, daß er den Menschen das Feuer gebracht hatte, an einen Felsen gekettet worden war, wo die Geier seine immer wieder nachwachsende Leber fraßen. Heldenhaftes Trachten und endlose Qual: dieses Thema hatte Noah gereizt. Die griechischen Tragödien fand er zu wuchtig, die langen Klagechöre zu ermüdend. Sein Drama sollte die in einen straffen Ablauf zusammengefaßte Tragödie der Menschheit sein.

Roscius, der den Prometheus spielte, gab seiner Rolle Größe und Leidensfähigkeit und Würde. Nie hatte er solchen Beifall gefunden wie diesmal. Man krönte ihn mit dem Lorbeerkranz.

In zwei Wochen erhielt Marcus seine Einlage großenteils zurück und bezog darüber hinaus ansehnliche Gewinnanteile. Er beschloß, den Rest seines ‚Eigentums' an Roscius beizubehalten, und da Noahs Einbildungskraft immer neue bühnenwirksame Einzelheiten erfand, gewann das Stück noch an Durchschlagskraft und Schönheit. Ehe der erste Schnee fiel, konnte Noah frohlocken: „Wir haben es geschafft!" Und er machte sich daran, ein noch anspruchsvolleres Stück zu schreiben.

Als der erste Schnee wirklich fiel, kehrte Quintus, unterdessen völlig genesen, zu seinem Truppenkörper zurück.

Ciceros Verleger war Titus Pomponius Atticus, ein stämmiger Mann mit fröhlichen Augen, feierlichem Gesicht und rundem Kopf. Er trug sogar zu Hause gern eine Toga und war immer mit Verbena-Essenz parfümiert, deren scharfer Geruch irgendwie die Erhabenheit des Buchwesens ausdrücken sollte. Er machte ständig eine gereizte Miene, was nur zum Teil gespielt war. Er liebte die Schriftsteller, weil er seinerzeit selbst gern einer geworden wäre, und er verabscheute sie, was sehr natürlich war. Ihrerseits taten seine Autoren so, als hielten sie ihn für einen Ausbeuter und Banausen, schätzten aber in Wirklichkeit seine Kennerschaft und Redlichkeit. Kurz, Atticus und seine Autoren verhielten sich zueinander, wie es Verleger und Schriftsteller seit eh und je tun.

Zu Marcus meinte Atticus, er vergeude seine Zeit mit der Juristerei. Sei er denn nicht in den römischen Intelligenzkreisen schon ein anerkannter Schriftsteller und verfasse er nicht höchst wirksame Aufsätze, die den Politikern manches Unbehagen bereiteten? Er möge sich doch ganz der Schrifstellerei widmen.

„Ausgezeichnet!" entgegnete Marcus. „Aber wovon soll ich dann leben und meine Familie erhalten?"

Diesen Einwand fegte Atticus mit großartiger Geste beiseite. „Wem die Götter ein Talent schenken, der soll es in Demut gebrauchen."

„Dann müssen aber die Götter auch für mich die Steuern zahlen", erwiderte Marcus. Nachdem anschließend Atticus ein wenig wegen des nächsten Buches gebohrt und Marcus das Fehlen seines letzten Aufsatzbandes in bestimmten Buchhandlungen beanstandet hatte, schieden die beiden gewöhnlich mit Bekundungen gegenseitiger Liebe und Bewunderung.

Knapp vor den Saturnalien, als Marcus gerade in seinem Büro im Scaevola-Hause über Akten brütete, wurde ihm Atticus gemeldet. Er begrüßte seinen Verleger freudig. „Bringst du mir Geld, lieber Freund?" fragte er. „Ich habe eben eine sehr unangenehme Steuervorschreibung erhalten."

Dann sah er, daß Atticus bekümmert war. Er half ihm aus dem Oberkleid, einem dunkelblauen, pelzgefütterten Wollmantel, und ließ Wein kommen. Dann setzte er sich ihm gegenüber und blickte ihn mit liebevoller Aufmerksamkeit an. „Du scheinst in einer Klemme zu sein, Atticus?" sagte er. „Bist du mit dem Gesetz in Konflikt geraten?"

Atticus seufzte. Es war nicht der übliche Verlegerseufzer einem drängenden Autor gegenüber. Der Seufzer kam vom Herzen, und die sonst so fröhlichen Augen lächelten diesmal nicht, sondern waren schmerzerfüllt. Er trank schweigend etwas Wein und war so verstört, daß er sogar die übliche Bemerkung über die Minderwertigkeit des Getränks unterließ. Er leerte den Becher rasch. Marcus goß nach.

„Sozusagen", antwortete schließlich Atticus, während er zerstreut mit der langen, edelsteingeschmückten Goldkette spielte, die ihm um den Hals hing. „Aber nichts sehr Bedrohliches!"

„Du hast ein Buch herausgegeben, das einer von Sullas grimmigen Zensoren als jugendgefährdend befunden hat?" vermutete Marcus angesichts der herrschenden lichtlosen Diktatur.

„Sozusagen", bestätigte, wieder seufzend, Atticus. „Aber das Buch ist nicht unzüchtig, was weniger ausgemacht hätte. Es ist nur aufrichtig."

„Das ist allerdings unverzeihlich", bemerkte Marcus.

„Ja, unverzeihlich", pflichtete Atticus bei. Seine hellblauen, hervortretenden Augen blieben kühl und traurig. „Der Verfasser ist ein alter Soldat, der unter Sulla als Zenturio gedient hat."

Plötzlich wurde Marcus interessiert, setzte sich in seinem Sessel auf und lächelte. „Aha, Servius Cato! Der große blinde Kriegsheld, der unter Sullas Oberbefehl im Kampfe nicht nur das Augenlicht, sondern auch den linken Arm verlor. Ich habe sein Buch gelesen. Ein alter Römer, ein Biedermann, dieser Servius! Das Buch ist an manchen Stellen unausgefeilt und oft plump in der Ausdrucksweise, aber voll feuriger Leidenschaft für die römischen Tugenden und gegen eine bedrückende, allmächtige Regierung. Es fordert auch die Rückkehr zu solider Volkswirtschaft, zu Stolz und Fleiß und Vaterlandsliebe – lauter ebenso verdienstliche wie ausgestorbene Eigenschaften. Beim Lesen dachte ich: Rom ist noch nicht tot, wenn ein solches Buch geschrieben und veröffentlicht und frei in den Buchläden verkauft werden kann."

Atticus warf Marcus einen müden, spöttischen Blick zu. „Genau das dachte ich auch", sagte er.

„Und wer hat dann ein Haar in der Suppe gefunden?"

„Angeblich Sulla selbst."

Marcus konnte das nicht glauben. „Servius war einer von Sullas Lieblingsoffizieren und ist von ihm wiederholt ausgezeichnet worden, Atticus! Die beiden waren Schulkameraden. Überdies wendet er sich in dem Buch kein einziges Mal gegen Sulla."

„Da muß ich deinem Gedächtnis nachhelfen", sagte Atticus, der ein Exemplar des Buches mitgebracht hatte. Er blätterte darin und las einige

Stellen laut und betont vor. Marcus hörte zu und nickte; seine schwermütige Miene erhellte sich langsam in zustimmender Anerkennung. Atticus klappte das Buch zu. „Diese Stellen haben offenbar Leute in Sullas Umgebung aufgebracht. Der General kann nicht alles selbst erledigen. Er hat seine Adjutanten und Kanzlisten und seine schändlichen Politiker und Senatoren und die käuflichen Tribunen. Deren grausamen Händen muß er notgedrungen vieles überlassen. Und in solche Hände ist Servius' Buch offenbar gefallen."

Der Verleger hielt inne und blickte Marcus traurig an. „Jetzt ist Servius im Mamertinischen Kerker unter der Beschuldigung des Hochverrats, der subversiven Tätigkeit, des Umsturzversuchs, der Aufwiegelung, der Schädigung des römischen Volkes, der Verächtlichmachung von Gesellschaftsordnung und Obrigkeit, der Ehrfurchtslosigkeit gegenüber dem Senat und selbstverständlich der böswilligen Verleumdung Sullas. Das ist nur eine kleine Auslese der Anklagepunkte." Er lächelte betrübt. ‚Mit dem Strafverfahren ist der Senat beauftragt und nicht der sonst zuständige Gerichtshof. Gefordert wird die Todesstrafe. Vertreter der Anklage sind Julius Caesar, dein teurer Freund, und Pompejus, dem Sulla den Ehrennamen Magnus verliehen hat."

Marcus schwieg. Aber sein blasses Gesicht erblaßte noch mehr vor Zorn und Entrüstung. Schließlich sagte er: „Man vergißt immer wieder für Augenblicke, wie die Dinge wirklich stehen. Ich hätte gedacht, Rom wäre doch noch eine freie Nation, und an Büchern werde man sich nicht vergreifen."

Atticus nickte. „Mein lieber Marcus, man wird eben immer daran erinnert, wie gefährlich es ist, die Wahrheit zu sagen, wie unverzeihlich. Unter allen Regierungsformen führt der Heuchler ein gemächliches Dasein und stirbt friedlich im Bett. Der Wahrheitsfanatiker . . ."

Grenzenlose Niedergeschlagenheit und Verzweiflung erfaßten Marcus, als hätte er sein eigenes Todesurteil gehört.

„Ich bin zu dir gekommen", sagte Atticus, „um dich zu bitten, die Verteidigung des Servius zu übernehmen. Ich bin kein reicher Mann; ich bin nur Verleger", fügte er rasch hinzu.

„Ich soll ihn verteidigen?" fragte Marcus. Ihm fiel sein Bruder ein, der wieder in Sullas Diensten stand, und er sagte: „Mein Bruder Quintus befehligt jetzt in Gallien eine Legion. Tyrannen haben lange Arme."

„An deinen Bruder habe ich nicht gedacht", murmelte Atticus und griff nach seinem Mantel. „Das hätte ich bedenken sollen. Du kannst nicht wagen, ihn zu gefährden."

„Quintus ist Soldat", sagte Marcus und schob den Mantel beiseite. „Er würde die Entscheidung mir überlassen. Als Ehrenmann, als römischer Bürger, als Anwalt kann ich nicht anders handeln. Ich werde sofort Servius im Gefängnis aufsuchen."

Atticus war zu Tränen gerührt. „Du bist ein tapferer, entschlossener Mann, lieber Marcus", lobte er.

„Nicht allzu tapfer, nicht allzu entschlossen", berichtigte Marcus. „Ich bin zeitlebens den Pfad der Behutsamkeit gegangen, den Pfad der Anwälte. Damit habe ich in vieler Hinsicht mein Vaterland verraten; denn wer sich dem Ruf der eigenen Ehrenhaftigkeit und gerechten Empörung verschließt, statt laut seine Stimme zu erheben, ist ebenso schuldig wie ein offener Vaterlandsverräter. Oft ist die Feigheit die Weggenossin des Anwalts." Dann wiederholte er: „Ich werde sofort Servius aufsuchen."

„Ich verstehe nicht, wie man wagen konnte, ihn anzuklagen und einzukerkern", sagte Atticus traurig. „Er ist doch so beliebt beim Volk von Rom und bei den Soldaten, die er befehligt hat oder deren Waffengefährte er war. Er ist bekannt wegen seiner Ritterlichkeit und seiner aufrechten, tapferen Haltung, wegen all jener Eigenschaften, die einem guten Soldaten die Zuneigung seiner Landsleute sichern. Er hat Sullas Verbannung geteilt. Sein Vermögen ist unter Cinna und Carbo eingezogen worden. Seine beiden Söhne sind im Krieg unter Sulla, der auch diese beiden jungen Männer liebte, gefallen. Sulla hat dem Servius das Vermögen in einer Rede vor dem Senat feierlich rückerstattet, hat den alten Soldaten in aller Öffentlichkeit umarmt und auf die Wange geküßt. Und dennoch wagt man es, einen solchen Mann anzuklagen und einzukerkern, wegen eines Buches, das offen die Korruption und den Despotismus in der heutigen Regierung anprangert!"

„Solche Äußerungen sind eben keine geringen Beleidigungen für die Obrigkeit", meinte Marcus trocken und erbittert. „Atticus, ich werde tun, was ich kann. Aber wenn die Machthaber entschlossen sind, jemanden – und sei es auch ein Kriegsheld – zu entehren, mit Schimpf und Schande zu bedecken und zu ermorden, so tun sie das heute ungestraft. Denn wir werden jetzt von Menschen beherrscht und nicht von Gesetzen."

„Zweifelst du also daran, Servius retten zu können?"

„Hast du nicht selbst stillschweigend zugegeben, daß er als Biedermann des Todes schuldig ist?"

Als sie in das kalte, feuchte Kerkergebäude kamen, stellten sie zu Marcus' Erleichterung fest, daß man Servius in einem wohnlichen, geheizten Raum untergebracht hatte, der für angesehene, dem herrschenden Regime unbequem gewordene Männer des öffentlichen Lebens bestimmt war. Außerdem wurde er nicht von Gefangenenwärtern bewacht; vielmehr betreuten ihn zehn seiner Legionäre, die ihm mit leidenschaftlicher Anhänglichkeit und Ergebenheit dienten. Marcus nahm diese Umstände als gutes Vorzeichen. Als er jedoch die Mienen der Soldaten musterte, wurde ihm klar, daß für diese Männer das Vaterland an erster Stelle stand und sogar ihrem geliebten Hauptmann voranging. Wenn man ihn des Hochverrats überführte, würden sie bestimmt sehr traurig sein, sich aber der für sie unanzweifelbaren Rechtsprechung Roms beugen.

Der etwa sechzig Jahre alte Servius Cato stammte aus einer armen, aber patrizischen Familie. Von seiner Frau hatte er eine reiche Mitgift erhalten und tiefe Liebe empfangen. Jetzt war er wieder so arm wie früher, ohne Gattin, ohne Söhne, ohne Besitztümer. Doch er saß aufrecht und würdevoll, soldatisch gekleidet, in seinem Sessel vor dem Ofen. Das Fenster des kalkgetünchten Raumes war vergittert, die Tür mit Eisen beschlagen. Aber auf dem Steinboden lag ein Bärenfell, und die schmale Pritsche war mit sauberen, warmen Decken ausgestattet. Auf dem Tisch standen ein Weinkrug mit zwei Bechern und ein Körbchen Spätobst.

Servius wandte sein blindes, narbiges Gesicht den vor Bewegtheit schweigenden Besuchern zu und fragte in seiner knappen, barschen Soldatenart: „Wer ist gekommen?''

Einer der Legionäre hob, ohne daran zu denken, daß Servius ihn nicht sehen konnte, den Arm zum militärischen Gruß und meldete ehrerbietig: „Dein Verleger Atticus ist hier, Zenturio, und ein gewisser Marcus Tullius Cicero, ein Anwalt.''

Servius knurrte etwas, streckte die ihm gebliebene rechte Hand aus und sagte: „Sei gegrüßt, Atticus! Aber Advokaten brauche ich keinen.''

„Doch, lieber Servius!'' erwiderte Atticus und setzte sich auf die Pritsche.

Der Gefangene schüttelte den grauhaarigen Kopf. „Wozu sollte ein römischer Soldat, ein römischer Offizier, ein römischer Bürger, ein angesehener schuldloser Mann einen Advokaten brauchen? Ich habe nichts verbrochen. Ich habe den Leuten, die mir eine lächerliche Liste angeblich hochverräterischer Handlungen vorgelesen haben, ins Gesicht gelacht. Auch Sulla wird über den Brief lachen, den ich heute früh diktiert und ihm durch einen meiner Männer geschickt habe. Offen gestanden, als ich jetzt Leute eintreten hörte, habe ich geglaubt, das bedeute meine Freilassung. Nun, Sulla ist gerade jetzt stark beschäftigt. Das versteht man. Aber'' — und die alte Soldatenstimme erhob sich empört — „wenn er erfährt, daß sein Hauptmann, sein geschätzter Freund, eingekerkert worden ist, geht es den dafür Verantwortlichen an den Kragen!'' Er hielt inne und wandte Atticus wieder sein tapferes, blindes, von Stolz und Kummer erfülltes Gesicht zu. „Er hat die ekle Erbschaft einer Regierung von Räubern, Verrätern, Lügnern und Mördern angetreten. Ich mißbillige — das schrieb ich ihm auch — den Weg, den er zur Wiederherstellung der Republik eingeschlagen hat, und ich verdamme und fürchte seine Diktatur. Aber im Grunde meines Herzens weiß ich, daß Sulla diese diktatorische Stellung ebenso leidenschaftlich verabscheut wie ich und sich ihrer sehr bald entledigen wird.''

Atticus und Marcus tauschten Blicke.

Der Verleger sagte freundlich: „Servius, das glaubst du ja selber nicht! Ich habe gesehen – und es dir auch erzählt –, daß der Haftbefehl für dich von Sulla eigenhändig unterzeichnet wurde. Aber du willst das einfach nicht zur Kenntnis nehmen."

Der alte Haudegen verfiel in Schweigen. Seine scharfen, strengen Züge strafften sich noch; seine sonst so furchtlosen, stolzen Lippen bebten. Die leeren Augenhöhlen schienen im unbestimmten Licht des düsteren Tages feucht zu werden. Dann schlug er sich mit der geballten Faust auf die knochigen Knie und murmelte: „Ich kann das nicht glauben. Ich bringe es nicht über mich."

„Du mußt es glauben", betonte Atticus. „In deinem Buch hast du zwar Sulla nicht beim Namen genannt; aber er verstand, wer gemeint ist. Wir leben in einem gewandelten, entarteten Rom, das von Schurken und Strebern beherrscht wird, und von Ehrlosen. Sie trauen sich nicht, dich am Leben zu lassen."

„In einem solchen Rom wünsche ich gar nicht zu leben", erklärte Servius kopfschüttelnd mit ganz veränderter Stimme. „Ich mag nicht in einem Rom leben, das die Freiheit verlor und aufgehört hat, die Heimstatt biederer, mutiger Männer, die Wohnung von Recht und Gerechtigkeit und Mannesstolz zu sein."

„Vergiß nicht", mahnte Atticus, „daß du zwei junge Enkel hast, deren Väter für Rom gestorben sind und die deinen Namen tragen! Willst du ihnen Schmach und Schande bereiten, ihren Namen entehren? Sollen sie sich einer erbarmungslosen Welt stellen müssen, behaftet mit dem Makel eines von ihrem Großvater begangenen Hochverrats, so daß ihnen für immer alle Türen verschlossen bleiben?" Das scharfgeschnittene Soldatengesicht wurde grau und starr und eingefallen wie das eines Sterbenden. „Dein Name", unterstrich Atticus, „wird als Schimpf weiterleben. Soll das die Hinterlassenschaft für deine Enkel sein?"

Jetzt ergriff Marcus zum erstenmal das Wort. „Servius Cato, hör mich an! Ich bin Marcus Tullius Cicero. Mütterlicherseits stamme ich aus dem Geschlecht der Helvier, das du kennen mußt. Ich möchte dir bloß sagen, daß meiner Ansicht nach der Mensch nicht nur für sich allein lebt. Er lebt für seine Kinder und Kindeskinder, und in ihnen lebt er weiter. Wenn du dich ohne Gegenwehr dem Tode überantwortest, entehrst du nicht nur deinen Namen, sondern auch das Andenken an deine Söhne und den Lebensweg deiner Enkel."

Einer der Soldaten an der Tür blickte seinen Zenturio verwundert an, als käme ihm erst jetzt die Ungeheuerlichkeit der Lage zum Bewußtsein. Dann füllte er einen Becher mit Wein und reichte ihn dem Offizier.

Servius hob den Becher zu den Lippen, stellte ihn aber gleich mit einer Gebärde des Widerwillens auf den Tisch zurück. Mit leiser, harter Stimme sagte er: „Du hast vorhin behauptet, Atticus, daß ich selber nicht glaube, was ich sage. Das stimmt. Ich habe mich selbst betrogen." Er legte die Hand über die Augen und stöhnte. „Ach, hätte ich nur diesen Tag nicht erleben müssen! Wäre ich doch auf dem Schlachtfelde gefallen."

„Dann hättest du", gab Atticus ihm zu bedenken, „dein Buch nicht geschrieben. Bedeutet es denn nichts für dich?"

Servius schwieg eine Weile. Er ließ die Hand sinken, hob den schöngeformten Kopf, und in seine gefurchten Wangen schoß das Blut. „Doch! Ich habe es meiner Enkel wegen geschrieben. Und in der Hoffnung, möglichst viele Ehrenmänner würden es lesen und für ihre Nachkommen das alte Rom wiederbeleben! Ich kann ja den Gedanken nicht ertragen, daß die Enkel nach meinem Tode nicht mehr in Freiheit, als Römer, leben könnten."

„Dann", warf Marcus ein, „müssen wir alle für Rom kämpfen."

„Marcus Tullius Cicero", sagte Servius, „dein Name klingt mir bekannt ins Ohr."

„Auch mein Großvater hieß so", bemerkte Marcus.

„Den habe ich gut gekannt!" rief Servius und reichte dem Anwalt die Hand. „Sag mir, Cicero", fragte er, „kannst du meine Ehre wiederherstellen? Mein Leben gilt mir nichts. Aber mein Name bedeutet mir alles."

Marcus zögerte. „Ob ich dein Leben retten kann, weiß ich nicht. Aber mit Hilfe meiner Schutzgöttin Pallas Athene, die selbst Helm und Schwert und Schild trug, will ich deinen Namen in Rom von jedem Makel befreien."

Servius nickte. Seine Lippen verzogen sich zu einem grimmigen Soldatenlächeln. „Deine Stimme ist wie eine Trompete, Cicero. Sie rührt mir ans Herz. Das Augenlicht habe ich zwar verloren; aber auf meine Ohren kann ich mich verlassen. Du wirst meinen Namen retten, und nur darum geht es mir."

Die jungen Soldaten an der Tür sahen einander an, und ihre Mienen wurden hart vor glühendem Zorn.

Bei diesem Anblick mußte Marcus an den alten Pontifex Scaevola denken. Als er mit Atticus die Zelle verließ, wandte er sich an der Tür um und blickte die Soldaten an. „General Sulla", sagte er zu ihnen mit fester Stimme, die Worte bedachtsam wählend, „ist ein großer Krieger und hat uns von der Herrschaft Cinnas und Carbos befreit, wofür wir den Göttern danken müssen. Immerhin", fuhr er fort, als die jungen Männer ihn mit gespannter Aufmerksamkeit ansahen, „ist auch Sulla nicht allgegenwärtig. Er muß Macht und Verantwortung zum Teil anderen übertragen. Er muß vielen Leuten seiner Umgebung Vertrauen schenken. Und wehe dem, der dazu gezwungen ist! Er muß sich auf die Rechtschaffenheit dieser Leute in allen Angelegenheiten, die sie ihm vortragen, verlassen. Und wenn sie unredlich, auf den eigenen Vorteil bedacht sind, leidet nicht nur er; auch sein Land und seine wackeren Soldaten leiden mit ihm."

Die Legionäre hörten mit finsteren, grollenden Mienen schweigend zu. Nach kurzer Pause fuhr Marcus seufzend fort: „Servius hat seine Söhne, sein Augenlicht, seinen linken Arm dem geliebten Vaterland geopfert. Und doch muß er jetzt im Kerker schmachten, weil irgendein unbekannter Verräter ihn aus Neid oder Haß denunziert hat. Wohin ist es mit den römischen Legionen gekommen, wenn das unwidersprochen geschehen kann? Eine Zeitlang wurden wir zwar von Mördern beherrscht, aber doch nur bis zu Sullas Erscheinen." Bei diesen Wort wich Marcus dem spöttischen Blick seines Verlegers aus. Dann sah er bedeutungsvoll jedem der Soldaten in die jungen leidenschaftlichen Augen und schritt langsam durch die Steingewölbe davon, wie jemand, der eine furchtbare, für seine Schultern zu schwere Bürde trägt.

Atticus folgte ihm und sagte: „Gut, daß du nicht so lange bliebst, bis den jungen Burschen eingefallen wäre, zu fragen, warum du nicht gleich selbst zu Sulla gegangen bist und ihm von der Verhaftung seines geliebten Offiziers berichtet hast!"

„Ein Advokat muß es eben verstehen, unbequemen Fragen auszuweichen."

Atticus drückte ihm die Hand. „Ich kann dir nicht sagen, wie dankbar ich dir dafür bin, daß du Servius aufgerichtet hast. Jetzt wird er sich nach echter Soldatenart wehren. Wirst du ihn retten können, was meinst du?"

„Ich fürchte, man wird nicht wagen, ihn am Leben zu lassen, weil man einem solchen Helden nicht den Mund verbieten kann. Aber ich hoffe zu erreichen, daß sein Vermögen freigegeben wird und daß sein Name ohne Makel bleibt, seinen Enkeln zunutze."

Als Marcus in sein Büro zurückgekommen war, setzte er sich mit nachdenklich gerunzelter Stirne hin. Dann schrieb er an Julius Caesar, den er schon ein paar Monate lang nicht gesehen hatte:

‚Marcus Tullius Cicero grüßt seinen Freund, den edlen Gajus Julius Caesar. Heute habe ich gegen den Staat die Verteidigung eines gewissen Zenturio Servius Cato übernommen, eines bei seinen Soldaten sehr beliebten und in Militärkreisen hochangesehenen ehemaligen Waffengefährten General Sullas, dessen unerwünschter – oder, wenn Du willst, erwünschter – Tod in den Mamertinischen Verliesen große Trauer im Heer wecken und unter den Soldaten viel empörtes Gerede in Umlauf setzen würde.'

Mit trübem Lächeln fügte er freundliche Empfehlungen an Julius' Mutter Aurelia hinzu und erwähnte das Amulett, ihr Geschenk, das er ständig trage.

Dann schrieb er auch Noah ben Joel und schickte ihm sein Exemplar des Servius-Buches mit der dringenden Bitte, er möge es sofort lesen.

Nachdem Noah die Lektüre beendet hatte, dachte er lange nach. Dann begab er sich in das Landhaus des Roscius, der sich gerade, Süßigkeiten knabbernd, in der Bewunderung einer Schar junger Damen sonnte. „Ha!" rief Noah. „Sind wir uns denn nicht darüber einig geworden, du Schwerenöter, daß Backwerk der Linie schadet? Und daß du künftig auf diese Näschereien verzichten wirst?"

„Bediene dich!" sagte Roscius und schob dem Besucher die Silberschüssel hin. „Das Naschen aufzugeben, war deine Idee, nicht meine. Wozu kommst du überhaupt? Willst du, daß ich die Miete für mein Theatergebäude herabsetze? Kommt nicht in Frage!"

Noah nahm ein Stück Backwerk, dann ein zweites, dann ein drittes. Er lächelte den hübschen jungen Römerinnen mit unverhohlenem Entzücken zu. Schließlich sagte er: „Ich muß etwas mit dir besprechen."

„Da geht es sicher um Geld", argwöhnte Roscius und kniff die violetten Augen zusammen. „Ich sage dir nochmals: ein Nachlaß kommt nicht in Frage."

„Nicht um Geld handelt es sich diesmal", erklärte Noah. „Sondern um Ehre. Um Ruhm."

„Ausgerechnet", brummte Roscius sehr mißtrauisch. Er blickte die jungen Damen an. „Geht heim, Lieblinge! Ich muß mit diesem Beutelschneider reden." In großtuerischer, alle seine Reize entfaltender Haltung begleitete er die Besucherinnen zu ihren Sänften. Dann kehrte er zu Noah in die Halle zurück, rieb sich die Hände über dem warmen Glutbecken und kniff wieder die Augen zusammen. „Du hast irgendeinen Dreh vor, du schlauer Jude!" knurrte er.

„Da du selber Jude bist, betrachte ich deine Anrede als Kompliment", konterte Noah.

„Dann nehme ich sie zurück. Also, welchen Dolch hast du für mich im Gewande?"

„Ich biete dir eine Chance, wie sie einem Schauspieler in Rom selten zuteil wird. In Griechenland läge dir die ganze Bevölkerung zu Füßen, weil man dort die Künstler schätzt. Aber in unserem barbarischen Rom, bei unseren eingefleischten Philistern, stehen die Schauspieler nicht gerade in allerhöchstem Ansehen. Wir sind ja beide Bürger dieser Stadt; aber als ehrliche Menschen geben wir uns von ihren Mängeln Rechenschaft. Woran liegt einem Künstler, wie du es bist, am meisten? Doch nicht am Geld."

„Doch wohl am Geld", brummte Roscius, der immer mißtrauischer wurde, je begeisterter sein Besucher sich zeigte.

„Das sagst du nur so zum Spaß", erklärte Noah. „Würdest du dich grundsätzlich weigern aufzutreten, wenn du dafür kein Geld bekämest?"

Roscius mummelte eine Dörrfeige, schluckte sie und saugte die an den Zähnen haftenden Samenkörnchen los. Dann sagte er kurz: „Ja."

„Das ist doch nicht dein Ernst!" rief Noah und hob entsetzt die Hände.

„Du vergeudest meine Zeit. Rück endlich heraus mit deiner Idee, damit ich sie prompt ablehnen kann, als zu teuer – für mich!"

„Ich biete dir Ruhm und Ehre, lieber Roscius. Sonst nichts."

„Das ‚Sonst nichts' glaube ich dir aufs Wort", spottete Roscius.

Noah seufzte. „Hör mich an! Wie gesagt, in Rom genießen die Künstler wenig wirkliches Ansehen. Man zieht ihnen gemeine Gladiatoren vor, die in der Arena schwitzen und stöhnen und wie gestochene Schweine bluten. Sogar alberne Diskuswerfer zieht man ihnen vor. Wer möchte schon selber Diskus werfen? Aber so geht es nun einmal in Rom her. Allerdings, wenn ein Schauspieler zum Heros wird, neigen sich sogar die Römer vor ihm."

„Das klingt ja ganz gefährlich", meinte Roscius. „Willst du mich vielleicht gewaltsam ins Elysium befördern?"

„Das habe ich schon ein paarmal in Erwägung gezogen", gestand Noah. „Aber ich habe zu viel Geld investiert in dich. Außerdem gehört ein Teil von dir meinem lieben Freund Cicero."

Roscius zog die seidig schwarzen Brauen hoch. „Du drückst dich recht unverblümt aus. Würdest du dich in deinem geliebten Jerusalem trauen, zu einem deiner Glaubensgenossen zu sagen: ‚Dem und dem gehört ein Teil von dir'? Das ist gegen alle Gebote . . ."

„Wahrscheinlich kenne ich die Gebote besser als du", unterbrach Noah ihn. „Um es zu wiederholen: ich biete dir Gelegenheit, in Rom nicht nur ein beliebter Schauspieler zu sein, sondern ein Heros zu werden. Und die Römer lieben ihre Heldengestalten und lassen ihre Namen in die Geschichte eingehen. Denk daran, Roscius!"

„Ich werde nicht vor Gram eingehen, wenn ich nicht in die Geschichte eingehe", witzelte der Schauspieler.

„Man wird dir, in deiner Rolle als Prometheus, Bronzestatuen errichten. Allenthalben wird man dich als Helden feiern! Du wirst größer sein als Sulla."

„Du hast einen Sparren", fand Roscius. Als Noah ihm jedoch seinen Plan darlegte, hörte er mit der gespannten Aufmerksamkeit des Mimen zu. Schweigend nahm er Servius' Buch zur Hand und überflog ein paar Seiten – zu Noahs Verwunderung, der ihn für einen der seltenen jüdischen Analphabeten gehalten hatte. Dann fing seine Schauspielerseele Feuer. Bewegt und erregt begann er in der Halle auf und ab zu schreiten, und bot dabei ein so hinreißend schönes Bild, daß Noah, in seinen Anblick vertieft, fast vergaß, weshalb er gekommen war.

Dann blieb er vor Noah stehen und starrte ihn an. „Sulla wird mich bestimmt umbringen lassen", murmelte er.

„Nicht einmal Sulla würde sich an den Liebling Roms heranwagen."

„Es ist zu gefährlich."

„Heldenruhm erwirbt sich nicht ohne Heldenmut", erklärte Noah.

„Ich habe nie behauptet, daß mich nach Heldenruhm gelüstet. Ich bleibe lieber am Leben."

„Dafür verbürge ich mich", gelobte Noah.

„Kannst du das beim Leben deines Vaters schwören?"

Noah schwieg eine Weile. Dann erklärte er: „Ja. Was willst du mehr?"

„Weiter nichts, danke. Du hast mir schon übergenug versetzt", sagte der Schauspieler. „Weiß Cicero von dieser gloriosen Idee?"

„Nein. Sie ist mir ganz plötzlich gekommen und hat mich begeistert."

Zu guter Letzt willigte Roscius ein. Es war wirklich eine Gelegenheit, der ein Schauspieler nicht widerstehen konnte. Und da Roscius nicht einmal ein kleines Anerkennungsgeschenk, etwa in Gestalt eines Brillantringes, forderte, verließ Noah ihn frohgelaunt.

Unterdessen schrieb Marcus noch einen dritten Brief, und zwar an seinen alten Freund und Mentor Archias, der sich vor kurzem in ein Landhäuschen knapp vor den Toren Roms zurückgezogen hatte, wo er einen Olivenhain und ein paar Schafe und einen großen Obstgarten betreute.

Als auch dieser Brief einem Boten übergeben war, begann Marcus seinen Prozeßfall durchzuarbeiten. Eine Stunde vor dem winterlichen Sonnenuntergang erschien Caesar, strahlend und heiter und liebenswürdig, wie ein General in vollem militärischem Prunk.

„Lieber Marcus!" rief er, als wären sie vor ein paar Monaten in schönster Eintracht auseinandergegangen. „Ich habe mich gar nicht um dich gekümmert. Verzeih mir! Du siehst übrigens gut aus."

„Ich habe mir eine harte Haut angeschafft", erwiderte Marcus.

Julius klopfte ihm herzlich auf die Schulter und lachte laut. „Du redest ja wie ein Mummelgreis, lieber Freund. Für einen jungen Menschen ist das Leben ein Fest und nicht eine Last."

„Das Leben in Rom als Fest zu empfinden, habe ich aufgegeben", erklärte Marcus. „Ich nehme an, du hast meinen Brief erhalten und willst mit mir darüber reden."

„Ja, in deinem Interesse, mein Teurer", sagte Julius, während er seinen karminroten Mantel ablegte und sich setzte.

„Weil du schon so um mein Wohl besorgt bist." Marcus war überrascht, als Julius zu lächeln aufhörte und die lebhaften schwarzen Augen mit wirklichem Ernst auf ihn heftete.

„Bin ich auch", beteuerte Julius. „Du hast mir zwar alles mögliche Üble prophezeit, aber ich persönlich wünsche dir weder den Tod noch sonst ein Unheil."

„Gibt es also andere, die solche Wünsche hegen?"

„Heutzutage, mein Lieber, wünschen viele vielen den Tod."

„Das hast du mit aphoristischer Kürze ausgedrückt, wie gewöhnlich", scherzte Marcus. „Aber mein Leben ist in der Hand der Götter, und du kannst dir also deine Besorgnisse sparen."

„Jetzt sind gefährliche Zeiten", warnte Caesar.

„Und wer hat das auf dem Gewissen? Antworte mir, Julius! Wer ist schuld daran, daß freie, auf ihre Freiheit und die unerschütterlichen Gesetze und auf Roms Rechtlichkeit stolze Männer um ihr Leben fürchten müssen?"

Julius zuckte die Achseln. „Ich habe diese Zeiten nicht herbeigeführt. Übrigens sind deine sonst so milden Augen imstande, plötzlich wie Feuerbrände aufzuflammen, daß selbst den Leuten, die dich liebhaben, ganz bange wird."

„Dir zum Beispiel."

„Mir zum Beispiel."

Marcus ließ Wein bringen, und die beiden Männer tranken schweigend. Dann sagte Julius: „Ich muß dir einmal eine Probe aus meinem eigenen Keller schicken. Trotz der von dir beklagten Steuern bist du doch jetzt verhältnismäßig reich, jedenfalls wohlhabend, und könntest dir besseren Wein leisten."

„Ich lebe sparsam. Warum bist du gekommen, Julius? Doch nicht bloß aus Sorge um mich?"

Caesar füllte wieder seinen Becher, trank und schnitt eine Grimasse. Er blickte Marcus an. „Ich habe über deinen Brief mit Sulla gesprochen."

„Natürlich. Das habe ich erwartet."

„Sulla ist zwar Soldat, wünscht aber Frieden für Rom. Hier hat es lange genug Zwietracht gegeben. Und wir haben noch immer mit Feinden zu rechnen, und mit aufmuckenden Bundesgenossen und Hilfsvölkern. Wir müssen nach innen und außen ein Bild unbeugsamer Macht und Stärke bieten. Du gefährdest dieses Bild. Du gefährdest dein Land."

Marcus zeigte sich nicht bestürzt. „Davon kann keine Rede sein. Der Fehler liegt anderswo. Was geht es überhaupt mich als einen Römer an, wie irgendwelche fremde Völker über Rom denken? Wir haben schon viel zu lange um deren Wohlmeinung geworben, die wetterwendisch ist wie eine Windfahne."

„Du verstehst nicht. Ich kann dir nur sagen, daß dein Eintreten für Servius ein Anschlag gegen den Frieden und die Ruhe Roms ist."

Marcus runzelte die Stirn. „Wieso das?"

„Du kennst doch den Pöbel, nicht?"

„Was hat der Pöbel mit Servius zu tun?" fragte Marcus.

„Du stellst dich absichtlich begriffsstutzig. Dieser Servius ist total übergeschnappt. Niemand hat etwas gegen Patriotismus. Aber diese alten, von Kämpfen und Strapazen hergenommenen Soldaten schlagen oft über alle Stränge und reden den größten Unsinn. Sie quengeln; sie schreien Zeter und Mordio; sie kennen keine Hemmungen. Und der leicht entflammbare Mob mißversteht sie."

„Ohne Umschweife ausgedrückt, will man also verhindern", entgegnete Marcus, „daß dieser Mob hört, wie Servius in leidenschaftlichen Worten sein Vaterland verteidigt und es auffordert, zu Wert und Würde und Lauterkeit zurückzukehren. Davor hat man Angst." Julius schwieg; seine schwarzen Augen funkelten feindselig. „Und dann sind da noch", fuhr Marcus fort, „seine Legionäre, seine Offiziere. Man will nicht, daß sie ihn hören. Die Soldaten sind ohnedies schlecht auf Sulla zu sprechen, weil er sie hintergangen hat."

„Das sind hochverräterische Reden."

„Wenn du das für Hochverrat hältst, so sorge dafür, daß ich verurteilt und bestraft werde."

Julius verzog den Mund. Ich brauche ihn, dachte er. Und in vielen Beziehungen liebe und bewundere ich diesen tapferen Kerl.

„Ist es Hochverrat, wenn jemand, der sein Vaterland liebt, es in der Person des Servius zu verteidigen sucht?" fragte Marcus.

„Du redest so, als wäre Rom eine belanglose Provinzstadt, als wären die Römer ein schwächliches Völkchen. Das stimmt doch nicht, Marcus."

„Dann brauchen Rom und die Römer keine Angst zu haben vor der Wahrheit und vor Servius."

Julius schüttelte den Kopf und entgegnete: „Marcus, wir sind bereit, außergewöhnliche Zugeständnisse zu machen. Die ganze Stadt weiß von Servius. Überall wird schon gemeckert. Wir wollen ihm seinen militärischen Rang, sein Vermögen, seinen Landbesitz zurückgeben und ihn in Frieden ziehen lassen."

„Und auf seinem Namen bleibt der Makel haften und geht auf seine Enkel über."

„Wir werden verlautbaren, daß Sulla ihm aus alter Anhänglichkeit gnädig verzeiht."

„Und das Volk wird Sulla preisen, weil er eine schwere Kränkung mit erhabener Güte vergolten hat. Der Name Servius aber wird für immer entehrt sein."

„Was ist ein Name?"

Marcus entbrannte in kaltem Zorn. „Für dich, Julius, ist er nichts. Für Servius ist er alles. Er freut sich auf die Gelegenheit, sich und Rom vor dem Senat zu verteidigen."

„Sehnt er sich in seinem Alter nicht nach Ruhe?"

„Ein alter Soldat, den man so tief gedemütigt hat, fragt nicht nach Ruhe. Ihm liegt an seiner Ehre. Aber diese Vokabel kennst du nicht."

„Ich bin eben ein vernünftiger, sachlicher Mensch. Ich gehe mit dem Fortschritt der Zeit. Dir aber stecken die Füße im zähen Schlamm der Vergangenheit, und du kannst dich nicht von der Stelle rühren."

„Die Vergangenheit", erklärte Marcus, „bestimmt auch die Gegenwart und die Zukunft. Ein Volk, das seine Vergangenheit vergißt, ist zum Untergang verurteilt." Julius erwiderte nicht. Marcus warf ihm einen durchdringenden Blick zu. „Sulla hat Angst vor Servius!" Julius schwieg noch immer. „Auch ich habe Freunde, ehrenwerte, aufrechte Männer. Wenn man mich ermordet, werden sie nicht stumm bleiben. Ich habe ihnen allen von Servius erzählt."

„Du drohst dem Sulla?"

„Ich drohe allen Tyrannen."

Caesar stand auf. Er sagte: „Wir bieten dir eine ansehnliche Summe – nicht dafür, daß du deinen Klienten im Stich läßt, sondern dafür, daß du dich aus der Sache zurückziehst. Und wir verpflichten uns, wie gesagt, dem Servius Freiheit und Vermögen wiederzugeben."

„Sullas Geld brauche ich nicht. Wenn er dem Servius seinen ehrlichen Namen wiedergibt, ziehe ich mich zurück."

„Das ist unmöglich." Julius wandte sich zur Tür. „Ich wußte, daß du bocken würdest, weil du seit jeher halsstarrig bist. Ich habe es Sulla vorausgesagt. Für diesen Fall habe ich dir also jetzt seine Einladung zu überbringen, heute abend mit ihm zu speisen, damit er dir seinen Standpunkt selbst darlegen kann."

„Und wenn ich ablehne?"

„Das würde ich nicht empfehlen", meinte Julius mit ebenso sanfter wie drohender Stimme. „Darf ich dich an eines erinnern? Du verdankst das Leben deines Bruders dem General Sulla, der ihn väterlich umsorgt hat. Wäre es nicht schmählich, sich undankbar zu erweisen?"

Marcus' Miene änderte sich. „Ach, bist du ein Schlaukopf, Julius! Aber" – und seine Stimme zitterte – „wenn Quintus für meine Entscheidung leiden muß, werde ich die Kunde davon dem Volk zur Kenntnis bringen. Übrigens würde es ihm persönlich lieber sein, in Ehren zu sterben als in Unehren zu leben."

„Ach, diese Ehre!" schrie Julius, dem schließlich die Geduld riß. „Jeder versteht etwas anderes darunter! Aber du bist ein Narr, Marcus! Die Ehre ist die letzte Zuflucht der Schwächlinge." Er schritt zur Tür und blieb dort stehen, kalt und unerbittlich. „Es ist Sonnenuntergang. Ich befehle dir, mich in Sullas Haus zu begleiten."

XXIX

Sie begaben sich zu Sullas Haus, Marcus in seiner eigenen Sänfte, Julius auf dem Rücken eines mächtigen Rappen, von drei berittenen jungen Offizieren geleitet. Der letzte rote Schein der Sonne umriß die dichtbesiedelten Hügel und floß wie wässeriges Blut über die Hausdächer. Die Luft war würzig und scharf und kalt, und Marcus hielt die Vorhänge der Sänfte geschlossen. Der Hufschlag der Pferde klapperte rings um ihn; er hörte das Tosen der Menge in den Straßen, das Rattern von Wagen und Karren, das schrille Aufklingen plötzlichen Lachens, den noch schrilleren Ton von Schimpfworten.

Archias hatte ihm einmal gesagt, er sei von Natur aus ein Politiker. Zuerst war Marcus über diese Äußerung nur belustigt gewesen: er verachtete ja Politik und Politiker. Jetzt aber empfand er, daß die Rechtswissenschaft allein – und mochte es sich auch um das großartige römische Recht handeln – ihm nicht genügte.

Sullas großes, schönes Haus war warm und hell erleuchtet; Wohlgerüche und das melodische Plätschern von Springbrunnen durchdrangen es. In der Luft lagen die Düfte von Farnen und von Frische. Die glattpolierten Säulen schimmerten. Der Fuß versank in dicken, prächtigen Teppichen.

Sulla selbst kam im Atrium dem Gast höflich entgegen und sagte in herzlichem Ton: „Sei gegrüßt, Cicero! Ich freue mich, daß du mir die Ehre erwiesen hast, meiner Einladung zu folgen.“ Er lächelte sogar, als er den Besucher flüchtig umarmte. „Wir sind unser nur wenige“, fügte er hinzu. „Nur ich, Julius, Pompejus, Crassus, Piso und Curius. Ich esse gern in kleinem Kreise. Ja, Damen sind auch da, ein paar hübsche junge Schauspielerinnen und Sängerinnen und Tänzerinnen, die uns Gesellschaft leisten werden.“

„Ich bin nicht festlich gekleidet“, entschuldigte sich Marcus. „Ich mußte nämlich eilig, so wie ich war, in meiner Wolltunika, davon.“

„Ach, heute geht es ganz formlos zu“, beruhigte ihn Sulla, der seine geliebte purpurne, goldgesäumte Wolltoga trug. Er war noch immer so hager, wie Marcus ihn im Gedächtnis hatte, noch immer so braunhaarig, und seine blassen Augen waren noch immer furchterregend. Wie ein liebevoller Vater geleitete er Marcus und Julius in den langgestreckten Speisesaal. Auf einem mit orientalischem Spitzentuch bedeckten Tisch standen alexandrinische Bronzelampen, deren parfümiertes Öl üppige Düfte verbreitete. Die Marmorwände waren mit schönen Gemälden und Mosaiken geschmückt. Seiden- und Wollvorhänge hingen über den Fenstern und hielten die Wärme im Raum.

Die anderen Gäste waren schon versammelt: Marcus' alte Feinde, der hübsche, blonde, boshaft lächelnde Piso und der mürrische Curius; der von Sulla vorzeitig als ‚der Große' zubenannte Pompejus mit seinem breiten, trägen, aber freundlichen Gesicht, und Crassus, dessen braunes Haar über der Stirn blütenkelchartig gelegt war. Sie alle lehnten schon auf weichen Liegesofas um den Tisch, tranken Wein aus schönen griechischen Gold- oder Silberbechern und naschten aus vergoldeten Schüsseln, die mit marinierten Fischen, Oliven, heißen Fisch- und Käsepastetchen, essiggetränkten Kalbsköpfen, Würsten in scharfer Tunke und kleinen, in Öl und Gewürzen schwimmenden britischen Austern gefüllt waren. Zwischen den Liegesofas standen Stühle, und auf jedem Stuhl saß ein hübsches Mädchen, das Haar auffällig frisiert, in ein grellfarbenes langes Gewand gehüllt, das Arme und Hals freiließ.

Als alter Römer hatte Marcus für die neue Mode des Liegens beim Essen nichts übrig. Sein Platz war zwischen Pompejus und Julius. In einer Art Thronsessel aus vergoldetem, mit Elfenbein eingelegtem Ebenholz saß Sulla am Kopfende der Tafel auf scharlachroten, goldbequasteten Kissen in bewußt militärischer Haltung, mit geraden Schultern und erhobenem Kopf. Marcus kostete mißtrauisch von den Leckerbissen auf dem Tisch, fand sie recht beachtlich, aß mehr davon und trank guten süßen Wein dazu. Drei in einer Ecke des Raumes auf dem Boden sitzende Sklavinnen begannen auf Kithara und Lyra ganz leise empfindsame Weisen zu spielen, und eines der Mädchen sang dazu mit hübscher, schwermütiger Kinderstimme.

Die jungen Männer um Marcus plauderten lebhaft. Piso und Curius nahmen von seiner Anwesenheit keine Notiz, und wenn sie sich an Julius oder Crassus wandten, blickten sie über ihn hinweg oder um ihn herum, als wäre er ein Möbelstück. Ob dieser Unhöflichkeit röteten sich seine blassen, schmalen Wangen vor Zorn. Er wartete seinerseits immer wieder eine Gelegenheit ab, einem seiner Feinde mit leichtem Achselzucken kalt und verächtlich ins Auge zu blicken. Vergnügt bemerkte er, daß die jungen Adeligen dadurch beirrt wurden und daß ihre Augen, trotz ihres Lächelns, ärgerlich zu funkeln begannen. Unterdessen gingen die unbeschwerten, fröhlichen Tischgespräche weiter. Die jungen Dämchen schwatzten, kreischten vor Lachen und tranken fleißig Wein.

Für Marcus war es neu, daß Sulla eine Schwäche für leichtfertige Schauspielerinnen und Sängerinnen und für lustige, gewagte Reden hatte. Der General spielte mit den Wangen, den Händen und dem Haar der beiderseits von ihm sitzenden Mädchen. Sie taten ihm schön; sie legten die hübschen Köpfe auf seine Schultern; sie neckten ihn; sie wehrten zum Schein die erwünschten Berührungen ab, die allmählich immer ungezwungener wurden. Sie lachten laut, wenn er seinen edelgeformten Römerkopf niederbeugte und sie auf den Nacken oder die weißen Schultern küßte.

Zu Marcus sprach niemand. Er wartete, bis die Schüsseln mit den Vorgerichten abgetragen wurden, um für die Hauptgänge Platz zu machen, und sagte dann in einem Augenblick, als das allgemeine Gespräch etwas weniger laut war: „Ich sehe, daß unser lieber Freund Catilina heute nicht hier ist.“

Pompejus und Julius tauschten Blicke. Piso lachte boshaft. Curius machte ein finsteres Gesicht, weil Marcus auf unverschämte Weise den Namen eines großen Patriziers in den Mund genommen hatte. Sullas helle Augen blitzten belustigt. Er sagte: „Nein, er genießt gerade die Umarmung seiner jungen Frau."

„Ich dachte", erwiderte Marcus, „er erweckt gerade Reue über die Ermordung seiner ersten Frau."

„Ermordung?" rief Sulla.

„Bestreitet das irgendwer?" fragte Marcus.

„Lieber Freund", warf Julius ein, „du weißt doch genau, daß es sich da nur um eine Verleumdung handelt, und wir haben Zeugen dafür."

„Dann soll Catilina mich klagen", erklärte Marcus. „Ich habe Nachforschungen angestellt." Es war ganz still geworden, und aller Augen richteten sich auf ihn. Er zuckte die Achseln. „Steht die Zypresse für Livia noch vor seinem Haustor?"

Niemand antwortete. Marcus wischte sich sorgfältig die Hände in eine Leinenserviette, die ein Sklave ihm gereicht hatte. Er ließ sich Zeit. „Mord galt früher in Rom als barbarisch. Mord wurde früher in Rom mit dem Tode bestraft. Aber die Zeiten haben sich geändert. Die Ermordung der eigenen Frau wird jetzt, auch wenn sie auf so rohe Art erfolgt ist wie in Livias Falle, offenbar mit großen Ehrungen, einer reichen zweiten Frau und allgemeinen Gunsterweisen belohnt."

„Du stänkerst wieder einmal", meinte Julius mit einem schwachen Lächeln. „Aber nur zu! Wir sind ganz Ohr."

„Ich bin Anwalt", sagte Marcus. „Ich gebe Informationen nur an Klienten." Er sah Piso und Curius scharf an. „Wenn aber jemand mit mir das Schwert kreuzen will, nenne ich ihm mit Vergnügen Ort und Zeit dafür."

Julius lachte laut und kniff Marcus in den Arm. „Du machst ja köstliche Witze!" rief er.

„Ich dachte, wir würden heute gemütlich speisen", bemerkte Sulla. „Aber anscheinend haben wir einen wild fauchenden Stier bei uns."

„Sonst ist Cicero die Höflichkeit selber", entschuldigte Julius seinen Freund und versetzte ihm einen Rippenstoß. „Dein Wein muß sehr stark sein, General."

„Nicht so stark wie meine Empörung", knurrte Marcus.

Sklaven brachten die nächsten Gänge des Mahls, ein gebratenes Spanferkel auf einer riesigen Silberplatte, geschmorte Fische, verschiedene Gemüse und Tunken und warmes, zum Schutz gegen Auskühlung in Leinwandtücher gehülltes Weißbrot. Frischer Wein wurde eingegossen. Die Sklavinnen sangen ein heiteres Lied.

„Reden wir doch von erfreulicheren Dingen!" schlug Sulla vor.

„Ich arbeite angestrengt", erklärte Marcus. „Und ich pflege nicht nach moderner Art bis in die Nacht auf zu bleiben. Man hat mich zu einem bestimmten Zweck hergeholt, den ich zu kennen glaube, Herr. Offenbar hängt die Einladung damit zusammen, daß ich nächste Woche den Servius Cato vor dem Senat verteidigen will.''

Sulla zog die schwarzen Brauen hoch. Er lächelte nicht mehr. „Ich schätze dich sehr, Cicero. Für einen Anwalt ist es nicht gut, sich Feinde zu machen. Advokaten sind gewöhnlich zurückhaltend und behutsam; es ist nicht ihre Art, auf die Pauke zu schlagen und aus ihren Prozeßfällen öffentliche Schaustücke zu machen. Caesar hat dir schon unser Angebot in der Sache Servius dargelegt. Warum bist du halsstarrig?''

„Du entehrst Servius' Namen, so daß künftig kein anständiger, beherzter Mann mehr die Stimme in öffentlichen Angelegenheiten erheben wird, weil ihm sein Name zu gut dafür ist.''

Sulla sprach freundlich. „Servius ist nicht mehr jung. Er ist krank und dem Tode nahe.'' Er hob die Hand. „Du wirst auf die Schmach hinweisen, an der seine Enkel zu tragen haben werden. Öffentliche Entehrung, mein teurer junger Freund, ist in Rom nicht mehr ein solcher Schandfleck wie einst. Heutzutage vergessen die Menschen rasch. Ehre gilt als altmodische, langweilige Schrulle. Die Enkel werden nicht leiden.''

„Servius und auch seine Enkel sind dazu aufgezogen worden, ihre Ehre höher zu schätzen als ihr Leben. Ich werde sie vor Schmach schützen.''

„Das wird dir nicht gelingen'', warnte Sulla.

„Ich werde es versuchen, mit all meiner Hingabe und mit allen meinen Rechtskenntnissen.''

Julius klatschte etwas spöttisch Beifall. Piso und Curius lachten laut.

„Heldenhafte Worte!'' rühmte Julius. „Würdig eines Cicero.''

„Würdig eines Kickerlings'', brummte Curius mit heiserer Stimme.

„Würdig eines Römers'', betonte Marcus. „Aber wer von den Anwesenden versteht schon, was damit gesagt ist?''

„Ich'', meldete sich Sulla in ruhigem Tone, und das Stimmengewirr verstummte jäh.

Marcus blickte ihn erstaunt an. „Dann weißt du auch, Herr, daß ich so handeln muß, wie ich es tue. Servius zuliebe. Der toten Seele Roms wegen.''

Sulla warf mit beherrschter Wucht Messer und Löffel beiseite. Seine finsteren Gesichtszüge wurden vor Zorn scharf und lang. Er beugte sich zu Marcus. „Jetzt mußt du mir ehrlich Rede und Antwort stehen, Cicero, aus den Tiefen deiner anscheinend unerschütterlichen, wagemutigen Seele.''

Seine strenge Stimme erfüllte den Raum. Wie anklagend wies er mit dem Finger auf Marcus. „Wir wollen uns einmal dieses unser Rom ansehen, Cicero, dieses Rom von heute und nicht das aus Großvaters Tagen. Zuerst wollen wir uns die Senatoren ansehen, die rotsandaligen Senatoren in ihren prunkvollen Togen, mit ihren gepolsterten Sänften, weichen

Betten und glatthäutigen Kurtisanen, die Senatoren mit ihren Vorrechten und Machtvollkommenheiten, mit ihren Prachthäusern innerhalb der Mauern Roms, ihren Gutshöfen auf dem Lande, ihren Villen auf Capri und Sizilien, ihren verschiedenartigen Vermögensanlagen im In- und Auslande, diese Senatoren, die in warmen, parfümierten Bädern liegen und sich dann die verbrauchten Leiber von öligen Fingern massieren lassen, die sich und ihre Geliebten mit Juwelen behängen, bevor sie zu Orgien und Banketten ausschwärmen oder in die Theater, zu Privatvorführungen von schamlosen Tänzerinnen und Sängerinnen, Gladiatoren, Ringern, Schauspielern. Diese Herren wollen wir uns einmal ansehen!

Ihre Vorfahren, von denen sie ihre Sitze meist geerbt haben, begaben sich einst barfuß in ein schmuckloses, hölzernes Senatsgebäude, um dadurch ihrer Demut gegenüber dem Volkswillen und vor allem gegenüber der Macht der Götter und des ewigen Gesetzes Ausdruck zu geben. Sie saßen nicht in bestickten Togen auf kissenbedeckten Marmorsitzen, sondern in ihren schmutzigen Arbeitstuniken auf schlichtgezimmerten Holzbänken. Wenn diese alten Senatoren eine Rede hielten, so taten sie es in der Sprache des Volkes, mannhaft, sachkundig, aufrichtig, gerecht und stolz. Sie waren bedachtsam; sie mißtrauten allen Gesetzen, die sich nicht vom Naturrecht, vom Volksempfinden herleiteten.

Und jetzt schau dir ihre Erben an! Würden unsere jetzigen Senatoren ein Joch ihres Landbesitzes, einen Bruchteil ihres Vermögens zur Auffüllung unserer leeren Staatskassen hergeben, würden sie die Zahl ihrer verderbten, ausschweifenden Geliebten oder ihrer kriecherischen Klienten, die ehrgeizigen Ansprüche ihrer Frauen, ihre eigene Trägheit und ihre geilen Vergnügungen, ihre Sklavenscharen und ihre Prunkhäuser vermindern oder einschränken, um Rom zu retten und es in die alte Größe wiedereinzusetzen?"

Marcus war blaß geworden. Er konnte den Blick nicht von Sulla wenden. „Nein", gab er zu. „Das täte keiner. Nein."

Sulla fuhr fort: „Und jetzt sehen wir uns die Zensoren an, die Volkstribunen, die Politiker! Gibt es etwas Gemeineres, Brutaleres, Verbrecherisches als solche Männer, die sich in untergeordneten Machtpositionen die Taschen gefüllt haben und nun mit geschwellter Brust vor ihren eigenen Wählern einherstolzieren können? Kann sich jemand rühmen, diebischer zu sein als diese sogenannten Volksvertreter, die ihre Wähler verraten für die Ehre, mit Patriziern bei Tisch zu sitzen oder der Dirne eines Machthabers die Hand zu küssen?

Schau dir sie nur an! Werden sie aufhören, geschäftig ihre Truhen zu füllen, wenn man sie zur Rettung Roms aufruft? Werden sie den Senat rügen und von ihm verlangen, daß er die Verfassung wahrt und nicht bloß eigennützige Gesetze durchbringt? Werden sie ihre Wähler mahnen, wieder Tugend und Sparsamkeit zu üben und von ihren Tribunen nichts Unrechtmäßiges zu fordern? Werden sie dem Mob mit der Aufforderung: ‚Seid Männer und nicht träges Stimmvieh!' entgegentreten?"

Marcus legte, obwohl er kaum zu essen begonnen hatte, sein Besteck beiseite und blickte verstört auf seinen Teller. „Nein, Herr", murmelte er.

Sulla tat einen langen Schluck aus seinem Becher und setzte fort: „Jetzt aber, Cicero, sieh dir den Mittelstand an, aus dem du selber stammst! Die Anwälte und Ärzte, Bankleute und Makler, Händler und Reeder, Gewerbetreibenden und Kaufleute! Werden sie freiwillig auch nur einen Monat im Jahr auf ihre Gewinne zugunsten des Gemeinwesens verzichten, so daß der Staatshaushalt wieder ausgeglichen werden kann? Werden sie die Senatoren, Tribunen und Konsuln bestürmen, Rom möge wieder zu altem Glanz und alter Größe erhoben und vor allem wieder befriedet werden? Wird einer von euch Anwälten den Gesetzgebern zurufen: ‚Das ist verfassungswidrig, eine Schmach für ein freies Volk. Das darf nicht Gesetz werden!'? Wird einer von euch den Blick von den Geschäftsbüchern zu den Zwölftafelgesetzen wenden und, koste es auch das Leben, jene bloßstellen und zu entmachten versuchen, die diese ehrwürdigen Gesetze verletzen? Ach, diese Schmerbäuche! Werden auch nur sechs von ihnen sich unter persönlicher Gefahr auf dem Forum hinstellen und dem Volke sagen, welches Schicksal ihm unausweichlich droht, wenn es nicht zu seinen alten Tugenden zurückfindet und die Bösewichter, die es wegen seiner Wählermacht korrumpieren, aus dem Senat verjagt?"

„Bei den Göttern, Herr, nein", stammelte Marcus.

Sulla schloß die plötzlich müde gewordenen Augen. „Und jetzt betrachten wir den schwatzenden, vielsprachigen Mob von Rom, den Abschaum unserer Städte und vieler fremder Völker, dieses freche, unverschämte, unbeherrschte und unbeherrschbare Gelichter! Wenn ein Ehrenmann diese Leute zu beschwören versuchte, emsig zu arbeiten, nüchtern zu leben und zu schlichter Gläubigkeit zurückzukehren, würde man ihn am Leben lassen? Wenn er ihnen zuriefe, sie sollten sich nicht länger von der öffentlichen Hand abhängig machen in Nahrung und Obdach, Bekleidung und Vergnügungen, würde man ihn anhören? Wenn er ihnen ihre Trägheit und Habgier vorhielte, was würde man ihm antun?"

Marcus verschränkte die Finger auf dem Tisch und blickte sie an. „Man würde ihn umbringen, Herr, oder zumindest niederschreien."

„Richtig!" sagte Sulla mit düsterer Miene. „Und zum Schluß wollen wir noch einen Blick auf die alten Römer werfen, auf Männer deinesgleichen, die noch in dieser Stadt und auf dem Lande leben! Sie betrachten sich als die wahren Erben dessen, wofür unsere Väter starben. Sie rühmen sich der Soldaten in ihren Familien, der Krieger, die man nach der Schlacht tot auf ihren Schilden weggetragen hat. Sie reden stolz von Horatius Cocles, von allen Heroen Roms, und fühlen sich mit ihnen eins.

Ihre Wohnungen sind mit alten Waffen geschmückt. Ihre Kinder tragen die Namen mächtiger, längst zu Staub zerfallener Männer.

Kannst du ein Dutzend dieser alten Römer auftreiben und sie auffordern, mit dir wie Horatius die sublicische Brücke gegen die Staatsfeinde zu verteidigen? Werden sie dem Mob zurufen: ‚Stillgehalten!' und den Senatoren: ‚Sorgt für Ehrenhaftigkeit und Gesetzestreue und Rechtlichkeit!' und den geldgierigen Geschäftsleuten: ‚Verzichtet für eine Zeitlang zugunsten Roms auf eure Profite!'? Werden sie den Tribunen sagen: ‚Vertretet unsere wahren Interessen oder legt eure Ämter nieder!'? Werden sie zu mir und meinen Generalen sagen: ‚Trollt euch, damit wir wieder Freiheit und Recht erlangen!'? Wird sich ein Dutzend alter Römer finden, die ihr Leben, ihr Vermögen und ihre vielberufene Ehre in die Schanze schlagen, um Rom in seinem alten Glanze wiedererstehen zu lassen?"

Sogar aus Marcus' Lippen war das Blut gewichen. Er schüttelte den Kopf. „Wahrhaftig, Herr, niemand täte das. Sie sind kleinmütig, diese Heldensöhne. Sie wagen es nicht, ihre Stimmen zu erheben."

Sulla drückte die hageren, dunklen Hände auf das Gesicht. Alle Gäste saßen wie angewurzelt da und berührten kaum das Essen auf ihren Tellern. Selbst die Musik war verstummt. Dann sagte Sulla hinter den vorgehaltenen Händen mit dumpfer Stimme: „Und wie ist es mit den Bauern auf dem Lande? Seit vielen Jahren verkaufen sie ihr Getreide an die staatlichen Kornkammern, von wo aus es auf Verlangen an den faulen Mob verteilt wird, und sie streichen beträchtliche Summen dafür ein, ohne sich darum zu kümmern, daß der Staat bankrott ist. Falls ich ihnen sagen sollte: ‚Bauern Roms, unser gemeinsames Vaterland ist zahlungsunfähig und in Gefahr. Ich bitte euch, verzichtet freiwillig zugunsten Roms auf die euch gewährten Zuschüsse!', würden sie aus Vaterlandsliebe zustimmend die Arme heben?"

Marcus erwiderte voll Qual: „Nein, Herr, das täten sie nicht."

Sulla ließ die Hände sinken und wandte Marcus ein von Mitgefühl verdüstertes Gesicht zu. „Sieh mich an, Cicero, einen Soldaten, den Diktator Roms! Und denk daran, daß ich hier in Rom nicht deshalb mit allen Machtvollkommenheiten ausgestattet walte, weil ich mir das so in Phantasien einsamer Nächte ausgedacht habe! Wenn hundert Leute, die ich hochachten hätte können, mich am Stadttor erwartet und mir zugerufen hätten: ‚Leg die Waffen nieder, Sulla, und betritt die Stadt zu Fuß, als einfacher römischer Bürger!', so hätte ich dankbar gehorcht. Vor allem bin ich Soldat, und ein Soldat beugt sich der Macht des bestehenden Gesetzes und dem Mut. Aber es fanden sich keine hundert Männer, die mir am Stadttor entgegengetreten wären und für das Vaterland ihr Leben aufs Spiel gesetzt hätten! Es gab keine fünfzig, keine zwanzig, keine zehn, keine fünf. Nicht einmal einen gab es!"

Marcus blickte ihn an und erkannte seinen großen, hoffnungslosen Kummer.

„Noch jetzt würde ich", fuhr Sulla fort, „um den Preis meines Lebens versuchen, das alte Rom, altrömische Rechtlichkeit und Tugend, Gläubigkeit, Ehrenhaftigkeit, Nächstenliebe, Mannhaftigkeit, Arbeitsfreude und Schlichtheit wiederherzustellen, wenn ein Erfolg zu erwarten wäre. Aber du weißt, daß ich mein Leben sinnlos einsetzen würde. Ein Volk, das aus freien Stücken, durch eigene Völlerei und Ehrgier und Habsucht derart an den Rand des Abgrunds geraten ist wie Rom, kann nicht mehr zurück. Der Aussätzige kann nicht die Spuren seines Siechtums tilgen; der Blinde kann nicht wieder sehend werden; der Tote kann nicht zu neuem Leben auferstehen.

Du hältst mich für böse, für das Urbild eines Diktators. Aber ich übe nur jene Herrschaftsform aus, die das Volk verdient. Ich werde den Weg alles Irdischen gehen. Doch mir werden – laß dir das gesagt sein! – ärgere Männer folgen. Es gibt ein Naturgesetz, unerbittlicher als alle Menschengesetze: das Gesetz, wonach verderbte Völker zugrunde gehen müssen. Die Vollzieher dieses Gesetzes regen sich schon im Mutterleib der Geschichte. So geht Rom dahin."

Er hob den Becher und leerte ihn bis zum letzten Tropfen. „Ich trinke dem Leichnam Roms zu." Er starrte in die Gesichter um ihn, die stummen Gesichter lebenskräftiger junger Männer, die ausdruckslosen Gesichter der Mädchen. „Schau dir diese Leute an, Cicero!" rief er. „Sie sind Roms Zukunft. Sie sind Roms Henker. Na, Kinder, wollt ihr nicht auf eure goldene, schreckliche Zukunft trinken?"

Julius sah ihm fest in die müden Augen. „Herr", sagte er, „du tust uns Unrecht. Wir lieben Rom genauso wie du."

Sulla warf seinen Soldatenkopf zurück und lachte laut und lang. Die anderen starrten einander mit seltsamem Lächeln an; sie schürzten die Lippen und zuckten die Achseln.

Marcus stand auf, stützte die Hände auf den Tisch und wartete, bis Sulla ausgelacht hatte. Und als dann der General ihm plötzlich seine Aufmerksamkeit zuwandte, sagte er mit ruhiger Stimme: „Herr, ich stehe als Angeklagter vor dir. Ich war nicht am Stadttor, um dir entgegenzutreten. Ich bin ein vorsichtiger, behutsamer Mann, ein Advokat. Ich habe Schriftsätze verfaßt; ich habe Geld gespart; ich habe für meine Familie gesorgt. Kurz, ich war ein Feigling. Herr, ich muß meine Schuld sühnen. Schon aus diesem Grunde muß ich Servius verteidigen. Mit seiner Person verteidige ich Rom, das ich verraten habe."

Er verbeugte sich. Dann schritt er durch das allgemeine Schweigen des Raumes und schloß die Tür hinter sich.

Sulla ließ sich das Glas nachfüllen. Er war nun benommen vom Wein und von wildem Schmerz. Er sagte zu den jungen Leuten: „Der jetzt hinausging, ist ein Römer, dem gewaltsamen Tode verfallen, wenn nicht morgen, so später. Dieser Tod ist ihm vom Schicksal bestimmt."

„Ein Hochverräter", knurrte Curius voll Haß und Verachtung.

„Ein Dummkopf", schalt Piso. „Ein proletenhafter Dummkopf."

„Ein Mann der heftigen Gemütserregungen und der vorschnellen Urteile", meinte Julius.

„Ein Mann der unsachlichen Leidenschaften", fand Crassus.

Sulla öffnete den Mund zu einem Lächeln. „Ein Mann", sagte er.

XXX

Marcus speiste mit Roscius in dessen Prachthause, und auch Noah war dabei.

„Politiker", erklärte Roscius, „müssen Scharlatane sein. Sonst werden sie nicht Politiker."

„Ich bin ja noch keiner", stellte Marcus fest.

„Mein teurer Freund", entgegnete Roscius, „alle Advokaten sind werdende Politiker. Und die einen wie die anderen sind Schauspieler. Es kommt nicht darauf an, was sie vor Gericht oder in Versammlungen sagen. Es kommt darauf an, wie sie es sagen; es kommt auf ihre Gesten, auf den wechselnden Tonfall ihrer Stimme an. Einer meiner ersten Lehrer, ein sehr alter Schauspieler, brauchte nur bis zehn zu zählen, und die Zuhörer brachen in Tränen aus, so zu Herzen ging seine Stimme, so rührend war sein Anblick."

„Marcus hat eine überaus ergreifende Stimme", lobte Noah. „Und ich habe ihm anmutige Haltung und gutes Gebärdenspiel beigebracht."

„Ich habe ihn vor Gericht beobachtet", sagte Roscius, nachdem er sich den Becher wieder gefüllt und einen kritischen Blick auf Marcus geworfen hatte. „Dabei habe ich festgestellt, daß er seine Prozesse oft erst im Berufungsverfahren gewinnt, wenn die Schriftsätze sorgfältig gelesen werden. Warum gewinnt er nicht immer gleich in erster Instanz, trotz der wunderbaren Gebärden, die du ihm beigebracht hast, Noah? Weil er leider kein hervorragender Schauspieler ist."

„Schönen Dank!" erwiderte Marcus. „Ich weiß, daß ich nüchtern rede. Aber bisher war ich der Meinung, ein Anwalt gewinne einen Prozeß auf Grund seiner juristischen Darlegungen und der gerechten Sache, die er vertritt."

„So ein Unsinn!" rief Roscius.

„Das gleiche hat Scaevola ihm gesagt, und auch ich tat es", pflichtete Noah bei. „Und was war unser Lohn? Er hat uns spöttisch gefragt, wozu wir einen griechischen Chor einstudiert hätten."

Roscius seufzte mitfühlend. „Steh einmal auf!'' bat er Marcus. „Betrachte mich als Senator und geh auf mich zu, als schicktest du dich zu deinem Plädoyer im Falle des Servius Cato an!''

Marcus bezwang sein Unbehagen und tat, wie der Schauspieler ihn geheißen hatte. Er fixierte ihn und stand hochaufgerichtet da, in seiner langen, einfachen Tunika mit dem breiten Ledergürtel. Roscius verzog den Mund. „Dieses Feuer in deinen Augen gefällt mir'', sagte er. „Kannst du das nach Belieben hervorrufen?''

„Von diesem Feuer wußte ich nichts'', gestand Marcus. „Ich habe mir nur vorgestellt, daß ich dir jetzt ein paar Zähne einschlagen werde, ein paar von deinen prächtigen Zähnen.''

„Ausgezeichnet!'' lobte Roscius und schlug sich auf das Knie. „Aber stell dir in diesem Zusammenhang lieber die Zähne der käuflichen Senatoren vor, dieser gefräßigen Schmarotzer am Volksvermögen, dieser fluchwürdigen Bedränger von Witwen und Waisen! Geh ein paar Schritte zurück und komm noch einmal auf mich zu, damit ich dich genauer beobachten kann!''

Marcus gehorchte. Er blieb vor Roscius stehen, der sich erhoben hatte, um ihn besser zu sehen. Dann nickte der Schauspieler und setzte sich wieder. „Du machst einen selbstbewußten Eindruck'', fand er. „Für diese Gelegenheit paßt das nicht. Da mußt du gebrochen aussehen. Und du mußt Trauerkleidung tragen und dich auf einen Stock stützen, als könntest du dich anders nicht aufrecht halten. Auf deiner Stirn muß Asche sein und in deiner Hand ein Tüchlein, mit dem du dir von Zeit zu Zeit die Tränen trocknest, Tränen, die du hoffentlich nach Belieben hervorpressen kannst.'' Er hob die Hand, als Marcus mit lauter Stimme zu widersprechen begann. „Hör mir zu, lieber Freund, und gib gut acht!''

Er redete eine Zeitlang. Aus Marcus' Miene wich die Empörung. Er begann zu lächeln. Seine Augen funkelten vor staunender Bewunderung. Als Roscius fertig war, lachte er kopfschüttelnd laut auf. „Ich werde mir wie ein Narr vorkommen'', bemerkte er.

In den nächsten Tagen beschäftigte Marcus sich ausschließlich mit dem Falle des Servius Cato und schrieb Tag und Nacht bis zur Erschöpfung an seiner Verteidigungsrede. Nichts befriedigte ihn. Dann fiel ihm sein erstes Auftreten vor dem Senat ein, und er ging zu seinem Vater und erzählte ihm alles.

Der blasse, abgemagerte und sieche Tullius hörte mit neuerwachender Leidenschaftlichkeit zu.

„So weit also ist es mit Rom gekommen'', wiederholte er dann mit trauriger, gebrochener Stimme eine seiner oft gebrauchten Redewendungen. „Du sagst, mein Sohn, es sei möglich, Servius' Ehre zu retten. Hältst du das für ausreichend? Du mußt auch sein Leben, das du schon verloren gibst, zu retten versuchen. Seine Enkel sind sehr jung. Wer wird sie nach seinem Tode beschützen? Er muß am Leben bleiben, um seine Enkel zu furchtlosem Stolz und römischer Gläubigkeit zu führen."

Marcus schwieg. Dann glühte sein Gesicht auf. Er legte dem Vater die Hände auf die Schultern und küßte ihm die Wange. „Du hast recht, Vater", sagte er. „Aber bete für das Gelingen, an dem ich zweifle!" Und wieder wunderte er sich, daß ein so abgeschlossen hausender, so scheuer und weltfremder Mensch derart rasch einen springenden Punkt aufzuzeigen vermochte. „Ein ehrenhafter Mann", sagte er zu seinem Vater, „ist heutzutage wie ein Vogel, der so tut, als wären seine Schwingen gebrochen, um den Räuber, der Nest und Junge zerstören würde, abzulenken. Aber wir haben wirklich gebrochene Schwingen. Der Räuber wird uns überwältigen."

„Ja", erwiderte Tullius, und seine sanften Augen schimmerten. „Dennoch werden einige Nestlinge überleben. Was du heute von Rom rettest, wird dir von ein paar Menschen hoch angerechnet werden, von jenen Menschen, die über die Zeiten hin die Fackel der Wahrheit weiterreichen, auf daß sie die Finsternis erhelle."

Lucius Sergius Catilina sagte zu Julius Caesar: „Ich kenne deine Gegengründe nicht, aber du hättest zulassen sollen, daß dieser Cicero beiseite geräumt wird. Bist du noch immer sentimental ihm gegenüber?"

„Nein", entgegnete Julius. „Aber er hat einen ausgezeichneten Ruf und einen großen Anhang."

„Pah!" rief Catilina. „Die Menge vergißt ihre Heroen rasch; sie hört nur auf die Stimme ihrer Herren. Aber hinter deiner Weigerung steckt irgend etwas anderes. Natürlich wirst du es mir nicht zugeben."

„Nein", sagte Julius. Er hielt inne. „Jedenfalls steht Cicero weiterhin unter meinem Schutz."

„Obwohl er dir und Pompejus im Senat entgegentreten wird?"

„Obwohl er mir entgegentreten wird."

„Du hoffst also, dich trotzdem durchzusetzen?"

„Ich zweifle nicht daran. Weißt du übrigens, daß er dem Sulla schriftlich angekündigt hat, er werde selbst vor dem Senat gegen seinen edlen Klienten Servius Anklage erheben?"

„Was du nicht sagst! Das ist doch unmöglich!"

Julius lächelte genüßlich. „Es stimmt. Sulla hat mir Ciceros Brief gezeigt."

Catilina war verdutzt. „Ist das wirklich dein Ernst? Cicero hat geschrieben, er werde gegen den alten Dummkopf vor dem Senat selber Anklage erheben?"

„Ja. Ich habe den Brief mit eigenen Augen gesehen."

„Dann ist er nicht so zu fürchten, wie ich dachte", meinte Catilina noch immer ungläubig. Er überlegte und rief dann ärgerlich: „Er ist ein Gaukler! Ich glaube einfach nicht daran, daß er sich jetzt zurückzieht."

„Ein Spiegelfechter war er nie", meinte Julius und strich sich über das schüttere schwarze Haar. „Er hat den Sulla achtungsvoll gebeten, selbst bei der Senatssitzung anwesend zu sein."

Catilina starrte ihn an. Dann zog er die Stirn in Falten. „Dieser Kikkerling wird sich doch nicht dazu versteigen, den großen Sulla vor dem Senat demütigen zu wollen", sagte er.

Julius dachte nach und erwiderte dann: „Ich glaube, es gibt nichts, was Cicero sich nicht trauen würde. Du hast ihn für weichlich und schlapp angesehen und seinen einstigen Sieg über dich als Zufall betrachtet, nur durch dein Ausgleiten verursacht. Aber ich kenne ihn gut. Er schreckt vor nichts zurück. Hat er nicht auch seinerzeit die Männer, die ihn ermorden wollten, abgewehrt?"

„Aber Sulla zu demütigen wagt er bestimmt nicht! Das würde ihm den Kragen kosten."

Julius, der kaum zugehört hatte, fuhr wie zu sich selber fort: „Auch ich dürfte ihn unterschätzt haben. Mir ist er als freundlicher, humorvoller Junge in Erinnerung, der von Ehrenhaftigkeit und Mannesmut schwärmt. Aber was mag er nur damit bezwecken, wenn er jetzt alles in einem Spiel einsetzt, das er nie gewinnen kann?"

Marcus saß mit seinem alten Freund und Mentor Archias in dessen Hause vor einem runden Bronzebecken voll glühender, wohlig wärmender Kohlen.

„Dein Vorhaben, mein teurer Marcus, ist sehr gefährlich", sagte der Grieche.

„Bisher war ich immer außerordentlich behutsam und bedauere es jetzt."

„Wenn du dich erinnerst, habe ich dir selber immer Vorsicht empfohlen. Aber inzwischen bin auch ich anderer Meinung geworden. Völker, die nichts wagen, geraten in Knechtschaft. Laß mich deine Rede an den Senat nochmals lesen!"

Dann schüttelte Archias den Kopf. „Meine Jahre lasten schwer auf mir; sonst hätten deine Ausführungen mich begeistert. Warum hänge ich so sehr an dem bißchen Leben, das mir bleibt? Die Antwort ist einfach. Das Bekannte ist weniger unheimlich als das Unbekannte. Ich bete wieder; nur zu wem, weiß ich nicht." Er hielt inne. „Natürlich ist dir selber klar, daß dieser Servius-Prozeß für dich nur mit einem Triumph oder mit dem Tode enden kann, nicht wahr?"

„Ja."

Mit trauriger Miene wandte Servius Cato sich zu Marcus, der in seiner Kerkerzelle Knie an Knie ihm gegenübersaß. „Das kann ich nicht tun", erklärte er kopfschüttelnd.

Und zum dutzendstenmal wiederholte Marcus mit müder Stimme: „Ich verlange von dir nichts Unehrenhaftes, nichts, was ich im umgekehrten Fall selbst zurückweisen würde. Tollkühne Menschen sind seit jeher jämmerlich gescheitert. Wenn jemand auf eine hohe Säule klettert und sich sinnlos in die Tiefe stürzt, mit dem Ruf, die Götter mögen ihn im Flug auffangen, werden sie es tun? Nein. Die Menschen sollen von dem ihnen geschenkten Verstand Gebrauch machen und nicht die Götter versuchen. Wozu führte die Verwegenheit des Ikaros? Helios schmolz das Wachs an seinen herausfordernden Flügeln und ließ ihn im Meer ertrinken."

„Bisher hast du nicht so zu mir gesprochen, Cicero", wunderte sich Servius.

„Ich habe dir nie geraten, dich waffenlos zu deinen Feinden zu begeben. Vor sie können wir nicht wie Kinder treten, plappernd und stammelnd. Ich beschwöre dich nochmals, an deine Enkel zu denken." Es schmerzte ihn tief, als der alte Soldat ihn aus seinen leeren Augenhöhlen anzustarren versuchte. „Glaub mir, ich spreche ohne alle Hintergedanken zu dir. Haben Horatius und seine Freunde sich waffenlos auf die Brücke gestellt, die sie verteidigen wollten? Nein. Du bist Soldat. Du mußt dem Feinde mit den gleichen Waffen entgegentreten, die er selbst trägt."

„Ich werde nie mehr eine frohe Stunde haben", klagte der alte Krieger.

„Wenn deine Enkel dir auf den Knien sitzen werden, wirst du glücklich sein", tröstete ihn Marcus.

„Fast wünsche ich", erwiderte Servius, „sie sollten diesen Tag nicht erleben."

„Dann wäre Rom ärmer."

„Hätte dein Großvater mir das gleiche geraten wie du jetzt, Cicero?"

Marcus zögerte. Schließlich antwortete er: „Ich weiß es nicht. Bedränge mich nicht! Denk an deine Enkel!"

„Aber wie teuer muß ich deren Leben erkaufen!"

Marcus ließ den alten Kämpen in düsterster Stimmung zurück. Abends ging er zu seinen Eltern und erzählte ihnen alles. Helvia versank in Grübeln. Tullius aber begann zu lachen, erst ganz leise, dann mit zunehmender Fröhlichkeit. Helvia und Marcus staunten sehr darüber.

„Das ist doch eine prächtige Komödie!" rief Tullius. „Mach es nur nicht diesem Mann in dem Aristophanes-Lustspiel nach, dem Strepsiades, dem der Scholar auf einer Landkarte einen Punkt zeigt mit der Bemerkung, das sei Athen, und der darauf erwidert: ‚Das soll Athen sein? Seh mir einer! Wo sitzt denn auch nur ein einz'ger Richter?' Und gegenwärtig sitzt im ganzen Senatsgebäude kein einziger redlicher Richter, mein Sohn."

Helvia warf ihrem Gatten einen stolzen Blick zu und lächelte ihren Sohn an. „Das hat dein Vater gut gebracht, Marcus."

Durch diese bewundernden Worte ermutigt und angeeifert, fügte Tullius hinzu: „Ginge es um einen reinen Rechtsfall, so hätte ich dir geraten, deine Argumente vorzubringen und alles andere den Göttern zu überlassen. Aber wie können die Götter das Gute durchsetzen, wenn die Menschen durch ihre eigene Regierung sich für das Böse entschieden haben?"

In der Nacht vor der Senatssitzung in der Servius-Sache überdachte Sulla den ganz merkwürdigen Brief, den Marcus ihm in offenbarer Ehrerbietung geschrieben hatte. Eine seltsame Gemütsbewegung erfaßte ihn. Er, der nicht an die Götter, sondern nur an sich selbst glaubte, ging zum Mars-Altar in seinem Atrium, entzündete vor der Statue des Kriegsgottes eine Kerze und sagte laut: „Es gibt Soldaten, die nie ein Schwert trugen, und tapfere Haudegen, die den Heldentod nicht im Schlachtgetümmel finden."

XXXI

Während der Nacht drehte der Wind auf Nord, und Schnee fiel weiß und schwer auf die große Stadt. Als Julius Caesar, der in seiner prächtigen Baldachinsänfte neben Pompejus saß, die Schneedecke bemerkte, sagte er zufrieden: „Heute werden nicht viele Leute in den Straßen oder auf dem Forum sein. Die größte Sorge macht mir immer der Mob."

„Der Mob kümmert sich nicht um Veteranen und ihr Schicksal", warf Pompejus ein.

„Das stimmt zwar im allgemeinen", entgegnete Julius. „Aber dafür kümmert Cicero sich sehr um Servius, und sogar ich muß staunen über den Einfluß, den mein unkriegerischer Freund in der Stadt hat. Er ist als Ehrenmann bekannt, und sogar der Mob schätzt Ehrenhaftigkeit hoch – bei anderen. Dieses Pack grüßt, wenn es zu seinem Bettlerhandwerk oder seinen Plünderzügen ausschwärmt, auf der Straße freundlich jeden Ehrenmann und ruft allen, die ihre eigenen Laster – bloß vielleicht in stärkerem Maße – mit ihnen teilen, Verwünschungen zu."

Als die beiden aber in ihrer Sänfte zum Forum hinunterkamen, erlebten sie eine unangenehme Überraschung. Alle Zugangsstraßen wimmelten von Menschen, aus deren Kapuzen finstere, angespannte Gesichter blickten. Die den Verkehr der Fußgänger und Sänften regelnden Soldaten – während der Geschäftsstunden waren das Forum und seine Umgebung für Fuhrwerke gesperrt – mußten sich heiser schreien. Ein wahrer Ozean von Menschen flutete in das Forum, wo schon dichtgedrängte, fröstelnde

Mengen unruhig hin und her wogten, von den neuen Wellen immer enger zusammengepreßt. Wilde Flüche stiegen in die kalte, klare Luft, als jeder um den Platz für seine Füße kämpfte. Kleine Plänkeleien flammten da und dort auf, wenn Leute von ihren Plätzen verdrängt wurden. Es setzte Püffe und Schläge.

Die riesige brodelnde Fläche dunkler Menschenköpfe stach merkwürdig von den kühlen weißen Pfeilern und Säulen ab, die sie umrahmten. Auch auf den Tempelstufen standen Menschen und spähten zum Senatsgebäude. Einige erkletterten sogar, ohne auf die zornigen Zurufe der Soldaten zu achten, die Dächer von Vorhallen, kauerten sich dort hin, spuckten auf die Ordnungswächter hinab und grinsten boshaft. Die Soldaten taten, als wollten sie die Schwerter ziehen, wurden aber nur ausgelacht. Das ganze Forum summte wie ein gewaltiger Bienenstock, und dieses Summen klang unheimlich. Selbst der Zugang zum Senatsgebäude war dicht umstellt, so daß die Soldaten mit blankem Schwert für die Sänften der bestürzt dreinblickenden Senatoren Platz schaffen mußten.

Straßenhändler mit heißem Backwerk und dampfenden Fleischpastetchen, mit Wein und Würsten, mit knoblauchduftendem Brot und gerösteten Zwiebeln wanden sich geschickt durch die riesige Menge und priesen ihre Waren an. Die Männer rissen sich um die heißen Leckerbissen, hielten sie in ihren kalten Fingern und aßen mit Wohlbehagen.

Die roten Hausdächer rauchten, als die strahlende Sonne den Schnee auf ihnen schmolz. Über das Steinpflaster des Forums rannen kleine schwarze Bächlein, in denen die Leute achtlos standen. Von den Giebeln troff es; die Säulen waren von glitzernder Feuchtigkeit streifig gezeichnet. Und noch immer kamen neue Menschenmassen und drängten in das Forum, bis kaum mehr jemand die Arme heben konnte. Die Luft zitterte wie von ständigem Donnerrollen. Die Soldaten sahen einander hilflos an und zuckten die Achseln.

„O Götter!" rief Julius, als er zwischen den auseinandergezogenen Vorhängen der Sänfte auf das Forum hinunterblickte.

„Wahrhaftig, das war noch nicht da!" erklärte Pompejus. „Ich wußte gar nicht, daß dein Cicero so beliebt ist."

Die Sänfte war am Fuß des Palatinhügels stehengeblieben, weil sie vorderhand nicht weiterkam. Julius schickte einen stabbewehrten Sklaven aus, der versuchen sollte, die Festung aus Menschenleibern aufzubrechen. Plötzlich aber öffnete sich die Festung an einer anderen Stelle von selbst und ließ eine Schar fahnenumflatterter Reiter durch. Julius starrte sie ungläubig an. Denn inmitten prächtig berittener Altsoldaten der verschiedensten Jahrgänge schritt, prunkvoll angetan, niemand anderer als Roscius, der Schauspieler, in militärischem Tritt gefolgt von einem Sturzbach entschlossen blickender junger Soldaten in Rüstung und Helm, mit Bannern und Rutenbündeln und bunten Legionsabzeichen. Unbehindert drang die

Reiterschar zum Forum vor und nahm wie ein Windstoß die Fußsoldaten in ihren Sog.

„Roscius und seine verdammten Altsoldaten, denen er so eifrig schöntut!'' rief Julius.

„Wurden sie von Sulla herbefohlen? Bestimmt nicht. Warum sind sie also gekommen?''

Julius erläuterte: „Es sind Angehörige der Einheit des Servius. Auf Urlaub.''

„Wo ist Sulla?'' zeterte Pompejus. „Sobald er erscheint, schickt er sie auf der Stelle weg.''

Julius lächelte grimmig. „Auch Sulla muß daran denken, daß er ohnedies beim Heer nicht sehr beliebt ist, und wird sich hüten, von seiner Befehlsgewalt Gebrauch zu machen. Er wird die Soldaten zwar lästig finden, ihnen aber zu bleiben gestatten.''

Die Sänfte versuchte ihren Weg fortzusetzen, wurde jedoch bald wieder aufgehalten. Eine andere, noch stürmischere Menschenhorde prellte zum Forum vor, gutgekleidete, sogar mit edelsteingeschmückten Dolchen und Schwertern bewaffnete Männer. Julius musterte sie. Nach einer Weile lachte er unfroh auf. „Den Anführer in seiner hübschen Sänfte kenne ich gut. Es ist der alte Archias, Ciceros früherer Hauslehrer. Seinerzeit habe ich ihn öfter getroffen. Und die Mitläufer sind offenbar seine Freunde. Ein paar Schauspieler kenne ich vom Theater her. Auch Gladiatoren sind dabei, du meine Güte!''

Die Legionäre des Servius gesellten sich zu den schon am Forum stehenden Soldaten, und die Sonne überglitzerte nun ein ganzes Meer von Helmen und roten Federbüschen. Die Neuankömmlinge wurden von ihren Kameraden, die etwas unbehaglich über die mantelbedeckten Schultern zurückblickten, begrüßt und lachten ihnen zu. Über ihren Köpfen wehten die Fahnen. Die Zivilisten gaben ihrer Freude über die Verbrüderung in lauten Zurufen Ausdruck, klatschten und stampften. Die Atmosphäre war geschwängert von Gerüchen; es roch nach Schweiß und Wolle und Leder und Fett und Knoblauch. Die Sonne leuchtete stark.

„Wo ist denn Sulla?'' fragte Pompejus wieder.

Spöttisch antwortete Julius: „Für ihn wäre es besser, wenn er nicht käme.''

Pompejus wurde ungeduldig. „Aber hat Cicero ihm nicht brieflich die Unterwerfung angekündigt und ihn dringend um seine Anwesenheit gebeten?''

Julius beugte sich aus der Sänfte und forderte zwei der Begleitsklaven auf, nochmals einen Durchbruch durch die Menschenmauer zu versuchen. „Einen Brief hat Cicero allerdings an Sulla geschrieben. Aber von einer Unterwerfung war darin nicht eigentlich die Rede.''

„Wie deutest du also die ganze Sache, du geheimnisvolles Orakel?''

„Ich glaube", erklärte Julius, „wir können uns auf eine herzerfrischende Komödie gefaßt machen."

Plötzlich erschütterten Trompetenstöße vom Abhang des Palatinhügels her die Luft, und eindrucksvoller Trommelwirbel dröhnte auf. Die Menschenmauer teilte sich. Soldaten besetzten eilends die sich öffnende Gasse, stellten sich mit gezogenen Schwertern auf und preßten die Schulterblätter gegen die schreiende Menge. Dann drangen durch den Korridor Hufegetrappel und das Rattern von Rädern. Vor einer Abteilung bewaffneter Reiter fuhr ein Wagen einher, und darin stand aufrecht, allein, wie Jupiter selbst, Roms Diktator Lucius Cornelius Sulla, barhäuptig vor der kalten Sonne, in goldener Rüstung und goldener Tunika, mit einem bestickten scharlachroten Mantel, der ihm faltig von den Schultern floß, während er die Pferde lenkte und mit der Peitsche antrieb.

Die Römer liebten Schauspiele. Sie hatten ihren Tyrannen mit den blassen, schreckerregenden Augen und dem hageren Asketengesicht selten gesehen und da nur dunkelgekleidet, in kalter, strenger Würde. Aber jetzt erschien er ihnen als sonnenstrahlender, prächtiger, heldischer Herrscher, und sie erhoben die Stimmen zu brüllendem Jauchzen, das von allen Hügeln scharf widerhallte.

Sulla schenkte der Menge, die ihn bloß der pompösen Aufmachung wegen bejubelte, keinen Blick. Er gab den Pferden ausgiebig die Peitsche zu spüren. Er sauste pfeilgeschwind auf das Forum hinab, gefolgt von prunkvoll angetanen Offizieren in silberfarbenen und schwarzen Harnischen mit blau und rot bebuschten Helmen, auf schneeweißen Schimmeln.

Julius lachte respektlos auf. „Roscius hat einen Nebenbuhler bekommen!" rief er, als die Sänftenträger sich geschickt in das Kielwasser des herrscherlichen Geleitzuges stürzten und durch die schreiende, hüpfende Menge schwammen. Julius warf sich auf die Kissen zurück und lachte, bis ihm die Tränen in den Augen standen, während Pompejus ihn wie einen Verrückten anstarrte. Als sie an den Stufen des Senatsgebäudes anlangten, war Julius noch immer hilflos einem Lachkrampf preisgegeben. Sein gebräuntes Gesicht verzerrte sich; es wurde rot. Schaum trat ihm an die Mundwinkel. Pompejus packte ihn und schüttelte ihn heftig. „Beherrsche dich!" rief er. „Sonst bekommst du einen Anfall!"

Anwandlungen der ‚heiligen Krankheit' ließen sich nur selten durch Willensanstrengung unterdrücken. Und Pompejus war verzweifelt. Dann sah er zu seinem maßlosen Staunen, daß Julius entschlossen Fäuste und Mund öffnete, langsam und gleichmäßig zu atmen anfing und die Augen, die sich zu verdrehen begonnen hatten, in die richtige Lage brachte. Die scharlachrote Färbung seines Gesichts wich einer Blässe. Der Schaum zog sich von seinen Lippen zurück, und den Rest leckte er weg. Schweiß trat ihm auf die Stirn. Gelassen trocknete er sie mit dem Handrücken und sah Pompejus einen Augenblick lang benommen an. Ruhig und langsam atmend sagte er dann: „Wir sind da." Während Pompejus, der heftig gezittert hatte, verwundert zusah, stieg Julius aus der Sänfte und betrat die Stufen zum Senatsgebäude.

Die eifrig spähende Menge erblickte ihn. Er war beliebt wegen seiner Fröhlichkeit und seiner jugendlichen Erscheinung. Aufmerksam lauschte man den Geschichten über seine Verschwendungssucht, sein lockeres Leben, seine Streiche, seine einfallsreichen Possen, die den römischen Sinn für Humor ansprachen. Er sei zwar Patrizier, aber er habe, so hieß es, ein warmes Herz für die Urbs, für die Plebejer. Mochte auch diese Fürsorglichkeit keineswegs zutreffen, jedenfalls war der Mythos von seinen Anhängern emsig verbreitet worden. Darum freuten sich die Leute, ihren Caesar zu sehen und zollten durch Jubelrufe all dem Beifall, was sie mit seinem Namen verbanden. Julius hielt anmutig auf der Treppe an, lüftete den Helm und verneigte sich lächelnd. Dann nahm er die letzten Stufen wie ein Jüngling in einem einzigen Anlauf und verschwand durch die Bronzetür. Pompejus folgte ihm etwas langsamer.

Im Saal waren die Senatoren versammelt, still und ernst in ihren roten Tuniken und weißen Togen und roten Schuhen. Ihre Hände glitzerten von Juwelen. Unbewegt blickten sie auf den Sitz des amtsführenden Konsuls, in dem jetzt Sulla in strahlender Pracht saß. Vor den Nischen mit den Götter- und Heroenstatuen hob sich Weihrauch bläulich in das Sonnenlicht, das durch die Toröffnung und die hohen, schmalen Fenster drang, zugleich mit der kalten Schneeluft. Jetzt drängte die Menge, den Soldaten zum Trotz, über die Treppe bis an das Tor und ließ sich erst dort zurückhalten. Hinter den am weitesten Vorgepreschten lag eine endlose, summende Fläche sich bewegender Köpfe, die bis zu den Grenzen des Forums reichte.

Etwas unterhalb des Konsulsitzes waren zwei Sessel aufgestellt worden, Sessel aus Edelholz mit blauseidenen Kissen. Zu ihnen schritten feierlich Pompejus und Caesar. In würdevoller Bedächtigkeit nahmen sie Platz und starrten mit strengen, hoheitsvollen Mienen vor sich hin.

Wieder entstand am Tor ein Tumult mit Protestrufen. Dann wurde, umgeben von seinen Legionären, Servius in den Saal geführt, das weißhaarige Haupt hocherhoben, mit gefaßtem, bleichem Gesicht, die blinden Augen geradeaus gerichtet. Er trug volle Rüstung und Gewandung eines römischen Offiziers und ging so sicher, als könnte er sehen, bei jedem Schritt von einer Soldatenhand sorgsam geleitet. Als er vor dem Sitz des Konsuls angelangt war, hielt die Hand ihn an, und er stand da, das Gesicht auf Sulla gerichtet, ein Gesicht, so starr und so grau wie Stein.

Sulla betrachtete ihn schweigend, seinen alten Freund und Waffengefährten, seinen Offizier. Die Senatoren spähten einander über die Schulter, um etwas von dieser tragischen Begegnung zu erhaschen. Sie blickten von einem Gesicht auf das andere, vermochten aber in keinem etwas zu lesen. Sullas blasse Augen waren verschattet. Er stützte einen Ellbogen auf die Armlehne seines Sessels und das Kinn in die Hand, so daß sein Mund zum Teil verdeckt war.

Über Servius' Züge lief ein schwaches Zittern. Er hörte das ständige Gemurmel der Menschenmenge. Er hörte das keuchende Atmen der ihn Umstehenden. Er roch den Weihrauch. Dann sagte er mit leiser, fragender Stimme: „Lucius?"

Sulla zuckte zusammen, als wäre das Wort ein schmerzlicher Schlag gewesen. Die Senatoren seufzten. Einer flüsterte einem anderen zu: „Ein trauriger Augenblick für Sulla!" Schließlich sagte der General: „Cato."

Servius lächelte. Er hielt das Gesicht dem Diktator zugewandt, während die Soldaten die Falten seines scharlachroten Mantels wieder in Ordnung brachten und ihm, weil er ja keinen linken Arm hatte, den Helm in die rechte Armbeuge legten. Alle sahen seine Verstümmelung, seine Blindheit, seinen körperlichen Verfall, und seinen Stolz. Und alle erschraken, als er den Helm einem Soldaten reichte, sich mit der Faust auf die Brust schlug und sein stattliches Haupt vor dem Manne beugte, den er nicht sehen konnte, in einem Gruße, dem nichts von Furcht oder Liebedienerei anhaftete.

„Wo ist der Anwalt des edlen Servius Cato?" fragte Sulla, und seine Stimme tönte laut in die verhältnismäßige Stille des Saales.

„Hier, Herr!" antwortete eine feste, klare Stimme am Tor, und Cicero trat ein. Ein dumpfes Murmeln der Verwunderung erhob sich in den Reihen der Senatoren: denn Marcus war ganz in Trauerkleidung gehüllt, seine Stirn war mit Asche beschmiert, und er trug keinen Hoheitsstab. Mit totenblassem Gesicht schritt er zwischen den Sitzen der Senatoren nach vorn, stellte sich neben Servius und sah Sulla ins Gesicht.

Der General erwiderte den Blick, und seine langen, dünnen Lippen zuckten vor Zorn. „In welchem Aufzug kommst du hierher?" fragte er. „Das ist eine Beleidigung für mich und den Senat."

„Nein, Herr", widersprach Marcus bescheiden. „Ich betrauere nur die Verfehlungen meines Klienten."

Sulla zog ärgerlich die schwarzen Brauen hoch. „Du gibst, noch ehe der Prozeß begonnen hat, zu, daß dein Klient der ihm angelasteten Verbrechen schuldig ist?"

„Ich weiß nicht genau, welche Verbrechen ihm angelastet werden", erwiderte Marcus.

Die Zuhörer am Tor gaben diese erstaunlichen Fragen und Antworten flüsternd den hinter ihnen Stehenden weiter, und die Kunde verbreitete sich.

„Bei den Göttern, lies ihm die Anklageschrift vor!" rief Sulla, zu Caesar gewandt, der sich feierlich erhob, eine Rolle öffnete und hochhielt.

Mit weithin tragender Stimme rezitierte er: „Servius Cato, Häftling, wird angeklagt des Hochverrats gegen den Staat und der Untreue gegen Lucius Cornelius Sulla, des Versuches, die gesetzmäßige Regierung zu stürzen, des Aufruhrs und der Anstiftung zur Meuterei, der gewaltsamen, schweren Schädigung der Rechte des Volkes von Rom, der Verächtlichmachung von Gesellschaftsordnung und Obrigkeit und der böswilligen Verleumdung."

Sulla hörte zu. Der Senat hörte zu. Soldaten und Volk hörten zu. Marcus hatte bei Beginn der Verlesung den Kopf gesenkt und hielt ihn, als Julius zu Ende gekommen war und sich wieder gesetzt hatte, noch immer gebeugt.

„Sprich, Marcus Tullius Cicero!" forderte Sulla ihn auf.

Langsam hob Marcus den Kopf, in der eindrucksvollen Art, die Roscius ihn gelehrt hatte. Mit Roscius' Gebärde hob er die Hände, wie zur Anrufung der Götter. Der Schauspieler, der mit Noah ben Joel beim Eingang stand, nickte zufrieden.

„Von allen diesen Verfehlungen weiß ich nichts", erklärte Marcus mit einer Stimme, die bis ins Freie trug. „Aber von einer anderen schweren Verfehlung weiß ich."

Ein Schatten lief über Sullas Gesicht. Er lehnte sich in seinem Sessel zurück. Er verzog den Mund und sah Marcus an. Dann ließ er den Blick über die Senatoren und die strammstehenden Soldaten schweifen. Schließlich sah er Roscius in seiner prächtigen Aufmachung. Seine Miene verdüsterte sich, und er warf Marcus einen verächtlichen Blick zu. „Gilt diese ungeheure Menschenansammlung auf dem Forum dir, Cicero? Bist du so berühmt, daß eine derartige Menge herbeiströmt, um dich zu hören?"

„Die Römer lieben bekanntlich die Gerechtigkeit besonders innig, Herr, und sie sind gekommen, um dem Gang der Justiz zu folgen. Das Recht ist ein Fels von Granit. Es ist nicht ein flatternder Schmetterling, jedem Luftzug preisgegeben; es ist nicht die Dirne der Launen und Leidenschaften und Gehässigkeiten und Neidereien kleinlicher Menschen. Es ist die Seele Roms. Das Volk liebt es mehr als das Leben."

Freudig nickte Roscius seinem Begleiter zu. „Geschrieben hast diese Worte zwar du; aber er spricht sie ausgezeichnet", flüsterte er Noah ins Ohr.

„Dann", sagte Sulla, „hat also diese ... Menge sich zu Ehren des Rechtes versammelt."

„Herr, es handelt sich um einen Fall, der dem Volke Roms ungeheuer wichtig erscheint, und im Namen des Volkes sind ja wir hier im Saal versammelt." Seine Stimme erhob sich mühelos und drang weithin. Und wie Wellen, die immer mächtiger und lauter branden, ertönte weit außerhalb des Senatsgebäudes erst ein Murmeln, dann ein immer stärkeres

Brausen. „Auch daß du, Herr, dem Vernehmen nach so verunglimpft worden bist, hat das Interesse der Römer erregt."

„Du redest doppeldeutig, Cicero", warnte Sulla.

„Ich bin nur ein bescheidener Anwalt", erklärte Marcus so sanftmütig, daß Sullas Wangen sich wieder zornrot färbten. „Einigen advokatorischen Ruhm mag ich ja genießen; aber dein Name, Herr, ist es, der die Menschenmassen auf die Beine gebracht hat." Mit ernster Arglosigkeit blickte er den Diktator an.

Sulla setzte sich in seinem Sessel auf. „Du willst mir schmeicheln, Cicero. Und ich halte dich für einen Heuchler."

Marcus verbeugte sich. „Ich will dir nicht widersprechen, obwohl dein Vorwurf ungerechtfertigt ist."

Die unzähligen Freunde des Roscius, Noah und Archias warteten auf das verabredete Zeichen, und als es unauffällig gegeben wurde, erhoben sie die Stimmen zu einem gewaltigen Chor: „Hoch Cicero! Cicero! Cicero!" Der Ruf verbreitete sich über das ganze Forum und wurde selbst von Leuten begeistert aufgenommen, die den Namen noch nie gehört hatten. Der Lärm schlug in Wellen in den Saal, und Sulla hörte aufmerksam zu. Dann lehnte er sich wieder in seinem Sessel zurück und betrachtete finsteren Blickes den Anwalt. „Es ist nicht mein Name, den man da ruft", stellte er fest.

„Ich bin sehr zerknirscht, Herr", entgegnete Marcus. Er merkte, daß Servius neben ihm sich bewegte, und er fürchtete, der alte Soldat könnte in seiner Ungeduld nicht länger, was er widerwillig versprochen hatte, durchhalten wollen. Erschrocken fuhr er auf, als Sulla sich unmittelbar an Servius wandte und ihn kurzweg fragte: „Cato, bist du dafür verantwortlich, daß diese deinem Befehl unterstellt gewesenen Soldaten hier erschienen sind, in Mißachtung der Vorschriften?"

„Nein, Lucius!" rief der alte Haudegen.

Marcus legte seinem Klienten die Hand auf den Arm und sagte: „Die Männer kamen, weil sie ihrem alten Vorgesetzten Tribut zollen wollten. Und das ist doch sehr rührend, nicht?" Wenn, dachte er, Servius in seiner Redlichkeit mit dem losplatzt, was ungesagt bleiben muß, dann ist alles verloren, und ich bin es auch. Er umschloß den Arm seines Klienten fester.

„Rührend finde ich das nicht", knurrte Sulla, dem das kleine Spiel vor ihm nicht entgangen war. „Hast du selber, Cicero, den Versuch unternommen, durch den Aufmarsch dieser Soldaten den Senat unter Druck zu setzen?"

„Herr!" rief Marcus. „Wer bin ich, daß ich Militärpersonen Befehle erteilen könnte?"

„Allerdings", brummte Sulla. Langsam wanderte sein Auge zu den jungen und alten Soldaten, die sich hinter und zum Teil sogar vor dem

Tor aufgestellt hatten. Die Soldaten erwiderten seinen Blick auffällig fest. Ihm fiel ein, daß dieser verdammte Roscius, mit dessen Schauspielerinnen er sich oft vergnügt hatte, die altgedienten und ausgedienten Soldaten liebevoll betreute und ihnen Annehmlichkeiten verschaffte, die der Staat ihnen nicht bieten konnte. Unter anderem hatte er zwei kleine Heilstätten für sie erbaut, wo auf seine Kosten ausgezeichnete Ärzte und Chirurgen wirkten. Für einen Augenblick war Sulla bewegt. Noch immer lagen die Staatsfinanzen vollständig darnieder. Sonst wäre es ihm eine große Genugtuung gewesen, für diese alten Kampfgefährten das gleiche zu tun wie Roscius. Er blickte Julius an, dessen Augen vor unwiderstehlicher Belustigung tanzten. „Du bist der öffentliche Ankläger, Caesar. Sprich!"

Julius stand auf, anmutig und selbstsicher in jeder Bewegung. Er wartete, bis völlige Stille eingetreten war. Dann hielt er ein Exemplar des Servius-Buches hoch über seinen Kopf, so daß alle es sehen konnten. Er nahm eine statuenhafte Haltung an, als er sich um die eigene Achse drehte. Sein langes Wollgewand war purpurn gefärbt, und er trug einen breiten Gürtel aus vergoldetem, juwelenbesetztem Leder, und seine pelzgefütterten Lederschuhe waren purpurrot. Sein sonst so fröhliches Gesicht nahm eine feierliche Miene an, obwohl die schwarzen Augen weiterhin zwinkerten. Er blickte auf die Schreiber, die emsig über ihren großen Rollen saßen.

„Seht euch dieses Buch alle gut an, ehrwürdige Väter!" rief Julius den Senatoren zu. „Es handelt sich um ein bedeutsames Beweisstück. Ein Buch, das von hochverräterischen Äußerungen strotzt, geschrieben von dem edlen Servius Cato, dem Offizier, den General Sulla einst geliebt hat. Welchen Dank hat Servius seinem Oberbefehlshaber, seiner Regierung abgestattet? Er hat sie gebrandmarkt! Er hat ihnen zahllose im Namen der Verfassung begangene schwere Verfehlungen vorgeworfen: Gewaltanwendung gegen das Volk von Rom, Tyrannei, Bedrückung, Mißbrauch unserer geheiligten Verfassung, Machtgier und Selbstsucht, zynischen Opportunismus, erbarmungslose Grausamkeit und Knebelung der Freiheiten, bedenkenlose Beugung der Gesetze zum eigenen Vorteil, Erregung von Haß und Neid im Volk, eine Staatsführung durch Edikte und nicht durch Gesetze!"

Marcus hörte aufmerksam auf Julius' Stimme. Ein Schauspieler! dachte er und mußte trotz allem ein wenig lächeln, in seiner alten, nun oft schwindenden Zuneigung für den Jugendfreund. Dann fuhr er auf; denn Julius blickte ihn jetzt geradewegs mit belustigt funkelnden Augen an. Die Senatoren murmelten ärgerlich. Sulla saß in seinem Sessel zurückgelehnt, und wieder verbarg seine Hand den kalten, grimmigen Mund.

„Wir leben in gefährlichen Zeiten!" rief Julius. „Eben erst sind wir eine Tyrannei losgeworden, die Tyrannei – ich scheue mich nicht, das auszusprechen, ich, der Neffe des alten Marius – die Tyrannei eines alten Mörders. Unser edler Diktator Sulla hat Verfassung und Republik wiederhergestellt, das wird kein einigermaßen kluger und einsichtiger Mensch abstreiten. Trotzdem hat Servius Cato, der fast sein ganzes Leben lang Soldat war, und daher von politischen oder philosophischen Fragen wenig versteht, es in seiner Zügellosigkeit und Leichtfertigkeit für richtig gehalten, unter völliger Verkennung der Tatsachen seine Stimme zu erheben gegen das heldenhafte Bemühen Sullas, uns das unter Marius, Cinna und Carbo Verlorene zurückzugeben! Hat er sich vorgestellt, in so kurzer Zeit könnte alles, was wir unter der Tyrannei verwirkt hatten, gänzlich wiederhergestellt werden? Offenbar glaubt er an Blitzwunder, dieser in mehr als einem Sinne blinde Mann!"

Er blickte die Senatoren beschwörend an. „Kann man ein im Verlauf vieler Jahre in Trümmer gesunkenes Haus innerhalb eines Tages wiederaufbauen? Das vermögen auch die heldenhaftesten Anstrengungen eines Sterblichen nicht. Lange versklavten Menschen fällt es schwer, in Freiheit atmen und leben zu lernen. Man darf in ihnen nicht den Glauben erwecken, Ketten und Sklaverei könnten in einer Stunde vergessen die Verstümmelungen der Seele im Handumdrehen behoben werden. Man muß sie den Gebrauch der Freiheit lehren, wie man einem Kinde das Lesen beibringt, und diese schwierige Aufgabe hat Sulla übernommen. Seine Bemühungen dürfen aber nicht gestört werden durch aufgeregte Stimmen, durch unwissende Stimmen, durch verständnislose Stimmen; sonst fallen wir in das Chaos zurück. Was jedoch an diesem Buch schwerer wiegt als die Anstiftung zu Meuterei und Aufruhr, ist der hochverräterische Aspekt, und Hochverrat ist ein uraltes Verbrechen an der menschlichen Gemeinschaft."

Er machte eine bedeutsame Pause, und Marcus benützte das Schweigen, um ihm freundlich Beifall zu klatschen und spöttisch zuzulächeln. Sofort wandte sich die Aufmerksamkeit, eine stirnrunzelnde Aufmerksamkeit, der Senatoren ihm zu. „Ausgezeichnet!" rief Marcus. „Hochverrat ist tatsächlich eine uralte Verfehlung, und sie ist proteushaft. Weise ist der Mann, der ihre vielen verschiedenen Formen auseinanderzuhalten und sie alle zu vermeiden versteht. Servius Cato ist ein solcher Mann. Darf ich den edlen Julius Caesar bitten, diejenigen Stellen aus Servius' Buch vorzulesen, die seiner Meinung nach in besonderer Weise die erhobenen Anklagepunkte stützen?"

Julius zögerte. Er blickte rasch auf Sulla, der jedoch unbewegt dasaß. Dann sah er die Senatoren an. „Wozu das? Wir alle kennen ja den Inhalt des Buches. Es ist überflüssig, den Senat mit Vorlesungen aufzuhalten ..."

Mit spöttischer Feierlichkeit unterbrach ihn Marcus. „Als Anwalt darf ich auch dem Senat Fragen stellen." Lächelnd wandte er sich den

Würdenträgern zu. „Sind alle Mitglieder der hochansehnlichen Körperschaft mit dem Inhalt des Buches vertraut?"

Durch die Reihen der Senatoren ging eine Bewegung, ein Reiben weißer und scharlachroter Stoffe aneinander. Dann antwortete ein alter Senator etwas verdrossen: „Wir sind damit vertraut."

Wieder lächelte Marcus. „Ehrwürdiger Vater", sprach er den alten Senator an, „würdest du zum Frommen der vielen in unserer Versammlung, die das Buch nicht gelesen haben, einen Absatz oder Satz zitieren oder dem Sinn nach wiedergeben wollen, der dir besonders anstößig erschien?"

Der alte Senator wurde rot und entgegnete zornig: „Hochverräterische Äußerungen nehme ich nicht in den Mund, auch wenn sie nicht von mir stammen."

Marcus sah seinen Diener Syrius an, der ihn begleitet hatte und in seinen schwarzen Armen eine Menge Rollen hielt. Marcus nahm eine davon mit eindrucksvoller Geste, entrollte sie langsam und überflog sie. Dann verneigte er sich zuerst vor Sulla und dann vor dem Senat.

„Ehrwürdige Väter, mit eurem Verlaub lese ich einen Abschnitt des alten, noch gültigen Gesetzes vor, des Werkes unserer Vorahnen, deren Andenken wir durch Gebete in unseren Tempeln ehren und deren ständige geistige Führung wir uns erflehen: ‚Niemand darf leichthin auf ein Hörensagen oder auf unbedachte Anschuldigungen hin angeklagt werden. Die gegen ihn auftretenden Zeugen müssen den seinen Fall beurteilenden Richtern allezeit unwiderlegliche Beweise und unmittelbare Aussagen beibringen, und die Richter müssen ständig dafür sorgen, daß nur solches Zeugnis in die Protokollbücher und zur Kenntnis der Gerichts- und Vollstreckungsbehörden gelangt.' "

Marcus verneigte sich wieder vor dem alten Senator. „Ein solches Zeugnis hast du nicht angeführt, Herr. Wir sind hier zur Entgegennahme von Bekundungen versammelt, die unparteiisch und sachlich abgelegt werden, unvoreingenommen, ohne Ansehen der Person." Er hielt inne und blickte Sulla an. „So bestimmt es das Gesetz."

Die Senatoren murrten laut und wütend. Sulla senkte die Hand und sagte wie unbeteiligt: „Dieses Gesetz ist tatsächlich voll in Kraft, Cicero." Rasch hob er die Hand wieder zum Munde, so daß sein düsteres Lächeln unbemerkt blieb.

Marcus verbeugte sich sehr tief. „Ich danke dir, Herr, für diese dem Senat gegebene Rechtsbelehrung." Hier wurde er unterbrochen, weil viele Senatoren mit dem Rufe: „Unverschämtheit!" von ihren Sitzen aufgesprungen waren. Sulla ließ sich nicht aus der Ruhe bringen. Er richtete die hellen Augen auf die Senatoren, und dieser Blick zähmte sie, so daß sie murrend auf ihre Sitze zurücksanken.

Marcus unterdrückte ein Aufwallen triumphierenden Frohlockens und sagte zu Julius: „Du, Caesar, bist natürlich einer der wenigen, die das Buch wirklich gelesen haben. Darf ich dich also mit der Bitte belästigen, uns die eine oder die andere Stelle vorzulesen, die du besonders verdammenswert fandest?"

Wieder zögerte Julius und blickte Sulla an. Der General nickte. Julius warf dem Anwalt einen Blick zu und blätterte in dem Buch. Totenstille herrschte im Saal. Dann begann der Ankläger zu lesen. Marcus unterbrach ihn sofort. „Ich muß dich bitten, lauter zu lesen, Caesar."

„Lauter!" rief auch eine wohltönende Stimme vom Tor her, und Marcus erkannte sie als die des Roscius. Julius zuckte die Achseln. Seine ausdrucksvollen Augen tanzten heftig in seinem ernsten Gesicht. Er hob die Stimme und las:

„‚Erhabenheit wohnt in keinem Menschen, und wehe jener Nation, die ihren vorübergehenden Beherrscher als Gottheit betrachtet, ihm schmeichelt, jede Nachricht über sein Kommen und Gehen begierig verschlingt, vor ihm katzbuckelt, seinen Worten andächtig lauscht, als drängen sie wie Donnerrollen vom Olymp, Andersdenkende verfemt, alle seine Taten aber mit Posaunentönen preist und dem Wahn verfällt, er sei ein höheres Wesen als jene, die ihn durch ihre Wählerstimme oder von äußerster Not gezwungen auf den Schild gehoben haben.' "

Marcus hörte mit nüchterner Miene zu, während er die sich verfinsternden Gesichter der Senatoren beobachtete. Und wieder wallte ein Triumphgefühl in ihm auf. Er ließ, nachdem Julius die Verlesung beendet hatte, eine kurze Stille eintreten. Dann sagte er zu den Senatoren: „Habt ihr gegen diese Stelle etwas einzuwenden, ehrwürdige Väter?"

„Es ist ein Angriff gegen Sulla! Die Anspielung ist handgreiflich!" rief der alte Senator.

Achselzuckend bemerkte Marcus: „Ich nehme an, daß die Schreiber die Stelle in ihrem vollen Wortlaut aufgezeichnet haben." Die Schreiber nickten. Sulla mußte sich auf die Lippen beißen, um nicht laut auflachen zu müssen. Marcus breitete die Arme in hilfloser Gebärde aus und riß die Augen weit auf. „Wie konnte nur Cincinnatus, der Vater des Vaterlandes, der das Verlesene vor fast vierhundert Jahren in einer Versammlung des neugeschaffenen Senates von Rom gesagt hat, schon von Lucius Cornelius Sulla wissen und sich auf ihn beziehen?"

Unwillkürlich brachen die Soldaten und Zuhörer beim Tor in lautes Lachen aus, und die Menge auf dem Forum nahm das Gelächter auf, ohne die Ursache zu kennen. Pompejus zupfte Caesar am Gewand und flüsterte wütend: „Stimmt das?" Grinsend flüsterte Julius zurück: „Ja."

Als es im Saal wieder ruhig wurde, blickte Marcus die verdutzten Senatoren an und sagte freundlich: „Aber sicherlich kennt diese hochansehnliche Körperschaft die Aussprüche des großen Cincinnatus, dem sie täglich ihre Reverenz erweist, und dem sie ihr Wirken geweiht hat."

Kein einziger Senator antwortete; doch die vielen auf Marcus gerichteten Blicke waren feindselig.

Sulla erklärte in flauem Tone: „In diesem Zitat, das Servius gebraucht hat, liegt kein Hochverrat. Wir ehren die Worte des Cincinnatus."

„Und ich", erwiderte Marcus, „ehre dich, Herr, wegen der Achtung, die du dem Vater des Vaterlandes entgegenbringst." Er blickte Julius an. „Bitte, fahre mit der Verlesung fort!"

Caesar wußte nicht, was er tun sollte. Innerlich war er belustigt, weil er Witz über alles liebte. Durch einen Blick erbat er sich von Sulla ein Zeichen; aber die Miene des Diktators war undurchdringlich. So begann er wieder zu zitieren:

„‚Es gibt Zeiten furchtbarer Not, in denen einem einzelnen Manne die höchste Macht übertragen wird. Aber solche Zeiten müssen begrenzt bleiben, und ihr müßt unaufhörlich die Lebensführung eines solchen Mannes prüfen, damit er nicht vom Ehrgeiz verzehrt werde. Sobald er dünkelhaft und tyrannisch wird, sobald er sich selber als die Quelle alles Rechts zu betrachten anfängt, sollt ihr ihn absetzen, in seinem wie in eurem Interesse. Denn in diesem Augenblick steht der betreffende Mann auf der Schwelle zu Mord und Bluttat und wird für alle Menschen, ihn selbst eingeschlossen, zu einer schrecklichen Gefahr. Laßt euch nicht von ihm einreden, das Land brauche ihn dringender als jeden anderen Mann und ihr dürftet ihn deshalb nicht entlassen. Ihr selbst habt ihn verderbt, und ihr müßt ihn entfernen und meiden und ihm Gelegenheit geben, seine Seele wieder ins Gleichgewicht zu bringen, in stiller Abgeschiedenheit oder – im Exil.' "

„Hochverrat!" schrien die Senatoren wie aus einem Munde.

Sulla hob die Hand und sagte müde: „Auch das ist eine Stelle aus der Rede des Cincinnatus vor dem Senat."

Die Senatoren verstummten, sahen aber Marcus, der sich wieder vor Sulla verbeugte, finster an. Julius erklärte: „Wir wollen die erhabenen Aussprüche des Cincinnatus aus dem Spiele lassen. Wir alle kennen diese unsterblichen Worte." Er räusperte sich.

„Dann wähle andere Stellen aus, Caesar!" forderte Marcus ihn auf.

Julius räusperte sich nochmals, warf Marcus einen undeutbaren Blick zu und blätterte in dem Buch. Dann las er:

„‚Wenn man mithin das bloße Bestehen des Staates in Anschlag nimmt, so möchten wohl alle erwähnten Elemente oder manche von ihnen sich mit Recht um den Vorrang streiten dürfen; wenn aber die Verwirklichung eines vollendeten Lebens in Betracht gezogen wird, dann möchte vornehmlich mit Recht wohl Bildung und Tugend den Vorrang in Anspruch zu nehmen haben, wie dies auch vorhin schon bemerkt wurde. Da nun aber weder jene, welche nur in einem Stück gleich sind, darum schon in allen Stücken gleiche Rechte haben müssen, noch auch jene, welche nur in einem ungleich sind, darum schon in allem ungleiche Rechte, so sind notwendigerweise alle diejenigen Verfassungen, nach denen es im Sinne einer dieser beiden Fehlannahmen zugeht, als Entartungen zu bezeichnen.

Im übrigen aber wurde auch schon vorhin bemerkt, daß alle, die überhaupt Ansprüche auf die Regierungsgewalt erheben, ein gewisses Recht auf sie haben, jedoch nicht alle ein unbedingtes Recht. Die Reichen führen zum Beispiel an, daß der größte Teil des Landes ihnen gehöre, das Land aber der ganzen Gemeinschaft zugute komme, und ferner, daß sie bei den Verträgen meist zuverlässiger seien. Die Freigeborenen und die von edlem Geschlecht, als einander Nahestehende, erheben die gleichen Ansprüche; denn Menschen von guter Abstammung seien im höheren Grade Staatsbürger als die von niedriger Abstammung, und überall genieße die edle Abkunft daheim eine gewisse Ehre, und es sei natürlich, daß von Besseren meist auch Bessere herzustammen pflegten, weil die Adeligkeit eben die Tugend des ganzen Geschlechtes sei. In entsprechender Weise werden wir dann aber doch behaupten müssen, daß auch die Tugend begründete Ansprüche hat. Denn nach unserer Behauptung ist die Gerechtigkeit die der Gemeinschaft gemäßeste Tugend, welcher notwendig auch alle anderen folgen müssen.' "

Die Senatoren blickten einander unbehaglich an. Sie waren ja alle reich, und viele entstammten Patrizierfamilien; also mußten sie diese für sie sprechenden Argumente billigen. Indes erhob der alte Senator seine heisere Stimme und sagte: „Darin erblicke ich eine Mißachtung der von Sulla eingeführten Demokratie. Es ist also Hochverrat!"

„Hochverrat, begangen von wem?" fragte Marcus.

Der alte Senator sah ihn haßvoll an. „Von Servius."

Marcus schüttelte traurig den Kopf. „Servius hat nur Aristoteles zitiert; die Stelle stammt aus der ‚Politik' des berühmten Philosophen." Als der alte Senator schwieg, wandte Markus sich an Sulla mit der Frage: „Edler Sulla, gibt es jetzt in Rom ein Gesetz, das es verbietet, Aristoteles zu zitieren?"

„Du weißt selbst, Cicero, daß es kein solches gibt", antwortete Sulla. „Ich persönlich verehre den Philosophen."

Wieder gaben einige beim Tor Stehende ein Signal, und die Menge erfüllte den Senatssaal mit dem Echo ihrer begeisterten Rufe: „Hoch Cicero! Cicero! Cicero!" Mit bescheidenem, gesenktem Blick wartete Marcus ab, bis der Lärm sich legte. Dann sagte er zu Julius: „Bitte, setze deine Verlesungen fort, edler Caesar!"

Julius führte aus: „In dem Buch erzählt Servius von einem sagenhaften Tyrannen, der sich als Freund von Mittelstand und Demokratie ausgab, im Herzen aber beide verachtete. Mit Wunden von einem angeblichen Überfall auf ihn bedeckt, zeigte er sich dem Volke und flehte es um Beistand an. Die Menge bewilligte ihm gerührt eine große militärische Leibwache, zu seinem wie des Staates Schutze. Der Tyrann ging aber nun frohlockend daran, das ganze Volk im Interesse seiner eigenen Verherrlichung und Macht zu versklaven. Er versprach das Bestmögliche für die größtmögliche Zahl und unternahm es, alle seinem rücksichtslosen, wahnwitzigen Ehrgeiz zu unterwerfen und die Nation ins tiefste Elend zu stürzen."

Der alte Senator rief: „Damit verhöhnt er Sulla!"

Marcus ließ sich von Syrius ein Exemplar des Servius-Buches geben und tat stirnrunzelnd, als suchte er die betreffende Stelle. Dann seufzte er erleichtert auf und blickte mit hochgezogenen Brauen Julius an. „Ein sagenhafter Tyrann? Oh, welche Bildungslücke, Caesar! Servius hat diese Gestalt nicht erfunden. Es handelt sich um den vor fast fünfhundert Jahren gestorbenen Peisistratos von Athen!"

Wieder brachen die jungen und alten Soldaten in lautes Spottgelächter aus, und die Menge lachte mit, ohne zu wissen, warum.

„Sicherlich", sagte Marcus, „willst du nicht Peisistratos mit unserem edlen Sulla vergleichen, Caesar?"

„Warum tut es denn Servius?"

Wieder las Marcus in dem Buche nach und klappte es dann zu. „Er tut es ja gar nicht. Er erzählt bloß eine geschichtliche Begebenheit und überläßt es dem Leser, daraus seine Schlüsse zu ziehen. Das römische Gesetz verwehrt es niemandem, Bücher zu lesen und daraus Folgerungen abzuleiten. Oder willst du, Caesar, die geistige Freiheit des Volkes durch eine Bücherzensur knebeln?"

„Tyrannei!", erscholl es vom Tore her, und Marcus lächelte.

Sulla sagte: „Es gibt in Rom keine Bücherzensur, weil wir die Freiheit der literarischen Meinungsäußerung hochhalten. Und es gibt auch keine Polizisten, die den Bücherlesern über die Schulter blicken."

Marcus verbeugte sich ganz tief. „Ich danke dir, Herr."

Die Senatoren starrten entsetzt Sulla an, der mit undeutbarem Lächeln hinzufügte: „Immerhin betrachten wir Hochverrat als wirkliches Verbrechen."

„Glaubst du, Herr", fragte Marcus, „daß Cincinnatus und Aristoteles und die Geschichte des alten Griechenland wegen Hochverrats belangt werden können?"

Zum erstenmal lächelte Sulla offen. „Laß mich in Frieden, Cicero!" sagte er. Dann wandte er sich an Caesar. „Was hast du noch vorzubringen?"

Julius, der Sullas Lächeln bemerkt hatte, war sehr erleichtert. Mit einer von gespielter Gereiztheit erfüllten Stimme erklärte er: „Mir scheint, das Buch des Servius besteht fast nur aus Zitaten."

Marcus entgegnete: „Es bleibt also bloß zu untersuchen, ob Zitate zulässig sind. Offenbar ist das nur dann der Fall, wenn die Quelle angegeben wird. Das aber hat Servius Cato, wie ich feststellen muß, unterlassen. Er hat den Anschein erweckt, selbst der Verfasser dieser hochsinnigen Äußerungen zu sein. Darin besteht seine Verfehlung!" In einer Gebärde qualvoller Trauer hob er die Arme und senkte sie langsam wieder. Dann ließ er, wie von Gewissensbissen geplagt, den Kopf auf die Brust sinken und sagte: „Und darum also bin ich hier erschienen, um meinen Klienten selbst zu verklagen. Wegen Plagiats. Und ich fordere eine angemessene Bestrafung für ihn."

Sulla lehnte sich auf seinem Sessel zurück und schloß die Augen. Alles wartete atemlos, was er sagen würde. Aber er schwieg, und seine Miene war undurchdringlich.

Unterdessen fuhr Marcus fort: „Weh mir, daß ich einen Klienten habe, den ich selber verklagen muß! Wäre mir seine Verfehlung gleich bewußt geworden, so hätte ich nie seine Verteidigung übernommen. Ich lasse der Gerechtigkeit ihren Lauf." Er verbeugte sich demütig erst vor dem Senat, dann vor Sulla, und trocknete sich die Stirn mit seinem Schweißtuch. Sulla sah ihn an, und sein Kehlkopf zuckte wie von zurückgehaltenem Lachen. Am Tor wurde ein Zeichen gegeben, und die gewaltige Volksmenge begann gutmütig zu lachen. Sulla setzte sich auf und fragte Julius: „Was meinst du dazu, Caesar?"

Der gewitzte Julius erwiderte mit todernstem Gesicht: „Servius Cato ist des Plagiats überführt. Deshalb beantrage ich, Herr, daß sein Buch beschlagnahmt und erst wieder freigegeben wird, wenn er seine Quellen genannt hat. Überdies verdient er Strafe. Gestatte aber, Herr, daß ich deren Ausmaß dir überlasse!"

Sulla erklärte: „Das Urteil steht nicht mir zu, sondern dem Senat. Welche Strafe verhängt ihr, ehrwürdige Väter?"

Der alte Senator sagte im Namen seiner Kollegen: „Eine Geldbuße von zweihundert Goldsesterzen, edler Sulla."

Der General schloß die Verhandlung mit den Worten: „Ihr habt gesprochen, ehrwürdige Väter. Da Servius Cato nicht des Hochverrates schuldig ist, ordne ich an, daß ihm sein Vermögen rückerstattet und daß er in Freiheit gesetzt wird."

Marcus stieß seinen Klienten an. Servius fuhr auf, wandte, von widerstreitenden Empfindungen überwältigt, das blinde Gesicht dem einst geliebten General zu. Marcus stieß ihn nochmals an. Da sagte Servius mit bitterer, verzweifelter Stimme: „Ich gebe mich nur zufrieden, wenn Sulla, mein alter General, mir meine ... Verfehlung nachsieht! Sonst stürze ich mich in mein Schwert."

In erwartungsvoller Spannung hielten alle den Atem an. Sulla warf einen Blick auf Marcus, und der Anwalt erwiderte begütigend den Blick. Und dann erhob Sulla sich von seinem Sessel und stieg mit gemessener Majestät die Stufen hinab. Er trat auf Servius zu und hielt inne, während alle die Hälse reckten. Als echter Römer liebte er dramatische Gesten. Er breitete langsam die Arme aus und zog Servius an seine Brust. Er küßte ihn auf die Wange. Dann küßte er ihn ein zweites Mal, und die furchterregenden hellen Augen schimmerten feucht. „Ich verbiete dir, Servius, dich wegen einer Verfehlung, welcher Art immer sie gewesen sein möge, in dein Schwert zu stürzen! Hinfort stehst du unter meinem Schutz, gegen dich selber und gegen jeden anderen. Ich verzeihe dir deinen Verstoß mit den Plagiaten. Geh in Frieden!"

Noch einmal gaben Marcus' Freunde ihr Signal, und jetzt brüllte die Menge: „Hoch Sulla! Sulla! Sulla!" und „Hoch Cicero! Cicero! Cicero!"

Wie in völliger Erschöpfung lehnte Servius den Kopf an Sullas Schulter und flüsterte: „Ein Tyrann bist du aber doch, und der Feind meines Landes."

Sulla flüsterte zurück: „Gib nicht mir die Schuld daran! Die Römer wollten es nicht anders. Fluch und Verwünschung dürfen nur sie treffen, nicht mich. Ich bin bloß ihr Geschöpf."

Servius hob plötzlich den Kopf, und tiefe Bewegtheit malte sich auf seinen Zügen. Jetzt erst erwiderte er Sullas Umarmung und küßte auch ihm die Wange, voll Traurigkeit, voll verstehenden Mitgefühls.

DRITTER TEIL

DER PATRIOT UND DER POLITIKER

Es gibt indes ein wahres Gesetz, in Form gebrachte Vernunft, der Natur gemäß, allen Menschen eingegossen, beständig, ewig, ein Gesetz, das befehlend zur Pflicht rufen, verbietend vom Trug abschrecken will. Obwohl dieses Gesetz nur den Redlichen wirksam befiehlt oder verbietet, Unredliche jedoch durch seine Befehle oder Verbote nicht beeindruckt, kann man es mit Fug weder ganz noch zum Teil abschaffen oder ändern, nicht durch ein Dekret des Senats und auch nicht durch einen Beschluß der Volksversammlung. Cicero

XXXII

Der Sommer war außergewöhnlich heiß, und die Riesenstadt stöhnte und schmachtete unter grellem, bronzefarbenem Licht. Jeder Sonnenuntergang war eine Feuersbrunst, unheimlich wie ein ferner, unerbittlich näher rückender Waldbrand.

Marcus erhielt einen Brief seines Freundes und geschätzten Gegners Julius aus Asia, wo Caesar seine ersten Kriegsdienste unter Marcus Minucius Thermus leistete.

‚Gajus Julius Caesar grüßt seinen edlen Freund Marcus Tullius Cicero.

Liebster, ich danke Dir für Deinen Brief und freue mich, daß bei Dir alles gut geht und daß Du mit Deinen letzten Verteidigungsreden Triumphe gefeiert hast. Was ist doch unser Cicero für ein Mann, was für ein Patriot! Zu seiner Vervollkommnung braucht er jetzt nur noch Politiker zu werden, und ich bin froh, daß er diese Angelegenheit vom Standpunkt der Pflicht aus betrachtet. Aber wann werde ich das Vergnügen haben, von Deiner Verheiratung zu hören? Ohne Ehefrau ist der Mann unvollständig. Das weiß ich selber genau und habe deshalb an meiner Cornelia liebevoll festgehalten, trotz Sullas Drohungen und auch dann, als er mich meines Priesteramtes entkleidete. Du selber hast mir ja oft gesagt, man solle eher Gott gehorchen als den Menschen. Ich muß also den Göttern wohlgefällig erscheinen, weil ich die Heiligkeit der Ehe achte.'

Hier mußte Marcus an die ehebrecherischen Ausschweifungen seines Freundes denken und machte eine Grimasse, die in ein gezwungenes Lächeln überging.

‚Die Nachricht', las er weiter, ‚daß Sulla, bloß ein Jahr nach seinem Rücktritt von Roms Diktatur, in Puteoli gestorben ist, hat mich betrübt. Aber ich befürchtete schon lange etwas dergleichen. Sein Gesicht und seine Gestalt wiesen zwar nicht auf eine Anlage zum Blutsturz hin; doch er war ein Mann voll heftiger Leidenschaften und innerer Gewaltsamkeit. Er verabscheute viele und haßte viele; aus Staatsräson unterdrückte er indes alle diese Gefühle, und das hat verheerende Folgen für Körper und Seele. Seinem Andenken unzuträglich war es, daß er ausgerechnet in den Armen seiner letzten Schauspielerin plötzlich verschied; denn diese Todesumstände haben sein wahres Bild eines geistig asketischen und stoischen Mannes getrübt. Aber freuen wir uns, daß er noch im wesentlichen seine Memoiren fertigbrachte, denen ich mit großer Spannung entgegensehe.'

Das glaube ich gern, dachte Marcus.

‚In Deinem letzten Briefe, lieber Freund, äußerst Du die Befürchtung, daß mich der Ehrgeiz plagt. Ist es denn verwerflich, ehrgeizig zu sein, sich mit Leib und Seele, redlich und tapfer, dem Dienste für das Vaterland zu widmen? Wenn der Ehrgeiz in nichts anderem besteht, so muß man nur wünschen, daß alle Römer recht viel von einer so unschätzbaren Tugend haben. Über solche Ehrgeizlinge müßtest doch gerade Du Dich besonders freuen. Und warum solltest Du mich einer Form von Ehrgeiz zeihen, die Du offenbar für verderblich hältst? Ich bin doch nur ein schlichter Soldat, der in dieser brodelnden, undankbaren, aufrührerischen Provinz seinem General dient und dessen Ehrgeiz nur darin besteht, ihm gut zu dienen. Die Bürgerkrone für die Lebensrettung eines Kameraden in Mytilene habe ich nicht angestrebt. Lache jetzt, wenn Du willst!'

Marcus lachte.

‚Mein General entsendet mich zu einer Einheit unter Publius Servilius Vatio, zur Bekämpfung der kilikischen Seeräuber. Sind das Kerle, diese Seeräuber! Ein Mischmasch aus alten Phönizern, Hethitern, Ägyptern, Persern, Syrern, Arabern und anderem Auswurf des Meeres! Dennoch muß man ihre unverschämte Keckheit bewundern, weil sie ja doch Rom herausfordern! Als wollte eine Ameise mit einem Tiger anbinden! Sie schrecken nicht einmal davor zurück, römische Schiffe zu kapern und römische Seeleute niederzumetzeln und unsere Schiffsladungen zu rauben. Aber wir werden bald mit ihnen aufräumen.

Du tust klug daran, Deine Meinung über unseren gegenwärtigen Machthaber Lepidus nicht zu äußern, und auch ich bin diskret, obwohl Du das immer angezweifelt hast. Immerhin ist er zwar wohlhabend, aber nicht so reich wie Sulla. Du hast also nicht ihn im Sinn gehabt, als Du mir den Ausspruch des Aristoteles zitiertest: „Es ist sicherlich von Übel, wenn die höchsten Ämter gekauft werden können. Das diesen Mißbrauch gestattende Gesetz macht für einen Politiker Reichtum wichtiger als vornehme Abkunft, und damit wird das ganze Gemeinwesen geldhungrig. Denn sobald die Herrschenden etwas als ehrenhaft betrachten, sind die Bürger so geartet, daß sie deren Beispiel befolgen, und wo die Tüchtigkeit nicht an erster Stelle steht, gibt es keine wahre Aristokratie des Geistes und der Seele." Nein, das hast du nicht auf Lepidus bezogen. Oder wolltest du vielleicht gar mich warnen? Das kann ich nicht annehmen. Ich bin zwar kein Bettler; doch ein Amt, das ich kaufen möchte, gibt es in Rom nicht, weil mich nach keinem verlangt.'

Wer dir das glaubt! dachte Marcus.

‚Ich wollte, Du würdest Dich nicht immer so doppeldeutig ausdrükken. Aber das ist eben die Kniffligkeit des Advokaten, die einem schlichten Soldaten wie mir nicht liegt.'

„Aber Julius!" rief Marcus laut in seinem Arbeitszimmer.

,Ich habe gehofft, die Wege Deines Bruders Quintus und die meinen würden sich irgendwann kreuzen. Aber es war uns nicht vorbestimmt, obwohl wir einmal kaum zwei Meilen voneinander entfernt waren. Ich höre, daß sein General ihn sehr schätzt und ehrt. Er ist ja tatsächlich ein edler Römer, trotz seiner Einfachheit.'

Für die du nichts übrig hast, dachte Marcus.

,Ich habe das Vorgefühl, Teuerster, daß ich in Kürze Dein liebes Gesicht sehen werde. Darauf freue ich mich. Ich habe Dich ja seit jeher gern und halte Dich für einen Ausbund der Rechtschaffenheit und aller Tugenden. Sobald die Piraten vernichtet sind, was bald der Fall sein wird, hoffe ich, nach Rom zurückkehren zu können. Bis dahin gelten meine innigsten Gedanken Dir, dem Freunde und Mentor meiner Jugendzeit. Im Geist umarme und küsse ich Dich. Einen Handkuß auch Deiner Mutter und einen Händedruck Deinem Vater! Ich komme mir wie ihr Sohn vor. Möge mein Schutzgott Jupiter wohlwollend auf Dich herabblicken! Und möge meine Ahnfrau Venus Dir ein hübsches Mädchen zur Gattin bescheren und Cupido Dein Herz mit seinem wohltuendsten Pfeile durchbohren!'

Und du glaubst, es bei diesen Wünschen gut mit mir zu meinen! dachte Marcus. Noch lächelnd, legte er den Brief auf den Tisch. Dann verschwand sein Lächeln. Plötzlich erfaßte ihn Müdigkeit und Schlaffheit. Mit neunundzwanzig Jahren fühlte er sich schon alt und schwerfällig. Er konnte Livia, Catilinas ermordete Frau, nicht vergessen. Jahre waren seit ihrem schrecklichen Ende verstrichen; aber noch immer sah er ihr Gesicht vor sich. Für ihn blieb sie jung und leidenschaftlich, über alle Begriffe schön, geheimnisumwittert wie eine Sibylle, flüchtig wie eine Dryade, leichtfüßig wie eine Nymphe, wild wie der Lenzwind, ein Wesen aus dem Geisterland.

Obwohl er alles, sich selbst inbegriffen, zergliederte, wußte Marcus noch immer nicht, warum er Livia liebte, warum ihr Antlitz und ihre Stimme ihn verfolgten, warum ihre Persönlichkeit ihm so lebendig war wie keine andere. Er konnte sich ihr Sprechen und ihr seltsames Singen nach Belieben ins Gedächtnis zurückrufen, so deutlich, als hätte er sie erst vor einer Stunde gehört. Er entsann sich genau ihres Lächelns, der Berührung ihrer warmen Hand, des Leuchtens ihrer strahlend blauen Augen. Ihm war, als hätte er sie eben erst verlassen und blickte nun beim Weggehen über die Schulter, um ihr Gesicht nochmals zu sehen.

Die furchtbaren Ereignisse, die Rom und ihn selber während der letzten Jahre erschüttert hatten, waren ihm nicht so lebhaft in Erinnerung wie Livia. Jedesmal, wenn er die Insel bei Arpinum besuchte, schritt er durch das Wäldchen und hörte aus dem Schatten überall ihre Stimme widerhallen; manchmal meinte er, ein Schimmern ihres Haares, ein Flattern ihres Mantels zwischen den geheimnisvoll rauschenden Bäumen zu erblicken. Sobald der Wind durch die Äste strich, hörte er Livia singen, hörte er ihr erdenfernes Lied. Nie erlosch das Verlangen seiner Arme, sie zu umfangen; er spürte die Süße ihres Kusses auf seinen Lippen. Ihr Schatten wanderte über die Brücke zwischen Insel und Stadt, und unter ihren leichten Schritten raunten die Steine. Am stärksten spürte er ihre Gegenwart hier auf der Insel und nicht in Rom, wo sie gelebt hatte und gestorben war.

Er sagte zu seiner Mutter: „Nein, ich werde nie heiraten können. Ich kann Livia nicht vergessen. Einer anderen Frau hätte ich nichts zu bieten als einen Schatten meiner selbst, und das genügt nicht."

Manchmal kam ihm sein äußeres Dasein wie ein Traum vor, während das einzige, je wirklich erlebte Leben nur Livia und die Insel, seine endlosen Studien, seine Dichtungen und seine Gedanken schienen. Nach Jahren schrieb er an Atticus: ‚Ich habe kurze Zeit unter Sulla Heeresdienst geleistet und galt nicht als der tüchtigste aller Soldaten. Aber ich empfinde diese Episode keineswegs als Wirklichkeit, sondern bloß als Tagtraum, dem ich mich für eine Stunde überließ. Ich erinnere mich weder daran, wie mein Befehlshaber geheißen hat, noch an die Namen meiner Kameraden, die nie den Versuch unternahmen, mir näherzukommen. Ich tat es übrigens auch nicht, muß ich gestehen. Sie waren begeistert vom Krieg, den sie als edelste und erregendste Körperbetätigung ansahen, mochte auch die Todesgefahr allgegenwärtig sein. Ich finde, daß der Krieg einem vernünftigen Menschen kein Vergnügen bereiten kann, und der kurze Feldzug, den ich mitmachte, weil meine Mutter meinte, ich dürfe keine noch so anstrengende und geistlose Erfahrung missen, stürzte mich nur in gähnende Langeweile. Ich lehne allerdings Heer und Soldaten nicht ab, weil man den Menschen, die nun einmal kriegsliebend sind, nie trauen kann, besonders dann nicht, wenn sie auf das Volk, dem man selber angehört, neidisch sind oder wenn sie es auf den Besitz, den man hat, abgesehen haben, oder Macht über einen erlangen wollen.'

Noch immer erhielt Marcus von vielen Seiten Glückwünsche, weil er den Prozeß des Servius Cato und dann, wenig später, den eines gewissen, mit dem Schauspieler nicht verwandten Sextus Roscius Amerinus gewonnen hatte. Auch in dem zweiten Prozeß mußte er vor einer verschüchterten Geschworenenbank gegen Sulla auftreten und in dem Vatermordverfahren gegen Sextus, für den er schließlich einen Freispruch erwirkte, Sullas Freigelassenen und Günstling Chrysogonos, einen ehemaligen griechischen Sklaven, anklagen. In seiner Verteidigungsrede für Sextus sagte er unter anderem über die betrüblichen Rechtzustände in Rom:

‚Jeder erkennt, wie sehr unser Volk, das einst als das mildeste Feinden gegenüber galt, heute an eingewurzelter Grausamkeit leidet. Es hat nicht nur so viele Bürger auf entsetzliche Weise vernichtet, sondern auch bisher ganz milden Menschen durch die Gewöhnung an Greuelszenen das

Mitgefühl abgestumpft. Denn wenn wir zu allen Stunden sehen oder hören, daß etwas Furchtbares geschieht, dann verlieren wir jegliches Empfinden der Menschlichkeit. Wir lächeln über die Untaten unserer Jugend. Wir entschuldigen sie mit Leidenschaftlichkeit, statt einzusehen, daß menschliche Hemmungslosigkeit zum Chaos führt. Einst waren wir ein Volk voll Selbstbeherrschung und Sittenstrenge, und wir achteten Leben und Recht. Damit ist es vorbei. Jetzt jubeln wir unseren Politikern besonders dann zu, wenn sie mit jugendlichem Ungestüm prahlen und vollendete Possenreißer und Lügner sind. Wir lieben Unterhaltsamkeit, auch im Rechtswesen, auch in der Staatsverwaltung. Wenn wir uns nicht zum Besseren ändern, steht uns unausweichlich ein schreckliches Schicksal bevor.'

In bezug auf diesen Prozeß schrieb Cicero Jahrzehnte später in einem Briefe, über seine Verteidigung sei so viel Lob laut geworden, daß er fortan als befähigt galt, jede Art von Streitfall zu übernehmen. ‚In rascher Folge schlossen sich viele andere Prozesse an, zu denen ich meine Plädoyers so sorgfältig ausarbeitete, daß sie angeblich ein wenig nach der mitternächtlichen Öllampe rochen.'

Kurz, er wurde damals reich. Da ihm seine karge Jugendzeit noch in den Knochen lag, war er nicht so töricht, Wohlstand zu verachten und Entbehrungen für vornehmer zu halten als Annehmlichkeiten. „Armut", sagte er, „härtet den Charakter nicht ab, kräftigt ihn nicht. Sie schafft Sklaven." Aber im Grunde betrachtete er seine neuen Glücksgüter mit Gleichmut. Sie waren da; er konnte es sich also leisten, ihr Vorhandensein zu vergessen.

Helvia war zwar trotz aller Anstrengungen nicht imstande gewesen, ihrem älteren Sohne eine passende, ihm genehme Frau zuzuführen. Aber für ihren Liebling Quintus hatte sie eine Ehe gestiftet, und zwar mit Pomponia, der Schwester des Atticus. Der eigentlich sanftmütige Quintus war nach langen Mühen schließlich sogar in den Ruf eines ungebärdigen Soldaten gekommen. Doch die kluge und gescheite Pomponia hatte ihn bald gezähmt, und zum Ärgernis für die ganze Familie wurde er ein richtiger, moderner römischer Ehemann: er hatte einen Heidenrespekt vor seiner Frau, fürchtete ihre Temperamentsausbrüche, war folgsam und stand völlig unter ihrem Pantoffel.

In diesem Zusammenhang mußte Marcus an die zornige Feststellung des älteren Porcius Cato denken: ‚Die Römer beherrschen die Welt, selbst aber werden sie von ihren Frauen beherrscht.' Auch der Stoßseufzer des Themistokles fiel ihm ein, die Athener beherrschten die Griechen und er beherrsche die Athener; ihn aber beherrsche seine Frau, und sie selbst wieder werde von ihrem Sohn beherrscht. Die Aussicht, unter der Fuchtel einer Ehefrau zu stehen, behagte Marcus gar nicht. Wenn sein Bruder auf Urlaub kam, besuchte er höflicherweise die Eheleute in ihrem Landhaus und lächelte Pomponia freundlich zu: aber ihn schauderte vor der Untertänigkeit und Angst, mit der Quintus — der furchtlose, impulsive Quintus, dessen eigene Temperamentsausbrüche unter seinen männlichen Bekannten recht verschrien waren — seiner jungen Frau begegnete. Als suchte er innerlich ein Gegengewicht für sein Pantoffelheldentum, lag er dem älteren Bruder, der seiner Meinung nach von Politik nichts verstand, mit einschlägigen Belehrungen in den Ohren. „In der Politik'', empfahl er ihm etwa, „muß man Taktiker sein, wie im Kriege. Aber für die Kriegskunst hast du ja nichts übrig, lieber Marcus.''

Mit seinen neunundzwanzig Jahren begann dem erfolgreichen Anwalt trotz des wachsenden Ruhmes die endlose Rackerei, ständige Müdigkeit und Traurigkeit stark zuzusetzen. Bestürzt entdeckte er, daß seine von Noah und Roscius so sorgfältig ausgebildete Stimme, dieses für ihn überaus kostbare Instrument, Zeichen der Abnutzung aufwies. Manchmal sagte er sich, wenn er morgens erwachte: „Ich kann den Tag einfach nicht durchhalten!'' Besonders kräftig war er ohnedies nie gewesen; nun jedoch spürte er eine ausgesprochene Schwäche in den Gliedern. Er kämpfte gegen wachsende Schmerzen und sinkende Arbeitsfähigkeit an, ohne auf die Ratschläge zu hören, die sein Arzt und seine Eltern ihm gaben. „Ich habe sehr wenig Zeit vor mir'', pflegte er mit einer Reizbarkeit zu sagen, die seinem sonst so umgänglichen Wesen gar nicht entsprach.

Dann brach er eines heißen Sommertages in seinem Arbeitszimmer zusammen, und seine Schüler betteten den Ohnmächtigen auf das Liegesofa. Der Arzt wurde geholt und erklärte: „Wenn du am Leben bleiben willst, mußt du, glaube ich, Rom und deine Arbeit lassen und dich an Seele und Geist erholen.'' Marcus lachte ihn aus. Aber während der folgenden Tage mußte er feststellen, daß er sich kaum im Bett rühren konnte und qualvolle, ziehende Schmerzen in den Gelenken bekam. Der Arzt riet ihm: „Du mußt nach Griechenland reisen, zum Heiligtum des göttlichen Arztes Asklepios, des Sohnes Apollos, der die Kranken im Schlafe heilt. Du hast Rheuma. Deine körperlichen Schmerzen sind ein Widerhall seelischer Müdigkeit und Qual.''

Quintus sagte: „Ich reise mit dir nach Griechenland. Dorthin wolltest du doch schon immer!''

Marcus lächelte. Offenbar, dachte er, wünschte sein Bruder für eine Zeitlang von der Gattin loszukommen. „Dort könnten wir Pomponias Bruder, meinen Verleger, besuchen'', bemerkte er. Atticus hatte noch vor dem Servius-Prozeß Rom in aller Stille verlassen und seither in Griechenland auf verschiedenerlei Arten ein großes Vermögen zusammengebracht. Aber auch sein Verlagsgeschäft in Rom gedieh weiter ausgezeichnet und beschäftigte noch immer hundert Abschreiber.

Nun begann Marcus die Griechenlandreise ernstlich zu planen.

„Du wirst auf Wegen gehen, wo Sokrates und Plato und Aristoteles schritten!" rief Tullius. „Wer weiß, was dabei ihre Schatten dir zuflüstern werden! Nie habe ich vergessen, was Sokrates über den Unbekannten Gott gesagt hat: ‚Den Menschen wird ein himmlisches Wesen geboren werden, der vollkommene Mensch, der unsere Wunden verbinden, unsere Seelen erheben, unsere Füße auf den lichten Pfad zu göttlicher Weisheit lenken, unsere Leiden nachfühlen und mit uns teilen, mit den Menschen weinen und sie durch und durch kennen, uns zu dem, was wir verloren haben, zurückführen und unsere Augen aufwärts richten wird, auf daß wir wieder Überirdisches sehen.' "

Marcus, der diese letzten heißen Sommertage im Bett verbracht hatte, war jetzt so schwach, daß er seine Gefühle nicht beherrschen konnte. Er mußte an seinen Jünglingstraum von einer persönlichen Begegnung mit dem auf die Erde herabgestiegenen göttlichen Wesen denken, und wieder erfaßte ihn Kummer darüber, daß dieses Wesen noch nicht unter die Menschen getreten war, in diese grauenvolle Welt der Wirrnis und Qual, des Übels und Haders, des nichtendenden Mißtrauens und Verrates, des Waffenlärms.

Noah besuchte seinen alten Freund und las ihm eines seiner letzten Theaterstücke vor. Roscius, der Schurke, so erzählte er, sei in Jerusalem. „Sicherlich betet er dort um Vergebung für seine vielen Missetaten, besonders für die gegen mich begangenen. Ein Exemplar des Theaterstücks hat er mitgenommen. Für sein Auftreten darin fordert er einen Wucherpreis. Er läßt sich einen Bart wachsen, schreibt er mir. Besser zu ihm passen würde es, glaube ich, wenn er sich einen Pferdeschweif und Hufe wachsen ließe, wie ein Zentaur."

Zu Noahs stolzer Freude kamen so viele ehemalige Klienten und Verehrer in das Carinae-Haus, um sich nach Marcus' Befinden zu erkundigen, daß die Straße vor dem Haus manchmal ganz verstopft war und Leute sogar in den Hintergarten eindrangen. Noah stellte fest: „Offenbar bist du berühmt geworden. Wann wirst du dir ein schöneres Haus kaufen, lieber Freund, und aus dieser verkommenden Gegend wegziehen?"

„Nach meiner Heimkehr aus Griechenland", erwiderte Marcus.

Auch Freunde des Scaevola besuchten ihn und ehrten damit sowohl den Lehrer wie seinen Lieblingsschüler. Als Marcus mit der neuen Hellsichtigkeit des Kranken in ihre abgelebten Gesichter blickte, fragte er sich, ob diese Männer ihm nicht im Laufe der Jahre die Wege geebnet hatten. Viel Unerklärliches war ja in dieser Zeit geschehen.

Eines Tages kam ein Sklave eilig in seine Schlafkammer und meldete ihm, Julius Caesar und Pompejus seien erschienen. Beim Namen seines Jugendfreundes verspürte Marcus die alte zärtliche, belustigte Freude und setzte sich im Bett auf. Daß jedoch Pompejus, der harte, schweigsame Mann, mitgekommen war, wunderte ihn. Die beiden Besucher traten ein. Julius schritt wie gewöhnlich anmutig und geschmeidig einher, in einem langen prächtigen Gewand aus feinster roter Seide, mit silberverzierten Schuhen und ebensolchem Gürtel und silbernen, türkisbesetzten Armbändern, in die gewohnte Aura von Überschwenglichkeit, Wohlwollen und Lebensfreude gehüllt. Auch parfümiert war er.

„Lieber Freund!'' rief er, während er sich über das Bett beugte und Marcus umarmte. „Was treibst du denn da für Sachen?''

„Ich dachte, du bist noch auf der Seeräuberjagd'', sagte Marcus. „Ist nicht in Rom – wieder einmal – ein Preis auf deinen Kopf ausgesetzt worden?''

„Ja, ich bin ein außerordentlich hochgeschätzter Mann'', scherzte Julius. Er setzte sich auf das Fußende des Bettes und betrachtete seinen Freund sehr liebevoll. „Aber ich halte mich am Leben.''

„Das ist ein großes Talent'', gab Marcus zu. Er blickte Pompejus an, der in soldatischer Gewandung, die breiten Daumen in den Ledergürtel geschoben, neben dem Bett stand und ihn merkwürdig freundlich ansah. Dann bemerkte er an Pompejus' Hand einen Schlangenring und wandte den Blick ab. Julius plauderte fröhlich drauflos, wie er es zu tun pflegte, wenn er seine Gedanken verheimlichen wollte. „Du riechst wie eine Rose'', stellte Marcus mit etwas säuerlicher Miene fest.

Julius lachte und gab Marcus einen Klaps auf den nackten Fuß. „Ich bin Roms Rose'', erklärte er.

„Rom riecht allerdings mehr nach Kloake'', entgegnete Marcus.

Pompejus grinste, daß seine großen weißen Zähne blitzten. Julius sagte kichernd: „Man würde es nicht glauben, aber unser Marcus ist ein Witzbold, ein geistreicher Witzbold. Übrigens ist er auch ein großer Augur.''

„Wirklich?'' rief Pompejus sehr beeindruckt, weil er die Bemerkung sichtlich ernst nahm.

Als Marcus das bemerkte, fragte er seinen Freund: „Bist du gekommen, damit ich dir wahrsage, Julius?''

Vorwurfsvoll entgegnete Caesar: „Erst gestern bin ich zu meiner Frau und meinem Töchterchen Julia heimgekehrt. Aber als ich vor einer Stunde von deiner Krankheit erfuhr, bin ich gleich hergesaust. Und das ist der Dank, den ich ernte!''

Doch Marcus erkundigte sich: „Hat Lepidus noch nicht versucht, dich beiseite zu räumen?''

„Für ihn bin ich keine Bedrohung'', erwiderte Julius. „Ich habe da und dort die Hand im Spiele, und man weiß diese Hand überall sehr zu schätzen. Nebenbei bemerkt, gehören wir beide, Lepidus und ich, zu den Populares. Übrigens habe ich die Politik aufgegeben. Ich bin nur mehr ein einfacher Soldat.''

Marcus lachte, und seine Besucher lachten mit.

„Ich respektiere den vom Volk erwählten Konsul", erklärte Julius. „Auch Pompejus tut es und hat sogar mitgeholfen, daß Lepidus Konsul wird. Und Pompejus ist mein Freund."

„Ich wittere da verschlungene Querverbindungen", bemerkte Marcus.

„Wie gesagt, lieber Freund, ich befasse mich nicht mehr mit Politik."

Marcus beobachtete ihn scharf, während er feststellte: „Lepidus versucht doch, Sullas Verfassung zu beseitigen. Der Senat ist aufgebracht und will ihn angeblich in seine Provinz, das transalpine Gallien, abschieben, weil er zu ehrgeizig ist."

Julius seufzte. Er nahm von den Trauben auf Marcus' Tisch. An dem von einem Sklaven gebrachten Wein schnupperte er mißtrauisch, ehe er trank, und schüttelte bedauernd den Kopf. „Du giltst jetzt allgemein als reicher Mann; aber Weinkenner bist du noch immer keiner. Was hast du da von Lepidus gesagt? Ehrgeizig ist er? Das ist allerdings eine gefährliche Eigenschaft. Aber wer ist schon frei von Ehrgeiz? Außer mir." Pompejus hielt schweigend den Weinbecher in der Hand. „Du hast doch für Sulla nie viel übrig gehabt", fuhr Julius fort, als auch Marcus schwieg. „Lepidus müßte dir sympathischer sein. Er ist leutselig und beim Volk beliebt."

„Auch er strebt nach der Alleinherrschaft", erklärte Marcus. „Sulla hat wenigstens den Mob vor die Wahl gestellt, entweder redlich zu arbeiten oder zu hungern. Lepidus hat einem großen Teil des Pöbels wieder Gelegenheit geboten, auf Kosten des Volksvermögens, mit Hilfe der Steuergelder der Werktätigen, zu faulenzen. Muß denn Rang und Macht immer dadurch erkauft werden, daß man den verächtlichen Nichtsnutzen, den Arbeitsscheuen, den Bettlern die Bäuche füllt? Unser Staatsschatz ist wieder leergeplündert, dank Lepidus und seiner lobhudelnden Schar von Spitzbuben und Freigelassenen. Kein Wunder, daß diese Dinge meine Gesundheit untergraben haben! Aber ich muß weiterhin, auch mitten im wildesten Chaos, die Fahne des Rechtes hochhalten und hoffen, daß schließlich Recht und Gerechtigkeit siegen werden."

Die Besucher betrachteten ihn mit schweigender, ernster Aufmerksamkeit. Er leerte einen großen Becher Wein, weil er plötzlich Durst hatte. Julius füllte ihm den Becher wieder, und er trank nochmals. Dann lehnte er sich auf seine Kissen zurück und schloß müde die Augen. Er sagte: „Ich habe die Menschen und ihre angeborene Niedrigkeit satt. Ist es nicht Überheblichkeit, wenn wir von Sokrates und Aristoteles und Plato und Homer wie von unsergleichen reden? Sie sind nicht von dieser Welt. Sie sind wie leuchtende Sternschnuppen, die aus einer höheren, dem menschlichen Blick entzogenen Sphäre in unser Dunkel fallen. Sie sind voll des Ruhmes; aber ihr Ruhm ist nicht der unsere."

Er öffnete die Augen, und Julius, dessen schmales, lebhaftes Gesicht ganz unbewegt geworden war, reichte seinem Freunde wieder den Becher.

Marcus trank und mußte in der neu über ihn hereinbrechenden Müdigkeit abermals die Augen schließen. Vor ihm wirbelte ein Urnebel, aus dem Funken sprühten und merkwürdige, verschwommene Gestalten und Gesichter sich lösten. Er vergaß, wo er war und wer bei ihm weilte. Dann nahm das Chaos schärfere Umrisse an, und er faßte, was er schaute, fest ins Auge. Ohne die Lider zu öffnen, murmelte er: „Keiner von uns, die wir hier in diesem Raume sind, wird friedlich im Bett sterben. Wir werden durch Verrat in unserem eigenen Blute das Leben aushauchen." Ihn schauderte. Der Wein lähmte ihm Körper und Sinne.

„Wer wird mich verraten, Marcus?" fragte Julius leise und beugte sich über seinen Freund, dessen Gesicht dem eines Toten glich.

Marcus flüsterte: „Dein Sohn."

Julius blickte Pompejus an, der sehr blaß geworden war und nur die Achseln zuckte. „Ich habe keinen Sohn", wandte Caesar ein, blieb aber ohne Antwort.

„Und ich?" fragte Pompejus nach längerer Stille. „Wer wird mich töten?"

„Dein bester Freund", murmelte Marcus mit seiner schwachen, zittrigen Stimme.

Die Blicke der beiden Besucher begegneten sich mit hartem Ausdruck. Dann sagte Julius: „Er hat viele beste Freunde." Auch darauf erhielt er keine Antwort. Er nahm die kalte, schlaffe Hand seines wie von einem Fiebertraum befangenen Jugendkameraden und blickte sie nachdenklich an. „Und wer wird dich umbringen, Marcus?" fragte er.

Marcus flüsterte: „Ich kann die Gesichter nicht erkennen."

„Du träumst", rief Julius, ohne seine Hand loszulassen. „Du bist krank und redest im Fieber. Siehst du vielleicht Catilina?"

„Ich sehe Feuer und Blut", sagte Marcus. „Endlich ist Livia gerächt." Er fiel in tiefen Schlaf. Die Besucher starrten in ein blasses, hageres Gesicht, auf die dunklen Schatten unter den geschlossenen Augen, auf die weißen, müden Lippen.

Der Vorhang teilte sich, und Helvia stand auf der Schwelle. Caesar und Pompejus küßten ihr die Hand; aber ihr bekümmerter Blick lag nur auf ihrem Sohn. „Er nickt jetzt oft plötzlich so ein", sagte sie. „Das kommt von seiner Erschöpfung. Ihr müßt ihn entschuldigen." Jetzt blickte sie die Besucher an und staunte über ihre verstörten Mienen. „Es geht ihm schon viel besser", beruhigte sie die vermeintlich um ihren Sohn besorgten Männer. „Er wird bald so weit sein, daß er mit Quintus nach Griechenland fahren kann. Die ganzen Jahre über hat er sich nicht geschont. In Griechenland wird er sich ausruhen."

„Er hat sehr merkwürdige Dinge zu uns, und über uns, gesagt", erzählte Julius.

„Marcus ist abergläubisch", erklärte Helvia mit mütterlicher Nachsicht. Sie griff unter das Kissen des Schlafenden und holte einen kleinen, anscheinend ziemlich alten und verschrammten Silbergegenstand hervor. Die Besucher betrachteten das Stück mit Widerwillen und Abscheu: es war ein schmachvolles Kreuz, dessen oberes Ende in eine Öse zum Durchziehen einer Kette auslief.

„Das hat ihm vor zwei Jahren ein ägyptischer Kaufmann geschenkt, den er vertreten hat", sagte Helvia, während sie das Henkelkreuz wieder unter das Kissen schob. „Es stammt angeblich aus einem geplünderten Pharaonengrab. Nach den Mitteilungen des Kaufmanns soll es das Zeichen des Erlösers der Menschheit sein, der schon in grauer Vorzeit prophezeit worden sei. Wir Römer wissen ja, daß es nur das Hinrichtungswerkzeug für die schändlichsten Verbrecher und für aufrührerische Sklaven ist. Aber mein Sohn hält es in Ehren und erwartet stündlich die Geburt des Erlösers, den dieses Symbol ankündigen soll."

Julius setzte ein breites Lächeln auf. Pompejus jedoch blickte fast ängstlich über die Schulter, als sie jetzt beide die Kammer verließen.

Sobald sie wieder in der Sänfte saßen, bemerkte Julius plötzlich den Ring an der Hand seines Freundes. „Wie unvorsichtig von dir!" rief er ärgerlich. „Marcus hat den Ring erkannt! Und zur Strafe hat er uns absichtlich erschreckt und durcheinandergebracht." Dann lächelte er und schüttelte bewundernd den Kopf. „Er ist schlauer, als ich dachte. Mit seinem höflichen Bosheitsakt wollte er uns einen Floh ins Ohr setzen."

Marcus wußte nicht, daß er im Halbschlaf zu seinen Besuchern gesprochen und daß sie inzwischen fortgegangen waren. Er träumte wieder. Er wanderte über eine Ebene, die im Lichte lag, ohne daß man die Sonne sah. Grenzenlos dehnte sich der Horizont. Die Füße versanken in weichem grünem Gras, und die wohlige Luft war von Bienengesumm und Vogelgezwitscher erfüllt. Bei jedem Schritt sprossen vor dem Wanderer Blumen auf und verbreiteten wunderbare Düfte. Plötzlich sah er in der Ferne eine große Stadt, hell glänzend, wie aus Gold und Alabaster erbaut. Er eilte auf sie zu; aber sie wich mit ihren Säulenhallen und schimmernden Kuppeln immer wieder vor ihm zurück. Wind rauschte auf, als flatterten viele unsichtbare Flügel. Ganz leise, kaum vernehmlich, hörte er ein Singen, voll Freude und Heiterkeit. Aber wenn er um sich blickte, sah er nichts als Blumen und Gras und große Gruppen ihm unbekannter, mit stark riechenden Blüten übersäter Bäume. Und die ferne Stadt stand leuchtend da, als strahlte sie selber Licht aus und als wäre es dieses Licht, das die Welt erhellte.

Er spürte, daß jemand sanft seine Hand ergriff. Er schrak auf und wandte den Kopf. Neben ihm stand die junge Livia, lachend, in strahlend buntem Gewand, einen Blütenkranz auf dem herbstlaubfarbenen Haar. Das Blau ihrer Augen war noch satter, als er es in Erinnerung hatte, und ihre Finger lagen warm und weich in den seinen. Sie schmiegte sich an ihn, und er sah sie voll Entzücken an. „Du bist nicht tot, Geliebte!" rief er.

„Nein, ich bin nicht tot. Ich war es nie, mein Teurer", erwiderte sie mit ihrer unvergeßlichen Stimme. Sie stellte sich auf die Zehenspitzen und küßte ihn auf die Lippen, und die Berührung war köstliche Wärme. „Denk immer an mich!" bat sie und lehnte den Kopf an seine Schulter.

Dann fiel ein Schatten über die ganze Landschaft, und alles wurde verschwommen und fern. Entsetzt schlang Marcus die Arme um Livia. „Sag mir", fragte er, „hast du mich je geliebt, Livia? Hast du mich je beachtet und meine Liebe zu dir erkannt?"

Ihr Gesicht wurde schemenhaft, durchscheinend und weiß. Doch ihre blauen Augen ruhten leidenschaftlich auf ihm. „Ja. Aber es hat sich anders gefügt. Es war der Wille der Götter, daß wir uns damals nicht finden sollten, weil du eine große Aufgabe zu erfüllen hast, bei der ich dir nur hinderlich gewesen wäre."

Was sie gesprochen hatte, klang ihm geheimnisvoll, unverständlich. Er versuchte, sie festzuhalten; aber es war, als griffe er nach Nebelschwaden. „Denk an mich!" wiederholte sie mit der Stimme eines Echos. „Und vor allem denk an das Jenseits! Wir werden uns wiedersehen, und nichts wird uns dann trennen können."

Es wurde immer dunkler, und plötzlich stand er allein in weiter Finsternis und rief: „Livia, Livia!" Nur die Stille antwortete ihm.

Er öffnete die Augen und sah das besorgte Gesicht der Mutter, das sich über ihn beugte. „Ich habe Livia gesehen", murmelte er mit schwacher Stimme.

Helvia nickte nachsichtig. „Alle Menschen träumen, mein Sohn", sagte sie, während sie ihm die verordnete Arznei gab. „Was wäre das Leben ohne Träume?"

XXXIII

„Du kannst leicht zu Geduld raten, Julius", sagte Catilina. „Du hast mehr Zeit. Aber ich bin einunddreißig Jahre alt, und meine Geduld ist erschöpft."

Die beiden saßen in dem heißen, dufterfüllten Garten von Caesars Palatinhause, das mit Aurelias Geld gekauft worden war. Pfauen stolzierten radschlagend in dem dunkelblauen Schatten, gegen den sich das blendendhelle Licht scharf abhob, das auf roten Kiespfaden, auf Blumenbeeten und glitzernden Springbrunnen und auf den Wipfeln dunkler Zypressen und Myrtenbäume lag. Ein Schwarm blutroter Vögel flatterte um und durch die schütter werdende Laubkrone einer Eiche und unterhielt sich laut über den nahen Wanderzug. Die ersten Abenddüfte des Jasmins stiegen in die warme Luft.

Julius und Lucius hatten auf einer kühlen Marmorbank im Schatten eines Myrtenbaums Platz genommen. Sie tranken honigsüßen, blaß rosaroten Wein und aßen Feigen und Trauben und Pfirsiche.

„Schau dir diesen Gaukler an!" rief Julius schmunzelnd und zeigte mit einer Kopfbewegung auf einen jungen Pfau, der seine bunten, argusäugigen Schwanzfedern zu entfalten versuchte, dabei aber nach einem alten zornigen Pfauenhahn schielte. „Er möchte gern schon den Damen hofieren. Aber der Alte schaut ihn streng und warnend an. Seine Zeit ist noch nicht gekommen."

„Das soll offenbar ein Wink mit dem Zaunpfahl sein", meinte Catilina. „Aber du bist erst fünfundzwanzig, und ich schon einunddreißig. Ich kann nicht gleichmütig zuwarten, bis einmal, wie du es ausdrückst, meine Zeit kommen mag; dann bin ich vielleicht schon ein Tattergreis. Unter Sulla schien sich uns eine Gelegenheit zu bieten; aber sie ist uns wieder entglitten. Jetzt haben wir den Lepidus. Er ist wie Wasser, das dem Durstigen zwischen den Fingern der hohlen Hand durchläuft, ehe er einen Schluck machen kann. Weißt du, was ich gehört habe? Die Senatoren sind seiner überdrüssig, weil er ihre Befugnisse zugunsten des sogenannten Volkes einschränkt. Sie haben an der Macht Geschmack gefunden, die Sulla ihnen eingeräumt hat, und werden den Lepidus bald in seine Provinz, das transalpine Gallien, verbannen. Was tun dann wir?"

Julius schlürfte nachdenklich seinen Wein und schwieg eine Weile, während er wieder lächelnd dem jungen Pfau zusah. „Lepidus würde eine gute Beratung brauchen. Er könnte ja – da er das Volk Roms auf seiner Seite glaubt – im Fall seiner Verbannung ein Heer aufbringen und gegen Rom marschieren."

Lucius musterte ihn mit einem schwachen, düsteren Lächeln. „Ich nehme an, man hat ihm diesen Wink schon gegeben."

„Mich hat Lepidus nicht um Rat gefragt."

„Aber du hast Freunde."

„Ich habe Freunde."

Catilina füllte wieder seinen Kristallbecher, nahm ihn zwischen die Hände und blickte auf die schimmernde Flüssigkeit. „Nun?" fragte er schließlich. „Und was dann?"

Julius zuckte die Achseln. „Abwarten und Wein trinken! Man kann nur die Würfel werfen. Wie sie fallen, liegt bei den Göttern."

Catilina lachte. „Aber deine Würfel sind immer präpariert, Julius."

„Gelegentlich muß man den Göttern ein wenig unter die Arme greifen."

„Du bist undurchschaubar, Caesar. Manchmal traue ich dir nicht."

„Ich bin der verläßlichste Mensch, den man sich vorstellen kann'', beteuerte Julius.

„Dir selber gegenüber.''

Julius machte eine gekränkte Miene. „Alle Leute mit meinem Geburtshoroskop sind ihren Freunden leidenschaftlich treu. Wie viele Freunde habe ich umgekehrt schon selbst durch Verrat verloren!''

Catilina musterte ihn. „Wenn dein teurer Freund Cicero dir, wie du mir erzählt hast, einen gewaltsamen Tod durch Verrat prophezeit, so schmiedet er selber ein Komplott gegen dich.''

Julius lachte laut heraus. „Cicero? Mein Lieber, du bist verrückt! Er mag, wie du dich überzeugen konntest, schlau sein; aber hinterhältig ist er nicht. Er ist ein freundlicher, gütiger, friedfertiger Kerl. Jupiter hat mir die Gabe verliehen, in die Herzen der Menschen zu blicken.''

Verächtlich wandte Catilina ihm sein schönes, lasterhaftes Gesicht zu. „Mir hat er ja auch einen gewaltsamen Tod vorausgesagt. Und dem Pompejus doch ebenfalls, nicht? Was kann an einem Menschen Gutes sein, der allen anderen so offen Unheil anwünscht?''

„Wahrsager lassen sich nicht von Leidenschaften oder persönlichen Rücksichten leiten, Lucius. Sie verkünden die Zukunft so, wie sie sie sehen.''

„Du hältst ihn für einen richtigen Wahrsager?''

„Das nicht. Er prophezeit doch schon lange Roms Untergang. Und ist es untergegangen? Nein. Sind wir ermordet worden? Nein. Er hat gesagt, mein Sohn würde mich umbringen. Habe ich überhaupt einen Sohn? Nein.''

Catilina lächelte. „Und wie ist es mit diesem Marcus Junius Brutus? Dem Büblein?''

Caesars Miene wurde kalt, und er heftete die schwarzen, funkelnden Augen auf seinen Freund. „Du beleidigst seine Mutter. Und auch seinen Vater, den ich sehr schätze.''

Aber Catilina lächelte nur noch stärker. „Die Gerüchte, daß der kleine Brutus dein Sohn ist, werden sich nicht aus der Welt schaffen lassen, da können deine Freunde noch so sehr dahinter sein. Bis zu dem Zeitpunkt, wo du aufgetaucht bist, war seine Mutter unfruchtbar.''

„Angeblich hat sie fleißig zu Juno gebetet und oft ihre Altäre besucht.'' Caesars Augen, die manchmal wie die Spitzen gezückter Schwerter todesdrohend funkeln konnten, lächelten jetzt wieder. „Gerüchte!'' rief er. „Wenn man auf alle Gerüchte achten wollte, würde man verrückt werden. Ich halte mich an Tatsachen. Auf Tatsachen kann man bauen.''

„Du baust zu langsam.''

„Aber dafür solide.''

Catilina schob sich ungeduldig auf der Marmorbank hin und her. „Du hast keinen Schneid, Julius.''

„Wenn es darauf ankommt, kann ich ein Löwe sein. Aber noch ist die Zeit zum Brüllen nicht da. Warten wir, bis Lepidus sich selbst zugrunde gerichtet hat."

„Um auf diesen Cicero zurückzukommen, er ist für mich ein Alptraum. Jetzt hat er in Rom großen Einfluß gewonnen. Und neuerdings fängt er an, sich mit Politik zu befassen. Er kann uns einmal den Weg verstellen."

„Er ist sehr krank. Vielleicht stirbt er."

„Dann wollen wir seine Qualen abkürzen."

Julius stellte den Becher auf den Tisch vor sich. „Woran denkst du, Lucius? An Gift?" Er hob langsam den Blick und heftete ihn auf seinen Freund.

Catilinas blaue Augen blitzten auf, als schnellte eine Schlange die Zunge hervor. „Gift ist eine Weiberwaffe."

„Ach ja, Livia hat sich dieses Mittels bedient. Das hätte ich fast schon vergessen."

„Willst du mir drohen, Caesar?"

Julius war erstaunt. „Ich? Warum sollte ich dir drohen, Lucius?"

„Um deinen – man würde es nicht glauben – Busenfreund zu retten, den Kickerling."

Julius lachte. „Für Cicero habe ich allerdings wirklich eine Schwäche. Er war in unserer Jugend mein Mentor und hat mich beschützt, unter anderem auch gegen dich, teuerster Freund. Alte Liebe rostet selten. Aber wenn er sich mir in den Weg stellen sollte, täte ich ihn rasch ab. Glaubst du mir das?"

Catilina sah ihn nachdenklich an. Dann antwortete er widerstrebend: „Ich glaube es dir. Wie soll ich mir aber die Dinge zusammenreimen? Vielleicht so, daß du meinst, er könnte dir einmal dienlich sein?"

Julius, der selten die Fassung verlor, fuhr auf. Doch er schaute seinem Freunde treuherzig in die Augen. „Womit könnte er mir dienlich sein?"

„Genau das frage ich mich auch. Aber ich habe das Gefühl, du denkst an etwas dergleichen."

„Du hast eine geradezu weiblich rege Einbildungskraft. Mein Weg ist nicht der Ciceros. Die beiden Wege werden sich auch nie begegnen. Ich liebe Marcus aus verschiedenen Gründen, die dir verdreht vorkämen. Meine Mutter hat ihm ein Amulett geschenkt . . ."

„. . . das ihm angeblich das Leben gerettet hat."

„Mir scheint, du bist abergläubisch. Aber wir wollen den Fall Cicero nüchtern betrachten. Der Mann hat zwar wenige vertraute Freunde, aber viele mächtige Gönner in Rom. Wenn er stirbt, würde man seinen Tod rächen. Seine politischen Ambitionen – falls er überhaupt welche hat – sind geringfügig. Und er hat nichts unternommen, um sie zu verwirklichen. Augenblicklich hat er vor, nach Griechenland zu reisen. Er ist ein Gelehrter, ein Dichter, ein Schriftsteller, ein Redner, ein Anwalt. Ich bewundere ihn. Und sein Bruder ist Soldat. Glaubst du etwa, Quintus, der ihm sehr zugetan ist, würde die Kunde von seiner Ermordung stillschweigend hinnehmen? Wir dürfen unsere Angelegenheiten nicht unnötig komplizieren."

„Er hat doch selbst, sagtest du, von seinem gewaltsamen Tode gesprochen", bemerkte Catilina mit Genugtuung. „Hat er vielleicht unter seinen Mördern mein Gesicht erblickt?"

„Dich erwähnt er nie, Lucius. Aber jetzt wollen wir von handfesteren Dingen reden!"

Während der heiße Sommer sich zum Herbste neigte, trat in Marcus' Befinden keine Besserung ein. Seine Gelenke waren geschwollen. Der Arzt war bestürzt über seine Herztöne. „Du mußt sofort in ein milderes Klima reisen", sagte er.

Jetzt erkannte auch Marcus selbst, daß von einem solchen Klimawechsel sein Leben abhing. Die Anwaltsgehilfen kamen an sein Bett um Rat in Rechtsfällen, die in den nächsten Monaten erledigt werden mußten. Quintus drängte zur Eile, weil er sich darauf freute, mit dem Bruder zu reisen und seiner jungen Frau zu entkommen. Mit Schreck sah er, wie blaß und hager das Gesicht seines Bruders geworden war.

Aber in den folgenden Wochen vergaß Marcus beinahe Schmerz und Krankheit über den äußeren Ereignissen. Aemilius Lepidus, Roms Machthaber, wurde vom erzürnten Senat tatsächlich in seine Provinz Gallia Transalpina verbannt. Er gehorchte mit anscheinender Willfährigkeit. Doch in Etrurien machte er halt und begann, aus verärgerten ehemaligen Kriegsteilnehmern, die sich von Roms Zentralbehörden mißachtet fühlten, ein Heer aufzustellen. Der Senat erklärte ihn zum öffentlichen Feind, und aufgeregte Gerüchte wurden wie Fackeln durch die Straßen Roms getragen. Von Tag zu Tag wuchs das Heer des Lepidus, und er marschierte gegen die Hauptstadt, um die Macht wieder an sich zu reißen und sich am Senate zu rächen.

Pompejus wurde beauftragt, ihm mit Waffengewalt entgegenzutreten, und schlug, zusammen mit Catulus, sein Heer auf dem Marsfelde, dicht vor den Toren der Hauptstadt. Lepidus selbst entkam und wollte nach Spanien zu dem gegen Rom aufständischen dortigen Statthalter Quintus Sertorius fliehen, kam aber unterwegs in Sardinien unter nicht ganz geklärten Umständen ums Leben. Man munkelte, Caesar und der Senat hätten dabei die Hände im Spiel gehabt. Jedenfalls erließ der Senat nun eine Proklamation des Inhalts, Lepidus habe sich zwar gegen Senat und Volk von Rom gestellt, sei aber ein tapferer Soldat gewesen; es liege auf der Hand, daß ihn Geisteszerrüttung erfaßt habe. Man ordnete eine Trauerzeit für ihn an und ehrte von Amts wegen seine Familie.

Marcus, der den Lepidus wegen seines unsteten, heftigen Wesens verabscheut und gefürchtet hatte, war dennoch über die an seinen Tod geknüpften Gerüchte bestürzt. Wenn sie zutrafen, boten sie ein weiteres Beispiel dafür, wie im Namen der Staatsräson das Recht gebeugt wurde. Als Julius ihn besuchte, gab Marcus seiner Besorgnis darüber Ausdruck und fand bei seinem Gaste Zustimmung.

Marcus betrachtete ihn mit dem Scharfblick des Schwerkranken. „Sonst bist du ja auf Rechtlichkeit nie besonders erpicht gewesen, lieber Freund. Übrigens hast du mich jetzt wochenlang nicht besucht. Warst du vielleicht in Sardinien?"

Julius wurde ganz gekränktes Erstaunen. „Was mutest du mir da zu, Marcus?"

„Nichts. Ich habe mich nur über dein Ausbleiben gewundert", erwiderte Marcus mit müder Stimme.

Julius sah ihn mit zusammengekniffenen Augen an, sprach aber kein Wort mehr über Lepidus.

Ebensowenig sprachen mehr über ihn viele seiner alten, mürrischen, bresthaften Veteranen, nachdem sie zur Beschwichtigung aus dem fast leeren Staatsschatz einige Handvoll Goldsesterzen erhalten hatten.

Zwei Abende vor dem für Marcus und Quintus festgesetzten Abreisetag besuchte Tullius seinen älteren Sohn in dessen Schlafraum. „Ich merke dir eine seelische Traurigkeit an, Marcus, die mir bedenklicher erscheint als deine Krankheit. Du redest zu mir nicht mehr von der göttlichen Vorsehung; du wendest dich anscheinend von ihr ab. Warum das?"

Marcus murmelte: „Ich frage mich, ob Gott tot ist, weil er zu all den heutigen Greueln schweigt."

„Seine Sorge gilt der Menschheit, nicht dem einzelnen Menschen", meinte Tullius, während er sich setzte. Er nahm die Hand seines Sohnes und ließ sie nicht los, obwohl sie sich ihm entziehen wollte. „Schon vor Jahrhunderten hat ein ägyptischer Weiser gesagt, der Menschengeist sinne über seinen Urquell nach, nicht, weil er von ihm getrennt, sondern, weil er ihm derart nahe sei, daß nichts zwischen ihnen liege. Alle Kreatur ersehne und liebe ihren Erzeuger. Das gelte besonders zwischen dem Weltschöpfer und seinen Geschöpfen, die mit ihm notwendigerweise so eng verbunden seien, daß sie sich nur durch ihr Einzeldasein von ihm unterschieden."

Aber Marcus fühlte sich zerschlagen an Geist und Seele und Körper, und er wußte nicht, weshalb. Immer hatte er nach Griechenland fahren wollen. Jetzt dachte er an die Reise ohne Interesse, ja mit Widerwillen.

Helvia sagte ihm: „Wenn du gesundet zurückkommst, mußt du heiraten. Du hast lange genug gezögert." Er widersprach nicht, weil ihm die Kraft dazu fehlte.

Atticus hatte in einem Brief aus Athen seiner Freude über das Kommen der beiden Brüder Ausdruck gegeben. Sie müßten seine lieben Ehrengäste sein. Sein geschätzter Autor Marcus werde in dem gesegneten Klima von Meer und Sonne und Himmelsbläue und Weisheit rasch wiederhergestellt sein und von neuem zu schreiben anfangen, zum Wohle der Menschheit. Marcus mußte lachen.

Seine Freunde berichteten ihm öfter, Roms Volk mache sich Sorgen um seinen großen Anwalt und Redner. Aber Marcus sah sie ungläubig an und dachte: Man redet von mir? Ach, Unsinn! Er bewegte die schmerzenden Glieder, und ihm schien dieser Schmerz geringer als die seelische Pein. Ihm konnte es nur recht sein, wenn er hier im Bett, niedergeschlagen und allein, starb und so seine Seele mit der Livias vereinte! Manchmal verdrossen ihn der Gram und Kummer seiner Familie. Mir scheint, ich muß eigens ihretwegen weiterleben; aber war es nicht immer so? dachte er verbittert.

Am Abend vor seiner Abreise nach Griechenland träumte er von seinem Großvater, der ihn mit strengem Blick ansah. „Bist du ein Waschlappen oder ein Römer?" fragte der alte Mann und wuchs zu wuchtiger Größe empor.

Während dieser Nacht wurde Marcus etwas kräftiger. Am Morgen kauerte er sich bequem in der Familienkutsche hin, während Quintus die sehnigen Pferde lenkte. Ein paar Stunden darauf lichtete ihr Schiff die Anker.

Marcus setzte sich auf das Deck, und der frische Seewind blies ihm ins Gesicht, und die Sonne wärmte ihm Stirn und Wangen. Er war sehr erschöpft. Syrius, der mit den Brüdern fuhr, breitete Decken über ihn, zum Schutz gegen den Luftzug. Marcus lehnte sich in seinem Sessel zurück, schloß die Augen und ließ sich von der leichten Dünung schaukeln. Er war noch nie auf See gewesen. Schließlich öffnete er die Augen und blickte auf das Wasser. Zum erstenmal nach vielen Monaten spürte er ein lebhafteres Regen in seinem Körper. Er sagte zu seinem Herzen: Beruhige dich! Und zu seinem rastlosen, siechen Geist: Halte still! Es ist genug, daß ich Augen habe!

Als Quintus ihm Wein brachte, lächelte Marcus ihm zu, und das kraftvolle, strahlende Gesicht des jüngeren Bruders zuckte vor Rührung. „Ich fühle mich viel wohler", erklärte Marcus. „Jetzt bin ich froh, daß du mich zu dieser Reise gezwungen hast."

Er blickte auf das Wasser, das schäumend, zu tausend Regenbogen zerstäubt, an dem Schiff vorbeiglitt. Die Masten knarrten. Es roch nach Öl und Teer und heißem Holz. Die Segel hielten das rote Sonnenlicht in ihren Wölbungen umschlossen. Seeleute sangen.

Marcus sagte: „Ich fürchte, ich werde doch am Leben bleiben." Aber er lächelte.

„Ich habe schon davon gehört, aber es bleibt merkwürdig", sagte Marcus zu seinem liebevollen Gastgeber Atticus. „Die griechischen Tempel und sogar die großen Theater und öffentlichen Gebäude wurden erbaut, nicht um den Menschen, sondern um den Göttern zu gefallen. Darum sind sie so herrlich, so voll geheimnisvollen Reizes. In Rom habe ich prächtige Gebäude gesehen, überwältigend durch Wucht und Prunk, durch eine Vielfalt von Säulen und Bogen; aber sie hat man nur zum Ruhm und als Augenweide der Menschen erbaut."

Das heiße, staubtrockene Klima Griechenlands hatte ihn wieder gesund gemacht. Auf Anraten seines jüngeren Bruders und sogar des skeptischen Atticus war er ihnen zuliebe nach Epidauros gereist und hatte im Heiligtum des Asklepios eine Nacht im Tempelschlaf verbracht. Hier war die letzte Zuflucht der von den Ärzten für unheilbar Erklärten. Aber Marcus stellte fest, daß die dem Asklepios, dem Sohne Apolls und Zögling des Kentauren Cheiron, dienenden Priester zugleich tüchtige Ärzte waren und die als hoffnungslose Fälle Aufgegebenen nicht nur fürsorglich betreuten, sondern auch mit den besten Arzneien und Heilmethoden behandelten.

„Man sagt", bemerkte ein alter Priester zu Marcus, als er erkannte, daß der Besucher nicht abergläubisch war oder, genauer ausgedrückt, nicht abergläubischer als die heilungsuchenden Römer im allgemeinen, „daß der Gott heilt. Das trifft zu. Er ist der Große Arzt, wie Hippokrates es oft betonte. Um ein Beispiel der Güte zu geben und den menschlichen Geist über das Irdische emporzulenken, heilt der Gott oft augenblicklich, durch ein Wunder. Aber er hat gute, hingegebene Ärzte zu seinen Helfern und Boten bestellt."

Quintus und Marcus hatten in einem guten Gasthof in Epidauros Unterkunft gefunden, ebenso wie andere Besucher, die sich ein solches Quartier leisten konnten. Viele waren römische Offiziere und Patrizier mit ihren Frauen und Kindern. Auch hellenistische Juden befanden sich darunter, vornehme Männer mit blassen Gelehrtengesichtern. Offenbar mieden sie die Gesellschaft der Römer, ohne Rücksicht auf deren Stellung, waren aber freundlich zu den Griechen, besonders zu den gebildeten unter ihnen. Die meisten waren Sadduzäer, spottlustige, irdisch gesinnte Männer, wie Noah ben Joel bedauernd erklärt hatte. Als Marcus — bei ihm machten sie eine Ausnahme von ihrer Römerscheu, weil er, ebenso wie viele von ihnen, Anwalt war — ihnen gegenüber die Rede auf den Messias brachte, lächelten sie nachsichtig, wie über ein Ammenmärchen aus Kindermund.

Er saß in ihrer Gesellschaft an den kühlen, blauen Abenden, wenn die Sonne sich zum Untergang neigte, auf der Gasthofterrasse mit dem Blick auf die ferne Ebene. Sie sprachen mit ihm über zwischenstaatliches Recht, und ihre Achtung vor ihm wuchs. Sie hätten, erklärten sie, in Athen und sogar in Jerusalem von ihm gehört. Aber sie neckten ihn ein wenig wegen seiner Rechtsleidenschaft. Die Gesetze seien doch nur geschaffen worden, um die unbotmäßigen Massen im Zaume zu halten und sie für die Ordnung gefügig zu machen. Als Marcus entgegnete, das Recht stamme von Gott und sei für alle Menschen das gleiche, lächelten sie und fingerten an ihren Armbändern und Ringen. „Warum", fragte ihn einer, „machst du dann ein so trauriges, zurückhaltendes Gesicht, wenn du von Gott redest? Glaubst du nicht recht an ihn?"

„Mich hat in Rom das glaubensfeindliche Vorgefühl eines den Menschen drohenden unabwendbaren Unheils überkommen", entgegnete Marcus zögernd. Er blickte in das feine, bedeutsame Gesicht mit den belustigten Augen und fügte plötzlich hinzu: „Aber Gott greift eben, wenn der Mensch auf Selbstzerstörung bedacht ist, nicht ein. Er hat uns den freien Willen gegeben."

Der Jude zog die feinen Brauen hoch. „Du bist mit unserer Theologie vertraut."

„Dieser Gedanke klingt in allen Religionen an, von den alten Ägyptern angefangen. Eine solche allgemeinverbreitete Auffassung muß einen gemeinsamen Urquell haben, und der ist Gott."

Der Sadduzäer war von Marcus enttäuscht und spottete über seinen ‚Aberglauben'. Andere jedoch, von Krankheit zermürbte Männer, blickten den Römer unschlüssig an. Sie überlegten. Wenn sogar dieser Heide ihren Kinderglauben teilte, müßten sie eigentlich ihre zweiflerische Einstellung überprüfen!

Marcus sagte: „Ein sehr junger und noch unbekannter Poet, ein gewisser Lucretius, hat mir aus Rom eines seiner Gedichte zur Begutachtung geschickt. Darf ich es euch vorlesen?

Nichts ist jemals von Dauer; alles ist ewig im Flusse.
Teilchen fügt sich an Teilchen. Wachsend wandeln die Dinge
Stufenweis die Gestalt und sind andere längst schon geworden,
Während wir noch sie zu kennen und zu benennen uns mühen.

Du auch, o Erde, mit all deinen Reichen und Ländern und Meeren,
Wirst, als gleich allen anderen Himmelskörpern Geschaffne,
Gleich allen andern von Stunde zu Stunde zerfallen, vergehen.
Ihr auch, Sonne und Sterne, geballt aus winzigen Teilchen,
Werdet euch langsam wieder zersetzen, in ewigem Treiben.

Nichts ist jemals von Dauer. Die nebelverschleierten Meere
Schwinden dahin; ihre mondbeschienenen Strände versinken.
Dort, wo lang sie sich dehnten, werden einst anderer Meere
Weißliche Wogensensen andere Buchten mähen."

Der skeptische Sadduzäer dachte eine Weile darüber nach. Dann sagte er: „Wenn nichts von Dauer ist, dann ist auch nichts von Belang."

„Bis auf Gott und seine Kinder. Sie sind unsterblich, mögen auch die Welt und alle Himmelskörper vergehen." Plötzlich spürte Marcus, daß, wie unter der Berührung einer göttlichen Hand, seine Müdigkeit und seine Schmerzen nachließen und daß wieder Mut und Spannkraft ihn erfüllten. „Früher war ich der Meinung", sagte er fast zu sich selber, „nur Rom sei von Belang, Roms Untergang würde das Ende der ganzen Menschheit bedeuten. Jetzt ist mir mit einemmal klargeworden, daß auch nach Roms Untergang Gottes Plan für die Menschheit aufrechtbleibt. Doch das gibt mir natürlich keinen Freibrief dafür, den persönlichen Kampf gegen das Übel einzustellen."

„Und du glaubst, daß Gott sich durch seinen Messias offenbaren wird?" fragte ein anderer Sadduzäer interessiert.

„Ja. Der Glaube an einen solchen Abgesandten durchzieht alle Religionen und Philosophien der Welt. Sokrates sprach von einem Daimonion als Künder des göttlichen Willens, Plato von einem Mann von Golde, der die Städte retten werde, Aristoteles von einem Befreier. Die Ägypter verknüpfen ähnliche Vorstellungen mit ihrem Horus. Wir alle erwarten einen Erlöser."

Einer der Sadduzäer, der schon früher den Erlöserglauben als bloßen Trost für die Massen bezeichnet hatte, wandte ein: „Aber der Messias ist doch nur für die Juden bestimmt!"

„Nein", erklärte Marcus. „Eure eigenen heiligen Bücher nennen ihn ein ‚Licht der Heiden'. Jesaja sagte das. Und eure weisen Männer an Jerusalems Stadttoren halten seine Ankunft für unmittelbar bevorstehend."

„Ach, diese triefäugigen, weißbärtigen Mummelgreise!" rief der Sadduzäer. „Die träumen ja!"

„Die Träume der Alten sind die Zukunftsvisionen der Jungen" erwiderte Marcus und wunderte sich darüber, daß er, dessen Gemüt so krank gewesen war, nun plötzlich derart sprach.

Merkwürdig verärgert darüber, daß gerade ein materialistischer Römer an seine irdische Denkweise mit feurigem Finger rühren sollte, meinte der Sadduzäer spöttisch: „Die Römer schlagen in der Philosophie nirgends einen festen Wohnsitz auf, sondern essen an allen fremden Tischen mit. Sie haben nichts selber erdacht, sondern immer nur entlehnt, bald hier, bald dort."

„Alles menschliche Wissen", entgegnete Marcus, „ist stets eine Zusammenfassung des von Vorgängern Übernommenen. Auch die Juden haben vieles von den Ägyptern, den Phönikern, den Hethitern, den Babyloniern, den Persern und anderen Völkern entlehnt. Und warum schlägt auch euer Herz höher, wenn ihr die Akropolis seht? Weil sie auch euer ererbter Besitz ist, so wie der unsere.'' Er blickte in die betroffenen Gesichter der Juden und stand lächelnd auf. „Betet für mich!'' sagte er. „Ich bin schwer heimgesucht.''

„Auch wir sind schwer heimgesucht'', entgegnete einer der älteren Sadduzäer. „Bete auch du für uns!''

Die anwesenden Römer hatten Marcus gern. Wenn sie sich jedoch mit ihm über Politik unterhielten, konnten sie seine Einstellung nicht begreifen, weil sie selber in sachlicher Nüchternheit nur an das Nächstliegende dachten. Er redete vom gesetzmäßigen Gleichgewicht der Kräfte, und sie sprachen besorgt von der aufkommenden Diktatur. „Daß wir Diktatoren haben'', sagte er zu ihnen, „ist unsere eigene Schuld. Ein Gott hat uns die Gabe der Freiheit geschenkt. Wir haben sie verschmäht, Tagesbedürfnissen zuliebe.''

Einer der Römer schrieb an seinen Freund im Senat und verklagte Marcus als Aufwiegler, als Landesverräter. Aber die anderen hörten ihm ernst zu und nickten. Er erklärte: „So wie ein Baumeister eine Planzeichnung braucht, um vernünftig und richtig zu bauen, so bedarf es zur Führung des Volkes einer Verfassung. Aber wir haben die von unseren Vätern so mühsam erarbeiteten Pläne und Entwürfe beiseite geschoben. Deshalb beherrschen uns Diktatoren, die alle Macht in ihrer Hand vereinen wollen, um uns dauernd unter Druck zu halten.''

Das in der ganzen gesitteten Welt bekannte, in einiger Entfernung vom berühmten großen Theater gelegene Asklepios-Heiligtum war nicht nur eine Stätte des Gottesdienstes und der Wunder, sondern ein ganzes Gemeinwesen. Das Katagogion, das Gästehaus, in dem Marcus, sein Bruder und sein Diener wohnten, war ein zweigeschossiger Bau mit etwa hundertsechzig Zimmern, das größte Gebäude im Bereich des Heiligtums. Es nahm auch die ganz armen Reisenden auf, die dann für eine oder zwei Drachmen in den Küchen oder Stallungen oder sogar nur in den äußeren Säulenhallen nächtigten. Die reichen Gäste hatten für sich und ihre Angehörigen und Sklaven einige Räume. Aber abgesehen vom Wein und gewissen von den Wohlhabenden selbst mitgebrachten Leckerbissen bekam arm und reich die gleiche einfache landesübliche Verpflegung. Denn Asklepios liebte alle Menschen. Der Gasthof war aus Tuffstein erbaut und mit einer schmucklosen, von gedrungenen weißen Säulen getragenen Wandelhalle gesäumt, unter der man sich in der Abendkühle plaudernd ergehen konnte.

Das Gebäude lag inmitten eines großen kreisförmigen Gartens, worin Kinder spielten oder lachend die in Käfigen gehaltenen Vögel und kleinen Vierfüßler fütterten, während die Mütter und Pflegerinnen lächelnd dabeistanden. Viele von diesen Kleinen sahen so jämmerlich aus, daß Marcus von Mitleid ergriffen wurde. Einige waren krumm und lahm, andere blind oder taub; wieder andere starrten mit dem Blick der Schwachsinnigen oder waren von Schwären bedeckt, die nicht heilen wollten. Aber in diesem Himmelsstrich, im Schatten jenes Gottes, der die Menschen so sehr geliebt und betreut hatte, daß Hades und Zeus in Zorn gegen ihn entbrannt waren, lachten sogar diese armseligen jungen Geschöpfe.

Der eigentliche ‚Heilige Bezirk', das Hieron, umfaßte ein recht geräumiges Gymnasion als Stätte der Leibesübungen und ein hübsches kleines Odeion, wo jeden Nachmittag Aufführungen stattfanden, ferner den weißleuchtenden, luftigen dorischen Asklepios-Tempel mit den anschließenden Schlafhallen und einem geweihten Rundbau, ein Stadion für Pferderennen und athletische Wettkämpfe, Wasserbehälter, Wohngebäude für die Priester und ihre Gehilfen, Heilbäder sowie Tempel der Hygieia, der Themis und der Artemis. Jeder Tempel war aus reinstem, weißem Marmor erbaut und von Säulenhallen, Springbrunnen und Gartenterrassen umgeben. Den Heiligen Bezirk säumten niedrige Bauten, in denen die Todkranken und die hochschwangeren Frauen betend, von Priesterärzten betreut, nächtigten, weil im Hieron selbst niemand sterben oder gebären sollte.

Der ganze Gebäudekomplex lag in einem seichten Talkessel, dessen Hänge mit Zypressen, Eichen und Myrten bestanden waren. Über dem allen aber wölbte sich das märchenhaft strahlende Blau des griechischen Himmels, ein so intensives, leuchtendes Blau, daß Marcus nicht müde wurde, es mit ungläubigem Staunen zu betrachten. Dieses gleiche ungläubige Staunen hatte ihn schon auf der Reise nach Epidauros ergriffen, als er den Isthmus zwischen dem Jonischen und dem Ägäischen Meer überquerte und die beiden Wasserflächen in einem satten Violett glänzen sah, das man sonst nirgends auf Erden erblicken konnte. Wie wunderbar hatten sich in diesem Lande Erde und Himmel vermählt, um solche Farben, solche einzigartige Schauspiele hervorzubringen!

Auf der Reise hatte Marcus kleine Buchten gesehen, schimmernd wie Amethyste, eingebettet zwischen dunklen, geheimnisvollen Hügeln. Und das Land lag, von blendendhellem Silberstaub bedeckt, unter einem unwirklich blauen Himmelszelt. Das war wohl wahrhaftig die Heimat Apollos, ein Land der Sonne, erfüllt von grenzenlosem, starkem, glühendem Licht! Nun wunderte Marcus sich nicht mehr, daß hier die Götter, daß hier Weisheit und Schönheit, Dichtkunst und alle Glorie wohnten, daß hier einst ständig Feste gefeiert worden waren, auf denen die Olympier sich mit den Erdenbewohnern trafen und wie mit ihresgleichen sprachen. Niemand konnte ohne Ehrfurcht in Griechenland weilen oder wohnen.

Manchmal kam es Marcus vor, hier sei jener Garten Eden, von dem Noah ihm erzählt hatte: makellos, funkelnd wie ein Diamant, blau und purpurn und silbern. Hier brachte die Sonne Heilung, und die Berge erquickten. Hier hatte Zeus – nicht der grimme Jupiter Roms – sich auf Danae in Gestalt eines goldenen Regens herabgesenkt; hier hatte Artemis in mondbeglänzten Hainen geschlummert. In diesem Lande war das Licht entflammt, das die Barbarei des Westens erhellt und ihm Wissenschaft und Kunst geschenkt hatte. Die Harmonie und die Farbigkeit und der Glanz waren Künder der Unsterblichkeit; die Weisheit war der Widerhall göttlicher Stimme. Es gab keine Geistestätigkeit – und jede solche Tätigkeit war Himmelsgabe –, die nicht in Griechenland zur Blüte gelangt wäre, sei es Philosophie, Mathematik, Naturkunde, Astronomie oder Medizin, sei es Dichtkunst, Drama, Malerei, Plastik oder Architektur.

Griechenland hatte die Menschen gelehrt, daß sie – der Bauer auf dem Felde genauso wie der Herrscher auf dem Elfenbeinthrone – ohne göttlichen Beistand nichts waren. Marcus entsann sich des Ausspruchs eines griechischen Philosophen, den Archias ihm zitiert hatte: ‚Wohin ich auch gehe, überall finde ich Sonne, Mond und Sterne, überall finde ich Vorzeichen und Traumbilder und halte Zwiesprache mit der Gottheit.'

Daran hatte Marcus seit seiner Kindheit geglaubt; aber Roms ehrfurchtslose Macht hatte ihn schließlich beirrt und niedergedrückt. Er war in einen Wirbelsturm der Verzweiflung geraten. Die Menschen, dachte er, entstellen oft die Wahrheit, weil sie sich zu Sklaven der unmittelbaren Gegebenheiten machen. Wieder fiel ihm ein Philosophenwort ein, das Archias ihm angeführt hatte: ‚Widme dich eifriger der Meditation! Erkenne dich selbst! Geh mit der Gottheit zu Rate! Ohne sie unternimm keinen Handgriff!' Und was soll ich gegen meine Betrübnis unternehmen? fragte er sich. Auch darauf gab ein griechischer Philosoph ihm Antwort: ‚Wenn jemand unglücklich ist, möge er sich vergegenwärtigen, daß die Ursache des Unglücks in ihm selber liegt. Denn die Gottheit hat alle Menschen dazu geschaffen, sich glücklich zu fühlen und des über ihnen waltenden Beständigen zu freuen.'

Quintus und Syrius trugen eines Abends Marcus zu den Propyläen des Hierons; er selbst konnte sich vor Gelenksschmerzen und Muskelkrämpfen kaum bewegen. Hier badeten ihn die Tempeldiener in heilkräftigem Wasser und legten ihm ein weißes Gewand an. Er opferte am Asklepios-Altar. Die Strahlen der horizontnahen Sonne verwandelten die Weihrauchdämpfe in tiefpurpurne Wolken. Andere Kranke lagen schon auf Tragbahren, darunter auch der Sadduzäer, der Marcus so skeptisch ausgefragt hatte, Juda ben Sakkai. Er litt an einer Herzkrankheit, die kein Arzt hatte heilen können. Er lächelte dem Römer zu. „Was sehe ich?" fragte Marcus mit gutmütiger Neckerei. „Auch der Spötter ist hier?"

Juda erwiderte: „Du weißt doch, was die Stoiker sagen: ‚Laßt uns den Göttern opfern! Wenn sie nicht existieren, schadet es nichts. Existieren sie aber, so werden sie sich freuen und vielleicht unsere Gebete erhören.' "

„Betest du zu Asklepios oder zum Gott deiner Väter, Juda?"

Der Sadduzäer lächelte mit einem fröhlichen Ausdruck auf seinem blassen Gesicht. „Zum Gott meiner Väter."

Marcus wurde ernst. „Die Menschen geben dem einzigen Gott viele Bezeichnungen. Aber wer kennt seinen wahren Namen? Niemand, so haben mir ja meine jüdischen Freunde versichert. Übrigens ist es ihm, dessen geliebte Kinder wir alle sind, sicherlich gleichgültig, wie man ihn nennt."

Mit plötzlichem Eifer rief Juda: „Du bist ja wirklich gläubig!"

Lächelnd entgegnete Marcus: „Augenblicklich wohl. Aber wen überkommen nicht immer wieder Zweifel? Heute preise ich Gott. Und morgen, wenn ich in Bedrängnis gerate, werde ich vielleicht fragen: ‚Wo ist denn Gott? Gibt es ihn überhaupt?' "

Der rein dorische Tempel war vor mehr als zwei Jahrhunderten von dem Baumeister Theodotos errichtet worden. Das Wunderwerk bestand aus stuckiertem Stein mit einem Dach aus Kiefern- und Zypressenholz. In den vier Ecken der Cella standen Nymphenstatuen. Eine große Nikefigur, schön und streng, zierte den Giebel. Der Fußboden des Tempels war mit schwarzem und weißem Marmor ausgelegt. Auf dem blendendweißen Altar brannte Tag und Nacht eine rote Flamme, von den Priestern betreut, die sich ständig im Gebet ablösten.

Aber das mächtige Goldelfenbein-Standbild des Asklepios befand sich in einer dem Menschenlärm entrückten Fußbodenvertiefung. Der Bildhauer Thrasymedes hatte die Statue geschaffen, die auf einem Throne saß, die eine Hand auf einen Stab, die andere auf den Kopf einer heiligen Schlange gelegt, während zu Füßen des Gottes demütig ein Hund kauerte. Das Gesicht der Statue drückte das gelassene Mitgefühl des Arztes aus, seine Klugheit und Leidenschaftslosigkeit, seine Aufgeschlossenheit für alles Geheimnisvolle. Dieses erhabene Antlitz nötigte jedem Beschauer Ehrfurcht ab. Auf den Bruder und den Diener gestützt, betrachtete Marcus die göttliche Gestalt und horchte in die tiefe Stille um sie.

Dann wurde er in eine Schlafhalle getragen und neben Juda gebettet. Ein Priester reichte ihm einen Becher und sagte: „Das ist Weidenrindenabsud, ein gutes Mittel gegen Rheuma, das dir zumindest für eine Zeitlang die Schmerzen lindern wird." Marcus schluckte den scharfen, nach Essig schmeckenden, Mund und Rachen zusammenziehenden Trank.

Juda musterte Marcus, der sich auf die Kissen hingestreckt hatte. Er sah das nachdenkliche Gesicht, die lange Nase, das feste, aber sanfte Kinn, die schwach lächelnden Lippen, die gewölbte Stirn, die Fülle braunen Lockenhaars und vor allem die tiefe Humorfalte, die oberhalb des Nasenflügels entsprang und bis weit unter den Mundwinkel lief. Die offenen Augen schienen nachdenklich aufwärts zu starren, und sie schillerten in stetem Farbwechsel, als spiegelten sich in ihnen endlos vorbeiziehende Gedanken. Seine Hände waren auf der Brust gefaltet. Dann und wann furchte ein Schmerzanfall ihm die Stirn und verzerrte ihm die Lippen. Aber seine ganze Haltung atmete Geduld und Selbstbeherrschung.

Die Sonne sank. Bald wurde der Raum nur mehr von einer Altarflamme erhellt. Kranke stöhnten leise auf ihren Pritschen. Priester gingen umher, sprachen leise Trostworte, brachten Arzneien und Wasser. Andere Priester beteten stumm am Altar. Dann begannen sie zu singen oder zu psalmodieren, und ihre Stimmen erhoben sich in feierlichen Tonfolgen:

„O du, der nie die Menschen preisgab,
Erbarm dich unser, die dich preisgegeben haben!
O du, des Liebe weiter reicht als alle Welten,
Erbarm dich unser, die mit Haß die Liebe dir vergalten!
O du, des Hand vom Wohlgeruch der Heilkraft voll ist,
Erbarm dich unser, die nie heilen und nur stets zerstören!
O du, des Ehrenname Wahrheit ist,
Erbarm dich unser, deren Lippen schwarz von Lügen sind!
O du, der immerfort in Schönheit wandelt,
Erbarm dich unser, die das Erdreich schänden und beschmutzen!
O du, der reines, ew'ges Licht ist,
Erbarm dich unser, die im Dunkel tappen!

Erbarm dich, Gott!
O Gott, erbarme dich!"

Erbarm dich, Gott! betete Marcus im Geiste. Er schlummerte ein. Sein letzter bewußter Gedanke war, daß der Schmerz ihm aus Gelenken und Muskeln wich und daß der ständige Singsang der Priester ihn wie das Wogen duftender Wellen in den Schlaf schaukelte. Zum erstenmal seit vielen Monaten schlief er traumlos, warm und geborgen wie ein Säugling in der Wiege.

Am nächsten Morgen erwachte er wunderbar erfrischt im ersten Sonnenlicht, und sein Körper war zwar noch immer schwach, aber schmerzfrei und geschmeidig. Schon gingen die Priester zwischen den erwachenden Schläfern umher und verzeichneten auf Tafeln ihre Träume. Viele Kranke stießen laute Freudenschreie aus, weil ihr Gebresten verschwunden war. Die Priester lächelten väterlich. Sie reichten neue Arzneien. Marcus wandte den Kopf und blickte Juda an, der zu ihm sagte: „Ich habe ohne Atembeschwerden und ohne Beklemmung geschlafen. Mein Herz ist ruhig."

Auf die Frage eines Priesters antwortete Marcus: „Ich habe überhaupt nicht geträumt."

„Der traumlose Schlaf ist der beste", erklärte der Priester und gab ihm einen anderen Trank. „Nachtmahre entspringen einer gequälten Seele."

„Ich fühle mich wohl", sagte Marcus. „Wird das von Dauer sein?"

Der Priester schwieg einen Augenblick. Dann entgegnete er: „Auch die besten Ärzte kennen die Ursache rheumatischer Erkrankungen nicht. Aber wir wissen, daß der Rheumatiker ein trauriger, schwermütiger, hoffnungsloser Mensch ist. Solcher Gefühle sind nur geistig hochstehende Menschen fähig, und gerade sie werden, wie wir feststellten, hauptsächlich von dieser Krankheit heimgesucht. Seelischer Schmerz findet oft im Körper seinen Widerhall. Eine gelähmte Seele legt die Gelenke lahm. Verkrampfte Muskeln spiegeln heftige Krämpfe eines gemarterten Geistes wider. Der Rheumatiker lebt in einer ständigen Anspannung von Seele und Leib. Ich kann dir nur so viel sagen, edler Cicero: Wenn deine Seele zur Ruhe kommt, wird auch dein Körper Heilung finden."

„Aber wer kann auf dieser Welt zur Ruhe kommen?"

„Wir können tapfer sein und das Unabänderliche hinnehmen."

„Woher wissen wir denn, daß etwas unabänderlich ist?"

Der Priester lachte freundlich. „Eine echte Rheumatikerfrage! Du kannst nur die Götter bitten, deine Bemühungen zu segnen. Alles andere mußt du ihrem Walten überlassen."

Der Priester wandte sich an Juda. „Hast du geträumt, lieber Freund?"

Der Sadduzäer zögerte. „Ja, von meiner verstorbenen Mutter. Sie hielt mich in den Armen, als wäre ich noch ein Kind, und ich habe geweint. Mit diesem Weinen aber ließ der Druck in meinem Herzen nach, und ich habe leichter geatmet. Beim Erwachen war mir viel wohler zumute."

„Du hast in der Seele geweint", erklärte der Priester. „Was beklagst du, Juda ben Sakkai? Mach deinen Frieden mit Gott!"

Die beiden jungen Männer verließen miteinander den Tempelbezirk, nachdem sie dankbar große Opfergaben hinterlassen hatten. Ihre Bekannten waren froh, sie gesund und rüstig zu sehen, und umarmten sie. Quintus, der Soldat, konnte nur mühsam seine Freudentränen zurückhalten, und Syrius küßte seinem Herrn die Hände. Im grellen Sonnenlicht zwinkerten ihre Augen, und ihre blassen Wangen röteten sich von der trockenen Hitze. Lange saß dann Marcus allein im Gästehaus und dachte nach. Als er wieder ins Freie trat, war sein Gesicht friedvoll.

Am nächsten Tage reiste er mit Quintus und Syrius nach Athen zurück.

XXXV

Leuchtendes Land! dachte Marcus, als er in dem von seinem Bruder gelenkten Wagen saß. Pferde und Räder wirbelten große Wolken weißglänzenden Staubes auf, die in der heißen, strahlenden Luft hinter ihnen, wie blasses Feuer schimmernd, schweben blieben. Zu ihrer Rechten war das Ägäische Meer ein silberbestickter Königspurpur. Zu ihrer Linken stiegen zypressenbewachsene Hügel auf, dunkel und üppig. Sie fuhren an weißen Mauern vorbei und an Wiesen voll Schafen und Rindern und an Hainen aus knorrigen, silbergrauen Ölbäumen und an Gärten mit grünen Gemüsepflanzen und farbenglühenden Blumen. Sie fuhren durch Städtchen, die von tempelgeschmückten Festungshügeln gekrönt waren, und durch Dörfer mit den dichtgedrängten weißen Würfelhäusern Griechenlands. Jedes Haus hatte ein waagrecht wegragendes Lattengerüst, an dem sich traubenbehangene Weinreben rankten.

Sie kamen nach Nauplia und hielten Mittagsrast in einem stillen Gasthof über dem Meer, zwischen dunkelblauen Berghängen. Marcus saß auf der hohen Terrasse mit dem Blick über das buntschillernde Wasser, und während er ein schlichtes Mahl aus Honig, kaltem Hammelfleisch, knusprigem Salat, Brot und Käse verzehrte, blickte er auf den Himmel, den unglaublich saphirblauen, in grenzenlose Tiefen reichenden Himmel Griechenlands. Es fiel nicht schwer, sich vorzustellen, daß dieses Firmament den Glanz der Götter widerstrahlte. Man begriff leicht, warum dieser Himmel, diese glühend heißen, aber anregenden Lüfte, diese dufterfüllten Berge, dieses Leuchten eines pflaumenfarbenen Meeres zur Wiege der edelsten Weisheit werden konnten, die der Mensch bisher erdacht hatte. Jetzt war das Meer gesprenkelt von den scharlachroten Segeln gemächlicher Fischerboote, die wie träumende Tänzer wippten. Irgendwo hinter dem Gasthof sangen junge Leute mit schön zusammenklingenden, freudigen Stimmen. Bienen summten über dem Honigtopf auf dem weißen Tisch vor Marcus, und er sah ihnen liebevoll und friedlich zu. Eine Taube flatterte herab und pickte Brotkrumen auf. Vögel zwitscherten fröhlich. Der leise Wind war voll Wohlgeruch und Würze.

Rom blieb der mächtige Hintergrund für alle Gedanken, die Marcus spann. Aber jetzt vermochte er an seine Stadt mit unbeteiligter Sachlichkeit zu denken. Sein Geist stand nicht mehr unter dem früheren schweren Druck. Er mußte nach Rom zurückkehren, weil er dort hingehörte; doch er wollte besänftigt, mit erstarkter Seele heimkommen.

Er hatte allein gespeist. Ihm war das lieber, mochte auch sein geselliger Bruder sich darüber wundern. Quintus mit seinem überschäumenden Temperament brauchte das Zusammensein mit anderen Menschen. Er lachte gern und liebte heitere Gespräche und derbe Witze. Dann strahlte sein hübsches, lebhaft gefärbtes Gesicht in herzlicher Freude. Seine

Scherze waren die Scherze rauher Soldaten, männlicher Männer. Er schätzte und achtete seinen älteren Bruder, hielt ihn aber für einen etwas verweichlichten Verstandesmenschen.

Er hatte Anstoß daran genommen, daß Marcus über seinen kurzen Militärdienst nicht begeistert gewesen war. Was stand einem Manne besser an als Kampflust und die stete Bereitschaft, für das Vaterland zu sterben? Stubenhocker und Bücherwürmer waren langweilige Patrone, die den Soldaten immer nur ihr Unverständnis für die Errungenschaften der Zivilisation vorhielten. Aber die Zivilisation gründete sich doch auf Krieg und Eroberung! Der Kampf war unentbehrlich für das Leben. Die Stubengelehrten verkrochen sich jedoch in ihre Bibliotheken oder führten endlose Streitgespräche! Quintus schüttelte verwundert den Kopf. Das tat indes seiner Achtung und Treue und Anhänglichkeit gegenüber seinem Bruder keinen Abbruch.

Während also Marcus sein schlichtes Mahl auf der Terrasse über dem Meer einnahm, scherzte Quintus mit den Stallburschen und mit Syrius, der einen galligen Humor entwickelte und Pferde fast ebenso gern hatte wie Quintus. Die jungen Leute zechten tüchtig und erzählten sich Geschichten, über deren für sie köstlichen Jauchengeruch Marcus die Nase gerümpft hätte. Alle im Gasthof waren von Quintus begeistert, von diesem jungen Mann mit den schwarzen Locken und blühenden Wangen und dem rauhen Römergehaben. Sogar die Griechen verziehen ihm, daß er ein Römer war. „Mein Bruder", erzählte Quintus, „versteht viel von Gesetzen, aber nichts von der Politik. Ich gebe mir alle Mühe, ihm etwas davon beizubringen."

Sie fuhren wieder weiter. Quintus stand breitbeinig im Wagen und gab den prächtigen Rappen die Peitsche. Marcus lehnte sich auf die Kissen zurück. Syrius trabte munter auf seinem Schimmel knapp neben dem Wagen einher. Während Quintus ein Liedchen trällerte, begann Marcus zu dösen. Er war glücklich darüber, daß die Schmerzen und die Steifheit aus den Gelenken geschwunden waren und spürte bis in sein Dösen hinein, wie sein Körper gesundete. Die ziemlich ebene, wenn auch schmale Straße lag in dünnem weißem Staub vor ihm. Die sinkende Sonne wärmte nur mehr und brannte nicht sengend. Das Räderrattern und Hufeklappern schläferten Marcus immer stärker ein. Er lächelte im Halbschlaf über die lauten, kecken Lieder seines Bruders und beschattete sich mit vorgehaltener Hand das Gesicht. Von Zeit zu Zeit überholten andere Wagenlenker und Reiter grüßend das Gefährt, das auf die Nächtigungsstation, einen stillen Gasthof bei Korinth, zurollte.

Gegen Sonnenuntergang rekelte Marcus sich auf seinen Kissen und gähnte zufrieden. Die Kutsche fuhr jetzt auf der verhältnismäßig einsamen Straße zwischen zwei Ortschaften. Der Westen war ein stiller Ozean von Gold, über den sich kein einziges Wölkchen erhob. Das Meer zur Rechten war weinfarben und ganz ruhig. Weite grüne Wiesen voll weidender Rinder dehnten sich zur Linken. Vom Lande her kam ein leichter Wind auf, der den Duft reifender Trauben und dunkler Zypressen herantrug. Im Osten war der Himmel ein aquamarinfarbener See, in dem die fadendünne Silbersichel des jungen Mondes schwamm.

Da hörte Marcus hinter sich Hufegetrappel und sah zwei in Kapuzenmäntel gehüllte Reiter, die offenbar den Wagen zu überholen versuchten. Was für prächtige Tiere! dachte er, als er das Schimmern der großen weißen Pferdeleiber sah. Die gegen den Staub eingemummten Männer schienen gute Reiter zu sein. Dann wurde Marcus ein wenig besorgt. Hier war die Straße sehr schmal und verlief ganz am Rande einer steil zum Meer abfallenden Felsböschung. Wenn die Reiter an dieser Stelle überholen wollten, mußten sie das hintereinander und nicht, wie sie es offenbar vorhatten, nebeneinander tun! „Solche Narren!" rief Quintus, über die Schulter blickend. Syrius fiel ein wenig zurück, um dem Wagen mehr Platz zu lassen.

Die Reiter kamen in derart wildem Tempo näher, als bestünde der Wagen für sie gar nicht. Marcus setzte sich rasch auf und hielt sich an der Seitenwand des Gefährts fest. Syrius stieß einen Warnruf aus. Quintus zog die Zügel straffer an. Dann, im letzten Augenblick erst, reihte sich der eine Reiter hinter den anderen, und so sausten sie links vom Wagen staubend und lärmend vorbei. Vor der Kutsche ritten sie wieder nebeneinander her, nun aber beträchtlich langsamer. Die Luft war voll blendenden, erstickenden Staubes, und den Wageninsassen wurden ebenso wie ihrem Diener für einen Augenblick Atem und Sicht benommen.

Plötzlich wandte einer der Reiter den Kopf und richtete durch einen Kapuzenspalt hindurch die Augen auf den Wagen. Wie ein Blitz leuchtete in seiner Hand ein langer Speer auf, den er nun gegen das Gespann schleuderte und der mit dumpfem Knall einem der Pferde in die Brust drang. Das Tier bäumte sich mit einem Todeswiehern auf und fiel in sein Geschirr; die Kutsche prallte auf seine Kruppe. Das zweite Wagenpferd stieg, kapriolte, riß sich los und raste nach links davon. Das Gefährt fuhr mit den Vorderrädern auf den Pferdekadaver auf, und Quintus wurde hinausgeschleudert. Er landete mit lautem Krach auf der Straße und blieb regungslos liegen. Marcus wurde auf den Boden der hochgekippten Kutsche geworfen, rollte rückwärts und fiel ebenfalls auf die Straße, wobei seine Stirn heftig gegen einen Stein aufschlug.

Syrius kam besser davon. Er war rechts von der Kutsche, fast in gleicher Höhe mit ihr, geritten. Er hatte das Aufblitzen der Waffe in der Hand des Reiters gesehen, gefühlsmäßig die Lage erfaßt und seinen Schimmel gezügelt. So stolperte das Pferd zwar gegen die Kutsche und warf ihn fast ab; aber er bekam es wieder in seine Gewalt und wendete es auf der Hinterhand. Doch das Glück blieb ihm nicht lange treu. Kaum hatte er sein Pferd angehalten, da spürte er tödlichen Schmerz in seiner Brust und blickte ungläubig auf einen zweiten Wurfspieß hinab, der ihn durchbohrt hatte. Dann senkte sich Finsternis vor seine Augen; er fiel tot vom Pferde und lag neben Marcus, auf dem Boden hingestreckt.

Nun war alles still und in Staub gehüllt. Die Reiter hielten in einiger Entfernung an und besahen sich die Verheerung, die sie angerichtet hatten. „Wir sollten uns vergewissern", meinte der eine und wollte absteigen.

Der andere zögerte. In der tiefen Stille hörte man das Herannahen vieler Pferdehufe. „Nein!" rief er. „Die sind bestimmt alle tot. Wir müssen uns aus dem Staube machen. Es kommen Leute. Die können jeden Augenblick hier sein. Man darf uns nicht sehen!" Er keuchte und wischte sich lächelnd das Gesicht. „Das kann niemand überlebt haben, nicht einmal Quintus mit seinem Lederwams und seinem Dickschädel!"

Sie lenkten die Pferde linkshin und ritten querfeldein durch das grüne Gras davon.

Quintus war nicht tot oder bewußtlos, nur stark benommen. Wams und Helm hatten die Wucht des Sturzes gedämpft. Als Soldat an solche Zwischenfälle gewöhnt, verlor er nicht den Kopf. Er hatte die Wechselrede der beiden Reiter gehört und verstanden. Kaum waren sie in die Wiese eingebogen, erhob er sich auf die Knie, schüttelte sich und spuckte das Blut in seinem Munde aus. Rasch blickte er zurück und sah Syrius' Pferd zitternd neben dem Leichnam seines Herrn stehen.

Obwohl ihm die Beine fast den Dienst versagten, lief Quintus zu dem Pferd und schwang sich in den Sattel. Es war ein ausgezeichnetes Reittier. Quintus warf einen kurzen Blick auf seinen Bruder und auf Syrius, die im Staub lagen. Dann wandte er das Pferd zur Verfolgung der Angreifer, die nur mehr kleine Gestalten in der Ferne waren. Erbarmungslos spornte er das Pferd und galoppierte, das Kurzschwert in der Hand, auf die Männer los. Sein ungestümer Soldatensinn vergaß alles andere, und so sah er auch nicht die Gesellschaft, die an einer Straßenbiegung auftauchte und sich jetzt mit Entsetzensrufen dem Schauplatz des Überfalls näherte. Quintus hatte nur einen einzigen Gedanken im Kopf: Einholen! Einholen und umbringen!

Es war eine Gesellschaft von Kaufleuten mit ihrer Schutzgarde, die jetzt auf die gekippte Kutsche, den Pferdekadaver und die beiden hingestreckten Männer stießen. Mit bestürzten, besorgten Rufen sprangen sie aus den Sätteln. Sie erkannten gleich, daß Syrius, der treue schwarze Diener, dem der Wurfspieß aus der Brust ragte, tot war. Sie untersuchten Marcus, dessen Gesicht blutete und dessen linker Arm offenbar gebrochen war, der aber trotz arger Verletzungen noch atmete. Die Kaufleute knieten sich um ihn in den Staub und begannen ihn zu betreuen, während sie sich fragten, was wohl diesen Männern zugestoßen sein mochte. „Ein Raubüberfall!" meinte einer der Kaufleute, und alle zogen ihre Dolche aus den Scheiden. „Ein Glück, daß wir gekommen sind, bevor die Räuber ihren Anschlag zu Ende führen konnten!" sagte ein anderer.

„Aber wer ist der Mann, der dort die Straßenräuber verfolgt?" fragte ein dritter und zeigte in die Ferne. „Schaut! Er hat sie eingeholt! Er ficht mit ihnen!"

Die anderen beschatteten die Augen gegen den goldenen Glanz des Sonnenuntergangs und starrten auf die kleinen Gestalten, die weit weg von ihnen, wie schwarze Statuetten von dem flammenden Himmel abgehoben, in einem tödlichen Handgemenge begriffen waren. Mit atemloser Spannung sahen die Kaufleute, daß der eine Reiter seinen Gefährten im Kampf mit dem Soldaten allein ließ und sein Heil in raschester Flucht suchte. Einen Augenblick später versetzte Quintus dem verbliebenen Gegner einen Schwerthieb und stieß dem zu Boden Gesunkenen die Klinge in den Leib. Dann beugte er sich ganz ruhig über ihn. Er warf nur einen einzigen Blick auf den entflohenen Reiter, der inzwischen so weit war, daß eine Verfolgung aussichtslos blieb.

„Ein tapferer Kerl!" rief einer der Kaufleute. „Er hat es mit zweien aufgenommen, den einen in die Flucht geschlagen und den anderen getötet! Schaut, jetzt steigt er wieder aufs Pferd und reitet hierher zurück!"

Unter Schmerzen erwachte Marcus bei Lampenlicht und stellte fest, daß sein Bruder, voll von Beulen und Schrammen, neben ihm hockte und er selbst im Bett lag. Sein heftig schmerzender linker Arm war an den Rumpf bandagiert. Sein Gesicht glühte. Er konnte kaum die geschwollenen Augen offenhalten. Eine Weile starrte er verständnislos in das wie schlaftrunkene, verfärbte Gesicht und auf den noch schwach blutenden Mund seines Bruders und glaubte zu träumen. Dann entsann er sich des sinnlosen Straßenüberfalls, und tiefer Schreck erfaßte ihn. Räuber! dachte er. Aber dort auf dem Tisch neben der flackernden Lampe lagen seine Geldbeutel und sein juwelenbesetzter alexandrinischer Dolch.

„Quintus!" stammelte er. Der Bruder, der vom Soldatenleben her gewöhnt war, aus tiefem Schlaf unmittelbar zu hellster Bewußtheit zu erwachen, setzte sich in dem großen Eichensessel, worin er gedöst hatte, rasch auf. Sein blutbefleckter Mund verzog sich zu einem Lächeln, und Marcus sah, daß ihm ein Zahn fehlte. Mit wachsender Besorgnis bemerkte er auch, daß Quintus' linker Arm verbunden und der Verband durchblutet war. Er sah die vielen Schürfwunden auf dem Gesicht des tapferen Bruders.

„Holla!" rief Quintus. „Wir leben, und das ist die Hauptsache!"

„Straßenräuber?" fragte Marcus, dessen Hals so schmerzte, daß ihm jedes Wort zur Qual wurde.

„Nein, keine Räuber", erwiderte Quintus. Sein zerschrammtes Gesicht wurde ernst; er holte tief Atem. „Ich muß dem Mars ein Sonderopfer darbringen dafür, daß er uns gerettet hat. Man hatte es auf unser Leben abgesehen." Seine Stimme klang heiser und mühsam beherrscht. Er berichtete seinem älteren Bruder kurz, was geschehen war.

„Mein armer Syrius!" klagte Marcus unter Tränen.

„Wir müssen froh sein, daß wir nicht sein Schicksal teilen", meinte Quintus. „So war es ja offenbar geplant. Wären nicht zufällig die Kaufleute dahergekommen, so würden wir jetzt schon dem Pluto im Schattenreich unsere Reverenz erweisen. Denn dann hätten die Reiter sich vergewissert und dafür gesorgt, daß wir tot sind. Kaufleute mag ich im allgemeinen nicht besonders; aber unsere Retter waren wirklich freundlich und gütig und besorgt. Sie haben uns in diesen Gasthof gebracht, und drei ihrer Bedienten bewachen jetzt die Tür." Quintus hielt inne. „Auch die Kaufleute sind überzeugt davon, daß es sich bei dem Überfall um Mörder gehandelt hat und nicht um Räuber."

„Was für Leute mögen das gewesen sein?" überlegte Marcus.

Quintus griff ungelenk in seinen Geldbeutel, zog etwas Kleines, Glitzerndes hervor und zeigte es dem Bruder.

„Erkennst du das?" fragte er. „Vor Jahren hast du mir von so etwas erzählt. Dieses Ding da habe ich einem der Mordbuben von der toten Hand gezogen."

Marcus blinzelte nach dem edelsteingeschmückten Schlangenring in der Hand seines Bruders, und Schreck überwältigte ihn. Er brachte kein Wort hervor.

Mit einer Gebärde des Abscheus warf Quintus den Ring auf den Tisch und sagte: „Als ich dieses Zeug sah, wurde mir die Sache langsam klar. Der Anschlag hat dir gegolten. Dich wollte man umbringen."

Jetzt vermochte Marcus wieder mit schwacher Stimme zu sprechen. „Erkannt hast du die Leute nicht, Quintus?"

„Nein, ich habe sie nie gesehen. Aber es waren Römer. Und an der Art, wie sie gefochten haben, merkte ich, daß auch sie gut ausgebildete, gewandte Soldaten gewesen sind."

Die beiden Brüder sahen einander schweigend an.

Dann sprach Quintus sinnend, wie zu sich selber: „Du bist kein hoher Offizier, der den Neid von Militärs erregen könnte. Du bist kein General, an dem seine Untergebenen Rache nehmen könnten. Du bist ein einfacher Zivilist, ein römischer Anwalt, nicht einmal ein lästig gewordener Politiker oder Amtsträger. Du bist mit niemandem verfeindet, hast auch niemandem nach dem Leben getrachtet. Bei den Beratungen der Mächtigen hast du nichts mitzureden. Nur als Anwalt genießt du einiges Ansehen in

Rom. Weshalb will man dich denn umbringen, Marcus?" Quintus lachte kurz auf. „Du bist auch kein Wüstling und hast nicht die Frau eines Patriziers verführt, der seine Ehre mit Blut reinwaschen müßte. Die Sache ist mir rätselhaft."

„Mir auch", bekannte Marcus.

„Man wollte einen Unfall vortäuschen, oder einen Straßenraub", meinte Quintus. „Ein Rätsel ist auch, weshalb man so lange zuwartete. Da dein Tod beschlossene Sache war, hätte man dir in Epidauros Gift ins Essen mischen können."

„Dann wäre die Absicht offenkundig geworden", erklärte Marcus, von Abscheu erfüllt. „Aber warum tat man es?"

Quintus zuckte die Achseln und schrie kurz auf über den Schmerz, den das Achselzucken verursachte. „Wer kann das wissen? Eines steht jedenfalls fest: Irgendwelche Leute haben ein lebhaftes Interesse an deinem Tode."

Als Marcus schließlich wohlbehalten im Hause seines Verlegers Atticus an einem bewaldeten Hügelhang gegenüber der Akropolis angekommen war, schrieb er an Caesar nach Rom:

‚Marcus Tullius Cicero grüßt seinen Freund, den edlen Gajus Julius Caesar.

Ich schicke Dir einen Ring, den Du wohl kennen wirst. Er wurde vor zwei Wochen auf der Straße von Epidauros nach Athen einem von zwei Reitern, die mich und meinen Bruder Quintus dort anfielen, von der toten Hand gezogen. Da ich einen gleichartigen Ring bei dem in Arpinum auf mich verübten Anschlag bemerkt habe – ich habe dir vor Jahren davon erzählt –, muß ich annehmen, daß jetzt wieder die gleichen Leute hinter mir her waren.

Ich habe Dich immer wie einen Bruder geliebt. Ich sträube mich gegen den Gedanken, daß Du für diesen zweiten Anschlag – oder auch für den ersten – verantwortlich bist. Aber mein Gefühl sagt mir, daß Du die Leute kennst, die mir nach dem Leben trachten, und vielleicht sogar zu ihrem Kreise gehörst. In dieser Beziehung wirst Du Dich nicht herausreden können, Julius. Ich bin nicht in der Stimmung für Ausreden, und lahme Proteste werden meinen Argwohn nicht zerstreuen. Ich trauere um meinen treuen Syrius, den mir mein alter Mentor Scaevola geschenkt hat und der nun in meinem Dienste den Tod fand. Ich habe für ihn ein Opfer dargebracht. Ich werde seinen schuldlosen Tod eines Tages an seinen Mördern rächen.

Gib den Ring Deinem Freunde zurück, Julius, und bestelle ihm, daß ich ihm seine Tat nie vergessen und daß er mit seinem Blute für das vergossene Blut eines Sklaven büßen wird.'

Marcus lächelte düster über den Briefschluß, während er Streusand auf die Tinte breitete. Dann siegelte er den Brief mit dem Ringe, den sein Großvater ihm vermacht hatte und der das Wappen der Tullier trug.

Julius saß mit einer Anzahl von Freunden an einem Tisch seines prächtigen Wohnhauses. Auf dem silbergewebten Tischtuch lag der funkelnde Ring, den Marcus ihm geschickt hatte. Julius blickte langsam in die Gesichter der Männer, die an seinem erlesenen Mahl teilgenommen hatten.

„Ich habe euch allen gesagt", erklärte er, während er nacheinander jeden der Anwesenden musterte, „daß Cicero unter meinem Schutze steht. Einer von euch hat sich darüber und über meine Freundschaftsgefühle hinweggesetzt. Du, Catilina? Du, Crassus? Du, Piso? Du, Curius? Du, Pompejus?"

Jeder der Angesprochenen warf Julius einen gekränkten oder zornigen Blick zu und schüttelte den Kopf.

„Der Kickerling ist keine so wichtige Persönlichkeit", sagte Catilina verächtlich.

„Unsinn!" widersprach Julius. „Vor einiger Zeit hast du mir selber eröffnet, Lucius, daß er sterben muß, weil er gefährlich ist. Hast du deine Meinung geändert?"

„Ja", entgegnete Catilina mit freundlichem Lächeln. „Du hast mich umgestimmt, Caesar."

Julius lächelte zurück. „Ich merke, daß heute niemand von euch einen Ring trägt. Habt ihr euch verabredet, ringlos zu bleiben, bis der Schuldige sich einen Ersatz beschafft hat?"

„Sei doch vernünftig!" rief der blondhaarige Piso. „Wir waren in den letzten Wochen oft mit dir beisammen. Wenn einer oder zwei von uns nach Griechenland gereist wären, hätte die Abwesenheit auffallen müssen."

Aber Julius entgegnete: „Mir fällt etwas anderes auf, Curius. Du bist gesundheitlich nicht ganz auf der Höhe, dein Gesicht ist blaß und abgespannt, und bei plötzlichen Bewegungen zuckst du zusammen. Hat dir Quintus, der tapfere Soldat, übel mitgespielt?"

Curius sah ihn fest an; seine finstere, verdrossene Miene wurde zorneskalt. „Ich bin bei einem Duell mit dem Gatten meiner Herzensdame verwundet worden."

„Drei Wochen lang habe ich dich nicht gesehen, Curius."

„Ich mußte meine Wunden ausheilen."

„Und der Gatte deiner Dame scheint am Leben geblieben zu sein, nicht? Ich habe nichts davon gehört, daß in letzter Zeit ein Patrizier den Tod gefunden hätte."

„Auch er heilt seine Wunden aus."

„Was? Ihr habt euch gegenseitig am Leben gelassen? Kämpfen die Römer nicht mehr bis zum Tode?"

„Ich hielt ihn für tot. Leider war er nur schwer verwundet.''

„Wer ist der Ehrenmann, Curius?''

„Ach, wollen wir Mitwisser der Schmach eines Römers werden?'' mischte sich Catilina ein. „Der Mann soll in Frieden gesunden und seinen Ruf unbefleckt erhalten!'' Er legte dem Curius liebevoll die Hand auf die Schulter. „Ich bin überzeugt, du wirst mit der Dame nicht mehr zusammenkommen, lieber Freund.''

„Keine Frau ist ein Duell wert'', brummte Curius mit einem bösen Grinsen.

Julius fand die Sache nicht belustigend. Er starrte Curius an. „Kennst du den Quintus Tullius Cicero?''

„Nein. Ich bin ihm nie begegnet.''

„Dann konnte er, als er dein Gesicht sah, dich nicht erkennen.''

Curius schlug wütend mit der Hand auf den Tisch. „Du zweifelst meine Worte an, Caesar! Du zeihst mich einer Lüge!''

Julius ließ sich nicht aus der Fassung bringen. „Ich suche die Wahrheit. Einer von euch ist schuld an dem Anschlag gegen Cicero. Ich warne euch nochmals: Wenn er den Tod findet, bei einem vorgetäuschten Unfall oder durch Gift — eine Weiberwaffe, nicht wahr, Catilina? —, werde ich nicht ruhen, bis er gerächt ist.'' Er redete mit dem Anschein gelassenen Gleichmuts.

Alle sahen ihn an und bewahrten ein unheimliches, drohendes Schweigen. Dann fragte Piso ihn nebenher: „Welches Interesse hast du eigentlich an diesem Käsegesicht, Julius?''

„Er ist mein Jugendfreund; er ist mir wie ein Bruder. Den Tod eines Bruders rächt man doch, nicht?'' Seine sonst so spaßfreudige Miene wurde glatt und ausdruckslos.

Catilina lachte liebenswürdig. „Du, Caesar, würdest auch den Tod eines Bruders nicht rächen, wenn er dir im Weg stünde. Im Gegenteil, du würdest ihn selber umbringen, kaltblütig und ohne Gewissensbisse.''

„Hast vielleicht du den Überfall auf Cicero verübt, Lucius?''

„Ich? Wir haben uns doch fast täglich gesehen. Bei den Göttern, wozu verschwenden wir unsere Zeit auf einen Winkeladvokaten, der seiner Abstammung nach nicht viel mehr als ein Freigelassener ist?''

„Er ist kein Winkeladvokat. Ganz Rom hallt von seinem Namen wider.''

„Dann soll er sich auf seine Akten und seine Gerichtsverhandlungen beschränken. Jedenfalls haben wir Wichtigeres zu besprechen.''

„Sehr gut'', sagte Julius und nippte von seinem Wein. „Aber vergeßt nicht, daß er unter meinem Schutze steht!''

Als er nach dem Weggang seiner Freunde den Ring auf dem Tische suchte, fand er ihn nicht mehr. Er befragte die Sklaven, die bedient hatten. Nein, Herr! Niemand sah einen Gast den Ring an sich nehmen.

Lange stand Julius sinnend da. Dann schrieb er an Marcus Tullius Cicero, der noch in Athen weilte:

‚Ich verstehe nicht recht, lieber Freund, weshalb Du mir den sehr bemerkenswerten Ring geschickt hast. Er ist besonders schön und ausgezeichnet gearbeitet, auf eine Art, wie ich sie bisher nie gesehen habe. Da ich annehme, daß Du auf die Rückgabe keinen Wert legst, habe ich den Ring verkleinern lassen als Geschenk für eine Dame, die ich sehr verehre und die auf ägyptische Schmuckstücke ganz wild ist.

Es tut mir sehr leid, daß man Dich überfallen hat. Bestimmt waren es Straßenräuber. Vielleicht hatte einer von ihnen den Ring gestohlen und sich ihn protzenhaft an den Finger gesteckt. Bitte, nimm den Ausdruck meiner Bestürzung über Dein Mißgeschick und meines aufrichtigen Mitgefühls entgegen! Ich freue mich, daß auch Dein Bruder Quintus, dieser prächtige, bei seinen Kameraden so beliebte Soldat, am Leben blieb.

Deine schroffen Worte haben einen Menschen, der Dir wirklich zugetan ist, tief ins Herz getroffen. Über Deine Folgerungen kann ich mich nur wundern. Du hast mir zwar erzählt, daß einer der Attentäter in Arpinum vor vielen Jahren einen ähnlichen Ring trug; aber mit eigenen Augen gesehen habe ich nie ein solches Stück und verstehe deshalb Deinen Brief nicht.

Wer könnte Dir, einem untadeligen Anwalt, der keine Feinde und eine Menge Bewunderer hat, nach dem Leben trachten? Dein Name weckt nur Ehrfurcht, und ich bin stolz darauf, Dein Freund zu sein. Rom ist durch Deine Abwesenheit ärmer geworden. Ich richte ein Dankgebet an meinen Schutzpatron Jupiter dafür, daß Du wiederhergestellt bist und bald zurückkehren kannst.

Kürzlich habe ich Deine liebe Mutter besucht, die auch zu mir wie eine Mutter war. Sie ist gesund und wohlauf. Dein Vater spricht mit Stolz und Vergnügen von Dir. Welche Freude für Eltern, einen Sohn wie Dich zu haben! Sonst kann ich Dir nichts von Belang berichten. Demokratien sind bekannt dafür, daß es in ihnen keine Aufregungen gibt. Das ist gut so, nehme ich an. Wir haben sehr stürmische Zeiten durchgemacht, und der Friede ist höchst willkommen.

Lieber Freund, meine Augen werden aufleuchten, wenn sie Dein Gesicht wieder erblicken. Ich bete für Deine Heimkehr. Ich umarme Dich und küsse Dir die Wange.'

Als Marcus diesen Brief erhielt, zeigte er ihn mit saurer Miene seinem Bruder. Quintus las ihn ernsthaft durch. „Mir scheint, du hast Julius gekränkt", fand er.

Zu seiner größten Verwunderung brach Marcus in lautes Lachen aus.

XXXVI

Der römische Prokonsul ärgerte sich über Marcus. Und Marcus seinerseits ärgerte sich besonders über seinen Bruder Quintus, dessen Tavernenschwatz den Prokonsul in das hübsche Atticus-Haus geführt hatte. Quintus stand etwas belämmert neben Marcus in der luftigen Säulenhalle des Hauses, während der Prokonsul Wein schlürfte und die beiden Brüder verdrossen ansah.

„Ich kann nicht glauben, daß es Römer waren, die dich überfielen, edler Cicero."

„Ich habe ihre Gesichter nicht gesehen", erwiderte Marcus. „Aber mein Bruder, der mit ihnen gefochten und ihre Stimmen gehört hat, behauptet, daß es Römer waren."

„Du warst benommen, Hauptmann", erklärte der Prokonsul, ein reizbarer, klein gewachsener, aber sehr anmaßender und wichtigtuerischer Mann.

„Ich bin Soldat und habe gelernt, auch bei stärkster Benommenheit Augen und Ohren offenzuhalten", entgegnete Quintus, der wußte, daß der Prokonsul nie gedient hatte. „Aber das geht, muß ich zugeben, über das Vorstellungsvermögen eines Zivilisten."

Marcus warf ihm einen anerkennenden Blick zu und lächelte.

„Im Interesse friedlicher diplomatischer Beziehungen würde ich lieber annehmen, daß es weder Römer noch Griechen waren", betonte der Prokonsul.

„Griechen waren es nicht. Aber Römer!" beharrte Quintus.

Der Prokonsul räusperte sich. „Deinen Bruder bewundern die Griechen. Im allgemeinen aber lieben sie die Römer nicht. Sie trällern schon – in den Tavernen, wo du ja, scheint's, heimisch bist, Hauptmann – Liedchen darüber, daß die Römer sich gegenseitig nicht ausstehen können und sehr darauf bedacht sind, ihre anständigen und hervorragenden Mitbürger aus dem Wege zu räumen. In einem noch verhältnismäßig harmlosen Gassenhauer ist von Kannibalismus und Barbarismus die Rede. Ihr versteht also, daß ich mich gekränkt fühle."

„Wenn du die Leiche des von mir erschlagenen Mannes hättest untersuchen lassen, wäre festgestellt worden, daß er Römer war", bemerkte Quintus, der langsam mißmutig wurde.

„Ich habe es dir schon gesagt. Als die Leute, die ich aus Athen schickte, hinkamen, war der Leichnam schon verschwunden. Wer hat ihn weggeschleppt? Wir kennen nur deine Darstellung, verehrter Hauptmann, die du bedauerlicherweise in den lärmenden Tavernen Athens verbreitet hast. Die Kaufleute sahen die Männer fliehen, ohne aber ihre Gesichter zu erkennen oder ihre Stimmen zu hören. Der eine Kaufmann ist ein Ägypter aus vornehmer alexandrinischer Familie. Sie haben es bewundert, wie du, Hauptmann, trotz Verwundungen und anderen Verletzungen, die ... Straßenräuber verfolgt und eingeholt und einen von ihnen erstochen, den anderen in die Flucht geschlagen hast."

„Ich wünsche nicht, daß die Behörden den Fall weiter untersuchen", erklärte Marcus.

Der Prokonsul sah ihn vorwurfsvoll an und erwiderte sehr betont: „Du vergißt, edler Cicero, daß wir ein gesetzestreues Volk sind. Würde ich über diesen Anschlag hinweggehen und damit dem Gerücht, daß die Schuldigen Römer seien, Nahrung geben, so wären die Athener hocherfreut. Sie würden auf den Fall das Sprichwort, daß eine Krähe der anderen nicht die Augen aushacke, anwenden und zu verstehen geben, die Römer könnten sich straflos gegenseitig ausrauben und umbringen."

„Nach meiner Erfahrung", wandte Marcus mit müder Stimme ein, „eitert eine Wunde um so stärker, je mehr man darin herumstochert."

Der Prokonsul wurde übellaunig. „Wenn ich eine solche Sache einfach unter den Tisch fallen lasse, wird völlige Gesetzesverachtung die Folge sein. Ich hätte nicht geglaubt, daß gerade du, Cicero, als Anwalt so sprechen würdest." Er hielt inne und nahm wieder einen Schluck von dem ausgezeichneten Wein. „Übrigens würde ich gern den vielberufenen Ring sehen wollen, den dein Bruder Quintus von der Hand des ... Straßenräubers gezogen hat."

Marcus blickte seinen Bruder, der verlegen errötete, wütend an. „Was für einen Ring?" fragte er scheinbar verwundert. „Ich weiß von keinem Ring."

„Nicht?" fragte der Prokonsul sichtlich erleichtert. „Woher stammen dann nur die Gerüchte, der edle Quintus Cicero habe von der Hand des toten Mannes einen Ring gezogen?"

„Lügen haben lange Flügel, aber kurze Beine", bemerkte Marcus.

Der Prokonsul war kein Dummkopf. Er hatte Marcus' gequälte Miene bemerkt. „Aber eines kannst du mir sicherlich erklären, edler Cicero. Du bist der Meinung deines Bruders, daß die Angreifer Römer waren, beigetreten. Warum schützt du also diese Leute, die dir nach dem Leben trachteten und dich wirklich beinahe umgebracht hätten? Wäre es möglich, daß du weißt oder vermutest, um was für Leute es sich handelt?"

„Ich weiß nicht, um wen es sich handelt."

„Aber durch deine Uninteressiertheit nimmst du die Leute in Schutz. Hast du vergessen, daß es deine Pflicht als Römer und als Anwalt ist, dem Rechte zu dienen?"

„Es ist auch meine Pflicht als Anwalt, Beschuldigungen zu unterlassen, für die ich keinen Beweis erbringen kann", entgegnete Marcus. „Eines Tages werde ich diese Kerle selber stellen und mit ihnen abrechnen."

„Also eine Privatfehde!" rief der Prokonsul, der für solche Rachekämpfe viel übrig hatte. Er stand auf. „Dann wirst du ja, edler Cicero, nichts dagegen haben, wenn ich die Version in Umlauf setze, daß du von ausländischen Räubern angefallen wurdest, die eine ausländische Sprache redeten?''

„Da wir Römer'', antwortete Marcus, „in Griechenland wirklich Ausländer sind und eine ausländische Sprache reden, wirst du mit dieser Darstellung des Sachverhalts das Richtige treffen.''

Der Prokonsul wußte nicht recht, was er von dieser Bemerkung halten sollte. Er verabschiedete sich sehr förmlich und drückte die Hoffnung aus, Marcus werde seinen Aufenthalt in Griechenland sehr genießen, ließ aber die Erwartung durchblicken, er werde recht bald abreisen, um nicht noch einmal in einen beklagenswerten Zwischenfall verwickelt zu werden.

Als er gegangen war, schalt Marcus zornig seinen Bruder: „Du bist ein schreckliches Plappermaul, Quintus, besonders, wenn du angesäuselt bist!''

„Es tut mir leid, daß ich dir Ungelegenheiten bereitet habe'', entschuldigte sich Quintus in etwas mürrischem Tone und kratzte sich das dichte Lockenhaar. „Aber warum hast du dich wirklich für diese Mörder eingesetzt, obwohl es doch bestimmt Römer waren?''

„Wir wissen nichts von ihrer Herkunft.''

„Du hast doch den Ring erkannt.''

„Allerdings. Aber ich habe in meinem Leben nur einen einzigen Mann gesehen, der einen solchen Ring trug und dessen Namen ich kenne. Und daß Pompejus einer der beiden Männer gewesen sein könnte, die uns angefallen haben, bezweifle ich sehr.''

„Du hältst mich seit jeher für einen Schwachkopf!''

Marcus war sehr zerknirscht und tätschelte seinen Bruder. „Nein, liebster Quintus, ich halte dich seit jeher für einen ‚alten' Römer, und ein größeres Kompliment kann ich dir gar nicht machen.''

Er trat in den schönen Garten des Atticus-Hauses und richtete den Blick auf die ferne Akropolis. Wieder überkam ihn das gleiche Gefühl der Bewunderung und Ehrfurcht, wie er es beim ersten Male empfunden hatte. Die leuchtende Luft war so klar, der ungewöhnlich blaue Himmel so strahlend und funkelnd, daß die Akropolis fast zum Greifen nahe schien, in jeder Einzelheit erkennbar. Solche Bauten berückten die Sinne, machten den Menschen klein vor ihrer gewaltigen Wucht und heroischen Schönheit, riefen ihm seine Vergänglichkeit ins Bewußtsein und betonten doch zugleich seine Bedeutung, weil ja er sie geschaffen hatte.

Es war merkwürdig, daß der Mensch vor Jahrhunderten diese Pracht zu Ehren jener Götter aufgerichtet hatte, die ihm stets in tödlichem Haß entgegengetreten waren. Zeus hatte, empört darüber, daß aus Lehm geknetete Gebilde es den Unsterblichen gleichtun wollten, die Vernichtung des Menschengeschlechts beschlossen. Prometheus jedoch, der Titan, selbst unsterblich, aber Abkömmling der Gaia, der Mutter Erde, hatte sich der Menschen erbarmt, ihnen das ewige Feuer gebracht und sie mit Wissen beseelt. Zur Strafe für diese Tat des Mitleids und der Liebe war er an einen Felsen gekettet worden. Aber von nun ab konnten die Götter den Menschen nicht mehr vernichten, weil er wissend geworden war und das Geheimnis der Unsterblichkeit erfahren hatte. Die Feindschaft zwischen Göttern und Menschen wird indes, so dachte Marcus, erst enden, wenn die Götter ihrem Abscheu und Haß und die Menschen ihren tierischen Scheußlichkeiten abschwören. Ach, bisweilen zeigen die Götter sich in ihrem Unmut böswilliger als der Mensch, der wenigstens manchmal gütig ist!

Der Garten, in dem Marcus stand, leuchtete in den ersten rosigen Strahlen des Sonnenuntergangs auf. Die Springbrunnen mit ihren Nymphen- und Eros-Statuen plätscherten melodisch und ergossen ihre regenbogenfarbigen Wasserstrahlen in glatte Marmorbecken, wo goldene und silberne Fische umherschossen und mit ihren metallischen Schuppen Licht versprühten. Rotbekieste Gartenpfade wanden sich zwischen Blumenbeeten. Myrtenbäume und Kiefern und Zypressen scharten sich zu schattigen Gruppen. Hier war ein marmorner Wandelgang, der vor der Mittagssonne schützte und den müden Geist zu geruhsamem Verweilen lud. Die Säulen hoben sich gegen den dunklen Hintergrund der Bäume ab, und der Boden des Wandelgangs war mit schneeweißem Marmor gepflastert. Fröhliches Vogelgezwitscher erklang in der rötlichen Luft und hob sich zu dem makellosen Blau des Himmels. Eine sanfte, duftgeschwängerte Brise wehte von den Hügeln.

Marcus blickte auf die von Menschen wimmelnde Stadt. Die Häuserwände leuchteten in blendendem Gelb, die flachen weißen Dächer waren rot überhaucht, und die bunten Gärten schimmerten wie Edelsteine zwischen den dunklen Schatten der Bäume. Marcus sah das Hasten und Drängen in den vielen Straßen und hörte deutlich das gedämpfte Reden und Lachen der Menschen, die jetzt ihre Arbeitsstätten und die Agora zu verlassen begannen. Über der Stadt brütete noch die Tageshitze und stieg bis zu den Hügeln auf, ein heißer Brodem, erfüllt mit den vielfältigen Gerüchen von sonnenheißen Steinen, von Staub und trockener Würzigkeit und nun auch von neuem Tau und von halbdürren, in der frischeren Luft wiederauflebenden Palmen. Zwischen den Hügeln erblickte Marcus das purpurne, schon in einem leichten Silbernebel dampfende Meer und die roten Segel darauf. Und er sah, wie sich die schmalen Marmorstraßen zur Akropolis mit Andächtigen füllten, die ferne, wohllautende Weisen sangen.

Wieder hob Marcus den Blick zu dem ragenden Akropolis-Hügel und den mächtigen, von Menschenhand stützend aufgerichteten Zyklopenmauern, über denen die schimmernden Marmorwände standen, in den roten und goldenen und violetten Strahlen des Sonnenuntergangs leuchtend. Von den weißen Tempelmauern und den Stützbauten hinab zogen sich ringsum längs des Berghangs terrassierte Gärten voll weißer Altäre und Tempelchen und Springbrunnen und Blumen und Gras und Bäumen, bis hinunter zu den Straßen der Stadt.

Und dort an der Böschung, unter den weißen Tempeln der Bergkuppe, lag das Halbrund der weißen, ansteigenden leeren Steinsitzreihen des Dionysos-Theaters, wo die unsterblichen Dramen des klassischen Griechenland zum Entzücken der Athener täglich aufgeführt worden waren. Hier hatte Antigone die Rechte des Einzelmenschen gegenüber den Geboten der Obrigkeit verteidigt und war dafür eingetreten, daß persönliche Freiheit nie von den üblen Gesetzen machtgieriger Männer bedroht werden dürfe, die ihre ehrgeizigen Herrschaftsgelüste untermauern und den Ruf nach Freiheit ersticken wollten. Hier war aus Antigones Mund die Diktatur gebrandmarkt und herausgefordert worden, und hier hatte Antigone den Tod gefunden, wie alle freien Menschen, die sich gegen einen Tyrannen auflehnten. Aber der Tyrann war unrühmlich zugrunde gegangen; Antigones Aufruf jedoch hallte noch immer durch die moderne Welt, die immer wieder gegen den Machtanspruch böser Menschen anzukämpfen hatte. Individuum und Obrigkeit! Stets mußten sie einander feind sein, weil dem Menschen von Gott die Freiheit geschenkt worden war und weil die Obrigkeit dieses Gottesgeschenk mißachtete und die Menschenrechte unterdrückte. Die Freiheit des einzelnen stand dem Wohlleben und den Vorrechten jener im Wege, die sich größer und klüger dünkten als ihre Mitbürger und sie zu versklaven trachteten. Die Götter mochten den Menschen hassen; aber um wie viel verbissener haßten einander Mensch und Mensch!

Dort oben jedoch, in den schimmernden Tempelmauern, stellte sich der Mensch den Göttern, betete sie an und forderte sie zugleich heraus, versuchte sie zu beschwichtigen und verherrlichte sie. Seine Qual stieß auf ihr kühles Schweigen, und beängstigend, nur dunkel erahnt, trotzte dem Menschen noch immer das Geheimnis, wie es jenen Philosophen getrotzt hatte, die einst in diesen luftigen Säulengängen gewandelt waren. Der Zwiespalt blieb – in stummen Stein gehauen, in die bunten Figuren der Giebel und Friese gebannt, in Marmor verkörpert. Die Frage fand keine Antwort, weder durch den fürstlichen Prunk innerhalb der weißen Mauern noch durch die ragenden Säulen, zwischen denen der wie glutflüssiges blaues Metall ungestüm flammende Himmel erbarmungslos leuchtete. Tempel und Säulen, Marmorfußböden, Giebel und Statuen: nichts löste die rätselhafte Spannung zwischen Mensch und Gott.

Kleine dunkle Gestalten bewegten sich dort zwischen den mächtigen, vollendet schönen Bauwerken. Durch die Säulengänge, wo Sokrates und

Plato und Aristoteles und alle die Dichter und Dramatiker der Glanzzeit Griechenlands sich sinnend ergangen hatten, schritten Andächtige. Sie brachten Opfergaben und Blumen und Weihrauch in die menschenerfüllten Tempel. Sie blickten voll Ehrfurcht auf das gewaltige Standbild der Athena Parthenos, jener von Phidias geschaffenen, ostwärts schauenden Statue aus reinem Gold und ambrafarbenem Elfenbein. Um ein Vielfaches menschliche Maße übersteigend, stand die Göttin da, einen goldbebuschten Helm auf dem Haupte. Ihre linke Hand lehnte auf dem glitzernden, mit der Amazonenschlacht gezierten und von der heiligen Burgschlange umringelten Schild. In der auf eine vergoldete Marmorsäule gestützten rechten Handfläche trug sie eine kleine geflügelte Nike. Ihr hoheitsvolles, jungfräuliches Antlitz blickte unbewegt in die Jahrhunderte. Ihre gelöste Haltung ließ sich durch das ewige Kommen und Gehen von Menschen nicht beirren. Die großen, ruhigen Augen sahen nach dem Osten, wo immer wieder ein neuer Morgen aufsteigen würde als Künder von Weisheit, Schlichtheit, Selbstverleugnung, Gerechtigkeit, Lauterkeit. Die riesige Statue schillerte im pfauenbunten Himmelslicht, als atmete oder regte sich die Gestalt, als richtete sie, den Tempel schützend, zugleich Auge und Geist über die Grenzen der Welt hinaus.

Pylonen mit geflügelten Wagenlenkern; eine Vielzahl von Tempeln und Säulen und Statuen; kleinere Heiligtümer, Studien- und Musikgebäude; weiße Pfade, Freitreppen, Wände und weißschimmernde Dächer: all das stand innerhalb der Umwallung und schien die Behauptung Lügen zu strafen, daß Menschen – und nicht die Götter selbst – dieses titanische Wunderwerk geschaffen hatten, diesen Gipfelpunkt des je auf Erden Hervorgebrachten, diese Krönung aller Pracht, dieses in Marmor verkörperte himmlische Chorlied. Die ungeheure, erhabene Schönheit bezeugte, welch wundervolle Visionen in der kleinen menschlichen Schädelhöhle, wie Edelsteine in einer Druse, verborgen lagen. Diese Bauwerke spiegelten den Glanz des Firmamentes wider, wie er im Auge einiger Männer aufgeleuchtet war, deren Hände dann diesen Glanz in keuschem Stein nachschufen, damit ihre Vision Dauer gewinne, damit der Mensch ständig dessen eingedenk bleibe, daß er nicht nur ein animalisches Wesen ist, sondern auch mit Göttlichkeit umkleidet wurde.

Es war kein Wunder, dachte Marcus, daß aus aller Welt Leute nach Athen kamen, um die Akropolis zu sehen, ihre Treppen emporzusteigen, sich in ihren Gärten und auf ihren blumengeschmückten Terrassen zu ergehen, sich im Haupttempel andachtsvoll vor Athena zu neigen, die Säulengänge des Parthenon zu durchwandern, in den verschiedenen Heiligtümern Opfergaben darzubringen und in die Fußstapfen von Philosophen und Dichtern zu treten, derengleichen man in all den kommenden Jahrhunderten nimmer sehen würde. Mochten die Menschen der Zukunft auf ihr Wissen und ihre Weisheit, auf ihre philosophischen und juristischen Systeme stolz sein, mochten sie sich, was sie sicher tun würden, ihrer rühmen! Niemals wieder sollte ein Volk dieser Erde solch eine marmorne Glorie von höchster Vollendung und Erhabenheit aufrichten. Mit der Akropolis hatte der Mensch den Höhepunkt der Schönheit und Weisheit erreicht. Von nun an gab es für ihn nur mehr Abstieg und Schrumpfung.

Der Westhimmel wurde ein einziger See goldenen Lichts, und der Garten, in dem Marcus auf einer Steinbank saß, duftete stärker. Der Anblick der Akropolis schien ihm bedrückend und erhebend zugleich: bedrückend, weil der Mensch jetzt so klein geworden, und erhebend, weil er einst so groß gewesen war. Was bedeutete die Macht des gewaltigsten Weltreiches, verglichen mit dieser Vision? Wenn die Menschen geistig stumpf blieben, dann würden alle ihre bannertragenden und Schlachtrufe brüllenden Heere nur sinnlos in ein Chaos marschieren, alle ihre Gesetze würden in den Staub geschrieben sein, alle ihre Großsprechereien nur zum Widerhall tierischer Laute und alle ihre Städte schließlich zum Wohnort von Eidechse und Eule, Ratte und Schlange werden, zu öden Schutthaufen zerfallener Pracht.

Dämon und Gott zugleich: der Mensch war ein noch größeres Geheimnis als selbst die Akropolis von Athen.

Nun war alles über und in der Stadt ein Zusammenklang von Scharlachrot, Purpur und Silber. Marcus spürte nicht die Kühle des Abends; er war in seine Betrachtungen versunken. Deshalb schrak er auf, als der lärmfrohe Quintus ihm neu eingelangte Briefe brachte. „Ich werde Vater!" rief er und schlug sich nach Soldatenart mit der geballten Faust auf die Brust. „Freu dich mit mir, Marcus!"

Marcus stand auf, umarmte den Bruder und küßte ihn auf die Wange. „Hast du dem Atticus schon davon erzählt?" fragte er.

„Nein", antwortete Quintus. „Er ist noch in der Stadt, bei seinen Geldgeschäften."

„Wir wollen beten, daß es ein braver Sohn wird", sagte Marcus.

Quintus stolzierte, während sein Bruder ihn liebevoll betrachtete, jungenhaft auf den Gartenwegen hin und her, atmete tief und starrte auf die Akropolis, ohne sie aber offenbar wirklich zu sehen. Er rief: „Mein Sohn wird ein tapferer Mann werden, ein echter Römer! Ich werde ihn dazu erziehen."

Marcus unterließ die Bemerkung, daß es ebensogut ein Mädchen abgeben könne. Einen Augenblick lang beneidete er seinen Bruder. Pomponia, dessen junge Frau, mochte herrschsüchtig und rechthaberisch sein; aber sie liebte ihren Gatten, und er liebte – und fürchtete – sie. Er würde immer in ihre Arme zurückkehren, um sich ausschelten und bewundern, verwarnen und belehren, nutzen und verhätscheln zu lassen.

Was konnte ihn, Marcus, nach Rom ziehen? Der Anwaltsbetrieb ging auch ohne ihn weiter, und Helvia war mit der Schwiegertochter und dem kommenden Enkelkind beschäftigt. Außerdem hatte sie ihren Gatten, dieses kluge und menschenscheue Kind.

Zum erstenmal dachte Marcus ernsthaft daran zu heiraten. In dem großen Rom mußte sich ja doch eine Frau finden, die ihn mehr als alle anderen lieben, seinem neuen Haus und seiner Dienerschaft vorstehen und ihm zu seiner Freude Kinder gebären konnte. Sie würde keine Livia sein, aber doch eine geliebte Frau auf dieser Erde, wo Livia nicht mehr weilte. Zufallsbekanntschaften, deren Umarmungen ihm nichts bedeuteten, ewig wechselnde, wenn auch manchmal schöne oder reizende Gesichter, hatte er satt. Gelegentliche oder erkaufte Zärtlichkeiten waren keine Liebe. Der Mann brauchte eine Frau, die nur ihn liebte, in deren Armen er in seinen verzweifelten Stimmungen Zuflucht fand, deren Lächeln seine Schwermut heilte, deren Augen sich im Mitgefühl für seine Nöte verschatteten. Es gab, alles in allem genommen, keinen Ersatz für die Ehe.

„Du hast deine eigenen Briefe noch gar nicht angeschaut", mahnte Quintus. „Ein Schreiben unserer Mutter ist dabei, und viele andere."

Marcus öffnete den Brief der Mutter. Darin war, wie gewöhnlich, hauptsächlich von Dingen des praktischen Lebens die Rede. Helvia habe, so schrieb sie dem Sohne, einige seiner Landhäuser besucht und sei sogar nach Sizilien gereist, um seine dortige Gutswirtschaft in Ordnung zu bringen. Mit dem ‚luxuriösen neuen Haus' in Rom sei sie nicht sehr einverstanden; aber sie betreue die Gärten und beschaffe die Einrichtung. Sie und Tullius seien ein paar Wochen lang auf der Insel gewesen. Ihre Söhne vermisse sie sehr. Sie freue sich mit Quintus, daß seine Frau ihm bald ein Kind schenken werde. Sie habe Marcus' Wertpapierbesitz überprüft und empfehle ihm den Verkauf gewisser notleidend gewordener Papiere, um so mehr, als die Banken die Verzinsung für Geldeinlagen erhöht hätten. Vater Tullius sei etwas weniger einsiedlerisch geworden; er gehe öfter aus und habe einen kleinen Kreis gleichgesinnter Freunde gefunden, die sogar das Interesse für Spiele in ihm geweckt hätten. Marcus' Öl- und Weingärten gediehen gut, und die Ernte sei im Gang. Kurz, alles sei in schönster Ordnung. Dann fuhr sie mit eindrucksvoller Bestimmtheit fort:

‚Schon lange bemühe ich mich darum, daß Du die vornehme Terentia als Deine künftige Gattin betrachtest. Sie ist nicht nur aus patrizischer Familie, sondern auch eine Schwester der Vestalin Fabia, was für Deine Verbindung göttlichen Segen kündet. Terentia besitzt hunderttausend Sesterzen, ein Barvermögen, das, auch verglichen mit Deinem Besitz, beträchtlich ist, und außerdem mehrere einträgliche Häuser in Rom sowie ein Landgut bei Arpinum. Sie ist sehr tugendhaft und von untadeligem

Ruf, also in jeder Beziehung, obwohl schon mehr als einundzwanzig Jahre alt, eine wünschenswerte Gattin. Ihre hausfraulichen Fähigkeiten finde ich lobenswert. Sie stammt aus einer echt römischen Familie mit allen Tugenden der alten Zeit. Sie ist bescheiden und freundlich, und ihre Klugheit würde sogar Dich, Marcus, erfreuen. Sie sieht sehr vorteilhaft aus und färbt sich nie das von Natur aus schöne braune Haar. Trotz ihrer Geschäftstüchtigkeit auf finanziellem Gebiet wahrt sie die altrömische Haltung unauffälliger Höflichkeit und hat – zum Unterschied von meiner Schwiegertochter Pomponia, der Schwester Deines teuren Freundes Atticus – keine Lästerzunge. Sie ist allerdings nicht so schön wie ihre Schwester, die Vestalin, die sich unter den vornehmsten Jünglingen Roms ihren Mann hätte aussuchen können. Aber auf der Schönheit liegt oft ein Fluch der neidischen Götter.'

Marcus fragte seinen Bruder: „Kennst du Terentia?"

„Ach ja, die Schwester Fabias", erwiderte Quintus, der zur Akropolis hinaufgestarrt hatte. Er wandte sich um und blickte Marcus an. „Also, diese Fabia, die Vestalin, ist eine Schönheit ersten Ranges! Wenn sie mit ihren Genossinnen bei einer Prozession einhergeht, huldigen die Leute mehr ihrer Lieblichkeit als ihrer priesterlichen Würde. Augen hat sie, so schimmernd wie der Mond! Und prächtiges Haar, goldblond! Sogar durch den Schleier sieht man das! Ihr Hals ist wie eine Säule, ihre Taille . . ."

„Du wirst ja ganz poetisch", unterbrach Marcus ihn. „Aber ich habe nach Terentia gefragt. Die dürfte wohl nicht so schön sein wie Fabia, was?"

Quintus dachte nach, spitzte die Lippen und legte einen seiner braunen Finger an den Mund. Dann sagte er: „Sie ist eine Freundin meiner Pomponia. Sie war bei uns zu Besuch. Wie sie aussieht, kann ich mich augenblicklich nicht recht erinnern. Jedenfalls war ihre Stimme zwar fest, aber liebenswürdig, ihr Benehmen zurückhaltend, nach alter Römerart. Ach, warte, jetzt dämmert es mir! Sie hat braunes Haar und braune Augen und blasse Gesichtsfarbe. Ich hielt sie für kränklich; aber Pomponia erklärte, sie sei vollkommen gesund. Sie redet leise."

„Braune Haare, braune Augen und blasser Teint", sagte Marcus. „Das kann eine schöne, brave Frau ebensogut haben wie eine junge Furie. Das ist keine Beschreibung."

Quintus dachte angestrengt nach und schüttelte ein paarmal den Kopf. „Sie sieht nett aus. Keine Schönheit, aber anscheinend sanftmütig. Doch du weißt ja, meine Pomponia sieht auch sanftmütig aus und hat eine Vipernzunge."

Marcus lachte. „Vermutest du das gleiche von Terentia?"

Mit einem Grinsen entgegnete Quintus: „Ich bin immer sehr mißtrauisch gegen Frauen mit leiser Stimme, höflichen Manieren, züchtig gesenktem Blick und gelegentlichem Augenaufschlag, die nur liebenswürdig einladen, aber nichts versprechen. Ich glaube, Terentia ist sehr tugendhaft. Wie könnte es anders sein, wo doch ihre Schwester Vestalin ist. Ach, diese entzückende Fabia ..."

„Ich habe nicht vor, Fabia zu heiraten", fiel Marcus ihm ins Wort.

„Heiraten? Du?" rief Quintus höchst erstaunt.

„Ich bin weder verbraucht noch alt, Teuerster. Und auch keine männliche Vestalin. Unsere Mutter würde sich sehr freuen, wenn ich Terentia zur Frau nähme."

„Das Heiraten muß man sich genau überlegen", sagte Quintus. Er setzte sich auf die Gartenmauer und blickte seinen Bruder mit ernster Miene an. „So einen Entschluß faßt man nicht sozusagen zwischen Tür und Angel. Durch die Ehe wird das ganze Leben eines Mannes geändert, eingeengt, reglementiert. Da ist es Schluß mit der Freiheit, mit dem Herumschwärmen, mit den Abenteuern. Da schnappt die Falle zu."

Marcus ließ sich von seiner Erheiterung nichts anmerken. „Mir scheint, du betrachtest die Ehe nicht als einen Zustand der Glückseligkeit und empfiehlst sie nicht weiter."

Quintus warf einen behutsamen Blick auf die Haustür; dann beugte er sich vor und flüsterte: „Es gibt keinen Ehemann — und wäre seine Frau noch so hübsch und brav —, der sich nicht oft und oft wünscht, er hätte sie nie zu Gesicht bekommen."

Marcus konnte ein Lächeln nicht mehr unterdrücken. „Oh, du hinterhältiger Kerl! Mir kommt vor, Pomponia ist eine Prachtfrau, und du müßtest hochzufrieden sein! Wenn Terentia ähnlich ist wie Pomponia ..."

„Das ist sie allerdings", warf Quintus in etwas traurigem Tone ein.

„... so werde ich die Sache ernstlich in Erwägung ziehen. Ich habe die Einsamkeit satt. Meine neue Villa auf dem Palatin braucht eine Hausfrau."

„Unsere Mutter ist noch nicht so alt", erklärte Quintus in einem letzten heldenhaften Versuch, den Bruder vor Unheil zu bewahren. „Erst vierundvierzig oder fünfundvierzig. In diesem Alter haben viele römische Damen schon etliche Ehen hinter sich und sind noch immer lustig und munter und begehrenswert. Unsere Mutter könnte leicht bei dir die Hausfrau machen."

„Du bist kein begeisterter Heiratsvermittler."

„Manchmal beneide ich dich", gestand Quintus. Seine kurze rote Tunika bedeckte ihm kaum die dicken Oberschenkel. Er schlug sich mit dramatischer Gebärde auf das nackte Knie. Dann fuhr er, da Marcus nichts erwiderte, fort: „Mir scheint, dir ist es Ernst mit deinen Absichten. Ich dachte, du machst nur einen Spaß."

„Vollkommen Ernst."

Quintus seufzte, als füge er sich in ein unabwendbares Schicksal. „Dann heirate! Terentia ist mindestens ebensogut wie jede andere." Er hielt inne und starrte seinen Bruder lange scharf an. „Du hast ... keine Bedenken?"

„Wegen Livia, meinst du?" Marcus stand auf und stützte den Ellbogen seines gebrochenen Arms auf die rechte Handfläche. „Ich habe Livia nicht vergessen. Was ich ihr entgegenbrachte, kann ich keiner anderen Frau geben. Mein Herz ist in Livias toten Händen geblieben, nicht aber mein Leben. Ich bin kein Jüngling mehr. Manchmal empfinde ich zwar das Dasein als etwas recht Lästiges; doch es bleibt einem nichts übrig als weiterzutun, bis die Parzen den Faden durchschneiden."

„Du redest wie einer, der sich sehr unglücklich fühlt", sagte Quintus liebevoll besorgt und legte dem Bruder die Hand auf die Schulter.

Marcus sah ihn verwundert an. „Unglücklich? Das bin ich, glaube ich, nicht. Überdies hat unser Leben, wenn es überhaupt einen Zweck hat, bestimmt nicht den, uns glücklich zu fühlen, was kleinen Kindern vorbehalten ist."

„Das Leben hat gar keinen Zweck", behauptete Quintus. „Oder zumindest ist der Mensch außerstande, etwas dergleichen zu entdecken."

XXXVII

Marcus und Quintus blieben sechs Monate als Gäste des Atticus in Athen. Während dieser Zeit studierte Marcus an der Akademie. Er ließ sich von dem berühmten Syrer Demetrios in Rhetorik unterrichten, und seine Stimme gewann ihre alte Kraft wieder. Antiochos von Askalon war stolz darauf, ihm Philosophie vorzutragen. Da er sich auch für die epikuräische Lehre interessierte, hörte er außerdem den Phaidros und den Zenon. Schon in Rom hatte er von der ungeheuren Weltbedeutung der Akademie vernommen und dort zu lernen gewünscht. Aber die erhabene Würde dieser Lehrstätte übertraf seine Erwartungen.

Er schrieb seinen Eltern: ‚Mit meiner Geschicklichkeit im Reden habe ich mir in Rom einigen Ruhm erworben. Aber verglichen mit der Redekunst meines edlen Lehrers Demetrios war meine Vortragsweise in Rom nur ein Gackern und Krächzen! Demetrios bringt mit seinen großartigen Satzgefügen die Luft in harmonische Schwingungen. Ich möchte wetten, daß ihm sogar die Vögel entzückt zuhören. Wenn er Aristoteles vorliest, habe ich die Empfindung, als spräche der Philosoph selber, in so wunderbar ausgefeilten Sätzen, daß sie dem geblendeten Auge als glitzernde, gleißende Marmorgebilde sichtbar werden.

Wie herrlich, wieder auf der Schulbank zu sitzen! Man sollte nie zu studieren aufhören; immer wieder sollte man zu den Quellen zurückkehren, die für die Jugendzeit erquickendes Labsal waren. In den Büchern liegt viel Weisheit gestapelt, und des Lernens ist kein Ende. An allem überißt man sich, nur nicht am Lernen. Alle leibliche Atzung wird schal und fade; aber an geistiger und seelischer Nahrung kann man nie genug bekommen. Man glaubt ewige Jugend zu besitzen, weil man immer wieder Neues entdeckt und immer wieder von neu gehobenen Schätzen begeistert ist. Jeder Pfad führt in jungfräuliches, noch von keines Menschen Fuß betretenes Land. Jedes Fenster gibt eine noch von keines Menschen Auge erspähte Aussicht frei. Die Worte eines Sokrates oder Plato bedeuten für jeden, der sich mit ihnen befaßt, etwas Einzigartiges, weil er sie mit seinem einzigartigen Geist und seiner einzigartigen Seele aufnimmt. So müssen wohl die Inseln der Seligen sein: nie völlig erforscht, grenzenlos, von Winden durchweht, die aus der Ewigkeit wehen.

Wir verreisen demnächst nach Kleinasien und nach Rhodos, um neue Studien zu beginnen, sobald unser Pensum hier beendet ist, falls man bei einem Studium überhaupt von Beendigung sprechen kann. Nach meiner Heimkehr werde ich Terentia heiraten, die ja, wie Du, liebe Mutter, schreibst, meinen Plänen zugeneigt ist. Umarme sie für mich und nimm ihr die endgültige Einwilligung ab! Und bitte ihre Schwester Fabia, auf unseren Bund den Segen der Götter herabzuflehen!'

Der Winter in Athen war ungewöhnlich mild. Nur selten fiel Schnee, und ihm folgte stets bald strahlender Sonnenschein und neue Wärme. Einigemal gab es heftige Gewitterregen, so daß die Straßen der Stadt überschwemmt wurden. Aber es war nicht ein Winter nach römischer Art. Marcus bekam keinen Rückfall seines Rheumas. Er wurde von Tag zu Tag frischer. Seine Stimme war jetzt stärker als je, wohllautend und mächtig. Schon immer waren seine Rezitationen fesselnd gewesen. Nun drängte ihn Quintus oft, Gedichte oder Stellen aus Platos Phaidon vorzulesen und hörte mit rührender Begeisterung zu. Nicht allem konnte sein Soldatenverstand folgen; es genügte ihm, der hochgemuten, bezwingenden, scheinbar mühelos ausgesandten Stimme des Bruders zu lauschen. Sie ging ihm süß ein wie schwerer Wein aus einem goldenen Becher.

Als Helvia schrieb, Pomponia habe eine Fehlgeburt gehabt, war Quintus sehr betrübt. Schließlich aber tröstete er sich damit, es sei eben so der Wille der Götter gewesen.

Er veranlaßte seinen älteren Bruder, sich, als sein Armbruch geheilt war, sportlich zu betätigen, was seinen – allerdings immer schmächtig bleibenden – Körper weiter kräftigte. Zum erstenmal fand Marcus Vergnügen am Boxen und Fechten und Ringen und Laufen und Springen. Die trüben Nebel, die in den letzten römischen Jahren sein Gemüt eingehüllt hatten, hoben sich, und es gab Augenblicke, wo er sich gestehen mußte: Ich bin glücklich. Es ist nicht das Glücksgefühl des Kindes oder des Jünglings. Es ist das Behagen voller Mannesreife, geprägt von Seelenruhe und Bescheidung. Er erzog sich selbst dazu, nicht so vergleichsbereit zu sein, wie es seiner Anlage entsprach. Er kam darauf, daß Bedachtheit manchmal zu Willfährigkeit werden konnte und daß eine berechtigte Gemütsaufwallung nicht immer im Namen der Vernunft unterdrückt werden durfte. Die Welt hatte unbekümmerte und sogar tobende Leidenschaftlichkeit ebenso nötig wie die milde Stimme der Besonnenheit und Diplomatie. „Ich hoffe", sagte er etwas kleinlaut zu Atticus, „daß ich meinen guten Vorsätzen zur Draufgängerei auch in Rom treu bleiben werde."

In den letzten Tagen vor seiner Abreise aus Athen bekam er zwei Besuche. Der erste war zu seiner Überraschung der Schauspieler Roscius, bärtig und von der judäischen Sonne gebräunt, aber so anmutig und stattlich wie immer. Zuerst erkannte Marcus den Stutzer mit dem großspurigen Gehaben des gereiften Mannes kaum wieder; dann begrüßte er ihn erfreut und umarmte ihn herzlich.

„Noah", erzählte Roscius, „hat mir geschrieben, daß du in Athen bist, und ich bin hier an Land gegangen, um dich zu besuchen. Lieber Freund, du bist ja ein Muskelprotz geworden! Ein wahrer Gladiator!" Er kniff Marcus in den Bizeps, der zwar härter geworden, aber auch jetzt nicht besonders bemerkenswert war. „Und deine dicken Hinterbacken bist du losgeworden, die manchmal ganz aufreizend deine lange Tunika gewölbt haben", fuhr der Schauspieler fort.

„Und du hast deine appollinische Gestalt nicht eingebüßt", konterte Marcus, „trotz der sichtlich ausgezeichneten Verpflegung in Jerusalem. Ich dachte, du würdest deine Zeit an den Stadttoren mit den weisen Alten verbringen."

„Nein. Ich habe die Damen bezaubert. Ich war eine Offenbarung in den Theatern, die die Römer freundlicherweise in diesem gottbesessenen Lande gebaut haben. Judäa ist heutzutage sehr verweichlicht; die jüngeren Juden sind jetzt griechischer als die Griechen. In allem und jedem die Griechen nachzumachen, war wirklich nicht nötig", meinte Roscius tugendbeflissen. „Habe ich dir übrigens schon berichtet, daß Noah ein neues Stück für mich geschrieben hat?"

„Neue Stücke schreibt er ja ständig", entgegnete Marcus. „Aber in Rom wirst du dir den Backenbart abnehmen lassen müssen, den du dir als frommer Jude wachsen ließest."

„Nicht als frommer Jude", widersprach Roscius, „sondern, weil ich in einem Stücke auftrat, das der Schlingel von Noah über Hiob geschrieben hat. Hast du von Hiob gehört? Ein Schmerzensmann, verfolgt, verfemt, geschmäht, mit Krankheit geschlagen. Und von einer schrecklichen, rührenden Beredsamkeit! Er war sittenstreng und rechtschaffen und gottesfürchtig, daß seinesgleichen nicht war auf Erden. Aber um dem Satan darzutun, daß es Menschen gibt, die sich von der Redlichkeit und Gottesfurcht und Sittenstrenge nicht abbringen lassen, erlaubte Gott ihm,

Hiob bis aufs Blut zu plagen. Diese Art der Beweisführung ist sehr unfair gewesen. Hiob war nur ein Mensch und wurde zum machtlosen Streitobjekt zwischen Gott und dem Bösen. Man sollte meinen, Gott würde sich nicht dazu herablassen, ein so schwaches Geschöpf derart zu peinigen. Hiobs Schicksal geht mir sehr nahe; ich bin voll Entrüstung und Mitleid seinetwegen. Glaubst du, daß die Römer an dem Stück Gefallen finden werden?''

„Nicht einmal den Römern ist der Kampf zwischen Gut und Böse unbekannt'', spottete Marcus.

„Deine Lästerzunge hast du dir, wie ich sehe, erhalten'', bemerkte Roscius anerkennend. „Weißt du, wie die Sache mit Hiob ausging?''

„Ich glaube, Gott gab ihm dadurch Antwort, daß er ihm bedeutungsschwere Fragen stellte'', erwiderte Marcus.

„Ja, ja. Und was für eine Antwort! In Noahs Stück aber antwortet Gott überhaupt nicht. Das Elend des Menschen bleibt eine unwidersprochene Anklage gegen den Himmel. Was meinst du dazu?''

„Aischylos hat etwas Ähnliches geschrieben. Mir persönlich ist die ursprüngliche Version lieber.''

Sie saßen in der milden Mittagssonne auf der Terrasse des Atticus-Hauses. Roscius sah prächtig aus in seinem Seidengewand und mit seinem Mantel aus ganz weichem Pelz. Sein edler Kopf war wie das Haupt einer Heroenstatue und gewann noch an Würde durch den glänzendschwarzen, gelockten Bart, der ihm das Aussehen eines Propheten verlieh. Er überdachte Marcus' Worte und schüttelte dann verneinend den Kopf. „In Wirklichkeit antwortet ja Gott tatsächlich nicht oder bloß in Rätseln, die kein Mensch lösen kann. Er ist das Urbild der Sphinx. Die jüdischen Greise haben mir widersprochen. Sie zitierten die Donnerworte Gottes zu Hiob: ‚Wo warst du, als ich die Erde gründete, als mich die Morgensterne einträchtig lobten und alle Göttersöhne jauchzten?' und so weiter. Hiob hätte darauf entgegnen sollen, bei diesen Dingen sei er natürlich nicht dabeigewesen, aber die ihm gestellte Frage stelle eine Spiegelfechterei dar und dürfe nicht an einen verzweifelten Siechen gerichtet werden, der voll quälender Schwären sei und alles verloren habe, was ihm teuer gewesen war. Wenn Hiob kleinmütig und verblendet und verworren wurde und von den himmlischen Dingen nichts ahnte — konnte ihm das zu einem verdammenswerten Verbrechen angerechnet werden? Hatte nicht Gott selbst ihn so unzulänglich und so unwissend geschaffen? Wenn jemand sich für seinen Wagen ein schlechtes, höckriges, schwachnabiges Rad anfertigt, das bei der ersten Belastung bricht — wird er dann das Rad verfluchen und in die äußerste Finsternis werfen und sich selber von jeder Schuld lossprechen? Hier liegt der springende Punkt.''

Und er fuhr, als Marcus nichts entgegnete, fort: „Über Hiobs Antwort auf diese unglaublichen Fragen kann ich nur staunen. ‚Darum widerrufe ich, was ich gesprochen habe, und tue Buße in Staub und Asche.' Das war unwürdig eines Hiob, der so viel erduldet hatte. Es wäre genau so, als würde das Rad, von dem ich sprach, sich selbst an einem Stein zerschmettern vor Zerknirschung gegenüber seinem Schöpfer, der es doch so verfertigt hat, wie es sich erwies."

„Du bist ja ein Philosoph geworden", sagte Marcus. Er überlegte. „Die ewige Hiob-Frage ist immer und überall gestellt worden. Ich glaube, der Mensch soll in seiner Qual den Blick auf die Wunder des Weltalls richten und die erstaunlichen Gesetzmäßigkeiten, das wunderbar ineinandergreifende Räderwerk der Schöpfung betrachten und alle die sonstigen Offenbarungen ewiger Macht und Herrlichkeit. Das ist die Antwort, die Gott auf die Fragen des Menschen erteilt."

„Davon heilen seine Schwären nicht, und das gibt ihm weder Weib und Kinder und Feld und Flur noch seine Jugend und Kraft zurück."

„Aber es gewährt ihm Frieden." Trotz seiner Worte wurde Marcus innerlich traurig.

„Den Frieden der Resignation! Das ist nicht genug."

„Immerhin", entgegnete Marcus, „ist es eine große Wohltat. Schließlich zeigte Hiob derartigen Mut, daß jeder Gladiator sich vor ihm hätte verstecken müssen. Die Tapferkeit des Menschen ist es ja, die sogar den Göttern Achtung und Liebe einflößt. Denn er bewährt sich gerade dadurch, daß er seine Furcht überwindet und mannhaft ‚die Lenden gürtet', wie es Hiob befohlen wurde. Nein, nein, Noahs Schlußfolgerungen gefallen mir nicht. Der Mensch wurde keineswegs dazu geschaffen, um sich angesichts der Himmelsmächte selbst zu bemitleiden und als schwaches, für den Zustand von Seele und Geist und Leib nicht verantwortliches Geschöpf hinzustellen. Er wurde dazu erschaffen, um selber göttergleich zu werden."

„Du bist ja fast ein Jude in deiner Denkweise!" rief Roscius bewundernd.

Marcus lächelte. Plötzlich verspürte er ein merkwürdiges Hochgefühl. „Gott hat es nicht nötig, sich vor dem Menschen zu rechtfertigen. Der Mensch besitzt nur jene Rechte, die sein Schöpfer ihm aus Liebe und Güte eingeräumt hat. Verdient hat er sich diese Rechte nie, weil er das nicht vermag; sie sind ein aus unbegreiflichem Wohlwollen gewährtes Geschenk. Denn was ist der Mensch? Ein zum Zerfall bestimmtes Lehmgebilde. Aber Gott hat ihm aus grenzenloser Güte eine Seele eingehaucht. Der Mensch sollte sein Leben in immerwährender Dankbarkeit für diese unschätzbare Gabe verbringen. Ist es nicht genug, daß er lebt und die unerschöpflichen Schönheiten und Wunder um sich her betrachten kann? Selbst angesichts eines unwiderruflich endgültigen Todes wäre das genug. Aber offenbar hat Gott ihm auch noch ein unsterbliches Leben nach dem Tode bereitet. Warum? Das ist die eigentliche Frage, die uns bis in die Tiefen der Seele bewegen sollte."

Roscius hielt sinnend den Blick seiner feurigen blauen Augen auf das Gesicht seines Freundes geheftet. Dann rief er: „Natürlich! Ach, dieser dumme Noah! Er hält sich für sehr klug und scharfsinnig. Solche Leute sind oft jämmerliche Tölpel, nicht wahr? Sie halten ihr Spottgewitzel für sehr geistreich, und dabei ist es nur das Geplapper von Kindern oder Schwachköpfen. Warum hat denn Noah ein derart verlogenes Rührstück geschrieben?"

„Er meinte wohl, so würden die Römer es lieber haben, die bei Tragödien gerne weinen, sonst aber im Theater Tanz und Fröhlichkeit vorziehen. Wir sind ein handfester Menschenschlag." Marcus lächelte. „Wir raufen uns nicht mit metaphysischen Problemen herum wie die Griechen. Wir lieben das Leben und sind zufrieden, solange wir genug zu essen und zu trinken haben, bequem wohnen und unserer Sinnlichkeit und anderen körperlichen Freuden frönen können. Wir sind selbstgefällig. Wir sonnen uns in unserer Macht. Wir lieben Buhlschaften und Gladiatoren, Sängerinnen und Tänzerinnen und Tavernen und Juwelen und schöne Pferde an prächtigen Wagen und weiche Teppiche, kurz, das Wohlleben. Wir haben bloß den Wunsch, die Götter mögen in ihrem Himmel bleiben und sich in die Angelegenheiten der Menschen nicht einmischen."

„Das wäre vielleicht wirklich klug von den Göttern", pflichtete Roscius bei, der Datteln aß und ihre Kerne ausspuckte. „In Judäa habe ich mich nicht sehr wohl gefühlt. Dort redet man zu viel von Gott und der Seele. Man macht sich das Leben furchtbar schwer."

Marcus zögerte. „Redet man auch vom Messias?"

Mit einem Zwinkern antwortete Roscius: „Ja. Man erwartet ihn unentwegt, jeden Tag."

Über diesen kurzen Besuch des Roscius freute Marcus sich sehr. Quintus wurde, wie gewöhnlich, eifersüchtig. Atticus war begeistert. Er veranstaltete Bankette für den Schauspieler, der bald einen Kreis von Athener Verehrern um sich sammelte. Nachdem er sich eine Zeitlang hatte bitten lassen, gab er den klingenden Lockungen nach und trat im Dionysos-Theater in einem seiner Lieblingsdramen, Antigone, auf. Es wurde ein großer Erfolg. In gehobenster Stimmung verließ er Athen und nahm Briefe seines Freundes Marcus für dessen Eltern und Bekannte nach Rom mit.

Ein paar Tage darauf kam ein Sklave zu Marcus, der sich auf der Terrasse von der heißen Frühlingssonne bescheinen ließ und dabei las. „Herr", meldete der Diener, „ein ägyptischer Kaufmann will dich besuchen. Er nennt sich Anotis und sagt, daß er dich aus der Hand von Räubern befreit hat."

Marcus sprang auf und rief: „Führ ihn zu mir, und er muß mit mir hier speisen!" Er hatte keinen seiner Retter gesehen, die damals die beiden Brüder in einen Gasthof gebracht, einen Arzt für sie geholt und Quintus gebeten hatten, auch seinem Bruder ihr Mitgefühl zu bestellen.

Der Ägypter wurde auf die blumengeschmückte Terrasse geführt, und Hausherr und Gast verbeugten sich tief. Dann umarmte Marcus ihn auf römische Art, küßte ihn auf die Wange und sagte: „Edler Anotis, du bist damals gleich weitergereist, so daß ich dir nicht für die Lebensrettung danken konnte. Wie kann ich dir deine Hilfe vergelten?"

Anotis lächelte. „Zuerst wußte ich gar nicht, daß wir dem berühmten römischen Anwalt Marcus Tullius Cicero Beistand geleistet haben. Seither bist du mir nicht aus dem Kopf gegangen. Der Gedanke an dich hat mich geradezu verfolgt."

Er war ein hochgewachsener, sehr schmächtiger Mann mittleren Alters, in lange Gewänder aus rotem, grünem und gelbem Linnen gekleidet; über die knochigen Schultern hing ihm ein blauseidener Mantel. Seine Schuhe waren aus feinem blauem, goldbossiertem Leder, und um die schmale Taille trug er einen ebenfalls goldverzierten Ledergürtel, in dem ein edelsteinbesetzter alexandrinischer Dolch stak. Das lange schwarze Haar fiel ihm bis auf die Schultern, mit einem Goldband umschlungen, von dem ein großes, juwelenglitzerndes Medaillon auf die Stirn hing. Er bot einen prächtigen Anblick. Aber noch bemerkenswerter als seine Gewandung und sogar als seine sonstige eindrucksvolle, gelassen würdige Erscheinung fand Marcus sein Gesicht. Es war sonngebräunt; doch die Augen zeigten ein klares durchsichtiges Grau, die Züge waren ebenso fein wie kräftig, der Mund kündete Vornehmheit und edlen Stolz. Das Kinn zierte ein schmaler schwarzer Spitzbart.

„Ich fühle mich in deiner Schuld, Anotis", sagte Marcus und setzte sich zu seinem Gast. „Mein Arm ist, wie du bemerkt haben wirst, schon wieder gesund. Aber wenn du und deine Freunde damals nicht gekommen wären, säße ich jetzt nicht hier."

Anotis lächelte. „Du bist mir keinen Dank schuldig. Es war mir eine Ehre, dir helfen zu können." Er hielt inne, und seine glänzenden grauen Augen hefteten sich auf Marcus' Gesicht. „Ich habe einige ärztliche Erfahrungen. Kaufmann geworden bin ich nur aus Zwang, weil das Vermögen meiner Familie, wie das der meisten Ägypter, seinerzeit von den Lagiden beschlagnahmt wurde, als Alexander den Makedonier Ptolemäus auf den Thron meines heiligen Landes Qemt setzte. Wir vergessen das nicht. Als Jüngling wurde ich in den uralten Geheimnissen der Medizin und in der Religion meiner Ahnen unterwiesen." Er schwieg eine Weile und fuhr dann fort: „Ich habe dich in den Gasthof bei Korinth gebracht und dort, während du noch immer bewußtlos warst, geholfen, dich zu entkleiden. Da sah ich um deinen Hals an einer schönen Kette ein merkwürdiges, mit dem heiligen Falken des Horus verziertes Schmuckstück."

„Ach, meinst du das hier?" fragte Marcus und zog unter der Tunika die Kette hervor, an der das verschrammte Silberkreuz hing. „Das hat mir ein ägyptischer Klient geschenkt mit dem Bemerken, es sei das Zeichen eines göttlichen Wesens, das einst den Menschen geboren werden soll. Das Kreuz stamme aus einem ägyptischen Grab und sei jahrhunderteatt."

Anotis besah das Schmuckstück, befeuchtete zwei Finger am Munde und legte sie ehrfürchtig auf das Kreuz. „Das stimmt", sagte er.

„Ich trage das Horus-Zeichen als Verheißung", erklärte Marcus, „und als Hoffnung." Er war sehr interessiert. „Ich muß dabei immer an den Messias der Juden denken. Sag doch, bitte, besteht hier ein Zusammenhang?"

Aber in diesem Augenblick schoben Sklaven ein Tischchen auf die Terrasse und begannen, das Mittagessen aufzutragen. Marcus und sein Gast hoben die Becher zu stillem Gruß und gossen dann ein wenig Wein als Trankopfer für die Götter aus. Marcus war von dem feinen, nachdenklichen, durchgeistigten Gesicht seines Gastes gefesselt.

„Ich will dir auf deine Frage von vorhin antworten, Cicero", sagte der Ägypter, während sie von den ausgezeichneten Speisen des Atticus-Hauses aßen. „„Vielleicht kennst du die Geschichte unserer alten Götter, an deren Stelle die Lagiden fremde Gottheiten eingeführt haben, die zu verehren aber wir Ägypter von alter Familie und Überlieferung ablehnen. Vielleicht hast du von Isis gehört, die nach der Ermordung ihres Gemahls Osiris einen Knaben gebar. Es war Horus, der später die an seinem – von nun ab, gleich dem Nillande, zwischen Leben und Tod regelmäßig wechselnden – Vater verübte Freveltat rächen sollte." Anotis zog aus seinem Gewande ein Medaillon, das ihm an einer Kette um den Hals hing. „Sieh hier die Mutter und ihr Kind!"

Marcus beugte sich vor und sah die Darstellung der Göttin mit einem Knaben in den Armen.

„Das Zeichen des Horus", fuhr der Ägypter fort, „war nicht nur der Falke, Cicero, sondern auch das Henkelkreuz, das schon in unseren uralten Pyramiden als Symbol des Lebens und der Auferstehung erscheint. Und die Priester prophezeien von alters her, von einem Weibe würde ein Kind geboren werden, das die Menschheit aus dem Dunkel ins Licht führen soll."

„Eine ganz ähnliche Weissagung haben auch die Juden", bemerkte Marcus.

Anotis seufzte. „Fast alle Völker haben solche Weissagungen. Darum glaube ich auch, daß die Darstellung auf meinem Medaillon sich nicht eigentlich auf die alten, unter der Ptolemäerherrschaft in Vergessenheit geratenen Gottheiten Isis und Horus bezieht, sondern auf den uns prophezeiten Erlöser und seine Mutter."

Marcus fragte: „Haben nicht vielleicht die Juden während ihrer Knechtschaft in Ägypten die Geschichte von Isis und Horus in ihre eigene Religion übernommen?"

Anotis schüttelte den Kopf. „Nein, sie haben ihre Weissagung schon nach Ägypten mitgebracht; unsere Götter haben sie verabscheut und nie zur Kenntnis genommen. Aber ich muß dir noch etwas sehr Merkwürdiges erzählen. Ich bin ja Kaufmann und komme mit Berufsgenossen aus der ganzen Welt zusammen. Und da habe ich gehört, daß auch die Perser in höchster Erregung sind, weil ihnen ein Erlöser geboren werden soll. Ihre Astronomen sollen Wunderzeichen am Himmel gesehen haben, und die Priester haben in ihren Visionen das wunderbare Kinderantlitz jener Frau erblickt, die den Erlöser zu gebären bestimmt ist."

Marcus bewegte sich unruhig hin und her. „Aber wann soll er denn geboren werden und von welcher Frau?"

Anotis breitete seufzend die Hände aus. „Das wissen die Priester ebensowenig wie wir beide. Aber sehr lange dauern kann es nicht mehr, da plötzlich alle Völker so ungeduldig darauf warten. Ausgenommen natürlich", setzte er mit einer Grimasse hinzu, „die Griechen und die Römer, die trotz einer gewissen Skepsis weiterhin ihre Götter verehren — die Griechen, weil sich in ihren Gottheiten ihre Schönheitsliebe, und die Römer, weil sich in den ihren, besonders in Jupiter, ihr Machtstreben verkörpert. In Wirklichkeit sind ja Griechen und Römer im Herzen ungläubig. Dennoch hält sie der Aberglaube in seinen Klauen. Ist das nicht seltsam? Sie lauschen eifrig den Wahrsagereien ihrer gottlosen Priester und reisen zu dem trügerischen Orakel von Delphi und suchen Astrologen und andere Scharlatane auf. Denen glauben sie. Aber an Gott nicht."

Marcus erwiderte: „Wir wollen beten, daß unsere Augen noch den heiligen Abgesandten erblicken mögen."

Sie standen nebeneinander und blickten zur Akropolis hinüber. Anotis sagte: „Aber wer wird ihn erkennen, wenn er kommt? Eines allerdings ist sicher. Die Hoffnung auf ihn wird nie mehr aus den Herzen der Menschen schwinden, mögen sie noch so ungläubige Gotteshasser sein. Es liegt ja in der menschlichen Natur, alles Gute und Unvergängliche zu hassen und zu verdammen, das Böse aber zu vergöttern. Wer kann die abgrundtiefe Schlechtigkeit des Menschen ausloten? Und doch scheint Gott ihn zu lieben und retten zu wollen. Das ist eines der größten Rätsel."

Anotis nahm die Kette mit dem Medaillon von seinem Hals und reichte sie Marcus. „Behalte das als Unterpfand deiner Hoffnungen und trage es gläubigen Herzens, Cicero! Ich weiß nicht, warum ich es dir gebe; aber offenbar bin ich gerade deshalb zu dir gekommen. Die Namen von Mutter und Kind auf dem Medaillon sind nicht Isis und Horus. Die wahren Namen liegen noch im Schoß der Ewigkeit."

XXXVIII

Quintus war froh, nach den langen Aufenthalten in Griechenland, Kleinasien und auf Rhodos nach Rom zurückkehren zu können. Er behauptete, er könne es nicht mehr erwarten, seine Frau Pomponia, die er mehr als zwei Jahre lang nicht gesehen habe, zu umarmen. Dennoch fuhr er fort, Marcus vor einer Eheschließung zu warnen. „Ein verheirateter Mann ist kein freies Wesen mehr", unkte er.

„Ich bin fast zweiunddreißig Jahre alt", erwiderte Marcus. „Es ist an der Zeit, daß ich heirate und Kinder habe."

Als die beiden Brüder nach Rom kamen, trafen sie die Eltern gesund an. Helvia war jetzt eine wohlbeleibte Matrone, deren Haar grau wurde, die sich aber ihre geistige Robustheit, ihren kraftvollen Gleichmut und ihr kurzes lustiges Lachen bewahrt hatte. Tullius umarmte freudig seine Söhne. Doch sein Blick heftete sich sofort gespannt auf Marcus. „Erzähl mir von Griechenland!" bat er ihn.

Aber er wollte nur von dem Griechenland seiner Träume hören, in dem durch Athens Straßen Götter wandelten. Von der Agora und den Kaufläden und den lebhaften, schwarzäugigen Athenern, die Geld und Spaß liebten, spottlustig und quecksilbrig waren, wünschte er nichts zu erfahren. Er wollte in seiner Meinung bestärkt werden, daß die Athener samt und sonders makellos waren und ständig im Himation posierten, nur von philosophischen Themen sprachen und fortwährend Homer, Sokrates, Plato und Aristoteles zitierten. Offensichtlich, dachte Marcus etwas gereizt, stellt der Vater sich die Athener frei von allen menschlichen Bedürfnissen vor. Für ihn haben sie kein Gedärm und keine Blase; es juckt sie nicht, und sie kratzen sich nicht; sie fluchen und buhlen nicht. Sie sind in Marmor gekleidet und reden nur in Versen. Ach, dachte Marcus, warum machen die Menschen sich so alberne Trugbilder?

Marcus liebte den Vater, ärgerte sich jedoch über dessen Ahnungslosigkeit und ärgerte sich dann über den eigenen Ärger. Es kam ihm nämlich wieder einmal — wie so oft, allzuoft für seinen Seelenfrieden — zu Bewußtsein, daß jeder Mensch in seiner persönlichen traurigen, öden Einsamkeit lebte, in die niemand eindringen konnte, um seiner eisigen Not Wärme zu schenken. An Wesensart stand Marcus dem Vater näher als der Mutter oder dem Bruder, und vielleicht war es gerade die Erkenntnis dieser Ähnlichkeit mit dem Vater, die ihn besonders reizbar machte. Sie neigten beide zu Ausgleichen, zu Mittelwegen, und Marcus bedauerte diese Eigenschaft, obwohl sie oft der Klugheit entsprach.

Vielleicht hätte Marcus seine Heirat noch hinausgeschoben, wäre nicht eines Tages sein Jugendfreund Julius auf Besuch gekommen, wie gewöhnlich ganz fröhliche Überschwenglichkeit und Liebe. „Oh, ich habe dich schrecklich vermißt! Fast drei Jahre warst du weg!" rief Julius, umarmte den Freund herzlich und schob ihn dann von sich, um sein Gesicht zu mustern. „Du hast dich, den Göttern sei Dank, gut erholt! Ich habe meinem Schutzgott Jupiter viele Opfer für dich dargebracht, Teuerster.“

„Das bezweifle ich“, sagte Marcus. „Und wem hast du übrigens den bewußten Ring gegeben?“

„Einer Dame.“

„Auch das bezweifle ich“, erklärte Marcus. „Ich hoffe, du hast deinen Freund gewarnt, daß ich eines Tages mit ihm die Schwerter kreuzen werde.“

„Der reinste Gladiator!“ rief Julius und klopfte ihm auf die Schulter. Dann warf er sich in einen von Helvias festen Holzsesseln, daß die Seide seiner Gewänder nur so knisterte, und lachte belustigt.

„Ich meine es ganz ernst“, betonte Marcus.

„Das bezweifle ich“, machte Julius ihm nach. „Aber was liegt überhaupt an dieser Ringgeschichte? Erzähl mir lieber von Griechenland und von den dortigen Damen!“

„Ich habe sehr interessante Leute kennengelernt“, sagte Marcus.

Julius schnitt eine Grimasse. „Und heftig mit ihnen philosophiert“, ergänzte er.

„So hatte ich es ja vor.“

„Keine Bankette, keine Nachtschwärmereien mit Nymphen?“

„Die griechischen Damen sind sehr schnippisch.“

Julius küßte die eigene Hand und warf den Kuß in die Luft. „Ah, schnippische Damen liebe ich! In Rom gibt es nur zwei Arten von Frauen: die trägen Speckklumpen und die Männersüchtigen. Nirgends eine Spur von Witz oder von Geistesblitzen!“

„Und zu welcher Gruppe gehört Cornelia?“

Julius' Miene änderte sich. „Ich halte durch“, erklärte er. „Ich erweise ihr die gebührende Ehre ... Aber sag mir, hast du dich gar nicht unterhalten? Ist dir nicht der griechische Wein verjüngend durch deine Asketenadern geflossen?“

„Manchmal schon. Aber Bettgeschichten erzähle ich nicht gern ... Wie geht es deiner Tochter?“

Julius machte ein zärtliches Gesicht; ob das Verstellung war oder nicht, hätte Marcus schwer entscheiden können. „Sie blüht auf wie eine Rose! Langsam muß ich mich schon wegen eines Gatten für sie umsehen, obwohl sie noch ein Kind ist ... Um jedoch auf dich zurückzukommen, lieber Freund: Rom hat dich vermißt. Es gibt hier keinen Anwalt, der dir gleichkäme.“

„Was hast du in der ganzen Zeit getrieben, Julius?“

„Ich habe es aufgegeben, mich für Politik zu interessieren. Ich lebe, vergnüge mich, lache, liebe, singe — und halte mich auch von Bettgeschichten, wie du sie nennst, nicht fern. Genügt das nicht für einen Menschen?"

„Ich glaube dir kein Wort davon. Was braust du denn insgeheim zusammen?"

Julius seufzte. „Nichts braue ich. Du hast seit jeher die schlechteste Meinung von mir. Ich bin, bis auf meinen jährlichen Legionsdienst, ein höchst friedliebender Mann." Er starrte Marcus mit seinen glänzendschwarzen Augen an; doch wie gewöhnlich verbarg dieser Blick unter dem Anschein von Aufrichtigkeit und Offenheit und Schlichtheit mancherlei dunkle Dinge. „Dein Palatin-Haus ist übrigens sehr hübsch und gut ausgestattet. Du entwickelst Sinn für Luxus. Weißt du, daß dein Nachbar jetzt Catilina ist?" Als Marcus ein finsteres Gesicht machte, grinste Julius. „Er hat sich neben dir angekauft und baut ein neues Haus, nicht so schön wie deines. Aurelias Anlagewerte haben in der letzten Zeit nicht viel getragen. Ihr Vermögen ist noch immer beachtlich, aber offenbar nicht so groß wie deines." Er beäugte den Freund, der sich indes nicht herausfordern ließ.

Julius nahm einen Schluck Wein und rief jungenhaft: „Also, dieser Wein ist wirklich großartig! Seit deinem griechischen Aufenthalt bist du ja ein richtiger Weinkenner geworden! Und eine ganz neue Lebensart hast du dir zugelegt. Ich muß immerfort deine Kleider anschauen. Sie haben jetzt eine persönliche Note, sind nicht mehr bloße Mittel zur Bedeckung der Haut. Sie haben Stil und Grazie!" Er nahm wieder einen Schluck. Dann blickte er in den Becher. „Ich höre da ein Gerücht, das hoffentlich nur dummes Gerede ist. Angeblich hast du vor, Terentia zu heiraten."

„Was ist gegen Terentia einzuwenden?" fragte Marcus.

„Sie ist nicht die richtige Frau für dich, in deiner neuen gesellschaftlichen Position, beim Bacchus! Hast du sie je gesehen?"

„Nur als Kind. Damals ist sie mir recht hübsch und nett vorgekommen."

„Nach so langer Zeit ändert sich viel. Sie ist keine Schönheit; sie hat keine Reize. Ich will nicht sagen, daß sie eine Hekate oder eine Gorgo wäre. Sie redet sehr sanft. Ich traue den Frauen nicht, die sanfte Stimmen haben und selten lachen, besonders solchen nicht, deren Mienen zu beherrscht und zu wissend sind. Terentias Gehaben ist friedfertig; aber dahinter birgt sich Granit. Sie ist auch unangenehm klug. Da sie gesellschaftlichen Einfluß hat, tun viele ehrgeizige Männer ihr schön. Übrigens vergeht kein Tag, ohne daß sie sich in der Sänfte auf das Forum tragen ließe, wo sie Handelskontore und Banken und Makler aufsucht."

„Aurelia, Catilinas Frau, macht es doch genauso."

„Das ist ein ganz anderer Fall. Aurelia hat zwar auch geschäftliche Interessen; aber du mußt zugeben, daß sie eine bemerkenswerte Frau und eine ausgesprochene Schönheit ist. Sie kleidet sich in Seiden und Brokate und Samte und Pelze, und ist immer aufreizend parfümiert. Terentia ist einfach gewandet, fast ohne Schmuck, ganz ohne Parfüms, und ihre Hände sind groß und knotig wie Männerhände. Sie strafen ihr sanftes, bescheidenes Gehaben Lügen. Frauen mit Männerhänden sind nichts zum Heiraten. Daß sie schon eine Zwanzigerin ist, also eine alte Jungfer weit jenseits der Heiratsjahre, muß doch seine Gründe haben. Die Männer bewundern eben zwar ihren scharfen Verstand, begehren sie aber nicht als Ehefrau."

„Sie ist eine Patrizierin."

„Spielt denn das so eine Rolle?" fragte Julius, für den nur Angehörige der Aristokratie etwas galten. „Im Bett wünscht der Mann sich an einer Frau einen zarten Körper, feste Brüste und wohlgerundete Arme. Terentia hat nichts davon."

„Woher weißt du denn das? Bist du mit ihr im Bett gelegen?"

„Das fehlte gerade noch!" rief Julius voll Abscheu. „Angeblich ist sie noch Jungfrau! In ihrem Alter!"

„Deine Beschreibung bestärkt mich in der Überzeugung, daß sie eine ausgezeichnete Ehefrau und Mutter werden wird."

Jetzt stellte, zu Marcus' neugierigem Erstaunen, der Besucher seinen Becher hin und wurde sehr ernst. „Heirate sie nicht, Marcus! Sie wird dich unglücklich machen. Sie ist tugendhaft und hat Charakter. Aber ein Mann braucht mehr als das. Er braucht Fröhlichkeit und Anschmiegsamkeit; er braucht eine Frau, die zugleich eine Mutter ist, eine Kameradin, eine liebevolle Schwester, eine scheue Nymphe, eine Konkubine, ein Mysterium, ein Wesen voll Güte und inniger Hingabe. Ich kann mir vorstellen, was für eine Gattin Terentia sein wird! Sie soll sehr heftiges Temperament und ganz unfraulichen Ehrgeiz haben. Willst du weniger klug sein als andere junge Männer, die sie hochachten, aber meiden, soweit sie ihnen nicht beruflich förderlich sein kann?"

„Kurz, es liegt dir mächtig am Herzen, daß ich Terentia nicht heirate."

„Weil ich dich gern habe!" rief Julius und schlug mit der Hand auf den Tisch. „Soll ich untätig zuschauen, wie du ein geplagter, verschüchterter Ehekrüppel wirst? Schon Pomponia, die Frau deines unglücklichen Bruders, ist berüchtigt wegen ihrer Launenhaftigkeit und Grobheit; aber sie ist noch Gold gegen diese Terentia. Ich sehe schwarz für dich."

„Deine Fürsorglichkeit überwältigt mich", erklärte Marcus. „Aber du mußt mir doch endlich den wahren Grund für deine Abneigung verraten."

„Ach, ihr lieben Götter!" seufzte Julius und hob flehentlich den Blick. „Wenn du sie heiratest, bist du der bedauernswerteste Mann von Rom. Augenblicklich hat sie ja noch ein bißchen Jugendfrische. Aber in ein paar Jahren ist sie ein häßlicher Drache. Sie wird dir auf den Fersen sein wie Juno dem Jupiter, meinem armen Schutzgott. Du wirst nie einen Seitensprung machen können.''

„Ich gedenke ein braver, treuer Ehemann zu werden.''

„Ausgezeichnet! Aber Bravheit und Treue sollen aus eigenem Entschluß kommen und nicht von einer Xanthippe erzwungen werden. Du wirst dich ängstlich in Seitengassen herumtreiben und heimliche Abenteuer suchen müssen.''

Marcus lächelte. „Kannst du dir mich als Ehemann auf Schleichwegen vorstellen?''

„Zur Selbstbehauptung wirst du drauf angewiesen sein. Terentia ist herrschsüchtig und knausrig. Sie wird überall die Nase hineinstecken. Sie wird dir sehr präzise Ratschläge geben und dich, wenn du sie nicht befolgst, heruntermachen. Sie wird über jeden deiner Schritte Bescheid wissen. Sie wird bestimmen, mit wem du Umgang pflegen darfst. Eure Kinder werden ihr gehören, nicht dir. Du wirst ein wahrer Sklave ihrer Launen sein. Sie wird dich rasch davon überzeugen, daß du ein Tölpel bist.''

„Bewirbt sich vielleicht einer deiner Freunde auch um sie?''

„Nein! Keiner mag sie, trotz Tugendhaftigkeit und Geld und Stammbaum. Die anderen sind weitblickender als du.''

„Du mußt die Entscheidung schon mir überlassen. Ich werde alles, was du mir gesagt hast, in Erwägung ziehen und mir selbst ein Urteil bilden.''

„Ich sehe Unheil voraus und wollte dich davor bewahren.'' Julius hielt inne. „Kennst du ihre Schwester Fabia, die Vestalin?''

„Nein. Aber ich höre, sie ist sehr schön.''

„Ja. Bei ihrer Amtseinführung wurden ihr zwar die Haare geschoren, sind aber inzwischen nachgewachsen. Das ist jetzt glücklicherweise erlaubt, im Gegensatz zu früheren, strengeren Zeiten. Ihr Haar ist wie der goldene Regen, der sich über Danae ergoß. Ihr reines Antlitz trotzt meinen Schilderungskünsten. Ihr ganzes Wesen ist süß wie Balsam. Aber ich darf nicht so reden'', besann sich Julius, während seine Augen funkelten, „weil es doch lästerlich wäre, von einer geheiligten Vestalin mit den gleichen Worten zu reden wie über andere Frauen.''

„Das wäre es wirklich'', pflichtete Marcus bei. „Eine Vestalin, die ihr Keuschheitsgelübde bricht, wird ja lebendig begraben, während man ihren Geliebten zumindest um einen Kopf kürzer macht. Aber was hat das alles mit Terentia zu tun?''

Julius musterte ihn scharf. Nach einer Weile schien er zu Marcus' Verwunderung beruhigt und erleichtert. Er sagte: „Sobald du Fabia siehst, wirst du den Unterschied gegenüber ihrer Schwester klar erkennen und deine Heiratspläne aufgeben.''

Marcus lächelte ungeduldig. „Lassen wir einmal meine Angelegenheiten aus dem Spiel, lieber Freund! Es tut mir leid, daß du mit deinen

Anklagen gegen den Konsular Dolabella und den Legaten Antonius wegen ihrer Mißwirtschaft in Makedonien und in Hellas nicht durchgedrungen bist.''

„Na ja'', erwiderte Julius, scheinbar auf andere Gedanken gebracht und niedergeschlagen, „ich verfüge eben nicht über deine Rednergabe. Deshalb habe ich vor, falls es nicht zu einem dritten Mithridatischen Krieg kommt, nach Rhodos zu reisen und dort bei Molon Rhetorik zu studieren.'' Er stand auf.

„Rhodos wird dir sehr gefallen'', bemerkte Marcus. Die beiden Freunde umarmten sich wieder. Vor dem Weggehen sagte Julius: „Ich bete, daß du Terentia nicht heiratest.''

Dieses Gespräch war einer der Beweggründe, die Marcus dazu bestimmten, sich der Brautwahl seiner Mutter zu fügen. Ein weiterer Beweggrund ergab sich durch den Tod des alten Archias, seines geliebten Lehrers. Die beiden hatten einander lange nicht gesehen, standen aber, als Marcus in Griechenland, Kleinasien und Rhodos weilte, in Briefwechsel. Schon vorher waren sie nur mehr selten zusammengekommen. Dennoch hatte Marcus den alten Griechen als Einrichtungsstück seines Lebens empfunden, wie eine Statue in einem Zimmer, das man zwar selten betrat, an die man aber regelmäßig und liebevoll dachte. Nun war diese Statue in Trümmer gefallen und aus seinem Dasein entschwunden. Mochte die Freundeshalle seiner Seele künftighin noch so vollgeräumt werden, stets würde eine Gestalt, ein Gesicht dort fehlen. Plötzlich spürte Marcus sehr stark, wie die Zeit den Menschen vereinsamte, wie die Jahre vergingen, wie flüchtig das Leben war. Wenn er nicht heiratete und Söhne bekam, würde nichts von ihm bleiben.

Julius sagte zu Catilina in dessen Hause: „Gehen wir in den Garten, möglichst weit weg, damit die schöne Aurelia uns nicht hört!''

Sie schritten durch den warmen Garten, der in gelbem Mondlicht lag, und fanden einen versteckten Platz in einer Grotte. Im honigfarbenen Mondenschein sah Catilina überaus stattlich aus, und wieder einmal wunderte Julius sich darüber, daß sein Freund sich seiner männlichen Schönheit und des von ihm ausgehenden gefährlichen Zaubers anscheinend gar nicht bewußt war. Obwohl Catilina seinen vierunddreißigsten Geburtstag hinter sich hatte, sah er noch immer wie ein Adonis aus, zeitlos schön, in jugendlicher, leidenschaftlicher Männlichkeit. In seinen ruhelosen blauen Augen glomm das Mondlicht; sein Gesicht zeigte, trotz der Lasterfurchen um den Mund, edle Vornehmheit. Er ist wie ein zum Kuppler gewordener Hyakinthos, dachte Julius, der ihn um sein ungewöhnlich eindrucksvolles Gesicht und seinen prächtigen Körper ein wenig beneidete.

Es gab Zeiten, wo Julius sich nach Gesprächen mit seinem Freunde unbehaglich fragte, ob die Gemütskrankheit, die bei Livia ausgebrochen war, nicht auch in ihrem entfernten Verwandten und Witwer schlummerte. Jedenfalls flammte in Catilinas Augen oft ein Flackern auf, das mit geistiger Gesundheit schwer zu vereinbaren war, und häufig hatte er, trotz seiner sonstigen kühlen Zurückhaltung, schwere Wutausbrüche. Seine Stimme verlor nie – auch nicht, wenn er belustigt oder betörend war – einen Unterton von kalter Verachtung für alles und für jeden.

„Hast du den Kickerling von der schönen Terentia abgebracht?" fragte Lucius.

„Leider nicht. Übrigens hat auch deine Aurelia bei Terentia kein Glück gehabt mit ihren Andeutungen, Cicero sei impotent oder kein voller Mann, habe geheime, scheußliche Laster, sei nicht so reich, wie man annehme, von niedriger Abkunft und stumpfer Wesensart. Terentia läßt sich nicht umstimmen. Sie ist allerdings nicht mehr sehr jung."

Zornig und wütend entgegnete Lucius: „Aurelia ist auch schon stutzig geworden, weil ich so hartnäckig darauf bestehe, sie möge ihrer Freundin die Heirat mit dem Erbsenmann ausreden. Nur mit Mühe konnte ich sie davon überzeugen, daß bloß mein tödlicher Haß gegen ihn dahintersteckt."

„Wenn er sie heiratet" – und jetzt senkte Julius seine Stimme zu einem Flüstern –, „kann er leicht darauf kommen, daß du in Fabia verschossen bist. Du kannst gegen ihn sagen, was du willst, jedenfalls ist er gescheit und scharfblickend. Hör also, bitte, auf, Fabia zu bedrängen! Es ist mehr als gefährlich, mehr als bedrohlich. Das Mädchen hat, wie du erzählst, noch nicht eingewilligt. Es ist ein Unglück, daß unsere neueren Gesetze den Vestalinnen erlauben, nur halbverschleiert in der Öffentlichkeit zu erscheinen und den Spielen, wenn auch in einer geschlossenen Loge, beizuwohnen. Unsere Zukunft ist zu wichtig, als daß man sie wegen eines Mädchens aufs Spiel setzen dürfte! Du wirst deine Freunde mit dir in den Abgrund reißen; denn die Entehrung einer Vestalin werden die Römer auch heutzutage nicht ungesühnt lassen."

Lucius lächelte kühl. „Aber auch du hast Fabia mit lüsternen Augen angeguckt. Das habe ich selber bemerkt."

Julius hob die Hände und ließ sie wieder sinken. „Anschauen darf man jede Frau, sogar eine Vestalin. Wenn aber Fabia in Schwierigkeiten gerät oder auch nur in deinen Armen ihre Seligkeit findet, wird sie unweigerlich ihrer Schwester davon erzählen. Und Terentia ist bekannt für ihre starren Tugendbegriffe. Sie würde den Liebhaber der Fabia nicht schonen, selbst wenn die eigene Schwester dabei zugrunde ginge. Oder Cicero wird den Frevel aufdecken und davon seiner Frau erzählen; er wäre unsagbar entsetzt darüber. Das hast du doch immer befürchtet, nicht?"

„Allerdings." Lucius erhob sich und begann auf dem warmen, duftenden Sommerrasen hin und her zu schreiten. Leise sagte er: „Deshalb bleibe ich dabei, er muß sterben, wenn man anders diese Heirat nicht verhindern kann."

„Komm mir nicht wieder mit diesen Dingen! Das geht jetzt schon jahrelang so. Was liegt denn an einer Frau, und mag sie so schön sein wie Fabia? Sind wir Männer? Oder sind wir unreife Burschen, die sich von ihren Leidenschaften beherrschen lassen? Ich sage dir nochmals: es steht zu viel auf dem Spiele. Laß ab von Fabia!"

„Für jemanden, der eine Legion schöner Frauen zur Verfügung hat, bist du plötzlich bemerkenswert tugendhaft", grollte Lucius.

„In der Legion ist keine einzige Vestalin, keine Frau, die, wenn etwas aufkommt, von einem schrecklichen öffentlichen Tod bedroht wäre. Du forderst ganz Rom heraus, das zwar vielfach nicht mehr an die Götter, aber ausnahmslos noch an die Heiligkeit der Vestalinnen glaubt. Ich beschwöre dich, schlag dir Fabia aus dem Sinn – wenn schon nicht deinetwegen, so doch ihr und deinen Freunden zuliebe!"

„Nein!" rief Lucius und schüttelte ablehnend den Kopf. „Nie habe ich eine Frau so geliebt und bewundert wie Fabia. Sie hält meinen ganzen Körper und alle meine Gedanken gefangen. Ich bin in ihrem Bann. Ich muß sie haben, oder ich sterbe!"

Julius starrte ihn nachdenklich an. Er fand, die zweite Möglichkeit wäre keine so üble Lösung. Aber im nächsten Augenblick verwarf er diesen Gedanken. Catilina war sehr wertvoll. Er hatte eine zu gewichtige, zu mächtige Gefolgschaft unter dem Elendsproletariat des unterirdischen Rom.

Catilina wandte sich ihm so plötzlich und mit derart zorniger Miene zu, daß Julius erschrak. Es war, als hätte er seine schwarzen Gedanken erraten. „Wie stehen denn die Dinge eigentlich?" stieß er hervor. „Werden wir uns überhaupt einmal rühren? Die Jahre vergehen, und wir kommen nicht weiter. Sogar deine Anklagen gegen Dolabella und Antonius sind schiefgegangen. Wir wollten uns damit in der öffentlichen Meinung lieb Kind machen. Ich habe deine ganze Leisetreterei satt. Schlagen wir los, und erledigt!"

„Auch die Pyramiden und die anderen Weltwunder sind nicht an einem Tag entstanden, ebensowenig wie das Römerreich. Was wir vorhaben, ist zu groß, zu gewaltig, als daß man es überstürzen dürfte. Schlag dir Fabia aus dem Sinn!"

„Niemals!" erklärte Lucius.

Seufzend stand Julius auf. „Ich kann nur Jupiter anflehen, er möge dich bändigen."

„Ich kann nur dich anflehen, dem Tode des Kickerlings zuzustimmen."

„Reden wir von etwas anderem! Ich bin entsetzt über die Unvorsichtigkeit des Curius. Er hat seiner Geliebten Fulvia gedroht, sich, wenn sie ihm untreu würde, an ihr zu rächen, ‚sobald ein großes Ereignis eingetreten ist'. Fulvia ist sehr helle. Curius trinkt zuviel. Er kann in ihren Armen Dinge ausplaudern, die uns den Kopf kosten mögen. Er ist viel gefährlicher als Cicero. Nimm ihn einmal ins Gebet! Er ist ja ein entfernter Vetter deiner verstorbenen Frau Livia. Diese Sache ist äußerst wichtig, mache ich dich aufmerksam."

„Der Erbsenmann muß sterben, bevor er Terentia heiraten kann."

„Nein!" betonte Julius entschieden. „Sonst nehme ich fürchterliche Rache."

Julius ging; er warf einen Blick zurück. Lucius starrte ihm mit finsterer, wütender Miene nach.

Helvia und ihr Sohn Marcus waren unterwegs zu dem großen, aber schlichten Hause, wo Terentia bei ihren Verwandten und Vormündern wohnte. „Du mußt gleich von Anfang an einen guten Eindruck machen. Glücklicherweise sieht Terentia mich noch immer wie eine Mutter an. Übrigens stimmt es nicht, daß sie keinen Anwert gefunden hat, wie dieses Lästermaul von Julius dir einblies. Dein Großvater hätte die Ehe sehr begrüßt."

„Und was sagt der Vater dazu?"

Helvia lächelte in dem schattigen Sänftenkasten. „Terentia schüchtert ihn ein. Er hat mir einmal erklärt, sie sei mir ähnlich. Bin ich denn so abschreckend?"

Marcus küßte seine Mutter auf die Wange. „Wenn sie wirklich dir ähnlich ist, liebe Mutter, dann hat sie schon jetzt mein Herz gewonnen."

Der heiße Spätsommerabend dämmerte, und über den Himmel zogen niedrige, dunkle Wolken, gewitterkündend. In dieser drückenden Abendstimmung betrat Marcus mit seiner Mutter das Brauthaus. Der Hausmeister meldete, Frau Terentia sei mit ihrer Schwester, der geweihten Vestalin Fabia, die auf Besuch gekommen sei, im Garten und lasse die Gäste dorthin bitten. Angenehm beeindruckt von der geschmackvollen Einfachheit des Hauses, begab Marcus sich mit der Mutter in den Garten, wo sich gerade ein leichter Wind erhob.

Die schwüle Düsternis verstärkte sich rasch. Die Besucher schritten über Gras, das von dem heraufziehenden Gewitter wie versengt roch. Schatten huschten über die Erde. Zwei Frauen erhoben sich von der Marmorbank, auf der sie dicht nebeneinander gesessen hatten. In diesem Augenblick durchzuckte ein greller Blitzstrahl die Luft, und Marcus sah Fabias Gestalt darin aufleuchten, als erblickte er im Traum Astarte. Er dachte nicht mehr an ihre Schwester. Er schaute nur Fabia an.

Nie hatte er eine so schöne Frau gesehen. Sie war sehr jung, hochgewachsen und anmutig, in weißes Linnen gekleidet, das sie wie Marmor umschloß. Ihr blauer Schleier verbarg nur zum Teil das weiche, goldglänzende Haar, das ihr auf die wie Schmetterlingsflügel geformten und ebenso zarten Schultern fiel. Ihr Gesicht war oval und fein, an den glatten Wangen und vollen Lippen korallenrot überhaucht. Die fast in der gleichen Goldfarbe wie das Haar freundlich strahlenden Augen waren groß und von dichten, dunklen Wimpern beschattet. Ihre in das Vestalinnengewand gehüllten Körperformen konnte Marcus nur erraten; doch mußten sie, nach den geschmeidigen Bewegungen zu urteilen, wunderbar jugendlich und schön gerundet sein. Ihr Gesichtsausdruck war kindlich, vertrauensvoll und lauter, von einer unendlich verlockenden, aber zugleich zu scheuer Hochachtung zwingenden Reinheit. Sie schien weniger mädchenhaft als Artemis; ihre Stirn war die Athenes. Ihr schüchternes Lächeln entblößte kleine, perlengleich schimmernde Zähne. Sie stand demütig da, die Hände vor dem Rumpf gefaltet — Hände, deren schneeige Weiße sich sogar von dem weißen Gewand abhob. Sie war unantastbar, göttlich.

„Terentia", stellte Helvia vor und kniff Marcus in den Arm, „hier ist mein Sohn Marcus Tullius Cicero."

Der künftige Bräutigam schrak aus seiner gedankenverlorenen Bezauberung auf, mit vor Verwirrung und Verlegenheit heißen Wangen, weil er wie hypnotisiert Fabia angestarrt hatte. Er wandte den Blick auf Terentia, und es fiel ihm ein, daß er sich verbeugen mußte.

Terentia war weder so groß noch so schlank wie ihre Schwester. Das karminrote Linnen ihres langen Kleides umriß eine matronenhafte Gestalt. Das Gesicht war etwas schmal und blaß. Das schlicht frisierte, mittelbraune Haar fiel in Wellen, die nicht der Brennschere entstammten. Die Nase war ein wenig zu breit und zu stark, der rosa Mund etwas zu schmal. Die Augen mit ihrem klaren, beständigen Braun bildeten ihre schönste Zier; sie verrieten, was immer Julius gesagt haben mochte, Charakter und Klugheit. Ihr sehr langes Kinn bezeugte Festigkeit oder Hartnäckigkeit. Sie trug keinen Schmuck, und ihre Hände waren groß.

Meine künftige Ehefrau! dachte Marcus, und Niedergeschlagenheit erfaßte ihn.

Terentias Stimme war leise und ruhig, aber nicht zögernd. Fabia, deren schüchterne Stimme Flötentönen glich, wurde immer wieder rot. Terentia benahm sich zu ihr wie eine liebevolle Mutter. Bald erschien eine zweite Vestalin und nahm Fabia mit sich, zum Atrium der Vesta.

Terentia sagte außerordentlich freundlich: „Meine teure Fabia wollte dich nur kennenlernen, edler Cicero. Wir Schwestern sind ja sehr innig miteinander verbunden." Ihre zurückhaltende Stimme bebte jetzt, und nun wurden ihre braunen Augen wirklich schön.

„Jeder weiß, wie sehr du an deiner Schwester hängst, Terentia", sagte Helvia.

„Als sie Vestalin wurde, war das eine große Ehre für unsere Familie", erklärte Terentia stolz. „Allerdings gibt es in ganz Rom keinen vornehmen Jüngling, der sie nicht, als sie heranreifte, zur Frau begehrt hätte. Aber ihr Herz war immer so eigen, so keusch, so fromm, daß sie sich kein schöneres Schicksal vorstellen konnte als das von ihr erwählte."

„Sie ist eine wahre Europa", erklärte Marcus, noch ganz benommen von ihrem Anblick. Er bemerkte, daß Helvia ihn tadelnd ansah und daß Terentia rot wurde. „Ohne den Stier natürlich", setzte er rasch hinzu und machte die Sache noch viel schlimmer. „Eigentlich habe ich Leda gemeint", verhedderte er sich immer mehr.

Helvia nahm Terentia mütterlich am Arm und führte sie zum Hause. Die Frauenkleider raschelten im Gras. Die Gewitterwolken wurden fahlgelb, und ein scharfer Wind kam auf. „Wie du bemerkt haben wirst, teuerste Terentia", sagte Helvia etwas zu laut, „stellt mein Sohn sich Frauen gegenüber recht unbeholfen an. Das kommt daher, weil er ein großer Gelehrter ist, ein Stoiker."

„Ich weiß ja von dem Ruhm, den er in der Stadt genießt", erwiderte Terentia. Sie lehnte sich an Helvias Arm, wie eine Tochter. Dann blickte sie über die Schulter Marcus an, und plötzlich wurden ihre großen braunen Augen gütig und warm. Alles war schon in schönste Ordnung gebracht; er hatte offenbar in dieser Sache nichts mehr zu bestellen.

Als sie die Vorhalle erreichten, fielen die ersten Regentropfen. Der Donner kam näher. Mit einem Male mußte Marcus an Livia denken, und die Tränen stiegen ihm auf.

XXXIX

Die Verlobung war sehr nüchtern und illusionslos. Später schrieb Marcus seinem Freunde Atticus darüber: ‚Diese Feier bestimmte das Zeitmaß meiner Ehe.' Dem Brauche entsprechend, gab er Terentia viele Geschenke. In einem letzten kläglichen Versuch, den Dingen einen etwas empfindsamen Einschlag zu verleihen, hätte er gern Juwelen oder Seidenstoffe geschenkt. Aber Terentia hatte ihm in aller Bescheidenheit mitgeteilt, am liebsten wären ihr ‚praktische, für unser neues Haus am Palatin verwendbare Dinge'. Dieses Haus hatte sie in den letzten Bauabschnitten, während Marcus' Auslandsaufenthalt, mit Helvia besucht, und ihr nüchterner Geist war nicht mit allem einverstanden gewesen. Als Marcus ihr die vielen von der Reise mitgebrachten Kostbarkeiten zeigte, hatte sie zwar recht freundlich gelächelt, ließ jedoch durchblicken, diese Schätze dünkten sie etwas abgeschmackt. Ebenso indes, wie sie jetzt ihren Hang zu heftigen, ja gewalttätigen Temperamentsausbrüchen vor Marcus verbarg, tat sie es mit ihrer Abneigung gegen Verschwendung und zu ausgefallene Pracht.

Vieles von dem, was sie verborgen hielt, erriet der sehr feinfühlige Marcus; aber sie hatte so viele gute Eigenschaften, daß er rasch entschied, sie überwögen bei weitem ihre Fehler. Immerhin entdeckte er an ihr auch einen erschreckenden Mangel an Humor. Wenn er einen Scherz machte, lächelte sie freundlich. Wenn er ein Epigramm eigener Erfindung wiedergab, sah sie ihn ahnungslos an.

Ihre gesamte Bildung war nützlichkeitsgerichtet und alltagsgebunden. Mit besonderer Vorliebe sprach sie von den Ladungen der Schiffe, an denen sie sich mit Geldeinlagen beteiligte. Sie war gesetzt und etwas selbstgefällig. Wenn auf Geld die Rede kam, verhärteten sich ihre Gesichtszüge merkwürdig. Unermüdlich konnte sie von Marcus' einflußreichen Freunden in der Stadt erzählen hören, und in ihren Augen blitzte ein berechnender Schimmer auf. Ihre Zuneigung zu ihm hatte etwas Schwesterliches. Als er einmal ihre Hand nahm und ihr dann die Ellbogenbeuge küßte, erschrak sie, wurde sehr rot, warf ihm einen empörten Blick zu und zog den Ärmel über die geschändete Hautstelle. Bin ich ihr zuwider? fragte er sich bedrückt. Er stellte die Frage ohne Umschweife auch seiner Mutter, die ihre dichten schwarzen Brauen hochzog.

„Hast du von Terentia Verfeinerung in solchen Dingen erwartet?" schalt sie ihn. „Sie wird als Jungfrau an dein Bett kommen. Das ist nicht zu verachten."

„Heirate ich eine Buchhalterin oder eine Frau?" gab er zurück.

Helvia antwortete: „Sie wird dir eine gute Hausfrau und Vermögensverwalterin sein. Nie wird sie die Laren und Penaten deines Heimes kränken. Was kann ein Mann von seiner Gattin mehr verlangen?"

Die Vermählung fand nach altrömischer Sitte statt. Am Hochzeitstage kleidete Terentia sich mit Hilfe von weiblichen Verwandten und von Sklavinnen in ihre weiße, lange, saumlose Tunika, die um ihre kurze Taille mit einem zweimal geknoteten Wollgürtel befestigt wurde. Darüber legte sie eine hellgelbe Palla an und schlüpfte in gleichfarbene Sandalen. Ihr Haar war auf althergebrachte Art frisiert worden, mit Lagen künstlicher Haare darüber, von einem karminroten Netz zusammengehalten. Auf das alles breitete sich ein leuchtend orangefarbener Schleier, der über das Gesicht fiel. Und ganz zuoberst kam ein Kranz von Majoran- und Verbenenblüten. Als einziges Schmuckstück trug sie ein Halsband aus feinem Silbergeflecht, das Marcus ihr aufgedrungen hatte, während ihr der herkömmliche eiserne oder kupferne Halsreif lieber gewesen wäre.

Diese Kleidung war nicht dazu angetan, den Bräutigam mit Ungeduld nach dem Ehegemach zu erfüllen. Marcus fand Terentia geradezu häßlich. Alle Hochzeiten, denen er bisher in seinem Leben beigewohnt hatte, waren fröhlich und schön gewesen, und die Bräute hatten sich modern gekleidet, ihr zwanglos herabwallendes Haar war parfümiert und ihr Mund rot gefärbt gewesen, und sie hatten nur so geglitzert vom Familienschmuck.

Terentia stand mit ihren Verwandten in ihrem Hause und empfing Marcus und seine Angehörigen. Quintus war bestürzt über den Anblick seiner künftigen Schwägerin. Im Vergleich zu ihr war ja Pomponia eine Halbgöttin! Er bedauerte seinen Bruder sehr und wurde so bekümmert, daß ihm trotz des kühlen Frühherbsttages der Schweiß auf die Stirn trat.

Tullius, der sich anfangs um die Heiratspläne seines Sohnes — in der unbestimmten Hoffnung, zum Schluß würde der Olymp selber ihn irgendwie vor einem so grausamen Schicksal bewahren — sehr wenig gekümmert hatte, fühlte sich jetzt recht elend. Als er durch die Maschen des Brautschleiers die festen, unerbittlichen Gesichtszüge Terentias sah, erschrak er sehr. Das war nicht die schüchterne Braut, wie die alten Bücher sie schilderten und empfindsame Männer sie ersehnten. Das war eine zurückhaltende, auf Formen bedachte Frau, die das Bewußtsein eigener Maßgeblichkeit ausstrahlte! Am liebsten hätte Tullius seinem Sohne zugerufen: „Flieh, solange noch Zeit ist!" Er sah das blasse, unbewegte Gesicht des Bräutigams und schüttelte verwundert, verzweifelt den Kopf. Mußte sein Sohn unter sämtlichen Frauen Roms ausgerechnet ein solches Geschöpf heiraten, das sicherlich alle möglichen guten Eigenschaften haben mochte, aber durch die großen, häßlichen Hände und die schulmeisterliche Haltung abstieß?

Die Hochzeitsgesellschaft begab sich ins Atrium, wo den Göttern ein Opfer dargebracht wurde, ein zartes Lämmchen. Als es zubereitet war, nahmen alle mit ihren Fingern davon und aßen. Dann fügten die Zeugen ihre Siegel zu dem Ehevertrag. Ein — allerdings unbeamteter — Augur erklärte, alle Vorzeichen seien günstig und die Eingeweide des Opferlamms hätten eine lange, glückliche Ehe der Brautleute gekündet. Dann stellte vor dem Augur der Bräutigam an die Braut die herkömmliche Frage, wer sie sei, und sie antwortete mit der altehrwürdigen Gehorsamsformel: „Wo du Gajus bist, dort bin ich Gaja." Die Zeugen, Freunde, Verwandte und Gäste brachen in Jubelrufe aus und überschütteten das Paar mit Glück- und Segenswünschen.

Fabia wohnte der Vermählung ihrer einzigen Schwester nicht bei, weil damals die Vestalinnen an Festlichkeiten noch nicht teilnehmen durften. Aber sie hatte einen liebevollen, rührenden Brief geschickt, den Terentia nun in feierlicher Haltung vorzulesen begann. Zum erstenmal wurden ihre Züge weich; Tränen flossen ihr über die Wangen. Plötzlich war aus einer selbstsicheren Frau ein reizendes junges Mädchen geworden. Sie wandte sich zu Marcus und lehnte, um sich wieder zu sammeln, den Kopf an seine Schulter. Unwillkürlich schloß Marcus sie in die Arme und fühlte Zuneigung für sie. Schließlich war sie noch jung und jetzt seine Frau, und er gelobte sich, sie zu lieben und zu schätzen, mochte auch ihre Art kaum verführerisch und das Gespräch mit ihr wohl schwerlich anregend sein.

Das Fest dauerte bis in den späten Abend. Es war weder großartig noch stimmungsvoll. Marcus trank Wein, bis ihm die Ohren sausten und der Kopf brummte. Jetzt wurde es Zeit, die Braut aus ihrem Hause in das des Gatten zu bringen. Von Fackelträgern angeführt, schritten Musikanten und Sänger vor dem jungen Paar einher und sangen züchtige Lieder, nicht die ausgelassenen, derben Gassenhauer, wie sie bei modernen Hochzeiten üblich waren. Sie sangen von Haus und Herd, von der Tugend der jungen Frau und der vornehmen Gesinnung des Gatten und von den heldenhaften Kindern, die ihnen zu Bürgern Roms und Dienern der angestammten Götter geboren werden sollten. Passanten blieben stehen und sahen sich die Prozession mit der Sänfte des Ehepaars und den dahinter einherziehenden Verwandten und Bekannten an. Da es im Zuge weder hübsche Tänzerinnen noch grölende Faune gab und keine Bäckereien oder Münzen in eifrig zugreifende Hände geworfen wurden, hielt man es für eine Hochzeit ärmerer Leute. Niemand in der Prozession lachte oder torkelte berauscht. Die Vorhänge der Sänfte blieben geschlossen. Alles war sehr feierlich und gesittet, trotz der vor der Sänfte einherhüpfenden Knaben, die Weißdornzweige als Fruchtbarkeitssymbole schwenkten.

In Marcus' schönem, neuem Hause brannten viele Lampen, und auf dem blumengesäumten Zugangswege waren alle Bedienten angereiht. Über die Türschwelle lag ein weißes Tuch gebreitet, zum Zeichen dafür, daß eine jungfräuliche Braut das Haus betreten sollte. Marcus sprang aus der Sänfte und half seiner Frau, über deren Gesicht noch immer der orangerote Schleier fiel, beim Aussteigen. Jetzt kam der Augenblick, da der Gatte die Jungvermählte über die Schwelle tragen sollte. Alle schauten Marcus mit strahlenden, erwartungsvollen Mienen an. Er umschlang Terentia und hob sie. Und taumelte. Sie war unerwartet schwer und massig. Um eine unerquickliche Situation zu vermeiden, schlang Terentia die Arme fest um seinen Hals. Sein Gang war etwas schwankend, und er schwitzte auf unziemliche Art, als er schließlich die Last über die Schwelle beförderte. Dann folgten die Brautjungfern mit Terentias Spinnrocken und Spindel, und sie sangen ein Lied über die Tugenden der Hausfrau.

Marcus bot ihr Feuer und Wasser. Man merkte, daß er sehr blaß und daß sein Blick ganz starr war. Tullius beobachtete ihn traurig von weitem; Quintus war sichtlich bedrückt. Helvia sah erst ihren Sohn und dann die ihr sehr willkommene Schwiegertochter an, von der sie für später etwas mehr Leidenschaftlichkeit erhoffte. Marcus, so dachte sie, hatte die Seele eines sanften Lammes; aber Männer waren sehr anfällig, leicht gekränkt, leicht verletzt, trotz all ihres stolzen Gebarens und ihrer tiefen Stimme und ihrer Berufstüchtigkeit. Im Vergleich mit ihnen waren die Frauen von eiserner Robustheit.

Gewöhnlich pflegte in diesem Augenblick eine ältere Verwandte dem Bräutigam zuzuflüstern: „Sei lieb zu ihr! Sei geduldig!" Aber diesmal ging Helvia zu der gelassenen jungen Frau und raunte ihr ins Ohr: „Sei freundlich zu ihm, meine Teure! Freundlichkeit schätzt er über alles." Terentia wandte sich und starrte sie an, nicht verlegen, sondern verständnislos. Obwohl sie eben erst das Haus ihres Gatten betreten hatte, zeigte sie nichts von schüchternem Erröten oder anmutiger Ängstlichkeit. Sie war schon die Herrin dieses Hauses; Selbstsicherheit stand in ihrer Miene geschrieben.

Nach einiger Zeit nahm die erste Brautjungfer die auffallend ruhig mitten in der Gesellschaft sitzende junge Frau an der Hand und führte sie ins eheliche Schlafgemach. Kaum waren die Vorhänge über der Tür zugefallen, begannen die Hochzeitsgäste sich eilig vom Hausherrn zu verabschieden, damit er möglichst bald die Freuden des Bettes genießen könne. Wo eben noch Gesang und Stimmengewirr geherrscht hatten, lastete nun tiefe Stille über den Resten des Mahles und den Spuren eines letzten Trankopfers. Marcus hörte, wie der Hausmeister das rhodische Bronzetor des Atriums schloß und verriegelte. Selbst die Stimmen der müden Sklaven waren verstummt. Die Lampen glommen schwach, und der Ölgeruch wurde widerlich, eklig. Der Hausmeister, ein mittelgroßer, sehr würdevoller Mann, trat in den Speisesaal, verbeugte sich und fragte: „Herr, befiehlst du noch etwas?"

Marcus antwortete mit verzweifelter Stimme: „Aulus, trink einen Becher Wein mit mir!"

Der Mann lächelte ehrerbietig, füllte Marcus' bekränzten Becher und goß auch für sich einen Becher voll. Sie tranken schweigend. Dann sagte der Hausmeister mit gesenktem Blick: „Mögen die Götter deine Ehe segnen, edler Herr, und dir Glück schenken!" Er deckte die Tische ab und ging.

Die Lampen flackerten. Der Morgen war nicht mehr fern. Und im Ehegemach wartete die Gattin. Einen so widerstrebenden Hochzeiter hat es wohl noch nie gegeben! dachte Marcus. Er war wie vollgesogen mit Angst und Furcht. Er überlegte seine Lage. Welcher Wahn hatte ihn umgarnt und zu dieser Ehe getrieben? Er war müde, benommen von zu reichlichem Weingenuß. Wenn ich die Augen für eine Zeitlang schließe und dann wieder aufmache, sagte er sich kindisch vor, so wird sich alles als Alptraum herausstellen. Jedenfalls konnte er sich augenblicklich nicht einmal Terentias Gesicht und Gestalt vergegenwärtigen. Eine fremde Frau, die er nie gesehen hatte, erwartete ihn. Sie war mit der gleichen unbefangenen Seelenruhe ins Brautgemach geschritten, mit der sie wohl sonst ihre Banken aufsuchte. Wie hatte er nur auf die Idee verfallen können, sie gliche seiner Mutter? Helvia besaß Humor, und ihre Kraft war warm wie Ackerboden. Terentias Kraft — und wer, beim Hades, wünschte sich schon ein Mannweib? — war kalt wie Stein.

Dann straffte Marcus die schmalen Schultern. Bin ich ein Mann oder ein grüner Junge? fragte er sich streng. Ich bin um Jahre älter als die arme Kleine, die jetzt wahrscheinlich in meinem Bett vor Herzklopfen schlottert und meine Kissen mit ihren jungfräulichen Tränen benetzt. Mannhaft schritt er aus dem Speisesaal und ging zum Brautgemach. Mit entschlossener Geste öffnete er die Vorhänge.

Das Zimmer war groß, aber anheimelnd. Es war schön möbliert, und den Mosaikboden bedeckte ein sattfarbener Perserteppich. Das aus dem Orient stammende Bett war aus Zedern- und Ebenholz, mit Elfenbein eingelegt und stark vergoldet. Die Sessel waren aus Thujaholz, ebenso die feingliedrigen Tische. Eine duftende Lampe brannte matt neben dem Bett. Terentia schlief fest, bis zum Kinn in die blauen und gelben Dekken gewickelt. Da ein Arm freilag, sah man, daß sie ein schlichtes weißes, langärmeliges Leinenhemd trug. Sie schlief tief und gesund wie ein Kind, das zu Zöpfen geflochtene braune Haar auf die Kissen gebreitet.

Marcus stand da und betrachtete seine Frau. Tränen? Keine Spur! Herzklopfen? Keine Spur! Eine Neuvermählte in der Hochzeitsnacht, und sie schlief, ohne auf den Mann gewartet zu haben! Eine Jungfrau, und sie war nicht im geringsten aufgeregt gewesen! Ihr ruhiges Gesicht zeigte deutlich, daß sie ihren Schlummer zufrieden genoß. Die Lampe beschien die glatten, zartschimmernden Wangen und die hübschen Wimpern, leider auch die mächtige Nase, das lange, streitbare Kinn und den kurzen Hals.

Eigentlich muß ich ihr dankbar dafür sein, daß sie nicht das Licht ausgeblasen hat! dachte Marcus. Wäre es möglich, daß sie keine blasse Ahnung vom Eheleben hat? Der Gedanke reizte Marcus. Er entkleidete sich, löschte die Lampe, hob die Decken und legte sich neben seine Frau.

Von draußen hörte er Nachtschwärmer singend und redend und lachend den Palatin zu ihren Häusern hinaufsteigen. Durch das offene Fenster drang die würzige Herbstluft. Er legte die Hand auf Terentias Schulter, beugte sich in der Dunkelheit über ihr Gesicht und suchte ihre Lippen. Sie erwachte murmelnd, nicht mit liebevoller Vorfreude, sondern unwirsch, wie ein aus dem Schlaf gerissenes Kind. Zweifellos aber wußte sie genau, wo sie war und wer ihren Körper suchte.

Mit sehr sachgerechtem Griff faßte sie seine Hand. „Es ist spät", sagte sie in festem Tone, „und ich bin müde, Marcus."

Es juckte ihn, ihr einen Klaps zu versetzen. Er hatte warme, volle Brüste entdeckt, und das erregte ihn. Er tastete wieder. Und wieder faßte sie seine Hand.

„Morgen!" vertröstete sie ihn.

„Nein!"

„Ja. Jetzt laß mich schlafen, ich habe in der Früh eine Menge zu tun." Und unglaublicherweise drehte sie sich entschlossen um, schlief wieder ein und bot ihm nur ihren Rücken.

Marcus war empört und fühlte sich tief gedemütigt. Er fand, er hasse diese Frau und beschloß, sich unverzüglich von ihr scheiden zu lassen. Mochte sie ‚in der Früh' für immer zu ihren Kontoren und Börsenmaklern und Bankiers gehen! Er schwelgte in der erheiternden Vorstellung, wie er seine unerwünschte Frau davonjagen, wie sie beschämt und weinend zu ihrem Familienklüngel zurückkehren werde.

Dann wurde ihm plötzlich die Drolligkeit seiner Lage bewußt, und er brach in lautes Lachen aus. Er legte sich bequem hin und schlief, noch schmunzelnd, ein. Irgendwann vor Anbruch des Morgens mußte Terentia, während sie noch wohlig schlief, seine Hand ergriffen haben. Denn als er in dem blauen und goldenen Dämmerschein erwachte, spürte er, daß ihre Finger um die seinen lagen. Er war gerührt und küßte ihr die Wange und seufzte ein wenig.

Später erfüllte Terentia ihre eheliche Pflicht so gewissenhaft wie alle ihre Pflichten. Der frauliche Liebeserweis hatte für sie keine andere Bedeutung als andere Obliegenheiten; er nahm seinen Platz in ihrem Leben ein und mußte ebenso gründlich wie flink erledigt werden.

Ob seine Gattin ihn liebte oder nicht, blieb für Marcus eine offene Frage. Jedenfalls empfand sie tiefe Zuneigung für ihn. Genoß sie das körperliche Beisammensein mit ihm? Darüber sollte er sich nie klarwerden. Sie kam ihm wohlgesinnt entgegen. Und er gewann die Überzeugung, daß sie ihm ein guter Freund war.

XL

„Dieser verdammte Kickerling!" rief Catilina. „Jetzt ist er Politiker geworden! Und du stellst ihn unentwegt als harmlos hin. Gibt es einen harmlosen Politiker? Wer weiß, welche Laufbahn er noch einschlägt, wenn wir ihn nicht beiseite räumen? Seit meiner frühesten Jugend spüre ich, daß er alles, was wir sind und anstreben, bedroht."

„Ein simpler Quästor, ein Finanzbeamter!" beschwichtigte ihn Julius. „Das allerniedrigste politische Amt. Und er geht nach Westsizilien, wo sich die Hasen und Füchse gute Nacht sagen. Der arme Kerl! Bei seinem Alter hätte er fürs Leben gern einen Sohn gehabt. Und Terentia hat ihm eine Tochter geschenkt. Schon als er durch seine advokatorische Beredsamkeit in der Achtung des Volkes stieg, hast du dir die Haare gerauft.

Du bist geradezu besessen von ihm und siehst überall seinen racheheischenden Schatten. Manchmal muß ich über alle diese Sinnwidrigkeiten lachen. Dabei erwähnt Cicero dich nie, mit keinem Wort. Daß er dich verachtet, ist kaum ein Geheimnis, mein Apollo. Daß du ihn verachtest, ist in Rom stadtbekannt. Du behauptest, er kann die Sache mit Livia nicht verwinden. Woraus schließt du das? Er ist ein braver Ehemann; die Römer lieben ihn wegen seiner Anständigkeit und Redlichkeit und Rednergabe und wegen der Meisterschaft, mit der er vor Gericht wie ein Gladiator für das Recht ficht. Und jetzt ist er Quästor, ein höchst bescheidenes Amt. Wozu also ihn fürchten? Reden wir lieber von wichtigeren Dingen, zum Beispiel von Fabia!"

Catilinas Miene änderte sich ein wenig; aber er erwiderte fest den auf ihn gerichteten festen Blick. „Und was ist mit Fabia?"

„Du weißt doch, daß ich dir freundschaftlich zugetan bin. Wenn ich Cicero und seine gemächliche Häuslichkeit – ohne Terentias Ehrgeizeleien wäre sie sogar sehr gemächlich – besuche und mir, während er sein Kind friedlich in den Garten trägt, von seiner leidigen Juristerei und seinen Büchern erzählen lasse, tue ich es nicht nur aus alter Anhänglichkeit, sondern, weil ich Gerüchte aufschnappen und jede Wandlung in seinem Verhalten feststellen will. Jedesmal erkundige ich mich ganz nebenher über Fabias geheiligtes Befinden. Er gibt immer recht freundliche Auskunft und erzählt, daß sie ihre Schwester oft aufsucht. Verstehst du? Du wolltest ihn ermordet haben, damit er nicht Fabias Schwester heiraten kann. Und dabei hat er bisher nicht das mindeste erfahren. Soll ich dir zu deiner Behutsamkeit bei den Zusammenkünften mit Fabia gratulieren oder darf ich mit Erleichterung aus deinem eigenen Munde hören, daß du das Mädchen aufgegeben hast?"

Lucius antwortete zunächst nicht.

Julius hatte sich das Haus, in dem er sich jetzt mit seinem Gaste besprach, außerhalb Roms mit größtem Luxus erbauen lassen: Springbrunnen, Statuen, Marmor, Gold und Silber, alexandrinisches Glas, getriebene Kupfer- und Bronzekandelaber, Blumenbeete, blaue Weiher, schimmernde Teppiche, Seidenbehänge, Marmorfußböden, Wandgemälde, Tafelbilder und Bücher und Kunstgegenstände aus aller Herren Ländern. Die beiden Freunde saßen in dem grünen, blühenden Garten, im Schatten von Myrten und Eichen und Zypressen, unter einem Firmament, das heller und klarer war als der Stadthimmel. Mitten auf einer großen Rasenfläche stand eine schwarzmetallene Riesenstatue des Isissohnes Horus in Falkengestalt, mit im Sonnenlicht flimmernden Flügeln, den mächtigen Vogelkopf stolz emporgehoben. Julius hatte eine Schwäche für Ägypten und seine Kunst und besaß viele aus diesem Land geraubte Altertümer, nicht nur das Standbild mit der heiligen Schlange, das er in seinem Schlafzimmer versteckt hielt. Er betrachtete gern den großen

Falken und sah zu, wie der Schatten der Statue allmählich immer länger wurde. In solchen Augenblicken fühlte er sich über den Alltag hinausgehoben.

Er blickte seinen Freund durchdringend an.

Schließlich erwiderte Catilina: „Du kannst dir selber aussuchen, welche von den beiden Möglichkeiten dir wahrscheinlicher vorkommt."

„Das ist keine Privatsache!" fuhr Julius auf. „Alles, was einer von uns tut, bekommt jetzt ungeheures Gewicht. Falls Fabia sich dir ergeben hat, so verlasse sie sofort! Wenn nicht, so vergiß sie! Hör zu! Weißt du, was man sich in der Stadt erzählt? Fabia soll vor dem Herdfeuer der Vesta plötzlich ganz blaß geworden und in Ohnmacht gefallen sein, und ihre Gefährtinnen mußten sie angeblich wegtragen, und das erst vor ein paar Tagen! Das Volk nahm es als Unglückszeichen, weil alle Leute die schöne, sanfte Fabia kennen und darauf schwören, daß ihr Blick Heilung bringt. Deshalb haben sich an ihre Ohnmacht alle möglichen Gerüchte geknüpft. Bist du irgendwie schuld daran, Lucius?"

Wieder änderte sich Catilinas Miene, und jetzt blitzten seine blauen Augen furchterregend auf. „Ich lasse mich nicht verhören, Caesar! Schluß damit!"

„Die vestalischen Jungfrauen sind die Beschützerinnen meiner alten Familie; sie sind die Hüterinnen der Herdfeuer in ganz Rom. Eine gefallene, entartete Vestalin ist für das gesamte Volk ein furchtbares Ärgernis. Das Volk rächt sich an dem Verführer und straft auch die schuldige Priesterin. Es ist ein todeswürdiges Verbrechen. Wie oft soll ich dir das noch sagen?"

„Am besten, es ist gleich jetzt das letztemal gewesen!"

„Bei den Göttern!" rief Julius. „Sprich nicht so verächtlich mit mir! So kannst du zu deinen Sklaven reden, oder zu deiner Frau, oder zu deinen kostbaren Kumpanen. Aber nicht zu mir, Catilina, nicht zu mir."

„Du wirst unverschämt", fand Catilina.

„Unverschämt? Ich? Zu dir? Bin ich dein Untergebener?"

Catilina lächelte grimmig. „Du möchtest gern, daß umgekehrt ich dir untertan wäre. Du bist ehrgeizig, Caesar. Und es gibt Zeiten, wo ich dir nicht traue."

„Lenke nicht ab! Sorge dafür, daß sämtliche Gerüchte über Fabia verstummen!"

Catilina wandte sich ihm rasch zu. „Gerüchte? Das Mädchen ist ohnmächtig geworden. In den letzten Tagen war das Wetter sehr heiß. Auf dieser schmalen Basis baust du deine Lügengebäude auf?"

„Ist sie noch ein Mädchen, Catilina? Sind meine Vermutungen falsch?"

„Alles in allem sicherlich. Übrigens sprichst du von ‚sämtlichen Gerüchten'. Welche anderen gibt es noch?"

Julius sah ihn fest an und erwiderte: „Sie weint nachts und erwacht stöhnend aus Träumen, in denen sie sich vor ihren Gefährtinnen schrecklicher, aber ungenannter Freveltaten beschuldigt."

„Ach, du schläfst offenbar im Kreise der Vestalinnen?"

Julius sprang auf. Schaum trat ihm auf die Lippen, und er wurde totenblaß. Er kämpfte sichtlich um die Beherrschung von Gemütsaufwallungen, die nahe daran waren, in einen Anfall seiner Krankheit zu münden. So stark war sein Wille, daß er sich nach einigen Augenblicken, während Catilina ihn unbehaglich beobachtete, wieder in der Hand hatte. Er setzte sich und ließ den Kopf auf die Brust sinken. Dann führte er langsam, wie betäubt, die Hände zu den Schläfen und starrte um sich. Als wäre er allein und spräche zu sich selber, murmelte er: „Was habe ich da eben gesehen?"

Lucius ging zu einem Marmortisch, goß einen Becher mit rosa Wein voll und brachte ihn seinem Freund. Julius nahm den Becher wie im Traum. Sein Gesicht war bleifarben. Schweiß rann ihm über die Wangen, wie Tränen. Er schluckte langsam von dem Wein und blickte vor sich hin, als versuchte er, sich eine schreckliche Vision wieder zu vergegenwärtigen. Dann sagte er mit dumpfer Stimme: „Wenn du etwas mit Fabia gehabt hast, so muß sofort Schluß sein damit!" Jetzt hob er die verschleierten, aber machtvollen Augen. „Ich drohe nicht aufs Geratewohl oder aus einer plötzlichen Laune." Sein Atem ging langsam und keuchend. „Noch etwas! Angeblich bist du gut Freund mit diesem Thraker, dem Spartacus, und mit seinen Kumpanen, den Sklaven Crixus und Oinomaos, die er aufhetzt. Wir in Rom werden jetzt von den Sklaven terrorisiert. Bist du einer der Drahtzieher dabei, Catilina? Ich erwarte keine Aufrichtigkeit von dir. Aber hüte dich! Die Zeit ist nicht reif. Ein Sklavenaufstand wird uns nicht an die Macht bringen."

„Irgendwie müssen wir es schaffen", entgegnete Catilina verbittert. „Die Jahre vergehen, und wir trauen uns nichts. Wie Schuljungen, die einen Geheimbund geschlossen haben."

„Willst du, daß Römer, deine eigenen Mitbürger, in den Straßen von aufrührerischen Sklaven niedergemetzelt werden?"

Catilina wandte den Blick ab; aber seine Miene verfinsterte sich.

„Wir müssen vernünftig bleiben", sagte Julius. „Blutvergießen im eigenen Volk wünschen wir nicht. Wir rechnen zwar mit deinem Einfluß auf deine gräßlichen Mitläufer, der uns unwiderstehlich machen soll, weil aus Furcht niemand uns entgegenzutreten wagen wird. Aber in den Straßen darf nicht das Blut von Römern fließen."

Catilina verzog die anmaßenden Lippen, sagte aber noch immer kein Wort.

Julius fuhr fort: „Nun, ich merke, daß du auch davor nicht zurückschrecken würdest. Dein Haß richtet sich gegen alles Bestehende: das ist so deine Natur. Du bist zu sehr Gewaltmensch, und Gewalttätigkeit war schon deine erste Jugendleidenschaft — Gewalttätigkeit um ihrer selbst willen. Es würde mich bei Crassus nur ein Wort kosten, und du fändest keine Gelegenheit mehr, noch eine weitere Frau zu verführen oder auch nur den nächsten Tag zu erleben."

Catilina griff nach dem Dolch. Aber Julius, der sich nun wieder völlig gefaßt hatte, stand auf und lächelte ihm mit aufrichtiger Belustigung zu. „Sei tapfer, Catilina, wenn unser Tag kommt, und nicht gewalttätig! Ich schätze dich sehr. Ich möchte nicht gern für deine Manen Opfer darbringen müssen."

Mit festen, wenn auch etwas langsamen Schritten ging er zu der schwarzen Riesenstatue des Horus und blickte in das wilde Vogelgesicht. Als er sich schließlich umdrehte, bemerkte er, daß Catilina ohne ein Wort des Abschieds gegangen war.

Terentia, der kein Raum ‚ihres' Hauses als unbetretbar galt, kam in das Bücherzimmer, wo Marcus eifrig an einigen seinem Verleger Atticus zugesagten Aufsätzen arbeitete.

Sie hatte nicht geklopft, und Marcus schrak nervös zusammen und runzelte ärgerlich die Stirn. Er war nicht mehr so sehr ‚alter' Römer, daß er die Gattin auf die Frauengemächer mit ihrem eigenen säulenumgebenen Hof und auf die Gesellschaft ihrer Sklavinnen, der Schwiegermutter und der Tochter beschränkt hätte. Wohl aber war er der Meinung, jeder, der in den persönlichen Bereich eines anderen eindringen wolle, möge dessen Erlaubnis dazu erbitten oder sich zumindest entschuldigen.

„Ich habe dich gebeten, Terentia, mich nicht zu stören, wenn ich arbeite", sagte Marcus mit aller ihm möglichen — also nicht sehr großen — Strenge.

„Pah", machte Terentia. „Was schreibst du schon da? Obskure Artikel, die dann von Müßiggängern in den Thermen gelesen werden? Es gibt wichtigere Dinge."

Da jeder Schriftsteller zwangsläufig seine Erzeugnisse für unsterblich hält, war Marcus begreiflicherweise gekränkt und zornig. Noch zorniger wurde er, als Terentia unaufgefordert Platz nahm, wo doch die Gattin sich nicht einmal bei den Mahlzeiten zu Tisch setzte, sondern unauffällig an der Tür stand und jedes von den Sklaven gebrachte Gericht prüfte, ehe sie es auftragen ließ. Marcus schätzte Terentia als Lebensgefährtin sehr und sollte später seinem ‚treuesten, bravsten Weibe' schreiben: ‚Du bist mutiger als jeder Mann'. Aber aus irgendeinem Grunde fühlte er sich ohne sie wohler als mit ihr. Er versuchte ständig, ihr Selbstbewußtsein zu dämpfen, weil sie immer fest davon überzeugt war, alles, was sie tue, sei auf vollkommenste Art erledigt und dürfe von einem ‚simplen Mannsbild' gar nicht erörtert werden. Für eine ‚altrömische' Matrone hat sie, dachte Marcus, eine bemerkenswert niedrige Meinung von den Männern. Aber hatten vielleicht diese Matronen alle eine gleich niedrige Meinung und hielten sich deshalb ganz gern von den Männern fern?

Als er feststellte, daß Terentia es sich in dem Sessel bequem gemacht und eine Miene aufgesetzt hatte, die zum Ausdruck brachte, sie würde sich durch nichts einschüchtern lassen, legte er seufzend die Feder beiseite.

„Ich arbeite da gerade an einem Aufsatz, der vielleicht einiges Licht auf eine sehr bedeutsame Frage werfen wird", sagte er betont, ohne sich, wie gewöhnlich, darüber schlüssig werden zu können, ob er mit Terentia solche hochgeistigen Gespräche führte, um sie aufzuklären oder aber, um ihr die Bildungskluft zwischen ihnen beiden beschämend aufzuzeigen. „Wo endet der Bereich der Vernunft, und wo beginnt der Bereich des Gefühls? Wer kann entscheiden, ob er anerkennenswerterweise über die meisten Dinge vernünftig denkt oder unbewußt von einer tief in seinem Wesen liegenden, nicht verstandesmäßigen Macht geleitet wird? Kann er in letzterem Falle behaupten, seine Entschlüsse seien sachlich und müßten von den Mitmenschen unbekrittelt hingenommen werden? Ich liebe das Gesetz, weil mir Gesetzlosigkeit widerlich und erschreckend ist. Aber ist das eine reine Angelegenheit der Vernunft? Es gibt Leute, die gefühlsmäßig Ungesetzlichkeit und Schrankenlosigkeit lieben und dafür Vernunftgründe finden, etwa die anscheinende Anarchie in der Natur und deren Gleichgültigkeit gegenüber unseren menschlichen Vorstellungen und Beweggründen. Wir sagen, das Gesetz sei heilig; aber die Natur kennt nichts Heiliges. Wir verabscheuen den Mord; aber die Natur bezieht ihn gelassen in ihren Plan ein. Wir haben Mitleid mit den Schwachen; aber die Natur tilgt sie erbarmungslos aus, weil Schwäche wieder Schwäche zeugt und auf der Welt nur für das Starke Platz ist. Sollen wir mit der Natur hadern, weil sie die Entfaltung aller Lebewesen von der Ausmerzung des Lebensunfähigen abhängig macht? Die Natur wünscht, daß ein schwächlicher Säugling zugrunde geht. Wir aber wenden alle ärztliche Kunst auf, um ihn am Leben zu erhalten. Wer hat recht, wir oder die Natur? Handeln wir vernünftig? Oder lassen wir uns von Gefühlsregungen leiten?"

„Tullia ist nicht schwach; sie ist ein sehr kräftiges Kind", erklärte Terentia. „Ich sehe also nicht ein, warum du sie zum Gegenstand deines Aufsatzes gemacht hast."

Mit bedachter Langmut, die nie ihre aufreizende Wirkung auf die nüchterne Terentia verfehlte, heftete Marcus den Blick auf die Zimmerdecke. „Ich schreibe doch nicht über Tullia", sagte er mit der Stimme eines Märtyrers, eines grob mißverstandenen Gatten, eines Mannes, der auch Idioten geduldig anhört. „Ich finde wieder einmal bestätigt, daß ich mich dir nicht verständlich machen kann."

„Dann möchte umgekehrt ich versuchen, mich deinem ausgefallenen Denkapparat verständlich zu machen, geschätzter Meister", entgegnete Terentia in einer jener seltenen spöttischen Anwandlungen, die ihren Gatten immer unangenehm berührten. „Ich kann zwar weder Aufsätze schreiben noch vor Gericht spitzfindige und verschrobene Verteidigungsreden halten. Aber dafür kann ich Verrechnungsbücher lesen und unsere wirtschaftliche Lage beurteilen. Ich bin zwar natürlich geistig beschränkt, vermag jedoch ganz gut zu ermessen, ob man ein bestimmtes Wertpapier kaufen oder eine bestimmte Bank mit Geldgeschäften betrauen soll. Ich weiß auch, wer von unseren Bekannten uns förderlich und wer uns hinderlich sein kann. Ich kenne auf den Sesterz genau unsere Bankguthaben und den Wert unserer Ländereien. Doch das alles ist für deinen hochfliegenden Geist nur verachtenswert."

„Was ist dir denn schon wieder nicht recht?" fragte Marcus mit resignierter Stimme.

Terentia nahm eine Handvoll Feigen und Datteln, kaute mit hörbarem Vergnügen und betrachtete die Wand knapp über Marcus' Schulter. Ihre Augen waren groß und nachdenklich. „Allerhand Dinge sind mir nicht recht", antwortete sie, nachdem sie den letzten Bissen entschlossen hinuntergeschluckt hatte.

„Können wir nicht morgen darüber reden, wenn ich weniger beschäftigt bin?"

„Wo denn? Im Gerichtssaal? In deinem Büro? Nein, jetzt ist der Moment!" Sie fummelte in ihren schweren, unkleidsamen Gewändern und zog ein Papier hervor. „Da habe ich mir fein säuberlich einige Notizen gemacht. Opfere also, o Herr und Meister, deiner Sklavin ein paar Augenblicke deiner kostbaren Zeit! Ich werde mich kurz fassen."

„Bitte", sagte Marcus mit betonter Höflichkeit.

„Du hast mir gesagt, daß du ein Abendessen für gewisse hohe Herrschaften wünschst. Das Essen wird wunschgemäß vorbereitet werden, gnädiger Herr. Aber fast alle deine Gäste sind langweilige Advokaten oder Geschäftsleute. Ich mißachte diese Männer nicht; sie sind dein Berufskreis. Aber keiner von ihnen ist wirklich einflußreich, und wenn du weiterkommen willst, mußt du dir gewichtigere Persönlichkeiten finden."

„Das Essen soll nur dem Meinungsaustausch über Rechtsfragen dienen, Terentia."

„Für bloße Selbstbespiegelung ist das Leben zu kurz", erklärte sie in festem Tone. „Dir machen solche Streitgespräche Spaß. Aber was man nur zum Vergnügen tut, ist schon irgendwie faul. Du bist jetzt Quästor, ein Politiker. Du mußt dich fragen, wer deiner weiteren politischen Laufbahn dienlich sein kann."

„Und wer wäre das?" erkundigte sich Marcus mit noch stärker betonter Langmut.

„Julius Caesar, Pompejus Magnus, Lucius Catilina. Der vornehme Licinius Crassus, der reichste Mann in Rom, der Finanzgewaltige. Das sind nur ein paar davon."

Marcus lehnte sich in seinem Sessel zurück. „Julius finde ich unerfreulich und zu durchtrieben. Pompejus ist schwer von Begriff. Meinen Abscheu vor Catilina brauche ich dir nicht nochmals zu schildern. Und den Crassus mißachte ich von ganzem Herzen, weil er sich, als Sulla aus Asia heimkam, bei der Enteignung der unglücklichen Proskribierten bereichert hat. Jetzt kann der Raffer es sich leisten, für sich und seine Freunde Ämter zu kaufen. Und Ämterkauf ist etwas Verächtliches."

„Alle Politiker kaufen sich Ämter", erklärte Terentia in einem Tonfall, der an Langmut ihrem Gatten nicht nachstehen wollte. „Glaubst du, bei der Beamtenwahl seien Rechtschaffenheit und Klugheit und Vaterlandsliebe ausschlaggebend? Alle politischen Ämter haben ihren Preis, und alle erfolgreichen Politiker mußten diesen Preis in Gold erlegen."

„Ich tue das nicht!" rief Marcus zornig.

Terentia zuckte die Achseln. „Du könntest schon ganz hoch oben sein, wenn du dafür bezahlt hättest wie alle vernünftigen Leute. Das hat nichts damit zu tun, ob man redlich, tüchtig oder würdig ist. Wenn nur Männer mit diesen Eigenschaften gewählt werden könnten, wäre mindestens die Hälfte der Amtsstellen in Rom unbesetzt."

„Das Volk sollte auf jeden Posten den besten Mann stellen", meinte Marcus.

„Aber wer ist denn für das Volk der beste Mann? Derjenige, der den Leuten Mühsal und Kampf um die Landesinteressen in Aussicht stellt, oder derjenige, der ihnen Zuwendungen verspricht?" Marcus senkte den bisher auf die Zimmerdecke gerichteten Blick und sah seine Frau mit Hochachtung an. Sie lächelte ihm mütterlich zu. „Ich habe ein paar von deinen alten Aufsätzen gelesen", gestand sie. „Diese Gedanken sind nicht auf meinem Frauenmist gewachsen."

„Du bist eine gelehrige Schülerin", fand Marcus und nahm wieder die Feder zur Hand.

„Warte noch! Bleibst du dabei, immer nur diese Langweiler einzuladen? Oder wirst du meinen Rat befolgen? Wenn dir die vier von mir genannten Männer nicht passen, gibt es genug andere."

„Schreib auf der Liste die Namen derer dazu, die du für wichtig hältst, Terentia! Nur den Catilina nicht!" Marcus wurde sehr freundlich und empfand plötzlich tiefe Zuneigung, ja fast Liebe für seine Frau.

Terentia war erleichtert. „Ich habe schon ein paar Namen hinzugefügt, Marcus." Sie nannte die Namen.

Marcus machte ein finsteres Gesicht. Dann fixierte er seine Frau und sagte: „Ich habe entdeckt, daß aus der Eingangshalle die Bronzegruppe der Nymphe und des Fauns verschwunden ist."

Terentia lächelte begütigend. „Ich fand die Statue anstößig. Aber wenn du willst, lasse ich sie wieder hinstellen."

„Und aus unserem Schlafzimmer fehlen die Alabasterfiguren von Venus und Adonis."

„Die Haltung der beiden ist geradezu obszön! Aber wenn du besonders entzückt von ihnen bist, lasse ich sie zurückbringen. Du bist ein ganz merkwürdiger Ehemann", erklärte Terentia, während sie die Gästeliste wieder zusammenfaltete. „Ich muß gestehen, daß ich dich nicht begreife. Du hast unverständliche Launen. Ich muß daran denken, wie sich meine Mutter oft über meinen Vater ärgern mußte. Aber du bist launenhafter als alle anderen Männer. Übrigens habe ich ja als deine Gattin von deiner sehr tüchtigen Mutter die Verrechnungsbücher übernommen. Weißt du, daß du auf die vielen von dir gekauften Grundstücke und Landhäuser und Ölhaine und Obstgärten noch über zweihunderttausend Sesterzen zu zahlen hast, abgesehen von vielen anderen Schulden?"

„In der letzten Zeit waren meine Klienten unverschämt gesund und langlebig, so daß mir keine Vermächtnisse zugefallen sind", erklärte Marcus. „Zweihunderttausend Sesterzen!"

„Ja." Terentia hielt inne und beobachtete ihren Gatten kühl mit ihren großen braunen Augen. „Aus deinen Anwaltsaufzeichnungen habe ich entnommen, daß du neuerdings für sehr viele Klientinnen erfolgreiche Scheidungsprozesse geführt hast. Ich dachte, du bist grundsätzlich gegen die Ehescheidung."

„Bin ich auch. Aber in diesen Fällen waren die Ehefrauen im Recht."

„Sie haben dir keine Honorare gezahlt."

„Terentia, du weißt doch, daß wir Anwälte keine Honorare nehmen dürfen. Nur Ehrengeschenke und Vermächtnisse."

Terentias Blick wurde noch kälter. „Auch von Ehrengeschenken ist mir nichts bekannt. Oder haben die Damen dir vielleicht etwas anderes geschenkt als Geld, Marcus?"

Marcus war verdutzt. „Wo will das hinaus?" Sie zuckte die Achseln und schlug die Augen nieder. „Bist du vielleicht gar eifersüchtig?"

„Ich?" empörte sich Terentia. „Was du mir zumutest! Du bist doch der treueste aller Ehegatten, nicht?"

Marcus rümpfte die Nase. „In Rom", sagte er, „gilt das heutzutage nicht als Kompliment. Der Mann deiner Freundin Aurelia ist ein berüchtigter Ehebrecher."

„Aurelia gibt ihm nichts nach", sagte sie und erhob sich mit ernster Miene. „Marcus, du mußt deinen Klienten reichlichere Geschenke entlocken. Unsere Bankguthaben sind niedrig." Sie lächelte. „Willst du übrigens Tullia sehen, bevor sie schlafen geht?"

Sie traten in das lampenbeleuchtete, sehr anheimelnde und von würziger Herbstluft erfüllte Kinderzimmer. Die kleine Tullia war noch wach.

Als sie ihren Vater erblickte, streckte sie ihm krähend die Ärmchen entgegen. Er sah an ihr sein eigenes Gesicht, etwas blaß, aber gesund und von Klugheit strahlend. Sie hatte auch seine großen, von Bernsteingelb über Blau ins Graue schillernden Augen. Marcus hob die Kleine und küßte sie freudig. „Mein Herzchen!'' sagte er. Sie babbelte an seiner Wange. Sie faßte eine seiner Locken und zupfte glückselig daran. Terentia hatte zwar einen Sohn gewünscht, betrachtete jedoch jetzt Vater und Kind mit Stolz. Sie legte ihrem Mann erst eine Hand auf die Schulter und schmiegte dann ihre Wange an seinen Arm. Er mochte ein sehr komischer Kauz sein; aber er war berühmt und rechtschaffen. Nur trieb er seine Ehrengeschenke zu lax ein und vernachlässigte den Umgang mit Männern, die seine Laufbahn fördern konnten.

Sie sagte: „Marcus, ich habe mich entschlossen, dich nicht mit der Kleinen nach Sizilien zu begleiten. Das dortige Klima soll für Kinder eher abträglich sein.''

Im stillen hatte Marcus gehofft, in Sizilien nicht mit einer großen Haushaltung belastet zu sein. Auch war es ihm recht, eine Zeitlang seiner betriebsamen Frau zu entgehen, die immerfort von Verrechnungsbüchern und einflußreichen Gästen und anderen Alltagsdingen redete, so daß die Gespräche mit ihr keineswegs erbaulich waren. Er bemerkte: „Ich werde mich sehr einsam fühlen.''

In festem Tone erwiderte Terentia: „Es handelt sich ja nur um ein Jahr, und im Sommer besuchst du uns auf der Insel. Aber ich muß auf Tullias Gesundheit Bedacht nehmen.''

„Da hast du wohl recht, teures Weib'', pflichtete Marcus so willfährig bei, daß Terentia ihm einen scharfen, forschenden Blick zuwarf.

Marcus ging in sein Bücherzimmer zurück, wo schon sein Hausmeister Aulus auf ihn wartete. „Herr, der edle Julius Caesar möchte dich für einen Augenblick sprechen.''

„Zu dieser Stunde?''

Aulus verbeugte sich und senkte den Blick. „Herr, für die heutigen Zeiten ist die Stunde nicht so spät. Auch Pompejus Magnus ist gekommen.''

Marcus runzelte die Stirn. Er wußte, daß Pompejus ihn aus undurchsichtigen Gründen gern mochte. Er sagte zu Aulus: „Führ die beiden herein!''

Caesar und Pompejus waren offensichtlich zwar nicht betrunken, aber nach einem reichlichen Mahle etwas angesäuselt. Sie strahlten jenes besondere Wohlbefinden aus, das nur weingekrönte Tafelgenüsse gewähren. In ihrer beschwingten Gegenwart kam Marcus sich schwerfällig und bejahrt vor, langweilig, ein richtiger Gatte und Vater — mit Verrechnungsbüchern.

„Du mußt verzeihen, daß wir so spät eindringen, lieber Freund'', sagte Julius und umarmte den widerstrebenden Hausherrn.

„Du bist willkommen'', behauptete Marcus und trug Aulus auf, Wein zu bringen.

„Das bezweifle ich'', neckte Julius. „Aber wir haben dich so schrecklich gern! Als wir zum Palatin kamen, hat Pompejus gesagt: ‚Wir müssen wenigstens einen kleinen Sprung zu unserem teuersten Freunde Cicero machen.' Und seiner Überredungsgabe kann man bekanntlich nicht widerstehen. So sind wir also hier.''

Marcus blickte Pompejus an, den breitgesichtigen, grauäugigen und etwas träge anmutenden Mann. Er fragte sich, was dieser Besuch bedeuten mochte. Der Wein wurde gebracht. Die Gäste nippten anerkennend daran. „Ich muß Terentia ein Kompliment machen'', bemerkte Julius. „Sie hat deinen Geschmack verfeinert.''

„Aber seinerzeit hast du gegen die Heirat gewettert.''

„Ein schrecklich gutes Gedächtnis hat dieser Marcus'', sagte Caesar zu Pompejus. „Mit dem darf man sich nicht verfeinden; er würde einem das ewig nachtragen.''

„Stimmt'', pflichtete Marcus bei.

Julius breitete mit großartiger Gebärde die Arme aus. „Wenn ich allen meinen Feinden für immer zürnen wollte, wäre mein Leben wahrhaftig bedauernswert. Ich trachte lieber, mich mit ihnen zu versöhnen und sie mir zu Freunden zu machen.''

„Und zu Bundesgenossen'', ergänzte Marcus.

„Helfer braucht jeder Mensch'', erklärte Julius und sah ihn mit seinen funkelnden schwarzen Augen an. „Wie gesagt, wir haben dich gern, Cicero. Deshalb werben wir Anhänger für dich. Wir möchten, daß die ganze Nation dir Beifall und Verehrung schenkt.''

„Und dich immer höher emporträgt'', fügte Pompejus hinzu, der kein Vielredner war.

„Was führt ihr eigentlich im Schilde?'' fragte Marcus. Er trank von seinem Weine und war angenehm überrascht davon, wie unbeschwert er sich plötzlich fühlte.

Julius verdrehte die Augen. „Cicero argwöhnt überall Schliche. Er mißtraut uns, seinen Freunden. Er will nicht an unsere Zuneigung glauben. Führen wir nicht ein tugendhaftes, arbeitsames Leben?''

„Nein'', sagte Marcus.

„Ist er nicht ein Witzbold?'' rief Caesar und sah Pompejus strahlend an. Er beugte sich zu Marcus. „Wir bringen dir eine Einladung. Vom edlen Licinius Crassus, der heute abend überaus lobend von dir sprach. Er möchte, daß du in einer Woche, bevor du nach Sizilien fährst, bei ihm speist.''

„Nein!'' rief Marcus.

„Ein so wohlhabender, einflußreicher Mann!"

„Nein", wiederholte Marcus.

Julius nahm einen Schluck Wein. „Crassus war mit Sulla sehr befreundet. Jetzt werden Sullas Papiere geordnet. Crassus ist in den Besitz eines Schreibens gelangt, das Sulla knapp vor seinem Tode an ihn abschicken wollte. Er möchte es dir vorlesen. Es betrifft dich, lieber Marcus."

Marcus wurde neugierig. „Was steht darin?"

Julius wackelte mit dem Kopfe. „Das sage ich dir nicht. Du mußt es von Crassus erfahren, der dir sehr wohlgesinnt ist."

„So, so", machte Marcus. Er zögerte. „Von den Gastmählern bei Crassus habe ich gehört. Schändliche Veranstaltungen!"

Julius grinste über das ganze Gesicht. Er sah sich in dem nüchternen Bücherzimmer um. Er musterte Marcus' schlichte Gewandung. „Was ist eigentlich mit dir? Willst du sterben, ohne jemals ein Vergnügen erlebt zu haben?"

„Ich weiß nicht, was du unter Vergnügen verstehst", entgegnete Marcus. „Ich werde mich bestimmt langweilen." Er überlegte. „Gut, ich komme zu Crassus, obwohl ich ihn nicht leiden kann. Mich interessiert Sullas Brief."

Triumphierend sagte Julius: „Freu dich auf den Abend! Auch Noah ben Joel und Roscius, der Publikumsliebling, werden mit von der Partie sein."

XLI

Julius Caesar sagte zu Marcus Licinius Crassus: „Herr, bestechen oder zumindest lahmlegen kann man viel leichter einen redlichen und anständigen als einen von Natur aus ehrlosen und schlechten Menschen. Der Anständige kann nämlich nicht oder will nicht glauben, daß die Menschen so sein könnten, wie sie wirklich sind; sonst müßte er trübsinnig und verzweifelt werden. Wenn man aber einen schlechten Kerl angeht, so fragt er sich nur zweierlei: Erstens: Weshalb will man von mir, daß ich dieses oder jenes tue oder unterlasse? Und zweitens: Was bringt mir dieses Tun oder Unterlassen ein? So ein Mensch ist hart und gefährlich. Bei Cicero aber genügt es, Herr – etwas Ähnliches habe ich seinerzeit schon Sulla gesagt –, wenn du ihn davon überzeugst, daß du nach den Göttern nichts höher schätzt als Rom. Dann wird er dir, mag es sich auch um eine noch so ... kritische und widersprüchliche Sache handeln, zumindest nicht entgegentreten. Und Ciceros Stillhalten ist wichtiger als die Teilnahme und Unterstützung vieler anderer. Ihn liebt das Volk – nicht als Idol, nach Art eines Gladiators, Generals, Schauspielers oder Politikers, sondern wegen seiner Ehrenhaftigkeit, die es mit ihm zu teilen glaubt."

„Ist er dumm?" fragte Crassus.

„Nein, Herr. Nur ein guter Mensch."

„Wo ist da der Unterschied?"

Julius schüttelte lachend den Kopf. „Cicero hat ungeheuren Einfluß in Rom. Seien wir froh, daß er selber keine Ahnung davon hat!"

Crassus war etwa vierzig Jahre alt, beleibt, stämmig und muskulös, eher untersetzt und sehr breitschultrig. Um so auffälliger wirkten über diesem wuchtigen Rumpf der lange, schmale Schädel, das schmächtige Gesicht und die eingesunkenen, aber glimmenden grauen Augen unter einer niedrigen Stirn. Sein dichtes, grobes, angegrautes Haar sah zerrauft aus. Er war Patrizier wie der verstorbene Sulla, besaß aber nicht dessen echten Stammes- und Familienstolz und auch nicht dessen, allerdings irregeleiteten, Biedersinn. Sulla hatte ja trotz aller Fehlgriffe sein Land geliebt, während Crassus nur sich selbst und das Geld liebte. Er war ungeheuer reich und ein geriebener Finanzmann. Er trieb Sklavenhandel und machte Darlehensgeschäfte. Keine Art des Gelderwerbs verschmähte er. Nachdem er der reichste Mann der Republik geworden war, fand er erst recht keine Ruhe. Geld brachte zwar Macht; aber in einer Republik war die Macht des Geldes doch einigermaßen vom Gesetz eingeengt, und der Einfluß, den es gewährte, genügte einem Manne wie Crassus nicht.

Um wirklich Macht, die gewünschte unumschränkte Macht, zu gewinnen, mußte er zuerst das Volk auf seine Seite bringen. Nun mochten die Republikaner zwar sehr käuflich geworden sein, sie blieben mißtrauisch gegen Prunkentfaltung und die offene Schaustellung von Reichtum. Das hatte Crassus aus nächster Nähe erfahren müssen, als seine junge, schöne Frau sich öffentlich mit einer kleinen, juwelengeschmückten Goldkrone auf dem Kopf und in einem mit goldenen Lilien bestickten Purpurmantel zeigte. Die Zuschauer hatten im Zirkus gezischt, unanständige Geräusche gemacht und spöttisch gerufen: „Königin! Majestät! Kaiserin!" Die Frau des Crassus mußte sich damals zurückziehen, in Tränen aufgelöst, voll Angst vor der immer stärker werdenden Wut und Verachtung und Entrüstung der Menge. Noch war Rom für ein Kaisertum nicht reif; es gedachte, sich dem nächsten Schritte auf dem Wege dahin, den Posaunenstößen fürstlicher Prachtentfaltung, mit Einsatz des Lebens entgegenzustellen.

Crassus war nicht gesonnen, Sullas Fehler zu wiederholen. Einer dieser Fehler war gewesen, daß der General sich in erster Linie als Soldat fühlte, auf strenge Manneszucht hielt, die ihm angeborene Zurückhaltung übte und sein Land liebte. Von diesen guten Eigenschaften besaß Crassus keine. Er behandelte das Volk milde, geschickt, hinterhältig. Er war reich; er spielte den menschenfreundlichen Wohltäter. In Reden vor dem Senat erklärte er, seine einzigen Ziele seien die Wohlfahrt der Republik und die verfassungsmäßige Macht des Volkes. Er werde stets nur das tun, was das Volk wünsche. Für brave, unterstützungswürdige Menschen sei sein Geldbeutel stets offen. Er verehre die Freiheit. Er sei nur der Diener Roms, das über ihn verfügen könne. Alles, was er habe, gehöre Rom. Er behauptete, die Vornehmen und die Reichen zu verachten. Die Patrizier tadelte er wegen ihres Wohllebens, ihrer Trägheit und Gleichgültigkeit gegenüber dem Elend der Massen; die Geldleute schalt er wegen ihrer Selbstsucht und Rücksichtslosigkeit gegen die Mitmenschen. „Wenn die sogenannten Bevorrechteten wirklich ein Vorrecht haben", pflegte er zu sagen, „so besteht es darin, den Hilflosen helfen und ihre Leiden lindern zu dürfen."

Den Freigelassenen, für die ihr früherer Sklavenstand immer ein wunder Punkt war, erklärte er, alle Menschen seien von Natur aus mit Freiheit ausgestattet. Zu den Sklavenbesitzern, denen solche Feststellungen unangenehm in die Ohren klingen mochten, versicherte er: „Die Götter haben jedem Menschen seinen Stand zugeteilt. Und wer wollte sich gegen die Götter auflehnen?" Den reichen und vornehmen Standesgenossen gab er insgeheim zu verstehen: „Wir müssen dem Pöbel schöntun, damit er uns nicht erschlägt und sich alle unsere Habe aneignet." Den Senatoren schmeichelte er: „Ihr seid Roms Macht." Zum Mob sagte er: „Alle Gewalt ist in eurer Hand. Verfügt über uns!"

Er baute Heilanstalten, in denen Bedürftige kostenlose Aufnahme fanden. Wenn die Brot- und Getreidezuteilungen für die Hungernden nicht ausreichten, trug er die Mehrkosten aus eigener Tasche. Er war ein Förderer der Künste. Schauspieler und Gladiatoren verehrten ihn und verbreiteten seinen Ruhm. Wenn er in der Öffentlichkeit erschien, warfen seine Freigelassenen Goldstücke unter die jubelnde Menge. An jedem Morgen empfing er in seiner Vorhalle mit hingebungsvoller, ernster Miene Beschwerdeführer, hörte sich ihre Anliegen aufmerksam an und sagte ihnen wirksame Abhilfe zu. „Meine Tür steht jedem offen", war seine ständige Redensart. Er bat seine Klienten, für ihn zu beten.

Nur wenige Menschen brachten ihm Argwohn oder Abneigung entgegen; denn er liebte ja offenbar das Volk, teilte seinen Reichtum mit ihm und ehrte es. Unter den wenigen Argwöhnischen befand sich Marcus Tullius Cicero, der die Quellen seines Wohlstandes kannte. Falls Cicero sich ihn einmal vornahm, dann mochten den Leuten die Augen über diesen Freund der Armen und Schwachen aufgehen.

Crassus fragte Julius: „Wie können wir ihn uns gefügig machen?"

Julius antwortete: „Herr, das wird dir nicht gelingen. Du kannst ihn nur über deine letzten Ziele und ehrgeizigen Pläne täuschen."

„Catilina wünscht seinen Tod."

„Catilina ist verrückt."

„Mag sein. Aber so gefährliche Menschen wie Cicero räumt man wirklich am besten beiseite."

„Das Volk liebt ihn, Herr."

Crassus lächelte dem jungen Manne zu. „Catilina klagt darüber, daß du an Cicero einen Narren gefressen hast und ihn unentwegt verteidigst."

„Er war der Mentor meiner Kindheit. Nur über meine Leiche geht der Weg zu Ciceros Ermordung."

Crassus lachte. „Ich bin nicht dadurch reich und mächtig geworden, daß ich alles, was man mir sagte, für bare Münze nahm. Bei dir steckt etwas anderes dahinter. Aber jetzt wollen wir also diesen Cicero als lieben Gast empfangen und ihn von meinen friedlichen Absichten überzeugen. Vielleicht können wir ihn damit ‚lahmlegen', wie du es ausgedrückt hast."

Marcus hatte noch kein so verschwenderisch ausgestattetes und mit solcher Geschmacksentartung herausgeputztes Haus gesehen, wie es das des Crassus war. Er stellte auch fest, daß es streng bewacht wurde – offenbar gegen jene, denen Crassus angeblich so zugetan war. Nie hatte Marcus solche Teppiche gesehen; überall waren mehrere übereinandergelegt, so daß der Fuß tief in sie versank. Im Vergleich damit war Caesars neues Haus außerhalb von Rom eine jämmerliche Hütte, Marcus' Behausung aber ein Viehschuppen. Für die Auswahl der Sklaven schienen vor allem Jugend und Schönheit maßgebend; ihre, bei Jungen wie bei Mädchen, langen Haare wurden von edelsteinbesetzten Golddrahtnetzen zusammengehalten. Viele waren, um ihre erlesene Schönheit zu zeigen, völlig nackt.

Der Palast hallte vom Plätschern der Springbrunnen, von Musik und gedämpftem Lachen wider und duftete von Parfüms, Salben und Blumen. Es herrschte eine Atmosphäre der Heiterkeit, Freundschaft und Entspannung. Crassus trug einen Lorbeerkranz; die Gäste waren mit Blütengewinden geschmückt. Nubiersklaven, hochgewachsen und glänzend schwarz, stattlich und nackt, schritten mit Federfächern durch die Räume und wedelten den Gästen Luft zu, was an diesem warmen Herbstabend sehr willkommen war.

Republikanische Schlichtheit! dachte Marcus angesichts all dieses Luxus. Seine Sinne waren wie betäubt. Alexandrinische Glaslampen schimmerten im Licht. Überall war Gold und Silber und Edelstein: an Tellern und Messern und Löffeln und Servierplatten und Schüsseln. Den Mittelteil des langen, mit goldfarbenem Tuch gedeckten Eßtisches schmückten Blumen und Farne. Die Wandgemälde und Tafelbilder an den weißmarmornen Mauern schienen in ihrer strahlenden Buntheit zu leben und sich zu bewegen.

Hinter einem geschnitzten Elfenbeingitter hervor ertönte schöne Tafelmusik. Mädchen sangen im Chor. In stolzer Haltung trugen die Köche mächtige dampfende Näpfe auf: in Wein schwimmende Fische, Gänse- und Entenbraten, Ferkel, zartes Lammfleisch. Große Schalen waren voll von erlesenstem Obst oder von Salaten, die mit Wein und Öl und Knoblauch und Kapern köstlich angerichtet waren. Es gab schneeweißes Brot, judäische Oliven und Zitrusfrüchte, hellfarbene Sellerie und marinierten Fisch und gebratene Eberköpfe, mit Kräutern garniert. Aus schneegekühlten Krügen wurden nicht nur die besten Weine aller Völker eingegossen, sondern auch goldgelber, scharfer und starker syrischer Branntwein. Für Leute mit volkstümlichem Geschmack — und öffentlich zählte Crassus sich dazu — gab es bernsteinfarbenes, kaltes, schäumendes Bier.

In jeder Ecke des Speisesaals stand eine große Götterstatue mit einer persischen Vase voll Blumen und buntem Herbstlaub davor. Das Aroma der Blumen mischte sich mit Weihrauchduft und den üppigen Speisegerüchen. Marcus bemerkte, daß sein weißleinenes Mundtuch mit Goldfäden gesäumt war. Als Ehrengast hatte er seinen Platz zur Rechten des Hausherrn. Links von Crassus saß Caesar und dann Pompejus. Ansonsten waren Rechtsanwälte geladen, Finanzleute, Politiker und drei Senatoren. Unter den Gästen befanden sich auch Noah und Roscius; sie tauschten mit Marcus von Zeit zu Zeit einen Blick und zwinkerten ihm zu. Noahs langes Gesicht war von Spaßfreude erhellt; an Stirn und Schläfen lichteten sich ihm die Haare. Roscius sah in seiner karminroten Toga wie ein Gott aus. An diesem Abend gab es im Saal an weiblichen Wesen nur schöne nackte Sklavinnen, die den Gästen Handreichungen leisteten und die Becher füllten und bei anzüglichen Berührungen lächelten.

Wohin bin ich da geraten? dachte Marcus. Immer, wenn er sich verlegen und unbehaglich fühlte, neigte er dazu, im Übermaß Wein zu trinken. Er sprach kein Wort. Die anderen Gäste scherzten und lachten mit größter Gutmütigkeit, Freundschaftlichkeit und Zuneigung. Roscius hatte angefangen, Verse aus Noahs letztem Theaterstück zu rezitieren, und alle verstummten, um seiner mächtigen, wohltönenden Stimme zu lauschen. Noah strahlte vor Stolz und teilte sich mit Roscius Beifall und Lobsprüche. Marcus erkannte, daß man seine Freunde nicht ihretwegen, sondern als Köder für ihn eingeladen hatte. Er stellte den Weinbecher hin und schenkte seinem Gastgeber, der ihn jetzt ansprach, Gehör.

„Ich hoffe, edler Cicero", sagte Crassus mit seiner rauhen, aber eindrucksvollen Stimme, „daß dir mein bescheidenes Mahl schmeckt."

„So armselig zu speisen bin ich allerdings nicht gewohnt", entgegnete Marcus.

Julius stieß lachend den Hausherrn an. „Habe ich dir nicht gesagt, daß er ein Witzbold ist?"

Crassus schmunzelte zwar, ärgerte sich jedoch. Er sagte: „Mir scheint, du bist ein Spötter, Cicero."

„Keineswegs, Herr. Ich komme nur aus dem Staunen nicht heraus. Leben und speisen alle Volksführer so üppig?"

Crassus musterte ihn unter seinen dichten schwarzen Brauen. „Ich würde mich freuen, wenn alle Römer so leben und den Ertrag ihrer Arbeit genießen könnten. Leider hat man ihnen ihre Rechte und ihre ehrbaren Daseinsfreuden vorenthalten. Schließlich gebühren doch allen Römern Wagen und Pferd und schöne Behausungen. Wer verweigert sie ihnen?"

„Offenbar die Herrschenden", entgegnete Marcus. „Die Bevorrechteten. Die Habsüchtigen. Die Geizhälse. Die Volksausbeuter."

Crassus pflichtete ihm scheinheilig bei. „Ganz richtig! Und ich hoffe, diese Dinge ändern zu können. Gebührt nicht den Römern das Beste, was die Erde zu bieten vermag? Wer das bestreitet, ist ein Volksfeind."

„Die Reichtümer des Krösus, alle Schätze der ganzen Welt, würden nicht ausreichen, Herr, um jedem Römer das zu verschaffen, was ich heute hier sehe."

„Mag sein", gab Crassus zu. „Aber es gibt ein Mittelding zwischen Luxus und Armut: ein auskömmliches, behagliches, sorgenloses Dasein. Und das möchte ich für mein Volk herbeiführen." Er sprach mit gebieterischem Nachdruck und sah dabei seinem Ehrengast in die Augen. Marcus glaubte ihm kein Wort. „Warum muß es denn immer von Zeit zu Zeit Hungersnöte und dann wieder ein paar Jahre des Überflusses geben, Cicero?"

„Ich dächte", erwiderte Marcus, „die Natur habe es so eingerichtet."

„Nach guten Ernten legen wir ja Getreidevorräte für das Volk an", fuhr Crassus unbeirrt in seinem Gedankengang fort. „Aber das ist keine Lösung."

„Und welches wäre die Lösung, Herr?"

Crassus nahm einen Schluck Wein und hob die Augen zur Saaldecke, als flehte er die Götter an. „Eine gleichmäßige Verteilung des Ackerbodens an alle Bürger", antwortete er schließlich.

Marcus wandte ein: „Dagegen würden wahrscheinlich die Landwirte Einspruch erheben."

„Ach, die Bauern! Sie genießen meine volle Sympathie. Aber es gibt genug Ackerboden für alle, Cicero."

„Wo denn?" fragte Marcus. „Italien ist ein gebirgiges, karges Land."

„Auf der ganzen Erde!" rief Crassus geheimnisvoll. „Wieviel Boden ist da noch unbebaut!"

„Die Einwohner anderer Länder dürften sich zur Wehr setzen, wenn die Römer sich auf sie stürzen und ihnen ihren Ackerboden willkürlich enteignen wollten."

„Du mißverstehst mich, Cicero. Alles Land der ganzen Erde sollte Gemeinbesitz werden."

„Und wie ist es mit dem von unserer Verfassung gewährleisteten Privateigentum?''

„Die Verfassung taste ich nicht an'', wich Crassus aus. „Ich bin doch im Gegenteil als Verfechter der Verfassung bekannt.''

Er ist nicht dumm, dachte Marcus. Wenn er sich also dumm stellt, muß das seine besonderen Gründe haben. Er merkte, daß alle dem Hausherrn aufmerksam und beifällig zuhörten, bis auf Noah und Roscius, die unfroh grinsten.

Crassus fuhr fort: „Alexander hat von einem allumfassenden Weltreich geträumt. Ich tue es auch. Eine einzige Regierung, ein einziges Volk, ein einziges Gesetz, unter göttlicher Oberhoheit. Wird das noch zu meinen Lebzeiten verwirklicht werden? Ich weiß es nicht. Aber jeder einzelne sollte unaufhörlich diesem Ziele zustreben.''

„Wozu wäre das gut?'' fragte Marcus. „Wir würden damit die unendliche Mannigfaltigkeit innerhalb des Menschengeschlechts vernichten. Wir würden die Religionen anderer Völker beseitigen und auch ihre Lebensart, die sie sich selbst geschaffen haben. Wer kann sich vermessen, zu behaupten, eine bestimmte Lebensart sei besser als alle anderen?''

„Die Unterschiede, auf die du anspielst, Cicero, sind äußerlich. Schließlich sind wir doch alle Menschen, mit den gleichen Bedürfnissen, nicht?''

„Wir sind zwar alle Menschen'', entgegnete Marcus, „aber nicht alle Menschen empfinden die gleichen Bedürfnisse. Wir Römer haben weder einen menschlichen noch einen göttlichen Auftrag, anderen unsere Zielsetzungen aufzuzwingen, mögen wir diese Ziele als noch so edel hinstellen.''

„Hinstellen?'' fragte Crassus und zog die Brauen hoch.

„Hinstellen'', wiederholte Marcus.

Crassus dachte: Catilina hat recht, dieser Mann gehört beiseite geräumt. Er blickte Julius an, der dem Gespräch mit breitem Lächeln folgte.

„Wir können anderen'', sagte Marcus, „unsere Herrschaft nur mit Feuer und Schwert aufzwingen, nur unter Knebelung ihrer Rechte. Davon aber wollen wir uns fernhalten.''

„Du verstehst nicht, Cicero. Wenn alles Land unter einer einzigen Oberhoheit stünde, würde es ausschließlich zum Nutzen der Bewohner bebaut werden. Alle Reichtümer würden gleichmäßig aufgeteilt werden.''

„Auch die deinen, edler Crassus?''

„Auch die meinen.''

Er ist ein gefährlicher Heuchler, dachte Marcus. Oh, diese Menschheitsbeglücker! Sie sind ganz unleidliche, heimtückische Leute. „Ich halte nur vom Gesetz und vom ordentlichen Rechtsgang etwas'', sagte er, um seinen Abscheu zu verbergen. „Ich halte nichts von Gewalt oder Trug als Mittel zur Herbeiführung eines uns vielleicht vorschwebenden

Idealzustandes. Wenn unsere Absichten ehrlich sind, werden schließlich alle Menschen das von selber erkennen. Sind sie aber frevelhaft" – und hier hielt Marcus einen Augenblick inne –, „so können wir sie nur mit blutiger Gewalt durchsetzen."

Crassus stellte fest: „Cicero hat recht. Ich bewundere seinen Scharfsinn und seine Redlichkeit. Er ist ein echter Römer." Er legte Marcus die Hand auf die Schulter und ließ mit feierlicher Miene den Blick über seine Gäste schweifen. „Ein echter Römer!" wiederholte er in salbungsvoll ehrfürchtigem Tone.

„Und als echter Römer", bemerkte Marcus, „achte ich die Mitmenschen und möchte, daß sie in Frieden gelassen werden. In die Herzen und Seelen anderer dürfen wir nicht eindringen wollen; diese Bereiche sind heiliger Boden, den zu betreten unsere Füße nicht würdig sind."

„Durch diese Einstellung bezeigst du deinen Mitmenschen Geringschätzung, Cicero."

„Nein. Ich verstehe sie und fühle mit ihnen." Marcus blickte dem reichsten Manne von Rom fest in die Augen. „Zum Beispiel beginnt jetzt wieder ein Krieg mit Mithridates von Pontos, diesem orientalischen Tyrannen und Despoten, der uns verachtet und dessen Vorfahren schon Rom bekämpft haben. Täglich fallen junge Römer auf dem Schlachtfeld. Können wir nicht mit diesem Mithridates zu einer gütlichen Regelung kommen? Er ist kein Tollhäusler. Auch sein Volk leidet."

„Solltest du nicht wissen, daß unsere Abgesandten schon Versuche zu einer friedlichen Beilegung unternommen haben?"

„Davon habe ich gehört. Aber ich weiß, daß es Rom nach den Schätzen des Mithridates gelüstet. Unsere Staatskasse ist leer; unsere Soldaten sind ohne Löhnung."

„Dann muß ich als römischer Patriot die Schätze des Mithridates in der Tat für uns beanspruchen!" rief Julius, und fast alle stimmten in sein Lachen ein.

„Als Römer befürworte ich eher Sparsamkeit in der Staatsverwaltung", entgegnete Marcus mit einem seiner Lieblingsgedanken. „Dann hätten wir keine Kriege nötig."

Crassus hob gebieterisch die Hand. „Da pflichte ich dem Cicero bei. Das war gut gesprochen. Ich werde im Senat die baldige Beendigung dieses Krieges betreiben, obwohl wir zu ihm herausgefordert wurden. Wir wollen Frieden schaffen." Sein schmales Gesicht, auf das Marcus nun aufmerksam den Blick heftete, drückte Entschlossenheit aus, und er musterte alle Anwesenden unverhüllt, als wollte er ihnen seinen Willen aufzwingen. „Wir müssen uns ein Beispiel an den Gründern unseres Gemeinwesens nehmen, deren Andenken wir hochhalten. Ich sage dir, Cicero, ich habe mir sehnlich gewünscht, daß du mich sprechen hörst; denn meine Worte kommen mir vom Herzen."

Noah tauschte einen Blick mit Roscius und flüsterte ihm zu: „Vor diesem Schauspieler kannst du dich verstecken. Gegen ihn bist du ein jämmerlicher Schmierenkomödiant."

Crassus sah Marcus mit vor Fürsorglichkeit weitgeöffneten, freimütigen Augen an. „Vielleicht glaubst du es mir nicht, aber ich liebe Rom." Und zu Julius sagte er: „Habe ich nicht schon mit vielen Senatoren über diese Dinge geredet? Drei sind ja hier und können es bezeugen."

Nun zog Crassus aus seinem Prachtgewand eine Rolle hervor. „Ich habe da einen Brief, den Sulla mir vor seinem Tode geschrieben hat. Ich möchte ihn dir vorlesen, Cicero: ‚Unter denen, in die Du Vertrauen setzen kannst, Licinius, ist der Anwalt Marcus Tullius Cicero, dessen Mutter aus dem vornehmen Geschlecht der Helvier stammt. Er verabscheut mich; aber er weiß, daß ich so handeln mußte, wie ich es tat. Zum Unterschied von vielen anderen ist er kein Lügner oder Heuchler. Halte Dir ihn warm! Ein rechtschaffener Mann ist ja rarer als ein Rubin, und jede Regierung, die ihren Stirnreifen mit einem solchen Edelstein schmükken kann, mag sich glücklich preisen. Er wird nie sein Land oder seine Götter verraten. Er ist tapfer, mitten unter Männern, die das nicht von sich behaupten können. Umarme ihn für mich; denn in diesen schweren Tagen bricht mir das Herz. Mir ist der Tod nahe, und ich sehe seinen Schatten, während ich diese Worte schreibe, über meine Hand fallen. Wenn jemand Rom retten kann, so ist es Cicero, zusammen mit Männern seines Geistes und seiner Gesinnung.' "

Marcus war tief gerührt. Vor Verlegenheit über diese Lobeserhebung wurde er rot. Er dachte, Sulla hätte diese Worte nicht einem Manne schreiben können, der eine Bedrohung für sein Vaterland darstellte. Leise sagte er: „Dieses Lob verdiene ich nicht."

Aber Crassus umarmte ihn. „Darüber zu urteilen, überlaß anderen, Cicero! Ich bitte dich nur, den Weg der Ehrenhaftigkeit weiterzugehen und mir deinen Rat zu gewähren, wenn ich ihn wünsche. Ich bin zwar älter als du, schlage aber die Worte eines Jüngeren nicht in den Wind."

Als Crassus mit Caesar und Pompejus allein war, sagte er: „Gut, daß er den Brief nicht selber zu sehen verlangte! Sonst hätte er vielleicht erkannt, daß die Handschrift nicht die Sullas ist."

„Aber du hast mit so überzeugender Wärme gelesen", rühmte Julius, „daß einen Augenblick lang sogar ich an die Echtheit des Briefes glaubte. Bist du jetzt überzeugt davon, daß Cicero ein Naivling ist?"

Crassus überlegte. „Ich bin überzeugt, daß er sich in diesem Falle hereinlegen ließ. Das sind zwei sehr verschiedene Dinge."

„Hoffen wir, daß er nie daraufkommt, welche Macht er in Rom hat!" bemerkte Pompejus lächelnd. „Merkwürdig, aber ich finde ihn sympathisch. Und er tut mir leid."

Julius war froh, daß man seinen Freund Marcus jetzt nicht mehr als Bedrohung empfand, und pflichtete bei: „Ja. Er übt einen Zauber auf die Menschen, weil man sich auf ihn verlassen kann. Deshalb haben wir ihn alle gern. Zu fürchten brauchen wir uns vor ihm nicht.''

Crassus runzelte die Stirn. „Jemand hat zwar gesagt: ‚Hütet euch vor dem Grimm der Rechtschaffenen; er ist wie ein Blitz und kann eine ganze Stadt zerstören.' Aber lassen wir ihn immerhin am Leben! Wir brauchen ihn als Maske vor unseren Gesichtern.''

Marcus, der nicht erwartet hatte, seine Verwaltungstätigkeit in Sizilien würde ihm Freude bereiten, gewann diese Insel der wilden, bronzefarbenen Berge, des steinigen Erdreichs und der heftigen Sonne lieb. Auch die Bewohner wuchsen ihm ans Herz, diese armen, aber leichtlebigen Menschen mit ihren von vielerlei Blutmischungen gezeichneten Gesichtern und ihrer Sangesfreudigkeit. Er bewunderte ihr Ringen mit dem kargen Boden und ihre Seetüchtigkeit. Es waren Menschen, die bei der geringsten Herausforderung das Messer zückten; sie haßten Rom, weil es behauptete, sie seien keine Italiker, sondern ein Auswurf des Meeres.

Für Cicero aber hegten sie bald Zuneigung und Vertrauen. Von ihm sagten sie nicht wie von anderen Statthaltern: „Er wird uns nur Steuern abpressen und unsere geringe Habe rauben.'' Von ihm sagten sie: „Er ist ein Biedermann, eine ganz seltene Ausnahme für einen Römer.'' Sie brachten ihm frisches Obst und Fische und feines Gemüse, und er war gerührt darüber, weil er wußte, welches Opfer solche Gaben für diese armen Leute bedeuteten. Er genoß ihre Liebe in vollen Zügen. Seine Tür stand stets für jedermann offen; er hörte sich jede Beschwerde geduldig an und versuchte immer, Unrecht zu beseitigen. Wenn jemand die römischen Steuern nicht bezahlen konnte und um seine und seiner Familie Freiheit bangen mußte, erlegte Marcus den oft nur kleinen Betrag aus der eigenen Tasche.

In seinem kleinen Landhaus bei Lilybaeum fand er Frieden und Ruhe. Er war glücklich darüber, wieder allein leben zu können, obwohl ihn wegen dieses Glücksempfindens Schuldgefühle plagten. Er schrieb häufig seiner Frau und seinen Eltern, und aus diesen Briefen ging hervor, wie lieb er sein Töchterchen hatte. Er war jetzt so ausgeglichen, daß er sogar Terentias lange Briefe hinnahm, mit ihren ständigen Nachrichten über Geldveranlagungen, mit dem ganzen Stadtklatsch und mit den ewigen Ermahnungen, von seinen Gehältern möglichst viel zu sparen. Er nahm die alte Gewohnheit wieder auf, in der freien Zeit lange zu lesen und zu studieren; abends machte er Küstenspaziergänge in den flammenden Sonnenuntergangsfarben. In seiner Nähe wohnten auch andere Römer auf Gutshöfen, die sie gekauft hatten. Er suchte ihre Gesellschaft nicht;

aber sie kamen zu ihm, und er nahm sie freundlich auf und speiste manchmal bei ihnen. Doch er schloß keine Freundschaften.

Die Sonne bräunte ihm die Haut; die einfache Kost und die Ruhe machten ihn dicker; die langen, nachdenklichen Spaziergänge kräftigten ihm die Muskeln. Als er plötzlich feststellte, daß sein Amtsjahr fast schon um war und die Heimkehr bevorstand, konnte er es nicht glauben. Völlig einsiedlerisch hatte er natürlich nicht gelebt. Er war in der Gegend Landeigentümer geworden. Mit den Bauern, die auf seinem Grund und Boden arbeiteten, hatte er vereinbart, daß die Ernteerträge ihnen gehörten, bis auf die daraus zu entrichtenden Steuern, die er ihnen aber bei Bedürftigkeit auch noch erließ.

Im allgemeinen trauten die Römer den als verschlagen geltenden Siziliern nicht. Marcus jedoch verließ sich auf sie, faßte ihre braunen Hände und lächelte ihnen liebevoll zu. „Eines Tages werde ich zurückkommen und ganz bei euch bleiben", sagte er. Sie küßten ihm die Hand, und diese von Natur aus kaum aufrichtigen Menschen vergossen aufrichtige Tränen. Eine Greisin schenkte ihm ein Amulett, segnete ihn und küßte ihm weinend den Saum seines Gewandes. Zu ihren Kindern sagte sie dann: „Ehrenmänner sterben heutzutage nicht mehr in friedlichen Betten. Dieser Herr wird von der Hand böser Leute den Tod finden." Die Kinder blickten sie scheu an, weil sie eine Wahrsagerin war.

In einem Briefe teilte Julius seinem Freunde Marcus mit, Crassus sei jetzt in Rom Prätor geworden, und die Römer schätzten ihn wegen seiner Redlichkeit und Rechtschaffenheit. Er, Julius, und Pompejus seien seine Berater. Allgemein herrsche Aufregung, weil sich die Zeichen für einen Sklavenaufstand mehrten. Der Thraker Spartacus schüre die Rebellion mit immer wieder erneuter Aufhetzung, weil die reichen Römer ihre Sklaven nicht mehr als Haushaltsangehörige betrachteten und nach deren Tode nicht mehr ihren Manen ehrende Opfer darbrächten.

Der Gedanke an die Sklaven rief in Marcus Mitleid für sie und Erbitterung gegen ihre grausamen Herren wach. Er schrieb seiner Mutter — und nicht seiner Frau —: ‚Es ist mein Wunsch, daß jene Sklaven, die uns mindestens sieben Jahre lang treu gedient haben, vor den Magistrat gebracht und freigelassen werden. Wollen sie dann noch bei uns bleiben, so soll ihnen ein angemessener Lohn bezahlt werden.' Die Sklaverei empörte ihn heftiger denn je; sie entehre, so fand er, den Herrn weit mehr als den Diener. Als Terentia in einem Schreiben gegen die ‚Verschwendungssucht' ihres Gatten Einspruch erhob, ging er darauf nicht ein.

Im allgemeinen freute es ihn, Briefe zu bekommen, und er verbrachte oft Stunden mit ihrer Beantwortung. Sein Bruder Quintus schrieb ihm oft; das gleiche taten Noah, Roscius und Atticus und viele andere Bekannte. Von den Lesern seiner Aufsätze erhielt er viele Anerkennungsschreiben. Zu seiner Überraschung langten auch von Pompejus Briefe ein. Der Sadduzäer, den er in Epidauros kennengelernt hatte, schrieb ihm ebenso wie der Ägypter Anotis.

Er selber gab seinen Anwaltsschülern oft briefliche Ratschläge. Sie wieder schickten ihm Abschriften neuer Gesetze, die er lange und aufmerksam studierte. Manchmal wurde er ärgerlich. Wieder einmal waren Steuern erhöht worden. Wieder einmal hatte man mittelstandsfeindliche Vorschriften erlassen, die unter vielerlei Vorwänden, besonders wegen Steuerschulden und sonstiger Unbotmäßigkeit, die Einziehung von Barvermögen und Grundbesitz vorsahen. „Auf diese Weise also füllt Crassus unseren Staatsschatz wieder auf'', sagte Marcus sich erbittert. ‚Wir machen uns!''

Seine Schläfen begannen jetzt grau zu werden, und weiße Fäden zogen sich durch sein dichtes braunes Haar. Er lebte in Sizilien ein asketisches Leben, und Sinnesfreuden boten ihm nur die Landschaft, das immer wechselnde Meer und Ausflüge in das Hügelland. Er schrieb viel. Sein Schlaf war friedlicher als seit Jahren. Manchmal vergaß er Livia tagelang.

Einen Monat vor seiner Abreise aus Sizilien erhielt er einen kummervollen, tränenbenetzten Brief Terentias.

‚Meine geliebte, angebetete, vergötterte Schwester Fabia ist von eigener Hand aus dem Leben geschieden. Durch eine Seidenschnur, wie Arachne es tat; nur hat sie nicht Athene herausgefordert, sondern eher Eros. Durch die Machenschaften des Liebesgottes hat sie die heiligen Feuer der Vesta entweiht und sich unwürdig gemacht, weiterzuleben. Wer war ihr Teilhaber bei diesem abscheulichen Frevel? Jener Mann, vor dem Du, liebster Marcus, mich gewarnt hast, Lucius Sergius Catilina! Meine Hand zittert. Ich bin tief erschüttert und völlig gebrochen. Ich, ihre geliebte Schwester, hatte keine Ahnung von diesen entsetzlichen Dingen, auch dann noch nicht, als mir bei ihrem Besuche ihr blasses Gesicht und ihre blutleeren Lippen auffielen. Aber ganz Rom weiß davon und scheint es seit Monaten gewußt zu haben. Warum hat sie sich mir nicht eröffnet? Stand ich ihr nicht näher als eine Mutter? Womit habe ich sie enttäuscht und ihr Vertrauen verloren? Sie starb, weil sie erkannte, daß sie den schrecklichsten aller Frevel begangen hatte.

Nach ihrem Tode wurde Catilina festgenommen und wegen dieses Verbrechens vor Gericht gestellt. Dein Freund Julius Caesar, dem Du nie getraut hast, war sein Verteidiger, und er wurde schuldlos befunden, dank Caesars Beredsamkeit und dessen eidlicher Bekundung, Catilina habe nie einen Blick auf die Vestalin geworfen. Auch Catilinas Frau hat bezeugt, er sei nachts niemals von ihrer Seite gewichen. Doch ganz Rom kennt die Wahrheit. Wer wird Fabia, mein Täubchen, meine teuerste Schwester, rächen, die Catilinas Verführungskünsten erlag und jetzt in einem schmachvollen, mit keinem Namen bezeichneten Grabe liegt? Mehr als alles andere macht mir ihre Seele Sorge; sie hat ihr Keuschheitsgelübde gebrochen und das heilige Feuer erlöschen lassen. Ich kann nicht weiterschreiben; meine Augen sind blindgeweint.'

Marcus war über diese Nachricht entsetzt. Er sah die strahlende Erscheinung noch vor sich, die schöne Vestalin, scheu und unschuldsvoll, mit züchtigen, leuchtenden Augen, mit der Stimme eines in der Dämmerung singenden Vogels. Und jetzt war ihr Name zum Schimpf geworden unter ihren Mitpriesterinnen, in ganz Rom! Marcus zerknüllte den Brief in der geballten Faust; leidenschaftlicher Haß, wilde Mordlust erfüllten ihn. Er lief vom Haus zum Meeresufer. Himmel und Wasser schienen in Flammen zu lodern, und das Donnern der Brandung verschmolz mit dem wilden Pochen seines Herzens. Er setzte sich keuchend auf einen Fels. Seine Gedanken verschwammen. In Rom konnte man Mörder dingen, zu heimlicher Tötung, die keine Spuren hinterließ. Sollte er einen dieser Meuchler in seinen Dienst nehmen? Oder die Strafe an Catilina selbst vollstrecken? Schweiß rann ihm über das Gesicht.

Er glaubte die Stimme des alten Scaevola zu hören: „Es ist vernünftiger, einen solchen Mann am Leben zu lassen, aber seine Ränke zu durchkreuzen und seine ehrgeizigen Absichten zu vereiteln. Dann stirbt er tausend Tode." Aber in all diesen Jahren war er nicht dahintergekommen, was Catilina im Schilde führen mochte. Er hatte Spuren verfolgt, jedoch ohne Ergebnis. Er hatte vorsichtig andere darüber ausgeholt, sogar Caesar. Leider erfuhr er nicht das geringste.

Aber Catilina mußte vernichtet werden! Abendnebel brauten über dem Meer und schienen sich vor Marcus' Augen zu den traurigen Gestalten Livias und ihres Kindes und der unschuldsvollen Fabia zu verdichten. Sie streckten ihm fahle Arme entgegen, und ihm kamen die Tränen. „Räche uns!" tönte es im Abendwind.

Marcus stand auf und erneuerte mit emporgehobener Hand sein Gelübde, Catilina zu vernichten. Wenn sein Leben überhaupt einen Zweck hatte, so mußte es der Erfüllung dieser Aufgabe dienen. Er kehrte im Finstern in sein Haus zurück und legte sich zu Bett. Doch er konnte nicht schlafen. Haß verzehrte ihm wie ein Feuerbrand das Herz.

XLII

Crassus warf Marcus einen bedauernden Blick zu. „Mein lieber Cicero, du als Anwalt solltest auf Gerüchte am allerwenigsten geben. Ich habe dem Prozeß gegen Catilina beigewohnt. Alle ihn belastenden Zeugenaussagen wurden ausnahmslos entkräftet. Du weißt doch, wie nachträgerisch Frauen sind. Wäre an den Beschuldigungen nur ein Körnchen Wahrheit gewesen, so hätte Aurelia einen Ehebruch niemals gedeckt, sondern als erste ihren Mann bezichtigt. Aber sie hat mit Nachdruck, mit entrüstet funkelnden Blicken, für ihn ausgesagt. Er sei stets entweder mit ihr oder mit seinen Freunden – die das für ihren Teil ebenfalls bezeugten – beisammen gewesen. Und er selbst hat sich vor die Richter hingestellt und bei allem, was ihm heilig ist, geschworen, man verleumde ihn, er habe das Mädchen in seinem ganzen Leben nur zweimal gesehen, und da bloß von weitem. Er hat die Belastungszeugen mit Erfolg wegen Meineids belangt; jetzt ist er um dreihunderttausend Goldsesterzen reicher. Genügt dir dieser Sachverhalt nicht?''

„Nein'', erwiderte Marcus verzweifelt. „Ich glaube den Vestalinnen, die gegen Catilina ausgesagt haben, weil ihnen Fabia vor ihrem Selbstmord die Wahrheit gestanden hat.''

„Alle Achtung vor den Vestalinnen'', sagte Crassus und ließ die dicken Lider über seine Augen fallen. „Aber weltklug sind sie nicht, das weiß man. Fabia dürfte den Verstand verloren und wirres Zeug geredet haben.''

„Und wie wurde nachgewiesen, daß die Vestalinnen gelogen haben?'' fragte Marcus.

Crassus starrte ihn finster an. „Vestalinnen lügen nicht'', rief er. „Sie gaben nur wieder, was Fabia ihnen anvertraut hatte. Aber das Mädchen war vermutlich nicht bei Sinnen; manchmal bewirkt die Keuschheit merkwürdige Absonderungen im Gehirn. Ich kann Catilina ebensowenig leiden wie du, weil er sittenlos, arbeitsscheu, sprunghaft und ehrsüchtig ist. Wenn ich von seiner Schuld überzeugt gewesen wäre, hätte ich nicht ausgesagt, daß er gerade an den Abenden, die er mit Fabia verbracht haben soll, bei mir gespeist hat.''

„Herr, du hast ein bemerkenswert gutes Gedächtnis!''

Crassus lächelte. Mit zusammengekniffenen Augen sah er Marcus an. „In diesem einen Punkt beuge ich mich deiner Anklage. Als Politiker muß ich mir mein Gedächtnis scharf erhalten.''

Marcus erhob sich. Er blickte in die auf ihn gerichteten schlauen Augen und sagte: „Du weißt, daß Catilina schuldig ist. Deinen persönlichen Zwecken zuliebe hast du ihn entlastet.''

Crassus erwiderte: „Ein Wort zur falschen Zeit hat manchen schon gereut. Nimm dich in acht, Cicero!''

Marcus wandte sich und ging.

Er begab sich zu Julius Caesar.

Julius sagte: „Glaubst du, ich hätte jemanden verteidigt, der wirklich des scheußlichsten Verbrechens schuldig ist?''

„Ja'', antwortete Marcus.

Julius seufzte. „Du hast mir nie getraut, schon seit unserer Kindheit nicht. Trotzdem bist du mir lieb und wert. Ich schwöre, daß Catilina unschuldig ist. Genügt dir das?''

„Nein.''

„Willst du behaupten, daß ich lüge?"

„Ja."

Als Marcus gegangen war, bat Julius den Catilina zu sich. „Jetzt haben wir die Bescherung", schalt er ihn. „Habe ich dich nicht in der Sache mit Fabia gewarnt und dir vorausgesagt, das könne nur unheilvoll ausgehen? Aber du hast meine Warnungen spöttisch in den Wind geschlagen. Auf Grund unserer verschworenen Gemeinschaft habe ich dich wider besseres Wissen verteidigt. Crassus tat das gleiche, ebenso auch Pompejus. Du wurdest freigesprochen. Dann hast du drei Männer, die dich von weitem mit Fabia gesehen hatten, wegen Verleumdung auf Schadenersatz belangt. Den Prozeß hast du gewonnen. Wir mußten dich stützen, weil wir sonst alle in deinen Fall mitgerissen worden wären. Jetzt weiß auch Cicero, daß du schuldig bist."

„Ein Grund mehr, ihn umzubringen, wie ich schon oft verlangt habe."

„Dann würde bestimmt ans Tageslicht kommen, daß du dahintersteckst."

„Seine Frau könnte ihn vergiftet haben, am häuslichen Tisch."

Julius lächelte. „Ach ja, Gift ist eine Weiberwaffe. Das sagst du doch immer, Lucius, nicht wahr? Du würdest dir kein Gewissen daraus machen, wenn Cicero zu Hause während des Essens stirbt, anscheinend von der Hand seiner Frau Terentia, die wegen ihrer Tugend und Gattenliebe bekannt ist?"

„Er ist ein Hindernis, und ein sehr beträchtliches noch dazu."

„Und Terentia würde als Gattenmörderin hingerichtet werden."

Catilina zuckte die Achseln. „Wo gehobelt wird, da fallen Späne."

„Wie willst du es bewerkstelligen, daß auf Terentia der Verdacht fällt?"

„Das ist sehr einfach. Wir bestechen einen der Sklaven zu der Aussage, daß er gesehen hat, wie Terentia ihrem Gatten das Gift in den Becher träufelte."

Julius sah ihn nachdenklich an. „Du hast für alles eine Lösung. Mir gefällt deine Vorliebe für Gift gar nicht. Ich möchte dir nur klarmachen: Wenn Cicero durch irgendein Verhängnis stirbt, folgst du ihm in den Tod. Das habe ich feierlich meinem Schutzpatron Jupiter gelobt."

Catilina lachte. „Und was soll ich gegen die ‚Bescherung', mit der du mich empfangen hast, unternehmen?"

„Sei vorsichtig! Benimm dich eine Zeitlang wie ein gesitteter Bürger! Widme dich Aurelia, die dich trotz deiner Freveltat gern hat. Hast du Fabia geliebt?"

„Ich habe sie doch kaum je gesehen", rief Catilina. Aber plötzlich verzerrten sich seine schönen Züge. Er schlug die Hände vors Gesicht.

Julius, der Bruder Liederlich, sah ihn mit widerstrebender Teilnahme an. „Ach, diese Frauen!" seufzte er. „Und sie war die schönste von allen.

Wie wehrlos uns diese Frauen machen! Nimm wenigstens deinen Schmerz als Strafe!"

„Es geht über meine Kräfte." Catilina ließ die Hände sinken. Sein Gesicht war von Qual und Tränen entstellt.

„Sei überzeugt, daß ich Fabia rächen werde!" sagte Marcus zu seiner Frau. Von Livia hatte er ihr nie erzählt. Sie staunte über seine kalte, blasse Wut. Sie weinte in seinen Armen. „Es mag eine Zeitlang dauern", meinte Marcus, während er ihr das lange braune Haar streichelte. „Aber der Tag der Abrechnung kommt!"

„Catilina ist ein Mörder", erklärte Helvia ihrem Sohne.

„Das weiß ich schon lange", antwortete Marcus.

„Er ist gefährlich. Ich habe Angst um dich."

„Ich werde nicht eher sterben, als bis das Schicksal es will", sagte Marcus.

Aber als bedachtsamer Mann mied er bedrohliche Situationen. Er spürte, daß sogar die Luft, die er atmete, mit dem nun offenkundigen gegenseitigen Haß zwischen Catilina und ihm geladen war. Er nahm seine Fechtstunden wieder auf. Er trug ständig einen Dolch bei sich. Er aß oder trank in Gesellschaft immer erst, wenn andere aus dem gleichen Gefäß gegessen oder getrunken hatten. Er sprach mit allen seinen Bekannten über Catilina, um über sein Kommen und Gehen Bescheid zu wissen. Auch Catilina mußte eine Achillesferse haben, die ihm den Tod oder, was ärger war, eine unheilbare Wunde eintragen würde!

Unterdessen freute Marcus sich über die Schönheit und Klugheit seiner kleinen Tochter Tullia, die das Entzücken ihrer Eltern und Großeltern war. Sie hatte seine Gesichtszüge, seine Augen, sein braunes Lockenhaar und seine Freundlichkeit, alles in weibliche Weichheit übertragen. Sie saß ihm auf den Knien und schnurrte an seiner Wange. Kein Sohn hätte ihm teurer sein können als diese Tochter. Helvia warf ihm väterliche Affenliebe vor; aber sogar sie sah ihre Enkelin mit zärtlichen Blicken an. Für Großvater Tullius war die Kleine das Um und Auf; er ging mit ihr auf der Insel spazieren und erzählte ihr bezaubernde Geschichten. Sie blickte zu ihm auf und küßte ihm verständig die Hand. Schon in ganz jungen Jahren war sie sehr aufgeweckt.

Marcus wurde in Rom immer berühmter als Redner und Anwalt. Unter Terentias geschickter Verwaltung wuchs sein Vermögen. Als er gegen Gajus Verres wegen der von ihm als Statthalter in Sizilien begangenen Ausbeutungen und Kunstdiebstähle, der Bereicherungen und Grausamkeiten gegen römische Bürger Anklage erhob, stieg seine Volkstümlichkeit noch weiter. Auf Betreiben Julius Caesars wurde er zum kurulischen Ädil gewählt. Catilina war wütend darüber. Mit seiner Heftigkeit und Ehrsucht stieß er alle Mächtigen ab; aber man fürchtete ihn, weil er Roms

Unterwelt in seinen patrizischen Händen hielt. Überdies hatte die Kreuzigung Tausender von Sklaven nach der Niederschlagung des Spartacus-Aufstandes den römischen Mob aufgebracht. Denn obwohl die Bürger Roms alles eher als empfindsam waren, gab es unter ihnen viele Söhne von Freigelassenen und noch mehr Anwärter auf die Sklaverei, für den Fall ihrer Unfähigkeit, Schuldverpflichtungen zu erfüllen.

Marcus selbst hatte sich, allerdings erfolglos, für die verurteilten Sklaven eingesetzt. Der Anblick der jammervollen Kreuze mit den daran hängenden blutigen Menschenleibern blieb ihm für sein ganzes Leben unvergeßlich. Wie waren diese armen Kerle schuldig geworden? Sie hatten nur die Linderung ihres Elends verlangt, und als sie ihnen verweigert wurde, zu den Waffen gegriffen. Aber die Römer schätzten ihre Sklaven nicht mehr, und jetzt gab es deren so viele in Rom, daß schon ihr Dasein eine Bedrohung war. Außerdem genossen die Sklaven das wohlwollende Einverständnis vieler in Rom lebender Ausländer, die in ihrer Heimat von den Römern unterdrückt worden waren.

Konnte also Marcus das Leben der zum Kreuzestod Verurteilten nicht retten, so gelang es ihm doch, das Schicksal der später Gefangenen zu mildern. Er hatte zu Julius Caesar gesagt: „Wollt ihr Anarchie und Revolution heraufbeschwören? Ich stehe dem Volk näher als du und Crassus und Catilina und Pompejus. Ich höre, was die Leute sich zuflüstern. Sie betrachten die Kreuzigung der Sklaven als ein Anzeichen kommender Tyrannei; sie wissen nicht, daß die Tyrannei schon da ist. Wollt ihr, daß ich sie darüber aufkläre?"

Daraufhin ließ Crassus großmütig die Hunderte schon eingekerkerte Sklaven mit einer Verwarnung frei. „Dieser Cicero ist unschätzbar", sagte Caesar zu Crassus. „Er versteht die Sprache des Volks, und man hört auf ihn."

„Ja, dein Cicero sitzt, wie unser Komödiendichter Laberius gesagt hat, auf zwei Stühlen zugleich", bemerkte Crassus.

„Wieso denn?" fragte Julius nachsichtig. „Weil er gerecht ist und wirklich vorhandene gute Eigenschaften sowohl an den Patriziern und dem Mittelstand, den Kaufleuten, Händlern und Bankiers, anerkennt, wie an den Plebejern? Er stellt auch ihre schlechten Seiten fest. Er verteidigt unter allen Umständen das Gesetz."

„Er ist doppelzüngig und gefährlich."

„Catilina hat deinen Sinn vergiftet, Herr. Für Bösewichter sind anständige Menschen immer anrüchig. Marcus ist zwar kein begeisterter Anhänger von dir, würde dich aber gegen ungerechtfertigte Anklagen verteidigen. Wenn du ihm jedoch als Bedrohung für Rom erschienest, könnte er sich allerdings in gefährlicher Weise gegen dich wenden. Treue kennt er einzig und allein gegen Recht und Gerechtigkeit. Und das gefällt mir an ihm."

Crassus lächelte. „Wir müssen uns also bemühen, stets die Gesetze zu halten."

Terentia war für eine Zeitlang befriedigt und hocherfreut darüber, daß Marcus jetzt kurulischer Ädil war, mit dem elfenbeinernen Amtssessel und dem Recht, als neugebackener Adeliger seine Büste im Atrium des Wohnhauses aufzustellen. Sie beauftragte einen berühmten Bildhauer mit der Anfertigung einer Marmorbüste. Sie lud zu deren Enthüllung Verwandte und Bekannte ein. Sie verstand nicht, warum Marcus sich gegen diese öffentliche Ehrung sträubte. „Du hast sie doch verdient!" rief sie erzürnt. „Ich kann nur sagen, du leidest an der ärgsten Affektiertheit, der falschen Bescheidenheit. Du weißt doch selbst, was du für dein Land geleistet hast, nicht?"

„Es widerstrebt mir, daß meine Büste neben der Statue der Athene steht", erklärte Marcus.

„Pah, sie ist doch deine Schutzgöttin!"

Helvia war stolz auf die Büste ihres Sohnes. Tullius betrachtete das Marmorbildnis mit ängstlichem Schweigen. Er war jeder Schaustellung abhold; er fürchtete, seinem Sohne könnte der Ruhm zu Kopfe steigen und ihn eitel machen. Er dachte daran, was er einst für das Kind von den Göttern erfleht hatte. Helvia war über das Schweigen und die finstere Miene ihres Gatten ungehalten. „Großvater hätte das als eine seines Enkels würdige Ehrung empfunden", bemerkte sie.

Tullius erwiderte nichts. Er sprach nun, außer mit der kleinen Tullia, überhaupt wenig. Zu seinem Sohne hatte er jede innige Beziehung verloren, und das erfüllte ihn mit Bestürzung und Verzweiflung. Marcus mied nach Möglichkeit den Vater, von dem er wußte, daß er seinen Sohn allen kindlichen Gefühlen entwachsen glaubte und daran litt. Diese Vermutung traf nicht ganz zu; aber das gegenseitige Verhältnis war so heikel geworden, daß selbst der redegewandte Marcus es nicht in Worten meistern konnte.

Einen großen Teil der Anwaltstätigkeit überließ er jetzt seinen jüngeren Mitarbeitern und Angestellten, da die dringenden Obliegenheiten des Ädilenamtes viel von seiner Zeit in Anspruch nahmen. Er hatte die Tempel und öffentlichen Gebäude, die Märkte und Straßen, die alljährlichen Großen Spiele und die religiösen Feste zu betreuen. Besondere Sorge machten ihm die Spiele; denn der verwöhnte Pöbel Roms verlangte immer neue glanzvolle Sensationen und gab sich nur mit den besten Gladiatoren oder Schauspielern zufrieden. Jahr für Jahr hatten die Ädilen, um sich die Zuneigung und Gefolgschaft des Mobs zu sichern, die Pracht der Spiele gesteigert.

Marcus stand vor einer schweren Entscheidung. Von einem kurulischen Ädil erwartete man, daß er die Spiele entweder freigebig aus der eigenen Tasche finanziere oder den Staatsschatz dazu heranziehe. Beide Möglichkeiten fand Marcus unerfreulich. Terentia wurde hin und her gerissen zwischen ihrem leidenschaftlichen Verlangen, die Volkstümlichkeit ihres Gatten erhöht zu sehen, und ihrer Sparsamkeit. Schließlich schlug Marcus wie gewöhnlich einen Mittelweg ein. Er war zu klug, als daß er den Pöbel völlig kopfscheu gemacht, aber auch zu besonnen, als daß er den Staatsschatz oder seine eigene Börse über Gebühr in Anspruch genommen hätte. Behutsam verfügte er einige nicht sehr auffällige Einschränkungen und suchte sich dafür auf andere Art beliebt zu machen, etwa dadurch, daß er die oft gefährliche Verteidigung ungerecht Angeklagter übernahm. Besonders aber half er bei der Strafverfolgung gegen jene Mächtigen, die sich der Erpressung, handfester Räubereien und des öffentlichen Ärgernisses schuldig gemacht hatten. Damit gewann er die Herzen der neidischen Massen, so daß sie meist darüber hinwegsahen, wenn etwas weniger Gladiatoren als früher auftraten und die Bewirtungen und Weinspenden im Zirkus kärglicher ausfielen.

Überdies bewog er seine Freunde Noah und Roscius dazu, in den Zirkussen Schauspiele zu veranstalten. Daß es ihm gelang, sich die Mitwirkung der beiden zu sichern, war kein geringer Erfolg, weil Roscius sich keinerlei Bezahlung für seine Dienste erwarten konnte und Noah eifrig an neuen Dramen arbeitete. „Wollt ihr, daß ich den Staatsschatz und mich selber bankrott mache?" fragte Marcus. Und als Roscius mit finsterer Miene entgegnete: „Du bist doch ein reicher Mann", erwiderte Marcus: „Du bist noch reicher. Und wir sind doch Freunde."

Weil die beiden ihn gern hatten, stimmten sie schließlich zu. Der Pöbel war begeistert, und so schonte Marcus den Staatsschatz ebenso wie sein Privatvermögen. Manchmal hatte er Gewissensbisse, weil er seine besten Freunde ausnützte. Er lernte dabei, daß die Politik keineswegs ein Kinderspielplatz war, sondern sozusagen ein Schiffsdeck, auf dem man sich, wenn man nicht fallen wollte, sehr geschickt bewegen mußte, oder, um ein anderes Bild zu gebrauchen, ein Artistenseil, auf dem der erfolgreiche Politiker, scheinbar unbekümmert, Schweiß und Angst unter einem breiten Lächeln verbergend, tanzen mußte. Das Schlimmste war ihm die Entdeckung, daß er für die ihm bisher als Dirne des öffentlichen Lebens erschienene Politik eine gewisse Vorliebe zu hegen begann. Er beruhigte sein Gewissen dadurch, daß er der Dirne nicht zu handgreiflich schön tat. Ihr ganz die kalte Schulter zu zeigen, war unmöglich, wenn man vorwärtskommen wollte.

Das war einer der Sachverhalte, die er weder dem Vater noch der Mutter klarmachen konnte. Aber in diesem Falle verstand ihn Terentia. „Du wirst nie etwas Schlechtes tun", sagte sie. Marcus hoffte innig, sie möge recht behalten. ‚Wenn man in der Politik nichts Gutes wirken kann', schrieb er später, ‚soll man wenigstens keinen Schaden anrichten.' Zu seiner Bestürzung merkte er manchmal, daß er für den toten Sulla und sogar für Crassus eine gewisse Zuneigung empfand. Sie waren auch nur Menschen, und darum blieben ihnen die allgemein menschlichen Regungen gewalttätigen Hasses nicht fremd. Sokrates hatte zwar seine Liebe für alle Erdenbewohner kundgetan; aber Marcus entdeckte allmählich, daß sich in dieser Beziehung ein Philosoph leichter tat als ein Politiker, der seine Zeitgenossen von ganz anderen Seiten her kennenlernte als ein in marmornen Säulenhallen lustwandelnder Philosoph.

Er war sehr emsig tätig. Sein inniggeliebter Bruder Quintus, der letzthin sehr häufig aus fremden Gegenden heimkam, hatte sich eine gewisse Überheblichkeit beigelegt. Schuld daran war seine aufbrausende Gattin Pomponia, die ihm jetzt einen Sohn geboren hatte: sie tyrannisierte ihn. In einer Art Notwehr, um seinem gekränkten Mannesstolz aufzuhelfen, versuchte er, seinerseits den älteren Bruder zu tyrannisieren: Marcus müsse dies unterlassen, Marcus solle jenes tun. Quintus hielt sich für einen ausgezeichneten Politiker. Er schalt den Bruder einen Opportunisten. Manchmal stritten die beiden offen und zornig. Aber die gegenseitige Liebe war so stark, daß sie darunter nicht litt. Marcus lernte mit dem Bruder nicht zu oft über Politik zu reden; wenn Quintus dieses Thema anschnitt, lenkte Marcus geschickt ab.

Lange Gespräche führte er indes mit seiner Tochter Tullia. Ihr hielt er gelehrte Vorträge über Recht und zog über die Politik los. Die Kleine hörte mit kluger Miene zu, während die beiden miteinander im Garten des Palatin-Hauses oder auf der Insel spazierengingen. „Du siehst also, in welcher Lage ich mich befinde, Tullia", pflegte er dann aufgebracht zu sagen.

Sie küßte ihn liebevoll, streichelte ihm die müde Wange und lächelte ihm bewundernd zu. Ihre kindliche Unbefangenheit und Zuneigung beschwichtigten ihn. Er drückte sie an sich und dankte Gott, daß es auf der Welt Kinder gab. Sie waren zu schlicht für Überspitztheiten und feine Nuancen; sie wußten, dem Himmel sei Dank, nichts von Politik und von der Menschennatur. Wie sein Vater für ihn gefürchtet hatte, so bangte er jetzt um Tullias Zukunft, und die gleichen Gebete wie einst sein Vater sprach er nun selber. Im Gebet waren die Generationen miteinander verbunden, obwohl sie gegenseitig nichts davon merkten.

XLIII

Marcus ahnte nicht, daß er die weißmarmorne Tugendfassade war, hinter der sich das Treiben des Crassus, Julius Caesar, Pompejus, Catilina und anderer barg. Das Volk kannte seine Rechtschaffenheit und schloß aus der Tatsache, daß er ohne Zustimmung des Crassus und seiner Freunde nicht Ädil geworden wäre, auch diese Männer müßten rechtschaffen sein. Man sagte sich: „Lautet nicht ein Sprichwort: Gleich zu Gleich gesellt sich gern? Unser wackerer Cicero gesellt sich zu den Machthabern. Also müssen auch sie wackere Leute sein."

„Ich habe gehört", sagte Crassus zu Julius, „daß dein Cicero eingehende Erhebungen über Catilina anstellt. Seine Beflissenheit in dieser Richtung wächst anscheinend von Tag zu Tag."

„Davon habe ich auch gehört", erwiderte Julius. „Aber angefangen hat er damit schon vor vielen Jahren. Es ist weiter nicht verwunderlich. Man braucht nur an Livia und Fabia zu denken. Marcus vergißt nicht."

„Wenn er herausbekommt . . .", begann Crassus.

„Wir müssen uns eben mit Catilina sehr geschickt verhalten", unterbrach ihn Julius. „Wir brauchen ihn zwar, aber ich bekomme ihn langsam satt. Wir dürfen die Freundlichkeit, die wir ihm privat erweisen, nicht auch öffentlich zeigen. Dann können wir uns nötigenfalls, ohne die Volksgunst zu verlieren, aus der Affäre ziehen."

„Für dein Alter bist du sehr klug", lobte Crassus. „Machen wir es so, wie du vorschlägst."

Julius lächelte ihm gewinnend und dankbar zu. Hätte Crassus seine Gedanken lesen können, so wäre der Ratgeber nicht mehr lange am Leben geblieben. Zu Pompejus äußerte sich Caesar: „Unsere Stunde ist nahe." Und zu Catilina sagte er: „Im Namen der Venus, deiner Lieblingsgöttin, vermeide jetzt jeden öffentlichen Skandal! Sei besonnen! Wir stehen unmittelbar vor großen Ereignissen."

„In der Stadt beginnt sich ein übler Geruch zu erheben", bemerkte Noah zu Marcus. „Als Jude habe ich eine gute Nase und ein feines Vorgefühl. Ohne diese Eigenschaften wären wir längst zugrunde gegangen."

„Packst du vielleicht gar schon dein Ränzel?" fragte Marcus lachend.

„Da gibt es nichts zu lachen", meinte Noah. „Ich denke ernstlich daran."

„Hast du kein Vertrauen zu Rom?" wunderte sich Marcus.

„Ehrsüchtigen Leuten traue ich nicht. Aber wer ist schon frei von Ehrsucht?"

„Dann traust du also keinem Menschen?"

„Und du?" fragte Noah.

Marcus dachte einen Augenblick nach und schüttelte dann den Kopf. „Auch ich nicht." Er wurde traurig über diese Feststellung, konnte aber nur wiederholen: „Auch ich nicht." Nach einer Weile fügte er hinzu: „Mir fällt da eine Stelle aus dem ‚Agamemnon' des Aischylos ein: ‚Es führt ein Gott uns auf den Weg des weisen ewigen Gesetzes, wonach nur der die Wahrheit lernt, der sie erlitt.' "

Noah nickte und bemerkte: „Also hast auch du die traurige Wahrheit schon erlitten. Ich bringe jedenfalls meine Familie nach Jerusalem."

„Wie soll ich mit den nächsten öffentlichen Spielen zurechtkommen? Roscius ist nach Alexandria verreist."

„Du wirst zwar auf meinen Rat nicht hören", erwiderte Noah, „aber ich würde dir empfehlen, dich nach Arpinum zurückzuziehen."

„In meinem Alter?"

„Muß man graue Haare bekommen, ehe man klug wird?"

„Ich habe meinem Lande zu dienen", erklärte Marcus. Er hielt inne. „Der Mensch ist ein tragisches Geschöpf. Das Übel ist weltumspannend. Das haben schon die Griechen gesagt, und ich wiederhole es nur. Aber an jeder Tragödie ist etwas Edles. Wer den Mut hat, sich dem Übel entgegenzustellen, der erhebt sich über sein tragisches Geschick und über den Fluch, der auf dem Menschengeschlechte lastet. Die schrecklichste Versuchung, die an uns herantritt, ist die, sich diesem Kampfe zu entziehen. Dieser Versuchung zu erliegen ist etwas, was Gott uns nie verzeiht." Er lächelte Noah müde zu. „Verlaß mich nicht, lieber Freund!" Er wurde wieder traurig. „Sokrates hat zu seinen Freunden gesagt: ‚Der eine oder andere von euch wird mir vorhalten: Aber Sokrates, du kannst doch sicher deinen Geschäften nachgehen und den Zorn der Herrschenden vermeiden! Doch das kann ich nicht. Ein Leben ohne Prüfungen ist nicht wert, gelebt zu werden.' Schließlich ist das mindeste, was man von uns erwarten kann, daß wir uns wie Männer betragen."

„Jedenfalls aber bist du kein solcher Haarspalter und Paradoxendrechsler wie Sokrates. Deshalb vermeidest du es, Menschen, die dich zugrunde richten können, absichtlich gegen dich aufzubringen."

Marcus überlegte. Ihm fiel ein, daß man ihm vorgeworfen hatte, er sitze auf zwei Stühlen zugleich. „Du willst andeuten, daß ich jetzt laviere", sagte er zu Noah. „Das stimmt, und manchmal halte ich es für eine Schwäche. Immerhin kann ich mit Recht behaupten, nur dann Mittelwege zu suchen, wenn dadurch keinem der beiden Streitteile Abbruch geschieht. Vor brutaler Gewalt scheue ich zurück, und auch das mag eine Schwäche von mir sein."

Er hatte nun große Amtsräume in einem öffentlichen Gebäude in der Nähe des Forums. Er bekam mit jenen Menschentypen zu tun, die einen halbwegs gewissenhaften Politiker am ärgsten aufbringen können: mit Bürokraten und mit protektionsheischenden Bewerbern um Regierungsaufträge.

‚Die Bürokraten', schrieb er seinem Freunde Atticus, „sind der verachtenswerteste Menschenschlag. Sie sind zwar ebenso nötig wie die Geier, denen sie auffallend ähneln; aber niemand liebt die Geier, trotz ihrer Wichtigkeit. Ich habe bisher keinen Bürokraten kennengelernt, der nicht kleinlich gewesen wäre, abgestumpft, fast geistlos, nur pfiffig oder dumm, tyrannisch oder diebisch, sein bißchen Autorität wahrend, an der er die gleiche Freude hat wie ein Junge an seinem bösen Hund. Was die

Gewerbetreibenden und Händler, die Erbauer von Straßen und Kloaken und Aquädukten, die Lieferanten von Heeresbedarf, die Baumeister und alle anderen Interessenten für öffentliche Aufträge betrifft, so bieten sie mir Bestechungsgelder für meine Protektion. Aber ich berücksichtige immer nur die sachlich günstigeren Angebote. Du wirst das vielleicht bis zu einem gewissen Grade für eine Marotte halten, so wie auch viele dieser Leute es tun. Doch ich fühle mich dabei sehr wohl.'

Terentia gegenüber vermied er es allerdings sorgfältig, das Thema ‚Bestechung' anzuschneiden. Sie war zwar rechtschaffen und eine ‚alte' Römerin und sah streng auf Sittsamkeit und Redlichkeit im privaten Leben. Aber Marcus zweifelte daran, ob sie die Annahme von Bestechungsgeldern durch einen Politiker als verabscheuenswert betrachten würde.

Wenn Persönlichkeiten, die so einflußreich und bedeutsam waren, daß man sie nicht einfach in aller Stille umbringen lassen konnte, sich bei Crassus über Dinge beklagten, die ihr Billigkeitsempfinden beleidigten, so pflegte er zu sagen: „Denkt an meinen Freund Cicero! Wäre ich so wohlwollend und so aufgeschlossen ihm gegenüber, wenn ich ein schlechter Mensch wäre? Das Böse kennt keine Bewunderung für das Gute, sondern sucht es nur zu vernichten."

Während seiner Ädilentätigkeit erwarb Marcus sich viele Freunde; aber er legte ihre Beteuerungen der Ergebenheit und Zuneigung nicht auf die Goldwaage. In dem Trubel seiner Arbeit, seiner Prozesse, seiner Besprechungen mit Klienten gestaltete sich sein Leben zu einer Hetzjagd. Da er seine politische Laufbahn nicht mit der Ädilität abzuschließen gedachte, mußte er immer wieder an offiziellen Gastmählern zu Ehren verschiedener Politiker, Senatoren und Patrizier teilnehmen; oft wurde auch er von Crassus, Caesar und Pompejus durch Festessen geehrt.

Er mußte die Erfahrung machen, daß Schurken oft interessanter und unterhaltsamer waren als Tugendbolde, und gewöhnlich auch viel bessere Gesellschafter. Das störte seinen Gerechtigkeitssinn. Eigentlich hätte es ja so sein müssen, daß Spitzbuben abstoßend, anständige Leute anziehend wirkten! Leider war es nur zu oft umgekehrt. Die Schurken wurden eben von keinen Gewissensbissen geplagt und konnten sich daher voll übersprudelnder Fröhlichkeit gehaben. Die anständigen Leute dagegen machten traurige Gesichter, weil sie sich über das Böse in der Welt grämten; deshalb taugten sie wenig zu Kurzweil und zu den vergnüglicheren Seiten des Daseins. Hoffentlich, so dachte Marcus, werden sie nach dem Tode für das, was ihnen hier entgeht, in einem Jenseits entschädigt!

Oft überkam ihn starke Müdigkeit. Er dachte an einen Ausspruch des Aristoteles: ‚Der Weise wirft das Leben nicht leichtfertig weg, weil er weiß, daß es wenige Dinge gibt, für die zu sterben sich lohnt. Indes wird auch er in schweren Anfechtungen dem Dasein entsagen; denn es gibt Umstände, unter denen weiterzuleben sich nicht lohnt.'

Stärker noch als Noah wurde er sich dessen bewußt, daß Rom von einem rätselhaften, nicht faßbaren Übel hart bedrängt wurde. Es war wie ein vorbeiflitzender Schatten, der dem ihm forschend zugewandten Blick gleich wieder entschwand. Durch die Stadt ging eine unheimliche Regsamkeit, eilig und still, wie das Huschen von Ratten in tiefen Kellern. Es war, als stockte Roms Atem. Aber für den flüchtigen Blick war alles gedeihlich und friedlich, und der Pöbel fand, die Großen Spiele seien nie schöner gewesen als in diesem Jahr. Überall zeigte sich selbstzufriedene, muntere Geschäftigkeit; Handel und Wandel schienen zu blühen. Marcus wußte, daß diese allgemeine Wohlfahrt nur Täuschung, bewußte Täuschung, war, konnte aber nicht feststellen, wer dem Volk dieses Trugbild vorgaukelte.

„Deine Haare werden grau", sagte Terentia zu ihm. „Du arbeitest zu angestrengt."

„In diesem Jahr warst du nur vier Wochen lang auf der Insel, lieber Sohn", bemerkte Helvia, die jetzt recht dick und massig geworden war und silbergraues Haar bekommen hatte.

Marcus trug sich mit der Absicht, in Rom die erste öffentliche Bibliothek, nach dem Vorbild des großartigen Museion von Alexandria, zu gründen. ‚Ein gebildetes Volk wird sich den Politikern gegenüber kritisch einstellen', schrieb er seinem Freunde Atticus, als er ihn bat, für eine solche Bibliothek Handschriften und Bücher zu spenden. Später sollte er über seine naive Zukunftshoffnung traurig lachen. Ein bücherlesendes Volk, so entdeckte er, wurde nur noch ein dankbareres Publikum für Scharlatane und Betrüger. Belesenheit gewährleistete in keiner Weise Urteilsfähigkeit und skeptisch prüfende Einsicht. Als auf Grund seiner Anregung in den Provinzen öffentliche Büchereien gegründet wurden, sagte er: „Dem Barbaren tut es in vielen Hinsichten gut, wenn er nicht belesen ist. Dann verläßt er sich mehr auf seinen Instinkt als auf Bücherweisheit, und das Hörvermögen seines unverbildeten Ohres wird nicht durch Wortgeklingel betäubt."

XLIV

An den Abenden, bei Sonnenuntergang, fühlte Marcus sich alt und zugleich sehr jung, fast knabenhaft. Die Klarheit der Luft, das nicht mehr heiße, ungetrübt strahlende Sonnenuntergangslicht, die weiche Stille, die allen Tageslärm gedämpft und geschluckt zu haben schien, der schwache Goldschimmer, der auf Stamm und Ast und Laub lag, das melodische

Plätschern der Springbrunnen, die zwitschernde Zwiesprache der Vögel, die Frische einer kühlenden Brise — all das schien ihm eine besondere, ganz persönliche Segnung der Götter für die Menschen, eine Atempause der Erfrischung und Besinnung, eine heilige Stunde. Da konnte man die unten so nahe ausgebreitete Großstadt vergessen, das Gedränge der Hügel, den Hitze widerstrahlenden Tiber, die rauhen Häuserwände und vielen Straßen Roms, und konnte sich für eine köstliche Weile zwischen dem Hasten des Tages und dem Düster der Nacht in Betrachtung versenken.

Die ägyptischen und anderen orientalischen Heiligtümer der Stadt hatten Läutwerke. Um diese Stunde erklangen sie wohltönend, mahnend über die mächtige, pulsende Stadt und riefen die Menschen, die gerade Ämter und Betriebe verließen, zu Gebet und Besinnung, luden sie in die stillen, schattigen, weihraucherfüllten Stätten des Gottesdienstes, damit ihnen wenigstens für kurze Zeit bewußt würde, daß sie auch Seelen, nicht nur Körper waren.

Marcus fühlte sich sehr müde. Wieder spürte er jene Bürde des Geistes und des Herzens, die ihm schon vor Jahren so viel zu schaffen gemacht und den Leib fast lahmgelegt hatte. Nun wurde diese Bürde zu einer körperlichen Last, die ihm fast ununterbrochen auf Nacken und Schulter drückte, wie der Kreuzesbalken, den ein Verurteilter mit letzter Kraft zum Hinrichtungsplatz schleppen mußte. Er sagte sich nicht mehr: Morgen bin ich wieder frisch und munter; morgen bin ich wieder voll von Spannkraft. Diese Jünglingshoffnung hatte er als Trugbild erkannt. Für den reifen, denkenden Menschen war das Morgen eine steinige Straße, die nur zu immer neuer Enttäuschung und Erschöpfung und zu der ewigen Frage führte: Warum lebe ich? Wozu und wofür? Weshalb soll ich morgen das wiederaufnehmen, was ich heute niedergelegt habe? Einen kleinen Trost bot es ihm oft, wenn er sich entschlossen sagte: Ich lebe für eine höhere, ewige Gerechtigkeit; mein Leben ist Gottesdienst.

Einst war der Abend für ihn eine Zeit friedlicher Erwartung gewesen. Jetzt wußte er, daß Hoffnung ein Vorrecht erfahrungsloser Jugend war und daß man den Geist nur durch bewußte Täuschung dazu bringen konnte, weiterzutun und nicht in Verzweiflung unterzugehen. Er hatte viel Geld, Landbesitz, Obst- und Weingärten, Felder und Wiesen; er hatte Villen und Gutshöfe; er hatte seine väterliche Insel. Er hatte Eltern, Weib und Kind. Er war recht berühmt. Aber was konnte er sich noch erwarten? Ihn verlangte es nicht darnach, in den Augen anderer groß dazustehen. Für ihn waren solche Wünsche die Eitelkeit von Kindern, die Träume halbgarer Jünglinge, unwürdig eines reifen Mannes.

Allerdings, Crassus war alt und noch ehrsüchtig; Crassus war alt und dürstete noch nach Beifall. Aber daraus folgte nur, daß manche Menschen zwar alterten, jedoch nicht reiften; er, Cicero, zählte sich nicht zu dieser Sorte. Manchmal bedauerte er fast neidvoll den Mangel einer

Illusion, einer Lüge, die ihn davor bewahren könnten, in solchen vom Läuten östlicher Gotteshäuser erfüllten Abendstunden sich vor gramvoller Sehnsucht nach etwas ihm selber Unbekannten zu verzehren und in eine Zukunft zu blicken, die nichts als vielleicht dieses Etwas enthielt.

Zufriedenheit? Das Betäubungsmittel kleiner Seelen! Welcher denkende Mensch konnte zufrieden sein? Glück? Freude? Jeder Mensch verstand etwas anderes darunter; in Wirklichkeit waren auch Glück und Freude wesenlos. Marcus blickte in den weiten goldenen Himmel. Er blickte auf die säulengeschmückte Fassade seines Hauses, die im Licht der untergehenden Sonne golden erglänzte.

Bedürfnislos sein! So empfahlen die Stoiker und schielten neidisch auf die Nichtbedürfnislosen, nicht Armen. Sich fügen! So mahnten die Orientalen. Sich fügen – aber worein? In den Willen Gottes, sagten die Juden. Doch Gott war, wenn es ihn überhaupt gab, stumm und der Erkenntnis entzogen. Allerdings, wenn man Gott wenigstens erahnen könnte, würde man Augenblicke der Entrücktheit finden, und das Leben mit seinem steten Wechsel von Höhen und Tiefen wäre erträglich.

„Warum so ernst?" fragte eine halb spöttische, halb liebevolle Stimme, und als Marcus sich auf der Marmorbank unter den Myrtenbäumen dem Klange entgegenwandte, sah er Caesar, prächtig gekleidet wie immer, ihm zulächeln. Er stand rasch auf und faßte die Hände des Ankömmlings mit so inniger Heftigkeit, daß Julius freudig erstaunt das Gesicht des Freundes musterte. Marcus lachte, wie von einer Last befreit, umarmte den Besucher und schob ihn dann ein Stück von sich, um ihn zu mustern.

„Wann bist du aus Spanien zurückgekommen?" erkundigte er sich.

„Erst gestern, spät abends. So etwas! Du freust dich, scheint's, wirklich, mich zu sehen?"

„Ja. Frag mich nicht, warum! Setz dich neben mich. Laß dich anschauen! Zwei Jahre lang haben wir uns nicht gesehen. Na, du bist unter der heißen spanischen Sonne nicht gealtert!" Er rief mit lautem Händeklatschen einen Sklaven und betrachtete dann wieder strahlenden Blicks den neben ihm sitzenden Julius. Plötzlich schwand sein Lächeln.

„Ich habe vergessen. Du bist noch in Trauer um deine liebe Frau Cornelia, die während deines spanischen Quästor-Jahres gestorben ist."

„Die beste aller Frauen", murmelte Julius und starrte einen Augenblick lang auf die goldfarbene Gartenerde; sein sonst so spaßfreudiges Gesicht war verdüstert. Dann lächelte er rasch wieder. „Sie ist von jahrelangen Schmerzen erlöst worden und hat Frieden gefunden."

Aus irgendeinem, ihm selbst unerklärlichen Grunde ärgerte Marcus sich über diese Bemerkung. „Und du bist noch jung", neckte er.

„Unsere Lästerzungen haben wir uns beide bewahrt", sagte Julius, und seine weißen Zähne blitzten in einem Lachen auf. Er war immer elegant gewesen, und stets hatte ihn die stählerne Aura der Macht umgeben. Die Eleganz war geblieben, die Macht-Aura hatte sich fast zur Sichtbarkeit verdichtet, und Marcus mußte an die furchtbaren Blitze Jupiters, der Schutzgottheit seines Freundes, denken. Dieser achtunggebietende Eindruck wurde nichts weniger als geschmälert durch die äußere Erscheinung: die Silberrüstung, das Leopardenfell um die Schultern, die behäbigere, aber immer noch männlich feste Gestalt, das ungewöhnlich lange ausländische Schwert in der spanischen, emailgeschmückten Scheide und die hohen, silberfarbenen, bestickten und quastenverzierten Schuhe. Julius war im Sommer, erst vor sechs Wochen, vierunddreißig Jahre alt geworden, und sein schönes schwarzes Haar begann an den Schläfen das erste Grau anzusetzen. Aber er war energiegeladen wie immer und strahlte die gewohnte verfeinerte Kraft aus, und in seinen dunklen, spöttischen Augen funkelte rastlos seine außerordentliche Klugheit.

Er musterte seinerseits den alten Freund und sah die müden Linien um die noch schönen, schillernden Augen, die grauen Strähnen in der Fülle des braunen Lockenhaars, die Furchen um die beherrschten Lippen und die tiefen, waagrechten Falten auf der edlen Stirn, die statt ihrer einstigen Arglosigkeit nun längst nur mehr resignierte Weisheit spiegelte.

Der Sklave brachte Erfrischungen und goß Wein in die Becher. Das Eingießen klang laut und melodisch in die Stille. Sonnenstrahlen durchleuchteten die fallende Flüssigkeitssäule, daß sie wie Blut aussah. Dann sagte Julius: „Ich habe in Spanien deinen Bruder Quintus getroffen."

„Ja. Davon schrieb er mir." Der Sklave stellte auf den runden Marmortisch vor der Bank eine Schale mit Leckerbissen, und Marcus entließ ihn. Julius hob den Becher, goß die ersten Tropfen den Göttern aus und trank. Marcus tat desgleichen. Seine anfängliche Freude über den Besuch schwand. Er fühlte sich seltsam niedergeschlagen. Er fragte: „Und du hast deine Tätigkeit in Spanien abgeschlossen, Julius?"

„Ja."

Marcus erkundigte sich nach dem Befinden der Angehörigen Caesars und besonders nach dessen Tochter Julia.

„Die verlobe ich mit Pompejus", sagte Julius.

„Dieses Kind?"

„Sie ist kein Kind mehr, Marcus. Sie hat das vierzehnte Lebensjahr überschritten und gehört bald unter die Haube." Julius hielt inne. Dann grinste er seinem Freunde zu. „Und da ich nicht der Mann bin, der sein ganzes Leben vertrauern würde, heirate auch ich bald wieder. Pompeja, die Enkelin Sullas. Wenn man älter wird, braucht man etwas fürs Herz."

„Daran hat es dir ja nie gefehlt, Julius. Du hast dich immer über das Ehejoch beklagt, und jetzt beeilst du dich so, es wieder auf dich zu nehmen?"

„Pompeja wird meine letzte Liebe sein", beteuerte Julius augenzwinkernd, und seine von der spanischen Sonne gebräunte Haut überzog sich mit einem Netzwerk feiner Spottlinien.

„Davon bin ich überzeugt", bemerkte Marcus scherzend. Sie wußten natürlich beide nicht, daß zur gleichen Stunde, weit jenseits der schimmernden See, in der Stadt Alexandria ein wegen seiner Liebe zum Flötenspiel ‚Auletes' zubenannter Ptolemäerkönig sich über die Wiege seines Töchterchens beugte und sagte: „Du sollst Kleopatra heißen, weil du den Ruhm deiner Väter verkörpern wirst."

„Und welche Ränke schmiedest du augenblicklich?" fragte Marcus.

„Ich finde das nachgerade langweilig", erklärte Julius. „Immer stellst du mir die gleiche Frage, und ich kann immer nur das gleiche antworten: Ich schmiede keine Ränke. Ich liebe das Leben und nehme jeden Tag, wie er kommt, ohne an morgen zu denken. Ich habe keinerlei Ehrgeiz."

„Keinerlei Ehrgeiz?"

„Nein. Aber reden wir von dir, lieber Freund! Du wirst immer berühmter. Leider macht dich das anscheinend weder zufrieden noch glücklich."

„Vielleicht habe ich nicht das Zeug zum Glücklichsein. Und zufrieden bin ich nie; nur weiß ich nicht, was ich eigentlich möchte." Marcus machte wieder eine schwermütige Miene. „Ich habe alles, was die meisten Menschen sich wünschen, kann aber darin keine Befriedigung finden."

„In Spanien gibt es ein Sprichwort, wonach in jedermanns Garten ein verborgener Tiger darauf lauert, sich auf ihn stürzen zu können. Welcher Art ist dein Tiger, Marcus?" Als Cicero nicht antwortete, musterte Caesar ihn mit verstohlenem Lächeln und sagte: „Ist dieser Tiger vielleicht dein Hang zu Kompromissen, der angeblich von Tag zu Tag stärker hervortritt?"

„In grundsätzlichen Fragen lasse ich mich auf kein Kompromiß ein", erwiderte Marcus etwas ärgerlich. „Wenn ich mich aber in einer Angelegenheit zu sehr ins Zeug gelegt habe, höre ich mir die Argumente nüchtern denkender Menschen an und wäge sie gegen die meinen ab. Wo nicht alles durchzusetzen ist, bescheide ich mich mit dem erreichbaren Teil."

„Aber darin verkörpert sich doch gerade dein Tiger, Marcus. Wir leben in einer überaus unlogischen, irrationalen Welt. Wer zu Kompromissen neigt, gilt als hinterhältig und unverläßlich. Wir alle behaupten, Zurückhaltung und Vernunft zu bewundern; in Wirklichkeit jedoch werden diese schönen Eigenschaften gründlich verachtet. Der Erfolgsmensch – und nur er findet ehrliche Bewunderung – zeichnet sich vor allem dadurch aus, daß er sich nie mit halben Lösungen begnügt, weder im Guten noch insbesondere im Bösen. Wem werden in erster Linie Statuen und

Denkmäler errichtet? Einem Sokrates, Homer oder Plato? Nein! Sondern Generalen, die hartnäckig, unerbittlich ihr Ziel verfolgt haben, und politischen Mördern, die ihre Anschläge ausführten, ohne auf andere zu hören – kurz, den Tatmenschen. Die Welt schätzt den Erfolg, wie immer er auch errungen werden mag."

„Und welcher Art ist dein Tiger, Julius?" wollte Marcus wissen.

Caesar zog die Brauen hoch. „Meiner? Vielleicht ist es meine Schwäche für Frauen. Ein höchst ergötzlicher Tiger!"

„Ich glaube, es ist ein anderer."

Julius schüttelte den Kopf. „Nein. Das sollte dir schon klargeworden sein. Ich strebe nicht nach politischer Macht, obwohl du das immer wieder behauptest. Ich bin kein Jüngling mehr. Ich war bloß Quästor, und schon meine Tätigkeit in Spanien wurde mir höchst lästig. Jetzt sehne ich mich nach einem geruhsamen Leben."

Marcus hing wieder seinen schwermütigen Gedanken nach. „Und das genügt dir?" Er staunte darüber, daß keine Antwort kam. Er schaute auf und sah seinen Gast rätselhaft lächeln.

Schließlich sagte Julius nur: „Ich bin zufrieden."

„Dann bewahre uns der Himmel vor zufriedenen Menschen!"

Julius lachte, ohne gekränkt zu sein.

Marcus fuhr fort: „Du erinnerst mich an Erysichthon, der im Hain der Demeter, der Göttin der Erde und der stillen Bescheidung, frevelnd eine Eiche fällte. Die Göttin überantwortete ihn zur Strafe dem Ungeheuer Limos, das ihm einen unstillbaren Hunger bescherte. Er gab sein ganzes Vermögen aus und verkaufte sogar seine einzige, geliebte Tochter, um seinen unersättlichen Magen zu befriedigen. Zuletzt fraß er sich Arme und Beine ab, soweit er dazu gelangen konnte, und starb eines elenden Todes. Das ist die Geschichte des Ehrgeizlings."

„Willst du mich, deinen Gast, deinen Freund, den du zwei Jahre lang nicht gesehen hast, beleidigen, Marcus? Oder entspringt dein bitterer Spott traurigen Selbstbetrachtungen?"

„Verzeih mir!" rief Marcus.

Julius tätschelte ihm rasch die Hand. Seine Augen tanzten fröhlich. „Ich ‚verkaufe' meine Tochter nicht dem Pompejus, falls du darauf angespielt hast. Er könnte zwar dem Alter nach ihr Vater sein; aber solche Ehen sind jetzt in Rom gang und gäbe. Sie ist nett und vernünftig und sehr frühreif. Und ich habe, zum Unterschied von Erysichthon, einen recht wählerischen Appetit."

Aber die seltsame Verstimmung, die Marcus erfaßt hatte, ließ ihn, der einst Unhöflichkeit als Barbarei bezeichnet hatte, nochmals seine guten Umgangsformen vergessen. Seine blasse Gesichtsfarbe blinkte wie im Widerschein eines Spiegels auf, und er sagte: „Ehe du nach Spanien gingst, haben Crassus und Pompejus dem Senat viel von seiner ohnedies schon geschwächten Macht genommen. Es ist kein leeres Gerücht, daß du, Julius, dabei die Hand im Spiele hattest und Crassus dazu gedrängt hast, die Macht des Ritterstandes zu stärken, so daß jetzt in den Gerichtshöfen die Ritter wieder vertreten sind. Aber um die lügenhafte Behauptung zu stützen, Crassus, der steinreiche Ritter, habe auch für den Mann auf der Straße ein Herz, hast du bei einem Populares-Aufzug, der Crassus immer wieder hochleben ließ, eine Büste deines Onkels, des alten Mörders Marius, getragen! Ich habe dich selbst dabei gesehen! Wie erklärst du diese Heuchelei?"

Julius war nur belustigt. „Da steckt etwas dahinter, was deiner eigenen Kompromißbereitschaft ähnelt. Die Ritter sind nicht nur reich, sondern auch gebildet und juristisch geschult. Glaubst du, solche Leute könnten keine echte Zuneigung für das gemeine Volk haben? Im Gegenteil! Nur die Reichen und Vornehmen haben sie. Die aus dem Pöbel selbst stammenden Gewalthaber sind unerbittliche Bedrücker, weil sie ihre eigene Gesellschaftsschicht nur zu gut kennen. Bloß die Reichen und Vornehmen machen sich Illusionen über die Tugenden der ‚einfachen Leute' und halten Volkes Stimme für Gottes Stimme. Wenn du selber angeklagt wärest, würdest du wahrscheinlich auch lieber Ritter auf der Geschworenenbank sehen als ungezieferstrotzende Proleten."

„Ich würde mir rechtschaffene Männer wünschen."

„Die findest du nicht in den Elendsvierteln der Stadt."

Marcus schob sich ungeduldig herum und rief: „Du bist nicht nur scheinheilig, Julius, sondern offenbar auch inkonsequent."

„Darüber solltest gerade du nicht spotten. Wie? Hast du nicht selber die Anklage gegen Gajus Verres wegen seiner Erpressungen in Sizilien vertreten, bald darauf aber den Marcus Fontejus gegen die ebenso berechtigte Anschuldigung wegen Erpressungen im narbonensischen Gallien verteidigt?" Marcus konnte mit knapper Not die Erwiderung zurückhalten, die ihm schon auf der Zunge lag, er liebe eben Sizilien, nicht aber Gallien. Julius beobachtete ihn belustigt und fuhr fort: „Kein Politiker, mein teurer Marcus, kann sich völlig von Verderbtheit freihalten, weil er von Berufs wegen mit Menschen zu tun hat. Die Menschen aber sind nun einmal verderbt, und das steckt unausweichlich an. Wenn unsereins am Leben bleiben will, kann er nur im Bereich des Abstrakten Redlichkeit bewahren."

„In grundsätzlichen Fragen lasse ich mich auf keine Kompromisse ein", wiederholte Marcus hartnäckig.

„Nicht? Wie erklärst du dann die Sache mit Verres und mit Fontejus?"

„Du würdest mich nicht verstehen, wenn ich es dir erklären wollte."

Julius lachte laut und fröhlich auf. „Sich damit aus der Schlinge zu ziehen, ist echte Politikerart! Schau, Marcus, du warst doch nicht immer so humorlos. Du tust mir ja leid: ein anständiger Mensch, der unversehens in die Politik hineingeschlittert ist! Warum bist du denn überhaupt Politiker geworden?"

„Damit ich mithelfen kann, die unausbleibliche Despotie, die Rom bestimmt überfluten wird, wenigstens hinauszuzögern und ein gewisses Mindestmaß an Rechtsstaatlichkeit zu sichern."

„Du bist ein Biedermann, Marcus. Deine Ehrenhaftigkeit findet in Rom viel Anklang. Dennoch tust du mir leid. Eines Tages wirst du nämlich in irgendeiner Sache unnachgiebig werden, und dieser Tag wird dein letzter sein. Ich hoffe, nicht Zeuge dieses Ausgangs sein zu müssen. Ich würde mich furchtbar kränken darüber."

Unwillkürlich, ohne zu wissen, warum er es tat, platzte Marcus heraus: „Die Kränkung wird dir erspart bleiben! Du stirbst vor mir!" Im gleichen Augenblick war er über die eigenen Worte entsetzt.

Julius starrte abergläubisch, mit völlig veränderter Miene, den Freund an und stammelte: „Wie kannst du das sagen, wo du doch älter bist als ich?"

„Verzeih!" bat Marcus völlig zerknirscht. „Das war eine unverantwortliche Roheit."

Doch Julius füllte nachdenklich seinen Becher und trank in langsamen Schlucken. „Ich hatte viele Träume", murmelte er. „Und ich habe mich sterben sehen, im eigenen Blute liegend. Aber wer sollte mich umbringen, und warum? Du genießt ja einen gewissen Ruf als Wahrsager."

„Das ist bloßes Gerede. Ich bin kein Wahrsager, sondern ein rechter Dummkopf, sonst hätte ich dich nicht so vergrämt. Zu meiner Entschuldigung kann ich nur sagen, daß ich in der letzten Zeit sehr niedergeschlagen bin." Er legte dem alten Freund begütigend die Hand auf den Arm. Julius ergriff die Hand ohne Zögern und drückte sie.

In diesem Augenblick trat Terentia ein, anscheinend, ohne zu wissen, daß ihr Gatte Besuch hatte. Mit ihr kam die kleine Tullia, der Augapfel ihres Vaters. Beim Anblick des Gastes erschrak Terentia gebührend und senkte züchtig den Blick. Ihre Wimpern streiften schicklich die Wangen; aber das milderte keineswegs den Eindruck harter Willensstärke, den Mund und Kinn jetzt noch deutlicher als früher boten. Marcus blickte sie ärgerlich an. Caesar stand auf und küßte ihr schwungvoll die Hand.

„Ich wußte gar nicht, daß du zurückgekommen bist, Julius", sagte Terentia mit ihrer trügerisch sanften Stimme und mit einem Anschein fraulicher Befangenheit, der Marcus noch mehr ärgerte. „Wenn ich eine Ahnung gehabt hätte, daß mein Mann Besuch hat, wäre ich nicht hereingeplatzt. Ich bitte um Verzeihung. Auf mich warten ohnedies die Hausfrauenpflichten." Aber sie blieb, und ihre braunen Augen musterten den Gast nicht nur neugierig, sondern mit berechnender Spannung.

„Beraube uns nicht deiner angenehmen Gegenwart!" sagte Julius höflich. „Übrigens wollte ich ohnedies gerade gehen."

Terentia warf ihrem Mann einen ungeduldigen Blick zu, und als er sich nicht äußerte, lud sie selbst ein: „Aber bleib doch zum Abendessen bei . . . bei meinem Mann. Es wird uns eine Ehre sein."

Julius setzte eine feierliche Miene auf und schielte Marcus an. „Heute speise ich bei dem edlen Crassus, Terentia."

Terentia vergaß, daß sie eine bejahrte ‚alte' Römerin war; aus Ärger über das hartnäckige Schweigen ihres Gatten sagte sie schlankweg: „Dann also auf jeden Fall morgen! Du warst so lange weg."

Der sonst immer so höfliche Marcus schwieg sich verbissen weiter aus, und Julius hatte alle Mühe, seine Belustigung zu zähmen. Er erwiderte: „Ich danke dir, Terentia. Ich betrachte es meinerseits als schmeichelhafte Ehre, wenn der große und hochberühmte Cicero mich in sein Haus einlädt."

In diesem Augenblick war Terentia über ihren Gatten nicht nur ungehalten, sondern zürnte ihm ernstlich wegen seines Schweigens und seiner trotzigen Miene. Julius war doch mächtig und konnte einem Freunde in dessen Laufbahn sehr behilflich sein! Marcus aber saß da wie ein Klotz und sprach kein Wort. Das war für sie selber beleidigend! Er benützt jede Gelegenheit, mich zu demütigen, dachte sie voll Groll. Unter dem braunen Leinenkleid hob und senkte sich ihre jetzt sehr üppig gewordene Brust.

Schließlich sagte Marcus: „Morgen habe ich Anwälte als Tischgäste, und Julius findet alles, was mit Rechtswesen zusammenhängt, langweilig."

Aber Caesar widersprach lebhaft: „Im Gegenteil, Advokaten habe ich sehr gern! Ich werde mich an ihren weisen Reden laben." Dann ließ er aus Mitleid von seinem Freunde ab und wandte die Aufmerksamkeit der kleinen Tullia zu. Er streichelte ihr mit seiner mageren braunen Hand die Wange. „Schau, schau! Wir haben da eine ausgesprochene Schönheit! Die wird einmal ganz Rom bezaubern."

Die Kleine lächelte und blickte Julius an, mit den von Blau zu Grau und zu klarem Bernsteingelb schillernden Augen ihres Vaters. Sie knickste höflich. Sie zählte erst sieben Jahre, hatte aber schon etwas von der Klugheit und scharfen Auffassung ihres Vaters. In der Sonne schimmerte ihr braunes Lockenhaar golden. Als wohlerzogenes Kind stand sie stumm und geduldig neben ihrer Mutter.

Terentia verschränkte die Hände und warf Caesar einen freundlichen Blick zu. „Wir haben an deiner Trauer über Cornelias Tod teilgenommen, Julius."

„Er ist eben dabei, sich über den Verlust zu trösten", bemerkte Marcus.

Julius hielt den Zeitpunkt für gekommen, sich taktvollerweise zu verabschieden. Er küßte Terentia wieder die Hand, umarmte Marcus, der nicht aufstand, tätschelte Tullia den Kopf und verschwand in einer Wolke von Mantelfalten und Parfüm. Als er gegangen war, schienen die Sonnenuntergangsfarben des Gartens zu verblassen.

Mit gepreßter Stimme sagte Terentia zu ihrem Töchterchen: „Laß uns jetzt allein, Tullia!" Die Kleine küßte ihrem Vater die Wange und lief zum Hause. Marcus starrte auf den Boden. Terentia verschränkte die muskulösen Arme über der Brust und musterte ihren Mann erbittert. „Deine Grobheit ist unverzeihlich", tadelte sie streng.

„Ich kann nichts zu meiner Entschuldigung sagen, Terentia. Julius bringt mich auf."

„In letzter Zeit bringt vieles dich auf, habe ich bemerkt. Mit deinem Vater redest du selten. Auch mich würdigst du nur gelegentlich eines Wortes. Deine sehr geringe häusliche Sprechlust beschränkt sich anscheinend auf Tullia und deine Mutter. Ich habe gehört, wie du mit hervorragenden Anwälten und Richtern bei Tisch heftig gestritten hast. Früher einmal warst du ein Muster an Verständnis und Selbstbeherrschung. Jetzt wird deine Stimme gleich schroff, und du nimmst dich nicht einmal in Gegenwart von Menschen zusammen, die deiner Laufbahn dienlich sein könnten."

„Das hast du mir schon oft genug vorgehalten."

„Deswegen bleibt es nicht weniger wahr. Glaubst du, ich bin mit unserer gegenwärtigen Lebensführung zufrieden? Nein! Ich erwarte mir mehr von dir. Ich bin aus vornehmem Hause, und du hast Pflichten deiner Familie gegenüber. Wenn du dich dazuhieltest, könntest du mindestens schon Prätor sein."

Marcus schämte sich seiner Reizbarkeit und seiner wachsenden Abneigung gegen Terentia. Er verabscheute ehrsüchtige Frauen, deren es jetzt in Rom schon allzu viele gab. Seine Bedrücktheit und Unrast übermannten ihn wieder. „Laß mich in Frieden!" sagte er.

„Ich bin es meinen Ahnen schuldig, dafür zu sorgen, daß mein Gatte ihrer nicht unwert ist."

Marcus sprang auf. „Zum Hades mit deinen Ahnen!" schrie er. Sein blasses Gesicht lief rot an. Seine Fäuste ballten sich. Plötzlich verkörperte Terentia für ihn alles, was er haßte und fürchtete.

Terentia wurde ganz blaß und wich ehrlich entsetzt zurück. „Ihre Manen werden dir fluchen, Marcus!"

„Meinetwegen. Mir fluchen greifbarere Wesen als die Manen deiner Vorfahren. Ich habe dir hundertmal gesagt, daß ich niemandes Gönnerschaft wünsche. Am allerwenigsten die Caesars, dieses ehrsüchtigen Lügners und Heuchlers!"

„Du tust nichts für deine Zukunft. Deswegen muß ich mich darum kümmern."

„Laß die Finger davon!'' rief Marcus. „Ich bitte dich, laß die Finger davon!''

„Fällt mir nicht ein!'' schrie Terentia wütend.

Marcus ließ sich schwer in einen Sessel fallen; aus seinem Gesicht war alle Farbe gewichen. Terentia atmete keuchend. Das Singen der Vögel klang eindringlicher. Der duftbeladene Wind erhob sich hörbar, und das Laub der Bäume gab ihm Antwort. Terentia musterte ihren Gatten, sein stummes Gesicht, seine gesenkten Lider. Sie dachte nach. Männer waren Männer! „Hast du eine Geliebte?'' fragte sie anzüglich.

„Eine?'' erwiderte Marcus. „So viele, daß ich sie nicht zählen, geschweige denn aufzählen kann! Ich gebe für ihre Gunstbezeigungen derart viel Geld aus, daß ich schon bankrott bin.''

Sein spöttischer Ton ärgerte Terentia. „Bestimmt liebst du eine andere Frau'', beharrte sie, ohne selbst daran zu glauben.

Langsam, mühselig hob Marcus die Lider und blickte seine Gattin voll an. „Du hast recht'', sagte er, stand auf und ging auf das Haus zu.

Terentia sah ihm nach und schlug sich plötzlich mit der Hand auf den Mund. Ihre Augen füllten sich mit Tränen.

Marcus war allein auf seiner herbstlichen Insel. So hatte er es gewünscht. Er aß, schlief tief, schwamm im Fluß, erging sich im Walde, besichtigte seine Rinder und Schafe und Ziegen, scherzte mit den Sklaven, las, sann und schrieb an seinen Aufsätzen. Aber nichts bot ihm Trost, Entspannung, Befriedigung.

Ich werde alt, dachte er. In mir ist eine Finsternis, die nichts aufzuhellen, aufzuheitern vermag; offenbar ist sie der Vorbote des Todes. In meinem Leben kann ich keine Zukunftsverheißung erkennen. Ich bin gescheitert. Ich bin verloren.

Die vielen aus Rom kommenden Briefe ließ er versiegelt, ungeöffnet. Er blickte in den Spiegel und sah darin nicht einen Mann, dem der Inselaufenthalt die Augen mit lebhaftem Glanz erfüllt, die Wangen gebräunt und die Lippen gerötet hatte. Er sah einen welkenden, alternden Mann.

Und Livia geisterte auf der Insel umher, wie schon seit Jahren nicht. Sie war für ihn lebendiger als jede andere Frau in seinem Dasein. Er hörte ihr seltsames Singen in den Bäumen, sah das Flattern ihrer Gewänder zwischen den dunklen Baumstämmen des Waldes, hörte ihre Stimme aus dem Rauschen des Flusses. Manchmal wurde sein Schmerz unerträglich, trotz der langen Jahre, die sie nun schon tot war. Er jagte ihrem schimmernden Schatten nach; manchmal hörten die Sklaven ein verzweifeltes Rufen. Ich werde verrückt, sagte er sich, als er wie einst auf der Suche nach ihr durch die dämmerigen Wälder streifte. Bisweilen umschlang er wie Apollo einen jungen Baumstamm und preßte das Gesicht an die warme Rinde und weinte. Ihm schien, als umarmte er Livia, die nymphengleich vor ihm geflohen war und sich in ein Bäumchen verwandelt hatte. Unsagbares Leid erfüllte ihn, als wäre sie ihm eben erst entrissen worden.

Eigentlich trauere ich um mich selber, fiel ihm einmal mit plötzlicher Klarheit ein. Ich trauere um meine Jugend, meine Hoffnungen und Träume, meine trügerischen Erwartungen, um jene festlich bekränzten Jahre, als ich noch an einen Sinn des Lebens glaubte. Wie tragen andere Leute die Last dieser Enttäuschung? Wie trug mein Großvater sie, und Scaevola und Archias und alle meine anderen Lieben, deren Schatten die Hallen meiner Erinnerung bevölkern? Wie konnten sie ihr Leben zu Ende leben? Was gab ihnen Halt? Auf meinem Tisch steht nur ein leerer Becher, und in meinem Weinkrug ist nur bitterer Bodensatz. Warum haben sie mir nicht gesagt: ‚Du bist jetzt voll Gier und Durst. Aber man wird dir den Wein nehmen, und du wirst nicht einmal mehr Lust haben zu trinken'?

„Livia!" rief er. Er stand mit ihr auf der Brücke und sah die weiße, warme Rundung ihres Armes neben sich und das strahlende Blau ihrer Augen, die in die seinen blickten. Er senkte den Kopf auf das Steingeländer.

Er dachte an seinen Vater, dem er immer so ungeduldig auswich. Hatte auch er seine Zukunftsvision gehabt und verloren? Hatte auch er einen leergewordenen Becher an die Lippen gesetzt? Er ging in seines Vaters Bibliothek und sah die stummen Bücher an. Dann blätterte er in diesem und jenem Band, als suchte er eine Botschaft. Er fand eine, und sie erfüllte ihn mit neuer Verzweiflung. Tullius hatte an den Rand einer Seite geschrieben: ‚Das Leben ist ein Traum. Das Erwachen ist der Tod.'

Sein Arzt in Arpinum sagte zu ihm: „Männer in deinen Jahren, mitten zwischen Jugend und Alter, finden oft sich und ihr Dasein fragwürdig. Sie leiden darunter. Aber das geht vorbei. Als Siebzigjähriger kann ich dich dessen versichern."

Marcus glaubte ihm nicht. „Mich interessiert nichts mehr", erklärte er.

Der Arzt lächelte. „Es bleiben noch Werte", betonte er. „Da ist Gott. Und da ist die Ewigkeit."

„Dahin also kommt der Mensch!" rief Marcus. „Wenn keine anderen Werte mehr gelten, ist doch das irdische Leben ganz schal!"

Wieder lächelte der Arzt.

Schließlich zwang Marcus sich, die vielen eingelangten Briefe zu lesen.

Terentia hatte ihm erbittert geschrieben, Lucius Sergius Catilina sei auf Betreiben des Crassus zum Prätor gewählt worden. ‚Das hat man Dir vorenthalten, mein teurer Gemahl!' schrieb sie. ‚Jetzt nimmt der Verführer und Mörder meiner Schwester eine hohe Stellung ein. Wärest Du hier gewesen, hätte das nie geschehen können.'

Eine gewaltige Welle von Wut und Haß flutete über Marcus, und er vergaß, daß er sich eben noch keiner Gefühle mehr fähig geglaubt hatte. Er vergaß, daß sein Leben angeblich zu Ende war und keinen Sinn mehr hatte. Er vergaß, daß sein Dasein vermeintlich zur Unfruchtbarkeit verurteilt war und daß es nichts mehr gab, wofür ein Mann in Ehren kämpfen und sein Leben einsetzen könnte.

Am nächsten Morgen fuhr er nach Rom. Ihm war, als säße Livia neben ihm und triebe ihn zur Eile. Ihr Schleier bauschte sich im Wind und streifte seine Wange.

XLV

Crassus, der Mann mit dem mächtigen Rumpf und dem schmalen Kopf und Gesicht, blickte Marcus kühl an. Julius lächelte vor sich hin, und Pompejus betrachtete seine juwelengeschmückten Hände.

„Ich muß gestehen", sagte Crassus, „daß ich deine Heftigkeit nicht begreife. Du hast anscheinend den logischen Faden verloren, und das steht einem Anwalt nicht gut an. Was kann dir schon daran liegen, wenn Catilina zum Prätor bestellt wurde?"

Marcus, dessen Gesicht vor Erregung hochrot geworden war, erwiderte: „Damit hat man wahrhaftig den Bock zum Gärtner gemacht! Dieser Mensch ist von Natur aus ein Verhängnis! Das brauche ich dir doch nicht näher zu begründen. Er ist ein Freund und Gönner der abscheulichsten Elemente Roms, darunter notorischer Verbrecher. Sein natürlicher Lebensraum ist Unrat. In seinem Wesen und Charakter ist nichts, was ihn einer so hohen, machtvollen Stellung würdig machen könnte. Er ist sittenlos und entartet, träge und lasterhaft. Sind das heutzutage die für einen Prätor, einen Rechtshüter und Gerichtsvorsitzer, angemessenen Eigenschaften? Wenn ja, dann ist Rom wirklich tief gesunken."

Er hatte um eine Unterredung mit Crassus in dessen prächtigem Hause gebeten und war empfangen worden. Er hatte Wein und Erfrischungen abgelehnt. Er stand vor dem elfenbeingeschmückten Ebenholztisch des Crassus und schlug, während die anderen unbeirrt aßen und tranken, von Zeit zu Zeit mit der Faust auf die Tischplatte. Man hörte ihn höflich an. Nur Crassus selbst, der ihn immer gefürchtet und gehaßt und beargwöhnt hatte, konnte ein böses Aufblitzen seiner grauen Augen nicht unterdrücken, wenn er ihn ansah.

Er sagte: „Catilina ist sehr beliebt. Viele Leute haben sich darüber gefreut, daß er Prätor geworden ist."

„Was für Leute sind das?"

Julius warf mit würdevoller Miene ein: „Hast du, mein teurer Marcus, nicht ständig die Demokratie verteidigt, die allen freien Männern gleiche Aufstiegsmöglichkeiten gibt? Machst du jetzt eine Kehrtwendung und behauptest, die Eignung eines Mannes solle einzig nach seinen persönlichen Verschrobenheiten oder seinen politischen Neigungen beurteilt werden?"

„Privates und öffentliches Verhalten lassen sich nicht voneinander trennen; sie sind wie die beiden Seiten einer Münze."

„Beruhige dich doch!" sagte Pompejus. „Welcher Verbrechen ist Catilina überwiesen worden? Keines einzigen. Worauf gründet sich sein übler Ruf? Ein Ehebrecher ist er? Wenn alle ehebrecherischen Männer von öffentlichen Ämtern ausgeschlossen würden, blieben die Stellen unbesetzt, und wir hätten ein Chaos. Ein Mann kann sein Weib betrügen, aber seinem Lande bedingungslos treu bleiben. Ein Mann kann im Privatleben entartet und sittenlos sein – und wer hätte nicht seine geheimen Laster? – und doch einen aufrechten, ehrenhaften Amtsträger abgeben. Die Lebensführung eines Mannes kann bis zum Leichtsinn verschwenderisch sein; aber meiner Erfahrung nach sind gerade solche Leute als Regierungsbeamte sparsam. Auch der umgekehrte Fall kommt vor: ein kleinlicher Pedant kann sich sehr großzügig und zügellos über die Freiheiten des Volkes hinwegsetzen; ein Knauserer kann das Volksvermögen mit vollen Händen für Wählerstimmen vergeuden."

Das war eine lange Rede für den gewöhnlich so schweigsamen, zurückhaltenden Pompejus. Marcus blickte ihm in die ruhigen, hellen Augen und sah darin nur Duldsamkeit und Güte. Selbst in diesem Augenblick wunderte er sich darüber, daß dieser Mann ihm Freundlichkeit entgegenbrachte, ohne sie erwidert zu finden. Er entgegnete: „Catilina mag ja nie in einem öffentlichen Gerichtsverfahren angeklagt oder verurteilt worden sein. Aber wir wissen, daß er ein Verbrecher ist."

„Dafür hast du keine Beweise", meinte Crassus. „Du kannst auch nicht behaupten, daß Catilinas gewaltige Anhängerschaft ausschließlich oder auch nur hauptsächlich aus Verbrechern besteht. Glaubst du, wir hätten es in einem solchen Falle empfohlen oder geduldet, daß er Prätor wird?"

„Ja", sagte Marcus und blickte ihm fest in die Augen. „Das halte ich für durchaus möglich."

Crassus' schmales Gesicht wurde weiß vor Wut, und er biß sich auf die Lippen. „Du bist frech und anmaßend und unbotmäßig!" rief er. „Du bist Ädil. Willst du deines Amtes enthoben werden?"

Marcus war so aufgebracht und erregt, daß er die Drohung nicht beachtete. Er erwiderte: „Mir wirfst du Frechheit und Anmaßung und Unbotmäßigkeit vor? Sind deine Anschuldigungen nicht fehl am Ort? Verwechselst du mich nicht mit Catilina?"

Crassus trank langsam und bedächtig aus seinem Becher. Sein Blick ruhte feindselig auf Cicero. Die Antwort übernahm Caesar in einem Ton liebevoller Nachsicht. „Für jemanden, Marcus, der erst vor kurzem bei seinen Freunden den Eindruck matter, resignierter Teilnahmslosigkeit erweckt und gefragt hat: ‚Wozu sind wir überhaupt zur Welt gekommen?', entfaltest du erstaunliche Leidenschaftlichkeit und Tatkraft und Widersetzlichkeit. Solltest du gar inzwischen zu der Meinung gelangt sein, unser Dasein habe doch einen Zweck?"

„Ja!" rief Marcus. „Ich war ein Tor. Ich habe mich in selbstgefälligen Sicherheitsgefühlen gesuhlt, und das führt nur zu Tod und Verfall. Ich war von meinen öffentlichen Obliegenheiten und meiner Anwaltspraxis derart in Anspruch genommen, daß mir gewisse unterirdische Strömungen in unserem Lande entgingen. Ich bekenne mich dieser Unachtsamkeit schuldig und bin entschlossen, den Fehler gutzumachen." Er wandte sich wieder an Crassus. „Mein Vaterland gilt mir mehr als Sicherheit, Wohlstand, Ruhm, Beifall und Ehrungen. Deshalb erhebe ich Einspruch gegen Catilinas Bestallung. Hat man bedacht, daß ich jetzt bei den Gerichtssitzungen mit ihm zusammentreffen werde und daß er, aus persönlichem Haß, sogar gegen eine gerechte Prozeßsache voreingenommen sein wird, nur, weil ich sie vertrete? Auf Schritt und Tritt wird er sich dem Rechtsgang in den Weg stellen, und klarerweise muß man dagegen Abhilfe schaffen, wenn ich überhaupt ein Wort mitzureden habe."

„Ich teile deine Befürchtungen nicht", erklärte Julius. „Schließlich bleibt in diesen Dingen die Volksmeinung zu berücksichtigen, und das Volk liebt dich. Catilina würde sich nie trauen, bestehende Gesetze zu verletzen und böswilligerweise Entscheidungen in einem dir ungünstigen Sinne zu treffen." Er neigte sich zu Crassus. „Darf ich unserem streitbaren Marcus ein Geheimnis verraten, Herr? Ja?" Er lächelte Marcus zu. „Wir haben Catilina schon eingeschärft, daß er, wenn er bei Gerichtsverhandlungen dir begegnet, nicht ein Urteil sprechen darf, das gegen Gesetz und Würde und Vernunft verstößt."

Zwischen Crassus und Caesar schien irgendein geheimnisvoller Gedankenaustausch stattgefunden zu haben; denn Crassus' Stimme wurde fast milde, als er zu Marcus sagte: „Catilinas Amtszeit dauert nur ein Jahr. Und wer zweifelt daran, daß du, Cicero, der nächste Prätor sein wirst?"

Man will mich beschwichtigen, dachte Marcus; aber ich lasse mich nicht mundtot machen. Er entgegnete: „Während seiner kurzen bisherigen Amtsdauer hat Catilina schon dreimal in Entscheidungen die Verfassung verletzt. Zwei verurteilte Hochverräter wurden von ihm mit Hilfe formaler Spitzfindigkeiten freigesetzt, obwohl ihre Schuld einwandfrei nachgewiesen war. Einen bekannten Berufsmörder, der viele Handlanger beschäftigte, hat er laufen lassen, weil man ihn fünf Stunden länger als zulässig in Untersuchungshaft gehalten habe. Formal trifft das zu; aber diese Zeitüberschreitung war nötig, um den Mann wenigstens zu einem einzigen Geständnis zu zwingen, so daß er vor Gericht gestellt werden konnte. Das sind keine Nebensächlichkeiten! Das sind Verletzungen des göttlichen Rechts.''

Julius beugte sich über Papiere, die vor ihm lagen. „Ich habe hier, lieber Marcus, Protokolle über Prozesse, bei denen du den gleichen Formfehler zugunsten deiner Klienten geltend gemacht hast. Gibt es zweierlei Recht für dich und für Catilina?''

Marcus wurde rot. „Aber meine Klienten waren schuldlos! Und Catilinas Verbrecher waren es nicht.''

„Niemand darf als unschuldig oder schuldig bezeichnet werden, solange ihm nicht der Prozeß gemacht worden ist. Manchmal, teurer Freund, mögen Formverstöße einen Schuldigen vor Strafe bewahren; meist aber kommt ihre Geltendmachung Leuten zugute, die unrechtmäßig verhaftet und angeklagt wurden. Seit Jahrhunderten und auch bei anderen Völkern weiß man, daß Justitias Schwert manchmal stumpf ist. Aber es schützt doch vor allem die Unschuldigen.''

„Unter Catilinas Amtsführung wird das nicht der Fall sein.''

Julius lachte leichthin. „Catilina ist von Natur aus zu träge, als daß er sich vor irgendeinem Gericht oder bei irgendeinem Prozeß besonders ins Zeug legen würde. Kurz gesagt, er schätzt die öffentliche Ehrenstellung und das öffentliche Honorar, wird aber selten seine richterlichen Funktionen ausüben oder sich gar die Mühe nehmen, einen Rechtsfall eingehend zu studieren.''

„Wozu hat man ihn dann zum Prätor bestellt? Ist unser Staatsschatz nicht schon ausgeplündert genug? Müssen wir noch Schurken aus Steuergeldern erhalten?'' Crassus und Caesar antworteten ihm nicht, sondern lächelten nur leise. Marcus blickte erst das eine, dann das andere schweigende Gesicht an, und seine Gedanken überstürzten sich. Erbittert sagte er: „Dann stimmt es also, daß man ihm verpflichtet ist. Und jeder, der sich einem Catilina verpflichtet fühlt, macht sich eines Verbrechens gegen das Vaterland schuldig.''

Crassus lächelte nicht mehr. „Jetzt aber genug!'' rief er. „Willst du, ein kleiner Advokat, ein kleiner Ädil, mir Hochverrat vorwerfen? Hüte dich, Cicero! Ich habe dich lange genug gewähren lassen, weil Caesar dein Freund ist. Ich rate dir, in Hinkunft nicht mehr meine Aufmerksamkeit zu erregen.'' Sein Gesicht war blutrot und gedunsen vor Wut und Haß, und seine geballte Faust hob sich vom Tisch.

Unwillkürlich wich Marcus zurück. Einen Augenblick lang wurde ihm vor dem eigenen Mut bange. Er dachte an seine Eltern, seine Frau, seine geliebte Tochter. Dann zürnte er sich selber, weil er sein und der Seinen Leben über die Sicherheit, Würde und Ehre des Vaterlands stellte. „Du gibst also zu, Herr'', sagte er, „daß du für Catilinas Bestallung verantwortlich zeichnest?''

Crassus richtete sich in seinem edelsteingeschmückten Sessel auf und hob wieder die Faust, als wollte er Marcus schlagen. Aber Caesar, der nun ernstlich erschrak, packte seine erhobene Hand und schob ihn fast mit Gewalt in seinen Sessel zurück. Pompejus hatte sich aufgesetzt, und auch er sah Crassus bestürzt an. Seinem Jugendfreund aber flüsterte Julius zu: „Du unbedachter Narr! Ich hätte nie gedacht, daß du dich so weit vergessen könntest, dem mächtigsten Mann im Staate derartige Anschuldigungen ins Gesicht zu schleudern!"

„Warum nicht, wenn sie zutreffen?"

„Ihr lieben Götter!" entgegnete Caesar. „Bist du völlig von Sinnen?"

„Leben wir nicht in einem freien Lande?" fragte Marcus. „Sind nicht auch die mächtigsten Männer dem Volke verantwortlich?"

Julius blickte Crassus an, der sich langsam beruhigte, und entgegnete mit tonloser Stimme: „Nein. Nicht mehr, Cicero. Deine vielgeliebte Demokratie hat Roms Bräuche geändert."

„Ich rede nicht von Demokratie, Caesar. Ich rede von der Republik Rom. Zwischen Demokratie und Republikanismus klafft ein Abgrund, der nur zum Schaden der Republiken überbrückt werden kann. Hat denn jemand unsere Republik gestürzt oder außer Geltung gesetzt? Das ist meines Wissens nie geschehen. Also besteht sie noch, und auf Grund der republikanischen Freiheiten kann ich verlangen, daß Amtsträger zur Rechenschaft gezogen werden, wenn sie das Vertrauen des Volkes mißbraucht und die Verfassung geschändet haben." Die drei Männer starrten ihn an, alle mit blassen Gesichtern, einer mit feindseliger Miene. „Der Meuchelmord ist zwar eine Waffe der Demokratien; aber ich würde nicht empfehlen, sie gegen mich anzuwenden", fuhr Marcus mit erbittertem Lächeln fort. „Ich habe zu viel Einfluß in Rom und zu mächtige Freunde, und meine Mutter ebenso wie meine Frau stammen aus sehr vornehmen Familien. Man kann der Meinung sein, den Römern sei es schon gleichgültig, wer sie beherrsche, und auch der scheußlichste Mord bringe sie nicht auf. Doch sie brauchen nur ein Sprachrohr. Dieses Sprachrohr werde ich sein. Und falls man mich umbringt, werde ich andere Stimmen wecken."

„Du vergißt", sagte Pompejus in merkwürdigem Tone, „daß jede Regierung und jeder Machthaber, wenn sie die Schuldigen schonen wollen, die Volkswut in beliebige Richtung lenken können. Solltest du getötet werden, wäre es für ... mächtige Männer kinderleicht, dich als Hochverräter hinzustellen. Das von Natur aus schwerblütige Volk würde diese Lesart, die es aller Aufregungen und allen Nachdenkens enthebt, dankbar hinnehmen."

„Du hältst also das römische Volk für schwachsinnig?"

„Nein", entgegnete Pompejus im gleichen merkwürdigen Tone. „Nur für kleinmütig."

Marcus wurde wieder zornig. Dann sah er Pompejus scharf an und dachte: Eigentlich kenne ich ihn überhaupt nicht. Er bemerkte, daß Caesar und Crassus unwillige Blicke auf Pompejus warfen und sich dann gegenseitig in einer Art Frage- und Antwortspiel in die Augen sahen. Schließlich lächelte Julius seinem alten Freunde bezaubernd zu und erklärte in vertraulichem Tone: „Wir wollen dir die Wahrheit sagen, Marcus. Du kannst sie zur Kenntnis nehmen oder auch nicht. Das ändert nichts an der Tatsache, daß es die Wahrheit ist."

„Wann hast du je die Wahrheit gesprochen, Julius?"

„Diesmal", betonte Crassus mit so fester, entschiedener Stimme, daß Marcus sich ihm rasch zuwandte, im Gefühl, nun wirklich ein offenes Wort zu hören, „wird es die Wahrheit sein, und wenn du sie in den Wind schlägst, gefährdest du Rom. Sprich, Caesar!"

Julius verschränkte die mageren, gebräunten Hände auf der Tischplatte und blickte Marcus fest an. „Du weißt einiges von der Macht Catilinas, den wir verachten, aber nicht unbeachtet lassen können. Wir sprachen von Freigelassenen, Sklaven und kleinen Übeltätern als seinen Anhängern. An sich wären diese Leute kaum gefährlich. Aber sie sind nicht die einzigen Stützen unseres patrizischen Freundes. Da gibt es außerdem vornehme Ehrgeizlinge wie Piso und Curius, um nur zwei zu nennen. Er hält sich auch viele Senatoren und Tribunen gefügig, durch Geld oder dadurch, daß er deren geheime Verbrechen kennt. Dazu gesellen sich Tausende von Athleten in Rom und eine Menge Schurken, die von ihrer Lasterhaftigkeit leben. Da sind weiters die Unzufriedenen – und unterschätze sie nicht, ihre Zahl ist ungeheuer groß! Darunter sind viele reiche Fremdlinge, die keine Treuepflichten gegenüber Rom kennen. Darunter sind Männer, die den Hochverrat zum Beruf gemacht haben, weil sie Rom und alles, wofür es steht, hassen und eine Tyrannis herbeisehnen. Zu den Mißvergnügten gehört eigentlich der ganze große Stand der Patrizier, nach der Herrschaft über eine versklavte Nation strebende Verächter der Republik, Gebieter über eine Schar von Klienten, die ihnen – wie etwa dem zu ihnen gehörenden Catilina – blind gehorchen.

Und da ist die großstädtische Unterwelt, habgieriges, nur auf die Befriedigung des Bauches und der Sinne bedachtes Gesindel. Was ist diesen Kerlen Rom und seine Volkswirtschaft? Sie würden ihre Heimat für einen Topf voll Bohnen oder zwei Zirkuskarten verraten. Dann sind da die Kreaturen mit den verschiedensten abscheulichen Gelüsten, Schauspieler und Sänger und Tänzer, die im Gefolge der Vornehmen und Mächtigen lärmend zu agieren lieben, weil so auch auf sie Licht fällt. Da sind die Päderasten und andere abwegig Gearteten, die sich an der Vorstellung von gesetzlich sanktionierter Ausbeutung und Auspeitschung begeilen. Das ist Catilinas Gefolgschaft, Marcus. Das sind die Leute, die auf ein Wort von ihm unser Gemeinwesen zu zerstören bereit sind."

„Er spricht die reine Wahrheit", bestätigte Pompejus.

Einiges davon hatte Marcus schon früher erfahren. Er hatte aber nicht gewußt, wie umfassend und tiefreichend die Bewegung war, wie sehr sie sich in den Volkskörper eingefressen hatte.

„Sollen wir ein Drittel von Roms Bevölkerung niedermetzeln?" fragte Crassus in scharfem Tone. „Oder, was wahrscheinlicher ist, die Hälfte?"

„Wie würdest du das im Namen der Republik rechtfertigen wollen?" sekundierte ihm Julius.

„Sollen wir durch ein Blutbad die Mannestugenden wiederherstellen?" gab Pompejus zu bedenken. „Sollen wir, um die Heimat vom Mob zu befreien, uns auf dessen Niveau begeben?"

„Sulla hat versucht, die Republik wiederherzustellen", sagte Crassus. „Damals waren die Pöbelhaufen noch nicht so mächtig. Trotzdem scheiterte er und mußte das Feld räumen."

Marcus sank in einen Sessel und ließ das Kinn auf die Brust sinken. Lange herrschte Schweigen, bis Julius es mit den Worten brach: „Weil wir Catilina, der die Massen auf so bedenkliche Weise beherrscht, zufriedenstellen mußten, wurde er zum Prätor bestellt. Es war ein geringer Preis für den Bestand Roms."

„Das ist doch Erpressung!" murmelte Marcus in dumpfem Ton.

„Sicherlich", gab Julius zu. „Wenn ein Erpresser allein vorgeht, kann man ihn vernichten. Hat er aber eine Menge Freunde, so muß man ihn gewähren lassen und zeitweise seinen Heißhunger stillen. Kurz" — und er blickte Marcus seltsam an —, „wir müssen, sogar grundsätzlich, einen Kompromiß anstreben."

„Und wenn er die Hand nach dem Konsulat ausstreckt?"

„Ich kann dir nur versichern: man hat ihm klargemacht, daß er mehr als das schon Erlangte nicht bekommen wird."

Marcus dachte eine Weile schweigend nach, während die drei anderen Männer behutsame, aber spöttische Blicke tauschten. Dann wandte er sich an Julius: „Es muß doch möglich sein, unsere Feinde loszuwerden. Ebenso allmählich, wie die Republik verfiel, muß sie auch mit Entschlossenheit wiederaufgebaut werden können. Wir haben Gesetze ..."

„Aus Sullas Beispiel hast du doch gelernt, daß man die bestehenden Gesetze nicht anwenden kann, weil vermutlich keiner der Stände in Rom dazu selbstlose Hilfe leisten würde. An wen willst du dich denn im Namen Roms wenden, Marcus?"

Marcus hob den müden Blick. „Keinesfalls an dich, Caesar, keinesfalls an dich."

Pompejus sagte mit seiner leisen, ruhigen Stimme: „Wir dürfen nicht verlockenden Trugbildern nachjagen und dabei den Boden der Wirklichkeit unter den Füßen verlieren. Schon unsere Großväter wußten als junge Männer, daß die Republik sich ihrem Ende zuneigte. Hätten sie damals etwas dagegen unternehmen können? Vielleicht. Tatsache bleibt, daß sie es nicht taten. Wir ernten die Früchte ihrer Gleichgültigkeit, ihrer Selbstsucht, ihres Mangels an Stolz und Tugend und Vaterlandsliebe."

„Ähnliche Entwicklungen beobachtet man bei allen Nationen", erklärte Julius. „Die Ursachen dafür liegen in der menschlichen Natur selbst. Wenn ich einen neuen Staat gründen müßte, würde das Regierungssystem ein aufgeklärter Absolutismus sein und nicht eine Republik, die unausweichlich verfällt und verkommt."

„Aha, der berühmte Führer hoch zu Roß!"

„Richtig. Nur der Alleinherrscher hat jeweils sein Volk über den Untergang der Republik hinaus am Leben erhalten. Republiken beruhen auf der Schimäre, das Volk besitze die heldische Zucht zur Selbstregierung. Aber dieses Traumbild zerstiebt im Morgengrauen der Wirklichkeit angesichts dessen, was der Mensch – im Gegensatz zu dem, was er sein sollte – tatsächlich ist."

Marcus stand langsam auf. Er blickte die drei Männer nacheinander an. „Meine Vernunft nimmt diese Behauptung als Wahrheit hin. Aber mein Herz treibt mich an, diese Wahrheit zu bekämpfen und alles mir Mögliche zu unternehmen, damit der Mensch mehr werde, als er ist." Er wandte sich zum Gehen, rief aber den schweigenden Männern, die ihn mit seltsamen Mienen ansahen, noch zu: „Sorgt dafür, daß Catilina meine Wege nicht kreuzt! Ich habe mit ihm abzurechnen. Eines Tages werden wir einander gegenüberstehen. Aber dieser Tag muß meiner Wahl überlassen bleiben, nicht der seinen."

Sein blasses Gesicht hatte alle ihm sonst eigene Liebenswürdigkeit und Umgänglichkeit verloren. Er verließ das Zimmer, und der Marmorfußboden hallte von seinen Schritten wider. Die Männer hörten von weitem ein Bronzetor zufallen. Dann nahm Caesar von einer Silberschüssel eine Birne, wischte sie am Ärmel ab und biß genüßlich hinein.

Crassus sagte: „Unsere vornehme weiße Fassade hat einen Sprung bekommen. Wir können sie nicht mehr brauchen. Lassen wir sie fallen!"

„Aus dem Wege räumen?" fragte Caesar, während er sich mit einem Leinentuch über die Lippen fuhr. „Nein. Wir brauchen ihn mehr denn je. In der Catilina-Sache höre ich schon ein fernes Donnergrollen. Wenn Cicero stirbt, entlädt sich das Gewitter über unseren Köpfen. Bisher konnte ich vielen Leuten sagen: ‚Wäre denn Catilina Prätor geworden, wenn Cicero ernstlich Einspruch erhoben hätte?' Ich glaube, mein guter Freund wird schweigen. Wir haben ihn davon überzeugt, daß Rednerkunst hier nicht hilft – was ja tatsächlich stimmt."

„Wenn schon jemand umgebracht werden soll", meinte Pompejus, „so empfehle ich Catilina als Opfer."

Aber Caesar schüttelte lachend den Kopf. „Glaubst du, er hat für diese Möglichkeit nicht schon vorgesorgt? Sobald wir gegen ihn – und sei es noch so behutsam – die Hand erheben, wird er das Dach, unter dem wir alle hausen, zum Einsturz bringen, auch wenn er selbst dabei zugrunde geht. Man darf die Macht seiner betörten Gefolgsleute nicht unterschätzen. Für Volksverführer von seinem Schlage gehen die Leute mit Wonne in den Tod."

Crassus entgegnete in bösem Zorn: „Wir stehen zwischen einem Mann der Tugend und einem Mann des Frevels. Und bei den Göttern, ich weiß nicht, welcher von beiden gefährlicher ist."

Als Marcus an diesem Abend, von düsterer Furcht und Sorge und unterdrückter Wut erfüllt, heimkam, erwartete ihn zu seinem Mißvergnügen Terentia in der Eingangshalle. Ohne Umschweife sagte er ihr: „Ich bin müde. Es ist spät. Jetzt habe ich keine Lust zu Gesprächen."

„Ich warte schon stundenlang auf dich", erklärte Terentia hartnäckig. „Ich will wissen, was du gegen den Verführer und Mörder meiner Schwester unternommen hast."

Marcus ließ sie stehen und ging rasch in seine Schlafkammer. Aber sie folgte ihm und heftete ihre harten, entschlossenen Augen auf ihn. Marcus wandte sich ihr zu und sagte mit gepreßter Stimme: „Nichts konnte ich unternehmen. Es ist zu spät. Für Rom ist es zu spät."

Terentia blinzelte ihn an. So wie allzuoft in der letzten Zeit kam sie ihm albern vor, weil sie Gehörtes immer nur zum Teil auffaßte. Sie erwiderte: „Was hat Rom damit zu tun, ob Catilina seines Amtes verlustig erklärt wird oder nicht?"

„Sehr viel!" murmelte er. „Weil Rom das wurde, was es ist, darum konnte Catilina Prätor werden."

„Dann hast du versagt, Marcus." Ihre Augen waren voll verächtlichen Tadels.

„Zu diesem Versagen war ich schon von Geburt an verurteilt. Mein Vater hat bereits versagt, und auch dessen Vater. Eigentlich schuld an Catilina war mein Urgroßvater."

„Du redest in Rätseln, mein Lieber. In Wirklichkeit ist doch die Sache so: Catilina bleibt Prätor, weil du nicht die Macht hast, seine Absetzung zu erzwingen."

„Ich habe gar keine Macht." Er legte die Toga ab und warf sie über einen Sessel. Das Licht der Lampe fiel auf sein hageres Gesicht.

„Ich dachte, du bist der große Anwalt und Redner von Rom, der mächtige kurulische Ädil! Aber nicht einmal so eine Kleinigkeit kannst du durchsetzen!"

Er war so aufgebracht, daß er sie am liebsten geschlagen hätte. Er biß die Zähne zusammen, setzte sich auf das Bett und zog die Schuhe aus. Aber sie ließ ihn nicht in Frieden.

„Da bin ich schön hereingefallen. Ich war stolz auf etwas, was es gar nicht gibt. Alles nur Schwindel! Und meine Schwester bleibt ungerächt."

Aber Marcus dachte nicht an Fabia, sondern an Livia. Er sah den Dolch an, den er auf den Tisch gelegt hatte. Wie zu sich selber sagte er: „Nein, das wäre ein zu simpler, zu unbefriedigender Ausweg. Die Götter werden mich schon nicht im Stich lassen."

„Sie haben es schon getan, und zwar heute", fand Terentia. Sie stieß einen Seufzer tiefen Selbstmitleids aus. „Ade Träume, ade Hoffnungen! Ich bin mit einer Null verheiratet."

„Richtig!" bestätigte Marcus, blies die Lampe aus und ließ Terentias Zorn im Dunkel verrauchen, bis sie wortlos ging.

Er legte sich ins Bett, fand aber keinen Schlaf. Jeder Muskel, jeder Nerv waren gespannt; das Herz klopfte ihm heftig und schmerzhaft. Seine Gedanken überstürzten sich in wilden Sprüngen, als suchten sie eine magische Formel, die das Chaos ordnen und die Welt wieder wohnlich machen könnte.

Ihm fielen Worte ein, die Noah ihm aus seinen heiligen Büchern über die Bösen zitiert hatte: ‚Sie können nicht schlafen, wenn sie kein Übel getan, und sie ruhen nicht, solange sie keinen Schaden gestiftet haben. Sie essen vom Brot des Frevels und trinken vom Wein der Gewalttat.'

Aber, dachte er, ich bin es, der nicht schlafen kann. Jene, die vom Brot des Frevels essen und vom Wein der Gewalttat trinken, schlummern sanft wie flaumhaarige Säuglinge. Er fühlte seinen Geist in die Finsternis greifen, auf der Suche nach Menschen, die wie er schlaflos lagen, von den gleichen schrecklichen Gedanken bedrängt. Sicherlich gab es solche Menschen in dieser Riesenstadt; aber er konnte sie mit den Schemenfingern seines Geistes nicht erreichen. Er drehte sich zur Seite und sah blaugraue Dämmerung sein Fenster erhellen. Blickten andere Menschen mit den gleichen brennenden Augen in die Zukunft? Verzweifelten auch sie an ihrem Lande?

Wie sollte er weiterleben? Da gab es Leute, die das Unwetter über die Stadt heraufziehen sahen, es aber geflissentlich unbeachtet ließen und bis zum letzten Atemzug behaupteten, alles sei in schönster Ordnung. Da gab es andere, die solche Selbsttäuschung ablehnten und an gebrochenem Herzen starben. Und da gab es schließlich einige, die dem Sturm trotzten, gegen ihn ankämpften und von ihm umgerissen wurden. Welche von diesen verschiedenen Einstellungen war die klügste? Welche bot wenigstens eine schwache Aussicht durchzukommen? Sicherlich taten da jene am besten, die vor dem Gewitter die Augen verschlossen. Auch wenn sie nicht ihr Leben retteten, dachte Marcus, genossen sie wenigstens die letzten Stunden ihres Daseins, was ihren feinfühligeren Mitmenschen versagt blieb.

Um sich gegen die Überfülle unbewältigbarer Empfindungen zu schützen, entäußerte sich seine Seele plötzlich allen Inhaltes. Er wies jede Gefühlsregung von sich und schlief ein.

VIERTER TEIL

DER HEROS

Auf jene Art, wie unsere Vorfahren es oft in harten Kriegen taten, weihe und opfere ich mich für das Gemeinwesen. Erwägt sehr wohl, wem ihr das Vaterland in der Folge anvertrauen werdet! Denn eine solche Ehre begehrt kein guter Mensch, wenn sie darauf hinausläuft, über den Erfolg eines von anderen geführten Kampfes und Krieges Rechenschaft abzulegen oder in Schande zu sterben. Jedenfalls haltet euch vor Augen, daß ich nicht wegen eines Verbrechens oder durch Habsucht zu Fall gekommen bin, sondern daß ich wissentlich für die höchsten Güter mein Leben zum Opfer gebracht habe! Euerthalben, Quiriten, und eingedenk des Ruhms der Vorfahren, duldet Unbilden und bekümmert euch um das Gemeinwesen! Mit den höchsten Staatsämtern ist viel Sorge verbunden, viel gewaltige Mühe, die ihr keineswegs von euch weisen und statt dessen das friedliche Wohlleben anstreben dürft, wenn alle Provinzen und Reiche, alle Meere und Länder von Kriegen bedrängt oder entkräftet sind.

Aus einer Rede des Gajus Aurelius Cotta

XLVI

Während ziemlich langer Zeit genoß Marcus Tullius Cicero verhältnismäßige Ruhe, die ihm manchmal lästig wurde. Er schrieb an Atticus: ‚Bin ich schon stumpf und ohne jeden Auftrieb? Werde ich alt? Oder habe ich mir die höchste Weisheit erworben, wonach kein Kampf der Mühe wert ist? Teurer Freund, betrachte mich als einen Menschen, der nichts und niemanden mehr allzu genau ins Auge faßt! Ich bin in jenen Lebensabschnitt getreten, den manche als die goldene Mitte betrachten, in jene Jahre, die spurlos verfliegen und in eine Entsagung abgleiten die der Vorraum des Todes ist.‘

Wie Julius es ihm angekündigt hatte, traf er während Catilinas Amtstätigkeit nicht mit diesem Manne zusammen, der im vierzigsten Lebensjahr noch immer schön wie eine Statue war, obwohl gemunkelt wurde, er trinke heftig, rede dann zusammenhanglos und werde ausfällig. Statt des selten vor Gericht erscheinenden Prätors traten in seinem Namen Vertreter auf, die behaupteten, er habe sie abends zuvor über den Sachverhalt ins Bild gesetzt. Das stimmte nicht, weil er die Abende und Nächte in ruhelosen Ausschweifungen verbrachte. Wenn die Freunde, die ihn vertreten hatten, bei ihm erschienen, zankte er sie wegen angeblicher Verstöße und Mißachtung seiner Weisungen aus. Manchmal redete er ganz rätselhafte Dinge und war wie geistesabwesend. Oft sah man ihn im Morgengrauen durch die Straßen torkeln, zusammen mit lärmenden Kumpanen, die nie in Gesellschaft anderer Patrizier auftauchten und nie hoffen durften, in einem anderen Hause als dem Catilinas empfangen zu werden.

Ein Tollhäusler und ein widerlicher Wüstling! dachte Marcus, wenn ihm solche Dinge zu Ohren kamen. Er begann zu glauben, Crassus und Caesar und Pompejus hätten sich einen gefährlichen Mann vom Halse geschafft, indem sie ihm ein Amt zuschanzten, das auszuüben er unfähig war. Er beglückwünschte sie im Geist zu diesem klugen Winkelzug So erging es wohl immer: Wen die Götter vernichten wollten, den schlugen sie erst mit Verblendung.

Früher einmal hätte Marcus auch der jetzt ihm bescherten Friedlichkeit mißtraut, weil ja die Götter oft einen Menschen arglistig in Schlaf lullten, so daß er zu spät den gegen ihn geführten tödlichen Streich gewahrte. Ich habe gehofft, ein Heros meines Landes zu werden, dachte er; aber das Zeitalter der Heroen scheint vorbei. Manchmal kam ihm der hämische Gedanke, in der Republik werde sich überhaupt nichts mehr ereignen, was die Einbildungskraft, sei es zum Guten oder zum Bösen, anregen könnte. Offenbar hatte sich alles dahin verschworen, die Denkkraft zu lähmen, den Geist einzuschläfern, bei jedermann die Meinung hervorzurufen: ‚Es steht ohnedies alles zum besten, ist friedsam, gedeihlich, wohlgeregelt.'

Wo fand sich heutzutage noch ein Mann wie Scipio Africanus, mit vornehmer Lebensführung, voll Farbe und Feuer? Die Römer, die modernen Römer, würden einen solchen Mann scheel und argwöhnisch ansehen. Sie legten keinen Wert darauf, von glänzender Rednerkunst aus ihrer Ruhe gerissen zu werden. Sie interessierten sich nur für ihre Bankguthaben, ihre Vergnügungen, ihre Familien, ihre Lustreisen, ihre jämmerlichen kleinen Genüsse. Von einer schicksalhaften Aufgabe wollten sie nichts mehr wissen. Sie wünschten keine Regenbogen auf ihren Himmeln, keine Gewitter, keine Störungen des Bestehenden. Betriebsam und erdgebunden, widmeten sie sich lieber ihren Theatern und Zirkussen und Leibesübungen, ihren Bettfreuden und ihren wohlgenährten Familien.

Ohne es selbst zu merken, war auch Marcus von dieser Welle selbstzufriedenen Behagens erfaßt worden. Jetzt spürte er ihren Sog. Allmählich kam es ihm lächerlich vor, die Seele Roms wecken zu wollen, und er fragte sich, ob so etwas eigentlich überhaupt menschenfreundlich war, und was dem Erwachen folgen sollte. Weder Crassus und seine Freunde noch der Senat oder die Volkstribunen traten jetzt ins Licht der Öffentlichkeit. Jeder Schauspieler war bekannter als die politischen Machthaber, die einen unauffälligen Mittelweg verfolgten. Friedlich strahlte die Sonne über der Stadt; in den Straßen herrschte geschäftiges Treiben. Es wurden viele gewagte Geschäfte gemacht, und es gab immer mehr Neureiche. Die Welt schien einen Zustand haltbarer Ruhe erreicht zu haben, und alle Kriege waren vergessen. Nirgends zeigte sich ein Anzeichen besonderer Verderbtheit, nirgends etwas, was Empörung oder Auflehnung erregt hätte. „Wir leben in einer herrlichen Zeit", sagten viele, die schon mancherlei Ungemach durchgestanden hatten, und sie sagten es mit Dankbarkeit. „Wir sind ein gefestigtes Staatswesen. Wir können ruhig weiter die Freuden des Daseins in dieser bukolischen Umwelt genießen."

„Ich fahre bald nach Jerusalem", kündigte Noah ben Joel seinem Freunde an. Noah hatte inzwischen eine Glatze bekommen und war durch seine außerordentlich beliebten Theaterstücke sehr reich geworden. „Ich habe ein ungutes Gefühl. Rom ist nichts für ältere Männer, die an Angstträumen leiden, wie ich es tue."

„Sei nicht kindisch!" meinte Marcus unbehaglich.

„Ich fahre nach Jerusalem", wiederholte Noah und sah seinen Freund merkwürdig an. „Wir Juden merken es, wenn die Messer locker sitzen, und wir riechen das Gewitter, bevor die ersten Wolken sich zusammenballen. Ich kann dir nur dringend nahelegen, dich nach Arpinum zurückzuziehen."

„Das hast du mir schon vor Jahren geraten. Und wie du siehst, lebe ich noch immer in Frieden hier.“

Oder in Stumpfheit, dachte Noah. Offenbar hatte sich an Marcus ein Wandel vollzogen, als wäre ein Quell in ihm erschöpft oder doch vorübergehend versiegt. Vielleicht aber hatte er gar den Kampf aufgegeben und sah das Wetterleuchten am Horizont nicht! Er war dicker geworden, die langen Wangen hatten sich ausgefüllt; seine Augen zeigten nicht mehr ihr feuriges Schillern, sondern einen gleichmütigen Ausdruck.

„Von dir ist jetzt in der Öffentlichkeit viel die Rede, im Zusammenhang mit diesem leidenschaftlichen jungen Politiker, dem Publius Clodius Pulcher“, berichtete Noah, während er diskret den Blick senkte. „Und — aber das ist wahrscheinlich nur Geschwätz — in Verbindung mit seiner Schwester Clodia. Schrecklich, diese Lästerzungen!“ Als er behutsam aufschaute, sah er, daß sein Freund vor Verlegenheit rot geworden war.

„Ach, Publius!“ erwiderte Marcus mit betonter Unbeteiligtheit. „Das ist einer von diesen ehrgeizigen jungen Politikern, die wie unausgegorener Wein schäumen und wie eine von fremder Hand angeschlagene Trommel dröhnen — alles nur Schall und Rauch! Er tut mir leid mit seinem Feuereifer. Er redet von ‚geänderten Zeiten, in denen man die Gesetze den geänderten Problemen anpassen‘ müsse. Er scheint zu übersehen, daß der Mensch sich nie ändert und daß seine Probleme immer die gleichen sind, auch wenn er ihnen andere Namen gibt. Publius sieht überall nur Neues und wieder Neues, mit dem man sich auf kühne Art auseinandersetzen müsse. Dabei könnte ihm jeder reife Mann sagen, daß dieses angeblich Neue uralt ist, weil, wie du, Noah, mir selber einmal zitiert hast, ‚nichts Neues unter der Sonne‘ geschieht. Mit den Jahren wird sich auch bei Publius die Begeisterung legen, und er wird von der Meinung abkommen, der Mensch könne auf einmal seine ganze Vergangenheit als tot betrachten und zu den Uranfängen der Lebenserfahrung zurückkehren.“

„Na ja“, sagte Noah, während er seinen Freund verstohlen musterte und an den Klatsch über die schöne Clodia und Marcus dachte, „was hältst du von den Gerüchten, wonach Clodius, der den Catilina wegen unrechtmäßiger Bereicherung während seines Prätorjahres verklagt hatte, dazu bestochen wurde, von der Verfolgung zurückzutreten?“

Marcus wandte den Blick ab; er machte den Eindruck, als hätte es ihm einen schmerzlichen Stich gegeben. „Ich glaube diese Gerüchte nicht. Clodius mag wirklich zu der Ansicht gelangt sein, daß die Anklage nicht stichhaltig war. Catilina behauptet bei jeder Gelegenheit großsprecherisch, er sei ein Freund des kleinen Mannes. Und so wie viele junge Verstandesmenschen billigt Clodius unverständlicherweise dem Mann von der Straße eine geheimnisvolle Unantastbarkeit zu. Deshalb hat wahrscheinlich Catilinas schlaue Berufung auf den kleinen Mann eine gleichgestimmte

Saite in Clodius anklingen lassen, so daß er ihm seinen Amtsmißbrauch nicht nur verzieh, sondern die Verfehlung als unbegangen betrachtete. Trotzdem kann ich den Burschen gut leiden. Er belustigt und betrübt mich zugleich mit seiner Jungenhaftigkeit und seiner Pubertätskrankheit, der unbedingten Besserwisserei."

Noah nahm zur Kenntnis, daß Marcus kein Wort von Clodia, der vielberedeten hübschen Schwester des Clodius, erwähnte. Er verurteilte seinen Freund nicht, sondern hoffte im Gegenteil, er genieße einigermaßen sein Verhältnis mit dieser Frau, die verführerisch schön und dazu noch durch ihren sprühenden Witz berühmt war. Als eifriger Neuigkeitenkrämer kannte Noah fast alle, meist anstößige Histörchen, die in Rom umliefen. Er wußte, daß Marcus und seine Gattin sich oft heftig stritten, weil Terentia nicht nur auf Geld sehr happig war, sondern auch aus brennendem Ehrgeiz danach strebte, in Rom als Gemahlin eines berühmten und mächtigen Mannes zu gelten. Es hieß, die Eheleute schliefen in getrennten Kammern, Marcus habe einmal vor Sklaven seine Frau geohrfeigt, und ein andermal habe sie ihm eine Schüssel mit Tunke ins Gesicht geworfen, so daß er ein blaues Auge, eine zerschnittene Wange und eine arg gequetschte Nase davontrug; Marcus habe die Scheidung begehrt, aber nicht erlangt, und jetzt lebten die beiden mehr oder weniger wie höfliche Fremde nebeneinander, bis auf gelegentliche Zornausbrüche Terentias über so läppische Dinge wie etwa die Clodia-Sache. Ich bin wenigstens ein braver Ehemann, lobte Noah sich selbst. Und dabei hatte ich viele Gelegenheiten zu Seitensprüngen. Aber Schauspielerinnen baden sehr spärlich und nehmen es auch sonst mit der Körperpflege nicht genau. Außerdem sind sie teuer, und meine liebe Gattin führt sämtliche Rechnungsbücher.

Marcus fragte: „Aber du kommst doch aus Jerusalem wieder hierher?"

„Nein. Diesmal nicht. Ich werde dir jeden Tag schreiben. Vielleicht besuchst einmal du mich. Jetzt sind meine Kinder schon im heiratsfähigen Alter und müssen, glaube ich, unser angestammtes Brauchtum kennenlernen. In Rom sind sie weltbürgerlich erzogen worden; das muß durch tiefere Werte ausgeglichen werden." Er lachte auf. „Ich kann noch immer nicht glauben, daß unser lieber, geldgieriger Poseur Roscius sich als Essener in ein Höhlendasein zurückgezogen hat! Wenn Gott an einen Menschen rührt, entzündet er in ihm ein Feuer, mag die Erwählung auch noch so unglaublich sein. Um jede Verbindung mit der ruhmbelasteten Vergangenheit abzubrechen, hat Roscius den Namen Simeon angenommen und behauptet allen Ernstes, er werde nicht sterben, bis er mit eigenen Augen den Messias erblickt habe. Deshalb verläßt er die Höhlen, wo er mit den anderen Essenern forscht und betet, von Zeit zu Zeit, besucht den Tempel in Jerusalem und starrt die Gesichter aller dort dargebrachten kleinen Knaben an. Der Arme!"

„Von ihm hätte ich das am allerwenigsten erwartet", meinte Marcus lächelnd und bedauerte, daß er nie mehr dieses bewegliche Gesicht und diese prächtigen Augen sehen, nie mehr diese laute, wohltönende Stimme hören sollte. Dann änderte sich seine Miene, und er sagte: „Das kann doch nicht dein Ernst sein, daß ich auch dich nicht mehr wiedersehen soll, Noah. Wir haben Kindheit und Jugend miteinander verbracht, und jetzt sind wir reife Männer. Du bist ein Teil meines Lebens."

„Leider kann ich wirklich nicht länger in Rom bleiben", beharrte Noah.

„Dann reise wenigstens nicht zu bald ab!" bat Marcus, und plötzlich kam ihm zu Bewußtsein, wie sehr Jahr für Jahr das Mark seines eigenen Lebens dadurch schrumpfte, daß Freunde starben, ins Exil oder sonst in die Fremde gingen. „Und wenn du wegfährst, dann komm nicht zu einer letzten Umarmung. Ich will den Tag nicht wissen."

So sagte Noah ihm nicht, daß er in aller Stille am übernächsten Tag verreisen werde. Als er beim Weggehen den Freund umarmte, konnte er kaum die Tränen zurückhalten. „Ich werde dich in meine Gebete einschließen", stammelte er mühsam.

Wieder änderte sich Marcus' Miene, und er blickte nachdenklich vor sich hin. „Angeblich besinnt man sich, wenn man älter wird, darauf, mehr an Gott zu denken", sagte er wie zu sich selber. „Aber das ist nicht wahr. Als Knabe und Jüngling habe ich vor Gottesliebe geglüht. Jetzt denke ich nur mehr wenig an Überirdisches, und von Jahr zu Jahr geschieht es seltener."

„Daran ist die Außenwelt schuld", erwiderte Noah dem Freunde, der ihm, in Gedanken versunken, nicht zuhörte. „Wir werden vom bloßen Lebenskampf aufgezehrt. In der Jugend reicht unsere Spannkraft für die ganze Welt und für alles, was in ihr und was außer ihr ist. Man sollte sich mit fünfunddreißig aus dem Getriebe zurückziehen können, damit man Geist und Seele Gott widmen kann, solange man ihn nicht vergessen hat. Aber das können sich die wenigsten leisten."

Marcus sah ihn stirnrunzelnd an, als sei irgendeinmal zu ihm etwas sehr Wichtiges gesagt worden, ohne daß er sich erinnern konnte, was, wann und von wem. Nachdem Noah gegangen war, blieb Marcus an diesem warmen Sommerabend in seinem Garten sitzen und versuchte, sich zu entsinnen. Aber in ihm erwachte kein Widerhall. Die schöne junge Clodia fiel ihm ein, und er lächelte. Auch an seine Mutter mußte er plötzlich denken.

Die weltkluge, innerlich gefestigte Helvia hatte sich, seit Marcus Ehemann geworden war, nie in seine häuslichen Angelegenheiten gemischt. Sie billigte Terentias Sparsamkeit und Veranlagungsgeschick, ihre altrömische Gesinnung und mit den Jahren zunehmende Frömmigkeit, ihre eheliche Treue und Mütterlichkeit. Aber sie seufzte über ihre in der letzten Zeit häufigen Temperamentsausbrüche, ihre an Marcus ausgehende Nörgelsucht in den läppischsten Dingen und ihre Unduldsamkeit jedem gegenüber, der ihre beschränkten Ansichten nicht teilte. Helvia bedauerte die Sache mit Clodia, hatte aber Verständnis dafür. Allerdings wußte sie nicht recht, ob sie sich darüber freuen sollte, daß Marcus seit kurzem heiterer schien und daß Ärgernisse ihn nicht so aufregten wie früher. Wir alle werden alt, dachte Helvia seufzend. Leider passen wir uns damit auch immer mehr der Welt an und begehren weniger gegen sie auf.

Marcus fragte sich, als er einsam im abendlichen Garten saß: Bin ich nun glücklich oder nicht? Nehme ich geringeren Anteil am Leben oder habe ich mich einfach schließlich mit ihm abgefunden? Ich bin in einen Hafen eingelaufen. Ist das wünschenswert oder nicht? Ich weiß, zu ändern vermag ich die Welt nicht, und Roms Schicksal ist besiegelt. Hilft es etwas, wenn ich mich aufreibe? Nein. Ich bete bloß, der folgende Tag möge nicht stürmischer werden als der vorangegangene. Nur, wenn Catilinas Gesicht vor ihm auftauchte, krampfte sich ihm das Herz zusammen, und sein alter Haß meldete sich wieder. Doch Catilina richtete sich langsam, aber sicher, mit seinen Ausschweifungen selbst zugrunde. Prätor war er nicht mehr.

Aber ich selber werde bald zum Prätor bestellt werden, dachte Marcus. Er lächelte freudig, jedoch ohne besondere Begeisterung. Er dachte an Clodia, lächelte wieder und stand auf, um sich für das Abendessen in ihrem Hause vorzubereiten, wo es immer witzige und kluge Gesellschaft, Lachen und Musik gab. Angeblich hatte sie gerade einen gewissen Marcus Antonius, einen ganz jungen Mann, zu einem ihrer Liebhaber erkoren. Aber Marcus glaubte es nicht.

Langsam und gemächlich schlenderte er in sein hübsches Haus, das er kürzlich erweitert und verschöhert hatte. Als er sah, daß Tullius ihn im Atrium erwartete, zuckte er zusammen. An manchen Tagen vergaß er überhaupt, daß sein Vater noch lebte, und war sehr überrascht, wenn er dessen hageren Schatten auf den Marmorwänden sah oder die schwache, schüchterne Stimme hörte.

Tullius war ergraut. Sein Gesicht war eingefallen und blaß, der Körper ausgemergelt, der Gang unsicher, als spürten die Füße kaum den Boden. Nur seine großen braunen Augen strahlten noch lebhaft und wurden jetzt beredt. Er sprach den Sohn an, rasch, überstürzt, als müßte er seine Aufmerksamkeit sofort fesseln, weil er ihn sonst nicht hören oder sehen würde. Er sagte: „Lieber Sohn, ich muß mit dir reden. Über etwas sehr Wichtiges.“

Marcus runzelte die Stirn. Er konnte seinen Unmut, seinen Wunsch, ungeschoren zu bleiben, nicht beherrschen. „Ich habe es eilig. Ich muß zu einem Essen.“

„Ich weiß. Du hast es immer eilig, Marcus. Du mußt immer zu einem

Essen. Du hast immer Verabredungen." Die Miene des alten Mannes war tieftraurig, und er senkte den Kopf. „Aber es geht um eine sehr böse Sache, Marcus. Ich fühle mich verpflichtet, mit dir darüber zu sprechen, bevor es zu spät ist."

„Und zwar?" fragte Marcus schicksalsergeben. Die weißen Wände und der Fußboden der Eingangshalle funkelten im letzten Sonnenlicht, der Springbrunnen in der Mitte glitzerte und plätscherte, und in den Ecken sangen Vögel melodisch in ihren Käfigen.

„Wir haben dich ganz verloren. Nicht einmal für deine Tochter bist du mehr da", sagte Tullius behutsam.

„Ich weiß nicht, was du meinst, Vater", erwiderte Marcus erbost. Er blickte die Wasseruhr an. Er mußte noch baden und sich ankleiden, und es war schon spät. „Können wir nicht miteinander reden, wenn ich heimkomme?"

„Ich höre dich nie heimkommen", entgegnete Tullius in flehentlichem Tone. „Und wenn ich morgens erwache, bist du gewöhnlich schon wieder weg. Falls du aber zu Hause bist, hast du Klienten oder Gäste; da höre ich deine Stimme nur von weitem."

„Ich bin eben sehr beschäftigt", erklärte Marcus. „Ich habe eine Familie zu erhalten. Ich habe öffentliche Aufgaben."

„Ja, ja", gab Tullius zu.

„Was gibt es denn so Wichtiges, das du mir sagen willst?"

Tullius hob den Blick und sah seinen Sohn fest an. „Ich kann mich nicht mehr erinnern", murmelte er und trat beiseite, um seinen Sohn vorbeizulassen. Marcus zögerte. Er spürte einen schwachen Schmerz in der Brust, eine Art unbestimmte Traurigkeit. Aber über all das lagerte sich seine Ungeduld. Wie, um sich zu entschuldigen, sagte er: „Außerdem schreibe ich Bücher und Abhandlungen und Aufsätze. Heutzutage ist die Welt nicht mehr so, wie du sie gekannt hast, Vater." Aus unerklärlichen Gründen empfand er den Vater immer als Vorwurf. Und Vorwürfe liebte er nicht; er bekam ihrer genug von Terentia, die ihn jetzt zu Tode quälte und ihre seit jeher geringe Anmut nun ganz verloren hatte.

„Die Welt ist immer die gleiche", murmelte Tullius. „Das wirst du mit Schreck erkennen, wenn dir der Tod nahekommt."

Marcus verzog den Mund, nickte zum Gruß und ging in seine Kammer, um sich für den Abend vorzubereiten. Das von draußen eindringende Licht trübte sich, als an der Sonne eine Wolke vorbeizog; dann wurde der Raum wieder warm und hell.

Es war sehr spät, als er heimkam. Clodia war verabredungsgemäß allein geblieben. Marcus gähnte immer wieder und dachte freudig an sein Bett. Als er aber aus der Sänfte stieg, sah er das Bronzetor seines Hauses offen und beleuchtet; in allen Fenstern schimmerte Licht, obwohl im Osten schon der Morgen dämmerte. Marcus erschrak heftig. Er dachte an seine

Tochter Tullia. Er lief ins Haus und traf in der Vorhalle die weinende Terentia, die sofort wie eine Furie über ihn herfiel.

„Während du in den Armen deiner Dirne lagst", schrie sie, „ist deine Mutter gestorben!"

Helvias Asche war neben der ihres Vaters beigesetzt worden. Das Totenmahl war gegessen, die Zypresse am Tor eingepflanzt, die Gästeschar verabschiedet. Die Sonne schien noch warm und golden, die Luft war noch mild, die Vögel im Atrium sangen noch hingebungsvoll. Der Garten duftete noch. Die Stadt unter dem Palatin brauste und polterte und dröhnte. Die jenseitigen Hügel mit ihrem Häusergewirr fingen die roten Strahlen des Westhimmels auf. Trauer kam in jedes Haus; aber ihr Schatten wurde so rasch wie möglich vertrieben. Die Toten entschwanden spurlos, als hätten sie nie gelebt, auch die aus mächtigem, ansehnlichem Hause.

Viele Trauergäste hatten sich eingefunden, einschließlich aller Mitglieder der Familie Caesars. Als Abgesandter des Crassus war Pompejus erschienen, und die Helvier beweinten ihre Schwester, ihre Tante, ihre Base. Auch Quintus und Terentia hatten geweint. Nur Tullius und Marcus waren trockenen Auges geblieben, weil ihre Trauer am tiefsten war. Die kleine Tullia jammerte um ihre Großmutter, und Marcus konnte sie nicht trösten.

Am vierten Tage nach der Totenfeier saß er auf seinem Lieblingsplatz im Garten, unter den Myrtenbäumen; seine Hände lagen schlaff auf den Knien. Lange saß er so. Dann sah er seinen Vater neben sich sitzen und ihn anblicken, als schaute er selbst aus dem Schattenreich.

„Ich habe mehr verloren als eine Gattin, nämlich eine treue Gefährtin", sagte Tullius mit einer Stimme, die wie welkes Laub raschelte. „Eine Mutter habe ich verloren."

Du hast recht, dachte Marcus erbittert. Und aus Terentia hast du deine Tante und Dienstmagd gemacht, aus Tullia deine Schwester. Immer hast du dich von anderen abhängig gemacht, auf andere gestützt, hast wie ein Bettler die Hand ausgestreckt nach Almosen der Liebe und Betreuung. Für meinen Großvater bist du immer ein Kind geblieben. Aber mich zum Vater für dich zu gewinnen, wird dir nicht gelingen. Warum er für Tullius etwas dem Haß erschreckend Ähnliches empfand, wußte er nicht. Vielleicht, weil sein eigener Verlust so schwer war und er seine seelische Spannung an jemand anderem entladen mußte? Er dachte daran, daß Quintus mit Frau und Söhnchen jetzt in dem Carinae-Hause wohnte, und sagte: „Du wirst dich bestimmt wohler fühlen, lieber Vater, wenn du zu Quintus und seiner Familie ziehst. Er ist ja meiner Mutter sehr ähnlich und war ihr Liebling, und sein Bub gerät ihr nach."

Tullius hob die müden Augen und musterte schweigend seinen Sohn.

Dann sagte er: „Gut!" Er rappelte sich mühsam auf und schlurfte davon wie ein Greis.

„Regt sich denn keine Spur von Kindesliebe in dir?" rief später Terentia. „Du hast deinen Vater aus dem Hause gejagt. Wer das tut, ist verflucht!"

„Ich habe ihn nicht hinausgejagt. Er wird bei Quintus glücklicher sein. Wenn er hätte bleiben wollen, hätte er es nur zu sagen brauchen. Ich habe ihm seinen Leibsklaven mitgegeben, der ihn betreuen und zu seinen Füßen schlafen wird. Mein Haus steht ihm jederzeit offen. Er wird hier immer ein gern gesehener Gast sein."

„Ich verstehe dich nicht, Marcus. Du bist nicht mehr der Mensch, den ich früher gekannt habe."

„Jeder ändert sich."

Terentia trug Trauerkleidung. Sie sah darin plump aus, und ihr Gesicht bekam einen fahlen Schimmer. Ihr braunes Haar hatte seinen Glanz verloren, und ein Doppelkinn verunzierte sie. Die im Schoß liegenden grobknöcheligen Hände verrieten Tatkraft und Tüchtigkeit. So häßliche Hände habe ich noch bei keiner Frau gesehen, dachte Marcus. Er fühlte sich todmüde.

„Willst du die Scheidung?" fragte Terentia und trocknete sich die Tränen.

„Wenn du sie willst."

„Ist dir denn alles gleichgültig geworden?" rief sie.

„Ich trachte, mir nichts nahegehen zu lassen", antwortete er. „Das ist für mich die einzige Möglichkeit durchzuhalten."

„Durchzuhalten?" Terentia war empört. „Bist du arm, heimatlos, ohne Weib und Kind, ohne ein Geldstück in der Tasche? Schläfst du unter einem Aquäduktbogen zwischen entlaufenen Sklaven? Nein! Du bist reich und berühmt, hast ein prächtiges Heim, bist mit einflußreichen Männern befreundet, besitzt Häuser und Ländereien und Villen und Gutshöfe. Du bist gesund; dir geht nichts ab. Dein Tafelgeschirr ist aus Silber und Gold, deine Möbel sind aus Thuja- und Ebenholz; überall gibt es alexandrinisches Glas und Bronze; kostbare Gemälde schmücken die Wände, teure Teppiche die Fußböden. Die Bankiers reißen sich darum, deine Schecks einzulösen. In deinem Büro drängen sich zahlungskräftige Klienten. Du wirst bald Prätor sein. Und du redest von ‚durchhalten'? Gib nur acht, Marcus, daß die Götter nicht einem so undankbaren Menschen ihre Gaben wieder entziehen!"

Aber Marcus antwortete nicht. Er stand auf und ging.

Am nächsten Morgen trat Terentia ihm entschlossen entgegen. „Nein", sagte sie, „ich lasse mich nicht scheiden. So eine Scheidung ist etwas Garstiges. Du liebst mich nicht mehr; du bist verschossen in diese Dirne Clodia, die sich den Körper parfümiert und jung ist und sich Goldstaub aufs Haar sprüht und die Rundungen ihrer Brüste schamlos zeigt. Ich liebe dich, Marcus. Und ich werde Tullia nicht ihres Vaters berauben, den sie vergöttert. Verachte und verschmähe mich weiter, wie du es seit vielen Jahren tust! Wenn du meine Anwesenheit wieder zu bemerken geruhst, werde ich dich willkommen heißen."

Er fühlte Mitleid und Beschämung. „Wir haben zwar von Scheidung gesprochen; aber ich habe nie mit deiner Einwilligung gerechnet. Glaub mir, Terentia, ich werde dich immer als meine Gattin, als die Mutter meiner Tochter, als Hausfrau schätzen. Wenn ich dich betrogen habe, so suche ich keine Ausreden dafür und mache dir auch keine Vorwürfe, die unverdient wären. Wenn ich nicht mit dir rede, so nur deshalb, weil ich es einfach nicht kann."

Zu seiner Überraschung begann sie unter Tränen zu lächeln. „Genau dasselbe hat oft mein Vater zu meiner Mutter gesagt: ‚Mit dir kann ich nicht reden.' Alle Männer sind gleich; jeder ist ein Kind und hält seine Gedanken für so großartig, daß niemand anderer sie erfassen kann. In Wirklichkeit sind sie sehr simpel und auch den Frauen leicht verständlich. Na, womit habe ich dich jetzt wieder gekränkt?"

Er zog die Stirn glatt und legte Terentia die Hand kurz auf die Schulter. „Du hast mich nicht gekränkt. Ich habe heute ein bißchen Kopfweh. Es gibt so viele Dinge ..."

„... von denen die wenigsten wichtig sind", unterbrach sie ihn mit schelmischer, besänftigender Stimme und lächelte, als wäre er zehn Jahre alt und sie seine nachsichtige Mutter. Um seinen Unmut zu bezwingen, wandte er den Kopf ab und horchte auf die Sklaven, die ihm die Sänfte brachten.

„Ach, wie gut, daß wir Frauen so verständnisvoll sind!" sagte Terentia. „Wir wissen, daß die Männer sich über die nichtigsten Kleinigkeiten am schrecklichsten aufregen."

Marcus rannte fast vom Atrium zu seiner Sänfte. Als er auf seinen Kissen saß, warf er sich vor: Ich werde reizbar und unleidlich.

Er dachte an seine tote Mutter und wünschte wieder, er könnte weinen. Er hatte das Gefühl, fliehen zu müssen. Er wollte sich für eine Zeitlang auf die Insel zurückziehen und darüber klarzuwerden versuchen, warum er lebte. Er wollte den Worten eines altjüdischen Propheten nachsinnen, die Noah ihm zitiert hatte: ‚Warum zählt ihr Geld hin für das, was kein Brot ist, und opfert sauren Verdienst für das, was nicht satt macht?'

Auf die Frage nach dem Sinn des Lebens wurde dem Menschen keine Antwort zuteil in den lärmenden Straßen der Großstadt, in der Gesellschaft unschöpferischer Verstandesmenschen, im Gedränge jener Säulenhallen-Philosophen, die den forschenden Blick nicht zum Himmel, sondern auf fragwürdige Mythen wandten; ihm wurde keine Antwort zuteil bei den raubtiergesichtigen Machthabern, in dem greulichen Gewirr der Menschensiedlung mit ihren öden Straßen und entgötterten Tempeln, ihren Politikern, ihrer ziellosen Geschäftigkeit, ihren blutleeren Denkern, die sich selber fadenscheinige Paradoxien schufen, aber von den Geheimnissen eines schlichten Baumes nichts ahnten, ihren blicklosen Männern, die wirklichkeitsfremd von Vernunft redeten, ihren schreienden, frechäugigen Kindern, die nie gewachsene Erde unter den Füßen gespürt hatten, ihren Marktplätzen, Geschäftsläden, Handelshäusern und Banken, ihren Foren und ihren Gefälligkeitsgerichten, ihren Schulen und Krankenhäusern, ihren verschmutzten Flüssen und gestankerfüllten Seitengassen, ihrer mißtönenden Musik für Ohren, die nie das Singen des Waldes gehört hatten, mit all ihren kleinlichen oder bösartigen Bewohnern, die von der Zukunft des Menschengeschlechts faselten, als hätte der Mensch Ursprung und Zweckbestimmung in sich selber.

Nur wenn der Mensch die Gesellschaft von seinesgleichen floh, fand er die Gottesstadt: dranglos und wohltuend, voll von Licht und Regung und Begeisterung und strahlender Gesetzlichkeit, von überirdischen Empfindungen und unumstößlichen Wahrheiten, von Schönheit und Freiheit und ewiger Stille, jener gesegneten Stille, die kein anderer Mensch störte!

Auf der Insel ging jetzt auch Helvias Geist um. Ebenso wie der alte Großvater und wie Livia schien die Mutter hier lebendiger als je im wirklichen Leben. Marcus lag im warmen Grase und sprach zu seinen Lieben. Langsam wurde ihm etwas friedlicher zumute, und die Antwort auf seine Fragen schien fast in Reichweite von Auge und Ohr. Aber er fühlte sich nicht mehr gleichmütig wunschlos, und dafür dankte er den Göttern.

XLVII

„Ich teile deine Ansicht, daß die Republik erledigt ist", sagte der junge Politiker Publius Clodius Pulcher. „Auch meiner Meinung nach liegt die Zukunft Roms in den Händen von Typen, wie Caesar einer ist. Ich finde das bedauerlich. Meine Vorfahren waren überzeugte Republikaner."

„Wenn ein Volk so sittenlos und verderbt und gefühlskalt wird wie das römische, dann ist es für immer verloren", erklärte Marcus. „Dann ist es reif für einen Mann wie Caesar."

„Für den Führer hoch zu Roß? Ja", pflichtete Clodius bei. Er war ein lebhafter, geistvoller Jüngling, schlank und nicht sehr hochgewachsen, mit dunklem, etwas verwegenem Gesicht und stark glänzenden blauen Augen. „Nur schwingt sich der Tyrann gewöhnlich nicht aus eigener Kraft auf das Roß; das Volk hilft ihm hinauf. So wird es eines Tages auch mit Caesar sein. Aber es gibt ärgere Männer."

Marcus musterte ihn neugierig. „Wenn es zwischen mir und Caesar zum Kampf käme, wen würdest du dann unterstützen?"

„Ich bin dir sehr zugetan, Marcus, aber Ciceros Sache ist verloren. Ich möchte ganz gern weiterleben." Er hielt inne und erwiderte den forschenden Blick. „Warum willst du dich unentwegt dem Schicksal entgegenstemmen?"

„Weil ich, um dich zu zitieren, ganz gern weiterleben möchte – auf eine mir gemäße Art."

„Du machst dir also Hoffnungen?"

Marcus schüttelte den Kopf. „Hoffnungen mache ich mir keine. Aber vielleicht hege ich den gleichen Irrwahn wie eine Truppe auf verlorenem Posten: daß Verstärkungen kommen könnten." Tatsächlich keimte in Marcus eine schwache Hoffnung. Er war jetzt Prätor von Rom geworden.

Clodius erwiderte: „Du erinnerst mich an Hektor, den edlen Troerhelden. Er erkannte zwar, daß sein Land im Unrecht war und schweren Frevel begangen hatte, kämpfte aber dennoch leidenschaftlich für die Heimat und hoffte gegen besseres Wissen, sie vor dem unvermeidlichen Untergang bewahren zu können. Bist du ehrgeizig, Cicero?"

„Nur im Interesse meines Vaterlands und seiner Ehre", antwortete Marcus.

„Was sind das für altmodische Begriffe!" rief Clodius. „Die Zeit ist nicht stehengeblieben."

„Das tut sie nie, Clodius. Doch die Leute glauben zu Unrecht, die Gegenwart sei anders als die Vergangenheit, die Zukunft werde anders sein als die Gegenwart. Jede Zeit verkündet laut: ‚Wir sind eine neue Ära!' Aber die Zeiten ändern sich nicht, weil der Mensch sich nicht ändert. Da die Völker nichts aus der Geschichte lernen, sind sie dazu verurteilt, deren Fehler zu wiederholen. Künftige Geschlechter werden sagen: ‚Niemand war je so wie wir.' Aber sie werden genau so sein wie wir Römer."

Clodius lächelte nachsichtig. „Dann bleibt also dem Menschen keine Hoffnung?"

Marcus zögerte. „Nein – es sei denn, Gott offenbart sich und weist einen neuen Weg."

Clodius, der junge Mann, dachte bei sich: Cicero wird alt, und er redet wie alle alten Leute. Ihm fiel seine schöne Schwester Clodia ein, und er fragte sich belustigt, ob Cicero wenigstens in ihren glatten weißen Armen seinen Kummer vergaß. Das mochte zutreffen, weil er eben einen Gedichtband veröffentlicht hatte, der ihm viele Anfeindungen und viel Ruhm eintrug. Ein Mann, der an allem verzweifelt, kann doch nicht so herrliche Gedichte schreiben! Ein höchst widerspruchsvoller Mensch, dieser Cicero! dachte er. Bei diesem Gedanken wurde ihm, der selbst seine geheimen ehrgeizigen Pläne hatte, recht unbehaglich zumute. Widerspruchsvolle Menschen waren zwar sehr interessant, aber gewöhnlich unverläßlich und unberechenbar, besonders, wenn sie einerseits kluge Köpfe, andererseits Dichter waren.

Clodius ging zu Caesar und sagte ihm: „Unser Freund Cicero ist mir ein Rätsel."

Julius lachte. „Redliche Menschen sind für unsereins immer ein Rätsel. Wir können sie in keine uns bekannte Kategorie einreihen und kommen deshalb zu dem Schluß: sie gehören umgebracht oder sonst beiseite geräumt oder wenigstens kaltgestellt." Noch immer lächelnd dachte er eine Weile nach und fuhr dann fort: „Du weißt doch, daß dem Cicero sowohl die Patrizier wie das Volk vertrauen. Ist das nicht an sich schon ein Rätsel? Mir tun die wenigen ehrlichen Leute leid, die Anständigkeit für eine Anwartschaft auf die Bewunderung der Nation halten."

„Er kommt mir inkonsequent vor", erklärte Clodius.

„Sind wir das nicht alle?" entgegnete Julius. „Der Mensch ist von Natur aus inkonsequent, heute Freund und morgen Feind, in der Frühe rechtschaffen und am Abend bestechlich. Warum legen wir bei anderen so viel Wert auf Folgerichtigkeit, wenn wir sie selbst nicht besitzen?"

„Cicero würde sagen, weil im tiefsten Grunde alles folgerichtig geschieht und weil wir diesem Sachverhalt unbewußt Widerhall geben, auch wenn wir ihn bewußt Lügen strafen."

„Du entwickelst dich ja zum Philosophen!" rief Julius gähnend. „Eine Stunde mit Cicero zusammen reicht aus, um einen an seinen eigenen Plänen und am Sinn des Lebens irrezumachen. Man kommt ganz durcheinander. Wir wollen lieber unserem teuren Cicero aus dem Wege gehen und uns nur vor Augen halten, was wir selber vorhaben."

„Habe ich nicht alles aufgeboten, damit du zum Ädil bestellt wirst?" rief Marcus zornig seinem Bruder Quintus zu. „Du kennst meine Abneigung gegen Militaristen. Von Tag zu Tag wirst du übellauniger. Ist Pomponia so unleidlich? Das sind alle Ehefrauen! Du hast einen Sohn. Du bist reich – dank meinen Bemühungen und, zugegeben, auch dank den Veranlagungswinken meiner Terentia. Was willst du noch mehr?"

„Ich bin ein einfacher Mensch. Irgendwie naturhaft, wie ein Tier", erklärte Quintus mit finsterer Miene. „Ich glaube, dir droht irgendeine Gefahr. Ich rieche das, und darüber bin ich bedrückt. Du hältst mich für ehrgeizig; aber ich bin es nur, um dich schützen zu können, weil du mir teurer bist als Weib oder Kind."

„Das weiß ich", brummte Marcus sehr gerührt. „Doch das erklärt nicht deine üble Laune. Früher warst du der friedfertigste junge Mann, immer lächelnd und gelassen. Jetzt rennst du oft wie besessen im Zimmer herum. Du erinnerst mich an unseren Großvater und nicht mehr an unsere liebe Mutter."

Quintus fuhr sich mit der Hand durch die dichten schwarzen Haarlocken. Dann breitete er die Arme verzweifelt aus und rief: „Ich weiß nicht, aber in Rom geht es drunter und drüber! Jeden Tag wird es ärger, verworrener, rätselhafter. Und ich bin nur ein schlichter Mann! Warum sind die Dinge nicht so geblieben, wie sie waren? Eindeutig, schwarz oder weiß, gut oder schlecht?"

„Sie sind nicht so geblieben, weil sie nie so waren", stellte Marcus fest.

„Früher einmal warst du überzeugt davon, daß Ordnungsliebe und Grundsatztreue und Anständigkeit im Verhalten von Mensch zu Mensch sich gegen alles andere durchsetzen würden", wandte Quintus verdutzt ein.

Marcus erwiderte traurig: „Allerdings. Aber dabei handelt es sich um rein persönliche Begriffe aus dem Bereich der Seele, nach denen sich die Außenwelt nicht richtet. Daran ist niemand schuld. Jedenfalls mußt du dich im Zaum halten. Sonst fühlt sich jemand herausgefordert und bringt dich glatt um." Er strich sich mit der Hand über die Stirn. „Auch ich komme immer mehr durcheinander. Aber ich muß den mir vom Schicksal vorgezeichneten Weg gehen. Ich habe keine andere Wahl."

Quintus runzelte die Stirn. „Und welcher Weg ist unserem Vater vorgezeichnet? Er verfällt von Tag zu Tag, wird immer verlorener. Wie ein Schatten geistert er im Haus herum, und Pomponia beklagt sich. Er nimmt kaum zur Kenntnis, daß er Großvater ist, und spricht nur ganz selten zu meinem Söhnchen. Was plagt denn ihn? Er ist doch nicht ein so vielschichtiger Mensch wie du, Marcus."

„Woher weißt du das?" fragte Marcus düster, von jenem inneren Schmerz verkrampft, der ihn bei jeder Erwähnung des Vaters überfiel.

„Er meint, du läßt dich auf faule Kompromisse ein", berichtete Quintus.

„Er hat das nie nötig gehabt, weil er sich nie behaupten mußte", zürnte Marcus. „Glaubst du, mir fällt es leicht, mich mit Caesar und Crassus und Pompejus und allen ihren Freunden gut zu stellen? Nein. Aber sie sind in meiner Welt vorhanden, und ich muß sie hinnehmen."

„Auch den Catilina?"

Marcus sprang auf, und seine schönen Augen funkelten den Bruder an. „Den nicht!"

Ohne recht zu wissen, warum, fühlte Quintus sich beruhigt. Dann verfinsterte sich seine Miene wieder. „Mein Kleiner macht mir Sorgen. Er ist schlau und unverläßlich. Er lächelt so merkwürdig entwaffnend. Ich fürchte, er wird einmal ein verschlagener Streber."

Auch Marcus hatte die Empfindung, daß sein Neffe sich geschickt jedem Versuch, ihn auf etwas festzulegen, entzog. Darum bedauerte er seinen so freimütigen Bruder und dachte mit liebevoller Erleichterung an die eigene Tochter Tullia. Er sagte: „Ich bewerbe mich um das Konsulat." Er hoffte, mit dieser Mitteilung seinen Bruder auf angenehmere Gedanken zu bringen.

Quintus betrachtete ihn mit plötzlichem Grimm. „Hast du die Gerüchte noch nicht gehört? Catilina will angeblich Konsul werden. Und wer könnte sich ihm entgegenstellen, ihm, der den ganzen Mob in der Hand hat?"

XLVIII

Als nüchterne Tatsachenmenschen waren die Römer mißtrauisch gegen Intellektuelle. Sie liebten Marcus wegen seiner Rechtlichkeit; aber sie konnten ihm seine Aufsätze und Gedichte, obwohl kaum jemand von den einfachen Leuten sie las, nicht verzeihen. Die Intellektuellen selber lasen die Veröffentlichungen und nahmen leidenschaftlich für oder gegen sie Stellung. Manche behaupteten, Cicero, der ‚neue Mann', der Mittelständler, sei abstrakter Gedankengänge überhaupt nicht fähig. Er rede von Pflicht und Vaterlandsliebe und Ehre und Gesetz, als wären das unwandelbare Begriffe. Solche Ansichten seien doch für einen kultivierten Menschen lächerlich! Manche allerdings waren anderer Meinung darüber und dachten traurig an sich selbst und ihren eigenen Verrat dessen, was den Vorvätern heilig gewesen war. Und weil Cicero ihr Gewissen aufgerüttelt hatte, ärgerten auch sie sich über ihn.

„Wenn auf Ciceros Bücher die Rede kommt, müßt ihr nachsichtig schmunzeln", schärfte Julius seinen Freunden ein. „Dann wird der Mob, der nie Bücher liest, ihn auslachen, und er kann verhältnismäßig wenig Schaden anrichten."

„Aber bei den Gerichtsverhandlungen und auf dem Forum hört doch alles auf ihn", wandte Catilina ein.

„Was er sagt, geht den Leuten zu dem einen Ohr hinein und zum anderen wieder heraus", beruhigte ihn Julius.

„Das Volk liebt ihn", stellte Catilina haßvoll fest.

„Eines ist sicher", erklärte Julius. „Beim Mob kann Liebe von einem Tag zum andern in Haß umschlagen. Darauf bauen wir ja bei allen unseren Plänen."

„Hast du gelesen, was dein Cicero kürzlich in einer Abhandlung vom pflichtgemäßen Handeln geschrieben hat?" fragte Crassus den Caesar. „Ich möchte dir eine Stelle daraus zitieren: ‚Ehrgeizlinge hören weder auf die Stimme der Vernunft, noch beugen sie sich der rechtmäßigen Obrigkeit, sondern nehmen, wenn sie die höchste Macht erlangen wollen, vornehmlich ihre Zuflucht zu Bestechung und Ränkespiel. So sind sie dann Herren auf Grund eines Rechtsbruches, statt Erste unter Gleichberechtigten auf Grund des Gesetzes. Solche Männer werden unausweichlich zu Sklaven des Mobs, und als Sklaven des launenhaften, unwissenden Pöbels sind sie schließlich keine Machthaber mehr.' Das geht auf uns!"

Julius lachte nur. „Allerdings. Aber wer außer unseren Kreisen liest das schon? Und wenn wir ihn gewähren lassen, so werden selbst mögliche Gegner unter den Gebildeten nicht auf den Gedanken kommen, damit könnte unser edler Crassus oder einer seiner Freunde gemeint sein. Für Männer wie wir ist es sehr vorteilhaft, wenn man uns als großzügig und duldsam gegenüber Andersdenkenden rühmt." Er musterte seinen geschätzten Freund Crassus, der, ebenso wie Catilina und Pompejus, sein Gast beim Abendessen war.

Aber ehe Crassus etwas entgegnen konnte, bemerkte Catilina: „Jetzt muß ich einmal Konsul werden! Ich habe schon zu lange gewartet. Ich bin kein Jüngling mehr."

Julius seufzte. „Das sagst du in der letzten Zeit jeden Tag. Wart noch ein bißchen! Du hast als Statthalter in Afrika gute Dienste geleistet, und die afrikanische Sonne hat dich eher noch schöner gemacht, liebster Lucius. Immerhin können, wie du weißt", fügte er behutsam hinzu, „selbst die abgebrühten heutigen Römer den gegen dich erhobenen Vorwurf der widerrechtlichen Bereicherung, der dir den Weg zum Konsulat versperrt, nicht übersehen."

„Mit Hilfe meines treuen Freundes Clodius bin ich von dieser Anklage freigesprochen worden", bemerkte Catilina mit jener offenen Verachtung für jedermann, die er immer wieder zur Schau stellte.

Nachdenklich murmelte Julius: „Und Clodias Schwester ist die Geliebte unseres offenbar ebenso verführerischen wie verblendeten Cicero."

„Willst du damit andeuten, daß sie ihm mit Bedacht den Blick trübt?" fragte Crassus lächelnd.

„Frauen sind nun einmal ein zweischneidiges Schwert", erklärte Catilina. Seine tiefblauen Augen funkelten vor Wut, als die anderen zu lachen anfingen. Dann wiederholte er: „Ich muß jetzt Konsul werden. Ich lasse mich nicht länger mit Auslandsposten oder kleinen Ämtchen hier in Rom abspeisen." Er schlug mit der Faust auf den Tisch, und sein edelsteinbesetztes Armband blitzte im Lampenlicht in allen Regenbogenfarben auf. „Ich warne euch!" rief er mit schneidender Stimme. „Meine Geduld ist erschöpft. Mich können keine Versprechungen, keine Drohungen mehr bremsen."

Das hatte er schon oft gesagt; aber von Mal zu Mal war es schwieriger geworden, ihn doch wieder zu bremsen. Die jetzige Besprechung hatte er selber gefordert, ja fast anbefohlen. Julius dachte: Wir hätten ihn beizeiten vergiften sollen, wie er es vor Jahren mit Frau und Kind getan hat. Wir haben den Tiger großgefüttert, um ihn bei Bedarf auf unsere Feinde zu hetzen. Aber er hat sich vorzeitig losgerissen und bedroht nun uns! Julius wechselte verstohlene Blicke mit Pompejus und Crassus, während er aus einer Silberschüssel eine Dattel nahm und daran knabberte. Es war die Zeit der Saturnalien, und in Rom herrschte kaltes, nebliges Vorwinterwetter. Glutbecken wärmten den hübschen, verschwenderisch ausgestatteten Speisesaal.

„Du bist ein Komödiant, Caesar", sagte Catilina, noch verächtlicher als sonst. „Du bist fast der gleiche Duckmäuser wie dein widerlicher Freund Cicero, den ich schon lange mit Wollust umbringen möchte und zu gegebener Zeit – das schwöre ich euch – beseitigen werde, ohne mich um euren Widerspruch zu scheren."

Mit so kaltem Abscheu, derart herausfordernd und unverblümt, hatte er bei all seiner Hemmungslosigkeit noch nie gesprochen. Die drei anderen mußten an die riesigen, furchterregenden Pöbelmassen denken, die er beherrschte, die Hefe und den Abschaum der römischen Unterwelt. Er drehte sich in seinem Sessel herum und blickte mit angespanntem Lächeln von dem einen zum andern. „Die Stunde ist gekommen!" rief er. „Worauf wartet ihr noch, ihr Leisetreter? Wartest du, Caesar, auf ein Omen von deinem Schutzgott Jupiter? Er ist ein mutvoller Gott, der oberste aller Götter; du bist ihm kein würdiger Diener. Ich habe dich im Verdacht, Caesar, daß hinter dieser ewigen Hinausschieberei vor allem du steckst."

„Man soll erst losschlagen, wenn man des Erfolges sicher ist", murmelte Julius. Aber er dachte offenbar an andere Dinge und sah wieder Crassus an.

„Ihr lieben Götter!" schrie Catilina und schlug wieder auf den Tisch. „Kann man denn des Erfolgs noch sicherer sein? Wer sollte sich uns entgegenstellen, wenn wir morgen losschlagen?"

„Und anfangen würdest du mit der Ermordung Ciceros?" fragte Julius wie nebenher.

„Ja! Ob du ungläubig tust oder nicht, Caesar, er ist eine fürchterliche Gefahr für uns. Er hat doch sogar den Crassus ins Gesicht geschmäht und freche Drohungen ausgestoßen."

„Du selber, lieber Lucius, hast vorhin an diesem Tisch durch deine offenen Drohungen Crassus beleidigt."

„Ach was!" lenkte Catilina ab. „Schaut her, meine Schläfen werden grau, meine Stirn bekommt Falten. Ich kann nicht länger warten."

„Den Cicero wirst du ungeschoren lassen", warf Pompejus ein, der wie gewöhnlich fast nur zuhörte und selten sprach.

Ungläubig starrte Catilina ihn an. „Auch du? Was ist das für ein Komplott?"

„Kein Komplott", erwiderte Pompejus mit seiner merkwürdig ruhigen, teilnahmslosen Stimme. „Nur Klugheit. Wir kennen Ciceros Volkstümlichkeit. Er hat viele mächtige Freunde, sogar unter den Patriziern. Alle Advokaten Roms verehren ihn, und die sind beredte Leute. Wenn er ermordet wird, sind wir verloren."

„Ganz meine Meinung!" pflichtete Julius bei.

Aber Catilina griff sich an die sonngebräunten Schläfen, wo tatsächlich das dunkle, ins Herbstlaubbraune spielende Haar zu ergrauen begann. Immer deutlicher spiegelte sich nun Wahnsinn in seinen Augen, die in der Erregung ganz absonderliche, zunehmend der dürftigen Beherrschung entgleitende Leidenschaften verrieten. Er rief: „Ich habe vor niemandem Angst! Weder vor dem Volk noch vor meinen patrizischen Standesgenossen noch vor diesen bleichsüchtigen Advokaten! Ach, Caesar, du musterst mich so prüfend. Du denkst wohl daran, mich in aller Stille beiseite räumen zu lassen. Hör zu! Wenn sich eine Hand gegen mich erhebt, und sei es auch die des Crassus, so wird die ganze römische Unterwelt die Stadt überfluten und euch alle fortschwemmen. Glaubt ihr, ich bin müßig gewesen und habe nach meiner Rückkehr aus Afrika sittsam die Hände in den Schoß gelegt? Falls ihr nicht unverzüglich losschlagt, tu ich es allein. Und wehe dem, der sich mir entgegenstellt!"

Er ist verrückt, wie Livia es war! dachte Julius. Wieder tauschte er einen Blick mit Crassus. Dann lächelte er Catilina liebevoll zu. „Auch ich bin nicht mehr jung, Lucius", sagte er. „Meine Tochter ist schon verheiratet. Und ich bekomme eine Glatze, ein Übel, das dich noch nicht befallen hat, mein Adonis."

Aber Catilina maß ihn unversöhnlich. „Wie gesagt, Caesar, entweder ihr tut mit, oder ich mache mich selbständig." Er richtete den brennenden Blick auf die anderen, und sie sahen alle drei die unbezähmbare Tollheit darin, das übermächtige Verlangen, die leidenschaftliche Entschlossenheit.

Dann sagte Crassus ruhig: „Anscheinend hast du vergessen, daß jetzt ich der mächtigste Mann in Rom bin. Wir werden an dem Tage losschlagen, den ich dafür festsetze. Der morgige Tag ist es nicht."

Doch Catilina ließ sich nicht einschüchtern. „Und ich sage, er ist es!" Seine Stimme war voll erbitterter Wut. „Ich bin nicht hergekommen, um mir Vertröstungen und Beschwichtigungen anzuhören und mich wieder abschütteln zu lassen. Ich bin gekommen, um ein Ultimatum zu stellen."

„Dazu besteht gar kein Anlaß", erklärte Julius mit sanfter Stimme. Catilina fixierte ihn mit aller Macht seines Blickes, und eine tiefe Röte überflog sein Gesicht. Julius fügte hinzu: „Wir sind bereit loszuschlagen – aber nicht gerade buchstäblich morgen, Lucius."

„Nennt mir den Tag!" verlangte Catilina mit jenem Befehlston, der den Angesprochenen ebensosehr reizte wie mit Bewunderung erfüllte.

„Seien wir doch vernünftig!" begütigte Caesar. „Du willst Konsul werden. Die Konsuln für das nächste Jahr sind schon gewählt. Aber es besteht ja die Möglichkeit, daß wir gegen die Wahl Einspruch erheben, daß wir die Konsuln durch andere zu ersetzen wünschen." Er fuhr sich mit der Zungenspitze über die Lippen.

„Und wie wollt ihr das bewerkstelligen?" fragte Catilina.

Crassus erwiderte mit kühler Entschiedenheit: „Während du in Afrika warst, sind wir nicht müßig gewesen. Wir haben uns nicht bloß den Magen gefüllt und den Darm entleert, wie du zu glauben scheinst, Catilina. Du betonst ständig, daß du nicht mehr jung bist. Ich bin viel älter als du und habe Geduld. Ich werfe den Würfel erst dann, wenn ich ihn so präpariert habe, daß er fallen muß, wie ich es will. Hättest du nicht selbst um diese Unterredung gebeten, so wärest du von mir gerufen worden." Das stimmte nicht, enthielt jedoch insofern ein Körnchen Wahrheit, als vorher besprochen worden war, den unbändigen Catilina über die wahren Absichten irrezuführen, damit er nicht auf eigene Faust handle, ehe alles vorbereitet war. Nun aber konnte man Catilina nicht länger hinhalten und mußte ihn besänftigen.

„Antwortet auf meine Frage!" schrie Catilina mit vor Erregung hochrotem Gesicht.

Julius sagte sehr leise, fast unhörbar: „Wir wollen die gewählten Konsuln beseitigen und an ihre Stelle Männer unseres Vertrauens setzen. Jetzt hör einmal genau an, was ich dir ins Ohr sage!"

Marcus Tullius Cicero glaubte nicht dem Gerücht, das sein Bruder Quintus ihm hinterbracht hatte. Es war für ihn einfach unvorstellbar, daß der sittenlose, abscheuliche Catilina römischer Konsul werden könnte. Crassus und Caesar und Pompejus waren doch nicht verrückt! Zweifellos heckten sie irgendwelche geheimen Pläne aus, über deren wahre Natur Marcus sich nicht klar war – er wußte nur, daß sie auf die Erlangung der unumschränkten Macht in Rom abzielten –; aber keinesfalls würden sie doch dem römischen Volk und der Adelspartei einen Catilina für das Konsulat vorschlagen! Dieser tolle Wüterich und Mörder, dieser Wüstling und unsichere Kantonist, dieser eingebildete Patrizier, dessen Anmaßung sogar Freunde und Mitverschworene vor den Kopf stoßen mußte, dieser hoffnungslos verschuldete, gewissenlose, käufliche, zutiefst verächtliche Mensch? Nein, nicht einmal Crassus oder Caesar oder Pompejus würden einem solchen Manne zum Konsulat verhelfen und es ihm dadurch ermöglichen, seine Launen an ihnen auszulassen und sie vielleicht gar um die Ecke zu bringen!

Immerhin war Marcus schon lange von der Meinung geheilt, irgend etwas sei wirklich unmöglich. Er sprach unter dem Siegel der Verschwiegenheit mit einigen Freunden, rechtschaffenen Männern gleich ihm. Auch sie trauten den Machthabern Roms eine solche Unterstützung Catilinas nicht zu. „Allerdings mögen sie Angst vor ihm haben", gab Marcus ihnen zu bedenken. „Man muß sich vor Augen halten, daß er die römische Unterwelt beherrscht. Er kennt keine Hemmungen. Er ist imstande, schlagartig die Verbrecher, Gladiatoren, Sklaven, Freigelassenen, Spieler, Zuhälter und Mörder, die enttäuschten Altsoldaten, die Unzufriedenen aller Art, die Bettler und abseitig Veranlagten auf Rom loszulassen."

Marcus' Freunde wunderten sich über ihn. Sie fanden es seltsam, daß ein bisher so gefestigter, kluger Anwalt plötzlich die Nerven verlor und überall Gespenster sah. Sie munkelten untereinander: „Wahrscheinlich schaut er jedesmal, bevor er schlafen geht, unter das Bett, ob dort nicht ein zerzauster, ungewaschener Spießgeselle Catilinas lauert. Das ist doch eine unvernünftige, fast weibische Hysterie, muß sogar ich sagen, obwohl ich Cicero ausgesprochen gern habe. Sicherlich haut Catilina wie verrückt über alle Stränge, ist grausam und verkommen und haßt die ganze Menschheit; aber ebenso sicher verfügt er nicht über die furchtbare Macht, die Cicero ihm zuschreibt. Im Herzen hören die Römer kaum auf solche Leute. Seine Anhänger sind zwar lästig und sogar beunruhigend, aber keine wirkliche Gefahr für Rom. Cicero rät, diese Kerle ständig zu beobachten und öffentlich zu ächten! Doch damit würde man sich nicht nur zum Gespött aller Römer machen, sondern auch die Freiheit der Person verletzen. Und schließlich hätte ein solches Vorgehen schwere Rückwirkungen auf Ciceros eigenen Ruf. Es wäre ihm bestimmt nicht recht, wenn ihm vorgeworfen würde, er schände die Menschenrechte, gebärde sich als wilder Meinungstyrann und verfolge alle Andersdenkenden!"

‚Auf die äußersten Möglichkeiten muß man sich in Zeiten der Ruhe vorbereiten', schrieb Marcus an Atticus nach Athen. ‚Aber was ich an Vorkehrungen für Roms Sicherheit empfehle, erregt bei meinen Freunden Bestürzung, und man wirft mir sogar vor, ich sei überspannt und hätte den Sinn für Größenordnungen verloren. Einen Mann jedoch, der den ärgsten Abschaum des Volkes beherrscht und keine Vaterlandsliebe kennt, der voll Haß und Rachsucht und Neid und Bosheit ist, einen Umstürzler und Hochverräter, darf man nicht mit spöttischen Bemerkungen oder einem Achselzucken abtun. Meine Freunde sind zu lässig; sie glauben, Rom sei auf Fels gegründet, unsere Verfassung unverletzlich und unser Gesetz allmächtig. Sie sehen sich gern in der Rolle der duldsamen Allesversteher und wollen es nicht wahrhaben, daß manche Menschen von Grund auf verkommen und von Natur aus schlecht sind. Sie betrachten im Spiegel ihre eigenen gutmütigen, väterlichen Mienen und glauben, in diesen Spiegelbildern die Gesichter aller anderen Menschen zu erblicken. Weißt Du, was sie mir einreden wollen? Catilinas Gefolgschaft sei eine kleine Minderheit in Rom!'

In seinem Antwortbrief schrieb der Verleger: ‚Es gibt nur zwei Arten von Politikern: jene, die Duldsamkeit um ihrer selbst willen lieben und diese Liebe auch bei allen anderen Menschen als naturgegeben voraussetzen, und jene, die Duldsamkeit nur vortäuschen, um das Treiben der sie unterstützenden Übeltäter zu maskieren.'

Dieser zweiten Gruppe, dachte Marcus niedergeschlagen, gehören wohl Crassus und Caesar und Pompejus und Piso und Curius an. Aber in dieser Beziehung tappte er derart im Dunkeln, daß er vorläufig keinen Namen mit wirklicher Bestimmtheit nennen konnte. Er besuchte Senatoren, die ihm gewogen waren, und schlug ihnen vor, Catilina sollte gründlich verhört und zu dieser Befragung vor den Senat gestellt werden. Doch auch die Senatoren blickten ihn nur verlegen an. Zwar sei allgemein bekannt, wes Geistes Kind Catilina sei; doch welche Beweise besitze Marcus für dessen Wühlarbeit in der römischen Unterwelt? Niemand habe übrigens etwas davon gehört, daß Crassus einer Bestellung Catilinas zum Konsul zustimme. Außerdem habe das Volk die Konsuln ja schon gewählt, und sie würden bald nach den Saturnalien, am ersten Tage des Janus-Monats, ihre Ämter antreten. Marcus entgegnete: „Warum will man nicht auf mich hören? Catilina ist von Sinnen. Selbst den Crassus mag er durch Drohungen unter Druck gesetzt haben."

Auf je mehr ungläubig lächelnde Widerstände Marcus stieß, desto hartnäckiger wurde er. Er verließ sich auf seinen neugeschulten Spürsinn. Mochte man nur sagen, er sehe jeden Abend unter das Bett, ob dort ein Feind versteckt sei! Besser wäre, jeder täte desgleichen!

Zu Quintus sagte er: „Du hast mir von einem Gerücht erzählt, das über Catilina umgeht. Bist du dem Gerede nachgegangen?"

„Ja. Aber wie alle Gerüchte löst es sich, wenn man es fassen will, wie Rauch in nichts auf."

„Dann sind wir in wirklich ernster Gefahr."

Publius Clodius Pulcher liebte seine hübsche, fröhlich flatterhafte Schwester Clodia, an der man das Haar nicht sehr originell mit Rabengefieder, die Augen mit Mitternachtssternen und den Busen mit einer Taubenbrust verglichen hatte. Ihr aus sehr vornehmer Familie stammender Gatte Quintus Caecilius Metellus Celer hatte sie seinerzeit zum Ärger ihrer vielen anderen Freier geheiratet, weil er in ihr die einzige Frau gefunden hatte, mit der ihm normale Beziehungen gelangen, und weil er durch die Ehe seine andersartigen Neigungen verbergen wollte. Aber nach ein paar Monaten schicklicher Bettgemeinschaft war in ihm wieder die Sehnsucht nach seinen alten Gefährten und alten Vergnügungen erwacht.

Clodia war sehr anspruchsvoll und suchte sich ihre Verehrer sorgfältig aus. Sie hatte ihre besonderen Günstlinge, und unter ihnen befand sich Marcus Tullius Cicero, der sich wider schlechteres Wissen einredete, ihr einziger Liebhaber zu sein. Clodia war nicht nur schön und anmutig, sondern auch geistreich und sehr gebildet. In vielen Nächten zogen sich die beiden nicht einmal in Clodias prunkvolles Schlafgemach zurück, sondern saßen bis zum Morgengrauen zufrieden und glücklich beisammen, in Gespräche über Philosophie und Politik und das menschliche Schicksal vertieft. Marcus wußte, daß er nach Livia keine andere Frau mehr lieben konnte; aber für die schöne Clodia empfand er starke Zuneigung und Bewunderung und betrachtete sie ebensosehr als vertraute Freundin wie als Geliebte. Er kaufte ihr die von Terentia verschmähten Geschmeide; er schenkte ihr Unmengen von Blumen und Parfüm.

Ihr Bruder Clodius hielt sich für einen ‚modernen' Mann und sah deshalb seiner Schwester die niedlichen Liebesabenteuer nach. Überdies erfuhr er von ihr vieles, was in Rom vorging, um so mehr, als sie auch zahlreiche treue Freundinnen hatte, die ihre hochgestellten Ehemänner fleißig aushorchten. Er betrachtete seine Schwester als eine Art römische Aspasia, und manchmal bezeichnete er ihr gegenüber Marcus scherzhaft als ihren Perikles.

Eines Tages sagte sie ihrem Bruder, der sie zu einem gemeinsamen Mittagessen aufgesucht hatte: „Du kennst doch Marcus Antonius. Er ist ein argloser junger Soldat, tapfer, aber mit der Seele eines ewigen Jünglings. Er bewundert deinen zwielichtigen Freund Caesar; es macht ihm anscheinend Spaß, in seinem Kielwasser zu segeln. Mir ist das unbegreiflich. Ich persönlich traue dem Caesar nicht und mag ihn nicht. Er hat seinerzeit versucht, mich zu verführen."

„Caesar kann keine anziehende Frau zu Gesicht bekommen, ohne sie verführen zu wollen", meinte Clodius.

„Solche Wüstlinge sind mir verhaßt", erklärte Clodia in derart züchtigem Tone, daß ihr Bruder lächeln mußte. Sie hielt inne und sah ihn mit ihren großen schwarzen Augen an. „Glaubst du, ich bin so ein dummes Weibchen? Ich kenne deine Beziehungen zu Caesar und seinen Freunden. Aber von meinem unschuldsvollen Marcus Antonius habe ich ein interessantes Gerücht gehört."

Clodius horchte auf. Er war zwar Mitglied der geheimen Bruderschaft und besaß einen ihrer Schlangenringe; doch dem engsten Kreise der Crassus, Caesar, Curius, Piso, Catilina und Pompejus gehörte er nicht an. Er war zwar Politiker, aber er erfuhr nur die Dinge, die man ihn wissen ließ. Er sagte: „Was ein Zungendrescher wie der junge Antonius daherplappert, ist ganz unverläßlich."

„Nun, er hat mir erzählt, daß für Anfang des Janusmonates, sobald die erwählten Konsuln ihre Ämter antreten, die Ermordung des Marcus Tullius Cicero geplant ist."

Clodius lachte enttäuscht. „So ein Unsinn! Er steht doch unter Caesars Schutz."

„Das stimmt. Oder hat zumindest gestimmt. Aber wie du dich vielleicht erinnerst, leidet Caesar an epileptischen Anfällen. Unter allen den jungen Männern, die ihn umgeben, ist Marcus Antonius sein besonderer Liebling. Während eines dieser Anfälle also hat er zu dem jungen Mann, der mit ihm allein im Hause war, unzusammenhängendes Zeug gelallt. Er schien außer sich vor Wut und Aufregung. Er sprach davon, man wolle ‚seinen Marcus' in den ersten Januartagen ermorden, und weinte und schlug um sich und warf sich gegen eine Wand und schrie, er sei hilflos, Catilina habe es verlangt, und Crassus könne es nicht länger verhindern."

Clodia sah ihren Bruder fest an. „Marcus Antonius macht sich nichts aus Cicero und seinem Schicksal. Er fand es nur sehr bemerkenswert, daß ein derart berühmter Mann und ein solcher ‚Langweiler', wie er sich ausdrückte, nun durch Gewalt sterben müsse."

„So ein Unsinn!" rief Clodius nochmals, obwohl er bestürzt war. „Weshalb sollte man Cicero ermorden? Dein Gewährsmann ist nicht nur ein alberner Schwätzer, sondern auch ein Dummkopf. Außerdem kann auf das Gestammel eines Epileptikers nichts gegeben werden, weil er im Anfall bewußtlos ist."

Aber Clodia fuhr kühlen Tones fort: „Antonius hat mir auch noch erzählt, Catilina hätte gefordert, daß er zum Konsul bestellt wird." Sie machte eine abschätzige Handbewegung. „Was dann mit den gewählten Konsuln geschieht, ist mir gleich. Nur um Cicero mache ich mir Sorgen."

Clodius setzte ein Lächeln auf; innerlich jedoch war er sehr betroffen und aufgebracht. Er war keiner der ‚Hurrapatrioten', wie er die vaterlandstreuen Bürger nannte; immerhin war er auch kein Hochverräter! Wenn man einmal öffentliche, gesetzmäßig erwählte Würdenträger hinmeuchelte, so ging der Rechtsstaat vor die Hunde. Es gab zwar Politiker, die das Chaos liebten und sogar schufen, weil sie gern im Trüben fischten, aber zu ihnen gehörte er denn doch nicht! Wie konnte man indes Cicero warnen? Zu ihm hingehen und ihm den geplanten Anschlag – an den Clodius übrigens noch immer nicht ganz glaubte, weil man einem solchen Fant wie dem jungen Antonius nicht trauen konnte – kurzweg offenbaren, hieße die Männer verraten, denen er den geheimen Bruderschaftseid geschworen hatte. Daraufhin würden sie seinen eigenen Tod beschließen. Und was sollte er dann tun?

„Glaube nicht, daß ich mich mit den Hinweisen des Antonius allein begnügt hätte!" sagte Clodia, die ihn scharf beobachtete. „Du weißt, ich habe Fulvia, die Geliebte des Quintus Curius, zur Freundin. Erst vorgestern abends erzählte sie mir aufgeregt, Curius prahle, wenn er beschwipst sei, damit, nun wäre die Stunde gekommen und deine Freunde würden in den ersten Januartagen losschlagen."

„Fulvia ist eine hohlköpfige Klatschbase", erklärte Clodius.

Seine Schwester schüttelte den Kopf. „Das glaubst du doch nicht im Ernst, lieber Bruder."

Er fragte: „Warum gibst du diese famosen Nachrichten nicht selber dem Cicero weiter?''

„Die römischen Männer'', bemerkte Clodia, „stehen im Ruf einer gewissen Hörigkeit den Frauen gegenüber. Zum Alibi machen sie sich über das von ihnen sogenannte ‚Weibergeschwätz' lustig. Cicero würde mir nicht glauben.'' Mit einem verführerischen Lächeln fügte sie hinzu: „Ich liebe meinen Marcus, auf meine besondere Art. Sorge dafür, daß ihm nichts Böses zustößt! Meinst du, deine Freunde würden, wenn sie ihn straflos umbringen könnten, noch irgendwelche Hemmungen haben, das gleiche Schicksal jedem anderen zu bereiten, dem sie, aus einer stattlichen Reihe von Gründen, mißtrauen könnten?''

Als er wieder heimgekommen war, überlegte Clodius. Sein Zorn kehrte zurück, und sein Gefühl der Demütigung. Auch Angst bekam er. Der einzige Ausweg war ein anonymer Brief an Cicero.

XLIX

Tullia war ein junges, anmutiges Geschöpf von reiner, schlichter Schönheit und sehr klug. Ihre Sanftheit war für Terentia, die darin nur Geistesträgheit und Entschlußlosigkeit sah, unverständlich. Tatsächlich hatte Tullia in unwichtigen, nicht grundsätzlichen Dingen etwas von der Kompromißfreudigkeit ihres Vaters und von seiner Art, zwei entgegengesetzte Aspekte für gleich möglich zu halten. Sie sagte etwa: „Was du erzählst, Mutter, mag ja so, wie du es gehört hast, zutreffen. Es kann aber ebensogut nur boshaftes Gerede sein.''

Als sie mannbar wurde, schenkte der Vater ihr eine schöne Marmorstatuette der Athene mit den Worten: „Weisheit beruht auf Wissen; aber Wissen ist nicht immer Weisheit. Das ist kein Paradoxon. Es gibt intuitives Wissen als Quelle der Weisheit; und es gibt von der Außenwelt hergeleitetes Wissen, das nur ein Sammelsurium belangloser Fakten ist. Der Weise läßt sich Zeit mit seinen Meinungsäußerungen, weil er Unwägbarkeiten ergründen muß. Der bloße Wisser ist sehr rasch mit seinem Urteil fertig, weil er die vielen Imponderabilien, die in der Welt wirken, nicht sieht oder nicht erkennt. Er ist gefährlich.''

Tullia vergötterte ihren Vater. Manchmal pflichtete sie insgeheim der Ansicht ihrer Mutter bei, die Männer seien Romantiker, in Traumgebilde und Luftschlösser vernarrt und oft rein gefühlsmäßigen Regungen ausgeliefert. Andererseits glaubte sie, die Erdgebundenheit der Frauen sei zu engstirnig, und ein Leben ohne erträumtes Ziel könne überhaupt nicht als Leben gelten. Sie bewunderte die vielerlei Vorzüge ihrer Mutter und verstand nicht, warum der Vater mit ihr so schlecht auskam. Wenn

Terentia sich darüber wütend beklagte, hörte Tullia schweigend zu, in dem Gefühl, daß ihr Vater — was sie ihm indes jedesmal sofort verzieh — zu diesen Klagen vielfach begründeten Anlaß bot. Doch eines gab es, was sie ihm nicht verzeihen konnte: die Mutter war guter Hoffnung.

Tullia fühlte sich irgendwie hintergangen. Als kluges Kind erkannte sie diese Empfindung als lächerlich. Aber als halb in den Vater verliebtes Mädchen kam sie sich trotzdem hintergangen vor. Sie kannte noch nicht ganz das zum großen Teil auf Mitgefühl beruhende Band, das trotz Streit, Ärger, Widerwillen, ja Verachtung Mann und Frau beisammenhielt. Sie schämte sich beider Eltern; denn ihr junger Geist war in solchen Dingen noch unerbittlich geradlinig.

Sie beschloß, die offenkundige Schwangerschaft ihrer Mutter nicht zu bemerken. Darin ähnelte sie ihrem Vater, der von Jugend an der Überzeugung war, unangenehme Dinge solle man am besten nicht erwähnen; wenn man ihnen keine Bedeutung beimesse, würden sie von selbst schrumpfen und vielleicht schwinden. Auch Terentias körperliche Beschwerden — sie war ja nicht mehr jung — schreckten Tullia. Die Mutter beklagte sich: „Ich mag keine Kinder mehr. Diese Sache ist ein Verhängnis für mich. Dein Vater kennt keine Rücksicht.“ Aber um ihre langen Lippen spielte ein verstohlenes, selbstgefälliges Lächeln.

Bei all seiner nüchternen Welterfahrenheit und Menschenkenntnis glaubte Marcus, seine Tochter vor dem Leben abschirmen zu können. Er brauchte sie nur zu den alten Tugenden, zu Gottesliebe und Frömmigkeit, anzuhalten, und alles würde in schönster Ordnung sein. Er vergaß, wie es um Rom stand, und meinte, für Tullia eine Insel des Friedens, der Freude und der Ruhe schaffen zu können. Er nahm sich vor, ihr sorgsam einen besonders zartfühlenden, charaktervollen, hilfsbereiten Gatten auszusuchen. Ihm wollte er — hoffentlich kam es noch recht lange nicht dazu! — seine Tochter, wie ein goldenes, mit der Essenz von Reinheit und Holdheit gefülltes Gefäß, überantworten. Dann würde Tullias Dasein für immer wohlbehütet sein, fern von Aufregung und Schmerz und Kummer und Bitternis. Als der Zustand der Mutter nicht länger zu übersehen war, sagte Marcus zu seiner Tochter: „Immer wirst du, Tullia, den vornehmsten Platz in meinem Leben einnehmen. Immer wirst du an erster Stelle stehen.“

Tullia besuchte oft ihren Großvater Tullius im Hause ihres Oheims Quintus. Von ihnen dreien besaß niemand Marcus' Sprachgeläufigkeit und Beredsamkeit. Meist lustwandelten sie schweigend Hand in Hand im Garten des Carinae-Hauses. Aber im Geiste waren sie verbunden, und oft wandte sich der von Tag zu Tag hinfälliger werdende Tullius zu seiner hochgewachsenen jungen Enkelin, schloß sie in die Arme und küßte sie unter Tränen auf das glänzendbraune, lockig über die Schultern fallende Haar. Manchmal suchten sie gemeinsam einen Tempel auf und knieten wortlos in der dufterfüllten Stille.

Großvater und Enkelin fühlten sich von Marcus verraten. Beide verabscheuten auch den spitzbübischen, schabernackfreudigen, charakterlich zwiespältigen Sohn des Quintus und sprachen nie von ihm. Vor der scharfzüngigen, schlagfertigen Pomponia hatte Tullia Angst. Einmal legte ihr die Frau des Quintus ans Herz: „Nimm nichts zu ernst, liebe Nichte! Humorlose, nüchterne Menschen richten in der Welt mehr Schaden an, als man ahnt." Quintus liebte die seinem Bruder so ähnliche Tullia und sagte zu ihr: „Liebes Kind, du bist ein Labsal für mich."

Eines kalten, fahlen Frühwinterabends trat Tullia in die Bibliothek, wo ihr Vater, wie gewöhnlich, schrieb. Marcus begrüßte sie liebevoll und küßte die Wange, die sie ihm hinhielt. Sie setzte sich, in dem angenehmen Bewußtsein, daß er sie in dieser stillen Stunde gern bei sich hatte. Er legte die Feder hin, lächelte seiner Tochter zu und sagte: „Ich suche im Geist schon einen passenden Mann für dich, mein Kind." Dann fügte er rasch hinzu: „Aber das hat ja noch viel Zeit."

„Am liebsten möchte ich mein ganzes Leben lang bei dir bleiben, Vater", erwiderte sie mit ihrer freundlichen Stimme.

Er fühlte sich geschmeichelt, schüttelte aber den Kopf. „Das geht nicht." Sie sah, daß er ungewöhnlich abgemagert und zerstreut war. Er spielte mit der Feder auf seinem Tisch. Obwohl er offenbar ganz andere Dinge im Kopf hatte, bemerkte er: „Deine Mutter hat dich in allem, was eine Ehefrau und Mutter braucht, unterwiesen. Der Mann, der dich zur Gattin bekommt, kann sich glücklich preisen. Aber das hat noch Zeit."

Er griff zur Feder und schrieb weiter. Tullia setzte sich in ihrem Stuhl zurecht und nahm das Buch, das sie am Abend zuvor beiseite gelegt hatte, wieder zur Hand. Das Lampenlicht flackerte. Ein kalter Luftzug bauschte die Vorhänge an den Fenstern. Schneefälle und Stürme schienen bevorzustehen. Das große Haus lag still. Die Bibliothek war weit vom Frauentrakt. Marcus goß einen Becher süßen Weins für seine Tochter und einen anderen mit herberem Wein für sich ein, und sie tranken in zufriedenem Schweigen. Aber plötzlich hielt die Feder in Marcus' Hand an, und er starrte ärgerlich vor sich hin.

Aulus, der Hausmeister, klopfte behutsam an die Tür und trat ein. „Herr", sagte er, „dieses Schreiben hat ein geheimnisvoller Mann abgegeben. Sein Gesicht war so fest in die Mantelkapuze gehüllt, daß man es nicht erkennen konnte. Er hat dringend gebeten, du mögest den Brief gleich lesen und beachten."

Marcus nahm das grob, ohne Abdruck gesiegelte Schriftstück. „Du weißt nicht, wer der Überbringer war, Aulus?"

„Nein, Herr." Marcus öffnete den Brief. Tullia blickte auf und sah dem Vater in das aufmerksam gespannte Gesicht.

Marcus las: ‚Ein unbekannter Freund grüßt den edlen Marcus Tullius Cicero. Sieh Dich vor! Von Leuten, die Du kennst, wurde beschlossen, Dich am ersten Tage des Janusmonats zu ermorden. Wenn Du diese Warnung in den Wind schlägst, läufst Du äußerste Gefahr. Laß Dein Haus bewachen, sieh Dich bei jedem Schritt, den Du tust, sorgsam vor und geh nirgendshin ohne bewaffnetes Geleit!'

Tullia sprang auf und trat auf den Tisch zu. „Vater!" rief sie. Nie hatte sie an ihm eine so furchterregende Miene gesehen.

Als er sah, wie bestürzt sie war, versuchte er zu lächeln. „Es ist spät, Kind", mahnte er. „Ich möchte allein sein." Er nahm ihren Kuß entgegen. Zu Aulus sagte er: „Führ meine Tochter zu ihren Gemächern und befiehl einem Sklaven, vor ihrer Tür zu schlafen!" Nach einem Augenblick fügte er noch hinzu: „Es soll vor jeder Tür ein Sklave schlafen, und alle sollen bewaffnet sein."

„Ja, Herr", erwiderte Aulus mit seiner gedämpften Stimme. „Auch am Atriumtor werde ich bewaffnete Sklaven aufstellen, und andere sollen im Garten die Runde machen."

Tullia war von Schreck erfüllt. Aber Aulus verbeugte sich und schickte sich an, sie zu begleiten, während Marcus noch zu ihr sagte: „Zu besonderer Aufregung besteht keinerlei Anlaß. Aber es muß alles so geschehen, wie ich und Aulus es anordnen, liebe Tullia."

Als Marcus allein war, las er das Schreiben nochmals. Er war nicht besonders überrascht. Seit Wochen warnte ihn sein Gefühl. Er versank in Nachdenken. Wenn man seine Ermordung plante, dann war auch Rom in arger Gefahr. Mit einem Händeklatschen rief er nach Aulus, um seinen Bruder Quintus holen zu lassen. Plötzlich hatte ihn schreckliche Angst erfaßt, nicht um sich selber, sondern um seine Angehörigen und sein Land.

Aulus trat mit aufgeregter Miene ein; ehe Marcus etwas sagen konnte, meldete er: „Herr, eben ist ein anderer Unbekannter gekommen und bittet um eine Unterredung mit dir. Unter vier Augen."

„Ist er bewaffnet?"

Aulus lächelte verstehend. „Nur mit einem Dolche, Herr. Aber auch dieser Mann ist vermummt und unkenntlich. Er kam zu Fuß her."

„Verlang, daß er dir den Dolch übergibt, Aulus! Dann laß den Mann ein und halte dich vor der Tür bereit!"

Der Hausmeister fragte nicht weiter. Er ging und führte bald darauf den Besucher herein, einen hochgewachsenen, stämmigen Mann, verhüllt und vermummt und schweigend. Aulus schloß von draußen die Tür, und die beiden waren allein.

„Nun, geheimnisvoller Unbekannter", rief Marcus, „enthülle dein Antlitz!"

Der Besucher schob die Kapuze zurück, und Marcus erkannte das breite, unbewegte Gesicht des Pompejus, der ihn festen Blickes ansah.

„Sei gegrüßt!'' sagte Marcus.

„Ist dein Diener verläßlich, Cicero?'' fragte Pompejus mit merkwürdig gepreßter Stimme.

„Ja.''

„Ich höre ihn auf der Schwelle vor der Tür rascheln.''

„Ja.''

Pompejus, der außer Atem und sehr aufgeregt schien, warf sich in einen Sessel. „Ich traue niemandem'', sagte er. „Befiehl deinem Diener, sich zu entfernen!''

Marcus zögerte. Lange blickte er Pompejus in die Augen, dem Manne, für den er keine Zuneigung empfand und der ihm stets kühle Freundlichkeit entgegengebracht hatte. Dann stand er auf, ging zur Tür und entließ Aulus mit dem Auftrage, Quintus zu holen.

„Wie ich sehe, muß ich meinen Besuch kurz machen'', bemerkte Pompejus. „Niemand darf wissen, daß ich dich besucht habe. Cicero, man strebt dir nach dem Leben.''

Marcus reichte ihm das Schreiben. „Hast diesen Brief du mir geschickt?'' fragte er.

Pompejus las und fuhr zusammen. Schließlich legte er den Brief hin und starrte ins Leere. Noch immer keuchte er, als wäre er gelaufen. „Dann hast du noch einen Freund'', stellte er fest, und in seiner Miene malte sich höchste Überraschung.

„Caesar?''

Pompejus schüttelte den Kopf. „Nein'', murmelte er in dumpfem Tone. „Nein, nicht Caesar.''

„Auch Crassus also nicht.''

Pompejus schwieg eine Weile. Dann sagte er: „Was in dem Briefe steht, stimmt durchaus. Deine Ermordung ist sorgfältig vorbereitet. Und deshalb bin ich gekommen. Ich wünsche, daß du am Leben bleibst. Aus vielen Gründen.''

„Von denen einer Catilina heißt?''

„Richtig.''

Marcus lehnte sich in seinem Sessel zurück, und die beiden Männer blickten einander fest an.

„Zweifelst du an der Stichhaltigkeit der Warnung?'' fragte Pompejus schließlich.

„Nein. Ich habe so etwas fast erwartet.'' Marcus nahm den Brief und musterte die Handschrift. „Ich weiß nur nicht, weshalb gerade du zu mir gekommen bist. Wir sind doch nicht befreundet. Aber jedenfalls muß ich dir danken.''

Die Miene des Besuchers wurde plötzlich unergründlich. Er beugte sich zu Marcus und flüsterte: „Ich bin zwar Caesars Schwiegersohn, aber ich mißtraue ihm und fürchte ihn. Leichtgefallen ist ihm ja die Zustimmung zu deiner Ermordung nicht. Im Gegenteil, er ist sehr aufgeregt und hat sich in seine Villa außerhalb der Stadt zurückgezogen."

„Warum hat er denn zugestimmt?"

Pompejus lächelte düster. „Catilina ließ ihm keine andere Wahl, dieser verrückte Kerl, der dich nicht nur haßt, sondern glaubt, daß du ein Hindernis bist für . . ."

„Wofür? Für wen?"

Pompejus antwortete nicht gleich. Nach einer Weile sagte er: „Für uns alle."

„Inwiefern?"

Der Besucher schwieg. Unter dem Mantel sahen seine mächtigen gespreizten Knie nackt hervor; er trug Soldatenkleidung. Er fuhr sich mit dem Handrücken über die wulstigen Lippen. „Du bist also nicht im Bilde", sagte er schließlich.

„Dann setz mich ins Bild!" forderte Marcus ihn auf.

Pompejus verzog den Mund und blickte auf die gewölbte Decke des Raumes. Und nun begann er zu sprechen, wie zu sich selber. „Ich habe nie jemandem getraut. Ich bin von Natur und von Beruf Soldat. Für einen Soldaten taugen nicht die Wege eines Crassus oder eines Caesar. Wenn man die Macht ergreifen will, so möge man es offen tun, nach tapferer Mannesart. Nicht durch Verschwörungen und Meuchelmorde, durch List und Tücke, mit Sklavenmitteln." Er lächelte Marcus spöttisch zu. „Hast du vergessen oder weißt du nicht, welche Macht Catilina über den Pöbel übt? Er hat uns alle, sogar den mächtigen Crassus, mit seiner Bande von Räubern und Mördern und Entarteten unter Druck gesetzt. Wir sollen losschlagen . . . sobald du tot bist." Er holte Atem.

„In welcher Form sollt ihr ‚losschlagen', Pompejus?"

Der Besucher stand auf und wandte sich zum Gehen. Dann drehte er sich nochmals um, preßte die geballten Fäuste auf Marcus' Tisch und starrte Cicero an. „Die neugewählten Konsuln sollen ermordet und durch Mitglieder der Verschwörung ersetzt werden. Catilina, dieser tolle, gefährliche Höllenhund, soll Konsul werden. Am ersten Tage des Janusmonats."

Marcus erhob sich langsam, zitternd. Nun stand er Auge in Auge mit Pompejus, der nicht zurückwich. „Sind diese Leute verrückt?" fragte er ungläubig.

„Nein. Sie . . . wir . . . haben schon zu lange darauf gewartet. Auf die Machtergreifung."

„Fürchtet man nicht den Zorn des römischen Volkes?"

Pompejus warf den Kopf zurück und lachte, daß seine großen weißen Zähne im Lampenlicht glitzerten. „Cicero, Cicero!" rief er. „Bist du denn so naiv? Bist du wirklich noch ein Schuljunge, wie Catilina es behauptet? Das Volk vergißt seine Heroen, bevor noch ihre Asche richtig kalt geworden ist. Gibst du dich unentwegt der Täuschung hin, Cicero, das heutige Rom sei noch das Rom deiner Väter? Ich versichere dir, du magst recht beliebt sein, aber du könntest morgen umgebracht werden, und in ein paar Tagen dächte kein Mensch mehr auch nur an deinen Namen. Wir könnten durch Ermordung der Konsuln die Macht ergreifen, und das Volk würde für eine kleine Weile in unbeherrschte Erregung verfallen, dann aber – frohgelaunt, wenn wir es gnädig gestatten – den Dingen ihren Lauf lassen. War Scaevolas Wirken und Schicksal für dich keine Lehre? Immer hast du Verschwörungen geargwöhnt. Und jetzt, wo du vor dem verderblichsten Anschlag gegen Rom stehst, starrst du mich ungläubig an."

Marcus setzte sich und barg das Gesicht in den Händen. Pompejus betrachtete ihn mit spöttischem Wohlwollen und sagte dann: „Ich bin zu dir gekommen, weil ich Caesar mißtraue und, falls dieser jämmerliche Anschlag gelingt, für meine eigene Zukunft fürchten muß. Ich kam auch, weil ich dich persönlich hochschätze." Er zog wieder die Kapuze über die Augen. „Ich bin Soldat. Ich überlasse es dir, was du unternehmen willst. Vergiß meinen Besuch und denk nur an deine Sicherheit. Und an Rom!" Die letzten Worte fügte er wie in tiefer Qual hinzu. Im nächsten Augenblick schloß sich die Tür hinter ihm, und Marcus war allein.

Als Quintus eintrat, war sein Mantel beschneit und sein robustes Gesicht gerötet. Er atmete schwer. Er umarmte den Bruder und rief: „Du hättest mich nicht in dieser nächtlichen Stunde rufen lassen, wenn nicht ein ganz dringender Anlaß dazu vorläge."

„Du hast recht", erwiderte Marcus und fragte: „Wie viele verläßliche Soldaten kannst du unter deinen Befehl bringen?"

Quintus blickte ihn an, und aus seinem Gesicht wich alle Farbe. „Eine Legion", antwortete er.

„Ich brauche keine Legion. Ich brauche verläßliche Soldaten."

Quintus runzelte die niedrige Stirn und dachte nach. Dann sagte er: „Die Legionäre, die ich befehlige, haben mich alle sehr gern. Aber nur zwanzig von ihnen würde ich mein Leben anvertrauen. Oder das deine." Er schloß den Bruder in die Arme und rief ungestüm: „Erzähl!"

Zur gleichen Stunde fiel über die weitgedehnte Stadt barmherzig friedlicher Schnee. Er fiel auf Brücken und Tempel und Häuser und Gassen und Straßen. Er hüllte auch die Stadtteile jenseits des Tiber in einen stillen Nebel von Weiß und hauchte über die ungesunden Gegenden den reinen Atem der Frische. Er breitete in einer berüchtigten Gegend der Transtiberischen Region seine Decke über einen aufgelassenen Steinbruch, der nun zur Kehrichtablagerung und als Treffpunkt gefährlicher Banditen diente. Merkwürdigerweise ließ sich dort in dieser Nacht kein Polizist blicken, obwohl die Grube von Dutzenden rauchender und züngelnder, in der weißen Düsternis schwankender Fackeln beleuchtet war. Ihr Schein traf die grimmigen oder erregten Gesichter zahlreicher in Mäntel gehüllter jüngerer, älterer und alter Männer; er traf wild blikkende Augen, fest aufeinandergepreßte Lippen; er rötete braune Stirnen oder Hände und brach sich an den feuerroten Wänden des Steinbruchs. Von den feuchten Wollmänteln der Versammelten stieg Dampf auf. Manche der überflackerten Gesichter hatten vornehmes Gepräge; viele waren grob, wild und roh. Über dem Steinbruch lastete schwarz und dräuend ein Wolkenhimmel.

Auf einem großen Steinblock stand, wie eine prächtige Götterstatue auf ihrem Sockel, Catilina, musterte die Männer unter ihm und lächelte. Er trug Soldatenkleidung, einen braunen Lederharnisch über scharlachfarbener Tunika, einen dunkelroten Mantel über den Schultern, einen Helm mit vielen im Fackellicht glitzernden Edelsteinen auf dem Kopfe. Seine von Juwelen funkelnde Hand hielt den Knauf des Kurzschwertes umfaßt. Seine Gestalt war hoch und schlank und anmutig; sein Gesicht zeigte, obwohl er nicht mehr jung war, das Feuer und die Lebhaftigkeit eines Jünglings, und seine blauen Augen schienen von innen her zu flammen. Er begann zu sprechen, mit seiner starken, aber beherrschten, mitreißenden Stimme:

„Ich habe euch hier für kurze Zeit versammelt, Kameraden, um euch zu sagen, daß unsere Stunde nahe ist. Noch vor dem nächsten Neumond wird euch das Zeichen gegeben werden – im Namen Roms, im Namen der Freiheit und Gerechtigkeit und Gleichheit und Brüderlichkeit! Was bedeutet unsere Regierung heute, mit ihrem Senat und ihren Volkstribunen und ihren Gerichtshöfen? Vorrechte für wenige, Sklaverei für alle anderen! Erniedrigung für den braven Freigelassenen, für den Arbeiter, für den schlichten Mann auf der Straße; Privilegien für die Mächtigen und die Eingesessenen und die Adelsstolzen! Gesetze zum Schutz der Eigentümer riesiger Ländereien und Villen und prunkvoller Stadthäuser; Gesetze zur Unterdrückung der Hungrigen und Abgerackerten und Bettelarmen! Kann ein Volk sich frei und groß nennen, wenn die meisten Bürger hoffnungslos darben? Nein! Jede Nacht legen sich innerhalb der Mauern dieser Stadt Zehntausende verzweifelte Menschen in ihren Koben mit leeren Mägen schlafen. Durch ihrer Hände Arbeit können sie sich nicht einmal eine einzige sättigende Mahlzeit im Tag verdienen oder ihre Kinder vor dem Elend bewahren. Sie nennen sich frei. Aber ich sage euch, der niedrigste Sklave im Haus eines Reichen hat es besser als der Durchschnittsrömer! Ist das Gerechtigkeit? Ist das menschenwürdig?"

Die Versammelten brüllten ihm entgegen: „Nein! Nein! Nein!" Unter ihnen waren nicht nur begehrliche Patrizier, die sich durch ihre Ausschweifungen um den letzten Sesterz gebracht und in Schulden gestürzt hatten, sondern auch unzufriedene Söldner, die in Roms Heeren gekämpft hatten; Bankrotteure, Spieler, Zuhälter, Verbrecher, alternde Gladiatoren, Ringer, versoffene Schankwirte; Mißvergnügte aller Art, die ständig auf einen Umsturz lauerten, der ihre Nichtigkeit in Befehlsgewalt über andere wandeln würde; machthungrige Streber; Wüteriche, die aus purem Menschenhaß Gelegenheit zur Tyrannisierung ihrer Umwelt suchten; Aufwiegler, die ohne eine Spur von Heimatliebe nur nach fremdem Reichtum gelüsteten, und vor allem der ruhelose, habgierige Abschaum der Großstadt, der sich weder durch Geburt noch durch Abstammung mit Rom verbunden fühlte, der vielsprachige Mob, der immer der Fluch jedes Staatswesens gewesen war, und schließlich auch einige junge Leute, die ehrlich glaubten, Gewalttätigkeit allein genüge, um der Menschheit ein Elysium zu schaffen.

Catilina horchte auf das wilde Brüllen und lächelte düster vor sich hin. Er verachtete diese Kreaturen, die ihn vergötterten und ihm in ihrer Verblendung und ihrem Haß gegen alle Starken, Tapferen, Ehrenhaften und Rechtschaffenen bis in den Hades zu folgen bereit waren.

„Ich sage euch, wenn ich euch so ansehe, kommen mir die Tränen über euer Leid, eure Unbilden, euer auswegloses Elend, eure quälende Rechtlosigkeit! Ihr habt zu lange gelitten. Seit unser Gemeinwesen in völlige Abhängigkeit von ein paar Machthabern geraten ist, sind ihnen Könige und Fürsten tributpflichtig, müssen fremde Staaten und Völker ihnen Abgaben zahlen. Aber wir alle anderen, tüchtige, gutgesinnte Männer, sind, ob adelig oder nicht, für sie zur Masse geworden – ohne Einfluß, ohne Bedeutung, denen dienstbar, die uns, wenn es mit rechten Dingen zuginge, heillos fürchten müßten. So liegt nun aller Einfluß, alle Macht und Ehre, aller Reichtum bei ihnen oder ihren Günstlingen. Für uns haben sie nichts übrig als Hohn, Zurücksetzung, Verfolgungen, Erniedrigung. Wie lange wollt ihr, meine geprellten Freunde, diesen Zustand noch sanftmütig und demütig ertragen? Ist es nicht besser, bei einem Versuch zur Umgestaltung der Gesellschaftsordnung den Tod zu finden, als dahinzuvegetieren und in Armut und Schmach fremden Hochmut ertragen zu müssen?"

„Ja! Ja!" brüllten die Proleten und hoben die zu Fäusten geballten rechten Hände so hoch, daß sie vom Fackellicht blutrot wurden.

Sind das Hunde! dachte Catilina. Aber brave Hunde! Sie werden mir meinen Weg freibeißen, und dann bekommen sie einen Fußtritt und müssen kuschen. Dient mir nur treu, ihr Hunde! Gelegentlich werfe ich euch schon auch einen Knochen oder eine Brotkrume hin!

Er wartete, bis die knechtselige Beifallsbekundung sich gelegt hatte. Im Fackelschein glänzten und funkelten ihm Hunderte gierige Augen entgegen. Er hob die juwelenglitzernde Hand, als wollte er einen feierlichen Eid schwören. Wie das Antlitz eines Gottes strahlte und glühte sein schönes Gesicht vor Mitleid, Begeisterung und Eifer. „Aber ich schwöre euch, der Sieg wird uns nur geringe Mühe kosten. Wir sind jung, unser Mut ist ungebrochen. Unsere Bedrücker dagegen sind verwöhnte, verweichlichte Mummelgreise. Wir brauchen also den Stein nur anzustoßen. Rollen wird er von selber! Kameraden, bald wird das Zeichen kommen! Rüstet euch für den Tag! Unsere Stunde ist da! Mir soll sie die Macht, euch zu schützen, bringen, euch aber Gold und Freiheit und Beute! Rom ist unser!"

Die Menge geriet außer Rand und Band vor Jubel und Bewunderung und Wut und Haß. Man umdrängte Catilina, küßte ihm Hände, Knie, Füße. Seine patrizischen Freunde umarmten ihn, zwinkerten ihm verstohlen zu und lächelten. Unter ihnen war Publius Clodius Pulcher.

Das graue Licht der Morgendämmerung fiel auf Rom und enthüllte eine dünne Schneeschicht in den Straßen. Die Luft war unangenehm feuchtkalt. Von jedem Hausdach hob sich Nebeldunst und eine Rauchwolke. Wenige Menschen waren noch auf den Straßen, als Marcus und sein Bruder Quintus zu Pferde, von zwölf berittenen Soldaten begleitet, die Stadt verließen. Den Osthimmel überzog jetzt, vor Sonnenaufgang, ein stumpfer, klecksiger Bronzeton.

Der Zug erreichte Julius Caesars Haus. Nachdem die Sklaven und Wächter am Tor einen einzigen Blick auf die Ankömmlinge geworfen hatten, stellten sie sich ihnen nicht entgegen, sondern öffneten diensteifrig das Tor und zogen sich flüsternd zurück. Der edle Marcus Tullius Cicero, Prätor von Rom, der edle Legat Quintus, sein Bruder, und die Legionsoffiziere durften nicht angehalten oder befragt werden! Der Atemhauch der Sklaven und Wächter verschmolz zu einer kleinen Wolke der Aufregung, als sie dem Zug nachblickten, der sich rasch dem Wohngebäude näherte.

Quintus, in voller soldatischer Rüstung grimmig anzusehen, sprang als erster vom Pferd, lief zu dem reliefgeschmückten Bronzetor und schlug heftig mit der gepanzerten Faust an die Tür. Das Echo des Schlages hallte vom stillen weißen Boden der Vorortgegend wider. Den Pferden drang die feuchte Atemluft aus den Nüstern. Die anderen Soldaten zügelten ihre Reittiere und nahmen in lockerer Phalanx vor dem Hause Aufstellung. Der Osthimmel leuchtete zu reiner Bronzefarbe auf. Auch Marcus stieg vom Pferde und folgte dem Bruder. Sein hageres Gesicht war in der Morgenbeleuchtung bleigrau. Seinen Mantel bedeckten Wassertröpfchen.

Die Tür öffnete sich, und der Hausmeister blickte erschrocken die beiden Männer an. Marcus sagte: „Ich bin Marcus Tullius Cicero, Prätor von Rom. Sag dem edlen Julius Caesar, er möge mich gleich empfangen!"

Der Hausmeister blickte auf die Reiter im Hof und dann auf Quintus' finsteres Gesicht. Sichtlich zitternd verbeugte er sich, ließ die beiden Brüder in das warme, dufterfüllte, von Springbrunnen friedlich durchtönte Atrium ein und verschwand rasch.

Aber vorerst erschien nicht Julius, sondern seine weißhaarige, dicke Mutter Aurelia, die sich eilig in ihre Stola gehüllt hatte. Mit angstvollen Augen starrte sie die Ankömmlinge an und rief: „Marcus! Was ist los? Um diese Stunde?"

Marcus war verdutzt. Er hatte Aurelia, die er ‚Tante' hieß, hier nicht erwartet. Er nahm ihre massige weiße Hand, küßte sie und zwang sich zu einem beschwichtigenden Lächeln. „Liebe Tante", sagte er, „wir haben nur etwas mit Julius zu besprechen. Beunruhige dich, bitte, nicht!"

„Lieber Marcus, es ist doch noch ganz früh. Und alles ist so merkwürdig! Du hast, berichtet man mir, viele berittene Soldaten mitgebracht."

Marcus bückte sich, küßte ihr die zitternde Wange und versuchte wieder zu lächeln. „Du weißt doch, Tante, auf den Straßen treibt sich heutzutage allerhand Räubergesindel herum, und wir sind fast noch im Finstern aufgebrochen. Ohne Geleit fühlt man sich in Rom nicht mehr sicher."

„Allerdings", pflichtete Aurelia mit unsicherer Stimme bei. Aber ihre klugen Augen blieben ängstlich auf Marcus geheftet. Sie faßte seine Hand und fragte fast flehentlich: „Ist etwas Schlimmes vorgefallen, mein Kind?"

„Nein, gar nichts. Wegen der frühen Stunde muß ich um Entschuldigung bitten. Aber du weißt, bei Tag habe ich Amtspflichten und meine Anwaltsgeschäfte. Deshalb mußte ich notgedrungen jetzt kommen."

„Notgedrungen jetzt?" wiederholte Aurelia. Jede Runzel ihres dicken Gesichts bebte. Aber ehe Marcus sich eine Erklärung ausdenken konnte, glitt eine junge, schöne Frau ins Atrium, Pompeja, Caesars Gattin. Langes Blondhaar floß ihr über die Schultern auf den Rücken. Sie hatte ein Gesicht wie eine Lilie, weiß und glatt, und so hellblaue Augen, daß ihnen überhaupt jeder Farbton zu fehlen schien. Sie trug ein langes, lichtviolettes, goldgesäumtes Gewand. Trotz der frühen Stunde war sie frisiert und parfümiert; Finger und Handgelenke glitzerten von Juwelen. Die Füße staken vorsorglich in goldgezierten, mit weißem Pelz gefütterten hohen Schuhen.

„Lieber Marcus", murmelte sie, als er ihr die Hände küßte, „ich freue mich sehr, dich wieder einmal zu sehen." Sie lächelte bezaubernd. Ihr Ausdruck war etwas ungeistig, aber sehr lieblich. Ihre hellen Augen strahlten ihn an. Dann seufzte sie. „Mein armer Julius ist leider nicht wohlauf. Er hat in letzter Zeit einige Anfälle gehabt."

Jetzt rief Quintus, ohne sich um den ärgerlichen Blick seines Bruders

zu kümmern, mit fester Stimme: „Wir müssen ihn unbedingt sprechen."
Aurelia führte die Hand zu ihren zuckenden Lippen und starrte Marcus mit neuerwachtem Entsetzen an.

„Es handelt sich um eine besondere Angelegenheit", erklärte Marcus. „Darüber muß ich mit Julius reden. Ich bin überzeugt, er wird aufstehen."

Pompeja lenkte ein: „Nun, bettlägerig ist er nicht gerade. Ich führe dich in sein Sprechzimmer, Marcus. Er wird sofort erscheinen."

Noch immer zitterte Aurelias mütterliches Gesicht vor Angst. Sie warf ihrer Schwiegertochter einen merkwürdig strengen Blick zu und sagte dann zu Marcus: „Halt ihn aber nicht zu lange auf, mein Kind!"

„Bestimmt nicht", versprach Marcus und tätschelte ihr liebevoll den Arm. Die Frauen führten ihn zu Julius' privatem Sprechzimmer, während Quintus hinterdreintrottete und seinen Bruder, wie so oft, innerlich der Heuchelei bezichtigte. In dieser gefährlichen Lage war doch höfliches, seichtes Geplauder mit Frauen wirklich nicht am Platz!

Als die beiden allein in den mit Bücherregalen verkleideten vier Wänden des Sprechzimmers saßen, sagte Quintus zu seinem Bruder: „Wie bringst du es nur zuwege, dich zu verbeugen und zu lächeln und Artigkeiten zu drechseln, während für dich und für Rom höchste Gefahr droht?"

„So arg ist die Gefahr nicht, daß man unschuldigen Frauen überflüssigen Schreck einjagen müßte."

Quintus schnitt eine Grimasse. „Pompeja ist kein so unschuldsvolles Lämmchen. Angeblich sind sie und Clodius ein Liebespaar. Wahrscheinlich ist deshalb Aurelia hier im Hause erschienen."

Die Tür öffnete sich, und Julius Caesar trat ein, in ein langes, karminrotes, an der schmalen Taille mit einem breiten, edelsteinbesetzten Goldband gegürtetes Wollgewand gekleidet. Er war abgemagert und jetzt nicht nur wie sonst schlank, sondern ausgesprochen hager. Aber er bewegte sich mit der gewohnten Geschmeidigkeit und lächelte fröhlich. Marcus blickte ihn an und bemerkte die Blässe, die er mit Frauenschminke zu verbergen gesucht hatte. Seine schwarzen Augen funkelten, waren aber eingesunken. Er ging sofort auf Marcus zu und umarmte ihn. Mit einigem Erstaunen stellte Marcus fest, daß die Umarmung nicht förmlich, sondern warm und fast dankbar war, als hätte Marcus ihn aus einer ihnen beiden bekannten Gefahr gerettet.

„Ich kann dir nicht sagen, wie ich mich freue, dich zu sehen, teurer Marcus!" rief Julius. Er schob mit seinen mageren Händen den Freund ein Stückchen von sich und umarmte ihn dann nochmals. „Aber was muß ich hören? Du hast als Begleitung nicht nur unseren tapferen Quintus mitgebracht, sondern gleich eine ganze Schwadron Kavallerie?"

Quintus warf unvermittelt ein: „Dieser Schutz war dringend geboten."

„So, so'', murmelte Julius mit zerstreuter Stimme. Er blickte weiterhin forschend auf Marcus, der nach einer schlaflosen Nacht seine Nerven versagen fühlte und plötzlich gegen seine sonstige Gepflogenheit ungeduldig und zornig wurde.

„Julius'', sagte er, „du wirst – wenigstens augenblicklich – nicht in Gewahrsam genommen. Aber wir wollen nicht weiter um den heißen Brei herumtänzeln und uns wie Falschspieler beschwindeln. Wir wollen die Würfel ehrlich werfen und zur Abwechslung einmal offen von Mann zu Mann miteinander reden. Daß du krank bist, tut mir leid. Aber wir haben keine Zeit zu verlieren.''

Julius neigte den Kopf. Er setzte sich, als wäre er plötzlich erschöpft und am Ende seiner Kräfte. „Nehmt Platz, bitte!'' lud er ein. Marcus ließ sich in einen elfenbeinverzierten Ebenholzsessel fallen. Quintus aber blieb, die Hand am Schwertknauf, stehen.

„Ich bin wegen einiger Auskünfte gekommen, Julius'', sagte Marcus und warf ihm den anonymen Brief hin.

Caesar nahm das Schreiben lächelnd, aber mit unsicherer Hand, und las es. Seine Miene erstarrte. Ein langes Zittern überlief ihn, und an seinen Mundwinkeln trat Schaum hervor. Er keuchte. Er fuhr sich mit der Hand an den Hals. Mit erstickter Stimme stammelte er: „Wasser! Geschwind!''

Auf dem dunklen Marmortisch standen ein goldener Wasserkrug und ein Becher. Marcus goß rasch den Becher voll und hielt ihn an Julius' Lippen. Die Stirn des Kranken wurde tiefrot, und die Haut schien aufzuquellen. Am Hals standen ihm die Sehnen heraus. Die Brust hob und senkte sich krampfhaft. Er schluckte, laut und sichtlich mühsam, das Wasser. Sein Körper war steif und zuckte. Dann ballten sich die Finger zu Fäusten, er beugte den Kopf vor und stöhnte immer wieder. Marcus betrachtete ihn mit widerstrebender Teilnahme. In Quintus' Miene malte sich nur Erbitterung und Unbeteiligtheit.

Lange Zeit herrschte Stille, bis auf das schwere Atmen des von seinem Anfall Heimgesuchten. Durch das Fenster drang das erste Sonnenlicht, wurde vom weißen Marmorfußboden zurückgeworfen und schimmerte auf den vergoldeten Buchrücken. Von fern her hörte man Sklaven bei ihrer Morgenarbeit singen. Endlich hob Julius den Kopf. Er war totenblaß, und die Schminke auf seinen Wangen nahm sich jammervoll aus. Aber er lächelte.

„Was soll dieser dumme Brief?'' fragte er, und seine Stimme klang fast wie sonst.

„Ich weiß das nicht'', antwortete Marcus. Dann fügte er kühl hinzu: „Weißt nicht du es vielleicht?''

„Ich? Der Inhalt kommt mir verrückt vor, muß ich sagen. Wer sollte denn dir etwas anhaben wollen?''

„Du vielleicht, Julius?"

Caesar starrte ihn ungläubig an. „Ich, Marcus? Habe ich dich nicht ..."

„... immer liebgehabt wie einen Bruder?" ergänzte Marcus. „Das hab ich oft genug von dir gehört. Aber Brudermord ist in der Geschichte nicht selten vorgekommen. Denk nur an Romulus und Remus! Würdest du mich gern tot wissen, Caesar?"

„Ganz und gar nicht! Ganz und gar nicht!" beteuerte Julius, und seine Stimme wurde plötzlich ein Stöhnen. „Das mußt du mir glauben."

„Gut, ich will es glauben", erwiderte Marcus. „Aber hör weiter! Es geht nicht nur um diesen Brief, der mir in der Nacht von einem geheimnisvollen Unbekannten überbracht wurde. Ich weiß manches andere. Zum Beispiel, daß unsere erwählten Konsuln am ersten Januartage ermordet werden sollen – nachdem man mich, um einen Spielverderber loszuwerden, beiseite geräumt hätte. Willst du auch das abstreiten, Caesar?"

Julius sprang plötzlich auf, stellte sich mitten im Zimmer hin und blickte um sich, als wüßte er nicht, wo er war. Er sagte: „Von dem allen weiß ich wirklich nichts. Du redest verworrenes Zeug. Den Brief hat dir irgendein Verrückter geschrieben. Ich schwöre dir ..."

„Bei deinem Schutzherrn Jupiter?"

Julius schwieg. Er hob den Kopf und blickte Quintus an, der noch immer die Hand am Schwertknauf hielt und dessen Soldatengesicht bedrohlich entschlossen aussah.

„Laß doch die Lügen und Ausflüchte, Julius!" mahnte Marcus. „Ich könnte dich auf der Stelle verhaften und in eine Kerkerzelle werfen lassen, wo du den Hochverratsprozeß gegen dich abwarten müßtest. Willst du das?"

Julius stieß einen tiefen Seufzer aus. Er tastete nach einem Sessel und sank hinein. Er begann blaßlippig zu lächeln. Er schüttelte den Kopf. „Seit jeher redest du von Komplotten und Verschwörungen, Marcus. Aber ich hielt dich für einen maßvollen, vernünftigen Menschen. Nie hätte ich gedacht, daß du eine solche hochdramatische Szene aufführen würdest, wie in einem stümperhaften Theaterstück."

„Soll ich also wirklich auf der Stelle zuerst dich verhaften und dann den Pompejus, Catilina, Piso, Curius und eure ganze Blase? Sag, Caesar!" Seine Stimme klang laut und klar und scharf durch den Raum.

Julius verzog das Gesicht, als hätte ein schmerzhafter Schlag seinen Kopf getroffen. Er sagte: „Welchen Ton schlägst du denn an? Du hast wohl vergessen, daß in Rom alle Macht fest in Crassus' Händen liegt? Ich verstehe dich nicht. Du reichst mir da einen anrüchigen anonymen Brief und erwartest von mir, daß ich ihn ernst nehme!"

„Du nimmst ihn sehr ernst", erklärte Marcus. „Gewiß beherrscht Crassus den Staat. Aber die Armee ist mächtiger als er, und er fürchtet sie. Soll ich meinem Bruder, der eine Legion befehligt, den Auftrag geben lassen, euch alle festzusetzen, damit ihr für euren Hochverrat verurteilt und hingerichtet werdet? Sieh dich vor, Caesar! Ich bin imstande, diesen Auftrag zu erwirken, das weißt du nur zu gut. Glaube nicht, daß Crassus einen Finger für euch rühren wird!''

Julius hob eine zitternde Hand und wischte sich den Schweiß von der Stirn. „Ich weiß von nichts'', behauptete er. „Es besteht kein Komplott gegen die Konsuln und gegen dich. Oder wenn eines besteht, so bin ich nicht daran beteiligt und habe nie davon gehört.''

„Du Lügner!'' sagte Marcus gelassen. „Du schämst dich nicht, bewußt die Unwahrheit zu sprechen.''

Julius schwieg. Sein Atem hallte laut in dem Zimmer.

„Deine Machtgier, Julius, wird nie ruhen. Du bist mit ihr schon zur Welt gekommen. Vielleicht wirst du das Ziel deiner Wünsche erreichen. Rom ist ja verderbt. Es mag leicht sein, daß ich dich nicht zurückhalten und den Untergang meiner Heimat nicht verhindern kann. Für die Rettung des so tief gefallenen Landes scheint es zu spät. Aber immerhin könnte ich in diesem Augenblick deinem Leben ein Ende setzen, Julius. Wenn Quintus dir das Schwert in den Leib stößt, wer wird ihn zur Rechenschaft ziehen oder ihm auch nur einen Vorwurf machen? Die bewaffnete Macht ist stärker als ihr alle, mitsamt Crassus. Und ich brauche nur mein sehr vollständiges Wissen über eure finsteren Pläne preiszugeben, und das ganze Volk wird einstimmig und begeistert meinem Bruder zujubeln.'' Im stillen betete Marcus, Caesar möge sich seine Worte zu Herzen nehmen und ihn nicht herausfordern.

Julius blickte seinen Jugendfreund durchdringend an, als wollte er herausbringen, ob er wirklich alles wisse, wie es den Anschein hatte, aber in Wirklichkeit nicht zutraf. Die beiden Augenpaare hielten einander stand. Quintus trat einen Schritt näher an Julius heran und zog das Schwert halb aus der Scheide.

Caesar lächelte. „Falls tatsächlich ein solches Komplott besteht – und ich bestreite das entschieden und kann über dieses Gerede nur lachen –, so weiß ich jedenfalls, wie gesagt, nichts davon. Wer hört schon auf Catilina, diesen Tollkopf? Vielleicht hat er in seiner Verrücktheit irgend etwas angezettelt, und du hast lächerlich aufgebauschte Gerüchte darüber gehört. Ich versichere dir, daß ihm das Handwerk gelegt werden wird – falls er wirklich Ränke spinnen sollte.''

„Schön'', erwiderte Marcus. „Das ist alles, was ich hören wollte. Hüte dich, Caesar! Der Weg zur Macht ist nicht mit Torheit und Unbesonnenheit und mit gemeinem Revoluzzertum gepflastert.''

„Da pflichte ich dir vom ganzen Herzen bei'', erklärte Julius. „Ich bin Soldat.''

„Du bist kein wahrer römischer Soldat'', widersprach Quintus in verächtlichem Tone. „Hör mir genau zu, Julius! Wenn man meinen Bruder oder die Konsuln umbringt, wird die Armee Rom besetzen. Darauf kannst du dich verlassen.''

„Und das'', fügte Marcus mit sanfter Stimme hinzu, „würde der Hauptstadt übel bekommen. Pflichtest du mir nicht auch darin bei, Caesar?''

„Allerdings'', gab Julius zu. Er schlug sich mit den Händen auf die Schenkel und brachte ein Lachen zuwege. „Ist das eine Komödie!''

„Möge es eine bleiben!'' sagte Marcus, stand auf und nahm den Mantel um. „Wenn ich davon abgesehen habe, dich und deine Spießgesellen festnehmen und dem Gericht überstellen zu lassen, so tat ich es nicht aus Angst vor euch, sondern, weil ich die Soldatenherrschaft fürchte. Man braucht sich nur an Sulla und sein eisernes Willkürregime zu erinnern. Ich denke mit einiger Zuneigung an Sulla, weil er wirklich mit Leib und Seele Soldat war. Aber es gibt Militärs, Caesar, die darin nicht im geringsten Sulla gleichkommen. Sie gelüstet es nur nach Macht. Ich habe das geringere Übel gewählt.''

In der Halle traf er Aurelia. Er nahm rasch ihre Hand und drückte sie. Sie blickte ihm ins Geschit und flüsterte: „Ist alles in Ordnung, Marcus?''

„Es ist alles in Ordnung, teure Tante'', antwortete er freundlich. Bei sich selber fügte er hinzu: Wenigstens für den Augenblick.

Caesar blickte den Hausherrn Crassus und seine Mitgäste Pompejus, Curius, Piso und Catilina an. „Ich habe euch gleich gesagt, daß die ganze Sache von Anfang an überhastet war. Und jämmerlich dilettantisch aufgezogen, wie auch Pompejus uns gewarnt hat. Wir haben uns bloß darauf eingelassen, weil ihr drei, Catilina, Curius und Piso, es nicht mehr erwarten konntet. Zu guter Letzt werden wir ja unser Ziel erreichen; aber kindischer, triebhafter Leichtsinn und jungenhafter Überschwang werden uns dazu nicht verhelfen. Wir müssen mit dem Anschein der Rechtmäßigkeit und mit dem Gewicht unerschütterlicher Würde operieren. Unser Vorgehen muß sich als unvermeidliche Folge allgemein menschlicher Gegebenheiten und geschichtlicher Entwicklungen darstellen. Das geht nicht von heute auf morgen. Die erwählten Konsuln zu ermorden! Hat es je eine verrücktere Idee gegeben? Ihr habt sie ausgeheckt, Piso und Curius, und habt mit euren Fieberphantasien den Catilina angesteckt. Und er hat uns unter Druck gesetzt. Nun sehen wir klar, wie albern das gewesen ist.''

„Ich kann die Sache jetzt nicht mehr abblasen'', murmelte Catilina mit aufeinandergebissenen Zähnen. „Ich habe schon meine Anhänger aufgeboten.''

Aber Julius ließ die Bemerkung unbeachtet und lächelte kopfschüttelnd Piso und Curius zu. „An einen Erfolg in diesem Augenblick haben weder Crassus und Pompejus noch ich selber geglaubt. Ich bin froh, daß Cicero alles aufgedeckt hat. Er hat uns damit einen großen Dienst erwiesen. Immerhin wüßte ich gern, wer ihm diesen anonymen Brief geschickt hat. Außer uns hier war ja niemand in die Pläne eingeweiht."

„Vielleicht du selber, Caesar?" rief Catilina mit wütender Stimme.

„Ich?" Julius sah ihn verachtungsvoll an.

Catilina sprang auf. „Jemand muß es gewesen sein! Dem Betreffenden drehe ich den Hals um."

„Ich habe keinen Brief geschrieben", erklärte mit unerschütterter Ruhe Pompejus. „Anonyme Kritzeleien überlasse ich feigen Schurken."

Auch die anderen wiesen die Zumutung von sich.

„Jedenfalls hat er es erfahren", betonte Julius. Dann wandte er sich an Catilina: „Wer Cicero ermordet, der hetzt ganz Rom auf uns." In der Stille, die nun folgte, sagte er: „Jetzt lassen wir die Dummejungenstreiche und denken wir uns einmal einen Weg aus, wie er sich für vernünftige, mutige Männer schickt!"

Später, als er mit Crassus und Pompejus allein war, erklärte Caesar: „Ich würde Catilina auf der Stelle umbringen lassen, wenn er nicht über diesen Anhang grauenvoller Kerle geböte. Man hätte ihn, bevor er so mächtig wurde, vergiften sollen, so wie er seinerzeit Weib und Kind vergiftet hat. Jetzt müssen wir uns mit ihm abfinden."

„Und da sind auch noch seine Freunde, der blonde Piso und der Trunkenbold Curius", sagte Crassus. „Bin ich der mächtigste Mann Roms oder bin ich ein Werkzeug dieser Verbrechernaturen?"

„Ein Diktator, Herr, schleppt immer Verbrechernaturen mit sich", erwiderte Caesar. „Sie hängen sich an ihn wie Muscheln an ein großes Schiff. Aber eines Tages werden wir sie losscheuern! Sobald sie ihre Schuldigkeit getan haben!"

L

Als Tullia, Ciceros Tochter, zur Welt gekommen war, hatte seinen Geist noch das strahlende Licht Griechenlands erhellt, so daß er, tieferwurzelnden Überzeugungen zum Trotz, sich einredete, man könne auf die Zukunft hoffen, er selbst und sein Land würden noch viel Großes leisten. Damals war er jung gewesen, und die Geburt seiner Tochter erschien ihm als Gewähr für eine schöne Stetigkeit des Lebens, als verheißungsvoller Fingerzeig auf künftige Jahre, auf immer neue taufrische Morgen.

Jetzt, an diesem warmen Sommertag, lag Terentia in den Wehen, und Marcus bemühte sich, an das kommende Kind mit einiger Anteilnahme zu denken. Auf Tullias Geburt hatte er sich innig gefreut; stolz und liebevoll hatte er dann das Töchterlein in den Armen gehalten. Nun aber erschrak er beim Gedanken an sein zweitgeborenes Kind, das nicht in hoffender Liebe, sondern nur in kläglichem Schuldbewußtsein gezeugt worden war. Er sagte zu dem Ungeborenen: Warum habe ich dich ins Dasein gerufen, du armes, unglückliches Wesen, das einen besseren Vater verdienen würde? Ich sehne mich nicht danach, dein Gesichtchen zu sehen. Ich habe dir in deinem geschändeten, zerfallenden Vaterlande keine Zukunft zu bieten. Ich habe dir aus meinem alternden, verdüsterten, angstvollen Herzen keine Freude zu bescheren. Sogar mein Vater konnte mir mehr zu Füßen legen, als ich dir geben kann. Verzeih mir, daß ich dir das Leben geschenkt habe!

Er saß im Garten und hörte die sich nähernden Schritte nicht. Er fuhr auf, als der Arzt ihn ansprach. „Herr, deine Gattin hat einen Sohn geboren! Sie bittet dich, für einen Augenblick zu ihr zu kommen."

Ein Sohn! dachte Marcus, während er sich mühsam erhob und in sein schönes, großes Haus ging. Mein Sohn!

Terentia glühte vor Genugtuung und schien fast verjüngt, als sie ihn mit Freudentränen begrüßte und ihm das Kind in ihrem Arm zeigte. „Marcus!" rief sie. „Ich . . . wir haben einen Sohn!" Nichts von Traurigkeit oder Zweifel oder Furcht war in ihr. Sie empfand das Leben als etwas Unabänderliches, Unverrückbares, nie Beängstigendes. Die Geburt des Kindes war ihr persönlicher Triumph.

Marcus blickte das Gesicht seines Sohnes an. Es schien ihm alt und müde, als hätte die Bürde des künftigen Lebens es schon geprägt. Er beugte sich über das Kind, und nun bemerkte er die stark betonten Augenbrauenbogen, die festen kleinen Lippen, das kräftig geformte Kinn. Und er dachte: Es sieht ja meinem Großvater gleich! Zum erstenmal streifte ihn der Flügelschlag längst totgesagter Hoffnung. Noch wurden also Römer geboren!

Marcus küßte Terentia auf ihre fahle Wange und schlug vor, Quintus zu verständigen. Terentia zog eine Braue hoch und erklärte mit nachsichtigem Lächeln, sie habe schon selbst Botschaft geschickt. „Quintus und Pomponia tun mir ja so leid wegen ihres ungeratenen Jungen!" bemerkte sie. „So boshaft und verschlagen, grausam und herzlos, schon in diesem Alter!"

Was sie gesagt hatte, stimmte; aber Marcus runzelte die Stirn und rückte von seiner Frau ab. Das Neugeborene öffnete die Augen, und sie waren leuchtend dunkelblau, mit einem Stern in ihren Tiefen.

Im Atrium traf Marcus die auf ihn wartende Tullia. Er schloß sie in die Arme, und sie blickte ihn mit zärtlichem Spott an. „Nehme ich noch immer den ersten Platz in deinem Herzen ein, lieber Vater?" fragte sie.

„Gewiß, und du behältst ihn", antwortete er. „Aber in deinem Herzen werde ich den ersten Platz nicht behalten."

An den folgenden Tagen erhielt er zahlreiche Glückwünsche zur Geburt eines Sohnes. Dankbare Klienten schickten reiche Geschenke; Angehörige der Helvia-Sippe vergaßen ihre natürliche Knausrigkeit und wurden geradezu verschwenderisch; Terentias Verwandte überboten einander an Gaben. „Es sieht so aus", sagte Marcus, „als wollte man mir Anerkennung dafür bezeigen, daß ich eine langjährige Pflichtversäumnis gutgemacht habe und von meiner beharrlichen Weigerung, einen Sohn zu zeugen, abgekommen bin."

Julius Caesar brachte persönlich sein Geschenk, ein aus Goldfäden geflochtenes Täschchen voll Rubinen. Es war ein sehr ansehnliches Geschenk und hatte, da die beiden seit jenem Wintertage in Caesars Hause nicht mehr zusammengekommen waren, den Charakter eines Versöhnungsangebotes.

„Du hast dich ja prächtig erholt, Julius", stellte Marcus fest. „Offenbar aus Freude darüber, daß ich noch am Leben bin."

Julius erwiderte begütigend: „Kannst du denn nie gerade heraussagen, was du meinst, Cicero?"

„Das ist bei dir nicht nötig", entgegnete Marcus lächelnd. „Du bist nicht begriffsstutzig. Wann wird übrigens die schöne Pompeja dir auch einen Sohn schenken?"

Julius, der von Jahr zu Jahr imposanter aussah, seufzte und sagte: „Sie bleibt hartnäckig unfruchtbar. Anscheinend bin ich dazu verurteilt, nie einen Sohn zu haben." Marcus zog die Brauen hoch, weil er an einen gewissen Jüngling namens Marcus Junius Brutus denken mußte. Aber er hütete seine Zunge. Schließlich wurde einem nicht jeden Tag eine so bedeutungsvolle Geste wie dieses Geschenk zuteil.

Während die beiden in Marcus' Garten, der von essenden und trinkenden und plaudernden Gästen voll war, miteinander sprachen, erschien Pompejus. Der sehr scharf beobachtende Marcus entnahm aus der höflichen, aber unpersönlichen Begrüßung sofort, daß zwischen Pompejus und Caesar eine starke Abkühlung eingetreten sein mußte. Ja, ja, dachte er, so geht es eben immer, wenn ehrgeizige Männer gegeneinander argwöhnisch werden! Aber er brachte Pompejus, der ihm das Leben gerettet hatte, freundliche Gefühle entgegen und nahm sein Geschenk für das Kind mit aufrichtiger Dankbarkeit in Empfang, froh darüber, auf diese Weise mittelbar eine andere Dankbarkeit ausdrücken zu können, die er nicht erwähnen durfte. Da Marcus selten so aus sich herausging, schoß dem nicht minder scharf beobachtenden Julius eine Vermutung durch den Kopf. Das sah ja ganz danach aus, als begrüße Marcus jemanden, der ihm sehr wert war oder ihm einen großen Dienst erwiesen hatte! Auch das breite, gewöhnlich teilnahmslose Gesicht des Pompejus leuchtete auf; seine Hand verweilte einen Augenblick lang in Marcus' Fingern, und seine großen grauen Augen strahlten freundlich.

Dann wandte Pompejus sich an Caesar und fragte: „Wo ist Marcus Antonius, dein alberner Nachläufer?''

„Der erholt sich heute von dem gestrigen Festgelage bei mir'', antwortete Julius. Er hielt inne. „Und wie geht es meiner Tochter, deiner lieben Gattin, Pompejus?'' Die Luft war mild, voll von Sommerwärme und Sommerdüften; doch mitten im Lachen und Stimmengewirr der Gäste glaubte Marcus aus den zwischen Caesar und Pompejus gewechselten Worten plötzlich das Schwerterklirren eines Zweikampfs zu hören. Leichthin fuhr Julius fort: „Den Antonius magst du für albern halten, lieber Freund, aber er hat beachtenswerte Qualitäten. Er ist ein ausgezeichneter Soldat, hat gute Manieren und ist bei den Damen überaus beliebt, Vorzüge, die nicht zu verachten sind.''

Die bloße Anwesenheit dieser Männer rief Marcus nachdrücklich den schrecklichen, nur um ein Haar mißglückten Anschlag auf Rom und auf ihn selbst in Erinnerung, und Schwermut erfüllte ihn. Das Sonnenlicht und alle Farben kamen ihm weniger leuchtend vor, und plötzlich packte ihn Angst um sein Söhnchen. Er hatte schon so oft Vorahnungen gehabt, daß er sie nicht mehr geringschätzig von sich wies. Bestürzung flatterte wie ein schwarzgefiederter Vogel vor seinen Augen auf. War denn der Anschlag überhaupt endgültig abgewehrt? Er kannte doch diese Männer zur Genüge! Wieso hatte er sich während der letzten Monate einbilden können, daß alles wieder ruhig, die Gefahr vorüber und ein gewisser Friedenszustand wiederhergestellt sei? Männer wie Caesar schliefen nicht, sondern lauerten wie Raubtiere im Dunkel des Waldes auf eine größere Beute, wenn die kleinere ihnen entwischt war.

Marcus wußte nicht, daß sein Gesicht, während er überlegte, sehr blaß geworden war und daß sein Blick sich auf eine bestimmte Stelle geheftet hatte, als erblicke er dort ein für die anderen unsichtbares Schreckgespenst. Er wußte nicht, daß Caesar und Pompejus ihn mit lebhaftem, ernstem Interesse betrachteten, und er fuhr zusammen, als Julius fragte: „Was sieht denn unser Augur so Furchtbares, daß es die Heiterkeit seiner Miene verdüstert hat?''

Marcus wurde rot. „Ich bin kein Augur, Julius'', erwiderte er ärgerlich. „Mir ist nur eingefallen, in welch eine bedrohliche Zeit mein Sohn hineingeboren wurde.''

„Sind die Zeiten nicht immer bedrohlich?'' fragte Julius. Er lächelte wieder, ohne den Blick von seinem Freunde zu wenden. „Unsere Väter haben doch die gleiche Empfindung gehabt.''

„Sie kannten wenigstens keine Hochverräter'', sagte Marcus und erschrak über die eigenen, im eigenen Garten zu den eigenen Gästen gesprochenen Worte. Pompejus und Caesar tauschten Blicke, und plötzlich schmolz das Eis zwischen ihnen, und sie lachten einander zu.

„Ach, unser teurer Marcus!'' rief Julius. „Überall sieht er Komplotte.

Eine fixe Idee von ihm! Er ist um die Wahrung des Rechtes so besorgt, als wäre er zum Prätor nicht nur gewählt, sondern geboren worden. Sag nur, lieber Marcus, welches Komplott witterst du im Augenblick?"

„Ein größeres als jenes, an dem ihr beide kürzlich teilgenommen habt."

„Ich weiß nicht, wovon du redest, Marcus."

„Ich auch nicht", pflichtete Pompejus ihm mit wegwerfender Gebärde bei. Seine grauen Augen strahlten nicht mehr; ein grünlicher Schleier schien über sie gefallen zu sein. Na, dachte Marcus, diesmal wird mir keine Warnung zukommen! Er versuchte seine Niedergeschlagenheit abzuschütteln; aber das Gesichtchen des neugeborenen Sohnes tauchte vor ihm auf, und seine Angst schrie laut, wie eine aufgeregt im Schein der untergehenden Sonne kreisende Krähenschar.

„Es ist an der Zeit, daß unsere Tochter heiratet", erklärte Terentia, nachdem die Familie von den alljährlichen Inselferien zurückgekehrt war.

„Sie ist noch ein Kind", wandte Marcus ein. Und dann fügte er etwas verdrossen hinzu: „Du selber warst, als wir heirateten, schon eine reife Frau." Dann bemerkte er die aufsteigende Röte in Terentias jetzt so reizlosem Gesicht — selbst die einst schönen, sanften Augen waren nun hart und verkniffen, braune Kristalle zwischen bräunlichen Lidern —, und er schämte sich seiner Worte.

„Als Mädchen hatte ich Familienangelegenheiten zu besorgen und eine jüngere Schwester zu betreuen", sagte sie.

Da der Ton ihrer Stimme wirkliche Kränkung verriet, wollte Marcus durch eine freundliche Geste sein schlechtes Gewissen beruhigen. „Nun, wer ist denn als Schwiegersohn ausersehen?" fragte er.

„Der junge Piso Frugi", antwortete Terentia rasch. „Er ist aus sehr guter Familie, siebzehn Jahre alt und durch eine Erbschaft vom Großvater her reich. Auch seine eigenen Eltern, die mit meiner Familie befreundet sind, wird er beerben."

Marcus kannte den jungen Mann, der recht stattlich aussah und nette Manieren hatte, aber sonst in keiner Weise hervorragte. Seiner geliebten Tullia würdig schien ihm nur ein ganz vornehmer oder ein ganz mächtiger Bewerber.

„In zweiter Linie", fuhr die sehr ehrgeizige Terentia fort, „käme der junge Dolabella in Frage, ein Prachtjunge aus einer der angesehensten Familien Roms."

„Um Himmels willen nein!" rief Marcus ehrlich entsetzt.

Terentia lächelte zufrieden. Sie rang sich einen resignierten Seufzer ab. „Dann bleibt also nur Piso", erklärte sie, und zu spät erkannte Marcus, daß seine Frau wieder einmal, wie gewöhnlich, mit einem präparierten Würfel ihr Spiel gewonnen hatte.

Siegesfroh bemerkte Terentia: „Aber wir verschieben die Heirat, bis du Konsul geworden bist."

„Dann wird sie nie stattfinden", meinte Marcus, der seinen Humor wiedergefunden hatte.

Er liebte seine Kinder sehr. Wie die meisten Väter hielt er sie für Genies. Der kleine Marcus würde, davon war er überzeugt, ein berühmter Philosoph werden, obwohl der Knabe eine gewisse Bockigkeit an den Tag legte, die ihn für einen beschaulichen Weisen nicht recht zu prädestinieren schien. Terentia war entzückt von ihm. „Er wird ein großer Soldat und Athlet", erklärte sie. Aber der außerhalb des Familienkreises so scharfsinnige Marcus lachte sie aus. „Er wird mit drei Jahren bereits fließend griechisch sprechen", behauptete er. Ohne die lebhaft gefärbten Wangen und die übermütig lachenden Augen des Kindes zu beachten, sah er in ihm noch immer, wie unmittelbar nach der Geburt, die Verheißung würdevoller Seelengröße.

„Hast du schon deinen Vater besucht?" erkundigte sich Terentia, während sie mit dem bedingungslosen Pflichtgefühl einer ‚altrömischen' Mutter ihr Söhnchen säugte. „Wahrscheinlich war ja Quintus etwas zu besorgt, als er dir während unseres Aufenthaltes auf der Insel schrieb?"

Wieder mußte Marcus sich schämen. Der Bruder hatte im Laufe des Sommers zweimal geschrieben, Tullius verfalle zusehends und der Arzt befürchte, sein Herz werde nicht mehr lange durchhalten. Aber Marcus hatte sich gesagt, seit seiner Kindheit heiße es immerfort, der Vater ‚liege im Sterben', das sei ein alter Ladenhüter, und die Tullier hätten ein zähes Leben. In Wirklichkeit jedoch wollte Marcus nicht an seinen Vater denken und ihn auch nicht besuchen. Wenn auf ihn auch nur die Sprache kam, erwachten seine alten, mit Verärgerung gemischten Schuldgefühle.

In der letzten Zeit hatte er den Vater nur mehr zweimal während Terentias Schwangerschaft gesehen und dann noch einmal nachher. Tullius hatte ihm mit schwacher Stimme und flehenden Augen seine Glückwünsche zur Geburt eines Sohnes ausgesprochen. Aber in Marcus war der Eindruck entstanden, er erfasse, wie gewöhnlich, wirkliche Vorfälle nicht ganz und die Geburt eines zweiten Enkelkindes sei für ihn kein besonderes Ereignis gewesen. Grollend hatte Marcus gedacht: Mein Vater hat immer in den Himmel geguckt und ist über jeden Stein auf seinem Wege gestolpert. Da er selbst die Fragwürdigkeit dieser Feststellung spürte, ärgerte er sich nur um so mehr über sein Schuldgefühl. Es war ihm peinlich, seine Empfindungen Tullius gegenüber zu zergliedern; sonst wären ihm die Zeiten eingefallen, wo sein Vater ihm als blasser, schmächtiger Gott erschienen war, mit leuchtenden Augen und zarten Händen und gütiger, verständnisvoller Stimme. Aber Kindheitseindrücke täuschten immer, sagte er sich und hielt an seinem Bilde eines Tullius fest, der nacheinander von der Tatkraft seines eigenen Vaters, von der Pflege und Lenkung seiner Gattin und von der fürsorglichen Hilfe seines älteren Sohnes abhing und sich schließlich unter die Vormundschaft seines jüngeren Sohnes und seiner Schwiegertochter begab. Quintus hatte ja den Vater wie ein Waisenkind ins Haus genommen und betreute ihn mit der ihm eigenen robusten, ungezwungenen Zuneigung.

Endlich antwortete Marcus auf Terentias Frage: „Von meiner frühesten Kindheit an war der Vater immer sterbenskrank. Das eine Mal mit Lungenanschoppung, das andere Mal mit Malaria. Quintus hat doch den Tag unserer Rückkehr von der Insel gewußt. Seitdem sind drei Tage vergangen, und wir haben nichts von ihm gehört. Wenn mit dem Vater etwas los wäre, hätten wir es erfahren."

Aber die sehr familienbewußte Terentia erwiderte vorwurfsvoll: „Immerhin hast du ihn monatelang nicht gesehen und solltest ihn jetzt gleich besuchen."

„Morgen!" sagte Marcus unwirsch. „Der Vater ist erst sechzig Jahre alt und wird bestimmt noch lange leben."

Doch am nächsten Morgen, als ein kalter Herbsttag heraufdämmerte, erhielt Marcus eine eilige Botschaft seines Bruders. Der Vater liege bewußtlos im Sterben. Marcus glaubte das nicht im mindesten. Doch er stand auf und ließ sich, gähnend, etwas fröstelnd und recht ungehalten, in der Sänfte zum Carinae-Haus bringen. Außerhalb der Sänftenvorhänge erwachte die Riesenstadt; Wagengeratter, Schritte und Stimmen ertönten. Es war ein altvertrauter, nicht mehr aufregender Lärm. Das ist der Jammer, wenn man älter wird! dachte Marcus verdrossen. Nichts auf der Welt ist einem mehr neu, nichts überraschend, nichts ein Wunder. Was kann einen über diesen Erlebnisverlust hinwegtrösten? Das Dasein ist für mich nur mehr ein Abschiednehmen, und was der junge Mensch als Morgenröte empfindet, ist für mich Sonnenuntergangsstimmung. Abenteuer kann ich, falls es solche überhaupt je für mich gab, jetzt nicht mehr erwarten. Wenn der Mensch einmal vierzig geworden ist, lebt er kaum mehr. Ich bin bloß noch für meine Kinder auf der Welt, und das muß mir genügen.

Marcus gähnte noch, als die Sänfte beim alten Carinae-Haus ankam, das ihm einst so vertraut gewesen war und jetzt so fremd vorkam. Es war ein Haus der Träume und der Vergangenheit, voll klarer und scharfer oder schattenhafter, unwirklich anmutender Erinnerungen. Jedesmal, wenn er es wiedersah, staunte er, als hielte er es für unmöglich, daß es noch stand, während seine Kindheit und Jugend dahin waren. Hier hatte er Livia beweint, hier war sein Großvater gestorben, hier hatte er an eine Zukunft voll Erregung, Leidenschaft und Hoffnung geglaubt. Hier waren alte Bekannte geschritten und hatten Freunde sich verabschiedet, die nie mehr wiederkamen. Das Haus stand noch immer. Aber es war, ohne daß er es hätte begründen können, für ihn nicht mehr jenes Haus, das er im Gedächtnis trug. Es zeugte von der Flüchtigkeit der Zeit.

Statt des Hausmeisters kam ihm Quintus, der hochgewachsene, stämmige Soldat, entgegen, und er weinte. Plötzlich wußte Marcus, daß der Vater gestorben war, und er fühlte sich so elend, daß er sich am Arm des Bruders stützen mußte. Denn mit einem Schlag rückte das Haus scharf in sein Blickfeld, und es sah genau so aus, wie er es in Erinnerung hatte, und es wurde wiederum ein Haus des Todes. Es war nicht länger die Zuflucht eines weltfremden alten Mannes, für den sein älterer Sohn ein aus Schuldbewußtsein und Ärger gemischtes Gefühl hegte. Es war das Haus eines Vaters, der in seinem Tode lebendiger wurde, als er für Marcus seit seiner frühen Jugend geschienen hatte.

Tullius lag auf seinem Bett in jenem kleinen Schlafgemach, das Marcus selbst als Kind, als Jüngling und als unverheirateter junger Mann bewohnt hatte. Die Vorhänge an dem kleinen Fenster waren noch nicht zugezogen worden. Die ersten matten Strahlen einer kalten Sonne fielen auf Tullius' Gesicht und zeigten es deutlich. Es war nicht jenes Gesicht, an das Marcus sich erinnerte. Es war ein friedliches, entrücktes Antlitz, befreit von den staubigen Spinnweben des Lebens und von all seiner Qual. Das war nicht mehr Marcus Tullius Cicero der Ältere; das war die nicht länger von fremdem Menschengeist gestörte Ruhe von Baum und Gras.

Marcus blickte die Hände des Vaters an, deren Runzeln friedlicher Marmorglätte gewichen waren. Auch diese Hände kamen ihm unbekannt vor. Er bückte sich und berührte die kalte Haut mit seinen Lippen, und im Augenblick der Berührung fühlte er sich dem hier auf dem Bett liegenden Körper so fremd wie einem Steingebilde. Er murmelte ein Gebet für die Seele des Vaters, empfand die Worte aber als lächerlich, weil der Tote, der ein denkbar sündenloses Leben geführt hatte und nie ein Teil der freudig von ihm verlassenen Welt gewesen war, der Gebete des Sohnes nicht bedurfte. Marcus wandte sich und ging. Quintus folgte ihm, betroffen von der Ruhe seines Bruders und irgendwie empört darüber. Schließlich platzte er heraus: „Du hast ihn nie liebgehabt. Darum spürst du jetzt keine Trauer."

Marcus zögerte. Auch wenn er seine Gefühle hätte in Worte fassen können, würde der Bruder ihn nicht verstehen. So legte er ihm freundlich die Hand auf die breite Schulter und sagte: „Jeder Mensch hat eine andere Art, Schmerz zu empfinden."

Aber an den nun folgenden Tagen, während das grauenhafte Leichenzeremoniell rings um ihn abrollte, überwältigte ihn das Bewußtsein der Unbeständigkeit und Brüchigkeit und Sinnlosigkeit des Lebens und auch eine ganz im Widerspruch dazu stehende Angst vor dem Tode. Durch das Hinscheiden des Vaters schien ihm plötzlich das eigene Dasein noch unsicherer. Wiederum war in der Halle seines Lebens eine Statue hingestürzt, und ihre zwecklosen Trümmer lagen über den Boden verstreut.

LI

Noah ben Joel schrieb seinem Freunde aus Jerusalem:

‚Sei herzlich gegrüßt, lieber Freund! Du hast mir im kameradschaftlichsten Tone geschrieben, ohne jede Herablassung oder auch nur Feierlichkeit! Und dabei bist Du zum Konsul bestellt worden und hast jetzt das mächtigste Amt des mächtigsten Staates der Welt inne! Ich freue mich riesig darüber und denke mit liebevoller Belustigung an Deine früheren Briefe, in denen Du Deine Aussichten ganz ungünstig beurteilt hast. Du hieltest es für ausgeschlossen, daß die Optimaten bei ihrem Groll und Argwohn gegen jeden ‚neuen Mann', gegen jeden emporgekommenen Mittelständler, Dich unterstützen würden. Du behauptest, sie seien nur deshalb für Dich eingetreten, weil sie den wirren, tückischen Catilina, einen Deiner sechs Gegenkandidaten, noch mehr fürchteten. Mit dieser Bescheidenheit setzt Du Dich selber herab; sogar käufliche Senatoren können manchmal von öffentlicher und privater Anständigkeit beeindruckt werden und einen weisen Mann unterstützen. Übrigens hast Du auch gemeint, selbst die Ritter, Deine eigenen Standesgenossen, würden Dir ihre Stimme versagen, aus Neid, daß Du Dich über sie erhöbest. Ebensowenig glaubtest Du an eine Unterstützung seitens der Popularen, weil Du in den letzten Jahren voll Erbitterung Deine Überzeugung kundgegeben hast, der Masse seien Schurken, die ihr schmeicheln und schöntun und sie mit Geschenken bestechen, lieber als ein Mann, der nichts anderes in Aussicht stellt, als daß er der Nation die republikanische Größe und Ehre wiederzugeben versuchen wolle und der nur die nüchterne Sprache der Vaterlandsliebe redet, ohne einem verderbten Stadtpöbel das Blaue vom Himmel herunter zu versprechen.

Indes haben alle die Männer, denen Du mißtraut hast, sich nicht einmal auf das langwierige Abstimmungsverfahren eingelassen, sondern Dich einmütig durch lauten, begeisterten Zuruf erwählt! Davon schriebst Du mir nichts; aber andere Freunde in Rom halten mich alle diese Jahre über Dich auf dem laufenden. Entgegen Deiner Annahme, man werfe Dir Wankelmut vor, und trotz Deiner angeborenen Menschenscheu und Zurückhaltung bist Du sehr beliebt. Gott hat eben seltsame Wege, sich zu offenbaren, wenn er sieht, daß ein Volk in schwerer Gefahr ist. In der Geschichte Israels hat Gott oft Männer aus dem Privatleben und von weit her dazu berufen, ihr Volk zu einem gesicherten Leben zu führen, wenn es hart bedrängt und zugrunde gerichtet war. Mir gefällt die Vorstellung, daß Gott aus Liebe zu Dir und um Rom vor Catilina zu retten, für Dich gegen die Macht von Bestechungen, Lügen und leeren Versprechungen eingetreten ist. Aber wir dürfen nie vergessen, daß es letztlich doch das Volk war, das Dich in einem spontanen Ausbruch der Liebe und des Stolzes, der Wertschätzung Deiner Geistigkeit und Mannhaftigkeit erwählte.

Vor einiger Zeit schriebst Du mir, Du hättest die Empfindung, Dein Lebensweg sei zu Ende, sei an die Ziegelmauer einer Sackgasse gestoßen. Nun hat sich in dieser Mauer eine Tür geöffnet und gibt Dir den Zutritt in ein grenzenloses Reich der Macht und Glorie frei! Moses war ein unbekannter, aus seinem Geburtsland entflohener Hirt, als Gott ihn zur Befreiung seines Volkes aufrief und ihm eine so gewaltige Schicksalsaufgabe stellte wie keinem Sterblichen zuvor. Solang es Menschen gibt, wird sein Name fortleben, und ebenso wird – ich spüre zu dieser Stunde eine Sehergabe in mir – der Name Cicero unvergänglich bleiben.

Während Du über Deine Wahl, wie Du schreibst, erstaunt und betroffen und bestürzt bist, habe ich seit unserer gemeinsamen Kinderzeit stets ganz Besonderes von Dir erwartet und es Dir auch immer gesagt, ohne mich dabei der Überschwenglichkeiten eines Menschen zeihen zu müssen, der noch immer Theaterstücke schreibt und eine blühende Einbildungskraft hat.

Sogar unser schlauer, schlangenglatter Freund Julius Caesar hat Dich also unterstützt, und auch Crassus! Warum taten sie es? Du meinst, sie hätten einfach aus selbstsüchtigen Gründen Dich dem Catilina vorgezogen; ich jedoch glaube, daß Gott ihre Seelen Dir gewogen gemacht hat. Übrigens scheint auch Caesar gut im Rennen zu liegen; schon vor Deiner Mitteilung hörte ich, daß er zum Pontifex maximus und für das nächste Jahr zum Prätor bestellt wurde. Du knüpfst daran Deine üblichen Befürchtungen. Aber man muß sich sagen, daß tatkräftige, ehrgeizige und kluge Männer wie Caesar eben unausweichlich an die Macht gelangen; auch das mag der Wille Gottes sein, der die Menschen oft wunderliche Wege führt. Gewiß ist Caesar kein Tugendbold; doch Gott macht Gute wie Böse zu Werkzeugen seiner Pläne. Du bezweifelst Caesars Vaterlandsliebe; immerhin ist es nicht völlig ausgeschlossen, daß auch ein Schelm an seiner Heimat hängt.

Du hast einen Sohn, den Du schon mit zwei Jahren als Weltwunder preist. Was könnte er auch anderes sein – bei einem so gelehrten Vater? Ich lese mit großem Interesse Deine immer zahlreicher werdenden Aufsätze und Bücher, die mir Freunde aus Rom schicken. Ich war stolz auf meine fließende Ausdrucksweise. Doch gegen Dich bin ich ein blutiger Stümper. Ich freue mich mit Dir, daß Deine schöne junge Tochter, an der Du so hängst, den vornehmen Piso Frugi geheiratet hat. Auch darüber unkst Du. Das entspringt jedoch, glaube ich, nur der natürlichen Eifersucht des Vaters, der seine einzige geliebte Tochter weggeben muß.

Mir ist es mit meiner eigenen Tochter genau so ergangen. Als ich sie bei der Hochzeit dem Bräutigam zuführen mußte, habe ich ihn gehaßt und mir eingebildet, er würde sie bestimmt unglücklich machen. Aber die Ehe ist gut, und ich bin Großvater geworden und freue mich über die kleinen Enkelkinder, die mir auf den Knien sitzen und mich mit ihren großen Augen bewundernd anstarren.

Oft muß ich an die merkwürdige Fügung denken, daß unsere Väter vor zwei Jahren am gleichen Tage, vielleicht sogar zur selben Stunde, starben. Du schriebst mir, daß Du Tullius danach fast ein halbes Jahr lang nicht betrauert oder vermißt hast, dann jedoch plötzlich heftige Schuldgefühle bekamst, aus Furcht, Du hättest ihm in seinem Leben nicht genug Liebe geschenkt und oft Schmerzen bereitet. Das gleiche habe ich nach dem Tode meines Vaters empfunden; mir ist alles eingefallen, was er mir in meiner Jugend eingeschärft hat, und wie ich seine Ermahnungen immer wieder als Gerede eines altmodischen Greises in den Wind schlug. Du solltest froh sein, daß Dein Vater des Erdendaseins entbunden wurde. Schon Sokrates hat ja gesagt, ein guter Mensch brauche nichts zu fürchten, weder in diesem noch in einem kommenden Leben.

Caesar ist, so schreibst Du, in seinen neugeborenen Großneffen Gajus Octavius, den Enkel seiner Schwester, ganz vernarrt. Aber er hat eben nicht, wie Du jetzt, einen eigenen Sohn — wenigstens keinen, den er öffentlich als solchen anerkennen kann. Das ist für einen ehrgeizigen Mann, der ja immer an seine Nachfolge denkt, sehr bitter.

Im Zusammenhang mit Catilina, den Du anscheinend in seiner jetzigen Zurückgezogenheit noch mehr fürchtest als während seiner Prätorzeit, meinst Du, es sei besser, seinen Todfeind vor Augen zu haben als nicht zu wissen, was er im verborgenen treibt. Damit magst Du recht haben. Aber daß er es sich mit Caesar, Crassus und Pompejus und allen seinen andern Freunden verscherzt hat, sollte Dich beruhigen. Diese Männer sind ja nicht unbedacht und unbekümmert; Du kannst Dich darauf verlassen, daß ihre Augen ihn in seinem Dunkel ununterbrochen scharf beobachten.

Du fragst mich wieder — diesmal allerdings zögernder als sonst — nach dem Messias. Er wird noch immer stündlich erwartet. Die Pharisäer schicken landauf landab Sendboten auf die Suche nach der verheißenen jungfräulichen Mutter und ihrem Kinde. Nur die Sadduzäer, die das Fortleben nach dem Tode leugnen und hellenistisches Gedankengut übernommen haben, machen sich über die Messias-Prophezeiungen lustig. Aber ich stimme in ihr spöttisches Lachen nicht mehr ein. Jeden Abend stehe ich auf dem Dach meines Hauses und schicke zum Sternhimmel die Frage: Wurde der Erlöser zu dieser Stunde geboren? Wo kann ich ihn finden?

Ich umarme Dich im Geiste, teuerster Freund, geliebter Cicero. Wenn wir uns in diesem Leben nicht mehr treffen, so sei überzeugt, daß es ein Wiedersehen im Jenseits gibt, dessen Glorie von Tag zu Tag näherrückt und plötzlich wie eine neue Sonne erstrahlen wird.'

Mochte Marcus Tullius Cicero auch als Konsul weiterhin böse Vorahnungen, unbestimmte Befürchtungen und Zweifel hegen, seine Frau Terentia schwamm jedenfalls in Wonne und Glückseligkeit. Nun war sie die erste Dame Roms. Ihre herrliche, von vier riesigen, prunkvoll bekleideten Nubiersklaven getragene Sänfte wurde überall auf den Straßen erkannt und begrüßt. In ihrem Palatinhause drängten sich vornehme Patrizierinnen, um bei ihr für ihre ehrgeizigen Ehemänner Fürsprache zu erwirken. Terentia empfing sie mit gnädiger Herablassung, versprach ihnen alles, worum sie baten, und legte die Bittschriften ihrem Gatten mit den Worten und Gesten einer Königin vor, als handle es sich um Geschenke. Sie konnte nicht verstehen, warum er ein finsteres Gesicht machte und ihr ungeduldig, ärgerlich, erklärte, er werde die Bittschriften, falls sie stichhaltig seien, schon zu gegebener Zeit erledigen.

Sie hielt ihren Mann für nüchtern und langweilig. Oft wunderte sie sich darüber, daß er so hoch emporgestiegen war — er, ein ‚neuer Mann', ein Emporkömmling aus bescheidener Familie, ein gewöhnlicher Anwalt, der seinen Verkehr nicht auf die Machthaber beschränkte. Sie kam zu der merkwürdigen Schlußfolgerung, er sei durch eine geheimnisvolle Fügung Konsul geworden, ausschließlich auf Grund ihrer eigenen, damit von den Göttern öffentlich anerkannten Vorzüge und Tugenden. Denn Cicero verdiente offenbar in keiner Weise, was ihm in den Schoß gefallen war. Er hatte ja kein eindrucksvolles Auftreten, er schrieb Bücher und Aufsätze, die sicherlich nur wenige seiner Freunde lasen, und seine persönliche Lebensführung war auch in dem prächtigen Palatinhause bescheiden geblieben. An schönen Tagen ging er oft zu Fuß in sein Anwaltsbüro oder zum Forum — eine wahrhaft plebejische Angewohnheit!

Schließlich festigte sich in ihr immer mehr die Überzeugung, er verdanke alles ihr. War sie ihm nicht immer in den Ohren gelegen, er solle das höchste Staatsamt anstreben? Hatte sie ihn nicht unermüdlich angetrieben? War nicht ihre Familie überaus vornehm? Ihre angeborene Lebensklugheit hatte sich doch auch in dem Geschick erwiesen, mit dem sie ihrer Tochter einen Ehemann aus angesehenem Hause verschafft hatte! Ohne sie wäre Cicero ein obskurer Anwalt geblieben, den Launen kleiner Gerichtsbeamter preisgegeben. Wenn Freunde ihr sagten, ihr Mann sei beim Volke sehr beliebt und auch die Senatoren beugten sich ihm, lächelte sie geheimnisvoll und hob auf merkwürdige Art die Brauen, als wüßte sie es besser. Wenn Crassus oder Caesar oder Pompejus ihr die Hand küßten und Nettigkeiten über ihren Gatten sagten, war sie völlig überzeugt davon, daß die Lobesworte in Wirklichkeit ihr galten, daß diese mächtigen Männer ihren Charakter, ihre Unerschrockenheit, ihre Tüchtigkeit bewunderten.

Terentia, die ihrer Tochter nie besonders zugetan gewesen war, sagte zu ihr: „Was wir an Vermögen und Ehre und Ruhm gewonnen haben, ist ausschließlich meinen Bemühungen zu verdanken. Vergiß das nicht, Tullia, wenn dich je der Stolz auf deinen Vater plagen sollte!"

Tullia erschrak und zweifelte am Verstand ihrer Mutter. Aber Piso, ihr junger Gatte, lachte belustigt und meinte: „Deine Mutter ist eben von Eitelkeit geschwellt, und sie wird alt. Laß ihr also die Freude!"

„Aber sie hat nur Verachtung für meinen Vater, den weisesten und edelsten Mann von Rom, und das ist ebenso unbegreiflich wie unverzeihlich."

„Es kommt gar nicht so selten vor", erklärte der junge Piso, „daß Verwandte eines berühmten Mannes sich einbilden, seinen Ruhm in Wirklichkeit selber geschaffen zu haben, und daß sie es für eine Bosheit und Ungerechtigkeit von seiten der Götter halten, wenn die Ehrenbezeigungen dem Manne und nicht ihnen zufallen, wo sie doch viel gescheiter, gebildeter und tüchtiger sind als er."

Aus Lobhudeleien und öffentlichen Ehrungen mache ich mir nichts, dachte Cicero; sie sind mir lästig und rauben mir die Zeit, die ausschließlich Gott und meinem Lande gehören sollte. Was heute begehrt ist, wird morgen mit Abscheu in den Kehricht geworfen. Ich liebe Recht und Gerechtigkeit und werde für sie wirken, obwohl mein Herz müde ist und voll böser Vorahnungen. Mir graut vor dem Beifall der Menge. Was ist nur über mich gekommen, daß ich derart krankhaft vom Unwert aller menschlichen Dinge durchdrungen bin?

Er zog Ärzte zu Rate. Sie konnten sein seelisches Leiden nicht verstehen. Mit achtungsvoller Nachsicht erklärten sie ihm, in Wahrheit lehne er öffentliche Ehrungen gar nicht ab. Nach Ruhm strebten doch alle Politiker; wofür sonst sollten sie sich denn so abmühen? Sie hielten Cicero für verschroben. „Dich beneiden doch alle Niedrigerstehenden, Herr!" hielten sie ihm, selber von Neid erfüllt, vor. „Ich wünsche nicht, beneidet zu werden", erwiderte er. Sie glaubten ihm nicht, gaben ihm Tränke und Pillen und waren untereinander einig darüber, daß er sich bloß einen falschen Anschein gebe und in Wirklichkeit nur noch mehr Ehre und Reichtum begehre. Und dadurch schuf er sich neue Feinde, die beziehungsvoll über ihn munkelten, über seine vermeintlichen Anwandlungen von Habsucht und Ehrgeiz.

Unterdessen arbeitete er verbissen, und nur in dem seinem Lande und der Rechtlichkeit geweihten Wirken fand er Linderung für die seltsame Qual, die ihm wie eine Krankheit auf dem Herzen lastete. Er hatte viel persönliche Freude an seinen beiden Kindern; seine Frau aber wurde für ihn eine Quelle aufreibenden Ärgers. Sobald er nach Hause kam, befielen ihn Kopfweh und eine merkwürdig unbeherrschbare Müdigkeit. Auch Clodia hatte er inzwischen satt bekommen; sie interessierte sich ohnedies mehr für den in voller Manneskraft stehenden Marcus Antonius, dessen Jugend ihr das Gefühl gab, auch selbst wieder jung geworden zu sein. Cicero aber fand, in der Fron seiner Tagesarbeit und seiner ungeheuren Verantwortung, an keiner Frau mehr Gefallen.

Gajus Antonius Hybrida, ein Patrizier in mittleren Jahren, ein wohlhabender Mann mit guter Lebensart und eindrucksvollem Auftreten, war Ciceros Amtsgenosse im Konsulat. So wie viele reiche Patrizier war er in Daseinsführung und Denkweise ungezwungen und duldsam. Er verabscheute heftige, allzu beharrliche und zu Temperamentsausbrüchen neigende Menschen – außer, sie waren Standesgenossen von ihm. Dabei war er nicht etwa anmaßend oder dünkelhaft, sondern glaubte allen Ernstes, die Götter hätten eine den anderen Menschen überlegene Oberschicht geschaffen, und diese Minderheit habe deshalb nach göttlichem Recht über die Mehrheit zu herrschen. Da er seine angeborene Sonderstellung als gegeben annahm, war er frei von Neid und übertriebenem Ehrgeiz. In Rom liebte man ihn wegen seiner Umgänglichkeit dem Volke gegenüber, das er nie herablassend behandelte, weil es ja seiner Meinung nach im Bewußtsein, daß die Götter ihn zum Herrn bestimmt hatten, in seiner Person nur die Götter ehrte. Er war auch eine stattliche Erscheinung und hatte viele gesellschaftliche Vorzüge.

Aber so wie viele Männer seiner Abkunft und Stellung wurde er zum Opfer eines verhängnisvollen Irrtums: daß nämlich die Menschheit, wenn man ihr nur Gelegenheit dazu gebe, sich überwiegend zu großen, selbstsuchtfreien Höhen erheben würde, daß der Mensch von Natur aus gut und dem Edlen zugewandt sei und nur durch Umstände und Umgebung vom Pfad der Tugend abgedrängt werde. Nach seiner Meinung war der Mensch – ob Patrizier oder Taglöhner, reich oder arm, berühmt oder unbekannt – die Krone der Schöpfung. Diese Ansicht verhalf ihm zu einer Menschenfreundlichkeit, die Tausende in seinen Bann zog, um so mehr, als sein Gehaben immer gütig und beherrscht war. Mit Catilina, dem Mitpatrizier, war er von alters her bekannt und sah ihm die vielen Schlechtigkeiten, die er über ihn hörte, mit großer Duldsamkeit nach.

Manche Freunde des Antonius hielten seine Großzügigkeit in solchen Dingen für zwar rührend, aber kindisch. Niemand jedoch erblickte in dieser Einstellung eine Gefahr, bis auf Cicero, der ihn im übrigen wegen seines ernstlichen Strebens nach Erkenntnis und seines Bemühens niemanden zu kränken, sehr schätzte. Nachdem Antonius den neugewählten ersten Konsul Cicero herzlich umarmt hatte, sagte er: „Schade, daß Catilina in der Stimmenzahl erst an dritter Stelle steht! Er wird sich bestimmt sehr kränken darüber, und wir müssen uns beeilen, ihn zu trösten.'' Darauf hatte Cicero mit gelassener Leidenschaftlichkeit erwidert: „Es ist fast unglaublich, daß ihm das Volk die dritthöchste Stimmenzahl gegeben hat! Ein sehr böses Zeichen!''

Wenn Cicero das heitere, hübsche Gesicht und die sorglosen Augen seines Kollegen sah, schüttelte er oft bestürzt den Kopf. Immer wieder mußte er über ihn staunen. Antonius pflichtete ihm zwar durchaus bei, daß der öffentliche Haushalt ausgeglichen, der Staatsschatz wieder gefüllt und der Mob zur Arbeit angehalten werden müsse. Sobald jedoch Cicero zahlenmäßige Vorschläge dazu machte, wurde sein Kollege bedenklich. „Aber das brächte doch für manche Bevölkerungsschichten Einschränkungen'', wandte er ein. „Ist nicht das Wohl des Gesamtvolkes unser Ziel?''

„Wenn der Staat bankrott macht, ist es auch mit dem Wohl des Volkes vorbei'', erklärte dann Cicero grimmig. „Nur durch Selbstzucht und durch Verminderung der öffentlichen Ausgaben können wir Roms Haushalt sanieren.''

„Aber ein Mensch, der ein Herz im Leibe hat, kann doch dem Volk nicht plötzlich Begünstigungen, die es Jahrzehnte lang genossen hat, kurzerhand entziehen wollen, wie den freien Eintritt in Theater und Zirkusse, die Lebensmittelzuteilungen und alles andere, was die Leute sich erwarten. Solche Härten würden schrecklich böses Blut machen.''

„Wenn Rom bestehen bleiben soll, müssen wir alle den Gürtel enger schnallen'', betonte Cicero.

„Dann lieber eine allgemeine Steuererhöhung, unter Beibehaltung der Sozialleistungen!'' schlug Antonius vor.

„Schon die bisherigen Steuern sind für Zehntausende unerträglich hoch'', erklärte Cicero. „Lädt man einem Packesel zu viel auf, so bricht er zusammen. Und was dann?''

Antonius geriet ganz durcheinander. Er liebte ein angenehmes Leben und sah nicht ein, warum nicht alle Menschen es haben sollten. Ziffern und Fakten waren ihm zuwider. „Wie sind wir nur in eine solche Klemme geraten?'' seufzte er.

„Durch Zügellosigkeit. Dadurch, daß man die Wahlstimmen der Bettler und des Gesindels gekauft hat, daß man dem Mob schöntat. Dadurch, daß man arbeitsscheue Fremdvölker auf die Kulturstufe Roms heben wollte und ihnen verschwenderisch Entwicklungshilfe bot. Durch Auslandsabenteuer. Durch gewaltige Zuwendungen an Generäle, damit sie ihre Legionen verstärken könnten. Durch Kriege. Durch den Glauben, unsere Einkommensquellen seien unerschöpflich.''

Dann erklärte Antonius plötzlich, er habe sich bei seinem Buchhändler, wo gerade eine angebliche Aristoteles-Handschrift zum Verkauf ausliege, angesagt, warf seine schneeweiße Toga um und eilte davon. Cicero aber blieb mit seinen Sorgen allein. Er fand es begreiflich, daß sein Kollege wegen seiner Leutseligkeit und seiner fürsorglichen Zuneigung für die Römer die zweithöchste Stimmenzahl bei der Konsulwahl erhalten hatte. Aber Antonius, der nie den Dingen ins Auge gesehen hatte, mußte das jetzt lernen, mochten Tatsachen auch für einen Idealisten Gorgonenhäupter sein, die ihn versteinerten oder verschreckt auf ein Wunder hoffen ließen! „Zweimal zwei ist vier", sagte er laut. „Daran ist nicht zu rütteln. Aber Leute wie mein teurer Antonius meinen, man könne durch geheimnisvollen Hokuspokus bewirken, daß zweimal zwei gleich zwanzig wird."

Natürlich erschien er an diesem Abend nicht in der vornehmen Villa seines Amtskollegen, als Lucius Sergius Catilina den patrizischen Standesgenossen besuchte.

LII

Voll Begeisterung umarmte Antonius seinen Freund Catilina. Er bewunderte ihn wegen seiner Schönheit, die auch das fortschreitende Alter nicht getrübt oder entstellt hatte, und wegen der geistreichen Unterhaltsamkeit, mit der er selbst einer anstößigen Redewendung Unbeschwertheit und Verfeinerung zu geben verstand. Catilina schlug sich nicht mit verstaubten Ziffern und Fakten herum. Er schritt selbstsicher und mit natürlicher Stattlichkeit einher, redete die dem Antonius vertraute Sprache, gebrauchte die ihm vertrauten Anspielungen. Überdies konnte man sich darauf verlassen, daß er als geldverachtender Patrizier nicht von den herrschenden Finanznöten sprechen würde, während Cicero sich immer wieder über diese leidigen Dinge ausließ. Antonius freute sich also auf einen angenehmen Abend.

Sie saßen miteinander in Antonius' Bibliothek — die angebliche Aristoteles-Handschrift hatte er übrigens als Fälschung erkannt und nicht gekauft —, tranken Wein und aßen Obst und Süßigkeiten, plauderten über das kalte Winterwetter, scherzten und lachten, tauschten Stadtklasch aus. Dieses Beisammensein empfand Antonius als ausgesprochen wohltuend, weil er davon überzeugt war, das Leben könnte herrlich sein, wenn die Menschen es sich bloß abgewöhnten, mit tintenbekleckstén Fingern auf Denkschriften und Tabellen zu weisen und sich in das höchst unerfreuliche Thema der Einsparungen zu verbeißen.

Erst nach einiger Zeit bemerkte Antonius ein erschreckend starkes, lebhaftes Flackern in Catilinas prachtvoll blauen Augen, die sich mit der ganzen Macht seiner Persönlichkeit auf ihn hefteten. Der Gast war ungewöhnlich blaß; seine Lippen hatten einen bläulichen Schimmer; seine fast weißen Nasenflügel waren vor innerer Spannung gebläht. Der immer hilfsbereite Antonius fragte: „Ist dir nicht ganz wohl, Lucius?"

„Doch, ich fühle mich ausgezeichnet", erwiderte Catilina. „Glaub ja nicht, daß ich mich kränke, weil ich nicht zum Konsul gewählt wurde." Er hielt inne. „Und wie macht sich unser Talggesicht Cicero, der Erbsenmann, der Kickerling, dieser Knauser, der jeden Sesterz eigenen oder öffentlichen Geldes zehnmal umdreht, bevor er ihn aus der Hand läßt?"

Aus seiner Stimme klang so viel böswilliger Haß, daß Antonius ganz verdutzt war. Er kannte Catilinas Abneigung gegen Cicero, seine Verachtung des ‚neuen Mannes' und sein glühendes Verlangen, selbst Konsul zu werden. Aber kalter, gewalttätiger Haß war Antonius fremd und unverständlich. Er lächelte verlegen. „Cicero denkt eben nüchtern und sachlich", entgegnete er. „Auch ich war erschüttert, als ich feststellen mußte, wie leer unsere Staatskasse und wie schrecklich unsere ganze Lage ist. Übrigens sage ich meinem Kollegen immer wieder, daß alles ins Lot kommen wird und daß unsere Volkswirtschaft im Grunde gesund und reich ist. Aber er teilt diese Zuversicht nicht."

„Ein Banause ist dieser Erbsenmann", erklärte Catilina mit stahlharter Stimme. „Das hast du wohl schon selber festgestellt. Er wird Rom zugrunde richten, weil er weder eine Ahnung vom Wesen und den Lebenskräften unseres Volkes hat noch auch davon, daß wir in einer großen Übergangszeit leben, die klugen Köpfen ständig neue Möglichkeiten bietet. Am liebsten möchte er in die kargen Tage des Cincinnatus zurückkehren und uns alle barfuß hinter den Pflug stellen. Er übersieht einfach, daß wir jetzt eine kultivierte, mächtige, vielgestaltige Nation sind, umgeben von tausend Problemen, die sich nicht mit ein paar Plattheiten lösen lassen."

Antonius fühlte sich immer unbehaglicher. „Aber die Probleme sind nun einmal da", murmelte er. „Davon habe ich mich selbst überzeugt."

„Es ist keines darunter, das nicht bewältigt werden könnte", behauptete Catilina. Er sprang auf und schloß die Bronzetür des Zimmers. Er füllte seinen Becher wieder mit Wein und stand dann schweigend, auf den Becher starrend, da, mit gespreizten Beinen, Hals und Handgelenke und Finger von Juwelen glitzernd, das dunkelrötliche Haar etwas angegraut. Noch immer war seine Gestalt edel, einer Götterstatue gleich. Schließlich sagte er zu Antonius: „Du drückst dich zwar gern an den Tatsachen vorbei; aber du bist ein heller Kopf. Ich kenne einen Weg zur Rettung Roms. Einen heldenhaften Weg, tapferer Patrizier würdig. Es ist der Weg eines Mannes, der Land und Volk hundertmal besser kennt als dieser Kickerling." Er wandte die glühenden Augen Antonius zu, der ihn anstarrte. „Bist du tapfer, Antonius? Bist du kühn, mannhaft, ein echter Edelmann? Ich glaube schon; ich kenne dich ja von Kind auf. Hör zu! In einem hat der Erbsenmann recht: Rom steht vor dem Untergang."

Antonius fuhr in seinem Sessel hoch, als wäre ihm ein Schlag ins Gesicht versetzt worden. Seine hellbraunen Augen richteten sich auf Catilina, dessen eigene Augen blaue Blitze zu versprühen schienen.

„Ich habe gesagt, daß Rom vor dem Untergang steht", wiederholte Catilina.

Antonius traute seinen Ohren nicht. Das warme Lampenlicht auf den Thuja- und Ebenholztischen flackerte in einem leichten Luftzug. Die Farben der Perserteppiche flossen ineinander über. Das Kohlenbecken war voll roter Glut. Bücher schimmerten auf den Regalen, Nippfiguren leuchteten auf, und in der Luft schwebten Rosendüfte. Antonius schaute verwirrt und ungläubig um sich. Dann wandte er den Blick wieder dem stehenden Catilina zu, mit einem Lächeln, das ihn zu beschwören schien, seine schrecklichen Worte zurückzunehmen. „Die Staatskassen sind wohl leer", sagte er. „Aber sie werden sich wieder füllen, wenn wir gutdurchdachte Vorkehrungen treffen."

„Ich rede nicht von den Staatskassen", erklärte Catilina. „Es gibt Bevölkerungskreise, die schon morgen unserem Rom den Untergang bereiten können."

„Du meinst die Leute, von denen auch Cicero sprach, den Mob, der nicht arbeiten will, sondern von Bestechungsgeldern, Geschenken und Begünstigungen der Regierung lebt."

„Ach, verabscheut also der Kickerling noch immer das einfache Volk, wie? Kennt er kein Mitleid für die Armen und Notleidenden, die Kranken und Ausgebeuteten und Obdachlosen, für alle die unglückseligen Menschen, die ohne Verschulden in verzweifeltem Elend stecken?" Catilina kannte Antonius als Idealisten und appellierte nun an die edle Gesinnung des Mannes, den er ansonsten in seinem unduldsamen Gemüt verachtete.

„Ich glaube nicht, daß Cicero herzlos und volksfeindlich ist", erklärte Antonius. „Er wünscht bloß die Einschränkung oder Beseitigung von Gesetzen, von denen Bummelei und Bettlertum und Leichtlebigkeit auf Kosten der Steuerzahler gefördert werden. Er möchte die Bürde der fleißigen, unternehmungsfreudigen Leute, der Menschen mit Selbstachtung, erleichtern." Er hielt inne. „Ich weiß, Lucius, daß du seit jeher ein Herz für die breiten Massen hast und ihnen zu helfen trachtest, und das schätze ich an dir. Aber es gibt daneben einen wirklichen Mob, der weder Ehrgefühl noch Stolz, weder Selbstzucht noch Vaterlandsliebe kennt."

Catilina setzte sich und musterte Antonius wieder mit seinem furchterregenden Blick. „Mir scheint, der Erbsenmann hat auch dich schon angesteckt, lieber Freund."

Der Konsul schüttelte betroffen den Kopf. „Nein. Nein. Cicero spricht zwar immer von diesen Dingen; aber sie sind mir nie so stark zu Bewußtsein gekommen wie jetzt."

Nun verachtete Catilina seinen ‚Freund' nicht nur, sondern haßte ihn.

Doch er redete gütig und sanft mit seiner wohltönenden Stimme, wie man zu einem inniggeliebten Menschen spricht. „Du hast mich mißverstanden, Teuerster. Wenn ich von den Bevölkerungskreisen sprach, die unserem Rom den Untergang bereiten werden, so meinte ich die Emporkömmlinge und Neureichen, die Großkaufleute und Fabrikanten, die Bankiers und Makler und alle diese widerlichen Gesellen, die ihre Angestellten und Arbeiter und das ganze wehrlose Volk ausbeuten. An ihrer Verschwörung gegen unser Land beteiligen sich allerdings auch habgierige Senatoren und Patrizier, denen das Geld mehr bedeutet als das Vaterland. Ich kenne sie gut, diese Caesar und Crassus und Clodius und Pompejus, die nur nach Geltung und Beute streben. Und was wird das Ende sein? Chaos. Schmach. Zersetzung, Untergang. Der Fall Roms ist unabwendbar, wenn wir diese Vaterlandsfeinde nicht entmachten und ins Herz treffen, wenn wir nicht die Republik in all ihrer stolzen Kraft und Tugend wiederherstellen.'' Er wartete und fragte dann: „Du kennst ja den Manlius, nicht wahr?''

Er wußte um den Zauber seiner Stimme und um die gewaltige Wirkung seiner persönlichen Ausstrahlung. Er sah, wie Antonius betroffen vor sich hinstarrte, und stellte bei sich zufrieden fest: Diese Sirenenklänge haben ihn betört! Er ahnte nicht, daß für Antonius seine Worte wie das Grollen eines Erdbebens, wie das Dröhnen eines Bergsturzes gewesen waren, daß sich vor seinem entsetzten Blick ein furchtbarer Abgrund aufgetan hatte, daß ihm zumute war, als wäre er durch einen Blitzschlag aus dem Schlaf gerissen worden und sähe in dem grellen Licht eine ihm völlig fremde Landschaft. Antonius schloß die Augen. Für einen Idealisten war es ja erschütternd, plötzlich zu erkennen, daß die Welt nicht, wie er bisher geglaubt hatte, ein lieblicher Garten war, bevölkert von edlen, weisen, gütigen, gesitteten, menschenfreundlichen und gerechtigkeitsliebenden Menschen. Alles, was er über Catilina ungläubig gehört hatte, meldete sich in seinem Gedächtnis mit hundert starken, nachdrücklichen Stimmen, und er dachte: Es ist wahr. Alles ist Wort für Wort wahr! Mit schwacher Stimme murmelte er: „Ja, Manlius kenne ich.''

„Gajus Manlius'', sagte Catilina und ließ seine Stimme tief und warm vibrieren, „ist ein alter General, einer von Sullas Helden, ein Mann, der alles fürs Vaterland hingegeben hat und den die alten Legionäre lieben. Er hat Cicero gebeten, den Veteranen zu helfen und ihre jämmerlich kleinen Renten zu erhöhen. Cicero hat das abgelehnt. Aber schließlich ist er ja selber kein Soldat, sondern ein bleichwangiger Stadtmensch ohne Schneid und Mumm. Dieser berüchtigte Geizhals fände nichts daran, wenn Haudegen wie Manlius, denen wir alles verdanken, verhungern oder sich für Kost und Quartier in die Sklaverei verkaufen müssen.''

Antonius stellte sich bestürzt und fassungslos. Er zwang sich, dem Blick der auf ihn gerichteten, vom Wahnsinn gezeichneten Augen standzuhalten, und sagte: „Aber Cicero war doch immer den invaliden, kranken und alten Veteranen vieler Kriege freundlich gesinnt und hat ihre Bezüge freigebig erhöht! Er wünscht bloß, daß die Jungen und Gesunden unter den ausgedienten Soldaten sich künftig selbst durch eigene Arbeit und eigenen Fleiß durchbringen, damit unser Land nicht finanziell zusammenbricht.''

„Ach, er lügt!'' rief Catilina und schlug sich mit der Hand auf das Knie. „Ich weiß von einer Unmenge Veteranen, die zum Dank dafür, daß sie viele Jahre dem Vaterland dienten, jetzt besitzlos und arbeitslos verzweifeln und jene Männer verfluchen, die sie schmählich im Stich gelassen haben.''

„Wirklich?'' sagte Antonius in mitleidigem Tone. „Ich selber habe solche Veteranen noch nicht gesehen. Wo sind sie? Wo versammeln sie sich? Ich möchte gern zu ihnen sprechen und ihnen Hoffnung einflößen.''

Catilina schwieg. Wie blaues Feuer flackerten seine Augen Antonius entgegen, dessen treuherzige Miene nun treuherziger geworden war denn je. Nachdem Catilina sich vergewissert hatte, daß dieser weltfremde Tölpel keine Hintergedanken hegen könne, antwortete er: „Sie scharen sich in Etrurien um Gajus Manlius, der ihnen, soweit es ihm seine schmale Börse gestattet, Unterkunft und Verpflegung bietet.''

Antonius gab es einen Riß. Ihm fielen unbestimmte Gerüchte ein, denen er bisher keine Beachtung geschenkt hatte, wonach General Manlius Tausende unzufriedener Söldner um sich versammelt hielt, die in der Hoffnung auf reiche Kriegsbeute in das römische Heer eingetreten waren, sich aber in ihren Erwartungen getäuscht gesehen hatten. Sein Herz begann heftig zu klopfen, und er dachte: Wie ist es nur zugegangen, daß ich bisher an Vaterlandsfeinde in unseren eigenen Reihen nicht geglaubt und überlegen gelächelt habe, wenn Cicero von ihnen sprach?

„Ich sage dir'', rief Catilina, „schon wegen seiner Haltung den Veteranen gegenüber, besonders wegen seiner Ablehnung des geplanten Agrargesetzes, durch das sie und andere Besitzlose Grundstücke aus den Staatsländereien bekommen sollten, hat Cicero den Zorn des Volkes auf sich geladen und läuft Gefahr, von seinen eigenen Wählern ermordet zu werden!''

„Was du nicht sagst'', murmelte Antonius.

Ich kriege ihn schon herum! dachte Catilina frohlockend. Erfreulicherweise ist es leichter, einem anständigen Dummkopf etwas einzureden als einem Schurken! Er erklärte: „Cicero vergißt eben, daß die Zeiten sich ändern, daß ein Volk immer wieder neuen Situationen gegenübersteht und daß heute überholt ist, was für unsere Vorfahren ausgezeichnet war. Die alten Römer vertraten den Standpunkt, wer nicht arbeite, solle auch nicht essen. Aber heute sind wir uns der Pflichten gegenüber der Allgemeinheit bewußter und wollen nicht jemanden verhungern lassen, bloß, weil er überhaupt keine oder keine ihm zusagende Arbeit findet. Schließlich gehört es doch zweifellos auch zu den Menschenrechten, eine Beschäftigung, die einem zuwider ist oder nicht genügend bezahlt wird, abzulehnen.''

Noch gestern, dachte Antonius bestürzt, hätte ich ihm aus ganzem Herzen begeistert beigepflichtet! Er fragte: „Also ist sich der Mob von Rom mit den Söldnern – ich wollte sagen, den Veteranen – des Manlius einig?''

Wieder forschte Catilina in den Gesichtszügen seines Gastgebers nach Anzeichen eines doppelten Spiels, entdeckte aber nichts dergleichen in der offenen Miene und den wißbegierig leuchtenden Augen. Nüchtern und betont antwortete er: „Ja, das Volk von Rom und die Veteranen haben sich zusammengetan. Zu ihnen gesellen sich die armen Gladiatoren und die hungrigen Schauspieler, die volksfreundlichen, durch die ihnen angetanen Unbilden verärgerten Geistesarbeiter, die Künstler und Schriftsteller, und überhaupt alle, die sich dem Allgemeinwohl verpflichtet fühlen, darunter viele Senatoren und Volkstribunen, und schließlich auch die Freigelassenen, die man immer wieder mit der Nase darauf stößt, daß ihre Vorfahren Sklaven gewesen sind.'' Er stand auf und begann in der Bibliothek hin und her zu schreiten, als hätte ihn unerträgliche Aufregung und Betrübnis und edler Zorn ergriffen. Er hob die zur Faust geballte Hand und schüttelte sie heftig. „Was soll ich nur tun? Die Bedrückung des geliebten Volkes bricht mir das Herz. Welche Götter soll ich anflehen?''

Antonius ließ die Schultern fallen, daß die Arme schlaff herabhingen, und stimmte in betrübtem Tone ein: „Ja, was sollen wir tun?''

Plötzlich blieb Catilina stehen, warf sich in einen Sessel, beugte sich zu Antonius und flüsterte mit keuchender Stimme: „Du und ich, wir beide hätten Konsuln werden sollen, du der erste, ich der zweite. Der Erbsenmann hat die Wahl widerrechtlich gewonnen, durch Lug und Trug, durch seine Überredungskünste. Ist das echte Römerart? Sollte man nicht das uns angetane Unrecht beseitigen?''

Antonius zeigte sich außerordentlich interessiert. „Du meinst, ich sollte erster Konsul werden, Lucius?''

Catilina lächelte finster. „Ganz richtig! Und ich dein Kollege. Im Namen Roms.'' Er hielt inne und setzte dann hinzu: „Wir wollen uns die Sache genau überlegen. Ungewöhnliche Zeiten erfordern ungewöhnliche Lösungen.''

Julius Caesar sagte zu Crassus und Clodius und Pompejus: „Unsere Kundschafter berichten, daß er am Abend den Antonius besucht und in bester Laune verlassen hat. Ohne Zweifel wird er sich schnurstracks zu Manlius begeben. Dieser Tölpel Antonius! Hat ihm Catilina die Aufgabe zugeschoben, Cicero von Amts wegen, im Namen Roms, umbringen zu lassen?"

„Offenbar", antwortete Crassus, der dem Frühwintersturm lauschte und dabei nachdenklich eine Feige kaute. „Einen Dummkopf kann man zu allem verleiten, besonders, wenn er so empfindsam ist, wie man es ja von Antonius zur Genüge kennt."

„Wir hätten uns über Catilinas widerliche Verrücktheiten hinwegsetzen und ihm Honig um den Mund schmieren sollen", erklärte Julius. „Aber ich habe ihn auch satt bekommen. Ich dachte, sogar seine Proleten würden merken, daß er übergeschnappt ist. Anscheinend habe ich mich geirrt."

„Ein Politiker, der fleißig Versprechungen macht, kann immer mit einer begeisterten Anhängerschaft rechnen", meinte Clodius Pulcher. „Sicher ist Catilina verrückt. Aber gerade diese Verrücktheit gefällt dem verantwortungslosen Pöbel. Wer hat bloß gesagt, der Mensch sei zwar ein vernunftbegabtes Wesen, die Menschen jedoch seien Dummköpfe? Was können wir schon tun, um Cicero zu schützen, diesen Vielredner in der weißen Toga?"

„Schützen muß man ihn um jeden Preis", erklärte Julius. „Catilina wird bald seine Verbrecher auf Rom loslassen. Jetzt geht er ohne uns vor. Bisher haben wir ihn halbwegs gebändigt. Damit ist es nun vorbei, dank unserem albernen Antonius."

„Ich schlage vor, Catilina beiseite zu räumen", sagte Clodius, während er sich lässig den Becher füllte.

„Aber wie?" fragte Crassus. „Er umgibt sich mit einer Leibgarde. Er schläft nie unbewacht. Wenn man einen Mordanschlag auf ihn unternimmt oder auch nur versucht, erhebt sich der Pöbel gegen uns. Und das wäre das Ende."

Julius fingerte an seinen Ringen. „Wir stehen vor einem schrecklichen Dilemma. Warnen wir Cicero, so wird er gleich wieder von ‚Verschwörungen' reden. Wenn wir ihn verstärkt bewachen lassen wollen, wird er es ablehnen. Er traut uns nicht."

„Unbegreiflicherweise!" brummte Pompejus.

Seine Freunde brachen in schallendes Gelächter aus. Die kurze Heiterkeit wirkte entspannend. Aber allen war klar, daß sie sofort handeln mußten. Wie sie sich allerdings verhalten sollten, blieb ihnen ein Rätsel. Auf der einen Seite stand Cicero, der ihnen mißtrauen würde. Auf der anderen Seite standen Catilina und der Dummkopf Antonius, der alles glauben würde, was man ihm im Brustton ehrlicher Überzeugung vorgaukelte.

Mitten in ihre ernsthaften, besorgten Überlegungen platzte Crassus' Hausmeister mit der Meldung, ein kapuzenverhüllter Unbekannter bitte um eine Unterredung unter vier Augen mit dem Hausherrn. Crassus ging ins Atrium, während seine Gäste finstere Blicke tauschten und in unbewegtes Schweigen verfielen.

Als Crassus in das säulengeschmückte Atrium trat, schob der Besucher seine Kapuze zurück und zeigte die blassen, scharf ausgeprägten Gesichtszüge des Gajus Antonius Hybrida. Crassus, der ihn von frühester Kindheit an kannte, umarmte ihn und rief: „Mein lieber junger Freund! Ich freue mich riesig, dich zu sehen. Ich habe Gäste. Komm, leiste uns Gesellschaft!"

Doch Antonius, der sehr aufgeregt schien, faßte ihn am Arm und fragte: „Wer sind deine Gäste, Licinius?"

Crassus sah ihn mit granitschimmernden Augen an. Er zögerte. Dann antwortete er leise: „Caesar. Clodius. Pompejus."

„Catilina ist nicht dabei?"

„Nein."

„Ich dachte, du stehst mit Pompejus nicht mehr in Verbindung, Licinius."

Crassus lächelte; aber sein Blick blieb auf den Besucher geheftet. „Wir hatten eine kleine Meinungsverschiedenheit, die inzwischen beigelegt wurde. Wieso interessiert dich das?"

Aber Antonius schien immer aufgeregter zu werden. „Licinius, ich habe vor längerer Zeit gehört, du und Caesar und Catilina und Pompejus und Clodius und Curius und Piso und viele andere, ihr hättet euch seinerzeit verabredet, Cicero zu ermorden und die Macht im Staat zu ergreifen. Das war angeblich in Ciceros Prätorenjahr. Licinius, gib mir die Erklärung ab, daß dieses Gerücht falsch war!"

Crassus zog die Brauen hoch. „Von einer solchen Verabredung weiß ich nichts, lieber Freund. Hat dir Cicero von diesen lächerlichen Verleumdungen erzählt?"

„Es ist also nichts Wahres an diesem Gerücht?" Die freundlichen braunen Augen blickten jetzt angestrengt, ängstlich in das undurchdringliche Grau der Augen seines Jugendfreundes.

„Nicht das geringste", erwiderte Crassus langsam und betont. „Hat denn Cicero dieses Märchen ernst genommen?"

Antonius seufzte tief auf und ließ die Hand sinken. „Ich bete zu den Göttern, deine Worte mögen aufrichtig sein, Licinius. Davon hängt vielleicht Roms Schicksal ab."

Crassus antwortete gelassen; aber der Granitschimmer in seinen Augen verstärkte sich. „Du kannst überzeugt sein, Antonius, daß ich die Wahrheit sage. Was willst du mir mitteilen?"

Doch jetzt zögerte Antonius, und Röte überflog ihm die blassen Wangen. „Du weißt, daß Klatsch und ich nie gut Freund waren. Und daß ich von meinen Bekannten nur Gutes geglaubt habe. Bösewichte gab es für mich bloß in Mythen und Sagen. Ich bin kein Hitzkopf und kein

Phantast, Licinius, und ich sehe nicht in weibischer Ängstlichkeit am hellichten Tag drohende Gespenster. Aber heute abend erfuhr ich eine ganz ... seltsame ... ganz seltsame ..." Er stammelte und verstummte.

Crassus bewahrte seine Gelassenheit. „Was für eine ganz seltsame Sache, lieber Freund?"

Die Röte auf Antonius' Wangen vertiefte sich, als sei er sehr verlegen und schämte sich obendrein dieser Verlegenheit. „Lach mich nicht aus, Licinius, wenn ich es dir sage! Übrigens, eigentlich wäre es mir lieber, du lachst mich aus und zerstreust alle meine Befürchtungen." Wieder verfiel er in Schweigen.

Crassus faßte ihn plötzlich am Arm. „Es handelt sich um Catilina, nicht wahr?" Seine Stimme war wie ein Schwerthieb, und Antonius wurde wieder blaß, noch blasser als zuvor.

„Ja. Um Catilina. Wie kommst du darauf?"

Crassus führte ihn aus dem Atrium. „Was du mitzuteilen hast, mußt du vor Caesar, Pompejus und Clodius sagen. Wir sprachen gerade über Catilina."

„Götter!" rief Antonius verzweifelt und wehrte sich vergebens gegen den festen Griff an seinem Arm, der ihn weiterschob. „Dann ist mein Schreck nicht unbegründet! Deine Miene, Licinius, deine Miene ..."

Aber Crassus zog ihn mit sich in den Speiseraum, und drei Gesichter wandten sich den beiden zu, und niemand sprach oder stand auf. Crassus schob Antonius vorwärts, schloß die große Bronzetür und verriegelte sie. In der Totenstille ging sein Atem laut und rasch. Aber im nächsten Augenblick hatte er sich schon wieder in der Hand und sagte mit beherrschter Stimme: „Unser Freund Antonius Hybrida will uns etwas mitteilen. Wir werden ihn mit gespannter Aufmerksamkeit anhören."

Ängstlich blickte Antonius von dem einen zum anderen. Er versuchte zu lächeln. Einen Moment lang erfaßte ihn sogar Bedauern darüber, daß der Plebejer Pompejus Ohrenzeuge dessen werden sollte, was er über den Patrizier Catilina sagen mußte. Crassus stand neben ihm. Er fürchtete, Antonius könnte ohnmächtig werden, und ließ ihm von Caesar einen Becher Wein reichen. Antonius schloß die Augen und trank. Dann öffnete er die Lider und blickte Caesar an, der immer einen Scherz bereit hatte und vielleicht auch jetzt eine lustige Bemerkung machen würde, schon, um die Atmosphäre zu entspannen. Aber Caesar sah ihn sehr ernst an, und die sonst so fröhlichen Augen funkelten bedrohlich.

„Sprich, Antonius!" rief Crassus im Befehlston.

Antonius befeuchtete sich die Lippen und blickte nochmals von einem der Anwesenden zum anderen, vom steinernen Gesicht des Crassus zu Caesars scharfen Augen, von den unbewegten, breiten Zügen des Pompejus zu der grimmigen Miene des jungen Clodius. Schließlich stammelte er mit äußerster Anstrengung: „Es ... handelt sich um Catilina. Er war heute abend bei mir, bis vor einer Stunde, und hat mir eine seltsame Geschichte erzählt und ein noch seltsameres Ansinnen an mich gestellt. Die Sache ist ganz unvorstellbar." Er hielt inne und wandte sich zu Crassus. Als der Hausherr ihm sagte: „Bei Catilina ist nichts unvorstellbar. Sprich, Antonius!", erzählte er mit schwacher, zitternder Stimme und mit einem Blick, der um ungläubiges Lachen zu flehen schien, seine Geschichte den vier Männern, die wortlos, regungslos dasaßen und ihre Blicke nicht von ihm wandten. „Eine ganz verrückte Sache!" schloß Antonius. „Ich kann nur annehmen und hoffen, daß Catilina betrunken war. Sagt mir, um Himmels willen, daß diese abenteuerliche Geschichte ein Unsinn ist und daß Catilina den Verstand verloren hat!"

Crassus führte ihn liebevoll zu einem Sessel. Dann beugte er sich über ihn und erklärte: „Catilina ist zwar verrückt; aber die Geschichte, die er dir erzählt hat, stimmt. Nur hat er dir nicht alles gesagt, mein armer Antonius. Er hat behauptet, die großherzigsten Männer unserer Stadt hinter sich zu haben, viele Senatoren und Patrizier, die das Schicksal Roms und seiner verzweifelten Volksmassen beklagen. Nun hängen ihm tatsächlich Senatoren und Patrizier an; aber sie sind keine großherzigen Patrioten, sondern hoffnungslos verschuldete Verräter, die er durch das Versprechen einer Schuldentilgung geködert hat. Er hat wirklich, wie er dir mitteilte, die mit ihrer Kriegsbeute unzufriedenen, plünderungssüchtigen Söldner auf seiner Seite. Aber nur wenige von ihnen sind wirkliche Römer, nämlich jene Veteranen Sullas, die ihre reichlichen Zuwendungen durchgebracht haben und gern auf Kosten des Volkes sorglos weiterleben möchten. Die meisten jedoch stammen aus armen, verbitterten, mit Göttern und Menschen zerfallenen etrurischen Familien. Catilinas Behauptung, es handle sich durchwegs um ungerecht behandelte, vaterlandstreue Veteranen, ist also eine Lüge.

Hat er, als er dein weiches Herz mit der Geschichte von den ‚unterdrückten Volksmassen Roms' zu rühren versuchte, dir auch wahrheitsgemäß gesagt, um was für Leute es sich dabei handelt? Nein! In der überwiegenden Mehrheit sind es Asiaten und andere Ausländer, Verbrecher, Abenteurer, Gladiatoren, Faustkämpfer, Seeräuber, Banditen, der Abschaum aller Gossen der ganzen Welt, Menschen, die nach Rom gekommen sind, weil sie hier auf unrechtmäßige Art rasch reich zu werden hofften, oder weil sie aus ihrer eigenen Heimat fliehen mußten. Viele sind entlaufene Sklaven oder verkommene Freigelassene. Soweit es sich bei Catilinas Gefolgsleuten um unsere eigenen Standesgenossen handelt, kennen wir ihre Namen und vermögen sie im Zaume zu halten. Aber ich muß dir gestehen, Antonius, daß wir seinen übrigen Anhang nicht unter Kontrolle halten können."

Antonius hob die Hände und ließ sie verzweifelt sinken. „Ihr wußtet davon und habt nichts unternommen?"

„Wir wußten davon." Crassus warf über die Schulter einen Blick auf seine drei schweigend dasitzenden Gäste. „Aber wir haben seit langem mit Catilina wenig Berührung. Wir kannten und fürchteten seinen Wahnwitz und haben seine bedrohliche Macht über seinen Klüngel nicht unterschätzt. Doch wir hofften, er würde diese Gefolgschaft verlieren, die fortschreitende Geistesverwirrung würde ihn lahmlegen. Wir hätten ihn heimlich ermorden lassen sollen."

Antonius starrte ihn entgeistert an. „Ermorden lassen? Du, Crassus, ein Mann der Rechtlichkeit, sprichst so unbedenklich von Mord?"

Trotz des Ernstes der Stunde mußte Caesar die Hand auf den Mund legen, um nicht laut aufzulachen über diesen Naivling, der nicht einmal dem allgemeinen, ohnedies nur den äußersten Rand der Wahrheit erfassenden Gerede Roms Glauben schenkte. Pompejus' breites Gesicht blieb ausdruckslos, und Clodius preßte die sich zu einem spöttischen Lächeln kräuselnden Lippen aufeinander.

„Tut man Unrecht, wenn man einen tollen Hochverräter umbringen läßt, der das ganze Land zu verderben droht?"

„Mein lieber Licinius", stammelte Antonius, „man tut immer Unrecht, wenn man selber den Richter und Henker spielt. Das weißt du doch sicherlich."

„Gewiß", bestätigte Crassus mit höchster Feierlichkeit. „Aber es scheint dir entgangen zu sein, teurer Freund, daß wir in einer Notlage, im Kriegszustand sind. Wir haben schon zu lange gezögert. Ja, wir wußten von Catilina und seinen schrecklichen Plänen. Nur eines wußten wir nicht: wann er losschlagen würde. Das hast jetzt du uns gesagt, und dafür wird Rom deinen Namen ehren und hochhalten. Du hast mich gefragt, warum Catilina mit seinen Enthüllungen gerade zu dir, dem Mitkonsul Ciceros, gekommen ist. Nun, in seinem düsteren, verwirrten Geist hat er gemeint, du hegst gleich ihm Groll und Rachsucht und tödlichen Haß gegen Cicero, weil du in der Stimmenzahl von ihm übertroffen wurdest. Und dann" – hier zögerte Crassus absichtlich und hielt Antonius im Bann seiner klugen Augen – „nahm er dich für einen Mann, den er mit dem Versprechen, ihn zum ersten Konsul zu machen, ködern könnte. Er betrachtete dich für ebenso käuflich, wie er es ist."

Antonius hatte plötzlich das Gesicht mit den Händen bedeckt, als wollte er sich einem Schreckbild, das er nicht ertragen konnte, verschließen. Crassus warf wieder einen kurzen Blick auf seine drei Gäste, und sein harter Mund zuckte ein wenig. Er fuhr fort:

„Du hast uns erzählt, auf welche Weise er Cicero, den er aus vielen Gründen zu beseitigen trachten muß, ums Leben bringen will. Laß mich deinen Bericht darüber wiederholen, um sicherzustellen, daß wir uns nicht verhört haben! Du solltest also durch deinen Freigelassenen Solus an einem der nächsten Tage Cicero um Mitternacht bitten lassen, dich sofort in einer überaus wichtigen Sache zu empfangen. Du bist Ciceros Freund und Amtsgenosse, ihm sehr zugetan. Er würde dich zu jeder Tages- und Nachtstunde zu sich lassen. Als Konsul hat er eine militärische Schutzwache. Aber auf dein dringendes Ansuchen hin würde er den Wachkommandanten verständigen, er erwarte dich, man möge dich passieren lassen und zu ihm führen. Wegen der nächtlichen Unsicherheit auf den Straßen kämest du natürlich mit einer Leibgarde von Freigelassenen oder verläßlichen Sklaven in Mantel und Kapuze. In Wirklichkeit aber wären es Catilina und einige seiner Freunde gewesen. Einmal zu Cicero eingelassen, hätten sie ihn sofort überfallen und erschlagen.'' Crassus blickte den zusammengesunken vor ihm sitzenden Mann an, und jetzt lächelte er deutlich, mit einer Miene, in der sich Verachtung und Mitleid mischten.

„Hast du noch einen Umstand erwogen, Antonius? Bei deinem eigenen Eintreffen wärest auch du von Ciceros Wachoffizier, der dich gut kennt, eingelassen worden. Hätte Catilina dich, den Zeugen für Tat und Täter, am Leben gelassen? Nein, du wärest Cicero unmittelbar im Tode nachgefolgt.''

Antonius ließ die Hände sinken und blickte wortlos Crassus an, der bei sich dachte: Das müßte doch, sollte man meinen, sogar dieser leichtgläubigen Seele eingefallen sein! Laut jedoch sagte er: „Catilina ist so maßlos verworfen, daß er dich unterschätzt hat – zum Glück für Rom, für Cicero und für dich selber.''

„Aber was können wir jetzt tun?'' fragte Antonius mit verzweifelter Stimme.

„Sehr viel'', antwortete Crassus. „Wir können uns trotz der vorgerückten Stunde sofort zu Cicero begeben und ihm schildern, wie knapp wir dem Unheil und Chaos entronnen sind. Aber die Gefahr ist nicht vorbei! Wir wissen schon lange, daß dieser Tollkopf, dieses Scheusal, Rom niederbrennen will. Und warum? Aus widernatürlicher Verderbtheit, aus einem dunklen Zerstörungstrieb, der in seinem unmenschlichen Herzen tobt.''

„Nein!'' rief Antonius. „So etwas würde man nicht einmal einem Catilina zutrauen!''

„Du mußt es mir glauben'', sagte Crassus streng. „Es ist so. Ich habe dir schon gesagt, Antonius: Auch wir haben uns der Täuschung hingegeben, er sei keine Bedrohung für Rom oder zumindest nicht eine so große Bedrohung, wie wir es jetzt dank deinen Mitteilungen wissen. Cicero, der berühmte, ehrenwerte Mann, der Liebling Roms, muß das ganze Komplott erfahren, das gegen ihn und unser Land geschmiedet wurde. Ihm wird es gelingen, die Mitbürger, auch die gleichmütigsten, nicht nur zu Entrüstung, sondern zu Abscheu und Vergeltungsdrang, zur Erkenntnis der erdrückenden Gefahr, in der wir alle schweben, aufzurütteln. Seit langem laufen Gerüchte über Catilina und seine fürchterlichen Horden um. Angst hat die Leute vielfach erfaßt. Aber das genügt nicht! Sie haben von der feindseligen Einstellung Etruriens gehört und von Manlius, dem groben Haudegen, von den Gelüsten verbrecherischer Elemente und vom verräterischen Treiben vieler Patrizier. All das hat sie vielfach wie ein eisiger Windhauch erschauern lassen. Aber das genügt nicht! Jetzt ist die Stunde gekommen, wo man Catilina als das entlarven muß, was er wirklich ist. Und der einzige, der das vermag, ist Cicero."

LIII

Antonius, Caesar, Crassus, Pompejus und Clodius saßen lange nach Mitternacht mit Cicero in dessen kalter Bibliothek. Neben dem Konsul stand der von ihm rasch herbeigerufene Soldat Quintus. Marcus hatte über sein Nachtgewand einen roten Wollmantel gezogen, einen einfachen, nur durch einen Ledergürtel zusammengehaltenen Überwurf; seine Füße staken in pelzgefütterten Schuhen. Nachdem Antonius seinen Bericht beendet und Caesar ebenso wie Crassus ihre sorgenvollen Bemerkungen dazu gemacht hatten, blickte der Hausherr seine Besucher lange an.

Obwohl Cicero ein ‚neuer Mann' war und väterlicherseits aus dem Ritterstande, der von den Aristokraten verachteten Bevölkerungsschicht der Kaufleute, Fabrikanten, Händler und reichen Landwirte, stammte, war der Patrizier Antonius ihm zugetan und bewunderte den jetzt zum ersten Konsul erwählten angesehenen Anwalt und Redner und Politiker. In sein Haus eingeladen hatte er ihn allerdings selten, weil er seinem Stande eine gewisse Zurückhaltung schuldig zu sein glaubte. Als er seinen Amtskollegen jedoch nun genauer betrachtete, mußte er sich mit unbestimmter Verwunderung zugestehen, daß dieser ‚Mittelständler' an Vornehmheit und Gelöstheit der Bewegungen einem Patrizier nichts nachgab. Das dichte braune Lockenhaar war schon stark mit grauen Fäden durchsponnen; das hagere Gesicht war angespannt und grimmig; die schmalen langen Hände lagen gefaltet, fast freischwebend, auf dem Knie. Die schillernden Augen musterten langsam einen der Männer nach dem anderen und blieben dann auf Antonius haften. Aber noch immer sprach Cicero nicht. Er dachte nach, und seine Gedanken waren erbittert. Seine Augen erglühten in einem kalten Gelb. Schließlich sagte er, und zwar nur zu Antonius:

„Ich bin erster Konsul, Antonius, und du bist mein Amtskollege. Nach dem Gesetz gelten wir als die mächtigsten Männer unseres Staates. Aber weit gefehlt! Crassus und Caesar sind viel mächtiger. Neben ihnen nehmen wir uns aus wie Kinder neben Riesen. Du hast in Angst und Schreck von Catilina gesprochen. Mit Recht. Doch wer hat ihn zu einer so furchtbaren Bedrohung für Rom gemacht? Die Königsmacher sitzen jetzt mit uns beisammen.''

Er blickte Caesar an und bemerkte zu ihm: „Der Tiger, der in deinem Garten herumstrich, ist jetzt in dein Haus eingedrungen, Julius.'' Dann wandte er sich wieder zu dem bestürzten, betroffenen Antonius. „Diese Männer hier, die sich als unsere Freunde gaben, haben sich schon vor langer Zeit in persönlichem Machtstreben gegen unser Land verschworen. Schau ihnen ins Gesicht! Vor Groll und Zorn über mich machen sie finstere Mienen. Aber sie wissen, daß ich die Wahrheit sage. Sie sind nicht mit dir hergekommen, weil sie für ihr Land oder für mich, sondern, weil sie für sich selber fürchten. Der Tollhäusler, den sie für ihre eigenen Zwecke eingespannt haben, ist daran, zugleich mit der rechtmäßigen Regierung, mit Rom und mit uns beiden, auch sie zu vernichten. Sie meinten, das wilde Tier an der Kette zu führen; doch es hat sich losgerissen und streift nun durch die Straßen der Stadt.''

„Ihr gewissenlosen Frevler!'' fuhr Cicero blitzenden Auges die anderen an. „Dahin habt ihr Rom gebracht, daß Catilina mit seinen Verbrechern, Gladiatoren und Söldnern, mit seinem verkommenen, unzufriedenen Gesindel aller Art, jetzt stärker ist als ihr! Rom erlebt eine so verzweifelte Krise wie noch nie. Ich habe Catilina einen Verräter genannt. Aber auch ihr seid Verräter an allem, was unser Volk geschaffen hat, Verräter an Grundsatztreue und Ehre, an Edelsinn und Anständigkeit, an Mut und Mannhaftigkeit. Wenn Catilina jetzt als Staatsfeind vor Roms Richtertisch stehen wird, so steht auch ihr mit ihm dort.''

Antonius blickte ihn mit neuem Entsetzen an. „Armer Antonius'', sagte Cicero. „Deine Redlichkeit mag Rom vor dem Ärgsten bewahrt haben — für eine Weile. Aber kein Volk, das einmal am Rande des Abgrunds stand, ist weit genug von ihm zurückgewichen. Nein, nie im Verlauf der ganzen Weltgeschichte.''

Er sah Pompejus an, der ihm das Leben gerettet hatte, und beim Anblick des breiten, ruhigen Gesichtes erhellte sich seine Miene. Aber sie verdüsterte sich gleich wieder. „Habt ihr nichts zu sagen — du, allmächtiger Crassus, du, einflußreicher Caesar, du, ränkevoller Clodius?''

„Wir hören dich an, weil wir langmütig und duldsam sind, Marcus'', sagte Julius mit einem leisen Lächeln. „Du witterst immerfort und überall Verschwörungen. Ich kann dir nur wieder erklären, daß wir nichts von Verschwörungen wissen, außer der jetzt durch Antonius aufgedeckten, die wir selbst dunkel ahnten, ohne sie für eine wirkliche Bedrohung zu halten. Wir haben eben die Macht Catilinas, den wir schon lange nicht gesehen haben, unterschätzt, und wir verachten ihn genau so wie du. Lassen wir doch die törichten Vorwürfe und Beschuldigungen! Jetzt müssen wir zusammenhalten, um Catilina unschädlich zu machen.''

„Du Lügner!" rief Cicero. „Du hast immer gelogen, Julius."

„Deine persönliche Meinung über Caesar tut nichts zur Sache, verehrter Cicero", erklärte Crassus. „Ich bin kein Jüngling mehr, aber ich habe dich aufgesucht, weil du Konsul bist und weil ganz Rom in Gefahr schwebt. Ich gedenke nicht, deinen Anschuldigungen dadurch erhöhtes Gewicht zu geben, daß ich mich mit ihnen auseinandersetze. Catilina marschiert mit seinen Pöbelscharen auf Rom. Aus krankhafter Zerstörungslust und aus Haß gegen alles Lebendige, will er die Stadt niederbrennen. Überlegen wir uns doch, was dagegen vorzukehren ist! Ihn offen anzugehen können wir nicht wagen, weil er sonst erst recht seine Kreaturen zur völligen Vernichtung Roms aufruft. Was sollen wir also tun?"

Cicero ging zu seinem Tisch und begann rasch mit seiner Kielfeder zu schreiben. Er streute Sand über das Blatt, faltete es und siegelte es mit Wachs, das er an der großen Kerze auf dem Tisch geschmolzen hatte. Er übergab den Brief seinem Bruder. „Suche sofort Catilina auf, Quintus!" ordnete er an. „Ich habe ihn aufgefordert, unverzüglich vor mir und dem Senat zu erscheinen und über eine gegen ihn erhobene Hochverratsbeschuldigung auszusagen."

Julius lächelte. Crassus und Clodius taten desgleichen. Pompejus betrachtete angelegentlich den Fußboden. Antonius fragte: „Fürchtest du ihn nicht, Marcus?"

„Nein", erwiderte Cicero. „Ich habe ihn nie gefürchtet. Auch keinen seiner Kumpane. Während dieser ganzen letzten Jahre waren sie mir sehr verdächtig; aber ich hatte keine Beweise. Nur Vermutungen und ein instinktives Gefühl. Ach, diese Caesar und Crassus und viele, viele andere! Von ihnen wußte ich, wonach sie gelüstete. Auch jetzt lassen sie nicht von ihren Zielen ab. Sie wollen sich bloß ihres Spießgesellen entledigen, der ihrer Führung entglitten ist." Er verbeugte sich spöttisch von seinem Sessel aus, und seine Augen funkelten vor Empörung. „Seid gegrüßt, ihr Herren Roms! Wir Todgeweihten verabscheuen euren Hochverrat."

Cicero hatte klug gehandelt. Er wußte, daß Catilina, der ihn haßte und verhöhnte, über die Vorladung lachen und sich, wie befohlen, dem Senat stellen würde, im Bewußtsein seiner eingebildeten Macht, die niemand offen herauszufordern wagen könnte. Er würde frech dem ‚neuen Mann' Cicero entgegentreten und ihn vor den Patriziern des Senats, von denen viele seine Mitverschworenen waren, dem öffentlichen Spott preisgeben. Er selbst würde mit seiner wohltönenden, unbeteiligten, eingänglichen und wirkungsvollen Stimme reden und Cicero durch das Riesengelächter, das sich gegen ihn erheben sollte, für immer unmöglich machen.

Als Catilina knapp vor dem Morgengrauen die Vorladung erhielt, lachte er tatsächlich hocherfreut. Seine Stunde war gekommen. Ehe die Sonne sank, würde Cicero mit Schmach und Schande aus der Stadt geflohen sein. Nur eines bedauerte Catilina: daß ihm jetzt die Gelegenheit entging, Rom in Flammen zu setzen und bis auf den Grund niederzubrennen, wie er es vorgehabt hatte.

Er hüllte sich also in eine scharlachrote, goldgesäumte Toga, nahm darüber einen herrlichen weißen Pelzmantel um, setzte sich in seine Sänfte und befahl seinen stattlichen Sklaven, ihn zum Senatsgebäude zu bringen. Er trug ein edelsteinbesetztes ägyptisches Halsband und dazu passende Armreifen; seine Beine waren in scharlachrotes Tuch gewikkelt, die Füße staken in Pelzschuhen, und an der Seite hing ihm, dem Soldaten, das furchtbare Kurzschwert Roms. Wieder glich er in seiner glanzvollen Erscheinung und seiner würdigen, stolzen Haltung einem strahlenden Gott. Er war beherrscht. Nur die tiefblauen Augen, die wie Feuerbrände flackerten, verrieten seine böse, zerrüttete Seele.

Als er aufbrach, hatte das frostig goldene Sonnenlicht eben die höchsten Dächer der lärmenden Stadt erreicht. Unter den Bogengängen und Säulenhallen lag noch alles in purpurner Dämmerung, und das Straßenpflaster war dunkel von schmelzendem Schnee und von Pfützen. Catilina wünschte ein gemütliches Verhör vor den Senatoren, die er bald in Lachkrämpfe versetzen würde. Deshalb hatte er keinen seiner Getreuen mitgenommen, weder Manlius noch einen der ihm blind ergebenen berüchtigten Bandenführer. „Schon dadurch, daß ich ohne Gefolge erscheine, werden Ciceros Anschuldigungen – worin immer sie bestehen mögen – lächerlich gemacht", hatte Catilina ihnen allen versichert.

Daß die Vorladung so eilig erfolgt war, gab ihm die Gewißheit, daß nur ein Teil der Senatoren anwesend sein würde, darunter sicher viele seiner geheimen Anhänger. Große Volksmengen würden auch nicht erscheinen. Alles sollte sehr gedämpft vor sich gehen, bis auf das vornehme Lachen jener, die Cicero ungläubig anhören und sich über seine Anklagen gegen einen Mitpatrizier ärgern würden. Er selber wollte sich geringschätzig und achtlos erstaunt darüber geben, daß man ihn überhaupt vorgeladen hatte. Weshalb denn nur? Er wußte, daß der ‚Kickerling' ihn seit vielen, vielen Jahren beobachtete und darauf wartete, bis er wiederum stolpern, sich eine Blöße geben würde. Aber er war sehr behutsam gewesen, oder zumindest seine Gefolgsleute waren so klug gewesen, Ciceros Kundschafter nicht nur zu erkennen und durch harmlose Tarnung unschädlich zu machen, sondern jeden ihrer Schritte dem Herrn und Meister zu melden. So war es Cicero nach Catilinas Meinung nie gelungen, alle Verzweigungen der Verschwörung gegen Rom aufzudecken. Gegen Antonius Hybrida, dem er sich als einem Standesgenossen eröffnet und den er für eine bestimmte Nacht zur Machtergreifung überredet hatte, hegte er keinen Augenblick lang auch nur den geringsten Verdacht.

Für Crassus und Caesar und Pompejus und Clodius und ihre Freunde empfand er jetzt nur heftigsten Abscheu und wütenden Zorn. Sie galten ihm als Memmen, die sich nicht trauten, in eigener Sache endlich vorzugehen, obwohl sie bereits im mittleren Mannesalter standen und Crassus schon alt war. Den Gedanken, sie könnten ihn verraten haben, wies er weit von sich. Er wußte, daß sie ihn fürchteten; er war überzeugt, daß sie Cicero, den sie oft genug in seiner Gegenwart verlacht hatten, mißachteten und haßten. Allerdings war ihm nicht entgangen, wie sehr sie trotz ihrer Freundschaftsbekundungen ihm gegenüber insgeheim Cicero unterstützten. Diese schwankenden, berechnenden Feiglinge! Auch sie sollten, ebenso wie der Kickerling, bald ermordet werden. Aber vorher mußte Cicero vom Gelächter und den Zurufen des Senats hinweggefegt werden, da seine weitere Amtstätigkeit als Konsul die ganze Nation irremachen konnte!

Catilina war so wohlig vertieft in seine krankhaften Rachegedanken, daß er in der warmen Geborgenheit seiner Sänfte nur das erregte Schlagen seines Herzens hörte. Das von außen dringende Geräusch eiliger Schritte war seinen Ohren so vertraut, daß er es nicht beachtete. Plötzlich aber hielt die Sänfte jäh an und rührte sich nicht von der Stelle. Während er wartete, überlegte er weiter. Sollte er nach dem Verhör eine Verleumdungsklage gegen Cicero einbringen und so der Ebbe in seiner Börse abhelfen? Das wäre gar kein übler Einfall! Seine Erregung wuchs. Dieser Kickerling! Dieser Bauerntölpel, der noch nach Stalldung und Heu und Schweinekoben stank! Ich habe mich lange in Geduld gefaßt, dachte Catilina und ballte die Fäuste. Aber mein Appetit auf diesen Racheschmaus hat sich dabei nicht verringert!

Dann kam ihm plötzlich zu Bewußtsein, daß die Sänfte schon geraume Zeit stillstand. Unmutig zog er den dicken Wollvorhang beiseite und blickte hinaus. Er wurde starr vor Staunen. Die Sacra Via war von Soldaten gesäumt, Schulter an Schulter, Schild an Schild, Schwert an Schwert, eine ganze Legion. Und dahinter wälzte sich eine riesige Menschenmenge, die gegen den Winterwind eingemummten Gesichter aufmerksam auf Forum und Senatsgebäude gerichtet. Die Bewegung dieser Massen klang wie das Tosen eines Wildbachs im Frühling. Aus irgendeinem unerfindlichen Grunde fehlte ihr sonstiges Schreien und Scherzen und Rufen und Reden. Der Strom wand sich um schimmernd weiße Denkmalpostamente, floß durch Säulenhallen, rieselte über große Freitreppen und ergoß sich als bunte, stumme Flut auf das Forum. Im Licht der aufgehenden Sonne sah Catilina deutlich und scharf die erregt und begierig blitzenden Augen und die immer wieder entblößten Zähne; es war, als jagte ein Wolfsrudel lautlos hinter einem Beutetier her.

Die Soldaten erkannte er nun. Es waren die Legionäre des Quintus Tullius Cicero, des Bruders des Konsuls, die Legionäre jenes Quintus, dem er vor Jahren das Leben gerettet hatte. Sie trugen karminrote Tuniken und Gamaschen und braune Lederharnische und karminrote Mäntel, und auf ihren glitzernden Helmen wippten karminrote Federbüsche. Er sah die Rutenbündel und die gezogenen Schwerter. Die Männer standen bewegungslos und starrten vor sich hin, ohne anscheinend die hinter ihnen wogenden Menschenmassen zu bemerken.

Catilina ließ den Vorhang zurückgleiten. Er lehnte sich auf die Kissen. Zum erstenmal erfüllte ihn Unruhe und Furcht und böse Vorahnung. Wie hatte Quintus seine ganze Legion in so kurzer Zeit hier aufgestellt? Und weshalb eilten diese unzähligen Menschen zum Forum? Wer hatte sie, selbst in dem tausendzüngigen Rom, so rasch auf die Beine gebracht? Ich bin verraten, dachte Catilina. Die Sänfte setzte sich wieder in Bewegung, langsam, stockend, weil an jeder Kreuzung Menschenströme ihr den Weg verlegten. Die dichtbesiedelten Hügel leuchteten in der emporsteigenden Sonne rot auf; von den Straßen hob sich die purpurne Dämmerung in Nebeln und wurde im Sonnenlichte weiß. Immer drängender und immer drohender klang das Dröhnen der Schritte dem Manne in der geschlossenen Sänfte in die Ohren. Er versuchte zu überlegen: aber seine Gedanken verwirrten und verhedderten sich. Dann hielt die Sänfte an; der Vorhang wurde von einem Sklaven beiseitegeschoben, und Catilina bemerkte, daß sie die ebenfalls von Soldaten besetzten Stufen des Senatsgebäudes erreicht hatten. Das ganze Forum war von Menschen erfüllt, und es kamen ihrer immer mehr, um Platz kämpfend, Ausblick heischend.

Catilina stieg aus der Sänfte und blickte umher. Er sah die Soldaten und die Zuschauer. Er sah die vielen Tempel und Hallen. Er sah über ihnen die häusergespickten Hügel Roms und darüber wieder den blauen, silberschimmernden Winterhimmel. Er brauchte nur einen Augenblick, um das Bild in sich aufzunehmen. Er brauchte auch nur einen Augenblick, um zu merken, daß bei seinem Erscheinen kein einziger Hochruf, keine einzige erhobene Hand ihn begrüßte. Er schaute in tausend kalte Augen, und sie schauten auf ihn zurück, und keinem Munde entrang sich ein Laut, als wären alle diese Leute von einem Gorgonenhaupt versteinert.

Mitten in dieser großen, unheimlichen Stille nahm er allein seinen Weg und hörte seine Schritte von den Marmorstufen des Senatsgebäudes widerhallen. Beim Hinaufsteigen begannen ihm die Knie zu zittern. Aber er hielt den Kopf hoch, und seine Miene verriet nichts als unpersönliche Verachtung und Überheblichkeit. Er trat in den Senatssaal und sah, daß der Raum überfüllt und nicht, wie er gehofft hatte, spärlich besetzt war. Alle Senatoren waren in ihrer weißen und scharlachroten Gewandung versammelt und beobachteten Catilinas Erscheinen ebenso gleichmütig, wie es die Soldaten und Zuschauer draußen getan hatten. Er allein lebte inmitten eines Waldes sitzender Statuen. Nichts bewegte sich außer seinen Schritten und dem trägen Ringeln des Weihrauchs vor den Altären.

Dann, als Catilina mitten auf dem Mosaikfußboden stand, sah er Cicero im Konsulsessel sitzen, und etwas unterhalb von ihm saß Antonius Hybrida mit verzweifelt abgewandtem Gesicht. Ihn hatte er hier ebensowenig erwartet wie Caesar und Crassus und Pompejus und Clodius, deren Gesichter ebenfalls abgewandt waren. Niemand sah Catilina an, außer dem in weiße Wolltoga und weiße Schuhe gekleideten Cicero, und die Blicke der beiden Männer kreuzten sich, wie einst ihre Schwerter sich gekreuzt hatten. Als Catilina den kalten, stolzen Blick auf sich ruhen fühlte, erbebte er unwillkürlich. Aber gleich faßte sein Selbstgefühl sich wieder. Er versuchte die Anwesenheit des Crassus und Caesar und ihrer Freunde zu ergründen und grübelte über die merkwürdige Art nach, wie Antonius seinem Blicke auswich.

Cicero saß schweigend da, empört, haßvoll, ohne jede Genugtuung, nur von Zorn und Abscheu und unvorstellbar heftigem Grimm erfüllt. Hier stand Roms bösartigster Hochverräter, der Mörder Livias und des eigenen Sohnes, der im Wahn künftiger Alleinherrschaft befangene Wirrkopf, der jeden Straßenköter an Verächtlichkeit überbietende Patrizier, der nun von allen seinen Standesgenossen mißachtete Aristokrat, der die Banner seines Landes entehrende Soldat, der unentwegte Vernichter, den nun er, Cicero, vernichten mußte, wenn Rom überleben sollte. In Ciceros Herzen flammte ein Feuer auf, und wilde Wut faßte ihn.

Aber von diesen Gefühlen ahnte niemand etwas, so unbewegt, so offensichtlich leidenschaftslos, so kühl sachlich gebahrte er sich. Nicht einmal seine Augen verrieten, was in ihm vorging, als er seinen alten Feind ansah. Auf diesen Tag, dachte er, haben wir beide viele Jahre lang gewartet, und dieser Tag wird zeigen, ob die Römer noch Römer sind oder für immer zu Sklaven wurden. In der vergangenen Nacht hatte er überhaupt nicht geschlafen. Er war zu sehr damit beschäftigt gewesen, die Senatssitzung einzuberufen, Briefe zu schreiben und sich zurechtzulegen, was er sagen wollte; er hatte auch für sein Land gebetet. So waren denn seine Augen eingesunken und verschattet; doch ihr Schillern und ihre Ausdruckskraft waren durch die Erschöpfung noch verstärkt. Und nun tönte in die beklemmende Stille seine Stimme wie eine Posaune, und zum erstenmal hörte Catilina ihren ganz besonderen, zwingenden Klang.

„Lucius Sergius Catilina! An dich erging durch mich, den römischen Konsul, und durch meinen Amtsgenossen Gajus Antonius Hybrida die Ladung, vor dieser erhabenen Körperschaft und dem Volk von Rom zu erscheinen und dich gegen die Anklage auf Hochverrat und staatsfeindliche Umtriebe zu verantworten. Deine Verbrechen und Komplotte sind aufgedeckt. Deine Spießgesellen sind bekannt. Wenn du einen Anwalt hast, so rufe ihn auf!"

Catilina hatte mit angespannter Aufmerksamkeit zugehört. Ihm war es neu, welch mächtiges Instrument dieser Cicero an seiner Stimme hatte, wie stark sie den Saal erfüllte und von den Wänden dröhnend widerklang. Obwohl er es nicht sah, spürte er das Drängen der Massen vor der offenen Saaltür, und es drückte wie eine ungeheure Last gegen seinen Rücken. Er spürte buchstäblich das Gewicht der Riesenstadt, zu deren Zerstörung er aus Haß und Gelüst so lange seine Ränke geschmiedet hatte. Er fühlte sich vereinsamt wie noch nie im Leben. Aber er lächelte seinem Feinde Cicero kühl und abweisend ins Gesicht wie einem frechen Untergebenen, der seinen Herrn und Meister anzugehen wagte; Verachtung schimmerte in seinen blauen Augen. Er verbeugte sich spöttisch. „Ich habe keinen Anwalt für mich bestellt, Cicero, weil ich keinen brauche. Ich bin kein Hochverräter. Führe also deine Zeugen vor dieser erhabenen Körperschaft, der ich meine Ehrfurcht bezeige!''

Sein Gehaben war geschmeidig und belustigt und vornehm abschätzig. Er stand da in seinem weißen Pelzmantel und rotgoldenem Gewand, juwelenglitzernd. Er musterte rasch die Mienen seiner Freunde unter den Senatoren. Die Gesichter waren undeutbar. Er sah Quintus an, seinen Waffengefährten, der in Helm und Rüstung zur Rechten Ciceros stand, Quintus, dem er das Leben gerettet hatte. Der stämmige Soldat blickte ihn ohne Gefühlsregung an, als wäre er nur eine Statue seiner selbst. Sonnenlicht flutete durch das Tor und legte einen Weiher von Glanz zu Catilinas Füßen, und die Edelsteine an seinen Schuhen flimmerten in allen Regenbogenfarben. Jetzt drang von den Menschenmassen draußen ein ganz leises, aber überaus furchteinflößendes Geräusch, ein triebhaftes Knurren und Murren, wie von einer aufgereizten Meute wilder Tiere. Alle im Saal hörten es; sie hoben betroffen die Köpfe und schienen bestürzt die Gefahr zu wittern.

Nur Catilina war weder bestürzt noch betroffen. Auch er hatte das urtümliche, ungestalte Geräusch vernommen und dachte: Bestien! Hunde! Sklaven! Plötzlich wurde er wieder erregt und aufgebracht. Er dachte an den Tag, wo er dieses Gesindel unter seiner Fuchtel haben würde und diese Senatoren sich vor ihm zu Boden werfen und ihm die Füße küssen sollten. Er dachte an den — sehr nahen! — Tag, wo dieser Cicero und, ja, auch dieser Crassus und Caesar tot im eigenen Blut vor ihm liegen würden und er ihre Leichen angewidert mit Fußtritten beiseiteschieben konnte. Denn jetzt wußte er, wer ihn verraten hatte.

Trotz der krankhaften Verwirrung seiner Gedanken vermochte Catilina nochmals sorgfältig die Mienen seiner heimlichen Anhänger unter den Senatoren zu mustern. Sie erwiderten finster das Starren seiner blauen Augen oder wandten den Blick ab; einige lächelten unbehaglich. Aber, so dachte er mit wachsender Selbstsicherheit, sie sind doch Patrizier wie ich! Mögen Crassus und sein Anhang mich aus eigensüchtigen Gründen, aus Angst vor mir oder Neid gegen mich, diesem kleinlichen

Wichtigtuer Cicero verraten haben, die Senatoren werden den Sturz eines der Ihren nicht dulden, weil sie in dessen Fall mitgerissen würden!

Cicero beobachtete das erschreckende Gesicht vor ihm und las in den glühenden Augen alle die grausigen Gedanken, die einander blitzschnell folgten. Er sagte zu sich: Er ist Roms Zukunft. Ich bin es nicht. Meine Zeit neigt sich zusehends dem Ende zu; die seine ist erst im Kommen — eine Zeit, in der die Furien und Zentauren herrschen werden, die von Pan Besessenen, die blutdürstigen Unterdrücker und Tyrannen, die unsagbar verderbten Bösewichter. Aber wenn ich das Heraufkommen dieser Zeit auch nur ein wenig verzögern kann, muß ich es tun. Ich werde auf Roms Häuserwände eine Warnung einmeißeln, damit künftige, noch unbekannte Völkerschaften sie lesen und sich vor der gleichen Fallgrube hüten! Er blickte Caesar und Crassus und deren Freunde an. Er hatte daran gedacht, sie als Zeugen der Anklage aufzurufen. Aber sie würden aus Furcht, sich selbst zu belasten, Catilina schützen, ausweichend antworten und den Senatoren verständnisheischende Blicke zuwerfen. Damit konnte alles verloren sein. Schließlich und endlich würden sie einen Mitpatrizier, mochten sie ihn auch noch so verabscheuenswert finden, nicht fallenlassen. Und umgekehrt durfte er sie nicht verraten, wenn er ihre Unterstützung wünschte.

Cicero sagte in strengem Tone zu Catilina: „Es handelt sich nicht um eine Untersuchung, die vom Senat oder von mir geführt wird. Es handelt sich um ein Verfahren wegen eines offenkundigen Hochverrats, wegen eines Anschlags gegen Roms Frieden und Freiheit."

Catilina, der den Konsul mit der merkwürdigen zeitweiligen Klarsicht des Geistesgestörten beobachtet hatte, verstand. Er setzte sein düsteres, schönes Lächeln auf. „Die römischen Gesetze verlangen, daß gegen einen Angeklagten Tatzeugen zu führen sind. Die römischen Gesetze berechtigen mich, eine mich selbst belastende Aussage zu verweigern." Er wandte sich und blickte wieder die Senatoren an. „Da ich nicht verhaftet bin und nur unter nebelhaften, von mir abgestrittenen Beschuldigungen stehe, könnte nichts mich hindern, diesen Saal zu verlassen. Aber ich bleibe, ehrwürdige Väter, aus Achtung vor eurer Gegenwart. Ich verdamme die Vorgangsweise dieses Cicero, Konsuls von Rom, der mich mit grundlosen, unbezeugten Anklagen einzuschüchtern und zu erschrecken sucht. Ich beuge mich nicht seiner Person, sondern seinem Amt."

Ein starkes Gefühl der Machtlosigkeit überkam Cicero, und er dachte nach. Dann aber rief er mit seiner mächtigen Stimme: „Du leugnest also die Stichhaltigkeit dessen, was ganz Rom weiß, und forderst Zeugen, die ich zwar habe, aber nicht führen werde, weil ich sie damit in Lebensgefahr brächte. Seit vielen Jahren ist es stadtbekannt, daß du in der finsteren Unterwelt verstrickt bist. Alle Schurken und Narren und Tölpel, alle bedenkenlosen Ehrgeizlinge Roms hängen dir an. Du gesellst dich zu ihnen in den Kellern und Kloaken unserer Stadt und spinnst mit ihnen deine Ränke zur Zerstörung alles dessen, was Rom heißt. Für eine der kommenden Nächte hast du meine Ermordung geplant, damit du Chaos und Bestürzung in dieser Stadt schaffen und so die Macht ergreifen kannst, zu Plünderung und Brandschatzung und Unterjochung und Wahnsinnsherrschaft. Leugnest du das?''

Catilina blickte in äußerster Wut Antonius an. Auch er überlegte jetzt. Er sah den leidenden, jammervollen Ausdruck auf Hybridas Gesicht. Dieser Mann war der einzige, der gegen ihn, Catilina, aussagen konnte, weil er nichts verbrochen hatte, was das Licht der Öffentlichkeit hätte scheuen müssen. Darum erwiderte Catilina: „Ich leugne es. Die Anschuldigung ist so töricht und widersinnig, daß ich auf ihre Erhärtung durch Zeugen verzichte.'' Er lächelte gelangweilt.

„Leugne nur, wenn du willst, Catilina! Du weißt ebenso wie ich und viele andere, daß die Anklagen zutreffen.'' Die Zuhörer am Tor des Senatssaales hörten die Worte des Konsuls und gaben sie den hinter ihnen Stehenden weiter. Und nun erhob Cicero seine Stimme zu voller Stärke und zwingender Kraft:

„Wie lange, Catilina, willst du denn noch unsere Geduld mißbrauchen? Wie lange noch soll dein wilder Übermut uns höhnen? Wie weit gedenkst du deine zügellose Frechheit zu treiben? Haben die nächtliche Besetzung des Palatins, die Polizeistreifen in der Stadt, die bange Furcht des Volkes, das Zusammenströmen aller anständig gesinnter Bürger, die starke Sicherung der Versammlungsstätte des Senats, die Blicke und Mienen der Anwesenden keinen Eindruck auf dich gemacht? Merkst du nicht, daß deine Pläne klar zutage liegen? Erkennst du nicht, daß durch das Wissen all dieser Männer hier deine Verschwörung in Fesseln geschlagen ist? Wer von uns, meinst du wohl, wüßte nicht, was du in der letzten und in der vorletzten Nacht getrieben hast, wo du gewesen bist, wen du um dich gesammelt und welche Anschläge du ausgeheckt hast?

Was für Zeiten sind das? Was für Sitten? Der Senat weiß davon, der Konsul sieht es, und trotzdem lebt dieser Mensch noch! Er lebt? Nein, er kommt sogar in den Senat, ist bei der öffentlichen Sitzung anwesend, bezeichnet und bestimmt mit seinen Blicken jeden einzelnen von uns für die ihm zugedachte Ermordung. Wir aber, wackere Männer fürwahr'' – und dabei wandte er seine zornig funkelnden Augen dem Senat zu –, „wir glauben unsere Pflicht als Staatsbürger zu erfüllen, wenn wir dem Wüten und den Waffen dieses Schurken ausweichen. Schon längst hätte man dich auf Befehl des Konsuls zum Tode führen und das Verderben, das du uns zudenkst, über dich verhängen sollen!''

Catilina hatte diese Worte mit hochgezogenen Brauen und einem belustigten, geringschätzigen Lächeln angehört. Er blickte die Senatoren wohlgelaunt an. „Welch prächtige Stimme doch unser Cicero, unser

Kickerling, hat! Fast bin ich selbst schon davon überzeugt, daß seine nebelhaften Anschuldigungen zutreffen. Allerdings bedauere ich, ehrwürdige Väter, seine Methoden und seine zügellose Sprache; aber als Patrizier lasse ich das alles mit Verachtung über mich ergehen."

Die Senatoren schauten einander verstohlen an. Sie hätten ganz gern in Catilinas Heiterkeit eingestimmt. Aber was sie in der Nacht erfahren hatten und was sie selber wußten, entsetzte sie. Überdies erhob sich jetzt das Murmeln der Menge, die den Worten des Konsuls mit äußerster Spannung gefolgt war, zu einem wütenden Sturm, der die Winterluft vor dem Senatsgebäude erschütterte. Man hörte einzelne, aber erschrekkend laute Rufe: „Tod dem Catilina, dem Hochverräter!"

Ohne auf Catilinas Einwurf zu achten, setzte Cicero seine Rede gegen ihn fort und verwies den Senat auf Beispiele aus der Vergangenheit für Gerichtsverfahren gegen mutmaßliche Verbrecher und Hochverräter ohne Anklageschrift und ohne Zeugeneinvernahme. Die Senatoren hörten regungslos, mit angespannter Aufmerksamkeit zu. „Wir haben sogar einen für den vorliegenden Fall geltenden Senatsbeschluß; aber er liegt im Archiv verschlossen, wie ein in der Scheide steckendes Schwert. Nach diesem Senatsbeschluß hättest du, Catilina, auf der Stelle getötet werden müssen. Doch du lebst! Und du lebst, nicht, um deiner Verwegenheit zu entsagen, sondern, um sie noch zu verstärken." Cicero zögerte, und sein blasses, hageres Gesicht verdüsterte sich vor wachsender Erbitterung. Er fuhr fort:

„Ich wünsche zwar, milde zu sein, ehrwürdige Väter; ich wünsche, auch in so gefährlicher Lage des Staates nicht zügellos zu erscheinen. Aber nachgerade muß ich mich selbst der Untätigkeit und Nachlässigkeit zeihen. In Italien, in den Bergpässen Etruriens, wurde ein Kriegslager gegen das römische Volk aufgeschlagen, und von Tag zu Tag wächst dort die Zahl der Feinde. Den Befehlshaber aber dieses Feldlagers und den Führer der Feinde sehen wir innerhalb der Stadtmauern, ja sogar inmitten des Senats, unablässig von innen her den Untergang des Staates betreiben."

Ein dumpfes Murmeln erhob sich aus den Reihen der Senatoren und das Weiß und Rot ihrer Gewänder bewegte sich aufgeregt. Catilina lächelte und preßte dann die Lippen aufeinander, als wollte er eine unwiderstehliche Heiterkeitsanwandlung unterdrücken. Cicero hob die Hand und wies unerbittlich auf Catilina. Und angesichts dieser Geste wurden alle still und reglos.

„Wenn ich dich, Catilina, auf der Stelle greifen, wenn ich dich töten lasse, so muß ich, dünkt mich, eher erwarten, daß alle Gutgesinnten erklären, ich habe zu spät zugegriffen, als daß auch nur einer meint, ich hätte grausam gehandelt. Aber das zu tun, was schon längst hätte getan werden müssen, kann ich mich aus einem bestimmten Grunde" – und hier warf er dem Crassus und seinen Freunden einen zornvollen Blick zu – „noch nicht entschließen. Erst dann nämlich sollst du sterben, wenn sich niemand mehr findet, der so verrucht, so verworfen, so dir ähnlich wäre, daß er nicht zugäbe, daß dir Recht geschieht. Solange auch nur irgendwer dich zu verteidigen wagt" – und wieder sah er den Crassus und seine Freunde an –, „sollst du am Leben bleiben, und zwar so, wie du jetzt lebst, belauert von meinen zahlreichen und starken Wachen, so daß du gegen den Staat keinen Finger rühren kannst. Viele Augen und Ohren werden dich wie bisher, ohne daß du es merkst, beobachten und unter Aufsicht halten.

Was kannst du dir denn noch weiter erwarten, Catilina, wenn weder die Nacht deine ruchlosen Unternehmungen in ihr Dunkel hüllen, noch ein Privathaus die Stimmen deiner Verschwörung in seinen vier Wänden zu bergen vermag, wenn alles aufgehellt wird, wenn alles ans Licht kommt? Ändere endlich deinen Sinn, hör auf mich und laß ab von Mord und Brand! Von allen Seiten bist du umgarnt. Klarer als das Licht der Sonne sind uns alle deine Pläne. Nichts kannst du tun, was ich nicht sogleich in allen Einzelheiten erführe.

Geh doch mit mir in Gedanken die vorletzte Nacht durch, und du wirst dich davon überzeugen, daß ich viel eifriger für das Wohl des Staates wache als du für seine Vernichtung. Ich behaupte, du bist in jener Nacht in der Sensenmacherstraße – ich will ganz offen sprechen – in das Haus des Marcus Laeca gekommen, und dort haben sich noch mehrere Genossen deines wahnwitzigen Frevels versammelt. Wagst du etwa, das zu leugnen?"

Zum erstenmal war Catilina sichtlich betroffen. Sein hübsches Gesicht wurde blaß; seine Züge strafften sich. Er blickte die betreffenden Senatoren an, einen nach dem andern. Wer hatte ihn verraten?

Cicero lachte müde. „Warum schweigst du? Wenn du leugnest, werde ich dich überführen. Sprich!"

Diese Schufte! dachte Catilina in ohnmächtiger Wut. Welchen Druck hat der Kickerling auf sie geübt, daß sie mich verraten haben, diese Feiglinge, die mit mir unter einer Decke staken? Er wagte nicht zu leugnen. Unter diesen Senatoren, das wußte er, würden sich etliche finden, die mit großartiger Geste behaupten würden, sie hätten ihn nur im Interesse Roms ausgehorcht und wollten jetzt ihre wahrheitsgetreuen Anschuldigungen gegen ihn vorbringen. So beherrschte Catilina sich, wie eine Schlange ihren Leib mit aller Kraft zusammenringelt, und man merkte ihm die Anstrengung an.

„Ja", rief Cicero mit furchterregender Stimme, die weit auf das Forum hinaustrug, „ich sehe hier im Senat einige Männer, die mit dir zusammen bei Laeca waren. O ihr unsterblichen Götter! Wo in aller Welt sind wir denn? In welcher Stadt leben wir? Welche Art von Gemeinwesen haben wir? Hier, ja, hier in unserer Mitte, ehrwürdige Väter" – und Ciceros Stimme schwang sich wie ein Adler empor –, „in dieser heiligsten und bedeutsamsten Ratsversammlung des Erdkreises, befinden sich Männer, die auf die Vernichtung dieser Stadt, ja der ganzen gesitteten Welt, sinnen! Diese Männer sehe ich, der Konsul, jetzt vor mir" – er heftete mit brennendem Zorn und Abscheu die Augen auf den Senat – „und muß sie sogar um ihre Meinung über das Wohl des Staates befragen. Nicht einmal mit einem harten Wort darf ich sie verletzen, diese Männer, die mit dem Schwerte niedergemacht werden müßten!"

Jetzt, dachte Caesar, hat er alles verdorben! Aber einen Augenblick später brüllten die Menschenmassen von nah und fern: „Tod den verräterischen Senatoren! Tod den Feinden Roms!"

Über diese Rufe erschraken alle Senatoren, die schuldbewußten ebenso wie die schuldlosen; denn sie kannten die Gewalt einer aufgebrachten Menge. Catilina hörte die Stimme des römischen Volkes, diese von ihm bisher nur verachtete und verabscheute Stimme, und auch ihn überlief ein Zittern. Er war überaus mutig. Den Tod fürchtete er nicht. Er fürchtete nur, die Menge könnte ihn ergreifen und in Stücke reißen, was ihm als Schändung seiner geheiligten Person erschien. Er schaute Cicero an, der allein das Volk im Zaume zu halten vermochte, und sah, wie der Konsul mit sich kämpfte, ob er die Gewalt bändigen oder entfesseln sollte. Cicero ließ die Hand sinken. Sein Blick heftete sich auf den Boden. Seine Brust hob und senkte sich krampfhaft, als wollte er seine Empfindungen bezähmen. Von draußen drang unterdessen wie ein ständiges Donnergrollen das Murmeln der Menge. Schließlich richtete er die Augen wieder auf Catilina, und ihr Bernsteinschimmer wandelte sich zu flammender Glut.

„Du aber, Catilina, verlaß raschest die Stadt! Die Tore stehen offen. Entferne dich schleunigst! Allzulange läßt du das Heerlager des Manlius auf dich, den Oberfeldherrn, warten. Nimm auch alle deine Anhänger mit, oder wenigstens die meisten von ihnen! Befreie die Stadt von diesem Auswurf! Ließe ich dich jetzt hinrichten, so bliebe doch die übrige Schar der Verschwörer im Staate zurück. Gehst du aber mit ihnen fort, wozu ich dich als Konsul dringendst auffordere, so wird in der Stadt die große, unheilschwangere Kloake ausgeräumt, die deine Helfershelfer für uns sind. Darum geh in die Verbannung! Dieses Verlangen billigen nicht nur stillschweigend die hier versammelten Senatoren, sondern auch alle jene trefflichen Bürger dort draußen vor dem Senatsgebäude, deren große Zahl du sehen, deren Erregung du merken und deren Äußerungen du vor einer Weile deutlich vernehmen konntest. Sie, vor deren Fäusten und Waffen ich dich kaum noch schützen kann, will ich dazu bringen, dir bis zu den Toren das Geleit zu geben, wenn du die Stadt verläßt.

Was könnte dir denn, Catilina, in Rom noch Freude machen? Außer deiner Verschwörerbande verruchter Männer gibt es doch hier niemanden, der dich nicht fürchtete, der dich nicht haßte. Welches Brandmal persönlicher Verworfenheit ist deinem Leben nicht eingebrannt? Welcher Schimpf des Privatlebens haftet deinem Rufe nicht an? Welche Lüsternheit blieb je deinen Augen fern, welcher Frevel deinen Händen, welche Schandtat deinem ganzen Körper? Welchen Jüngling hast du nicht mit den Lockungen deiner Verführungskunst umgarnt und ihm dienstbereit zu vermessener Tat das Schwert oder zur Wollust die Fackel vorangetragen?

Doch was rede ich? Wäre es denkbar, daß einen Menschen wie dich irgend etwas umstimmt oder bessert? Daß du an Flucht denkst oder die Selbstverbannung in Erwägung ziehst? Ich wollte, die unsterblichen Götter gäben dir solche Einsicht. Aber nein, Catilina, du bist nicht der Mann, den jemals das Ehrgefühl von einer Schändlichkeit zurückgehalten hätte oder die Furcht von einer Gefahr oder die Vernunft von einem Wahnwitz. Doch wenn du Haß gegen mich, deinen persönlichen Feind, erregen willst — ich werde das Gerede der Leute über dein Entkommen kaum ertragen können —, dann entweiche mitsamt deiner schamlosen Verbrecherrotte und eile in die Arme deines Manlius! Welche Wonne wirst du dort empfinden! Wie wirst du aufjubeln vor Freude! In welcher Lust wirst du schwelgen, wenn du in dem ganzen großen Kreise der Deinen auch nicht einen einzigen Biedermann hörst oder siehst! Dort findest du auch Gelegenheit, deine so gepriesene Ausdauer im Ertragen von Hunger, Kälte und Mangel aller Art zu zeigen. Aber du wirst bald genug davon bekommen!

Als ich deine Bewerbung um das Konsulat vereitelte, habe ich jedenfalls eines erreicht: daß du den Staat nur als Außenseiter beunruhigen, ihn aber nicht als dessen höchster Beamter verderben kannst und daß man dein frevelhaftes Unternehmen eher als Banditenstreich denn als Kriegshandlung einschätzt.''

Dann richtete er an den Senat strenge Ermahnungen, und alle Gesichter waren ihm zugewandt, in aufrichtiger Empörung gegen Catilina oder in ängstlicher Beschämung. Crassus und Caesar tauschten lächelnde Blicke. Antonius war, nachdem er den vollen Umfang der Verschwörung erkannt hatte, in jammervolle Erstarrung versunken. Clodius hatte mit widerstrebender Bewunderung zugehört. Und Pompejus blickte, aus irgendwelchen Gründen, ununterbrochen Caesar an.

Cicero schloß mit trauriger, beschwörender Stimme: ,,Schon lange, ehrwürdige Väter, waren wir den Gefahren und heimlichen Umtrieben dieser Verschwörung ausgesetzt. Aber gerade unter meinem Konsulat sind — ich weiß selbst nicht, wie oder wodurch — alle Anschläge des Verbrechens, Wahnsinns und Übermuts gereift und zum Ausbruch gekommen. Wenn nun aus der ganzen großen Räuberbande nur dieser eine

Mann hier beseitigt würde, so könnten wir vielleicht für eine gewisse kurze Zeit der Sorge und Furcht enthoben scheinen; der gefährliche Krankheitsstoff jedoch bliebe zurück und fräße sich in Fleisch und Blut des Staates ein. Wie Schwerkranke, die sich in Hitze und Fieberglut umherwerfen, oft nach einem Trunk eiskalten Wassers Erleichterung spüren, dann aber viel schwerere und heftigere Anfälle bekommen, so würde diese Seuche, an der unser Staat jetzt leidet, durch Catilinas Bestrafung zwar augenblicklich gelindert werden, dann jedoch, falls die anderen am Leben bleiben, hinterher um so schlimmer zu wüten beginnen."

Crassus blickte finster auf Caesar, der fast unmerklich die Achseln zuckte. Antonius murmelte: „Das mögen die Götter verhüten!" Clodius starrte mit gespieltem Gleichmut auf die weißgoldene Saaldecke. Catilina trug eine gelangweilte, unwirsche Haltung zur Schau, als hätten Ciceros Albernheiten seine Geduld erschöpft. Aber der Redner blickte ihn nun mit äußerstem Abscheu und Ekel an und rief:

„In dieser Voraussicht also fordere ich dich auf, Catilina: Mach dich auf den Weg aus dieser Stadt zu den Genossen deines fluchwürdigen, ruchlosen Kampfes – zum Heil und Segen für den Staat, zum Unheil und Verderben für dich und jene, die sich mit dir zu Hochverrat und Verbrechen jeglicher Art verbündet haben!"

Er stieg die Stufen von seinem erhöhten Sitz hinab, und die Senatoren erhoben sich in tiefem, ehrfurchtsvollem Schweigen. Während er dem Ausgang zuschritt, kam er an Catilina vorbei. Er blieb stehen und maß seinen Feind mit den Blicken. Das Schweigen im Saal vertiefte sich; alles beobachtete die Begegnung. Ciceros blasses Gesicht wurde fast durchscheinend vom Feuer seines inneren Hasses und Abscheus, und er dachte: Mörder! Livia soll gerächt werden, und Fabia und alle die unschuldigen Opfer deines Wütens! Du Dämon der Zerstörung! Catilina sah in die auf ihn gerichteten Augen und las darin. Er tat, als unterdrücke er ein Lächeln, und verbeugte sich tief, mit gespielter Demut. Cicero setzte seinen Weg fort, und zu seiner Seite ging Quintus in klirrender Rüstung. Die Soldaten salutierten. Cicero kam zum Tor und hörte jenen brausenden Ruf, den er so oft schon vernommen hatte: „Hoch Cicero! Retter Roms! Es lebe unser Heros!"

Er hob den rechten Arm zum Gruß und lächelte, etwas spöttisch, in düsterer Belustigung. Er hatte Rom nicht gerettet. Er hatte den endgültigen Zusammenbruch nur hinausgeschoben. Das wußte er sehr wohl.

Catilina aber begab sich bei Nacht und Nebel nach Etrurien. Er atmete wieder froh auf. Niemand war ihm in den Weg getreten. Als er die Senatssitzung verließ, hatte man ihn zwar mit wildem, feindseligem Haß angeblickt, aber nicht die Hand gegen ihn erhoben. Im Geist lachte er nun verächtlich über die Senatoren, vor denen er sich beim Weggehen verbeugt, über Crassus und seine Freunde, denen er noch tiefere Reverenz erwiesen, über Antonius, der ihn verraten hatte. Nein, noch war seine Rechnung mit diesen Männern und mit Rom nicht abgeschlossen!

Als er bei Manlius eintraf, sagte er zu ihm: „Es ist nicht der geringste Rückschlag eingetreten, lieber Freund! Ich habe einen Plan, einen überaus kühnen, wagemutigen Plan. Bald kommen die Saturnalien, die Festtage der Sklaven. Wir müssen uns rasch rüsten und dann den entscheidenden Streich führen. Alle Vorzeichen sprechen für uns."

Crassus und Caesar suchten Cicero auf, und er empfing sie in seinem Hause mit kühler Bitterkeit. „Glaubt ihr, die Sache sei erledigt?" fragte er sie. „Sie hat erst angefangen. Spart euch eure Glückwünsche! Ihr belügt bloß mich und euch selber. Ich habe nur die unmittelbare Gefahr von euch abgewandt. Die Bedrohung wird wiederkehren, dank eurem langen heimlichen Zusammenspiel mit Catilina. Ich begrüße euch, ihr Meisterer der Zukunft, und erkenne euch als die Frevler, die ihr seid. Zuerst habt ihr versucht, Catilina für eure Zwecke einzuspannen, und nun bedient ihr euch meiner zum Schutz gegen ihn. Ihr habt das Spiel gewonnen. Die Geschichte wird darüber richten. Verlaßt mich jetzt!"

LIV

Bald nach seiner ersten Rede gegen Catilina lag Cicero eines Nachts schlaflos im Bett. Die Stadt war zwar ruhiger als bei Tage; aber sie rumorte und murrte in der Ferne wie ein von Nachtmahren geplagter Titan. Vor Anstrengung und Erschöpfung brannten Marcus die Augen. Durch eine Vorhangspalte fiel ganz schwaches Mondlicht in seinen Schlafraum und warf auf die Wand gegenüber dem Fenster eine helle Linie. Auf sie hielt Marcus unwillkürlich den Blick gerichtet. Als sie plötzlich stärker aufleuchtete, hob er, aufmerksam geworden, den Kopf und stützte ihn auf den Ellbogen. Immer strahlender, breiter und schärfer wurde der Lichtstreif und formte sich schließlich zu einer menschlichen Gestalt. Vor Furcht und heiliger Scheu begann Marcus' Herz heftig zu klopfen. Die Gesichtszüge der Erscheinung wurden deutlicher, und dann war es das Antlitz seines Vaters – nicht so, wie er im Alter gewesen war, sondern so, wie Marcus ihn als Kind gekannt hatte, mit den klaren braunen Augen, dem schüchternen, zärtlichen Lächeln, dem schlichten braunen Haar und dem schmalen Hals.

„Marcus!" rief die Erscheinung in drängendem Ton. Er konnte nichts antworten. Das Gesicht kam näher, und jetzt nahm er auch die verschwommenen Umrisse der Schultern und des Gewandes wahr. „Marcus! Flieh unverzüglich aus Rom!" Schattenhafte Hände hoben sich wie beschwörend.

„Ich kann nicht meinem Lande untreu werden", murmelte Marcus. Ich träume, dachte er. Rasch blickte er sich in dem Zimmer um und sah die Kanten der Möbelstücke, das verschwommene Rechteck des Fensters. Dann richtete er, von jähem Kummer erfaßt, die Augen wieder auf seinen Vater.

„Unser Land war schon verloren, ehe ich zur Welt kam", sagte die Erscheinung traurig. „Die Republik lag schon im Sterben, als mein Vater geboren wurde. Flieh, Marcus, und verbring den Rest deiner Tage in Frieden und Geborgenheit! Auch diesmal, so wie immer, werden schließlich die Bösewichter triumphieren, und wenn du in Rom bleibst, wird man dich umbringen."

„Ich kann Rom nicht im Stich lassen", erwiderte Marcus. „Und wenn es mir auch das Leben kosten sollte."

Die Erscheinung schwieg, als lauschte sie angespannt auf nur ihr vernehmliche Stimmen. Dann hob sie segnend die schattenhaften Hände und verschwand.

Marcus erwachte mit heftigem Schreck, in Schweiß gebadet. Der schwache Streifen von Mondlicht lag weiter auf der Wand. „Ich habe geträumt", sagte Marcus laut. Ihn schauderte. Er stand auf und entzündete, zum ersten Male, eine Votivkerze zum Gedächtnis seines Vaters, von bisher nie empfundener Trauer um ihn erfüllt. Gleichzeitig aber fühlte er sich trotz seines skeptischen Römersinns irgendwie getröstet: es war gut, zu merken, daß die Toten weiterhin ihre noch lebenden Angehörigen liebten und behüteten und für sie beteten. Er sann über die ihm zuteil gewordene Warnung nach. Er wußte, daß er – obwohl man ihn als Heros gefeiert und die Wachen rings um sein Haus verdoppelt hatte – dauernd in Gefahr war, jetzt mehr denn je. Ständig lauerte der Meuchelmörder auf ihn, der stille, gelassene Todbringer; unbemerkt stand er in einer Menschenmenge und spähte nach der Gelegenheit aus, vipergleich hervorzuschnellen. Derselbe Mob, der heute dem Konsul zujubelte, mochte ihn morgen in unbeherrschter Launenhaftigkeit vernichten. Wem war zu trauen? Ein wackerer Mann gab gern das Leben für die Heimat hin, wenn ihr damit gedient war. Aber sie zog nie Nutzen aus solchem Opfer!

Cicero hielt die zweite und die dritte Rede gegen Catilina, in dessen Abwesenheit. Er wollte dadurch seinen Landsleuten die volle Geschichte der Verschwörung darlegen und ihnen vor Augen führen, welch großen Anteil sie selbst an dieser Entwicklung hatten: durch ihre Teilnahmslosigkeit und Selbstgefälligkeit, ihren Leichtsinn und Unbedacht, ihre Duldsamkeit gegenüber Schurken und Staatsfeinden. Er gab ihnen zu bedenken, daß die vielgerühmte persönliche Freiheit nicht zu ungestraftem Mißbrauch und zur Untergrabung von Recht und Gesetz ausarten dürfe. Die von der Verfassung gewährleistete persönliche Freiheit umfasse nicht auch die Freiheit, andere zu versklaven. Man müsse sich vor den machtlüsternen Männern hüten, die im Namen der ‚allgemeinen Wohlfahrt des Volkes' dieses gleiche Volk unter ihre Tyrannei zu beugen versuchten.

Bei diesen Reden waren auch Caesar, Pompejus, Crassus, Clodius und viele ihrer Freunde anwesend. Aller Augen richteten sich auf diese Männer, und als sie feierlich zustimmend nickten, dachte man: Sie sind die Mitkämpfer unseres Heros Cicero, eifrige Volksfreunde! Er redet in ihrem Namen! Cicero aber rief im Geiste den ‚Volksfreunden' zu: Ihr Gaukler! Wie gern würde ich auch euch entlarven vor denen, gegen die ihr eure Ränke geschmiedet habt!

Unter den Männern, die ihm aufgeschlossenen, brennenden Herzens zuhörten, befand sich Marcus Porcius Cato, der Urenkel des glühenden Patrioten und Zensors, ein trotz seiner Jugend schon als Philosoph berühmter Mann. Er war damals designierter Volkstribun und einer der geistigen Führer der Optimaten im Senat; für Cicero hegte er tiefe Bewunderung. Er selber wurde allgemein geschätzt, ebensosehr wegen seiner Redlichkeit und Tugend wie als tüchtiger Schriftsteller und Politiker. Er bewog den behutsamen Cicero, der die Gefahren des von ihm betretenen Sumpfbodens sehr wohl kannte, dazu, einige der in Rom gebliebenen Platzhalter des geflohenen Catilina verhaften zu lassen, und zwar den Cethegus, Gabinius, Caeparius, Lentulus und Statilus, sämtlich Patrizier und Hochverräter, die Rom nicht verlassen hatten, um Cicero ihre überlegene Verachtung zu bezeigen.

„Es sind zwar nur Schurken zweiten Ranges", hatte Cato gesagt. „Aber man muß sie festsetzen, damit das Volk dich nicht für machtlos hält, lieber Marcus. Sonst wird man sagen, du führst die Tapferkeit nur im Munde, und wird sich darüber wundern, warum diese allgemein bekannten Staatsfeinde trotz deiner konsularischen Befugnisse ungeschoren bleiben. Man wird tuscheln, die ganze Verschwörung sei offenbar gar nicht so gefährlich, wie du es als lärmender Demagoge hinstellst. Ja, ich weiß, du fürchtest, ein Chaos hervorzurufen. Aber es gibt Zeiten, wo man diese Gefahr im Interesse des Vaterlandes in Kauf nehmen muß."

Der besonnene Cicero zögerte. Ein natürlicher Hang, der seine Stärke und Schwäche zugleich war, zwang ihn dazu, alle Aspekte eines Vorgehens zu überdenken, ehe er handelte. Manchmal lähmte ihm dieses Abwägen des Für und Wider völlig die Entschlußkraft. Da ihm solche Fälle in Erinnerung traten, schlug er diesmal rasch zu und ließ Catilinas Unterführer, von denen ein paar unter den Senatoren Verwandte hatten, als Hochverräter verhaften und ins Gefängnis werfen. Die Römer ergingen sich in wilden Mutmaßungen über die Hintergründe dieser Maßnahme und priesen Cicero laut, weil er, dem Vaterland zuliebe, die Mächtigen herauszufordern gewagt hatte. Viele Senatoren waren wütend. Einige liefen zu Crassus und Caesar und beklagten sich heftig über den Konsul. „Dieser unverschämte Emporkömmling, dieser Kickerling, dieser Bauernlümmel und Plebejer! Wie lange sollen wir uns seine Frechheiten noch bieten lassen?"

Caesar sagte in versöhnlichem Tone: „Ihr dürft nicht vergessen, daß er, mit Unterstützung vieler heimatliebender Senatoren, vom Volk gewählt worden ist. Er ist nun einmal allgemein beliebt und kann sich deshalb trauen, das zu tun, was er gemacht hat. Ich persönlich billige es ja nicht."

Eines Abends, als Caesar in seiner Bibliothek, von Unrast und bösen Ahnungen erfüllt, vergebens zu lesen versuchte, trat sein Hausmeister ein und flüsterte ihm zu, der edle Patrizier Lucius Sergius Catilina sei draußen und wünsche ihn dringend zu sprechen. Caesar erschrak über diese Unverfrorenheit, die für den Hausherrn ebenso böse Folgen haben konnte wie für den Besucher. Aber er faßte sich und befahl, Catilina hereinzuführen. Inzwischen zog er rasch die Vorhänge über die Fenster, die auf eine mondbeschienene, perlmutterschimmernde Schneefläche hinausgingen. Er lockerte auch den Dolch in der Scheide. Und während er, nervös an seiner Unterlippe fingernd, wartete, überlegte er.

„Sei gegrüßt, Caesar!" rief Catilina beim Eintreten und schob die Mantelkapuze zurück. Sein schönes, von Lastern gezeichnetes Gesicht strahlte vor unnatürlicher Fröhlichkeit. Er hielt Julius die hübsche, juwelengeschmückte Hand hin. Caesar sah sie einen Augenblick lang an; dann nahm er sie. Sie schien ihm zu zittern, und fieberheiß zu sein, als glühte Catilina von innerem Feuer. Ohne eine Aufforderung abzuwarten, warf der Ankömmling sich in einen Sessel und vergrub die Füße in dem Fellbelag, der den Marmorfußboden bedeckte. Caesar goß von dem Wein, den er bestellt hatte, langsam für sich und für den Gast ein. Er reichte den Trunk dem unwillkommenen Besucher und musterte dessen immer frohlockendere Miene über den Rand des eigenen Bechers hinweg.

„Wozu bist du hier erschienen, Lucius, du Tollkopf? Weißt du nicht, daß Rom für dich gefährlich ist?"

„Rom war schon die Stadt meiner Vorfahren, ehe die Caesars oder gar die Ciceros es sahen!" erwiderte Catilina. „Soll die Stadt auf ihren edlen Sohn verzichten müssen?" In seiner Stimme lag bitterer Spott und unbeherrschbare Leidenschaft. Seine blauen Augen hefteten sich gebieterisch auf Caesar. „Lieber Freund", sagte er mit hämischer, aber einschmeichelnder Stimme, „teurer Freund, guter Freund, treuer Freund! Verläßlichster aller Freunde! Ich bin gekommen, um dir für deine großherzige Unterstützung zu danken, und für die Tränen, die du um mich vergossen hast."

Caesar betrachtete ihn schweigend. Er machte bloß eine Handbewegung, als wollte er die boshaften Spottworte wegwischen.

„In Würdigung deines hervorragenden Mutes und deiner unerschütterlichen Freundschaft für mich werde ich vielleicht Gnade walten lassen — zu gegebener Zeit'', erklärte Catilina, lachte auf und nahm einen langen Schluck aus seinem Becher.

„Sehr nett von dir, Lucius!'' erwiderte Caesar mit einem schwachen Lächeln. „Aber ich fürchte, du wirst nicht in die Lage kommen, deine edlen Absichten zu verwirklichen. Ich kann dir nur eines raten: Verlaß auf der Stelle Rom! Cicero war mild; er hätte dich verhaften und hinrichten lassen können. Fordere die Parzen nicht ein zweites Mal heraus!''

„Ha!'' schrie Catilina. „Weißt du nicht, daß die Parzen mir gewogen sind?'' Jetzt beugte er sich zu Caesar, und in seinen Zügen glühte wilder Ungestüm auf. „Ich bin gekommen, um meinen Triumph über dich auszukosten, Caesar, du treuloser Freund, du hinterlistiger Feind!''

Caesar schwieg. Sollte er Catilina erzählen, daß Fulvia, die Geliebte des Curius, vielerlei an Cicero verraten hatte? Um einen hohen Preis, einen sehr hohen Preis sogar; die nicht mehr junge und nicht mehr reiche Frau hatte die prahlerischen Versprechungen ihres Galans satt bekommen.

Catilina sprach ebenso wohltönend wie ungeordnet weiter. „Ich habe mich entschlossen loszuschlagen'', sagte er. „Glaubt ihr, ihr könnt mich aufhalten, du und Crassus und ihr alle, oder gar dieser unmögliche Kickerling?''

Caesar erwiderte: „Morgen spricht Cicero wiederum gegen dich, im Concordia-Tempel, vor versammeltem Senat. Vielleicht wird er dabei deine Verhaftung und Aburteilung verlangen. Ich bitte dich nochmals: Flieh sofort, wie er es dir in seiner ersten Rede vor dem Senat nahegelegt hatte! Damals schien er maßhalten zu wollen . . .''

„Einfach Angst hat er gehabt! Aus Bange vor mir hat er sich nicht getraut, Hand an mich zu legen. War das ein Maßhalten oder nicht vielmehr feiges Zagen? Aber eines sage ich dir jetzt, Caesar: Sollte mir auch nur ein Haar gekrümmt werden, so reiße ich euch mit mir in den Abgrund, euch alle. Ich habe euch schon früher gewarnt. Ich tue es jetzt nochmals.'' Caesar war bestürzt, nicht über die Worte, sondern über den Gesichtsausdruck seines Besuchers. Immer schon hatte er Catilina für wahnsinnig gehalten; das war ein Familienübel. „Und morgen erscheine ich im Concordia-Tempel'', fuhr Catilina fort. „Dort werde ich vor den Senatoren und meinen Kriegskameraden sprechen. Und wir wollen diesen Cicero in einem Sturm von Gelächter hinwegfegen.''

„Du darfst nicht dorthin kommen!'' rief Caesar, ohne diesen tollen Einfall wirklich ernst zu nehmen. Er war fest überzeugt davon, daß der Senat, wenn Catilina sich dort blicken ließ, seine Hinrichtung beschließen würde. Aber in dieser Sache spielten viele unwägbare Umstände eine Rolle, und am verläßlichsten war es, mit der Unverläßlichkeit der Menschen zu rechnen. Catilina verfügte über eine seltsame, glänzende Beredsamkeit, und seine Worte mochten den adelsstolzen Senatoren, die insgeheim den Emporkömmling Cicero verachteten, zu Herzen gehen. Wenn er ungeschoren blieb, würde er weiter seinen finsteren, gewalttätigen, begehrlichen Unterweltsanhang zum Angriff gegen Rom führen, bis die Stadt schließlich zu Falle kam. Wurde Catilina verurteilt, so bestand zwar die Möglichkeit eines für Rom gleichermaßen gefährlichen Aufstandes dieser Pöbelbanden. Aber Lumpen waren von Natur aus feige. Von diesen Kerlen drohte weniger Gefahr, wenn ihr Führer kaltgestellt wurde. Ohne Seele regte sich ein Körper nicht lange.

„Ich werde hinkommen!" trumpfte Catilina hämisch auf.

„Dann verurteilt man dich ganz bestimmt zum Tode. Der Senat wird schon über die Tatsache deines Erscheinens, nachdem man dich für immer sang- und klanglos aus Rom verschwunden glaubte, äußerst empört sein."

„Man wird mich schon nicht verurteilen, mein süßes Lügenmaul! Ich werde einen tüchtigen Anwalt haben."

„Und wer wäre dieser Frechdachs?"

Catilina brach in ein Gelächter aus. Er stand auf, füllte sich den Becher wieder und trank seinem unfreiwilligen Gastgeber zu. „Du, Caesar!"

„Ich?"

„Du." Catilina trank mit Genuß. Dann schwand plötzlich das Lachen aus seinem Gesicht. Er warf das edelsteinbesetzte Glas an eine Wand, daß es zerschellte. Er verlor den letzten Rest seiner Selbstbeherrschung. Er trat ganz dicht an Caesar heran und hielt ihm die geballte Faust unter das Kinn. Zum erstenmal empfand Caesar Ekel vor ihm und bedauerte, daß er ihm nicht Gift in den Wein gemischt hatte.

„Kürzlich, mein teurer, hinterhältiger Freund, hast du mir eröffnet, daß Cicero alles weiß und genau den Anteil von euch allen an unserem ursprünglichen Plane kennt, weil du ihm im Staatsinteresse alles mitteilen mußtest. Aber dort im Senat gibt es viele anständige, schlichte Patrioten. Sie wissen von diesen Dingen nichts. Ich werde ihnen ein Licht aufstecken, wenn du dich weigerst, meine Verteidigung zu übernehmen! Wie wird es dir dann ergehen, großer Caesar, edler Krieger? Glaubst du, daß Crassus euch in Schutz nehmen wird, dich und Pompejus und Piso und Curius und Clodius und die anderen Mitverschworenen? Er wird darauf dringen, daß ihr alle mit mir zum Tod verurteilt werdet. Ich werde bei der Hinrichtung Gesellschaft haben." Er lachte Caesar fröhlich ins Gesicht. „Und denk ja nicht daran, mich umbringen zu lassen, sobald ich dieses Haus verlasse, mein hingebungsvoll treuer Kampfgefährte! Ich habe eine starke Leibwache mitgebracht, die mich draußen erwartet."

Caesars weißgewordene Lippen kräuselten sich. An einem Tisch begann eine schöne alexandrinische Lampe zu blaken; Julius ging mit gespielter Fürsorglichkeit hin und putzte die Flamme. Rauchkringel schwebten träge durch die Luft, und er sah ihnen untätig zu. Aber er dachte mit angestrengter Raschheit nach. An Catilinas Drohungen war viel daran, zu viel, als daß man sich einfach darüber hätte hinwegsetzen können. An seine Vernunft zu appellieren war sinnlos, weil er keine hatte. Seine Vaterlandsliebe anzurufen wäre albern gewesen, weil er keine kannte. Aber Caesar erwiderte: „Du allein hast aus Ungeduld unseren ursprünglichen Plan durchkreuzt, Lucius. Wenn du auf uns gehört hättest, stündest du noch immer in unseren Reihen und könntest mit uns zusammen die Herrschaft über Rom auf gesetzmäßige Art ergreifen. Aber ..."

Doch er unterbrach sich, als er Catilinas wilde, verachtungsvolle Miene bemerkte. Aus den blauen Augen war die letzte Spur geistiger Klarheit gewichen, und das Gesicht verzerrte sich. „Hör mich an, Caesar! Zum letztenmal! Rom ist mir ebenso gleichgültig wie dein Gerede von Recht und Gesetz, dieses winselnde Echo eines verächtlichen Cicero! Schau dir ihn an! Er glaubt, ein anständiger, gutwilliger Mann fände auch bei den stumpfsten, ehrlosesten Menschen Anerkennung und Wertschätzung. Er ist noch nicht darauf gekommen, dieser lächerliche Rechtsnarr, daß Redlichkeit nur Spott erregt, weil sie unverständlich ist für den Durchschnittsmenschen, für einen Sklavengeist, für jemanden, dessen Seele in seinem Geldbeutel oder in seinem Bauch wohnt. So findet Redlichkeit immer den ihr gebührenden Lohn: Tod oder Verbannung, im besten Fall das höhnische Gekicher der Menge."

„Du gestehst ihm also", wunderte sich Caesar, „Redlichkeit zu und sprichst mit Widerwillen von denen, die diese Eigenschaften nicht achten oder schätzen?"

„Ich verabscheue diese Redlichkeit, die nur langweilige Staaten und langweilige Gesellschaftsformen und schmachvolle Kompromisse schafft. Weißt du, wozu ich geboren wurde, Caesar?" Die glitzernden Augen rückten dem Hausherrn noch näher, dessen Bestürzung bei ihrem Anblick wuchs. „Ich bin zur Welt gekommen, um alles Niedrige und Verächtliche zu zerstören! Ach, du redest von Rom! Schau es dir bloß an, Caesar! Soll ich dir seine schäbigen Tugenden aufzählen, seine schmutzigen kleinen Laster, seine groben, sklavischen Entartungen? Darf ein solcher Düngerhaufen weiter zum Himmel stinken? Nein! Ich werde ihn wegräumen. Zerstörung ist nicht minder göttlich als Schöpfung. Wenn einen Bildhauer die Häßlichkeit seines Werkes abstößt, wird er den Hammer nehmen und es selber zerschlagen. Aber dein Kickerling möchte die Häßlichkeit verewigen, aus dem albernen Grunde, daß sie geschaffen worden ist, daß sie besteht. Doch ich habe größere Pläne! Dieses Rom soll durch ein läuterndes Feuer zerstört werden, und auf der noch warmen Asche werde ich eine weiße Marmorstadt aufbauen, strahlender als die Sonne, eine Stadt, in der ein Sklave immer Sklave und ein Patrizier immer Patrizier bleiben wird, und ein Herrscher immer Herrscher. Ich werde den Mob, den ich später austilgen will, für die Schaffung dieses goldenen Zeitalters einspannen, und du, Caesar, wirst aus deiner eigenen Asche mir zurufen: ‚Bravo, du Retter menschlicher Gesittung!' "

„Hoffentlich hast du das gleiche deinem Anhang von Freigelassenen und Verbrechern und verärgerten Veteranen und Mißvergnügten aller Art vordeklamiert", spottete Caesar.

Catilina lachte, daß seine weißen Zähne aufblitzten. „Nein. Aber wenn ich es täte, würden die Leute mit Wonne dafür sterben, daß Rom seine Eiterbeulen loswird!" Er stand auf, warf seinen Pelzmantel über die Schultern und lächelte Caesar zu. „Morgen also wirst du mich verteidigen, mein großherziger Anwalt. Denn du liebst mich ja, und wir sind kraft unseres Eides Blutsbrüder, und wir sind beide Patrizier, nicht wahr?"

Als er gegangen war, schickte Caesar rasch durch einen Sklaven Cicero die Nachricht, daß Catilina am nächsten Tag im Concordia-Tempel erscheinen würde. Ähnliche Botschaften sandte er an Crassus und die anderen. Dann saß er da, bis durch die Fenster der Morgen blau heraufdämmerte, und überlegte, was er tun sollte.

Er muß sterben, dachte Cicero auf dem Wege zur Senatssitzung. Die Zeit für Besonnenheit und Mäßigung ist vorbei. Er muß sterben, zusammen mit seinen Spießgesellen. Anders ist Rom nicht zu retten — wenn es überhaupt noch zu retten ist. Ach, warum habe ich gezaudert? Ich hatte den Mörder in der Hand und ließ ihn entkommen. Ich bin wahrhaftig kein Held; ich bin ein Opportunist, eine Advokatenseele. Ich hasse Gewalt und Bluttaten; ich liebe das Gesetz. Aber manchmal werden solche Naturen kleinmütig, und zwar oft gerade dann, wenn das Vaterland in schrecklicher Gefahr ist. In solchen Augenblicken muß man entschlossen durchgreifen, wenn man nicht mit ansehen will, wie durch eigene Saumseligkeit alles zugrunde geht, was zu erhalten man bestrebt war!

Der Senat versammelte sich im Concordia-Tempel auf dem Forum, um über das Schicksal der von Cicero verhafteten Mitverschworenen des Catilina zu beraten. Inzwischen mußte es sich herumgesprochen haben, daß der Hauptrădelsführer selbst erscheinen würde. Gerüchte pflegten ja mit Blitzesschnelle die Hauptstadt zu durcheilen, von den Palästen des Palatins bis zu den Elendsquartieren der transtiberischen Region. Cicero, den sein Bruder und dessen Legionäre begleiteten, war also nicht überrascht darüber, daß — trotz des Winterschnees und des bitter kalten Windes – sich neuerlich eine gewaltige Menschenmenge auf dem Forum drängte. Die ersten Sonnenstrahlen trafen eben die höchsten roten Dächer auf den Hügeln, während die niedrigergelegenen Stadtteile noch in nebliger Dämmerung lagen.

Ich bin müde, dachte Marcus. Ich bin todmüde. Ein ganzes Leben lang habe ich für mein Land gekämpft, und jetzt scheint es, als hätte die Schlacht gerade erst begonnen. Wird sie nie enden? Nein! antwortete ihm der nüchterne Sinn seiner Ahnen. Sie wird nicht enden, solange es ein paar Ehrgeizlinge und viele Sklavengemüter gibt.

Die Senatoren erwarteten ihn schon, um seine vierte Rede gegen Catilina und Roms andere Feinde zu hören. Er trug wieder seine weiße Wolltoga und seinen Amtsstab. Aber alle bemerkten, daß sein blasses Gesicht von den Aufregungen gezeichnet war, daß seine Haare in den wenigen letzten Wochen stark ergraut und seine wundervollen Augen eingesunken waren. Doch sein Gang blieb fest und gemessen. Er verrichtete ein kurzes Gebet am Altar, entzündete ein Votivlicht und schritt in die Mitte des Raumes. Da das Kerzenlicht zu flackern begann, als kündete es ihm ein böses Omen, wollte er zum Altar zurückkehren. Aber dann flammte das Licht strahlend auf. Er verneigte sich nochmals und ging wieder zur Tempelmitte.

Nachdenklich stand er da. Das so erhabene Bild schien ihm nun verschwommen, wie ein übelriechender Sumpf voll huschender Schatten. Aber konnten diese Männer hier, konnten die Volksmassen weniger verwirrt sein als er selber? Er mußte ihnen und sich selbst Licht in das Dunkel bringen; sonst war alles verloren. Er hob den Blick und suchte in dem menschenerfüllten Halbdunkel die Gestalt Catilinas. Die Sonne war hinter Wolken verschwunden; nur Kerzen und Fackeln erhellten zur Not die winterliche Dämmerung. Da leuchtete eine große Kerze auf, und er sah Catilina, in großartiger Haltung wie eh und je, in weißen Pelz gehüllt, juwelengeschmückt, mit seinem schönen, trägen Lächeln. Er saß nahe der Tempeltür, als wäre er nur auf einen Sprung hereingekommen, um sich ein wenig die langweiligen Gebete eines belanglosen Priesters anzuhören. Plötzlich mußte Cicero daran denken, was Noah ben Joel ihm in ihrer gemeinsamen Schulzeit von dem furchtbaren Widersacher des Menschen erzählt hatte, von Satan, dem gefallenen Engelfürsten, der mit sich Tod und Schrecken und Zerstörung trug, aber immer noch voll schauriger Schönheit und gespenstigen Glanzes war.

Cicero begann ruhig und langsam zu sprechen, jedoch mit einer Stimme wie Posaunenklang. Mit seinen leidenschaftlich glühenden Augen sah er die Senatoren an.

„Ich sehe, ehrwürdige Väter, daß euer aller Gesichter und Augen auf mich gerichtet sind. Ich sehe, daß ihr nicht bloß wegen eurer und des Staates Gefährdung, sondern auch, falls diese abgewendet sein sollte, wegen der Gefahr, die mir droht, bekümmert seid." Cicero lächelte traurig, hob die Hand und senkte sie wieder. „Wohltuend im Unglück und schätzenswert im Schmerz ist mir diese eure Gesinnung gegen mich. Indes, bei den unsterblichen Göttern, gebt eure Sorge um mich auf und denkt jetzt nicht an mein Ergehen, sondern an euch und eure Kinder

Ich bin derjenige Konsul, ehrwürdige Väter, für den weder das Forum, auf dem alle Gerechtigkeit ihren Mittelpunkt hat, noch das Marsfeld, das durch die Auspizien bei den Konsulwahlen geweiht ist, noch das Senatsgebäude, das letzte Bollwerk aller Völker, noch das eigene Haus und das eigene Bett, wo sonst jedermann Zuflucht und Ruhestätte findet, noch auch endlich dieser Ehrensitz hier jemals von Todesgefahr und Nachstellungen verschont geblieben ist. Ich für meine Person habe vieles verschwiegen, vieles ertragen, vieles nachgesehen; ich habe manches, bei dem den Schmerz ich allein zu tragen hatte, während die Gefahr euch bedrohte, wieder ins Lot gebracht. Wenn nun jetzt die unsterblichen Götter meinem Konsulate den Ausgang so beschieden haben, daß ich euch, Väter, und das römische Volk vor dem entsetzlichsten Gemetzel, eure Frauen und Kinder und die vestalischen Jungfrauen vor grausamster Mißhandlung, die Tempel und Heiligtümer, die so schöne uns allen gemeinsame Heimat vor greulichster Brandstiftung und ganz Italien vor Krieg und Verwüstung bewahren sollte, so will ich jedes Geschick, das mir persönlich auferlegt wird, gern erdulden."

Er breitete die Arme aus und bot gleichsam seine Brust ungeschützt dar, als Opfer für Rom, für Roms Sicherheit und Freiheit. Es war eine vom Herzen kommende und zum Herzen gehende Geste, und durch die Reihen der Senatoren lief eine Bewegung. Catilina aber lachte offen, wenn auch lautlos. Seine blitzenden Augen überflogen die Gesichter der Senatoren. Er schien zufrieden. Er kreuzte die braunen Arme über der Brust und heftete seinen spöttischen Blick auf den Redner.

Mit seiner leidenschaftsdurchglühten Stimme fuhr Cicero fort: „Denkt deshalb nicht an mich, sondern nur an euch selbst, ehrwürdige Väter, sorgt für das Vaterland, erhaltet euch, eure Frauen und Kinder, schützt den Namen und das Wohl des römischen Volkes! Seid eifrig auf das Heil des Staates bedacht, achtet auf alle Stürme, die drohen, wenn ihr nicht vorbeugt! In unseren Händen sind ja jene Spießgesellen, die in Rom zurückgeblieben sind, um die Stadt einzuäschern, euch alle zu ermorden und Catilina bei seinem Einmarsch im Triumph zu begrüßen. Diese Männer haben fremde Volksstämme aufgereizt und die Sklavenscharen aufgewiegelt. Ja, sie haben Catilina herbeigerufen, der heute durch seine Gegenwart Roms Namen schändet. Kurz, es wurde ein Komplott geschmiedet, wonach ein allgemeines Blutbad angerichtet werden sollte, so daß niemand übriggeblieben wäre, um auch nur das römische Volk zu betrauern und das Unglück eines so großen Reiches zu bejammern. Das alles haben Gewährsleute angezeigt, die Angeklagten haben es eingestanden, und ihr selbst, Väter, habt bereits zu wiederholten Malen durch eure bisherigen Maßnahmen auf unanzweifelbare Weise euer Urteil über die Häftlinge gesprochen.''

Einige Senatoren blickten Crassus an, der mit feierlicher Biederkeit die Lippen kräuselte und nickte. Wenige bemerkten, daß Julius Caesar mit finsterer Miene und wie geistesabwesend dasaß.

Cicero zeigte auf Catilina und rief: ,,Seht euch den Schrecken Roms an, den Hochverräter, den Mörder, den bösen Geist, der es auf unseren Untergang angelegt hatte! Seht euch sein Gesicht an, das von allen Lastern gebrandmarkt ist! Ich kenne ihn sehr gut, Väter. Ich beobachte ihn seit vielen Jahren. Ich habe seine Ränke erkannt und durchschaut. Schon längst merkte ich, wie im Staat große Tollkühnheit ihr Wesen trieb, wie gewisse Neuerungen am Werk waren, wie Unheil gestiftet wurde. Daß allerdings eine so ausgebreitete, so verderbliche Verschwörung von römischen Bürgern unternommen werden würde, hätte ich nie geglaubt. Jetzt aber müßt ihr, Väter, in welcher Form es auch geschehen mag und wohin sich auch eure Ansichten und eure Stimmen neigen mögen, noch vor Einbruch der Nacht einen Beschluß fassen. Die Schwere des Verbrechens, das man euch angezeigt hat, ist euch klar; wenn ihr jedoch glaubt, daß nur einige wenige daran beteiligt sind, so irrt ihr gewaltig. Viel weiter, als ihr wähnt, hat sich dieses Verderben verbreitet. Nicht bloß ganz Italien hat es erfaßt, sondern sogar über die Alpen ist es gedrungen und hat, im verborgenen hinschleichend, bereits viele Provinzen befallen.''

Jetzt hob Cicero die Stimme, daß sie von den Tempelwänden widerhallte. Sein ganzer schmächtiger Körper zitterte vor leidenschaftlicher Empörung, und seine Augen funkelten in unerbittlichem Zorn. Catilina hob plötzlich den schönen Kopf und starrte, wie von einem Hiebe getroffen, den Konsul an, der jetzt fortfuhr: ,,Durch Hinhalten und Aufschieben läßt sich diese Bewegung keinesfalls mehr ersticken. Welches Verfahren euch immer belieben mag, Väter, ihr müßt tatkräftig und unverzüglich einschreiten – im Namen Roms, im Namen der römischen Freiheit, im Namen alles dessen, was Rom frei und groß gemacht hat!''

Einer der Senatoren unterbrach die tiefe Stille mit der an Cicero gerichteten Frage: ,,Was schlägst du uns vor?''

Cicero antwortete nicht gleich. Erbittert richtete er den Blick auf Crassus und seinen Anhang, auf Caesars halbverstecktes Gesicht, auf den unbewegt dasitzenden Pompejus und den quecksilbrigen Clodius. Dann musterte er wieder Catilina, zeigte auf den stattlichen Patrizier und rief mit Donnerstimme: ,,Ich fordere die Todesstrafe für die verhafteten Helfershelfer dieses Mannes und auch für ihn selbst, diesen Überläufer, diesen Verräter, diesen zerstörungswütigen Feind Roms, diesen Tiger in

Menschengestalt, der unser aller guten Ruf in den Kot zerrt und sich mit unsagbar verworfenem Gesindel gemein macht – kurz, für Lucius Sergius Catilina!"

Plötzlich erscholl außerhalb des Tempels ein mächtiges, unheimliches Rufen: „Nieder mit Catilina! Tod allen Verrätern!" Die Senatoren horchten auf. Einige flüsterten ihren Nachbarn zu: „Cicero hat den Mob aufgeboten. Das ist nicht die Stimme Roms." Und manche erwiderten darauf: „Hörst du mit den Ohren des Volkes oder bloß mit den eigenen?"

Im Tempel war es nun ganz still geworden, als säßen und ständen darin nur Statuen im braunen oder rötlichen Dämmerlicht, im Dampf des Weihrauchs und der Fackeln. Da und dort beleuchtete das Aufflackern einer Flamme eine blasse Wange oder verschränkte Hände oder eine unbewegte Schulter oder einen weißlichen Marmormund. Der Tempel schien eine düstere Höhle, in der die Parzen gleichmütig ihren Faden spannen. Draußen aber schimmerte das blaßblaue Winterlicht auf den kapuzenbedeckten Köpfen der im Freien Versammelten, auf finsteren Gesichtern, wütenden Augen und wild emporgereckten Armen.

Der Tod war im Tempel auf den Plan gerufen worden. Niemand beachtete Catilinas geringschätziges Lächeln. Alles blickte auf Cicero, der in der Mitte des Raumes auf dem Mosaikfußboden stand, hochgewachsen und schmächtig und weiß gekleidet, ein alternder Mann mit bleichem, entschlossenem Gesicht und perlmutterschillernden Augen. Er fuhr in seiner Rede fort, und seine Stimme klang zwar kräftig, bebte aber wie eine Eiche im Sturm.

„Ehrwürdige Väter, ich bin Anwalt, Verteidiger, und war es schon lange, ehe ich Politiker wurde oder mich auch nur für Politik interessierte. Ich war Prätor und bin nun Konsul. In all den Jahren meines anwaltlichen Wirkens habe ich Menschen vor der ihnen drohenden Todesstrafe zu bewahren versucht. Als Prätor hielt ich mich an Roms Gesetz, habe aber in keinem einzigen Fall die strengste und schmählichste aller Strafen verlangt. Als Konsul habe ich weder eine Gerichtsbehörde noch diese erhabene Körperschaft jemals zur Verhängung einer solchen Strafe aufgefordert.

Sterben zu müssen, bedeutet an sich eine schwere Beeinträchtigung der Menschenwürde. Den Tod von Helden besingen wir zwar und ehren ihr Gedächtnis. Aber in vieler Hinsicht ist jeder Tod eine Schändung des Lebens, weil er die Herrschaft der Willenskraft über den Körper zerbricht. Wir sprechen von dem verklärten Gesichtsausdruck des Hinscheidenden. Wir verschweigen aber, daß sich dabei die Schließmuskeln öffnen und der sterbende Körper mit Kot und Harn beschmutzt wird. Davon reden wir nicht, weil wir unwillkürlich Achtung vor dem Leben haben und die Demütigungen, die der Tod ihm auferlegt, bewußt übersehen. Alles in uns empört sich ja gegen diese unverhüllte Erniedrigung, diese offene Verhöhnung durch die Natur, die dem Menschen zu sagen scheint: ‚Du hast vor den Tieren nichts voraus und verendest ebenso ergötzlich schmachvoll wie sie, mit einer widerlichen Entleerung von Darm und Blase!'

Aber wir wissen, daß der Mensch kein Tier ist, weil Gott uns Abscheu vor dem Tode eingepflanzt hat, einen überaus starken Widerwillen gegen ihn, einen Aufruhr aller unserer Sinne gegen die mit ihm verbundene Schmach. Dasjenige, was den Körper belebte, schwindet zwar in der Todesstunde aus ihm, verleiht ihm aber noch nachträglich eine gewisse Heiligung. Wir können nicht verhindern, daß die Natur schließlich dem, was ihr immer getrotzt hat, ihre Verachtung bezeigt; doch wir bewahren darüber wenigstens rücksichtsvolles Schweigen. Und aus dem gleichen Schicklichkeitsempfinden heraus schrecken wir davor zurück, einen Menschen zu diesen unerbittlichen Naturvorgängen mit Bedacht zu verdammen; denn die Demütigung jedes einzelnen Menschen entehrt sein ganzes Geschlecht. Und das ist in meinen Augen ärger als der Tod an sich.

Dennoch sind die Menschen oft gezwungen, sich, ihre Familien und ihr Land mit den äußersten Mitteln zu verteidigen und dabei den heftigen Ekel vor dem Tode und seinen Scheußlichkeiten zu überwinden. Freude an der Tötung eines Mitmenschen, und sei es auch seines Feindes, kann nur ein von allen guten Geistern verlassener Bösewicht empfinden. Triumphgefühle beim Anblick eines blutigen Schlachtfeldes vermag, auch wenn das eigene Volk gesiegt hat, nur ein vertierter Rohling aufzubringen. Ein wahrer Mensch wird bei solchem Anblick den Kopf neigen und für die Gefallenen, ob Freund oder Feind, beten – weil sie allesamt Menschen waren.

Es entspringt darum nicht der Bosheit oder der Schadenfreude, wenn ich die erhabene Körperschaft des Senates bitte, Lucius Sergius Catilina und seine Helfershelfer zum Tode zu verurteilen. In die Schmach ihres Sterbens werden auch alle redlichen Menschen mit einbezogen. Aber unser Vaterland ist größer als wir. Alles, was Rom darstellt, ist edler als jeder Einzelmensch. Wir sehen uns einer furchtbaren Wahl gegenüber: Tod für Catilina oder Tod für Rom!"

Der erste, der in dieser Versammlung von Statuen sich regte, war Catilina. In dem bronzefarbenen Halbdunkel des Raumes schienen an seiner schönen, juwelengeschmückten Lastergestalt tausend kleine Feuer aufzuflammen, von den Augen über die Schultern und Arme bis zu den edelsteinbesetzten roten Lederschuhen. Hunderte von Augenpaaren richteten sich auf ihn. Er jedoch blickte nur Cicero an, mit einem hochmütigen, spöttischen Lächeln, das seine weißen Zähne wie schimmernde Perlen aufleuchten ließ. Cicero erwiderte den Blick, und zwischen den beiden Männern stand die nebelhafte Erscheinung einer jungen Frau, die auf gräßliche Art ums Leben gebracht worden war, und das wußten sie beide ohne den geringsten Zweifel.

Lange verharrten die Senatoren stumm, als wären sie in eine Verzauberung geraten, aus der es kein Erwachen gab. Dann schraken sie auf, als eine Gestalt sich raschelnd bewegte: Julius Caesar stand auf, feierlich, aber mit lächelnden Augen, und wandte sich an den Senat.

„Mein teurer Freund Marcus Tullius Cicero hat beredt und mit patriotischem Eifer gesprochen", sagte er mit seiner volltönenden Stimme. „Vaterlandsliebe ist bewunderungswürdig und aller Ehren wert. Nur darf sie nicht über die Stränge schlagen." Cicero fuhr auf; mit ungläubiger Erbitterung und Empörung und Wut blickte er Julius an. Der Redner spürte den Blick, obwohl er nicht hinsah, und hob die Hand, wie zur Abwehr eines lauten Zwischenrufs. Dann sprach er weiter zu den entgeistert starrenden Senatoren: „Catilina ist angeklagt. Der edle Konsul hat die Todesstrafe für ihn gefordert. Aber die gleichen Gesetze, deren Wahrung Cicero sich so angelegen sein läßt, gestatten dem Angeklagten, sich zu verteidigen. Wir wollen also, um uns nicht vor dem Wahrer des Rechtes beschämt zu fühlen, Catilinas Rechtfertigung anhören."

Er setzte sich, ohne Cicero anzusehen. Crassus verzog die Lippen und betrachtete aufmerksam den Fußboden. Cicero konnte sich nicht rühren; er schien kaum zu atmen. Catilina erhob sich, und wie auf ein Signal hin erstrahlten die roten Fackeln heller und übergossen ihn mit blutrotem Licht, daß er wie ein furchtbarer, aber prachtvoller Dämon aussah. Jetzt erst, beim vollen Anblick dieser Gestalt in ihrer ganzen Anmaßung und Selbstsicherheit, lief zitternde Erregung wie ein Schwall Wasser über Ciceros Gesicht und schien es aufzuschwemmen.

Catilina verbeugte sich förmlich und gemessen vor dem Senat, vor Caesar und Crassus und ihren Gefährten. Alle seine Bewegungen waren anmutig und eindrucksvoll. Als er zu reden begann, erhob sich seine gepflegte Stimme mühelos und voll Stolz.

„Ehrwürdige Väter", sagte er, „ich, Lucius Sergius Catilina, römischer Patrizier, Sproß einer uralten Ahnenreihe von Römern, Soldat, Offizier, Kriegsteilnehmer, bin jetzt vor euch viermal hintereinander maßlos der greulichsten Verbrechen gegen mein Land beschuldigt worden. Die Anklage lautete auf Verschwörung gegen mein Volk, gegen meine Waffengefährten und Generale, gegen meine Blutsbrüder, zu denen auch viele von euch gehören. Die Anklage lautete auf abscheulichen Hochverrat gegen Rom, seine Verfassung und Wohlfahrt, seine innere und äußere Sicherheit. Ich habe meinen Ohren nicht getraut, als man ausgerechnet mich zum Staatsfeind erklären wollte! Mich, Lucius Sergius Catilina!"

Er hielt inne, als wäre diese Zumutung so unvorstellbar, daß er selbst noch immer völlig verdutzt darüber war. Er blickte die Senatoren einen nach dem andern an, und in seinen verzerrten, aber noch immer schönen Zügen malte sich kalte, erschreckende Wut. Er schien zu wachsen. Er umklammerte sein Schwert. Sein rascher Atem ging laut in dem stillen Tempelraum.

„Etwas Derartiges, Väter, traut ihr doch sicherlich einem eurer eigenen Standesgenossen oder Verwandten nicht zu? Bestimmt seid ihr über eine solche Behauptung ebenso empört wie ich! Meine Ahnen haben, wie die euren, für Rom gekämpft, und viele sind für die Ehre ihrer Heimat auf dem Schlachtfeld gefallen. Auf ihren Schilden hat man meine Vorfahren, wie die euren, den trauernden Frauen und Kindern gebracht. Nicht die geringste Ehrlosigkeit oder Feigheit konnte man diesen Helden nachsagen. In Krieg und Frieden haben sie ihrem Vaterland gedient, und auch ich habe das gleiche getan. Seht mich an, ehrwürdige Väter! Seht auf meiner Brust die Narben der Wunden, die ich als Soldat davontrug!"

Er riß den scharlachroten Obersaum seines langen Gewandes auf und entblößte die in der Tat von Narben übersäte Brust. Und die Senatoren blickten schweigend, regungslos hin; manchen von ihnen huschte im Gedenken an eigene Kriegserlebnisse eine Anwandlung von Mitempfinden über das Gesicht. Catilina bedeckte die Brust wieder und fuhr mit zuckenden Lippen fort:

„Ich, Lucius Sergius Catilina, habe von meinen Generalen für diese Dienste Auszeichnungen und Ehrungen erhalten. War etwa Sulla ein Heuchler oder ein Schwindler, als er mich so ehrte? Haben sich die vielen meiner Landsleute, die bei der Konsulwahl mir ihre Stimmen gaben, damit als Spitzbuben und Verräter gebrandmarkt? Habe ich als Prätor mich bereichert oder gegen mein Land vergangen? Haben so edle Männer wie Crassus oder Caesar oder Pompejus oder Clodius gegen mich, ihren Kampfgefährten und Standesgenossen, Anklage erhoben? Nein! Keine Stimme ist je gegen mich laut geworden. Mit einer einzigen Ausnahme!"

Mit vorgestrecktem Arm wies er auf Cicero, wie man auf einen Hund zeigt, der sich so scheußlich benommen hat, daß man ihn besser gar nicht beim Namen ruft. Diese Geste war so gekränkt, derart von Zorn und Ekel erfüllt, daß einige anständige Senatoren darauf hereinfielen und empörte Mienen machten.

„Mit einer einzigen Ausnahme!" wiederholte er. „Und wer ist das? Kein Römer von Geburt, sondern nur ein Römer von Höflichkeits Gnaden, ein Provinzler, ein Emporkömmling, ein Mann, der keine Ahnung haben kann, was es heißt, im geheiligten Mauerkranze Roms geboren und aufgewachsen zu sein, unter den Segnungen heldenhafter Ahnen, angesichts der den Göttern und Heroen dieser Stadt errichteten Altäre! Ist der Mann Soldat? Wo ist sein Schwert und Schild? Wo sind seine Wunden? Von Gesetzen schwatzt er. Aber wer hat diese Gesetze für alle kommenden Geschlechter in Erz eingegraben? Meine Ahnen taten es, nicht die Vorfahren dieses Mannes aus dunkler Familie, dieses Sprosses von Händlern und Krämern und kleinen Gewerbetreibenden. Und ausgerechnet dieser Mann verbellt mit seinem Rechtsgekläffe den Mond und erdreistet sich, mich – mich! – des schändlichsten Verbrechens zu zeihen, der unsagbarsten Freveltat, des Hochverrats! Des Hochverrats!"

Er schlug sich mit der Faust auf die Brust, und das erschreckend blaue Feuer seines Blicks richtete sich voll Spott und Verachtung auf Cicero.

„Wißt ihr, ehrwürdige Väter, was diesen Mann wirklich erfüllt und immer erfüllt hat? Neid und krankhafte Ehrsucht. Haß auf alles, was er nie, solange Rom besteht, wird erreichen können! Er ist Konsul geworden. Das genügt ihm nicht. Durch Arglist und mit seiner honigsüßen Stimme hat er die Römer betört und sich einiges Ansehen erworben. Das genügt ihm nicht. Er ist aus Armut zu Wohlhabenheit emporgestiegen. Das genügt ihm nicht. Er möchte das werden, was ich bin, ein Patrizier. Und da ihm das die Götter verweigern, will er jene, denen er es nicht gleichtun kann, zerstören und vernichten. Aus seinem ohnmächtigen Neid heraus hat er mich viermal heftig, ja tollwütig angegriffen. Zweimal habe ich es mir angehört. Zweimal bin ich ferngeblieben, aber nicht etwa aus Angst vor ihm oder davor, daß ihr, Väter, seinen abscheulichen Beschuldigungen gegen einen echten Römer Glauben schenken könntet, sondern nur, weil ich mich für mein Heimatland geschämt habe.

Jetzt jedoch hat er die Stirn, etwas zu fordern, was in den Tagen eurer und meiner Ahnen, Väter, nie geduldet worden wäre: daß ich schmachvoll sterben soll – für Verbrechen, die ich nie begangen habe und als römischer Patrizier nie, auch nicht im Zustand der Sinnesverwirrung, zu begehen imstande wäre! Bisher habe ich Langmut mit ihm bewiesen. Aber das hat nun ein Ende, Väter. Bei den Manen unserer gemeinsamen Vorfahren beschwöre ich euch, nicht länger zu dulden, daß ein Marcus Tullius Cicero, dessen Vorfahren, die Walker, uns die schmutzigen Kleider gewaschen haben, straflos Männer wie mich, die den wahren Geist Roms darstellen, verleumdet!"

Er warf sich wieder in seinen Sessel und preßte die geballten Fäuste auf die Knie. Seine Brust hob und senkte sich in größter Erregung, und er starrte zu Boden, als sähe er dort eine schreckliche, furchteinflößende Erscheinung, die er mit leidenschaftlichster Kraft von sich wies.

Quintus, der neben seinem Bruder stand, spürte Galle und Mordlust in sich aufsteigen. Sein sonst so lebhaft gefärbtes Gesicht war kreideweiß. Er faßte den Bruder an der Hand, die sich hart wie Stein anfühlte, und sah ihn Catilina anstarren, wie man ein Gorgonenhaupt anstarren mochte.

Dann erhob sich in der Totenstille nochmals Julius Caesar und richtete lächelnd das Wort an die Senatoren, die widerstrebend den auf Catilina gerichteten Blick ihm zuwandten.

„Ehrwürdige Väter", begann er in freundlichem, sachlichem Tone, „wir haben jetzt den Ankläger und den Angeklagten gehört. Catilinas Worte sind sicherlich jedem stolzen Mann zu Herzen gegangen. Aber, Väter, uns liegen Beweise vor! Ciceros Beschuldigungen sind nicht auf den Sand persönlichen Neides gebaut. Wir haben die Geständnisse von Catilinas Mitverschworenen – Geständnisse, die nicht durch Haft und Folter abgepreßt, sondern von diesen Patriziern freiwillig abgelegt wurden, mit jener Verachtung der Lüge, wie sie eben Patriziern zu eigen ist."

Catilina hob den Kopf und blickte Julius fest an, der nachsichtig lächelte und mit trauriger Stimme fortfuhr:

„Leider geht es heutzutage anders zu als in Vorvaters Zeiten. Früher haben sich Patrizier nicht mit albernen, unbeherrschten, ehrgeizigen, ränkesüchtigen Fanatikern zusammengetan. Aber damals war das Leben einfacher, nicht so entartet, verworren und verwirrend wie heute, nicht so ungegründet und wechselhaft. Damals kannte jeder seine Pflicht und ließ sich in seiner Auffassung darüber, was seiner Heimat am besten tat, nicht beirren. Er kämpfte einfach für sie und starb für sie. Heute ist die Begriffsverwirrung so groß, daß auch Menschen mit dem besten Willen und der größten Nächstenliebe sich von trügerischen Reden betören lassen, weil über die letzten Zielsetzungen Unsicherheit herrscht. Was unseren Ahnen für richtig galt, erscheint leider vielen charakterschwachen Naturen nicht mehr als richtig. Sollen wir diesen Mangel an Grundsatztreue, diese Verworrenheit als Hochverrat bezeichnen, als das unverzeihlichste aller Verbrechen? Oder sollen wir solche Unzulänglichkeiten als beklagenswert ansehen und mit den törichten Frevlern eher Mitleid empfinden?"

Crassus unterdrückte ein düsteres Lächeln. Clodius rückte unbehaglich hin und her. Pompejus starrte unentwegt, mit zusammengekniffenen Augen, Caesar an. Aber der junge Marcus Porcius Cato, Urenkel des älteren Cato, des leidenschaftlichen Patrioten und Zensors, war von gleicher stiller Wut erfüllt wie Cicero und warf dem Redner einen entsetzten Blick zu.

„Es ist eine nicht unbekannte Erscheinung", fuhr Caesar mit dem sorgenvollen Bedauern eines über den Dingen stehenden Mannes fort, „daß auch Patrizier sich betören und vom rechten Weg abbringen lassen. Catilinas Mitverschworene haben ausgesagt, er hätte einen hochverräterischen Anschlag auf Rom geplant und sogar in einer Art wahnwitzigen Überschwangs die Stadt anzuzünden und zu zerstören vorgehabt. Nun muß man in Betracht ziehen, daß diese Männer, in ihrem Bestreben, der gerechten Strafe für ihre eigenen Verfehlungen zu entgehen, übertrieben haben mochten. Aber wir wollen annehmen, daß Catilina tatsächlich ihren Einflüsterungen sein Ohr lieh und sich von ihnen zu überspannten Phantastereien über eine Verbesserung der Lage der unterdrückten Volksschichten hinreißen ließ. Diese Mitverschworenen sind ja schließlich seine Standesgenossen, Heißsporne und vor allem junge Leute. Und man weiß ja, ehrwürdige Väter, wie leicht die Jugend in ihrem blinden Eifer über alle Stränge schlägt.

Catilina ist kein Jüngling mehr. Aber er wurde im Dienst des Vaterlandes mehrfach verwundet und hat sich in fernen Ländern schwere fieberhafte Krankheiten zugezogen, die für sich allein ausreichen würden, die Einsicht und Urteilskraft eines Menschen zu beeinträchtigen. Ich kenne ihn gut, von Kind auf. Ich habe Seite an Seite mit diesem vorbildlich tapferen, einsatzfreudigen Soldaten gekämpft. In unserer Jugend habe ich an ihm keinerlei Anzeichen jener geistigen Zerrüttung bemerkt, an der er jetzt angeblich leidet und die wohl daher kommen könnte, daß ihm Männer mit unbezähmter Leidenschaft und noch unbezähmteren Gelüsten den Kopf verdreht haben. Über die angemessene Bestrafung dieser Männer möge noch gesondert beschlossen werden, wobei ich persönlich nur sagen kann, daß in Leid und Elend der Tod ein Ausruhen von den Mühsalen ist und keine qualvolle Strafe. Auch muß ich an das Sempronische Gesetz erinnern, das die Hinrichtung eines römischen Bürgers, ohne daß ihm vorher die Berufung an die Volksversammlung ermöglicht wird, ausdrücklich verbietet.

In den Aussagen der Mitverschworenen mögen Dichtung und Wahrheit vermengt sein. Wenn Catilina auf diese Männer hörte und dadurch außer sich geriet und in der heutigen bösen, wechselvollen Zeit, in dem jetzt herrschenden privaten und öffentlichen Durcheinander den Weg verlor, so war das höchst töricht von ihm. Aber liegt in seinem Verhalten Hochverrat? Vielleicht. Vielleicht auch nicht. Immerhin erfordert dieses Verhalten Sühne, und ich beantrage Bestrafung für ihn."

Er blickte Catilina an, der den Kopf in trauriger Zerknirschung gesenkt hatte, und rief in einem Ton, worin Empörung und Mitgefühl qualvoll miteinander zu ringen schienen: „Er soll Rom verlassen! Er soll den Rest seines Lebens in der Verbannung verbringen, von Reue über seine Torheit und von vergeblicher Sehnsucht nach der Stadt seiner Väter verzehrt. Wir aber wollen den Namen Catilina aus unserem Gedächtnis tilgen, wie auch er selbst wünschen muß, vergessen zu werden." Mit einer Geste der Erschöpfung und Pein und Betrübnis setzte sich Caesar.

In tiefster Verzweiflung sagte Cicero zu sich selber: Er hat mich und Rom verraten! Wie hat es Catilina nur zuwege gebracht, ihn zu dieser Selbsterniedrigung zu treiben? Ach, Julius, mein Verstand hat nichts Besseres von dir erwartet; aber mein Gefühl hegte die Hoffnung, du würdest, wenn es hart auf hart geht, doch zu deinem Lande stehen. Nun ist alles verloren! Cicero musterte die Gesichter der Senatoren und erkannte darin Angst und Verdüsterung. Und, was das Ärgste war, ein Unsicherwerden und Schwanken.

Nun aber erhob sich der junge Cato, der Mann mit dem edlen Gesicht, den furchtlosen, zornigen Augen und den durchgeistigten Zügen. Er stellte sich neben Cicero und ergriff seine Hand mit der schlichten Gebärde des Freundes. Und er sah die Senatoren an, und sein Blick wurde strahlend und fest. Dann wandte er sich langsam zu Caesar, der plötzlich seine Traurigkeit vergessen hatte und sich in seinem Elfenbeinsessel aufsetzte, als sähe er eine Marmorherme zum Leben erwachen. Cato wies mit erhobener Hand auf seinen Vorredner und begann zu sprechen, mit einer Stimme, die anfangs zitterte und befangen war, allmählich aber an Stärke gewann:

„Gajus Julius Caesar, der Sproß eines großen, angesehenen Geschlechtes, der vielgerühmte Krieger, hat heute alles, was er ist, entehrt, und sein Vaterland dazu!" Die Senatoren fuhren in ihren Sitzen hoch und trauten ihren Ohren nicht. Völlig verdutzt sahen sie einander an. „Caesar weiß, daß Cicero die Wahrheit gesprochen hat. Er weiß, daß Catilinas Mitverschworene die Wahrheit gesprochen haben. Warum lügt und heuchelt er?"

Mit aller Wucht seiner Empörung wandte er sich nun unmittelbar an den Vorredner. „Sag mir, Caesar, wovor fürchtest du dich? Welche abwegigen Gedanken und Empfindungen bedrängen dir Hirn und Seele? Du hast die Wahrheit oft genug gehört, und auf einmal sprichst du mit solcher Milde! Milde für Hochverräter, Caesar? Weshalb mißachtest du auf so beleidigende Art unseren Verstand, unsere Kenntnis des wahren Sachverhalts? Milde für Hochverräter, für Staatsfeinde? Unter dem Vorwand, sie seien einer Täuschung, einer Sinnesverwirrung zum Opfer gefallen, sie hätten nicht gewußt, was sie tun, sie hätten die besten, hochherzigsten Absichten gehabt und bloß falsche Mittel zu ihrer Verwirklichung gewählt? Nur aus – allerdings auf gefährliche Abwege mißleiteter – Menschenliebe und aus heißem Rechtsempfinden haben sie Hochverrat gesät? Nur aus Unzufriedenheit mit Mißständen und nur, um das Los aller Römer, besonders der von ihnen sogenannten ‚Unterdrückten' zu bessern, haben sie getan, was sie taten? War ihr blinder Eifer, wie du es ausdrücktest, bloß der Eifer von Weltverbesserern? Wurden sie bloß durch die zu träge Rechtsentwicklung, durch die zu langsame Ausmerzung von Gesetzeshärten auf Abwege getrieben? Oder sind sie das, wofür auch du, Caesar, sie bei dir selber hältst: machtgierige Hochverräter und ehrvergessene Mörder, die ganz genau wußten, welcher Verbrechen sie sich schuldig machten?"

Vor gerechter Empörung und Wut versagte ihm die Stimme. Und die Senatoren horchten tiefbewegt, wie aus einem Traum erwacht. Caesar setzte eine nachdenkliche Miene auf. Crassus verriet keine Gemütsbewegung. Pompejus lächelte unergründbar. Clodius betrachtete angelegentlich seine Fingernägel.

Sichtlich zitternd, aber furchtlos, fuhr Cato fort: „Was ich beantrage, was ich jetzt im Namen aller Römer fordere, ist folgendes: Da durch den frevelhaften Anschlag verbrecherischer Bürger der Staat in größte Gefahr gekommen ist und da Catilinas Mitverschworene geständig sind, Mord, Brandstiftung und andere entsetzliche, gemeine Untaten gegen Mitbürger und Vaterland vorbereitet zu haben, so ist an allen Teilnehmern des Komplotts, als an ertappten Schwerverbrechern, nach dem Brauch der Vorfahren die äußerste Strafe zu vollstrecken."

Die Senatoren waren von dem schlichten Eifer und leidenschaftlichen Gerechtigkeitssinn des jungen Mannes, den sie als freundlichen, gediegenen, gewissenhaften, ebenso beherzten wie bescheidenen Patrizier kannten, so beeindruckt und gefesselt, daß sie nicht gewahrten, wie der im Hintergrund sitzende Catilina mitten in Catos Rede plötzlich aufstand, sich an den ebenso andächtig lauschenden Soldaten vorbeischlich und in der ungewöhnlich schweigsamen Menge verschwand, die ihrerseits bloß bemüht war, von dem Rededuell zwischen Caesar und Cato ja kein Wort zu überhören.

Nur ein Mann beobachtete die verstohlene Flucht: Julius Caesar. Aber er ließ sich nichts anmerken und behielt seine nachdenkliche Miene bei. Erst als er kein lautes Schreien außerhalb des Tempels vernahm, wurde ihm bewußt, daß er den Atem krampfhaft, bis zur äußersten Anspannung der Lungen, angehalten hatte. Nun lächelte er sehr erleichtert und blickte verstohlen Cicero an, der, von Catos Worten tief bewegt, mit gesenktem Kopfe dasaß. Während die Senatoren murmelnd ihre Meinungen austauschten, überlegte Cicero – er wußte ja, daß viele ihm feindlich gesinnt waren und ihn verachteten – eine Zeitlang, ehe er den Kopf hob und nochmals das Wort ergriff.

„Ehrwürdige Väter, Cato ist der Ansicht, daß diejenigen Männer, die uns alle, ja die gesamte Bürgerschaft, des Lebens zu berauben, die unsere Republik zu vernichten, die den Namen des römischen Volkes auszutilgen versucht haben, auch nicht einen Augenblick länger das Dasein und diese allen gemeinsame Luft genießen dürfen, und erinnert uns daran, daß man diese Art Strafe schon oft gegen ruchlose Bürger in unserem Staate angewandt hat. Caesar vertritt die Meinung, der Tod sei nicht von den unsterblichen Göttern zur Strafe bestimmt, sondern entweder eine unausweichliche Naturnotwendigkeit oder ein friedliches Ausruhen von Mühsal und Elend. Verbannung dagegen, und zwar auf Lebenszeit, empfindet er als besonders harte Strafe für verruchten Frevel.

Wenn ihr, ehrwürdige Väter, dieser Meinung Caesars beitretet, so werde ich, da er in der Politik eine als volksfreundlich geltende Richtung eingeschlagen hat, vielleicht weniger Angriffe von seiten der Popularen, die dem Catilina zum Teil wohlgesinnt sind, zu befürchten haben. Stimmt ihr dagegen dem Antrag Catos bei, so wird mir das vielleicht mehr zu schaffen machen. Aber das Staatsinteresse muß der Bedachtnahme auf meine persönliche Sicherheit vorangehen. Übrigens wird Caesar selbst einsehen, daß das Sempronische Gesetz für römische Bürger erlassen wurde, daß jedoch jemand, der ein Staatsfeind ist, sich nicht mehr zu den römischen Bürgern zählen und nicht die für sie vorgesehenen Rechtswohltaten in Anspruch nehmen kann.

Die Entscheidung liegt nun bei euch, ehrwürdige Väter. Faßt einen umsichtigen und männlichen Beschluß, zu eurem und des römischen Volkes höchstem Wohle, zum Schutze eurer Frauen und Kinder, eurer Hausaltäre und Herde, der Heiligtümer und Tempel, Häuser und Wohnungen der ganzen Stadt, zum Schutz der öffentlichen Ordnung und der Freiheit, zum Gedeihen Italiens und des ganzen Reiches! Und denkt daran, daß ihr einen Konsul habt, der einerseits nicht zögern wird, sich euren Beschlüssen zu fügen, andererseits aber imstande sein wird, sie zeitlebens zu verfechten und persönlich für sie einzustehen!"

Mit ruhiger Strenge blickte er die Senatoren unverwandt an. Zu seinen Seiten standen Quintus und Cato. Das Schicksal Roms lag in den Händen der Senatoren, und er war darauf gefaßt, daß sie schwanken und schließlich die Verhängung der Todesstrafe ablehnen würden.

Aber die Menge draußen hatte seine Schlußworte rasch bis zu den Grenzen des Forums weitergegeben. Während Cicero wartete und die Senatoren flüsternd miteinander berieten, erdröhnte der Tempel plötzlich von einem gewaltigen, donnerähnlichen Brüllen: „Tod für Catilina und alle Verräter! Tod! Tod!"

Cicero hörte die Rufe, und ein ganz schwaches Lächeln huschte über seine ernsten Züge. Caesar hörte die Rufe und blickte Crassus an und wurde nicht klug aus seiner Miene. Die Senatoren hörten die Rufe und wußten, daß ihnen keine Wahl blieb. Der älteste von ihnen wandte sich zum Konsul und verkündete:

„Die Todesstrafe für Catilina und seine Mitverschworenen!"

Kaum waren diese Worte gefallen, so eilte Quintus davon und befahl seinen Soldaten, Catilina festzunehmen. Aber der Vogel war ausgeflogen, und plötzlich mischten sich Zornrufe im Tempel mit einem Gebrüll von draußen. In diesem Augenblick sprengte Catilina schon auf seinem großen Rappen, von einigen Gefährten gefolgt, in gestrecktem Galopp durch das nächstgelegene Stadttor, auf dem Wege zu seinem Anhänger Gajus Manlius, der in Etrurien eine Kampfgruppe zusammengestellt hatte.

Am späten Abend des gleichen Tages saß Cicero in seiner Bibliothek und überlas die Weisungen zur Einlieferung der verhafteten Catilinarier in das Tullianum, ein unterirdisches Verlies des Mamertinischen Kerkers, wo am nächsten Morgen die Hinrichtung erfolgen sollte, und zwar auf die denkbar erniedrigendste Weise: der Verurteilte wurde in dem feuchten, licht- und luftlosen Gewölbe langsam und qualvoll vom Henker erwürgt. Ciceros Hand zitterte, als er zur Unterschrift ansetzte. Verzweifelt sann er über eine andere Lösung nach. Er blickte seine Feder an, und es überlief ihn kalt. Nie noch hatte er ein Todesurteil unterzeichnet. Aber wenn Rom am Leben bleiben sollte, mußten diese Männer sterben, obwohl sie alle Patrizier waren und einer sogar die Konsulswürde bekleidet hatte. Was war verdammenswerter: die Hinrichtung wegen Hochverrats oder der Hochverrat selber? Er seufzte tief, und sein Namenszug auf den Urkunden wurde kaum leserlich, so groß war seine Seelenqual.

Eben hatte er die schreckliche Aufgabe erfüllt, da meldete ihm sein Hausmeister den Besuch Julius Caesars. Seine erste Regung war, den Mann, der ihn derart enttäuscht und erbittert hatte, nicht zu empfangen. Dann schob er müde die Urkunden beiseite und ließ bitten.

In feierlicher Haltung und mit sehr ernster Miene trat Caesar ein. Cicero winkte ihm schweigend, Platz zu nehmen, und goß ihm und sich Wein ein. Julius nahm den Becher und trank dem Hausherrn zu. Cicero nippte, ohne die Geste zu beachten, von seinem eigenen Becher.

„Du ärgerst dich über mich, Marcus", sagte Julius. „Aber war es nicht klüger von mir, Einspruch zu erheben, statt eine überhastete Entscheidung des Senats zu begünstigen? Die Geschichtsschreibung wird berichten, daß Catilina und seine Mitverschworenen erst nach langen, sorgfältigen Beratungen verurteilt wurden, aus rechtlichen Erwägungen und nicht in einer Gefühlsaufwallung."

„Darauf kam es dir nicht an, Julius", entgegnete Marcus, dessen Erbitterung noch wuchs. „Sag mir nur eines: Womit hat Catilina dich eingeschüchtert und zu seinem Fürsprecher gemacht?"

Julius zog verwundert die Brauen hoch. „Meiner Treu, Marcus, ich verstehe dich nicht. Wo will das hinaus?"

„Auf die Wahrheit, Julius, nur auf die Wahrheit. Aber lassen wir das! Du wirst dich mir nicht eröffnen. Wozu bist du gekommen?"

Julius lächelte ihm liebevoll zu. „Um dir meine Anerkennung auszusprechen, Marcus. Dafür, daß du Rom gerettet hast."

Jetzt konnte Marcus sich nicht mehr beherrschen. Er faßte die von ihm unterschriebenen Urkunden, hob sie und schwenkte sie. „Schau dir diese Papiere an, Caesar! Das eine befiehlt die Verhaftung und Hinrichtung des Lucius Sergius Catilina! Die fünf anderen ordnen für morgen früh die Hinrichtung seiner Mitverschworenen an. Sechs Todesurteile, Caesar. Nur sechs! Kennst du etwa nicht die anderen Namen, die mit dabeisein sollten? Der deine, Caesar, und der des Pompejus und des Clodius, und höchstwahrscheinlich auch der des Crassus! Und aller eurer

Spießgesellen! Aller! Ich sage dir, ich würde besser, mit weniger Gewissensbissen, schlafen können, wenn eure Namen auch dabei wären. Das schwöre ich dir bei meiner Schutzgöttin Pallas Athene." Er warf die Urkunden auf den Tisch zurück und starrte sie in tiefer Qual an.

Caesar erhob sich. „Du tust uns unrecht, Marcus", sagte er.

„Wirklich, Caesar?"

„Ja. Das habe ich dir schon wiederholt geschworen."

„Du hast falsch geschworen, und dafür wird dich die Rache der Götter treffen."

Caesar befestigte die juwelenbesetzte Fibel seines Mantels. Er blickte Marcus lange und gelassen an. „Du bist ein guter Mensch, mein alter Freund und Gefährte, und es zerreißt dir das Herz, daß du diese Urteile vollziehen lassen mußt. Deshalb redest du so hemmungslos. Ich nehme es dir nicht krumm, weil ich dich liebhabe. Beruhige dich! Du hast Rom gerettet."

Aber Marcus wurde so zornig, daß er aufspringen mußte. Er beugte sich über den Tisch, und sein scharlachrot gewordenes Gesicht schob sich ganz nahe an Caesars Kopf. „Ich habe Rom nicht gerettet. Niemand kann es jetzt mehr retten, das weißt du selber. Es ist zum Untergang verurteilt — ebenso wie du, Caesar, und ich und eine ganze Welt mit uns!"

Etwas später in der gleichen Nacht erklärte Caesar zu Crassus: „Ich sage dir, nicht nur Catilina ist verrückt, sondern auch Cicero. Er hat uns Rom gerettet. Aber er vermengt die verbrecherische Tollheit Catilinas mit unserem eigenen wohlüberlegten, klugen Beschluß, uns einer zwangsläufigen Entwicklung nicht entgegenzustemmen, sondern sie" — dabei lächelte er — „geschickt zu lenken."

„Seien wir froh", erwiderte Crassus, „daß es mit Catilina vorbei ist!"

LV

Aber es war nicht vorbei. Es brach erst richtig los.

Catilina entschloß sich, unverzüglich zu handeln. Er übernahm den Oberbefehl über die von Manlius in der Gegend von Arretium zusammengezogene Kampfgruppe, der sich eine bunt zusammengewürfelte Schar begehrlicher Freigelassener, Gladiatoren, entlaufener Sklaven, Spitzbuben und Verbrecher aller Arten, Bankrotteuren, Mißvergnügten und Umstürzlern angeschlossen hatte. Immerhin befanden sich darunter auch etrurische Patrioten, von Catilina irregeleitete Männer, die jetzt zusammen mit den Soldaten des Manlius seine Kerntruppe bildeten. In Rom verbreitete sich die Schreckenskunde, Catilina sei im Anmarsch. In der Stadt selbst hatte er Tausende von Anhängern, darunter die Verwandten des einstigen Konsuls Lentulus, der zusammen mit seinen vier Gefährten im Tullianum schmachvoll erdrosselt worden war.

Wahnsinn besaß, wie Cicero einmal sagte, eine schreckliche, nur ihm eigene, an Geistesgesunden unbekannte Eindringlichkeit, und sie hatte Catilinas Anhänger fasziniert. In einem von Noahs Jerusalemer Briefen an Cicero hatte die Bemerkung gestanden: ‚Zahlreiche gebildete Juden glauben, daß jeder böse Mensch von Sinnen sei. Andere ebenso gebildete behaupten, jeder Wahnsinnige werde auch böse, weil er von einem Dämon besessen sei. Deshalb verbringen viele unserer heiligen Männer ihr Leben damit, den Besessenen die Teufel auszutreiben.' Der böse Dämon, der in Catilina hauste, war nie beschworen worden, und jetzt nahm er vollends Besitz von ihm. Seinen Anhängern, von denen viele – darunter im Kriege zugrunde gerichtete Landwirte, zur Verzweiflung getriebene Freigelassene, unter der wucherischen Zinsenlast von Geldverleihern zusammengebrochene Schuldner – echte Anliegen gegen Rom hatten, bezeigte Catilina nicht geringere Verachtung als seinen Gegnern, die ihm den Weg zur Macht versperrten. Er kannte keine Hemmungen, keine menschlichen Regungen, kein Erbarmen.

Der biedere Haudegen Manlius mit seinen altgedienten Soldaten, die auch ihre Gründe zum Groll gegen Rom hatten, schrieb dem Oberbefehlshaber in der Hauptstadt, Quintus Marcius Rex, der in aller Eile vom Senat den Auftrag zur Vernichtung der Streitkräfte des Catilina und Manlius erhalten hatte, einen rührenden Brief. Darin heißt es: ‚Mein teurer Waffenbruder von einst, Marcius, ich rufe Götter und Menschen zu Zeugen auf, daß wir die Waffen nicht gegen unser Vaterland und zur Bedrohung anderer erhoben haben, sondern nur, um uns selbst gegen erlittene Unbill zur Wehr zu setzen. Wir sind ja verelendet und verarmt. Durch den rohen Zugriff von Wucherern haben viele von uns die Heimat, alle aber den guten Namen und den Besitz verloren. Auch war es keinem von uns vergönnt, nach dem Verlust des ererbten Vermögens wenigstens unter dem Schutz des Gesetzes die persönliche Freiheit sicherzustellen. So unerbittlich waren die Geldleute und die Gerichtsbehörden gegen uns!

Oft haben die Patrizier, aus Mitgefühl mit dem einfachen Volke von Rom, durch Senatsbeschlüsse der Verarmung abgeholfen. Oft haben auch die Plebejer selbst, entweder aus dem Drang heraus, ihre eigenen Herren zu werden, oder wegen der Überheblichkeit der Beamten, zu den Waffen gegriffen und sich von den Patriziern losgesagt. Wir dagegen streben gar nicht nach Herrschaft oder Reichtum; wir verteidigen bloß unsere Freiheit, die ein wahrer Mann erst mit dem letzten Atemzuge aufgibt. Wir beschwören dich und den Senat: Nehmt euch eurer unglücklichen Mitbürger an, richtet das von parteiischen Behörden niedergerissene Bollwerk des Rechtes wieder auf und zwingt uns nicht, unsere eigenen Mitbürger anzugreifen und darüber nachzusinnen, wie wir vor dem Untergang unser Leben möglichst teuer verkaufen können!'

Dieses Schreiben des Manlius legte Marcius Rex unverzüglich dem Senat vor, der den Konsul zur Stellungnahme einlud. Cicero las den Brief und seufzte erbittert. „An dem, was Manlius da sagt, ist viel Wahres'', meinte er. „Man sollte ihm nahelegen, mit Catilina zu brechen und samt seinen Gefolgsleuten die Waffen niederzulegen. Und man sollte ihm zu verstehen geben, der Senat sei stets so milde und mitfühlend gewesen, daß noch nie jemand sich vergeblich an ihn gewandt habe.'' Der Senat billigte den Vorschlag und schrieb in diesem Sinne an Manlius, der seinen eigenen Brief heimlich, ohne Catilinas Vorwissen, abgeschickt hatte. Die Botschaft des Senats zeigte er jetzt Catilina, der zuerst den alten Offizier wegen seiner ‚Doppelzüngigkeit' heruntermachte, dann jedoch höchst belustigt erklärte: „Wir wollen sofort unseren Marsch auf Rom antreten. Diesem Senat ist nicht zu trauen, besonders unter den jetzigen Umständen nicht.''

Manlius zögerte; denn er war alt und müde und ein Römer. „Ich habe in meinem Leben schon viel Not und Tod gesehen, Lucius. Wir sollten mit dem Senat, der höchsten Obrigkeit unseres Vaterlands, verhandeln.''

Da rief Catilina in wilder Wut: „Ich habe kein Vaterland! Ich habe nie eines gehabt! Ich werde erst eines haben, wenn ich Rom erobere!''

Als jedoch im Lager die Nachricht von der Hinrichtung der fünf Verschwörer eintraf, verliefen sich viele, die nur von der Aussicht auf Beute oder dem Streben nach Umsturz angelockt worden waren. Mit dem Rest wollte Catilina den Apennin überschreiten und zunächst nach Gallien ausweichen. Sobald Cicero diese Absicht erkannte, beorderte er den Prätor Quintus Metellus Celer, mit seiner in der Gegend von Ancona stehenden Heeresgruppe östlich und nördlich des Gebirgsbogens vorzurücken und den Aufrührern am Nordabhang des Gebirges die Paßstraße zu verlegen. Gleichzeitig rückte Gajus Antonius Hybrida von Süden her vor, um dem Feind auch von dieser Seite her den Weg abzuschneiden.

Einer der Offiziere im Verband des Antonius war Quintus Tullius Cicero. Als er sich vor seinem Abrücken von Marcus verabschiedet hatte, umarmte der Bruder ihn mit einer Beklommenheit, die er weder unterdrücken noch verbergen konnte. „Keine Sorge, lieber Marcus!'' hatte Quintus ihn beruhigt, als er die Tränen in den Augen seines Bruders sah. „Ich habe das bestimmte Vorgefühl, daß ich nicht im Kampf gegen diese Verbrecherbande fallen werde. Ich komme wieder heim. Sollte es mir aber anders beschieden sein, so denk daran, daß ich den Tod fürs Vaterland gefunden habe!''

In der Nähe von Pistoria stellte Catilina sich zum Kampf und wandte sich zuerst gegen die Heeresgruppe des Antonius, weil er dort schwächere Gegenwehr erwartete. Sein Hochgefühl wuchs ins Ungemessene. Er hatte nicht den geringsten Zweifel an seinem Endsieg. Die Götter liebten doch den edlen, wagemutigen, tapferen Mann! Er fühlte sich unangreifbar, als trüge er Athenes Schild mit dem Medusenhaupt. Manchmal kam ihm vor, er könnte es, ganz auf sich allein gestellt, mit den Soldaten des Antonius aufnehmen.

Er ritt die Reihen seiner großen, aber aus unzufriedenen Veteranen und allem möglichen Gesindel zusammengewürfelten Kampfgruppe ab, deren Bewaffnung zum Teil nur aus zugespitzten Pfählen oder plumpen Spießen bestand. Er trug ein blutrotes Banner, auf dem das alte, ehrwürdige Wappen der Catilinas eingestickt war. Seine Leute sahen sein schönes, strahlendes Gesicht, und trotz ihrer Furcht schien er ihnen ein unüberwindlicher Gott. Seine Rüstung glitzerte in der Wintersonne. Sein scharlachfarbener Mantel flatterte hinter ihm. Sein Helm schimmerte. Leidenschaft und Wahnsinn schufen einen leuchtenden Dunstkreis um ihn. Die Hufe seines Rappen schlugen Funken aus den Steinen des Bodens. Sein Schatten huschte lang und eilig über den Schnee. Seine Stimme klang wie eine fröhlich schmetternde, siegkündende Trompete, und die Reihen seiner Kampfschar schlossen sich. Plötzlich verloren die Männer alle Furcht und allen Zweifel; mutigen Herzens rückten sie vor. Catilina war ihnen ein auf dem Pegasos dahinstürmender Heros.

Gegen Mittag kamen die beiden feindlichen Heere einander ganz nahe. Mit einem Male bekam es der römische Truppenbefehlshaber Antonius, Patrizier und Ciceros Mitkonsul, mit der Angst zu tun. Er ritt neben seinem Legaten Petrejus, einem tapferen alten Soldaten, und ihnen folgte hoch zu Roß des Petrejus Lieblingsoffizier Quintus in funkelnder Rüstung, mit beherrschter, kampfesmutiger Miene. Und hinter den dreien ratterten und dröhnten die gepanzerten Streitwagen mit den römischen Feldzeichen durch die breite Talfurche. Antonius wurde immer unruhiger. Catilina hatte auch ihn für seine dunklen Pläne gewinnen wollen; er war Roms Feind und mußte vernichtet werden. Doch er blieb ein Standesgenosse des Antonius; die beiden Familien standen in engen freundschaftlichen Beziehungen, und er war seinem jetzigen Gegner früher sehr zugetan gewesen.

Er sagte zu Petrejus: „Ich habe ganz plötzlich einen Gichtanfall bekommen. Mir ist das sehr peinlich, aber ich muß zur Nachhut zurück. Marschiere also du, lieber Kamerad, mit Quintus zusammen weiter vor und nimm Feindberührung auf! Ich werde weiter hinten die Truppen in Schlachtordnung bringen, und Meldereiter werden die Verbindung zwischen uns aufrechterhalten.“

Petrejus, der im Kriegshandwerk ergraute Haudegen, wußte sofort Bescheid. Auch er war Patrizier; aber ihm stand an erster Stelle die Soldatenpflicht. Er wandte die stolzen Augen ab und erwiderte nur: „Zu Befehl, Antonius! Ich hoffe, du erholst dich bald. Quintus und ich werden

den Angriff führen.'' Er blickte die langgestreckte breite Talebene entlang, sah Catilinas schwarzen Heerwurm und preßte die Lippen aufeinander.

Quintus hatte das Gespräch gehört. Er würdigte Antonius keines Blicks, als der Befehlshaber mit verbissenem, blassem Gesicht sein Pferd wandte und zur Nachhut zurückritt. Quintus verachtete den Amtskollegen seines Bruders. Ein Römer war ein Römer. Mehr brauchte es nicht! Petrejus winkte ihn statt des Antonius an seine Seite; dankbar und freudig folgte er der Geste und spornte sein Pferd.

„Jeden Verräter an Roms Sache würde ich mit eigener Hand niedermachen, und wäre es mein leiblicher Bruder'', sagte Quintus. Der Legat erwiderte nichts darauf. Er gab seinem Kameraden recht; aber schließlich waren Antonius und er Standesgenossen, Quintus war es nicht. Doch er schätzte Beherztheit und klopfte dem neben ihm Reitenden auf die Schulter. „Wir sind eben Soldaten'', sagte er, und das genügte Quintus, der vor Freude rot wurde. Er liebte alles am römischen Heere, von den Streitwagenlenkern bis zu den in Reih und Glied dahinter marschierenden Legionären mit ihren Trommlern und Trompetern, deren Signale eben jetzt Catilina zum Kampf herausforderten. Das Knarren und Rattern der Räder erregte ihn ebensosehr wie der Marschtritt der Fußsoldaten, der die stille Winterluft erschütterte. Schon lange war er nicht in ein großes Gefecht verwickelt gewesen, und sein Soldatenblut regte sich fast unbezähmbar; seinem Kampfgeist wuchsen Flügel. Hochaufgerichtet saß er auf seinem Roß, beherrscht und kraftvoll, vor Tatendrang kribbelnd. Wie herrlich, für sein Vaterland kämpfen zu können und, wenn es sein mußte, zu sterben! Die Geister der Kriegshelden ritten auf Gespensterpferden mit ihm, und die lange zum Schweigen verurteilten Trommeln und Trompeten erhoben ihren Klang jubelnd über alle anderen Geräusche.

Das bleiche, aber blendende Sonnenlicht flutete über den weißen Talboden und die schwarzweißgefleckten Berge; es streifte scharlachrote und goldene Banner; es formte die zackigen Schatten zweier einander entgegenrückender Heere, brach sich auf bebuschten Helmen und verfing sich auf hochgereckten Speeren; es füllte die Schneemulden mit blauem Leuchten. Zur Linken des Römerheeres rann unterweltlich dunkel der kalte Fluß, wirbelnd und schäumend in seinem unruhigen Lauf. Gegen das eisige Azur des Himmels hoben die Fahnen sich scharf ab. Leder knarrte; Waffen rasselten; Pferde wieherten und hoben die roten Nüstern, als könnten sie den stechenden Schlachtengeruch nicht mehr erwarten. Ihr Atem verdichtete sich zu Wolken. Die Sonne beschien Tausende vergoldete Schilde und machte jeden einzelnen selbst wieder zu einer kleinen Sonne.

Quintus war ein geradliniger Charakter. Die Bedenklichkeiten von Schwächlingen mochten bei Gesprächen in den Säulenhallen der Hauptstadt am Platze sein; hier hatten sie zu schweigen, hier galt es zu handeln. Er ritt einer feindlichen Armee entgegen, die ein Tollhäusler anführte, und als schlicht denkender Soldat freute er sich auf den Waffengang mit den Landesfeinden. Daß Römer gegen Römer kämpften, war schon oft genug vorgekommen, innerhalb und außerhalb der Stadtmauern. In seiner Kampfbegierde spornte er sein Pferd, daß es weit vorpreschte, und mußte es wieder zügeln, um mit dem Legaten auf gleicher Höhe zu bleiben. In diesem Augenblick war es, daß ein Gedanke sein einfaches Herz wie eine eiserne Faust traf — der Gedanke, daß er eifervoll jenen Mann zu töten wünschte, der einst ihm zuliebe sein Leben aufs Spiel gesetzt hatte.

Catilina war der erklärte, zum Tod verurteilte Feind Roms, das zu zerstören er sich anschickte. Immerhin hatte er sich als tapferer Mann und heldenhafter Soldat erwiesen, und als treuer Waffengefährte. Plötzlich fühlte Quintus sich sehr elend. Er würde, wenn er Catilina gegenüberstünde, nicht zaudern; der Mann mußte natürlich sterben. Doch nun betete er mit einemmal, Catilina möge von anderer Hand fallen. Bald sollten die beiden Armeen zusammenstoßen. Quintus spürte schon den Geschmack von Salz — oder von Blut — im Munde, und seine Miene wurde so seltsam, daß der alte Haudegen Petrejus ihm einen raschen, forschenden Blick zuwarf, ohne aber etwas zu sagen. Der Legat beschattete sich die Augen mit der Hand und musterte den heranrückenden Feind. „Ein wüster Haufen!" sagte er. „Das wird ein leichter Sieg." Er hob den Arm, und die Trompeten schmetterten ohrenbetäubend. Dann stürmte die von Petrejus und Quintus angeführte erste Angriffswelle vor.

Catilinas Kampfgruppe hielt jäh im Marsch an und sah die glitzernde Woge auf sich zurollen. Die Reihen seiner Freischärler wankten; aber sie zerfielen nicht. Unter ihnen waren viele tapfere, kriegserfahrene Männer, von tapferen Offizieren befehligt. Selbst der jämmerliche, schlecht bewaffnete römische Mob, der mit in den Reihen stand, spürte das erregende Vorgefühl von Schlacht und Tod. Die Kämpfer schlossen sich fest aneinander und drängten gegen das Römerheer an. Allen voraus stürmte Catilina auf seinem Rappen wild einher. Als wollte die Natur es den Menschen an Überschwang gleichtun, verwandelte das unerträglich hell gewordene Licht einer scheinbar aufgeplusterten Sonne die schneebedeckten Gipfel in weißes Feuer, und der dunkle Fluß begann zwischen seinen eisgeränderten Ufern lauter zu lärmen und zu tosen.

Kreischend und brüllend hallte die Wucht des wilden, schrecklichen Zusammenpralls der beiden Heere von den Bergen zurück, und die Erde erzitterte. Pferd stieß gegen Pferd, Mann gegen Mann. Die Sonne glitzerte auf gezückten Schwertern, auf geschwungenen Speeren. Reiter fielen zu Boden und färbten den Schnee blutrot. Pferde wieherten schrill im Todeskampf. Stahlklingen trafen auf Schilde. Furchterregende Gesichter starrten unter Helmen. Die Luft war erfüllt von Schreien und Stöhnen. Das sonst so stille, friedliche Flußtal wurde unter einer grellen, kalten Sonne zum Schauplatz blutigen Gemetzels. Und der Widerhall des Schlachtenlärms an den Berghängen klang, als hätten unsichtbare Heerscharen des Hades in das Ringen eingegriffen. Bald wurde alles ein riesiges, flammendes Chaos von Schwertern und Speeren und Schilden in Angriff und Abwehr.

Quintus sah immer nur den Mann, der ihm gerade entgegentrat. Einen nach dem anderen schlug er Reiter vom Pferde oder durchbohrte Fußsoldaten. Trotz der bitteren Kälte strömte ihm der Schweiß von der Stirn. Er hielt sich mit den Knien an den Flanken seines Pferdes fest und lenkte es nur durch den Schenkeldruck, so daß er beide Hände frei hatte. Seine Zähne schimmerten im grellen Licht. Er ächzte und keuchte. Er vergaß Zeit und Todesgefahr und Lärm.

Das Handgemenge war verhältnismäßig kurz. Catilinas Männer fochten wie die Löwen, auch der Mob, weil jeder wußte, daß kein Pardon gegeben wurde, daß keine Gefangenen gemacht wurden. Ungehemmt schwang der Tod sein Zepter. Die Römer kämpften grimmig und noch viel zäher als ihre Feinde, weil sie als heimattreue Soldaten den Hochverrat heftig verabscheuten. Und viele der Feinde waren Etrurier, die ihnen überhaupt nicht als Landsleute galten. Die Römer verteidigten ihr Vaterland; unter ihren Gegnern wußten auch die tapfersten, daß sie nichts verteidigten als sich selbst.

Quintus' Pferd wurde verwundet, hielt sich aber ebenso tapfer wie sein Herr. Er selbst trug eine tiefe Schenkelwunde davon, und auch sein Gesicht blutete. Aber er spürte nichts als Kampfeslust. Sein Arm ermüdete nicht. Auch seine Männer waren tapfer. Offiziere und Soldaten verschmolzen in eine eiserne Phalanx, die Catilinas Truppen erbarmungslos zurückdrängte. Immer wieder schmetterte Trompetenschall durch die strahlende Luft und rief zum Sammeln der Krieger, zu neuem Angriff.

Dann war plötzlich das schreckliche Kampfgetümmel zu Ende, ebenso rasch, wie es begonnen hatte. Quintus keuchte atemlos und sah sich nach Petrejus um, konnte ihn aber nicht entdecken. Nur ein Haufen Leichen lag rings um ihn. Die in Einzelgefechten weitverstreuten Römer sammelten sich nun wieder und hieben unterwegs die letzten fliehenden Feinde nieder. Das Gemetzel war auf beiden Seiten furchtbar gewesen. Da und dort sprangen Römer vom Pferd, um einem verwundeten Kameraden Hilfe und Trost zu geben oder einen toten Freund zu beklagen. Die Pferde standen zitternd, mit gesenkten Köpfen da, und aus ihren Nüstern drang in Wolken die Atemluft. Unbewegt blickten die Berge ringsumher auf das blutige Schlachtfeld und tauchten nun auch ihre Abhänge in feuriges Rot. Mit einemmal fühlte Quintus sich völlig erschöpft. Offiziere sprachen ihn an; er konnte nur nicken oder den Kopf schütteln. Er ritt etwas abseits, trocknete sich das schweißbedeckte Gesicht, preßte die Hände an seine Wunde. Und in diesem Augenblick sah er nicht weit von sich in einer großen Blutlache Catilina auf dem Boden liegen.

Wie vom Fieber geschüttelt, stieg Quintus langsam vom Pferde und taumelte zu dem hingesunkenen Mann, der noch immer sein Schwert umklammert hielt. Von seinem edelgeformten Kopf war der Helm geglitten, und ein lebhafter Wind zauste das dunkle, rötlich schimmernde Haar. Catilinas Gesicht war kreideweiß, jenes wundervolle Gesicht, das Fabia und hundert andere Frauen verführt und zahllose Männer betört hatte, die ihm bis zu diesem Schreckenstag gefolgt waren. Die Augen — jene blauen Augen, die Furcht und Entzücken eingeflößt hatten — waren blicklos zum Himmel gerichtet. Quintus kniete neben den niedergerungenen Feind hin und starrte ihn an; mit dem blutigen Handrücken wischte er sich den Schweiß von der Stirn.

Einer der gefährlichsten Feinde Roms lag hier hingestreckt, vom eigenen wahnwitzigen Haß und Ehrgeiz, durch eigenen Willensentschluß gefällt. Quintus beugte sich über ihn; sein Atem umdampfte das Gesicht des tödlich Verwundeten. Völlig benommen verjagte er mit einer Handbewegung die Dunstwolke, als wäre sie ein fremder Eindringling und nicht sein eigener Atem. Dann schrak er auf und erschauerte: Catilinas Augen richteten sich auf ihn. Das strahlende Blau ermattete und erlosch rasch; aber die ganze wilde Willenskraft des Sterbenden versuchte den sich verdichtenden Schleier des Todes zu durchdringen.

„Lucius!" rief Quintus, und seine Stimme war ein heiseres Stöhnen. Er konnte sich nicht helfen; er hob die kalte, schlaffe Hand neben sich und umklammerte sie.

Die aus Catilinas Körper entfliehende Seele hielt einen Augenblick inne, horchte nochmals, schaute nochmals. Und dann sah sie Quintus' plötzlich weinendes Gesicht, und ein ganz schwaches Lächeln kräuselte die hübschen, grau gewordenen Lippen.

„Quintus", murmelte er. Das Lächeln vertiefte sich, und über die Lippen drang der liebevolle Spitzname, den er selbst dem Kameraden gegeben hatte: „Zottelbär." Die erstarrenden Finger umspannten, durch ungeheure Willenskraft gezwungen, Quintus' Hand. „Leb wohl", hauchte er. Wieder wandte er den Blick in die blaue Weite und flüsterte: „So habe ich mir den Tod erhofft. Ich begrüße ihn freudig." Die weißen Lider fielen über die verglasten Augen. Ein langes Zittern und Zucken durchlief den ganzen Körper; er reckte und streckte sich, der Rücken wölbte sich auf. Dann fiel der gepanzerte Leib mit dumpfem Krach zu Boden und lag still, plötzlich geschrumpft und gewelkt. Was diesen Körper belebt hatte, entfloh und ließ ihn zurück: klein, zusammengebrochen und

– endlich – friedsam. Das Schwert fiel ihm aus der Hand, das römische Kurzschwert, das er mit höchster Meisterschaft in Ehren und Unehren geführt hatte.

Quintus hob die Augen zum Himmel, der unbekümmert endloses Gemetzel und Wahnwitz und bittere Tränen mit ansah, und sagte laut: „Ich danke allen Göttern, daß es nicht meine Hand war, die ihn niederschlug!" Verbissen wiederholte er: „Ich danke den Göttern dafür." Aber etwas tief in seiner Seele stellte eine bange Frage und harrte vergeblich einer Antwort.

Er blickte auf die leblose Hand, die er noch nicht ausgelassen hatte, und sah an einem Finger etwas glitzern. Es war der Schlangenring der Todesbruderschaft. Quintus prallte zurück. Dann zog er den Ring mit Gewalt vom Finger und schob ihn in seine Tasche. Mühsam erhob er sich und schaute schwankend, mit dumpfem Starren, um sich. Er sah eine römische Fahne auf dem Boden liegen, verschmutzt und zerrissen. Mit ungeheurer Anstrengung tat er die wenigen Schritte und nahm die Fahne auf, die aus Eisen und nicht aus Tuch zu sein schien. Er hob sie, so hoch er konnte, stolperte zu Catilina zurück und bedeckte den stattlichen Körper damit, um ihn der Verachtung des Himmels, dem Gespött der Menschen, der bitterkalten Luft zu entziehen. Denn schließlich war dieser Mann nicht schmachvoll gestorben, sondern in einem großen Abenteuer des Todes.

„Er war Roms Feind", sagte Cicero zu seinem vor ihm stehenden Bruder. Auf einem Tisch zwischen ihnen lag der Schlangenring. „Er war ein Schlächter. Er hatte für den Fall des Sieges keine wirklichen Pläne zum Aufbau, zur Neugestaltung. Er war ein Dämon der Zerstörung. Er wollte nur Schreck und Vernichtung sehen und den Zusammenbruch einer ganzen Kultur. Gewalt war seine Mutter, seine Gattin, seine Geliebte. Er legte sich mit ihr schlafen und träumte von ihr. Er war von Haß gegen alle Menschen erfüllt. Deshalb hat ihn die göttliche Rache getroffen."

„Er war ein tapferer Mann", wandte Quintus ein.

Marcus lächelte traurig. „Du redest als Soldat, lieber Bruder. Soldaten schätzen Mut und Tapferkeit über alles. Aber es gibt eine Mannhaftigkeit im Dienste Gottes und des Vaterlands; sie ist von höherer Art als jene Tapferkeit, die sich im Eroberungsdrang auslebt, in persönlichem Ehrgeiz, in Terror um des Terrors willen, in dem Begehren, die Mitmenschen gleich Tieren zu beherrschen, im Machtdurst. Diese höhere Mannhaftigkeit wird nicht immer begrüßt, nicht immer anerkannt. Aber ich versichere dir, sie ist weit großartiger als der Wagemut der Catilinas und weit heldischer als alles Fahnengeflatter. Sie gründet sich nämlich auf das göttliche Gesetz."

Er stand auf und umarmte seinen Bruder. Dann legte er ihm die Hand auf die Schulter und blickte ernst in die müden, geröteten Augen.

„Ich nehme es dir nicht übel, Quintus, daß du ihn beweint hast. Aber er hätte dich an jenem Tage mit Wonne getötet, und auf meine Ermordung hat er sich jahrelang gefreut. Er war wie eine ungeheure Feuersbrunst, wie eine schwere Naturkatastrophe. Gleich solchen Heimsuchungen müssen alle Völker auch Männer dieser Art hinnehmen; sie tauchen oft im Lauf der Geschichte auf, wenn das betreffende Volk aufhört, dem göttlichen Gesetz zu folgen. Betrauere ruhig den Waffengefährten, den Mann, der dir das Leben gerettet hat! Aber danke dem Himmel, daß es mit dem, was den größeren Teil seines Wesens ausgemacht hat, für immer vorbei ist! Zumindest", fügte er hinzu, „in der durch ihn verwirklichten Gestalt."

Aber es war noch immer nicht vorbei, und Cicero wußte das sehr wohl.

Gnaeus Calpurnius Piso, der blondhaarige, kleinwüchsige und schmächtige Freund Catilinas, war ein Jahr vor dessen Verurteilung durch den Senat, auf Betreiben des Crassus Statthalter von Spanien geworden. Dieser Bestellung hatte Cicero sich seinerzeit Crassus gegenüber heftig widersetzt, erhielt jedoch damals die kühle Antwort: „Du siehst überall Verschwörungen, Cicero. Das ist eine fixe Idee von dir. Piso ist ein vornehmer Patrizier aus bester Familie, ein ausgezeichneter Soldat und tüchtiger Verwalter. Ich kann deinem Einspruch nicht stattgeben."

Aber kurz vor seinem Erscheinen im Concordia-Tempel hatte Catilina seinem Freunde nach Spanien einen Eilboten geschickt mit einem einzigen kurzen Wort: „Los!" Daraufhin scharte Piso ein Heer von Spaniern um sich und marschierte gegen Rom, um seinem geliebten Mitverschworenen beizustehen, mit ihm zu triumphieren und unter seiner Oberhoheit mitzuherrschen. Die Spanier waren ruppige, aber ehrenhafte Soldaten und ihrem römischen Statthalter ergeben. Um so auffälliger war es, daß sie schon am zweiten Marschtage plötzlich ohne ersichtlichen Grund meuterten, den Piso erschlugen und einscharrten und dann in ihre Heimatorte zurückkehrten.

Quintus Curius aber, der sich verdrossen in Rom herumtrieb, heimlich und geächtet, wurde eines Morgens, bloß wenige Tage nach Catilinas blutiger Niederlage, ermordet im Bett aufgefunden.

Es hieß, in beiden Fällen hätten Ciceros Häscher die Hände im Spiel gehabt. Aber greifbare Anhaltspunkte für diese Gerüchte fanden sich nicht. Jedenfalls war Cicero der Überzeugung, daß die Verschwörung mit Stumpf und Stiel ausgerottet werden müsse. Vor Massentötungen schrak er zurück; doch die catilinarische Eiterbeule mußte aus Roms Körper so gründlich entfernt werden, daß sie ihn nicht mehr vergiften konnte. Ciceros Mitkonsul Antonius plädierte für Nachsicht. Empört rief

Cicero ihm zu: „Glaubst du, ich tue das zu meinem Vergnügen? Es geschieht nur für Rom und nicht aus Bosheit oder zur Befriedigung persönlicher Rachegelüste.''

Er fürchtete, nach Catilinas Tode würden seine Anhänger im Mob, die Zehntausende armer, zerlumpter, hungriger Menschen, aufbegehren und die Hauptstadt, zumindest vorübergehend, in Aufruhr und Chaos stürzen. Aber er hatte seine eigene Beredsamkeit und das Verständnis des Volkes unterschätzt. Über das Verhalten der Plebs schrieb Sallust: ‚Bei der Volksmasse indessen, die anfangs einen Umsturz herbeisehnte, schlug nach der Aufdeckung der Verschwörung die Stimmung um. Man verwünschte die Pläne Catilinas, erhob den Cicero in den Himmel und überließ sich der Freude und Fröhlichkeit, als wäre man einem Sklavendasein entronnen. Denn die Leute empfanden die beabsichtigte und von Cicero enthüllte Brandstiftung als Roheit, Vermessenheit und als eine für sie höchst verhängnisvolle Sache, lag doch ihr ganzes Besitztum in der Befriedigung der täglichen Bedürfnisse an Nahrung und Kleidung.'

An jenem Morgen, als Catilinas Armee sich in Marsch setzte, hatte Manlius sich in sein Schwert gestürzt und war von seinen Männern in aller Stille bestattet worden. Cicero fühlte in seinem erschütterten Herzen heimliche Erleichterung darüber, daß der tapfere alte Soldat nicht eines schmählichen Todes sterben mußte.

Alle Verwandten der in das Komplott verwickelten Patrizier wurden erbitterte Feinde Ciceros; unter ihnen befand sich Publius Clodius. Auch Julius Caesar mußte mit ansehen, wie Freunde von ihm verhaftet und hingerichtet wurden. Er ging zusammen mit Clodius zu Crassus und beklagte sich: „Cicero hat den Verstand verloren. Er läßt jeden gefangensetzen, der mit Catilina auch nur bekannt war.''

Crassus warf ihnen einen finsteren Blick zu und entgegnete: „Was wollt ihr? Alle diese Leute haben sich schuldig gemacht; das wißt ihr ganz genau. Soll er sie schonen, nur, weil sie Patrizier und einflußreiche Männer sind und weil ihr mit ihnen getafelt und freundschaftlich verkehrt habt? Sind sie besser als die jämmerlichen Kerle, die weibischen Schauspieler, die Ringer und Boxer und Freigelassenen und die Verbrecher, die ebenfalls zu Catilinas Anhang gehörten? Ich sage euch, eure noblen Herren haben sich den Tod redlicher verdient als jene armen Schlucker.''

Nachher sagte Clodius zu Caesar: „Crassus fürchtet für sein eigenes Leben. Die Mitwisser könnten peinliche Dinge ausplaudern. Je rascher sie verschwinden, desto sicherer wird er sich fühlen. Hast du wirklich geglaubt, er würde sich ins Mittel legen? Haben Diktatoren oder Anwärter auf die Diktatur jemals Gewissensbisse gehabt?''

„Gewissensbisse können sie sich allerdings nicht leisten, mein teurer Clodius'', erwiderte Julius.

Clodius hatte ein schmales, finsteres Gesicht, in dem die großen schwarzen Augen so weit auseinanderstanden und so hervorquollen, daß böse Zungen ihn den ‚klugen Frosch' nannten. Jetzt glomm es in seinen Augen. „Das werde ich diesem Cicero nicht vergessen. Dabei habe ich ihn früher wirklich bewundert und verehrt."

Julius zuckte die Achseln. „Vergiß es wenigstens, solang wir ihn brauchen!"

„Die Not bringt einen zu seltsamen Schlafgesellen", meinte Clodius. „Der junge Marcus Antonius, dessen Großvater von deinem Onkel Marius als Sullaner hingerichtet wurde, ist jetzt dein verehrungsvoller Anhänger. Dagegen hat er, weil sein geliebter Stiefvater Lentulus auf Ciceros Betreiben einen schmachvollen Tod fand, unserem glorreichen Konsul Rache geschworen. Übrigens hat sich dein Freund Marcus auch sonst so viele Feinde geschaffen, daß man aus ihnen eine kriegsstarke Kohorte aufstellen könnte."

Cicero wußte von dem Haß, der wie eine feindliche Streitmacht hinter ihm her war. Terentia überbrachte ihm eifrig Nachrichten darüber, manchmal weinend und jammernd. „Meine liebe Freundin Julia, die Witwe des Lentulus, ist untröstlich, ebenso wie viele andere Damen, die mit mir befreundet waren. Jetzt meidet man mich wie eine Aussätzige."

„Deine Freundinnen, liebe Terentia", sagte Cicero traurig, „müssen hinter der Sicherheit Roms zurückstehen. Glaubst du, ich habe mich um das Konsulat beworben, um mir Ruhm zu schaffen? Nein! Ich diene ausschließlich meiner Heimat!"

„Aus deiner Familie machst du dir überhaupt nichts! Wozu hat ein Mann eine politische Stellung, wenn nicht einmal die eigene Familie von dem hohen Amt profitieren kann? Manchmal hasse ich dich, Marcus, und bereue, daß ich dich geheiratet habe. Ich bin geächtet! Meine früheren Freundinnen schneiden mich. Unser Schwiegersohn findet vielfach geschlossene Türen, auch bei seinen patrizischen Standesgenossen. Welche Zukunft wird dein Sohn haben?"

„Die gleiche wie Rom", entgegnete Cicero. Er erwog, sich von Terentia scheiden zu lassen, weil ihm ihre Anklagen und Vorwürfe in dieser ohnehin so schweren, bösen Zeit unerträglich wurden. Er wußte, daß in die catilinarische Verschwörung viele angesehene Familien verwickelt gewesen waren; aber das wahre Ausmaß dieser Verstrickung hatte er selbst nicht geahnt. Nun erfuhr er, daß Lentulus von Catilina beauftragt worden war, sämtliche Senatoren ermorden zu lassen. Und da murrten diese gleichen Senatoren, er habe bei der Niederschlagung des Staatsstreichs zu hart durchgegriffen!

Ihm fiel die spitze Bemerkung des Aristoteles ein, die Gabe folgerichtigen Denkens hätten die Götter dem Menschen versagt. Er hatte

Rom und viele von Catilina insgeheim zur Ermordung bestimmte Menschen gerettet, und die gleichen Leute mäkelten jetzt, er gehe zu weit. Sogar das Volk auf der Straße wandte sich, von Unzufriedenen aufgehetzt, gegen seinen Retter. Manchmal spielte er mit dem Gedanken, Rom ganz zu verlassen, so sehr verzweifelte er an der Menschheit. Im Bemühen, die stets wachsende Gehässigkeit zu beschwichtigen, legte er einmal den Prätoren das volle Ausmaß der Verschwörung und seine eigenen verzweifelten Gegenmaßnahmen dar. Die Prätoren hörten ihn schweigend an. Später wurde höhnisch herumerzählt, er habe eine selbstgefällige Lobrede auf sich selber gehalten, und an den Häuserwänden Roms standen Spottverse gegen ihn, der die Stadt vor Brandfackeln und blutigem Gemetzel bewahrt hatte.

Gleich vielen humorbegabten Männern beging er den Irrtum, dieselbe Eigenschaft bei allen anderen Menschen vorauszusetzen. Manchmal erlaubte er sich deshalb, um die Düsternis jener Zeiten aufzuhellen, irgendeinem Bekannten gegenüber eine scherzhafte oder spöttische Bemerkung. Solche Aussprüche wurden jedoch dann oft als Beweise für seine Hartherzigkeit oder Anzüglichkeit oder sogar Albernheit weitergegeben. Wenn er derlei hörte, sagte er: „Der Politiker ist doch ein bedauernswertes Wesen! Bleibt er immer streng sachlich, so schilt man ihn einen humorlosen, langweiligen Esel. Redet er manchmal ein bißchen ungezwungen, so heißt es, ihm fehle der nötige Ernst. Ist er mit Staatsmitteln haushälterisch, so füllt er sich die eigenen Taschen. Befürwortet er großzügig öffentliche Ausgaben, so vergeudet er das Volksvermögen. Ist er aufrichtig, so gilt er als gefährlich oder als Menschenverächter. Redet er um den heißen Brei herum, so kann man ihm nicht über den Weg trauen. Läßt er sich von einem auswärtigen Feind nicht einschüchtern, so ist er ein Kriegshetzer. Verhält er sich maßvoll, so kreidet man ihm das als Feigheit an. Und seine Freunde sind natürlich, wenn sie ihn gegen Verleumdungen verteidigen, immer sträflich nachsichtig und kritiklos!"

Im Vorfrühling begab er sich auf die Insel, um für eine Zeitlang Kummer und Müdigkeit zu beschwichtigen und dem von den Patriziern geschürten wachsenden Haß gegen ihn zu entgehen.

LVI

Eine der Schattenseiten eines hohen Staatsamtes war, wie Cicero feststellen mußte, die Notwendigkeit, sich ständig gegen die Mordlust jener schützen zu lassen, denen dieses Staatsamt diente. So wurde er nach Arpinum von seinem Bruder und einer starken Leibgarde begleitet. Wachtposten standen auf der Brücke, die ihm als Ort der ersten Begegnung mit Livia teuer war. Sobald er nur einen einzigen Blick in die Gesichter dieser ausgesucht verläßlichen Soldaten geworfen hatte, schied die Brücke für seine Streifzüge aus: dorthin kam Livias Geist bestimmt nie mehr. Auf der Insel selbst fühlte er sich weniger belästigt, obwohl es manchmal, während er am Ufer spazierenging, geheimnisvoll in den Büschen raschelte. Wenn er auf einer Wiese stand, war er nie sicher, ob nicht die Schatten am Waldrand Soldaten waren. Manchmal blitzte irgendwo, wo er es am wenigsten erwartet hätte, ein Helm auf. Er beklagte sich bei seinem Bruder darüber, daß, seit die Brücke bewacht war, überhaupt niemand sie ungeschoren queren konnte. Aber Quintus erwiderte: „Wer weiß denn, ob nicht einer der Diener bestochen worden ist?" Quintus selbst schlief auf einer Pritsche vor der Schlafzimmertür seines Bruders.

„Ich werde froh sein, wenn ich nicht mehr Konsul bin!" rief Cicero eines Tages.

„Glaubst du, daß du nachher sicher sein wirst, Marcus? Nein. Du hast zu viele Feinde. Dein einstiger Freund Clodius hat dir den Untergang geschworen. Und viele andere ebenfalls. Anscheinend wäre es ihnen lieber gewesen, wenn Catilina gesiegt und sie alle grausam umgebracht hätte!"

In seine Bibliothek aber ließ Cicero niemanden eindringen. Dort schrieb er täglich stundenlang an Büchern und Aufsätzen für seinen Verleger Atticus. Ganze Bündel von Schriftstücken wurden ihm aus Rom gebracht, Erlässe zur Genehmigung oder Ablehnung, und Briefe. All das war ihm lästig, bis auf seine eigene Schriftstellerei. Immerhin wurde die Insel jetzt in das strahlende Licht und das glühende Gold des Frühlings getaucht. Die Luft war würzig, und nachts hörte man nur das leise Wehen des Windes und das Rauschen der Bäume. Hier vergaß Marcus seine Gattin und alle anderen Menschen, die ihm sonst wie Bleigewichte Körper und Geist behinderten.

Manchmal — besonders abends, wenn die Mondscheibe wie eine große silberne Münze am Firmament hing — entlief er seinen Bewachern und streifte durch den Wald, in jener Gegend, wo er Livia getroffen hatte. Laubfrösche schrillten durch den Abend, eine Nachtigall sang, und das Murmeln des Flusses war unsagbar wohllautend und voll von Erinnerungen. Marcus dachte: Auch die Düsterkeit der letzten Jahre hat Livia nichts anhaben können. Ich selber werde alt; doch sie bleibt ewig jung. Und wenn ich an sie denke, werde ich selbst fast wieder zum Jüngling! Alles Böse, das dieser Frau zugestoßen war, glitt von ihr ab wie ein schwarzer Mantel, und sie war frei von der Qual ihrer Mädchenzeit und von den Schrecken ihrer Ehe. Sie war nur mehr die fröhliche, singende Livia, eine Labsal für seine Seele. Oft dachte er jetzt an den Tod, und dann überlief es ihn heiß wie einen Liebhaber, der nach langer Trennung zu seiner Angebeteten reist.

Er bekam aus Jerusalem einen Brief von Noah ben Joel, der inzwischen ein graubärtiger Mann und mehrfacher Großvater geworden war. Er schrieb ihm:

‚Die weisen Alten an den Stadttoren erklären mir, am Himmel habe sich irgend etwas begeben; aber Näheres sagen sie nicht. Sie sind auf ihre nüchterne Art erregt. Sie erkunden Vorzeichen. Sie reden mit den Priestern darüber. Ist vielleicht die Mutter des Messias geboren worden? Oder gar er selber? Vorderhand bestimmt nicht, meinen die Weisen, weil kein Posaunenschall zu hören war von den Grundfesten des Himmels her. Sie vergessen dabei die Prophezeiungen des Jesaja.

Im Tempel habe ich unseren alten Freund Roscius gesehen, in grobes Linnen gekleidet, mit Hanfsandalen. Er hat mich gar nicht erkannt, so erdenfern und weltabgewandt ist er geworden. Jedesmal, wenn eine junge Mutter, wie es der Brauch ist, ihren neugeborenen Sohn im Tempel dem Herrn opfert, schaut er ins Gesicht des Kindes, wendet sich dann traurig und enttäuscht ab und murmelt in seinen Bart: „Nein, das ist er nicht.“ Niemand würde den einstigen Roscius, den berühmten, beifallsumrauschten römischen Schauspieler, den Liebling aller Damen, den reichen, verweichlichten, in Samt und Seide prunkenden Lebemann, in ihm wiedererkennen, in diesem stillen Greis, der sich seinen Lebensunterhalt mit Reinigungsarbeiten im Tempel verdient und den von Gott verheißenen Messias erwartet.‘

Als Marcus diesen Brief las, kam ihm zu Bewußtsein, daß er unter dem Druck der blutigen Ereignisse nicht mehr an den Messias der Juden gedacht hatte. Hier, im goldenen Frieden seiner Insel, gelang es ihm leichter als in Rom. Falls dieser Erlöser überhaupt zur Welt kam, würde er sicherlich auf einem einsamen Bauernhof geboren werden oder in einem kleinen Dörfchen, und nicht in einer lärmenden Großstadt. Marcus erinnerte sich an einen Ausspruch des Sokrates, wonach die ideale Wohnstätte für Menschen ein von Feldern und Wäldern umgebenes Dorf sei, keinesfalls aber eine Stadt, in der man im Gedränge einer Vielfalt anderer Geister keinen eigenen Gedanken fassen könne. Aus den Städten entsprängen Verwirrung, Tollheit, ungeordnete Wunschbilder, verzerrte Denkformen, Abwegigkeiten, Verstiegenheiten, Fieberträume, sinnlose Zielsetzungen, Umsturzversuche, Gewaltsamkeiten. In den kleinen Dörfern jedoch, auf dem Lande, würden die Gedanken groß und standfest, und die Philosophie könne gedeihen wie ein Weinstock und Früchte tragen, die den menschlichen Geist erheiterten.

So war es in der Tat. Dörfchen und Bauernhöfe brachten Heroen wie Cincinnatus hervor. In Rom wurden Männer wie Crassus und Catilina und Caesar groß. In den ärmlichen Kammern der Dörfer wurden echte Männer gezeugt, in den behaglichen Stuben der Städte unfruchtbare Mißgeburten. Athen, die Kleinstadt, hatte Sokrates, Plato und Aristoteles hervorgebracht, und Gelehrte aller Art. Rom züchtete Ehrgeizlinge.

Marcus bedauerte es lebhaft, als er in die Hauptstadt, wo er nicht mehr wie einst den Pulsschlag des Lebens spürte, zurückkehren mußte.

Als Konsul und damit als Hüter der römischen Scheinmoral mußte Cicero gegen Clodius wegen dessen Ehebruchs mit Caesars Gattin Pompeja einschreiten. Die beiden waren von Aurelia, der Mutter Caesars, in dessen eigenem Hause auf frischer Tat ertappt worden. Das Gerichtsverfahren erschien lächerlich, wenn man an den Lebenswandel Pompejas, und noch lächerlicher, wenn man an den allgemeinen Sittenverfall in Rom dachte. Aber Marcus wußte, daß ein Volk sich über derartige Verfehlungen nach außen hin um so heftiger entrüstete, je verderbter es war.

Er sprach darüber mit Julius, der sich so betrübt gab, daß er sich die spöttische Bemerkung nicht versagen konnte: „Hör mal, Julius, deine Frau war doch nie ein Ausbund von Tugend. Wen hast du denn schon als nächste Gattin im Sinn?"

Julius zog lächelnd die Brauen hoch. „Niemanden, lieber Freund. Ich wünsche nur die Scheidung von Pompeja. Ich werde nicht gegen Clodius aussagen. Aber die Gattin eines Caesar darf nicht ins öffentliche Gerede kommen."

Marcus überlegte, während er den Blick auf das spaßfreudige Gesicht seines Freundes geheftet hielt. „Ist Clodius dir mit seinen ehrgeizigen Sonderplänen ins Gehege gekommen?"

„Unsinn!" rief Julius. „Was kann Clodius mir anhaben? Seine bescheidenen Pläne richten sich nur auf das Volkstribunat. Ich war ihm schon öfter behilflich. Und dafür tut er mir nun diesen Treubruch an!"

„Er hat mächtige Freunde, die dir nicht grün sind, Julius. Übrigens nimmt sich das Wort ‚Treubruch' in deinem Munde etwas drollig aus. Es erinnert mich an den diebischen Hund, der einen anderen ebenso diebischen wütend verbellt, weil er ihm einen Knochen gestohlen hat. Gibt es in Rom eine hübsche Ehefrau, auf die du noch nicht ein begehrliches Auge geworfen hast?"

Caesar lachte nur. Vor dem Weggehen sagte er zu Marcus: „Um auf etwas zurückzukommen, was ich dir schon einigemal, leider vergebens, vorgeschlagen habe: Schließ dich Crassus und mir an! Wir haben große Pläne für die Zukunft. Überleg es dir! Ich schätze dich sehr und würde dich gern auf unserer Seite sehen."

„Nein", lehnte Marcus ab. „Ich muß allein bleiben." Er musterte seinen Jugendgefährten. „Es gibt einen griechischen Ausspruch, vor seinen Feinden könne man selber auf der Hut sein, vor seinen Freunden dagegen nicht."

Aber Julius wurde plötzlich sehr ernst. „Ich werde dir meinen Vorschlag nie mehr wiederholen, lieber Freund. Überdenke dir ihn deshalb gut!''

Als Marcus wieder allein war, überdachte er in der Tat Caesars Worte, mit großer Bestürzung. Er wußte zwar, daß der Senat ihm neuerdings feindselig begegnete und daß viele Patrizier, deren Verwandte seiner Säuberung zum Opfer gefallen waren, wachsenden Groll und Haß gegen ihn hegten. An eine Bedrohung seines Lebens jedoch hatte er kaum geglaubt. Catilina war tot, ebenso ein großer Teil seiner Mitverschworenen. Indes war in Caesars schwarzen Augen eine ernste Warnung zu lesen gewesen. Auch Terentia hatte immer wieder betont, er sei in den einflußreichen Kreisen sehr unbeliebt geworden. „Du hörst ja auf niemanden'', beklagte sie sich. „Aber mir werden allerlei Gerüchte und Munkeleien zugetragen. Wenn du dich nicht versöhnlich zeigst, bist du verloren.''

Sie stand mit ihren Besorgnissen nicht allein. Viele Freunde Ciceros machten ähnliche Andeutungen. Er konnte sie nicht dazu bringen, sich deutlicher zu äußern. Sie wichen aus, blieben aber fest bei ihren Meinungen und Warnungen. Manche rieten ihm sogar, am Ende seines Konsulats Rom für eine Zeitlang zu verlassen. Viele empfahlen ihm, gegen Clodius nicht vorzugehen. Andere wieder schlugen im Gegenteil eine scharfe Verfolgung vor, weil das öffentliche Ärgernis über den Vorfall erstaunlich große Ausmaße angenommen habe. „Außerdem'', sagten sie, „wünscht Caesar selbst die Scheidung, und er ist sehr mächtig.''

„Eine schandbare Sache!'' fanden einige. „Clodius hat nicht nur mit Pompeja Ehebruch getrieben, sondern zugleich ein Sakrileg begangen. Und die Götter'', fügten sie mit breitem Lächeln hinzu, „darf man nicht beleidigen. Das ist ein Frevel, den das Volk nie zulassen wird.''

„Besonders nicht ein Volk, das an Götter gar nicht mehr glaubt'', erwiderte Marcus. „Was hat denn, wenn man den öffentlichen Ruf der betreffenden Dame in Betracht zieht, Clodius so Abscheuliches verbrochen? Er hat sich während der nur Frauen vorbehaltenen nächtlichen Festfeier der Bona Dea in Weiberkleidung in Caesars Haus geschlichen. Tausende von Römern finden das bloß erheiternd. Aber Caesar wünscht, seine Frau loszuwerden, und nimmt das Sakrileg zum Vorwand. Immerhin muß ich Clodius unter Anklage stellen, um gewisse Klüngel zum Schweigen zu bringen, gar nicht zu reden von der öffentlichen, aber keineswegs offenherzigen Meinung.''

Über solche kleinliche Skandalgeschichten konnte jeder Amtsträger stolpern und zu Fall kommen. Später schrieb Cicero: ‚Es ist ein großer Unterschied, ob man durch einen mächtigen, bedeutenden Gegner gestürzt wird, oder ob man am Biß einer Wanze zugrunde geht.'

Sogar beim römischen Volk, das ihn noch vor kurzem als Retter und als ‚Vater des Vaterlands' gefeiert hatte, verlor er an Gunst. Die gleichen

Leute, die seit undenklichen Zeiten das Gesetz mißachteten, begannen plötzlich, sich — unter Anleitung geheimer Einbläser — für dessen genaue Einhaltung stark zu machen: Catilinas Mitverschworene seien nicht auf verfassungsmäßige Art hingerichtet, sondern ,schmählich ermordet' worden. „Jeder glaubt von seinem Nächsten lieber das Schlechte", trösteten Ciceros Freunde ihn. Aber der planmäßig entfachte ,Volkszorn' — als einen der Hauptschürer vermutete Cicero den jungen Marcus Antonius — flammte immer lebhafter auf. Es hieß, Cicero habe das jedem zum Tode Verurteilten zustehende Recht, die Volksversammlung anzurufen, mißachtet. Dieser Vorwurf bedrückte Cicero um so mehr, als er ihn bei sich selber als gerechtfertigt anerkennen mußte. Aber er hatte damals gefürchtet, der schleppende Rechtsgang einer solchen Berufung würde Catilina Zeit lassen, seinen Anhang aufzubieten und die Stadt in Chaos zu stürzen.

„Schlag dich zu uns!" sagte Crassus zu Cicero, der nur kühl und wortlos lächelte. „Schlag dich zu uns!" riet Pompejus, der ihm das Leben gerettet hatte. Marcus sah ihn neugierig an und fragte: „Warum denn?" Aber Pompejus wurde nur rot vor Verlegenheit und ging. Über Pompejus' Aufforderung war Cicero beunruhigter als über die Angebote des Crassus und des Caesar, denen er von Herzen mißtraute. Pompejus war zwar in allem und jedem ein echter Militarist, ein Typ, dem Cicero seit jeher ablehnend gegenüberstand; doch für ihn persönlich hegte er starke Zuneigung.

Je näher der Sakrilegprozeß gegen Clodius heranrückte, desto stärker wurde Ciceros Mißbehagen. Obwohl ihm klar war, daß die Staatsreligion in der Hand der Regierung mithalf, das Volk im Zaume zu halten, machte er sich Vorwürfe darüber, daß er die ganze Sache überhaupt ernst genommen hatte. Auch die Patrizier mochten insgeheim über den Narrenstreich des Clodius lachen; aber sie hatten doch die Empfindung, ein Volk, das seine Obrigkeit die Religion leichtnehmen sah, nähme unweigerlich auch die Obrigkeit leicht, und die Folge davon würde eine Untergrabung der öffentlichen Ordnung sein. So wurde Cicero von den Patriziern in der Bona-Dea-Angelegenheit gegen Clodius, der selbst einer der Ihren war, scharfgemacht. Er nahm den Angeklagten in Untersuchungshaft.

Die Art der Bestellung der Geschworenen und den Prozeßverlauf schilderte er seinem Verleger Atticus freimütig in einem berühmten Brief, der später seinen Feinden unter den Patriziern und Senatoren in die Hände fallen sollte. Er schrieb darin: ,Als unter gewaltigem Lärm die Auswahl der Geschworenen stattfand, wobei der Ankläger zwar wie ein guter Zensor die nichtswürdigsten Elemente zurückwies, der Angeklagte jedoch wie ein Fechtmeister, der seine besten Fechter schont, lauter biedere Leute ausschied, und als der Gerichtshof sich dann konstituierte, da verloren schon alle anständigen Leute das Vertrauen. Selbst bei einem derben Volksstück hat es nie ein so schändliches Publikum gegeben: übelberüchtigte Senatoren; Habenichtse von Rittern; Zahlmeister, die eher Meister im Nichtzahlen waren. Doch befanden sich auch einige redliche Männer darunter, die Clodius bei der Auswahl nicht hatte abwimmeln können; sie saßen betrübt und traurig in ihrer so ganz anders gearteten Umgebung und fühlten sich bei der Berührung mit dem Laster todunglücklich.'

Clodius leugnete natürlich jedes Verschulden. Seine Zeugen beschworen, er sei in der Nacht des Bona-Dea-Festes bei ihnen auf dem Lande gewesen. Zornig rief dann Cicero als Zeugen Caesar auf, den Sachwalter seiner Mutter Aurelia, die ursprünglich die Anzeige erstattet hatte. Caesar erklärte feierlich, persönlich nichts von der ganzen Sache zu wissen. Als der Ankläger ihn behutsam fragte, warum er dann die Scheidung von Pompeja betrieben habe, gab er höflich die sprichwörtlich gewordene Antwort: „Auf die Gattin eines Caesar darf auch nicht der Schatten eines Verdachtes fallen." Cicero warf ihm einen abschätzigen Blick zu; aber den Gerichtssaal durchlief ein kaum unterdrücktes Lachen. Nun wurde Cicero selbst, dessen Empörung angesichts dieser Komödie wuchs, als Belastungszeuge vorgerufen. Er bekundete, mit eigenen Augen Clodius drei Stunden, bevor die Bona-Dea-Feier bei den Caesars anfing, in Rom gesehen zu haben, so daß der Angeklagte unmöglich neunzig Meilen von der Hauptstadt entfernt gewesen sein konnte, wie er und seine Zeugen es beschworen hatten.

Zu Ciceros namenlosem Entsetzen sprachen die Geschworenen Clodius mit einem Stimmenverhältnis von einunddreißig zu fünfundzwanzig frei. Dafür gab es nur eine Erklärung: der Großteil der Laienrichter war bestochen worden, während Caesar, zweifellos durch Crassus, einen Wink bekommen hatte, den Clodius-Fall möglichst im Sand verlaufen zu lassen.

‚Der Staat', schrieb Cicero in seinem Brief an Atticus, ‚ist uns, wenn nicht ein Gott uns unter seine Fittiche nimmt, durch diese eine Gerichtsverhandlung aus den Händen geglitten, falls man es noch eine Gerichtsverhandlung nennen kann, wenn einunddreißig leichtfertige Halunken — römische Bürger! — um schnödes Geld alles göttliche und menschliche Recht mit Füßen treten und zu behaupten wagen, etwas, was jeder Mensch weiß, sei überhaupt niemals vorgefallen.' Er fügte hinzu, die Drahtzieher dieses niederträchtigen Vorganges gäben ganz offen zu, daß Clodius, was ja auch mit Händen zu greifen sei, nur durch politische Machenschaften freikam.

Nur eines wußte er bestimmt: er hatte sich Clodius zum erbittertsten Feind gemacht. Einmal traf der Mann ihn in der Öffentlichkeit und hänselte ihn: „Die Geschworenen haben deinem Zeugeneide nicht getraut." Darauf entgegnete Cicero zornig: „Fünfundzwanzig haben mir getraut. Einundddreißig haben auf dich gesetzt, aber erst, nachdem sie sich die

Wettsumme im voraus auszahlen ließen." Über diese Antwort hatten alle gelacht, zum Ärger des Clodius, der Witze gern über andere machte, aber höchst ungern über sich selbst ergehen ließ.

Bei einer anderen Gelegenheit sagte Cicero vorwurfsvoll zu Caesar: „Du hast mich gedrängt, gegen Clodius vorzugehen. Als du aber selber zur Zeugenschaft aufgerufen wurdest, hast du behauptet, nichts von der unseligen Sache zu wissen, die ich von allem Anfang an am liebsten nicht verfolgt hätte."

„Mein lieber Marcus", erwiderte Julius nachsichtig, „es mag sein, daß ich mir die Sache unterdessen anders überlegt habe."

Am Ende seines Konsulats wollte Cicero, wie es der Brauch war, auf dem Forum von den ‚Rostra', der im Freien stehenden, mit den Eisenschnäbeln erbeuteter Kriegsschiffe geschmückten Rednertribüne aus, eine Ansprache an das Volk halten. Aber einer der neuen Volkstribunen, Quintus Caecilius Metellus Nepos, erhob dagegen Einspruch, mit der Begründung, einem Manne, der andere, ohne sie anzuhören, mit dem Tode bestraft habe, dürfe man nicht selbst die Gelegenheit geben, zu Gehör zu kommen.

„Ich habe die Republik gerettet", sagte dann Cicero, statt der ihm verwehrten Rede, in einer kurzen Erklärung an das Volk. „Ist das ein Vergehen, für das ich als scheidender Konsul von einem unter mir stehenden Amtsträger derart herausgefordert werden darf?" Bei diesen Worten erinnerten sich die Versammelten plötzlich an seine Verdienste um das Vaterland und riefen laut: „Du hast wahr gesprochen!" Das war die letzte öffentliche Beifallskundgebung, die er mit aufrichtigem Glauben entgegennehmen sollte.

Als abtretender Konsul hätte er sich für eine anschließende Statthalterschaft die beste Provinz auswählen können. Als solche galt damals Makedonien. Aber er gedachte der Dienste, die sein bisheriger Amtskollege Antonius Hybrida ihm erwiesen hatte, und überließ diese Provinz dem jungen Patrizier. Die ebenfalls sehr begehrte Verwaltung des zisalpinen Gallien ließ er großherzig dem Metellus Celer zukommen, in Anerkennung seiner ausgezeichneten soldatischen Leistung, durch die er dem Heere Catilinas am Nordabhang des Apennin den Weg in die Poebene verlegt hatte. Celer war der Bruder jenes Volkstribunen Metellus Nepos, der dem scheidenden Konsul die Abschlußrede an das Volk verwehrt hatte. Als Nepos von dieser versöhnlichen Geste Ciceros erfuhr, höhnte er bloß in aller Öffentlichkeit: „Er versucht, sich mir anzubiedern."

„Wohin ich mich wende, treffe ich nur auf Gegner", beklagte Cicero sich zu seinen Freunden. „Es macht den Eindruck, als hätte man sich verschworen, mich anzuschwärzen und zu verfemen. Aber wer dahintersteckt, weiß ich nicht."

Er hatte angenommen, wenigstens die Nutznießer seiner Großherzigkeit würden sich ihm gegenüber loyal verhalten. Als ihn daher Antonius Hybrida von Makedonien aus um Rechtsbeistand bat, sagte er ohne Zögern zu. Schon vor einiger Zeit waren ihm Gerüchte zugetragen worden, wonach Antonius sich in seiner Provinz der unrechtmäßigen Bereicherung und der Erpressung schuldig gemacht habe. Er schenkte diesen Anwürfen keinen Glauben, da der Statthalter selbst ein wohlhabender Mann war. Nun aber schrieb ihm Hybrida, er wolle aus Makedonien zurückberufen und unter Anklage gestellt werden, und bat den, lieben alten Freund', seinen Fall zu übernehmen. Marcus willigte, wie erwähnt, ein, mit einem warmen, aufmunternden Brief, den Antonius bedachterweise gut aufbewahrte. Noch vor der Rückkehr seines früheren Amtskollegen bereitete Cicero die Verteidigung sehr liebevoll vor und erklärte allen Leuten, die ganze Anklage erscheine ihm töricht und Antonius sei ihm so lieb wie ein Bruder. Diese Äußerung merkte man sich genau.

Dann erfuhr Cicero etwas höchst Erstaunliches. Antonius hatte angeblich einigen befreundeten Senatoren geschrieben, Cicero habe ihm, ehe er nach Makedonien abreiste, aufgetragen, möglichst viel aus der Provinz herauszupressen und den Ertrag mit ihm zu teilen! Eine solche Heimtücke widersprach dem Bild, das er sich von Antonius und dessen Ehrenhaftigkeit gemacht hatte, derart, daß er sich zunächst erzürnt weigerte, daran zu glauben. Aber man zeigte ihm einen von Antonius an einen Senator geschriebenen Brief, wonach Cicero seinen ehemaligen Freigelassenen Hilarus ‚als Kontrollor für die gemeinsamen Einnahmen' nach Makedonien entsandt hätte. Natürlich waren Antonius' Briefe nur für seine Freunde bestimmt gewesen; doch die Bosheit der Empfänger trieb sie dazu, die Schreiben herumzureichen. Unterdessen dankte Antonius seinem alten Kollegen in einem freundlichen Schreiben für die Übernahme seiner Verteidigung. Nun wurde Cicero sich schmerzlich klar darüber, daß Antonius ihn mit in die Angelegenheit verwickeln und so das Ausmaß seiner eigenen Schuld verringern wollte.

„Er ist verrückt", sagte Cicero. „Er ist von Sinnen. Er ist nicht mehr der Mensch, als den ich ihn gekannt habe."

„Mein lieber Marcus", erwiderte Julius, „ich habe dir oft genug gesagt: Niemand ist der Mensch, als den man ihn kennt. Antonius ist zwar reich, hat aber einen natürlichen Hang zur Räuberei, der sich nur bisher nicht auffällig geäußert hat. Übrigens sollen viele seiner Kapitalanlagen in Rom fehlgeschlagen sein."

„Ich werde die menschliche Natur nie ergründen!" rief Marcus verzweifelt. Er legte die Verteidigung des Antonius nieder und vertraute in Hinkunft nur mehr wenigen Menschen. Unter den Bedrängnissen außerhalb und innerhalb seiner Häuslichkeit dachte er manchmal an Selbstmord. Er schrieb an Noah ben Joel:

‚Ich habe Dich in meinen Briefen angejammert, lieber Freund. Aber sei überzeugt, daß es nicht grundlos geschah und daß ich eher abgeschwächt als übertrieben habe. Ich spüre, wie die Flutwelle der Entehrung mir die Füße benetzt, nein, mir schon bis zu den Knien reicht. Von einem Römer erwartet man, daß er unter solchen Umständen empört seine Gegner herausfordert. Aber ich kann nicht feststellen, wer sie sind! Es handelt sich bloß um Gerüchte, um böswilliges Getuschel, um üblen Klatsch. Natürlich würde ich meine Feinde wegen Verleumdung belangen; aber sie sind nicht zu fassen. Ich muß also schweigen oder eine seitenlange Anzeige gegen unbekannte Täter verfassen und mich in mein Schwert stürzen — falls ich es noch ausfindig machen kann.

Du hast oft erklärt, der Selbstmord sei das schwerste Verbrechen gegen Gott, weil man damit zum Ausdruck bringe, man vertraue seinem Schöpfer nicht, ja leugne dessen Existenz überhaupt. Daß eine solche Leugnung sinnwidrig wäre, sagt mir meine Vernunft: wir haben ja als Gottesbeweise Himmel und Erde und die Geordnetheit und Gesetzmäßigkeit der ganzen Schöpfung. Gesetze gibt es, wie wir oft festgestellt haben, nicht ohne Gesetzgeber. Aber kann ich Gott vertrauen? Ich werde vom Unglück heimgesucht, obwohl ich nichts Böses, sondern in den Grenzen meiner Möglichkeiten viel Gutes getan habe. Ich habe mein Land gerettet; ich habe meine Pflichten gewissenhaft erfüllt. Ich war einsichtig, zu meinen Freunden treu und zu meinen Feinden großmütig. Ich schwöre Dir, sogar Catilina hätte ich — trotz meiner Liebe zu Livia und meines Rachegelübdes und natürlichen Hasses gegen ihren Mörder — zu retten versucht, wenn er die leiseste Reue oder den geringsten Besserungswillen gezeigt hätte.

Ja, ich werde vom Unglück heimgesucht. Alle die Jahre, die ich Gott und dem Vaterland gedient habe, gelten nichts; sie haben mir nur Kummer und Verzweiflung, Ehrenkränkung und Verleumdung eingebracht. Was bleibt mir anderes als der Tod? Die unglaubliche Antonius-Sache scheint den Quell meiner Geistigkeit verschüttet zu haben, so daß ich manchmal die gegen mich ausgestreuten Lügen selbst zu glauben beginne. Oft betrachte ich mein Bild im Spiegel und frage mich: Bist du wirklich so, Cicero, wie die Gerüchte es hinstellen? Dann verdienst du den Tod!

Du siehst, wie weit es mit mir gekommen ist. Ja, ich denke mit wachsender Sehnsucht an den Tod und hoffe, daß jenseits des Grabes nichts ist, weil ich mich sonst auch nachher meiner Kümmernisse und meiner jetzigen Schmach entsinnen würde. Wären nicht meine Kinder, so hätte ich mich schon lange in das bewußte Schwert gestürzt, das doch irgendwo im Hause liegen muß.'

Vielleicht hätte er es, da der Gedanke daran ihn nun bis in die qualvoll einsamen, schlaflosen Nächte verfolgte, wirklich getan, wäre ihm nicht die Mahnung Noahs vor Augen gestanden: ‚Der Selbstmord ist die äußerste Haßbekundung des Menschen gegen Gott.'

LVII

Unterdessen wuchs Ciceros Bedrängnis. Die Mißstimmung gegen ihn wurde so heftig, daß er ihr nicht länger in der Öffentlichkeit zu trotzen vermochte, sondern sich mehr und mehr in sein Haus zurückzog oder mit Tullia in eine seiner Villen oder auf seine Insel entfloh. Den kleinen Marcus ließ Terentia nicht mit dem Vater weg, weil sie sich von dem Söhnchen nicht trennen wollte; selbst aber war sie mit der Wiederbefestigung ihrer erschütterten römischen Bekanntschaften und mit ihren Geldanlagen derart beschäftigt, daß sie ihren Gatten – der dafür den Göttern dankte – nicht begleiten konnte.

Seine Anwaltspraxis schrumpfte, so daß er die rechtskundigen Mitarbeiter entlassen mußte und nur noch seinen Sekretär behielt. Seine Sänfte wurde in den Straßen Roms nicht mehr mit Jubelrufen begrüßt. Wenn doch bloß, dachte er, seine Feinde aus dem Dunkel auftauchten und für ihn sichtbar würden! Auch die grollende Gegnerschaft der Senatsmehrheit wuchs; für das Volk wurde er Luft. Überall spürte er die Macht einer geheimen, auf seine völlige Vernichtung abzielenden Verschwörung, ohne jedoch die Hintermänner dieses Treibens mit Sicherheit feststellen zu können. Er hatte viele im Verdacht, fand aber keine Beweise. Wie ein Aussätziger war er aus der menschlichen Gesellschaft verstoßen, er, der sein Vaterland gerettet hatte.

Immerhin wagte der Senat noch nicht, ihn förmlich zu rügen. Im einfachen Volk gab es ja noch viele, die um seine Verdienste wußten, und seine Standesgenossen, die Ritter, hielten zu ihm. Doch das Volk hatte nichts zu reden, und die Ritter waren zu sehr mit ihren eigenen Angelegenheiten beschäftigt. Außerdem hatte er während seiner großen Zeit wenig Umgang mit ihnen gepflogen. ‚Der Niedergang ist steil', schrieb er dem Atticus. ‚Man soll, wenn man hochkommt, nicht seine Freunde vernachlässigen. Sonst lassen sie einen unbeachtet, sobald man absteigt, nicht aus Bosheit oder Groll, sondern einfach, weil sie inzwischen vergessen haben, daß man einer der Ihren gewesen ist.'

Ein kleiner Kreis von Freunden war ihm treu geblieben; aber sie wollten ihm nicht vormachen, daß er noch öffentliche Gunst genieße. Er war nicht aus Ehrgeiz oder Machtgier Politiker geworden, sondern, um seinem Lande zu dienen. Nun stellte er fest, daß dieser Beweggrund höchst töricht war, weil Männern, die ihrer Heimat gedient hatten, die liebevolle, ehrende Erinnerung versagt blieb, während solche, die nur sich selber und ihrer Macht gedient und sich bereichert hatten, als kluge Leute gepriesen und mit hohen Ehrungen überhäuft wurden. Wer konnte es auch über sich bringen, seine Bewunderung einem Manne zu versagen, der sich selber bewunderte?

Er war überrascht, als ihn eines Tages Julius Caesar in seiner Bibliothek besuchte. Mit säuerlicher Miene rief er: „So etwas! Ich dachte, du hast schon meinen Namen vergessen!"

Aber Julius umarmte ihn lachend und schüttelte ihm liebevoll die Hand. „Wie könnte ich dich vergessen, Teuerster? Den Mentor meiner Kinderjahre, meinen Beschützer, den Mann, dessen Ehrenhaftigkeit über jeden Zweifel erhaben ist?"

„Sie wird ständig angezweifelt", erwiderte Cicero. „Das weißt du doch ganz genau, Julius!"

„Pah!" rief Caesar. „Der Mob jubelt einem heute zu und schmäht einen morgen. Darüber muß man sich hinwegsetzen."

„Und der Senat und die Patrizier und die Soldaten und die einfachen Bürger? Wer ist auf meiner Seite geblieben?"

„Ich und Crassus, der dich liebt. Ich bin gekommen, dich um Hilfe zu bitten."

„Mich?" Cicero traute seinen Ohren nicht.

„Dich. Ich bewerbe mich um das Konsulat. Wenn du mir deine Fürsprache leihst, werden wenige gegen mich stimmen."

Cicero sah ihn ungläubig an. „Das ist doch nicht dein Ernst!"

„Mein voller Ernst. Was immer die Mehrheit von dir denkt, eine Minderheit hält dich in Ehren. Und bei der Konsulswahl kommt es gerade auf diese Minderheit anspruchsvoller Männer an. Sie sind das Zünglein an der Waage."

„Nicht das meinte ich. Ich habe bezweifelt, ob du im Ernst hoffst, Konsul zu werden?"

„Liebster Marcus, deine Miene und dein Ton sind kaum schmeichelhaft."

Cicero wurde rot vor Entrüstung. „Du bist kein würdiger Anwärter auf das Konsulat, Julius."

Caesar war nicht gekränkt. Er war höchst belustigt. „Wenn sich um das Konsulat nur würdige Anwärter bewerben dürften, hätten wir keine Konsuln. Ich möchte übrigens auch, daß du mir bei der Durchbringung des neuen Landverteilungsgesetzes hilfst. Diese Vorlage muß dir ja sehr am Herzen liegen." Er räusperte sich. „Und noch etwas! Crassus und ich wollen uns mit Pompejus zu einem Triumvirat zusammentun. Crassus wird die berechtigten Forderungen des Pompejus hinsichtlich des Landverteilungsgesetzes erfüllen, das seinen tapferen, treuen Soldaten zugute kommen soll. Den Veteranen gebühren doch wirklich Bodenschenkungen und sonstige Zuwendungen — für ihre dem Vaterland gebrachten Opfer, nicht wahr?"

Marcus war wie vor den Kopf gestoßen. „Triumvirat?" stammelte er.

„Gewiß. Crassus ist zwar jetzt Roms starker Mann; aber Diktatoren waren bei den Römern nie beliebt. Du weißt ja, wie strenge Maßnahmen man seinerzeit ergriffen hat, um die dauernde Diktatur eines einzelnen

Mannes zu verhindern. Für diese Überlieferung solltest gerade du viel übrig haben. Wir drei, Crassus, Pompejus und ich, beugen uns jedenfalls dem Volkswillen. Außerdem'', fuhr er frohgemut fort, ohne auf Marcus' entsetzte Miene zu achten, „glauben wir, daß zur Bewältigung der vielgestaltigen Probleme eines so großen Reiches mit seinen unterworfenen Völkerschaften und seinen Bundesgenossen, seinen Kolonien und Provinzen ein Mann allein nicht ausreicht. Ich werde als Parteigänger der Popularen die Volksinteressen vertreten, Crassus widmet sich den Finanzfragen, und Pompejus betreut das Heer. Seine Meinungsverschiedenheiten mit Crassus werden bereinigt sein, sobald das Landverteilungsgesetz — dem du bestimmt gewogen bist — durchgeht. Er ist ein mächtiger Krieger und genießt unter den Soldaten Verehrung; er wird die Militärangelegenheiten ausgezeichnet verwalten. Crassus ist nicht nur der reichste Mann Roms, sondern auch Patrizier und eignet sich daher hervorragend für den Finanzbereich. Und ich — ich werde die Massen hinter mir haben. Wir finden diese Regelung außerordentlich vernünftig und sachgerecht. Konsuln allein genügen nicht mehr. Ja, früher einmal, als wir noch ein kleines Volk waren! Aber jetzt nicht mehr.''

„Eine Oligarchie, eine schändliche Oligarchie, wie sie Griechenland zerstört, unter Fremdherrschaft und in Sklaverei gebracht hat!'' Marcus spürte sein Herz unerträglich heftig klopfen. „Nein! Bei den Göttern, nein!''

„Das kann man doch kaum eine Oligarchie nennen'', wandte Julius in wohlklingendem Tonfall ein und schlug die Augen nieder. „Nur drei Männer! Sozusagen drei Konsuln. Aber es wäre doch ein Unsinn, einen ersten Konsul zu haben und einen Konsulstellvertreter und einen Stellvertreter des Konsulstellvertreters, wobei nur der erste Konsul die gesamte oberste Macht ausübte und die beiden anderen bloß seine Gehilfen wären. Jeder der drei muß in seinem besonderen Arbeitsbereich volle Befehlsgewalt haben, ohne daß die anderen ihm dreinreden können. Wir betrachten diese Gewaltenteilung als die sicherste Lösung für Rom. Und natürlich werden wir uns alle drei dem Senat und den Volkstribunen unterordnen. Wir werden nach ihren Rechtsgrundsätzen und unter Einholung ihrer Billigung die Verwaltung führen. Sie werden die Möglichkeit haben, uns jederzeit zu entlassen. Wenn ihnen einer von uns nicht paßt, können sie ihn absetzen und jemand anderen bestimmen oder zur Wahl vorschlagen. Mein lieber, teurer Marcus, laß diese Idee in deinen verhärteten Sinn eindringen! Ist das nicht die glänzendste Lösung für Rom?''

Marcus saß verdutzt und entsetzt und noch immer ungläubig hinter seinem Tisch. Sein graumeliertes Haar sträubte sich über seinem blassen Gesicht. Seine Augen glommen vor verzweifelter Erregung. Er versuchte zu sprechen; aber seine trockene Kehle war wie zugeschnürt. Er rang nach Atem. Sein ganzer Körper war taub, als hätte man ihn mit Stökken und Keulen geschlagen.

Julius musterte ihn wohlwollend. „Wir werden uns schlicht Dreierausschuß nennen und auch als solchen betrachten, nicht als Triumvirat."

Marcus' Stimme wurde ein Stöhnen. „Rom ist dem Untergang geweiht. Also das ist der Anschlag, den ihr von langer Hand vorbereitet habt. Das ist der Anschlag, dem der Mörder Catilina nicht Vorschub leisten wollte, weil ihr ihn nicht hättet mit zum Zuge kommen lassen und weil er nach Zerstörung alles Bestehenden selbst die oberste Gewalt an sich reißen wollte. Aber ich habe etwas Ähnliches dunkel geahnt, die ganzen Jahre über!"

„Es handelt sich um keinen von uns ausgeheckten Anschlag", erwiderte Julius begütigend. „Natürliche Entwicklungstendenzen in unserem Staate haben zu dieser natürlichen Lösung aller unserer Schwierigkeiten und Unzukömmlichkeiten geführt. Warst du, lieber Freund, als Konsul imstande, allen Erfordernissen eines Riesenreiches Rechnung zu tragen, auf dem Gebiet der Finanzen, des Heerwesens und so weiter und so fort? Du weißt selber, daß du es nicht konntest. Nicht einmal ein Gott vermöchte trotz seiner übernatürlichen Kräfte aller unserer heutigen, verwirrend vielfältigen Probleme allein Herr zu werden. Haben übrigens nicht auch die Götter die Angelegenheiten des Himmels und der Erde unter sich in Zuständigkeitsbereiche aufgeteilt? Was ist naheliegenderer und vernünftiger, als dieses Beispiel der Götter nachzuahmen?" Er betrachtete sorgfältig seine rötlich geschminkten Fingernägel. „Auf diese Weise kann es nie mehr einen Diktator geben, mein lieber, argwöhnischer Marcus! Drei Männer mit völlig getrennten, selbständig verwalteten Arbeitsgebieten, dem Senat und dem Volk verantwortlich. Ich muß nochmals betonen: Damit ist ein für allemal jede Diktatur unmöglich. Und darüber solltest du dich doch freuen!"

Cicero legte plötzlich die Hände über das Gesicht, als wollte er seinen Besucher nicht länger sehen. Ein Gefühl völliger Ohnmacht, entsetzlicher Ausweglosigkeit übermannte ihn.

„Wenn du meine Wahl zum Konsul, durch die ich bloß ein Drittel der von dir ausgeübten Macht erlangen würde, nicht unterstützen willst, Marcus, täte es mir sehr leid. Aber ich würde auf deine Hilfe Wert legen."

Cicero ließ die Hände sinken. Mit brennendem Blick sah er Julius an. „Meine Hilfe? Ich bin verfemt und entehrt. Verleumdung hat sich mir an die Fersen geheftet, man zeiht mich gemeiner Verbrechen, Roms Häusermauern sind mit Schmutzparolen gegen mich vollgekritzelt. Mit mir ist es aus und vorbei. Und du erwartest dir Hilfe von mir?"

„Dann bring wenigstens nicht deine restlichen Freunde und Verehrer gegen mich auf!" Julius erhob sich, stützte die Hände auf den Tisch und beugte sich zu Cicero. „Ich sage dir, es wird dir nicht gut anschlagen, Marcus, wenn du dich mir in den Weg stellst."

In seinem verzweifelten Grimm schrie Marcus: „Ja! Noch immer hören viele auf meine Stimme, Julius! Ich werde auf dem Forum sprechen! Ich werde öffentlich kundtun, was ich über dich weiß und immer schon geahnt habe! Ich werde gegen Crassus Anklage erheben! Ich werde das Volk vor der Soldatenherrschaft, die ihm stets Furcht einflößt, warnen, und damit ist auch Pompejus erledigt! Ihr werdet nicht siegen, Caesar."

Julius schlug mit der flachen Hand auf den Tisch. „Dann kannst du dich gleich in dein Schwert stürzen, Marcus. Ich bin gekommen, um dich zu warnen. Mach uns Schwierigkeiten, sprich gegen uns – und du bist verloren! Ich habe mich bemüht, dir den Dreierausschuß schmackhaft zu machen. Leider vergebens. Hast du Clodius vergessen? Und Marcus Antonius? Sie, nebst vielen anderen, haben deinen Untergang beschlossen; sie haben mächtige Freunde und Verwandte unter den Senatoren, aber auch unter den Fabrikanten und Bankiers, unter deinen eigenen Standesgenossen, die den Emporkömmling beneiden." Er sah Marcus mit einem Blick an, in dem sich Erbitterung, Angst und Liebe mischten. „Jetzt ist die letzte Gelegenheit für dich, einen Teil dessen aufzuholen, was du – ausschließlich durch dein eigenes Verschulden – vertan hast. Wenn du dich uns entgegenstellst, ist es für immer um dich geschehen."

Marcus wußte ganz genau, daß Julius die Wahrheit sprach. Sein Gesicht wurde immer blässer. Aber seine Lippen strafften sich entschlossen und wurden wie aus Stein gemeißelt. Er öffnete ein Kästchen auf seinem Tisch, nahm etwas heraus und warf es zwischen sich und Caesar hin. „Kennst du das da?" fragte er. Julius nahm den Schlangenring zur Hand. Er sah ihn an und hob dann langsam den Blick auf das Gesicht seines Freundes. Marcus lächelte trübe. „Diesmal kannst du den Ring nicht dem Eigentümer zurückgeben, außer, du überquerst den Acheron. Aber nimm das Zeug an dich! Es schändet mein Haus."

„Hat also Quintus ihn getötet?"

„Er glaubt nicht. Er betet, es möge nicht so sein. Sie waren Kampfgefährten."

Julius schob den Ring in seine Tasche und blickte schweigend auf den Tisch.

Marcus beugte den Kopf und murmelte verzweifelt: „Was auch immer mir drohen mag, ich werde den geringen mir verbliebenen Einfluß gegen dich aufbieten."

Julius erwiderte: „Dann, Marcus, müssen wir voneinander Abschied nehmen. Du stehst am Rande eines Abgrunds."

„Das schreckt mich nicht. Ich muß tun, was ich tun muß." Marcus hob den Kopf und starrte Julius an. Plötzlich verschwand vor seinen Augen die Gestalt des trotz beginnender Glatze noch immer stattlichen

Mannes, und wie durch einen Nebel hindurch sah er Julius in eine weiße Toga gekleidet, hilflos taumelnd, von Wunden bedeckt, die ans Herz gepreßten Finger von Blut überrieselt, blutigen Schaum auf den Lippen. Marcus stieß einen lauten Schrei aus und sprang auf. Sofort wich die Erscheinung. Julius stand wohlbehalten, lebenskräftig vor ihm und fragte mit erstaunter Miene, entsetzt über den Gesichtsausdruck seines Freundes: „Was hast du denn?"

„Im Namen aller Götter!" rief Cicero. „Gib sofort deine Umsturzpläne auf! Hände weg von allen ehrgeizigen Ränken! Ich habe ein schreckliches Vorzeichen gesehen!"

Plötzlich entsann Julius sich dessen, was Marcus ihm vor vielen Jahren, als sie beide noch jung gewesen waren, angekündigt hatte. Rasch machte er die Gebärde zur Abwendung des bösen Blicks, und ein leichtes Zittern durchlief seinen Körper.

Marcus kam langsam, schwankend, hinter dem Tisch hervor, faßte Julius am Arm und beschwor ihn mit den Augen. „Was ich gesehen habe, darf sich nicht erfüllen, Caesar! Mir kommt zu Bewußtsein, daß ich dich einmal innig geliebt habe. Ich sah dich von vielen Wunden durchbohrt. Viele Hände haben Dolche geschwungen, und unter ihren Stichen bist du gestorben."

Bis in die Tiefen seiner abergläubischen Seele von Entsetzen erfüllt, riß Julius sich von seinem Freunde los und entfloh.

Am nächsten Tage sagte Clodius zu ihm und zu Crassus und Pompejus: „Ich habe mich entschlossen, gegen Cicero vorzugehen und ihn unschädlich zu machen. Fallt mir diesmal nicht in den Arm!"

Caesar schwieg. Er blickte Pompejus an und dann Crassus. Pompejus rührte sich nicht. Crassus aber zog die Brauen hoch, lächelte unfroh, streckte den Arm aus und drehte den Daumen nach unten.

Wenige Tage später verabschiedete der Senat ein von Clodius eingebrachtes Gesetz: Jedem, der einen römischen Bürger ohne gerichtliches Urteil tötete oder getötet habe, solle der ‚Gebrauch des Feuers und Wassers untersagt' werden, was die Ausstoßung aus der bürgerlichen Gemeinschaft, die Verbannung, bedeutete. Der Senat forderte Cicero auf, vor ihm zu erscheinen, und er wurde in aller Form gerügt, weil er an Catilinas fünf Mitverschworenen die Todesstrafe habe vollstrecken lassen, gegen Verfassung und geltendes Recht. Blaß, aber würdevoll ergriff er das Wort vor der erhabenen Körperschaft, deren Mitglieder ihn finster und feindselig ansahen.

„Es hilft mir zwar, wie ich voraussehe, nichts, wenn ich mich rechtfertige; aber ich muß es der Wahrheit wegen tun. Catilina hat Roms Bestand bedroht. Das ist inzwischen eine geschichtliche Tatsache geworden. Für einen ordnungsgemäßen Prozeß hat, wie ihr, ehrwürdige Väter, sehr wohl wißt, die Zeit nicht gereicht. Catilina hätte jeden Aufschub dazu benutzt, seine Pläne auszuführen. Er hätte Rom in Brand gesteckt und zerstört, Zehntausende seiner Einwohner, darunter viele Senatoren, niedergemetzelt und unser Land in Chaos gestürzt. Es waren entscheidende Stunden. Jeder Augenblick war wertvoll. Ein Zögern gab es nicht. Entweder mußte Rom zuschlagen, oder Catilina hätte es getan. Er selbst wurde nicht hingerichtet, sondern fiel, ehe er Rom angreifen konnte, im Kampf gegen unsere Heere. Seine fünf Spießgesellen wurden zur Rettung Roms dem Scharfrichter übergeben.

Ich muß in Erinnerung rufen, ehrwürdige Väter, daß ich zwar für die Vollziehung der Todesstrafe eintrat, die Beschlußfassung jedoch bei euch lag. Ihr habt selbst erkannt, daß jeder Aufschub eine Katastrophe bedeutet hätte. Ihr habt weise und im Namen Roms gehandelt. Ihr konntet gar nicht anders handeln, weil sonst wir alle verloren gewesen wären!

Es wird geltend gemacht, so formlos hingerichtet dürften nur Hochverräter werden, die nicht römische Bürger sind. Ich habe damals festgestellt, daß Catilina und seine Spießgesellen durch ihren besonders abscheulichen Hochverrat die römische Staatsbürgerschaft verwirkt haben. Man wendet dagegen ein, das stehe nicht im Gesetz und nur ein Gericht könne bei nachgewiesenem Hochverrat die Staatsbürgerschaft aberkennen. Wir alle wußten, daß Catilina ebenso wie die fünf Häftlinge Hochverräter waren und daß sie, wenn für ein formelles Gerichtsverfahren Zeit geblieben wäre, dabei unweigerlich zum Tode hätten verurteilt werden müssen. Ein Aufschub konnte also an der Sachlage nichts ändern. Aber ehe es zum Prozeß gekommen wäre, hätte Catilina Rom angezündet und in einen wüsten Trümmerhaufen verwandelt. Wir alle wären zugrunde gegangen, wenn wir uns blind und starr auf den strengen Rechtsstandpunkt versteift hätten. Wäre das besser gewesen?"

„Immerhin hast du, Cicero", warf ihm einer der Senatoren vor, „als angesehener römischer Anwalt, als pedantischer Verteidiger jedes Jotas der Gesetze, gewußt, daß du dich außerhalb der Verfassung bewegst."

„Das gleiche wußte damals auch diese hohe Körperschaft", stellte Marcus mit müdem Lächeln fest. „Ich bin – wenn überhaupt von Schuld die Rede sein kann, was ich persönlich bestreite – nicht der Alleinschuldige. Außerdem bestimmt die Verfassung, daß kein Gesetz mit rückwirkender Kraft ausgestattet werden darf. Mein angeblicher Verstoß gegen das von Clodius eingebrachte Gesetz fällt aber in die Zeit vor dessen Erlassung."

„Jemand, der es seinerzeit mit der Verfassung nicht sehr genau nahm, darf sich auch jetzt nicht auf deren Feinheiten berufen", meinte gehässig ein anderer Senator, ein Vetter des Clodius.

„Der Senat hat nicht das Recht, mich auf Grund eines rückwirkend gemachten Gesetzes zu rügen oder zu verbannen", erklärte Cicero. „Der

Senat kann mich überhaupt nicht rügen, weil ich bloß meine Pflicht tat. Ich habe Hochverräter und Hochverrat bekämpft. Falls das ein Verbrechen ist, dann bin ich allerdings ein Frevler."

Crassus, Caesar und Pompejus wohnten der Senatssitzung bei. Marcus sah sie an. Aber ihre Mienen verschlossen sich ihm. Nun wurde sein Lächeln traurig. Zu ihnen gekehrt, sagte er: „Ihr habt gesiegt. Ich tue euch den Willen und verlasse Rom." Dann wandte er sich wieder an den Senat: „Mit eurer heutigen Stellungnahme, Väter, habt ihr dem Hochverrat Tür und Tor geöffnet. Ein Volk kann seine Narren überstehen, und selbst seine Ehrgeizlinge. Aber Verräter in seiner eigenen Mitte kann es nicht überstehen. Ein auswärtiger Feind ist, mag er auch schon vor den Stadtmauern stehen, weniger gefährlich, weil er seine Banner entrollt hat und jeder ihn erkennt. Der Verräter jedoch bewegt sich frei mitten unter uns in der Stadt; sein Raunen geistert nicht nur durch die Seitengäßchen, sondern dringt sogar in die Regierungsgebäude. Er ist ja nicht als Verräter kenntlich. Er spricht die vertraute Sprache seiner Opfer, gleicht ihnen in Aussehen und Kleidung und ruft jene Schlechtigkeit wach, die tief im Herzen aller Menschen schlummert. Er vergiftet die Seele seiner Mitbürger. Er untergräbt heimlich, nächtlicherweile die Grundmauern der Stadt. Er verseucht den Staatskörper und nimmt ihm alle Widerstandskraft. Ein Mörder ist weniger zu fürchten. Der Verräter ist der Pestbringer. Ihm habt ihr Roms Stadttore geöffnet. Lebt wohl!"

In würdevoller Haltung verließ er den Senat. Sobald er jedoch in seiner Sänfte saß, überkam ihn jenes Gefühl der Unwirklichkeit, das wie ein Mantel die Verzweiflung vermummt. Er empfand überhaupt nichts. Als er sein großes, schönes Haus betrat, blickte er ungläubig um sich. Nein! Unmöglich! Alles, was er sich aufgebaut hatte, alles, was sein Lebensinhalt gewesen war, alle seine Gebete und Hoffnungen und Gefühle für das Vaterland konnten doch nicht zu diesem Ende geführt haben! Daß er seine geliebte Heimat verlassen und als Verbannter mindestens vierhundert Meilen von Rom entfernt Aufenthalt nehmen sollte — was natürlich auch seine geliebte Insel als Wohnort ausschloß —, ging ihm nicht in den betäubten Sinn.

Er floh in seine Bibliothek, verschloß und verriegelte die Tür und setzte sich hin, keuchend wie ein von Hunden gehetzter und mit knapper Not entkommener Hase. Aber bald erkannte er, daß er ganz und gar nicht entkommen war, auch nicht hier inmitten seiner wundervollen Bücher. Mit all ihrem weisen Inhalt vermochten sie ihn nicht zu beschützen. Auch dieser elfenbeingeschmückte Thujasessel konnte nicht seine Armlehnen um ihn schlingen. Die Wände waren nicht imstande, ihn zu schirmen. Die schönen Bäume, die er so liebevoll vor Jahren gepflanzt hatte, konnten ihn ebensowenig unter ihren Ästen bergen wie die Grotten in ihren Gewölben. Was er als Festung gegen Unglück und Bosheit angesehen hatte, war gar keine Festung, sondern nur dünnes, gebrechliches Mauerwerk mit morschen Türen und Fenstern. Denn dieses Haus eines Geächteten würde vom Staat beschlagnahmt und verkauft oder schmachvoll geschleift werden, zur Warnung für andere.

Entsetzen erfaßte ihn. Wohin sollte er gehen? Was geschah mit seinen Geldern? Mit seinen Juwelen, seinen Kunstgegenständen, den in langen Jahren zusammengetragenen Kostbarkeiten? Er war vogelfrei. Wer von jetzt ab innerhalb des Bannkreises von vierhundert Meilen ihn beherbergte oder versteckte oder ihm sonst Schutz und Hilfe bot, verfiel unmittelbar selbst der Acht.

Er blickte durch sein Fenster auf die gewundenen Gartenpfade, die er so liebevoll entworfen hatte. Es war strahlender Mai, und jene Rosenbeete dort hatte er selber gepflanzt, voll Freude über die Wärme der Erde auf Händen und Füßen. Den schönen Springbrunnen hatte er für teures Geld aus Griechenland kommen lassen. Die Bäume verflochten ihre smaragdenen Zweige zärtlich miteinander und beschirmten so den grünen Rasen, auf den sie ein tanzendes Gitterwerk zeichneten. Die Mauern waren mit bunten Blüten übergossen. Vögel sangen entzückt in den nahenden Abend. Der Himmel war opalfarben, und der Westen glich einer frisch aufgebrochenen Rose. Zypressen hoben ihre schlanken Kegel in edlem Dunkel und hielten feierliche Zwiesprache mit dem Himmel. Die Myrtenblätter zitterten. Ein ganz sanfter Wind trug Wohlgeruch heran. Und jenseits des Gartens summte und brauste und lärmte die geliebte Hügelstadt, erklangen die lauten Stimmen der Landsleute.

Statt des Exils blieb eine zweite Möglichkeit: er konnte sein Schwert hervorsuchen und sich töten. Aber er hatte eine Familie. In stummer Verzweiflung raufte er sich die Haare an den Schläfen. Dann warf er sich auf ein Liegesofa und barg das Gesicht in den Händen. Er dachte an die geliebte Insel, wo die Aschenurnen seiner Vorfahren standen, auch die seines Großvaters und seiner Eltern. Vor Kummer verfiel er in so tiefe Benommenheit, daß ihm finster vor den Augen wurde. Er verlor jeden Zeitsinn. Als er aus seiner Erstarrung erwachte, überfluteten schon spätabendliche Schatten sein Bücherzimmer, und der Himmel vor dem Fenster war tiefviolett.

Er hörte ein stürmisches Klopfen an seiner Tür und wurde sich bewußt, daß er diesen Lärm auch bis in seine Betäubung hinein vernommen hatte. Er setzte sich auf, schob die Hände zwischen die Knie und starrte reglos vor sich hin. Dann drangen ihm die Stimmen seiner Frau, seiner Tochter, seines Bruders ans Ohr. Er wollte rufen, man möge ihn in Ruhe lassen. Als er jedoch keinen Laut hervorbrachte, stellte er sich auf seine wie gelähmten Beine, taumelte zur Tür und entriegelte sie. Er sah drei blasse, weinende Gesichter, und er wandte sich ab, schleppte sich zu seinem Tisch zurück und ließ sich wortlos in den Sessel fallen.

Terentia zeterte: „Ach, wie ich diesen Tag verwünsche! Aber du wolltest nicht auf mich hören. Du wolltest keine Vernunft annehmen. Du wolltest nicht die Unterstützung mächtiger Männer suchen! Nein! Du warst immer der Neunmalkluge, der Tugendbold — allwissend, stolz, selbstsicher! Und jetzt hast du über deine Familie Schmach und Verderben gebracht."

Sie brach in wildes Schluchzen und Stöhnen aus, rang die großen, häßlichen Hände und sah ihren Gatten mit einer Mischung von Wut und Trübsal an.

Quintus aber trat zu seinem Bruder und legte ihm die Hand auf die Schulter. Tullia kniete vor ihm hin und küßte ihn auf die eiskalte Wange. „Ich geh mit dir, lieber Vater, ganz gleich, wohin, und bleibe von Herzen gern bis an mein Lebensende bei dir." Sie küßte ihm die Hände und in ihrem Überschwang von bekümmerter Liebe sogar die Füße. Er legte ihr die Hand auf den gebückten Kopf und wandte sich an seine Frau: „Du wirst nicht mit mir kommen, Terentia."

Unmittelbar hörte sie zu jammern auf, und ihre feuchten Augen schimmerten im Dämmerlicht. Sie biß sich auf die blasse Lippe, während die Gedanken ihr durch den Kopf krochen, sich ordnend, planend, auf den günstigsten Ausweg sinnend.

„Dieses Haus ist verloren", sagte Cicero. „Ebenso auch mein ganzer sonstiger Besitz, meine Landhäuser, meine Gutshöfe, mein Geld. Aber was du geerbt hast, Terentia, und was ich dir im Laufe der Jahre zugewendet habe, bleibt dir. Morgen früh nehme ich so viel zu mir, wie ich tragen kann, und gehe . . ."

Er konnte nicht weitersprechen. Seine Stimme war leise und heiser geworden, als hätte ein Dolch ihm die Kehle durchbohrt. Tullia umschlang ihm die Knie.

„Unser Sohn muß bei mir bleiben", erklärte Terentia in bedachtem, überlegtem Ton.

Quintus rief mit gebrochener Stimme: „Ach, wenn ich dich nur begleiten könnte! Aber das wäre Fahnenflucht. Ich bin Soldat."

Marcus tätschelte ihm die Hand. „Das versteht sich. Ich bin wegen Bruches der Verfassung als Schandfleck der Nation ausgestoßen worden. Wenn du mit mir gingest, würdest du dich selber des Hochverrats schuldig machen. Und du, Tullia, bleib bei deinem Mann und deiner Mutter! Die Mutter wird zusammen mit deinem Onkel Quintus meine Rückberufung betreiben. Ich habe ja bestimmt noch Freunde in Rom!"

„Verlang nicht von mir, Vater, daß ich dich allein in die Fremde ziehen lasse!" beschwor Tullia ihn.

Er umarmte sie und küßte sie auf die Wange. „Geliebtes Kind, es geht nicht anders. Deine Pflicht dem Gatten gegenüber steht über deiner

Kindespflicht. Vergiß mich nicht! Trachte, daß dein Mann Piso mir hilft! Sonst kannst du nichts für mich tun.''

LVIII

Hinter Quintus' lebhaft gefärbtem, robustem Gesicht bargen sich selten tiefe Gedanken. Als er jedoch zusehen mußte, wie das große Palatinhaus seines Bruders niedergerissen wurde, dachte er grimmig: Warum muß die Obrigkeit, wenn sie einen Menschen zugrunde gerichtet hat, auch noch sein Haus zerstören? Will sie denn in ihrer grenzenlosen Bosheit sogar die Träume vernichten, die darin wohnen, die Hoffnungen und teuren Erinnerungen, jeden Widerhall des Daseins eines rechtschaffenen Mannes? Wahrhaftig, die Obrigkeit ist, wie Marcus es oft gesagt hat, der Feind der Menschen!

Er ging zu Caesar und sagte: „Du hast immer behauptet, meinen Bruder zu lieben, und er hat liebevolle Zuneigung für dich gehegt, die du verraten hast. Er war dein Mentor, dein Beschützer, als ihr beide Kinder wart. Er trägt das Amulett, das deine Mutter ihm gab, als er für dich eintrat; es hat ihm das Leben gerettet. Du aber, Caesar, hast dieses Leben zerstört! Du hast ihn ins Exil getrieben, weil du weder Güte noch Liebe kennst und dich nur mit Ränken und Machenschaften abgibst.''

Julius blickte den Besucher nachsichtig an und erwiderte: „Quintus, aus dir redet der rauhe Krieger. Ich habe versucht, Marcus zu retten und ihn auf meine Seite zu ziehen. Er hat meine Hand zurückgestoßen. Er wollte nicht einsehen, daß in diesen stürmischen, unruhigen Tagen das schwerfällige Getriebe jährlich neugewählter Behörden und Volkstribunen den Anforderungen einer modernen Epoche nicht mehr gewachsen ist. Marcus lebt noch in den alten, schlichten Zeiten, wo die geltende Verfassung ausreichte, wo Gesetz unabänderlich Gesetz war und das Volk sittenrein. Aber jetzt, in unserer sich überstürzenden gesellschaftlichen Entwicklung, angesichts der wachsenden Größe und Macht Roms und seiner Führerrolle in der Welt ist das plumpe Räderwerk der alljährlichen Volkswahl nur ein Hemmnis für das neue Tempo, das von einer Obrigkeit inmitten der umwälzenden Ereignisse jederzeit rasches, entschlußkräftiges Handeln verlangt. Das konnte Marcus nicht begreifen.''

„Er hat nur zu gut begriffen'', entgegnete Quintus. „Du hast mich einen rauhen Krieger genannt. Das stimmt. Ich sehe die Dinge unbeschönigt. Ich kann Gut und Böse unterscheiden, Licht und Finsternis. Ich weiß, daß du meinen Bruder kaltgestellt hast, weil er dir im Wege war. Es liegt in deiner Macht, ihn aus der Verbannung rückzuberufen. Einmal lag es in seiner Macht, für dich ein Todesurteil zu erwirken. Er hat es nicht getan. Das war ein unglückseliger Tag! Aber sei dankbar dafür, daß du damals am Leben bliebst!"

Julius lächelte. „Auch ich bin Soldat, Quintus. Pompejus, unser General, ist es doch ebenfalls, nicht? Ich nehme deine Bemerkungen hin, aus alter Liebe und Freundschaft, wegen alter gemeinsamer Erinnerungen. Ich sage dir nur eines: ich habe Marcus nicht vergessen. Ich trauere um ihn."

„Trauere um dich selber!" erwiderte Quintus. „Meinen Bruder aber gib seinem Vaterland zurück!"

Er besuchte Pompejus in dessen asketischem Hause, grüßte militärisch und sagte: „General, du hast die Macht, meinen Bruder aus der Verbannung heimzuberufen. Man sagt, daß du ihm gewogen bist. Einmal hat er angedeutet, er verdanke dir viel. Verpflichte ihn dir noch stärker."

Pompejus sah ihn streng an und erwiderte: „Er war starrköpfig. Der Senat hat ihn verbannt, weil er die von ihm beschworene Verfassung verletzt habe. Das ist eine Haarspalterei, darüber sind wir uns beide im klaren. Aber so stehen nun einmal die Dinge."

„Du bist mein Befehlshaber, und ich bin dein Offizier, und wir sind beide Soldaten. Als solche tun wir gut, uns vor den Staatsmännern zu hüten. Sie sind unsere Feinde, die uns nur als seelenlose Waffen benützen und nach Willkür in den Tod schicken. Dann preisen sie uns als Helden, geben unseren Witwen Medaillen und schenken unseren verwaisten Kindern das Banner, das uns auf dem Scheiterhaufen bedeckt hat. In Wirklichkeit fürchten sie uns. Und wir sollten alles tun, damit sie uns noch mehr fürchten. Glaub nicht, mein General, daß dieser schlaue Caesar oder dieser verschlagene Crassus dir in der Not beistehen wird! Sie dulden dich nur, solange sie dich brauchen."

Pompejus überlegte mit finsterer Miene. Er schüttelte den Kopf. Schließlich sagte er: „Du hast ganz recht. Ich traue weder dem Crassus noch dem Caesar. Aber dein Bruder war unklug. Die freundlichen Briefe, die er dem Antonius Hybrida geschrieben hat, sind jetzt allgemein bekannt. Wir wissen beide, daß sie im besten Glauben geschrieben wurden und in Unkenntnis der Tatsache, daß Antonius in Makedonien Erpressungen begangen hat. Dennoch ist das römische Volk – mit liebevoller Nachhilfe des Caesar und Crassus, der Patrizier und Senatoren – überzeugt davon, daß dein Bruder sich mitschuldig gemacht hat."

Erbittert entgegnete Quintus: „Der wirklich schuldige Erpresser lebt wieder ruhig in Rom, von seinen patrizischen Standesgenossen geehrt. Mein unschuldiger Bruder aber ist in der Verbannung; sein Haus wurde geschleift, seine Ehre von der gleichen Nation, der er treu gedient hat, in den Kot gezerrt. Mein General, als Soldaten müssen wir zusammenstehen und dafür sorgen, daß der Retter unseres Vaterlandes unter Rückerstattung seines Eigentums heimberufen wird."

Pompejus fingerte erregt an seinem Kinn. „Cicero hat", sagte er,

„öffentlich sein Mißtrauen gegen die bewaffnete Macht bekundet, und sie ist ihm daher nicht wohlgesinnt. Aber glaube nicht, Quintus, daß ich deinen Bruder vergessen habe! Ein Soldat achtet jeden Ehrenmann, auch wenn er nur Anwalt ist." Pompejus lächelte flüchtig. „Ehre und Ehrgefühl sind die Kennzeichen des Soldaten, und diese Eigenschaften schätzen wir auch an Zivilisten. Laß mir ein bißchen Zeit, über die Sache nachzudenken!"

Quintus scharte Legionäre um sich und begab sich in einer Wolke von Staub und Hufegetrappel zu Antonius Hybrida, der ihn vorließ und nach einer sehr förmlichen Verbeugung mit unsicherer Stimme sagte: „Sei gegrüßt, Quintus Tullius Cicero! Ich wollte dich schon lange zu einem Besuch bei mir einladen. Was kann ich für einen tapferen Kriegshelden unseres Vaterlandes tun?"

Quintus warf ihm einen haßvollen Blick zu, hielt aber seine Stimme im Zaum. „Die Briefe, jene sträflichen, lügenhaften Briefe, die du, Antonius, über meinen Bruder geschrieben hast, boten dem Senat eine Handhabe gegen ihn. Dabei hast du seinerzeit meinem Bruder das Leben gerettet! Wie erklärt sich dieser Zwiespalt? Als Soldat kenne ich keine Lügen und Spitzfindigkeiten und verstehe dich daher nicht. Gib mir Aufklärung!"

Antonius blickte in Quintus' Augen und sah darin, blau und bernsteingelb schimmernd, Zorn, Argwohn und Abscheu. Er schrak zusammen und wurde rot. „Meine Briefe waren zwar unvorsichtig, konnten aber an sich deinen Bruder nicht zu Fall bringen. Und ich schwöre dir, daß ich ihm nichts Böses antun wollte! Maßgebend war, daß der Senat die Vorgangsweise deines Bruders gegen die Catilinarier, obwohl er ihr seinerzeit zugestimmt hatte, nachträglich mißbilligte. Und da war noch ein Brief, den Cicero an seinen Verleger Atticus geschrieben hat und worin er die Geschworenen, die im Falle des Clodius für den Freispruch stimmten, als ‚leichtfertige Halunken' bezeichnete. Zu dumm, daß gerade dieser Brief einem gewissenlosen Freigelassenen des Atticus in die Hände fallen mußte!"

„Das ist doch nur Herumgerede!" rief Quintus, und seine großen Zähne blitzten wie ein Wolfsgebiß. „Pompejus selber hat festgestellt, welche Rolle deine Briefe gespielt haben, Pompejus, der General, das Mitglied des Triumvirats!" Bei der Nennung dieses Namens zuckte der Konsular wieder zusammen. „Sei ein Mann, Antonius, und nicht ein schwächlicher Patrizier! Geh zum Senat und bekenne, daß deine Briefe Unwahrheiten enthalten, und bemühe dich darum, daß mein Bruder in allen Ehren heimberufen wird!"

Antonius rang verzweifelt die Hände. „Das würde gar nichts nützen", murmelte er fast unhörbar. „Der Senat ist fest entschlossen, ihn kaltgestellt zu lassen. Auch Caesar und Crassus wünschen übrigens das gleiche. Schau mich an!" rief er plötzlich. „Glaubst du, mich freut die Rolle, in die ich dabei gezwungen wurde?"

„Dann erkläre vor dem römischen Volke selbst, daß du die Unwahrheit geschrieben hast!"

Hybrida blickte ihn entsetzt an. „Man würde mir ins Gesicht lachen! Ich wäre für alle Zeiten entehrt!"

Quintus biß die Zähne zusammen. Dann sagte er: „Mit deinem zusammengeraubten Vermögen lebst du gemächlich hier in Rom. Mein Bruder aber schmachtet in Thessalonike, sein Besitz wurde eingezogen, sein Name entehrt, sein Haus niedergerissen. Und da fürchtest du die Spottreden des römischen Pöbels und willst, um ihnen nicht deine kostbare Persönlichkeit auszusetzen, meinen Bruder im Exil zugrunde gehen lassen? Hör zu, Antonius! Ich bin ein Offizier des Pompejus; vielleicht ist die Zeit der Militärs nicht mehr so fern. Dann werde ich mich deiner erinnern, Antonius Hybrida." Er legte die Hand ans Schwert.

Antonius erblaßte, entgegnete aber würdevoll: „Es ist beschämend, daß du diese Vorsprache für nötig hieltest, Quintus Tullius Cicero. Ich bin — ob du es glaubst oder nicht — kein schlechter Mensch. Ich war feige und leichtgläubig. Seinerzeit meinte ich sogar, Catilina sei bloß verleumdet worden!" Er lächelte traurig. „Ich werde zu den Senatoren gehen und ihnen bekennen, daß meine Briefe über deinen Bruder Unrichtigkeiten enthielten, was diese Männer übrigens selber genau wissen. Und ich werde ihnen, was für sie wichtiger ist, auch noch sagen, daß ich die gleiche Erklärung dem römischen Volk abgeben will."

Er hielt dem Besucher die Hand hin; aber Quintus machte kehrt und ging.

Viele andere alte Bekannte seines Bruders besuchte er. Jeder bekundete seine freundliche Gesinnung für den Verbannten. Und jedem zwang Quintus — bald mit Drohungen, bald durch die Macht seines edlen Zorns — unerbittlich ein Hilfeversprechen ab.

Auch Terentia blieb nicht müßig. Anfangs allerdings war sie gesonnen, ihren Gatten einfach zu vergessen. Ebensowenig, wie sie es ihm seinerzeit verziehen hatte, daß er zu groß geworden war, vergab sie es ihm jetzt, daß er nichts mehr darstellte. Sie hätte sich nicht nur dareingefunden, bloß noch ihren Sohn und ihr persönliches Vermögen zu besitzen; sie hätte ihrem Gatten sogar den Sturz gegönnt, wäre nicht eine Folge ihr lästig geworden: die Schmach und Entmachtung ihres Gatten traf auch sie. Sie dachte an Scheidung; aber damit wurde weder ihre Schmach getilgt noch ihrem Stolz Genüge getan. Und so machte sie sich auf den Weg zu ihren Verwandten, die den durch Ciceros Entehrung auch ihrer Familie zugefügten Makel schmerzlich empfanden. Man hörte ihre Klagen liebevoll an und tröstete sie. Es waren reiche Leute, mit vielen, bei ihnen zum Teil verschuldeten Senatoren befreundet. Sie versprachen, ja schworen Terentia, ihrem Gatten zu helfen. „Wir werden nicht zulassen", sagten sie, „daß dein Sohn, Blut von unserem Blute, sein ganzes Leben im Schatten dieser Schande verbringen muß."

„Mir scheint, in der allgemeinen Einstellung zu Cicero bereitet sich ein Umschwung vor", sagte Caesar zu Crassus. Er zwinkerte Pompejus zu. „Sind diese Römer ein wankelmütiges Völkchen! Ich höre schon Stimmen der öffentlichen Entrüstung über seine Verbannung. Lassen wir ihn noch ein bißchen schmoren, damit seine advokatorischen Leidenschaften sich legen und damit er lernt, etwas bedachtsamer und etwas weniger stur und weltfremd zu sein! Dann wollen wir uns gnädig erweisen. Vielleicht."

Die lange, traurige Reise über die Vierhundertmeilenzone hinaus richtete Cicero fast zugrunde. Nur manchmal faßte er Hoffnung, wenn er von Gattin und Bruder und Freunden — besonders von Atticus — Briefe erhielt. Dann sprach er von seiner Heimat mit sehnsuchtsvoller Freude und schrieb seiner Tochter, im Sommer würden sie wieder auf der Insel sein, ‚wo alle meine Träume und Erinnerungen, wo die Aschenurnen meiner Vorfahren und das Grab meiner Mutter sind'.

Wenn er aber in den von seinen Freunden zur Verfügung gestellten Landhäusern kurze Rast hielt, kam ihm stets wieder zu Bewußtsein, daß er nun völlig mittellos war, daß man sein herrliches Palatinhaus zerstört, seinen Landbesitz und sein Barvermögen beschlagnahmt hatte, und daß ihm von all seinen Reichtümern nichts geblieben war, nichts, nicht einmal seine Bücher, daß er buchstäblich weder Heim noch Habe hatte. Dann faßte ihn grenzenlose Verzweiflung, und er schrieb an seine Familie und seine Freunde in Rom, insbesondere an Quintus und Atticus, so entsetzliche Jammerepisteln, daß die Empfänger befürchteten, er habe durch sein Ungemach den Verstand verloren. Er vergaß die Mißlichkeiten seiner Ehe und schickte Terentia qualvolle Briefe, die sie ihren Verwandten und Quintus mit dem Bemerken zeigte, die Römer hätten sie zwar als launenhaft und als Bürde für ihren Gatten verschrien, nun aber schreibe er ihr rührende Herzensergüsse und sehne sich nach ihrer Umarmung. Quintus jedoch dachte: So weit ist es mit meinem armen Bruder gekommen, daß ihm ein Wiedersehen mit Terentia wünschenswert erscheint!

Gelegentlich schrieb Marcus sogar seinem Verleger und treuen Freund Atticus heftige Briefe und warf ihm wiederholt vor, er habe ihn vom Selbstmord abgehalten. ‚Ach, mein Pomponius, es reut mich ernstlich, meinem Leben nicht ein Ende gemacht zu haben, und darin habe ich mich vor allem Deinen Vorstellungen gefügt. Wenn Du mich ins Leben zurückrufst, so erreichst Du damit höchstens das eine, daß ich nicht Hand an mich lege; daß ich meinen Entschluß bereue und das Dasein mich anekelt, daran änderst Du nichts. Denn was hält mich noch in diesem Leben? Noch nie ist jemand so schwer von Unglück betroffen worden. Die Tränen treten mir in die Augen, ich kann nicht mehr. Darum erlaß mir eine weitere Schilderung meines unerträglichen Zustandes!' Nur unter dem Druck der Not nehme er, so schrieb er, die Geldsendungen seines Freundes an, da ihm deren Bezeichnung als Anteile am Verkaufserlös seiner Bücher – wer interessiere sich jetzt schon für sie in Rom? – unglaubwürdig erscheine.

Er, der einst am Schicksal seines Landes innigsten Anteil genommen hatte, konnte sich jetzt kein Interesse für die ihm von Angehörigen und Freunden mit vergnügter Bosheit übermittelten Nachrichten abringen, wonach Clodius und Pompejus jetzt die erbittertsten Feinde seien, Caesar sie beide für seine Zwecke einspanne, dabei aber verachte, das Triumvirat jetzt sogar dem stumpfsten Mann auf der Straße als schimpflich und gefährlich gelte, Pompejus und Crassus einander ständig in den Haaren lägen, weil der eine Soldat sei, der andere ein auf den eigenen Vorteil bedachter Finanzmann. Er konnte auch dem Klatsch über Calpurnia, Caesars neue Gattin, nichts abgewinnen, die angeblich eine Hysterikerin mit prophetischen Gaben und furchtbaren Temperamentsausbrüchen war. Ciceros einst weltumfassender Geist schrumpfte unerklärlicherweise immer mehr auf den Bereich des leidenden eigenen Ich zusammen.

Er war nicht imstande, als Verbannter zu leben. Sein Entschluß durchzuhalten erwies sich als hinfällig. Immer wieder regte sich in ihm der Wunsch zu sterben. Alles konnte er eher entbehren als seine Heimat, der er von frühester Jugend an mit ganzem Herzen gedient und die ihn nun so schmählich behandelt hatte. ‚Über die heimatlichen Hügel und den Klang der geliebten Muttersprache', schrieb er einmal an Atticus, ‚geht nichts. Wer sein Vaterland nicht stärker liebt als alles andere, ist ein jämmerlicher, wurzelloser Wicht, dem man jede Schandtat, sogar den Hochverrat, zutrauen kann. Denn auf dem teuren Heimatboden stehen für jeden die Standbilder der Götter und die Aschenurnen der Ahnen, und dort wünscht er auch die eigene Asche bestatten zu lassen. Mein geliebtes Vaterland! Sobald meine Augen dich wieder erblicken, sterbe ich vor Freude.'

Nach einigen Irrfahrten hatte er in Thessalonike Aufenthalt genommen, im Landhaus eines Freundes, mit dem Ausblick auf das violette Ägäische Meer und mit den silbernen Bergen Makedoniens als Hintergrund. Aber die satten Farben, in denen Land und See und Himmel rings um ihn prangten, konnten ihn nicht wie seinerzeit in Hellas mit Entzücken und Ehrfurcht erfüllen und seine Sinne begeistern; vielmehr blendeten und erschreckten sie ihn. Trotz seiner Todessehnsucht wollte er hier nicht sterben; sonst würde seine Asche, statt in Rom oder auf der Liris-Insel zu ruhen, sich in diesen Silberstaub mischen und in diese blaue, heiße Luft entführt werden.

Die herrliche Sonne, die einst seine Krankheit geheilt und ihm tief ins Herz geleuchtet hatte, wurde ihm nun lästig, und er sehnte sich nach dem dunstigen, matten Lichte Roms. Das Landhaus war schön und anmutig. Überall standen treffliche Nachbildungen der Parthenon-Statuen, schlichte ionische Säulen warfen purpurne Schatten, und über weiße Mauern quollen scharlachrote Blüten. Rings war strahlende Heiterkeit. Vögel sangen in der würzigen Luft. Es roch nach Balsam und Weinreben und Lorbeer und Salz, und durch das weite Silberazur des Meeres segelten beschwingte Handelsschiffe. Allerorten war Bequemlichkeit und Friede und sogar Üppigkeit, und bei Sonnenuntergang leuchtete das weiße Landhaus metallisch wie eine neugeprägte Goldmünze.

Cicero konnte das alles nicht ertragen. Auf den Inseln der Seligen weilte er als Blinder und Tauber. Immer erregtere und verworrenere Briefe schrieb er seinen Freunden nach Rom. Wie benommen schwankte er durch die Räume des schönen Landhauses und redete – während selbst in Rom die Sprache der Gebildeten Griechisch war – ausschließlich Latein zu den griechischen Dienern, die nur wenig davon verstanden und ängstlich aus seinen zittrigen Gesten seine Aufträge zu erraten suchten. Zuerst hatten sie sich über ihn lustig gemacht, über den einst so mächtigen Römer, der jetzt durch eine Unmutsgeste jenes ‚Krämervolkes' zu einem Häufchen Elend geworden war. Als jedoch die Diener und Aufseher und Gärtner seine Seelenqual merkten, entbrannten ihre gefühlvollen griechischen Herzen in Empörung gegen Rom und in Mitleid für diesen zerrütteten Mann mit dem hageren fahlen Gesicht, dem grauen Haar und den eingesunkenen Augen. Aus Empörung und Mitleid traten sie für ihn ein.

Der Hausmeister Adon war ein kluger, recht gebildeter Mann. Er hatte von Ciceros Büchern gehört, auch von seinem Ruhm als Anwalt, Redner und römischer Konsul und als Sieger über einen Mann, der durch seinen Hochverrat für jedes echte Griechenherz ein Greuel war. Adon ließ dem armen Verbannten die köstlichsten Speisen vorsetzen, von denen Cicero aber nur wenige Bissen nahm. Adon gesellte sich behutsam zu dem wie blind in dem grellbunten Garten sitzenden Mann und versuchte, seine Aufmerksamkeit auf den prachtvollen Himmel, auf die weiße Stille der Stadt und das unbeschreiblich schöne Violett des Meeres zu lenken.

„Leider", sagte Cicero, der selbst in seinem Kummer für Adons Freundlichkeit nicht unempfänglich war, „nehme ich von dem allen nichts in mich auf. Der Mensch sieht ja mehr mit dem Herzen als mit den Augen, und mein Herz ist kalt und tot. Mir kommt vor, ein Sklave in Rom hat es besser als ein König irgendwo anders."

Dieser Meinung war Adon natürlich nicht. Als von seinem römischen Herrn hochgeschätzter Freigelassener hatte er mehrere Jahre lang in Rom gelebt. Ihm erschien diese Stadt als Eiterbeule, die in Kürze mit ihrem

Gift die ganze herrliche Erde anstecken mochte. Was verstand Rom von Schönheit und Pracht, von Wissenschaft und Kunst und Philosophie? Wohnten die Götter in Rom? Nein, sie thronten auf dem Olymp. Die Römer, so setzte er dem Gaste freundlich auseinander, bauten nur grausame Zirkusse oder anrüchige Theater, wo Possenreißer brüllend umherstolzierten und leichtfertige Dämchen ihre abgeblühten Körper zur Schau stellten. In den griechischen Theatern dagegen höre man die Stimmen des Aristophanes und Euripides und Aischylos. Und wo stinke es in Griechenland so wie in Rom?

Zum erstenmal seit seiner Ankunft lächelte Cicero. Es war ein ganz schwaches, aber immerhin ein Lächeln. „Wir haben in Rom eine ausgezeichnete Kanalisation'', sagte er.

Adon war hocherfreut über seinen Heiterkeitserfolg. „Darin waren wir die Lehrmeister der Römer, Herr'', erwiderte er. „Nur der Gestank ist ihre eigene Erfindung.''

Cicero strich sich über die weißen Schläfen und murmelte: „Dem Verbannten erscheint der Gestank seiner Heimat als köstlicher Wohlgeruch. Laß mich jetzt in Frieden, Adon!''

Der Hausmeister brachte ihm Rosen. Aber ihr Duft erinnerte Cicero an seinen verlorenen Garten; er hielt sie in der Hand, und ihm kamen die Tränen. Seine einst so machtvollen, so bezaubernd zwischen blauem und bernsteingelbem Feuer schillernden Augen waren nun wie ausgewaschen, von roten Äderchen durchzogen. Sein früher so ruhiges und gütiges, von Lachlust und Spaßfreude gefurchtes Gesicht war jetzt traumverloren und suchend wie das eines Nachtwandlers. Seine edle Stirn hatte viel von ihrer Pracht verloren. Das struppige graue Haar hing ihm wirr auf die eingesunkenen Wangen, auf den mageren Nacken. Von Tag zu Tag alterte er.

„Er stirbt für Rom'', sagte Adon zu den Dienern. „Um diese vulgäre, großsprecherische, abscheuliche Riesenstadt härmt er sich ab! Rom marschiert mit wilder Wucht über die Erde, und wohin seine eisenbeschlagenen Stiefel treten, dort sickert Blut aus dem verwundeten Boden. Von seiner heiseren Raubtierstimme hallen überall Mauern und Berge wider.'' Adon wußte, daß die Schönheit der Gegend nur die Qual des Gastes steigerte, weil er, von dieser Schönheit ausgeschlossen, in irgendeiner eiskalten Schlucht des Leidens hauste. Er war wie ein Gefangener, der durch die Kerkergitter eine herrliche Landschaft sieht und weiß, daß er sich nie frei in ihr wird bewegen und mit ihr eins werden können. Nur wenn man ihn nach Rom zurückriefe, würde sich das nägelbeschlagene Kerkertor im Nu öffnen, und er vermochte vielleicht wieder alles das zu lieben, wofür die Liebesfähigkeit ihm nun abhanden gekommen war.

Eines Tages sagte Adon zu ihm: „Herr, es ist ein Schiff aus Judäa eingelaufen. Die Juden sind sehr geschickt in Silber- und Bronzearbeiten und in der Seidenweberei, und ihr Öl ist sogar besser als das griechische, und sie haben herrliches Obst und gesalzene Oliven. Und sie schreiben unablässig Bücher. Soll ich nicht zum Hafen gehen und schauen, ob ich etwas bekommen kann, was dir Freude machen würde?''

Ob es der Name Judäa war, was ihn bewegte, oder die Erwähnung von Büchern oder Adons liebevolle Fürsorglichkeit, hätte Cicero nicht sagen können. Jedenfalls löste sich seine Seele ein wenig aus ihrer der Zerrüttung zustrebenden Erstarrung, und er sagte nach kurzem Zögern: „Ja, geh zum Hafen, Adon, und ...'' Ihm, der nur Rom im Sinn hatte, fiel nichts ein, was er sich sonst hätte wünschen können. So setzte er hinzu: „Du weißt, daß ich hier als geduldeter Gast eines meiner lieben Freunde lebe und wenig Geld habe. Gib also nicht viel aus!''

Adon ließ den großen Wagen — Cicero selbst benützte ihn nie, da er keine Ausflüge und auch, trotz mancher Einladungen, keine Besuche machte — anspannen und nahm ein paar junge Dienerinnen mit, die sich gern die fremden Seeleute ansehen und mit den schlauen jüdischen Händlern ein wenig feilschen wollten. Das fröhliche Lachen der Mädchen, die sich zum Weggehen rüsteten, erheiterte sogar Ciceros trauriges Herz; er vergaß seine erzwungene Sparsamkeit und gab ihnen einige Münzen, für die sie begeistert dankten. In einer Wolke von leuchtendem Silberstaub, von Lachen und Singen fuhr der zweispännige Wagen davon. Cicero sah und hörte zu, wie ein zur Hinrichtung Verurteilter, wie ein dem Tode verfallener Greis.

Er verharrte im Garten, unbeweglich gleich den schönen Statuen rings um ihn und ebenso empfindungslos. Nur schwach drang an sein halbbetäubtes Ohr das Plätschern der Springbrunnen, durch deren buntes Sprühen Vögel flitzten. Jenseits des Gartens lag, still und friedlich, das Meer, wie pfauenfarbene Seide. Scharlachrote Segel durchschnitten den unglaublich blauen Himmel, der in glühendem Licht pulste.

Wie soll ich weiterleben? Welchen Weg soll ich einschlagen? fragte Cicero sich mit tränenfeuchten Augen. Da verbringt man sein Dasein damit, einen Berg zu erklimmen, die Augen auf den schimmernden Gipfel gerichtet. Man träumt davon, eine Zeitlang dort oben zu stehen und das ganze Land zu seinen Füßen zu beschauen, ehe man auf der anderen Seite gemächlich in den goldenen Sonnenuntergang absteigt. Und dann, wenn man den leuchtenden Marmorgipfel erreicht, erkennt man, daß drüben kein sanfter Hang ist, sondern ein jäher Absturz, der in dunkle, einsame, zackige Felsentiefen führt. Was nun, da es ja im Leben keinen Rückweg gibt? Wäre ich doch unten im grünen Tal geblieben, am vertrauten Fluß, auf den blühenden Wiesen der Heimat! Jugendträume können in den Untergang führen; selbst Vaterlandsliebe kann sich als trügerisch erweisen, und Gott sieht gleichmütig zu oder ist ein bloßes Märchen! In grenzenloser Verzweiflung rang er die Hände und rief: „Ach, kann es denn sein, daß ich bis an mein Lebensende hierbleiben muß und nie mehr Rom sehen werde?"

Er hatte gedacht, Tränen und Kummer müßten einmal versiegen und verstummen. Aber jetzt erlebte er es, daß der Tränenquell nie vertrocknete, daß der Kummer mit tausend Zungen redete, daß der Schmerz unerschöpflich war in der Erfindung neuer Waffen, um die Seele zu durchbohren. Das ganze Weltall schien voll Feindseligkeit. War es denn wirklich so, wie die Juden behaupteten, daß die Schöpfung von einem bösen und einem guten Prinzip erfüllt war, die beide sich des Menschen bekümmerten, das eine zerstörend, das andere rettend?

Am Abend kam Adon mit dem Wagen und den Dienerinnen zurück. Und außer den Mädchen saßen im Wagen zwei Besucher.

Der Himmel war pures Gold, das Meer schwamm in Gold, die Luft erzitterte in goldenem Staub. Die Berge waren aus reinstem Gold, und jedes Laubblatt im Garten prangte vergoldet. In diesem goldenen Licht glich der auf einer Marmorbank unter Myrtenbäumen sitzende Mann fast der Statue eines in einsamer Qual Sterbenden.

Die Besucher, die er nicht bemerkte oder nicht beachtete, hielten, obwohl Adon sie vorbereitet hatte, tief bestürzt inne. Der eine sagte: „Das Alter ändert uns zwar alle. Aber jener Mann dort kann doch nicht Marcus sein. So zu verändern vermögen nicht einmal viele Jahre einen Menschen." Sie traten näher, und einer von ihnen rief: „Marcus! Bist du es?"

Er blickte auf, mit dem benommenen Starren jemandes, der an einem fremden Ort aufgeweckt wurde und sich nicht zurechtfinden kann. Mit den blicklosen Augen eines Säuglings sah er die Besucher ganz an sich herankommen. Der eine umarmte ihn weinend und schrie ihm wie einem Schwerhörigen zu: „Marcus, teurer, geliebter Freund! Kennst du mich nicht?" Marcus ließ die Umarmung über sich ergehen. Er schloß die Augen, schien sich sammeln zu wollen, aber dann den Versuch aufzugeben.

Er sah vor sich einen hochgewachsenen, schlanken Mann mittleren Alters mit grauem Vollbart, weißem Gesicht und großen, braunen, sanften und doch scharf prüfenden Augen. Der Besucher trug ein vornehmes safranfarbenes, gold- und silberbesticktes Gewand, einen Purpurmantel und ein Kopftuch mit Gold- und Purpurstreifen. Ein ägyptisches Halsband mit Anhängern aus goldgefaßten Smaragden funkelte in der Sonne, ebenso wie eine Menge Edelsteine an den Fingern, Handgelenken, Armen und Sandalen.

„Erkennst du mich wirklich nicht, deinen Jugendfreund Noah ben Joel? Wir waren doch fast wie Brüder!"

„Noah? Noah?" Marcus hob die mageren, zittrigen Hände. Plötzlich faßte er die Arme des Besuchers, und seine Miene leuchtete so hell auf, daß sein Freund von neuem zu Tränen gerührt wurde. „Noah!" rief Marcus und versuchte aufzustehen, war aber zu schwach dazu. „Das kann doch nicht sein! Es ist ja alles tot!"

„Gott lebt, und deshalb lebt auch die Welt noch", sagte Naoh und setzte sich neben Marcus, der nun eine seiner Hände ergriff und krampfhaft festhielt. „Und schau!" fügte Noah hinzu. „Da ist noch ein alter Freund gekommen, Anotis, der Ägypter. Hast du ihn vergessen? Wir haben uns in Jerusalem kennengelernt, und als wir feststellten, daß du unser gemeinsamer Freund bist, sind auch wir Freunde geworden." Seine Stimme war leise, klar und einschmeichelnd. Sie versuchte, Marcus' bedrängten, fernen Geist zu erreichen. „Durch Bekannte in Rom habe ich von deiner ... Lage erfahren, und als ich herausbekam, daß du in Thessalonike bist, entschloß ich mich, dich zu besuchen. Anotis wünschte mitzukommen, und so sind wir heute mit dem Schiff aus Judäa eingelangt. Dein braver Adon hat uns auf unsere Bitte hierhergebracht. Und da sind wir also und freuen uns riesig, dich wiederzusehen!"

„Anotis?" fragte Marcus mit schwacher, grübelnder Stimme und blickte den zweiten Besucher an, einen großen, schmächtigen Mann, der karminrot und grün gewandet, juwelengeschmückt, in stattlicher Haltung vor ihm stand. Er sah die grauen Augen, deren Klarheit noch immer ungetrübt war, die Adlernase, den schmalen schneeweißen Spitzbart. „Anotis? ... Anotis!" Plötzlich lief eine Bewegung durch Marcus' ausgemergelten Körper und bebte in seinem ganzen Gesicht, als er mit feuchten Augen die Hand ausstreckte.

Die beiden Besucher setzten sich links und rechts von ihm hin. Goldenes Licht durchtränkte Meer und Himmel und Erde. Jasmindüfte und scharfer Salzgeruch erhoben sich. Von der See her kam Wind auf und trug seltsame Laute heran. Schwarze Zypressen wiegten ihre schlanken, spitzen Wipfel im strahlenden Licht. Scharlachrote Flügel huschten über die Wasserfläche, als Schiffe in den Hafen einliefen. Vögel stimmten freudige Lieder an. Und Marcus saß froh zwischen seinen Freunden und traute seinen Augen und Ohren nicht. Ihm schien, als wäre er vom Tode auferstanden. „Geht nicht wieder davon!" bat er. „Laßt mich nicht allein!"

„Wir bleiben lange bei dir, lieber Marcus", beruhigte ihn Noah. „Wir haben ja die weite Reise unternommen, um mit dir beisammen zu sein."

„Ach", klagte Marcus, „ich bin nichts. Ich habe Familie und Heim verloren. Ich habe Rom verloren." Immerhin war seine Stimme nicht mehr stumpf, sondern vom Schmerz geschärft. „Versteht ihr, was es heißt, seine Heimat zu verlieren?"

„Ja", erwiderte Noah. „Wir Juden wurden einmal aus unserem Land nach Babylonien in die Gefangenschaft geführt. Hör nur, was David darüber gesagt hat! ,Wir saßen an den Flüssen Babylons und weinten in der Erinnerung an Sion. Und hingen unsre Harfen dort in die Weiden. Und die uns weggeführt, verlangten von uns Lieder. Wie könnten wir ein Lied des Herrn auf fremdem Boden singen? Vergäß ich dich, Jerusalem, dann soll auch meine rechte Hand vergessen sein! Die Zunge klebe mir am Gaumen, wenn ich mich deiner nicht erinnerte, wenn ich nicht über all meine Freude Jerusalem erhöbe.' Und Gott hat der Verbannten gedacht und sie in ihr Land zurückgeführt. So wird er es auch, sobald die von ihm gesetzte Frist abgelaufen ist, mit dir tun, zur Beschämung deiner Feinde. Du bist nicht der einzige, der im Exil trauert oder getrauert hat."

„Und wir Ägypter haben noch jetzt die gleiche Trauer", bemerkte Anotis. „Der Fremdling Alexander hat unser heiliges Land besetzt, und seither behandeln seine Nachfolger, die Ptolemäer, uns höhnisch als Heimatlose. Auch wir weinen um unser Vaterland. Wer wird es uns wiedergeben? Jahrhunderte sind vergangen, und wir sind Fremde im eigenen Land." Aber er blickte in den goldenen, im Westen scharlachrot flammenden Himmel, und sein Asketengesicht leuchtete plötzlich auf, als hätte er eine Verheißung gehört.

Sie hatten ihre Gastgeschenke für Cicero so gewählt, daß man meinen konnte, sie hätten seine Seelenqual geahnt. Noah brachte ihm eine kleine Wiedergabe der heiligen Schriftrollen, mit Silberstäben und pergamentartiger Seide, auf der die ehrwürdigen Texte verzeichnet waren. Anotis' Geschenk war eine goldene Statuette: eine sternenkranzgekrönte schwangere Frau, die mit ihrer Ferse eine Schlange zertrat. Der Ägypter sagte: „Chaldäische Priester haben mir etwas Merkwürdiges erzählt. Ihre Himmelskundigen schauen jetzt Nacht für Nacht nach einem Stern aus, der einer Weissagung zufolge prächtig im Osten aufgehen und heilige Männer ihres Landes zur Geburtsstätte des Welterlösers führen soll."

Marcus lauschte diesen Worten, und von einem Augenblick zum andern verjüngte sich sein abgelebtes Gesicht, als wäre ihm schon jetzt die Erlösung zuteil geworden. Er weinte, und die Freunde wehrten seinen Tränen nicht, die ihm Kummer und Qual wegschwemmen und wie milder Regen Frühling und neue Hoffnung bringen mochten.

In den nächsten Tagen fühlte er sich wie neugeboren. Zum erstenmal sah und hörte er seine Umgebung und bewunderte sie zusammen mit seinen Freunden, als wäre auch er gerade erst gekommen und weilte nicht schon monatelang hier. Er bewegte sich und sprach lebhaft wie ein Jüngling. Er nahm zum erstenmal Bücher aus der Bibliothek zur Hand und las den Besuchern auf griechisch vor. Er lobte die Gärtner für ihre Kunstfertigkeit, er, der bisher auf die Gärten keinen Blick geworfen hatte. Adon führte die drei Freunde in einem Segelboot auf das violette Meer, und sie fischten miteinander und lachten wie Knaben.

Ciceros Schritte wurden beschwingt. Er sprach von seinen Plänen für die Zeit nach der Rückberufung. Er erzählte stolz von seinen Kindern, seinem Bruder, seinen Freunden, sogar seiner Frau. Abends schrieb er wie besessen an neuen Aufsätzen für seinen Freund und Verleger Atticus, den er so oft gelästert und betrübt hatte. Jeder Tag brachte ihm neues Entzücken und neues Lachen, und die Diener hörten vergnügt seine schallende Stimme. Seine alte Spaßfreude kehrte wieder, und er war froh, daß seine spöttischen Scherze die Freunde nicht verletzten, sondern bei ihnen heiteren Widerhall fanden.

Manchmal lief er ohne ersichtlichen Grund von dem einen zum andern, umarmte sie leidenschaftlich und küßte sie auf die Wange, wie ein schuldbewußtes, aber glückliches Kind. „Oh!" rief er dann. „Gott ist gütig, daß er mir euch zu einer Zeit geschickt hat, wo ich nur mehr den Tod herbeisehnte." Und einmal fügte er, zu Noah gewandt, hinzu: „Erzähl mir wieder vom Messias! Ihn hatte ich ganz vergessen gehabt."

„Leider", erwiderte Noah, „scheint es so, daß die Menschen ihn nicht erkennen, sondern verhöhnen und sogar töten werden. Hör nur, was David ihn sagen läßt! ‚Mein Gott, mein Gott, warum hast du mich verlassen? Du bist den Bitten, bist den Worten meines Flehens weit entfernt. Mein Gott, am Tage rufe ich, und du erhörst mich nicht; und nachts, und du hast keine Antwort für mich. Ich bin zum Spott den Menschen, und dem Volke zur Verachtung. Wer immer mich erblickt, verlacht mich nur, verzieht die Lippen, schüttelt seinen Kopf und sagt: Er hat sich auf den Herrn verlassen; der mag ihn befreien, der soll ihn retten, wenn er ihn so liebt! Sie sperren ihre Rachen auf gegen mich gleich Löwen, die nach Beute brüllen. Ich bin wie Wasser hingegossen, und alle meine Glieder sind zertrennt. Mein Herz ist wie zu Wachs geworden, es schmilzt in meinem Inneren. Ausgetrocknet wie ein Ziegelstein ist meine Kehle, die Zunge klebt an meinem Gaumen. Du hast mich in den Todesstaub gebettet. Sie haben meine Hände, meine Füße mir durchbohrt, all meine Glieder kann ich zählen. Sie schauen auch noch zu, sie sehn mich an und freuen sich, verteilen meine Kleider unter sich und werfen über mein Gewand das Los.' "

Nach einer Weile fuhr Noah fort: „Du wirst sehen, daß der Messias – entgegen den Behauptungen der Pharisäer, er werde mit dem Klang vieler Silbertrompeten und mit der Macht und Herrlichkeit der Engel und mit Donnerschall erscheinen – in Wirklichkeit als ganz niedriger, schlichter Mensch geboren werden und den Opfertod für unsere Sünden sterben wird. Es ist sehr geheimnisvoll. Werden wir ihn erkennen? Ich zweifle daran. Und doch soll der Herr ihn uns sichtbar machen, weil David Gott zu ihm sagen läßt: ‚Du bist mein Sohn. Heute habe ich dich gezeugt. Verlang von mir, und ich will dir die fremden Völker als dein Erbteil geben, der Erde Grenzen als dein Eigentum.' "

„Und wir haben sein Zeichen, das Kreuz", fügte Anotis hinzu. „Es ist das Sinnbild des Lebens und der Auferstehung, und wir verehren es seit vielen, vielen Jahren."

Marcus hörte begierig zu und dachte: Ich habe Gott vergessen und mich als Verbannter gefühlt. Aber die Seele schafft sich ihren eigenen Wohnplatz, aus dem sie nicht vertrieben werden kann. Ich bin Römer und bleibe Römer. Nicht ich habe Rom verlassen, sondern Rom ist von mir gewichen.

Als seine Freunde heimfahren mußten, begleitete Marcus sie zum Hafen. Dann sah er das große geflügelte Schiff unter den Horizont sinken, und wieder erfüllte ihn Trauer. Doch er sagte sich: Sie sind nicht aus der Welt. Ich habe beim Abschied geklagt: Nun fahrt ihr also weg! Aber an ihrem Zielhafen wird man ihnen freudig zurufen: Nun seid ihr wieder da! Er kehrte in das Landhaus zurück. Doch es war nicht mehr ein schauerlicher Verbannungsort, sondern eine vorübergehende Heimstatt, bis zur Rückkehr nach Rom. Er begann, seiner Familie und seinen Freunden hoffnungsfrohe Briefe zu schreiben. Und an Caesar und Pompejus richtete er die Aufforderung, ihn zurückzuberufen.

An den Abenden jedoch betete er mit den Worten Davids, wie Noah ihn gelehrt hatte: „Ich hebe meine Augen zu den Bergen auf. Von wo wird mir die Hilfe kommen? Die Hilfe kommt vom Herrn, dem Schöpfer des Himmels und der Erde. Er wird nicht wanken lassen deinen Fuß; der dich behütet, wird nicht schlafen. Der Herr beschirmet dich; zu deiner Rechten steht der Herr als dein Beschützer. Bei Tage wird dir keine Sonne schaden, kein Mond bei Nacht. Der Herr wird dich vor jedem Übel bewahren. Er wird behüten deine Seele."

Und in den Nächten blickte er auf den strahlenden Sternhimmel und wiederholte die Botschaft: „Du bist mein Sohn. Heute habe ich dich gezeugt."

„Ist jetzt der Tag und die Stunde?" fragte er und blickte nach dem Stern aus, von dem Anotis ihm erzählt hatte. Aber das Firmament war still und stumm. Er ging in sein Zimmer und betrachtete die goldene Statuette der schwangeren Frau und sann nach. Und ein seliger Schauer überlief ihn, als hörte er in der Wüstenei der Welt eine liebevolle Stimme, eine Stimme, die ihn heimberief.

LIX

„Wir sind von allen Seiten eingekreist", sagte Caesar zu Crassus. „Auf einmal hallt die ganze Stadt von Ciceros Namen wider, und auf den Häuserwänden tauchen ungebärdige Inschriften auf. Man verlangt allgemein seine Rückberufung. Ich schlage vor, daß wir uns edelmütig erweisen. Dann wird das Volk unsere Oberherrschaft und unsere Dekrete vergessen und uns als edle Freunde und Wohltäter preisen."

„Ich bin dafür", erklärte Pompejus und streckte den Daumen hoch.

Der junge Marcus Porcius Cato, der angesehene Patrizier und einstige Volkstribun, ging zu Senatoren, die Freunde seiner Familie waren. „Ihr Kleinmütigen!" rief er ihnen zu. „Ihr habt den Mann verbannt, der Rom und euch selber gerettet hat. Im Volke gärt es. Beruft ihn zurück!"

Die mächtige Massenbewegung ärgerte und beunruhigte Crassus. Er versuchte herauszubekommen, wer diesen jetzt in Rom tobenden Sturm entfesselt hatte; aber es schien, als wären plötzlich überall Streiter für Ciceros Sache aus dem Boden geschossen. Schließlich wurde es wirklich gefährlich, sich länger taub zu stellen, und Crassus beriet verdrossen mit den schuldbewußten Senatoren. „Das ist eine heikle Sache", erklärten sie ihm. „Wenn wir zugeben, daß die Verbannung ein Mißgriff war, so wird das Volk uns zwangsläufig verachten. Andererseits droht Antonius Hybrida, dieser Wirrkopf, sein Schuldbekenntnis dem neugewählten Konsul Lentulus Spinther vorzutragen, von dem doch jeder weiß, daß er ein alter Freund Ciceros ist. Wir müssen uns den Fall gut überlegen."

In echt römischer Findigkeit beschlossen sie, die Vorgänge um die Rückberufung derart ins Dunkel zu rücken, daß dabei niemand persönlich als treibende Kraft aufschien und daher auch niemand zu öffentlichen Erklärungen darüber verhalten werden konnte. Pompejus schrieb Cicero einen behutsamen Brief, worin er ihn an seine Zuneigung zu ihm erinnerte und feststellte, er bemühe sich Tag und Nacht um den Widerruf der Verbannung. ‚Aber nun liegt alles an Caesar, Deinem alten teuren Freunde. Übrigens packt jetzt Dein sehr wohlhabender und einflußreicher Verleger bei jeder Gelegenheit wichtige Persönlichkeiten am Ärmel und bearbeitet sie zu Deinen Gunsten. Da er viele Komödianten, die er als Satiriker ausgibt, im Solde hat, fürchtet man ihn vielfach.'

Der Volkstribun Lucius Ninnius, der stets freundschaftliche Gefühle für Cicero gehegt hatte, ging zu Caesar und blickte ihn mit seinen klugen, funkelnden Augen an. „Schon früher habe ich einen Gesetzesantrag zur Rückberufung Ciceros eingebracht", sagte er. „Damals hat Clodius mit Erfolg Einspruch erhoben. Jetzt sind die für das nächste Jahr neugewählten Tribunen, einschließlich deines Freundes Titus Annius Milo, für die Rückberufung und werden sie beantragen. Bist du dagegen?"

„Ich?" rief Julius. „Es vergeht doch kein Tag, ohne daß ich um die Heimkehr meines teuren Marcus bete!"

„Du mußt eben noch fleißiger beten", erwiderte Ninnius. In seinen klugen Augen schimmerte es auf. Er fürchtete nicht den mächtigen Dreierausschuß, der jetzt Rom versklavt hielt. „Du hast doch eine sehr beredte Zunge, lieber Caesar. Sprich mit den Senatoren!"

„Das habe ich schon oft getan", entgegnete Julius. „Aber ich werde es wieder tun", fügte er höchst feierlich hinzu. Ninnius unterdrückte ein Lächeln, verbeugte sich und ging.

Das Volk liebte Ninnius wegen seiner Ehrenhaftigkeit. In seiner gelassenen Stimme war ein Unterton von Drohung gewesen, und auf solche Untertöne achtete Julius seit jeher. „Nur ein törichter Tyrann protzt mit seiner Macht und hält sich für unbesiegbar und unverwundbar", sagte er zu den beiden anderen Triumvirn. „Xerxes hat sich angeblich bei Beratungen zuerst seinen niedrigsten Sklaven angehört und dann erst seine Minister. Denn sie redeten ihm nach dem Munde; der Sklave aber hatte nichts zu verlieren, wenn er die Wahrheit sprach."

Die Laubbäume Roms färbten sich rot und braun und gelb, als Ninnius im Senat neuerlich Ciceros Rückberufung anregte. Acht Senatoren waren gleich dafür; die anderen äußerten keine Meinung. Der von den acht mächtigen Ratsmitgliedern eingebrachte Antrag ging in dieser Form nicht durch. Immerhin gab der Senat dem Verbannten seine bürgerlichen Rechte und seinen früheren Rang zurück und ließ ihm das mitteilen. Unterdessen aber hatte Cicero Stolz und Stärke wiedergewonnen. Er verlangte die Rückgabe seines gesamten beschlagnahmten Eigentums und den Wiederaufbau seines Palatinhauses. Inzwischen übersiedelte er nach Dyrrhachium, einer bedeutenden Handelsstadt an der Ostküste der Adria in der Gegend des heutigen Durazzo, wo er Rom näher war und eine große Bibliothek zur Verfügung hatte. Dort besuchte ihn der stets zuversichtliche und liebevolle Atticus, berichtete ihm von den Ereignissen in Rom und strich die großen Verkaufserfolge seines neuen Buches heraus. Als angeblich fälligen Anteil am Erlös übergab er ihm eine beträchtliche Summe, die zur Hälfte aus seiner eigenen Tasche stammte. Er brachte erfreuliche Nachrichten über den Gesundheitszustand von Ciceros Angehörigen und erzählte, wie tapfer Quintus sich für seinen Bruder eingesetzt hatte.

„Aus ganz Italien kommen Abordnungen nach Rom und verlangen, daß du heimberufen wirst und daß man dir dein Eigentum voll rückerstattet", erzählte Atticus. „Lentulus hat erklärt, er werde gleich nach Beendigung der heiligen Riten, wenn er am ersten Tage des Janusmonats sein Konsulat antrete, im Senat eine dahingehende Rogation einbringen." Atticus war sehr angenehm überrascht davon, daß sein Freund und Autor, für dessen Geistesverfassung und Leben er in den vergangenen Monaten sehr gefürchtet hatte, sich so beherrscht und stark, fast heiter und überaus entschlossen zeigte.

„Man würde mir die Rückkehr unter Wiederherstellung meiner bürgerlichen Rechte und meines Ranges gestatten", sagte er zu Atticus. „Aber wovon soll ich denn leben? Ach, wie schwer sich Regierungen von Geld trennen, das sie einem Bürger geraubt haben! Man könnte meinen, sie hätten es sich selbst erarbeitet! Der Senat sähe mich natürlich gern als Habenichts in Rom, weil dann alle Leute sagen würden: ‚Dieser Cicero ist in jeder Beziehung ein armer Schlucker geworden und auch zu alt, um überhaupt wieder hochzukommen.' Traurig genug, daß in dieser entarteten Zeit nur Geld einem zu Ansehen verhilft! Aber da es nun einmal so ist, muß ich dabei bleiben, daß ich erst nach Rom zurückkomme, wenn mir alles zurückgestellt wird. Da mag der Senat noch so viel murren und wettern!"

Als Atticus in die Hauptstadt heimgekehrt war, hielt er Marcus brieflich über die weiteren Ereignisse auf dem laufenden. ‚Die Szene ändert sich ständig, als würde man bunte Mosaiksteinchen in einem Glasbehälter durcheinanderschütteln. Beschlüsse werden gefaßt und widerrufen. Lentulus stellt Anträge; der Senat hört sie an und verwirft sie. Pompejus hat erklärt, zu Deiner Rückberufung sei ein Volksbeschluß erforderlich, was auch stimmt. Caesar wendet sich an den Senat, als dessen bescheidenen Diener er sich bezeichnet, und erweckt mit seinem Eintreten für Dich grimmiges Lächeln. Crassus wendet sich an den Senat, wobei er sich als noch bescheideneren Untertan des römischen Volkes ausgibt, und man hört ihn mit feierlicher Miene an. Es macht den Eindruck, daß nicht nur der Senat, der Dreierausschuß, der Adel und der Ritterstand, sondern ganz Italien die Aufhebung Deiner Verbannung wünscht. Aber die Sache hat einen Haken: Publius Clodius haßt Dich, und er hat große Macht.'

In seinem Briefe ließ Atticus unerwähnt, daß Ciceros Bruder Quintus auf dem Forum am hellichten Tage von Spießgesellen des Clodius überfallen und so übel zugerichtet worden war, daß nur aufopfernde Pflege und die Behandlung zahlreicher Ärzte ihm das Leben retteten. Atticus hielt es nicht für ratsam, Cicero zu beunruhigen; er mochte sonst vielleicht aus Angst um seinen Bruder überstürzt nach Rom kommen und damit stillschweigend die Bedingungen des Senats — bloße Wiederverleihung der bürgerlichen Rechte und des Ranges — anerkennen.

Atticus empfand es als schmählich, daß Roms käuflicher Mob, den Clodius besser in der Hand zu haben schien als selbst der Dreierausschuß, die ehrenhafte, mit voller Vermögensrückerstattung verbundene Heimberufung Ciceros verhindern sollte. Aber in Rom hatte jeder Bürger, ob gescheit oder dumm, ob gebildet oder unwissend, ob anständig oder verworfen, das gleiche Stimmrecht, und wenn man sich auf dem Forum zur Beschlußfassung versammelte, kam es leicht und oft zu Temperamentsausbrüchen und Ausschreitungen. Fand also im Falle Ciceros eine Volksabstimmung statt, so konnte Clodius die Pöbelscharen, die er ständig durch Zuwendungen bestach, zu Empörung und Aufruhr anstacheln. Ihnen war ja Cicero nur ein Name, und es genügte ihnen, wenn ihr Herr und Meister Clodius diesen Namen verdammte. Das sind eben so die Gebräuche der Demokratie! dachte Atticus.

Seinen Freunden aber schrieb er folgendes: ‚Die Volkesstimme ist oft die Stimme von Eseln und Verbrechern und Tollköpfen und raubgierigen Neidern. Sie glauben auch den plumpsten Schwindel, wenn er aus dem Munde ihres jeweiligen Lieblings und politischen Schranzen stammt. Sie entehren den tugendhaftesten Mann, sobald man es ihnen befiehlt. Sie meutern und morden auf Geheiß irgendeines Schurken, der sie aus reinem Herzensadel zu schätzen und zu fördern vorgibt. Aus eigenem Antrieb hegt der Mob für Cicero weder Haß noch Liebe. Aber man haßt ihn, weil Clodius es so will. Und das ganze nennt man dann Demokratie.'

Lentulus entschloß sich, dem Pöbel Kurzweil zu bieten. Als Konsul gab er große, unerhört grausame Schauspiele in den Zirkussen und benützte die Ablenkung des Mobs durch die blutrünstigen Belustigungen dazu, mit dem Senat im Tempel des Honos und der Virtus zu tagen und einen Gesetzesantrag über die Heimberufung Ciceros unter Rückgabe des gesamten Vermögens und aller Ehrenrechte einzubringen. Doch Clodius bekam Wind davon und konnte nochmals die Annahme des Gesetzes verhindern.

Nun aber nahm Pompejus, der als Soldat den unbekümmerten, zuchtlosen Pöbel haßte, die Angelegenheit selbst in die Hand. Im Beisein vieler hervorragender Männer, darunter des Lentulus und des von der Seeräuberbekämpfung in Kleinasien her volkstümlichen Servilius, hielt er auf dem Forum eine Rede an die Volksmassen und appellierte an ihre – ihnen nach seiner persönlichen Meinung durchaus fehlende – Anständigkeit, Tugend und Ehrenhaftigkeit. Er war ein Mitglied des allmächtigen, allseits gefürchteten Dreierausschusses; bisher hatte keiner der Triumvirn je öffentlich und unmittelbar auf dem Forum zum Volk gesprochen, weder in der Ciceronischen noch sonst in irgendeiner Angelegenheit. Die Versammelten fühlten sich überaus geschmeichelt, vergaßen für einen Augenblick ihren Herrn und Meister Clodius und erklärten sich durch Zuruf bereit, in einer Volksversammlung für Ciceros Rückberufung zu stimmen. Pompejus bescheinigte ihnen Edelmut, Großherzigkeit und seelische Größe. Bei der Erwähnung Ciceros bebte seine Stimme vor Rührung, und der empfindsame Mob sah die Tränen eines großen Soldaten und Heerführers, der sich demütig vor der Macht des Volkes beugte. Später sagte Pompejus zu Lentulus: „Bete zu den Göttern, sie mögen dem Pöbel seinen Gefühlsdusel wenigstens bis zur Abstimmung erhalten!"

Clodius bot seinen Anhang auf, und der Prätor unterstützte ihn, zusammen mit drei anderen kurulischen Beamten und mehreren Volkstribunen, bei seiner unerbittlichen Hetze gegen Cicero. Doch zu seiner ungläubigen Wut und seinem maßlosen Staunen hörten die Volksmassen diesmal nicht auf ihn. Er hatte sie zwar immer wieder bestochen; Pompejus jedoch hatte ihnen geschmeichelt und ein schlummerndes Gefühl für Anständigkeit in ihnen geweckt — ein ‚Phänomen von höchstem Seltenheitswert', wie Atticus in einem Briefe witzig feststellte. Kurz, es geschah ein Wunder. ‚Griffe nicht von Zeit zu Zeit die Hand Gottes in die menschlichen Dinge ein', schrieb Atticus, ‚so müßten wir unweigerlich in Chaos versinken. Nie würde ein Räuber oder Mörder gefaßt, nie der Gerechtigkeit zum Sieg verholfen und nie ein ehrloser Politiker als Heuchler entlarvt werden.'

Das Volk hielt, was es Pompejus versprochen hatte. Im Spätsommer stimmte es für die Heimberufung Ciceros unter Wiederherstellung seiner bürgerlichen Rechte, seines Ranges und seiner Ehrenstellung als Heros Roms und unter Rückgabe seines gesamten Eigentums. Die Verbannung war vorbei, und in Brundisium schloß Tullia den geliebten Vater in die Arme. Er schob sie sanft beiseite, kniete mit Tränen in den Augen hin und küßte die heilige Erde seiner Väter. Alles, was er erlitten hatte, wurde ihm aufgewogen durch die Freude dieses Augenblicks.

So zögernd das Volk seiner Rückberufung zugestimmt hatte, so begeistert begrüßte es ihn überall auf der Reise nach Rom. Er fuhr die Via Appia durch Tarentum, Capua, Sinuessa, Minturnae, Formiae, Tarracina. Allenthalben stellten ihm Freunde zur Übernachtung prächtige Landhäuser zur Verfügung, in deren Nähe oft seinerzeit ihm selbst gehörige, inzwischen von der Regierung mit wollüstiger Bosheit zerstörte Villen gelegen hatten. Die Ortsobrigkeiten empfingen ihn mit Lorbeerkränzen, hießen ihn willkommen und küßten ihm die Hände. Riesige Menschenmengen jubelten ihm mit dem Rufe: „Heros!" und mit lauten Beifallskundgebungen zu. Ganze Bauernfamilien säumten die Straßen und streuten ihm Blumen auf den Weg. Jedes Dorf und jede Stadt, durch die er kam, veranstalteten ihm zu Ehren ein Fest; man ließ die Arbeit ruhen und feierte mit dröhnenden Zurufen den ‚Vater des Vaterlandes'. Der große Wagen, in dem er mit der Tochter und den Freunden fuhr, kam oft in dem Gedränge stundenlang nicht weiter. Richter nannten ihn in Ansprachen die Säule des Rechtes, die Grundmauer der Verfassung. Anwaltskollegen gaben ihm zu Ehren Bankette und sonnten sich im Abglanz seines auf ihren Berufsstand widerstrahlenden Ruhmes.

Erschöpft, blaß, der Ovationen müde, nur von dem Gedanken erfüllt, wieder auf dem geheiligten Heimatboden zu sein, traf er für die letzte Nacht vor dem Betreten Roms im Landhaus eines Freundes ein. Er sagte zu Tullia: „Wenn ich jünger wäre, würde ich mir einreden, daß alle diese Menschen seit jeher auf meiner Seite standen und nun in meiner Person gerechtfertigt sind. Aber ich bin nicht mehr jung. Darum freuen und rühren mich zwar alle diese Sympathiebekundungen; ich halte mir jedoch vor Augen, daß diese selben Menschen mich ängstlich gemieden haben, als ich auf dieser gleichen Straße ins Exil fuhr. Der Mensch ist ein schwaches Wesen. Wenn er keine Gefahr läuft, klatscht er Beifall; wird er aber – besonders von der Obrigkeit – aufgefordert, zu rügen und zu schmähen, so tut er es mit ebenso großer Hingabe und Gewissenhaftigkeit. Käme nur ein entsprechender Wink aus Rom, so würden die gleichen Leute, die mir heute die Hände küssen, mir morgen mit ebensolcher Begeisterung die Kehle durchschneiden. Am wohlsten fühlt sich der Mensch, wenn er sich im Einklang mit seiner Umgebung glaubt. Und das ist ein trauriges, erschreckendes Vorzeichen für die Zukunft."

Tullia, die selbst auch müde war, wandte ein: „Ich glaube, man liebt dich aufrichtig, Vater."

Cicero erwiderte: „Früher einmal habe ich meinen Mitmenschen vertraut. Jetzt tue ich es nicht mehr. Ich bete bloß für sie. Den Leuten gilt die Beliebtheit eines Menschen als Maßstab für seinen Wert."

Es war der dreiundzwanzigste Abend seiner Triumphfahrt durch die Ehrenspaliere der Mitbürger. Auf seine dringende Bitte gab es diesmal kein Bankett, keine langen Begrüßungsansprachen von Behördenvertretern, Anwälten, Richtern und Politikern, keine überschwenglichen Kundgebungen der Bewohner, die, wie alle ihre Landsleute, Festlichkeiten und Aufmärsche, besonders für plötzlich volkstümlich gewordene Männer, über alles liebten. Morgen sollte er in Rom einziehen!

Während die große Villa von Abgesandten des Senates wimmelte, die der Hausherr, eifrig hin und her schusselnd, wichtigtuerisch empfing, bewirtete und deren Botschaften er am nächsten Morgen seinem Gast weiterzugeben versprach, saß Cicero, halb tot vor Erschöpfung, in seinem schönen, reich mit Blumen geschmückten Zimmer, dem Schlafraum seines Gastgebers. Tullia selbst wusch ihrem Vater die Füße und legte ihm die Prunkgewänder für den nächsten Morgen zurecht. Als er ihr zulächelte, fiel ihm zum erstenmal auf, daß sie verhaltener schien, als er sie aus der Zeit vor seiner Verbannung in Erinnerung hatte, gebrechlicher, zarter. Ihr langes hellbraunes Haar fiel ihr über den schmächtigen Rükken. Ihre Hände waren zu mager und zitterten ein wenig. Ihre den seinen so ähnlichen Augen schienen bei aller Jugendlichkeit matter, und ihre ganze Art war offenbar noch gedämpfter als früher. Plötzlich erschrak er sehr.

„Tullia!" rief er. „Diese Reise hat dich mehr angestrengt als mich."

Sie versuchte zu lächeln. Dann brach sie in Tränen aus und warf sich ihm in die Arme. Er nahm sie auf die Knie und versuchte sie linkisch zu trösten, trocknete ihr die Wangen, glättete ihr weiches schönes Haar und küßte sie. Seine Bestürzung wuchs.

„Sprich doch!" drängte er. „Was quält denn meinen Liebling das Kleinod meines Lebens?"

Und nun erfuhr er von den schweren, fast tödlichen Verletzungen, die sein geliebter Bruder erlitten hatte, weil er für ihn eingetreten war. Er erfuhr auch vom Tode seines ihm ergebenen Schwiegersohns Piso Frugi, der so tatkräftig seine Rückberufung betrieben hatte. Er war angeblich an einem plötzlichen Fieberanfall gestorben; aber die Ärzte vermuteten Vergiftung. Die kaum zwanzig Jahre alte Tullia war schon Witwe. Nun saß sie gramgebeugt, verzweifelt, auf den Knien ihres Vaters, der bekümmert daran denken mußte, daß sie mitten in ihrer Trauerzeit ihm zur Begrüßung entgegengereist war.

„Das hättest du mir doch sagen sollen, liebes Kind", murmelte er und gab ihr einen tröstenden Kuß. „Du hast genug durchgemacht und hättest dich nicht auch noch mit der Reise belasten sollen. Sobald ich in Rom bin, werde ich für Piso ein Opfer darbringen. Mein Bruder ..."

„Onkel Quintus war dem Tode nahe. Aber vor kurzer Zeit hat er schon das Bett verlassen", sagte Tullia, beschämt darüber, daß sie aus Schwachheit ihrem Vater den Triumph durch so traurige Nachrichten vergällt hatte.

„Ich war einfach blind!" warf Cicero sich vor. „Wenn ich dich nur einen Augenblick lang genau angesehen hätte, wäre mir aufgefallen, wie bedrückt du bist und wie blaß. Aber nein! Ich war ganz verstrickt in meine Genugtuung und habe zu sehr auf das Beifallsklatschen und die heuchlerischen Begrüßungsreden jener Leute gehört, die mir vor weniger als anderthalb Jahren noch verächtlich den Rücken gekehrt hatten." In seiner Trauer um den Schwiegersohn und bei dem schrecklichen Gedanken, daß Quintus durch die Feinde des verbannten Bruders den Tod hätte finden können, verging ihm alle Freude. „Immer habe ich meinen geliebtesten Menschen nur Unheil gebracht", klagte er.

Jetzt trocknete Tullia entschlossen ihre Tränen und tröstete umgekehrt den Vater. Sie machte sich schwere Vorwürfe darüber, ihm am Vorabend seines größten Triumphes Kummer bereitet zu haben. Sie bat ihn um Verzeihung dafür; sie hätte sich beherrschen müssen, hätte nicht aus weiblicher Schwäche Zuspruch suchen dürfen; nun sei alles verdorben. Cicero zwang sich zu einem Lächeln und sagte: „Piso hat bestimmt gewollt, daß ich mich über die mir widerfahrene Genugtuung freue, und Quintus wird mich morgen begrüßen. Bloß ihretwegen werde ich die von ihnen gewünschte Rolle spielen" – und er machte eine Grimasse –, „die Rolle des Heros, der den Lorbeerkranz und die Huldigung Roms entgegennimmt." Aber obwohl er seiner Tochter beteuerte, er lasse sich die Stimmung nicht trüben, wurde ihm immer schwerer ums Herz. Und als Tullia in ihr Zimmer gegangen war, entbrannte in ihm wieder grollende Auflehnung gegen das Schicksal. Nur seinethalben war Quintus fast erschlagen worden, nur seinethalben hatte der junge, leidenschaftliche, so lebenslustige und heitere Piso den Tod gefunden! In dieser Nacht konnte er vor Verbitterung und Grübelei nicht schlafen.

Kaum dämmerte an der Horizontlinie des nachtvioletten Himmels das erste graue Morgenlicht, da wurde Cicero schon von wildem, triumphierendem Trompetenschall und Paukenwirbel und von tausendfachem Stimmengewirr aufgeschreckt. Sein erster Gedanke war: Will man mich schließlich doch noch umbringen? Dann verwies er sich selber die nur zum Teil spöttisch gemeinte Frage, stand auf, ging zum Fenster und sah karminrotes Fackellicht. Rings um das Landhaus hatte die Legion seines Bruders Quintus Aufstellung genommen, zu Fuß und zu Pferde und zu Wagen. Die Fahnen wurden entfaltet und leuchteten blutrot im Fackelschein. Metall schimmerte an Rüstungen und Speeren und Schwertern; Pferde tänzelten; Kommandorufe erschollen; Abteilungen schwenkten in ihre Plätze ein. Außerhalb des Vierecks der Legion drängten große Menschenmengen, die aus Rom gekommen waren, um sich dem Zug anzuschließen. Ein mit erbeuteten Schätzen und Scharen von Kriegsgefangenen siegreich heimkehrender Heerführer hätte nicht stürmischer begrüßt werden können. Zwischen Frohlocken und Angst schwankend, kam Tullia in das Zimmer des Vaters gelaufen, und er nahm ihre Hände und sagte: „Genau den gleichen begeisterten Krawall würden sie aufführen, wenn jetzt meine Hinrichtung bevorstände!"

Der Senat hatte für ihn und seine Tochter einen vergoldeten Prunkwagen geschickt, und nach einem eiligen Frühstück bestieg er mit ihr das Gefährt, hob die Arme und grüßte so das durch immer neuen Zuzug verstärkte Menschengewühl. Es war, als wäre ihm ganz Rom entgegengeeilt, um ihn wie einen Eroberer in die Stadt zu geleiten. Nun formierte sich der Zug: Spielleute mit Trompeten und Pauken und Zimbeln an der Spitze, dann Offiziere auf tänzelnden Rappen, dann Ciceros schimmernder Wagen und dahinter Zehntausende schreiender und beifallklatschender Männer und Frauen, von den Legionären nur mühsam im Zaum gehalten. Die Menschenmenge war wie ein großes Meer blumenbekränzter Köpfe, in das überall aus den Seitenstraßen neue Ströme mündeten.

Die Sonne hob den Rand ihrer roten Scheibe in die rötlichgraue Dunstschicht des Osthimmels, und ein stumpf scharlachfarbenes Licht streifte erst die Hausdächer an fernen Hügelhängen, dann auch die Firste der Grabdenkmäler längs der Via Appia und ließ weiter landeinwärts kleine Teiche und schmale Wasserläufe rot aufleuchten. Schwalben flogen zwitschernd empor, und über die frühherbstliche Erde erhob sich der Duft von Heu, reifendem Obst und ausgetrocknetem Boden und erhitzten Steinen und versengtem Gras. Nun flammte der rötliche Schein im Osten zu einer Feuersbrunst auf und übergoß die Mauern der weißen Landhäuser. Es war windstill. Alles in der Natur lag ganz ruhig und dämpfte merkwürdig jeden eindringenden Laut. Die aufgeregten Menschenstimmen und die Musikinstrumente der Spielleute klangen plötzlich so dumpf, daß Cicero zu träumen meinte.

Tullia blickte auf das Gesicht ihres Vaters; es war blaß und statuenhaft regungslos und undeutbar. Er hielt die locker hängenden Zügel gleich einem mächtigen Heros und stand stolz, wie in Gedanken versunken, da. Aber in den Falten seiner vornehmen weißen Toga und in seinen Augenhöhlen mischte sich blutrotes Licht der Fackeln mit dem blutroten Licht der aufgehenden Sonne. Tullia empfand es als unheimlich, daß nun der ganze Triumphzug mit seinem Getöse und den flatternden Fahnen und sogar der ihn einhüllende, von tausenden Füßen aufgewirbelte Staub scharlachrot waren. Es schien überhaupt keine anderen Farben mehr zu geben als dieses Rot und ein schattenhaftes Grau, und Tullia erbebte einen Augenblick lang angstvoll, als hätte sie einen Zug der Abgeschiedenen im Hades erblickt. Und sie streckte von ihrem schmalen Sitz im Prunkwagen die Hand aus und berührte des Vaters Arm.

Mit der höhersteigenden Sonne begann das ganze lärmende Gewoge auch in anderen Farben zu funkeln. Der Himmel jedoch blieb seltsam dämmerig und lastend. Jetzt sah man schon Roms Stadtmauern mit ihren bräunlichen Tuffquadern und darüber das Häusermeer selbst: sattes Rot, strahlendes Gold, schimmerndes Braun, helles Grün und Blau. Auf allen Ziegeldächern schienen Flammen zu züngeln, als hätte man dort Tausende von Freudenfeuern zur Begrüßung des Helden entzündet.

Cicero blickte auf sein geliebtes Rom, und zum erstenmal entspannte sich seine Miene. Tränen schossen ihm in die Augen. Sein Herz klopfte heftig, als wäre er wieder ein Jüngling. Er hörte nicht mehr die Trompeten und Pauken und Zimbeln, das Rattern der Wagenräder, das Klappern der Hufe, das Dröhnen der Schritte. Alle seine Sinne waren auf die ihn erwartende Stadt gerichtet, die sich riesenhaft, zusammengeballt, von Lebenskraft strotzend, gegen den unheimlichen Himmel abzeichnete. Daheim! Daheim! murmelte er und wäre jetzt gern allein gewesen, um sich zu Fuß dem Traumbild zu nähern, das immer höher und höher über den Horizont stieg.

Dann erfaßte ihn plötzlich tiefste Schwermut und Trauer. Alles, was ihm einst Rom bedeutet hatte, war dahingeschwunden! Es blieb nur ein todgeweihter Leib, der bloß noch vom entweichenden Leben, vom nachzitternden Dasein hingeschiedener Männer, bebte und rasch völlig zerfallen sollte, wenn nicht heute, so bestimmt morgen. Dann würde diese Stadt, die jetzt bald Wirtstier und bald Parasit schien, bald noch atmender Riese und bald Leichnam, bald noch pulsendes Fleisch und bald Skelett, nichts mehr sein als eine Verheißung und eine Drohung für kommende Zeitalter, eine Hoffnung und eine Warnung.

Wie viele Weltreiche mochten wohl noch ungeboren, formlos und reglos, blind und taub, im Schoß der Zeiten ruhen, dazu bestimmt, wie Rom ins Dasein zu treten und wie Rom zu sterben? Der Gesamtinhalt des Weltalls wurde durch den Ablauf der Zeit, so hatte Aristoteles gelehrt, weder vermindert noch vermehrt. Alles, was an Weltenstoff einst bestanden hatte, bestand noch und würde in Ewigkeit erhalten bleiben, mochten auch Himmelskörper entstehen und vergehen und auf dieser kleinen Erde Reiche sich bilden und wieder zerfallen. Für die kommenden Völker aber würde Rom ein Vermächtnis sein, eine Bekundung naturgesetzlichen Waltens, ein Grabdenkmal, ein Wahrzeichen. Ach, wenn sie doch aus Roms Beispiel lernen wollten, um dessen Schicksal zu vermeiden!

Mit einem Ruck kam Cicero in die Wirklichkeit zurück. Er blickte um sich. Von den herbstlichen Feldern war nichts mehr zu sehen; sie waren überflutet von Menschen, die ihm schreiend zuwinkten und die Arme händeklatschend hoch emporreckten. In ihren buntfarbigen Gewändern lachten sie ihm fröhlich zu, stolz auf ihre Zahl und ihre Machtentfaltung. Und hinter ihm folgte der Zug wie ein gewaltiger Strom; denn alle Landbewohner hatten sich den Römern angeschlossen, die ihm zur Begrüßung entgegengeeilt waren. Seine Zugpferde und das Wageninnere waren mit Herbstblumen bedeckt. Die Sonne blendete ihm die Augen; die Hitze war drückend und das Getöse unerträglich. Er lächelte unentwegt, dankte durch Verbeugungen für das Klatschen und die Beifallsrufe und auch für die gelegentlichen echt römischen unflätigen Spottlaute. Über sie mußte er eigentlich am herzlichsten lächeln; sie sagten ihm in seiner gegenwärtigen Stimmung mehr zu als der Jubel.

„Komisch komme ich mir vor", flüsterte er seiner Tochter zu, und als er die eigenen Worte vernahm, schlug seine Stimmung wieder um, und ihm wurde leichter ums Herz. Auch, als er eine innere Stimme raunen hörte, eigentlich habe Catilina triumphiert und nicht er, verspürte er nur ein kurzes Frösteln in seiner Seele.

Am Stadttor erwarteten ihn alle Senatoren in ihren weißen und scharlachroten Gewändern, die Volkstribunen und anderen Amtsträger und weitere Volksscharen, die noch lauter und noch rauher schrien. Pompejus war da und Crassus und Julius Caesar, auf mächtigen Schimmeln, großartig wie Reiterstatuen. Als erster ritt Julius durch das Spalier der frohlockenden Legionäre auf Ciceros Gefährt zu, sprang wie ein Junge vom Pferde in den Wagen, umarmte Cicero und küßte ihn auf die Wange. Über diesen Anblick war die Menschenmenge tief gerührt; man lachte und weinte ohne ersichtlichen Grund. Nun ritt auch Pompejus an den Wagen heran und lächelte dem Heimkehrer etwas düster zu. Crassus setzte sich hoch zu Roß an die Spitze des Zuges, als wäre er der Held des Tages, und nicht Cicero. Auch ihn ließ die Menge überschwenglich hochleben.

„Ein Glückstag!" schrie Julius in dem Getöse seinem Freunde ins Ohr. „Meine Lebensaufgabe ist jetzt erfüllt, das schwöre ich dir, mein teuerster Marcus!"

Aber jetzt ließen auch noch die Soldaten am Stadttor ihre Pauken und Trompeten erschallen und machten jedes Gespräch unmöglich. Es schien, als wäre alle Welt über das eigene Lärmen und Schreien und Brüllen außer sich geraten und löse sich in eine riesige, von der Vormittagssonne in rosiges Licht getauchte Staubwolke auf.

Cicero sehnte sich danach, im römischen Stadthaus seines Freundes Atticus Ruhe zu finden. Doch vorher mußte er eine Ansprache im Senat halten. Die Väter waren tief gerührt, als er auf seinem alten Sitz Platz nahm, und ließen ihn sich sammeln. Er schien den Freudenbezeigungen und Willkommrufen der riesigen Menschenmenge vor dem Gebäude zu lauschen, die lange unvermindert stark anhielten. Er schien nachdenklich mit unergründbaren Blicken um sich zu schauen. In Wirklichkeit hatten ihn wieder Trauer und Verzweiflung übermannt, und ein merkwürdiges Gefühl bemächtigte sich seiner, als wäre er in ein fremdes Land geraten und wüßte nicht, in welcher Sprache er die Einwohner anreden sollte. Von dieser Stunde hatte er voll Erwartung und voll Kummer geträumt, ohne eigentlich daran zu glauben, daß sie je kommen würde. Die Stunde war da — und er vermochte kein anderes Gefühl in sich zu erwecken als Bitterkeit.

Selbstgefällig warteten die Senatoren darauf, daß nun ihr Edelmut gepriesen werden würde von diesem großen, berühmten Redner, dessen Stimme und Wortgewalt sie einst so oft gerührt, erzürnt oder verblüfft und dessen erstaunliche Beredsamkeit ihnen schärfere Aufmerksamkeit abgerungen hatte als die Kunst des gefeiertsten Schauspielers. Man hatte ihm beipflichten oder widersprechen, aber nie ihm gegenüber Gleichgültigkeit oder Langeweile empfinden können. Seine Stimme war immer wie der zackige Blitzstrahl Jupiters gewesen, erhellend oder blendend oder betäubend oder wilden Haß und bange Furcht erregend. Manchmal hatte die eigene Leidenschaft ihn vor ihren Augen in wahre Glut versetzt, so daß niemand sich der Macht seiner Rede entziehen konnte.

Jetzt hätte er am liebsten diese Männer mit dem Feuer seines Zornes versengt, sie als jene Schurken und Lügner und Feiglinge und Heuchler und Wichtigtuer entlarvt, die sie waren, diese Männer, die schon beim Namen Catilina gezittert und aus Angst Todesurteile gefällt, dann aber den Vollstrecker dieser Urteile des Verfassungsbruchs geziehen und, mit allen Zeichen des Abscheus vor seiner Tat, verbannt hatten. Gern hätte er die Donnerkeile seines heftigen Grimmes auf sie geschleudert und sie zu Asche verbrannt.

Doch das wäre unklug gewesen. Er blickte die Senatoren an, und sein wandelbares Gemüt empfand Mitleid für diese Schwächlinge, die nicht den Mut aufgebracht hatten, für ihr Vorgehen einzustehen oder auch nur zuzugeben, daß es sich ihnen damals angesichts der furchtbaren Bedrohung aufgezwungen hatte. Er war das Opfer ihres Kleinmuts geworden. Nun aber mußte er sie rühmen und ihnen danken. Er stand auf, und durch die Versammlung ging ein tiefes Aufseufzen der Erwartung.

„Der heutige Tag", begann er, „ist wie ein Vorgeschmack der Unsterblichkeit." Plötzlich überflutete ihn das Bewußtsein, nun wirklich daheim zu sein, und in seiner Freude darüber vergaß er alles andere. Das seelische Hochgefühl übertrug sich auf seinen Körper, und er glaubte zu schweben. In einer begeisternden Lobrede pries er den Senat und die Römer, die ihn auf ihren Schultern in seine vielgeliebte Stadt getragen hätten. Seine Stimme war wie süße Musik, und die Senatoren hörten sich zu ihrem Entzücken als machtvolle Ehrenmänner geschildert, als Bollwerk Roms, als Hochburg aller republikanischen Tugenden und als Hüter des Staatswesens.

In dieser freudetrunkenen Stimmung glaubte er selbst an seine Worte und sah in diesen Männern nicht mehr die gleichen, die ihm durch die Verbannung fast den Tod bereitet hatten. Sie waren Römer ebenso wie er; Brüder begrüßten einander nach langer, bitterer Trennung. Er verherrlichte auch das Volk von Rom. Seine Seele schien sich zu weiten und die ganze Nation zu umarmen. Vor seinen Augen zeichnete sich alles in strahlenden Umrissen ab, und seine Stimme verriet Jubel und Glück. Die Müdigkeit fiel von ihm ab; er war wieder jung und heldenhaft und menschheitsgläubig. Seine Worte wurden von den am Tor des Senatsgebäudes Stehenden an die draußen versammelte Menge weitergegeben und weckten donnernden Widerhall. Der Senat war tief gerührt; das Volk war tief gerührt.

Als Cicero das Senatsgebäude verließ, begleiteten ihn zahlreiche Senatoren, die sich gegenseitig abdrängten, weil offenbar jeder ihm möglichst nahe sein wollte. Die Volksmenge begrüßte ihn mit einer Feierlichkeit, wie sie sonst nur im Gottesdienst üblich war. Als er aber auf den Stufen des Gebäudes stand und über das menschenerfüllte Forum und auf die vom Schreien verzerrten Gesichter blickte, erfaßte ihn wieder Verzweiflung, ärger noch als am Morgen, und ihm wurde plötzlich vor Ekel fast übel. Niemand bemerkte es; ein erstarrtes Lächeln verzog ihm die Lippen. Er dachte: Kein einziger von diesen allen meint es ernst. Ich bin nur der Vorwand für eine Volksbelustigung. Ich liefere ihnen nur eine Ausrede dafür, zügellos und hysterisch zu brüllen, sich gehenzulassen, zu springen und zu hüpfen, sich zu umarmen und zu liebkosen, es unbekümmert und hemmungslos den Tieren gleichzutun, ohne finstere Mienen oder tadelnde Blicke fürchten zu müssen. Wie schwer doch das Joch des Menschseins auf den Schultern der Menschen lastet!

Sein vorläufiges Heim wurde das Atticus-Haus auf dem Palatin, wo er von einer lachenden und weinenden Terentia und einem zu geräuschvollen Gefühlsäußerungen neigenden Sohn bewillkommnet wurde, aber auch von Pomponia und ihrem Sohn und von zahlreichen Freunden, die sich die Zeit des Wartens auf ihn mit Schmausen und Weintrinken vertrieben hatten.

Atticus selbst, der vor einigen Wochen nach Griechenland abgereist war, hatte ihm einen Brief geschrieben, worin es hieß: ‚Leider weiß ich nicht, wann Du nach Rom zurückkommst und ob der Senat nicht vielleicht im letzten Augenblick ein Haar in der Suppe findet. Aber in der bestimmten Hoffnung, daß Du bald heimberufen wirst, stelle ich Dir mein Stadthaus mit allem Drum und Dran samt den Sklaven zur Verfügung und habe auch Deine Familie eingeladen, hier mit Dir zu wohnen. Unterdessen muß ich mich in Athen und anderen Gegenden Griechenlands auf die Suche nach meinen ebenso unbekümmerten wie verantwortungslosen Autoren machen, die, wenn sie sich ein paar Sesterzen erschrieben haben, gleich aus Rom in andere Länder, besonders in solche mit niedrigeren Steuern, übersiedeln, angeblich, weil sie dort mit den Musen Zwiesprache halten und ihre trägen Seelen auffrischen müssen. Scheren sie sich darum, daß ich das Erscheinen eines neuen Buches von ihnen angekündigt und dafür schon Kopisten angestellt habe? Nein! Sie geben die von mir erhaltenen Vorschüsse aus, bevor sie sie verdient haben, lassen sich ihre sauertöpfischen Visagen in der Sonne bräunen, unterhalten sich mit den Dirnen und lungern in den Weinschenken herum! Kein Pflichtgefühl haben diese Leute! Ich umarme Dich, geliebter Marcus, muß aber auch Dich bei dieser Gelegenheit daran mahnen, daß Du mir ein neues Buch schuldest.'

Cicero zwang sich, seine Gattin zu umarmen und ihr für die Bemühungen um seine Rückberufung zu danken. Aber ihm fiel auf, daß sie während seiner Abwesenheit sehr gealtert und dick geworden war und daß ihre einst so hübschen Augen sich noch stärker zusammengekniffen hatten. Große Freude dagegen bereitete ihm sein Sohn, in dessen rotwangigem, fröhlichem Gesicht er überdurchschnittliche Klugheit und Wißbegier und Tugendliebe zu erkennen vermeinte. Terentia teilte ihm, vor Stolz und Glück strahlend, mit, abends würden die Triumvirn höchstpersönlich ihn zu einem Bankett besuchen, das sie trotz aller jetzt gebotenen Sparsamkeit mit verschwenderischer Üppigkeit vorbereitet habe.

Sklaven führten ihn unter Verbeugungen in seine Gemächer. Beim Anblick der Prunkräume fiel ihm ein, daß er jetzt kein Heim mehr besaß, daß Clodius auf dem durch die Niederreißung seines Palatinhauses freigewordenen Baugrund einen beziehungsvoll der Libertas geweihten Tempel errichtet und das restliche Gelände sich selbst angeeignet hatte. Er warf sich auf das Bett und schlief vor Müdigkeit bald ein, obwohl draußen die Volksmengen, die ihn hierherbegleitet hatten, noch immer schrien und tobten.

Am Spätnachmittag besuchte er Quintus im Carinae-Haus, das für ihn so voll von Erinnerungen war, und fand den Bruder noch nicht ganz von seinen Verwundungen genesen. Jetzt, als er neben ihm saß und seine Hand hielt, erfuhr er erst, wie böse es um Rom stand. Es herrsche ernstlicher Getreidemangel, erzählte Quintus. Eine Hungersnot kündige sich an. In Sizilien und Ägypten, den wichtigsten Kornkammern Roms, seien diesmal Mißernten aufgetreten. Clodius habe nach Catilinas Muster aus Mißvergnügten und Verbrechern Banden gebildet und zu einer nur ihm gehorchenden Streitmacht gedrillt. Erst kürzlich habe er seine Parteigänger gegen den Senat aufgehetzt und die Kurie in offener Sitzung mit Steinen bewerfen lassen, so daß einige Senatoren Verletzungen davontrugen. Allerdings müsse man diesen Leuten einiges zugute halten; zum Beispiel seien die Mehlpreise von den Händlern in Voraussicht der Hungersnot derart erhöht worden, daß ärmere Menschen sie nicht mehr erschwingen konnten. Einige Clodius-Banden hätten sogar gedroht, Caesars geliebten Jupitertempel in Brand zu stecken. Da der Pöbel sich um Freiheit wenig, um die Magenfüllung jedoch heftig kümmere, könne man ihn mit irgendeinem Schlagworte leicht zu wilden Leidenschaften aufreizen

Kurz, so überlegte Cicero enttäuscht und neu bekümmert, in Rom hatte sich nichts geändert. Sein künftiges Leben würde nur eine Wiederholung dessen sein, was er schon allzulange durchgemacht hatte. Mit der Freiheit war es für immer vorbei unter dem eisernen Griff des Dreierausschusses, der seine Ziele von Tag zu Tag höher steckte, gestützt auf eine gewaltige, noch nie dagewesene Militärmacht, die Pompejus beistellte.

Cicero schrieb seinem Freunde Atticus einen schwermutsvollen Brief. Darin wandte er auf seine und Roms Lage ein Dichterwort an: ‚Am Glück gemessen – nicht eben fest; im Vergleich zum Unglück – nicht übel.' Trüben Sinnes fügte er hinzu: ‚So ist nun einmal das Klima in der Demokratie.'

LX

‚Die Griechen behaupten zwar vielfach, das Kriegshandwerk sei eine der freien Künste', schrieb Cicero an Caesar, ‚und das großartigste Kampfspiel sei die Menschenjagd. Jedoch ist bemerkenswerterweise der Mensch das einzige Lebewesen, das seine eigenen Artgenossen jagt und mordet. Außerdem aber nehmen die Regierenden, wie ich festgestellt habe, oft zum Kriege Zuflucht, um innere Unzufriedenheit zu beschwichtigen und das Volk gegen einen angeblichen äußeren Feind zusammenzuschließen oder um einem Staatswesen, dessen Geldgebarung ins Wanken gekommen ist und dessen Politiker durch und durch käuflich geworden sind, eine Scheinblüte zu bringen. Besonders beliebt ist das Kriegstreiben bei Tyrannen, weil es das Volk von der berechtigten Auflehnung gegen sie ablenkt und überdies ihre Macht steigert. Bei einem Staatsnotstand, wie sie es ausdrücken, können sie ja die der Freiheit auferlegten Beschränkungen noch verschärfen. Trotzdem', so fügte er traurig hinzu, ‚scheinen die jungen Leute den Krieg zu lieben und in ihm eine größere Befriedigung ihrer animalischen Gelüste zu finden als selbst in den Armen von Frauen. Hier liegt in der menschlichen Natur ein verhängnisvoller Mangel, eine Hauptquelle jeglichen Übels.'

Schon vor Ciceros Rückberufung war Julius Caesar zum Statthalter dreier sehr einträglicher Provinzen, des zisalpinen und narbonensischen Gallien und Illyriens, bestellt worden. Nun führte er sehr tatkräftig seine gallischen Kriege, in deren Verlauf auch der junge Marcus Antonius seinem Stabe angehörte. Caesar wollte nicht nur an Soldatenruhm den Pompejus übertreffen, sondern auch die Zivilverwaltung hervorragend meistern. In der Tat war er ebensosehr ein Heerführer nach den besten römischen Überlieferungen wie ein kluger Gestalter des römischen innerstaatlichen Lebens. Die erfolgreiche Feldherrntätigkeit hinderte ihn nicht daran, im Dreierausschuß kräftig mitzutun. Oft kehrte er nach Rom zurück, um sich zu vergewissern, daß von keiner Seite allzu eifrig seine politische Stellung untergraben wurde, und um immer wieder ein wachsames Auge auf seine natürlichen Feinde zu werfen, zu denen, wie ihm sehr wohl bekannt war, sowohl Crassus wie Pompejus gehörten. Diese Doppelbelastung machte ihm nichts aus; denn zu seiner angeborenen Ränkekunst gesellte sich, trotz seiner epileptischen Anfälligkeit, eine bemerkenswerte körperliche Widerstandskraft, die er sehr vorteilhaft zu nutzen verstand.

Den Brief Ciceros über Krieg und angeborene Schlechtigkeit des Menschen fand Julius sehr belustigend. ‚Mein lieber Marcus', antwortete er ihm, ‚Du wirst immer der naive Tugendbold bleiben, trotz aller Deiner Erfahrungen. Ich kann mir vorstellen, wie schwer es Dir fällt, Deine Vorstellungen von Anständigkeit mit dem in Einklang zu bringen, was Deine Vernunft Dir über die wahre Natur des Menschen sagt! Es ist so, als wollte man Feuer und Wasser paaren. Zwischen dem, was Du weißt, und dem, was Du Dir erhoffst, besteht in Deiner Seele eine unüberbrückbare Kluft. Menschen wie Du sind zu Kummer und Verzweiflung verurteilt, weil ihr die Tatsache nicht zur Kenntnis nehmen wollt, daß die meisten Leute die Welt als ihren ganz persönlichen Herrschaftsbereich und alle anderen Erdenbewohner als die ihnen zustehende Beute betrachten. Statt dessen redest Du Dir ein, die Menschen könnten, wenn sie in sich gehen, besser und edler werden, als die Natur es gewollt hat. Man tut jedoch viel klüger daran, die Leute so zu nehmen, wie sie sind, und sich nicht überspannten Träumen über ihre mögliche Göttergleichheit hinzugeben. Mit solchen hochgesteckten Anforderungen verwirrt man die Menschen nur. Ich mache sie glücklich, weil ich ihre Grenzen kenne und von ihnen nichts Unmögliches verlange.'

Bei sich selbst mußte Cicero zugeben, daß diese Einstellung einiges für sich hatte, und deshalb beantwortete er den Brief nicht. Wie kann, dachte er, jemand mit Belustigung und einem Achselzucken das Böse im Menschen zur Kenntnis nehmen, ohne auch nur zu versuchen, es auszurotten?

Inzwischen hatte er seinen Kampf um die volle Rückerstattung seines Eigentums begonnen. Er wandte sich an das Priesterkollegium der Pontifices, das die Aufsicht und Verwaltung des gesamten Religionswesens führte. Clodius hatte schlauerweise, ehe er auf dem Baugrund des zerstörten Cicero-Hauses auf dem Palatin den Libertas-Tempel errichtete, eine Genehmigung dieses Kollegiums hiezu eingeholt. Den Tempel jetzt niederzureißen und das zum Teil einem religiösen Zweck geweihte Grundstück dem ursprünglichen Eigentümer zurückzugeben, konnte als Sakrileg aufgefaßt werden; immerhin ging es dabei auch um eine Rechtsfrage. Der Bescheid der Pontifices zu Ciceros Anfrage lautete: ‚Wenn der, welcher behauptet, die Weihung vorgenommen zu haben, nicht durch einen Beschluß des Gesamtvolkes oder der Plebs ausdrücklich dazu beauftragt worden ist, und infolgedessen ohne solchen Beschluß dies getan hat, so scheint der in Frage kommende Teil des Grundstücks ohne religiöse Bedenken dem Eigentümer zurückgegeben werden zu können.'

Aber Clodius, der unerbittliche Feind Ciceros – er hatte es inzwischen sogar zuwege gebracht, Roms steigenden Nahrungsmittelmangel Cicero anzukreiden, weil sich zu dessen Begrüßung zahlreiches Landvolk in der Hauptstadt eingefunden und dadurch die Brotknappheit verschärft habe –, gab sich nicht geschlagen. Er kannte wohl die Menschen nicht so gründlich wie Caesar; doch er hatte seine eigene Meinung über sie und ihre Vorurteile, ihre Grillen und Launen. Cicero, der zwar verstandesmäßig auch ihren Wankelmut kannte, im Herzen indes unentwegt an ihre Zugänglichkeit für Recht und Vernunft glaubte, mußte nun die Erfahrung machen, daß er schon wieder in der Volksgunst sank. Während man ihn noch zu seinem Erfolg beglückwünschte, verkündete zu seinem Erstaunen Clodius dem Volke einfach, die Pontifices hätten sich, wenn man ihre seinerzeitige Genehmigung zum Tempelbau in Betracht ziehe, mit ihrem jetzigen Bescheid gegen die Rückerstattung ausgesprochen, Cicero jedoch versuche, unter Mißachtung dieses Bescheides und der Religion, sich gewaltsam in den Besitz des Grundstückes zu setzen. Auch einige dem Clodius gewogene Volkstribunen erhoben gegen eine Freigabe des Baugrundes für Cicero Einspruch, mit der Begründung, es handle sich um geheiligten Boden. Und ein großer Teil des Volkes stellte sich offen auf ihre Seite!

Endlich aber rang der schuldbewußte Senat sich doch zu dem Beschluß durch, Cicero solle den ,ihm unrechtmäßig entzogenen Besitz' zurückerhalten, und erklärte jeden, der sich gegen diese Anordnung und gegen den ,verehrungswürdigen Bescheid der Pontifices' auflehne, für straffällig. Die Konsuln verfügten denn auch den Wiederaufbau des Cicero-Hauses und setzten in weiterer Folge eine — allerdings weit unter dem wirklichen Wert liegende — Entschädigungssumme für die ebenfalls zerstörten Villen Ciceros fest.

All das focht aber Clodius nicht an, weil er auf seinen großen Einfluß beim Volk und auf seine von ihm geschulten und bezahlten Verbrecherbanden zählte. Als der erste nasse Frühwinterschnee fiel, ließ Clodius von einer bewaffneten Rotte das im Aufbau stehende Cicero-Haus neuerlich zerstören. Was nicht abgetragen werden konnte, wurde durch Feuer vernichtet. Und als Cicero einmal vom Kapitol auf die Sacra Via kam, überfiel Clodius ihn persönlich zusammen mit ein paar gedungenen Mördern. Zum Glück hatte der Überfallene eine starke Leibwache bei sich, die zwar mit Steinen, Dolchen und Speeren angegriffen wurde, jedoch in dem Handgemenge siegreich blieb. Gegen diese ,schändliche Verletzung von Gesetz und Ordnung durch Publius Clodius' protestierte vor dem Senat der auf Ciceros Seite stehende Volkstribun Titus Annius Milo. Dafür wurde bald darauf Milos Haus angezündet und brannte bis auf die Grundmauern nieder.

Cicero besuchte seinen teuren alten Freund Julius Caesar, der ihn mit gewohnter Überschwenglichkeit empfing. „Welche hohe Auszeichnung für mein Haus, daß es dich als Gast aufnehmen darf!" rief er und umarmte ihn. „Du hast es seit deiner Rückkehr aus dem Exil nicht dieser Ehre gewürdigt. Du kennst nicht einmal noch meine geliebte Frau Calpurnia, deren Vater ja im Vorjahr Konsul war. Ich lasse sie gleich holen." Und er klatschte in die Hände, um einen Sklaven zu rufen.

„Ich bin nicht zu einer Plauderei mit Damen gekommen", sagte Marcus mit düsterem Lächeln.

„Ach, ihr alten Römer!" Julius goß seinem Freunde Wein ein und schien über sein Kommen entzückt. „Übrigens ist Calpurnia eine moderne Frau, die sich auch auf Politik versteht. Sogar eine Hellseherin ist sie — so behauptet sie wenigstens selber."

Cicero musterte seinen Freund. An der Beweglichkeit und Spaßfreudigkeit des Gesichtes hatte sich nichts geändert; aber von der Nase zum Mund liefen, wie eingemeißelt, harte Linien. Er mußte an die Sage vom goldenen, silbernen, bronzenen und eisernen Zeitalter denken, mit dem allmählichen Absinken des ursprünglich guten und sanften Menschen zu einem begehrlichen, gewalttätigen Wesen. Ja, Gier und Kampflust, sie waren die Hauptlaster der Menschheit! Unterdessen schwatzte Julius fröhlich über Nichtigkeiten und sah seinen Freund vergnügt an. Plötzlich bemerkte er Ciceros finstere Miene und fragte: „Worüber machst du dir Sorgen, teuerster Freund?"

„Über dich", antwortete Cicero. Doch in diesem Augenblick trat Calpurnia ein, und Marcus erhob sich zu einem höflichen Handkuß. Sie war eine junge Frau, groß und schlank, in ein mit goldenen Mäandern besticktes Gewand von jener Purpurfarbe gekleidet, die sie ebensosehr liebte wie ihr Gatte. Ihr langes, schlichtes Haar war schwarz. Ihr eckiges, angespanntes und empfindsames Gesicht schimmerte auffallend weiß, wie frisches Elfenbein. Ihre großen schwarzen Augen glichen glühenden Kohlenstückchen. Sie hatte einen langen, dünnen Hals, den ein einziger Goldreif schmückte. Der Mund hob sich von dem blendendweißen Gesicht wie ein scharlachroter Faden ab; die Lippen zuckten und bebten ständig. Auf den ersten Blick schien sie häßlich; bei näherem Zusehen enthüllte sich eine seltsame, unheimliche Schönheit, vor der man irgendwie erschrak. Fast hochmütig blickte sie in Ciceros Augen; plötzlich aber wandelte sich ihr Ausdruck, als müßte sie Tränen niederkämpfen. Schweigend setzte sie sich mit würdevollen Bewegungen und wartete.

„Meine liebe Calpurnia ist meine rechte Hand", sagte Julius. „Ich vertraue ihr blind."

Cicero kam ohne Umschweife auf den Anlaß seines Besuches zu sprechen. „Du weißt, was Clodius mir angetan hat. Du und Pompejus und Crassus, ihr habt Rom eure Tyrannenherrschaft aufgezwungen. Schön und gut. Das Volk verdient nichts Besseres. Wenn man der Sicherheit zuliebe auf die Freiheit verzichtet, verliert man mit der Freiheit zugleich auch eine fragwürdige Sicherheit. Euch mache ich keine Vorwürfe deswegen. Meine Vorwürfe richten sich nur gegen das römische Volk, das euch den Weg zur Macht geebnet hat. Aber um auf Clodius und seine Banden zurückzukommen, ihr Triumvirn könntet ihnen durch ein Machtwort Einhalt gebieten; ihr könntet verhindern, daß ständig am hellichten Tag Straßenkundgebungen stattfinden, daß dieses Pack sogar in unseren Tempeln, vor unseren Regierungsgebäuden und der Kurie schreit und lärmt. Ihr tut nichts dagegen. Ihr gebt der Polizei nicht den Auftrag, gegen Clodius und sein Mordgesindel wegen Störung der öffentlichen Ruhe und wegen gesetzwidriger Ausschreitungen vorzugehen. Bemühe dich nicht um Ausreden dafür, Julius! Ich kenne den wahren Grund.

Catilina war einer der Euren. Als er euren Händen entglitt und nicht mehr nach eurer Pfeife tanzte, habt ihr mich dazu eingespannt, ihn zu vernichten. Jetzt habt ihr den Clodius. Ich weiß, warum ihr ihn duldet. Er soll durch Straßenkampf und Aufruhr ein derartiges Chaos schaffen, daß ihr zur Wiederherstellung von Ruhe und Ordnung den Notstand erklären und die unumschränkte Herrschaft an euch reißen könnt, weil der Senat und die Volkstribunen ,sich der Lage nicht gewachsen zeigen'. Dann wird Pompejus mit seinen Legionen Rom besetzen und ein ärgeres Militärregime aufrichten, als Sulla es getan hat."

„Schon wieder witterst du ein Komplott?" fragte Julius belustigt. „Deine lebhafte Einbildungskraft geht seit jeher mit dir durch."

Plötzlich fiel Ciceros Blick auf Calpurnia. Sie saß lässig in ihrem Elfenbeinsessel; aber ihre weit aufgerissenen Augen funkelten, und sie atmete heftig, wie von Entsetzen erfaßt. Cicero fragte: „Willst du etwas sagen, Calpurnia?"

„Ja!" rief sie mit erregter, zitternder Stimme. „Ich habe Julius gewarnt. Er geht einen gefährlichen Weg, der ihn nur in den Tod führen kann!"

Julius lachte fröhlich. „Also, meiner Treu, ihr beiden Hellseher seid mir schreckliche Schwarzseher!" rief er. „Das Triumvirat wünscht nur ungestörtes Gedeihen für Rom und den Frieden unter den Völkern. Clodius und seine Banden mögen nur in den Straßen randalieren! Wir Römer sind ja nun einmal Radaumacher. Das hat nichts zu sagen. Besonders junge Leute lieben Krawall; er macht ihnen Spaß."

„Man hat mir mein Haus zerstört."

„Und man hat es dir wiederaufgebaut. Ich verurteile Gewalttätigkeiten. Aber ist es nicht klüger, Straßenkundgebungen mit Geschrei und unsinnigen Forderungen zu dulden, als diese Leute in den Untergrund zu treiben, wo sie wirklich gefährlich werden können? Sie sollen nach echter Römerart ihre überschüssigen Kräfte in Krakeelen austoben!"

„Nachdem sie vorher Häuser niedergebrannt, die Kurie mit Steinen beworfen, harmlose Menschen angefallen und erschlagen und sich der Polizei widersetzt haben."

Julius zuckte die Achseln. „Die Zeiten sind vorbei, Marcus, wo man jeden Muckser unterdrücken konnte. Heute muß man Volkskundgebungen zulassen."

„Auch wenn sie in zügellose Ausschreitungen münden?"

„Du bauschst die Dinge zu sehr auf", meinte Julius. „Ich mißbillige jede Ausartung der Volksbegeisterung. Clodius wurde verwarnt."

„Und heimlich ermutigt", ergänzte Cicero.

„Nimm dich in acht, Julius!" rief plötzlich Calpurnia laut. „Mir hat geträumt, daß du, von vielen Wunden durchbohrt, sterbend daliegst!" Ihre Aufregung wuchs. Sie rang die Hände und wandte sich an Cicero. „Ich liebe meinen Mann. Ich bitte dich, bring ihn von seinen Plänen ab! Du bist sein Jugendfreund. Ich rede ihm zu, aber es nützt nichts. Hilf mir, Cicero!"

„Ich rede ihm seit Jahren zu", erklärte Cicero, dem die Frau leid tat. „Er hört nicht auf mich. Auch ich hatte ein ähnliches Traumbild wie du. Aber noch mehr als um ihn sorge ich mich um Rom."

Calpurnia verstand ihn nicht. Sie saß jetzt wieder schweigend da, und Tränen rollten ihr über die weißen Wangen.

„Willst du König von Rom werden?" fragte Cicero seinen Gastgeber mit überquellender Bitterkeit. „Was ist mit Pompejus? Und mit Crassus? Werden sie hinter dir zurückstehen wollen?"

Julius nahm zwar Calpurnias schmale Hand und streichelte sie, schien aber so belustigt wie noch nie. „Wir sind eine Republik, Marcus, und kein Königreich", sagte er.

Cicero schüttelte den Kopf. „Wir sind keine Republik mehr, Julius. Das weißt du genau. Du und deine Freunde, ihr seid die Henker dieser einst von der ganzen Welt bewunderten Republik. Willst du Alleinherrscher werden, Julius, und bedienst du dich dazu des Clodius?"

Als Caesar nicht antwortete, erhob sich Cicero und begann in der geräumigen Marmorhalle aufgeregt hin und her zu gehen. „Schon vor langem haben die Sibyllen, denen ich früher keine Beachtung schenkte, unsere heutige Zeit vorausgesagt und auch, daß eines Tages ein Mensch die Kraft der Sonne bändigen und mit dieser Kraft die ganze Welt, Berge und Täler, Länder und Meere, in Schutt und Asche legen wird. Ob du, Julius, der von ihnen angekündigte Mann bist oder ob ein anderer kommen wird, wage ich nicht zu entscheiden. Jedenfalls scheinen dir zu so ungeheurer — vielleicht buchstäblich, vielleicht auch nur symbolisch gemeinter — Zerstörung die Werkzeuge zu fehlen. Doch du bist wie Phaeton, der sich für einen Tag den Sonnenwagen seines Vaters Helios auslieh; da er aber seine Fahrt in zu geringer Höhe nahm, hat er auf der Erde eine verheerende Feuersbrunst angerichtet, so daß Zeus ihn, um die Welt zu retten, mit seinem Blitzstrahl traf und in die Tiefe stürzte. So ähnlich wirst auch du enden, wenn du deinen jetzigen Weg weiterverfolgst. Es gibt noch Römer, die an den äußeren Formen der innerlich toten Republik hängen, die die Freiheit lieben. Im Augenblick, wo du nach der Herrscherkrone greifst, Julius, wirst du unausweichlich den Tod finden."

Nun sprang Julius auf, und er lachte nicht mehr. Er faßte Cicero am Arm, hielt ihn fest, und blickte ihm ins Gesicht. Mit großer Gelassenheit sagte er: „Du bist kein wahrer Politiker, Marcus. Hast du aus Leiden und Verbannung nichts gelernt? Fordere nicht ein noch ärgeres Schicksal heraus! Zieh dich zurück, arbeite als Schriftsteller! Misch dich nicht in Dinge, die dich nichts angehen! Du bist nicht mehr jung; deine Haare sind fast weiß. Sichere dir einen ruhigen Lebensabend! Nimm deine Anwaltstätigkeit wieder auf. Und hüte deine Zunge! Ich gebe dir diesen Rat, weil ich dich gern habe."

Cicero riß sich los. „Kurz gesagt, ich soll mein Land zugrunde gehen lassen, ohne ein Wort zu sagen, ohne mich dagegen aufzulehnen?"

„Willst du dich dem unaufhaltsamen Gang der Geschichte entgegenstellen?"

Aber Cicero erwiderte nicht. Er küßte der weinenden Calpurnia die Hand und ging.

Nach den Saturnalien, die diesmal durch die Clodius-Banden zu recht unruhigen Festtagen wurden, bezog Cicero sein wiederaufgebautes Palatinhaus. Es war nicht halb so groß wie das ursprüngliche und auch nicht mehr mit den einst während vieler Jahre zusammengekommenen Kunstschätzen gefüllt. Terentia zeigte sich unzufrieden. Sie schritt durch die großen Räume, ohne auch nur einmal zuzugeben, daß dieser Anblick hübsch oder jenes Atrium vornehm war. Sie krittelte in einem Tone, den sie sich in der letzten Zeit angewöhnt hatte: unwirsch und herablassend, als würden ihr von der Welt und insbesondere von ihrem Gatten Dinge vorenthalten, die ihr von Rechts wegen gebührten. Während sie langsam das Haus durchwanderte, schwenkte sie ihren schweren Körper bei jedem Schritt und bauschte jedesmal verdrossen mit dem Handrücken ihre Stola, in einer Geste, die ebensowohl Ungeduld wie Gleichgültigkeit ausdrückte. Sie war eine über ihre Untertanen enttäuschte und deshalb verdrossene Königin.

Aber sie konnte Cicero nicht mehr wie früher aus der Fassung bringen. Er bewahrte seinen Gleichmut auch, als vertrauliche Nachforschungen die Höhe ihres Privatvermögens ergaben. Unbewegt dachte er daran, daß sie ihm nichts in die Verbannung geschickt hatte, während Quintus ihm wiederholt ansehnliche Beträge zur Verfügung stellte und Atticus ihm namhafte Summen vorstreckte, die er dann als aus dem Verkaufserlös seiner Bücher gedeckt erklärte, was Cicero nicht im mindesten glaubte. Er mußte zwei seiner Lieblingsvillen verkaufen, um seinem Bruder gegen dessen Widerrede die Darlehen rückzuerstatten und sonstige Schulden zu begleichen. Tullias Gatte war, trotz seiner Abstammung aus wohlhabendem Hause, mittellos gestorben, so daß seiner Witwe nicht einmal die Mitgift blieb. Für den jungen Marcus mußte die Ausbildung bestritten und ein gewisses Kapital zur Berufsgründung sichergestellt werden. Zwei zerstörte Landhäuser waren noch aufzubauen. Auf der während Ciceros Exil vernachlässigten Insel mußten für den Verwalter und das Gesinde neue Behausungen errichtet werden. Das Geld hatte an Wert eingebüßt, und alle Preise waren in die Höhe gegangen. Der Senat hatte zwar die ‚volle Schadloshaltung' Ciceros beschlossen, aber die dafür gebührenden Beträge natürlich auf Grund eigener Schätzungen festgesetzt.

‚Ich bin nicht mehr reich', schrieb Cicero an Atticus. ‚In meinen verzweifelten Versuchen, die Republik zu retten, habe ich vor meiner Verbannung sowohl meine Vermögensanlagen wie meine Anwaltstätigkeit vernachlässigt. Jetzt, da in meinem Leben die Herbstfarben dem winterlichen Weiß zu weichen beginnen, erfüllt mich Sorge. Ich war als junger Mensch arm. An diese Zeit denke ich nicht mit Vergnügen, mögen auch die Leute, die selbst nie Armut erlitten haben, genüßlich behaupten, sie habe auch ihre Reize. Das ist eine Lüge. Ich fürchte die Armut fast ebensosehr wie den Tod; sie entwürdigt den Menschen gleichermaßen wie das Sterben. So muß ich jetzt wieder Anlagewerte erkunden und mich von neuem dem Rechtswesen widmen — dem in den letzten Jahren so schwer verstümmelten Rechtswesen!'

Sein Senatssitz erforderte viele Ausgaben, zu denen Terentia nichts beitrug. Sie drehte jeden Sesterz zehnmal um, weil sie alles für ihren geliebten Sohn aufsparte. Indes beklagte sie sich ständig darüber, das alexandrinische Glas im Hause sei viel minderwertiger als früher, und schien dafür ihren Gatten persönlich verantwortlich zu machen. Sie besorgte die neuen Möbel und nörgelte, ihr Mann habe ihr dafür zu wenig Geld gegeben. Die von ihm entworfenen Gartenanlagen waren ihr zu aufwendig; lieber sollte man die Marmorfußböden im Innern des Hauses mit einer doppelten Lage von Perserteppichen versehen. Und immer wieder jammerte sie über die ‚Unbedachtsamkeit' ihres Mannes, die ihm Verbannung und Enteignung zugezogen habe. Um die Frau nicht sehen und hören zu müssen, verbrachte er seine Mußestunden in den Gemächern der Tochter oder spielte mit dem Sohn und nahm jedes Wort seines kindlichen Geplauders für eine Offenbarung geheimnisvoller Weisheit.

Um diese Zeit begab Quintus sich als einer der fünfzehn Legaten des Pompejus nach Sardinien, wo er als Getreidekommissar wirken und auf der unbotmäßigen Insel Ordnung schaffen sollte. Vor der Abreise hatte er noch mit dem geliebten Bruder eine ernste Unterredung. Sie knüpfte sich an Marcus' Bemerkung, er lebe wie in einem endlosen Angsttraum, in Rom habe sich nichts geändert, nur sei jetzt Clodius an Catilinas Stelle getreten; unter den Triumvirn aber sei am gefährlichsten Caesar.

Quintus setzte sein jungenhaftes Lächeln auf. „Von Caesar hat einer seiner Feinde behauptet, er sei aller Frauen Mann und aller Männer Frau", sagte er. „Aber eines muß man ihm lassen: er ist ein genialer Feldherr, einer der größten Roms. Das gebe sogar ich zu, obwohl ich ihn nicht mag und ihm seit jeher mißtraut habe. Er will ein Buch über seine Feldzüge in Gallien schreiben, und Atticus soll es herausgeben. Daß er für Rom gefährlich ist, darin gebe ich dir recht. Aber ich denke immer daran, was du während deiner Verbannung durchgemacht hast. Darum empfehle ich dir: Füge dich dem Ratschluß der Parzen! Rom ist verloren. Die Republik werden wir nie mehr zurückgewinnen. Wappne dich mit Gleichmut. Finde dich mit den Verhältnissen ab. Verwende deine Arbeitskraft für friedliche Dinge, für deine Vermögensanlagen und deine Anwaltstätigkeit und deine Studien. Suche neue Genüsse, die dir bisher verschlossen waren. Leg dir eine hübsche Geliebte zu. Iß und trink nach Herzenslust. Besuch Freunde. Kurz, lebe so, wie es die meisten deiner Bekannten tun, und gib die Hoffnung auf, daß Rom vor den Caesars gerettet werden kann!"

„Gleichgültig die Hände in den Schoß legen? Früher dachtest du anders darüber."

„Gewiß. Aber inzwischen bin ich zur Einsicht gekommen, daß es sinnlos ist, sich dem Schicksal entgegenzustemmen. Als Soldat tue ich vollauf meine Pflicht; ich gehorche den Befehlen. Aber ich liebe das Leben. Ich war immer lebenslustiger als du, Marcus. Du bist ein Philosoph, und diese weisen Männer finden anscheinend in ihrer Philosophie keinen Trost, sondern nur Kummer. Man soll das Leben nicht allzu genau ins Auge fassen, sondern einfach alles das genießen, was es einem zu bieten hat, und über seine unangenehmen Seiten achselzuckend hinwegsehen."

„Ich will mein Dasein lieber als Mensch beenden und nicht als bis zum Überdruß vollgefressenes Tier", entgegnete Cicero ungewöhnlich scharf. „Wir haben eine höhere Bestimmung als das liebe Vieh!"

„Woher weißt du das?" fragte Quintus gönnerhaft.

Marcus war empört. „Wenn wir nicht eine solche, uns allerdings verborgene Bestimmung hätten, würden wir nicht nach deren Erkenntnis und Erfüllung streben."

Quintus' Tonfall blieb nachsichtig. „Marcus, du bist ein leiblicher Nachkomme der beiden Überlebenden der großen Flut, des tugendhaften Deukalion und seines Weibes Pyrrha. Da sie über die Vernichtung der sündigen Menschheit durch Zeus traurig waren, wandten sie sich – du kennst ja den Bericht der Priester darüber – an das Orakel der Themis, der Tochter der Erdgöttin, in Delphi mit der Frage, wie ein neues Menschengeschlecht entstehen könne, und sie erhielten zur Antwort: ‚Werft die Gebeine der großen Erzeugerin rückwärts!' Sie erkannten, daß damit die Steine der Erde gemeint waren, und taten, wie ihnen geheißen war. Und aus den rückwärtsgeworfenen Steinen entstanden Menschen, aber Menschen ganz anderer Art als die früheren. Dieser neuen Rasse stehst du, Marcus, als Nachkomme des Deukalion und der Pyrrha fremd gegenüber; ihr begreift euch gegenseitig nicht. Du tust mir leid. Du rufst immer nach der ‚Gerechtigkeit'. Aber vielleicht darf ich dich daran erinnern, daß in unserem eisernen Zeitalter Justitia als letzte Göttin die blutdurchtränkte Erde verlassen hat und nicht mehr auf sie zurückgekehrt ist."

Quintus schwieg eine Weile. Dann fuhr er, sehr ernst geworden, fort: „Deukalions Söhne werden nie diese Welt verstehen und werden immer wieder versuchen, sie umzumodeln und zu verbessern. Und werden dabei immer wieder Schiffbruch erleiden. Ich habe dich oft sagen hören, in jedes Menschen Herz lebe der Wunsch nach Gerechtigkeit. Daß dem nicht so ist, solltest du eigentlich aus der Erfahrung gelernt haben. Übrigens hast du mir selbst einmal von einem Juden der Vorzeit, einem gewissen Abraham, erzählt, der Gott um die Verschonung einer zum Untergang bestimmten Sündenstadt bat. Und Gott hat ihm die Erfüllung seiner

Bitte zugesagt, wenn er in der Stadt wenigstens zehn Gerechte fände. Aber Abraham fand auch nicht einen einzigen Gerechten, und die Stadt wurde von Gott zerstört. Such in Rom oder in Athen oder in Alexandria oder sonstwo! Nirgends wirst du mehr als höchstens ein paar Gerechte finden.

Nein, ich bin kein verbohrter Menschenverächter. Ich sehe nur die Dinge seit jeher wirklichkeitsgetreuer als du. Nimm die Welt, in der du leben mußt, zur Kenntnis! Du hast eine Familie. Erspare ihr neuen Jammer. Sei vorsichtig. Es würde Caesar nur ein Wort kosten, und um dich wäre es geschehen. Aber er hat dich auf seine Art gern, und auch du hast eine uneingestandene Schwäche für ihn. Er ist jetzt der mächtigste Mann in Rom; er lenkt alles und jedes in der Stadt. Die Volksmassen lieben ihn, weil er leichtfertig, genießerisch, raublustig ist, kurz, weil er alle ihre Laster teilt. Die Menschen sind stolz auf ihre Laster und schämen sich ihrer Tugenden, falls sie welche haben. Sie bewundern jenen Politiker und jenen Soldaten, der ihre Laster in noch höherem Maße hat als sie; in ihm erkennen sie sich selber. In Caesar sieht Rom sich gespiegelt. Bring ihn nicht auf gegen dich, Marcus!"

„Das gleiche hat er selber mir geraten", bemerkte Cicero erbittert.

„Es war ein guter Rat. Nimm dir ihn zu Herzen!" Quintus umarmte seinen Bruder zärtlich. Es schmerzte ihn, daß er ihm fast gewichtlos in den Armen lag, daß er nur Haut und Knochen war, vor Kummer gealtert, mit leidgezeichnetem Mund. Das kam nicht nur von der Verbannung. Sein Gerechtigkeitssinn ließ ihn nicht ruhen, sondern drängte ihn immerfort zu tätigem Eingreifen. Quintus seufzte, als er ging. Er zweifelte daran, daß der Bruder seinen und Caesars guten Rat beherzigen werde.

Clodius, den Cicero zwar mit Catilina verglichen hatte, bei sich selber jedoch als verstandesklar anerkennen mußte, zettelte in Rom ständig Volksaufläufe, Meutereien, Anschläge und Ungesetzlichkeiten aller Art an. Daß man ihn gewähren ließ und wahrscheinlich sogar ermutigte, empörte Cicero. Er fragte seine Freunde, ob sogar der große Caesar machtlos sei gegen diesen gewalttätigen Schurken, der sich mit finsteren Umsturzplänen trage. Die Freunde erwiderten ausweichend. Das bestätigte ihm seinen ursprünglichen Verdacht: Clodius wurde geduldet, weil er sich in irgendein besonderes Vorhaben der Triumvirn fügte. Aber welcher von den dreien, so überlegte er mit düsterem Zorn, mochte die unumschränkte Alleinherrschaft gewaltsam an sich zu reißen trachten? Pompejus war Soldat und nicht unbesonnen; er würde sich darauf beschränken, den Thron zu wünschen. Crassus war ein alter Mann, und in ihm geisterte die Machtlust nur wie Wein in den Adern eines Greises. Caesar also! Er war der gefährlichste. Wann würde er Pompejus und Crassus zugleich angehen? Bei diesem Ringen mußten zwei unterliegen; einer und nur einer würde überleben. Auch Wölfe liefen eine Zeitlang friedlich im Rudel, auf der Jagd nach Beute; wenn es aber um die Führerschaft ging, entspann sich ein tödlicher Kampf zwischen den Anwärtern, bei dem nur einer davonkam.

Als Cicero erfuhr, daß man Caesar und Clodius oft in vertraulichem Beisammensein sah, wußte er, daß seine Vermutungen tatsächlich zutrafen und daß Rom verloren war. Unterdessen stieg von Tag zu Tag Caesars Ruhm als größter römischer Feldherr aller Zeiten. Seine eigenen Berichte aus Gallien stellten diese Tatsache mit Befriedigung fest.

Cicero begann sein großes Buch ‚Über den Staat', kam seinen Pflichten als Senator nach, nahm seine Anwaltstätigkeit wieder auf, liebte seine Kinder, ertrug sein Weib, versuchte mit seinen Freunden auszukommen und hatte das Gefühl, bei etwas mehr Umsicht und Einsatzfreude hätte er sein Land retten können, nun aber sei sein ganzes Leben sinnlos geworden. In einem Briefe an Atticus schrieb er: ‚Von Politikern, die sich aus dem öffentlichen Leben zurückziehen wollten, habe ich die selbstgefällige Bemerkung gehört, sie wünschten ihren Familien mehr Zeit zu widmen. In Wirklichkeit spüren solche Leute entweder, daß ihnen eine politische Niederlage droht, oder sie haben den Staatsschatz derart geplündert, daß es sogar ihnen selber reicht, oder aber sie sind weibisch erschlafft.'

Ihm persönlich wurde bald klar, daß er — trotz aller gegenteiliger Ratschläge selbst so wohlmeinender Männer wie Titus Annius Milo oder Marcus Porcius Cato oder Publius Servilius — nicht imstande war, zu schweigen und untätig zuzusehen, wie sein Land mit zunehmender Geschwindigkeit dem Abgrund entgegenglitt. „Wir, Milo und ich, sind jünger als du", redete Cato ihm zu. „Überlaß das weitere uns und stütze uns nur durch dein frommes Gebet! Auch in der Schlachtordnung stehen die altgedienten Soldaten im dritten Glied und greifen nur dann in den Kampf ein, wenn die Reihen der jüngeren Männer vor ihnen wanken."

„Nein", erwiderte Cicero. „Wie kann ich es im Kreis meiner Familie, bei meinen Büchern, in meinem Garten, ja selbst auf meiner angestammten Insel aushalten, wenn Rom zugrunde geht? Ein Verbrechen begünstigt man nicht nur durch Handlungen, indem man Frevler und Verräter unterstützt, sondern auch durch Unterlassungen, indem man etwa schweigt, wo man sprechen sollte. Es ist ja eine traurige Tatsache, daß redliche Menschen oft müde werden oder verzweifeln, während Bösewichter unbegrenzte Willensstärke und Begeisterung aufbringen, als würden ihre Kräfte aus unterirdischen, unterweltlichen Quellen gespeist."

Er suchte viele seiner Freunde auf und bat sie um Hilfe bei seinem Bemühen, die Wahl des Clodius zum Ädil zu verhindern. Aber sogar er, der sich durch die Erfahrungen eines Lebens gegen Enttäuschungen mit

Menschen gefeit glaubte, war entsetzt über die sich plötzlich verschleiernden Augen, das Achselzucken, das Murmeln von einer gegen Clodius zu übenden Duldsamkeit. „Wir leben unter Tyrannenherrschaft", gab Cicero zu bedenken. „Fühlt ihr euch wohl dabei?" Dann wurden die Gesichter der so Angeredeten tiefrot — ob vor Zorn oder vor Belustigung, konnte er nicht entscheiden. Sie wiesen lächelnd auf ihren Wohlstand hin und riefen: „Wenn das alles von der Tyrannei kommt, so sorge dafür, daß sie sich noch verstärkt!"

Clodius drohte, er würde im Fall einer Wahlniederlage das Zeichen zum Volksaufstand geben. Crassus meinte zwar nachsichtig, Clodius sei ein Heißsporn, und man dürfe sein Geschrei nicht ernst nehmen; aber Milo stellte sich Clodius entgegen und versuchte, die Volksversammlung, auf der die Ädilen gewählt werden sollten, zu verhindern. Er erklärte sogar, er werde, sollte Clodius ihm zufällig in den Weg laufen, sich versucht fühlen, ihn mit eigener Hand zu töten, wegen seiner ‚Gewalttaten gegen Rom und gegen mein Haus und meine Person'. Cicero erschien vor dem Senat und zählte Clodius' Drohungen und schamlose öffentliche Herausforderungen gegen den Staat ebenso wie die zahlreichen von ihm angezettelten Straßenkundgebungen auf. „Haben wir denn keine ordnungsmäßige Regierung mehr?" rief er. „Sind wir so weit, daß uns der Mob beherrscht, und zwar ganz offen?"

Während er mit großer Beredsamkeit und Würde sprach, hatte er plötzlich die alptraumhafte Empfindung, er rede seit jeher so, endlos umgetrieben im gleichen Strudel verzweifelter Machtlosigkeit, und in aller Zukunft würde ihm immer wieder der gleiche Blick entgegenstarren, immer wieder eine Catilina-Gestalt vor Augen stehen. Die Namen und die Gesichter änderten sich; aber in alle Ewigkeit erhob Catilina sich gegen das Menschengeschlecht. Es bedeutete deshalb keine erschütternde Überraschung für ihn, als Clodius trotz aller gegen ihn erbrachter Schuldbeweise zum Ädil gewählt wurde.

„Mir geht jetzt alles durcheinander", sagte Cicero zu seinen Freunden. „Ich schreite durch einen Säulengang und sehe mich plötzlich als um zwanzig Jahre jüngeren Menschen den gleichen Problemen wie heute gegenübergestellt. Ich schlendere durch eine Straße und begegne mir selber, einem fünfunddreißig Jahre alten Mann, der sich darüber wundert, daß die Römer so viel Gewalttätigkeit und Sittenverderbnis dulden können. Ich trete in einen Tempel, und im Marmorfußboden spiegelt sich mein Gesicht mit achtundzwanzig Jahren, und in den Ohren tönen mir die gleichen Worte, wie ich sie damals sprach, von den Hochverrätern und den machthungrigen Strebern. Diese Sorte Menschen sehe ich seit meiner frühesten Kindheit vor mir und werde sie wohl bis zum letzten Atemzuge sehen!"

Doch irgendeine Art Trägheit, die er nicht überwinden konnte, zwang ihn dazu, sich weiter im Kreise zu drehen, sich weiter zu ereifern gegen das unabwendbare Schicksal Roms, jenes Schicksal, dem schließlich alle Republiken verfielen. Aber gab es denn — wenn nur die Menschen wirkliche Menschen waren und nicht bloß störrische Tiere — eine edlere Staatsform als die Republik? Ihr Scheitern war ein Scheitern der Menschheit.

„Könnte ich mich nur damit bescheiden, einfach dahinzuleben und jeden Tag zu genießen, wie er gerade kommt!" bemerkte er Freunden gegenüber. „Aber das liegt nicht in meiner Hand. Irgendeine geheimnisvolle Gottheit treibt mich an, Einspruch zu erheben, zu widerstreiten, zu mahnen, obwohl ich weiß, daß alles umsonst ist." Die Mühen und Aufregungen des Kampfes machten ihm wahrlich keine Freude mehr. Er hatte nun das fünfzigste Lebensjahr überschritten. Sein altes Rheuma meldete sich wieder, und oft suchten ihn seltsame Ruhranfälle heim. Noch öfter aber suchte seine Frau ihn heim, die mit nichts zufrieden war.

„Von Tag zu Tag", beklagte sie sich, „sinkt dein Ansehen in Rom. Ich dachte, du hättest aus deiner Verbannung gelernt und würdest jetzt in Rom wieder zu Macht gelangen. Aber die Senatoren lachen dich heimlich aus, und das Volk spottet über dich."

Der junge Marcus war jetzt zehn Jahre alt, ein hübscher Knabe mit breitem, lebhaft gefärbtem Gesicht und einem bezaubernden Gehaben. An Tatkraft und Körperstärke aber schien ihm sein Vetter, der kleine Quintus, überlegen zu sein. „Mein Sohn ist ein Philosoph nud hat deshalb für schweißtreibende Leibesübungen nicht viel übrig", bemerkte Cicero zu seiner Frau. Seinem Verleger Atticus aber schrieb er Lobgesänge über seinen Sohn. ‚Der junge Marcus bedarf, das gebe ich zu, der Sporen, um sich durchzusetzen, während sein Vetter die Zügel braucht. Aber ergeht es nicht allen werdenden Philosophen so wie ihm? In seinem Studium ist er ein Wunderkind; das Griechische beherrscht er meisterhaft.' Er wußte nicht, daß der Kleine von Gier erfüllt und hemmungslos auf sich selbst bedacht war. Terentia bestärkte ihn heimlich in seiner Artung; sie war froh, daß er seinem Vater nicht im mindesten nachgeriet. Seine Trägheit schreckte sie nicht; seine Zuchtlosigkeit gab ihr nicht zu denken. Ihr Sohn sollte ein vornehmer Weltmann werden und nicht ein ruppiger Außenseiter wie ihr Gatte!

Eines Abends kam Tullia zu ihrem Vater und teilte ihm verlegen mit, sie wolle den jungen Patrizier Dolabella heiraten, der sie schon vor ihrer Verheiratung mit Piso geliebt habe. Cicero spürte den Boden seiner Häuslichkeit unter sich wanken. Er mochte die Dolabellas nicht, die er als verschwenderische Müßiggänger ansah. Er rief: „Da steckt deine Mutter dahinter. Immer zettelt sie hinter meinem Rücken solche Sachen an!"

Tullia widersprach weinend. Die Mutter begrüße bloß ihre Absicht, weil sie diese Heirat schon von Anfang an gewünscht habe. Sie nahm das zornvolle Gesicht des Vaters zwischen ihre jungen Hände und redete auf ihn ein. Wünsche er denn, daß sie als kinderlose Witwe sterbe? Solle sie, falls er einmal nicht mehr am Leben sei, allein zurückbleiben? Wer würde sie dann hegen und pflegen? „Außer dir liebt mich doch niemand in diesem Hause."

„Du willst mich schon wieder verlassen, und einem Dolabella zuliebe! Bleib eine Weile bei mir! Mein Dasein ist so schon traurig genug."

Aber Tullia heiratete später ihren Dolabella, und Cicero fand sich damit ab, als er sah, daß sie wirklich glücklich war. Wieder jedoch hatte er die Empfindung, alte, ausgetretene Wege zu trotten, die nirgends anders hinführten als zu seinem Tode nach einem vergeblich gelebten Dasein.

Er nahm zu seinen Büchern und zu seiner Schriftstellerei Zuflucht. ‚Am Ende muß der Mensch zu sich zurückkehren und sich mit sich selber auseinandersetzen. Dieser letzten Auseinandersetzung entgeht er nicht', schrieb er. ‚Vor dieser Begegnung mit sich selber kann ihm weder die Welt noch eine liebende Familie schützende Zuflucht bieten. Auch Staatsgeschäfte vermögen nicht die Stimme zu übertönen, die er schließlich hören muß und die seine eigene Stimme ist. Bücher, Musik, Kunst, Wissenschaft, Philosophie: sie sind angenehme Zwischenspiele, aber eben nur Zwischenspiele.'

LXI

Später sollte Atticus dem jungen Marcus Tullius Cicero traurig schreiben: ‚Dein Vater war Rom, und seine Geschichte ist Roms Geschichte. Alle Männer, die als große Gestalten der Zeit gelten, kamen mit ihm in Berührung, und er mit ihnen. Sie brachten Unheil und Blut und Verzweiflung über ihr Land; er brachte ihm Würde und Tugend. Sie hatten Erfolg; er erlitt Schiffbruch. Aber wer weiß, ob nicht in der Endabrechnung zwischen Gott und Mensch die Niederlage eines Menschen sich unter dem Blickwinkel der Ewigkeit als Sieg erweisen wird?'

Cicero wußte, daß er körperlich nur durchhalten konnte, wenn er sich wenigstens eine kleine Atempause der Ruhe und Friedlichkeit gönnte. Er vergrub sich in seine Bibliothek. Er begann einige seiner edelsten Bücher zu schreiben, die die Zeiten überdauern und noch ferne Geschlechter lehren sollten, sich, durch Beispiele geschreckt, um ihr eigenes Heimatland zu sorgen. Er hatte lange Gespräche mit seinem Sohn und merkte glücklicherweise nicht, daß der Knabe ihn zwar mit ernster Miene, aber voll innerlicher Belustigung anhörte. Er besuchte seine Tochter und seine geliebte Insel. Er verschloß bewußt die Augen vor dem, was in Rom geschah. Er konnte nicht eingreifen; das wäre glatter Selbstmord gewesen.

‚Du bist eine Säule aus Erz', schrieb Noah ihm. ‚Als solche Säule im Gewoge der Völker hat Gott den gerechten Mann angesprochen. Lange nachdem alle Marmorzier zu Staub zerfallen ist, ragt die eherne Säule der Rechtlichkeit noch empor und stützt das Dach über der Behausung des Menschengeschlechtes. Erstünden nicht im Laufe der Geschichte immer wieder Männer wie Du, lieber Marcus, so würden die Völker vergehen, und die ganze Menschheit schwände dahin.'

‚Die Völker werden vergehen, und eines Tages wird die Menschheit dahinschwinden', antwortete Cicero seinem Freunde in einer Stimmung tiefer Niedergeschlagenheit. ‚Du hast mir doch selbst über eure Prophezeiungen erzählt: vom Zorne Gottes gegen die Menschen; von einem Schreckenstage, an dem alle Völker erbeben, Erde und Himmel erzittern, Sonne und Mond sich verfinstern und die Sterne ihren Glanz verlieren werden; vom Tage der Wolken und der Unwetter, die wider die festen Städte und die hohen Türme toben, vom Tage des Feuers, das die ganze Erde verzehren wird. Der Mensch beleidigt ja die Gottheit durch sein bloßes Dasein. Denn sein Herz ist böse, und seine Wege sind die Wege des Todes.'

Auf — wenigstens für ihn — unerklärliche Weise begann seine Anwaltspraxis wiederaufzublühen. Die Zahl seiner Klienten wuchs von Monat zu Monat, und da es sich meist um wohlhabende Leute handelte, die mit Geschenken nicht knauserten, konnte er seine Schatztruhen wieder erfreulich füllen. Seine Zivilprozesse brachten ihn nicht in Berührung mit Politikern, die er auch sonst, wenigstens vorläufig, mied, weil sie ihn mit ihren Spitzfindigkeiten und Kniffen anwiderten.

Dann wurde er eines Tages zu seiner großen Verwunderung auf eine freigewordene Stelle im Kollegium der Auguren berufen, was ein lebenslängliches, nicht nur sehr ehrenvolles, sondern auch recht einträgliches Amt darstellte. Atticus freute sich darüber; in Ciceros Befriedigung mischte sich einiges Mißtrauen. Das Kollegium bestand aus Laien, die mit den Pontifices, den priesterlichen Mitgliedern von Roms oberster Kultusbehörde, oft in Streitgespräche über schwierige religiöse Fragen verwickelt waren. Da Cicero bei den Pontifices wegen seiner Frömmigkeit großes Ansehen genoß, tauchte in ihm der unbehagliche Verdacht auf, seine Bestellung bezwecke eine Annäherung der beiden vielfach im Gegensatz zueinander stehenden Körperschaften. Er schrieb an Caesar: ‚Daß ich zum Augur bestellt wurde, mag für Dich, lieber Freund, eine Neuigkeit sein. Vielleicht aber auch nicht. Darf ich annehmen, daß dabei Deine geschickte, kluge Hand im Spiele war? Du wirst mir natürlich nicht die Wahrheit sagen. Ich frage mich nur, welche Möglichkeiten Du wohl sehen magst, mich in meinem gegenwärtigen Wirkungskreis Dir dienstbar zu machen.'

In seinem Antwortbrief zeigte Caesar sich sehr liebevoll und erstaunt.

Nachdem er den Freund beglückwünscht hatte, fuhr er fort: ,Warum willst Du nicht die offenkundige Tatsache zur Kenntnis nehmen, teurer Marcus, daß die Götter selbst Deine Aufnahme in das Augurenkollegium beschlossen haben, um Dich für Deine Frömmigkeit zu belohnen und Dir darzutun, wie sehr sie Deine Tugend und Ehrenhaftigkeit schätzen?'

Aha, dachte Marcus beim Lesen des Briefes, ein schwaches Lämpchen beginnt mein Dunkel zu erhellen!

Er nahm seine Amtspflichten sehr ernst, obwohl er bei sich selbst viele Zeichendeutungen und Orakel für töricht hielt. Aber er war so weit Mystiker, zu glauben, daß Gott manchmal frommen Menschen die Zukunft offenbare. Terentia war vor allem entzückt über die Abzeichen seiner neuen Würde: das purpurn- und scharlachrotgestreifte Prunkkleid und den knotenlosen Krummstab der Hirten. Sie war stolz auf die ihrem Gatten erwiesene Ehrung, die sie ihren eigenen, besonders guten Beziehungen zu den Göttern zuschrieb. Bald entnahm Cicero den ihm von Caesar aus Gallien gesandten Briefen, daß der Feldherr für sich selbst die Erkundung von Vorzeichen durch seinen ,Lieblings-Augur' wünschte, und sein etwas beschwichtigtes Mißtrauen verschärfte sich zu starker Beunruhigung. Julius hatte bestimmte Pläne, die er niemandem anvertraute. Er verließ sich darauf, daß Cicero ihm über den Ausgang der dazu angestellten Götterbefragung unumwunden die Wahrheit sagen würde.

Die Auguren erforschten den Willen der Götter vor allem aus Zeichen am Himmel, der Domäne Jupiters, des Schutzherrn Caesars, oder aus dem Flug und den Stimmen der Vögel, wobei ein bestimmter Flügelschlag von Adler oder Geier als glückbringend, ein bestimmtes Krächzen von Rabe, Krähe oder Eule als unheilkündend galt. Vor der Zeichenschau begab der Augur sich mit seinen Helfern auf einen menschenleeren, erhöhten Punkt mit weiter Aussicht, umgrenzte mit dem Krummstab ein gewisses Gebiet am Himmel und auf der Erde, innerhalb dessen er seine Beobachtungen anstellen wollte, und weihte unter Gebeten und Opfern dieses Gebiet. Von einem Zelt aus beobachtete er dann nachts, in Anwesenheit eines staatlichen Amtsträgers, den Himmel und erwartete die Zeichen. Dabei richtete er sein Antlitz nach Süden, so daß der Osten, die Seite des Lichtes und des Glücks, ihm zur Linken war. Jedes beobachtete Zeichen verkündete er dem Amtsträger. Solche Auspizien lenkten in beträchtlichem Ausmaße Roms Staatsgeschäfte. Schon oft hatte Cicero daran gedacht, daß ein bestochener Seher irgendeinen mächtigen Politiker begünstigen konnte. Zum Glück für Rom hatten sich die Augurn jedoch meist für Bestechungen bemerkenswert unzugänglich erwiesen, schon, weil sie nie eine Entlassung aus ihrer Stellung befürchten mußten und sehr gut entlohnt wurden. Auf diese Weise waren sie von niemandem abhängig und konnten bei der Wahrheit bleiben. In der Theorie war das sehr klug ausgedacht. Aber bestechen konnte man auch auf andere Weise als durch Geld.

Mächtige Männer erbaten oft von den Augurn Vorzeichen für etwas, was sie planten: für den Zeitpunkt einer Schlacht, einer Wahl, einer Senatssitzung und für tausenderlei andere Dinge. Um sicherzugehen, daß die Augurn nicht bewußt parteiisch entschieden, bezeichnete der Ansuchende das Vorhaben häufig bloß als ‚mein besonderes Anliegen'. Wenn dann der Augur etwa am Himmel einen Blitzstrahl sah, verwirklichte man sein ‚Anliegen' nicht am ursprünglich vorgesehenen Tage, sondern wartete ein günstiges Vorzeichen ab.

Caesar schrieb dem Cicero: ‚Ich habe für die Zukunft ein besonderes Anliegen, eine bestimmte Bitte an die Götter. Befrage also, teurer Freund und Kamerad, den Himmel in der Nacht, die ich Dir dafür bezeichne!' Cicero hätte gern abgelehnt; aber eine solche Befragung gehörte zu seinen Amtspflichten. Außerdem war er selber, wie er zugeben mußte, neugierig auf den Ausgang. So begab er sich am Nachmittag vor der angegebenen Nacht mit seinen Helfern und einem Amtsträger auf einen Hügel außerhalb der Stadtmauern. Als er seinen Krummstab in alle Himmelsrichtungen zu schwingen begann, kam er sich etwas albern vor. Erstaunlicherweise jedoch schien der Stab plötzlich ein Eigenleben zu gewinnen, zerrte an seiner Hand, zog ihn vorwärts und senkte sich dann wie ein scharfer Speer in den sommerwarmen Grasboden. Ciceros Herz begann vor Beklommenheit und Furcht heftig zu klopfen. „Hier werde ich für die Nacht mein Zelt aufschlagen", sagte er zu dem Amtsträger, der ihm als Begleiter bei der Zeichenschau zugeteilt war.

In die Stadt zurückgekehrt, wartete er nach Einbruch der Dunkelheit auf seinen Wagen, der ihn und den Beamten zu dem Hügel bringen sollte. Mit merkwürdigem, immer stärker werdendem Mißbehagen grübelte er nach. Sein Eid verpflichtete ihn, wahrheitsgemäß zu berichten. Möge es sich so fügen, daß ich keine bedeutsamen Vorzeichen zu sehen bekomme, oder doch wenigstens nur solche, die auf vielerlei Art auszulegen sind! Dieses Stoßgebet richtete er noch zum bestirnten, mondlosen Himmel, als er um Mitternacht mit seinem Begleiter den Beobachtungsplatz erreichte.

Er setzte sich zwischen die Seitenwände des Zeltes. Die Nacht war windstill. In der Ferne lag die über ihre Hügel gebreitete Riesenstadt, rot- und weißschimmernd von Fackeln und Laternen und Lampen. Das endlose dumpfe Brausen Roms drang als schwaches Murmeln bis hierher. Schwarze Zypressen umgaben das Zelt, das nach Süden zu offenstand. Die stille, warme Luft war erfüllt vom Geruch heißen Grases, das sich zu betauen begann; aus nahen Gärten und Feldern drangen die Düfte von Obst und Weinreben und Getreide. Irgendwo muhten unruhige Rinder in einer Koppel. Ein Hund heulte. Und dann wurde es unvermittelt völlig still. Nur einmal ratterte eilig ein Fuhrwerk auf steiniger Straße der Stadt entgegen. Mit fortschreitender Nacht kam ein Hauch wie von frischem Wasser auf.

Das violettschimmernde Firmament schien mit ungewöhnlich großen und ungewöhnlich flimmernden Sternen besät. Cicero hatte die Empfindung, als bebten selbst die Sterne vor Bangigkeit. Dann sagte er sich: Es ist doch lächerlich, in den Himmel jetzt etwas hineingeheimnissen zu wollen! Wenn die Sterne so nahe scheinen und derart glitzern, so kommt das bloß daher, weil die Luft außerhalb der Stadt viel reiner ist. In Wirklichkeit ist alles friedlich. Nur ich selber bin friedlos. Und der Mensch verlegt eben seine eigene Unrast und Angst, jede krankhafte Regung von Körper oder Seele in die teilnahmslose Natur. Neben ihm saß in achtungsvollem Abstand schweigend der Begleiter; Griffel und Tafel für rasche Aufzeichnungen hielt er bereit.

Zum erstenmal waltete Cicero selbständig des Augurenamtes; bisher war er nur anderen Zeichendeutern als Helfer beigestanden. Seiner Überzeugung nach gab zwar Gott manchmal von sich aus Vorzeichen, liebte es aber nicht, wenn man ihn um solche anging. Aus irgendeinem Grunde fiel ihm Noahs Erzählung vom Propheten Elias ein, der in einem feurigen Wagen mit feurigen Rossen im Sturmwind zum Himmel emporgetragen worden war. Vielleicht ist das geschehen, damit man ihn nicht hier auf Erden ermordet! dachte Cicero spöttisch. Dann fuhr er, auf der Schwelle seines Zeltes sitzend, erschrocken zusammen, und ein kalter Schauder überlief ihn.

Denn plötzlich rollte vor dem Hintergrund der wild zuckenden Sterne ein großer, glühender Triumphwagen mit einem vollen Viergespann dahinrasender glühender Pferde über den Himmel! Dem Augur stockte der Atem. Den Triumphwagen schien eine ungeheure jubelnde Menschenmenge zu umgeben. Und in dem Gefährt stand – ganz deutlich zu erkennen! – Julius Caesar, lorbeerbekrönt, strahlend wie ein Gott, schimmernde Zügel haltend, das furchterregende, frohlockende Lachen der Himmlischen lachend. Sein Gewand war Purpur und Gold. Er streckte die rechte Hand empor, und in ihr hielt er ein feuriges Schwert, das bis zum Zenit reichte. Auf seiner linken Schulter saß ein mächtiger schwarzer Adler mit Augen wie Edelsteine. Hinter ihm flatterten Banner, blutrot mit Lorbeerkränzen in der Mitte. Alles war in heftiger Bewegung: die Pferde jagten weit ausgreifend dahin; die funkensprühenden Wagenräder drehten sich wie rasend.

Dann erschien auf Caesars Kopf eine glitzernde Krone, verblaßte, wurde nochmals deutlich sichtbar und verschwand wieder. Der schwarze Adler hob die Schwingen und stieß einen furchtbaren Schrei aus, blieb aber auf Caesars Schulter sitzen. Plötzlich stand an dem Wege, den der Wagen fuhr, eine Frauengestalt – wann sie aufgetaucht war, wußte

Cicero nicht – und winkte dem herankommenden Caesar zu, eine schöne Frau, mädchenhaft jung, mit herabwallendem schwarzem, von goldenen Schlangen bekröntem Haar und mit einem Falken auf der Schulter. Caesar beugte sich lachend herab und hob das Mädchen in den Wagen, und sie umarmten einander. Seine Krone wurde wieder sichtbar, noch glitzernder als zuvor. Erde und Himmel schienen von Donnerschlägen zu erzittern.

„Was siehst du, Herr?" fragte der Begleiter, als er das blasse, starrende Gesicht des Augurs erblickte. Aber Cicero antwortete ihm nicht, weil er ihn nicht hörte.

Seine blendendhelle Vision war zwar in sich von unglaublicher Bewegtheit, verharrte aber immer auf der gleichen Stelle des Himmels. Dann flog zur Rechten ein gewaltiger Schwarm von Raben und Eulen und Krähen auf, und jeder dieser Vögel hielt im Schnabel einen Dolch. Sie umkreisten die Häupter Caesars und der Frau. Die Frau verschwand. Vor den dahinstürmenden Rossen tauchte ein riesenhafter Soldat auf und sprang mit gezücktem Degen den Triumphator an. Caesar ließ sein Flammenschwert niedersausen und zerschmetterte den Soldaten, der mit dem gewaltigen Krach splitternder Harnischbronze versank. An seiner Stelle erhob sich ein großer leerer Thronsessel, und Caesar lenkte mit einem Freudenschrei seinen Wagen auf den Thron zu.

Die Stimmen der nur dem geistigen Auge sichtbaren Volksmenge schlugen von Jubel in wilden Zorn um. Caesar achtete nicht darauf. Er beugte sich im Wagen ganz weit vor, um die Pferde noch rascher auf das Ziel hinzutreiben, das vor ihm zurückzuweichen schien. Von seiner Krone züngelten Flammen in die Luft.

Dann kreisten die Unglücksvögel immer dichter um ihn. Sie fielen ihn mit ihren dolchbewehrten Schnäbeln an und schlugen ihm viele Wunden. Er warf die Arme hoch, um die Angreifer abzuschütteln. Sie stießen durchdringende Wutschreie aus. In einer verzweifelten Geste der Beschwichtigung riß er sich die Krone vom Haupt und schleuderte sie von sich. Aber die Vögel ließen sich nicht versöhnen. Immer wieder stürzten sie auf ihn los, bis er rücklings in den Wagen sank.

Die Vision war verschwunden, und am Himmel blieben nur mehr die Sterne, matt schimmernd, wie atemlos erschöpft. „Was siehst du, Herr?" fragte der Begleiter wieder. Er bemerkte das Zittern des Augurs und die im Sternenlicht glitzernden Schweißtropfen auf seiner Stirn. Aber noch immer antwortete Cicero nicht.

Eine neue, furchtbare Vision zeigte sich seinem Blick. Roms Stadttore standen offen, und helles Sonnenlicht überflutete die Stadt. Triumphbogen waren aufgebaut, von denen Blumen herabrieselten. Ein Mann fuhr durch die Bogen, aufrecht in seinem Wagen, ein edler junger Mann, dessen Gesicht von Dunst verschleiert schien, ein Jüngling mit einer mächtigen Krone auf dem Kopf und einem Zepter in der Hand. Auf seinem Wege rann ein Strom von Blut und lagen Tausende von Leichen. Aus vielen Kehlen drang, von allen vier Himmelsrichtungen her, ein herzzerreißender Klagegesang: „Wehe! Wehe über Rom!"

Dann löste die Vision sich in ein Flammenmeer auf, das die ganze Stadt verschlang. Angstschreie gellten durch die Luft, Schreie der Qual und Verzweiflung. Die Stadt zerfiel in Schutt und Asche. Aber im nächsten Augenblick wurde sie wiederaufgebaut; doch es war nicht mehr die Stadt, die Cicero kannte. Die Mauertore sprangen auf. Zahllose Horden bärtiger Männer stürmten hinein, mit Schwertern und Lanzen und Speeren, und trugen überallhin den Tod. Ihre Stimmen waren ein heiseres Knurren, wie von wilden Tieren. Langsam brach die Stadt nochmals in sich zusammen. Ihre weißen Mauern wurden grau und braun und rot. Brodelnder Nebel kroch über das Häusermeer, ballte sich zusammen, wirbelte umher. Stein fiel von Stein, Säule krachte gegen Säule. Das Pflaster barst; aus den Spalten wuchs Gras auf und wilder Mohn. Tiefe Stille verschlang jeden Laut, bis auf die gelegentlichen Schritte unsichtbarer Läufer.

Dann tauchte im Halbdunkel eine mächtige Kuppel auf, gleich einer emporsteigenden Sonne, eine so gewaltige Kuppel, daß dem Betrachter schwindelte, wenn er ihrem Umfang mit dem Blick folgen wollte. Von ihrer höchsten Wölbung flammte ein goldenes Feuer hoch, das sich zu einem Kreuz formte, umgeben von einem Himmel, so blau und mild wie ein Kindesauge. In den Mauern unter der Kuppel öffneten sich Tore, und aus ihnen strömten viele würdevoll in Weiß gekleidete Männer, einer hinter dem andern. Und jeder hielt einen gleichen Stab, wie der Augur ihn hatte, und jeder wandte den Kopf nach beiden Seiten hin, als schritte er grüßend durch unsichtbare Menschenmengen. Von den Mündern dieser Männer aber gingen die Worte aus: „Friede! Friede den Menschen auf Erden!"

Der letzte Mann, der hervorkam, hob die Stimme noch höher als die anderen und sprach die gleichen Worte. Aber vor ihm ballte sich wirres, schwarzes und rotes Gewölk zusammen. Er sah dem Unwetter entschlossen entgegen. Donner dröhnte von allen Seiten. Der Himmel verfinsterte sich. Grelle Flammenzungen und sonnengleiche Feuerbälle zuckten und blitzten, rollten und sausten, alles zerstörend, was sie trafen. Ihr schreckliches, tödliches Licht übergoß den Mann in seinem Priestergewande. Er blickte sie furchtlos an. Doch immer mehr tauchten ihrer auf, und nun loderte die ganze Erde scharlachrot, und Verwüstung breitete sich überallhin. „Mein Gott, sei uns gnädig!" rief der Mann in Weiß. Es war, als stürzten ringsum Berge ein und als tobten schwere Wirbelstürme. Ohnmächtig sank der Augur auf der Schwelle seines Zeltes nieder.

Viele Tage blieb Cicero krank. Seine Amtsbrüder suchten ihn auf, weil sie vermuteten, er müsse Seltsames, Gräßliches geschaut haben. Aber er murmelte nur: „Armes Rom! Arme Welt!"

Schließlich schrieb er an Caesar: ‚Ich habe Vorzeichen gesehen, die kein Mensch zu beschreiben vermag. Nicht einmal ich kann es, obwohl mir bekanntlich die Worte einigermaßen gehorchen. Eines dieser Vorzeichen betrifft Dich, Julius, und ich will Dir nur raten: Entsage, solange noch Zeit ist, Deinen Träumen von Glanz und Eroberung und Triumph! Sonst mußt Du für ihre Verwirklichung mit dem Leben bezahlen – wie ich es Dir ja schon früher warnend angekündigt habe.'

Julius ärgerte sich zuerst über den Brief. Dann aber dachte er lachend: Er hat also meinen Glanz und Triumph verwirklicht gesehen! Das genügt mir. Was nachher kommt, ist mir gleichgültig.

Nur seinem Freunde Atticus versuchte Cicero seine Visionen zu schildern. Daraufhin schrieb der Verleger ihm befremdet: ‚Was das alles bedeutet, wage ich nicht einmal zu fragen. Unverständlich sind mir vor allem die ungeheuer große Kuppel mit dem schmählichen Hinrichtungswerkzeug darauf und die weißgekleideten Friedenskünder. Deine letzte Vision war die des Weltuntergangs. Beten wir, daß wir ihn nicht so erleben, wie Du ihn sahst!'

LXII

Ich müßte Frieden finden, dachte Cicero, als er wieder genesen war. Doch wo gibt es Frieden? Ich sollte die Dinge, die um mich vorgehen, nicht beachten. Aber lebt man noch wirklich, wenn man die Augen vor dem verschließt, was man erlebt? Er hatte Roms Schicksal in genauer Abfolge vorhergeschaut und wußte, daß er gegen diese Entwicklung, die sich zwingend aus der menschlichen Natur ergab, machtlos war. ‚Ich lasse meiner Seele Schwielen auf den empfindlichen Fußsohlen wachsen', äußerte er sich zu Atticus. ‚Wie könnte ich sonst weiter durch diese Welt schreiten?' Aber trotz aller schützenden ‚Schwielen' wurde seine Seele wund gerieben.

Der Triumvir Crassus war ein alter Mann und hatte nie wirklich Kriegsdienst getan. Als jedoch die Parther sich gegen Rom erhoben, wurde ihm die Führung des zu ihrer Bekämpfung eingesetzten Heeres übertragen. Bald darauf hieß es, er sei auf dem Schlachtfelde gefallen. Cicero glaubte diese Lesart nicht. Er war überzeugt davon, daß entweder Caesar oder Pompejus ihn hatte beseitigen lassen. Jetzt standen sich die beiden allein gegenüber: Pompejus, der Berufssoldat, und Caesar, der ehrgeizige Politiker und glänzende Stratege. Während Pompejus in echter Soldatenart nach vorbedachtem Plan massiv aufmarschierte und bedächtig die Kampfreihen schwenkte, unternahm Caesar sehr erfolgreiche Blitzangriffe, immer possenfreudig, frohgemut und außerordentlich tapfer. „Ich werde nicht im Kriege den Tod finden'', pflegte er zu sagen. „Das hat mir mein geschätzter Augur Cicero vorausgesagt.''

Nachdem er seine berühmte große Brücke über den Rhein geschlagen hatte, überquerte er vom Lande der Belgen aus zweimal unter großen Schwierigkeiten den Ärmelkanal und fiel in Britannien ein. Wiederholt unterbrach er seine Feldzüge und erschien plötzlich so völlig unerwartet in Rom, daß sich die — von ihm nicht abgestrittene — Legende bildete, sein Schutzgott Jupiter selber trage ihn durch die Lüfte. Als Pompejus beziehungsvoll erklärte, nur wer die Meere beherrsche, beherrsche die ganze Welt, lachte Caesar und bemerkte augenzwinkernd: „Mir scheint, er möchte auch noch Admiral werden!'' Um diese Zeit starb Julia, die Tochter Caesars und Frau des Pompejus, an einem Fieber; damit riß das letzte Band zwischen den beiden Männern, und sie bekämpften einander nun rücksichtslos.

„Mich interessieren ihre Streitigkeiten nicht, und ihr Ränkespiel läßt mich kalt'', sagte Cicero zu seinen Freunden über die beiden Nebenbuhler. Aber in Wirklichkeit schenkte er diesen offenen Streitigkeiten und geheimen Ränken viel Beachtung und gab verbittert Caesar die besseren Aussichten. Von den Geistesgaben des Pompejus hielt er nicht übermäßig viel. Wenn er tatsächlich, wie man munkelte, gegen Caesar intrigierte, so tat er es sicherlich plump und ungelenk — wie ein schwergepanzerter Gladiator in der Arena mit massigem Schwert gegen das Fangnetz und den scharfspitzigen Dreizack des geschmeidigen, beweglichen Netzfechters ankämpfte.

Es konnte nicht ausbleiben, daß die Liebe der Römer sich dem witzigen, lasterhaften, in allen Lebensäußerungen farbig wirkenden, ungestümen Caesar zuwandte und nicht dem redlicheren Pompejus, der über Rechtsfragen so langweilig wie Cicero, aber ohne dessen Beredsamkeit sprach und völlig farblos war. An Caesar liebte man sogar die Kahlköpfigkeit. Als er einmal mit einer herrlichen Perücke vor dem Volk erschien, lachte alles, und als er dann die Perücke abnahm und in der Hand schwenkte, brüllte man vor Belustigung. Für das Volk war er eine so strahlende Erscheinung wie sein Schutzgott Jupiter, und ebenso leichtblütig und prunkliebend.

„Er ist ein Possenreißer'', sagte Milo.

„Nein. Er ist ein Schauspieler und hat ein verständiges Publikum'', entgegnete Cicero.

Der stets vor Lebenslust überschäumende Caesar kam auf seinen römischen Blitzbesuchen oft auch zu Cicero und nahm dessen lustlose Glückwünsche zu seinen jeweils letzten Kriegserfolgen entgegen. „Über deine Großtaten lese ich in den täglichen Zeitungsaushängen an den Häuserwänden ganze Lobeshymnen, Julius", sagte Cicero einmal. „Schreibst du sie selber und schickst sie aus dem Feldlager nach Rom?"

„Was habe ich mit diesen Käseblättchen zu schaffen?" wehrte Julius leichthin ab. „Du bist in letzter Zeit so sauertöpfisch, lieber Marcus. Trinkst du jetzt zum Mahle Essig statt Wein?"

„Nein, aber ich bin mit dem Weinbecher meines Lebens beim Bodensatz angelangt", erwiderte Cicero. Doch er lächelte trotz seiner Sorgen, und seine trübe Miene hellte sich auf. „Du bist nur ein paar Jahre jünger als ich, aber du brennst vor Lebensgier wie ein Jüngling. Wie hältst du dir das Blut in den Adern so frisch, Julius? Verrate mir dein Geheimnis!"

Caesar tat, als dächte er angestrengt nach. Dann verzog sich sein sonngebräuntes, wettergegerbtes Gesicht zu einem strahlenden Lachen. „Mein Jungbrunnen bin ich selber", sagte er. „Ich liebe mich. Ich versenke mich in die Betrachtung meiner eigenen Person und bewundere mich voll tiefen Entzückens. Was bleibt den anderen übrig, als es mir gleichzutun?"

Cicero wurde ernst. „Unterschätze den Pompejus nicht!" rief er. „Er ist nicht so oft in Rom wie du, Julius. Aber wegen seiner Ehrenhaftigkeit schätzen ihn viele angesehene Männer hoch. Eines Tages könnte es dir passieren, daß du dich einer geschlossenen Front achtbarer Römer gegenübersiehst, und das wäre vielleicht ein böser Tag für dich."

„Betätigst du dich wieder einmal als Augur?"

Cicero schüttelte den Kopf. „„Stell die Verläßlichkeit deiner Umgebung nicht auf eine zu harte Probe, Julius!" mahnte er und dachte an seine Vision auf dem Hügel. „Bis auf mich selber sind alle Leute, auch mein Bruder, der Meinung, daß ich dich liebhabe. Jedenfalls würde ich dich, falls du in Gefahr kämst, selbst unter Einsatz meines Lebens verteidigen. Wenn ich dich anschaue, sehe ich das Gesicht des kleinen Schuljungen, der mich schutzsuchend an der Hand nahm und meine schrecklich ernste Miene zum Lachen brachte und mir mein Kleingeld für Süßigkeiten stahl."

Julius umarmte ihn. „In ganz Rom traue ich nur dir", sagte er.

Zu Tränen gerührt, beschwor Cicero ihn: „Dann vertraue mir wirklich! Was du im Sinn hast, Julius, kommt mir wie eine Feuerwolke vor, die ganz Rom in Brand stecken kann! Laß um Himmels willen von deinen Plänen ab!"

Caesars im Lauf der Jahre von Humorfalten stark gefurchtes Gesicht wurde ernst und düster. Mit ruhiger Stimme sagte er: „Ich kann ebensowenig aus meiner Haut heraus wie du, Marcus. Der Charakter des Menschen ist sein Schicksal. Dein und mein Leben, Marcus, sind unauflöslich verquickt, weil unsere Naturen uns aneinander gebunden haben. So verschieden wir sein mögen, wir sind doch eine Art von Dioskuren."

Cicero war noch nicht alt. Aber er fühlte sich greisenhaft, an Körper und Seele verbraucht. Sehnsuchtsvoll dachte er an die Insel; doch Rom war seine geliebte Stadt. Auf die Dauer fühlte er sich weder da noch dort zufrieden. Er sah heitere Männer seines Alters und beneidete sie; aber gleich darauf verabscheute er sie. Das wilde Getriebe und die Sittenlosigkeit jener Stadt, die einst von Gesetz und republikanischen Tugenden beherrscht worden war, widerten ihn an. Dennoch mußte er diese Stadt wie im Banne eines Zaubers anstarren und konnte die Augen nicht von ihr wenden. Er sah in ihr die Freiheit sterben und vermochte nicht, sich von dem Anblick loszureißen. Er las und schrieb Bücher, fand indes auch darin keine Befriedigung.

Da ihm Nachdenken lieber war als seichter Zeitvertreib, mied er Tischgesellschaften und Zusammenkünfte mit Bekannten. Die dabei geführten Gespräche drehten sich mit ermüdender Gleichförmigkeit um Glücksspiele, Wettkämpfe, Gastmähler, Klatsch und Skandalgeschichten. Unter der glitzernden Nichtigkeit dieses oberflächlichen Geplauders rann aber der dunkle, wilde Strom des wahren Daseins, und wer sich in diesem Strom nicht wenigstens die Füße netzte, hatte niemals wirklich gelebt. Er, Cicero, wollte lieber in dem reißenden Gewässer ertrinken, als für den Rest seines Lebens unter einem Obstbaum zu sitzen und süßen, wirklichkeitsfremden Träumen nachzuhängen. Caesar hatte ihm vorgeworfen, er mische sich in alles ein. Aber das wahre Leben bestand darin, sich immer wieder in wilde Strömungen zu werfen. Wer von den Granatäpfeln des Hades aß, ehe er noch den Styx überschritten hatte, verdiente nur schmachvolles Vergessen seitens der Menschen.

Eines Tages ging er zum Forum, um in der Gerichtshalle zu plädieren. Es war ein warmer, erfrischender Frühlingstag, und in dem klaren, strahlenden Sonnenlicht wich ein wenig die Müdigkeit von ihm. Aus einer mit karminroter, goldbestickter Seide überzogenen Sänfte rief eine Dame ihm zu, und er erkannte Caesars Schwester Julia, eine hübsche, kokette Frau mit den schwarzen Haaren und lebhaften Augen ihres Bruders. Neben ihr saß, auf die Kissen hingerekelt, ein Knabe mit blondem Lockenhaar und himmelblauen Augen. Julia reichte Cicero die Hand, die er küßte, und sah ihn mit ihrem unsteten Blick bewundernd an.

„Du kennst doch meinen Enkel Octavius, nicht?" fragte sie und zeigte auf den unbeteiligt dahockenden Knaben, der jetzt sein Gesicht mit den ausgeprägten, fast klassischen, marmorkalten Zügen dem fremden Mann zuwandte und ihn achtungsvoll, aber nicht sehr interessiert betrachtete. Beim Anblick des mit seinem eigenen Sohn fast gleichaltrigen Jungen lächelte der sehr kinderliebende Cicero, und in sein müdes Gesicht trat etwas von der einstigen bezaubernden Liebenswürdigkeit. Octavius' weiße Toga war noch mit dem Purpursaum der freigeborenen Knaben verbrämt. Seine Haltung jedoch war die eines Königs, und plötzlich wurden die blauen Augen zu den lauernden Sehwerkzeugen eines klugen Raubtiers. Cicero bemerkte diese seltsame Wandlung, und sein Herz krampfte sich zusammen, als hätte er ein ungeheuer bedeutungsschweres Vorzeichen gesehen. Mann und Knabe starrten einander schweigend an.

„Mein Bruder glaubt, daß Octavius ein berühmter Soldat wird", sagte Julia. „Er lernt schon die Kriegskünste und versteht geschickt mit dem Schwert umzugehen."

„Ich bete, daß er ein edler Römer werden möge", erwiderte Cicero.

Bei diesen Worten änderte sich Octavius' Gesichtsausdruck von neuem. Er schien zu lächeln; aber es war kein knabenhaftes Grinsen, sondern das sehr überlegene Lächeln eines hellhörigen Mannes. Es war auch hochmütig, und er sah seine Großmutter an, als ärgerte ihn ihr alberner Stolz. Er sprach kein Wort. Julia erkundigte sich nach Terentia und Tullia. Dann setzte ihre Sänfte sich wieder in Bewegung.

Für einen Augenblick vergaß Cicero, wohin er unterwegs war. Er sah der Sänfte nach, und eisige Kälte umfing ihm das Herz. Solche Menschen wie dieser Octavius kommen in jeder Generation zur Welt, dachte er, während er niedergeschlagen seinen Weg fortsetzte, und jede Generation muß den Kampf mit ihnen aufnehmen. Warum lassen wir sie eigentlich nicht gewähren und die Schwachen auffressen? Mögen doch die Wölfe über die Schafe herrschen und sich von ihnen nähren! Warum schweigen wir wenigen Redlichkeitsnarren nicht dazu, sondern betätigen unseren Glauben, der Schwache habe auch ein Recht, zu leben, und zwar friedlich unter dem Schutze der Gesetze zu leben? Zum Schluß dienen die Schafe ja doch der Sache der Wölfe, indem sie uns ihnen durch ihr Blöken verraten und ihnen so helfen, auch uns zu zerreißen. Die Sache hat nur einen Haken. Gute und gerechte Menschen können einfach nicht herzlos ihre Ohren dem ängstlichen Blöken der dummen Schafe verschließen, die sich folgsam in die Enge treiben lassen und erst, wenn sie die Gefahr vor sich sehen, kläglich zu jammern beginnen.

Plötzlich mußte Cicero an ein Prophetenwort denken, das Noah ihm in seinem letzten Brief zitiert hatte: ‚Sooft ich mir vornahm: Ich will nicht mehr an Gott denken und nicht mehr in seinem Namen reden, da brannte es in meinem Inneren wie ein verzehrendes Feuer, das eingeschlossen ist in meinem Gebein. Ich quälte mich ab, es auszuhalten; ich konnte es nicht.' Nein, dachte Cicero, auch ich kann es nicht aushalten, und wenn ich deshalb sterben müßte! Aber er war sehr müde.

„Wenn verantwortungslose Kerle über die Stränge schlagen und in den Straßen, wider Vernunft und Gesetz, lärmende Kundgebungen veranstalten", sagte Titus Annius Milo zu Cicero, „dann müssen verständige Männer ihnen entgegentreten. Clodius liefert den Massen unsinnige Schlagworte, die sie endlos wiederholen, in der Meinung, durch Schreien und Gewalttätigkeit würden ihnen jene nebelhaften Reichtümer und Begünstigungen zufallen, die Clodius ihnen auf Kosten der sogenannten Volksfeinde verheißen hat."

„Aber wer gängelt denn Clodius und seinen rasenden Mob?" fragte Cicero. „Dahinter steckt Caesar, und zwar aus eigensüchtigen Gründen. Tu jedenfalls, was du kannst, Titus! Du hast tüchtige Gefolgsleute, die dich achten."

„Wir müssen Caesar so lange wie möglich im Zaume halten", erklärte der junge Titus mit finsterer Miene. „Weißt du, was Pompejus mir gesagt hat? Daß Caesar es jetzt auf die unbeschränkte Alleinherrschaft anlegt, weil er angeblich, obzwar selber Soldat, Befürchtungen wegen eines Militärregimes hegt. Hast du nicht die Inschriften auf den Häuserwänden Roms gelesen? ‚Nieder mit Pompejus!' hat man überall hingekritzelt."

Milo bewarb sich um das Konsulat, Clodius um die Prätur. Die Wahlparole des einen war: ‚Die Römer wollen über sich weder einen Soldaten noch einen Despoten'; die des anderen lautete: ‚Caesar und Clodius kämpfen für das Volk von Rom und für die Demokratie! Für kostenloses Getreide an alle Bedürftigen und Würdigen!'

Eines Tages wurden auf der Via Appia die Kampfscharen Milos von den Banditen des Clodius überfallen, und in dem wüsten Handgemenge fand Clodius den Tod. Die Gesetzestreuen atmeten auf; der Mob war wütend. So enden zuchtlose Aufwiegler! dachte Cicero. Aber er war entsetzt und bedrückt darüber, daß eine solche Gewalttat nötig geworden war und daß man Clodius nicht hatte vor Gericht stellen können. Der schwächliche Senat und selbst die Volkstribunen hatten zu seinen Verbrechen geschwiegen und sich damit an seinem Tode mitschuldig gemacht. Wie gewöhnlich stritt man sich im Volke lebhaft darüber, ob dem Clodius recht geschehen oder Unrecht widerfahren sei, und wie gewöhnlich war nach wenigen Tagen alles vergessen.

Die Großen Spiele nahten, und es begann ein wildes Wetten auf die neuesten Gladiatoren, Ringer, Boxer, Diskuswerfer, Wagenlenker, Speerschleuderer und Läufer. Der Tod des Clodius mit allen Begleitumständen und Folgen trat an Bedeutsamkeit weit zurück hinter dem hartnäckigen Gerücht, zwei Ringer hätten Bestechungsgelder genommen. Die Hungersnot war vorbei. Auch die niedrigen Bevölkerungsschichten waren jetzt verhältnismäßig gut gestellt und konnten sich beträchtliche Wettsummen für ihre Lieblinge leisten. Die Nachrichtenblätter brachten hauptsächlich leidenschaftliche Erörterungen über die zu erwartenden Sportereignisse und nur wenige andere Neuigkeiten. Eines Tages allerdings veröffentlichten sie die kurze Meldung, in Gallien sei ein großer, von einem dortigen Volkshelden namens Vercingetorix geführter Aufstand durch Julius Caesar unterdrückt worden, und ‚unser großer Heerführer' sei dadurch ein verehrungswürdiger Heros geworden. Da Caesar zur vollen Wiederherstellung der Ordnung weiter in Gallien bleiben mußte, benutzte Pompejus die günstige Gelegenheit, erklärte sich zum alleinigen Konsul Roms und ließ sich aus handfesten militärischen Erwägungen die Statthalterschaft in Spanien übertragen.

‚Bald werden der Löwe und der Bär sich ineinander verbeißen', schrieb Cicero einem Freunde. ‚Wird sich dabei Rom als lachender Dritter erweisen? Ich bezweifle es.'

„In die Politik mischen wir uns nicht", erklärten Ciceros Standesgenossen, die ‚neuen Männer' des Mittelstandes, die Anwälte, Ärzte, Geschäftsleute, Gewerbetreibenden, Baumeister. „Rom blüht und gedeiht in Ruhe und Frieden. Wir haben unsere Villen auf Capreae, unsere Rennboote, unsere Stadthäuser, unsere Dienerschaft, unsere hübschen Geliebten, unseren Reichtum und Luxus. Wir beschwören dich, Cicero: Verdirb uns nicht die gute Laune mit deinem Lamento! Rom ist auf dem besten Wege zur Wohlstandsgesellschaft, zum Sozialstaat, in dem für alle Bürger vorgesorgt ist."

In verzweifelter Stimmung begann Cicero an seinem Buch ‚Über die Gesetze' zu schreiben, worin er die geltenden Rechtsvorschriften zu sammeln und sowohl philosophisch wie historisch zu fundieren versuchte. Atticus bewunderte dieses gelehrte Werk sehr. „Aber wer wird es lesen?" fragte er. „Für Rechtswissenschaft haben die Römer nichts mehr übrig. Dazu sind ihre Bäuche zu dick geworden." Als gewissenhafter Verleger beschloß er jedoch, das Buch herauszugeben. „Das bin ich der Nachwelt schuldig", erklärte er. Cicero lächelte traurig und meinte, die Nachwelt lerne nie etwas. Zum Erstaunen von Verfasser und Verleger fand das Buch guten Absatz, und sogar Caesar rühmte es in hohen Tönen. „Was stimmt denn an dem Buche nicht?" fragte Cicero mit säuerlicher Miene. „Für meine geistigen Kinder bedeutet Caesars Lob den Todeskuß."

Nicht einmal in seiner Häuslichkeit fand er jetzt Frieden. Über die Dinge, die in seinem Familienbereich geschahen, vermochte er nicht hinwegzusehen. Terentia wurde immer kritteliger und unsteter. „Wer rastet, der rostet", hielt sie ihm vor. „Warum bemühst du dich nicht vorwärtszukommen? Das ist deine Pflicht und Schuldigkeit als Familienvater." Die Ehe seiner Tochter mit Dolabella gestaltete sich anscheinend nicht glücklich. Tullia antwortete zwar auf die drängenden Fragen des Vaters nur lächelnd, sie könne sich nicht beklagen, war jedoch sichtlich bedrückt. Quintus sagte zu seinem Bruder über Julius Caesar: „Als Feldherr ist er dem Pompejus überlegen. Obwohl er hauptsächlich Politiker ist, sind seine militärischen Entscheidungen immer ausgezeichnet." Bei dieser Gelegenheit sprach er zum erstenmal nicht abfällig über einen Politiker. Auf eine Erörterung der Lage in Rom ließ er sich nicht ein. „Die Dinge nehmen eben ihren natürlichen Verlauf", wich er aus. Kluge Männer, so meinte er, gäben in verworrenen Zeiten die Politik auf. Auch Marcus möge sich auf seine Tätigkeit als Senator und als Augur, auf seine Bücher und seine Schriftstellerei beschränken. „Ist das in deinem Alter nicht genug Beschäftigung?"

Cicero erwiderte mit einem Zitat: „Vernehmet des Herren Wort! Einen Rechtsstreit hat Gott mit den Bewohnern des Landes. Denn es ist keine Treue und Liebe, keine Gotteserkenntnis mehr im Lande. Es herrschen Gefluch und Lüge, Mord und Diebstahl, Ehebruch und Gewalttat. Und Blutschande reiht sich an Blutschande. Aber es kommen die Tage der Heimsuchung; es naht die Zeit der Vergeltung. Wer wird dir dann helfen, o Land? Wo sind deine Führer, daß sie dich schützen?"

„Von wem stammt das?" fragte Quintus mißtrauisch.

„Von einem jüdischen Propheten, über den Noah mir geschrieben hat."

„Ach, Noah! Der Schauspieler und Stückeschreiber!" sagte Quintus.

Dann erhielt Cicero aus Jerusalem einen Brief in fester Handschrift. Lea, Noahs Frau, gab in traurigen Worten den Tod ihres Gatten bekannt. ‚Bis zum Ende hat er von Dir geredet', schrieb sie. ‚Er bat mich, Dir auf Deinen künftigen Lebensweg ein Trostwort mitzugeben, das unser Gott zu einem seiner Propheten gesprochen hat: Fürchte dich nicht, denn ich bin mit dir. Sieh dich nicht ängstlich um, ich bin ja dein Gott. Schreitest du durch Wasser – ich bin bei dir; durch Ströme – sie werden dich nicht mit sich reißen. Gehst du durch Feuer – du wirst nicht verbrennen, nicht einmal versengen wird dich die Flamme. Denn ich, der Herr, dein Gott, halte dich an deiner Rechten.'

„Warum weinst du?" fragte Terentia.

„Die Erde ist ärmer geworden", antwortete Cicero. „Sie hat einen guten Menschen verloren. Und solche Verluste können wir uns nicht leisten."

LXIII

„Die Jahre, die man verlebt hat, ziehen sich immer weiter zurück", sagte Cicero sehr müde zu einem seiner Freunde. „Angeblich verfliegt einem die Zeit um so rascher, je älter man wird. Aber nein, die Vergangenheit entflieht vor einem. Wo ist der gestrige Tag, der verflossene Monat, das abgelaufene Jahr? Ich kann mich ihrer nicht erinnern!"

Warum er als Prokonsul zum Statthalter der damals auch Zypern umfassenden Provinz Kilikien an der Südostküste Kleinasiens bestellt wurde, war ihm – trotz aller Beteuerungen seiner Freunde, es handle sich um eine schmeichelhafte Auszeichnung – ziemlich unerfindlich. „Offenbar will mich jemand für eine Zeitlang abschieben", erklärte er, ohne sich etwas vorzumachen oder vormachen zu lassen. Aus seinem Amtssitz

Laodikeia schrieb er dann an Atticus: ‚Du glaubst gar nicht, wie widerwärtig mir die ganze Geschichte ist. Der Saumsattel wird dem Ochsen auferlegt; aber mir paßt er ganz und gar nicht. Ich vermisse das Licht Roms, das Getriebe des Forums und der Hauptstadt, mein Heim, Euch! Doch ich will es tragen, so gut es geht, wenn es bloß mit einem Jahre abgetan ist! Ich bin aufgeregt genug darüber, daß ich für so lange die dortigen Vorgänge aus den Augen verliere.'

Gegen Terentias Einspruch hatte er den jungen Marcus mitgenommen, da er den Einfluß der Mutter auf den von ihr verhätschelten Knaben für schädlich erachtete. Auch Quintus, der gerade auf Urlaub war, begleitete ihn samt seinem eigenen Söhnchen. Bald erkannte Cicero, daß es in Kilikien viel für ihn zu tun gab, weil die Provinz von seinen Vorgängern ausgeplündert und zugrunde gerichtet worden war. Nach neun Monaten konnte er seinem Freunde Atticus stolz berichten:

‚Bei den Gerichtstagen, die ich hier abgehalten habe, wurden von mir erstaunliche Erfolge erzielt. Eine ganze Reihe von Gemeinden ist vollständig schuldenfrei geworden; für viele andere wurde die Schuldenlast wesentlich erleichtert. Alle haben jetzt ihre eigenen Gerichte und leben nach ihren eigenen Gesetzen; im Wiederbesitz der Selbstverwaltung sind sie richtig aufgelebt. Die Möglichkeit, ihre Schuldenlast abzustoßen oder zu erleichtern, verschaffte ich ihnen durch die folgenden zwei Maßnahmen. Einmal dadurch, daß in meinem Verwaltungsbezirk überhaupt kein Aufwand für meine Person gemacht wurde – und wenn ich „kein" sage, so meine ich es wörtlich, auch nicht eine Drachme! Es ist kaum zu glauben, wie die Gemeinden sich dadurch erholt haben. Dazu kam eine zweite Maßnahme. In den Gemeinden stieß ich auf riesige Unterschlagungen durch die Griechen selbst, durch ihre eigenen Beamten. Ich nahm mir diese Leute vor. Sie gaben ihre Verfehlungen offen zu und erstatteten, ohne entehrt werden zu müssen, aus eigenem den geschädigten Gemeinden die ihnen entzogenen Gelder zurück. Daraufhin zahlten die Gemeinden ohne Murren den Steuerpächtern, an die sie im letzten Fünfjahrsabschnitt nichts abgeführt hatten, sogar die Restschuld aus dem vorangegangenen Lustrum. So bin ich auch bei den Steuerpächtern lieb Kind. Meine sonstige Rechtsprechung ist gleichfalls verständnisvoll, mild und entgegenkommend, und ich ernte hier nur lauter Lob und Dank.'

Das heiße und trockene und aromatische Klima linderte sein Rheuma. Mit besonderem Eifer ging er seiner Lieblingstätigkeit nach: der Durchsetzung von Recht und Billigkeit. Auch für seine Schriftstellerei fand er Zeit. Er genoß die Gesellschaft von Bruder, Sohn und Neffe. Er bedauerte, daß sein manierlicher Sohn immer mehr in das Fahrwasser seines Vetters, des verwegenen, hochfahrenden Quintus geriet, des Augapfels seines soldatischen Vaters. „Du mußt mehr auf deine Unabhängigkeit bedacht sein", mahnte er, und der junge Marcus erwiderte ihm wichtigtuerisch: „Quintus hat für griechische und römische Kunst nicht viel übrig und für Philosophie gar nichts. Ich belehre ihn." Cicero glaubte diesen Worten. Während er mit seinen Verwaltungsaufgaben und, vom Bruder unterstützt, mit der Befriedung aufrührerischer Bergstämme beschäftigt war, hielten ihn Freunde über den immer verworreneren Gang der Ereignisse in Rom auf dem laufenden.

Pompejus und Caesar waren nun Todfeinde. Der Soldat Pompejus mochte zwar Zivilisten verachten, erstreckte aber diese Einstellung nicht auch auf die Senatoren. Er war sogar Vertrauensmann des Senats geworden und beeinflußte diese Körperschaft entscheidend. Auch in ihrem – übrigens berechtigten – Mißtrauen gegen seinen Nebenbuhler bestärkte er sie. Es hieß, er und der Senat fürchteten in gleichem Maße die ehrgeizigen Pläne Caesars und arbeiteten gemeinsam darauf hin, ihn nicht nur seines militärischen Kommandos zu entheben, sondern auch wegen angeblicher Verfassungsverletzungen während seines Konsulats anzuklagen und so seine neuerliche Bewerbung um diese höchste Würde zu hintertreiben. Wenn Caesar aber, so überlegte Cicero, einmal Privatmann wurde, war er schutzlos der Strafverfolgung preisgegeben, und das konnte nicht gut ausgehen.

Der Machtkampf wurde immer offener und für Rom gefährlicher. Die Legionen erklärten sich teils für Pompejus, teils für den viel facettenreicheren Caesar. Betroffen sagte Cicero zu seinem Bruder: „Ich verstehe das alles nicht! Die Staatsgewalt liegt doch in den Händen des Senats, der Volksversammlung, der Tribunen, der Konsuln. Was haben zwei Militaristen wie Pompejus und Caesar damit zu tun?" Aber er wußte, daß eine verfallende Republik zur Beute von Ehrgeizlingen werden mußte. Er schrieb seinem Freunde Marcus Caelius Rufus, einem jungen Politiker in Rom, einem Klatschbruder, der überall herumhorchte, und bat ihn um nähere Einzelheiten. Caelius berichtete: ‚Die Frage, um deren Entscheidung die Machthaber kämpfen, spitzt sich auf folgendes zu: Pompejus ist entschlossen, eine Wahl Caesars zum Konsul nur dann zuzulassen, wenn er Heer und Provinzen abgibt. Caesar aber ist überzeugt, sich nicht halten zu können, sobald er seine Armee aus der Hand läßt. Jedoch macht er den humorvollen Vermittlungsvorschlag, beide sollten sich ihrer Streitkräfte entäußern.'

Caelius hielt seinen Freund für einigermaßen naiv, als Cicero ihm aufgebracht schrieb: ‚Bei inneren Schwierigkeiten und Meinungsverschiedenheiten sollten die Bürger, solange der Zwist ohne Waffengebrauch auf dem Boden der Verfassung ausgetragen wird, sich von selbst auf die Seite jener schlagen, die ihnen im Recht zu sein scheinen. Kommt es aber zu Krieg und Waffenlärm und zu Machtkämpfen, in denen ein Heerführer den anderen bedroht, dann muß sich die bürgerliche Rechtsgewalt einschalten und dem ganzen gefährlichen Unsinn Halt gebieten.'

In seinem friedlichen kilikischen Winkel schien ihm ein Bürgerkrieg zwischen Pompejus und Caesar unvorstellbar. Noch immer klammerte er sich an seine Auffassung von dem unbedingten Vorrang des Gesetzes in einer Republik. Politisch neigte er dem Pompejus zu, der vom Senat und von den ehrenhaften Mittelständlern und allen gesetzestreuen Bürgern gestützt wurde. Aber was hatte Scaevola ihm vor langer Zeit einmal gesagt? „Das Gesetz ist eine Hure, die ihre Gunst dem Liebhaber mit dem prallsten Geldbeutel schenkt.'' Eine solche Einstellung bedeutete für Cicero den Untergang eines Volkes, den unwiderruflichen Sturz in Despotie und Chaos. Aber mochte er auch mit Pompejus viele Ansichten teilen, er liebte ihn nicht. Caesar dagegen liebte er, obwohl er ihn gleichzeitig fürchtete und seine Politik mißbilligte.

So befand er sich in einem schweren seelischen Zwiespalt, als er am Ende seiner Statthalterschaft Kilikien verließ und auf der Heimreise in seiner Villa in Formiae übernachtete. Dort erhielt er einen Brief seines Gewährsmannes Caelius, der ihm spöttisch berichtete, Caesar rechne bestimmt damit, die Macht in Rom an sich reißen zu können, und zwar ohne Krieg. ‚Er hat bei seinen Feldzügen und Plünderfahrten unglaubliche Mengen Gold angehäuft. Mit Gold aber kann man sich die Gesetze kaufen, und auch die Menschen.'

Als Cicero nach Rom zurückkam, suchte er gleich Caesar in dessen Villa am Stadtrand auf. Julius zeigte sich hocherfreut über das Wiedersehen und umarmte seinen Besucher innig. „Wo du hinkommst, teuerster Freund, dorthin bringst du Wohlfahrt und gute Verwaltung!'' rief er. „Wahrlich, dich sollte man zum Diktator Roms machen! Du würdest im Handumdrehen den Staatsschatz füllen und auch den Frieden wiederherstellen.''

„Den ihr gestört habt'', bemerkte Cicero. „Warum legt ihr nicht beide – du und Pompejus – die Waffen nieder und versöhnt euch?''

„Ach'', seufzte Julius, „Pompejus ist ein echter Militarist. Und diesem Menschenschlag hast du ja selbst seit jeher mißtraut. Ich gelte zwar jetzt in Rom als der beste Heerführer; aber im Herzen war ich nie wirklich Soldat. Deshalb verstehe ich mich gar nicht mit diesem Vollmondgesicht von Pompejus, der das Land mit dem Schwert in der Faust regieren möchte. Ihm ist jeder Zivilist anrüchig. Das ist es, was mich kränkt.''

„Julius, du hast nie im Leben die Wahrheit gesprochen'', sagte Cicero, und Caesar lachte belustigt.

Knapp vor den Saturnalien ordnete der Senat an, beide Nebenbuhler hätten die Waffen niederzulegen. Caesar begrüßte den Erlaß nach außen hin mit Begeisterung, und das Volk jubelte ihm zu, weil man allgemein einen Bürgerkrieg befürchtet hatte. Aber Pompejus ließ sich nicht täuschen. Als früherer Freund und Schwiegersohn kannte er Caesar zu gut und sah sich gegen seine Schliche vor. Er erklärte dem Senat: „Ich lege meine Waffen, den einzigen Schutz für Roms rechtmäßige Ordnung, erst nieder, wenn Caesar sich ins Privatleben zurückzieht. Daß er nochmals Konsul wird, dulde ich nicht." Er habe, so berichtete er dem Senat, von Auflehnungen in Caesars Armee gehört; einer seiner Legaten, Titus Attius Labienus, sei sogar bereit, zur Senatspartei überzugehen. Die Senatoren sagten zueinander: „Jetzt handelt es sich nicht mehr um einen Zwist zwischen Pompejus und Caesar, sondern um einen Kampf zwischen dem Rechtsstaat und Caesar." Der Senat setzte nun einen Tag fest, an dem Caesar die Waffen niederlegen und seine Provinzen verlassen mußte, weil er sonst zum öffentlichen Feind erklärt werden würde. Um diesem Beschluß Nachdruck zu verleihen, erklärte der Senat den Staatsnotstand – unter der Ägide des Pompejus!

Wieder ging Cicero zu seinem Jugendfreund und beschwor ihn im Namen Roms einzulenken. Julius hörte ihn an und erwiderte in so offenherzigem Tone, daß Cicero unwillkürlich aufhorchte: „Ich wünsche den Bürgerkrieg nicht, Marcus! Mögen die Götter uns vor ihm bewahren! Aber um dir die Wahrheit zu sagen, meine persönliche Sicherheit hängt jetzt von meinem Heere ab. Pompejus trachtet mir nach dem Leben. Mag er doch am gleichen Tage, der mir vorgeschrieben wurde, auch selbst die Waffen niederlegen! Wir wollen uns ebenbürtig gegenübertreten!" Mit leisem Lächeln fügte er hinzu: „Dann werde ich leichtes Spiel mit ihm haben."

Cicero begab sich zu Pompejus und redete auch ihm ins Gewissen. Er schlug ihm eine persönliche Begegnung mit Caesar vor. Der General hörte ihn verdrossen an, trank mit bedächtigen Schlucken Wein und starrte in die Luft. Dann sagte er: „Wir beide, du und ich, kennen Caesar lange genug. Oft hat er sogar dich mit seinem Zauber betört, und dabei bist du ein Verstandesmensch. Jetzt möchte er mir durch lügenhafte Beteuerungen den Kopf verdrehen. Glaubst du, er hat jemals auch nur für einen Augenblick seine ehrgeizigen Pläne, Roms Alleinherrscher zu werden, aufgegeben? Mir ist die rechtmäßige Regierung mit Senat, Volksversammlung und Tribunen lieber, mag sie auch noch so schwerfällig, schwach und schwankend sein. Caesar mißachtet jedes Gesetz außer dem eigenen, das weißt du ja genau, Marcus."

Cicero glaubte diesen Worten. Pompejus besaß nicht die zur Verstellung nötige Einbildungskraft, und als Soldat liebte er sicherlich die Ordnung. Mit Caesar und Crassus, und wahrscheinlich sogar mit Catilina, hatte er sich seinerzeit nur deshalb in Absprachen eingelassen, weil ihm damals bloß hartes Kriegsrecht die Befriedung Roms gewährleisten zu können schien. Aber persönliche Macht um der Macht allein willen hatte er nie angestrebt.

In diesen Tagen flüchteten, zu Ciceros Verblüffung, mehrere Volkstribunen offen zu Caesar, der ihnen als den Vertretern des Volkes seine besondere Hochachtung bekundete. Der Senat ächtete diese Männer. Caesar war darüber empört oder tat wenigstens so. In Ravenna hielt er eine Ansprache an die ihm ergebenen Legionen, erklärte sich als ‚Hüter des Gesetzes' und behauptete, der Senat habe durch die Ächtung der Tribunen, der ‚Vertreter des schlichten römischen Volkes', das Gesetz verletzt und damit eine höchst anmaßende Mißachtung für den ganzen Staat an den Tag gelegt. „Eine Handvoll ungebärdige Männer versucht, uns unter Druck zu setzen!" rief er. „Man hat uns verraten! Ich verteidige die Freiheit des römischen Volkes und die Würde der Tribunen. Im Vergleich damit betrachte ich das, was der Senat und Pompejus mir persönlich angetan haben, als belanglos." Er vergoß Tränen; die zu ihm übergegangenen Tribunen und die Legionäre taten desgleichen. Als Cicero davon erfuhr, sagte er mit bitterem Spott: „Er ist seit jeher ein Schauspieler, der beste in ganz Rom!"

In diesem Jahre war der Winter besonders streng und schneereich. Zu solchen Zeiten wurden militärische Operationen gewöhnlich unterbrochen. Pompejus, der Mann mit der geringen Einbildungskraft, glaubte, auch der jetzt fern von Rom weilende Caesar werde sich an diese Regel halten. Schließlich war es doch so der Brauch! Aber Winter und Brauch galten Caesar nichts. Cicero schrieb über ihn an Atticus: ‚Er hat außerordentlich rasch gehandelt. Er ist ein Mann von erschreckender Umsicht und Tatkraft. Den Pompejus aber vermag ich nicht aufzurütteln; er vertraut auf die Regel von den Jahreszeiten!'

Alles andere ist handfeste Geschichte. Caesar setzte sofort seine ihm vom gallischen Feldzug her anhänglichen Truppen gegen Ariminum an der Adriaküste in Marsch. Auf dem Wege dorthin überschritt er mit seiner bewaffneten Macht den Rubikon, das Grenzflüßchen zwischen Provinz und Staatsgebiet. Diese Verletzung der geltenden Vorschriften und erste Bürgerkriegshandlung begleitete er mit einem Vers seines griechischen Lieblingsdichters Menander: „So sei nun der Würfel geworfen!"

Seine Kundschafter hatten ihm berichtet, die norditalischen Städte stünden auf seiner Seite. In der Tat drang er mit seinen ihm begeistert zujubelnden Legionen blitzschnell und unaufhaltsam nach Süden vor. Eine senatorische Streitmacht wurde von ihm in der Abruzzenstadt Corfinium eingeschlossen und ergab sich ohne viel Widerstand, worauf er den Anführern die Freiheit schenkte und die Soldaten in das eigene Heer einstellte. Er erklärte, dies sei die neue Art zu siegen: während früher die Sieger wegen ihrer Grausamkeit dem Haß nicht entfliehen konnten, wolle er sich durch Erbarmen und Großherzigkeit sichern. Tatsächlich verfehlte diese ‚Milde von Corfinium' ihre Wirkung nicht. Nun eilte er der

Küste entlang gegen Brundisium, wohin die Konsuln und Pompejus sich mit einer Heeresgruppe begeben hatten, um schleunigst nach Griechenland auszuweichen und in Makedonien neue Truppen auszuheben. Auf alle mögliche Weise, jedoch vergebens, versuchte Caesar, sie an der Abfahrt nach Dyrrhachium zu hindern. Dann aber rückte er gegen Rom vor.

Auf die Kunde davon rief Cicero verzweifelt aus: „Julius ist verrückt, dieser Wicht!'' Völlig aus der Fassung geraten, beschloß er, sich nach Dyrrhachium zu Pompejus zu begeben. Terentia schrie ihn an: „Jetzt ist es aus! Du bist nicht mehr mein Gatte! Du läßt deine Familie treulos im Stich!'' Cicero erwiderte: „Ich darf vor allem Rom nicht im Stich lassen. Gott und Vaterland müssen für einen Mann das erste in seinem Leben sein. Wertvolleres hat er nicht.''

Auf dem Wege zu Pompejus schrieb er seinem Freunde Atticus: ‚Was ich wünsche, ist nur Friede. Aus dem Sieg Caesars würde eine Tyrannei hervorgehen. Eine seltsame Tollheit hat nicht nur böse, sondern auch als redlich geltende Männer ergriffen, so daß alle nur zu kämpfen begehren, während ich, ich allein, vergebens laut verkünde, daß nichts ärger ist als ein Bürgerkrieg, und nichts frevelhafter.'

Er liebte Pompejus nicht sonderlich. Er hatte seine Entschlußkraft anzuzweifeln begonnen. Aber jetzt blieb ihm keine Wahl. Pompejus stand auf der Seite von Verfassung und Recht; Caesar hatte durch seinen bewaffneten Einfall in Italien die Gesetze verletzt. ‚Wer auch immer gewinnt', schrieb er seinem Verleger traurig, ‚die Republik ist jedenfalls tot. Ich kann nur hoffen, daß man durch Unterstützung des Pompejus wenigstens einiges von den Freiheiten des Volkes retten kann.' Ihm war klar, daß er mit dieser Unterstützung sein Leben aufs Spiel setzte; doch das focht ihn nicht mehr an. Immerhin schrieb er an Atticus: ‚Wie wird Caesar in meiner Abwesenheit gegen mich und mein Eigentum vorgehen? Offenbar gewalttätiger als seinerzeit Clodius, weil er sich davon eine Erhöhung seiner Volkstümlichkeit erwartet.'

Er wußte, daß es in der Hauptstadt jetzt nur ganz wenige Menschen gab, die ihn wirklich liebten. Von vielen Senatoren argwöhnte er, daß sie heimliche Parteigänger Caesars waren. Er selbst hatte in Rom der Unterstützung des Pompejus so viel Zeit gewidmet, daß seine Anwaltspraxis wiederum darniederlag. Auch seine Geldanlagen hatte er vernachlässigt. Er wollte vor allem dem Volke dienen. Dieses Volk aber wandte sich nun, besonders nach seiner nicht gern gesehenen Abreise zu Pompejus, großenteils von ihm ab und sah jetzt sein Idol in Caesar. ‚Immer wieder', schrieb Cicero seiner Frau, ‚mißachten die Pöbelmassen Gesetz und Ordnung und lassen sich von der großartigen Erscheinung eines Tyrannen blenden. Besonders gern haben sie einen Gaukler, der ihnen schmeichelt, und vollends liebevoll schließen sie einen Übeltäter ins Herz.'

Aber er kam mit seiner kompromißfreudigen Wesensart nicht ins reine. Zu Pompejus war er als Verteidiger des Friedens gegangen. Doch er konnte seine persönliche Zuneigung für Caesar nicht völlig verleugnen, und durch seine Träume geisterten Jugenderinnerungen. Manchmal fuhr er mit Schreck aus dem Schlaf, weil ihm geträumt hatte, Julius sei ermordet worden. Dann dachte er: Das wäre doch herrlich für Rom! Aber ihm wurde schwer ums Herz, und er wartete ungeduldig auf günstige Nachrichten über das Befinden seines Jugendfreundes.

Pompejus konnte ihn nicht verstehen. „Du haßt alles, was Caesar vertritt. Aber mir scheint, um ihn persönlich sorgst du dich eifrig und wünschst ihm langes Leben." Darauf entgegnete Cicero bekümmert: „Die Liebe ist eine große Verräterin. Der Rechtlichkeitssinn hat seine Forderungen. Doch gegen ihn erhebt die Liebe ihre Stimme." Und an Atticus schrieb er: ‚Ich würde für Pompejus sterben. Aber bei alledem sehe ich ihn nicht als ausschließlichen Sammelpunkt der Aussichten für die Republik.' Er wußte, daß die Republik tot war. Trotzdem hoffte er; und auch die Hoffnung konnte, das war ihm bewußt, eine große Verräterin sein. „Ich wünsche den Frieden um jeden Preis", behauptete er und fragte sich im stillen, ob nicht auch das ein Selbstbetrug war. Tausend Strömungen rissen ihn hin und her.

Er machte eine Entdeckung, die schon vor ihm viele redliche, weise Männer gemacht hatten: daß es sinnwidrig war, von den Menschen Bedachtsamkeit und Tugendliebe zu erwarten. Vor allem jedoch war es unvernünftig, von ihnen vernünftiges Handeln zu erwarten. Sicherlich konnte, wie Scaevola es oft gesagt hatte, nur ein ausgemachter Dummkopf den Unterschied zwischen Gut und Böse, zwischen Vernunft und Irrsinn verkennen. Aber, so dachte Cicero, hatte Scaevola je die Anzahl der Dummköpfe auf Erden festgestellt? Jedenfalls waren sie weit gefährlicher als die Bösewichter, denen sie erst durch ihren Beifall Gewicht und Ansehen liehen.

Caelius schrieb ihm: ‚Hast Du jemals eine größere Niete gesehen als Deinen Freund Pompejus? Und hast Du je von einem Mann gelesen, der rascher im Handeln und maßvoller in der Ausnützung des Sieges gewesen wäre als unser Freund Caesar?' Der arme Cicero war geneigt, diesem Urteil beizupflichten, und begann mit kritischem Auge die Tatsache zu sehen, daß Pompejus seinem Gegner die Hauptstadt überlassen und sich nach Makedonien abgesetzt hatte. Er schrieb sogar seinem Bruder, Pompejus sei ‚ein armseliger Staatsmann und ein jämmerlicher Soldat'. Er zürnte dem Feldherrn seiner Wahl, dessen Streitmacht gegen die Truppen Caesars ins Hintertreffen geraten war. „Es ist manchmal besser, für eine gerechte Sache zu sterben, als sich für sie am Leben zu erhalten", bemerkte er zu dem Zauderer und erhielt die Antwort: „Es ist besser, für eine gerechte Sache zu siegen, als an sie das Leben zu verlieren."

Eine so geistreiche Entgegnung hätte Cicero ihm nicht zugetraut und überlegte, ob der General wohl seine Bemerkung richtig verstanden hatte. Pompejus sah ihn nachdenklich an und lächelte erbost. Dieser Cicero war für einen Tatmenschen und Soldaten eine richtige Nervensäge! fand er. Er schätzte ihn, verlor aber oft die Geduld mit ihm. Er dachte an den jungen Dolabella, der sich zu Caesar geschlagen hatte, und erkundigte sich spöttisch: „Wo ist denn dein Schwiegersohn?" Unmutig entgegnete der Gefragte: „Bei deinem Schwiegervater." Die Zeugen dieser Stichelei unterhielten sich köstlich dabei. Doch Cicero verstand in letzter Zeit keinen Spaß mehr, und Pompejus liebte nicht unwirsche Entgegnungen. Da er überdies bei Cicero in der Kreide stand, argwöhnte er — zu Unrecht übrigens —, sein Gläubiger mache sich Sorgen, er könnte durch überflüssige Ausgaben zahlungsunfähig geworden sein. „Wir werden schon losschlagen", erklärte er gereizt. „Du bist doch Augur. Sag mir den günstigsten Zeitpunkt!"

Niemandem von euch würde ich so etwas sagen! dachte verärgert Cicero. Er verging vor Sehnsucht nach Rom und machte sich manchmal schwere Vorwürfe darüber, daß er nach seiner Verbannung überhaupt wieder in die Politik eingetreten war. ‚Bei Politikern weiß man nur eines bestimmt', schrieb er seinem Bruder Quintus, der jetzt in Caesars Heere diente, ‚nämlich, daß man nie bestimmt wissen kann, wie man mit ihnen daran ist. Wünsche ich dem Caesar oder dem Pompejus den Tod? Keinem von beiden! Ich wünsche nur, sie mögen aufhören, das Land zu entzweien. Ich bin zwar zu Pompejus gegangen, weil er mir auf der richtigen Seite zu stehen schien. Was jedoch zum Bürgerkriege führt, ist keine gute Sache, mag man ihre Berechtigung noch so sehr hinausposaunen. Meine Meinung über Caesar kann ich Dir nicht mitteilen, weil er Dein General ist und weil man Dir sogar das Lesen meiner Meinungsäußerung als Hochverrat anrechnen könnte.'

Da Quintus um Zukunft und Leben seines Bruders besorgt war, zeigte er nach einigem Zögern den Brief seinem Befehlshaber und sagte lachend: „Mein armer Bruder kennt sich gar nicht mehr aus. Jetzt ist ihm Pompejus auch schon zuwider. Aber er weiß nicht, wie er die verfahrene Karre aus dem Dreck ziehen soll. In seinem ganzen Leben hat er immer mit riesiger Begeisterung unmögliche Ziele ins Auge gefaßt. Man braucht nur an Livia zu denken."

„Er soll doch einfach nach Rom zurückkommen, und erledigt! Andere werden es ihm nachmachen", erwiderte Caesar, der Ciceros Brief ebenso rührend wie lächerlich fand. „Ich werde meinen armen Marcus immer gern haben. Er ist dauernd auf der Suche nach der Redlichkeit und will nicht einsehen, daß es sie auf dieser Welt nirgends gibt."

Mit Bitterkeit dachte Cicero: Zwischen dem unerschütterlichen Ratschluß Gottes, dem Menschen seinen freien Willen zu belassen, und dem Vorhaben des Menschen, Böses zu tun, scheint ein rätselhafter Widerspruch zu bestehen. Noah hat von der göttlichen Allwissenheit gesprochen. Als Allwissender hat Gott bei der Erschaffung des Menschen auch gewußt, daß sein Geschöpf freveln würde. Ist also Gott auch der Schöpfer der Frevelhaftigkeit?

Diese uralte Frage, die schon die jüdischen Weisen und Propheten bedrängt hatte, verfolgte nun auch Cicero, während er im Feldlager bei Dyrrhachium darauf wartete, was Pompejus tun und ob er sich überhaupt zu etwas entschließen würde. Neuerdings trauerte er sehr um Noah, der ihm oft Trost zugesprochen hatte. Hier im Feldlager schien der alleinige Gott, den sein Freund ihm nahegebracht hatte, sich hinter das Himmelsgewölbe zurückgezogen zu haben. Nur die römischen Götter blieben, rachsüchtige und lüsterne Götter, denen der Mensch bloß ein Zeitvertreib war, über den sie aus vollem Halse lachten. Und doch ließ sich mit ihnen leichter leben als mit dem widersprüchlichen einzigen Gott. Sie nahmen oft Menschengestalt an und teilten so die menschliche Natur. Aber der einzige Gott war nie Mensch geworden. Die Juden behaupteten, eines geheimnisvollen Tages werde er es tun und durch eine Jungfrau zur Welt kommen. Der Unbekannte Gott! Ja, wahrhaftig, unbekannt würde er für immer bleiben!

Während Cicero in dem freudlosen, von Unrast erfüllten Feldlager des Pompejus, durch Zweifel und Verzweiflung geplagt, dahinkümmerte, kam er sich wie Sisyphos vor: endlos mußte er über eine Berglehne einen schweren Marmorblock hinaufwälzen, der ihm immer wieder mit Donnergepolter entrollte. Der Strom von Ciceros Gedanken mündete nur in ein Meer der Müdigkeit. Alle Hoffnung, Pompejus mit Caesar versöhnen zu können, war dahingeschwunden. Er sah keinen anderen Ausweg mehr als den blutigen, tödlichen Bürgerkrieg. Sein Leben war eine einzige lange Kette von Mißerfolgen gewesen. Alles schlug ihm fehl. Seine Frau schrieb ihm nicht mehr. An seinen Sohn schickte er fast täglich Briefe und erhielt nur selten Antwort. Tullia schrieb ihm; aber sie stak jetzt in keiner guten Haut. Den Römern, die nun Caesar anhimmelten, galt ihr Vater als unnachgiebiger Starrkopf; in den Augen ihres Gatten Dolabella war er ein Narr. Für ihre Ehe wurde er – davon sagte sie ihm nichts – einer der Hauptgründe gegenseitiger Entfremdung. Sie schrieb ihm liebevolle Briefe, an denen ihn vor allem das bitter schmerzte, was sie unerwähnt ließ.

Die Winterkälte war nicht dazu angetan, seine jammervolle Stimmung zu heben. Er weigerte sich, dem Drängen seines Bruders zu folgen und nach Rom heimzukehren. Er müsse bei Pompejus bleiben, obwohl der General seinem Empfinden nach immer mehr versumpfe. Die beiden

Söhne des Pompejus, Gnaeus und Sextus, kamen aus ihren Garnisonen in Spanien auf kurzen Besuch in das Feldlager. Sie ähnelten dem Vater, besaßen aber nichts von dessen leidlicher Rechtschaffenheit; ihre Mienen verrieten eine gewisse Wildheit und Verschlagenheit, über die Cicero erschrak. Zufällig hörte er, wie sie ihren Vater fragten: „Warum duldest du es, daß dieser abgetakelte alte Advokat dich mit seiner Gegenwart und seinem Gequassel plagt?" Pompejus' Antwort: „Ich schulde ihm Geld und noch vielerlei anderes", hatte sein erkaltetes Herz für eine kleine Weile gewärmt.

Sein Haar war schlohweiß und trocken; seine Knochen schmerzten; sein Herz drohte vor Überanstrengung zu versagen. Wozu bin ich überhaupt auf die Welt gekommen? fragte er sich, und ihm fiel Hiob ein der den Tag seiner Geburt verflucht hatte. Er mußte an den zukunftsfreudigen tapferen Jüngling namens Marcus Tullius Cicero denken, dem Redlichkeit und Wahrheit unzerstörbare Werte gewesen waren, und er verwünschte fast seine Jugend mit ihren albernen Hirngespinsten. Zwischen jenem Jüngling, der unter den Bäumen der Insel geträumt hatte, und dem alternden Mann mit den zittrigen Händen bestand keine Brücke. Er wurde krank, an Leib und Seele.

Porcius Cato, der Cicero vor dem Senat unterstützt und Caesars Ränke verurteilt hatte, besuchte ihn in seinem Zelt, wo er sich auf einer Pritsche unruhig hin und her warf. „Unser armer Mittler, du hast das Schicksal aller Mittler erlitten", erklärte Cato mitfühlend. „Weißt du denn nicht, daß es zwischen Gut und Böse keine Versöhnung gibt?"

„Man kann doch nicht behaupten, auf der einen Seite wäre nur Gutes und auf der anderen ausschließlich Böses", erwiderte der unglückliche, vom Fieber schwitzende Cicero. „Man kann stets nur das geringere Übel zu wählen versuchen und das Beste hoffen. Aber diese Hoffnung trügt immer."

„Du hättest in Rom bleiben und deinen Einfluß auf Caesar ausüben sollen, der dich lieb hat."

„Du machst Witze", brummte Cicero. „Er hat niemanden lieb als sich selber. Pompejus liebt wenigstens Rom. Und einem Menschen, dem sein Vaterland mehr als alles andere bedeutet, kann man vieles nachsehen."

In dieser Nacht verfiel Cicero in Bewußtlosigkeit. Pompejus ließ seinen Leibarzt bei ihm. Der Kranke hatte schreckliche Träume. Er sah Pompejus auf einer weiten Reise zu einem Schlachtfelde in fremdem Lande. Er sah einen erbitterten Kampf, und mehrmals tauchte, obwohl Caesar selbst nicht anwesend zu sein schien, dessen Gesicht vor ihm auf. Dann sah er eine Hand mit einem Schlangenring am Finger sich in blutrote Dunkelheit strecken und einer anderen Hand eifrig und beflissen einen Dolch reichen, einer dunkelhäutigen Hand. Er sah Pompejus in treibenden Nebelfetzen. Die dunkle Hand hob sich und stieß ihm den

Dolch ins Herz. Wieder erblickte Cicero das Gesicht Caesars, und jetzt lächelte es leise. Er erwachte mit einem Aufschrei, und der Arzt sprach ihm beruhigend zu.

„Wo ist Pompejus?" fragte Cicero und versuchte die ihn festhaltenden Hände abzuschütteln. „Ich muß ihn warnen! Er wird auf Caesars Befehl ermordet werden, wenn er nicht von seinem Vorhaben absteht."

„Caesar ist weit weg", beschwichtigte ihn der Arzt, während er einen neuen Schlaftrank bereitete. Er sagte dem verstörten Kranken nicht, daß Pompejus eben jetzt im Kampf mit Caesar stand, der die Adria überquert hatte und Dyrrhachium belagerte. Die wenigen im Feldlager Zurückgebliebenen warteten verzweifelt auf Kuriere. Sie trösteten sich damit, daß Pompejus Berufssoldat war, Caesar aber nicht. Auch noch so glänzende Taktik nütze nichts gegen eine wohlgeschulte, an Zucht und Ordnung gewöhnte Streitmacht. Zwar habe auch Caesar einen Berufssoldaten in seinem Stab, den jungen Marcus Antonius; doch jeder wisse, daß Antonius sich bei seinen Entschlüssen von plötzlichen Antrieben leiten lasse.

Der Schlaftrank tat seine Wirkung, und Cicero verfiel wieder in tiefe Benommenheit. Er befand sich in einem buntfarbenen Garten voll Lilien und leuchtend blauen Blumen und mächtigen, in Herbstfarben flammenden Eichen. In der Nähe floß ein perlmutterschimmernder Fluß. Vogelstimmen füllten die Luft mit fröhlichem Gesang. Eine weiße Bogenbrücke schwang sich über den Fluß, und Cicero dachte: Bin ich auf der Insel? Er war entzückt über die Ruhe und Friedlichkeit des Bildes, das ihm vertraut und fremd zugleich schien. Er suchte die ihm bekannten Wege und fand sie nicht. Dann, als er den Kopf wandte, bemerkte er eine Gruppe von Zypressen, von der er wußte. Jetzt wurde seine Freude überschwenglich. Nun sah er über die Marmorbrücke eine schmächtige Frauengestalt heraneilen; vom Kopf flatterte ihr ein blauer Schleier, und der hübsche Körper war in Weiß gekleidet. Cicero öffnete stumm die Arme, und die Frau schmiegte sich an seine Brust und umarmte ihn auch selbst, und er erkannte Livias Gesicht, schön und lebendig, mit leidenschaftlich azurnen Augen und einem in der Sonne himbeerfarbenen Mund. Ihre Küsse waren wie Jasminhonig auf seinen Lippen. Er konnte sich nicht satt küssen. „Geliebteste", murmelte er, „mir hat etwas ganz Schreckliches geträumt: daß du tot bist, und ich ein weißhaariger, gebrochener Greis geworden bin."

„Mein Teurer", erwiderte sie mit jener Stimme, die er nie vergessen hatte. „Sei getrost! Es dauert nicht mehr lange. Der Himmel öffnet sich. Bald werden wir uns die Hände reichen und warten."

„Warten? Worauf?" fragte er und drückte sie an sich.

„Auf Gott", antwortete sie. Sie lächelte ihm zu, und ihr Lächeln war wie der Glanz des Sommermondes. Dann senkte sich Dunkel herab. Sie löste sich sanft aus seinen Armen, und er sah sie nicht mehr. Das ganze Bild verblaßte. Verzweifelt rief er: „Livia! Livia, Geliebte!“ Aber nun umgaben ihn nur mehr Nebelschwaden, und es war sehr kalt, und er stand allein da, ohne irgend etwas zu sehen. Er war vereinsamt und entsetzt. Mit ausgestreckten Armen taumelte er umher. Eine furchtbare Last senkte sich auf ihn. Schreckliche Müdigkeit bemächtigte sich seiner. Er erwachte.

Eine kalte, öde Frühwintersonne schien in das Zelt, und der Arzt war noch immer bei ihm. „Du hast fest und lange geschlafen“, sagte er freudig. „Und ich habe gute Nachrichten für dich. Caesar hat zwar – erschrick nicht! – Dyrrhachium besetzt. Aber die ihm überlegenen Truppen des Pompejus haben dann die Caesarianer besiegt und in die Flucht geschlagen. Der Feind ist im Rückzug auf Thessalien, wo Pompejus ihn bestimmt stellen wird. Bevor die Frühlingsblumen blühen, werden wir in Rom unseren Sieg feiern, und Friede und Ordnung werden wiederkehren.“

„Friede und Ordnung“, flüsterte der Kranke und wandte den Kopf ab. „Der Traum aller Menschen! Ein eitler, leerer Traum! Man ruft nach Frieden, stützt sich aber lieber auf das Schwert.“

Er dachte an Caesar, den der Senat zum öffentlichen Feind erklärt hatte. Sicherlich würde er nun als Hochverräter verurteilt und hingerichtet werden – Caesar mit dem jungen Pansgesicht und der lachenden Stimme, Caesar mit den in der Pilo-Schule gierig nach Leckerbissen ausgestreckten Kinderhänden, Caesar mit der Liebeserklärung einer Kinderstimme: „Ich habe dich gern, Marcus.“

„Warum in Tränen?“ fragte der Arzt.

„Wegen einer allgemein menschlichen Schwäche: wir müssen lieben, auch wenn diese Liebe unverdient ist“, erwiderte Cicero. Er schlief wieder ein und spann den Traum mit Livia weiter. Alles, was sich seit seiner Inseljugend zugetragen hatte, war nur ein schrecklicher Alpdruck gewesen, kräfteverzehrend, vergeblich, enttäuschend.

Aus Mitleid und achtungsvoller Rücksichtnahme erzählten die im Lager Zurückgebliebenen dem langsam genesenden alten Mann nichts von den schrecklichen Ereignissen, die nun Schlag auf Schlag folgten. Caesar errang in Thessalien bei Pharsalos einen überwältigenden Sieg. Pompejus floh nach Ägypten und wurde vor der Küste von einem unbekannten Soldaten niedergemacht. Als die Nachricht sich nicht länger verheimlichen ließ, sagte Cicero: „Mein Traum hat sich bewahrheitet.“

An Atticus schrieb er: ‚Pompejus war ausgezeichnet in der Heimat und bewundernswert in der Fremde, ein großer, ganz hervorragender Mann, Ruhm und Leuchte des römischen Volkes. Aber wie ich Caesar kenne, zweifelte ich nie daran, daß es ein solches Ende mit Pompejus nehmen würde. Ich kann nur den Tod eines unantastbaren, lauteren, ernsten Mannes aufs tiefste beklagen.‘

Man hinterbrachte ihm, Caesar habe bei der Besichtigung des Schlachtfeldes von Pharsalos weinend gesagt: „Pompejus wollte es so. Sogar ich, Caesar, wäre trotz vieler wackeren Taten zur Rechenschaft gezogen worden, wenn ich nicht die Waffen hätte sprechen lassen."

Auf diese Kunde erwiderte Cicero: „Immer hat er zuerst sein Vernichtungswerk getan und ist dann tugendhaft geworden. Jetzt sind wir endgültig verloren."

LXIV

Cicero mußte den Fluch des Mittlers erfahren: daß er beide Seiten eines Streitfalles sieht und deshalb nie seelischen Frieden finden kann. „Oh, könnte ich doch einfach glauben, Schwarz sei ungemischtes Schwarz und Weiß blütenreines Weiß!" rief er oft. Sein Traum von Livia war nur Fieberphantasie gewesen. Manchmal zankte er sich mit Cato und schrie: „Wir leben nicht in der Republik Platos, nicht einmal mehr in der römischen Republik! Wir leben inmitten der Barbaren der Romulus-Zeiten!" Er verabscheute die prunkliebenden Aristokraten der Geburt und des Geldes, die sich lieber ihren Vergnügungen und Wettkämpfen widmeten als der – ihnen nach Schweiß riechenden – Politik, und schrieb über sie: ‚Sie sind albern genug, zu glauben, daß ihre Fischteiche vom Zusammenbruch der Verfassung nichts zu befürchten haben.'

Der unselige Bürgerkrieg galt ihm als erledigt. Cato drängte ihn, nach dem Tode des Pompejus selbst den Kampf gegen Caesar anzuführen. Das gleiche legten ihm die Söhne des Generals nahe. Er lehnte mit erstauntem Lachen ab. „Der Krieg ist doch schon entschieden!" rief er. Sextus und Gnaeus Pompejus zogen sich aber nach Spanien zurück, um dort weiter gegen Caesar zu kämpfen. Cicero dagegen beschloß verzweifelt, nach Rom zurückzukehren, was auch immer ihn dort erwarten mochte, und wäre es der Tod. Die Nachricht von seinem Entschluß war ihm offenbar vorausgeeilt. Marcus Antonius schrieb ihm einen groben Brief, Caesar habe allen Pompejanern unter Todesstrafe die Rückkehr nach Rom verboten. Daraufhin ging Ciceros stets modisch gekleideter, stets lächelnder Schwiegersohn Dolabella zu Caesar und sagte ihm: „Herr, du hast immer meinen Schwiegervater geliebt und bewundert. Wir brauchen redliche Männer in Rom; sie sind wirklich spärlich gesät."

Caesar lachte. „Wenn wir etwas bestimmt nicht brauchen, so sind es redliche Männer! Die fürchte ich wie die Pest! Aber daß ich Cicero gern habe, damit hast du recht. Leider schlägt er sich aus Anständigkeit immer auf die falsche Seite. Aber schreib ihm, ich sehne mich danach, ihn als meinen lieben alten Freund in die Arme zu schließen!"

Dolabellas Schreiben erreichte Cicero nicht mehr. Er war inzwischen schon in Brundisium gelandet. Dort fand er einen Brief des Marcus Antonius vor, wonach Caesar aus Liebe zu ihm gütigerweise ein eigenes Edikt erlassen habe, das ihm die Heimkehr gestatte. Aber Cicero konnte sich zu keinem Entschluß durchringen; er war in eine seiner Anwandlungen von Wankelmut geraten, die Geißel aller bedachtsamen Menschen. Allerdings waren die allgemeine und seine persönliche Lage lähmend genug.

In Spanien hoben die Söhne des Pompejus neue Truppen aus, mit denen sie den Kampf gegen Caesar fortsetzen wollten. In Utica, der Hauptstadt der Provinz Africa, hatte der wegen seiner Tugend und Mannhaftigkeit bei den Römern sehr beliebte Cato Selbstmord begangen, ‚um meinen Augen den Anblick der Tyrannei in der Stadt meiner Väter zu ersparen'. In Ägypten kämpften die Legionen des Pompejus noch immer mit Caesars Streitkräften.

Ciceros persönliche Angelegenheiten waren hoffnungslos verworren. Terentia warf ihm in anklagenden Briefen vor, er könne sich nie zu etwas entschließen; sie gab ihm auch die traurige Kunde, die immer schon anfällige Tullia sei ernstlich erkrankt. Der liederliche Dolabella habe sogar ihre Mitgift durchgebracht, und sie sei völlig verarmt zu der Mutter zurückgekehrt. Der junge Marcus, ihre Freude und ihr Stolz, zeige ‚gewisse Anzeichen von Verschwendungssucht, die offenbar dem Fehlen der Vaterhand zuzuschreiben' seien. Mit den Vermögensanlagen sehe es schlimm aus. ‚Viele unserer tüchtigsten Sklaven mußte ich verkaufen.' Und an allen Mißständen, zu Hause und in der Öffentlichkeit, sei er schuld. ‚Niemals im Leben hast Du Dich zur richtigen Partei geschlagen!' nörgelte Terentia. In seinem Antwortbrief spottete er: ‚Den Bürgerkrieg habe offenbar auch ich angezettelt!'

In Ägypten hatte der junge König Ptolemaios seine Truppen mit denen des Pompejus vereint, um Caesar, der inzwischen dort gelandet war, vom ‚geheiligten Boden des Vaterlands' zu vertreiben. Es verlautete — und mochte wohl zutreffen —, der alternde Caesar sei in ein Liebesabenteuer mit der Schwester des Herrschers verstrickt, mit der jungen Kleopatra, von deren besonderer Schönheit man schon lange in Rom sprach. Sie habe sich mit Caesar allerdings nicht aus Liebe allein eingelassen; sie wünsche ihren Bruder und Mitregenten zu beseitigen und Alleinherrscherin über Ägypten zu werden. Cicero mußte an seine Vision von der schönen Frau denken, die er Caesar umarmen gesehen hatte.

Seinem geliebten Verleger Atticus, den er als seinen treuesten, ergebensten Freund schätzte, schrieb er aus Brundisium, wo er sich in einem bescheidenen Gasthof eingemietet hatte: ‚Du hast vollkommen recht damit, daß es keinen Ratschlag gibt, mit dem Du mir helfen könntest. Jedenfalls gibt es keinen Trost, der meinen Gram zu lindern vermöchte. Denn nichts an meiner Lage ist durch Zufall – was noch erträglich wäre – herbeigeführt worden. Alles habe ich selbst verschuldet, durch verfehlte Entschlüsse in körperlichen und seelischen Schwächezuständen.' In diesem Briefe enthüllte sich seine edle, versöhnliche Wesensart: das empfindliche Gewissen eines maßvollen, einsichtigen, selten das eigene Mißgeschick fremdem Verschulden zuschreibenden Mannes; die alle unbedachten Haßanwandlungen hemmende Güte; die Ratlosigkeit eines immer wieder auf die Unvernunft der Welt prallenden vernünftigen Menschen.

Atticus warnte ihn eindringlich davor, nach Rom zurückzukehren und sich der Gnade Caesars anheimzugeben. Er schrieb ihm, der junge Quintus, sein Neffe, habe während eines der Blitzbesuche Caesars in der Hauptstadt bei ihm vorgesprochen und seinen Onkel angeschwärzt, er stemme sich noch immer gegen die neue Entwicklung und stärke durch seine Hartnäckigkeit vielen Römern den Rücken in ihrem Widerstand gegen jene diktatorische Gewalt, die dem siegreichen Heerführer zur Rettung des Vaterlands und zur Wiederherstellung von Recht und Ordnung auf Lebenszeit verliehen worden sei. Dieser Brief trug natürlich nicht zu Ciceros Seelenruhe bei. Er hörte übrigens aus Rom, daß nicht nur sein gehässiger Neffe, den er trotz mancher Verfehlungen sehr geliebt hatte, sondern sogar sein Bruder Quintus jetzt offen gegen ihn Stellung nahm! Darüber schrieb er traurige Briefe an Atticus. Unterdessen wuchsen seine finanziellen Schwierigkeiten. Er wies Terentia an, einige seiner Landhäuser zu verkaufen und ihm den Erlös zu schicken. Seine Außenstände bei Pompejus waren verloren.

Mitten in diesen Sorgen und Schwierigkeiten schrieb sein Bruder Quintus ihm unwirsch, er habe erfahren, daß ‚Du diese Unzukömmlichkeiten mir zur Last legst, von Deinem sicheren Zufluchtsort in Brundisium aus, wo man Dich dank Caesars Gutherzigkeit ungeschoren läßt'. Auch dahinter vermutete Cicero die Verleumdungen seines Neffen. Von Grimm und Bitterkeit überwältigt, erkrankte er neuerlich. Und diesmal besuchte ihn Tullia, seine inniggeliebte Tochter; aber zu seinem tiefen Kummer sah er, wie gebrechlich und schmalgesichtig sie war. Nur die großen, schillernden Augen, die sie von ihm geerbt hatte, verrieten, daß noch Leben in ihr wohnte. Sie hatte sich zur Scheidung ihrer Ehe mit Dolabella entschlossen. Sie stand mittellos da. Cicero schrieb seinem Freunde Atticus, er möge ihm bei der Veräußerung eines Teils seiner Kunstschätze helfen, um Bargeld für die Tochter aufzubringen. Der Verleger überwies ihm eine ansehnliche Geldsumme, angeblich aus dem Erlös seiner Bücher, die, wie er schrieb, ‚reißenden Absatz und viel Anerkennung' fänden.

Hartnäckig weigerte Cicero sich, Brundisium zu verlassen, obwohl das Klima weder ihm noch Tullia gut tat. Er schmachtete nach Rom;

gleichzeitig aber schauderte er vor dem Anblick der Veränderungen zurück, die Caesars Diktatur geschaffen hatte. Während seines Feldzuges in Ägypten hatte Caesar in Rom Marcus Antonius zurückgelassen, der nun den von alters her dem Stellvertreter eines Diktators zustehenden Titel eines ‚Reitergenerals' führte. Cicero, der die sprunghafte, launische Wesensart dieses nie durch Besonnenheit, Urteilsfähigkeit oder auch nur Klugheit berühmten Mannes kannte, befürchtete das Ärgste. Freunde in Rom versicherten ihm allerdings, der zuchtvolle Soldat Antonius halte sich peinlich genau an alle Anordnungen und Erlässe Caesars; er, Cicero, könne deshalb beruhigt heimkehren und sein früheres Leben wiederaufnehmen. Über die eiserne Gewaltherrschaft in Rom schwiegen sie jedoch.

Immer noch schwankte Cicero. Er war an Leib und Seele gebrochen. Erst als Tullia unter den ungünstigen klimatischen Verhältnissen schwer erkrankte, beschloß er, das Leben seiner sanften, schönen Tochter unter allen Umständen zu retten. Im Spätherbst übersiedelte er in sein Landhaus bei Tusculum, das zwar nur bescheiden ausgestattet war, wo er aber, wie er seinem Verleger schrieb, in gesunder Luft die Welt vergessen und von ihr vergessen werden wollte.

Hier, in seinem Tusculanum, verlebte er die letzte friedliche Zeit seines Daseins. Die herrliche Landluft gab ihm die Gesundheit wieder und schien auch Tullia gut anzuschlagen. Hier entschloß er sich zur Scheidung von Terentia, deren ewige Nörgeleien und Anklagen gegen ihn als eine ‚Niete' ihm nachgerade unerträglich wurden. Er hatte sie kaum je geliebt und machte sich darüber – wieder ein Zeichen für die ständigen Selbstvorwürfe eines pflichtbewußten Mannes – arge Gewissensbisse. Alle Menschen habe er enttäuscht, schrieb er an Atticus. Sein Leben sei eine einzige lange Kette von Mißgriffen gewesen. Irgendwo und irgendwann aber habe er einen ganz besonders verhängnisvollen schweren Fehler begangen. Darüber schrieb er verbittert: ‚Wenn ein Volk bewußt der Sklaverei und Selbstentwürdigung zusteuert, ist es albern, in ihm wieder den Geist des Stolzes und der Ehrliebe und der Freiheit und Gesetzesfreude wecken zu wollen. Es wird die Ketten begeistert willkommen heißen, wenn sie ihm bloß ohne eigene Anstrengung die Daseinsnotwendigkeiten gewährleisten. Also war ich ein Dummkopf.'

Inzwischen vernichtete Caesar ruhmvoll alle seine Feinde in Afrika und Spanien. Nachdem er Ptolemaios bei Straßenkämpfen in Alexandria um Land und Leben gebracht hatte, setzte er auf den Thron Ägyptens seine Geliebte, die schöne Kleopatra, die ihm einen Sohn gebar. Seine Tatkraft schien keine Grenzen zu kennen; er war überall, und fast überall zugleich. Er war an die sechsundfünfzig Jahre alt, glich aber noch immer einem Hermes mit geflügelten Sohlen.

„Die Zähigkeit des Übels stammt nicht von der leiblichen Natur des

Menschen'', bemerkte Cicero gelegentlich, „sondern von Satan, jenem ‚Fürsten dieser Welt', über den Noah mir oft erzählt hat.'' Von sich selber aber sagte er: „Ich erwache nicht mehr zu irgendeiner Freude oder Hoffnung. Ich gehe abends müde zu Bett und stehe am nächsten Morgen noch müder auf.'' Dennoch schrieb und veröffentlichte er damals eine ganze Anzahl ausgezeichneter Bücher, so ‚Über berühmte Redner', ‚Über die Gliederung einer Rede', ‚Vom Redner', ‚Vom höchsten Gut und größten Übel' und die ‚Academica'. Entspannung fand er nur, wenn er arbeitete, oder wenn er mit seiner geliebten Tochter in der Sonne saß. Atticus, der sehr wohl wußte, wie es mit schriftstellerischer Schöpferkraft herging, sagte ihm nicht, daß Unglück oft ihr Ansporn und Verzweiflung die Quelle ihrer Eingebungen ist.

Tullia wurde immer kränker. In Tusculum gab es keine tüchtigen Ärzte. Nun faßte Cicero einen Entschluß. Mochte kommen, was da wollte, er mußte seine Tochter nach Rom bringen. Er teilte Terentia mit, er werde sich nach seiner Heimkehr in die Hauptstadt sofort von ihr scheiden lassen und ihr die Mitgift, auch wenn er darüber zum Bettler würde, voll rückerstatten; sie möge gleich das Palatinhaus räumen. Der junge Marcus, der notgedrungen so lange den Vater entbehrt habe und von der Mutter verzogen worden sei, müsse zur geistigen Ausbildung nach Athen reisen, wo er ‚unter dem Anhauch unsterblicher Philosophie, im Bannkreis des Goldenen Mittelwegs und im Umgang mit großen, tugendhaften Männern seine Verschwendungssucht und Trägheit ablegen und ein Mann werden' würde.

Mit Tullia zusammen kehrte er in das leere Palatinhaus zurück. Schreckliche, tiefste Niedergeschlagenheit überfiel ihn. Als die Ärzte ihm mitteilten, für seine Tochter gebe es keine Genesung mehr, man könne nur versuchen, den Tod hinauszuschieben, empfand er nichts als lähmende Starre. Er verbrachte die Tage wie in einem Alptraum befangen. Er führte die Scheidung von Terentia durch; nicht einmal ihren Namen konnte er mehr hören. Der junge Marcus war in Athen, wo er, so hoffte der Vater, zu seinem Nutz und Frommen den noch immer in den Säulenhallen lebendigen Geist der großen Philosophen in sich aufnehmen sollte. Mit seinem Bruder hatte Cicero sich wieder versöhnt, und sie hielten, obwohl die alte herzliche Vertrautheit bei beiden nicht mehr wiederkehrte, schwermütige Zwiesprache miteinander.

„Eigentlich lebt man zu lange'', sagte er zu Quintus. „Bis vierzehn sind wir Kinder und ab einundzwanzig Männer. Nur sieben Jahre lang also bleiben wir Jünglinge! Sieben von vielleicht fünfundsechzig Jahren, wohlgemerkt! Als Kinder sind wir noch nicht voll bewußt. Als erwachsene Männer haben wir uns mit den Sorgen des Lebens herumzuschlagen, mit seinen Verantwortungen, seinen Zwielichtigkeiten und Verworrenheiten. Und vor allem mit seinen Verzweiflungen. Bloß sieben Jahre lang leben wir wirklich, wie die Götter, in leuchtendem Glanz, erfüllt vom Glauben an alles Gute, lebenshungrig, mit erhabenen Visionen gesegnet, als Weltverbesserer, voll Hoffnungen, voll Größe, Heldenmut und Schönheit. Darum sollte der Mann am besten als Vierzehnjähriger wie Athene aus dem Haupte des Vaters entspringen und dann nicht länger als sieben Jahre am Leben bleiben. Alles weitere ist nur ein Jammer."

„Dann wäre es also am besten, wir hätten überhaupt keine Vergangenheit und keine Zukunft", sagte Quintus, dessen Sohn bei dem anscheinend über unerschöpfliche Energiequellen verfügenden Caesar weilte.

„Ganz richtig!" rief Cicero. „In Wirklichkeit schätzt ja der Mensch weder Vergangenheit noch Zukunft. Aus der einen lernt er nichts, und die andere beschmutzt er."

Er zählte nun fast einundsechzig Jahre. Er war beinahe zum Skelett abgemagert und bewegte sich wie ein Greis. Er wußte nicht, daß seine merkwürdigen Augen noch immer leidenschaftlich glühten und funkelten, als Abglanz einer zwar traurigen, aber unbezähmbar tapferen Seele. Sein Haar war schneeweiß, sein Gesicht tief gefurcht. Doch seine spaßfreudigen Lippen konnten bezaubernd lächeln, und seine Stimme war noch immer machtvolle Musik. Er redete sich ein, nichts mehr zu fühlen, nicht einmal Sorge. Aber er fand keine Ruhe und horchte scharf auf jedes Gerücht.

Im September übersiedelte er mit Tullia auf die Insel. Dort, im blauen herbstlich klaren Licht, erkannte er deutlich, daß seine Tochter, der Trost seines Lebens und seine treueste Gefährtin, entgegen allen Hoffnungen und Gebeten unrettbar dem Tode verfallen war. Sie klagte nie. Ihr Lächeln blieb zärtlich, ihre Redeweise fröhlich; sie umhegte den Vater mit gereifter Liebe. Aus ihrem ganzen Leben konnte er sich an keine boshafte Bemerkung erinnern, an nichts Kleinliches oder Unerfreuliches oder Niedriges. Auch in den schlimmsten Zeiten war sie immer freundlich und heiter gewesen. Ein solcher Mensch mußte eine Zierde des Gefildes der Seligen werden!

Aber Cicero, der sich vom Leben abgestumpft wähnte, begann plötzlich, erbittert gegen das Schicksal aufzubegehren. Er hatte doch nichts als seine Tochter! Stundenlang sah er ihr zu, wenn sie zusammen mit Eunice, die inzwischen als weißhaarige alte Frau die Aufsicht über das weibliche Hausgesinde übernommen hatte, Wolle spann. Er lauschte ihrem feinen Lachen, ihrer lieblichen Stimme. Sie spielte mit den Lämmern; sie streichelte die Pferde. Sie saß lange träumend am Fluß. Wenn sie lächelte, leuchtete ihr Gesicht auf, weil es durchscheinend wie Alabaster geworden war. Verlaß mich nicht! flehte er im stillen, während er sie umarmte. Ich habe zu lange gelebt, und du bist mein Alles. Er glättete das Gewoge ihres hellbraunen Haares, tätschelte ihre blasse Wange, und ihm brach das Herz.

Eines Tages stürzte sie atemlos und totenblaß in seine Bibliothek. „Sei nicht böse!" rief sie, weil sie seine Störbarkeit kannte. „Aber ich habe ein Gespenst gesehen – oder wenn es kein Gespenst war, eine ganz seltsame Frau!"

Cicero sprang auf, goß Wein in einen Becher und drückte ihr ihn in die gebrechliche Hand. Dann trocknete er ihr mit einem Tuch die schweißbedeckte Stirn. „Beruhige dich!" beschwor er sie. „Was du gesehen hast, war sicher nur eine Sklavin aus Arpinum."

Aber sie schüttelte heftig den Kopf. „Nein! Das ist keine Sklavin gewesen. Sie war in Weiß und Blau gekleidet und jünger als ich, viel jünger. Ihr Haar hat geglänzt wie Herbstlaub und ist ihr wie ein Feuerstrom über die Schultern und den Rücken geflossen. Sie kam über die Brücke herüber und sah mich beim Vorbeigehen sehr ernst an."

Ciceros Herz begann wild zu pochen. Er setzte sich neben seine Tochter und nahm ihre Hand. Er brachte kein Wort hervor.

„Und ihre Augen", fuhr Tullia, nach Atem ringend, fort, „waren wie die Frühlingsdämmerung und so blau, daß die Farbe überzuquellen schien. Ihr Mund war tiefrot und ihr Gesicht wie Marmor. Sie flimmerte vor Licht, wie eine Göttin."

„Hat sie dich angesprochen?" fragte Cicero mit heiserer Stimme.

„Nein. Sie schaute zum Wohnhaus hinüber, als wüßte sie, daß du dort bist, Vater. Und sie hat vor sich hingelächelt wie jemand, der ein tiefes Liebesgeheimnis hütet. Dann vergaß sie mich anscheinend überhaupt und fing zu singen an. Es war ein ganz merkwürdiges Lied. Es klang wie eine Äolsharfe im Wind, murmelnd und fern, ohne Worte. Aber bei den Tönen tauchte vor meinem Auge eine fremde Landschaft auf, erfüllt von leuchtenden Schatten, wie von Göttergestalten. Und dann streckte die Frau den Arm auf unser Haus hin und lächelte und nickte. Ich war völlig verstört. Das muß sie bemerkt haben. Plötzlich ist sie nämlich über die Brücke davongelaufen und zwischen den Bäumen verschwunden."

Livia! dachte Cicero, und seine Seele schien ihre Flügel zu breiten und im Lichte zu schweben. Freude und Entzücken schwellten ihm die Brust, und er war wieder jung und todesfern.

„Du hast geträumt", sagte er zu seiner Tochter. Doch sie sah sein hingerissenes Lächeln und erschrak. Sie schüttelte den Kopf, daß die Haare flatterten. „Nein", widersprach sie, „ich habe nicht geträumt. War das eine Nymphe? Oder eine Dryade? Ist es ein böses Vorzeichen?"

„Keineswegs", erwiderte er. Er konnte seiner Tochter nicht sagen: Was du sahst, ist das Um und Auf meines Lebens, wonach meine Seele sich unaufhörlich sehnt. Und so fragte er bloß: „Kannst du dich noch an irgendeine Einzelheit erinnern?"

Sie dachte angestrengt nach. Dann überlief es sie kalt. „Auf ihrer

Brust war etwas wie ein Blutfleck. Aber es könnte auch eine leuchtende Blüte gewesen sein.''

Livia wollte sich ganz deutlich zu erkennen geben! dachte Cicero. Er streichelte Tullias Finger und gab ihr einen Kuß auf die Wange. „Es muß sich doch um einen Traum gehandelt haben'', meinte er beschwichtigend. Er war ein skeptischer Römer und hatte Gott fast vergessen, und sein Dasein war wie in kalten Nebel gehüllt. Dennoch verweilten seine Gedanken nun eine Zeitlang bei Livia, und ihn erfüllte frohe Ungeduld und Sehnsucht. Er war jetzt im Leben dahin gekommen, Träume höher zu werten als die Wirklichkeit.

Als das Wetter kalt und unfreundlich wurde, fuhr er mit seiner Tochter in einem gedeckten Wagen nach Rom. Tullia verfiel zusehends. In Decken gewickelt, lag sie schwer atmend im Wagen, und ihre schlaffe Hand preßte sich zwischen die Finger des Vaters, ohne sich erwärmen zu können. Cicero betete, und nach seinen verzweifelten Gebeten verwünschte er die Götter, die ihm seine Tochter rauben wollten. „Habt ihr mir nicht schon Ehre und Ruf, Wohlstand und Gesundheit genommen?'' lehnte er sich in seiner Qual auf. „Habt ihr nicht meine Heimatstadt zugrunde gerichtet und mein Volk entwürdigt? Habt ihr nicht einen Tyrannen mit all seinem äußeren Prunk als Heimsuchung für mein Land hochkommen lassen? Habt ihr nicht auch mich mit allen Übeln geschlagen und alle meine Träume zunichte gemacht? Könnt ihr mir nicht wenigstens meine Tochter lassen? Haßt ihr den Menschen derart, daß ihr ihn endlos mit Ungemach verfolgen müßt?''

Als Tullia in Rom angekommen war, wurde sie zu Bett gelegt und verließ es nicht mehr. Ihr Vater verbrachte Stunden bei ihr. Auch jetzt drang kein Klagelaut über ihre Lippen. Sie war zu kurzatmig zum Reden; aber sie lächelte den Vater an und schob ihre Hand zwischen seine Finger. Je mehr sie zusammenschrumpfte, desto größer wurden ihre Augen. Ehe er schlafen ging, gegen Mitternacht, suchte er sie jedesmal auf, um sich zu überzeugen, daß sie noch lebte, und ihre Augen segneten ihn und schienen ihn trösten zu wollen. Die Sklavinnen berichteten, sie schlafe fast ständig; aber er brauche nur ihr Zimmer zu betreten, so öffne sie die Augen.

Cicero hatte die Empfindung, die Winter seines Lebenswinters seien besonders kalt. Schon während der Saturnalien fiel der erste Schnee. Die Luft war drückend und feucht, und heftige Winde bliesen. In Tullias Zimmer brannten ständig Kohlenbecken. Ihr wurde nicht warm; sie zitterte vor Kälte. Man häufte Decken auf sie und legte ihr heiße Ziegel an die Füße. Die Ärzte schüttelten seufzend den Kopf. Jetzt brachte Tullia kein Wort mehr hervor. Ihre ganze Lebenskraft war darauf gerichtet, den nächsten schwachen Atemzug zu schöpfen. Aber aus ihren

Augen sprachen Mut und Sorge um den Vater. Als jedoch ihre Mutter sie besuchte, schien sie in tiefen Schlaf gefallen und merkte Terentias Anwesenheit nicht.

Der Janusmonat verging. Lange und dicht fiel der Schnee. Cicero hatte jeden Zeitsinn und alles Interesse für die Außenwelt verloren, während er am Bett der Tochter schmerzliche Wache hielt. Besucher kamen und gingen; er gewahrte sie nicht. Staub legte sich auf seine Bücher und Schriften. Briefe blieben unbeantwortet. Die Zeit stand still.

Als er eines Nachts wieder neben Tullias Bett saß, versank er in seinem Sessel in erschöpften Schlaf. Die Lampen flackerten mit kleinen Flammen. Zwei Sklavinnen schliefen auf Pritschen zu Füßen des Bettes. Plötzlich hörte er Tullia rufen: „Vater!" Er fuhr auf. Die Lampen erstrahlten in hellem Glanz. Tullia stand neben ihm, und sie lachte, und ihr Gesicht glühte vor Freude, und sie war voll frischen Lebens. Ungläubig streckte er ihr beflissen die Hand entgegen; aber sie entzog sich ihm mit fröhlichem Kopfschütteln. Ihre Kleider schienen in einem sanften Wind zu flattern, ihr Haar wehte und glitzerte, ihre Lippen waren rot wie Rosen. Sie führte beide Hände zum Mund und warf dem Vater Küsse zu. Dann schritt sie lautlos, über die Schulter zurückblickend und ihm zulächelnd, zur Tür, öffnete sie und schloß sie hinter sich. Er hörte sie rufen: „Ich komme!" Ihre Stimme war ein Singen.

Dunkelheit senkte sich ihm über die Augen. Er spürte, daß man ihn am Arme schüttelte, und sah die Gesichter der weinenden Sklavinnen. Er sprang auf und blickte zum Bett. Dort lag Tullia, das Gesicht still und weiß, der Körper ein kleines Häufchen unter den Decken. Er wankte zu ihr und blickte in das tote Antlitz, das so friedlich und ruhig war. Ihr Haar leuchtete auf den Kissen, und ihre Hände waren herabgesunken. Im Tod war sie wieder ein Kind. Er sank auf die Knie und legte die Wange an ihr Gesicht.

Tage vergingen, und er wußte von nichts. Später berichtete er dem Freunde Atticus über sein ‚seltsames Erlebnis in dieser Nacht'. Er war der festen Meinung, mit der Seele seiner Tochter hätten auch seine eigenen letzten Kräfte ihn verlassen. Aber er vermochte doch damals sein rührendes Buch ‚Vom Troste', eine Trostschrift an sich selbst, zu schreiben.

LXV

Nun ist das Leben endgültig vorbei für mich, sagte sich Cicero. Teilnahmslos hörte er, daß Caesar seine letzten Feinde in Spanien durch die blutige Schlacht bei Munda besiegt hatte und im Triumph nach Rom zurückgekehrt war, aller Nebenbuhler ledig, den Blick auf die Alleinherrschaft als Imperator gerichtet.

Eines Spätsommertages besuchte Caesar seinen Jugendfreund in Begleitung des stattlichen, lebhaften, großspurigen Marcus Antonius und des Marcus Junius Brutus, seines nichtanerkannten Sohnes. Er war nicht mehr jung, strahlte aber Männlichkeit und Machtbewußtsein aus, und sein dunkles Gesicht erinnerte an einen edlen Adlerkopf. Er war prächtig in sein geliebtes Purpurrot und Gold gekleidet. Seine Glatze stand ihm nicht übel. Die ihn umgebende Luft schien vor Spannung zu knistern. Er umarmte Cicero und blickte ihm mit liebevoller Besorgtheit ins Gesicht.

„Mein teurer alter Freund!" rief er. „Schon lange hatte ich nicht das Vergnügen, dich zu sehen. Ich bin gekommen, um dir mein Beileid auszudrücken. Deine Trauer muß wohl groß sein."

„Alles im Leben ist vergänglich", sagte Cicero. Er konnte sich nicht beherrschen. Er blieb in Caesars tröstenden Armen und brach in Tränen aus, in die ersten Tränen nach dem Tode seiner Tochter. „Aber das weißt du noch nicht", murmelte er.

„Hoffentlich werde ich es nie erfahren", erwiderte Caesar.

Cicero hätte es lieber gesehen, wenn Julius ohne die beiden jungen Männer mit ihren hübschen, neugierigen Gesichtern und ihren lebhaften, lebenshungrigen Augen gekommen wäre. Es war eine Schwäche von ihm; aber er wäre lieber allein mit dem Manne gewesen, den er verstandesmäßig verachtete, gefühlsmäßig jedoch liebte. Im vollen Bewußtsein der Albernheit solcher Wünsche sehnte er sich danach, in alter Vertrautheit in die Augen seines Jugendfreundes zu blicken und wieder jenen Knaben vor sich zu sehen, den er einst beschützt hatte. Er versuchte, durch solche Erinnerungen irgendwie ein Band mit der Vergangenheit zu knüpfen. Er konnte nur mit mattem Lächeln fragen: „Na, wie kommst du dir vor, Julius, jetzt, wo du das Ziel deiner ehrgeizigen Pläne, die Herrschaft über Rom erreicht hast?"

„Da das seit jeher mein Traum gewesen ist", entgegnete Julius, „war ich schon immer der gleiche wie jetzt."

„Ja. Ich erinnere mich", sagte Cicero.

Julius blickte sich rasch in dem einsamen Hause um. Er dachte an die übereilt abgeschlossene und kürzlich wieder geschiedene zweite Ehe Ciceros mit seinem eigenen Mündel, der reichen, jungen Publilia. Nur unerträgliche Einsamkeit und ein halb unbewußtes Verlangen, das schwindende Leben festzuhalten, konnten Cicero zu einer so fragwürdigen, unbedachten Ehe getrieben haben. Publilia war viel jünger gewesen als seine Tochter, munter und fröhlich und frühlinghaft. Natürlich war alles kläglich mißlungen. Julius hatte den Eindruck, daß diese Ehe an Cicero überhaupt abgeglitten war, als bloßes Zwischenspiel, als Traumhandlung eines völlig vereinsamten Mannes.

Die Gärten rings um das Haus prangten in den ersten Frühherbstfarben, und die Sonne breitete über alles ihren warmen Schein. Aber das Gebäude selbst war kalt und düster, und der Hausherr erschien dem von Tatkraft strotzenden Caesar wie ein Schatten. Irgendwo ließ ein Vogel seinen schwermütigen Ruf erschallen. Die Räume des Hauses waren allen Lebens entblößt. Julius erschauerte. Aber er umarmte seinen Freund wieder und sagte mit lauter, liebevoller Stimme: „Du warst zu lange allein! Jetzt ist es an der Zeit, in die Öffentlichkeit zurückzukehren."

„Für mich ist alles vorbei", erklärte Marcus. „Am liebsten möchte ich den morgigen Tag nicht mehr sehen." Er schaute dem Freunde in die Augen. „Und du, hast du jetzt alles erreicht, was du dir wünschtest? Alles, was du dir vorgenommen hast?"

Julius wandte den Blick ab. Er klopfte Marcus übermütig auf die Schulter und antwortete: „Nicht alles. Noch nicht alles."

Später sagte Cicero sich, es könne wohl nur Einbildung gewesen sein, als er zu bemerken glaubte, bei diesen Worten habe Brutus' Miene sich verfinstert und in seine Augen sei ein merkwürdiges Flackern getreten. Marcus Antonius lächelte wie gewöhnlich, breit und strahlend; er gemahnte an Mars: nicht sehr vergeistigt, aber mutvoll. Von ihm hieß es – und er bestätigte es selbst –, er lebe nur im Schatten Caesars, dem er wie ein Sohn zugetan sei. Das also, dachte Cicero, waren nun Roms Herren; in ihren Händen lag das Schicksal des Landes. Und die Republik war dahin.

Nicht einmal jetzt, wo schon der Herbst eingezogen war und in seinen bunten Mantelfalten der Winter hinter ihm herschlich, konnte Cicero das Dasein in der Hauptstadt ertragen; deshalb übersiedelte er auf seine geliebte Insel, wo die Schatten aller ihm teuren Menschen umgingen. Und hier schrieb er nun, obwohl er keinen Federstrich mehr zu tun geschworen hatte, seine bedeutendsten Bücher: ‚Die Tusculanischen Gespräche', ‚Vom Wesen der Götter', ‚Von der Weissagung', ‚Vom Greisenalter', ‚Von der Freundschaft' und ‚Vom pflichtgemäßen Handeln'. Die Notizen dazu hatte er während seines ganzen Lebens gesammelt, während dieses langen Lebens, in dem, wie er Atticus schrieb, ‚niemals irgend etwas von wirklichem Belange vorgefallen' war. Hier, auf dieser Insel, wollte er sterben, und seine Asche sollte neben der seiner Vorfahren bestattet werden; dann würde er schließlich den während endloser Jahre gesuchten Frieden finden. Er wanderte durch den strahlend weißen Schnee der Insel und schaute auf den zwischen seinen Ufern dahintaumelnden schwarzen Fluß. Und manchmal vermochte er sich einzureden, seine Tage seien wie ein Nichts gewesen und er habe nie seine Geburtsstätte verlassen. „Ich bin ein Greis. Ich bin ein Säugling. Das ist die Geschichte des ganzen Menschengeschlechts."

Der leuchtende Schnee umrahmte, in der Wintersonne glitzernd, den Bestattungsort seiner Vorfahren, seiner Eltern, seiner Tochter. Hier würde er ihnen einst Gesellschaft leisten und das Rad der Geschichte über sich hinwegrollen lassen — während jener langen Zeit, wo er nicht mehr sein würde, dachte er mit einer Art Freude. Er raffte den Pelzmantel enger um sich und betrachtete seine künftige Ruhestatt, hier zwischen Mutter und Tochter. Sinnend starrte er auf die leere Stelle. Er zwinkerte. Wenn sich ihm jetzt plötzlich die Dinge verschwommen zeigten, so kam das sicherlich nur von dem blendenden Widerschein der Sonne auf dem Schnee. Aber ihn fröstelte, und er ging. Eine Krähe, tiefschwarz inmitten der heiteren Weiße, flog mit heiserem Krächzen vor ihm auf. Er machte das Zeichen des Abwehrzaubers und rief gegen die aufsteigende Schwermut seine römische Spottlust zu Hilfe.

Ein trügerischer Vorfrühling kam, warm und lind, und verlockte den einsamen Mann, nicht nach Rom zurückzukehren, sondern auf der Insel zu bleiben. Die Flüsse rannen laut, und mit dumpfem Plumpsen fiel der Schnee von dürren Ästen. Grüne Flecken tauten aus, und Knospen schwollen an den Bäumen. Die Wasserläufe änderten ihre Farbe von Dunkelgrau in Türkisblau, und die feuchten roten Dächer von Arpinum glühten feurig gegen einen neugeschaffenen Himmel. Die alte Eunice verlegte ihre Webearbeit in die offene Säulenhalle, und der greise Athos humpelte, auf einen Stock gestützt, zu den jungen Lämmern.

Cicero aber wurde von einer merkwürdigen Unrast ergriffen. Er hatte jetzt nicht mehr viele Prozesse; doch einige waren für Mitte März festgesetzt. So rüstete er zur Abreise nach Rom. Als Eunice ihm am letzten Tag sein ländliches Mahl — Ziegenkäse mit Schwarzbrot, Schmorfleisch mit Rüben und Zwiebeln, und dazu Inselwein — auftrug, sagte sie zu ihm: „Herr, geh nicht fort! Mir hat etwas Böses geträumt.'' Als er in sie drang, erzählte sie mit stockender Stimme: „Ich habe gesehen, wie jemand in einem weißen Gebäude ermordet wurde. Das Gesicht konnte ich nicht erkennen. Aber ich fürchte, es war deines.''

„Unsinn, Eunice!'' entgegnete er. „Ich bin für Rom belanglos geworden. Ich habe meine Berufspflichten dort zu erfüllen. Und wenn ich mich nicht auch um meine Geldanlagen kümmere, werde ich bald mittellos dastehen.''

Wegen der Kälte fuhr er in einem geschlossenen Wagen, dessen zwei Pferde von einem stämmigen jungen Mann gelenkt wurden. Als sie auf dem Brückenbogen angekommen waren, ließ Cicero anhalten. Er schob die schweren Wollvorhänge beiseite und blickte zur Insel zurück. Unsagbar heftige Sehnsucht überkam ihn. Er horchte auf das Rauschen des Flusses und auf das scharfe Wehen des lebhaften Windes. Er sah in der Ferne das weiße Gehöft mit seinen Nebengebäuden. Er sah die ausladenden Äste der ineinander verschränkten Baumgerippe und die zwischen jungem Gras leuchtenden Schneeflecken. Er hörte das klägliche Blöken und Muhen der Weidetiere und das Bellen eines Hundes. Er lächelte. Alles war so unendlich friedlich. In vollen Zügen nahm er das Bild in sich auf. Dann zog er den Vorhang wieder zu und ließ weiterfahren. Er wußte nicht, daß er dieses geliebte Fleckchen Erde nie mehr sehen, daß er nie mehr die Zwiesprache der sich begegnenden Flüsse vernehmen sollte.

Im Palatinhaus befand sich niemand außer den Sklaven und dem alten Hausmeister Aulus, der längst freigelassen worden war, wie Cicero es nach einem ihm sehr zusagenden Judenbrauch mit allen Sklaven nach siebenjähriger Dienstzeit tat. Während dieser Jahre hatte er ihnen handwerkliche Fertigkeiten, den geistig Regeren auch Bildung beigebracht, so daß sie Schreiber oder kleine Beamte werden konnten. Allen gab er nach dieser Zeit eine ansehnliche Summe zur Gründung eines Hausstandes. Viele zogen es jedoch vor, bei ihm zu bleiben.

Aulus begrüßte ihn freudig. Cicero umarmte ihn, bedeutete ihm aber, ihn nicht zu begleiten. Draußen ging ein heftiger Frühlingsregen nieder. In jedem Raum des kalten Hauses hörte man das Rauschen des grauen Regens, und jeder Raum war düster. Auf den Marmorfußböden der Säulengänge hallten die Schritte des einsamen Mannes. Einst war dieses Haus von den Stimmen junger Menschen und von Kindergeschrei erfüllt gewesen, vom Trippeln eiliger Füße, vom lauten und häufigen Pochen an den Türen, vom Singen und Lachen der Sklaven. Jetzt drang in die Stille des dämmrigen Hauses nichts als Regen und Wind und das Schreiten eines alten Mannes, dessen schmächtiger Schatten wie ein Gespenst über die schimmernden Marmorwände glitt. Cicero fühlte sich rastlos und erschöpft zugleich.

Der Regen hielt einige Tage an. Cicero verließ das Haus nicht und feilte friedsam sein letztes Buch für Atticus aus. Dann wurde ihm eines Abends Besuch angemeldet, und zu seinem Erstaunen betrat Marcus Junius Brutus seine Bibliothek. Er kannte den jüngeren Mann nur flüchtig; er konnte sich nicht vorstellen, was ihn hergeführt haben mochte. Er ließ Wein und Backwerk kommen.

Brutus setzte sich schweigend, mit angespannter, finsterer Miene, als wäre das schmale Vogelgesicht in einen eisernen Reif gepreßt. Cicero wartete geduldig auf eine Begründung für den seltsamen Besuch. Schließlich sagte Brutus mit der harten, festen Stimme eines innerlich sehr erregten jungen Menschen: „Cicero, du hast angeblich deinem Verleger gegenüber die Hoffnung geäußert, Caesar würde die Republik wiederherstellen und die Macht in die Hände ihrer angestammten Amtsträger zurücklegen. Du hast auch deiner Freude darüber Ausdruck gegeben, daß Caesar die Strafakten jener Männer, die gegen ihn aufgetreten sind, vernichtet und derart seine Milde und den Wunsch nach Frieden im Lande bekundet hat.''

,,Gewiß'', bestätigte Cicero etwas betroffen. ,,Was bleibt einem Menschen in meinem Alter anderes als die Hoffnung, auch wenn sie immer wieder enttäuscht wird?''

Brutus' dunkle Augen, die denen Caesars so ähnlich waren, funkelten in mühsam bezähmtem Zorn. ,,Nur eine Hoffnung also war es? Eine Hoffnung, an die du nicht einmal glaubst?''

Cicero schwieg. Brutus nippte aus seinem Becher. Von draußen drang ein Rauschen von Regen und Wind, das Aufleuchten eines fernen Blitzes, ein leises Donnergrollen. Die Lampen flackerten in einem Luftzug. Dann sank das kalte Haus wieder in bedrückende Stille.

,,Du hast'', fuhr Brutus fort, ,,außerdem deinem Freunde Caesar geschrieben — den Brief habe ich gesehen —, er müsse alle seine Macht zur Wiederherstellung der Republik einsetzen. Dann werde er die gesegneten Früchte dieses Wirkens in Ruhe und Frieden genießen können.''

,,Ganz richtig'', bejahte Cicero.

,,Weißt du, was Caesar getan hat, als er deinen Brief erhielt? Gegrinst hat er. Und dann hat er mit einer Grimasse gespielter Anteilnahme erklärt: ‚Unser Cicero wird alt. Er wärmt den Kohl aus seiner Jünglingszeit auf.' ''

,,Sag mir nur, Brutus'', fragte Cicero mit rotem Kopf, ,,was bekümmert dich das alles?''

,,Auch ich wünsche, daß die Republik in alter Kraft und Würde wiederhergestellt wird. Caesar hat vor seinen Freunden lachend erklärt, die Republik sei nur mehr ein fauler Zauber, ein bloßer Name ohne Körper und sichtbare Gestalt, und Sulla habe mit der Niederlegung seiner Diktatur bloß bewiesen, daß er nicht einmal das Einmaleins der Politik beherrschte. Caesar ist zum Diktator auf Lebenszeit ernannt worden. Aber das genügt ihm nicht. Kennst du seine neueste Verrücktheit? Nur halb im Scherz hat er von der orientalischen Sitte gesprochen, daß ‚große Männer' zu Gottheiten erklärt werden und dann als solche ihre Herrschaft ausüben. Und auch nur halb im Scherz hat er hinzugefügt, er werde den Senat auffordern, ihn auch zum Gott auszurufen!''

,,Das ist doch nicht ernst zu nehmen!'' rief Cicero. ,,Julius war immer ein Spaßvogel! Ich kenne ihn von Kind auf.'' Aber die düstere Miene des Besuchers wurde noch düsterer.

,,Lach mich nicht aus, Cicero, ich bitte dich! Wenn Caesar scherzt, tut man gut, die Ohren zu spitzen. Seine Scherze haben immer eine bestimmte Absicht. Sie sollen etwas andeuten, oder sie dienen dazu, herauszubekommen, was für Gesichter die Zuhörer dabei machen. Er haßt alle, die ihr Vaterland lieben und am Herkommen festhalten. Er verachtet den Senat, die Volksversammlung, die Tribunen. Alle diese Männer und

Einrichtungen sind für ihn nur Hindernisse auf seinem Wege zur Alleinherrschaft. Er strebt die Königskrone an."

Cicero stützte den müden Kopf in die Hand. „Er hat im Staate Ordnung geschafft. Es gibt keine Zusammenrottungen und Kundgebungen mehr. Der Mob brüllt nicht mehr auf den Straßen herum."

„Aber dem Clodius hat er seinerzeit freie Hand gelassen, die Pöbelscharen aufzuhetzen, damit er dann als Retter aus Aufstand und Chaos die Macht ergreifen könnte. Ich habe gehört, daß du selber ihm diese Absicht zugeschrieben hast. Weshalb hättest du dich denn sonst auf die Seite des Pompejus geschlagen?"

Cicero ließ die Hand sinken und blickte den Besucher erschöpft an. „Sag mir, Brutus, wozu bist du zu mir gekommen, du, der Freund und Gefolgsmann Caesars?"

Brutus zögerte. „Ich habe ihm geglaubt, daß er die Republik wiederherstellen will. Er hat mir besser zugesagt als Pompejus, der zwar ein ausgezeichneter Soldat, aber ein Plebejer war. Caesar hat uns alle hinters Licht geführt. Auch dich, Cicero!"

„Mach ihm daraus keinen Vorwurf!" entgegnete der alte Mann verbittert. „Schuld sind vor allem die Römer selber, die ihn so begeistert begrüßt und verehrt haben, die vor Wonne über den Verlust ihrer Freiheit Freudentänze und Umzüge veranstaltet haben, die seine sittenlosen Streiche entzückt belachten und seine ungesetzlichen Goldbeschaffungen als glänzende Meisterstücke bewunderten. Schuld sind die Römer, die ihm zujubeln, wenn er auf dem Forum von der ‚herrlichen neuen Gesellschaftsordnung' redet, die jetzt in Rom verwirklicht werden soll, eine Gesellschaftsordnung, die ihnen nach ihrer Auslegung mehr Geld, mehr Freizeit, mehr Sicherheit, mehr Wohlleben verbürgt, alles auf Kosten der Werktätigen. Caesar war immer ein ehrsüchtiger Schelm; aber er ist schließlich nur eine Einzelperson." Er strich sich mit der Hand über die brennenden Augen. „Wozu bist du gekommen, Brutus?"

In scharfem Tone rief Brutus: „Verklage ihn vor dem Senat! Viele von uns werden als Zuhörer zur Sitzung erscheinen. Verklage ihn vor dem Volk!"

Cicero traute seinen Ohren nicht. „Bist du verrückt? Der Mob würde mich auf der Stelle in Stücke reißen."

„Ist dir dein Leben, dein Restchen von Leben, wichtiger als Rom?"

Cicero stöhnte. „Nein. Das war nie so. Wenn ich von einer öffentlichen Anklage gegen Caesar etwas erhoffen könnte, würde ich mein Leben gern in die Schanze schlagen. Aber das Opfer wäre zwecklos."

Brutus musterte ihn verächtlich. „Jetzt redet dein Alter und nicht deine Seele. Weißt du, was Caesar noch gesagt hat? Er wünscht, daß sein Großneffe Octavius in seine Fußstapfen treten und nach ihm ‚in gleicher Weise dem Lande dienen' möge! Was bedeutet das? Nichts anderes, als daß Caesar sich die Krone aufsetzen will und den jungen Octavius zum Thronerben einsetzt, wie ein orientalischer Despot!''

„Auch das war ein Witz'', sagte Cicero, obwohl er wußte, daß Caesar es ernst gemeint hatte. Er fühlte sich völlig entkräftet. Er fuhr fort: „Du hast von meinem Alter gesprochen. Ich habe das ganze Leben lang für mein Land gewirkt; einmal habe ich es vor dem Untergang bewahrt. Ich habe Bücher über die Republik geschrieben. Ich habe als Konsul und Senator und Provinzstatthalter gedient. Ich bin in Hunderten von Reden dem Volk zu Hilfe gekommen. Ich habe unaufhörlich die Götter mit Gebeten bestürmt. Was hat das alles genutzt, Brutus? Nicht das mindeste. Wenn ich Gutsherr auf meiner Insel geblieben wäre, stünde es nicht ein bißchen anders um unser Rom.''

Brutus sprang wütend auf. „Dann bitte ich dich nur um eines: daß du uns nicht in den Arm fällst.''

„Wobei?''

„Bei dem, was jüngere, beherztere und entschlossenere Männer als du sich vorgenommen haben.''

Cicero lächelte trübselig. „Gerne, Brutus, reiche ich meine verlöschende Fackel an euch, an die jüngere Generation, weiter. Facht sie zu neuem Leuchten an! Tränkt sie mit neuem Harz! Möge euch mehr Erfolg beschieden sein als mir!''

Es war wohl nur das Flackern des Lampenlichts an diesem feuchten, kalten Märzabend, das Brutus' plötzliches Lächeln so grimmig erscheinen ließ. Mit einer spöttischen Verbeugung sagte er: „Wir nehmen die Fackel aus deinen Händen. Mit ihr werden wir Rom ein Licht aufstecken!''

„Einen Augenblick!'' hielt Cicero ihn zurück. „Noch in Arpinum habe ich gehört, daß man Caesar im Senat tatsächlich die Krone angeboten hat, dreimal. Und er hat sie dreimal zurückgewiesen. Das Volk hat ihn als ‚Rex' begrüßt, und er hat gesagt, er heiße Caesar und nicht Rex.''

„Das war vor Monaten. Damals hat er an den Mienen der Senatoren und an dem Tonfall der Volkszurufe erkannt, daß es noch verfrüht war. Inzwischen ist er selbstsicherer geworden. In einer Rede an das Volk hat er den Senat als Versammlung von Greisen gebrandmarkt, die sich jedem Fortschritt widersetzen und ‚an den alten Methoden der Volksbedrückung starr festhalten'. So sehr rechnet er mit der Unterstützung des Pöbels, daß er an die Stelle verstorbener Senatoren willkürlich andere Männer gesetzt hat, elende Kreaturen, die ihm hörig sind. Die Zahl der Prätoren hat er auf sechzehn erhöht, die der Quästoren sogar auf vierzig! Jetzt droht er den herrschenden Klassen verblümt mit dem, was er bisher immer als höchst verabscheuenswert bezeichnet hat, mit der Militärdiktatur. Man muß ihm seinen Willen tun, oder seine Soldateska, die ihm auf den Wink gehorcht, wird das Heft ergreifen.''

Cicero schwieg. Er wußte das alles nur zu wohl. Brutus verbeugte sich wortlos und ging. Ein furchtbares Gefühl der Machtlosigkeit und Hinfälligkeit überkam Cicero. Ohne einen Bissen gegessen zu haben, legte er sich zu Bett.

Am nächsten Morgen beschwor Calpurnia, blaß und in Tränen aufgelöst, ihren Gatten Caesar: „Geh heute nicht zur Senatssitzung, lieber Mann! Mir hat in der Nacht etwas Schreckliches geträumt. Man hat dich vor meinen Augen erdolcht. Julius, wenn du mich liebst, so bleib heute zu Hause! Du bist ohnedies unpäßlich. Julius, geh heute nicht fort!" Sie warf sich ihm zu Füßen und umschlang jammernd seine Beine.

Er lächelte ihr nachsichtig zu, hob sie auf und umarmte sie. „Liebste, wodurch unterscheidet sich der heutige Tag von irgendeinem anderen? Ich muß den Senatoren, diesen langweiligen alten Dummköpfen, ein paar wichtige Sachen vorschlagen. Sie werden nicht ablehnen können. Das Volk von Rom steht hinter mir." Er tätschelte ihr die Wange, küßte sie auf die zitternden Lippen und trocknete ihr die Tränen.

Er fühlte sich tatsächlich nicht wohl. Unter der Bräune seiner Haut lag ein fahler Schimmer. Seine Augen waren eingesunken. In der letzten Zeit hatte er mehrere epileptische Anfälle gehabt. Aber seine frohe Zuversicht feite ihn gegen alle bösen Ahnungen, als er von seiner Frau Abschied nahm und sich zum Senat tragen ließ, der diesmal auf dem Marsfeld in der neuen Kurie beim Pompejus-Theater tagte. Und die Sonne schien, die grelle Märzsonne, und die Luft war nach dem Regen warm und wohlig, und die Straßen waren voll von Menschen, und die Leute erkannten Caesars Sänfte, umdrängten sie, von seinen stolzen Gardesoldaten in achtungsvollem Abstand gehalten, und grüßten ihn mit freudigen Zurufen.

Caesar sah dem Höhepunkt seiner Laufbahn entgegen. Erst gestern hatten Freunde ihm versichert, heute werde ihm vom Senat neuerlich die Königskrone angeboten werden; diesmal müsse er sie annehmen. Die Stunde war gekommen. Noch ehe die Sonne unterging, sollte er Alleinherrscher sein, der erste Träger des lebenslänglichen, vererblichen Imperatorentitels. Seine geliebte Kleopatra weilte mit seinem Söhnchen Caesarion in einem Landhaus der Umgebung. Es tat ihm leid, daß nicht dieses Kind die Krone erben sollte, sondern Octavius, sein Großneffe. Er dachte an seinen von ihm nicht anerkannten Sohn Brutus, den Mann mit den finsteren, buschigen Brauen und dem engstirnigen, heftigen Wesen. Da war der schöne, stolze Octavius immerhin ein ganz anderer Erbe, ein wahrer Fürst! Und trotz seiner Jugend schon ein tüchtiger, angesehener Offizier. Caesar lächelte und winkte der Volksmenge zu, und seine Garde marschierte neben seiner Sänfte, und die Märzsonne leuchtete auf den Helmen und den regenfeuchten Straßen und den brandroten Dächern von Rom. Die Stunde war gekommen..

An diesem Morgen suchte Quintus schon zu früher Stunde seinen Bruder auf. Cicero begrüßte ihn mit der gewohnten Herzlichkeit und freute sich derart über den Besuch, daß er die ungewöhnlich ernste Miene des Bruders nicht bemerkte. Er erzählte ihm von dem jungen Marcus, der in Griechenland Philosophie studierte, und erkundigte sich liebevoll nach dem jungen Quintus. Die Doppelzüngigkeit seines Neffen hatte er mit Gewalt aus seinem Gedächtnis gelöscht. Schließlich schufen böse Ereignisse eben böse Umwälzungen im menschlichen Gemüt. Oder verhielt es sich etwa umgekehrt? dachte er. In dieser Nacht hatte er ruhiger geschlafen als schon lange. Er hatte auf das ihm von seinen Ärzten verschriebene Schlafmittel, von dem er recht abhängig geworden war, diesmal verzichten können und damit offenbar die sonst auftretenden Alpträume vermieden. Er war erfrischt aufgewacht und spürte sogar ein wenig von seiner einstigen Lebensbejahung.

Dann, während des gemeinsamen Frühstücks, fiel ihm auf, daß der im allgemeinen so lebhafte Quintus merkwürdig still und ernst war. „Ist etwas passiert?" fragte er. „Hast du wieder mit Pomponia gestritten?"

„Ich lasse mich scheiden. Hoffentlich beeinträchtigt das nicht deine Beziehungen zu ihrem Bruder Atticus", sagte Quintus unwirsch und ließ mit einer Handbewegung das Thema fallen. „Weißt du übrigens, daß Caesar heute in der Senatssitzung erscheint und verschiedene Neuerungen vorschlagen wird?"

„Das tut er ja gern", erwiderte Cicero, während er ein weißes Brötchen mit Butter bestrich und die vor ihm auf einem Silberteller liegenden leckeren Bratfische musterte. Dann blickte er auf und sah die finstere Miene des Bruders. „Ich dachte, du bist jetzt mit Caesar befreundet, nicht?"

Der Feinschmecker Quintus legte die Gabel weg und nahm einen tüchtigen Schluck Wein. „Ich liebe mein Vaterland", entgegnete er.

„Gewiß", bestätigte Cicero etwas erstaunt. „Wer streitet das ab?"

Der sonst so gesprächige Quintus verfiel wieder in Schweigen, und Marcus betrachtete ihn immer verblüffter. Dann hob der jüngere Bruder die Augen, und ihr Blau schien über die Ufer zu treten. Auch Marcus legte die Gabel hin. „Was hast du denn, Quintus?"

„Komm mit mir zur Senatssitzung!" bat der Bruder mit gepreßter Stimme.

„Augenblicklich habe ich keine Anträge zu stellen."

„Komm trotzdem!" Er hielt inne. „Du wirst vielleicht . . . Zeuge von etwas werden, was dich freuen mag."

„Nichts, was Caesar sagt, kann mir Freude machen."

Aber er blickte hinaus und sah die strahlende Märzsonne. Es war so warm, daß das Fenster mit beiseite geschobenen Vorhängen offenstand.

Ein Duft von grünendem Rasen drang herein, stark und scharf, voll schlichter Daseinslust, und Cicero dachte an seinen langsam zum Leben erwachenden Garten, an die hellgrün gesprenkelten dunklen Zypressen, an die knospenden Obstbäume. Er hatte schon viele Tage das Haus nicht verlassen; die frische Luft würde ihm sicher gut tun. Er hörte das Singen der Vögel und das fröhliche Plätschern der ihrer Winterfesseln ledigen Springbrunnen. Plötzlich fühlte er sich wieder jung und fast hoffnungsvoll, obwohl er wußte, daß der Lenz solche Gefühle in allen Menschen, auch in Greisen, weckte. Es mußte wohltun, das von Menschen wimmelnde Forum und die Tempel zu sehen, unterwegs aus Bäckerläden frisches Brot zu riechen und aus den Garküchen schmorendes Fleisch. Sogar der beißende Gestank Roms würde heute nicht unangenehm sein. Im Frühling war Rom immer herrlich schön. Da leuchtete die Sonne ganz besonders, und die Luft war wie ein belebendes Bad. Viele Jahre bleiben mir nicht mehr, dachte Cicero. Ich muß jeden schönen Tag nützen. Als junger Mensch kann man die Goldmünzen seiner Lebenszeit verschwenden; jetzt muß ich mit ihnen haushalten. Er sagte: „Am liebsten würde ich zwar ein bißchen geruhsam durch die Straßen schlendern, aber ich komme meinetwegen mit dir zur Senatssitzung."

Als er, von Quintus zu Pferde begleitet, in seiner Sänfte saß, hielt er alle unangenehmen Gedanken von sich fern. Er ließ die Vorhänge offen, so daß er auf sein geliebtes Rom hinausblicken konnte. Eine so große, so mächtige Stadt! Wie sie sich da auf ihre sieben Hügel hinbreitete, mit den rubingleich funkelnden Dächern, mit den braun, gelb, grün und rot leuchtenden Häusermauern! Als junger Mensch hatte er die Vorstellung gehabt, diese Stadt müsse ewig stehen. Er dachte an seine Vision als Augur. Auf welchem Hügel würde sich wohl dereinst die mächtige Kuppel mit ihrer seltsamen Bekrönung erheben? Er tastete nach dem Kreuz des Anotis und dem Amulett Aurelias. Diese beiden Talismane trug er immer bei sich.

Jetzt empfand er es sogar als angenehm, ein namenloser Unbekannter zu sein. Niemand begrüßte seine Sänfte; niemand musterte sein müdes, verbrauchtes Gesicht, seine erloschenen Augen, sein weißes Haar. Ungestört konnte er dem Zwitschern der römischen Schwalben lauschen und beobachten, wie sie pfeilschnell durch die Luft schossen. An jedem unbebauten Fleckchen Erde sprossen kleine Mohnköpfchen hervor und leuchteten blutrot in der Sonne. Die Sänfte wurde unter Triumphbögen hindurchgetragen. Je näher sie ihrem Ziele kam, desto dichter ballte sich die Menschenmenge. Das laute Summen der Stimmen schien diesmal schärfer und eindringlicher als sonst.

In ihren weißen und scharlachroten Gewändern schritten die Senatoren ungewöhnlich rasch durch die Säulengänge der Pompejus-Kurie. Diesmal fand die Zusammenkunft nicht im Senatsgebäude auf dem

Forum statt, weil nichts Besonderes zu erwarten war und zu der Alltagssitzung nur wenige Väter erscheinen würden. Als Cicero aus der Sänfte stieg, sah er gerade Caesar die Treppe hinaufsteigen, von einigen Freunden begleitet. Sobald er das stolze Adlergesicht, die goldbestickte Purpurtoga, das ernste Lächeln, die lässigen, beredten Gesten erblickte, konnte er sich nicht zurückhalten und rief: „Julius!" Und Caesar wandte sich um, erspähte den Freund über viele Köpfe hinweg, winkte ihm liebevoll zu und betrat den Saal. „Julius", murmelte Cicero. Er wußte nicht, warum, aber ihm hatte sich das Herz zusammengekrampft, und plötzlich wurde die Sonne glanzlos und kalt. Mit dem schweigenden Quintus folgte er den anderen Senatoren durch die weißen Säulengänge, auf deren weißen Marmorfußböden Lichtstreifen lagen.

Die beiden Brüder waren nicht weit hinter Julius. So hielten sie inne, als plötzlich vor ihnen eine seltsame Unruhe und Verwirrung ausbrach und laute Stimmen ertönten. „Was ist los?" fragte Marcus. Doch Quintus starrte nur vor sich hin, faßte den Bruder am Arm und hielt ihn zurück. Seine Lippen kräuselten sich zu einem merkwürdigen Lächeln, und seine Zähne glitzerten. Ciceros Herz begann qualvoll zu pochen. Er schüttelte die Hand des Bruders ab und tat ein paar Schritte vorwärts. „Bleib!" rief Quintus. Aber Cicero ging noch ein Stück auf das Gewirr von Menschen und die aufgeregten Schreie zu.

Dann sah er hochgehobene, blutige Dolche im Licht der Sonne funkeln. Er hörte wildes Triumphgebrüll. Quintus versuchte wieder, ihn zurückzuhalten; doch wieder riß er sich los und drängte vor. In seiner Kehle stak ein seltsamer Pfropf, vor seinen Augen lag Nebel. Seine Glieder waren schwer. Ihm kam vor, als müßte er marmorne Beine dorthin schleppen, wo er Julius zuletzt inmitten seiner Freunde gesehen hatte. Jetzt brach ein furchtbarer, donnerähnlicher Lärm aus, ein Schreien und Kreischen. Cicero wurde beiseite geschoben; er wankte. Menschen rangen miteinander, umfaßten sich gegenseitig, keuchten; ihre Augen glommen wie die Augen von Raubtieren.

Endlich war Cicero an der Stelle angelangt, wohin er wollte. Julius Caesar lag auf dem weißen Steinboden. Er hatte sich den Leib mit der Toga bedeckt. Er blutete aus vielen Wunden. Sterbend starrte er seine Mörder an. Dann blieb sein brechendes Auge auf einem von ihnen haften, und er flüsterte: „Auch du, mein Kind?" Er starb vor der Pompejus-Statue.

Brutus schrie laut: „So enden die Tyrannen!" und hob frohlockend seinen Dolch. Betäubt, einer Ohnmacht nahe, taumelte Cicero gegen eine Säule. Zu seinen Füßen lag Julius mit geschlossenen Augen. Cicero kniete neben den Toten hin. Behutsam zog er die Toga beiseite, die das Gesicht halb verhüllte. Er vernahm nichts mehr um sich her. Er und Julius waren allein, und sie waren wieder Kinder. Er sah nicht das Blut, nicht die Fahlheit, die sich über Caesars stolzes Gesicht breitete, nicht den im Sonnenlicht armselig schimmernden kahlen Schädel. Er sah den Knaben Julius, und nicht die Erhabenheit des ermordeten Caesar. Er begann zu weinen. „Du wolltest nicht auf mich hören, mein kleiner Spielgefährte", murmelte er. „Nein, du wolltest nicht hören."

Jemand faßte ihn an den Armen, hob ihn und trug ihn davon wie ein Kind. Es war Quintus, der ihn rasch zu seiner Sänfte brachte, der bärenstarke und doch keuchende Quintus. Cicero leistete keinen Widerstand. Seine tränenblinden Augen sahen nichts als das Gesicht des toten Caesar, und er betete für die ungestüme Seele, die den Körper zu dieser schicksalhaften Zusammenkunft geführt hatte.

LXVI

Hatte Quintus gewußt, was sich an diesem Tage, den Iden des März, ereignen würde? Cicero bekam und suchte nie Klarheit darüber. Hatte Quintus an der Verschwörung teilgenommen? Cicero forschte nicht danach; er fürchtete die Antwort. Quintus fragte ihn: „Worüber kränkst du dich?" Aber Cicero konnte nichts erwidern. Er besuchte Caesars Witwe, ergriff schweigend ihre Hand und weinte mit ihr. Er schritt durch alte Gäßchen, wo er mit dem kleinen Julius gegangen war. Er sah die Statuen der Dioskuren und dachte an Caesars Worte. Ja, ihre beiden Lebenswege waren zwar ganz verschieden verlaufen, hatten sich jedoch immer wieder gekreuzt. Caesar war gestorben; aber er war nicht tot.

Cicero hatte als Folge der Ermordung ein Chaos in Rom befürchtet. Aber Caesars Günstling Marcus Antonius, der stattliche, männliche Jüngling, der glänzende Soldat, der immer im Schatten Caesars gestanden hatte, ergriff mit erstaunlich fester Hand die Zügel der Herrschaft. Er befehligte die Legionen; er versammelte den Senat. Militär besetzte die Straßen und hielt die Menschen im Zaum, die sich dort ständig bestürzt, entsetzt drängten, die sich gegenseitig fragten, was das alles bedeuten und wie es in Rom jetzt weitergehen mochte, die miteinander über die Ereignisse sprachen, stritten und rauften. Die Soldaten griffen tatkräftig durch, zerstreuten Ansammlungen, unterdrückten Ruhestörungen im Keim.

Marcus Antonius verlas auf dem Forum vor der Bahre des Ermordeten dem Volk das Testament Caesars und hielt die Leichenrede. Der junge Offizier sprach mit überraschender Beredsamkeit. Caesar hatte letztwillig seinen Grundbesitz jenseits des Tiber dem Volke Roms als öffentliche Stiftung überlassen und außerdem jedem einzelnen Bürger dreihundert Sesterzen vermacht. Niemand fragte, wie er sich ein so ungeheures Vermögen hatte erwerben können. Cicero war besorgt gewesen, der leidenschaftliche, stolze, soldatische Marcus Antonius würde den Mob gegen die Mörder aufhetzen und so Rom in gewalttätige Anarchie stürzen. Doch Antonius erwies sich als unerwartet besonnen. Er rief dem Volke nur zu: „Über der Stadt schwebt der Schatten des großen Caesar Ich bin bloß sein Diener. Ich führe seinen Willen durch, und den euren!"

Cicero mußte sich fragen, wer die Hintermänner des selbst keineswegs besonders umsichtigen oder klugen oder politisch erfahrenen Antonius waren. Wer lenkte ihn, als er im Senat mit kühler, wohldurchdachter Entschlossenheit eine allgemeine Amnestie für die Mörder und ihre Mitläufer durchsetzte? Wer verfaßte ihm seine so staatsmännisch abgeklärten Reden? Antonius betonte darin auch besonders die Tatsache, daß einige der Teilnahme an dem Mordkomplott bezichtigten Senatoren von Caesar liebevoll in seinem Testament bedacht worden waren. Eine allgemeine Verwirrung entstand, und gerade von den in erster Linie Verdächtigen wurden die verschiedensten Fragen in Umlauf gebracht. Wer war wirklich für Caesars Ermordung verantwortlich? Doch gewiß nicht die Senatoren! Bestimmt nicht die Patrizier, zu denen Caesar selbst gehörte! Wer mochte nur eine so grausige Tat ausgeheckt haben? Schwarmgeister unter den kleinen Leuten? Sicherlich nicht! Caesar hatte ja das Volk geliebt. Octavius, sein kaum neunzehn Jahre alter Großneffe? Nein! Caesar hatte ihn gern gehabt, im Testament adoptiert und zum Haupterben eingesetzt. Brutus? Sogar die Leute, die den blinkenden Dolch in seiner Hand gesehen hatten, bezeugten, er habe waffenlos bloß gerufen: „So enden die Tyrannen!" Viele mußten die Täter beobachtet haben, und alle erklärten nachdrücklich, niemand von diesen Männern habe auch nur einen Finger gerührt.

Den Mördern war Straffreiheit gewährt worden; ihre Namen wurden nicht mehr genannt. Schließlich begann das Volk zu glauben, irgendein verrückter Einzelgänger habe die Tat in einem Anfall von Zerstörungsdrang begangen. Die Reihen der Mächtigen schlossen sich wieder. „Von wem Caesar eigentlich umgebracht worden ist, werden wir wohl nie erfahren", meinten die Leute nachdenklich. „Wer ist schon gegen den Überfall eines Geisteskranken gefeit?" Sie schüttelten die Köpfe, bedauerten solche Gewalttaten und verlangten, in Hinkunft müßten bessere Sicherheitsvorkehrungen für die hohen Würdenträger getroffen werden. Die Senatoren lächelten einander erleichtert zu, und die Konsuln flüsterten: „Solange das Volk sich mit diesem Frage-und-Antwortspiel über die mutmaßliche Täterschaft beschäftigt, wird es keine Unruhen, keine Racheakte geben." Die Justizbehörden leiteten eine Untersuchung ein, die im Sande verlief. Der ‚gerichtsordnungsmäßig nicht hinreichend aufzuklärende Mordfall' wurde zu den Akten gelegt. Die Täter blieben unentdeckt; die wenigen Menschen, die sie kannten, sprachen nicht.

Als Caesars Mitkonsul für das laufende Jahr übernahm Antonius nun allein das Konsulat und bemühte sich um versöhnliche Gesten. „Vor allem müssen wir Ordnung schaffen; denn wir sind ein Volk der Rechtlichkeit." Er verlautbarte eine Reihe angeblich noch von Caesar stammender Dekrete und Erlässe, die jedoch Cicero seinen Freunden gegenüber gebrochenen Herzens als Fälschungen bezeichnete. Die alte Feindschaft zwischen den beiden Männern lebte wieder auf, und Antonius erklärte seinen Anhängern, ‚dieser Alte' müsse, so oder so, kaltgestellt werden. „Er ist eine Bedrohung für Rom." Um zu bekunden, daß er persönlich keine Alleinherrschaft anstrebe, schaffte Antonius durch ein Gesetz das Amt des Diktators für immer ab. Die Leute im Volk sagten zueinander mit nüchtern treuherzigen Mienen: „Also, jetzt sind wir für alle Zukunft freie Bürger!"

Dann aber trat der junge Octavius mit jener kühlen, gelassenen Entschiedenheit, die er auch später als Princeps unter dem ihm verliehenen Ehrennamen Augustus bewähren sollte, auf die politische Bühne. Seine Eltern hatten ihm geraten, die Erbschaft nach Caesar, der ihn auch zum Nachfolger bestimmt hatte, auszuschlagen. Er hörte sich alles mit ernster Miene an; aber er war nicht der Mann, sich von jemand anderem leiten zu lassen als von sich selber. Bedenkenlos, entschlußfest und ehrgeizig, kannte er seine eigenen Fähigkeiten und vertraute nur ihnen. In Rom nannte man ihn den ‚Knaben'. Er lächelte düster. Doch er war behutsam und übereilte nichts. Jeder seiner Schritte war wohldurchdacht. Über Antonius sagte er zu seiner Mutter: „Er ist nur das Sprachrohr anderer. Einen eigenen Gedanken hat er nie gehabt." Seinen Freunden kündigte er an: „Die Mörder Caesars werde ich fassen, sobald die Zeit mir dazu geeignet scheint. Ich fühle mich verpflichtet, die Tat zu sühnen." Natürlich hielten die Freunde nicht dicht, und Antonius erfuhr sowohl von Octavius' abfälligen Bemerkungen über ihn wie von dessen Drohungen. Aber er nahm ihn als ganz jungen Burschen, mit dem man nicht weiter zu rechnen brauche. Octavius schmunzelte kühl. Vorläufig erklärte er sich bereit, Antonius, dem Caesar ja immer vertraut habe, in jeder Beziehung zu unterstützen. Der Konsul begrüßte seine Treuebekundung sichtlich erleichtert, konnte sich indes nicht enthalten, ihm wie einem Schuljungen gönnerhaft zuzulächeln.

Der ‚Knabe' beobachtete genau alle einflußreichen Männer in Rom. Während der Konsul von seiner Verwaltungstätigkeit und dem Verkehr mit dem Senat voll in Anspruch genommen war, arbeitete Octavius an Ideen und Plänen für eine ferne Zukunft. Immer öfter kam er auch zu den Senatssitzungen und trug eine feierliche, achtungsvolle Miene zur Schau. Die Väter betrachteten ihn mit einer gewissen Gefühlsseligkeit und nickten ihm selbst dann noch freundlich zu, als sie hörten, er bezeichne sich außerhalb von Rom mit Vorliebe als ‚Gajus Julius Caesar'. Der junge Mann habe ja, so erklärten sie, seinen Großonkel innig verehrt; nun wünsche er eben, daß dessen Name nicht in Vergessenheit gerate. Solchen Familiensinn könne man nur preisen; diese Tugend werde heutzutage immer seltener. Die Senatoren fanden auch nichts daran auszusetzen, daß viele von Caesars altgedienten Soldaten ihre Liebe zu dem toten Heerführer auf den jungen Octavius übertrugen. „Er soll nur ruhig Caesar spielen", sagten sie zueinander. „Das tröstet ihn über seine Trauer hinweg."

Aber die Männer um Antonius begannen aus irgendeinem Grunde dem blondhaarigen, blauäugigen Octavius zu mißtrauen und den pietätvollen Eifer zu beargwöhnen, mit dem er den Namen Caesar im Volke glorreich lebendig zu erhalten trachtete. Dem so viel älteren Antonius fiel es allerdings nicht ein, ein Bürschchen zu fürchten, das seit dem Tode seines Großonkels völlig bedeutungslos geworden war. Für die Zeit nach seinem Konsulat erhielt Antonius zunächst Makedonien als Provinz zugewiesen. Von seinen Freunden gut beraten, ließ er sich jedoch statt dessen durch Volksbeschluß, unter Umgehung des Senats, zum Statthalter des zisalpinen und des transalpinen Gallien bestellen. Viele Tausende schätzten ihn als Soldaten, darunter auch Veteranen Caesars, die dem Octavius nicht grün waren. Von neuem brach der Machtkampf los.

Während Cicero bei sich selber dachte: Ich habe dich sehr liebgehabt, Julius, mein kleiner Schulkamerad!, hatte er sich unvorsichtigerweise geäußert: „Als Tyrann, der Rom völlig zu unterjochen versuchte, hat Caesar den Tod verdient." Diese Bemerkung wurde Octavius hinterbracht, der bloß sein eisiges Lächeln aufsetzte. Als Antonius von der Äußerung erfuhr, beschloß er, die Ausstoßung Ciceros aus dem Senat zu betreiben, und sagte zu seinen Freunden: „Nur ein solches Ungeheuer wie Cicero kann die Ermordung unseres geliebten Caesar entschuldigen. Wer mag ihn denn schon, diesen ewigen Nörgler?" Auch seine Anhänger fanden, Cicero sei ein ‚blinder, alter, zahnloser Hund'. Der heißblütige, machtbewußte Antonius war gegen den ‚zynischen Unhold', den er zu gelegener Zeit ebenso wie den beim Volk immer beliebter werdenden Octavius zu vernichten drohte, so erbost, daß Ciceros wenige verbliebene Freunde ihm rieten, für eine Zeitlang Rom zu verlassen.

Er reiste nach Athen, um seinen Sohn zu besuchen, der dort ein dem schlichten Vater völlig unerwünschtes Wohlleben führte. Aber der junge Marcus beschwichtigte ihn wie gewöhnlich durch seichte philosophische Spitzfindigkeiten und vielerlei Bekundungen der Anhänglichkeit. „Mit der römischen Politik will ich nichts mehr zu tun haben", sagte Cicero zu seinem Sohne. „Ich bin alt und müde. Ich möchte nur, daß du heiratest und mir Enkel schenkst." Von seiner geliebten Tullia sprach er zu niemandem, nicht einmal zu Marcus oder Atticus; denn die durch ihren Tod in seinem Herzen aufgerissene Wunde blutete noch immer und sollte nie heilen. Er dachte an den Traum, in dem Tullia ihm erschienen war, und an sein Buch ‚Vom Troste', das ihn selbst jedoch nicht hatte trösten können. Rom und den Machtkampf der großen politischen Gruppen habe er satt, betonte er seinem Sohne immer wieder. Er lebe nur mehr seinen Erinnerungen, wünsche nichts als Enkelkinder und ein friedliches Alter. Darauf erwiderte der junge Marcus mit einem unterdrückten Gähnen: „Ja, ja, man soll nichts übertreiben." Er hatte zwar einen ausgezeichneten Kopf, fand jedoch alles, was nicht dem Vergnügen diente, über die Maßen langweilig. Er war zu der Ansicht gelangt, jede kämpferische Einstellung beeinträchtige das für den Menschen allein Wichtige: die körperlichen Gelüste und ihre Befriedigung.

„Nichts übertreiben?" rief Cicero, und plötzlich wurde er sehr lebhaft. „Du hast wohl vergessen, was Aristoteles in seiner ‚Ethik' gesagt hat: ‚Tugend wird mit Recht als Mittelweg bezeichnet; aber insofern sie höchster Vollkommenheit zustrebt, führt sie an äußerste Grenzen.' Mir persönlich ist ein durch und durch böser, zerstörerischer Mensch lieber als einer, der nur träge lächelt, überhaupt keine eigene Meinung hat und weder heiß noch kalt ist. Bei dem einen weiß man wenigstens gleich, woran man ist. Der andere wird weder dem Übel entgegentreten noch das Gute verfechten. Er ist wie schaler Wein, den man ausspuckt."

„Ja, lieber Vater", stimmte der junge Marcus pflichtschuldig zu und fragte sich insgeheim, wann wohl der Vater wieder abreisen und ihn sein Freudenleben ungestört fortsetzen lassen werde.

Als Cicero Berichte erhielt, wonach Antonius sich recht vernünftig gehabte, beschloß er tatsächlich heimzukehren. Unterwegs erfuhr er durch scheelsüchtige Bekannte von einer höhnischen Bemerkung des Antonius, er, Cicero, habe sich ‚durch Flucht der Stellungnahme zu den Ereignissen entzogen'. Diese Worte brannten sich ihm langsam, aber nachhaltig in die Seele ein.

In Rom gerieten unterdessen die beiden Rivalen immer heftiger aneinander, weil Antonius auf des ‚Knaben' Verlangen nach Herausgabe seines Erbteils anmaßend erklärt hatte, er sei überzeugt davon, daß Caesar die betreffende Testamentsbestimmung anders gemeint habe. Cicero stellte sich in dieser Sache auf die Seite des Octavius, was ihm natürlich bei Antonius keinen Stein im Brett eintrug. Trotz aller seiner guten Vorsätze, nur mehr als unparteiischer ‚alter Staatsmann' ausgleichend zu wirken, stand er plötzlich wieder mitten im Kampf. Er mußte sich eingestehen, daß er ein wenig von seiner Liebe für Caesar auf Octavius übertragen hatte, während ihm Antonius immer unleidlicher wurde, wegen seiner großspurigen Art, seines prahlerischen Hochmuts, seines ewigen überlegenen Lächelns und seiner – trotz bloß durchschnittlicher Geistesgaben – ständig hervorgekehrten Besserwisserei; er war erfüllt von der Verachtung des Berufssoldaten für alle Zivilisten; er liebte Gepränge,

Militärmusik und Fahnengeflatter. In Ciceros Augen war er bloß ein plumper Possenreißer, im Gegensatz zu Caesar, der ein wunderbarer, feinsinniger Schauspieler gewesen war. Unglückseligerweise machte Cicero jedoch zu klatschsüchtigen Bekannten die Bemerkung, Octavius sei noch zu jung und zu unerfahren, um eine bedeutende Rolle zu spielen, und man solle ihn vorderhand nicht allzu ernst nehmen. Das wurde natürlich dem jungen Mann brühwarm zugetragen und verärgerte ihn.

Anfang September, nach seiner Rückkehr von einem Inselaufenthalt, hielt Cicero im Senat die erste seiner großen — in Anlehnung an Demosthenes' Reden gegen Philipp von Makedonien als ‚Philippiken' bezeichneten — Ansprachen gegen Antonius. Die Senatoren waren von seiner feurigen Beredsamkeit hingerissen. Antonius' Freunde mochten diesen Mann einen blinden, alten, zahnlosen Hund genannt haben; jedenfalls hatte er sich seine Stimme bewahrt, eine mächtige Stimme voll Leidenschaft und Kraft. Antonius, so führte er aus, solle weder mit seiner noch mit des Senates Hilfe für irgendeines seiner ‚Abenteuer' rechnen. Er machte Antonius so lächerlich, daß sogar jene Senatoren, die insgeheim den Haudegen unterstützten, nur mit Mühe ihren Ernst bewahren konnten. Unter den Zuhörern saß auch Octavius, und seine blauen Augen lächelten kühl und zusammengekniffen, während im übrigen sein Gesicht unbeweglich blieb, wie aus Marmor gehauen. Später erzählte man sich, Antonius sei über den Angriff gegen ihn so wütend gewesen, daß er sich mehrere Tage lang sinnlos betrank. „Der Rausch ist die letzte Zuflucht des gewalttätigen, innerlich unsicheren Menschen", bemerkte Cicero dazu, und auch das wurde dem Antonius hinterbracht.

Zur Vergeltung verbreitete der Konsul die falsche Anschuldigung, Cicero sei unter den Verschwörern gewesen, die Roms größten Patrioten und Soldaten, Julius Caesar, zu Tode brachten. Nur Leute, die dieser Lüge Glauben zu schenken wünschten, behaupteten ihre Richtigkeit. Solche Brunnenvergiftung forderte Cicero zur Abfassung seiner zweiten Philippika heraus, die aber nicht vor dem Senat gehalten wurde, sondern als Flugschrift weite Verbreitung in Rom fand. Darin bezeichnete er Antonius als Feigling und Verleumder und schrieb ihm fast alle von Rom mißbilligten Laster zu. Man sollte ihn als Verbrecher hinrichten! Man sollte ihn als Tyrannen ermorden! Das war eine merkwürdige Tonart von seiten eines Mannes, der bisher wegen seiner Liebenswürdigkeit, seiner tiefgründigen Verständigkeit, seines Wunsches nach Frieden und seiner Ablehnung jeglicher Gewalttat bekannt gewesen war. Aber er und Antonius waren immer gegensätzlich geartete Temperamente gewesen, und zwischen ihnen stand auch die Tatsache, daß Cicero vor Jahren die Hinrichtung des von Antonius mit Sohnesliebe verehrten Lentulus veranlaßt hatte. „Ich habe ihm verziehen", erklärte Antonius im Ton soldatischer Aufrichtigkeit, „nachdem Caesar mir dargelegt hatte, Cicero hätte nur im Interesse der Sicherheit Roms und nicht aus persönlicher Rachgier gehandelt. Ich habe ihm sogar zusammen mit Caesar persönlich einen Beileidsbesuch anläßlich des Todes seiner Tochter abgestattet! Und wie vergilt er mir das? Mit Schmähungen, mit Anzweifelungen meines Mannesmuts, mit hämischen Unterstellungen, ich wäre ein Hochverräter und ein Dummkopf!''

Inzwischen arbeitete Octavius still, aber unverwandt daran, die Gegner des Antonius unter den Legionären, besonders unter den altgedienten Soldaten, für sich zu gewinnen. Er zeigte dabei eiserne Beharrlichkeit; nichts schreckte ihn ab oder entmutigte ihn. Mochten die Knasterbärte in Rom ruhig über seine Jugendlichkeit lächeln! Daß sie ihn nicht ernst nahmen, kam ihm sehr zugute. Seine Vertrauensleute waren ebenso still und ebenso tatkräftig am Werke, um auch unter Roms Bürgern alle jene, die am Herkommen oder an Caesars Andenken hingen, für dessen Adoptivsohn zu gewinnen. ,,Antonius hat gegen die Mörder meines Großonkels nichts unternommen'', erklärte Octavius in gutbesuchten Privatzirkeln. ,,Er hat im Gegenteil deren Amnestierung betrieben. Daß er an der Verschwörung gegen Caesar teilgenommen hätte, traue ich ihm allerdings nicht zu. Schließlich braucht man zu einem solchen Komplott Scharfblick und planende Voraussicht. Gerade diese Eigenschaften aber fehlen dem als Schwachkopf stadtbekannten Antonius.''

Diese verächtliche Äußerung kam dem Konsul bemerkenswert rasch zu Ohren. Von nun an hörte er – reichlich spät – auf, den ‚Knaben' zu unterschätzen. Er bemühte sich jetzt fieberhaft, die inzwischen meist schon von Octavius gewonnenen Caesarianer auf seine Seite zu bringen. Zu seiner staunenden Wut mußte er feststellen, daß es während der Zeit, die er in Rom mit großsprecherischen Befriedungsversuchen vertan hatte, dem Octavius auf die eine oder andere Art gelungen war, sich eines großen Teils der Legionen zu versichern. Zum erstenmal griff Antonius die Caesarmörder offen an: solange er lebe, werde er sie verfolgen und nicht eher ruhen, als bis sie vernichtet seien. Noch im Spätherbst eilte er nach Brundisium, scharte dort fünf Legionen aus Makedonien um sich und marschierte mit ihnen in das ihm für das nächste Jahr zur Verwaltung zugewiesene zisalpine Gallien, wo ihm jedoch der dort bis zum Jahresende noch rechtmäßig amtierende Statthalter Decimus Junius Brutus die Amtsübergabe verweigerte. Antonius vermutete mit Recht, daß Octavius sich inzwischen die Gefolgschaft der dortigen Legionen erkauft hatte. Empört rief er: ,,Wo sind wir denn hingeraten? Octavius hat eine Privatarmee aufgezogen! Das ist gegen jedes Recht!''

Unterdessen hatte Octavius in Rom auf geheimnisvolle Art auch die Unterstützung der Bankiers, Geschäftsleute, Gewerbetreibenden und Fabrikanten gewonnen. In diesen Kreisen mißtraute man dem sprunghaften Antonius, der oft seine Militaristenverachtung für den reichen Mittelstand, ‚diese käufliche und ausschließlich unter dem Banner des Profits marschierende Armee', bekundet hatte, obwohl ihm klar sein mußte, daß auch zum Kriegführen vor allem Geld gehörte. Und nun arbeitete alles Geld für den ‚Knaben', für diesen Jüngling mit den himmelblauen Augen, dem scharfgeschnittenen Gesicht und dem selten lächelnden Mund, für den Jüngling mit der unerbittlichen Willenskraft, die sich nie von Launen oder Stimmungen leiten ließ. Octavius war wie ein eisenbeschlagener Rammbock, der gegen eine brüchige Stadtmauer anrannte.

„Mit der römischen Politik will ich nichts mehr zu tun haben. Ich bin alt und müde", hatte Cicero zu seinem Sohne gesagt. Dennoch war er unterdessen mit den ersten seiner Philippiken gegen Antonius aufgetreten, und jetzt wurde er vollends wieder lebendig, wie ein altes Streitroß, das die Schlachttrompeten hört. Quintus versuchte ihn mit dem Hinweis darauf zurückzuhalten, als verfassungstreuer Anwalt müsse er doch eher gegen Octavius, der sich eine ungesetzliche Privatarmee geschaffen habe, Stellung nehmen. Sei es nicht widersinnig, diesen Mann gegen den rechtmäßigen Konsul und Truppenbefehlshaber Antonius zu unterstützen? Octavius wolle doch offenbar durch einen Bürgerkrieg — als wäre das Volk nicht schon oft genug von blutigen inneren Wirren heimgesucht worden! — die Machtstellung seines Großonkels für sich erobern, während Antonius ihm Halt zu gebieten versuche!

„Unter zwei Übeln wähle ich immer das kleinere", erklärte Cicero starrköpfig. „Den Antonius kann ich seit jeher nicht recht leiden. Octavius ist jung, aber klug. Dummköpfen traue ich nicht, und Antonius ist ein Dummkopf." Aber innerlich war er zwiespältig. Bisher hatte er folgewidrig handelnde Menschen unweigerlich gerügt. Jetzt handelte er, wie er sich gestehen mußte, selber unlogisch. Octavius hatte mit gesetzwidrigen Mitteln eine Armee auf seine Seite gebracht; Antonius trat ihm als rechtmäßiger Amtsträger entgegen. Einer von beiden würde siegen. Cicero gab zu, daß ihm persönlich Octavius lieber war als der unbeständige, aufbrausende und für Ciceros nüchternen Geschmack zu dick auftragende Berufssoldat Antonius.

Freunde suchten Cicero auf und bemühten sich, ihn umzustimmen. Octavius kenne Treuepflichten nur sich selber gegenüber. Er spanne jeden Menschen unbedenklich für seine Zwecke ein. Antonius möge vielen Leuten nicht passen; aber er halte sich als Konsul und Feldherr wenigstens im Rahmen der von Cicero so hochgehaltenen Gesetze. Doch Cicero, der zeitlebens allen Gefühlsregungen mißtraut hatte, befand sich nun in einer seiner seltenen stimmungsabhängigen Seelenverfassungen. Vor allem machte auf ihn die ihm so gemäße Gelassenheit des Octavius tiefen Eindruck. Er haßte aus ganzem Herzen lärmende Großtuer, wie Antonius einer war. Kurz, er verspürte für Octavius — obwohl er ihn längst als unerbittlich und selbstisch erkannt hatte — eine ausgesprochene, durch dessen Verwandtschaft mit Caesar verstärkte Zuneigung, auch schon, weil er von jungen Menschen zeitlebens angetan war. Octavius' kühle Leidenschaftslosigkeit betrachtete er als Zeichen eines gereiften Charakters. Da er selbst, der durch Klügelei und Selbstzweifel angekränkelte Verstandesmensch, etwas schwer von Entschluß war, bewunderte er insgeheim Männer, die wußten, was sie wollten, und es mannhaft ausführten. Von der äußersten Schmach des Menschengeschlechts, dem Bürgerkriege, aber würde Octavius, davon war er überzeugt, sich bestimmt fernhalten.

Mit fast übernatürlichem Einfühlungsvermögen bildete Octavius sich bald ein Urteil über den alternden Cicero, der noch immer, ohne es anscheinend selbst zu wissen, in Rom einflußreich war. So begann er um diesen Mann zu werben, mit einer seiner Bedenkenlosigkeit gemäßen Verstellungskunst, unter dem Anschein gewinnenden, jünglinghaften Freimutes. Da Cicero sich jungen Leuten gern öffnete und aus Octavius' Stimme einen Anklang an Caesars Sprechweise hörte, war er sehr von ihm eingenommen. Zwar schrieb er an Atticus, er traue dem ‚Knaben' nicht und sei über dessen Ansichten im unklaren. Dennoch erwärmte sein Herz sich, entgegen allen Bedenken der Vernunft, immer wieder für den jungen Mann. Als Atticus ihn dringend warnte, er möge sich in dem Machtkampf von keiner Seite festlegen lassen, erwiderte Cicero: ‚Ich bin durchaus Deiner Meinung. Wenn Octavius wirklich Oberwasser bekommt, dann werden die Erlässe des Tyrannen noch viel nachdrücklicher bestätigt werden, als es Ende März in der Senatssitzung geschah. Unterliegt er aber, so wird es wahrscheinlich mit Antonius nicht mehr auszuhalten sein. Man weiß also nicht, wem von den beiden man den Sieg wünschen soll.'

Aber bei sich selber hatte er schon auf Octavius gesetzt. Er war in seinen Parteinahmen immer unentwegt gewesen und für die seiner Meinung nach bessere Sache stets mit glühendem Eifer eingetreten. So betrachtete er auch jetzt, trotz eines gewissen heimlichen Unbehagens, Octavius als Rettung für Rom. Wenn Freunde ihm vorhielten, Antonius befinde sich jetzt in der gleichen Lage wie seinerzeit Pompejus, wurde er wütend. Er zog viele Senatoren auf Octavius' Seite, indem er ihnen versicherte: „Er wird keinen Bürgerkrieg anzetteln — das hat er mir gelobt. Er ist frei von den Leidenschaften und Lastern des Antonius. Er liebt Rom."

Octavius lächelte zufrieden über die belustigten Berichte seiner Anhänger. Nun war er überzeugt davon, Cicero gründlich umgarnt zu haben. Er ging sehr planmäßig vor. Seine Mittelsmänner stachelten Cicero auf, wieder vor dem Senat gegen Antonius aufzutreten. Und der betörte Mann hielt mit dem Schwung seiner einstigen Angriffe gegen Catilina, als dessen Wiedergeburt ihm jetzt Antonius erschien, eine neue Philippika, in der er den Senatoren zurief: „Dem Octavius ist nichts teurer als der Friede des Staates. Nichts ist ihm wichtiger als ihr, ehrwürdige Väter, und eure Machtfülle, nichts erwünschter als die Meinungsäußerung wakkerer Männer, nichts ersehnter als der echte Ruhm eines Wahrers der öffentlichen Ordnung! Ich leiste euch feierlich Gewähr dafür, Väter, daß Octavius immer der treue Staatsbürger bleiben wird, der er heute ist: entschlußfest und gereift und klug, von Leidenschaften unberührt. Wir sollten die Götter bitten, ihn uns immer so zu erhalten."

Als Octavius davon hörte, lachte er, was er sonst selten tat, laut auf. „Mein Onkel Julius hat ihn überschätzt", meinte er. „Ich finde ihn albern. Aber er kommt mir sehr zupaß."

Marcus Junius Brutus, der jetzt Statthalter in Makedonien war, konnte die Nachrichten über diesen Frontwechsel nicht glauben. Er schrieb an Atticus, dessen freundschaftliche Verbundenheit mit Cicero er kannte: ‚Ich weiß, daß Cicero alles in der lautersten Gesinnung tut. Er ist ein Ehrenmann. Aber wie oft haben Ehrenmänner sich gerade durch ihr schlichtes Gemüt in böse Dinge verlocken lassen! Was könnte uns allen unzweifelhafter sein als seine Liebe zur Republik? Wenn er sich dem mächtigen Antonius entgegenstellt, so tut er es nur, weil er um das fürchtet, was er als die letzten Reste der Republik ansieht. Wie merkwürdig blind ist solche Furcht! Während man das Gut, dessen Verlust man befürchtet, schützen will, tut man in Wirklichkeit alles, um auf dieses Gut und auf sich selbst Gefahren, die sonst vielleicht überhaupt vermeidbar gewesen wären, heraufzubeschwören. Octavius soll angeblich Cicero als ‚Vater' anreden und ihn bei allem um Rat fragen und ihm ständig Lob und Dank sagen. Doch wir kennen seine kalte Doppelzüngigkeit und wissen, daß er im Herzen weder jung noch aufrichtig ist. Zum Schluß wird sich die Wahrheit herausstellen, zu Ciceros Verderben. Warne ihn doch, ehe es zu spät ist!'

Atticus warnte ihn. Aber zum erstenmal hörte Cicero überhaupt nicht auf den geliebten, fürsorglichen Freund. Er hatte sich nun einmal auf Octavius festgelegt und ließ sich davon nicht abbringen. Als Quintus ihm zuredete, erklärte er: „Du bist Soldat, und darum ist dir Antonius lieber."

„Weißt du, was du tust?" rief Quintus, dem seine sonstige Frohlaune und Gutmütigkeit vergangen waren. „Du treibst den Antonius in die gleiche Lage, in der Caesar sich befand, als er den Rubikon überschritt. Du hast den Senat aufgefordert, Antonius zum Staatsfeind zu erklären. Bist du verrückt? Ich muß gestehen, daß ich dich nicht mehr verstehe. Zum Glück wurde deinem Antrag nicht stattgegeben, zum Glück für Rom. Aber Antonius wird, dank deiner Hetze gegen ihn, bald keine andere Wahl haben, als Octavius anzugreifen und den Bürgerkrieg gegen diesen Mann zu entfesseln, der sich eine Privatarmee und die Unterstützung bloß auf ihr Geld bedachter Leute erkauft hat. Du bist ja völlig außer Rand und Band geraten! Du hast dich ganz darein verrannt, Antonius zu vernichten!''

Er konnte nicht wissen, daß Cicero schließlich wiederum versuchte, Vernunft und Unvernunft zu versöhnen, daß er immer noch hoffte, die Leute würden lieber klug als unklug handeln, obwohl er seit jeher der Überzeugung gewesen war, der Mensch höre nie auf die Stimme der seinen Leidenschaften und Begehrlichkeiten abholden Vernunft. Octavius, der trotz seiner Jugend die Menschen an ihren schwachen Stellen zu packen verstand, hatte an Ciceros Einsicht und Verständigkeit appelliert. Nachdem er sich dessen Unterstützung gesichert hatte, handelte er entschlossen und unbeirrbar so, wie es seiner Wesensart entsprach, die sich nie von anderen Beweggründen als Nützlichkeitserwägungen leiten ließ.

Das furchtbare Drama neigte sich seinem Ende zu. Die Ordnung, Ciceros Abgott, wurde, so wie immer, von der Unordnung überwältigt. Er war der festen Überzeugung gewesen, daß der Mensch von Natur aus der Ordnung zuneige, und damit beging er seinen verhängnisvollsten Fehler. Plötzlich verwandelte Rom sich in einen Hexenkessel der Gewalttätigkeit und des Durcheinanders. Feindseligkeit herrschte überall. An dem einen Tage war der Pöbel für Antonius, am nächsten für Octavius. Der Senat schwankte wie ein Rohr im Winde. Nur Cicero blieb in seinem Wahne, wenigstens ein kleines Restchen der Republik retten zu können, fest. Dieser Wahn kostete ihm das Leben.

Octavius sammelte seine Legionen um sich und überschritt, wie einst Caesar, den Rubikon. Der Senat war tief bestürzt. Überall gingen die Truppen zu dem jungen Heerführer über. Er zog als Triumphator in Rom ein und rief voll Genugtuung: „Meine Freunde heißen mich willkommen!'' Antonius schickte sich ins Unvermeidliche und schlug einen zweiten Dreierausschuß vor, dessen Mitglieder er selbst, Octavius und der Caesarianer Marcus Aemilius Lepidus sein sollten. Octavius stimmte gnädig zu und umarmte den alten Feind. Er wurde überdies zum Konsul gewählt und erklärte alle Gegner des zweiten Triumvirats zu Staatsfeinden.

Über Rom ging eine neue blutige Säuberungswelle hinweg. In tiefer Verzweiflung und seelischer Zerrüttung floh Cicero auf sein Landgut bei Astura an der tyrrhenischen Küste südöstlich von Antium. Er, der stets auf die Vernunft geschworen hatte, verfiel nun der Vernunftlosigkeit.

LXVII

Stets hatte Cicero den zu leicht erregbaren, allzu begeisterungsfreudigen Männern mißtraut, die ihre lärmende Geschäftigkeit für wirkliche Leistung hielten. Überschwengliche und übertrieben zuversichtliche Leute erweckten in ihm unwillkürlich Mißbehagen. Sie galten ihm als ‚grobschlächtige, pöbelhafte Mißgestalten'. Eine laute Stimme, eine heftige Geste, ein ungestümer Gang hatten ihn immer als Kennzeichen von Ungeschliffenheit abgestoßen. Bleckende Zähne und funkelnde Augen waren ihm zuwider. Immer hielt er auf Selbstzucht. Deshalb hatte er Antonius abgelehnt und sich zu Octavius hingezogen gefühlt. Nun saß er in seiner Villa in Astura und sann über den endgültigen Zusammenbruch seines Lebens nach.

Er war in solcher Hast geflohen, daß Quintus und sein Sohn sich ihm nach der Ächtung der ganzen Cicero-Familie durch den Dreierausschuß nicht anschließen konnten. Die neuen Triumvirn hatten Caesars Versöhnungstaktik für verfehlt erklärt. Die von ihm ‚verschonten' Männer hätten sich als seine Todfeinde erwiesen und zu seiner Ermordung und zur Entfesselung des Bürgerkriegs verschworen. Sie hätten nicht nur Antonius zum Staatsfeind erklärt, sondern auch Octavius. Diese lügenhafte Darstellung wurde vom Pöbel nicht mit Gelächter oder Abscheu zurückgewiesen, sondern freudig zur Kenntnis genommen, weil jede neue Staatsführung für deren Mitläufer angenehme Abwechslung und größere öffentliche Zuwendungen verhieß. Quintus, der mehr für seinen Bruder als für sich selber fürchtete, hatte zunächst in Rom zurückbleiben und in aller Eile die Besitztümer der beiden Brüder verkaufen müssen; dann erst konnte er sich mit seinem Sohn auf den Weg nach Astura machen. Der mitgeächtete junge Marcus befand sich glücklicherweise verhältnismäßig sicher in Makedonien unter dem Schutz des Caesarmörders Brutus, der sich dem – seinem Großonkel an geistiger Größe nachstehenden, an kalter Bedenkenlosigkeit aber überlegenen – jungen Octavius angeschlossen hatte, was Cicero als einen der tollen Bocksprünge des Lebens ansah.

Astura war nie ein Lieblingsaufenthalt Ciceros gewesen. Er wollte nur so lange dort bleiben, bis Bruder und Neffe eintrafen. Dann konnten sie alle drei nach Makedonien auswandern und sich unter die zuverlässige Obhut des Brutus stellen.

Die Aussicht auf nunmehrige dauernde Verbannung bedeutete eine Seelenpein, wie Cicero sie in seinem ganzen Leben noch nicht empfunden hatte.

Er war ein alter, gebrochener Mann. Er hatte alles verloren. Sein Vaterland zu retten, war ihm nicht gelungen. Aber die größte Qual schuf ihm der Gedanke, daß er sein geliebtes Rom nie mehr betreten durfte und daß jeder Versuch, es zu tun, für ihn den Tod bedeutete. Das Sterben schreckte ihn nicht. Er sehnte sich nach seiner Stadt mit einem Verlangen, das alle anderen Wünsche überstieg. Er ging vor seinem kleinen Landhaus umher und blickte auf die dunstige See und fürchtete, den Verstand zu verlieren. Die Vorstellung, fern von der Heimat die letzte

Ruhestatt finden zu sollen, wurde ihm, selbst in ruhigeren Stimmungen, unerträglich. Er beschloß, Quintus aufzufordern, er möge ohne ihn, nur mit dem Sohne, nach Makedonien weiterreisen. Er selbst aber wollte nach Rom zurückkehren und dort den Tod erwarten.

Denn das Leben war für ihn zu Ende, das wußte er. Auch wenn seine Acht aufgehoben und sein Eigentum ihm rückerstattet worden, ja, wenn Octavius selbst versöhnt zu ihm gekommen wäre, hätte ihm das nicht die geringste freudige, friedliche Herzensregung bereitet. Er hatte nur für Rechtlichkeit und für Rom gelebt. Beide waren tot. Er wünschte, ihnen im Tode nachzufolgen und von den Sturmwirbeln ewiger Finsternis verschlungen zu werden, um nie mehr denken oder träumen oder hoffen zu müssen. Vor allem, nie mehr hoffen!

Denkt man nie daran, welche Erlösung es ist, nicht mehr hoffen zu müssen? fragte er sich. Nichts zu erwarten, nichts zu wünschen – das ist der einzige Seelenfriede, den wir je erreichen können. Und weil dieser Friede nur im Tod gefunden werden kann, darum ist der Tod so wunderbar, so begehrenswert! Der Sonnenuntergang, der zur Nacht führt und zu einem von Grübelei ungestörten Schlaf, ist tieferer Liebe wert als der Sonnenaufgang, dieser Lügner, der in Duft und Brise und Vogellied trügerische Verheißungen vorgaukelt. Oh, gesegnet ist der Mensch, der den letzten Sonnenaufgang gesehen hat und dem letzten Sonnenuntergang entgegenblickt! Denn bald wird er das eiserne Joch vom Nacken schütteln; bald wird er wohlig die Glieder strecken; bald werden seine Augen zu sehen aufhören; bald werden alle Wettrennen gelaufen und alle Lorbeerkränze verwelkt und alle Wünsche gestillt sein. Er wird die Ketten seiner Fleischlichkeit abstreifen, seine Schwingen breiten und in die Dunkelheit entschweben. Und niemals mehr wird er den grellen Lärm des Lebens vernehmen oder in die Fratzen von Meineidigen und Verrätern schauen, niemals mehr Gram oder Verzweiflung fühlen. Gebe Gott, daß wir in dieser ewigen Nacht nicht träumen, daß unsere letzte Ruhe nicht von Unrast gestört wird! Gebe Gott, daß unsere Ohren mit Lehm verstopft werden und keinen Laut der geräuschvollen Erde empfangen, daß alles vergessen und vergeben ist, daß keine Liebe und keine Furcht mehr den schlummernden Blick wecken, daß des langen Weinens für immer ein Ende wird!

Bisweilen nahm er den Dolch zur Hand und dachte, wie leicht die Waffe sich in das erschöpfte Herz stoßen ließe, das jetzt so schwach und so mühsam schlug. Aber er mußte auf Quintus und auf seinen Neffen warten. Wenn sie kämen und ihn tot fänden, würde Quintus tiefen Schmerz leiden – Quintus, der teure, geliebte Bruder, der Spielgenosse seiner Kindheit, der kräftige, kühne Junge, der ihm das Leben gerettet hatte, als er auf der Insel fast vom Baum gefallen wäre, auf jener Insel, die niemand von ihnen wiedersehen würde. Lieber Quintus, ach, wären wir doch beide schon als Kinder dort gestorben! Gesegnet ist der Mensch, der am Morgen des Lebens hinscheidet und nie den heißen, grausamen Tag kennenlernt!

Es wurde Dezember. Asturas Klima war nie heilsam gewesen. Jetzt peitschten gegen das Landhaus düstere Regengüsse und Graupelschauer. Stürme rüttelten die kahlen Bäume, daß die Äste zu Boden krachten. Windstöße prallten gegen die weißen Hausmauern, daß sie erzitterten. Brüllend ergossen sich die Meereswellen über den Kiesstrand, brüllend zogen sie sich wieder zurück, und ihre Farbe war aschgrau, und der Himmel blieb verfinstert. Das Landhaus war für Winterbenutzung nicht eingerichtet. Fußböden und Wände wurden feucht und kalt. Cicero las nicht mehr; er ging nicht mehr umher. Er unterließ es, die Sklaven zur Nachfüllung der Kohlenbecken aufzufordern, nicht, weil er die neue Verdrossenheit und Verschlagenheit in ihren Mienen bemerkte, sondern einfach, weil er die Kälte nicht spürte oder nicht beachtete. Viele Stunden kauerte er, in seinen Mantel gehüllt, die Beine in Decken gewickelt, so unbeweglich, daß die Sklaven einander erwartungsvoll zuwisperten: „Ist er gar endlich tot, der weißhaarige alte Narr? Wir wissen, daß er in seinem letzten Willen unsere Freilassung angeordnet hat. Hoffentlich fährt er bald zum Orkus hinab, damit wir diese scheußliche Gegend verlassen und mit dem Geld, das er uns vermacht hat, nach Rom davonziehen können!"

Mein Vaterland! dachte Ciceros Seele, tief in den dahinsiechenden Körper versunken. Mein teures Vaterland! Ich hätte mein Leben hingegeben, um dich zu erhalten, und dieses Opfer wäre mir als die schönste Erfüllung meines Daseins erschienen. Ich hätte mein Augenlicht und alles, was ich je liebte, für deine Freiheit hingegeben. Mit Freuden wäre ich in die Sklaverei gegangen, wenn dich das hätte retten können. Meine Gebete galten dir. Mein Leben wurde für dich gelebt. Nie verriet ich dich um Geld oder Lust oder Gut, nie, keinen einzigen Augenblick lang. Niemals dachte ich schlecht oder spöttisch von dir; denn ich war Fleisch von deinem Fleisch und Geist von deinem Geist. Doch jetzt bist du tot, und mit dir muß auch ich sterben. Und die Menschen werden vergessen, daß wir jemals bestanden, und unsere Namen wird der Wind verwehen wie den Aschenrest eines verlassenen Scheiterhaufens. Ich bin nichts; ich hoffe, die Nachgeborenen werden nie erfahren, daß ich gelebt habe. Aber wie können die Menschen Rom vergessen?

„Er atmet noch", seufzten die fröstelnden Sklaven. Sie ließen es sich gut gehen. Ihr Herr verlangte nichts von ihnen. Darum brachten sie ihm nur selten Speise und Trank an seinen Platz am Fenster, wo er über das Meer hinaus sah und auf Bruder und Neffen wartete. Er wußte nicht, ob er aß oder nicht aß. Tage und Nächte flossen ihm ineinander. Bloß, wenn ein Segel auftauchte, hob er den Kopf und regte sich in seinem Sessel.

In diese abgelegene Gegend drang keine Nachricht aus Rom, obwohl die Hauptstadt nicht sehr fern war. Kein Kurier kam, kein Bote. Die Stürme brausten, und der Regen fiel, und Wolkenbrüche und Brandungswellen bedrohten das kleine Landhaus. Alles war grau und kalt und leblos. „Sollen wir ihn selber umbringen?'' fragte Philologos, ein ehemaliger Sklave des Quintus, den Cicero als Freigelassenen in seine Dienste genommen, mit großer Liebe und Güte ausgebildet und sehr freigebig entlohnt hatte. „Wenn dann sein Bruder kommt, können wir sagen: ‚Der arme Herr! Er hat im Dunkel der Nacht von eigener Hand den Tod gefunden.' '' Die Sklaven erwogen diesen Vorschlag eifrig. Aber sie hatten Angst vor Quintus' scharfen Augen und seiner Rache.

Es war gut, daß keine Nachricht über Quintus kam. Denn inzwischen war geschehen, was Cicero als Knabe an einem warmen Sommertag geträumt hatte. Quintus war, ebenso wie sein Sohn, grausam hingemetzelt worden – im Auftrag des Octavius, der trotz seiner Behauptung, er habe keinen Anlaß zum Haß gegen die Ciceros, viel erbarmungsloser in der Durchführung des Triumviratsbeschlusses war als selbst Antonius. Der junge Quintus hatte, wie zur Sühne für die von ihm begangenen Schlechtigkeiten und Falschheiten, seinen Vater verborgen und wollte den Häschern das Versteck auch unter der Folter nicht verraten. Um ihm weitere Qualen zu ersparen, stellte Quintus sich selbst, und beide wurden erschlagen. Zuletzt sahen Vater und Sohn einander noch mit leidenschaftlich erstarkter Liebe in die Augen, ehe sie im eigenen Blute starben.

Eines frühen aschgrauen Abends vernahm Cicero, während er in seinem Sessel döste, plötzlich an seinem Ohr die drängende Stimme des Bruders: „Marcus! Mach dich sofort auf den Weg nach Makedonien!'' Der Greis schrak aus dem Schlummer auf und starrte durch das Fenster in das brüllende Dunkel von Wind und Wasser. „Quintus!'' rief er in wilder Erregung. Aber er hörte nichts als das Toben der Elemente. Taumelnd erhob er sich, wankte von Zimmer zu Zimmer und rief mit verzweifelter Stimme den Bruder. Die Sklaven lauschten, wie seine Schuhe auf den Steinfliesen klapperten, wie er immer wieder gegen eine Wand prallte, wie er angstvoll schrie. „Jetzt hat er endgültig den Verstand verloren'', stellte einer von ihnen zufrieden lachend fest. „Da brauchen wir nicht mehr lange in diesem greulichen Haus zu bleiben!''

Vor Erschöpfung und Verzweiflung warf Cicero sich auf sein Bett. Er war allein. Er hatte nur geträumt. Dennoch zwang er sich nachzudenken. Oft ertönten von weit her warnende Stimmen wohlgesinnter Menschen! Wahrscheinlich hatte Quintus an ihn gedacht und ihm auf den Flügeln des Geistes diese eindringliche Mahnung geschickt. Offenbar befand er sich hier in Astura in Lebensgefahr, und Quintus wollte ihn retten. „Aber ich will gar nicht gerettet werden!'' schrie er laut in die Finsternis.

Immerhin mußte er, um den Bruder nicht zu kränken, seiner Aufforderung Folge leisten. Er wollte nach Makedonien fahren und dort die beiden Quintus erwarten! Er stand auf, rief einen Sklaven und gab ihm seine Aufträge: Er werde allein weiterreisen. Die Dienerschaft könne sich nach Rom zu seinem Verleger und seinen Anwälten begeben; dort stünden bestimmte Zuwendungen für sie bereit. Voll Freude knieten die Diener vor ihm hin, und er segnete sie, besonders auch den Philologos, der ihn hatte ermorden wollen. Zu ihm sagte er: „Mach meinen Bruder, den edlen Quintus, ausfindig und bestelle ihm, daß ich seinem Wunsche gemäß nach Makedonien gereist bin und dort auf ihn warte!"

„Ja, er ist wirklich von Sinnen!" sagte Philologos zu den anderen an diesem Abend. „Er glaubt, von seinem Bruder Nachricht bekommen zu haben. Dabei wissen wir doch alle, daß kein Bote hier war."

Am nächsten Morgen ging die See furchtbar hoch. Aber Philologos konnte es vor Ungeduld nicht mehr aushalten und riet seinem Herrn, mit einem Boote längs der Küste um das Circeische Vorgebirge zum Hafen von Cajeta zu segeln, wo er gleich ein Schiff nach Makedonien nehmen oder vorher in seinem nahen Landhaus in Formiae ausruhen könne. Der zerrüttete, außer sich geratene Mann folgte dem Vorschlag und wurde auf der Überfahrt schrecklich seekrank. In seinem Landhaus traf er eine Anzahl Sklaven, die den unerwarteten Ankömmling zornig und verdrossen empfingen, weil sie gerade beschlossen hatten, die geächteten Ciceros zu verlassen und auf eigene Faust nach Rom zurückzuwandern. Philologos, der schließlich seinen Herrn auf dessen inständige Bitte — sogar jetzt glaubte Cicero noch manchmal an die Möglichkeit uneigennütziger Liebe bei Menschen — begleitet hatte, brachte ihn zu Bett und erzählte den Sklaven spöttisch und boshaft von Ciceros Geistesgestörtheit, die sicherlich bald zu seinem Tode führen werde. „Wenn ihr euch aus dem Staube macht, bevor er stirbt, erbt ihr nichts nach ihm", warnte er sie. „Ich kenne seinen Bruder Quintus zu gut!" Und er fügte hinzu: „Morgen fährt der Narr nach Makedonien. Aber er wird nicht lebend hinkommen. Seine Sanduhr ist abgelaufen."

Cicero lag im Bett, und die lange, finstere Winternacht senkte sich über ihn. Ihm war kalt, in den Knochen, im Fleisch, im Herzen. Er war des Fliehens müde. Er vermochte nicht an morgen und an die Reise nach Makedonien zu denken. Seine Lider waren schwer wie Blei. Er fiel in den Schlaf der Erschöpfung.

Er wußte nicht, wann er zuerst Licht und Wärme bemerkt hatte — ein Licht, strahlender, aber milder als die Sonne, ein goldenes, alles umhüllendes Licht, ein Licht, das wohlig seinen erstarrten Körper liebkoste und zu neuem Leben erwärmte. Er blickte es freudig an und stellte keine Frage. Er wünschte sich nichts weiter, als so in Wärme und Licht und herrlichem Wohlbefinden zu ruhen. Er sah nichts als dieses Licht. Dann aber tauchte etwas vor seinen Augen auf, ohne ihn zu erschrecken.

Langsam öffnete sich der strahlende, goldene Vorhang von Licht, und zwischen den wogenden Falten streckte sich ihm eine Hand entgegen, eine Männerhand, kräftig und jugendlich. In jeder ihrer Umrißlinien, in der aufwärtsgekehrten Handfläche, in den winkenden Fingern drückte sich Liebe aus. Es war zugleich die Hand eines Bruders und eines Vaters, freundlich, schützend dargeboten. Bei diesem Anblick weitete sich Ciceros Herz in Sehnsucht und Freude und Demut. Und dann hörte er eine Stimme, die bis zu den fernsten Sternen zu dringen schien: „Fürchte dich nicht, denn ich bin mit dir. Sieh dich nicht ängstlich um, ich bin ja dein Gott. Schreitest du durch Wasser — ich bin bei dir; durch Ströme — sie werden dich nicht mit sich reißen. Gehst du durch Feuer — du wirst nicht verbrennen, nicht einmal versengen wird dich die Flamme. Denn ich, der Herr, dein Gott, halte dich an deiner Rechten."

Das Licht verblaßte, und die Hand zog sich zurück. Aber Cicero fühlte keine Kälte, keine Verlassenheit, keine Zerrüttung mehr. Er fiel in gesunden Schlaf und lag da wie ein Kind, die Wange an den Arm geschmiegt, vertrauensvoll, furchtlos.

Am nächsten Morgen stand er auf, und die Sklaven staunten darüber, wie lebhaft und entschlossen seine Miene war. „Heute fahre ich nach Makedonien", erklärte er. Sie waren sehr verzagt, bereiteten aber alles vor. Das Meer war noch bewegter als gestern. Draußen ankerte indes ein Schiff, das nach Makedonien auslaufen sollte, und Cicero ließ sich in einem Boot von kräftigen Sklaven dem Schiff entgegenrudern. Die Wellen gingen immer höher, und Cicero sagte: „Wir müssen in das Landhaus zurück. Vielleicht ist es morgen günstiger." Über Ciceros letzte Stunden berichtet uns Plutarch sehr anschaulich:

‚Dort an der Küste stand ein Apollontempel. Von ihm her erhob sich ein Schwarm Raben und kam krächzend gegen Ciceros Boot angeflogen, während es auf das Ufer zuhielt. Die Vögel ließen sich auf die Rahen nieder, schrien und bissen in die Enden der Taue. Niemand zweifelte daran, daß es eine Unglücksverheißung war. Trotzdem ging Cicero an Land und kehrte in seine Villa zurück, um zur Ruhe zu gehen. Inzwischen hockte sich der Rabenschwarm mit lautem Geschrei vor das Fenster. Einer der Vögel flog sogar auf das Bett, wo Cicero, ganz in seine Toga gehüllt, lag, und zog ihm mit dem Schnabel langsam das Gewand vom Gesicht. Bei diesem Anblick machten seine Diener sich bittere Vorwürfe darüber, daß sie gleichmütig den Augenblick der Ermordung ihres Herrn herankommen ließen. Unvernünftige Tiere brachten ihm Warnung und sorgten voll Liebe für ihn in seiner unverschuldeten Not, während sie, seine Diener, nicht an die Rettung dachten. Mit Bitten und Gewalt hoben sie ihn endlich in die Sänfte und wollten ihn an die Küste bringen.

Unterdessen waren die Mörder mit ihren Leuten gekommen, der Hauptmann Herennius und der Kriegstribun Popillius, den Cicero einst erfolgreich gegen eine Anklage wegen Vatermordes verteidigt hatte. Sie brachen die Türen, die sie verschlossen fanden, auf, ohne Cicero zu finden. Die Leute im Hause erklärten, nichts zu wissen, bis ein junger Freigelassener des Quintus, den Cicero selbst in den Wissenschaften und Künsten ausgebildet hatte, namens Philologos, Cicero verriet. Er erzählte dem Tribunen von der Sänfte, die auf dem dunklen Pfade zwischen den Bäumen unterwegs zum Meere war. Popillius eilte mit einigen Begleitern um das Haus herum zum Ausgang, während Herennius rasch den von Baumkronen überwölbten Pfad einschlug. Als Cicero sich verfolgt sah, hieß er die Sklaven sofort die Sänfte niedersetzen. Die linke Hand, wie gewohnt, an das Kinn gelehnt, schaute er unverwandt auf seine Mörder. Schmutzbedeckt und mit wirrem Haar, das Antlitz von Sorgen und Kummer zerfurcht, machte er einen kläglichen Eindruck, so daß die meisten ihr Gesicht verhüllten, als Herennius ihm die tödliche Wunde beibrachte: Während er sich aus der Sänfte beugte, erhielt er einen Stich in den Nacken. Er starb im vierundsechzigsten Lebensjahr. Herennius schlug ihm den Kopf ab und auf Antonius' Befehl auch die Hände, mit denen er die philippischen Reden geschrieben hatte.

Als die abgehauenen Glieder in Rom eintrafen, führte Antonius gerade bei einer Beamtenwahl den Vorsitz. Sobald er von dem Einlangen hörte und die Glieder sah, schrie er den Leuten zu, nun aber hätten die Proskriptionen ein Ende. Dann gab er Befehl, Kopf und Hände über den Schiffsschnäbeln auf der Rednertribüne des Forums anzubringen. Es war ein schauerlicher Anblick für die Römer. Doch sie vermeinten, nicht Ciceros Antlitz, sondern des Antonius Seele im Bilde zu sehen.'

Ciceros verstümmelter Leichnam aber wurde hastig an der Stelle des Mordes eingescharrt.

Der Freigelassene Philologos nahm das Amulett Aurelias, der Mutter Caesars, an sich, weil er sah, daß es aus Gold und sehr wertvoll war. Ohne die Herkunft des Schmuckstückes zu kennen, hängte er es sich lachend um den braunen Hals. Als ihm jedoch auch das alte Silberkreuz, das ein Ägypter Cicero geschenkt hatte, übergeben wurde, prallte er entsetzt zurück und warf es mit einem Ausruf des Abscheus und Ekels weg. Es war eine Geste, an deren Ironie Cicero seine Freude gehabt hätte.

Es hieß, Fulvia, die Witwe des Clodius, habe voll Bosheit eine Nadel durch Ciceros Zunge getrieben, durch jene heldenhafte Zunge, die so tapfer Rom verteidigt und stets von Recht und Gerechtigkeit und Güte, von Gott und Vaterland zu sprechen gestrebt hatte.

Seine toten Augen starrten auf die Stadt, die er innig geliebt hatte. Was dort dahinsank, spiegelte sich in ihnen, bis das Fleisch von den Knochen fiel. Schließlich stieß ein Soldat den Schädel von seinem Standort und schleuderte die zerborstenen Knochen mit einem Fußtritt beiseite.

Dreiundvierzig Jahre später geschah, wonach Cicero sich so gesehnt, kam die Stunde, auf die er so ungeduldig gewartet hatte.

Die purpurnen Grundfesten des Himmels wurden erschüttert, und die goldenen Säulen des Firmaments wankten. Während Rom den blutigen Weg zur selbstverschuldeten Tyrannei und zur Despotie der Caesaren hinabdröhnte, stand an einem stillen, warmen Frühlingsabend in dem kleinen Flecken Nazareth eine Tochter des Judenvolks im letzten Sonnenglanz und atmete den frischen Jasminduft ein. Sie war sehr jung, eben erst erblüht, das Entzücken ihrer Eltern. Ihr Haar wallte über den geraden Rücken, und ihre blauen Nazareneraugen blickten heiter zum Himmel. Und sie betete, wie sie es immer tat, voll Demut und Frohsinn, zu dem Herrn, ihrem Gott, dem Schützer ihrer Sippe, des uralten Davidsgeschlechtes.

Sie stand auf dem Dach des Elternhauses, während sie mit gefalteten Händen betete, und ihr Kopftuch war weiß, weil sie Jungfrau war. Ihr grobes Gewand war so blau wie ihre Augen, und ihre Kinderfüße waren bloß.

Plötzlich spürte sie, daß sie nicht allein war, und sie fuhr erschrocken auf. Die Abendluft um sie erzitterte von einem Licht, heller und klarer als die Sonne, und rings war alles mit Sternen besät, die wie Schneeflocken wirbelten und tanzten und glitzerten. Und in diesem Licht sah sie einen mächtigen Engel mit strahlenden Flügeln.

Es mochte sein, daß in den azurnen, leuchtenden Hallen, wo die Gerechten darauf harrten, durch die Tore eines äonenlang verschlossenen Himmels eingelassen zu werden, auch Cicero mit allen seinen Lieben wartete. Es mochte sein, daß auch er die gewaltige Verkündigung hörte, die an den Grundfesten des Firmaments und an seinen goldenen Säulen rüttelte und längs aller Völkerstraßen der finsteren, düsteren Erde helle Feuer entfachte:

„Gegrüßet seist du! Du bist voll der Gnaden! Der Herr ist mit dir! Du bist gebenedeit unter den Weibern!"